中国古典文学名著丛书

永庆升平全传

上

[清] 郭广瑞 贪梦道人 著

华夏出版社
HUAXIA PUBLISHING HOUSE

图书在版编目（CIP）数据

永庆升平全传／（清）郭广瑞 贪梦道人著. —北
京：华夏出版社，2013.01（2024.09重印）
（中国古典文学名著丛书）
ISBN 978 – 7 – 5080 – 6410 – 9

Ⅰ．①永… Ⅱ．①郭… ②贪… Ⅲ．①章回小说 – 中
国 – 清代 Ⅳ．①I242.4

中国版本图书馆 CIP 数据核字（2011）第 073397 号

出版发行：华夏出版社
　　　　　（北京市东直门外香河园北里 4 号　　邮编 100028）
经　　销：新华书店
印　　制：永清县晔盛亚胶印有限公司
版　　次：2013 年 01 月北京第 1 版
　　　　　2024 年 09 月北京第 2 次印刷
开　　本：670×970　1/16 开
印　　张：54.5
字　　数：831.3 千字
定　　价：110.00 元（上中下）

前　言

　　《永庆升平全传》是清代公案侠义小说的代表作品。大约成书于清代后期,是在艺人口头创作的基础上,经过多人加工整理而成的,真正的作者已经无法考证了。现在一般认为《永庆升平前传》整理者是清代的郭广瑞,《永庆升平后传》的整理者是清代的贪梦道人。

　　《永庆升平全传》的产生不是偶然的,是社会变革和文学发展的必然产物。一直以来,中国的公案小说和侠义小说是两种不同类型的文艺作品。到了清代后期,这种情况发生了变化。首先,在现实生活中,清官遇到的已不仅是一般的奸夫淫妇和小偷小盗,而是越来越多蓄养打手(拳师、保镖)的恶霸、桀骜不驯的绿林好汉和成帮结伙的秘密会社、起义队伍。这样,单凭清官的吏役已难以解决问题,而势必需要本领更为高强的英雄的帮助。其次,老百姓最大的希望是生活在一个执法公平的社会里,一旦受人欺凌和遇到困厄时就有侠客来解救他们。这时公案小说和侠义小说经历了各自的创作高峰,但仍然徘徊在老套路上,不能满足读者新的审美需求。于是,公案小说和侠义小说出现了合流,产生了一种新的艺术类型——公案侠义小说,《永庆升平全传》就是在这种背景下产生的。

　　《永庆升平全传》是以清朝初期经济繁荣,国力强盛,政局稳定为历史背景,以镇压天地会八卦教的武装起义为主线,宣扬了康熙皇帝的圣明及清王朝的太平盛世,儆惩人民不得"叛逆作乱",以达到"警愚劝善,感化人心"的目的,使封建统治长治久安,"永庆升平"。

　　在思想内容上,《永庆升平全传》鲜明地表现出歌颂清王朝太平盛世、抨击农民起义的观点,具有明显的时代局限性。但该书情节引人入胜,穿插紧凑,人物形象生动、典型,故而具有很强的感染力,在当时流传很广。

　　在这次再版中，我们约请了相关学者对原书进行了大量的较为精细的校勘、补正和释义，对原书原来缺字的地方用□表示了出来，尽量为读者扫除阅读障碍。由于时间仓促，水平有限，难免有疏漏之处，望各位专家及广大读者予以指正。

编　者
2011 年 3 月

目　录

永庆升平前传

第 一 回　康熙爷览奏私访　胡忠孝异乡受困…………（ 1 ）

第 二 回　病二郎镖店遇友　王河龙救驾拿贼…………（ 7 ）

第 三 回　马成龙穷困投母舅　柳金铎大义赠多金………（11）

第 四 回　山东马大闹苏州街　活阎罗气走马家寨………（16）

第 五 回　郭广瑞店内施仁　马成龙途中受困…………（19）

第 六 回　行恶反招恶报　欺人终被人欺……………（23）

第 七 回　五英雄救驾兴顺店　四霸天大闹广庆园………（29）

第 八 回　马梦太帮助义弟　顾焕章气走天涯…………（34）

第 九 回　义士订盟分南北　英雄访友走西东…………（39）

第 十 回　顾焕章广庆园见驾　马成龙提督衙封官………（43）

第 十 一 回　定兴县独角龙行刺　魏家楼山东马拿贼………（47）

第 十 二 回　伊钦差私访独角龙　王玄真路遇山东马………（52）

第 十 三 回　桃柳营钦差初逢险　乘义渡二次又逢凶………（57）

第 十 四 回　顾焕章水内拒强贼　伊钦差途中遇旧婢………（61）

第 十 五 回　姚直正泄机小耗神　马成龙路遇真报应………（64）

第 十 六 回　金文学情急叫苍天　山东马慷慨施大义………（68）

第 十 七 回　真报应戏要山东马　赛报应暗偷老英雄………（72）

第 十 八 回　李家寨贼人拷成龙　滑县令缉捕二雹头………（76）

第 十 九 回　卢文龙夜入金家店　金眼雕捉拿李虎臣………（81）

第 二 十 回　伊钦差攻打剪子峪　马成龙独战小耗神………（85）

第二十一回　山东马空手夺叉　伊钦差山口受困…………（90）

第二十二回　马梦太误走连三庄　胡忠孝大战剪子峪………（94）

第二十三回　小耗神被捉东山口　赛报应引见畅春园………（97）

第二十四回　顾焕章升任真定府　王有义杀贼密树林………（101）

第二十五回　红胡子戏要顾焕章　神力王调兵剿邪教………（104）

第二十六回　马杰泄机天地会　焕章私访芦沟桥…………（108）

第二十七回　叛国贼奉旨交部讯　白将军兵定孽龙沟…………（111）

第二十八回　侯起龙连败七将　山东马醉破飞刀…………（115）

第二十九回　张广太醉入勾栏院　韩红玉俊目识英雄…………（118）

第 三 十 回　狠心贼绝断手足情　贤良妇放走张广太…………（122）

第三十一回　张广太天津受困　回教正河边救人…………（126）

第三十二回　哈大人升任上海道　张广太杀贼沧州城…………（130）

第三十三回　小豪杰卖身葬母　大英雄访弟卖刀…………（134）

第三十四回　粉哪吒俊目识侠义　笑无常故意戏英雄…………（138）

第三十五回　故托病诱奸张广太　感深恩杀死淫春姨…………（141）

第三十六回　张广太误入太保庄　侯起龙雄聚画石岭…………（145）

第三十七回　画石岭白将军鏖兵　畅春园张广太验记…………（149）

第三十八回　张广太奉旨归家祭祖　胡忠孝离任送妹联姻…………（153）

第三十九回　花烛夜失去黄马褂　庆团圆大上白犬坟…………（156）

第四十回　小姜玉怒打墨龙　白氏女寻夫遇害…………（160）

第四十一回　于家围四庄主见色起意　河西务大英雄入都逢凶……（164）

第四十二回　张广太奉旨交部问　顾焕章私访于家围…………（167）

第四十三回　假道士巧得真消息　真邪教误信假神仙…………（170）

第四十四回　顾焕章假充神仙　神力王调兵剿贼…………（174）

第四十五回　张副将升任苏州协　顾焕章奉旨查黄河…………（177）

第四十六回　钦差愿舍命尽忠　龙王梦指拿六寇…………（181）

第四十七回　马成龙定计拿巡抚　王千层赴宴入牢笼…………（184）

第四十八回　三杰暗访百花山　英雄被害隐仙观…………（188）

第四十九回　赛纯阳甜言哄英雄　双刀将奋力杀贼人…………（192）

第五十回　四杰入山擒邪教　一贼夜刺伊钦差…………（196）

第五十一回　伊大人奉旨入都面圣　倭侯爷请假回籍探亲…………（200）

第五十二回　圣主封功赐宝刀　二马访友逛苏州…………（204）

第五十三回　虹首龙大闹邢台县　猛英雄宝刀吓群贼…………（208）

第五十四回　佟起亮误遇山东马　祁文龙大闹高家洼…………（212）

第五十五回　众贼人行凶抢玉姐　二豪杰夜探祁家庄…………（216）

第五十六回　邢台县英雄自投首　蕙芳楼侠客戏成龙…………（220）

第五十七回　二英雄江苏访故友　倭侯爷修府会亲朋…………（224）

第五十八回　张忠虎丘山战众贼　姜玉福建馆斗群寇……………（228）
第五十九回　张广太单人斗群贼　顾焕章三杰诛盗寇……………（233）
第 六 十 回　山东马夜入福建馆　活阎罗巧遇旧冤家……………（237）
第六十一回　巡抚怒斩张广太　会匪闻惊反苏州………………（242）
第六十二回　马成龙苏州挂帅　倭侯爷北京请兵………………（246）
第六十三回　安天寿进兵苏州城　马成龙大战泥金岗……………（252）
第六十四回　安会总兵退白龙滩　张协镇出探清风堡……………（256）
第六十五回　张广太店中遇仇人　赛展雄山寨救豪杰……………（260）
第六十六回　韩寨主闻信访胞妹　萧可龙会兵抢苏州……………（264）
第六十七回　众英雄大战萧可龙　王天宠金镖定苏州……………（269）
第六十八回　张广太酣战急先锋　萧可龙出遇王天宠……………（274）
第六十九回　杨永太让位聚泉山　李天保结义王天宠……………（279）
第 七 十 回　王义士单人退敌兵　安天寿偷营泥金岗……………（284）
第七十一回　马成龙炮打安天寿　张广太水淹火龙街……………（288）
第七十二回　二龙哨探西海岸　王爷兵伐湘江口………………（293）
第七十三回　山东马独龙口养病　赛铁盖藤萝营投军……………（298）
第七十四回　猛高杰一枪定西海　许都阃乡勇退贼兵……………（302）
第七十五回　神力王襄阳城鏖兵　众英雄八卦旛损命……………（307）
第七十六回　神力王怒斩山东马　双侠客智进襄阳城……………（312）
第七十七回　假吴恩哄信王天宠　真宝刀仍归马成龙……………（317）
第七十八回　巴永太大战神力王　马成龙一刀削三首……………（321）
第七十九回　李庆龙智斩龙飞扬　山东马宝刀对宝剑……………（326）
第 八 十 回　赛诸葛退兵峨眉山　神力王安营凤翅岭……………（331）
第八十一回　倭侯爷三探峨眉山　马成龙火烧八卦阵……………（337）
第八十二回　王天宠误走三岔山　杨永太泄机八卦教……………（343）
第八十三回　马成龙奉调汝宁府　老侠客泄机平安庄……………（348）
第八十四回　假改扮访寻鬼脸太岁　定奇谋捉拿花面魔王………（353）
第八十五回　平安庄老豪杰拿贼　半截村小英雄遇侠……………（358）
第八十六回　猛玉斗多言惹是非　巴德哩闻信访消息……………（362）
第八十七回　巴侍卫莲子定亲　小太岁戏言要笑………………（367）
第八十八回　马成龙攻打汝宁府　巴德哩气走大清营……………（372）

第八十九回　马成龙见景生巧计　巴德哩误走麻家庄…………（377）

第 九 十 回　献白牌计取汝宁府　为贪功途遇镇八方…………（382）

第九十一回　病二郎遭擒被获　小陈平夜刺成龙…………（387）

第九十二回　双雄独霸乐平山　吴恩智收赛存孝…………（391）

第九十三回　二英雄受计破清兵　屯土山力擒李参将…………（395）

第九十四回　英雄智激马梦太　豪杰巧遇张玉峰…………（399）

第九十五回　玉峰误言惊飞贼　方昆授业喜神童…………（403）

第九十六回　施英勇制伏南霸天　唬贼人巧遇欧阳善…………（408）

第九十七回　铁胆书生独胜侯化和　追风仙猿戏耍张玉峰…………（413）

永庆升平后传

第 一 回　广庆园三杰会仙猿　侯化泰再施惊人艺…………（419）

第 二 回　张玉峰旅店结盟　马梦太探山被获…………（424）

第 三 回　马梦太夜逢三险　验兵刃绝处逢生…………（429）

第 四 回　设奇谋计破剪子峪　穆总戎攻打五云山…………（435）

第 五 回　妖道暗施阴谋计　王宏定计捉妖人…………（439）

第 六 回　马成龙夜探王宏寨　白胜祖奉令捉妖人…………（443）

第 七 回　吐真情共捉妖道　竹影山大战贼兵…………（447）

第 八 回　穆将军兵发悬漠山　马成龙误中诓军计…………（451）

第 九 回　马成龙急难中问卜　金文学七步桥报恩…………（455）

第 十 回　故人相逢喜谈别后　仇寇见面幸捉回营…………（459）

第 十 一 回　拿马保回营赎罪　四方镇聚会群雄…………（463）

第 十 二 回　马成龙旅店遇友　陀头僧力大惊人…………（467）

第 十 三 回　独龙口侠义胜高杰　总镇衙神犼戏仙猿…………（471）

第 十 四 回　凭脚程戏耍侯化泰　请侠义双探峨眉山…………（475）

第 十 五 回　二义士初入峨眉山　兴会庄巧遇瘟瘟道…………（479）

第 十 六 回　红胡子怀私刺双侠　侯化泰露情定巧计…………（484）

第 十 七 回　会仙台双侠见吴恩　钻云犼施展惊人艺…………（488）

第 十 八 回　二老智出峨眉山　群雄聚会四方镇…………（493）

第 十 九 回　李万青目识豪杰　马成龙旅店结亲…………（498）

第 二 十 回　侯化泰又逢强中手　顾焕章出世遇宾朋…………（503）

第二十一回　仙师炼药清虚观　焕章酒肆会群雄……………………（507）

第二十二回　罗如虎被打受辱　张玉峰立功捉贼……………………（511）

第二十三回　穆将军兵发峨眉山　金刀将探山遇妖道………………（516）

第二十四回　北山口英雄被获　青石洞义士逢凶……………………（520）

第二十五回　吴性海设谋定计　叶守清被获遭擒……………………（525）

第二十六回　朱瑞夜探兴会庄　金青计捉瘟瘟道……………………（529）

第二十七回　马杰叛反峨眉山　英雄受计捉妖道……………………（533）

第二十八回　北山口马杰泄机　兴隆镇吴恩遇险……………………（538）

第二十九回　赛诸葛误走绝恩岭　顾焕章巧得太阿剑…………………（542）

第 三 十 回　吴恩被擒清妙观　马杰计献峨眉山……………………（547）

第三十一回　白练祖急中生巧计　吴代光绝处又逢生…………………（552）

第三十二回　穆将军夜袭接天岭　白练祖妖术烧清兵…………………（557）

第三十三回　高杰奋勇劫贼寨　成龙献计淹贼军……………………（562）

第三十四回　顾焕章偷探湖耳山　追风猿他乡遇故友…………………（567）

第三十五回　众侠义夜宿铁善寺　白胜祖束手探贼巢…………………（571）

第三十六回　勇高杰单鞭破飞钵　小霸王大战神力将…………………（575）

第三十七回　李长龄庙中行刺　侯化泰戏耍高杰……………………（580）

第三十八回　马杰戏耍侯化泰　英雄偷探龙峒山……………………（585）

第三十九回　追风猿七宝镇遇险　白胜祖扮道人探贼…………………（590）

第 四 十 回　白胜祖假充神仙　小霸王连胜三阵……………………（594）

第四十一回　铁面僧横扫天地会　神力将生擒小霸王…………………（599）

第四十二回　张大虎探山逢凶　罗会总以德报德……………………（603）

第四十三回　永善县群雄遇险　墨金刚戏耍贼人……………………（608）

第四十四回　高杰怒打铁太岁　英雄奋勇斗贼人……………………（613）

第四十五回　马成龙绝处逢生　百花僧古庙被获……………………（617）

第四十六回　群雄哨探水师营　豪杰计烧龙峒山……………………（621）

第四十七回　勇先锋抢船过江　王天宠出探石平……………………（625）

第四十八回　小白龙又逢强中手　大英雄攻打石平州…………………（630）

第四十九回　铁掌道妖术惑人　马成龙阵前被获……………………（633）

第 五 十 回　巴德哩中途遇险　穆将军计破妖人……………………（637）

第五十一回　忠臣冒险入贼巢　义士束手探虎穴……………………（641）

第五十二回　白胜祖智哄贼人　吴代光计试神仙…………………（645）

第五十三回　白将军难中呈祥　陈君荣仗义救人…………………（649）

第五十四回　玉昆假充南极子　忠良一剑定石平…………………（653）

第五十五回　群雄大战青凤山　吴恩观山遇猛虎…………………（658）

第五十六回　胡总兵攻山折兵　汪提调设谋困贼…………………（662）

第五十七回　义士涉险探贼巢　秦远捉拿侯化泰…………………（667）

第五十八回　姜鸿泄机祁河寺　王勇愤怒斗贼人…………………（672）

第五十九回　吴恩渡江逢知己　群雄无意遇贼人…………………（677）

第六十回　众豪杰夜探邓家庄　六英雄遇险身被获…………………（682）

第六十一回　邓芸娘释放英雄　白胜祖智捉贼人…………………（686）

第六十二回　镇八方夜探邓家庄　赛诸葛狭路刺群雄…………………（690）

第六十三回　回教正二擒吴恩　隐善村群雄借宿…………………（693）

第六十四回　于占鳌宴会群雄　白胜祖遇难呈祥…………………（698）

第六十五回　众英雄同宿隐善庄　下江口豪杰中奸计…………………（703）

第六十六回　空空观群雄逢隐士　双宝镇豪杰探贼人…………………（707）

第六十七回　双宝镇巧遇奸细　下江口又逢巨寇…………………（712）

第六十八回　白胜祖大义骂贼　曹文远忠言劝友…………………（717）

第六十九回　顾焕章误入于家务　谭逢春巧得美多姣…………………（721）

第七十回　倭侯爷夜探贼巢　玉昆奉令救群雄…………………（725）

第七十一回　顾焕章巧计救宾朋　浪里钻聚兵战江口…………………（729）

第七十二回　豪杰回营定巧计　义士奋勇盗宝刀…………………（733）

第七十三回　飞天大圣复探山　劝善会总施毒计…………………（737）

第七十四回　伊哩布回兵独龙口　巴德哩避雨夏家庄…………………（741）

第七十五回　夏海龙识破机关　巴德哩二人遇害…………………（746）

第七十六回　梅素英诱奸英雄　巴德哩巧遇侠义…………………（750）

第七十七回　玉面郎又逢美多姣　百花娘巧语哄夫主…………………（754）

第七十八回　张玉峰夜探夏家庄　邓芸娘捉拿英雄汉…………………（759）

第七十九回　伊钦差派兵剿邪教　夏海龙举戟战官兵…………………（763）

第八十回　张玉峰奋勇斗贼　韩智远妖术得胜…………………（768）

第八十一回　张玉峰逢凶化吉　邓芸娘遇难呈祥…………………（773）

第八十二回　李天保进兵独龙口　张广太退守藤萝营…………………（778）

第八十三回 伊钦差复夺独龙口 张广太奉旨发军台……………（782）

第八十四回 穆将军大战宝珠山 马成龙舍命捉妖道……………（786）

第八十五回 穆帅督兵战妖道 虎将舍死斗贼人……………（790）

第八十六回 谢禄奋勇刺妖道 韩虎涉险盗葫芦……………（795）

第八十七回 英雄冒险访隐士 玉昆半路抢囚车……………（800）

第八十八回 冷岩观隐士论天时 宝珠山真人捉妖道……………（804）

第八十九回 赵玄真连胜贼将 马成龙奋勇劫营……………（808）

第 九 十 回 李法通妖术惊人 巴德哩失机被获……………（812）

第九十一回 穆将军定计破敌 李法通失机败阵……………（816）

第九十二回 赵玄真二次出山 李法通失机被获……………（821）

第九十三回 破邪术惊走张宏雷 穆将军兵抢定源山……………（825）

第九十四回 李法通误入松荫观 张玉峰巧拿恶妖人……………（829）

第九十五回 穆将军进兵竹子山 白练祖截江战官兵……………（833）

第九十六回 迷魂旗妖术胜众 忠勇将失机被擒……………（837）

第九十七回 虬首龙舍命斗贼 白胜祖智胜贼人……………（841）

第九十八回 张二虎进兵竹子山 混水猿劝说张会总……………（845）

第九十九回 水师营群雄定计 绝恩洞捉拿吴恩……………（849）

第 一 百 回 捉妖人忠臣奏凯 灭邪教永庆升平……………（853）

永庆升平前传

第 一 回
康熙爷览奏私访　胡忠孝异乡受困

《西江月》：

  终日忧愁何益，不消短叹长吁。箪食瓢饮乐三余①，方是寒儒雅趣。 不求名登雁塔②，惟愿沽酒题诗。高歌对月诵新诗，即展胸中志气。

  话说我朝大清定鼎③，由吴三桂请清兵入关以来，顺治佛爷④登基，真乃是风调雨顺，万民乐业。传至康熙圣主四十八年，这一日早朝，有署步军统领伊哩布奏言："前三门外土教匪徒甚多，理应清净地面。"圣上览本并未降旨，传达摩肃王，午正在三桥接驾。

  散朝用膳后，传四值库首领张成预备便服更换，传御马圈鞴⑤一字墨骧驼骨兽，在东华门外等候。此驴乃山西亢百万所进，每日能行千里，周身黑色，并无杂毛，其性最灵，能知人意。圣上穿便衣来至东华门外，御马圈首领王坤慌忙将驴拉过，圣上骑驴接鞭在手，打驴出东安门，顺皇城根一直往南，至正阳门外。见桥头上有大鞍车紫缰，此车乃系达摩肃王乘

---

① 箪（dān）食（sì）瓢饮乐三余——箪食瓢饮：用箪盛饭吃，用瓢舀水喝，指清平生活。箪：古代盛饭的圆形竹器。三余：指冬季、夜间、雨天，古人认为"冬者岁之余，夜者日之余，阴雨者时之余也。"

② 名登雁塔——进士及第的代称。唐代新进士在都城曲江宴会后，常题名于慈恩寺塔（大雁塔）下，故有此称。

③ 定鼎——古代称定都或建立王朝为定鼎。

④ 佛爷——原泛指佛教的神，这里是对顺治皇帝的尊称。

⑤ 鞴（bèi）——把鞍辔等套在马上。

坐,带领随事从人,俱穿官衣在此等候接驾。遥见圣上穿便衣骑驴前来,肃王爷将要更衣接驾,直见圣驾骑驴进西河沿往西去了,王爷随在后追赶。

再言圣上在驴上,心中暗想说:"我前次私访,获五虎庄的恶霸。今日览奏,不知前三门外土教匪徒在于何处?"正思想间,已至顺治门大街。忽听纷纷传言:"兴顺镖店亮镖!"圣上不知亮镖是何缘故,心中暗想:"必是人吃得胖,要亮亮膘头儿,朕不免前去一看。"随跟众人一直往南,见大街南头路东人烟稠密,举目一看,有一高大席棚,悬挂花红甚多。也有书写"陶朱事业"①及"本固枝荣"等字,下款俱是士、农、工、商有名之人。大门上有泥金匾一块,双插金花,上写"兴顺镖店"四字,乃系名人之笔。圣上看罢下驴,将驴拴在隔壁粮店门口,手拿鞭子,分开众人往里行走,进了大门,坐在大板凳上观看。

只见以东为上,上房五间,前出廊,后出厦,满窗户玻璃,照耀眼目。南边雪白的院墙,当中有绿屏门四扇,上写"斋庄中正"。南边还有院落,北房五间,直通北后院,门里的影壁尚未修齐。有一个秃瓦匠,身穿白棉绸裤褂,漂白袜子,青缎子实纳帮皂鞋;年有四十来岁,细眉圆眼,手拿瓦刀,在那里抹灰。又有小工一个,身躯胖大,穿的是茧绸裤褂,山东皂鞋;身高八尺,面如紫玉,扫帚眉,大环眼,平脑瓜顶儿,手拿九斤十二两大瓦刀,在那里煮灰。裤腰带上头,带着荸荠扁的哑壶一个。又见天棚底下摆着刀枪架子两个,两边有十八般兵器,件件皆精。北房前有八仙桌儿三张,上铺猩猩红毡,摆定元宝无数。

圣上看毕,并不知里面是何等买卖,只听南院内划拳行令之声,十分热闹。从东上房走出一人,年约二十有余,身穿白鸡皮绉小褂,青洋绉中衣,紫花布袜子,青缎子双脸鞋;腰系青洋绉褡包,上绣团鹤斗蜜蜂儿;黄尖尖的头发,小紧辫;甜浆粥的脸蛋,垂糖麻花的鼻子;两道杨眉,一双马眼,配着两个糖耳朵;手拿小藤子鞭,横眉立目,来至圣上面前,说:"老头儿走开吧,别在这坐着!"圣上抬头一看,这小子就打了一个冷战,倒抽一口凉气。见圣上身穿宁绸古铜色齐袖大衫,篆底官靴;长眉阔目,准头丰

---

① 陶朱事业——指经商。春秋时越国大夫范蠡助越王勾践灭吴后,隐居至陶,称朱公,经商致富,后人因此以"陶朱公"称大商人。

满，一部银髯，天武神威，气相不俗，必非平等之人。看罢，忙带笑开言：
"我当是谁，原来是老爷子。我叫小秦椒胡老大，你不知道我吧？里边坐
着。"圣上并不答言。

那小子转身方才要走，忽听外面有人说："老爷行好，有剩饭无有？
赏给我兄妹两个一碗半碗。"圣上回头一看，见来了一男一女：那男子约
有二十有余，面带病形；女子低头不语，五官倒也端正，钗荆裙布，窄小弓
鞋，虽无倾国倾城之貌，亦有羞花闭月之容。圣上看罢，心中暗想："各省
大吏，年年进奏'五谷丰收'，我辇毂①之下，谁知也有乞讨之人！看这二
人之貌，并非久作乞丐，其中必有缘故。朕出来，可惜未带银两，若带银
两，必以问明周济周济他二人。"

正想之间，见看门的小秦椒胡大，手举一藤鞭，照那乞丐劈头就打。
那人还手，一拳将小秦椒打倒在地。小秦椒一阵贱笑，说："你还会把势②
吗？你念一个喜歌儿，我给你一百钱。"那人说："我不会念喜歌，休得胡
说！"这小子往那人身背后一瞧，见一女子十分美貌，怎见得？有赞为证：

　　发似青丝面芙蓉，鼻如悬胆耳似弓。樱桃小口含碎玉，天庭饱满
地阁丰。淡淡春山含秀气，玲玲秋水透聪明。身穿布衣多齐正，裙下
金莲一拧拧。衫袖半吞描花腕，十指尖尖如春葱。捧心西子真堪似，
水笔丹青画不成。

说："朋友，瞧你这样不像要饭的，你姓什么？哪里人？告诉我，我周济周
济你。"那人长叹一声，说："老爷若问，听我慢慢说来。我乃河南卫辉府
新乡县连三庄人氏，姓胡，名忠孝，自幼习武。父原任开州守备，已故，母
亲教养兄妹二人。妹名赛花，针线女工，一概俱佳，又兼武艺精通。我有
一姑父在京做守备，在京营菜市汛③，历任有年。有个表弟郝玉春，十七
岁中的武举人，有意将妹子赛花给他为妻，一同入京，前来投亲……"

兄妹坐了二套车一辆，随带行装衣包等物，辞别老母，兄妹起程，在路
饥餐渴饮，路上无语。那天进彰仪门，日色已落，暂且入店歇息，意欲明天
再去寻见姑父、姑母。至路南广成店下车，入上房。店中小伙计慌忙打净

---

① 辇(niǎn)毂(gū)——天子之车的专称，这里指京师。
② 把势——武术。口头用语。
③ 汛——清代指军队驻防地。

面水、泡茶、擦桌子、摆小菜碟，问："吃什么饭食？"忠孝说："叫车夫将衣包搬进来。"小二说："赶车的已赶车走了。我问他，他说你坐的是代脚车，此时早走远了。"忠孝一闻此言，甚为惊异，说："贼子，坑了我了！"这一个车夫原是他朋友荐的，名叫王顺，在他家已然二年有余，诸事诚实，原籍三河县人。今日住店，他见忠孝兄妹二人入店，他想道："他车上行李足值五六百银，这两个骡子也值三百余两。莫若我将他拐了一走，可以发财回家。"随手执鞭子，将梢子一领，出广成店，往正东去了。忠孝听店小二一说，慌忙出店观看，四顾并无车辆，无奈转回上房，闷闷不乐。姑娘说："哥哥不必发愁，明天到姑父那里禀官再拿他，大概也不晚。"忠孝点头，要菜吃饭；吃饭已毕，撤去残桌，安歇睡觉，一夜无词。

次日天明，净面吃茶，用罢早饭，自己出店，叫赛花在店中等候，直奔菜市口汛守备衙门来了。见一当兵头目，素日认识忠孝是郝老爷的内侄，说："少爷，你好，从哪里来？"忠孝说："自家中来，王头儿你好。"那人说："郝老爷随新放查办外洋钦差朱大人上东洋去了。"忠孝一听，说："家眷曾在这里？"那人说："他一同出京。"忠孝长叹一声，无奈回归店内，心中烦闷，叫小二备酒遣闷。正是：

> 恨路难行钱作马，愁城易破酒为兵。

遂与赛花说明姑父出差外洋之事，兄妹叹息，无计可施。忠孝酒醉，蒙头便睡，醒来觉四肢发软，头痛眼黑，口干舌燥，不能起床；连急带气，被困异乡，有心要走，病又不能起床，幸亏妹妹头上有簪环首饰，拿去典当，但典当已空。一月有余，病体虽好，衣履早为罄尽；店内有不教住之意，手无分文，无奈买瓦罐，兄妹意欲讨饭归家；来至菜市口，见街东人烟稠密，上挂花红，知是铺户开张，意欲上前讨饭，正遇小秦椒胡大相问，遂说明来历。

圣上在旁听得明明白白，只见小秦椒说："当家子①，你等着，我见见我们东家，周济周济你回家。"说罢，走进东上房去了。片刻由屋内出来，站在台阶上，招手叫忠孝说："你这里来，见见我家少东家，要行个礼儿，必周济你回家。"忠孝随同他进东上房北里间屋内。屋中陈设甚多，墙上挂着线枪五条，路东八仙桌一张，是花梨的。

---

① 当(dàng)家子——北京土语，指本家，本族或同姓。

南边椅子上坐一少年人，约有二十上下，面黄，身穿蓝绸裤褂，漂白袜子，镶缎双脸鞋，散着裤脚，手内托着银水烟袋一支。忠孝慌忙躬身施礼，说："大爷，您好。"他把脸一扬，嘴一歪，说："不必行礼，你是哪里的人？"忠孝说："河南卫辉府人氏。"说："你回家可用多少银子？"忠孝说："多少不拘。"少掌柜的说："我给你五十两银子，行不行？"忠孝一听，心中暗想说："还是北京城天子脚底下大邦之地，真有这样仗义疏财之人！"赶紧道谢，见此人由那边箱子拿元宝一个，说："给你吧。"忠孝接银在手，说："大爷，我兄妹如回家之后，多则一年，少则半载，必要前来登门叩谢！不知大爷贵姓？"小秦椒说："我们大爷姓佟，别号人称佟百万。"说："你去吧。"忠孝转身往外就走。

只听得里面说："胡大，你望他说明白了，也不用立个字儿，就把人留下么。"小秦椒说："我去向他说明。"出来至外间屋，说："你别走。"叫忠孝至南里间屋内坐下。说："我们大爷为什么给你银子？"忠孝说："周济我。"胡大说："呸，别不要脸，你听我告诉你：我们大爷见你妹妹长得好看，给你这五十两银子，将你妹妹留下，作我大爷的侍妾。"忠孝一闻此言，正是：

怒从心上起，气向胆边生。

将元宝向胡大扔去，站起身往外就走。只听北屋里说："别放他走！叫打手拿家伙，抢他这个女子！"只见小秦椒站在台阶之上，说："我们大爷周济了你，你还敢偷东西！"一声喊嚷，南院出来二十多名打手，俱是紫花布的裤褂，青缎子抓地虎的靴子，俱是二十多岁，手拿把打棍，将胡忠孝围在院中要打。圣上在那里心中说道："看此人不像作贼的模样，其中必有缘故。"

正说之间，听得门外喊嚷说："别打，我来也！"只见蹿进一人。圣上睁眼看，见此人年有二十上下，身高七尺，细腰窄背；身穿蓝春绸长衫一件，足蹬三镶抓地虎靴子一双；面皮微黄，细眉大眼，精神百倍；手驾平果青一个，来至众打手面前，说："不准打！打外乡人，为什么？"忠孝言道："我在此讨饭，他要买我妹妹，我不愿依从他，他叫打手要打我。"然后又把投亲之事说了一遍。此人大喊一声说："你们这些个东西胆大，楞敢抢人！来，来！"拉住忠孝就要走，自道名姓。

此人住家在安定门里国子监，姓马，双名梦太，自幼家中学练艺业。

达摩肃王府中比过武,摔过大牤牛①,踢过二牤牛,前门外头打过四霸天;后来在地坛跟老山海学过艺,练过弹腿、地蹚拳②、十八滚、十八翻,横推八匹马,倒拽九牛回,油锤贯顶,两太阳砸砖,有恨地无环之力。今天给义弟铁头孙兆英庆贺广庆茶园新张之喜,邀请四方九城人物字号,在广庆茶园等候四霸天打架。今天是来至菜市口找朋友,偶遇此事,走进镖店,自道名姓。

康熙爷在那里听的明白,心中说道:"朕今日出宫,未带保驾之人,要带保驾之人,将一干贼人俱皆拿获!"口中说道:"胡忠孝、马梦太,你等自管打,打死俱有朕当与你等做主!"梦太带忠孝分开众人,方才要走,只听东上房少东人说:"小秦椒胡大,连这个拉马的一齐打!"外面打手一声喊嚷,手使棍棒,将二人围住,小秦椒带人来抢姑娘赛花。不知后事如何,且听下回分解。

---

① 牤(māng)牛——公牛。
② 地蹚(tāng)拳——拳术的一种。

第 二 回

病二郎镖店遇友　王河龙救驾拿贼

词曰：

　　游手好闲有损，专心务本无亏。赌博场中抖雄威，金宝银钱俱费。　　多少英雄落魄，也教富贵成灰。劝君及早把头回，免受饥寒之累。

话说小秦椒来至姑娘面前，笑嘻嘻的。他欺侮姑娘是个女子，过去伸手就拉，打算带到上房见少东家，前去献功。谁知道姑娘全身武艺，正见群贼围住哥哥，有心过去帮着动手，自己又是个女子。正在进退两难之际，只见小秦椒来至面前，姑娘蛾眉直立，杏眼圆睁，举手一掌，正打在贼人脸上，遂夺贼人兵刃，过去帮助他哥哥动手。忠孝说："赛花留神！"圣上在那里听见，知道此女名叫胡赛花，站在板凳上，面向正东，观看贼人动手。

只听到上房屋内少东人说："请教师爷带一百名打手，关上店门，给我打！"早有人往北院中去了。不大的时刻，有二位英雄，带打手一百名，俱是短衣裳，小打扮，手使杀威棒，从北院中出来。往天棚底下观看，瞧见天棚架上插着平果青鸟儿，有一少年帮着忠孝兄妹动手。二教师口中说道："忠孝大哥，为何来至此处，落得这般光景？贤妹亦在此处，不知所因何故？说明来历，弟等替你做主！"忠孝抬头一看，正是：

　　久旱逢甘雨，他乡遇故知。

说话的这位教师，身高八尺，面黄肌瘦，微带病形；手拿三尖两刃刀，身穿蓝绸裤褂，薄底兜根窄腰快靴。此人姓李，名庆龙，别号人称病二郎。后跟一人，身高七尺，白面模儿，手持双铜，此人姓薛，名叫应龙，别号人称小丙灵。俱是卫辉府连三庄的人，一个住李家堡，一个住薛家庄，与忠孝自幼同师学艺，总角①相交，一处长大成人，结义兄弟。忠孝居长，庆龙次

----

① 　总角（jiǎo）——童年时代。

之,应龙行三,情投意合。正是:

> 异姓有情非异姓,同胞无义枉同胞。

这二人因在家中赌钱,被人用假宝暗算,现钱输净,欠下账目。有心要还,家中财帛俱有老人家做主,不由二人经管。二人难见债主,遂带盘费来至北京,住西河沿天成店。盘费用尽,当卖已空,在店中发愁。小二见二人素日相待甚好,今见二人为难,说:"你们二位不是会把势吗?何不上天桥前去卖艺?"二人遂带自己单刀、花枪出店,顺大街到珠市口南边空宽之所,开了一块场子。当中一站,走了一趟弹腿,耍了一趟单刀,然后自己将拳脚拉开,真是好:拳似流星眼似电,腰似蛇行腿似钻。怎见得?有赞为证:

> 太祖神拳丢四平,协身绕步逞英雄。迎门使上刀入鞘,倒退一步不留情,上使高蹄马,下使底似平。低水势,扫地龙,十二连拳往上攻。拳打南山斑斓虎,脚踢北海混江龙。

练罢拳脚要钱。众人说:"好俊武艺!"大家称赞,往里扔钱。头一天挣铜制钱十吊有余。二人回店甚是喜悦,还了所欠的饭账,用饭安歇。

次日天明,薛应龙说:"哥哥,咱们天天卖艺倒也不错,以济燃眉之急。"正是:

> 君子身可大可小,丈夫志能屈能伸。

二人出店,又去卖艺,一连半月有余。

这一日,正练之间,天约正午,从外面钻进一人,身高六尺有余,面黄,细眉圆眼,嘴唇发薄,两耳发削;身穿蓝绸中衣,白鸡皮绉短汗衫,足蹬青缎快靴一双;抱拳拱手,口中说道:"朋友,你练的不错!"李庆龙把眼一瞪,过去一腿将来人踢倒,骂道:"混账东西,来在爷爷跟前讨打!"只听后面有人喊嚷说:"好两个卖艺的胆大,敢踢弟子老师!我今天务必将你等赶开!"有众人解劝。只见一位黑花脸老人,拉着被踢的少年,说:"你两个姓什么?在哪里住?"李庆龙道:"我住在西河沿天成店,别号人称病二郎李庆龙的便是。他是吾的义弟,小丙灵薛应龙。"通罢名姓,那老人并不回答,竟自去了。旁边有看热闹之人说:"你两个快走吧,惹下祸了!方才那老人名叫鬼脸太岁佟起亮,被踢的少年是他儿子佟德英,在前门外开镖店为生,现今又在菜市口盖房,又要开镖局子,手下英雄最多,无人敢惹。这一回去必定带人前来找你,决不善罢甘休。"二人闻听,说:"你不必多管闲事，我二人在此等候于他。"那人默默不语。正是：

　　　　无益言语休开口，不干己事少出头。

二人等至日色已落，并不见有人来找。二人无奈回店，忿忿不平，在店中晚饭饮酒，心中烦闷，天将二鼓，撤去残桌安歇。

　　次日天明，方才起来净面，只见小二进来报道："外面有人来请你们二位，"庆龙想到："异乡之地，并无亲故，何人来请？叫他进来，问明便知。"小二带此人来至屋内，只见手拿大红请帖一张，双手送将过来，笑吟吟地说："我们主人打发奴才来请二位教师爷来了。"庆龙见帖上书写："特请老师傅赐教。"下书："佟起亮顿首拜。"原来昨日佟起亮回家想："这两个卖艺的必是英雄，何不将他请在我家，传教吾儿？"想罢，自己写帖一个，次日遣人至店中聘请。二人看罢来帖，不知是何缘故，一想："跟他前去，一见便知端底。"遂同来人至米市胡同路西大门，到门房等候。

　　这人进去通禀，只见那花面老人出来迎接，请二人至上房，摆酒款待。说明本意，每年修金各三百两。遂带他儿子佟德英拜见两位师傅，就是昨天被踢之人。带至西后院外，有打手一百名，也随学练拳脚、棍棒。二人遂在此处安住，找人到店内搬取行李，算还店账。二人即在佟宅教练拳棒、各样武艺，三月有余。见东人处夜聚无数老少人等，听说俱是异样之事，暗问徒弟德英，方知是天地会八卦教之贼。二人不胜惊异，就有退缩之心，岂奈无由可退。

　　这日正教练徒弟，忽有人来说："今天兴顺镖店开张，少东人与人打架，请教师爷带打手人等前往。"二人来至店的后门，进里面从北院出来，只见打手带伤，当中围着二男一女，内有义兄胡忠孝、义妹赛花，那少年之人并不认识。二人说："你们这店内真好大胆，敢打我的朋友！我二人不与你善罢甘休！"李庆龙说罢，把三尖两刃刀抡起来，帮着胡忠孝打店内的打手。薛应龙也来动手，二人各通名姓。众打手齐声喊嚷说："二位教师爷反向着外人！"少东人在上房连连跺脚，说："吃着我，喝着我，还打我的人！叫人快去请老东人与五路达官来！"

　　正喊闹之间，只见众英雄各携枪刀兵刃，从南院出来，一齐动手。马梦太正打之间，心中想到："朕今天本来有事，在广庆茶园约请朋友，等候四霸天。今天在此我并不认识这个姓胡的，何必多管闲事！我看这事越闹越大，我不如趁此走了吧。"想罢，自己拔下平果青，跳出圈外，竟自出大门去了。康熙圣上在板凳上站着，口中说道："可惜！此人虎头蛇尾，终无大用！"圣上这一说，就把此人封坏了，直等后来二打剪子峪，方才转运。后话不提。

圣上见忠孝等四人被众人围住，甚是可怜，心中想："朕的保驾之人又未带来一个。"口中说道："胡忠孝、李庆龙、薛应龙，你等自管打，打死自有朕与你做主！"圣主虽然说话，人多口杂，声音一片，胡、李等并未听见。五路达官个个英雄，有南路镖头贪花浪子小蝴蝶侯瑞，飞行太保侯芳，神刀无敌李猛。众人将四个人困在当中，忠孝带伤，薛应龙吁吁带喘，李庆龙堪堪不行。

正在危急之间，忽听外面说："哥哥，就是这里么？"从外面来了二人：一个身高贯字身体，穿蓝绉绸长衫，白袜云履；面如紫玉；浓眉阔目，鼻直口方。后面一人身高七尺有余，身穿青绉绸长衫，足蹬青缎薄底兜根窄腰快靴；面如晚霞，眉分八彩，目如朗星；左手架鹞子①一个。二人分开众人，进大门而来。圣主回头一看，原来是朕的跟班的来了，口中传旨，吩咐二人："进顺兴镖店，帮着忠孝等拿贼！"不知二人是谁，且听下回分解。

---

① 鹞(yào)子——雀鹰一类的鸟儿。

第 三 回

马成龙穷困投母舅　柳金铎大义赠多金

词曰：

> 可叹中年运拙，世人把我颠夺。
>
> 布衣焉能把体遮，时常见①受饥饿。
>
> 旧亲渐渐疏退，自己辗转思跎②。
>
> 一家骨肉两看着，世态炎凉不错。
>
> 任他桃柳争春，俺这里独守松柏。
>
> 蛟龙被困冻冰河，单等春雷一过。

话说前头穿蓝绸长衫的姓王，河间府献县人，乾清门花翎二等侍卫，名河龙；穿青绸衫的，姓龙，名恩，正红旗满洲头甲喇人，当大宫门头等侍卫。今天早起，从他家西四牌楼驴肉胡同起身，上平则门宫门口找王河龙。王河龙有豆腐坊一个，是他叔父、婶母开的，在宫门口多年，铺中伙计十数个人。他叔父、婶母已然回家，王河龙就在此豆腐铺居住。铺中之事，另有掌柜赵成管理。

龙恩来至豆腐坊门首，见众伙友俱将铺盖搬出要走，龙老爷说：“你等如此为何？”遂拉赵成至柜房，见王河龙怒气冲冲，不知所因何故。龙老爷是常往这里来，与王河龙是至好的朋友，今天不能不管，问：“赵成，所因何故？”王河龙说：“大哥，不必管，让他等去吧！”只见赵成说：“龙老爷，我们东家后院子有单耳子技勇石一块，重有三百八十斤，他天天练拿这一块石头，老没有拿起来，夜晚他在柜房床上安歇，我在床下搭铺，睡至三更以后，见我东家由床上跳将下来，一手将我脖颈掐住，一手将我大腿摄住，将我举将起来，双手一扔，摔在就地，他上床竟自睡了，幸亏没有拿我耍大刀，若要拿我耍大刀，我就摔坏了。早起我问他，他羞恼变成怒，他

---

① 见——被。

② 思跎——思量。

说：'你等不必找邪岔，全给我去！'就是为这个事。"龙老爷说：兄弟，你别闹了。"赶紧将此事说合完毕，大家合好，赵成依旧照料豆腐坊的事务。龙恩说："贤弟，明天一早，咱们哥儿两个在平则门外路南羊肉馆那里见。"说罢，龙老爷回家。

王河龙一天无事，只等到第二天早晨起来，换好衣服，出离豆腐坊，至城外羊肉馆，见龙老爷早在那里等候。二人落座，吃茶要饭，吃完算还饭账，出离饭馆。龙老爷说："贤弟，咱们逛逛青儿，顺城根往南，奔西便门。"四月天气，甚是炎热，即至西便门，一直往东走。王河龙本吃的又多，天热一走就渴了，想要喝茶。龙老爷说："兄弟，使不得！你吃好些个硬头东西，一喝水，癃癌①一崩就坏了。"王爷渴极了，见那边有一人挑着一挑水，他从后面也不言语，端起后边水桶，前头的就洒了。那人把眼一瞪，说："喝就喝，你可把我的桶给摔坏了！"王河龙并不答言，端起就喝，喝完，将水桶扔在就地。龙爷说："你吃一肚子荤东西，你又喝凉水，又把人家的桶也给摔了。"龙老爷拿小票儿两千，给这挑水之人，叫他收拾桶去。

二人来至顺治门，王河龙腹中直响，想要出恭②。龙爷故意说道："咱们做官的茅房，在菜市口挂红的地方。"王河龙是外乡人，初当侍卫，在京日子不多，听龙恩所说，信以为真，顺大街往南就走，来至镖店门首，见上挂花红，认作是茅房，往里就走，见众人围着，不知是何缘故。自己说道："此处人真不开眼，拉屎的瞧个什么劲！"自己腹中大便甚急，分开众人往里就走。见天棚底下无数人围着一个男子、一个女子，在那里打架；康熙爷在板凳上站着。二人一见，跪倒叩头。圣主吩咐二人帮助胡忠孝等拿贼，说："不准放贼人逃走，将开店之人拿获！"二侍卫夺贼人木棍，与贼人打在一起。

佟起亮在那里指挥保镖、达官动手，见有一老头儿在那里站在板凳上，手拿丝鞭，口中嚷打，自己想："见此人五官端正，大概并非俗等之人。常听人传言，康熙爷常常私访，不知这老头是谁？"自己到屋内墙上摘下线枪，转身来至南边，面向西，手拿火绳，照定圣上点火就放。只听"当"

---

① 癃(luò)癌(guō)——因用力过度使部分筋肉受伤而疼痛。

② 出恭——大便。

的一声,直扑圣上而来。正是:

真天子百灵相助,大将军八面威风。

圣上一回头,砂子从旁边过去,正在那秃瓦匠迎面头上打了一个穿堂儿,反身栽倒就地,立时身死。只见那小工把眼睛一瞪,说:"好一个屄进的,打死我白大哥了!"手拿九斤十二两大瓦刀,直扑群贼。

此人乃山东登州府文登县马家庄人,姓马,名成龙,字德海。自幼读书,文章全篇,下场一次并未取中,改学弓箭。爷母双亡,轻财仗义,颇有孟尝君好友之名。家业一败如洗,只剩孤身一人,亲朋俱皆贱之①。此人素有大志,无奈时运不通,当初有钱之时,呼兄唤弟,朋友不少;及至一穷,俱皆远离。君子之友,见面常常周济,无奈不能济事,只顾燃眉之急;小人见面远避,背谈:"成龙当初有钱自大,如今该当现眼!"正是:

立志不交无义友,存心当报有恩人。

这一年,时逢冬月,天气寒冷,大雪纷纷。成龙身穿单裤褂一身,在村背后人家场院房内居住。由早晨水米未进,身上无衣,不由长叹一声,想起有钱之时,何等快乐,朋友成群,高楼赏雪,暖阁吟诗;到如今,朋友又在哪里? 正是:

时来谁不来,时不来谁来?

自己思前想后,不由掉下几点英雄泪来,想:"自己父母早丧,又无兄弟,又无姐妹,孤苦伶仃,并无一个知疼着热之人。只有母舅,远在宁夏贸易,音信阻隔,道路遥远,缺少盘费,不能投奔。"正是:

英雄频洒穷途泪,命不如人可奈何?

越想越惨,不由大放悲声。自己一想:"生不如死。"正悲惨之际,狂风甚大,冷气侵人。睁眼往外一看,好一阵大雪。怎见得? 有赞为证:

遍地洒琼瑶,舞舞长空蝶翅飘。白茫茫占断了阳关道,玉床玻
璃,银铺小桥。剪鹅毛,山童来报:压折了老梅梢。

成龙看罢:"我今日莫若一死,我虽然没有儿子,倒是百草穿孝。"自己拿绳子一根,拴在门槛上,将套儿拴好,伸脖子就要上吊。

只见从外面来了一位老人,口中说:"成龙在这里吗? 我昨天才回来,这一年有余,你我未见,我听说你穷困至此,我特冒雪而来,给你送几

---

① 贱之——小看、瞧不起他。

两银子,以济燃眉之急。"正是:

雪中送炭人间少,锦上添花世上多。

成龙睁眼一看,原来是老师柳金铎先生,从他亲戚那里方才回来,望成龙至厚,虽则师生,却是患难之交。成龙羞惨满面,将绳儿解下来,慌忙施礼,说:"老师,您好!从哪里来?"那先生一瞧成龙身穿单衣,面带泪容,不似当初的那等模样,长吁一声,由怀中掏出白银五十两,交与成龙,又将皮马褂儿脱下给成龙穿上。二人谈心,叙话多时,雪已住了,拉着成龙至村头酒馆之内吃酒,问成龙意欲何为。成龙将要投奔母舅的缘故细说一遍,柳先生说:"好,我有白银五十两送你作路费,你何时起身?"成龙说:"有了银子,明日就走。"二人说至天晚方散。

第二天,成龙置办衣服,辞别柳金铎,离马家庄,顺阳关大道,投奔宁夏去了。一路饥食渴饮,夜住晓行,非止一日,腊尽春来,时逢新春,瞬息至四月十五日,至宁夏府城内苏州街路南太山泉黄酒糟坊,进里面落座。酒保儿过来问:"吃什么酒,要什么菜?"成龙说:"我不喝酒,我跟你打听一个人。"跑堂的说:"你打听哪个?"成龙说:"有个苗掌柜的在这里吗?"伙计说:"不错,在这里。你姓什么?"成龙说明来历。跑堂的说:"我们掌柜的,是山东登州府文登县苗家集的人,并无当家,又无儿女,犹有一个亲外甥在马家庄住,莫非你就是马家庄的吗?"成龙说:"不错。"伙计又道:"我们苗掌柜的病要至死,正望亲人,你来了甚好。"说着,倒过一碗茶来,说:"你喝茶,我到后边给你说一声。"笑嘻嘻的往后边去了。

成龙在那里吃茶,心里说:"我舅舅拿我们家一千两银子来做买卖,三四年并无信息,虽说是亲戚,我也是东家,见了我必不能错了。"正想之际,小跑堂的出来说:"马爷,你跟我到后边去,苗掌柜的这阵明白点,你们爷两个见面说两句话吧。"成龙随此人往后就走,一进后院,一直往西口拐,穿过八角月亮门,绕影壁进西院,北房三间,高台阶,东西各有厢房三间。随同进上房,在东里间靠北墙大床一张,他舅舅头西脚东,铺着厚褥子,盖着被窝,面如黄纸,两腮无肉,微有气息。见成龙来,睁眼细看,想起旧日的模样,认得是外甥成龙。见成龙跪倒磕头说:"舅舅,您好!您老人家什么病?"他舅舅刚要说话,心中一闹,自己摇头,先叫成龙外边吃饭,然后有话再讲。

成龙来至外边,跑堂的烫酒要菜,摆在桌上,让成龙喝酒。成龙说:

"伙计,你贵姓?"他说:"我姓刘,排行在六,有个'笑话刘六'就是我。"成龙说:"你喝一盅酒。"他说:"我不喝。"成龙直让,刘六无奈,端起酒盅喝了几口,说:"马爷,不是我不喝,我有个贱毛病,喝了酒,肚子里有什么话,全要告诉人。你猜你舅舅这病是怎么得的?"成龙说:"我不知道,你说说我听听。"刘六说:"我们这宁夏府西门外,有一座马家寨,为首的有两个庄主,一名活阎罗马刚,一名铁面判官马强。二人手下有三百多人,明为团练,暗为贼盗,常来城内苏州街黄酒馆吃酒,写帐永不还钱。那天活阎罗又来吃酒,手持钢刀一把,望苗掌柜借白银五百两,当时就要,苗掌柜方说一个'没有',他一把抓住,就按在地下,将刀放在脖子颈上,说:'你今天没有银子不行!当初你拿我的银子开的买卖。'我们大家无法,过去解劝,应十天交还银子。他本是讹诈,他说:'定望你们这铺子里要银!'苗掌柜的是加气伤寒,有心要望他打官司,他又有势力,又有银钱;有心望他打架,自己又没有人,故此一病不起,服药无效,这就是你舅舅得病的根由。"

大英雄吃酒,一听概不由己,气得三尸神暴跳,五灵豪气腾空,说:"气死我也!伙计,酒我也不喝了,你把那通条给我拿过来,你带着我,咱上马家寨!"说罢,站起就走。不知后事如何,且听下回分解。

第 四 回

山东马大闹苏州街　活阎罗气走马家寨

词曰：

金乌玉兔①西坠，江河绿水东流。人生哪有几千秋？万里山川依旧。寿天穷通是命，富贵荣华自修。看看白了少年头，生死谁知先后。

话说成龙方才要走，跑堂的刘六一把手拉住，说："马爷，不可这样粗鲁。你暂且落座，听我慢慢告诉你。你一个人能有多大膂力②，焉是众人对手？再者说，老掌柜的病体沉重，等到后日，活阎罗必来讨要银子，你就见他再作道理。"成龙一想："听他一片之言，未必是真。"正是：

眼见之事犹然假，耳听之言未必真。

自己转身遂往上房，"见舅舅便知端详，若果是真，绝不与贼人善罢甘休！"至上房见舅舅躺在那里，微睁二目，成龙说："您老人家是什么病？我给你把把脉就知道了。"他舅舅说："你还会看病吗？"说着，伸过手去。成龙说："我摸脖颈就知道了。"用手一摸，说："您老人家的病我知道了。我先说说病源您听。这宁夏西门外有一座马家寨，内中有个活阎罗马刚，铁面判官马强，常常到这里来吃饭，吃完了饭并不还钱。那一日，活阎罗又带人来吃饭，他手持钢刀，望你借白银五百两，硬行讹诈。你说一个没有，他将你按倒在地，手持钢刀放在脖颈之上，说：'你有银子便罢，若没有银子，就要结果你的性命！'众伙计前来劝解，应十日后给他银子。你是加气伤寒，病体沉重。我说的对不对？"他舅舅一闻此言，说："你真是由脉里知道的吗？"成龙说："不是，这是刘六告诉我的。"他舅舅说："你不可惹事，初到此处，地理风俗不通。我也不久于人世，这买卖当初是拿你家钱立的，我死之后就归你自己经营。你又没有学过买卖，诸事留心，小心谨慎为是。"成龙说："不成，我非得找这个东西，与他拼命！"他舅舅一

---

① 金乌玉兔——指日月。相传太阳中有三足乌，月亮上有玉兔。
② 膂（lǚ）力——体力。

听,胸中一急,一口浊痰堵住咽喉,立时身死。

　　成龙放声痛哭,置办棺椁、衣食等物,一概齐备,叫伙计刘六将幌子①取下,暂且办理白事,择日再为开市。众伙友依言照旧办理,找人抬了棺木入殓,借兴隆寺停灵,给方丈白银数两,以作停灵赁屋②之费。诸事已毕,回转铺内。成龙吩咐伙计:"明天开市,等候活阎罗前来,好向他打架。"众伙计依言,一宿晚景无话。

　　次日清晨,早起开门,成龙吩咐伙计:"将面锅添满,开了之时,以好等着煮贼。将通条给我烧上,我到后边暂且坐坐,贼人来要银子,叫我出来见他。"吩咐已毕,自己入后院上房,闷坐等候。

　　天将正午,只见活阎罗带领二十多名余党,有一人扛着一口袋银子,约四五百两之数,放在桌上。活阎罗马刚大摇大摆带领众人至后堂落座,说:"你等众人快将老苗给我叫出来,拿出银子万事皆休;如若不然,将你这买卖尽皆拆毁,不准在此开设!"笑话刘六带笑过来说:"马大爷不可如此,我们换了东家了。这个东家甚是厉害,依我说你不必在太岁头上动土!"马刚一闻此言,气往上冲,眼睛一瞪,说:"你给我叫他出来,我见见他是何等人物!"刘六转身至后面屋内,见成龙伏几而卧,赶紧说:"小东家,活阎罗马刚来了。"成龙说:"我去见他。"

　　出上房至前边,见东边八仙桌子后边椅子上坐着一人:身高约有九尺,面如刃铁,两道扫帚眉,一双三角眼,高颧骨,额下无须,正在二十以外年岁;身穿青洋绉一长衫,足蹬三镶抓地虎靴子,手拿海东青③扇子一把,坐在那里洋洋得意。成龙说:"你就是活阎罗马刚?你把我舅舅气死了,我正要找你去,你还要什么银子?"马刚睁眼一看,见成龙仪表非俗,就吃一惊,刚要与他说话,见他那边炉内拉出火线相似通条一根,直扑自己而来,马刚方要动手,成龙已到跟前,通条打在腿上,翻身栽倒在地。成龙用脚踏在他身上,说:"你这些个屌进的过来吓!"马刚说:"来人!"众余党方才要动手,铺中伙计各执器械,见东家将贼人打倒,听得成龙那里说:"将他银子留下,别放走了他们!"刘六将银子口袋扛起就往柜房里走,放下

_____

①　幌子——旧时商店、饭馆门前的标志。
②　赁(lìn)屋——租借房屋。
③　海东青——雕的一种。

出来。成龙说:"你们给我滚吧,别在这里装着玩了!"一抬脚踢了马刚一溜滚,群贼唬的往外就走。成龙手执通条追至门外,说:"从此不准到这里来!"说罢,转身回在铺内,哈哈大笑。众伙计说:"你这个祸惹大了,明天必带领群贼至此打架。"成龙说:"不要紧,天塌了有地接着,脑袋掉下来大碗接着。"那众人一个个提心吊胆,一夜无词。

次日,大家准备防备贼人前来打架,等至正午,不见有人到来,一天无话。又至次日,早饭后,只见有一人探头往里观看,说:"昨天与会总爷打架,就是这个姓马的吗?"成龙打算是打架的前来,拉通条蹿出门外,要与群贼拼命。来至门首以外,见有百十多个人,各穿长大衣服,鼓乐喧天,后面有人抬着匾一块,上写"除暴安良"四字。上款是"成龙马老先生",下款是"苏州街众铺户公立"。成龙不知所因何故。内中过来一人,年有半百,品貌端方,衣冠齐整,说:"马兄台,弟赵焕章系开设缎店为生,你我对门街坊,路北德昌便是。前日阁下将活阎罗马刚打走,我等料想他第二日必来,我等合街有守望相助,公议练勇,怕的是贼人趁时打抢造反。我等大家防范前去哨探,见马家寨并不见有一人在内,大约活阎罗全家逃走。我等连夜赶办匾一块,公送兄台,以彰吾兄之德,传留万古,以表兄台英名。"成龙闻听,赶紧道谢,说道:"众位赏脸赐光!"大家吹打奏乐,将匾挂上,给成龙道喜,尽欢而散。

成龙就在此处做买卖,两月有余,常常到他舅舅灵前哭吊,说:"外甥发财,日后必将您老人家灵枢带回故里。"虽则在铺内无事,自己一想:"光阴似箭,人生几何?春花秋月,每伤虚度。男子汉大丈夫必要轰轰烈烈做一场事业,方不辜负此身,亦不辜负此生,上能光宗耀祖,下能显达门庭,封妻荫子,方算英雄。"成龙想罢,"以上各事,方入我老马的心怀,不若将此糟坊卖去,再将舅舅灵枢送回原籍,与舅母合葬,以算完全一件大事。然后再到北京寻找门路,以求显姓扬名。"想罢诸事,即叫管账的景先生另觅财东管业,唯要白银一千二百两。此铺论值二千余金,因老马急速要走,是以减价出售。此信一出,即有买主立契交银。随后成龙将舅舅之灵送回原籍,与其舅母合葬已毕,除去使费,还有白银六百余两,随带起身。

在道路之上行走,已非一日,一路济困扶危。来至保定府,方才入店,焉想到有一场横祸来临! 正是:

　　　　好花偏逢三更雨,明月忽来万里云。

不知后事如何,且听下回分解。

第 五 回

郭广瑞店内施仁　马成龙途中受困

词曰：

  财乃世路牛马，愚人何必弄悬。东崩西骗顾眼前，那管十方血汗。 口债焉能空想，钱债终究要还。无功受禄寝食安，何如安分自便！

  话说马成龙来至保定府西关路北瑞升客店，进店占上房。一路除去盘费之外，尚有白银二百余两。小二打净面水、倒茶。成龙一想："此去到北京城有三百余里地，盘费富足，可以不必发愁，尚可方便，到了京城再作道理。"想罢，要菜吃酒，吃罢晚饭，行路劳乏，打开行李安歇睡觉。屋中甚阴，天气又在新秋，夜晚是凉的。

  第二日起来，觉着头疼，四肢发软，气闷不通，不能起身上路，叫小二请一个医家前来看病。小二出去，将本街住的一个不精通医道、全凭药性赋、不晓王叔和①脉案的一位甘草先生请来看病。正是：

   送归地府凭三指，请到无常只一方。

这位先生来至上房，成龙本是停食感冒，他按着三阳在内的伤寒给他治了，发汗之药又用的是麻黄。这一治倒重了，第二日更不能起床。

  成龙由这一日起，请来医家无数，约有二十余天，银子早为用尽，衣服典当已空。时光已过中秋节后，天气寒凉，身上只穿旧茧绸单裤褂一身，欠下房饭店帐十数余吊，小二就不像当初有钱之时那般殷勤小心伺候了，叫之不应，呼之不灵。倒是本店东家郭掌柜，名唤广瑞，为人忠厚和平，深明大义。见成龙在此店住了四十余天，病体方才见好，随来在上房，见成龙穷苦的这样，甚为可怜，说："客人，你的病好了吗？"成龙说："好了。"掌柜道："天气将要凉了，明天我给你制钱二千，你起身走吧。你欠我的账目，我不要了。"成龙说："谢谢您老人家。我明日歇息一天，后日我就到

---

  ① 王叔和——魏晋间医学家，善诊脉，著《脉经》十卷。

北京城找朋友去了。"说罢,郭掌柜回到柜房,叫伙计给他送饭。

次日就起阴天,下起雨来了。一连三天未晴,又不能起身,只好在店内吃这一碗无意思闲饭。郭掌柜的虽好,无奈小二终日闲言闲语,甚是难听,自己遇着秋雨连绵,不能起身,衣裳又单,夜晚甚冷。成龙长叹一声,说道:

诗曰:

> 一夜凉风吹夜雨,英雄受困无知己。
>
> 平生运蹇①有谁知? 唯有一声长叹矣。

幸喜次日天晴,掌柜的送过盘费钱,二吊成龙叩谢起身,出保定府北门。秋风阵阵,败叶凋零,对此凄惨景况,思前想后,想起当初有钱之时何等豪爽,即至今日无钱,在店内受小二的闲气,多亏店中东人周济我。正是:

> 看破时事须睁眼,参透机关暗点头。

正想之间,已至漕河。病体方好,四肢发软,不能行走,雇了一头毛驴,头一天走了八十里,至顾城镇下店安歇,一宿晚景无语。

次日早起,雇荡子车到北河吃早饭,顺大路道往北,行至高碑店,寻店住宿。是日,除去店饭钱,分文皆无。次日起身,并未吃早饭,日色平西已到涿州,没钱不敢进店,在街上歇息片时,又往前连夜行走。直到次日早晨,来到芦沟桥,一日一夜,并未用过饭食,直饿得肚内咕噜咕噜响。见那边摆着一个切糕架子,热气腾腾。旁边有一人手拿刀,切的一块一块的,口中高声说:"六个钱一块。"成龙饿急了,来至架子旁边,假装不认得,说:"这是什么东西?"那人说:"是切糕,黄米面同枣儿、豆儿蒸的。"成龙说:"你给我一块尝尝,我可没有钱。"那人说:"不成。"成龙又说道:"你不给我尝尝,你舍给我一块吧。"那人说:"我舍不起,你去找有钱的去要吧。"成龙是饿急了,眼睁睁瞧着吃不到嘴里。正是:

> 饥咽糟糠真如蜜,饱饫烹宰也不香。

自己万般无奈,"我抢他的就得了。"想罢,说:"卖切糕的,那边有人来抢你的切糕来了!"那人一回头,成龙扛起切糕架子往东就跑。那人说:"不好了,抢了我了! 与我截住他!"成龙跑着一想,说:"我成了什么人? 君子固穷才是! 人家是个小买卖人,我把人家的本钱抢去,人家岂不饿死

---

① 蹇(jiǎn)——跛,不顺利。

吗？我自己受罪怨命，绝不连累别人。"想罢，将架子放下，笑着说："我与你闹着玩呢！"那人又说："你吓坏了我了。"

正说之际，从那边来了一少年，约二十多岁，手拿百灵笼子一个，说："朋友，你是哪里的？"成龙说："我是山东登州府文登县马家庄人氏。"那少年说："没进过城吧？"成龙说："没有。"那个人说："我瞧你像没吃饭的样子，是不是？"成龙说："可不是，一天一夜没吃饭呢。"那人说："我们北京城内的规矩，饭铺开张，舍饭三天。今日彰仪门里，路北新开一个大货铺'井泉馆'，头一天舍饭，年岁大的人到那里，给一个大份，吃完给钱四百。大份是两张大饼、两个大碗面、两碟包子、两碟黄窝窝。小孩照样给一半。你快点去吧，正赶上了。"成龙说："多蒙指示，我就快去了。"

一直过大井小井，直到彰仪门进城，见路北有一个饭铺，遍插金花，字号是"井泉馆"，里边吃饭人无数，外边还有站着吃的，成龙在旁边等着。有一个人在那里吃饭，是个卖菜的，先在柜上存钱五百六十文，吃了一百六十钱的饭账，说："剩下你给我拿过来吧。"跑堂的从柜上拿过四百钱，给了那个人，说："清账。"成龙瞧着，打算此人吃的是大份，心中说："北京城真有这样的事。这一开张，得用多少钱赔？"那个卖菜的站起来，成龙随就坐下了，说："给我来个大份。"跑堂说："什么叫大份？"成龙说："你瞧我是白帽盔，你当我不知道！我说给你听听：大份，每人是两张大饼、两个大碗面、两碟包子、两碟黄窝窝，并没别的了，这就是大份。"跑堂的一笑，说："也不管你要大份、小份，给你拿来你吃就是了。"端在桌上，放在成龙面前，说："你吃罢，吃完了再说。"

成龙正是饿急了的，一见拿过来，风卷残云，吃了一个干净。吃完了说："你给我拿过大份钱来。"跑堂的说："你吃了一百六十八个钱，你给钱吧，没有那么些说的！"成龙说："你们这不是新开张么？"伙计说："是。"成龙说："既是新开张，城里规矩，不是舍饭三天吗？"伙计说："走开吧！我们没有这些钱舍。"成龙说："那么，我没有钱给你。"伙计说："无钱就剥你的衣裳。"成龙说："什么？你剥我？你过来，我给你钱！"伙计往前一进身，成龙站起来，用手一拎，底下一抬腿，将伙计踢倒在地；一伏身，将伙计抓起来，成龙说："你姓什么？"伙计说："我姓宋，名刚。"成龙说："好！"将他抓住，往里面水缸就扔，"扑通"一声响亮，伙计早掉在缸里。成龙说："你叫宋刚，我没把你送在坛子里，我就对得起你了！"别的伙计说："吃完了饭不给钱,还要打架!"先将宋刚从缸里捞出来,说:"伙计们,拿家伙来,给我打!"成龙说:"要打架?"环眉直立,二目圆睁,将板凳踢倒,将腿儿劈下。只见大货铺无数人等出来,将成龙围住就要打。正是:

　　龙游浅水遭虾戏,虎离深山被犬欺。

　　大众方才要打,从里面出来一人说:"别打!"成龙一见,羞得面红耳赤,将板凳腿扔在旧地,赶紧上前行礼。正是:

　　十年久旱逢甘雨,万里他乡遇故知。

不知此人是谁,且听下回分解。

第 六 回

行恶反招恶报 欺人终被人欺

词曰：

你会使乖，别人也不呆。你爱钱财，前生须带来。我命非你摆，自有天公在。　时来运来，人来还你债。时衰运衰，你被他人卖。常言作善可消灾，怕无福难担待，一任桑田变沧海。

话说从饭铺出来这人，姓孙，名起广，乃山东文登县马家庄人，与成龙自幼同窗好友，知己之交，足称莫逆，少年结为金兰之契。成龙在有钱之时，孙起广要入都去做买卖，借成龙白银五百两，已在京都十数余年，并未回家，曾使成龙之银在崇文门外花儿市开设大货铺一个，生意兴隆，连年在东西南北城开了二荤铺十数余个，今年又在此开设井泉馆。

开张之日，孙起广是以今日在此照料，闻听外面打人，出去一看，见是成龙，说："别打！是我的朋友。"赶紧过去拉着成龙，进里边柜房落座，说："贤弟，因何至此？"成龙将别后之事细说一番。孙起广说："贤弟，我的事情倒也甚好。"亦将诸事细说，问："吃了饭吗？"即叫伙计带成龙上澡堂子去洗澡，并将自己的衣裳带去给成龙更换。晚半天成龙回来，二人在柜房吃酒谈心。孙起广说："贤弟，这铺内账上正在无人之际，你就管理账目是了。"成龙点头，从此就在这里做买卖。起广白天到各铺照料，晚间仍回此处与成龙谈话。

光阴荏苒，日月如梭，残冬已过，腊去春回，时逢新王正月。这一日，成龙从柜上拿了两吊钱，说："孙大哥，我上街散闷走走。"孙起广说："甚好。"成龙至前门大街，见街道宽阔，买卖繁华，人烟稠密，真是帝都之所，与别处风俗大不相同。天桥以北，无非是医卜星相、三教九流之辈，大凡多是争名夺利之人。在碎葫芦都一处，吃了半天酒。

天晚回归铺内，见孙起广唉声叹气，不知所为何事。成龙赶紧问道："大哥，为什么如此？"孙起广说："我有一个表弟王三，去岁春天从家中来找我，未能见面，投在南横街瓦匠白德。此人是个秃子，专讹外省新来之人。王三去岁没找着我，就在白瓦匠那里去做小工活，一去时节没有活做，住了二十余天才上工，只做了一年多的活，也没使着几吊钱。白德说他是我的表弟，找到我这里了，他二人一算账，他倒说我表弟还欠他五十吊钱，硬行讹诈，将王三送在我这里要钱。我认着是真欠他的呢，问表弟王三，他也说不清，道不明，我就给了他了。他走之后，我才问明白，是他讹诈我。正气恼之际，你就回来了，你说可气不可气？"成龙闻听，说："是了，既往不咎就是了。"天色已晚，大家安歇。

次日天明，成龙换好衣服，出了井泉馆，并未说给孙起广知道，直奔南横街，来找瓦匠白德。见是南北小胡同路东的门，清水戟的门楼的门上，贴着对联，书写是：

太平真富贵
春色大文章

成龙用手打门，从里面出来一个人，甚是齐整：身穿青洋绉棉袍，足下青缎皂鞋，漂白袜子；身高七尺，面如姜黄，头上少发，细眉圆眼；腰系蓝洋绉褡包，带着青缎子跟头褡裢，上扎着"白"字，是"明月松间照，清泉石上流"。此人仿佛刚起来的样子。成龙过去说："借光！这里有个白师傅在哪里住？"那人说："找他做什么？"成龙说："我是山东人，上北京来找朋友，没找着。我来找小工活做，有没有？"那人说："我就姓白，名德。你跟我到茶馆，有话再说。"

成龙同此人出北口，至大街路南泰兴轩茶馆。他二人进去，喝茶之人站起来的不少，这个嚷说"白大爷"，那个也说"白大哥"，全站起说："才来！"方至后堂，见西边有八仙桌一张，一边有几凳一个，上边放有瓷茶壶一把，两个细白瓷茶盅儿。跑堂的有二十来岁，身穿半大蓝布褂，白布袜子，青布的双脸鞋，青布油裙，上镶着五福捧寿，手拿铜壶，先倒半碗漱口水。白德在北边几凳上坐下，跑堂说："白大爷，您来了？"白秃子说："来了。"掏出茶叶放在桌上，跑堂的赶紧拿起打开，放在壶里泡上，将壶盖儿盖上。

成龙在白德身后站立，如同跟班似的。白德说："你坐下说话。"成龙故意装起傻来说："有白大爷在此，我不敢坐。"白德说："你坐下就是了。"成龙在南边板凳上坐下，跑堂拿了一个盖碗，又给成龙泡上一碗茶。白德说："你喝完了茶，你就吃饭吧。"成龙说："我没有钱。"白德说："我给吧。"成龙喝了两碗茶,叫跑堂的说:"你给我要菜。"跑堂说:"你要什么?"
成龙说:"白大爷,咱一同吃就是了。"白德说:"我早呢。"成龙说:"你给我
来一个溜丸子、炸丸子、氽丸子、四喜丸子、三仙丸子、焖丸子、葵花丸子、
南煎丸子,你给我来碟光头饽饽。"白德一听,把眼一瞪,自己心中大大的
不愿意。成龙说:"你给我来两壶白干。"跑堂的端菜送酒。成龙自己痛
痛快快的一喝,吃喝完了,说:"给我算账。"跑堂拿过一算,说:"两千八百
八十文。"成龙说:"给三吊钱就是了。"说罢,对着白德说:"白头,我吃了
三吊整,你给吧。"白德说:"我不管,你吃了三吊钱,你给他三吊钱。"成龙
说:"什么? 我给三吊? 你说你给,你叫我给!"白德说:"你吃斤饼斤面,
我给钱行了;你要氽丸子、炸丸子的,你混闹排场,我不管!"成龙说:"你
不管,好办!"说罢,站将起来,来至白德面前,伸开手将胳臂一抡,照定白
德头顶之上就是一掌。白德从椅子上就是一出溜,躺在就地,昏迷不醒。
大众说:"打死人了! 别叫凶手跑了!"成龙说:"我不跑,死了我给他抵
偿!"

　　呆了半天,白德苏醒过来,自己爬起坐在板凳上发愣。成龙说:"白
头儿,我吃了三吊钱,你是给不给吧?"伸着手又要打。白德害怕,赶紧打
里头褡裢里掏出票子来,一查并没有三吊的,拿了一张四吊票,递给跑堂
的,拿到柜上找回一吊现钱来,往桌上一放。成龙伸手拿过来,揣在怀里,
说:"白头,你有活没有? 有活,我跟你做活去;没活,我走了,明日早晨在
这里见。我在彰仪门里头井泉馆那里住。你要打官司,你就告我去;你要
打架,晚上我在家里等你。"说罢,大摇大摆竟自走了。

　　在大街逛了一天,天晚回到铺内。起广说:"你往哪里去了? 你也没
在馆中吃饭,你在哪里吃的?"成龙说:"我吃了朋友了。"起广说:"你望哪
个是朋友? 谁请你吃的?"成龙说:"南横街白德瓦匠请我吃的。"将自己
吃白德缘故说了一遍。孙起广说:"了不得了! 他不是好惹的,今日你应
早回来才是。今日晚上,他必前来找你打架,咱们这里快些预备人。"成
龙说:"不要紧,都有我呢! 他晚半天来,也不过三二十个人,我一个人足
把他们打跑了。"自己将通条放在手底下,专候打架之人。

　　天至定更,只听那边喊嚷怪叫,口中说道:"姓马的,你走出来吧,别
在我们北京城里叫字号。不行,你急速出来,我等特意前来找你!"原来
是白德约会盟兄盟弟前来打架,各拿木棍铁尺前来,至井泉馆叫骂。成龙

赶紧拿着通条往外就迎,并不答言,自己想道:"来者不过狐群狗党,自负己能,一阵可以将他等赶跑。"想罢,举通条就打。只听"乒乓"声响,群贼纷纷倒退。白德身倒在地,还有他两个朋友亦带重伤,俱叫伙计拉在屋内。

成龙说:"白德,你也是时常讹人家的,外乡人来这里,投亲不遇,给你做了小工活,你不给钱,你还说人家短欠你的。你今日,你也给我写一张借字。"白德大骂说:"你将大太爷打死就是了,我也不含糊,绝不与你写字!你讹我不行!"成龙从那边将通条拿将过来,往白德的耳朵上一烙,白德不由的疼痛难忍,说:"我给你写字就是,你不要这样非刑。我可不会写,你叫别人写,我画押就是了。"成龙说:"孙大哥,你给代笔。"铺纸一张,起广遂代写道:

立字人白德,因手乏,借到马成龙名下纹银一百两整。言明每月照三分利息,一年之期归还,按月交利,空口无凭,立此借券为证。康熙 年 月 日。

立借字人白德 押

代笔人孙起广 押

写完了字,叫白德画押,将绳扣松开。成龙说:"你要打官司,营城司坊、大宛两县、顺天府都察院、南北衙门,随便去告,候你就是。明天我还是去找你要银子去。"说罢,又说:"你三个滚蛋!"三个人抱头鼠窜,出了井泉馆。白德说:"我非得报仇不可!你哥俩回去,我到家自有道理。"那两个人默默无言,尽自去了。正是:

湛湛青天不可欺,未从举意神先知。

善恶到头终有报,只争来早与来迟。

白德来到家中,对自己之妻要刀,说:"我买的那把夹把子刀给我。"洪氏说:"做什么?"白德就将白天之事细说一遍。洪氏说:"你常讹山东人,伤天害理,那必是山东的皇上来了。"白德说:"胡说!山东哪有皇上?满嘴内胡说!"拿刀在手,磨了半天,放在旁边,单等成龙前来要银子。

次日天明,吃茶、净面之际,听的外面要银子的来了,高叫:"白德,出来还账!马成龙在此等候多时。"白德一闻此言,手执钢刀出了上房,开街门举刀就剁。成龙自铺内一早起来净面之后,出离井泉馆,来至南横街小胡同路东白德门首,说:"白德,我来了,要银子来了。"正叫之际,只见白瓦匠手举钢刀，从里面出来就剁。成龙往南边一避，刀落空了，趁势一腿，踢倒在地，口中骂道："屄进子，不要脸！"说罢，拾起刀来，将贼人按在地下，说："你跟着我走吧，上昨天那个饭铺就是了。"拉了白德就往前走。

至大兴轩茶馆，听见里面无数人谈论白德昨天打架之事。正谈论时，成龙同白德进去，至后边落座，说："给我们拿茶来！"白德也不言语，自己心内想："打群架也不行，拼命也不行，我实在没了主意了。"正想之际，只听成龙要酒要菜，又是溜丸子、炸丸子、汆丸子、四喜丸子、三仙丸子、南煎丸子、焖丸子，照昨天一样，要了一桌子，就自己吃起来了。吃完说："白德儿，你给他三吊钱就是了。"偏巧白德还是昨天一样的票子，没有三吊一张的票儿，又给了四吊一张。跑堂的拿到柜上，找了一吊钱，放在桌上。白德方才要拿，只见成龙伸手拿起来，说："白德，明天再见！我走了。"说罢，大摇大摆的走了。大众吃茶之人，一个个纷纷议论，说："白德今日可遇了霸王了，吃了一个饱，还拿着钱走了。"正是：

　　草怕严霜霜怕日，恶人自有恶人磨。

白德无奈，自己回家去了。次日，成龙又来，一连个月有余，还常往白德要钱。

这一天，成龙到白德门首叫门，那白德在里面战战兢兢说："有心出去见他，手中又无有钱；有心不见他，又不行。"无奈望自己妻子洪氏说道："这都是我惹的祸！打官司也打不过他，打架也打不过。他常常来找我要钱，你看此事应该如何办理？有心要搬家，不几天将要开工做活，所有主顾家人都知道我在此处住了多年。今天手内又一文钱都无，他又在外叫门，前来找寻，如何是好？"洪氏娘子说："你先出去将他请进来，我自有道理。"白德无奈，出上房开街门，要将成龙让进来，说："马大爷，你请进里边，我有话说。"成龙说："你里边安藏着人要打我，我也不怕，我就进去！"说着，往里就走。

进院至上房，见院内并无一人，四壁皆空，见白德之妻跪倒在地叩头，说道："马大爷，我家现在要什么没有什么，望求开恩，将我们饶了吧！"成龙说："敢情你家穷到如此光景！"说："白大哥，皆因你前者爱做恶事，欺负外乡人，我才出来找你。我今天看来，你也是个穷苦人，从此你要改过自新。我前者所要你的钱，我亦都换成票子，带在身上，我今俱皆如数给你。我现今也在朋友铺中住着，我要从你学学瓦匠活。我每日所得之钱俱归你使用,只要有我吃饭喝酒的钱就得了。"白德说:"明天我在菜市口包了一所房子工程,开工方能领价,现在正愁没钱。今天有你给我这笔钱,明天开工足以行了。"说罢,出去买菜打酒,留成龙吃便饭。二人谈来谈去,甚是投机,遂口盟结为异姓兄弟,又请洪氏嫂嫂出来拜见。

从此,成龙回井泉馆,与孙起广说明,要去学做瓦匠活,以好时常散闷;又在铁铺定打瓦刀一把,重九斤十二两。白天同白头做活,晚上仍回井泉馆睡觉。孙起广随其自便,也不管他。

光阴似箭,眼看工程已完,还剩影壁一个。白德同成龙是日二人在此赶做,在天棚底下甚是凉爽。见镖店开张,又瞧些个热闹,成龙见众人打架,心中早已十分有气,要上前帮着,打个抱不平。只见那边一响枪,将白德打死,成龙跳将出去,扑奔鬼脸太岁佟起亮前来。不知后事如何,且听下回分解。

第 七 回

五英雄救驾兴顺店　四霸天大闹广庆园

《西江月》：

　　万事皆由天定，人生自有安排。善恶到头有兴衰，参透须当等耐。　　草木虽枯有本，遇春自有时来。一朝运转赴瑶台①，也得清闲自在。

　　话说成龙手拿瓦刀至佟起亮面前，兜头就打，起亮用线枪相迎。成龙骂道："好个混账东西，将我白大哥打死！我今日非把你打死，给我白大哥偿命不可！"康熙圣主起先见起亮的枪响，冲自己放来，正在冲冲大怒，幸亏一枪未打着。见胡忠孝、李庆龙、薛应龙、龙恩、王河龙与胡赛花，被群贼围在当中；只听马成龙自通名姓，甚是奋勇；无奈是店中贼多，忠孝等人少。见成龙将佟起亮打跑，竟奔群贼当中，将群贼打的纷纷倒退，死的甚多，地下东倒西横。圣主见成龙这等威猛，心中甚是喜悦，说："真乃临敌无惧、勇冠三军，真虎将也！"正赞美之际，直听外面一阵喧嚷，有无数官兵来至兴顺镖店门首，九门嘎尔哒伊哩布伊提督来到。

　　提督不知圣上因何来至此处。因早晨递折子并未降旨，下朝回家至交民巷宅内下轿，吃茶用饭已毕，方要看书，外面家人进来禀报说："是有御马圈王老爷有紧要机密事，前来见大人。"伊大人说："请。"从外面进来王坤说："大人，你还在这里看书呢，圣上用早膳后更换便衣，传咱家备一字墨蹇驼骨兽至东安门外，出前门去了。你还不快去保驾吗？"伊大人一闻此言，慌忙站身吩咐备马，说道："多亏兄台来此，你我知己好友，我不能奉陪，我要前去追赶圣驾！"说罢，出外面上马，带从人。一出门就有地面堆儿兵喝道，书手、箭手相随，出正阳门外。传河阳汛的千总，带官兵跟随寻找圣驾。各处派人前去打探，并不见圣上的下落。至顺治门大街，有人瞧见圣驾的黑驴，赶紧禀明大人，带官兵至兴顺店。

――――――――――

　　①　瑶台——神话中称西王母所住的地方，后泛指神仙居住之地。

提督下马进店,见圣驾磕头,称"奴才来迟。"圣驾见提督至此,口传旨意说:"伊哩布,将兴顺镖店一伙贼人交你衙门,审明回奏。胡忠孝、马成龙等,俱皆交衙门讯问。将此女子带回私宅,听旨发落。"说完,吩咐:"带我的驼骨兽!"大人过去拉驴,请圣驾上驴。圣主接丝鞭在手,说:"闲人不准跟随我。"往南顺菜市口大街,往东至前门大街。见各路墙上贴大黄报子,上写"广庆茶园今日准演,特请豫亲王弟子班,准演《夺锦标》"。圣主心中暗怒:"朕哪知亲王竟自登台演戏!我不知此戏园在哪里?"

正怒之际,听得头前有人说道:"咱们哥俩去听广庆茶园子弟班去。"圣主随跟此二人,来至广庆茶园门首,见里面摆着彩场。方要下驴,见从里面出来一个秃子,身穿蓝绸裤褂,白袜,青缎子皂鞋,手拿芝麻雕的扇子。见圣驾仪表非俗,甚是端严,说:"老爷子,你听戏吗?"圣主点点头,下驴说:"将驴交给你吧。"那秃子说:"行了。"赶紧叫:"来人!将驴拉着蹓蹓去。"从里面出来一个二十多岁的人。说:"四太爷,我去。"接过驴,望东蹓去了。

那秃子说:"老爷子,跟我走。你是楼上听?楼下听?"圣主说:"楼上。"此人带路,至正面楼。圣上落座,秃子拿了一个茶壶与茶碗放在桌上,说:"老爷子,你这里坐着吧。"圣上说:"秃子,今日豫亲王唱什么戏?"秃子说:"您老人家说话可笑,王爷不唱戏,是他府里排的弟子班,我朋友给我请的,唱的好着哪!昆弋乱弹,有一个好武生,才十五岁,今天《夺锦标》,是他唱。这弟子班数着他红,王爷最喜欢他。"圣上说:"秃子,豫亲王来不来?"秃子说:"老爷子,您怎么管我叫秃子?人都有个名儿,树都有个影儿。我叫铁头孙兆英,又叫孙四。"圣上说:"你是土匪,你有绰号了?"孙四说:"老爷子说的好哇,我可不是土匪,这前三门外头有四个著名的土匪,是我替人家打架来的。这个广庆茶园的东家是孤儿寡母,被这四个恶霸霸着,不给人家东家钱,我是气愤不平,替东家来找四霸天。我这身上练过油锤贯顶,两太阳砸砖。这四霸天与我打赌:开水浇头,披刀贯顶。四霸天吓走,我给东家照料这个买卖。今天有我拜兄给我请的子弟班开贺。提起此人,大大有名:九城官私两面、五城十五坊、南北衙门、大宛两县、顺天府都察院,常管闲事。此人住家在安定门里国子监,姓马,排行在末,名叫梦太。"

圣上说:"这些话倒不提,我且问你,这四霸天姓甚名谁?怎么叫着四霸天呢?"孙四说:"南霸天姓宋,排行在四,前门外头大小堂名、男女下处,很有几叉杆,手下余党不少。营城司坊也有几个朋友,吃过宝局,很真说得去。北霸天虽在前门外常住,乃是德胜门外的人,姓桂,名翔,号叫凤甫,专在南北衙门走动官事,包揽词讼。东霸天姓李,名荣,别号人称花斑豹,在东九仓上,很算站得起来的人物。西霸天姓石,名俊德,别号人称小诸葛,在户部三库的库兵身后治事。这四个人,手下俱有余党,无所不为,无事不作。正是:

　　　闲将冷眼观螃蟹,看他横行到几时?

我听说这四个人,约聚余党,今天要来找我打架。我这里回头也有朋友前来相助,巧遇您老人家,还许瞧得见热闹哪!"圣主口中说道:"难道地面巡城御史还不办他们吗?"孙四说:"嘻!您老人家偌大年纪,还不通世路吗? 有官就有私,有水就有鱼。他等俱有几个朋友护庇。"

　　正说之间,只听楼梯响,上来九门提督伊哩布,将兴顺镖店一干人犯,俱交手下当差人等送归衙门,交司员严刑审问。自己换便衣,随后追赶圣驾。有报事的人说:"圣上已在广庆茶园听戏。"遂来至楼上,见圣上已在那里坐定,与一个秃子说话儿呢,赶紧磕头,在旁边一站,不敢落座。孙四一瞧,见伊大人仪表非俗,说:"你来了,为什么给这个老爷子磕头?"大人摆手,说:"你不必多问!"此时楼下已有二百余人,楼上尚未上座,只有圣上及伊大人二人在此。孙四又说:"你坐下呀,为何尽站着,也不怕腿疼?"大人说:"少管闲事!"

　　正说之间,见达摩肃王来到,身穿便衣。自见圣驾骑驴过去,赶紧脱去官服,换好便衣,派人前去寻找圣驾,自己也往各处寻找。眼看天将正午,见有从人来报说:"奴才碰见一个蹓驴的,是圣驾骑的那头驴,奴才问他,是广庆茶园有听戏的叫他蹓的,大概圣驾就在那里。也何妨上那里找找,万一在那里,也未可定。"王爷一想有理,遂说:"手下人,你们都回去吧,回头我若找不着圣驾,我自雇一辆车也就回去了。"说罢,自己遂顺大街来至广庆茶园门首,迈步就往里走。楼下找遍并不见有圣上,赶紧上楼,见伊哩布同圣驾在那里,旁边还站着一个秃子,在那里说话。随过去请安,也在旁边一站。

　　方要说话,只听下边一阵大乱,口中直嚷道:"铁头孙四,你出来! 我见见你有多大本事!"孙四慌忙下楼,见楼下池子内站住两个人:一个人有二十多岁,身高在七尺上下,青须须的脸膛,两道八字眉,一双蛇眼,薄片嘴,微有几个麻子;身穿土灰色布裤褂,足蹬青布抓地虎靴子,盘着辫子,挑眉立目,此人别号人称耗子皮贾虎。身背后跟他站着又一个人,身穿紫花布汗褂,青绉绸底衣,足蹬三厢窄腰快靴;面皮微黑,亦在二十有余年岁,说:"孙四,你前者夺广庆茶园,你也很算是英雄!我叫一块土黄七。今天我们哥俩特来会会你,瞧你有多大能耐!"说着,转身一抬腿,脚蹬板凳,坐在桌上。

这二人一样嚷大叫,铁头孙四叫:"来人!把他们两人看上!"孙四说:"姓黄的,姓贾的,你这两个小辈,胆子不小,今天四太爷让你们瞧瞧我的能耐,回头再说。"说罢,自己到柜房穿上象皮浑吞,自己上得戏楼,站在台口说:"众位亲友,今天来着了,唱戏的子弟爷台未到,今有四霸天余党前来找我,我当场练练功夫,给诸位瞧瞧。回头也叫那两个小辈照着我这样练,练的上来,我拜他为师。"即叫伙计将刀拿上来。

有一个小伙计拿着三把钢刀,送在孙四面前。这刀都有一尺七八长,把上钉钉,背厚刃薄,光闪闪、冷森森的,甚是锋利。孙四拿刀在手,说:"众位,我这脑袋是肉的,将这刀剁在我这头上,你们瞧瞧。"说罢,拿刀照自己一剁,剁了一溜勾,少时又复旧如初。一连剁了三刀,又换一把,照旧把三把刀用完。叫伙计拿开水壶一把,照脑袋浇。浇完了,楼下之人齐声叫好。楼上圣驾与达摩肃王、伊哩布俱皆看见。

孙四练完,下楼来至柜房,换好了衣裳,来在后面一瞧,耗子皮并一块土亦尽皆不见,赶紧问看他的人说:"这两个小子哪里去了?"看他两个的人用手一指,说:"桌底下蹲着呢!"这两小子见孙四爷真有功夫,吓的钻在桌儿底下。黄七说:"耗子皮,我说别来,你偏不服。今天你瞧这个厉害不厉害?"贾虎说:"那不能怨我。咱们两人已经到此,回头必叫孙四把咱们打一顿。我有一个主意,你依着我说,我管保平安无事。"正说之际,见孙四站在面前,耗子皮由桌子底下钻出来,跪倒在地,笑吟吟说:"四太爷,您老人家别生气。我们两个天胆也不敢来骂您老人家,这里有个缘故:是安定门里头国子监瘦马老太爷叫我们来的,试试您老人家有胆子没有。"孙四说:"我不信,我的朋友万不能支使你这两个王八蛋前来扰我。我的朋友少时就来,问明白再放你们。要真是他叫你们来的,我就找他去算账。"

　　正说之际,马梦太同着一干朋友自外进来,说:"老哥,子弟们来了没有?"孙四说:"没有。"这两个小子一瞧,说:"不好!"孙四一见,说:"老哥,你叫他们来找我?"马梦太一瞧,说:"老四,你认识他们吗?这两个是南霸天宋四的余党,大概是四霸天叫他们来的。像这两个小辈,打他还怕脏了手呢!你这两个小辈回去,见四霸天就说,老太爷在此等候他,官私两面由他挑!"说罢,照着贼人就是一脚,将贼人踢了一溜滚。这两个贼人抱头鼠窜,出了门首,竟自跑了。马梦太说:"老四,你这就是胡闹,我能够与贼人合伙吗?你我兄弟暂且听戏,等候贼人前来,再作道理。"

　　一干众人方才落座,只听外面有人喊嚷,直奔广庆茶园而来。铁头孙四与瘦马老太爷无名火起,说:"大概必是四霸天前来,你我弟兄到门首一看,便知分晓。"二人转身往外就走。从外面进来一人,一把手将孙四抓住。正是:

　　　　强中自有强中手,英雄背后出英雄。

不知后事如何,且听下回分解。

第 八 回

马梦太帮助义弟　顾焕章气走天涯

诗曰：

　　细推今古事堪愁，贵贱同归土一丘。

　　汉武玉堂人岂在？石家金穴水空流。

　　光阴自初还将幕，草木从春又至秋。

　　闲时忙时俱不了，且将身作醉乡游。

　　话说抓住孙四的这个人，身高四尺，五短身材；头带青缎子道冠，身穿灰色贵州绸的道袍，高腰袜子，青缎子云履；白生生的脸面，目如朗星，双眉带秀，鼻如梁柱，四方口，微有沿口髭须。孙四一瞧，认得此人，赶紧说道："爷里边请坐。"

　　这个人原籍江苏省城东门外双旗竿巷丁家堡的人，姓顾，名焕章。他家先辈开绣花作，及至生养他年长九岁，父母双亡，跟着舅舅丁家居住。七岁入学，九岁在舅舅家仍请先生读书。其人天生聪敏，诸子百家、各种诗文无一不好。至十四岁，心好练武，自己在后院预备沙板砖五十块，立在地下，从上面每日跑几趟，腿上带着沙子，半载之后，每只腿上足可以带一斤沙子。又练上房的能耐，平地挖坑一个，深二尺，长两丈，每日带着沙子从里面往上跳。每月多往深里挖五寸坑，长来长去，此坑深有一丈，要从平地上房并不费事。这一天正练之际，他舅舅丁沛然看见，心中大大不乐，说："你这孩子真没出息，放着书不念，练这作贼的能耐作什么？从此改过，若要不然，我将你赶出门去！"焕章一闻此言，口中虽则不语，心中甚不愿意。至十八岁，自己在后边还是时常的去练，上墙上房甚是容易。

　　这一天正练，又被他舅舅看见，说："你这孩子还是不改，这是饱暖生闲事，饿两天就好了。你要是再练，就不必在我家住着了！"焕章听他舅舅说，他默默不语，自己心中怒道："我父母早丧，又无至亲骨肉，甚是孤苦。虽说舅舅、舅母待我不错，要比起自己父母就不大相同了。我在这里读书，虽则年幼，这下边的使唤人等，我并不敢得罪一个。他二位老人家跟前，连一句话也不能说，虽有自己不愿意的事情，也无处诉委屈，只可自己肚内伤感。"正是：

　　　　不如意事长八九，可与人言无二三。

"今天所说之话，分明是要叫我走。男子汉大丈夫，立志于四方，何必受制于人家！"想罢，自己落下几点凄凉眼泪。自己出门信步前行，也不知哪里是安身立命之地。

　　自己出离苏州省城，走了四五十里路，天色已晚，有心住店，手内无钱。前面有小小一山庄，村东路北有破庙一座，焕章是从东往西走来，至破庙门首，往里一看，钟楼裂坏，殿宇歪斜，荒草盈阶。焕章自己信步来至殿内，掸了掸尘土，自己落座，见上面供的是三官圣帝，神像败朽，焕章长叹一声，说："神圣也有时来时不来，何况人乎？我观看此庙，工程浩大，当初必是兴旺庙宇；如今这凄凉的景况与我一样，不知何年时来运转，方遂英雄之志？"自己愁思之际，靠着那供桌儿，昏昏沉沉竟自睡去。正是：

　　　　人逢喜事精神爽，事不遂心困睡多。

　　睡至三鼓以后，觉着身上一冷，睁眼一看，破壁透出月色光辉。遂站起身来，来至外面，仰面一看，皓月当空，清光似水，好一派的光华。怎见得？有赞为证：

　　　疏影落银河，显清光，映碧波，一钩斜挂水轮柁。到黄昏望着，到中秋赏他，江湖常伴渔翁卧。问嫦娥，分明似镜，谁下苦工磨。

顾焕章看罢，说："我久后倘要得第，必要重修三官庙。"自己看罢多时，出庙一直往西。

　　少时，天色大亮，腹中饥饿，前面有一座集镇甚是热闹，无奈脱下一件小汗褂，去当钱四百文，暂吃早饭，找了一个小饭铺坐下，要了一壶酒，要了一个菜，自己喝完，吃了点饭，自己在镇店上观看热闹。钱也花完了，即至天晚，不能住店，围着当铺绕了一个弯。

　　天至二鼓，翻身上房，往四下一看，并无一人，正是：

　　　　饱暖生淫欲，饥寒起盗心。

跳在人家院里，用手将锁拧开，慢慢推门进去，寻找东西。只听得上房房上有人大嚷说："当铺伙计听真：号房有贼，急速快将他拿住！"只听外面一声嚷，就将他堵在屋内，焕章甚是着急。当铺中众更夫大家堵住门口，不敢进去；焕章手中无刀，将号房内衣裳卷了一捆，照定门口外一扔，说：

"我去!"众人往两旁一闪,只打算是贼人出来。焕章趁势往外一蹿,翻身上房。

只见北边站定一人,说:"你跟我来!"焕章追赶此人,出了这一个镇店,来至村口以外,见那人站住,焕章临近一看:身高八尺,面皮微黄,环眉阔目,年约半百;身穿青绉绸夹裤夹袄,足下薄底快靴;手持金背刀,在那里站定,口中说道:"朋友,你贵姓?"焕章说:"我姓顾,名焕章,苏州人。今天是头一天作贼,被穷所迫。"此人说:"我瞧兄弟你是个'力奔',还是很难为你。我姓卢,名文龙,绰号人称黄面太岁,住家就在大名府内黄县卢家庄。我是来到此处寻找朋友,你家中还有什么人? 为什么干这个呢?"焕章长叹一声,把家中之事细说一遍,孤身一人无依无靠。卢文龙说:"你跟我走吧,到我家中,我把武艺传授传授你。你我一见如故,甚是投缘。"二人撮土为香,结为兄弟,带着焕章奔回家中。

非止一日,那一日到了卢家庄,家中甚是富丽,使唤人等不少,至家中拜见嫂嫂,侄儿卢杰,四岁童子。焕章在这里一住,跟卢文龙学艺,五载的光景,练好了一身武艺,就比当初的能耐大多了。自己一想:"在此住着,虽说是丰衣足食,究竟打搅朋友,莫若告辞。有武艺在身,海角天涯,一则开开眼,二则见见世面。"遂说:"大哥,我要走。"卢文龙说:"哪里去?"焕章说:"闻听西都长安甚是有名,乃古帝王建都之所,弟要前去游玩游玩。"黄面太岁说:"既然贤弟要去,这有盘费银二十两,带着也好作为路费之用。"焕章接银在手,并不推辞,说:"大哥,青山不改,绿水长流,他年相见,后会有期!"遂拱手作别。卢文龙送至村庄以外,说:"贤弟,如外边事不得意,即早回来。家里八顷田地,够你我弟兄度晚年之乐。"焕章说:"弟蒙兄台厚恩,教会武艺,在此居住五载。我此一去,但能得一步地位,必有信前来,叫吾兄得知。"卢文龙说:"一路平安。贤弟,你我就此分手吧。"

焕章遂顺一路往前行走,也有济困扶危的时候,也有剪恶安良、杀死恶贼人。夜晚所偷之财,白昼全都济贫,遂在陕西地面三载,绿林贼人闻名丧胆,江湖盗寇望影皆惊。故此人送外号,称为赛报应。

那一日,来至一所山庄,树木森森,山清水秀,道路平坦,碧水长流,甚是清雅。怎见得? 有赞为证。赞曰:

> 青山四五层,茅屋两三家。依水柴门小,临溪石径斜。老松蟠作

壁,新竹织成笆。鸡犬鸣深巷,牛羊卧浅沙。一村多水石,十亩足烟霞。门垂陶令柳①,畦种邵平瓜②。东渚鱼可钓,西邻酒可赊。山翁与溪友,向对话桑麻。

焕章看罢,甚是赞赏。村东头有野茶馆一个,坐北朝南,房屋三间,天棚一座,周围有花草儿,甚是幽雅。

时逢夏令光景,见里面坐定一老道人,身穿破烂棉袄,头戴旧道冠,面如古月,神清气爽,在那里舍钱。无数的穷人围绕,也有给二百的,也有给一百的。只听那道人口中说道:"明天早来,我在此加倍施舍。"大众一哄而散。那老道站起身就走,自己口中说道:"我家中的银子都没地方存了,早早施舍完了,就结了。"赛报应一听,心中暗想:"此人甚是古怪。我跟着他,看他在哪住。若果有银子,我偷他的,替他施舍施舍。"遂暗跟老道往前行走。

行有五六里路,见山坡上有一座古庙,山门上横写"遇仙观"三个大字。老道推门而入。焕章探得了道,等候天晚,进庙偷银子。少时,太阳已下西山,至黄昏时候,翻身上墙,跳在庙的院内,往北一看,东厢房黑暗,西厢房点着灯,正殿无人。焕章来至西房帘子以外,见里面那老道人坐在椅子上,面向着东,八仙桌上放着无数元宝。老道自言自语的说:"今夜晚上要有贼来偷,送给他两个。"焕章在外听着,也不言语,只等老道睡着,好进去偷他。

等至二鼓以后,见老道精神倍长,并不睡觉。焕章心里想:"这事真怪,怎么天到这般时候,他还不睡觉呢? 真是好叫我着急!"等来等去,已至三更时候。那道人在里面鼓掌大笑,说:"贼,你好无道理,真当我睡着了,你进来偷就是了。"焕章进得屋内,说:"您老人家必是侠客,若要不然,如何知道我来?"老道说:"你也不必问我是谁。你有什么能耐,也敢来在我庙里作贼? 我在这里坐着,你用刀剁我,我也不站起来,只要你剁

① 陶令柳——陶令:陶渊明,晋代文学家。曾做过县令,门前种五棵柳树,自称"五柳先生"。后人以陶令柳泛指隐居或幽雅的环境。

② 邵平瓜——召平瓜,又作"东陵瓜"。《史记·萧相国世家》:"召平者,故秦东陵侯。秦破,为布衣,贫,种瓜于长安城东,瓜美,故世俗谓之'东陵瓜',从召平以为名也。"

着我,我这银子你就拿了去。"焕章听那道人之言,说:"我也是个英雄,这老道明明是说大话欺我,我就剁他,看他如何躲避?"想罢,举刀照老道就是一刀。方离道人头顶不远,觉得脉门疼痛,将刀扔在就地,暗暗点头,说:"老侠客真是英雄!您收我做个徒弟,我虽会些武艺,也是不得真传,难以赢得行家。正是妙言不过三两句,不授真传枉劳心。今天得遇师傅,此乃三生有幸!得遇名师,收我做个徒弟就是了。"说着,跪在地下不起来。

那老道说:"也罢!你且起来,有话问你。你是哪里的人?你叫什么?"赛报应说:"姓顾,名焕章,苏州东门外人。父母双亡,孤身一人,跟着拜兄学会了点武艺,在绿林中不敢说是行侠仗义,所作之事并无奸盗邪淫,不过偷不义之财,济贫寒之家。飘荡四海,到处为家。今朝得遇高人,望求收弟子就是了。"道人说:"我收你就是了。你要学什么哪?"焕章说:"您老人家教弟子什么,弟子就学什么。"说着叩头,问那道人姓名。那道人说:"你要问我,听我慢慢说来。"不知此人是谁,且听下回分解。

第　九　回

义士订盟分南北　英雄访友走西东

《结交行》：

　　古人结交为结心，此心好比石与金。金石易销心不易，百年合好共于今。今人结交为结口，往来欢娱等酌酒。只因小事失相酬，从此相嗔便分手。嗟呼，大丈夫！贪财忘义非吾徒，陈雷、管鲍莫再得，结交轻薄不如无。水底鱼，天边雁，高可射至低可钓，万丈深潭终有底，唯有人心不可量。虎熟不可骑，人心隔肚皮，休将心腹事，说与小人知，翻面无情日，反成大是非。

　　这段诗说的是五伦之内朋友。这五伦乃人之常情，凡人生在世，没有不交朋友的。大概取之于心，以忠信为本，长远之交，君子淡淡如水，日久足成莫逆。小人蜜里调油，转眼成仇。唯取之友直、友谅、友多闻，便是君子之友。正是：

　　古友尊三益，今人重万金。

　　乾坤无管鲍，何处是知心？

　　闲言少叙。话说顾焕章问那道人名姓，老道复姓欧阳，双名山真，别号人称聋哑子，住在四明山清妙观。"此处是我居住的小庙场，你既要跟我练，也好，我明天自有道理。"说罢，叫焕章安歇。从此就在此庙中学艺，练鹰爪力重手法、一力混元气、达摩老祖易筋经、分筋挫骨法、点穴的功夫，练会赶棒一条、短刀一把。过一年之后，又收了一个师弟，姓王，名天宠，别号人称小白龙，也在此处一同学艺。此人乃涿州人氏，在此处学艺二年有余。

　　这一日，道人说："你二人今天该走了。焕章，你改变道装，此一去以卖卜为生，某年某月某日，在五虎庄前去救驾，救驾之后，不准做官。这里有锦囊一个，是日打开，照柬帖而行。"说罢，二人不忍分手，见师傅谆谆嘱咐，无奈，叩头说道："老师，我师弟王天宠，日久以后能做官不能做官？"老道说："不必多问，你二人去吧。"二人遂站起身，出离庙门，竟自去了。

这二人老在一处，并不分手，在黄河湾教顾焕章练水，一载之后，焕章水性颇通。王天宠得病，多亏焕章日夜服侍，病好之后，王天宠十分恩感。焕章说："贤弟，我也该上北边去了，你我兄弟分手。如日久以后谁要得势，必要送信，荣禄共之，有福同享。"说罢，二人洒泪而别。

顾焕章至北方顺天府城西五虎庄，正赶康熙老佛爷私访，叫贼人困住。顾焕章将皇上背出来，正遇官兵前来，将圣驾交与官兵，竟自去了。圣驾回宫，要这顾焕章，各处寻访，并不知哪里去了。

这一日，正在三桥隐名瞒姓卖卜，见达摩肃王在正阳门外下车更衣，天有正午，见达摩肃王扑奔广庆茶园，自己随后追赶。方进广庆茶园门首，见铁头孙四与马梦太叙话，他"唔呀唔呀"的乱嚷怪叫的，将孙四抓住说："掌柜的，吾来听戏来了。"孙四一瞧，认得是相面的从善先生，说："是先生来了，好说。我正要你们哥俩引见引见，这是我老哥马梦太。"焕章抬头一瞧，见梦太仪表非俗，赶紧过来说："久仰大名！"梦太说："闻听道爷，人称神相，烦劳给我相相。"焕章说："五官端正，二眉带彩，眼有守睛，鼻如梁柱，三山①得配。你这相貌所好者，就是准头②丰隆。神相书上有四句：

准头端正要丰隆，鼻如梁柱作三公。上歪下尖中坍陷，一生贫贱受孤穷。

你是木行格局，应该瘦中带神。木瘦金方水主肥，土行格局背如圭，上尖下阔名曰火，五行格局仔细推。"梦太说："你看我后来可是正印好？ 偏印好？"焕章说："大概可奔正途，定非池中之物，必要显达云程。"梦太心中甚是喜悦，说："劳驾先生！"

孙四旁边听了半天，说："人称先生神相，今朝果如前言。我今天早半天有一件事：方要上座之时，来了一个老头儿，我看此人相貌不俗；后来又来两个，还给他磕头。据我一瞧，必是公伯王侯前来私访。老哥与先生跟我上楼瞧瞧去，看这三个像干什么的。"遂带二人上楼。马梦太先自吃惊说："老四，了不得了！ 你瞧：东边站着那个，是达摩肃王；西边站着那

---

① 三山——指额头和颧骨。

② 准头——鼻梁。

个,是九门提督伊大人;当中那个老头儿,大概是皇上。如果说是皇上,你我今天那个乱可就大了,必有惊驾之罪,此事该当如何?"

正说之间,只听下面乱嚷怪叫。四霸天带无数的英雄,来找马梦太与孙四。三人转身下楼,梦太迎住众人说:"你等真要打架?咱们是文打,是武打?"南霸天宋四说:"是文打怎么样?是武打怎么样?"此时唱戏的方要开台演戏,见下面一阵大乱,正是四霸天跟马梦太那里说话。瞧热闹之人甚多,遇有胆小之人俱皆走了,胆大之人还在这里瞧热闹。四霸天有南霸天宋四说:"当初夺广庆茶园之事,是铁头孙四开水浇头,披刀贯顶,练的甚为出奇,无人敢与他对手,故此我等俱皆去了。今天我同了一个朋友来,家住东海,郎口人氏,姓邓,名芳,人称别号八背膀、飞行太保、九杰邓芳,也在此处练一样能耐;咱们这也不是打群架。"说:"贤弟过来,见见他等众人。"

见人丛中出来一人,仪表非俗,身高八尺,面如白玉,环眉阔目,鼻直口方;身穿蓝绸裤褂,薄底快靴;年有三十以外,站当中说:"我是助拳的,你等可不必骂我,可谓了事。哪位姓马?哪位姓孙?"马梦太二人回言说:"我等就是。你练什么?你说吧!"邓芳说:"我姓邓,名芳。我练这样能耐是天下第一,如你二人或你的朋友能照我这样练,我等就走,永不上广庆茶园来扰闹;如若练不上来,你等就此出去,那叫我的朋友在此。"马梦太说:"你练吧,我瞧瞧是什么出乎其类的本事!"邓芳说:"把我的东西拿过来。"

只见有一人拿过五根竹竿,高有六尺,其粗与大核桃相似,就在地下埋有五寸深,离三步远埋一根,一连五根,俱皆如此。埋好了,见邓芳说:"我先别练,我先说说,你们听听,如有能练的,前来只管练。我从平地蹿上这一根竹竿,在那上头站着,一点不动,这竹竿一倒,就算我输了;歪了也不行,偏了也不行,站不住也不行。"说罢,众观众一怔,连马梦太也是不信,心里说:"我倒看他练练,看他行不行,简直的他是竟吹,拿大话吓唬我。我看他练得了练不了。"说罢,见邓芳就一撒步,"飕"的一声,蹿上了竹竿,端端正正站在那里,一点也不动。马梦太甚是称奇。又见他从头一根竹竿上往第二根竹竿上一纵,站在那根上,仍然不动。马梦太心中说:"不但练之难,看之就不容易,劲儿大了也不行,劲儿小了也不行,真是第一绝妙的功夫!看起来,天下英雄甚多,从此我不可自满。古语说的

不错,正是:

泰山高矣,泰山之上还有天;沧海深矣,沧海之下还有地。"

正想之间,见邓芳一纵一纵,一连五根,俱是照样。大家齐声喝彩。跳将下来,气一涌出,面不改色,一阵的狂笑,说:"瘦马马梦太与铁头孙四,你二人可以前来当场练练!"这两个人默默无言,有心要去练,又不行;有心不练,又当着好些个人。俗语说的不错:

当场不让故,举手不留情。

这两句话是我们说评书说的,要到了鼓儿词大鼓书,他还混批呢!他说:"当堂不让父。"这么要说将起来,连他父亲,他都不让,于礼不通,情理更不通。要是他父亲将他送下来,他还要走动人情,将他父亲押起来,所以鼓儿词、野史,乃齐东野人之语也。若要评书这么着说,就不行了。当场不让故,是故旧之交,遇同人在场面之上,有事说话,谁也不让谁。

闲言少叙,书归正传。马梦太正在游移之际,见邓芳洋洋得意,大声说道:"慢说是你等,就是天底下地上头,有照我这样练的,他就算是我的师傅了。大概除了姓邓的,没有第二个,他连我练的这个名目都叫不上来。"说着,摇头晃脑的笑嘻嘻在那里洋洋得意。

正在口出狂言大话,见从北边楼上跳下了一个老头儿:身穿青洋绉大褂,漂白袜子,青缎子双脸鞋;手里揉着一对核桃;年约七旬以外,面似锅铁,重眉大眼,一部银髯,说:"邓芳,你说这话也大了,你这功夫没有练到头,方会半截,就敢这样口吐狂言。你练的这个叫'草上飞',乃是踏雪无陷的功夫。你只会正着练,不会倒着练。我要上去练,不能照着你那样练法。"邓芳说:"你还有什么出奇的本事?你练练我瞧瞧,你再夸口。你别说了回头不会练!"那位老英雄说:"你这竹竿是东西一溜儿摆着,我从西边上去,照你那样练完,我再背着身子往回跳,如果照样跳回,那才算功夫。倘或倒背身望回一跳,竹竿若是倒了,或者将我摔倒在地,那是我经师不到,学艺不高,我当着大官众给你磕头,就算是我输了。还有一节,我要练完了,你也照着我这样练一练,我就给你磕头,也算你赢了。"说罢,这位老英雄将长衫一脱,连核桃放在桌上,翻身上竹竿上,照他所说俱皆练完,下来将衣服穿好,把四霸天一众贼人俱皆吓怔。马梦太说:"这位老英雄高姓大名?"不知此人是谁,且听下回分解。

第 十 回

顾焕章广庆园见驾　马成龙提督衙封官

诗曰：

　　　　云驱风急马蹄忙，吐气扬眉志激昂。

　　　　不怕青云高万丈，只要黄卷①两三行。

　　　　棘闱门户无关锁，茅屋人家有栋梁。

　　　　明日广寒宫②里去，桂花折得几枝香。

　　话说马梦太问那一位老英雄的姓名，顾焕章在楼上暗中观瞧，甚是称奇。回头一瞧圣主，圣主说："那边莫非是顾焕章？自五虎庄分手，朕时常想念于你，今朝可巧在此相遇。"焕章只要听下面那一位老英雄的姓名，见圣主一说话，慌忙跳下楼来，竟出广庆茶园去了。下面那位老英雄未留名姓，亦就扬长而去，圣主早就瞧见四霸天带一伙人来，尽是不法之人，甚是有气，竟自把戏给搅了。适才瞧见顾焕章，不觉失声，露出本来的面目。圣上忙传旨意，叫伊哩布传本地面官："将四霸天等拿交提督衙门，不准放一个漏网。将马梦太、孙四也交提督衙门，只带四霸天。"下边群贼一见圣驾在此，俱皆逃窜。伊哩布下楼往孙四要驴，赶紧备好，请圣驾回宫。达摩肃王遂保驾出广庆茶园，竟自去了。伊大人叫地面官人，要拿获四霸天等余党，见一个也没有了，无奈暂将马梦太、孙四送交提督衙门，自己也回家去了。

　　地面官人雇车一辆，将马梦太、孙四送在提督衙门。门外一下车，过来好些个人等，有认识马梦太的，说："老哥，这是为什么？"马梦太将适才之事细说一遍，跟孙四至班房门首。只听里面有一个山东人说："我的秃子白大哥，你死得屈，来显魂来了？"孙四进班房说："你这小子玩笑，谁是你的秃子？"

---

①　黄卷——书籍。古人用具有辛味、苦味的黄蘗染纸以防蠹，纸色黄，故名。

②　广寒宫——月中仙宫名，相传嫦娥携玉兔奔月，居于此。

原来马成龙同胡忠孝、李庆龙、薛应龙四个人，头半晌就送到衙门来了。还有兴顺店贼人四十七名，在别的班房收下。这屋里头，问明四个人的底案，一瞧胡忠孝不像有钱的，说："姓马的，你有朋友没有？"成龙说："我不认得人。"看铺说："我姓王，排行在五，你这个差使属我看管，说点好的，我自有照应。照着这么着，伙计把他拉到外头，锁在尿桶上去。"成龙一闻此言，说："王头儿，你这里来，我看你也是个好人，我跟你有心腹话说，你给我找个人来说吧。"王头来至成龙面前，认着成龙是好意，方才往那里一站，成龙抡圆了就是一掌，打倒在地。成龙说："已就也已就了，我打死人也无数，这连你也打死了吧。"王头说："你饶了我吧，我不敢了！"成龙说："你请我喝三斤酒赎罪，我饶了你；若不然，我打死你！"王头说："我请你喝酒。伙计，快给我拿酒去！"有一个小伙计拿钱拿瓶子竟自去了。少时回来，将酒交与马成龙。成龙这才把王头放了，坐在旁边喝酒。

三斤酒喝完，喝了一个醉眼蒙眬，见孙四同马梦太进来，他一睁眼认错了人了。孙四本是个秃子，他猛一瞧，打算是白德哪。马梦太说："你们两人谁也不认识谁，俱是难友儿，何必打架！"马梦太方才落座，孙四也就不言语。从外面进来无数人说："老哥，你这是奏案官司，来到我们这衙门里啦。你要有什么事，我给你回家送信，外头我给你叫来一桌席压惊。站堂的李头送来一桌果席，要叫我给带过来了。他为老哥的事很着急，因为他们家里有病人，有一个把他叫了走了。户房的杜先生、刑房的马先生，俱有礼物。"马梦太说："众位老哥们，不必分心。一来天气热，菜蔬一过夜就坏了。众位哥哥兄弟，我心领了。"说着，自外边抬进一桌菜来，放在地下，一碗一碗的摆在桌上。众人都是这衙门里当差的，与马梦太是相好，大家出去照应外面衙门之事。马梦太说："呦！胡爷，你们也在这里。那么来吧，一同喝酒。"李爷、薛爷也就过去坐下。

马成龙在那里说："马梦太，你不认得我了？"梦太说："实在眼拙得很！咱们在哪里见过？"成龙把方才在兴顺镖店之事说了一遍，梦太才知道是在那里见的，说："大哥来吧，一块儿喝盅酒吧！"成龙笑嘻嘻的过来，同众人坐在一处，说："大家喝吧！"本来成龙就醉了，今天见大家在一处说话，他就说："我熟读大清律例，来，来，你们说说都是什么案，我一料就知道谁是什么罪过。"

胡忠孝说："我是投亲不遇讨饭，店内贼人瞧见我妹妹，硬行要抢，我跟他们打起来了。你断我应该是什么罪过?"成龙把头一摇,说:"你要是遇见了恩官,往轻里办,你是罪之魁,惹祸之头,办你个秋后处决;要是往重里办,总得斩立决。"胡忠孝一听,把头一低,一阵的心酸,长叹一声,说:"死了倒不要紧,我妹妹是个女子,家中还有六七十岁的母亲,可叹!可叹!"病二郎李庆龙一听,说:"我与我拜弟薛应龙,我二人是在先卖艺,后来佟起亮请我们去教他的儿子,我们才知道他是个天地会八卦教匪。我们本应辞他,谁知道他这一天打架,是我哥儿两个一瞧,跟我们胡大哥,我们就动手打他店中人,帮助大哥动手。此话是实,你算我们两人该当何罪之说?"成龙说:"你们俩是贼人的教习,论王法得剐了。"这二人一听,也就不言语了,信以为真。马梦太说:"朋友,我与孙四二人应该何罪?"成龙说:"你二人有惊驾之罪,奉旨交这衙门,也该按恶棍匪徒那样办,是斩立决,枭首示众!"马梦太说:"我们大家杀的杀,剐的剐,你应该问个什么罪?"成龙一笑,说:"我杀了四十多个人也不要紧,他按重办,是递解还家,省我自己的盘费;要按轻办,是皇上喜欢,就赏给一个守备。"大众齐声说:"你走开吧,别扯着玩了!我们都是有罪的,你倒赏个守备,这是何道理?"

正说话之际,听着外面升座,先问的是店内四十多名贼人,一上刑就全招了,连佟起亮是八卦教的情节,俱皆说明。此时把众贼人当堂定罪,暂且入狱。随后提马成龙、胡忠孝等四名审问,四人俱按实情招认。又提马梦太与孙四,这两个也俱皆招认在广庆茶园之事。问官吩咐:"将六个人看押,将所问明的口供底儿,呈与伊大人观看。"

次日,大人又亲提审讯一番,一则是奉旨交派的,案情重大,俱皆问明,专折次日上达天听。圣上览奏降旨,派伊哩布至提督衙门宣读圣旨:

奉天承运皇帝诏曰:步军统领伊哩布奏前三门外邪教匪徒甚多,朕访于兴顺镖店确实。马成龙遵旨拿贼,义勇可嘉,钦赐守备,留京听用。胡忠孝、马梦太,艺业绝伦,钦赐千总,回籍归镖。薛应龙、李庆龙,奋勇捕贼,钦赐把总。孙兆英钦赐把总。胡赛花女中丈夫,贞烈可嘉,听旨议婚。白德之尸,该哭主领回。各赏银二百两,由户部领。奉旨回籍之人,毋庸在此逗留。兴顺镖店被获贼人等,送交刑部严刑审讯。在案脱逃之贼人佟起亮与佟起亮之子佟德英、四霸天著名匪棍,交顺天府都察院一体严拿。钦此。

马成龙等六个人磕头谢恩。胡忠孝由户部领了银子,同拜弟薛、李二人,带胡赛花竟回原籍去了。一路之上,感念马成龙与马梦太之恩。孙兆英仍照料广庆茶园的买卖。马成龙将白德之尸买棺木成殓,帮洪氏娘子办理白事,将圣上所赐的银子,俱给洪氏嫂嫂度日。

这一日,回井泉馆,大家给他道喜,孙起广甚是喜悦。大家吃酒之际,外边伙计进来说:"千总瘦马老爷来拜。"成龙慌忙迎接进来,落座,马梦太说:"大哥,明天你我到伊大人那里拜谢拜谢,你想如何?"成龙说:"好说。你家中还有什么人?"马梦太说:"我父母早丧,孤身一人。"成龙也把自己之事细说一遍,留马梦太吃晚饭。天色已晚,成龙说:"你也不能进城,明日咱俩去拜伊大人。"梦太也就在此住宿。

次日天明,净面更衣,用完早饭,雇车一辆,进城至交民巷伊大人宅门首,通禀进去,伊大人请见。二人随进内至客厅,抬头一看,见大人穿便衣在正面椅子上坐定,这两个人过去行礼,大人说:"你两个人起来,明天我把你们要在步营当差,好不好?"二人谢过大人。又把他二人家中之事细问一遍,二人一一说明。大人说:"我这外边书房有的是房屋,你两个人搬在我这里来,晚半天给我看看家,白天上衙门当差。"二人说:"甚好。"从此二人就搬在大人宅西院外书房居住。

白天二人无事,这一天至前门外,见顾焕章在那里相面,马梦太说:"这个人好大能耐,等他完了,请他吃个饭,盘桓盘桓。"天至太阳平西,焕章收住,方才要走,梦太拉住,说:"义士,我给你见个朋友,这是我们同处当差的马成龙。"焕章仔细一瞧,说:"喑呀!此人的相貌甚是端正,必要显达云程,并非池中之物。"说着,三人一同至酒馆吃酒谈心,越说越近,就在酒馆之中结为金兰之好。焕章居长,成龙次之,梦太行三。此日大醉。正是:

　　　酒逢知己千杯少,三人相论语偏长。

二人请焕章进城一同居住,焕章说:"我明天还要访友去。"酒饭已毕,三人分手。

成龙、梦太住在广庆茶园,次日又前去找顾焕章,竟是不见了。二人进城,方至大人宅门首,从里面跑出一人,把他二人拉住,说:"二位,你们还回来啦?大人今天早晨派四个人各处找你二人,你二人跟我走,快去见大人。"梦太、成龙二人心中疑惑。不知所为何故,且听下回分解。

第 十 一 回

定兴县独角龙行刺　魏家楼山东马拿贼

词曰：

　　暮鼓晨钟，听得耳聋，春燕秋鸿，看得眼朦。犹记作孩童，倏然①成老翁。休称姿容，尽归清净中，休称英雄，尽被黄土蒙。跳出面涂盆，打碎醯鸡②瓮，谁是惺惺谁懵懂？

　　话说马成龙与马梦太二人方至大人宅内，听见有家人说："大人寻找，不知何事。"二人至里边，大人说："成龙，我今早晨奉圣上旨意，查办黄河堤工口子，随带司员，我把你二人带同前往，如回来必有好处。"二人给大人道喜，问："大人多时起身？"大人说："明天我就起身。你二人收拾行李等物，我是驰驿前往，带十个家人，和喜跟着我，连书童有二三十人。你二人下去办理去吧。"二人甚是欢喜，一夜无话。

　　次日天明，大人起身，坐的八人轿子，后头带着有十数辆车。成龙、梦太骑马，方出彰仪门，管家和喜回禀说："有户部郎中桂大人同内阁学士厉大人在长辛店等候，给大人送行。"大人说："如此，前面打公馆。"正说之际，离长辛店不远，有厉大人的管家说："我们大人早就来啦，不必打公馆，借的是海提督的花园子。我们大人同桂大人请大人前去。"大人说："头前带路。"至花园子，见二位好友下轿，至花庭落座吃茶。桂大人说："闻吾兄放下查黄河的钦差，弟甚是忧心。你我知己好友，先年家严去查黄河不善，被议回来。眼下办黄河有河道总督卢丁和、淮阳道任永杰、山西巡抚办河工巡抚王大人，俱是久办河工之人，尚且俱皆交部严加议处。吾兄此去多要留神。"厉大人亦是这样说法。伊钦差说："二位大人，我岂不知黄河不善办理？无奈有君命在身，此去只好见机而作。"直吃到三鼓

---

①　倏(shū)然——快速的样子。

②　醯(xī)鸡——小虫名。醯：醋。这种小虫，古人误以为由酒醋上的白霉变成，故名。

以后,方安歇。

次日,大人告辞,至半路,有房山县、良乡县前来迎接大人。大人俱皆免见,并站走住涿州。第二站至定兴县十字街路北公馆,知县接进公馆,递手本拜见大人。大人请进问话,问:"贵县是何等出身?"知县王大寿说:"卑职吏员。"大人说:"此地无娼没赌?"知县说:"此处倒是清静地面,并无此等之人。"大人说:"好。明天早备车辆,本部院起身。"知县回衙。大人说:"成龙、梦太,你两个人也下去歇息歇息。"

二人遂转身出离上房,至南厅屋内,有伺候小钦差的过来说:"二位老爷净面吧。"成龙将蓝布大褂、茧绸汗褂脱去,在那里洗脸,洗完了脸,拿着桑皮纸的扇子在那里"呼答呼答"的扇。听差之人过来说:"老爷,你是喝绿豆汤?酸梅汤?"山东马说:"绿豆汤,我在我们那个厂常喝。这个暑汤我没喝过,你拿来我喝点尝尝。"听差之人将暑汤送过一茶盅来,成龙一喝,说:"好家伙,你拿药水子灌我!你把酸梅汤拿来,给我喝点。"听差之人也不敢笑他,少时将酸梅汤端上一瓷缸儿来,方要拿茶盅给他倒,成龙说:"你给我吧!"成龙从听差手中夺过来,喝了一个干净。马梦太洗完了脸,要酸梅汤喝。听差的说:"没有了。"梦太心中就是不愿意,摆上酒,二人喝酒。

梦太说:"马大哥,你这个人太粗鲁了,不懂的当差的规矩。端上洗脸水你也不让,端上酸梅汤你也不让,这幸亏是我,要是别人就挑了你的眼了。"山东马把眼一瞪:"什么叫挑眼?俺不懂!"梦太说:"你有什么能耐,作这个守备?"山东马一想:"他是瞧不起我,知道我不会把势,待我蒙他一蒙。"说:"提起我那个师傅来,你不知道。"梦太说:"是谁?是哪个门的?"成龙说:"我师傅是黎山圣母。"梦太说:"黎山圣母就教你一个人吗?"成龙说:"我有一个大师兄,是刘金定。"成龙问梦太说:"你是谁的徒弟?"瘦马马梦太说:"我师傅是王禅老祖,我师兄是高君保。我师傅对付你师傅,我师兄对付你师兄,我就对付你就是了。"山东马说:"这个屌进子的,真是竟玩笑。"

二人正说之际,听得在窗棂外面"噗哧"一笑,梦太说:"是谁?"成龙说:"不过是外面伺候之人,听见你我玩笑,他在外边一笑。"梦太说:"不然,我去瞧瞧。"拉短把刀,来到院内,上房站立,四顾一望,不见一人。梦太跳下来,说:"大哥,咱们别喝酒了。"吩咐撤去残桌。二人放下卧具,先到上房见大人，说："大人，吃过了饭了?"大人说："你二人下去吧，歇歇明天好走路。"二人回房，成龙脱去衣服去睡了，梦太也就和衣而卧。

大人在上房吃完了饭，在灯下看书。天至二更时候，正看之际，听见南边嚷："杀人了! 救命哪! 杀人了! 救命哪!"嚷了两声，就听不见嚷了。少时，外面房上说："钦差伊哩布听真，吾神乃独角龙是也。只因当铺胡大成作恶多端，吾神将他首级抓来。"只听外面"叭哒"一声响亮，扔在地下。大人叫："来人!"书童六吉儿，小孩十六岁，胆子小不敢出去，又不敢不出去，无奈说："我去门外叫二位马老爷去。"来至门外说："大人叫二位马老爷。"又嚷着说："马老爷，大人叫!"梦太为人精细，睡着觉，有人叫，听了听，是上房屋内大人的书童儿喊，忙站起身来答应。他是永远夜晚睡觉穿着衣服，下地叫马成龙："大哥，快起来吧! 大人那里叫。"那成龙脱去衣服大睡，正迷蒙之际，听见人叫，站起来说："作什么?"梦太说："大人叫。"成龙迷迷糊糊的下地，穿上了皂鞋，还没睁开眼呢，上下无一件衣服。梦太也不言语，说："大哥跟我快走，去见大人去。"成龙随在背后，往前行走，来至上房屋门外。

马梦太先进去，给伊钦差请安，说："大人，还未睡觉哪?"随后成龙也进来了，说："大人，叫我做什么事?"大人一瞧，不由大怒，说："你这无礼的匹夫，大胆! 竟敢这样前来见本部院，我定要参你!"成龙这一阵才明白过来，自己一瞧，上下没一条线，赤身露体，甚是好笑。连忙回自己下面屋内，换好衣服，穿齐整，又至上房见大人磕头，说："守备是睡迷糊了，我实不知道，来给大人赔罪!"说着，只是行礼。大人怒犹未息，说，"你起来，往后再要如此，我必要参办你，绝不饶恕于你!"说罢，向梦太说："方才外面房上有人，口称独角龙，扔下一件物件，不知是何物件，你们去拿进来瞧瞧。"

二人掌灯，往院内各处一照，见有人头一个，鲜血淋漓，甚是可怕，拿至大人面前，说："乃是一个人头。"大人说："你们二人可知道独角龙是什么人哪?"马梦太说："我不知道。"山东马说："别的我不知道，要说独角龙我知道。我知道先前有一泗洲城，城外有一座三教寺，寺内大殿前台阶石上，那一日放出五色莲花，上面站着一个青衣仙子，口称白衣大士，有人跟他上天成仙去，有人上去就不见了。这一天，来了一个济小塘，乃是一位地仙，此人上去一掌心雷，将那青衣仙子劈死，原来是这个狐狸精。他有一个儿子小妖儿,号叫青莲子,聘请独角龙带虾兵蟹将,水淹泗洲城,捉拿济小塘。"伊钦差说道:"你说的这是什么?"成龙说:"是《升仙传》。"大人说:"出去!"成龙说:"怎么了?"大人说:"我问的是在房上的独角龙,与《升仙传》的什么相干? 这一个人头分明是人杀的,哪有龙抓来之理! 其中必有缘故,以待明天定兴县知县到来,便知分晓。"

天至三更时候,大人尚未睡觉,直到天明,定兴县王大寿到此,请大人起身。大人传见,言道:"贵县,昨天本部院到此,也曾问过,贵县言本处并无娼赌盗贼;昨夜三更时候,在房上有人自称独角龙,扔下人头一个,贵县可曾知晓?"只见王大寿回言说:"禀大人,凡事出于偶然,卑职亦未知晓。今有当铺东人胡礼,清早喊报,言说他父胡大成被杀,并无人头,也不知凶手下落;卑职至公馆,见大人台阶以下放着人头一个,大概必是胡大成之首。容卑职将首级领回,传胡礼到案便知。"说罢,知县领首级回衙去了。

成龙过来与大人请安,说:"大人,我今天到当铺去瞧瞧验尸的,好不好?"大人说:"你就去。"成龙遂换便衣:蓝布大褂,高腰袜子,山东皂鞋,换好起身,出公馆,至南街当铺门首,往里就走。有看门的地方、保正手拿藤鞭拦挡闲人,见成龙至此,说:"老爷,您来了? 我们县太爷尚还未到。"成龙说:"不必告诉他,我是自己前来瞧热闹。"说着,往里就走,见里面院子宽敞,人数不多,有一死尸放在当院里,甚是可惨。

少时,知县已到,将胡大成首级带来,吩咐仵作①相验。刑房写罢尸格,呈与老爷观看。上写:"皮吞肉卷,生前致命一刀之伤,并无二处。"老爷传当铺伙计讯问,说:"你们哪个与你们老东人有仇?"大家说:"我等俱都在此佣工,何敢与东人有仇!"知县正问之际,有从人禀报:"有钦差伊大人的委员马大老爷在此观看。"知县说:"请马大老爷到此,有话说。"成龙说:"不用请,我在这里闲游,你请办公事吧。"王大寿说:"公事已完,请老兄到敝署一叙。"成龙说:"可以。"知县吩咐:"鞴马,先送马大老爷至衙门花厅吃茶。"成龙告辞。

知县见成龙去后,吩咐胡礼:"将你父成殓起来,候本县拿贼。"说罢,吩咐打轿回衙。下轿至花厅,见成龙在那里坐着,知县说:"老兄候等多

---

① 仵(wǔ)作——旧时官府中检验命案死尸的人。

时,弟有要事相求,望吾兄慨允。弟地面之上偶遭不幸,出此逆案,望吾兄在钦差大人跟前多说两句好话,请大人起身,不知兄台大人如何?"成龙说:"别的事不成,此事易办,我在钦差跟前要说走准行;无奈我山东人好穿这山东皂鞋,我自己家中就带来了一双,我回公馆在大人跟前说明白了,还得来你这里送信。要不送信,又不是办事了。送信我还得回去,往返好几趟,跑坏了鞋,谁给我买呀?"知县一听,说:"兄台此问,弟知道。"吩咐:"来人! 从账房中取白银二百两整,送给马老爷买鞋穿就是了。"山东马一听此言,说:"你原来是个赃官哪! 为这点小事,你就给我二百两银子。好,好,好! 我跟大人说,准你这一个人情还好,倘然不准人情,那还了得么? 我是将银子给你送来,我是留下呢? 你说吧!"知县说:"此是我送给你老兄的,你知道了,大人不准人情,我也送给你了,你我算交朋友就结了。"成龙说:"就是。我走了,你听信吧。"拿着银子往外走。方一出衙门,就往前走。从背后有一人手拿鬼头刀,照着成龙就是一刀。不知性命如何,且听下回分解。

第 十 二 回

伊钦差私访独角龙　王玄真路遇山东马

《西江月》：

　　酒以合欢成礼，贪杯必定多伤。东歪西倒特荒唐，依醉出言无状。　　　小则威仪失节，大则行止非常。杀人放火一时强，难免身家坑丧。

话说马成龙要回公馆，背后一抡刀，就照着成龙脖子上就是一刀。成龙由东往西走，日影儿一照，见一人拿刀要杀他，一翻身，一低头，刀就落空了，照着贼人一脚。那边好些定兴县的公差一瞧，齐声说："拿贼！"那贼人并不答言，往西跑了。

成龙至公馆门首，见马梦太在那里站着，说："大哥，你回来了吗，手内拿着什么？"成龙说："没什么，没什么。"梦太不信，一定要瞧。山东马将实话一说，遂将银子拿在自己房内搁下，至上房，见钦差大人，说："成龙给大人请安。适才间我瞧了验尸的了，莫若咱们起程走吧！"大人说："这杀人的凶手可曾拿住了？"山东马说："未曾拿住。"马梦太说："你说了实话就是了，何必朦胧大人。"成龙一听，色颜更变，慌忙跪下，说："您老人家不必生气，我说实话。定兴县知县给了我二百两银子，他还说叫我在大人台前求大人起身，他慢慢办理就是了。"钦差一听，大怒说："初次跟我当差就贪赃受贿，要不参办你，你也是不怕！我有道理，下去吧！"成龙连连叩头，说："我再也不敢了！我再也不敢了！"大人怒犹未息，说："起来！"

大人一想："我何妨在这里今天出去访访，此处知县要是清官便罢，要是贪官，我就写信一封，叫直隶总督参他就是了。"想罢，换便衣，叫二马更衣。马梦太穿青洋绉大褂，青缎子三镶抓地虎靴子，暗带短把刀、避血珠；成龙是蓝布大褂，高腰袜子，山东皂靴，暗带九斤十二两大瓦刀一把，手拿桑皮纸扇子；大人穿贵州大衫，漂白袜子，齐头缎鞋，手拿长杆烟袋,遂出离了公馆,溜溜达达,一直出离南门,往前行走。

少时,出离关厢,望西南一看,青山绿水,遍地禾稼,林中鸟哨声喧,河内鱼儿正跃;牧童放牛于山坡,渔翁垂钓于河岸;农夫口唱野歌,绿树阴浓,仿佛人在画图之中;正信步游行。远望有一座茶酒楼,大人带二马往前行走,来至酒楼门首,见是坐西朝东的门面,外面搭着天棚,挂着酒幌儿、茶牌子,上书对联:

　　名驰冀北三千里,味压江南第一家
见四面俱是小溪,河里面栽种荷花,红日碧波。有一小桥儿,东西走人,栏杆是红的。

钦差大人带二马来至门首,往里就走,见天棚底下坐着好些吃茶之人,都是二十多岁,赤着背,盘着辫子,脚蹬着板凳,在那里说话,大嚷大叫。有二百多人说话:"合字吊瓢儿,招路儿把哈,海会里,赤字月丁马风字万,入牙淋窑儿,咖闹儿塞占青字,摘赤字瓢儿,急浮流儿撒活。"列位,这是什么话,这是江湖豪杰,绿林英雄的黑话。"合字儿",是自己;"并肩子",是兄弟;"吊瓢儿",是回头;"招路把哈",是用眼瞧瞧;"海会里",是京都城里;"赤字",是大人;"月丁马风字万",是两个人姓马的。"咖闹儿塞占青字",是告诉他们那个头儿,拿刀来杀大人。钦差也不懂的,山东马也不懂的;唯有马梦太精明谙练,跟他们师傅老山海学过,一听此言,就知是贼人,说:"大人哪,不可进去,咱们走吧!"大人一则是渴,二则瞧见这个野景儿甚是有趣儿,也不听梦太之言,往里就走,进去上楼落座。

见跑堂的有二十多岁,身穿蓝布褂,青布双脸鞋,见大人等上楼来,也不言语,在那里坐着,说:"三位不必在此喝茶,我们今天不卖座,有人定下,楼上请客哪。"马梦太说:"我们是外方过路之人,走的甚渴,等着人家定座之人来了,那时我三个就走。"跑堂的见三个人说话通情理,也就拿过茶壶来给他们开茶一壶。马成龙说:"伙计,我与你说一句话就是了。"来到北边跑堂的跟前,说:"给我拿一个大酒瓶子,盛三斤酒才好哪。我们那二位要问你,就说二两酒,我的酒量大,他们不叫我喝。"跑堂说:"好。既然如此,我给你拿去。"少时将酒取来,交与成龙。成龙坐在那边说:"大人,我直恶心反胃,要喝酒压压就好了。"梦太说:"你那是多少酒?使这么大一个酒瓶儿盛着?"山东马说:"那是二两整。"梦太问:"跑堂的,多少价钱一两?"过卖说:"六文钱一两。"马梦太说:"照这个样,与我打二千斤就是了。"山东马说:"装什么屌进子,你走开吧!"

梦太过去吃茶,成龙遂就喝酒,问堂倌说:"今天这个在楼上请客的是谁呀?姓什么?叫什么呢?"跑堂的说:"我姓金,排行在六,人皆叫我金六,我是这铺内徒弟。我们老掌柜的时候,这铺内甚是丰余,及至我们少掌柜的自己管理,就不似先前了。观如今,我们定兴县里来了一个人,此人别号人称独角龙,姓马,名凯,乃是一位会总,常常到我们这里来喝茶、吃饭的。今日是独角龙在我们这里请客吃饭,故此不敢让你三位在此。他们乃是天地会八卦教之人,甚不说理。"成龙听见"独角龙"三个字,心中早知是公馆之中扔人头的那个,故又问道:"此人在哪里住。"堂倌说:"此人住在城西一里之遥,在三清观庙主野骡子王玄真那里住。"正说之间,成龙喝完了,趴在桌上睡着了。

梦太与大人听的楼梯声响,上来了一人:身高七尺,黑面圆睛,长眉毛,头上有一个疙瘩;身穿青洋绉裤褂,薄底窄腰快靴;手执钢刀,宽有二寸,长有三尺二寸。来在大人跟前,见梦太说:"赃官!你这个狗男女,今天敢无礼!"拉出刀来,照着头上就是一刀。此人乃独角龙马凯是也。马梦太一见贼人拿手中之刀剁来,还手相迎。此时动手之际,成龙在那里睡着不知,正睡熟之际,听得一片声喧。此时梦太不行,被贼人一脚,把梦太踩在桌儿底下。成龙手执瓦刀,大嚷一声,只听得声音洪亮,连马凯都吓了一跳。回头一看,见是一山东人在那里,把眼一瞪,瞧着独角龙。马凯说:"你是谁?姓什么?"山东马说:"我乃山东登州府文登县马家庄人氏,姓马,名成龙。你这个东西,叫什么?"马凯自通名姓。成龙说:"你这个贼人,就是独角龙马凯?来!你拿刀照着我脑袋来,我要一躲,便不是朋友了。"梦太站在一旁瞧着,见马凯抡刀照着马成龙就是一刀,此时成龙闪开。梦太一见,无可如何,保着大人先回公馆去了,不管二人动手胜负怎样。大概没有半个时辰,山东马瓦刀翻飞,马凯不是对手,跳下楼去就跑,马成龙就下楼追。正追之际,只见前面有道小河儿阻住去路,由北往南追,至河边并未追上,马凯跳河浮水,往那边逃了。

在北岸站着一个人,那人身材矮小,穿贵州绸道袍,高腰袜子,青缎子云履鞋,面向南站着。成龙一见,认是拜兄顾焕章,说:"大哥,您老人家往哪里去?"只见顾爷并不答言。成龙又言说:"你不必装不认得我,我说马凯上哪里去了?"见那位英雄回头就走,也不言语。成龙扭身就追,如何追得上他?

　　成龙无奈要回去,正走之际,见从北边铜锣开道,一片声喧。头前四杆飞虎旗、四对金锁提炉,四人抬青轿子,里面坐着一个老道:头戴青缎道冠,蓝缎道袍,甚是整齐;背插宝剑,紫面长髯,甚是威风。又见两旁瞧热闹之人甚多。成龙当道而立,见一干人等说:"你闪开,我们祖师爷来了,若不闪开,将你送县治罪!"山东马说:"我来问问仙长,我们来找野骡子王玄真来了。"老道一听,甚是有气,说:"我真人在此多年,并无人敢在这里叫我的名字。"吩咐住轿。轿子落平,老道下轿出来,口中大骂成龙,抡剑照成龙就是一剑。山东马举瓦刀相迎,只听"咣当"的一声,剑也飞了,成龙一脚将王玄真踢倒,用脚蹬着骂道,说:"我今天非把你打死不可!"抡瓦刀照着贼人就剁,"吧吧"一连几下,将贼人打的直嚷,口内说:"好一个胆大的妖精! 出家人今天未带来法宝,我要有法宝,我必要将你拿住。好个胆大的妖邪!"山东马说:"我是个妖精? 你别装着玩了。"老道猛一反身,站起来就跑,成龙就追。直见妖人扑奔魏家茶楼,在头前嚷"无量佛",马成龙也嚷说"好家伙"。王玄真方一进茶楼门首,见有一道人翻身踢倒贼人在地,捆上了。山东马瞧着,心中甚喜悦,赶紧跑至近前,见是顾大哥,说:"多亏了大哥。来吧,跟我去奔大人公馆,钦差大人必奏明天子,大概必要封官了。连皇上都时常问你,因为你在五虎庄救驾之事。"

　　顾焕章本是暗中大人,在路上跟随,今日还未到了出世的日子呢,扭头就走,也不回言,成龙也不敢追。此时无奈,叫茶楼铺内之人给雇四个人,抬着贼人上公馆,去见钦差。少时,雇来四个人至此,拿杠子抬起来,成龙在后面跟随,手拿瓦刀,告诉茶楼之人:"回头叫他们给你来送茶钱就是了。"说罢,随跟就走在那四个人背后,一直往定兴县南门而来。

　　正走之际,只见马梦太带四个人来在面前,说:"大哥,你来了么?"成龙说:"来了。我拿住这个贼,名王玄真。带至公馆一问,便知是独角龙的余党。"说着,进了南门,至公馆门首。见好些人儿在那里说闲话,见二马带人拿贼人到了。梦太进里给人家拿出钱,给送人的拿了去。他与成龙将差事交与下面当差之人,二人进了公馆,至上房,见大人坐在那里喝茶,就将拿贼之事细说一遍。大人甚喜,吩咐:"叫县三班传伺候审问王玄真。"正说着,又吩咐:"叫众人带差事。"

　　少时,将王玄真带到。钦差问:"你是哪里人? 姓什么? 叫什么?"

王玄真说："我姓王，名玄真，在这城西三清观住。我乃自幼出家，人皆知我会看病，故此远近都常请我看病。我也不知为什么，被大人将我拿来，所因何故？此话是实，求大人恩典就是了。"钦差说："人都知你是天地会八卦教，你不实招不成。左右，动刑！再问口供，说明实供招出，饶你不死。如若不然，想活是比登天费事！"王玄真并不答言，夹棍套在腿上，只听的"呵吱吱"一片声响，见贼人睡着并不言语。五刑俱用了，贼人还是没有口供。钦差见天色已晚，叫左右将贼人带下去，暂歇歇，少时再问。听差之人答言带下去。此时钦差用完饭，叫山东马成龙，细问拿贼的情节。马成龙又回说了一遍。大人说："功过相敌。你不可贪功，诬良为盗，赖人图自己的功；诬人为贼，罪加一等。此话是实，并无一句虚言。"山东马说："大人分心细问，大概他决不是好人。"

天至初鼓之后，大人甚是着急。成龙此时已下去吃饭，书童在旁边也睡着了，靠着墙站着。大人伏几而卧，曲肱而枕之。正在似睡不睡之际，外面来了一个贼人，手执钢刀，翻身闯进上房，举刀照着大人就是一刀。不知钦差的性命如何，且听下回分解。

第 十 三 回

桃柳营钦差初逢险　乘义渡二次又逢凶

诗曰：

　　堪叹人生无百秋，为何日月苦忧愁。

　　酒色财气缠身体，担心不舍怎回头。

　　百年世事如幻梦，大数到来不自由。

　　有朝一日阎君唤，一旦无常万事休。

　　话说有贼来刺杀钦差，贼方至上房，只听背后一声，"吧哒"一声响，正中贼人腰上。贼人乃是独角龙马凯，因白天自魏家茶楼跑了，夜晚回来一问，才知是朋友王玄真被擒之事，夜晚入公馆行刺来了。方要杀大人，只听后面一声，正中腰上，马凯翻身蹿在院中，上房逃走。

　　大人大吃一惊，心中一想："既有刺客，可以派二马前去，必能拿获。"方要传话，忽听外面一响，扔进一个字包儿来，外面说道："大人若审王玄真口供，照字帖行事，贼人必能招认。"书童从地下捡起递于大人，拆开一看，上有小膏药两贴，上写："三皇甲子膏。"后面有一行字，上写："三皇甲子膏，专治破金钟罩，贴在脚心中，口供定然招。江苏民子顾焕章奉献。"大人一瞧，早已明白，吩咐："叫二马进来，传听差之人，带贼盗王玄真，听本部院严讯。"左右答应，两旁侍立。

　　少时，将妖道带至上房台阶以上跪下。大人说："你这东西，分明是邪教匪贼，竟敢不招！"叫马成龙过来，俯耳如此如此。山东马叫左右将老道鞋袜去了，将膏药贴上，吩咐："动刑！"见老道浑身是汗，骨软筋苏，疼痛难言，说："大人松刑，我承招就是！"钦差说："松刑，招上来！"妖道王玄真苏醒多时，心中少定，才说："我们是天地会，是供奉天地为主；八卦教，是立教之主，号称八卦真人，不过烧香念经，求天地风调雨顺。我们这个会总，是办会的头目，他是承办香供之事。至于大家全把钱给他，叫他留一本清账。"钦差说："我问你，是在当铺中杀人的独角龙，他也是你们会内之人，你说他是怎么杀的，我就饶了你啦。"王玄真说："独角龙不错，我知道他也是会中之人,可不跟我在一处,他杀人之事,我实在不知道哪。"大人吩咐:"将贼人送县按律严办,行文拿获独角龙马凯。"传知县,说:"贵县,本部院理应参办,我念你吏员出身,为官不易。明天备办车辆马匹,本部院起身。"知县打躬施礼,谢过钦差大人,遂下去了。大人将此事办完,叫二马下去歇歇,明日起身。钦差也就安歇睡觉。次日,知县备办车马,在此公馆门首伺候起身。大人上轿,吩咐免送,顺大路一站一站的往前行走。

这一日,至监津县桃柳营,本汛的守备张海澄同知县李和春,来接大人入桃柳营公馆。此时早有办差之人接了上站卡子,照上站样如数办理。伊大人传进知县、守备,问了问地面上之事。此时天色已晚,众人都出去,唯有二马还在旁边站着。大人说:"今日白天自北往南,临近有一段村庄,都是门前影壁上挂八卦,还有画白圈的,还有黑墙画白八卦的,不知是何缘故? 我要请问本处文武官,又怕他们不说实话,我就也没问他。明天你二人去访访,如要有什么邪教匪贼妖言惑众之事,你二人访明白禀我知道,我自有道理。"二人下去用饭安歇。

次日天明,二人起来换便衣,用完早饭,吩咐外面不必伺候,大人并不起身,外面也不知是什么缘故。此时二人进上房,一见大人,说明去私访之事。大人说:"你们去吧。"

二位英雄出了公馆,一直往北走有一里之遥,见前面是昨天来的那个村子,一瞧,见家家关门闭户,并不见有一人来往。墙上画着白八卦,家家皆是如此。二人至路北清水戟门楼,双扇紧闭,不见有一人在此村庄街上。连忙打门,只听里面有人答话说:"哪位?"山东马说:"我们借光,问问你路。""哗啦"一声,门儿开放,出来一人,黑面微有胡须,月白裤褂,高腰袜子,青布鞋,说:"你叫门作什么?"山东马说:"我们问问,你们这个村庄为什么都画这个八卦? 是什么缘故,你可知道?"那人说:"你问这个呀?""呼噜"将门儿关上了,也不言语。山东马再叫,人家也不出来了。二人无奈,也就不叫了。只听背后脚步声音,头前走的顾焕章,后方跟着一人,身躯高大,年约六十,黄面长须,一直往前追赶下去了。此时二位英雄一看,不知所因何事,也就不往前面村庄访问去了。

说书的一张嘴,难说两下里话。成龙、梦太二人私访事也就不提。单言钦差伊哩布在公馆想:"为人臣,忠则尽命。如今我国自定鼎以来,不知是有多少邪教匪贼索隐行怪,诳哄愚人。本部院受皇恩,理应到处与国分忧,办理清楚才是。今天二马一去私访,本部在此无味,何不也去带着书童外面访访?"遂吩咐书童六吉儿:"来,你给我更衣,跟我密访天地会的情形。"小书童也就换了衣服,大人带他出离了公馆,直往西走。见天地清和,风清气朗,入夏以来,绿树荫浓。方一出村口,往西一看,好一派初夏景致!怎见得?有诗为证:

　　四月清和雨乍晴,南山当牖转分明。

　　更无柳絮因风起,唯有葵花向日倾。

　　钦差遂信步游行,见人烟稀少,唯有农夫在野外耘田。大人走约四五里之遥,迎面有南北一道干河,两边有堤,并无有一点水。大人带书童过了一道干河,一直往西走,赤日炎炎,甚是天热。大人口内也觉得有点干渴,也想要凉爽凉爽才好,无奈不成,没有一株树。往西一瞧,一片野麦,有心要回去,又太走得远了。无奈往前走,方走了一望之地,见前面当道有一土台,上面有柳树一株,棚盖甚大。土台高有一丈七八,有台阶。大人遂上去,见上面高处又凉快,又干净,书童六吉儿将手巾铺在就地,也就请大人落座,书童也坐在树底下。大人说:"六吉儿,你不带着钱吗?你将钱放在五步开外,你站在那边打着了他,回公馆我赏你五两银子。"六吉儿说:"奴才不敢打。打着了,大人赏奴才五两银子;要打不着,大人必要责打奴才。"大人说:"你打着,赏你;打不着,也没你的事。"说着,六吉儿照着那地下放了有几个钱,立着站在五步以外,说:"您老人家瞧着。"只听"吧"的一声,大人见那钱打着,大人甚喜。你道大人这是哄孩子玩耍呢,此乃大人心中暗祷告过往神灵,说:"我这一出来公馆,来访这附近村庄怪异之事,如要小书童儿今天能打着,大概访贼必访得着;如要打不着,我也就回公馆去了。"大人是这个意思,见书童打着了甚喜。

　　天有晌午,只听西南一片声响,大人不知道。少时,有好些个逃难之人直嚷"救命!"后面汪洋大水,遍地皆是水,水花滚滚,波浪滔天,甚是可怕。见有一老儿,奔这个土台上扒来。大人瞧着不忍,叫书童:"快拉他上来,我要救这个人。"六吉儿不敢不去,方一下台阶,只听"呼隆"一声,大人也往下瞧着,连那书童六吉儿和那个老头儿都被水冲去了。大人"嗐"了一声,说:"这是怎么说?这孩子跟我多年,他父母托付我照应他,今天一旦死在这里,也是他的命运该着。这小孩子作了什么损事?可惜!可惜!"叹够多时,见这水离大人这土台还有一尺来的还长哪!遍地是水,此时钦差甚是惊怕。原来这里离黄河近了,开了口子,水下来了,大人并不知道,心中说:"我哪里也不能去,四面是水,活活的把我急死了!"

天约午错,正在危急,只听得正东有撑船之声,来了一只小舟,由东向西,直奔这个土台而来。见那个艄公年约三十以外,头带草纶巾,赤背,蓝布中衣,袜子未穿,青布鞋,面皮微紫,口中信口说:

此处有个赵乡宦,打了一只救生船。

每遇水灾常救护,尽渡来人不要钱。

大人说:"好来,好来! 你将我渡过去,我上桃柳营去,多多给你几两银子就是了。"那艄公说:"要是雇船趁早雇,往别处去雇。我们这是一只义船,行善的。"大人说:"来吧,更好,我给你们主人传名!"那船贴在台边之上,叫大人上船。钦差上了船,一直往东,就到了原来那条干河,应该往东奔岸,他往南进了一带芦苇塘,他问:"大人贵姓? 哪里的人? 干什么生意?"大人说:"我姓尹,名一人,北京城里的人,贩卖绸缎为生。今天是自桃柳营出来逛逛。"艄公说:"您老人家几时生日?"伊大人说:"二月二十五日。你问这干什么?"艄公说:"我们这里的财主有话,今天有这一场大水,先问问救了多少人,是姓什么,哪里的人,为是落账;腊月三十在诸神圣前一焚,这也算是一点功德。朋友,你吃什么? 我们还有一顿饭,愿意吃馄饨有馄饨,愿意吃面有面。"大人说:"倒不吃什么,渴了要喝一点水。"艄公说:"喝水现成。"

正说之间,到了苇塘当中,船也站住了。那个艄公说:"朋友,你错睁了眼啦,到了你姥姥家了!"顺手抽出一口刀来,说:"你好好的脱衣服,将腰中带的银子拿出来!"大人一见,就知是贼船,趁水打抢,说:"且慢! 我看朋友你也是被事所累,才能失志为贼。依我之见,你理应改邪归正,跟我上桃柳营店中去,我给你二百两银子,你作个买卖好不好? 水贼说:"我姓何,名丁。我弟兄三个,有两个兄弟:一名何党,一名何横。好汉爷,我们自十七八岁在此作这水旱两路绿林的买卖,我实告诉你说吧,人也害过几百了。你不必怨我,你听我开导开导你:想你也有五十多岁,生长富贵人家,一呼百诺,吃喝穿乐,你也够了。还有一说:老爷生长在江边,不怕王法不怕天,就是天子从此过,也得留下买路钱。"说着,只听船舱内说:"哥哥,哪里来那些个话说,结果他就是了!"钻出一个贼来,照着大人就是一刀。不知性命如何,且听下回分解。

第 十 四 回

顾焕章水内拒强贼　伊钦差途中遇旧婢

歌曰:

　　终日忧愁,用尽心机不肯休。贫贱天生就,富贵天缘凑。算计到五更头,明朝依旧。略放宽心怀,乐得安闲受,因此上把妄想贪心一笔勾。

话说自船中出来的那个贼,抡刀方才要剁,大人睁睛一看,说:"且慢! 我问你叫什么?"那贼人说:"我叫何党,别号人称双头鱼。来吧,待我结果于你!"正要举刀,听得东边岸上有人嚷说:"唔呀! 坑了吾,害了吾,要了吾的命了! 唔呀! 这么大水往哪里走呀? 也没有船只,吾带着八百多两银子,是不能走呀!"里面两个水贼一听:"有这样大财,为何不发呢?"有心杀了大人,又怕溅一船血,叫别人瞧出来也不便,"先把他捆上就是了。"想罢,将大人捆好,放在船舱之内。

两人将船撑开,出了苇塘。那边岸上站着一人,身体矮小,穿着道袍,拿着小包裹一个,甚是沉重。何丁一瞧,叫他上船来。那道人蹿上船来,坐在船头之上,端端正正的。何丁又问说:"你姓什么? 哪里的人? 你说说。"那老道并不言语。

书中交待,来的此人正是顾焕章,暗保钦差大人前来。早饭后遇见大人带小童往西来,他遇朋友在那里说话,少时追下来,就不见大人了。水又发了来,遍地是水,把这一道干河灌满了。东边岸上没有水,此时他想:"大概钦差必被水淹死了。"正想之际,见一只船进了芦苇当中去了,他甚是着急,知内中必有大人,想主意,将包袱包了好些石头子,他才叫船出来。船上的水贼问他姓什么,他说:"你不必多问,我实告诉你,我姓顾,名从善。"两个水贼并不知顾爷的厉害,他还说呢:"我们这救生船有板刀面、馄饨。"焕章说:"好呀,我正在没有吃饭,馄饨甚好,大大的馅儿,薄薄的皮儿,给个高高的汤儿,用点海粉、紫菜,我喝一碗就够了。快去做,我尝尝!"此时两个水贼还当他是好话,说:"朋友,包袱里包的是什么物件?"顾焕章说:"是银子。"两个贼人说:"快,快!都给我拿过来,我饶你的性命!"说罢,船已至苇塘当中。贼人举刀照着顾焕章就剁,焕章一脚将贼人踢下河去。那个何丁也举刀过来,也被踢下去了。两个贼人在水内出头望上观看,焕章在上面用包袱之内的石头子往下打。两个贼人精通水性,在水里能睁眼睛识物,钻在船底下要翻这只小船。焕章见水底下一动,拉出短把刀,脱去道服,跳入水内,口中骂道:"好贼子,你哪里走呀!"说着,直扑贼人就是一刀。二贼何丁在前,何党在后,二人与焕章交手,水花儿来回乱滚,犹如搅海翻江。焕章一刀刺入何丁腿上,贼人带伤顺下流逃走去了。何党亦不敢恋战,亦就浮水走了。

焕章上得船来,到舱中将大人放开。大人说:"你是谁?"焕章自通名姓。大人说:"你将我救回桃柳营公馆,我专折保奏。圣上也时常想念于你,因你在五虎庄有救驾之功。"焕章说:"多谢大人!"连忙撑出小船,直奔东岸,将大人扶下船去,说:"我看大人气色甚是不好,脸上有三道煞纹,现在去了一道煞纹,往后还有两道劫煞,应在今天,甚是凶恶。大人如闯过这三道煞纹,方保无事。我有故友相候,不能跟大人一同前往,大人快回去,走三四里遥,就是桃柳营,吾要去也。"说罢,往东北竟自去了。大人方要拉他,已去远了。大人无奈,往东行走,就不是才来的道路了。

大人正往东走之际,见道旁有土房数间,随墙板门一个,正房五间,东西厢房各三间。房西有枣树数株,又有十数棵野花,开的十分艳丽。左右并无邻居,独此一家。大人正看之间,板门轻开,出来一个年轻少妇,约在二十以内的年岁,面如白玉,唇若涂脂,眉如春山,目似秋水;身穿蓝布半大女褂,葱绿中衣,漂白袜子,雪青摹本挖镶花盆底云鞋;头发漆黑,梳着两把头,上面首饰,俱是时兴样式;手端一盆洗衣裳水,往街上来倒。大人一瞧,甚是眼熟,仿佛在哪里见过似的。又自想道:"人家是一年轻少妇,我何必多想,不如走吧。"心中虽是如此想,不由的回头又看。

见那少妇将水倒去,注目直看大人,口中说道:"尊驾,莫非是伊公吗?"大人说:"你如何认得我?"那少妇说:"老爷,怎么会不认得了?您老人家这儿来吧。"大人一瞧,细想说:"哦!原来是福喜呀!"这少妇由九岁到大人宅内,充当使女,其性最灵,大人甚为爱惜。当年大人作御史,正巡南城,福喜有父母俱皆老迈,时常至宅中找他女儿。这一日大人回宅,遇在门首,说:"你两个人是作什么的?"门上回道:"此乃是福喜家中父母,前来找他女儿。"大人见这夫妇甚是寒苦,进里面一问福喜,说:"你父母平素作何生意?"福喜回道:"一无所能。"大人说:"既如此,叫他在宅内吃碗闲饭就是。"福喜叩头谢过,只见他父母进来也叩头谢恩。大人说:"你们住在花园那里。"就是后来他父母身死,也是大人葬埋。福喜年至十七岁,在本宅有一书童,名叫德升儿,姓张,大人将福喜配他为妻。到去年,被姑奶奶那里借去他夫妇帮忙,因姑爷放了归德府知府,就将他二人带着上任去了。今在此处相遇,不知所因何故,连忙问道:"福喜,你不是从姑爷、姑奶奶上任去了么,为何还在此处,莫非有什么事吗?"福喜说:"老爷,请里面坐着,回头再说。"

　　大人到院内,福喜把街门插上。大人见上房门外西边有大皮缸三个,一个盛着水,两个盖着酱篓。大人遂进上房落座,福喜过来请安,说:"适才间大人在外面相问,我不好明言,恐走漏风声。奴才等随大人到任之后,命我夫妇二人入都,接少大爷与姑娘一同上任去。自归德起身之时,正遇黄河开口子,我二人上了贼船,船家姓何,兄弟三人,名叫何丁、何党、何横,将我男人杀死。那时我求死全节不能。贼人将我载到此处,是他的住家,他有一个母亲,是双目失明,现在西屋睡觉。我至贼家已有七天,幸喜将我留在家内,又有贼党将他三人约出去了,将我交与他母亲看管。我有心要逃走,又不晓路径,他母亲说要将我留与他长子何丁为妻。昨日方要逃走,找衙门告状,又叫贼人遇见,将我拉回,他忙忙的拿刀出门去了,至刻下尚未回来。他母亲叫给他洗衣裳,我方才倒水,得遇老爷。老爷因何至此?"大人把方才之事细说一遍,说:"方才我遇见贼船,也是姓何,大概就是他。等我回去,到桃柳营公馆,派二马前来接你,并派官兵前来拿贼。"福喜说:"我唯候老爷救我!"大人说:"我要走了。"福喜说:"我给老爷前去开门。"方出上房,只听叩打街门之声,大人一听,是方才贼人何丁的声音。大人有心要走,又不能出去;有心要回来,又无处隐藏。福喜心中十分惧怕。不知后事如何,且听下回分解。

第 十 五 回

姚直正泄机小耗神　马成龙路遇真报应

歌曰：

看破了浮生过半，半只寿，永无边。半中岁月苦忧闲，半里乾坤
舒展。半城半乡村舍，半山半水田园。衣服半俗半新鲜，学馔半丰半
俭。仆童半巧半拙，妻儿半朴半贤。心性儿半佛半神仙，性字儿半藏
半现。一半还知天地，一半让与人间。半思后代与桑田，半想阎罗怎
见？酒饮半酣正好，花开半吐便艳。船桅半扇免翻颠，马放半缰稳
便。半少却让滋味，半多反厌愁烦。百年苦乐细想参，学会了吃亏一
半。

话说贼人何丁叫门，福喜急中生智，把院中缸盖取下，说："老爷，你
快这里藏着！"老爷无法，往缸内就藏。福喜将盖盖上，方出去开门。只
见何丁腿带重伤，一瘸一点往里就走，至西屋内，问他母亲要刀伤药，上罢
随问："我兄弟回来了没有？"他母亲说："我不知道。"他说："我先瞧瞧船
去，回头再作道理。"贼人去后，福喜将老爷放出，天色已晚。福喜谆谆嘱
咐："老爷回归公馆，千万找人前来救我。"

大人回至公馆，路遇成龙、梦太前来寻找。他二人访了一天墙上画白
八卦、画白圈的这事，也没有访着。回归公馆又不见了大人，二人又出来
相找。至半路方遇，随同大人回归公馆。二马问："书童六吉儿哪里去
了？"大人"咳"了一声，说："他淹死了。"又把自己方才之事说了一遍，遂
吩咐二马："带领本汛官兵四十名，并地面官人赵路通，一同前往。"

约有二鼓以后，来至何家洼，成龙说："别嚷，听我吩咐：东边十个人，
两个人举着灯笼，八个人拿贼。如从你们这边走了贼人，即办你们纵贼脱
逃之罪。南、北、西，俱照如此预备。"梦太方要往里一蹿，成龙说道："且
慢！你蹲在墙根底下，我蹬着你肩头上墙，我先进院子拿贼，你在房上看
着。"说罢，成龙爬上墙去，往下一溜，正在上不来下不去之时，又不敢嚷。
此时梦太早已走了，成龙甚是着急，无奈往后一仰，只听"扑通"一声，摔

在院内。里面就是大恶贼何丁在家,尚未睡觉,找他兄弟又没找着,方才回来歇息,只听"扑通"一声,他问:"是谁?"成龙答言说:"没有人。"何丁说:"你是谁?"成龙说:"我来拿你来了!"贼人拿刀蹿在院内,四外齐声嚷拿。贼人抢刀,照着成龙就剁,成龙用瓦刀相迎。上面梦太照着贼人一避血抉①,将贼人打倒在地。众官兵赶在院内,将贼人捆上,放在车上,将福喜也唤出了,一同前往,至公馆来见大人。

大人说道:"将贼人带上来!"大人说:"你还认得本部院吗?"贼人抬头一看,就是方才的伊大人,吓的贼人战兢兢的害怕。大人说:"我也不必多问你,把贼人交本县问明寄狱②,候本院回京之时再为办理。"下面一干人等答应。天色已晚,大家安歇。

次日天明,大人叫成龙、梦太,说:"我叫你二人访的事情如何?"山东马说:"墙上画白圈,是怕狼;画白八卦,为的是好看。"大人说:"不对!你等今天非访明白此事不可。你二人先下去吃饭吧。"成龙、梦太二人来至自己屋内,早有听差之人将酒饭摆好。二人喝酒,又提起方才大人说的这回事来了,真是无处去访。旁边有一听差之人答言说:"二位老爷访十天也访不着,此事关系重大,无人敢说。"成龙说:"你知道吗?你姓什么,叫什么?你自管说来,有什么祸事都有我哪,你自管放心。"听差之人说道:"我姓姚,名直正。我在这驿站里当差多年,常常伺候过往大人的差使。提起画白八卦、画白圈的事情,我们这里有一家财主,姓余,名四敬,别号人称小耗神,此人家产百万。那一年,我们这里闹蝗虫、水灾,在我们桃柳营西南有一座山,他明着是开山修路,每人日给工钱二百,暗中聚众招贤。此山名为剪子峪,进去有五千余人,俱不让出来。将山口堵死,上插两杆大旗,上写'重整天地会,再立八卦教',每日在里边操兵演将,传出信来,要将桃柳营六十一村俱皆扫平,如归降他教中,免死。人人惧怕,大家纷纷往里递花名册子,因此这些庄村俱是他们八卦教之人。门前画白八卦、画白圈为记。依我说,二位老爷回大人,就不必管这闲事:一则又未带官兵;二则又奉旨查黄河,也管不着地面上什么事。"

成龙一闻此言,用完了饭,至上房见钦差大人,将姚直正之言细回了

① 避血抉(jué)——兵器。
② 寄狱——关进监狱。

一遍。大人说:"我递折子,请大兵来剿灭。"成龙说:"大人所说有理,无奈要递折子请兵来,要是剪子峪之贼闻名逃窜,大人岂不闹了一个蒙君妄奏不实之罪?"钦差伊大人一听成龙说的有理,连忙问道:"依你之见,该当如何?"成龙说:"大人临近有近亲朋友带兵之人,可修书一封,调五百精兵,前来拿贼,半公半私。如里面贼势大,钦差再请兵来不迟,不知我说的是不是?"大人一听,心中说:"此人外面粗鲁,心内很秀,我也喜欢他。这一条计策甚好!"吩咐请幕府师爷办理文书,上卫辉府去调兵,给常明常大人写信,也倒甚好。就遣成龙前往,也倒不错。吩咐成龙预备行李起程,上卫辉府常大人那里去就是了。

成龙领了官盘费银子,收拾物件要马。桃柳营驿站号头派人来,拉了一匹又小又瘦的马来,被成龙山东马一瞧,说:"朋友,你拉着回去吧,我还要去找你们号头,那里拣一匹瘦的才好,如他走不动,我还要扛着他走,你想对不对?"送马的说:"您老人家自己去挑也好。"遂把马拉了走了,

山东马收拾已毕,这才换好了衣服,扛着褡套,带了他那二百银子,同梦太至马号。号头说:"上差老爷来了么?"山东马说:"来了。你这号东西,楞敢给我一匹瘦马!好好的把号簿拿过来,我瞧瞧!"号头遂将马花名册递与马成龙。马成龙睁睛细看,上写:"头一匹镇槽龙乌锥大黑马,二匹玉顶黄膘驹,三匹五名马,四匹赤炭火龙驹。"山东马说:"有这么些好马,你都不给我备一匹,快去把镇槽龙乌锥大黑马给我鞴上了就是。"号头刘元见马成龙又爱玩笑,他就说:"老爷骑不得,这是匹劣马,性情最大。他要是愿意叫人骑,备了他顺顺当当能行二百多里地;他要是不叫人骑,您老人家可不知道龙性大着呢!备好了您老人家骑上吧,走个十里二十里的,他后腿一抬,就把你扔下来,那还是小可;他用前蹄一抱,将你抱在怀内,他就要对付活人。您老人家是上差老爷,我不敢担承这个罪,再挑别的就是了。"山东马一听,说:"你别装着玩了,快去给马老爷备上就是了。叫一名马夫跟着我。"说罢,将那乌锥黑备上,也就有人将他的褡套搭上了马。马夫骑了一匹黄马在头前走。成龙说:"马梦太兄弟,你好好在公馆伺候大人,回头再见,我走了。"说着,顺大街带领马夫,二人一荡马,就是十数里地。

少时,成龙说:"咱们前边卫辉府见!"照着马就是一鞭子。那马永不叫打,今天一着鞭子,他就犯了龙性,一直往下跑了。成龙双腿也夹不住

他,只是颠颠。山东马直嚷:"救人哪!"早将马夫落远了。

正跑之间,前面南北一条大路,两旁是山夹沟子,长有三四里,当中不能开车。马成龙收不住缰了,一直往里就走。从对面来了一辆草车,赶车直嚷说:"那边开! 别来! 外头开!"这马哪里由的成龙,他就一直往前跑了,一见草车,他就眼一瞪,两个耳朵一摆,把后腿一抬,就将成龙扔下来了。成龙说:"不好,真要对付活人!"那马从草车一旁直往南跑了。马成龙起来说:"赶车的,你别走过去。"把赶车的抓住,说:"你就给我找马去,我还饶了你;如要不给我找马去,我就与你是一场官司!"赶车的说:"你就不说理! 我们在这一条山沟里走了有一二里地,你方进山沟。你要是将马勒住,如何有此一段事情? 我说的是不是?"山东马一想,说:"没你的事,我自去找去。"走了不远,将自己褡套拣起来,扛着往前去找马。走出了山口,往南一瞧,遍地麦苗,并不见自己之马,也没一个行路之人,心中甚是急躁,心中说:"我要是没有马,如何能走到卫辉府去?"正在发愁,只听对面有一人大嚷一声,直扑奔成龙而来。不知此人是谁,且听下回分解。

第 十 六 回

金文学情急叫苍天　山东马慷慨施大义

诗曰:

　　有有无无且耐烦,劳劳碌碌几时闲?

　　人心曲曲湾湾水,世世重重叠叠山。

　　古古今今多变改,善善恶恶有循环。

　　将将就就随时过,苦苦甜甜过眼完。

　　这一首野词,说的是人生在世,为名利为儿女,苦苦用心机,虽然良田千顷,尚嫌不够;盖下大厦千间,犹然不足。岂不知三寸气在千般用,一旦无常①万事休。知时务的,随缘度日,过此一生也就是了。闲言少叙,书归正传。

　　话说方才自正东来了一个年迈的老头儿,在那里说:"借光,朋友,你瞧见我的驴来没有?"山东马说:"我在这里还要问你瞧见了我的马来没有,你怎么就会丢了驴哪?"那个老头儿说:"你不知道,听我说吧。我们街坊有一个大黑驴,永远不叫人骑,我今天去跟他们借驴去了,他们家里人说:'这个驴要是叫人骑上,顺天顺理快着呢;要不叫人骑,他又是个叫驴,你硬骑上他,他就闹。'我也不信,叫人家给我鞴上了,我说:'我偏要骑定了,你们瞧着吧。'方骑上出了村儿,前面一个山沟,我又给了他一鞭子,他就跑下来了。里面来了一个草车,这驴一见,把头一摇,后腿一抬,将我扔下来了。我把人家赶草车的抓住了,不饶人家,叫人家给我找驴。人家说我不说理,山沟是窄,人家是车,我理应让人家才是。因此我来访问访问你,见着了没有?"山东马说:"没有瞧见。对了! 与我是一个样,我的马也是照你一个样,是黑的,你瞧见了没有?"那老翁说:"我方才在那边见了一匹马,我怕有人找,我就拴在南边那个树林内树上了。"山东马说:"劳驾,那就是我的。罢了,我去先拉马去,你去找你的驴去。"那个

---

　　① 无常——婉辞,指人死。

老翁说："好，回头再见。"

成龙听他说的话儿奇巧，仔细上下一看，他身高七尺，黑面白须子，白剪子股小辫；白绵绸裤褂，青洋绸单套裤，白袜子，青缎子十佛佛皂靴①，手内拿着青绸大衫；长眉大眼，相貌不俗。二人拱手作别，到南边有一里远林子内，果然拴着他那匹黑马。山东马一瞧，心中甚喜，将褡套搭在马上，也不敢打他了，也不敢骑了，慢慢的随他走。

天也有日色将落之时，前面黑暗暗、雾潮潮，仿佛一座镇店。即至临近，果然是一座镇店。南北大街，路东路西，皆有客店。此时成龙总要找清静店才好。只见路西有一座大门，半掩半开，里面有一人说话，都没有劲儿了，说："住店哪？里边坐着。"成龙说："你这店里有多少房屋？有多少住客？住一天多少钱？"小伙计回说："有二三十间房子，也没有一个人住。你要住，瞧着给钱就是了。"山东马进店一瞧，路南里的马棚，北上房五间，西上房五间，大概西边还有后院。见这个小二年约三十岁，面黄带病的样式，身穿旧破小夹袄、旧单裤一条，两只旧鞋袜，将马接过去拴上，把褡套给成龙送在北上房屋里去，说："老爷，您来吧，这屋内住吧。"马爷一进北上房，是一明两暗，在东里屋是两间明着。北边有一张八仙桌儿，南边靠窗户是条炕，炕上有一个六仙桌儿。北墙上挂着一个八大山人画的山水人物，一边一条对子，上写：

　　　书有未曾经我读，事无不可对人言。

款落的是王渔洋写的。地下桌上点着一盏不亮的油灯。小二将褡套放在炕上，说："老爷吃什么饭？"成龙说："你们这里卖什么吃的？"小二说："外边现有饭馆子，随便皆可。"山东马说："你们这样大个店，怎么会没有厨房？"小二说："我们此时买卖已为关闭，不做了，因为实在没钱吃饭，方才留住宿客人。"成龙说："你会做饭不会？"小二说："我姓韩，行三，当初这店开着之时，我就在灶上。要说是做点菜蔬，不敢说会，整桌酒席、应时小卖，俱都能做。"成龙从腰中取出白银一锭，约有四两有余，交与韩三说："此银你拿去办理菜饭，连你们店中诸人也都够了。"韩三出了上房，叫："刘四兄弟，别睡觉了，快些起来买菜去吧，前头就是咱们两个人了。"只听得西屋里有人答应，拿着菜筐儿买菜去了。少时，只见买了一斤蜡来，

———————————

　　① 十佛（nuó）佛皂靴——光溜溜的黑靴子。

先给成龙把上房的油灯换上,随后将店门也关上了。在上房的东边,有两间东厢房,是厨房。将灯点上,炭火笼着,只听刀勺齐响。

成龙在上房等候多时,老不见菜来,又想酒喝,自己站起身来,出了上房,听见东厨房有人唉声叹气。成龙站在窗户以外,将窗纸舔破,望里一瞧:炉中火甚旺,放着一个大铜锅,旁边桌上有一个托盘,里面放着四碟两碗,上面俱用碟碗盖好。又见韩三与一个穿蓝布裤褂三十多岁的吃酒,大概此人必是刘四了。

正看之际,不觉失声说:"我花钱的还没有喝酒,那不花钱的倒先喝上了。"里边说:"老爷,你先不要生气!我们怕你嘴急,将菜做好,还没有往上端,面锅开了再一同端上去。"成龙说:"我等不得了,先给我温酒吧!"小二说:"老爷先请回去,随后就到。"成龙回转上房,少时酒菜俱来。成龙自己独坐吃酒,十分无聊,对孤灯一盏,思想旧日之事,正是:

　　　寒灯思旧事,断雁惊愁眠。

"想我马成龙,自幼儿家业凋零,被困保府之时,已不想有今日。虽得有功名,尚未能遂俺英雄之志。"正在喝酒思想之际,忽听外边有叩门之声,有韩三答话说:"兄弟,你回来了? 我给你开门去。"

少时,听见院中有脚步之声,成龙隔窗一望,见外面月色甚亮,有一少年男子,年约二十多岁,身穿两截罗汗衫,白袜云履;白面目,眼似春星,两眉斜飞入鬓,唉声叹气,愁眉不展,步步必摇,若似乎胸藏二酉①言言者也,恐未能学富五车②。成龙也不在意,回头还是吃酒,喝了几盅闷酒,叫小二端面。少时,小二将面、卤俱皆端在桌上。

成龙将面拌好,方才要吃,只听得西后院说道:"苍天啊,苍天! 不睁眼的神佛,无耳目的天地! 再不想到我夫妇二人落到这般光景。"山东马把筷子望桌一放,面也不吃了,喊叫韩三。小二过来说:"老爷,你叫我做什么?"成龙说:"我方要吃饭,外面嚷的是什么?"小二说:"我说他一声,不叫他嚷苍天就是了。"说罢出去,站在台阶之上,望西院说:"大兄弟,有什么事明天再说,别嚷苍天了,人家住店的嫌烦。"回身说:"我把面再给

---

① 二酉——指藏书多。本指湖南沅陵县的大酉。小酉二山,因山中石穴秦人藏书千卷,闻名。

② 学富五车——形容学识渊博。

你罩罩①吧?"成龙说:"不用,我吃这个行了。"

少时,只听西院又嚷:"天苍啊,天苍!"山东马一听,连忙叫伙计说:"他不嚷苍天了,这又嚷天苍了! 不知所因何故?"韩三说:"要提这一件事,话可就长了。在先我们这个金家镇,数的着我们这一座店。我们老掌柜的,是个创事业的人。到了少掌柜的手,就知道念书,不知道做买卖。这里是我们少掌柜的岳丈何先生代为照管。他是河南人,现在也回了家了。我们少掌柜的自己经手,他名字叫金文学,就把买卖做坏了,一年不如一年。自去岁七月间,这买卖就关闭了,买卖倒不亏空,全是他的朋友借欠保账之事。金文学也算好的,他与他的妻何氏俱会画画。先前叫我与刘四拿出去卖,到了后来,离我们这有二里地,有个李家寨,那里住着一个李虎臣,别号人称李二雹头,很有点势力,结交官长,走跳衙门,包揽词讼②。这一日,上我们店中来,叫我们少掌柜的给他画避火图,先给了五两银子,他就去了。过了三四天,我们在这屋里坐着,他竟自到后院上房,瞧见金文学夫妻二人在那里画画,一见我们少内东家,他就没话找话的坐着不动,要借给我们少掌柜的银子做买卖,叫我们二人当保人。少掌柜的当时说他是好人,自己跟他取二百两银子,立了一张借字,按月三分行息,这是去岁冬月之话。择日开张,他旧日那些个朋友又都来了,十七个人送一副福禄寿,就来吃个前三后二五,不留神还要偷点东西走。明是送人情,暗是来白吃。我们时常背地劝他:'你的这买卖,现在是借人家钱开的,不可似从前那样乱交朋友了。'无奈忠言逆耳,直到今年三月间,钱也完了,买卖也关了。人家李虎臣来要银子,这里没有,就将少东家在滑县告下来了,到了衙门打了一个多月的官司。我们托出人来说合,讨了个十天的限。李虎臣早说了,若没有银子,要将少内东家接了去,作为押帐。明天就到了十天的限了,钱也没有,官司也不打了。两口想要上褡裢吊,所以连声感叹,惊动了老爷。你吃面吧,不必多管闲事。"

马成龙一闻此言,气的三尸神暴跳,五灵豪气腾空。山东马在此金家镇,要闯出一场大祸。不知后事如何,且听下回分解。

———————————

① 罩罩——热一热。
② 包揽词讼——包揽承办别人的诉讼,从中谋利。

第 十 七 回

真报应戏耍山东马　赛报应暗偷老英雄

词曰：

　　书中有花有酒，个中滋味不一。醉后衔杯奉菩提，觉后禅机有趣。　陶潜篱畔菊密，浩然策蹇①奔驰。造物由来各有时，得失总归天地。

　　话说马成龙一听韩三之言，说："你将少东人给我叫过来，我有话问他，此事是真是假，快去叫来。若果是真，我自有道理。"韩三一听甚喜，去不多时，带进金文学来，就是方才所见之人，见成龙躬身施礼。成龙就将韩三所说之事细问一遍，遂将褡套内所装定兴县给的那二百银子拿出来，给金文学以还李虎臣。还嘱咐他："明日堂上再交，恐他再来讹你。"金文学接银子在手，躬身施礼道谢。成龙说："你去吧。我要吃饭了。"金文学同韩三出去，成龙饮酒甚喜。韩三又端进两碗热面来，叫成龙吃。成龙又要吃面，只听得韩三说道："我们少东家夫妇二人前来，与老爷道谢！"成龙说："我不与妇人说话，快叫他们回去。"金文学自己又进来叩头相谢，他妻子何氏回后边去了。金文学与韩三一同出去。

　　成龙这才又要吃面，忽听后面金文学夫妇又对嚷："苍天哪！"成龙一听，甚是不乐。只见韩三进来说："老爷，这事真就怪了！"正是：

　　　　阎王造定三更死，谁敢留人到五更？

说："老爷，你方才周济他那二百两银子，他夫妇前来道谢，还能将银子带在身上吗？放在屋内，回去一看，不知被哪一个狠心的贼将银子偷去。他夫妇心中十分急苦，想是他二人命该如此，故此又呼天长叹。"成龙把眼一翻，说："是了，这是吃事的，我自有道理。伙计，我后边车上还载着有两万多两银子，你放心，都有我哩。"山东马说的是气话，韩三转身出去了。

---

①　蹇（jiǎn）——指驴，也指驽马。

　　成龙面也不吃了,慢慢的出了上房,见西边有屏门四扇虚掩,进了屏门,见路北上房三间,与这边成龙住的上房一通连的,窗上微露灯光。成龙来至窗下,听得里面夫妻悲泣之声,甚不忍闻。又听文学说道:"可惜!那位恩公白费一番好心,你我夫妻死在地府阴曹,也是感念他的好处。可恨这一个狠心之贼,将我银子偷去,害我们这两条性命。"又听见妇人之声说:"官人不必如此,你我夫妻死了吧。"

　　成龙正听在这里,背后有人摸了他屁股一下。山东马回头一看,不见有人,心中说:"必是韩三、刘四这两个东西,见我在此偷看,故意玩耍我。我且不必管他。"说道:"金文学,你出来,不可寻此短见,我有主意救你。"里边他二人方才要上吊,听得外面有在上房住的那位恩公叫,慌忙出去。成龙拉着他到东院上房落座,说:"金文学,你的事,我也都知道。你认得我不认得?"金文学说:"我被事所迷,也忘了问恩公尊姓大名,哪里人氏,做何生意。"成龙说:"我姓马,名成龙,山东人氏。跟钦差伊大人当差,奉命至卫辉府搬兵,从此路过。你看那边不是我的褡套吗?"方才说到此处,回头一看,褡套与搬兵的文书俱都不见了。马成龙吓得身不摇自战,体不热汗流,半晌无语。金文学说:"恩公怎么了?"成龙长叹一声,说:"你就不必问了,我这条命也完了。"又说道:"嘻!不要紧,反正我失落了文书也回不去了,你两个人也不必寻死,这场官司我替你们打了。明天有公差来,我把他打跑了。李虎臣若到,我与他决不甘休,就说他抢了我的搬兵文书。"金文学说:"那不连累了恩公吗?"成龙说:"你不连累我,我也要管这件闲事。叫韩三拿酒来,你我喝酒解闷。"正是:

　　　　日长似岁闲方觉,事大如天醉已休。

二人闷酒残菜,直吃到斗转星移,鸡声三唱,东方发晓,天色已明。成龙说:"韩三,打净面水。"洗洗脸,喝了两碗茶,望韩三要了一根通条,在大门以内安放一个座位,等候那李虎臣。

　　天至早饭以后,只见从门口过去有二十多个人,俱是短衣襟,小打扮,抓地虎靴子,年岁都约在二十左右。后边扛着一捆扒打棍,后边又跟着两个骑马的。头前一匹青马,马上骑着一个年少之人,黑紫面皮,一只眼睛;青绉绸的裤褂,窄腰愉靴。随后一匹白马,上边骑定一个美貌之人,身穿蓝绸裤褂,薄底快靴。头前那个叫独眼龙谢聪,后边这个叫白花蛇杜明。后面还有一辆热车,嫩黄油漆本地姣儿,雪青洋绉的围罩,十三太保的玻璃窗,洋绉绷弓,银灰摹本缎的卧厢,真金什件,俱是时样洋錾①的花纹。套着头号墨里藏针的骡子,里面坐着是李虎臣,年有三十多岁,面似青粉,两道箭眉,一双圆眼,三山得配,二目带神;身穿蛋青大衫,雪青洋绉套裤,漂白袜子,酱紫摹本缎镶鞋;戴着墨晶眼镜,二纽上还有十八子的香串②,翡翠扳指③;手拿全棕满金折扇,斜坐车沿,进金家店斜对过路东太昌店内去了。韩三说:"马老爷你瞧,这就是李虎臣。前头那些都是他的余党,少时就来,须要留神。"成龙说:"不要紧!"自己将蓝布大褂脱去,小辫子一挽,手拿通条,等着李虎臣前来。

只听外面一片声喧,有独眼龙谢聪带领打手赶到。谢聪手拿铁尺走进大门,说道:"姓金的,今天有银子便罢,没银子把人交给我们带去,就算完事。"成龙一听,用通条照着他那只好眼睛就是一下。独眼龙也不曾防备他动手,成龙一下子就将他眼珠子扎出来了。后次可以不必叫"独眼龙",就叫他"双失目"吧。外面众贼党见独眼龙被伤,一齐前来动手,在大门前将成龙团团围住。李虎臣带着杜明在门外站着,见众人不是成龙的对手,他二人暗自着急,说:"这个胖子也不知从哪里来的,竟敢帮助金文学向我等动手。杜明,你有什么计策把他拿住?"杜明说:"我师弟已带重伤,我先去叫两个人抬回家去。"回身到路东店内叫人,带了四个人来,先将独眼龙用筐箩抬回李家寨去。

杜明拿刀直奔大门以内,说:"你等不必动手,待我前来拿他!"众人往两旁一闪,白花蛇杜明言道:"你姓什么?为何在此助拳?是金文学请你来的,还是你自己来找事吗?"山东马说:"我是从此路过,听见李虎臣是个恶霸,要以账目折算人口,因此特意见见李虎臣是个什么东西!"杜明说:"那是我的师傅,在外边站的就是。你能赢得了我手中这一口刀,我银子也不要了,钱也不要了,带着众人就走,还算你是个英雄!"说罢,抢刀就砍。成龙用通条往上一迎,杜明刀往回一撤,分心就扎。成龙往旁边一闪,抢通条就打,杜明急架相迎。

---

① 洋錾(zàn)——西洋雕蚀。

② 十八子的香串——一种由十八颗小圆球串成的香手钏儿,既是玩物,又可闻香。

③ 扳指——亦称"班指"、"搬指",用在手指上的装饰品。

二人斗有顿饭之时,成龙是精神百倍,勇力倍加。杜明看看不能取胜,往外一跳,说:"你们跟着我走,回头再见!"方出大门要走,成龙随后追出门外,说:"李虎臣,你别走,我瞧瞧你这个东西!"刚往前一跑,只听"扑咚"一声,成龙被人用绊腿绳绊倒,撒手扔通条栽倒在地,杜明举刀就剁。不知成龙性命如何,且听下回分解。

第 十 八 回

李家寨贼人拷成龙　滑县令缉捕二雹头

诗曰：

> 损友敬而远，益友近而亲。
> 结交择德义，不论富与贫。
> 君子淡如水，岁久积于真。
> 小人甜如蜜，转眼成仇人。

话说马成龙被李虎臣余党用绊腿绳绊倒，杜明用刀就剁。旁边众人说："且慢！等着把他带到咱们家再说。"此时众人就把成龙捆上，拉着他那一匹黑马，抬着成龙，一直往南，连金文学也被抓住，拉着一同上李家寨。

韩三、刘四害怕，上西院说："贤妹，我们金大兄弟被人抓了去啦，他们来抢你来了，你赶快想主意吧！是我们要跳墙走了。"何氏娘子一闻此言，心中害怕，独在屋内悲悲惨惨，将门关上，要上吊死。方要拴绳，只听外面有人叫："女儿，你不必寻死，我自有道理。"何氏一听，隔窗一望，见一白发老头儿在那里堵着门站着。何氏并不认识他是谁，说："您老人家不可错认了人吓。"老翁说："我实告诉你，我不是恶人。由你自幼儿五六岁之时，你父亲在这里教书之时，我认你作的干女儿，你忘记了不成？"何氏一听此言，"说的有理，也许是真。他今天来瞧瞧我，不然，他如何知道我父亲在此教书？无奈他这大年岁，怕是不成，难与贼人动手。"正想之间，听得那老翁说："你不必心中狐疑，我在这外边坐着，等着贼来之时，我如把贼挡走了，我再见你，细说我的来历，你也先不必死。"何氏半信半疑。

只听东院中李虎臣大嚷大叫说："白使我的银子，我是不答应！我与他有个地方说话，我先把人接了走。众人跟我来！"方一进西院子，见路北里门首有一个老翁坐在那边台阶上，有一块石头在那边放着。那个老头儿身穿白绵绸裤褂，青洋绸单套裤，白袜青缎皂鞋，旁边放着一个青绉绸大衫;黑面目,白胡须;用手将石头一拍,石头就碎了,说:"李虎臣,你好好的过来! 你如要搁得住我这一巴掌,我就把你饶了;要没有石头结实,你就不必前来讨死!"李虎臣一瞧,心中害怕,说:"我也不必与他动手,咱们先回去吧。"李虎臣叫众人快走。此时那老头儿把眼一瞪,说:"你等往哪里走? 老爷子非得把你们结果了不可! 我也绝不能与你们善罢甘休!"说着站起来,直奔众人而来。大众与李虎臣心中害怕,一直的就往外跑,一个个连命也不顾了。少时,出了大门,李虎臣上车,大家逃走。

回到李家寨,见里边人出来迎接,李二霭头下车进里面外客厅。上房五间,东西各有三间配房。天棚底下捆着金文学、马成龙,二人在那里大骂不绝声。李虎臣到上房廊子底下落座,说:"你等将独眼龙谢聪送回他家去了?"众人说:"是送回他家去了。"又吩咐:"将山东马给我带过来,我问他是做什么的。他好好说实话便罢,若要不然,你们把那石头槽儿扛子预备好了就是。"左右有人答应说:"既然他这个姓马的拿了来,也要问问他,在咱们这个地方有案没有案,叫他打一个托案。"李虎臣说:"有理。把他给我带上来,我问问他。"

众人把马成龙带上了上房台阶以下,众人说:"跪下! 跪下!"山东马说:"跪什么? 别装着玩了!"后面有一个小子用杠子把成龙腿一打,成龙不能支持,竟翻身栽倒就地。李虎臣说:"我们滑县近来出了一案,大概是你作的,在路打劫过往官长,你们是有多少人? 趁此实说,免得庄主动刑! 瞧你就不是好人,你又帮金文学动手,打坏了我的徒弟。你说便罢,要不实说,我必要动刑勘问!"山东马破口大骂,说:"小子,你自管来,我偏不怕你打我! 咱们两个有地方去说去!"李虎臣吩咐:"动刑!"只见众贼党齐来将山东马用石槽一搭,那杠子一轧,"嘎游嘎游"的,山东马的骨头都酥了,疼痛难忍,说:"李虎臣,你放下我来,我招了就是。"看来是什么样的英雄也是怕打,又怕非刑。此时成龙心想着说:"这个东西,大概必将我送入县衙,那时我见了知县再说也不为晚。"想罢,说:"打劫过往的官长是我们。你不必动刑了,到县里再说。"李虎臣吩咐:"把他带下去。带上金文学来,我瞧瞧他!"

少时,成龙由人带下台阶,就在天棚底下捆着。又把金文学带了上去了。大家齐嚷:"跪下!"金文学吓的战战兢兢,正待要跪下,只见外边门上来报说:"有滑县公差王雄王头儿、李豹李头儿,带领二十多名伙计、四辆车,在门首要见庄主,不知所因何故?"李虎臣一听,一愣,心中说:"没有事,他们来做什么?"遂吩咐:"请暂把金文学捆在下面去。"

少时,家人带进两个头儿,一见李虎臣,都说:"庄主,你别走,我们老爷叫我们来请你来了,你快些跟我们走吧!"李虎臣说:"二位既来到我这里,是谁把我告下来了? 你们说说,我就知道了。"二人说:"你要问原告之人,跟来现在门外,你跟我们到外面,你一瞧就知道了。"李虎臣说:"原告在哪里?"两个头儿说:"在大门以外等着你哪!"李虎臣气往上一冲,说:"我去瞧瞧他是怎么个人物? 吃了熊心,喝了豹胆!"站起来往外就走。方至大门,只见有二十多名公差在那里站着,一见李虎臣出来,大家说:"来了,来了! 老头儿,你见见他吧!"又见从人背后过来了一人,把李虎臣吓了一跳。

原来是那个老头儿,就是方才在金文学家中那个。因他们大众抢人,被他追跑了。他就说:"女儿,你不必害怕,你在这里等候,我去告他去!"何氏说:"您老人家姓什么? 我还不知道哪。"老头儿说:"我叫报应。"正说之时,韩三、刘四回来了,报应说:"你两个把门关上,我去上滑县去告李虎臣去。"说罢,扬长而去。

至滑县才五里地,到衙门一喊冤,里面门上二爷出来一问他,他说:"我是大同府的人,姓鲍,名英,现在外面保镖为业。这李虎臣是我干儿子,他自幼就不务本分,近来我在他家中住着,他又约人打劫过往官长,窝赃隐贼。我劝他他不听,他反说我是坏他的事,我不应该管他的闲事。因为地面上出了这样逆案,我怕叫老爷的贵差访着,我有知情不举,纵贼脱逃之罪。"门上人叫值日班头,带他回明老爷。当堂派王、李二位,带二十名散役,去拿李虎臣。众人方要走,鲍英说:"老爷别叫他们去,怕拿不了来,那时我倒闹了一个妄告不实之罪,我跟了他们去吧。"老爷说:"既然如此,也好,王雄,你带他前往拿获李虎臣。"众人这才出了衙门。在路上,鲍英说:"二位班头,你们知道李虎臣是个龙阳生①不知?"众人说:"实在不知,这话是真的吗?"鲍英说:"焉能是假的哪! 他跟我睡过觉,他是我的龙阳生,你们如果不信,到了他那里,他一见我就跑。你们可别告

---

　　① 龙阳生——旧时指以男色侍人的人。

诉他，是我告了他；要是告诉他，那时他就不敢出来了。我说是不是？"众人半信半疑，也不知真假。

少时，到了李家寨，他们二位班头进去，不大的工夫，将李虎臣领出来，鲍英说："小子，你还认得我吗？"吓得李虎臣往里就跑，背后面两个头儿把他锁上，说："姓李的，你先别走，跟我们过堂去吧！"二位头儿去到里边，把天棚底下捆着的马老爷与金文学解下来，带着到衙门去。王雄、李豹说："马大老爷，你为什么叫他捆上？"成龙说："到了衙门就知道了。"

原来这两个头儿，那一天奉县主之命，在桃柳营去探听钦差从哪条路走，正遇成龙，说了半天话，今天不知为什么叫李虎臣捆在这里，故此认得。先解下成龙，说了好些个好话；然后把金文学放下来，一同至县衙。

正值老爷升堂问事，王雄上去禀明说："奉旨查办黄河堤工的钦差伊大人的委员马老爷，不知为什么在李虎臣家捆着，现在外面，要见老爷。"知县王仁吩咐："请进来！"成龙进内，至大堂，知县叫"看座"。成龙落座。知县问："兄台来此何干？为何与李虎臣打架，不知所因何故？请道其详。"成龙先通其名，就将"奉大人之命，上卫辉调兵，从此路过，住金家店，早晨起身要走，正遇李虎臣至金家店抢人，瞧见我这匹马好，他一定要买，我再三不卖，他喝令叫人将我马匹、公文、褡套一同抢去，又用绊腿绳将我绊倒，拿到他家，私立公堂，严刑审问。他还说我是打劫过往官长之贼。正在审问之际，被老兄贵役一并传来。我也不打官司，把我的公文、马匹给我找来，我就走路，也不管别的闲事。"

知县吩咐："把鲍英、李虎臣带上堂来。"先问鲍英道："你告李虎臣窝赃隐贼，若果是真情，本县定然有赏；倘然是虚词妄告，必然重处于你。"鲍英说："老爷如其不信，老爷带着人一同去起赃，我为的是老爷地面上的公事，又不是我两个人的私仇。"知县又问李虎臣道："你这个东西，胆子太大，目无王法，打劫官长，抢夺委员老爷的公文、马匹，大概并非好人！"吩咐王雄、李豹："带着鲍英、李虎臣前去起赃，务要将委员老爷的公文、马匹急速带来。"众人下去。

李豹带着李虎臣，王雄带着鲍英，到李家寨将赃起出来，惟不见了褡套、公文。众人无法，出李家寨带领二人回衙，再作道理。行至半路，李虎臣一想："这场官司我可打不了，我得想主意逃走。"想罢，说："李头，咱们哥俩有交情，你把锁子松一松，我解一解手儿。"李豹把锁一松，只见李虎臣双手一夺,带锁而逃。李豹将要去追赶,王雄说:"你别追他,他的案情重大,我知你们两个人是什么事?他要是用钱买通了你,他跑了你也跑了,莫非叫我一个人打这官司吗?不行,你别去追了!跟我的伙计们,把李头给我锁上。"李豹说:"王头,咱们一个衙门当差,可过不着这个样子。"正说之际,见鲍英说:"我给你们追去。"说着,反身就跑。王雄也要去追,李豹说:"等等!方才我要追去,你不叫去,叫人把我锁起来,你这回也别走。跟我的伙计们,把他锁起来,不用原被告儿了,这场官司咱们两个人打了吧。"说着,来到衙门。

老爷正在堂上办事,成龙在一旁坐等。只见一干人来到公堂跪倒,老爷说:"带李虎臣。"李豹说:"跑了。"又说:"带鲍英。"王雄说:"也跑了。"老爷一听,冲冲大怒,说:"分明是你等贪赃卖放!拉下去,给我打!"方要动刑,从外面来了一人,口中大嚷一声,跑上公堂。不知此人是谁,且听下回分解。

第 十 九 回

卢文龙夜入金家店　金眼雕捉拿李虎臣

诗曰：

也无烦恼也无愁，本分随缘莫强求。

无益言语休开口，不干己事少出头。

人间富贵花间露，纸上功名水上沤。①

识破世情天理处，人生何用苦营谋。

话说知县在公堂上正要打王雄、李豹，自外面来了鲍英，上得堂来一瞧，连忙跪倒，说："老爷不必责打他们，适才我追赶李虎臣，他进了村庄人家去了，我恐老爷着急，急速回来。"老爷说："李虎臣走了倒是小事，把马老爷的公文、褡套给找回来就算得了。"鲍英说："老爷不必着急，我替老爷将此事办好了就是。"说完，叫道："老马，你这里来。"

山东马下得堂来，说："鲍英，你做什么？"鲍英来至仪门，说："老马，你的公文、褡套是叫人抢了去吗？你说良心话。昨夜晚上在店里金文学窗户以外站着之时，有人摸了你屁股一把，你知道不知道？"成龙说："我知道，大概就是你这个东西吧！"鲍英说："褡套等物，连你周济金文学那二百银子，都是我拿了去了，你别告诉知县。你就说公文失落也回不去了，望他要五百银子，你就说海角天涯以访公文下落。他不能不给你，若叫钦差知道，在他这地面丢了公文，连他也担不起。"成龙说："我去望他要去，你可不许不给我褡套、公文。"说罢，来到堂上，与知县言道："我的公文不要了，你给我五百银子，我从这里海角天涯自己找去，没有你的事就是。"知县说："金文学大概是被李虎臣讹诈，当堂具结完案。"说："老兄，你先回金家店，回头着人给你送银五百两就是。叫外面将马老爷的马给鞴上。"成龙说："不用，我走着去，回头连银子带马一同给我送到金家店就了。我可把鲍英带了走。"知县甚是愿意，遂说道："鲍英，你就跟

---

①　沤(ōu)——水泡。

着马老爷去,案后捉拿李虎臣与你无干。马老兄台请去,随后马匹等件,一同送到。"成龙带鲍英来至衙门以外,说:"你把我的褡套、公文放在哪里?趁此快说!"鲍英说:"我没有拿你的褡套、公文,你要走就走吧,我不管了。"说罢就走。成龙追也追不上,叫也叫不应。成龙说:"是我的报应,你报应了我了!"说着,出了滑县南门。

只见护城河水流得甚涌,山东马自己越走越难受,说:"我本是奉命调兵来到金家寨,因为多管闲事,正应了俗话:'是非皆因多开口,烦恼皆因强出头。'"手扶着吊桥,往河内一看,思前想后,并无活路,想:"我马成龙好容易得这个守备,因为失去公文,有心回去,身担重罪;若不回去,哪里是我安身之处?"越想越惨,"不如投河一死!"想罢,翻身往河里一跳。此水深有一丈,跳将下去,正落在分水石上,坐在那里,水刚到他脖颈。他本是急的浑身是汗,着凉水一冲,甚是爽快。一个猛劲,他疑惑他死了,坐在分水石上,他说道:"阎王爷在哪里?还是我自己去找他,还是他来叫我?"惹得桥头之上众人观看,有说"是半疯的",有说"是痰迷心窍的",也有说"是伤寒病没好汗憋的",大家直议论。成龙抬头一瞧,只见鲍英老头在上边,只是乐,说:"窍勺!你今天也跳了河了,我冤着你玩哪!你上来,我给你公文吧。"成龙这才知道是没死,慌忙站起身来,蹿上南岸,鲍英说:"你同我走吧,咱们两个到没人的地方再说吧。"

二人来至南关以外,鲍英说:"兄弟,你认得我不认得我?"山东马说:"不认得。"鲍英说:"我住在大同府宣豹山,姓邱,名成,别号人称金眼雕,绿林中人称报应,到处专杀贪官污吏,唯有剪除势棍土豪。当年保着彭中堂西巡,过宁夏府,到过贺兰山,破过牧羊阵,金殿封过义士。我是闲游三山,闷踏五岳,专打世间不平,一生自己无事,尽为他人所忙。"成龙说:"原来是老英雄了。此处并非说话之所,请到店中再讲。"

二人遂来至店中,韩三、刘四连忙迎接倒茶,金文学也前来相见。少时,知县遣人送来马匹、银两,交与成龙收下。邱成说:"我去给你取褡套去,在这西院养鸭子的窝里放着哩。"少时将褡套取来,交与成龙。成龙换上干衣,连那二百两银子都在褡套之内,唯有公文踪迹不见。成龙说:"邱大哥,你不可玩笑,快把公文给我拿出来吧。"邱成说:"不晓得什么公文。"山东马说:"我调兵的文书在里面,怎么会不见了?你快快给我找去吧!"金眼雕一听,心中大怒,说:"兄弟,丢不了这个东西,这是有人开我玩笑，大约也没有人敢偷我。咱们今天晚上等着，他大概必定前来。"山东马说："不要紧，叫金文学去叫两桌菜来，打两坛酒，给伙计们一桌，咱们三个人一桌，且吃酒，消愁遣闷。晚上各屋预备着灯，俱用大盆扣上，听我一嚷有贼，就把灯献出，不可有误，以好拿贼！"大家依言，同金文学及邱成等三人吃酒，直吃到黄昏时候。成龙将那七百两银子，俱给与金文学了，说："酒钱，你就拿这个银子给他，所余的都周济你了，爱做什么随你的便吧。你上后边去你的，我们还要喝酒。"那金眼雕邱成一看，甚是佩服马成龙，无奈心中有事甚烦恼，吃酒无兴，焉能多饮。天有二更时候，不见有贼来。山东马心中焦躁，站在炕上，把脑袋伸出去打呼声，等着贼来。

　　少时，只见从东边房上下来一人，背着单刀一把，直扑奔上房而来。成龙方才要嚷，自己出了神，把嚷都忘了，干张着嘴着急。金眼雕早看见，蹲在院内，贼人一见，蹿上北房去了。邱成随后追去，贼人由北房又奔至西房上。山东马站在院内直嚷："有贼！有贼！"韩三、刘四方一拿灯，双手一歪，把盆也摔了，灯也灭了，吓的二人不敢出去，只见贼人方至西房，只听"哎哟"一声，贼人栽倒在地。成龙过去拿住，只见金眼雕下来，将贼人拿进上房，用灯一照，正是李虎臣。邱成说："小辈！偷公文者并不是他。"

　　原来李虎臣自白天逃走，不敢归家，候至夜晚到家中一看，亲信之人俱皆逃走，自己家口并不知去向。无奈找刀一口，至金家店，打算要来采花，采花之后杀了何氏，以报今日之仇。不想方一进店，就被成龙等拿住。成龙也不问他，叫伙计交与地方官人，送县严究审讯。邱成说："盗公文之人不是他。马贤弟，贼人是你拿住的吗？"成龙说："不是，我在下边瞧见，好象有个人把他踢下来的，我到外边问问房上是谁？"

　　成龙来到院内，面向西房上一看，并无一人，口中说："房上那个朋友，你下来吧，不用在那里探头，我都瞧见你了。"只见从房上"飕"的一声，跳下一人。成龙说："朋友，进里边屋内坐着。"见那人点点头，同他进了上房。邱成睁眼一看，见此人身高八尺，面似姜黄；一身青夜行衣，靠背背金背刀；海下一部黄髯，环眉阔目。成龙说道："你坐下。"那人点点头，并没言语。成龙说："你喝碗茶。"那人接茶在手，竟自喝了，并没让人。成龙说："你喝酒。"那人接杯在手。正是：

　　　万事不如杯在手，人生几见月当头？

成龙说:"你吃点菜。"那人各样菜俱都吃点。成龙说:"茶也喝了,酒也用了,菜也吃了,你倒是贵姓呢? 我的调兵文书是你拿去不是?"那人说:"你也不必问我姓什么,要问你的调兵文书,可不是我偷了去。我可知道,昨夜晚我住在南隔壁店内上房,天有二更鼓以后,有我一个朋友,他说从你们店里得了一个黄包袱,打开与我一看,我说:'这是调兵的文书,你偷他也无用,这要叫人知道,惹这个乱儿不小。'我那个朋友说:'也不必留他,就在灯上烧了,以免后患。'"山东马听到这里,"哎哟"一声,栽倒在地。不知性命如何,且听下回分解。

第 二 十 回

伊钦差攻打剪子峪　马成龙独战小耗神

恩重山丘,五鼎三牲未足酬。亲时临辰后,子到方能救。这都是出世大原由,凡情怎够。孝子贤孙真空究,因此把五色封赠一笔勾。

话说成龙栽倒就地,半晌不语。邱爷忙把他扶起来,说:"你这个朋友就不是了,怎么把我的兄弟气倒,是怎么回事?"那人说:"他倒是爱问我,我是交朋友的心肠,为的是告诉他知道。他没听我说完,他就气倒了。"成龙方才睁眼,说:"我的公文是被他烧了?"那人说:"你听我说完了。他方要烧,被我一抓他,将公文夺下。他说:'你夺我的做什么?你说说我听。'我说:'你要把他烧了,恐怕害了好人,你给我吧。'他说不给我。他日行一千里路程,夜走八百不亮,他由昨夜三更时候,他就往云南去了。你说这事,我一想不对,倘要有人来找我要此物件,要是我的朋友,我该如何?我故此又把他追回来。现在我们哥儿两个夜晚前来探探,丢公文的是谁,走了没有?多蒙尊驾抬爱,又把我让进来,我故此说都是实话。我叫我这个朋友进来。"

说完,遂大喊着说:"兄弟,你还不进来吗?"只听外面有人答言,进来了一人,身短小,短打扮。山东马一瞧,认的是拜兄顾焕章,赶紧过去一见,说:"大哥,你还好?我不知是你拿了公文去。"焕章说:"你奉大人之命,你不去调兵,你在这里做什么?这是公文包一个,给你就是。若不是我们哥儿两个暗中跟随你,岂不叫人家笑话!"成龙接公文在手,说:"来吧,我给你们哥儿三个见见。"

这位老兄姓什么?原来顾焕章自从河岸遇大人分手,他说他还有朋友等他,就是先来的那个人,姓卢,名文龙,别号人称黄面太岁。当初与焕章患难之交,这就是他。二人方知小耗神在剪子峪聚众起立邪教,正算计该如何办理,见成龙从面前过去,在马圈挑马,他二人才知是上卫辉府去调兵。二人暗中跟着,又见一个老头儿在马后,跟着那马一样快,二人甚是惊疑,慌忙也就追下去,见他遇成龙说话,二人暗中知是一位英雄。晚间到了金家店,见他戏耍成龙,偷了褥套,他暗中把公文拿出来,今夜晚同来在这里瞧瞧怎么回事,将公文给了成龙。

听他说要给见见,只见那老英雄说:"不必见。我姓邱,名成,别号人称金眼雕,住大同府宣豹山,江湖绿林都叫我报应。你认得我了,你是谁?敢在太岁头上动土,老虎嘴边拔毛!"焕章道了名姓,邱爷说:"好,咱们俩去上外边无人之处,我看你有多大本领!"说罢出去,翻身上房,说:"我在村南双松林内等你,去是英雄,不去鼠辈!"焕章说:"老匹夫,休要无礼!待我去瞧瞧,你如何赢得了我!"也跟着出去上房,追下去了。山东马说:"你们别走!卢文龙,你也不去劝劝他们吗?"卢爷说:"不要紧。我去告诉你说吧,天明了你去调你的兵,你自管放心,我去了一说,他们就不动手了。"说罢,也出去上房,飞身走了。成龙有心要追,又不会上房,又不放心。有了公文,无奈候至天明,叫韩三把马鞴上,去上卫辉府去,料想他们三个绝不能打起来,遂上马出店。金文学说:"恩公,我也不送你了,你到了卫辉府,可别耽误了。尊驾前程万里,你我后会有期。"说罢,分手上路。

这天到了卫辉府,方到常明总镇大人驻扎之所,只见那边跟他来的马夫过来说:"老爷,您老人家方才到?我等了一天了。"马爷说:"把你落在后边了,我住店耽误工夫,你先来到此处甚好。也罢,咱们先投了文书,然后再说。"遂至号房,投文书与书信进去。少时,有一个家丁出来说:"马老爷,先在号里吃饭吧,明天起身。"

次日天明,马爷听见外面人声喧嚷,进来一位头戴青泥得胜盔,高提梁,双盆尾,银灰贵州绸子单袍儿,穿着官靴;面如紫玉,双眉重大,二目带神,仪表非俗,带笑说:"马老兄台,弟王庆奉大人之命,同兄台到钦差伊大人处拿贼,外面大队点齐,弟带领前去。"山东马说:"好,咱们就走。"到了外面一瞧,旗幡招展,五百步队精兵甚是整齐。还有三个人站在那里:千总谢守仁、守备刘明、记名千总谢守义。大家齐与成龙见面,问好说话。此时大家起马,在路上还是成龙爱玩笑,说说笑笑,这一天到了桃柳营,进公馆见大人,回明了调兵之事。

天色方至巳正,大人吩咐:"兵伐剪子峪!"一杆大旗,是这里地面上官预备的,上写"钦差伊"三个大字。马成龙与马梦太跟随着大人马后,王都司带兵,离桃柳营,到剪子峪东山口外。只见上面也没有一个人把守眺望,不知所因何故,吩咐:"列队!"大众呐喊,也不见一个贼人出来瞧瞧。天至日落之时,方才收兵,安营下寨。大人一夜并未敢睡,又不知里面是有贼没有贼,甚是狐疑。

次日天明,大人又列队,吩咐派人探去。这座山是三个山口:一个在正南;大人列队在这里是正东;西边还有一个山口,不知是在何处。派的人去了半天,只见他回来说:"里面进山有五六里之遥,往南有一个山湾,里边有些个杀气,怕的是贼在那里。"

正说之间,只听得里边号炮之声,一片声喧,从里边出来有三千多贼,俱是头裹白绫巾,短打扮,手执长枪大刀,双龙出水势,分为左右;当中两杆大旗,上写"重整天地会",下写"再立八卦教"。当中一匹马,马上有一人,身高九尺,头戴三角白绫巾,身穿蓝绸箭袖袍,腰系青丝带;面如乌金纸,勒马横枪,怒目横眉。南边站着一个,头戴三角白绫巾,银袜额,二龙斗宝,迎门茨菇叶乱耽①,宝蓝缎子箭袖袍儿,青绉绸中衣,薄底快靴,手拿一杆虎头錾金枪。北边站着一个,也是三角白绫巾,双插白鹅翎儿,金抹额,粉缎子箭袖袍儿,甚是威风凛凛。头前站着是定兴县逃走的独角龙马凯,倒是随常的打扮,甚是威风,手拿鬼头刀一口,在那里说:"我去瞧瞧这个姓伊的,他带领是有多少英雄前来,我必要拿他就是了。"此时马凯在当场一站,说:"哪个不怕死的过来! 咱们动动手儿。"

只见把总李德胜说:"众位看我去拿他去!"说罢,一直的跑到独角龙面前,说:"小辈,认得李老爷吗?"抡起豹尾钢鞭就往下打,马凯用刀相迎。二人杀在一处,两三个照面,马凯的刀劈面一剁,李德胜钢鞭往上一迎,贼人撤回来刀,分心一刺,只听"哎哟"一声,李德胜躺在杀场,当时身死,也算为国家尽忠。独角龙马凯洋洋得意:"还有谁敢前来动手?"千总谢守仁拧手中长枪,直刺马凯。马凯一见,往后一闪,说:"小子,你别讨死!"刀往里一进,三五个回合,谢千总败回去了。怒恼了都司带兵官王庆,说:"来吧,我去拿这小贼种!"跳下马来,抢刀直奔马凯剁来。一来贼人战败了两个人,也有点力尽精衰,因此王大人过来,他又不是对手,几个回合,败回本队。

---

①　耽(diē)——古代武官饰物。

　　小耗神余四敬下马摇叉,通名大骂至阵前,怒气填胸,说:"小辈,是什么人?"王大人说:"下司乃怀庆镇镖中营都司王庆是也。因为你等私立邪教,引诱愚人,我等奉钦差之命,前来剿灭乱贼。你不必发威!依我说,你早早归降,求钦差饶你性命,你还算是一个知罪改过之人。如若不然,那时想活,比登天还难了。"小耗神说:"你等不过是乌合之众,也敢口出狂言!天下人人有份,唯有德者居之,无德者失之。你趁早归降会总爷,也不失封侯之位。"王大人心中大怒,说:"贼子大胆!我定要结果了你!"二人大战多时,小耗神力大叉沉,他又久练。王大人先年出兵在外得的功名,自得了实任,他就不练了,今天如何是余四敬的对手?他刀往下一剁,小耗神一闪身,刀就落空了。余四敬用叉分心就刺,王大人想要闪就来不及了,左肋之上着了一下,王庆败回本队中。谢守义出去也败了回来,刘明出去也败了回来。

　　马梦太抢短把刀出去,站在贼人对面,将刀往肋下一夹,从跟头褡裢内取出鼻烟壶儿来闻烟,摇头晃脑,在那里说:"余四敬,你这个小辈先别逞能,老太爷来拿你!你认得老太爷不认得?"余四敬说:"你是何人?"瘦马说:"我在安定门里国子监住家,姓马,名梦太,别号人称瘦马老爷。你打听打听,里九外七、皇城四门、前三门、外九门、八条大街、五城十五坊、南北衙门、大宛两县、顺天府都察院,没有不认得老太爷的。就是你这么一个刀切的、二五眼①手做的、面钢炉儿小子,你攒馅包子晚出屉,别装着玩,老太爷今天与你各分上下!说着,先将烟壶儿装在褡裢内,拉手中刀,说:"来,来!咱们爷俩动动手!"抢短把刀一刺。小耗神听了半天,也不知这些个外话,见刀刺来,用叉相迎。二人一照面,梦太刀往回一拉,分心就刺。贼人用叉一崩,梦太的刀撤回来,拦腰就刺。贼人的叉双手往外一推,将刀推出,趁势抢叉就望头上盖来。马梦太忙往后闪,见贼人勇猛,败回本队。

　　山东马跳下坐骑的黑马,把蓝布大褂脱去,把小辫一挽,就是山东绸子裤褂,高腰袜子,山东皂鞋,大瓦刀在后边裤腰带上掖着,手拿桑皮纸的折扇,出离了本队,说:"小耗神,你这号东西,往哪里走?我来了!"说罢,往前直走,看可到了贼眼前,只听小耗神说:"会总爷是英雄,不能暗中伤

---

　　①　二五眼——旧北京土语,嘲讽专业技能、知识不完备的人。

你,通上名来!"山东马面向西一站,冲着贼人说明自己的名姓,用手中扇子一指,说:"小辈,你就是小耗神吗?"贼人见成龙赤手空拳,又听见独角龙马凯说过他的厉害,用手中叉照着山东马就是一叉。不知性命如何,且听下回分解。

第二十一回

山东马空手夺叉　伊钦差山口受困

诗曰：

英风锐气世无双，逆贼无知枉逞强。

攻乎异端迷本姓，终叫名败与身亡。

话说小耗神余四敬的叉，照着马成龙前胸一刺，山东马手中又无兵器，这时候要回手拉瓦刀也晚了，把眼一瞪，说："来吧！你往我这里刺吧！"把胸一拍，见叉将要到胸前，他往后一撤，将叉头让过去了，用手把叉杆一抓，二人在战场之上就夺起叉杆来了，也分不出谁的力气大。这两个人夺这一杆叉，是半碗饭，谁也不能让谁。老马急了，把手一扬，说："小子，着宝贝！"只见一片白光，把小耗神给蒙住了，往后一闪，那叉被成龙夺在手内。余四敬往回就跑，伊大人传令进兵。五百大队一直的往西一冲。八卦教众匪贼一回头，齐往山里败，大人的队往前就追。

方进山口，走了不远，只听得背后一声炮响，将进来的那山口被贼人堵住，上边滚木檑石往下砸打，正截官兵之归路。伊大人一听此报，唬得一阵阵发悉，出于无奈，大家齐来聚在一处。见北边是山，南边是山，山上都有贼人在那上头把守。众官兵前进无门，后退无路，正不知该当如何。四面山上都是贼人，齐声说："好伊哩布！放着天堂有路你不走，地狱无门闯进来。"

此时众官兵目瞪口呆。大人说："往回撤兵，咱们倒瞧贼应该如何？"众人答言说："是！"往东一闯，上面滚木檑石往下砸打。官兵不敢向前，暂且退回，待等候黄昏时候再说。大人在马上长叹一声，说："我这是多管闲事！奉旨查办黄河，在此处地面上之事，落得这一般光景，连累这五百官兵、四员武将、二马都跟我死在这里，这也是命该如是，我先死了倒好。"说罢，叫梦太要刀。马梦太十分着急，说："大人不可心焦！我有一个主意，此去到卫辉府也不算远，我等着晚半天，若是上天不该这五百人死，我爬上山去，找一个清静地方滚下山去也可。"大人说："既然如此，也好。"山东马在那里拿出酒壶,在那里喝酒,也不言语。王庆大众也不言语。此时日色已落,众英雄大家也无法了。

马梦太辞别了大人,扑奔东山口,扒着山坡,一直的往上直爬。上面有好些个灯笼火把,众人来来往往巡察。马梦太离上面还有三四尺就上去了,早被一个贼人瞧见了,用手中枪照着梦太面门就刺。马梦太一瞧,心中害怕,直上直下,也没有地躲去,自己用右手把枪一接,贼人往回一撤,就这个劲儿,梦太上去了。自己心中甚喜,抽出短刀,照着那个贼就是一刀,将贼人刺倒,飞身下山至底营,向看守之人要了一匹马,骑上飞也似的顺大路,二次上卫辉府常大人那里去调兵。

走至天色一亮日初之时,恨不能飞了去才好。天有巳正①,前面有一夹龙沟,南北有三里地,梦太从北往南要进这一道沟,只听见有行车之声,里面地方又窄,梦太心中着急搬兵,来救大人。他那马就进了这窄沟口,里面就可一辆车行走,再有单行人也过不过。那辆二套车又堵住去路,急的他直嚷说:"使不得!你们得让我过去就是了。我有要紧的事,不能耽误了。你们快躲开!"只见那个赶车的说:"嘻,朋友,使不得!你快快回去,我过去。不然这样窄沟,我如何能躲得开?你不回去,你是自找无趣味了。"马梦太一听此言,说:"小子,你先别吹,咱们两个就在这等着,看谁回去?要不等一天,便是小辈!"赶车的把眼一瞪,说:"小子,你不必胡说,惹我们老爷生气!你趁早回去,让我过去;要不然,瞧我把你这小子结果了性命!"只听见坐车的里头说:"不可欺负人家外来之人,咱们爷们是本地的,你好好的把骡子卸下来,拴在后面车上,倒着拉回去就是。赶车的答应,方要卸骡子。"马梦太说:"不可!你们倒着拉,那得多大工夫。我瞧着你们坐车的面上,放你过去,我回去就是。"把马一拨头,出离夹龙沟以外,那辆二套车随后也出来了。梦太这才进夹龙沟,一直往南,将一出南口,只见二套车复又追赶前来。梦太见有三条道路,不知哪条路通卫辉府。止想之间,见那辆二套车往东南那条道路去了。梦太问道:"借光,上卫辉府是从这条道去吗?"赶车言道:"是。"梦太催马,一直跟随在后。大约走了五六里地,并不见那辆车了,只见前面有一庄门,坐东朝西。梦太进去一瞧,原来是座极大庄村,四面都是土围子,以为防贼之用,东西

---

① 巳(sì)正——指九时至十一时。

大街。

梦太由西往东而走,只见路南有一座大店,门首有大槐树一棵,树底下放着不少的桌子、板凳。梦太也有点渴了,也有点饿了,下马进店,把马交小二,吩咐用细草料给喂上。自己坐在店门首树底下板凳上,说:"你先给我来一桶凉水,给我要小碗炸酱面三个、一壶酒、一个拌鸡丝凉粉皮,给我冲上一壶茶,我吃了饭再喝。先给我拿过水来。"小伙计将凉水桶放在梦太面前,马梦太端起水桶,"咕嘟咕嘟"直喝了一气,站起身来,在树底下走了有四五十步,把嘴一张,从口内吐出一口水来。自己又端起水桶来,又喝了一气,照样又吐出一口水来。伙计小二瞧着直嚷说:"你们瞧这个西洋水法!"大家闻听,俱都出来观看。梦太照样吐水三次,落座吃酒,用饭已毕,叫伙计算账,账已完毕,共吃钱二千整。忽然一想:"身上并未带钱,叫伙计暂且先给我记上一笔账。"小二姓贾,外号叫高眼,说:"朋友,你是哪里的?"梦太一想:"我要说远方的,他必不写账,我有主意。"想罢,说:"我是卫辉府衙门头,快班上有个神弹子马老,就是我。与我写上吧,改日给你送来。"伙计说:"不成,柜上一概没有账,你好好给钱!我瞧你就不是个好人。众位伙计们,快拿出锣来,鸣锣齐会众人,拿这个奸细!"见伙计拿出锣来,打的直响。

少时,各门首俱有人手拿刀枪,齐声呐喊说:"贾高眼,有什么事?"小二说:"有一个奸细来至咱们这里,把他拿着活埋了就结了。"众人往上一围,将梦太围在当中,大家动手捉拿。梦太在里面蹿纵跳跃,闪展腾挪,无奈人多势众,一人不能取胜。工夫许久,直累得马梦太浑身是汗,遍体生津,堪可支架不住。过来一帮飞抓将,照马梦太抓来。无论你能闪能挡,飞抓不离左右。又有人用绷腿绳将马梦太绊倒,大家过去捆上,问贾高眼说:"还是回禀庄主,还是把他活埋了?"贾高眼说:"埋了就结了,哪里还有这么些事情!"众人说:"抬着埋去!"

众人抬起马梦太,方才要走,只见从正东来了三个人,大家说:"三位庄主都来了,暂且把他放下吧。"马梦太心如刀割,破口大骂贼人,自知一死,断无生理。想钦差在剪子峪被困,还有五百名官兵,大约这两天都要在鬼门关上挂号,拨魂账上勾名。见众人将他抬着要走,齐声嚷庄主来了,又把他放下了。

梦太睁眼望正东一看,见头前走着一人,年约二十以外,身穿着蓝绸绸大褂，白袜云履；身高八尺，面如紫蟹；手拿团扇，摇摇摆摆。第二个人，身高七尺以外，面似姜黄，微带瘦形，两道细眉，二目带神；身穿灰色贵州绸大褂，足蹬薄底快靴，手拿全棕百将黑折扇。第三个人，身高六尺以外，五短身材，白面目，长眉大眼，鼻直口方，年在二十上下；身穿宝蓝洋绸大褂，足蹬青缎云履，纽带十八子香串，手拿芝麻雕翎扇一把。三个人来至梦太面前，问道："这是什么事?"贾高眼说："我瞧他是一个奸细，到咱们庄村来哨探来了。我叫众街坊拿住他，把他埋了就完啦。回禀庄主，怕庄主生气。"头前那个庄主照着贾高眼就是一个嘴巴，赶紧过去把梦太绳绑松开，说："老兄台，多有受屈了，弟等来迟!"梦太细一瞧，原来是故友来临。不知三个是谁，且听下回分解。

第二十二回

马梦太误走连三庄　胡忠孝大战剪子峪

诗曰：

　　一派青山景色幽，前人田土后人收。

　　后人收得休欢喜，还有收人在后头。

　　话说马梦太一瞧，这三个人俱是相熟之人：头一个是胡忠孝，第二个是李庆龙，第三个是小丙灵薛应龙。此庄名叫连三庄。因在北京提督衙门一处打过官司，后来又是一同奉旨封官。这三个人是回籍归镖，家中本是财主，不愿在镖当差，在这庄中务农为业，闲时饮酒，闷来栽花。正是：

　　静爱养花闲养鸟，清宜玩月雅玩花。

　　庄中以他三个人为主，一则是首户财主，二来又有功名。这三个人正在一处吃酒，商量着一同入都去谢伊大人。只见李庆龙的兄弟李庆春出门走至半路，又回庄来找他三个人喝酒，提起走到半路遇见一个北京城骑马的与赶车的打架，"我一想出门不利，故此我就回来了，咱们喝酒吧。"正在吃酒之际，只听传锣之声，叫人前去探问何事。少时，回来禀报："拿着一个奸细，是北京口音。"故此三人出来一看，不想是故友马梦太，连忙扶起，到路西店内落座，说："老哥，你怎么来到这里？"马梦太就把钦差受困、自己滚山调兵之事细说一回。胡忠孝说："你走错了路了，理应往正南，你往东南来了。幸亏来到我们这个庄村，我们这里有六百多名团练乡勇，守望相助。我跟我们这村庄人商议商议，带了这六百人同你到剪子峪，前去相救大人如何？"梦太说："你就快去，我也不到府上给老太太请安了，救兵如救火，越快越好。"三个人站起身来，说："我们去商议去。"叫店中人给他倒茶相等，并将前帐会过。

　　梦太吃茶，等候多时，只见他三个人戎装前来。后面跟着六百团练，各穿红号衣，上写"团练乡勇，守望相助"八个字。后面有旗一杆，正面写"连三庄"三个大字，背面写的是"团练"二字。后面有大车三四十辆，载着是锣鼓账房、旗纛①号令、刀矛器械、粮草军装,物件俱全。马梦太将马拉出来,一同出连三庄,扑奔剪子峪而来。在路之上,胡忠孝吩咐:"派李庆龙带二百人打西山口,薛应龙带二百人打东山口,自带二百人打南山口,马梦太为三路都救应。兵贵神速,今夜晚初鼓齐到剪子峪,以信炮为号,出其不意,攻其无备,一阵可破山口,救出钦差与一干官兵人等出山。"大家一齐答言,兵分三路。

胡忠孝与梦太同行,至黄昏时候,已到剪子峪南山口。见山上灯笼火把,照耀如同白昼。山上贼人不少,山口已用木板闸死,不能放人出入。上面众贼人弓上弦,刀出鞘,见有二百来人在南山口外,他们也不在意。把守山口的是金枪太保侯尚英,是小耗神余四敬的拜弟。此人足智多谋,精明谙练,正在山头调拨人防守,困住伊钦差。

只听外面山下有信炮之声,少时,东西山口各有炮响。空谷传声,听得甚远。人声呐喊,不知有多少官兵前来攻山。胡忠孝立飞虎云梯、行军踏板,往上攻山。无奈上面灰瓶炮子、滚木檑石,往下掷打。东山口也是如此。西山口李庆龙吩咐:"挑精锐之兵一百八十名,藏在树林之内,听我嚷拿贼,方可出来。这是暗号,不可有误!"他带着二十人,都是面黄肌瘦之人,拿着四个灯笼、四个火把。李庆龙骑的这匹马,是耗子皮的,短腿小耳朵,大肚子,圆尾巴,一名大肚子蝈蝈虎。骑上若是不叫他走,两腿一夹,他就不走;要叫他走,将腿一磕,能蹿一丈宽的濠沟。今天骑上此马,到了西山口,他也不叫它走。

把守西山口的是独角龙马凯,一见山下来了二十多个人,还放了一声号炮,他吩咐:"你等将闸板提起,待会总爷出去拿他,问个虚实,是从哪里来的。"大众贼人依言。马凯至山口以外,用手中鬼头刀一指,说道:"你等哪里来的?快些通名!我看你这人像有病的样子,何必前来讨死!"李头龙故意小声说话,说:"会总爷,你有所不知,只因钦差伊大人在此山被困,本地知县往各村庄要人。我们是哥儿两个,我兄弟在家中务农,我是发了疟子没好,转了伤寒病了,出汗之后,又坐下一个病根,头迷眼昏,心胸胀满,气闷不通,浑身骨软筋酥。有心上吊,又没有个地方去上吊;要抹脖子,手上又没有劲儿;叫人家杀我,人家又怕抵偿。今天赶上知

_____

① 　旗纛(dào)——古代军队里的大旗小旗。纛:军中大旗。

县挑乡勇救钦差，我遇见这么个机会，骑了匹病马。我来到此处，非为别故，求会总爷快快把我杀了就完啦。一则省得活受罪，二则又给家里挣下点功劳。"马凯一闻此言，哈哈的大笑，说："你会总爷岂与你这病鬼一般见识！你回去吧，换那有能力的、有本事的前来讨死！"李庆龙说："我得与你见个高下，我才能回去。若不然，叫别人说我私通你等。"马凯说："你撒过马来！"李庆龙把腿一夹，那马慢慢的往前行走，走了三步一歇，两步一站，马凯甚不介意，忽然见李庆龙的马往前一蹿，已到面前，抢三尖两刃刀就刺，马凯急架相还。无奈李庆龙精神大长，勇力倍加，照着马凯劈面一刀，马凯一闪，正中肩头，身带重伤，竟自逃走。李庆龙大嚷一声："拿贼！"只听树林之内齐声喊嚷，一拥闯进西山口，一直往东杀去。两旁俱是峻岭高山，山上的余贼尽皆逃窜。

李庆龙带队正走之时，只见对面伊钦差与都司王庆、守备刘明、山东马成龙，带五百官兵迎面而来，问道："你等哪里来的乡勇？"李庆龙跳下征驹，说："恩官大人，把总李庆龙带本村连庄会，前来接大人驾回归。"众庄兵与官兵合在一处，此时马成龙心中甚喜，一同官兵、李庆龙大众，翻身杀入山口之内。

正值小耗神下山，带领有七八百贼人。因他在山寨饮酒，他想："钦差等如笼中之鸟，釜中之鱼，困他三两天可以拿活的，饿也把他们饿坏了。"这天晚晌，正吃得几杯得意的酒，听有人来报说："三山口有兵来打山口。"少时，又有人报："西山口失守，马会总不知去于何处。"小耗神气往上一冲，吩咐点兵聚众，"大家同我下山，去拿这些个饿不死的贼！"带七八百贼众由山上下来，往北山下一瞧，见连三庄的号灯无数，遂带大众会匪，杀入大人的大队而来。此时众官兵又急又气，竭力向前攻南山口。东山口已破，侯尚英、侯尚杰带余贼逃走。胡忠孝等亦杀入山口，合兵一处。正是：

众将交锋，战鼓齐鸣。三军擂碎花腔鼓，征驹摇响紫金铃。贼想得胜，将要立功，征尘冉冉迷宇宙中。直杀得高坡之上人头滚，低凹之处血水红。

众八卦教匪四散逃走，小耗神余四敬拿着手中枪，往正东败走。方一出山口，听见后面追兵甚远，心中想要投奔四川峨眉山。正往前走，只见对面来了一人，一把手把小耗神抓住，说："往哪里走？"余四敬方出龙潭，又入虎口。不知抓住小耗神的这个人是谁，且听下回分解。

第二十三回

小耗神被捉东山口　赛报应引见畅春园

诗曰：

野草鲜花遍地愁，龙争虎斗几时休？

抬头吴越秦汉楚，尽观梁唐晋汉周。

话说抓住余四敬的那个人，正是马梦太。他在山坡上瞧着山口内打仗，只见小耗神独自逃走，至面前，过去把他抓住。小耗神用手一挡，抢叉就打。马梦太难以敌他，无奈往旁边一闪，只见贼人往下一跑。此时梦太有心不追，心中不舍；有心要追，又不是他的对手。无奈只得在后边跟着他，看贼人往哪里走。追之不远，前面有一个树林儿，见小耗神进去，"噗咚"的一声，少时把那叉就扔出来了。

说书的，不是昨天山东马空手夺过叉来，怎么今日余四敬又有了叉啦？众位，这座剪子峪慢说是一杆叉，要十杆叉、八杆叉都有的。闲言少叙。梦太一见他把叉扔出来了，他就心中疑惑，不知是什么缘故。正在狐疑之际。只听得林内说："哎哟！罢了！！结了！该当我死！"仿佛像小耗神的声音。马梦太正在犯想，只听那边山东马与胡忠孝说："贼人是往这边来了，怎么就会不见了？真是怪事！"正说着，一瞧马梦太在这里站着呢，胡忠孝说："老哥，你瞧见了小耗神来没有？"梦太说："二位来吧，你们跟我进树林内一瞧，就知道了。余四敬被我拿了。"二人信以为真，说："既然被你拿住，咱们去瞧瞧去，看是如何。"

三人一同进去一瞧，只见树上捆着小耗神余四敬。山东马说："罢了，老兄弟，有你的！你会把小耗神给拿住了。"马梦太说："哥哥，不是我吹，你不知道，我不爱在人前叫人家瞧着好像我多大的本事似的。我要是拿贼不叫人看见，你们知道我的本领？这也不是往你们吹，你知道不知道？"胡忠孝说："老哥的本领，弟真信服你！"

正说着，只见从林子里面过来了一个人，说："梦太，不可吹着玩。这个贼人是我拿的，我也是在旁边瞧着呢！"马梦太面上带赤，不言语了。

山东马倒还怕马梦太挂不住,他说:"使不得,我们都是自己哥们,不可玩笑。"梦太一瞧,认得是顾焕章,说:"大哥,小弟就误赖兄长你的功劳,也不要紧,何必这样着急?"焕章说:"贤弟,劣兄的不是了。你不可在这树林之内多说,咱们拿这个小耗神去见伊钦差就是了。"胡忠孝把他解下来,扛着一直的扑奔大营,三人在后面跟随。

此时大人带兵早把山寨得了,余四敬又没有家眷。在东山口以外老营之内,发放军粮。惟不见山东马与胡忠孝、马梦太,不知哪里去了。此时天色大明,老马等三个人俱皆回来,禀见大人,回明了拿小耗神之事。钦差此时心中甚喜。大家先用饭,用饭之后升中军帐,吩咐把贼人带上来。众差官把余四敬拉上大帐,一见大人,两旁人齐说:"跪下!"余四敬说:"你们是你皇上家的忠臣,我是我们会总爷的义士,不可如此无礼!"大人一听此言,说:"余四敬,你既知道忠臣、义士,你何必如此无礼作乱?你说说我听。"余四敬说:"胜者王侯败者寇。要是我们会总爷得了江山,拿住你等也是一样。不必多说,好好的把你会总爷杀了,凌迟了,处死了,我绝不归降于你!"大人说:"自我太祖入关以来,省刑罚、薄税敛,你等也应该早早的知时达务才是。为何甘做叛逆之人,所因何故?"余四敬说:"你要问,人人都有贪心。汉高祖起身于草莽之中,后来兴汉世江山四百年。你大清国之主,在关东满洲城发祥,因吴三桂请清兵入关,替明朝打闯王李自成,后来你等就在北京登基。你也不必说先前的事,要杀要剐,任你自便,我也没有别的话说。"

大人吩咐带顾义士前来,焕章过去给大人行礼,然后大人也就问了几句拿贼的话。顾爷就把自己在金家镇与报应金眼雕比武,卢文龙给说合,才知是师兄了。"无奈三个人在一处多谈几天,到了这里,就知道大人在山内受困。正在无可如何之际,不想胡忠孝连三庄之人,来此救大人,我心中甚喜。夜晚小耗神要逃走,我想他是罪之魁、恶之首,把他拿住,比别人还好。故在东山口树林之内,把他拿住,来见大人。"

钦差甚喜,问明了功劳,然后请幕府师爷专折本入都,奏明康熙圣主老佛爷。圣主旨意下:

伊哩布赏加一级,赏戴双眼花翎,钦赐团龙黄马褂。马成龙着以都司候补,随同伊哩布查办黄河。马梦太升补用守备之职。各赏加一级。胡忠孝、李庆龙、薛应龙、顾焕章来京陛见。随营兵丁,各赏给三个月钱粮。小耗神在本地处死,在案逃走之贼人,各处严拿就是。

一干众人俱皆谢恩。钦差吩咐顾焕章等四人人都召见,办文书,就把小耗神此地处死,号令人头。然后大人起身奔黄河岸,派王庆等回卫辉府去,诸事已毕。

顾焕章等得了文书,带着三人,至都中部里投文。是日,带领畅春园引见:胡忠孝赏赐都司,暂升通州守备;李庆龙、薛应龙赏赐守备,在京营当差;顾焕章赏赐二等侍卫,在京当差。旁边有达摩肃王说:"圣主龙恩,顾焕章功劳浩大,不知他有什么本领? 请主子恩典,我要向他比武在畅春园;若果是真正有武艺还可,若是平常之人,不可在此充当二等侍卫。"圣主甚喜,说:"明日派彭朋、御亲王看你二人比武。"

次日早在畅春园,达摩肃王说:"顾焕章,你早来了好,来,来,来! 咱们比比看,是你我哪个有本事。我听人说你在五虎庄救驾那一段本事,如要你能够赢的了我,我必要保你高升的。"顾爷说:"您老人家不可与我一般见识。"说罢,二人在当场交手,一来一往,不分高低上下,胜败输赢。老王爷他本来有力气,焕章是有本领;二人战够多时,焕章立在东北犄①角上,老王爷伸手要抓,焕章望上一蹿,跳在王爷背后,说:"老王爷不要与子民一般见识。"王爷说:"好俊本事! 不愧人称赛报应。我看年岁尚小,我要认你作为义子,不知你意下如何?"焕章说:"甚好!"随即上前磕头。众随事的俱给王爷叩头道喜

第二日,奏明比武之事,遂带领引见。圣上见焕章先前功劳甚大,又兼能为出众,真定镇总兵出缺,命顾焕章去领凭上任。焕章谢恩,请训②起程的日期,住在达摩肃王府内。老王爷问:"你带多少人上任? 我这里好给你准备。"焕章说:"用一两个人就够了。"遂把王府中执事人都叫将过来,挑了一个醉鬼李玉,要了两匹马,随带上任执照、行李、物件,先叫李玉头前起身,他自己身穿便衣,改扮相士模样,后边暗暗的跟随。

这一天,李玉拉着两匹马,给王爷磕头就先走了。出离彰仪门,过去芦沟桥、长辛店,来至窑洼。见路北有一座大店,里面上房五间,东西配房各三间,院中有天棚甚大。李玉拉马进店,小二接过马去,拴在马棚之内。

---

①　犄(jī)角——角落。

②　请训——请示。

李玉进在上房落座,先叫小二要酒要菜,自己吃酒等候老爷。喝了十数壶酒,尚然未见老爷前来,心中甚是焦躁。只见小二进来,笑嘻嘻说:"大爷,你把上房给腾出来吧,不是你吃完饭就走吗?我们东家来了。"李玉说:"你们东家是谁?告诉我知道。"小二说:"是现在保定营守备张忠大老爷,带同本汛千总王有益总爷,在此接差等候上司。方才来的信,叫将上房打扫干净,预备东家坐落之处。"李玉说:"你叫我挪在哪里去?"小二说:"你挪在东厢房。"李玉说:"我还等我们老爷哪,不能往东厢房挪。无论是谁,我一概不挪!"

正说之际,听得外面乱嚷怪叫说:"你们把屋子给腾出来没有?"小二说:"有一位大爷喝醉了,他不给腾。"外面进来两个少年人,向李玉说:"朋友,你请出去吧,我们老爷来了。"李玉说:"小子,我还是老爷哪!"过去一脚,将那一个少年长随①踢倒了。他那个就吓的跑出走了。李玉拿绳子把这个捆上,把上身的衣服给脱下来,把他放在外面太阳底下晒着。

只见从外面进来两个老爷:头一个头戴新纬帽,五品顶戴,翡翠翎冠花翎,身穿酱色宁绸二则龙的单袍,并没有穿着褂子,身上带着飘带、荷包、手巾,各样活计俱全,足蹬篆底缎靴;面黄微须,细眉大眼。后边那个人身高八尺,面如重枣,两道重眉,一双虎目;身穿蓝宁绸袍子,天青褂子,六品蓝翎。后边跟着五六官兵,拉着坐骑。

方一进店,前头那位张老爷说道:"谁把我的跟人给捆上了?"只见小二同那个先跑的从西屋里出来,说:"老爷,可了不得了!上房有个醉鬼,把张禄捆上,还放在院子里晒着。老爷请看那个醉鬼,不是在上房台阶板凳上坐着吗?"张守备抬头一看,只见那李玉要站起来,身高九尺,面似黑漆,环眉大眼;身穿灰色细布单袍,足蹬青布薄底快靴,光着脑袋,手拿酒壶,在那里喝酒。又见自己跟班的在那边太阳地捆着,身子在那里晒着直嚷。守备一见,忽然大怒,说:"来人!把这个混账东西,给我拿下!"不知后事如何,且听下回分解。

---

① 长随——也叫"长班"。明清时官员随身使唤的仆人。

第二十四回

顾焕章升任真定府　王有义杀贼密树林

诗曰：

　　闲来无事不从容，睡觉东窗日已红。

　　万物静观皆自得，四时佳兴与人同。

　　道通天地有化外，思入风云变态中。

　　富贵不淫贫贱乐，男儿到此是豪雄。

话说守备张忠要将李玉拿下，只见从外边来了一人，身躯矮小，头戴草帽，身穿贵州绸大衫，高袜云履，手拿小黄布包袱一个；年在三旬以外，双眉带秀，二目带神。进得店内，一见要拿李玉，说："唔呀，不可如此！"张守备一回头，把眼一瞪，说："你是做什么的？放着道路不走，在此多管闲事，赶紧给我出去！"从外进来的此人，正是新任总兵顾焕章，身穿便衣，暗自私行到此，见守备问他是做什么的，他才说道："我是个相面的。从此路过，见你们打架，我来劝解，不能不管。"千总王有义一听焕章之言，说道："你进来，你给我们二人相面吧。把那跟班的放下来，咱们到上房屋里坐着。"李玉见主人来了，也不敢言语了。见三人进了上房，他本来就醉了，在天棚底下椅子上就睡着了。

到上房三人落座，焕章问："二位在哪里当差？"王有义说："我们是保定营的守备与千总，接上司上任，乃是真定镇总兵顾大人。望先生你给我们二人看看相貌如何？"顾焕章说："唔呀！尊驾的相貌可喜。印堂发亮，正走中年大运；三山得配，为武将，往后必要掌权；鼻有梁柱，将来必能官居极品。看尊驾目下气色，百日之内定要高升。"王千总听罢，说："多蒙先生抬爱。我们这营伍中升迁，俱有一定的规矩，此时又没有出缺，我何能升迁哩！来吧，你再给我们这位张老爷看看。"焕章一瞧张忠，大吃一惊，说："唔呀！弗好哉！你这个相貌双眉带煞，地阁发萧，眼无守精。尊驾此时虽则为官，脸上带一般煞气。我可是直言，三天之内，必有大祸临身，恐有掉头之祸。"张守备一闻此言，勃然大怒，说："你这个无礼的匹夫,竟敢以恶语伤人!"王有义说:"大哥,君子问祸不问福,何必生气!"焕章微微一笑,说:"二位不可不信方才所言。"焕章说:"我再给你细瞧瞧。哎呀!张老爷我瞧错了,我看你今夜晚三更准死!"张守备气往上冲,作威说:"这还了得!拉下去给我快打!"焕章说:"要凭打,你们也不是我的对手。我实告诉你们说吧,我就是剪子峪捉拿小耗神、畅春园与神力王比武的赛报应,顾焕章就是我。"二人一听,慌忙跪倒,说:"原来是总镇大人,卑职等未曾远迎,唯求大人恕罪!"焕章说:"你们起来!这也不要紧,你们起来!"二人在旁边站着,垂手侍立。大人说:"你们坐下!"让至再三,方敢落座。

张忠吩咐看酒,少时店中人将酒席摆列齐备。张忠亲自到外面烫酒,进得屋来,满满给顾焕章斟上一杯,说:"大人神相,卑职素日久仰,料想我断无生理。我这一杯酒,奉求大人一件事:家有八旬老母,卑职家中又无兄弟,倘若我死之后,求大人多多照应。"焕章一听,说:"倒是个孝子。我喝了你这杯酒,就是你死之后,都有我一人承管。"说罢,一饮而尽。张忠复又斟了一杯,说:"家还有十四岁儿子,读书未成,学武未就,求大人带到任上,不时教训,给他一个微末差使,久后他能够养身糊口,卑职就死在九泉之下,亦感念大人的厚恩!"说着,跪将下去。大人用手扶起,说:"起来,我再饮了你这杯酒,诸事都在我顾某身上,老兄不必多虑。"张忠又将酒壶拿起斟上,言道:"卑职家眷现在保定府,倘若今夜身遭不测,求大人将卑职尸首着人送回府下,恩同再造!"大人接杯在手,一气而干。"老兄但请放心,不必多嘱咐。"焕章说罢此话,觉着头晕眼黑,天地乱转,头重脚轻,坐立不住,栽倒在地,气闭过去,不省人事。

张忠一见,哈哈大笑,吩咐伙计将店门关上。正是:

　　　　踏破铁鞋无觅处,得来全不费工夫。

叫王有义趁着李玉他睡觉,将他捆上。王有义捆好了李玉,口内塞上些个毡绵,然后又来到屋内,叫道:"大哥,咱们将那两个人都已捆上,我到此时不明白,你是怎么用酒会把他两个拿住了?"张忠说:"贤弟,你有所不知,我当年做过庞各庄的把总,因剿贼店,得了一包麻药,我留在身边。今天你我在此相遇仇敌,故用麻药将他麻倒。"

原来张忠是永平府抚宁县人氏,行伍出身,出任南路厅把总被撤,他又投在保定府协镖当差,那时他就归了八卦教了。教中人给他用银子走动门路,他方升本汛的守备了。与王有义是把兄弟,哥俩常在一处谈心说话,情投意合,言语对劲。他劝王有义归顺八卦教,王有义也不知八卦教是如何的好处,就跟他入了八卦教了。后来入了教一年有余,方知道他们乃是邪教,不是正道,有心要退出来,无奈又在他手下当差,不好脱身。今天他二人是奉他都会总的白牌①,前来捉拿顾焕章,与小耗神报仇。今天用麻药将顾焕章拿住,用被窝将他二人包好,候至夜晚起身。一则恐走漏消息,二来白日眼目众多。二人落座吃酒,吩咐将李玉所拉之马套上一辆车,连顾焕章主仆二人物件等俱都装在车上。一干众人心中甚喜。

候至日落,大家起身,出离了何家洼。行至三更时分,正是皓月当空,前面有一树林,甚是幽静,大家齐说:"咱们这里歇息歇息再走。"张忠等俱皆下马,众人口渴,想要喝水,见东南上有一菜园子,众人前去寻井喝水,就剩下张、王二人在此看守。听得前面村庄正交三鼓,张忠一想:"他给我相面,说我今夜必死,现在天至三更,我不如把他杀了,以解我胸中之恨。"说罢,走至车前,由被内将顾焕章拉了出来,举手中刀,照着顾焕章脖颈,只听"喀嚓"一声,红光崩溅,鲜血直流,"咕噜吧嗒",人头落地,死尸栽倒于车下。不知顾焕章性命如何,且听下回分解。

①　白牌——白板,这里指令牌。

第二十五回

红胡子戏耍顾焕章　神力王调兵剿邪教

诗曰：

人生名誉最为先，过眼浮云似箭穿。

苦绪岂皆因自惹，愁怀惟望故人怜。

关心花酒将十载，留意诗书只六年。

堪愧芸窗荒怠久，耻将俚句写鸾笺①。

话说贼人照定顾焕章一刀，顾焕章并未曾死，这是如何？列位有所不知，说书的一个嘴，写书的一支笔，难表两件事。何为两件事？一个被杀的未曾死，杀人的倒死了，岂不是两件事？因张忠举刀要杀顾焕章，王有义在身后一瞧，说："原来他们八卦教的人，皆非正道，皆是叛逆的贼人，又要作逆礼无君之事，我要跟他们，终必受贼人之连累。想我当初不知八卦教是如何的好处，原来都是邪教。会匪隐恶扬善，诓哄愚人，我何不把这叛国贼人杀了，改邪归正。"想罢，抢刀就往下剁，"喀嚓"一声，张忠人头落地，死尸栽倒。王有义又把被窝拉下来，把顾爷主仆二人放开，拿刀等候着众余党。只听跟班的张禄直嚷说："慢慢的，不用忙，我去问老爷喝凉水不喝？"方才走到王有义面前，王有义一抢刀，"喀嚓"一刀，也就把贼人砍倒。后面那些个贼众不知为何，大家齐说："老爷，为什么把张禄杀了？他并不犯法。"王老爷说："我本是大清国职官，无故跟着张忠在邪教瞎混了一年，实是可恨！我今天改邪归正，杀死张忠主仆，你等也就趁此去吧，不必前来讨死！"众人一哄而散。

王有义才用凉水，把顾爷解过来，然后又把李玉也就叫着醒过来，把马拉过去，说："大人上马！"连大人的东西都给搁在马上，然后说明了这一段事。顾焕章如梦方醒，才问王有义："天地会是何人所兴？供奉什么人为主？你说说教中的规矩，我听听。"王有义说："我入教年浅，在先诸

---

① 鸾(luán)笺(jiān)——纸的美称。

事不知道。后来我听张忠他说，当初有一个毕道成，他在江西太极观，得受异人传授的天书三卷：一卷名《宝录天章》，上面是吞丹练气；二卷名《总通万法》，上面俱是符咒，点石成金，驱妖逐邪；三卷名《王府奇览》，上面是长生不老、延年益寿的妙法，各种的起死回生的妙药。常常以看病为名，因此把这会中人越聚越多。连年以来，在天下各省，苏松、常镇、芦凤、淮扬、福建、三江、四川、两广、湖南、湖北、云贵、直隶、山东、山西、关东口外、陕、甘、凉州、宁夏等处，俱有他们天地会的公所之地。各村庄镇店以及州城府县，此会中人太多，不可胜计。我所说的无非是大概，我也不知确实。为首当时立教之人，在四川峨眉山通天宝灵观里面招军买马，聚草屯粮。山下有六十四座围子的营盘，三、六、九日看操演阵，不许咱们大清国之人进他那里面去。如要他们会中之人私通大清国的官长，知道犯了他们的规矩，就是粉身碎骨，刨坟灭祖。我是反教归正，求大人多多的护庇。"顾焕章说："恩公是我的救命恩人，我必不负你之心！"顾爷说："李玉，咱们这个任也不去了，功名是小，国家安危是大。我自去访访，若果是真，那时我必要替国家灭此叛贼。"说罢，吩咐李玉："先把那两个死尸埋了，然后带王有义去，暂回神力王府，我去私访此事。"

顾爷方要走，听得树上一响，飞身跳下一人，说："好一个王有义！天地会大事机关丧在你的手内，你往哪里走，我来也！"焕章一瞧，见此人身躯高大，气势雄伟，青绸子手绢包头，身穿青绸子裤褂，薄底靴子；面如晚霞，手拿金背刀，说："顾焕章等，往哪里逃走？来，来！会总爷结果你的性命！"举金背刀就是一刀。焕章说："小辈不可无礼，待我来！"抡短把刀相迎，二人动手。王有义要过来帮助，焕章说："你们两个去吧，我拿住他就走。"二人战够多时，不分胜败输赢，只见那个人就往南跑，焕章后边就追。那人一直往正南去了，王有义也就不敢追了，一同回归王府去了。

单表顾焕章追赶下去，追了有二十多里地，他道路生，也未追上。方见道旁东边有一座庙，坐北朝南，三个山门，上写"三清观"三字。月色西斜，有点口渴，来至庙门首，他想要叫门，一想黑夜多有不便，翻身上墙。只见里面大殿里头搁着一张八仙桌，北边放着一把椅子，两边有两条板凳，板凳上坐着两个小道童，俱皆年在十六七岁，坐在那里说话。

顾爷一见，跳下墙到了院内，说："二位道友，还未睡觉么？"两个童儿说："为什么跳墙过来，所因何故？你是做什么的？"焕章说："我是过路之

人,夜晚赶路,口渴舌干,求二位道友来赏一杯茶吃。"说着,坐在那椅子
上。那两个道童说:"朋友,你这就不是了。黑夜之间求水火,是为穿窬①
之盗也。你是做什么的?"焕章说:"我也是一个火居道士,在家修真养
性。"那个道童进内,去不多时,只见从西房内出来一个人,拿着茶壶茶
碗,搁在桌上。焕章说:"道兄,庙中几位?"那个黄面目的道童说:"我们
庙内,师徒爷们七个。我弟兄六个,我叫越挺,那个叫越硬,三个越来,四
个越了,五个越就,六个越弄。我们这六个字是:'挺硬来了就弄。'"顾爷
用眼一瞧他,说:"你这出家人可好,一说话就出此匪言逆语。你说说我
听听,这出家人讲究修真养性的,不准出此不知世务之言。"那个道童说:
"道友不可生气,出家人养性,有人相犯,都不准往人家一般见识,你知道
了?"顾爷一想,说:"好!"喝了一碗茶,把碗望地下一扔,说:"可不必生
气,出家人修真养性。"说罢,又将那个茶壶望地下一摔,摔得粉碎。焕章
说:"你别生气,出家人养性为本。"那个童儿说:"你别装着玩啦!摔了我
们的茶壶,你还说别生气,你有多大本领?咱们过过手儿,今天你能赢了
我,我便信服你!"说着,劈面一拳,照着他面门打来。焕章用拳相迎,二
人在一处打够多时。焕章心中想道:"此人必受了高明的传授,若不然,
拳脚这样精通!"正想之际,旁边那个童儿说:"师兄,你歇歇,我来与他较
量较量。"那个过来动手多时,艺业也甚可以。旁边一个童儿说:"小辈,
你不可无礼,我来也!"又过来一个童儿。

　　方要动手,只听的西屋里大声说:"顾焕章,不可与我徒弟动手,我来
与你较量高低上下、胜败输赢!"帘子一响,蹿出一个人来。焕章睁眼一
看,就是他方才追赶的那个人,手使金背刀,照焕章砍来,焕章急架相迎。
两口刀上下分飞,战有三刻之久,那人闪在一旁,说:"顾焕章,无愧人称
赛报应!我久闻大名,未能会面。白天你我由芦沟桥一处行走,至窑洼,
你进那座店内去了。我知是天地会八卦教的人在那里等候于你,我料想
他白昼不敢杀你,我在一旁哨探,至天黑夜晚,见一众贼人出店,我在暗中
跟随。三更时分,到了密松林,我在树上观看。我本有心要救你,不想王
有义将贼人杀死。你二人在那里谈心,我故以言语相戏,将你引到此处,

———————————

①　穿窬(yú)——指盗窃的行为。窬:逾墙。《论语·阳货》:"譬堵小人,其犹
　　穿窬之盗也与!"

我故叫徒弟试试你的本领如何。刚才你我一交手,就知尊驾能耐出众,武艺超群,我有极大一场功名富贵送给你。"说罢,叫徒弟把西屋的灯给点着了,说:"请到屋内落座,喝酒再叙。"

　　焕章随同那人进西厢房屋内,西墙放八仙桌儿一张,一边搁着一把椅子,墙上挂着一张条山画,画的是岭上孤松,配着对联一副,写的是:

　　　　斗室堪留知己,杯茶尽可谈心。

桌上点着一盏蜡灯。焕章说:"咱们两个人说了半天的话,我还没有问你贵姓。"那人说:"你先坐下,咱们俩喝着酒,我再告诉你。"只见徒弟将酒菜摆上,二人落座吃酒。焕章复又开言问道:"吾兄高姓大名,此时可以见教,告诉我吧。"那人手举酒杯,要说姓名。不知是谁,且听下回分解。

第二十六回

马杰泄机天地会　焕章私访芦沟桥

诗曰：

满城风雨蓟门秋，五百年来感旧游。

偶与蓬莱仙子遇，相携便上酒家楼。

话说那位英雄言道："我乃是天津卫沧州人氏，姓马，名杰，别号人称红胡子。我有一个拜兄，名叫大刀韩成公，在北五省，人皆称我们为沧州双侠。因我的朋友被案①死去，那时我正在四川，闻此凶信，五内皆崩，回到沧州，到拜兄坟上祭扫，痛哭一场。有人在本处居住，又怕北五省绿林弟兄有事常来寻找，故此隐居在庙内。八卦教屡有书信前来，请我入会，封我为一字并肩王。我早晚打算入川，探望贼人大势如何。若果势大，我身在天地会，心在大清国，明顺贼人，暗替国家出力，等待大兵征剿之时，我那时自有道理。今天相见，真是三生有幸！意欲结为金兰②，不知尊意如何？"焕章一闻此言，心中甚喜，言道："既蒙兄台见爱，小弟无不乐从。"说罢，马杰叫童儿把香案摆齐备，二人叩头已毕，马杰为兄，焕章为弟，重复入座饮酒，说："贤弟，芦沟桥有一座天赐店，店内前后有五层大房，那是直隶巡抚吴联所开的，那里就为是铸地雷。"列位，直隶从先定鼎之时，乃是巡抚缺，至嘉庆年间，方改总督。此处可不是说书的说错了。闲言少叙。再说"他那里店中所有的人，俱是会匪，连吴联也是八卦教，他是会中的忠勇王，教中都称呼他为忠勇都会总。他从做知县之时，就是八卦教了。他是叛逆总头目八路督会总吴恩的兄弟，才智过人，专好收揽英雄。你要将这地雷之事访明白了，回都奏明圣上，一则为国出力，先断贼人的余党；二则功劳浩大，圣上必要重加封赐。你这么样可不成，改扮一个买卖客商，方好前去。别的买卖怕你说漏了，你就扮做一个卖人参的就是。

---

① 被案——犯了案子，指犯法。

② 金兰——金兰之好。友谊的美称。

我这南屋子里,有两箱子人参:也有扒山的货,也有老山的货。用只小箱子盛上,你就说你由祁州庙上回来,要上都中参局去卖,那时必然相信,你就在那店中装病,就说后边还有车辆。夜晚出去,再暗中察访。如将此事访明,再走不迟。"焕章一听,心中甚喜,说:"若果如是,我真感念兄台的好处。"二人吃酒,天已大亮,焕章收拾齐备,背上参箱,辞别马杰,起身往芦沟桥前去。

天至巳正,来至芦沟桥天赐店门首,见里面房屋甚多,头层院内,马棚槽道俱全。焕章进店就嚷说:"唔呀,我要住店!"从里面出来一个小二,年有二十多岁,身穿半截蓝布衫,白袜青鞋;淡黄脸面,笑嘻嘻的说:"客人,我们这店不住孤行客,里边没有闲房。"焕章说道:"我不是孤行客,我是卖人参的客人。你赶紧给我找房,随后车辆就到。"小二说:"同我到上房去住。"焕章随到上房,屋中甚是干净。落座要净面水,洗罢吃茶。小二摆上四碟点心,焕章说:"我不吃点心,快给我烫酒摆饭吧,我在路上还没有吃早饭呢。"小二去不多时,擦抹桌案,暖酒摆菜,冷荤热炒,干鲜果品,应时菜蔬,摆列满桌,又送过两壶莲花白酒。焕章吃得十分高兴,问:"小二,你姓什么?"小二言道:"我姓侯,排行在六,在这里店内跑堂,我家就在这里。我的母亲老病复发,买你点人参治温补病,行不行?"焕章说:"不要紧,我送你一支老山参就是,我谅你也买不起。我再告诉你吃参的方法:用一个小瓷缸儿,放在开水之内煮着,等待两刻工夫,蒸透倒出再喝。"说罢,遂在箱内取出一支极好的老山参,交与小二。小二道谢已毕。

焕章吃罢饭,天色已晚,又因昨夜不曾睡觉,遂和衣而卧。睡至初鼓方醒,喝了两碗茶,又要了点心吃下。至二更时分,大家俱已安歇,收拾妥当,换了夜行衣靠,出房各处巡访地雷消息。直找到五鼓,并无头绪,无奈回归上房睡觉。天亮托言有病,仍然不走,一连五天。

这一日晚上,小二侯六进来说:"客人,今天晚上须要早早睡觉,不可出门。今晚我们店中有事,不可出去,你就睡觉就是了。"焕章依言说:"是了。"天色已晚,自己把灯吹了,说:"我睡啦!"小二甚是放心。焕章在窗孔偷看。

天有二更时分,只听外面马蹄声喧,有人叩门之声。有几个人出去开门,说:"哪位来叫门?"外面说:"散值会总与分巡会总、逍遥会总、太平会总,前来察看地雷之工程。"众人把门开放。少时,有两个灯笼在先,后面有两个年迈之人:头一个戴三角白绫巾,银抹额,二龙斗宝,蓝绸箭袖袍,毡底尖靴,腰系凉带,面皮微白,沿口胡须。后面还有一个人,也是头戴三角白绫巾,金抹额,银灰宁绸单袍儿,薄底靴子,并插白鹅翎儿。后面还有两个少年:一个穿着洋绸大衫,年约二十多岁,薄底快靴。一个年约三十上下,身穿蓝春绸大衫,薄底抓地虎快靴;面如白玉,唇若涂朱,五短身材。共是四个会总:头一个是老龙神散值会总马凤山,第二个分巡会总任山,逍遥会总张宝任,太平会总任凤蛟,带着十六个会中之人,来查验地雷工程。众贼人见里面店门已关,任山说:"侯六,你去把三层上房屋内地板开开,少时我等去观看。"只见侯六入第三层院中去。

　　顾爷看够多时,暗中就把后窗户开开,拉刀上房,从窗户中蹿出去,翻身蹿在上房一瞧,又望院中一看。见侯六手提灯笼,扑奔后面,至三层院中,又见他把锁开开进去。焕章在暗中一瞧,只见他把灯笼放在地下,用手把地下的方砖起下来,一连起五十三块方砖;又把地板一翻,只听"咯嘣"一声,将板提起来。又打灯笼出来,至前院中去。焕章从房上下来,进得上房屋中,来在地板临近,顺着梯儿一磴一磴①儿下去了,约有三四丈深。至底下,自己把火一晃,照了照,一直往东,都是平川之地,还有好些个竹竿儿。

　　正在观看之际,只听得外面梯子声响,灯光闪闪,焕章忙往楼梯背后一蹲,也不言语。只见那四位会总,一齐带领着众人,往里面来了,各处去瞧瞧,也有火药,也有铁炮,也有房屋。只听得那个说:"老会总,你看看成不成?"那个说:"好,你等大家同我上去吧,我必有保举就是。"众人齐说"好",遂往上去。焕章从楼梯后面也要上去,只听板子一响,早已盖上了。焕章想要出来,是比登天费事。不知顾爷性命如何,且听下回分解。

---

　　① 磴(dèng)——量词,用于楼梯。

第二十七回

叛国贼奉旨交部讯　白将军兵定孽龙沟

诗曰：

> 一生爱说是为偏，不读诗书不种田。
> 山水优游身外事，烟霞啸傲性中天。
> 浮生作梦空成梦，举世无缘亦是缘。
> 口谈今古为业事，光阴虚度十余年。

话说顾大人被他等用地板盖上，也不能出去，无可如何，自己想道："说是生有处，死有地，今天活该我死于此地，大概是不能活的了。"正在发愁无可如何之际，只听得板子一响，焕章往上一蹿。上面马杰说："贤弟，我日夜惦念于你，怕你在此受困，故此天天夜间我前来。今日甚巧，你我弟兄先走到外面无人之处再说吧。"

二人来至店外，红胡子马杰等二人蹲在地下，说："贤弟，你不可在此久待，今天你急速入都见驾，奏明圣主，请旨拿直隶巡抚入都，审问天地会之事；请旨派兵前来芦沟桥天赐店，拿获贼人，刨挖地雷。你这是一件大功劳，劣兄就要入川去了。青山不改，绿水长流，他年相见，再作道理。"说罢，二人分手。

焕章入都，先见神力老王爷，回明直隶巡抚吴联在芦沟桥设造地雷、安心谋反、自己私访在路拿贼之事。李玉、王有义过来给顾焕章请了安，回明了分手之后，把张忠、张禄两个贼人的尸身埋在道旁沟内。焕章说："也不必管他就是。"神力王带顾焕章见驾，老王爷奏明了圣上，康熙爷降旨：

> 派神力王调京营的官兵，去拿获天赐店一干贼人，连察访地雷。

王爷带兵去到卢沟桥天赐店，并不见有一人，派兵把店围上，刨地雷，刨出好些火药、竹竿子；将房拆毁，回京奏明圣上。康熙爷传旨：

> 拿直隶巡抚入都，交刑部革职，严刑审讯；派顾焕章在刑部衙门质对吴联。

那日奉旨剿拿吴联，到刑部细细审讯。派的问官是：文学殿大学士、军机大臣、六部总裁彭中堂，吏部尚书、都察院总宪田文忠，满汉四名御史与大理寺卿明安、刑部尚书杜光耀，共是八堂，严刑讯问。吴联并不承认，他说："身受国恩，官居头品，为封疆之臣，我岂能身入邪教？我与顾焕章素日有仇，求众位大人明鉴，不可听他一片之言。"又问顾焕章说："你既出首告吴大人，你怎么知道他是天地会？你说说。"顾焕章说："大人要问，神力王爷在芦沟桥剿了贼店，里面又剿出火药等物件，乃是职员在他那店内目睹真实，才能出首。众位大人用刑拷我们俩就是。"吴联说："众位大人，他是武夫可以受得住刑，犯官实不能与他比，求众位大人圣明！"问了一天，也没有口供，散堂，把二人收科。如是问了十数余天。圣主下了一道上谕催问，无奈二人俱无口供。

这一日，奉旨出征叛贼的白大将军，跑红旗的折子入都奏明圣上：兵破了孽龙沟，拿获流贼杜双印，伤重身死；得了贼人宝刀一口，进献圣上；余贼蹿入福建画石岭，随后进兵追赶。圣主大加封赏，宝刀入库，传旨：派白国毡务要将贼人扑灭，又派查黄河钦差伊哩布提调参赞军务。伊大人自剪子峪诸事办完，都司王庆等谢恩，辞别了钦差走了。

伊大人先将何丁交县人狱看管，自己把诸事完了，方要起程，这日接到圣主的旨意，派下来打画石岭提调官，遂带二马先起身。至画石岭，早见将军的先锋官金马统领邓忠邓大人的队在此安营。伊大人先见了邓总镇，然后白大将军也就到了。伊哩布递手本参见大将军。将军甚喜，说："兄台，你我都是朝廷的命官，又是街坊，何必如此多礼。本帅听人传言，说大人处有两个能人，俱都姓马，一名山东马成龙，一名瘦马梦太。不知此二人哪个是武艺出众之人？"大人说："老帅，要说眼里灵变、平常的拳脚，马梦太来得熟练；若要讲临敌无惧、勇冠三军之人，胆大力勇，还是马成龙。"

大将军吩咐："来人，把马成龙叫进来。"只听得外面有人答言说："是！"进来一人：头上未戴着官帽，身穿蓝布大褂，高腰袜子，青布山东皂鞋；身高八尺，面如紫玉，粗眉大眼，平顶短项，在下面给将军请安，说："卑职马成龙给将军请安！"老帅一瞧，口中说："你这个山东人，是干什么的？"马成龙说："都司马成龙参见将军。"白大帅说："你既然是都司，为何不穿官衣？"马成龙说："我没有官衣，求将军见容。"老将军说："你会使什么兵刃?"成龙说:"使大脑袋刀一口。"说罢,出去取来,请将军过目。老将军一瞧,原来是一口瓦刀。又叫马梦太进来,外面答言说:"是!"至大帐,给老帅磕头请安。将军一瞧,见他身高八尺,面皮透黄,寿眉金睛;头戴新纬帽,高提梁翡翠翎管儿,身穿新宁绸单袍,外罩红青马褂,薄底靴子。将军说:"你是马梦太,使什么兵刃?"瘦马说:"我使的是短把刀、避血玦。"将军吩咐:"马成龙与马梦太,你二人在外面演平生所练的武艺。"山东马本不会什么拳脚,只听马梦太说:"我先打一趟拳。"下去在帐外当中一站,怎见得,有赞为证:

　　　　罗汉拳,站当场,移身绕步逞刚强。伏虎势,暗里藏;反背捶,把人伤;鸳鸯脚,最难防;连珠炮,神鬼忙;丹凤眼耳,顺手牵羊。

　　练完了,气不涌出,面不改色,在当中一站。又练了一趟,在旁边一站。将军叫成龙练,山东马一瞧,不练不成,还得费话,瞎练一回,把身在当中一站,说:"我要练了。"把腿一抬,打了一个飞脚;往前走了四五步,又打了一个旋风脚;往前走了几步,又打了一个飞脚,完了。来至将军面前,说:"都司马成龙练完了。"老将军气得面目改色,问:"此拳何名?"成龙说:"嘎嘎拳。"又问:"还会练什么?"山东马又把瓦刀瞎练了一回,又至将军面前,说:"我练了一回六花刀。"老将军说:"你这个刀法、拳脚,俱是胡闹,我这营内用你不着,把他给我赶出去吧!"又赏了马梦太一个四喜的扳指,又赏了一个跟头褡裢、一把小刀子、火镰,赏了一桌酒席。

　　马梦太也下去,来到伊大人住的大账房,一旁有东西两个小账房,见山东马把行李收拾好了,望大家说话呢。有几个跟伊钦差的下人说:"马大老爷,你是怎么了?"山东马在那里喝着酒,说:"我被白大将军把我给轰出来了,我怎么有脸在此处了?等着伊大人来了之时,他要是念起旧日的好处,给我几两银子,我回到北京城去,卖硬面饽饽就完了。"正说之际,听得那边有好几个跟老将军的差官,与马梦太在那里说闲话。又只见梦太笑嘻嘻的手内托着将军赏的那几样玩物,望那位哈大老爷说:"哈大哥,你瞧瞧,将军赏我的这几样东西。"哈老爷说:"好!"又给那位一瞧,说:"英大哥,你瞧瞧,将军赏我的东西。"又给那位瞧瞧,如是者,在那边站着都给瞧瞧。来在山东马的面前,说:"马大哥,你瞧瞧。"马成龙说:"我早已就知道。你这个贫就没完了,又是将军赏你的东西、酒席,对不对?"正说之际,见那边有两个兵抬着一桌席给送了来,摆在账房之内,说:"大人在大帐与将军那里吃酒,议论军机大事,你们众位用饭吧。"马梦太说:"大哥来吧,咱们喝酒吧,别生气啦!大人下来定有道理。"二人入座吃酒,山东马唯有拿酒遣闷。

方吃完了,只见钦差过来了,先把成龙叫进大帐,说:"你不可任性,暂且跟着我。等着明天要出兵之时,与贼人打仗,有功劳先叫人家众人立。如果是贼人真勇,将军帐下众将所不能赢贼了,连马梦太都算着;那时我在将军跟前一说,要是你出去成功,把贼人若是拿住,或是打死,我也就可以在将军台前说话了。除此,并无第二个主意。"山东马说:"谢过大人!"伊大人说:"你们下去歇歇去吧。"一夜无话。

次日天明,听得大帐之内发动点炮。将军的大营有四五十座,十万精兵,今日调了有二成队,请伊钦差一同兵伐画石岭。只见旗鑛招展,号带飘扬。少时,二马跟大人马后,随同大队往西,奔画石岭。只见那座山口,坐西向东,南边山坡上有九节毒龙炮两个,北山坡上也有毒龙炮两个,两杆白八卦旗,上面有无数的贼兵,各执枪刀,山口有木板闸住。将军在正东方传令驻队,只听得画石岭山口内三声炮响,木闸一开,自里边出来了无数的贼兵。不知后事如何,且听下回分解。

第二十八回

侯起龙连败七将　山东马醉破飞刀

词曰：

欲避饥寒二字，当思勤俭为先。勤能创业俭能传，勤俭传家久远。

勤乃修身之本，俭为治富之源。克勤克俭有余钱，免受他人轻贱。

话说白大将军在画石岭东山口外列队，众带兵官将人等俱在两旁侍立。少时，贼队自山里面出来，大旗在当中，是由绫子做成，上写"飞刀正印会总侯"。前面是先锋黄面太岁蒋方，左边是神机会总张，右边是副印会总马；侯尚英、侯尚杰俱在两旁站立。为首的骑着一匹青色马，头戴三角白绫巾，身穿粉缎子征衣，薄底靴子；鬓边上双插白鹅翎，金抹额，二龙斗宝；背后带着十二口柳叶飞刀，又名叫镖刀，俱是三尖两刃，把上拴着红绸子条儿；又有截把鬼头刀一口，在那里手中拿着，甚是威风；把坐下马一催，来至在两军阵前，说："清国兵将，不必如此作威！不服我，哪个有能耐的过来，分个高低！"又见里面出来一个白面貌的说："神机会总在此，你们哪个前来？"飞刀会总侯起龙说："你先在后面去，有劣兄在此，可以敌了贼人。"

正说之际，老将军派前营副将李德英，前去与飞刀侯会总动手。李大人是当初跟着神力王爷征过大金川、小金川，征过云南，智勇双全，由站兵出去的，自己得了一个副将，在直隶山海协任上，奉调带本部兵，随老将军剿贼。今天一瞧，就讨令说："本将愿往！"一拍座下马，拧枪出了本队，大声喊嚷说："叛逆贼人，认得我神力将李德英的厉害吗？"催马至阵前，大嚷一声，拧枪直取侯起龙。旁边过来的蒋方说："小辈不可无礼，我来也！"拉着手中棍至阵前，举棍就打。李大人用枪相迎，二人战上四五个回合，蒋方一棍落空，被李德英一枪刺于马下。怒恼了飞刀会总侯起龙，手使截把刀，前来助阵，一见李德英刺死蒋方，拉背后飞刀，冷不防，照着李大人就是一飞刀。只听一声响，李大人坠马身亡，为国尽忠，死在沙场之上。白大帅又派后营守备周振出去，也被飞刀砍死。如是者，一连六阵,阵亡了六员战将。唯有马梦太在那里说:"列位老哥哥们,不是我姓马的说句大话,我今天把你们这几位先供的高高的,就凭这么一个贼,会赢不了他?真也是怪事!来,来!我先去讨令去。"

正说之际,听得大将军传"马梦太出去拿贼"。本来马爷是往这一众武将军官吹着玩,听见将军真叫他出去,自己先就怕了,无奈过去给将军请了安,说:"守备马梦太伺候大帅。"老将军说:"也罢。你就出去拿贼,如得胜拿获侯起龙,本帅定有重赏!"瘦马不敢违令,拉刀出阵。只见那边侯起龙洋洋得意,说:"那边过来的马梦太,休要讨死,我飞刀会总在此!"梦太离贼人不远,还是把烟壶儿掏出来,把刀一夹,摇闪晃脑,甚是得意,说:"小子,你记得我吗?老太爷前来拿你,自通名姓!"飞刀会总抢刀过来动手,几个照面,被侯起龙一飞刀,把他头上皮削去一块,梦太败回阵来。

白大将军甚是着急,十分焦躁。伊钦差在一旁说:"好一个胆大贼人!马成龙,你出去拿他就是。"山东马一听,从马后出来,见老将军施礼说:"卑职前去拿这个贼人就是。"老将军说:"有本帅能征惯战之人,尚不能胜贼,何况是你!"成龙说:"如不胜贼,甘当军法!"将军说:"好!你就前去。"山东马拉瓦刀出离了本队,直扑贼人而来。侯起龙一瞧,正要问他姓甚名谁,只听本队中鸣金之声,连忙归队,查问说:"哪个鸣金?"神机会总张说:"小弟方才见兄长连胜清营几阵,又见出来了一个山东马,此人艺业绝伦,弟恐兄长力尽,受他人之算,弟要替兄前去拿这个姓马的去。"飞刀会总说:"贤弟,与劣兄掠阵,我正杀的得意之间,等我拿了这个山东马,再作道理。"说罢,回身直扑两军阵前而来。早见马成龙在那里手拿着瓦刀,面向正西,在那里等候。

飞刀会总一见,甚是有气,用截把刀一指,说:"小子,你不可这样无礼。你就是那临敌无惧、勇冠三军的马成龙吗?"大英雄答应说:"我正是马成龙。你就是飞刀会总吗?我来拿你!"说罢,二人交手。侯起龙本来武艺超群,抢刀就砍,马成龙急架相还。二人在战场之上正杀的高兴,只听白老将军在队内连声说:"好!你等快给擂鼓助阵!"鼓吏擂动花腔鼓,在那里助威。山东马正在得意之时,又见贼人把手一扬,一飞刀直奔成龙咽喉而来。山东马大嚷一声,说:"好家伙!"那飞刀落在就地;又是第二口刀,照着前胸刺来,山东马又一嚷,那刀又坠落于地;三口刀飞来,照着腿剁来,成龙也就闪开了。

　　书中先说飞刀会总候起龙的飞刀,百发百中,为什么他又被马成龙闪开?能征惯战的英雄尚不能赢贼,马成龙又不会蹿高跳远,就是力气大,这是怎么一回事呢?其中有个缘故,要是山东马他头一个出来动手,他也得死在侯起龙之手。今天他在钦差大人的马后那里看了半天,他见飞刀会总那飞刀出来,一把在上路的头上、面门、咽喉;再不然,就是前胸、肚腹下;三路就是在腿上。他自己早已说:"我使的是一把瓦刀,长有三尺二寸,刀头宽有六寸,长九寸,他的飞刀一来,照着我之面门一来,我用瓦刀一迎,那时我就挡过去了;他的飞刀照着肚腹一来,我把瓦刀望下一沉,寻时就把他飞刀挡开了;往下腿上来,我一蹿就闪开了。"因此他出来在这里动起手来,头一飞刀,用瓦刀在面门上一迎,就闪开了;第二刀也照样闪开;第三飞刀也就把腿往上一蹿,闪开了。

　　此时飞刀会总侯起龙心中甚是着急,无奈又与山东马动手。二人大战多时,不分高低上下、胜败输赢。飞刀会总甚是着急,又用飞刀往着山东马腰中一扔,只听"喀嚓"一声,正中腰上,山东马成龙就翻身栽倒在地,侯起龙心中甚喜,在那边站着,洋洋得意,说:"小辈,你今天往哪里去,我来杀你这无礼的匹夫!"说罢,往前一蹿,方要抢刀砍马成龙,只听身背后有人说:"飞刀会总侯大哥,你别杀他,让我结果他的性命就是了。"飞也似来了一位神机会总,要救成龙的性命。不知来到此人是谁,且听下回分解。

第二十九回

张广太醉入勾栏院　韩红玉俊目识英雄

诗曰：

> 体自风流态自娇，桃花如面柳如腰。
>
> 看来何处曾相识？家住扬州廿四桥。
>
> 花气芬芳月色胧，销魂时见醉颜红。
>
> 平生多少伤心事，都付琵琶一曲中。

话说从贼队中出来一人，内有一段隐情。顺天府东路厅武清县河西务，有一人，姓张，名德玉，作粮行生意，熟读外科，乐善治病。先次娶妻赵氏，生下一子，名叫张广聚。赵氏故去，继娶姚氏，为人贤惠，知三从，晓四德，明七贞，懂九烈①，多读圣贤书，广览《列女传》。自进门以来，操持中馈②，家业日兴。继至连生二子，次名广财，三名广太。

这一日，张德玉从外面带了一个相面的来到家中，给他那三个孩儿相面。相士姓刘，外号人称刘铁嘴，善观气色，能晓吉凶。进得门来，先给张广聚看相，刘先生说道："你可别恼。我看相是直言无隐。"德玉说道："先生有话，请讲无妨。"刘铁嘴说："观此人二目犯相，骨肉无情，多存厚道才好。二令郎广财平常，相貌无奇。所可敬者三世兄广太，五官出众，貌品貌超群。久以后必要官居极品，位列三台③，显达云程，定非池中之物。"德玉说："先生过奖，幼子痴愚，多蒙先生抬爱！"送上相金，刘先生辞别而去。

---

① 三从、四德、七贞、九烈——中国古代歧视和压迫妇女的封建礼教。三从："未嫁从父，既嫁从夫，夫死从子。"四德："妇德（品德）、妇言（辞令）、妇容（仪态）、妇功（手艺）"。七贞九烈是泛指妇女的刚强贞烈。

② 中馈——指妇女在家主持饮食等事。

③ 三台——汉代对尚书、御史、谒者的总称。尚书为中台，御史为宪台，谒者为外台，合称三台。后亦称三公。

这一年,广太十三,正在学中读书。家人来报:"老东人病体沉重,请三爷急速归家!"广太一闻此言,心中甚惊,赶紧来至家中,到床前一看,只见众人俱在此处环立。他父亲言道:"我平生在河西务开了广聚粮店一个,是你兄广聚照料;家有良田数顷,是你二哥广才照应;他二人俱已成家,你两个嫂嫂俱皆贤淑。唯有你年幼,尚未授室。我死之后,好好读书,以图上进,纵在九泉之下,我也瞑目。"说罢,气绝身亡。众人放声大哭,广太悲痛过甚,哀哀欲绝。大家开吊①办理丧事,诸事已毕。

广太自他父亲死后,不好读书,唯好琵琶丝弦,专务外务,不学上进。孝服已满,在外面时常走局,呼朋引类,把兄弟拜了哥儿三个:大爷李贵,是本街上一个斗行的经纪;二爷邹忠,是武清县的壮头。二人家中俱皆小康,与广太三人结为异姓弟兄。广太年至十六,有一个嫖友,姓康,名成,排行在九,乃是风月场中第一能手。这一日,同广太在一处走局,散后相约吃饭,二人意气相投,喝得十分高兴,谈来谈去。康成说:"贤弟,愚兄要请杯茶,你可肯去?"广太说:"到哪里去?"康成说:"离此不远,有一个下处四美堂,新来了下车的,名叫赛雅仙,又叫白牡丹,闻听生得十分美貌。你我不免前去打个茶围,前去看看,不知尊意如何?"张三爷本来是喝了有几盅酒,有点醉了,随跟康爷,二人一同至北后街路北,见有一清戟门楼,挂着一个大灯笼,上有三个大字:"四美堂",门上有对子一联,写的是:

> 堂前栽种相思树,池内常开并蒂莲。

二人进门,门房嚷:"瞧客!"三爷不知何事,进二门一看,屏门四扇齐开,院内开放各种时样鲜花,天棚高大,阵阵生凉。上房五间,前出廊,后出夏,窗户上糊着粉红色的芙蓉罗,配着绿纱格子,十分好看。东西厢房,甚是洁净。只见出来一个大的说:"二位老爷这里坐。"广太闻声一看,见那人年有三十以内,头梳马尾纂,焦黄首饰,头发漆黑透亮,身穿半大浅蓝厦布褂,金莲约在四寸,手打帘栊,带笑往里让坐。

二人进屋落座,一看屋内摆设,甚是幽雅:东墙摆着花梨云片,案上有盆景二个、座钟一架,窗下八仙桌一张,摆着文房四宝俱全,配着两把太师椅,铺着竹垫。北墙有藤床一张,垂着芙蓉纱的帐子,竹席凉枕,并有香牛

---

① 开吊——出殡前接待亲友来吊唁。

皮夹被。墙上挂着名人字画,唐伯虎的横批是"汉宫春晓",两边配着泥金对联"艳质芳心宜自警,云容月貌为谁妍",乃是郭尚先所书。瓶内插着夜来香数枝,帐檐垂着两个鲜花花篮。二人观看已毕,老妈端进茶来,说:"康九爷少见呵!这位老爷贵姓?"广太把脸一红,说:"姓张。"康九爷说:"叫他们前来见见。"老妈闻听,高嚷:"见客!"只听外面笑语之声,掀帘进来粉白黛绿数人。怎见得?有赞为证。

> 只闻香风阵阵,行动百媚千娇。巧笔丹青难画描,周身上下堆俏。　身穿蓝衫可体,金钗轻拢鬓梢。垂金小扇手中摇,粉面香腮带笑。

进来说:"九爷来了!这位大爷贵姓?"广太把脸微红,说:"姓张。"众美齐说:"大爷照应点!"见罢,俱皆出去。

随后内老板进来,与康成说话,说:"九爷来了!有茶啦?"广太一瞧,这个内老板年有三十以外,甚是齐整。怎见得?有诗为证:

> 云鬓半偏飞凤翅,耳环双坠宝珠排。
>
> 明粉未施犹自美,风流还带少年材。

说:"九爷,这位贵姓?"广太说:"姓张。"康成又言:"这就是广聚粮店的三少东张三爷。"内老板说:"那阵风把你刮来了?老没有我们这里来过呀。"康九爷说:"我们听人说,你新近接了一个人来,叫赛雅仙白牡丹,叫出来我们看看。"内老板说:"嘻!九爷,你再别提啦,要提起接的这个人来,话可就长了。我这几年存了点银子,到了一趟天津,打算要买几个人。我由沧州官媒人手里买的这个赛雅仙到家,一共用了三百多两银子。此人年方一十八岁,头脑脚梢足够十分人才。自到我家,琵琶弦子、时兴小曲,她不但不学,她还有气。我要打她,她一纵身出去,就上了房子。我还得与她说好话,她才下来。天天头也不梳,脚也不裹,终日间悲悲惨惨,把两只眼都哭肿了。在后面她穿着两件旧衣裳。她还会写字呢,写了好些对子。你们二位不必见他,瞧见就够了。"九爷说:"无防,带着我们三爷去到后边去瞧瞧去。"内老板说:"三爷走。"广太倒不好意思去,让之再三,方才前去。

内老板头前带路,三爷在后相随。出离上房,往东一拐,往北有一朱门,门上有副对联,上写的是:

秀于外慧于内,惟大英雄能本色。

竹曰青菊曰淡,遇真名士自风流。

入门只见后院北房三间,东西各有两间厢房。内老板把上房帘子打起来,说:"三爷请!"广太迈步进得屋来,一明两暗,外间屋里有挑山一个《海棠春睡图》。两边挂着一副对联,上写的是:

室贮金钗十二,门迎朱履三千。

北墙有八仙桌一张,上面有文房四宝,一边一把椅子。内老板说:"三爷请坐。"他把西屋里的帘子一打,说:"姑娘出来,三爷来了。"连叫三声,并不答言。原来韩红玉是午梦方浓,睡着未醒。

且说这个女子,原来是沧州北关人氏,其父名叫大刀韩成公。他有两个哥哥,一名金睛太岁韩龙,一名蓝面天王韩虎。他父亲在家中结交了一个朋友,是渤海东沽人氏,此人姓杨,名大雄,在南皮县劫过黄杠,在韩成公家中避难,被在官人役拿住,连累韩成公。他儿子没在家,家中被抄,韩成公身受国法,姑娘归官卖。姑娘自幼从父学习一身本领,自己要走也就走了,无奈又无投奔,又是一个女子,暂在勾栏院栖身避难,等候哥哥。自己又有能耐护身,也不怕鸨儿①相逼。这一日早饭后,心中烦闷,一想自己红颜薄命,不知终身如何,自己闷闷不乐,因睡已熟,梦见一只白虎扑自己而来。正在无处藏躲,只听鸨儿呼唤,战战兢兢的,香汗直流。下得床来,至外间堂屋,一见广太。不知后事如何,且听下回分解。

_____

①　鸨(bǎo)儿——旧社会开妓院的女人,也叫老鸨。

第 三 十 回

狠心贼绝断手足情　贤良妇放走张广太

诗曰：

　　昨朝鹊噪报芳辰，喜与多情结比邻。

　　岂料三生石①早定，无缘今作有缘人。

　　兰汤浴罢试新妆，粉黛施来体自香。

　　最是销魂独立际，梧桐花下纳微凉。

　　话说韩红玉出来，内老板说："姑娘，今天为何这么高兴？向日叫你见客，永远不肯出来，这是张三爷，你过来见见。"红玉一见广太：年在十六七岁，面色微白，双眉带秀，二目有神，准头丰满，齿白唇红，身穿一件白芙蓉纱衫，雪青官纱裤子，漂白袜子，银灰福履；手拿冬青翎扇，手戴翡翠扳指；纽扣上挂着十八子香串，时放奇香。韩红玉一见此人，面带秀气，五官端正，必非俗等之辈，心中早有爱慕。广太一见红玉：年在十八九岁，窈窕身材，眉似青山，目似秋水，杏脸桃腮，品如金玉，气若芝兰，懒梳妆精神少减；身穿一件半旧品月纱女衫，藕色洋绉中衣，金莲二寸有余，端端正正，齐齐整整，犹似曹子建《洛神赋》所云：

　　肩若削成，腰若约束。绫袜生辉，丹波微步。

　　广太一见，早已魂销。二人四目，注定相看。正是：

　　瘦影正当春水照，卿须怜我我怜卿。

鸨儿一见，心中甚喜，看他二人彼此都有爱慕之心，回头说："李妈倒茶来。"内老板向广太说："三爷，你这里坐着，我到外边看看康九爷去。"李妈说："三爷，里间屋内吃茶。"

　　广太到里屋落座，向韩红玉说："你就是赛雅仙吗？"那女子把脸一红，口吐碎玉，慢启朱唇，说："君子不可如此相称，此乃院中之人误我，非叫赛雅仙也。尊驾贵姓张吗？"广太说："正是。""尊驾家中都有什么人？

───────────

　　①　三生石——代指前因宿缘。三生：佛家语，指前生、今生、来生。

青春几何?"广太说:"今年十六岁,家中老母兄嫂。"韩红玉说:"有几位令郎?"广太说:"尚未有妻室。"红玉"嘻"了一声,说:"我本遇难之人,看足下是并非久在烟花游逛之人。足下作何生理?"广太说:"读书。"红玉说:"我看尊驾不满二十,要望此处常来,耽误正事,理应该进步功名,以图上进之道。"又把自己所遭之事细说一遍,"君能救我出此火坑,我感恩不尽。看你也是至诚君子,别人我也不能说此肺腑。看足下今天前来,也有爱慕之心。君既有心怜香惜玉,妾岂无意铺被叠床。尊驾用三四百金将我赎身出去,你我作为地久天长之夫妇。并非我不顾廉耻,也是被事所逼,不得不如是耳。"广太说:"据你所说之事,我都愿意,无奈我不能专主,我今天回去到家,打算一个主意,明天你听我的信。"

二人说够多时,广太遂拿出三四个钱给李妈,说:"我前头院里去瞧瞧我九哥。"李妈说:"康九爷自三爷进来,有他们家中人找了去,留下话说,如要是三爷问,叫您老人家在此等候。"张广太也不愿意走,无可奈何说:"也罢,我今暂坐。"又与韩红玉说了一些闲话,天色已晚,无奈要回归。内老板说:"三爷还赏钱作什么? 今天住在这里吧。"三爷说:"我回去,明天再来。"

自今天回到家中,先到老太太那屋里坐,坐在那里发愁,也说不出什么话来。他母亲可就说:"你这孩子,我瞧见你,我就又是疼你,又是恨你。自你父亲一死之后,你也不读书了,任性在外边,终日习学这些玩艺儿,那琵琶丝弦还能养得了家? 也不过是耗财卖脸,游手好闲。你大哥他在铺内管理,也能养得了家;你二哥他也照料家务,也能过日子。就是你也该成家了,久以后我百年之后,你大哥那个人绝不能与你等在一处同居。你把这祖父的遗业花完了,你有什么能力养家?"广太听到这里,说:"母亲,孩儿有一事,与您老人家商议。孩儿听说烟花院近来有一美女,乃是沧州人氏,遇难在勾栏院中,无人将他救出来。母亲要将那人给我买出来,孩儿也就能务本分读书。"老太太说:"我与你哥哥说说,再作道理。"广太也就不言语了。

少时,他哥哥进得房来,三爷就出去了,在窗外偷听他母亲说些什么。只听他母亲先就说:"广聚,你三兄弟你也不管他,新近大概他在那烟花柳巷常去走走。今天他说有一个妓女,要叫老身给他买出来,我问问你,这一件事该当如何?"大爷广聚一听,说:"您老人家不可听他这孩子一片之言,他小小的年岁就要逛烟花柳巷。这就依着他,给他往家中买人?我是他的长兄,我得管管他才是。等着晚响,我责打他一顿,也叫他知道别这样无礼胡为!"

三爷在外面一听,说:"好!先跑到外边天德泰银钱店,去借银子去。"自己出门到钱铺内,说:"借给我四五百银子。"王掌柜的从那边过来说:"三爷,有什么事?"广太说:"没事。"王掌柜常与粮店交买卖,今天一瞧三爷,就知道有事,又不好不借,又不好都借给他,说:"三爷,你先拿这一百银子去,少时我去粮食局子里去取来,给你送了家去。"三爷说:"不用送了,少时我来取就是。"拿着那一百两银子,在朋友家中住了一夜。

次日,出门在饭馆中吃得早饭,又至勾栏院而来。方一进门,李妈说:"三爷来了?里边坐吧。我们赛雅仙姑奶奶,今天早晨起来,就念叨您老人家。来吧,后边屋内坐着吧。"大家也过来让:"三爷来啦,里边坐着吧。我们赛雅仙姑奶奶正在方才要叫人去请您老人家去哪。"

广太不久在烟花认识韩红玉,真有这话?此乃是行院中之人常说的拢人之语,他如何懂得。连忙至后院中一瞧,韩红玉还未上妆。三爷进得屋内,说:"你吃过饭了没有?"红玉正在那里思想昨日所遇之事,想了一夜,今天心中正盼想之际,见三爷进来说话,心内甚喜,说:"你来了?我不吃什么饭,心中急闷。"三爷说:"你别着急,我实与你说了吧,家中不由我做主,该当如何?此时我来瞧瞧你。"韩红玉说:"好多时你才能做主?"那三爷说:"大概也得五六年,我就可与他们分家之时。"红玉说:"我等你十年,成不成?"三爷说:"不必十年,怕你不能口随心愿。"红玉说:"你我对天发誓:'谁要负心,天神共怒,不得好死!'"二人对天发誓。广太在这里住了一天,给了李妈十两银子,给红玉留下二十两银子,叫他零花。韩红玉说:"你不可在这里住,早早回去,你常来瞧瞧我就是了。"

自此,三爷常来,也不敢回家,在外边朋友家住着。所借的银子也花完了,再去借,王掌柜的说:"三爷,你大哥有话,别人借银子不许给他。"广太也不敢言语了,自己出离了钱铺,还时常上红玉那里去。在外两个月有余,眼前就是八月节,钱也没了,也不能在朋友家中住着,也不能回家去。再者,外边所有的饭铺儿也都止了账,一概不赊。自己无奈,在外边一座三官庙里暂住一两天。

这一日,正是中秋节,家家庆赏中秋,桂月明灯。自己从早晨也没有吃饭，这两天也没去瞧瞧韩红玉，心中十分不好过，心如刀剜肺腑、剑刺心肝。自己一想："人家都是团圆月，想我张广太也不能归家，也不能与红玉相见，孤孤单单，冷冷清清，不知终身该当如何？"越想越烦，真是事不遂心怨恨多，不由己落下几点英雄泪来。只见皓月当空，碧天如洗。又听见家家吃酒欢喜之声，不由自己一声长叹。正是：

　　　　不如意事常八九，可与人言无二三。

低头一看，自己的衣服还是纱的，夜晚又凉，自己暗自伤心，无奈出离了这座三官庙。庙中道人说："三爷别走，咱们喝两盅吧。"广太说："我有事。"遂出离了庙门，慢慢的往前行，不知不觉的来到自己门首。

　　只听那边说："三弟，你往哪里去了？我这两个多月各处找你，并不知下落。节前你赊了有七八百吊钱的账，大哥找着你，要送你。我还各处找你，给你送这个信儿，账也都还了。今天早晨，老太太连饭也没吃，大家劝着，方才用了几盅酒，你快来吧。你瞧你，还穿着这个纱衣裳哪。"连忙把自己的夹马褂儿脱下来给他穿上。到了里院，他大哥没在家，在铺内照料。先见过老太太，他母亲说了他几句，也不敢多说，又怕他饿。瞧他那个样子，连忙把衣服给他拿出来，叫他换上，又叫他吃饭。他与他二哥喝了几盅闷酒，就醉了，晃晃悠悠，在他大嫂子屋内坐着，伏在桌上，坐在那里就睡着了。

　　只见他大哥喝了一个半醉，自外边回来，进屋说："原来广太回来了。"连说三声，见三爷不言语，知道是睡着了。又闻酒气熏人，问自己之妻，大奶奶说："三兄弟今晚半天回来的，跟二爷喝酒来，大概是醉了。他进屋里来也没言语，就坐在那椅子上，伏着桌子，睡着了。"大恶贼张广聚一听，心中说："好！待我结果他的性命，以除后患。"正是：

　　　　金风①未动蝉先觉，暗算无常死不知。

不知张广太的性命如何，且听下回分解。

---

　　①　金风——指秋风。古代以阴阳五行解释季节演变，秋属金，故名。

第三十一回
张广太天津受困　回教正河边救人

诗曰：

> 人生只为名利忙，事业百年梦一场。
>
> 大数①到来难消让，何必劳碌逞刚强。

话说张广聚说："小三喝醉了甚好。你把口袋拿出一条来，我把他装在里头，趁着醉了，将他埋了就完啦，也不必叫别人知道，以除后患。"他妻周氏说："那如何办的？要叫老太太知道，怕不好。"张广聚说："老太太问时，你我就说他偷了咱们的东西，他跑了。"说着，自己开了柜，拿了一条口袋，先把广太装在里头，在床上一放，他说："我去找人刨一个深坑，贤妻你瞧着他。"说罢，匆匆而去。

周氏娘子是一个善良之人，又不肯真依着男人把他害了；自己胆子又小，也不敢去告诉老太太知道，自己进退两难。正在无可如何之际，听见院中二弟妇梁氏说："嫂嫂还没睡觉哪？我哥哥没有回来吗？"周氏说："没有回来，你进来吧。"梁氏进得房来，见床上有一条口袋，装着一个人，问："嫂嫂，这是谁呀？为什么装在那里？"周氏就把自己男人要害广太之话都实说了。梁氏说："那可不好！依我之见，咱们也不可告诉母亲，也不可不救他。先把三弟倒出来，唤醒了他再说。"遂将广太拉出来，一摇晃他脑袋，张广太就吐出酒来，明白过来了。自外面进来一个白犬，吃三爷吐的那地下东西。

广太说："二位嫂嫂还未睡觉？"他大嫂子一听，说："三弟，你醒醒，我告诉你。"遂把他大哥所办之事细说一回。三爷勃然大怒，说："嫂嫂，你不必管，我去问问他，是为何这样狠心？"周氏说："你是瞎闹！你要问你哥哥，他焉能饶得了我？"梁氏说："三弟，你不可如此。我有一个主意：我给你十数两银子，你远走一趟，在外面要好，你就多住一年半载再回来；如

---

①　大数——指气运、命运；也指寿限、死期。

要不好,去个一两个月;还须回来呢。"周氏说:"这话倒好。我也给你十数两银,给你几件衣裳,都是你哥哥的。"说罢,梁氏贤人取了银子十二两、镯串一对;大嫂子周氏也给他拿出来衣服银两。三爷磕下头去说:"二位嫂嫂,我张广太但得一步地,再报二位嫂嫂的恩情!"

收拾好了,方才要走,忽然心中一动,说:"且慢!我要是走了,我哥哥要问嫂嫂,你何言答对?"梁氏在一旁说:"我早想到这,你瞧那个白狗吃了你吐的东西,他卧在那里也不动,我可以把它装在口袋里。"周氏说:"甚好!如此,你我二人就照样办就是。"遂把白狗装好,他也不动,又把口袋嘴一捆,然后还搁在原放的那边。广太这才动身,出门去了。二奶奶梁氏也回自己房中去了。

少时,张广聚自外面进来,周氏娘子甚是害怕,也不敢言语,自己在那里坐着,心中直跳。又见他男人一进房来,说:"你先出去,我带铺中两个力奔来,叫他二人把他抬出去就是了。"周氏出了北里屋,到南屋里。少时,只听有人抬出去了,周氏才过来,放了心。张广聚带着人出了后门,在村外一里之遥,是他自己家中之地,早已把坑刨好了,就把口袋一扔,叫两个力奔埋好了,说:"你二人回去,明天每人给你一两银子酒钱,不准往外说。"那两个人去了。

张广聚方才要走,只听树林一声嚷说:"张广聚,你敢私埋人口!我在这瞧了半天,你望哪里走?咱们是一场官司!"大恶贼一听,细瞧,认得他是地面上官人,名叫张三,连忙说:"三弟,咱是这样街坊,我也不瞒你,这是我们三兄弟。他不受管束,在外面无所不为,我奉母命,把他灌醉了埋了。你别嚷,我明日给你十两银子,你买双鞋穿,等着明天上铺中去取。"张三说:"既然如此,咱们明天见就是。"二人分手。第二天,地面官人到铺中要了十两银子,大家还不知为何故。

老太太清早起来,找张广太,不知哪里去了。问张广聚,说:"他偷了我好些个东西,你等快去派人找他!"人家闹了好几天,也没下落。老太太好几天没有吃饭,他两个儿媳周氏、梁氏也不敢说。

且说张广太那一日从家中出来,心如刀绞,站在村东,自己想主意。有心要入都,一想到那里举目无亲,不如上天津去游游,到那里想个道路。遂往家磕了一个头,说:"生身的老母,儿这一去,您老人家不必惦念我。此去不居官不回来,不发财不回来!"自己贪心过重,往下行走,到了蔡村,换了二两银,吃了点饭,雇了一头驴,也就往下行走。

头一天住在半路店中,第二日是八月十七日。秋气阵阵生凉,万物结实,好一派的景致! 大路之上,来往行路之人甚多。天有午初之时,到了天津,住在锅店街大客店内,占了一间独间,要净水、吃茶,要了几样菜,喝了两壶酒,自己甚烦,头一天也没有出去。

到了次日,到了三岔河口看一看,往各处热闹之所去瞧瞧,一连游了十数天。到了九月天气,所带的银子已用完了,无奈典当两件衣服,又用了两天,钱也完啦。自己也不敢在大店内住了,又把几张当票也卖了,在西门外小店里一住,也不敢回家。

次日一起身,天又下了一场霜,身上穿着一身单绸子衣服,冷气透骨,自己无奈进了西城门,一直往东,出了东门,走到了娘娘宫。那里有好几个生意场,也有好些个相面卖药的不少。广太在家中练着玩,练过一路大红拳,"不如我今天在这里卖艺,也是一个主意。"在当中一站,瞧了瞧天,他又不会说生意话,就练起来啦。众人围了不少,也不知是个做什么的。无奈自己练完了,在那里一站,也不言语,众人全都散去。

只有旁边一个老头儿说:"小小的年岁,还练得不错。"广太一瞧,那个老头儿身穿青洋绉大夹袄,虾米青色摹本马褂,青缎子皂鞋,白袜子;年有六十多岁,赤红脸,花白的胡子,手中拿着有四串钱,笑嘻嘻的说:"练得好! 我看你也不像久惯卖艺之人。"三爷说:"我本不会卖艺,不过是被穷所逼,无可如何。"只见那个老翁把手中之钱散给众贫人。张三爷才知是舍钱的,有心过去,见人家已然把钱放完了。自己跟着那个老头儿往北走了有一里之遥,张广太脸上一红,说:"老爷子,你赏给我几百钱,我吃一顿饭吧。"那个老头说:"你姓什么?"广太说:"我姓张,名广太,乃武清县河西务人氏。因来此访友不遇,故困在此处啦。"那老翁说:"你这个样子,定非是来此处找人,大概必是逃学。小小的年岁,就这样不务本分,我有钱也不给你,我还周济那年迈之人哪!"羞得那广太不敢言语了。

广太白天也没有吃饭,直到夜晚,皓月当空,来到三岔河口,只见一湾绿水望东流,自己身上无衣,肚内无食,越想越难受,无奈如何。自己一想"死了,死了,一死就了。莫若一死,也就完了!"正思想之际,一阵金风透骨凉,自己说:"苍天! 苍天! 我今一死,大概不能与老母相见了。"自己嚷道:"苍天哪,苍天! 我张广太今天一死,不知我这一点灵魂归于何处?"说罢,方要往河内跳。只听后面有人说:"且慢跳河！我来也!"

　　三爷回头一看,只见来了一人,年约二十多岁,黄麻脸;身穿青布小夹袄,青夹裤,外罩着青泥夹坎肩,腰中青洋绉褡包,紫花布袜子,青布皂鞋;剑眉圆眼,一脸的横肉,望着张广太说:"你是哪里的? 为何寻此短见?你说说我听。"三爷又把自己之事细说一遍。那人说:"你真想不开。我给你找一个事吧,不知你尊意如何?"三爷说:"什么事?"那人说:"扛小口袋,你成不成?"三爷说:"扛口袋我虽然力气小,还须少要钱哪。"那人说:"小口袋,用不了什么力气。来吧,你跟我走吧。"三爷随在背后,往前行走,大约有二三里地,来到一所院落。三爷用眼一看,焉想倒惹出一场是非。不知后事如何,且听下回分解。

第三十二回

哈大人升任上海道　张广太杀贼沧州城

诗曰：

　　平生无大志，愿得一窖金。

　　周围三十里，浅处半人深。

好财居士著

　　话说那个人带着张广太来到西头路北，有一院落，周围是篱笆，里面搁着好些个板子，不知作什么用的。上房三间，窗户上微露灯光，不知有何等之人。只听那个人说："你来，跟我走。"方一进院子，他叫："四哥，还没睡哪？我今天给你抓了一个'盘儿尖'来了。"里面有人答话说："你别玩笑来，我还有心弄那些个事。"那人把三爷领到屋内，见里边是西边两间明着，西墙上有一个大木床，旁边放着被褥。北墙有张八仙桌儿，上放着文房四宝，有几本账，搁着好些个船上用的家具。床上坐着一个人，年有四十多岁，身穿玉色绸子夹裤夹袄，黄面脸，微有点黄胡子，白袜子皂鞋，说："七兄弟，就是一个吗？"

　　"盘儿尖"，列位，我要是不说明白了，也不是话。什么叫做"盘儿尖"哪？这是江湖的黑话。"盘儿尖"，那就是模样儿长得好。闲话休提。那个人说："张广太，你过来见见，这是我们四爷。"张广太过来施礼，那个一瞧，说："把他留下吧。那里有一千钱，七弟，你拿了去吧。"带了广太来的那个人说："是了。"从那边床上拿了一串钱就走了。

　　只听那个人问了广太一回，又说："你吃了饭啦没有？"三爷说："吃了。"那个人说："我姓李，行四。明天我这里有几个伙计，你可不许开他们玩笑。上床放下被窝，咱们爷两个睡觉吧。"说着，笑嘻嘻的用手来拉广太。张三爷一瞧，就知道他们不是好人，说："你这不要脸的匹夫，休要无礼！我张广太乃是奇男子大丈夫！"说着，拿起那边船板儿来，照着那李四就是一木板，回头往外就跑。李四说："这个东西，敢打我！我要不结果你的命，你也不认得我是谁！"说罢，往外就追。

三爷在前头跑，又跑至河边，自己说："莫若跳河一死，也就完了。"越想越难受，说："我就在此处跳了河吧！"说着，自己想："我张广太好命苦也，不想今朝死于此地！"方要往下跳，后边有一个人说："你这个想不开之人，死了就活不成了！"过来抓住，把广太夹在肋下，往前就走；用手堵住张三爷的口，也不叫他说话。来到一个店的门首，进去到屋内，把他放下，说："你不必害怕，我是救你。"

三爷这才一瞧，是白天施舍钱的那个老翁，坐在那里说："你小小的年岁，能有这一段志气，我收你做个徒弟。你别想不开，你大概是没有吃饭，叫跑堂的要菜。"三爷说："吃了。您老人家贵姓大名？"那老翁说："我是卫辉府回回峪的人，清真教中，我姓回，名教正。收你作个徒弟，传你点艺业，你知道了？"三爷连忙叩头认师傅，起来用了些饭。自此，在这后院跟着师傅练艺。冬天有棉衣服，夏天有单衣裳。一连三载有余，练会了几种拳、十八滚、十八翻、短把刀、避血块，一身的武艺。

这一日，算还店饭钱，他师傅说："广太，我给你短把刀一口、避血块一只，是你们师兄弟都是使这个兵器。我先收了十一个徒弟，是我们清真教的。那十个是：刘、李、洪、高、马、黑、白、张、赵、沙，第十一个是北京人马梦太，都是你师兄，见面认兵刃为记。此时已到四月天气，我将单衣服给你治齐，跟我走吧。"

广太带着夜行衣、小包裹，同他师傅出离客店，顺着河北大街，一直往南。人多一乱，再找他师傅，就不见了。自己来至浮桥，手中又无一文钱，自己思前想后："虽然同师傅学艺三年之久，衣履虽齐，手中有百数钱，如何得能回家？师傅就是要分手，又不说明白了，此时倒叫我进退两难。"自己想罢，顺着河沿往西走，路北有个福来轩茶园，里面甚是热闹。自己口干舌燥，进得茶园，落座喝茶。

同桌有一瞽目之人①，放着一个弦子，也在那里吃茶。少时来了一人，说："先生，大人传你上去啦，你要好好的伺候！听见说大津卫的子弟书，就是你的好，你上去要唱的时候，须要留神。这位大人是京城里的旗官，新放下上海道，最喜欢八角鼓儿。你要是唱好了，大人一爱听，就把你带到任上去了。"广太一听，他素日所好的是八角鼓儿、琵琶丝弦、马头

————————

① 瞽(gǔ)目之人——盲人。

调，会完了茶钱，跟着瞽目先生身后，出离茶园。

站在门首往下河一看，见河内有几只大太平船，上插黄旗，写的是"钦命上海道哈"。见那个瞽者上得船去，弹起丝弦，唱的是《得钞傲妻》，错唱了一韵，广太不觉失声叫了一个倒好儿？少时，过来两个公差说："朋友，方才可是你叫倒好儿？"广太说："不错，是我。"那个公差就拿出锁链把他给锁上了，说："方才大人问下来了，你快跟我走吧。"说着，拉着就上船去。

一见道台，双膝跪倒，望上叩头。旁有监院那大人与天津道托大人在座。哈爷言道说："叫你们把叫倒好的给我带来，谁叫你们锁了来？快把锁链撤去！"广太叩头起来，站在一旁一瞧，哈大人头戴雨缨纬帽，二品顶戴花翎，身穿古铜色二则龙缺襟单袍，天青缎子马褂，足蹬粉底缎靴，露着满身活计。哈大人乃是行装打扮。

哈爷一瞧广太：身高八尺，年有十八九岁，穿着蓝洋绉大褂，白袜云履，五官甚是不俗。哈公问道说："你姓什么？方才叫倒好的可是你么？"广太回言说道："我姓张，名叫广太，是河西务的人。在家中读书，来此访友。适才在岸上听见船上弹唱，不知大人在此，不觉失声叫倒好儿，惊动大人，实是小民冒犯虎威，求大人宽恕。"哈爷说："不要紧，大概你必是懂得这子弟书，要不然你不能叫倒好儿？"广太说："是小民习学过几天，不敢说会，略知一二。"哈爷说："你不必太谦，你消遣一段。"又叫道："阿喜，把咱们城里头带来的茶叶，给先生泡点茶。"广太在旁边落座，拿起那弦子，定准丝弦，唱了一段《黛玉悲秋》子弟书。哈公连声说好。

只见那边有一个管家哈喜说："张爷，你跟我来。"广太同他到别的船上落座，又向三爷说："方才我们大人听见阁下清音高唱，甚是爱惜，有心要把你带同上任，不知尊意如何？大人闷来之时，也不能拿你当生意待，你消遣几句，不知尊驾怎样？"三爷说："甚好。无奈我自家来此找人，也不知在这里遇见大人。我家倒没人管，也不用带信，就是我也得有铺盖才好。"哈喜说："那是小事，我先回明了大人去。"少时，又拿出一百两银子，叫哈喜带着三爷，去买办行囊物件。三爷一概俱皆买好，到了船上。众位拜会大人，都回衙去了。三爷上去，谢了哈大人。哈爷说："你下去歇歇去吧。"三爷上那边船去了，一夜无话。

次日天明，开船起身，用完了早饭，大人叫张三爷上去唱了几个岔曲儿,方归自己船上。这一日天晚,到沧州河口,方一住船,三爷就在船头之上,只听南边岸上有两个人,口中说:"合字钓瓢儿招路,把啊龙宫道,漂遥儿赤字,居米子垓,瞳脑儿塞拈青字,浑天汪攒架漂遥儿,摘赤字的瓢儿肘,居米急付流儿撒活。"三爷一闻此言,说声"不好"。不知后事如何,且听下回分解。

第三十三回

小豪杰卖身葬母　　大英雄访弟卖刀

诗曰：

> 三尺清泉万卷书，上天生我既何如。
>
> 不能定国安天下，愧死男儿大丈夫。

话说三爷一听那边两个人说这个江湖黑话，别人不懂，三爷一听，就知道了。他说的"合字"，是他们自己人；"并肩字"，是自己哥们；"招路"，是眼；"把啊"，是瞧瞧；"龙宫道"，是河；"赤字的漂遥儿"，是官船；"浑天汪攒"，是夜里三更天；"瞳脑儿塞拈青字"，是他们的头儿前来明抢；"急付流儿撒活"，是跑了。张三爷想："了不得了！大概必是贼人看见我们大人的官船载的甚重，也有此一说，前来必是要生财。我何不趁此施展施我的本领，如要是能胜贼人，我必要大显名头；要是不能赢贼，我也自有主意，自此永不说会把势。"想罢，回到船内，管船之人预备着晚酒饭，三爷甚是烦闷，无奈喝了几盅酒，大家安歇。三爷换好了衣服，自己在船上闷坐，等候贼人前来。唬的船上的伙计也不敢言语，也不敢睡觉，无可如何，在那里坐着，暗中观瞧。

天有三鼓时分，只见西边来了一只小船儿，头里挂着一个红灯笼，里面坐着有二十多个人。为首的当中那个，蓝面透青，年有三十多岁，手抱金背刀，甚是威风。旁边那些个小毛贼，就不足论了。只见有一个贼人说："我先去那边探探路，然后再说。"蹿出一个人来，直扑大人那只船去了。广太也就先从船后出来，往大人的船上，照着贼人就是一避血块。只听"噗咚"一声，贼人翻身栽倒在船板之上。广太过去就是一刀，也就把他杀了。众贼齐声呐喊，又过来一个，也被广太擒住杀了。为首的出来，手执金背刀，说："好个小辈，敢这样无礼，我来拿你！"一个箭步蹿出来，直奔大人的这个船上而来。三爷抡刀就剁，二人杀在一处。战了有一个多时辰，广太一避血块，把贼人打倒，说："小子，你是自来送死了！"抡刀把为首之贼杀死了。那边的那些个贼一见，齐说："不好！遇见了英雄了。"问广太姓什么,三爷说:"弓长万,汪点。"那边的贼人就知是姓张,行三了,说:"你把死人的尸身给我们吧,多则一年,少则半载,必有人去找你去! 今天算我们输了。"三爷把他们的死尸也就给他扔过去了。此时无奈,众贼人撤回船,散去了。

三爷回到自己船内,一见那边本船上伙计站在那里,还未睡觉,见三爷进来,说:"好的! 我的老爷子,真有你的! 把他们那些个贼人都追跑了。"三爷说:"明天如有人问,不准与人说。如要走漏消息,我是要了你们的命!"大家都说:"不敢给您老人家走漏了消息。"说罢,大家安歇睡觉。

次日天明起来,大人是因昨夜晚晌已听见,起来把众人唤到面前,问昨夜之事。大家齐说:"不知。"按花名册一点名,惟不见了广太,叫人把三爷叫来,说:"昨夜晚上是你把贼人杀退的?"三爷说:"不知。"哈公一细看他那里的情形,把哈喜叫过来,附耳说如此如此。

哈喜去不多时,拿了一口刀来,避血玦一把,夜行衣包,放在大人跟前。广太一瞧,都是自己的物件,说:"不好了,他们把我的东西物件给偷了来啦。"大人说:"方才我暗中去叫人把你的物件拿来,你就不必狐疑。你是怎么回事?"张三爷无奈,把自己家中之事又细说了一遍,把在天津学艺与昨夜杀贼之事都说明了。大人说:"你何不早说? 我一家人都算是你救的,何必不露你本来面目。"连忙把少爷那丹珠叫过来,说:"你过去谢谢你三哥!"只见少大爷年约二十以内年岁,白脸膛,长眉大眼,儒儒雅雅,过来给广太请安,说:"三哥,小弟给你请安了。"三爷连忙答礼相还。二人亲热了一回,甚是投缘,三爷与那大爷结为昆仲弟兄了。带着三爷,到那边船上,见见太太,望姨奶奶叩头行礼。老太太赏了四样活计、四样玉器;还有姨奶奶给了几样物件,甚是亲热。

三爷感恩不尽,回到船上,众管家齐以三爷称之。大人甚是爱喜,向广太说:"你跟我去到任上,等我任满之后,我给你大小捐一员武职的功名,好叫你荣耀归家,也对得起你等众村邻。"广太心中甚喜,说:"若能那样,我虽死在九泉之下,也感念大人的好处!"

次日开船,非止一日,到了上海,接了任,派的哈喜总管税务,张广太帮办。到任有半年,大人时常唤广太进里面去,谈谈唱唱。太太、姨奶奶俱皆喜欢他。大人待他甚好,叫那大爷与他练练拳脚、刀枪。广太倒愿意教那丹珠,无奈他不甚爱习练。二人也时常出去,在外边逛逛,如遇见穷苦之人,自己也不露名,常常周济。广太在上海一年有余,人人都知衙门有一个张三爷。

这一日,他二人在十字街,见有一伙人围绕着,不知里边有何缘故。二人分开众人,进去一瞧,见是一个小孩子在那里拍石头要钱。有一个人拿了一块石头,说:"狗儿,你把这一块石头如能拍碎,我给你一百钱。"那个小孩年在十四五岁,身躯不高,细眉大眼,黄脸膛,蛤蟆嘴,油绿脖颈;身穿一身破烂衣服,用手一拍,那石块碎了。三爷甚是感佩,说:"我拿一块石头,如你能拍碎,我必要多给你钱。"那个小孩子翻二目瞧三爷,众人说:"狗儿,该你发财了。你瞧瞧这是上海道衙的张三爷。"那个小孩子用手照着那块小石头上一拍,只听得一声响,石头已碎了。那大爷说:"这个小孩,你别瞧他长的丑陋,甚有力气。来吧,我先叫他跟咱们走吧!"三爷说:"你跟我们走吧。"

带着他到了衙门东小院书房之内,说:"你姓什么?你是哪里的人?"那个小孩儿说:"我姓姜,就是这里的人,名玉,小名儿叫狗儿。家中有老母,我别无一业,就在街上拍这个石头为生。得了钱,养活我的母亲,这是我的实话。"三爷说:"你会什么武艺?"姜玉说:"我会吃、会喝、会拉、会撒、会睡,这五样大能耐。"那大爷说:"给他五千钱,叫他去吧,何必问他。"旁边有一个家人给了他五千钱,那个小孩子也就去了。二人说了会话,吃完了晚饭。

过了十数余天,这一日,有门上人来禀说:"那天的那个小孩子来了,在门上说:'有大事要见三爷。'"广太说:"叫他进来。有什么话,叫他来说。"少时,外面那个小孩子进来,给三爷叩头,说:"我母亲死了,我来求您老人家周济我。我这里有一个字儿。"说着,一伸手在腰内拿出来,递给三爷,一瞧,上写的是自卖自身的字儿:

> 立字人姜玉,年十五岁,因生母病故,一贫如洗,不能安葬,情愿卖身葬母,永远为奴。空口无凭,立字存证。
>
> 康熙　年　月　日
>
> 　　　　　　　　　　　　　　　　姜玉亲笔

张广太看罢,说:"你也不必如此。我给你二十两银子,你暂拿了这字儿去,我也不留它,你拿了去就是了。"姜玉磕了一个头,说:"我走啦。"拿着银子，竟自去了。过了几天，姜玉来找三爷，说："我也没有别的，我在这里伺候您老人家几天，就算是我报答恩公了。"三爷说："别叫我三爷，你叫我三叔就是了。"自此，姜玉就伺候三爷。

过了有一个月之久，这一天，那大爷与广太在一处练拳脚，姜太在一旁瞧着只笑。三爷说："你这孩子笑什么？你说说，我听听。"姜玉说："三叔与那大爷所练的，都是平常的玩艺，赢得了力奔①，赢不了行家。"三爷说："你会练吗？"姜玉说："会练。"练了一趟，拳脚精通。三爷说："你为什么不早说你会把势？你跟何人所学？"姜玉说："我跟的是我舅舅钻云神猴朱天飞所练。"广太说："明天我给你买一口刀。"自此，天天寻访好刀。

这一天清早起来，三爷带着姜玉出离了衙门，来到十字街，见围着不少的人。三爷带姜玉进去一瞧，见里面有一个人：身高九尺，面如白纸，丧门眉，吊客眼，耷拉嘴唇；身穿白绵绸汗褂，青洋绉中衣，薄底快靴；手中拿着一把金背刀，在那里说："卖刀，什么人要买，自管说话。"三爷过去要买这把刀，惹出一场是非来。不知后事如何，且听下回分解。

① 力奔——也写作"力巴"，外行。

第三十四回

粉哪吒俊目识侠义　笑无常故意戏英雄

诗曰：

> 敢将诗酒傲王侯，玉盏金瓯醉不休。
>
> 虽为蓬莱三万里，青云转瞬到瀛州。

话说广太带着姜玉来到十字街一瞧，这个卖刀之人年约三十多岁，站在那里说："哪位买这把刀？"三爷说："朋友，你把那个刀拿来，我瞧瞧。"只听众人齐说："来了财神爷，卖刀的，你说价钱吧。"那个人一瞧三爷这个打扮，说："我这一把刀，有三不卖：不是朋友，我不卖；不是武士英雄，我不卖；再者，在官应役之人，我不卖。我这一把刀，乃是英雄所使，非俗等之辈可比。"张广太说："你不卖就是了，何必多说！你姓什么？"那个人说："弓长万，汪点。"张三爷说："是了，这弓长万，是姓张；汪点，是行三。"张广太也没言语，自己带姜玉回归了衙门。

用完了晚饭，在东院住，是正房三间，东西配房各两间。他住的是上房，与姜玉谈起心来了。张三爷说："我的来历，你也不知道，提起来，铁石人也动心。我是家门不幸，手足不合。因为我在外面胡闹，我长兄理应管我才是，他竟生起狠毒之心，才断手足之情。中秋节晚上，我吃醉了，我兄长要将我活埋了，多蒙嫂嫂把我放走，惠助几两银子。到了天津被困，相遇恩师传授我的艺业，跟大人到此，收你就算是我的亲人一样。这几年我在外边，也不知老母生死如何，事到如今，我倒是一个进退两难之人。"姜玉说："三叔，您老人家谈起心来，勾起我的烦事。想我是自幼儿丧父，老母居孀守，我自己又无至亲，又无有骨肉，谁是我的知疼着热的人？老母一死，我孤苦伶仃一个人，甚是可怜。"三爷广太说："贤侄，你真是天下第一苦人。我也是不甜，离家四载，异乡作客，冷暖年来只自知。要是有了病，哪一个到我床前问问我是轻是重，谁能日夜精心伺候我呢？"大英雄张广太越想越烦，不由己落了几点伤心泪来。

正伤心之际，只听得外边房上有人说："罢了！"正是：

流泪眼观流泪眼，断肠人看断肠人。

"我好惨也！"张广太问："是什么人说话？"外边房上答话说："我在这里等着你就是。"张三爷说："好！"拉刀在手，蹿出房来，在院中一看，只见上面一条黑影。姜玉也跟出来，上房一瞧，也不知那个说话的哪里去了。二人各处寻找多时，复又进得房来落座，并不见动作。天有三更时分，姜玉说："三叔睡觉吧。"三爷说："先别睡，恐怕脑袋睡丢了。"候至四更时分，不见动作，二人方才安歇睡觉。

次日天明，起来得又晚，衙门内的饭早已开过去了，对着姜玉说："你我今天出门把刀带上。"出离了衙门，到了大街路东会芳楼酒饭馆，上海第一个买卖，甚是热闹。二人进去，柜上的说："张三爷来了？楼上喝茶。"张三爷上得楼去落座。上面甚是干净，也没有多少个座儿。

方一落座要酒，听得楼梯一响，蹿上一个人，就是昨天卖刀之人，坐在广太的对过，用脚一蹬板凳，把刀往桌上一拍，说："仇人见面，分外眼红！今天白刀子进去，红刀子出来，才能完事！"张广太也不答言，说："来！给我要菜吧。"跑堂的说："要什么菜？"三爷说："你给我要一个炸八块鸡、碎溜鲤鱼、烧鱼头、清蒸鸭子、红烧翅子就是了。"只听那个人也说："跑堂的，照样儿给我要就是了。"三爷说："给我要两壶白干、两壶玫瑰酒。"少时，跑堂的说："三爷，喝点莲花白酒好不好？"三爷说："好，也给我来两壶。"那边那个卖刀的，叫跑堂的大嚷着说："也给我要一个炸八块鸡、碎溜鲤鱼、烧鱼头、清蒸鸭子、红烧翅子，两壶白干，两壶玫瑰，两壶莲花白酒。快来，如慢了，要了你的命！"

少时，跑堂的给三爷来送菜，被那个人用手一拉，说："先给爷爷摆上，然后再说！"跑堂的也不敢惹他，就给他摆在那里，直害怕，过来见三爷，说："三太爷，您老人家等等，这就来。给您老人家菜，被那位夺去先吃，想是饿了。"三爷说："不要紧。我问问你，那新出河的活鲤鱼有没有？我可不要在盆里放了一两天活的。那个鱼虽然是活的，把腹内的油都没有了，肉就有点不鲜啦。新出河的肉又肥又鲜。他那个腮是胭脂似的，你拿一尾，我瞧瞧。"跑堂的下去，少时拿着有一尺多长的欢蹦乱跳的一尾活鲤鱼来，说："三爷，你瞧好不好？"广太说："好。一半醋溜鱼，一半吃酸炒鱼，越嫩越好。"跑堂的下去，少时杯菜俱来，摆在桌上，三爷喝酒。那边那个人也说："来呀！给我拿一尾新出河的活鲤鱼来，我瞧瞧。"也照着张三爷的话,他说了一遍。跑堂的说:"是了,我去拿去就是。"少时,也给他拿来看看。

三人吃够多时,三爷说:"你把残桌撤去,我要走,你给我写帐就是。"说罢,自己漱漱口,带着姜玉下楼去了。那个人也说:"来人! 给我记上账,我也去了。"堂官说:"我们不认得你,记账不成!"只见他把眼一瞪,把那把刀手中一拿,说:"柜上去写去!""腾腾"的下楼去了。方要走,跑堂的直喊说:"八吊九百整,到柜!"三爷还站在那里与众人说话哪。

只见那个人手中拿着刀,冲着柜上人说:"记上账吧!"大家一瞧,他长的像个死鬼一样,心中有几分害怕。张广太是有心事,昨天在街上遇见他,夜晚衙门里又去在房上,必也是他说话。心中说:"一多半是我那年跟着大人上任之时,在沧州杀了水寇为首之贼,他的余党说过,多则一年,少则半载,必有人来找我报仇。我想冤家宜解不宜结,我今天以恩待他。"想罢,只听柜上人们不让他去,三爷说:"写我的账吧。"那个人还不说一句情理话。柜上的人说道:"张三爷给了钱,你知道不知?"那个人也不言语,望张广太说:"朋友,我在街西口外一里之遥大树之下等你,你要敢去,定是英雄;不敢去,是无名小辈! 我走了。"三爷一听,甚是有气,说:"哪个怕你不成!"

说罢,跟在他背后,到西边无人之处,方说:"你有多大能耐,也敢这样无礼,待我结果你的性命就是。"拉刀动手。姜玉在旁一瞧,那个人本领比三爷强,刀法又纯熟。姜玉瞧了半天,见广太委实不成,要再不过去,怕三爷受伤,连忙说:"三叔,有弟子在此,杀鸡焉能用宰牛刀! 待我拿他就是。"说罢,抡刀替三爷动手。三爷往一旁歇着,见姜玉也是不成。自己无可奈何,方要过去相助,只见那个人说:"张广太,不必过来动手。我是要瞧瞧你二人的本领,并非真心与你等作对。"三爷说:"你贵姓? 是哪里的人?"那个人手执金背刀,大展名姓。不知此人是谁,且听下回分解。

第三十五回

故托病诱奸张广太　感深恩杀死淫春姨

词曰：

绿杨芳草长亭路，年少抛人易去。楼头残梦五更钟，花底离愁三月雨。无情不似多情苦，一寸还成万种缕。天涯地角有穷时，只有相思无尽处。

话说那位英雄说："我是陕西咸阳的人，姓张，名忠，表字大虎，别号人称笑面无常的便是。"三爷说："你我是五百年前一家人。兄长来，跟我到衙门，有什么事再说。"二人言语投机，携手入道衙，去见那大爷，说起方才外面之事。众人重新摆酒，叙旧谈心，甚是和美，留张忠住在衙门。

三爷问："你是为什么来此处？"张忠说："我父母双亡，就是我胞弟张义张二虎。只因去岁间，我二人由家中分手，到如今一年之久，并未会面，我为找我兄弟来此。听说上海道衙有一张广太，为人仗义，结交英雄，我故托卖刀相访，今得遇尊驾，也是三生有幸！"张广太说："兄台如不嫌弃，小弟愿结为昆仲弟兄，不知兄台意下如何？"张忠说："你我今朝相会，也是三生有幸！"遂设香案，结为金兰之好。张忠居长，广太次之，二人情投意合，留张忠在前院住了几天。这日张忠要走，三爷拿出五十两银子，给张大虎作为路费。二人分手，广太送至二三里之遥才分手，洒泪而别。

自此广太在衙中过了二三年之久，哈大人甚是恩待三爷。这一日，上谕下：放下山西提刑按察使司按察使哈红阿急速前往，勿庸来京请训。哈公接了圣上的旨意，把旧任的事交代完毕，然后起程。

在路上非止一日，那一天到山西太谷县公馆之内住宿，第二天要起程，姨奶奶说："大人，妾身得重病，不知何时才能好，大人先走吧。这两天我被车一咕咚，浑身骨头都酥了，心内也不痛快，不知是怎么了。来吧，快叫人给瞧瞧吧，我是不能走的了。"众人早把行囊收拾完了。大人说："叫张广太在这里，等着你好了，押着行李再走吧。我先上任，等你们就是了。"说罢，大人就起身去了。剩下姨奶奶同两个老妈、丫头在里边上房。外边东厢房两间，住的是张广太。自大人吩咐他在这等候，他就在房中瞧书。

天有巳正，只见从外面进来一个老妈，是姨奶奶那里的赵妈，前来说："三爷，你快来吧，姨奶奶在里边叫你去哪。"只见里边又出来一个丫环说："张三爷，姨奶奶叫你进去哪。"广太穿好了衣服，连忙到上房帘子以外，听得里边姨奶奶说："赵妈，你去煎药去，春芳给我捶捶腿。广太，你进来吧，我在这里与你有话说。"

三爷一进上房西里间屋，见北边是张床，挂着帏帐，此床上放着枕头两个。姨奶奶头向北，面向东倒着，身穿衣服甚是齐整。一见三爷进来，他面带笑容，连忙站起身来。广太一瞧，但则见：

头上乌云，巧挽蟠龙纂①，纂心横别白玉簪。簪押云鬓飞彩凤，凤凰袄衬百花衫。衫袖半露描花腕，腕戴钏镯是法蓝。蓝缎宫裙捏百褶，褶下微露小金莲。莲花裤腿鸳鸯袋，袋佩香珠颜色鲜。仙人长就芙蓉面，面似桃花柳眉弯。弯弯柳眉衬杏眼，眼含秋水鼻悬胆。丹朱一点樱桃口，口内银牙糯米含。

姨奶奶笑着向广太说："我自在沧州船上见你一面，时常想念在心。在上海衙署之内，耳目众多，也不能说话。今天我托言有病，特意的与你说话。我那边箱子里有三四千银子，还有一千两金子、十六只箱子衣服。这两个丫头、老妈，都是我的心腹人哪。广太，你想好不好？ 大人年岁已过半百，我今年二十二岁，如何与他相配？ 你我年貌相当，正当如是。古来红拂女与李药师，卓文君与司马相如，皆是一见如故，遂行百年之好。才子应配佳人，方称心怀。我故把你叫进来，你我商议，如何走法，咱们两人共乐于飞，也是天作之合。"说着话，笑嘻嘻地走到了广太的跟前，伸出那十指纤纤的手来，要拉广太的手。三爷往后一退，说："好姨奶奶，不可这样啊！ 幸亏无人听见，这要是有人听见，传到别人的耳中，那时节你我都不好看。您老人家好好的养着病，不可这样无礼胡行。大人待我天高地厚，人非草木，谁能无情？ 无奈这大理是下不去，我张广太断不敢作这逆礼相从之事！"说着话，连忙往后退，躬身施礼，把姨奶奶给说愣了。这春姨一见，是十分的怒气，说："你真是无义又无情，又是金银，又是美妇人，这样的

---

① 蟠(pán)龙纂——妇女梳在头后边的发髻。

便宜你都不应允。也罢，我也知道了，你要不依我，到了衙门，我告诉大人，就说你在半路公馆与我调情。那时节大人必然要怒，我看你该当怎样儿行？就让伶牙俐齿，他也不能信。你仔细想想，是哪样好？还是依了我，也有金银，也得一个少妇，何必你又学君子，落个人财两空！"

三爷一听，也不言语，自己抽身回到房中，越想越烦，要了一壶酒，自己闷闷不乐，想这一回事："大人待我恩典最大，我乃是堂堂正正奇男子，烈烈轰轰大丈夫，我岂能做这样亏心的事？"为人不可这样儿行，我何不自己不辞而别，往他乡走吧。啊呀，不好！要那么一动，那淫妇在大人跟前，他说我调戏他，红粉之言能入英雄之耳，弄假成真，我虽跳在黄河水，也洗不清。若要是我不走，还跟他一同去见了大人，他何等的话儿都许说。"千思万想，无有主意，把一个张广太为难在公馆之中。

正自烦闷，又听见有一个老妈儿来请，他说："三爷，你快快的跟着我进里去吧！姨奶奶生了半天气，还掉下几点眼泪来，方才叫我们拿了点菜，暖了酒，等着三爷进去喝酒哪。叫我来请您老人家。"张广太说："不必多说，我不进去！在我这面前，不要这个样子。你回去告诉他，就说我张广太乃是奇男子大丈夫，断不能做那淫乱、不遵王法之事！"说罢，向老妈说："你快回去，别帮着他不要脸！"老妈说："你爱进去不进去，别望我这样大气！"说着，嘴内嘟嘟囔囔的往里边去了。三爷喝了几盅闷酒，天色已晚，约有掌灯之时，晚饭摆上，也没有吃，自己闷坐无聊，对着一盏孤灯。

正在思前想后之际，只听得外边脚步之声，进来了姨奶奶。春姨浓妆艳抹，打扮得甚是齐整。怎见得？有赞为证：

　　一阵阵香风扑面，一声声燕语莺啼。娇滴滴柳眉杏眼，嫩生生粉
面桃腮。樱桃口内把玉排，粉面桃腮可爱。身穿蓝衫可体，金莲香裙
遮盖。好似嫦娥降瑶台，犹如神仙下界。

来至三爷面前，说："张广太，你别想不开，我今来特意劝劝你，你如回心转意就好了。春花秋月，每伤虚度；日月如梭，人生几何？过隙光阴，老将至矣，再想要乐，都不能够了。古来多少佳人才子，算来都是妇女情长，男子负心。你我自当初在沧州船上一见，我处处留心，在大人跟前给你说了多少好话。因为耳目众多，我用尽了苦心，想着这一条计，我还喜欢得了不的哪。好容易盼着与你说几句知心的话，你白天好些个不愿意，我今日

晚上来到你这屋里,也没有人瞧见,也没有人知道,你听见没有,那些个丫环、老妈,都是我的心腹人。"他说着,来到三爷跟前,广太正不知该当如何办理这一段事哪,一听他这话,自己心中一想:"他既来在我的屋内,我先用好话劝他,如果他听我的话便罢,不听我的话,我先把他结果性命,那时我再做主意。"自己想罢,说:"你先少说这话! 你岂不知明有王法,暗有鬼神? 大人待你也是甚好,你这样薄情无廉耻,真是可恨! 你要早早的知非改过,回到你那上房,万事皆休;如若不然——"说到这里,三爷那句话也就说不出来了。春姨一听,又是气,又是恨,自己心中说:"好! 真是痴心婆娘负心汉,罢了!"说:"张广太,你等着我吧!"转身要往外走。三爷一想:"这淫妇要走了,必有好些个风波,那时我跳在黄河水,也洗不清楚。一不做,二不休,莫若我把他结果性命,给他抵命就是了!"想罢,把手中的刀一擎,说:"且慢走! 我不必等着你,先结果你就是了。"举手中的刀,照着春姨就是一刀,只听"喀嚓"一声响,把春姨结果性命,死尸倒在就地,鲜血直流。三爷杀完了,只听外面哈哈大笑,说:"杀得好! 杀得好!"广太出去一看,不知外面那个人是谁,且听下回分解。

第三十六回

张广太误入太保庄　侯起龙雄聚画石岭

诗曰：

> 怀抱凌云志，万丈英豪气。
> 田野埋麒麟，良禽困羽翼。
> 蛟龙逢浅水，反被鱼虾戏。
> 平生运未通，未遇真明帝。

话说张广太杀了春姨，外边有人叫好，自己出去一瞧，并不见有人。自己等至天明，到了外边。这座公馆乃是一个店，先叫听差之人，说："带我去上衙门有事。"那个听差的人知道是按察使大人的亲信人，也不敢不带他去，遂带着到了县衙，先禀明老爷，自来投案。

知县升堂问三爷。广太一想："把哈大人择①清楚了就是。"想罢，说："我名张广太，跟哈大人作门客，在上海三载。今有大人那里侍妾春姨指婚马昆，马昆已死，春姨守孀。昨天在公馆他托病不走，我奉大人之命，护送行李车辆。昨夜二鼓，他到我那屋中诱奸，我不从，他口出恶言，反说要去见大人，说我调戏他，故此我把他杀了。"知县一听这话，心中想："这事我先去验验，禀明哈大人再作道理。"主意已定，吩咐人传稳婆，三班人等，先到那里验验尸，讯问了两个老妈、丫环，问明了，把尸身成殓起来，行文到省城。哈大人得了信，也就回文，叫把广太送到省城，自己发落就是。

知县这日派人，连行囊、车辆与张广太一同送到太原府按察司衙门，交明白了，领了回文。大人派人给了来人十两银子，叫他把死尸埋了就完啦。又派那大爷出来，请进张广太。到了书房，给大人请安。大人说："广太，我方才都问明白丫头、老妈了，此事与你无干，你不必疑心，就是还在我这里，别疑心。"吩咐摆酒，给三爷压惊。直吃到尽欢而散，又到后边给太太请安。自此就在衙门中住着，常同那大爷出去逛逛，外面之人都

---

① 择——区别。

知道是大人的两个少爷。

这一天,三爷同那大爷正在街闲游,只听背后有人叫:"张广太!"三爷心中一愣,说:"此处除去大人,没人敢叫我的名字。"回头一看,原来是老师回教正,连忙过去行礼。他师傅说:"同着人你先去吧,我在这西边羊肉馆雅座内等你就是。"三爷说:"咱爷们两个自天津分手之后,我时时想念。今天我先叫他回去,我跟您老人家去上羊肉馆。"说着,来到那大爷的面前,说:"大爷,先回去吧。我有要紧的事,遇见了熟人啦。"那大爷说:"让在衙门去就是。"广太说:"他是清真教的人。兄弟,你先回去吧,我去了就回去。"说着,来至老师回教正的面前,说:"老师跟我来。"

二人到了羊肉馆雅座之内,说:"广太,我看你做事还好,在太谷县杀人之事,我知道。外边叫好之人,就是我。我看你此时气色甚好,五官端正,久以后必要走大运。我这里有书信一纸,你带在身旁,遇见你师兄瘦马马梦太交与他,自有照应之处。你还不可在此久居。此一去,你往西南走就是了,自有机缘相遇,千万要听我的话才是!"说着,要菜用饭,谈了会心。三爷说:"师傅从哪里来?"回教正说:"我闲游各处,无准定向,今天自阳曲县来。我早知道你在这里,我还有要紧事要走,特意来看你,指你一条明路。三两天之内,不可叫人知道,千万你走,不可在这里久耽误!我要去了。"三爷会完饭账,出门分手,送了他师傅几步,才回了衙门来。

里边大人叫他进去,三爷到了里边,见了大人请安。那大爷也在一旁站着,说:"三哥,遇见那位是做什么的? 你也没同他回来。"三爷说:"走了。他是我师傅,清真教的人。"说着,哈四太太说:"广太,你把那岔曲唱一个,我听听。"那大爷连忙递过弦子去,三爷唱了一个《长亭分别》,又唱了一回子弟书《月下赶贤》。唱完了,四太太与大人齐说好,叫老妈、丫环把那新近淮阳道送来的好茶叶,拿出来泡茶;又拿出来金丝散子、西洋蛋糕、各样的应时的点心,叫张三爷吃,广太也就用了几样。天已到三更多天,四太太说:"广太,你歇歇去吧,天不早了。"三爷说:"我要走了。"

说着,站起身来,到外面把姜玉叫过来,说:"贤侄,我有句话与你说。我是明天要走,把所有的箱子都交给你了。我这一去,一年半载不定,我是有紧急大事,不能在此久待。要回明了大人,又怕不叫我走,那时倒费了话了。我是不辞而别,如要是大人问我的时节,你就说我出去有事,不知往哪里去了。"说罢,收拾物件,带小包袱一个,天有五更时候,换上了衣服，带着所有应用物件，带在身旁。天色已亮，自己出离了按察司衙署，也就去了。姜玉自己安歇。

次日，张三爷顺大路往前行走，无非晓行夜住，饥餐渴饮。这一日，走到一个镇店，见有一个挂货铺内挂着一个弦子，是楠木的，里边带胆，甚是时样。三爷甚是爱惜那个东西，遂问："要卖多少钱？"铺中人说："一两银子。"三爷给了一两银子，带着那一个弦子，心中想："我到了无人之处，先弹弹好不好，然后我到店内，若遇高兴之时，我可以弹弹，就是拿他解闷就是了。"自己想着，甚是高兴。自己无人之处弹了会子，晚半天住店。自己喝着酒高兴，弹着弦子，唱了几句岔曲①。次日，又往下走。

这一天，到了福建省地面一个小山庄儿。村西头儿有一个野茶馆，坐北向南，大天棚里边甚是凉爽。三爷也就进了茶馆，落座吃茶。方才喝了两碗茶，只见从外边来了一个人，年约三十多岁，五短身材，黑面，环眉，阔目；身穿青洋绸大衫，青缎快靴，手中举着一把凉伞。方一进茶馆，见众喝茶之人一齐让道，说："侯大爷，你来了么，这里喝吧。"那个人说："众位别让。"坐在张广太的对过的桌上。跑堂的连忙拿过茶来，只见那边众人齐让侯爷茶钱。那人说："众位别让。"遂将跑堂的叫过来，说："那边搁着弦子的那个先生的茶钱，我付了。"遂拿出钱来给跑堂的。跑堂的说："先生，侯大爷付了你的茶钱。"

三爷广太方才要让，那姓侯的过来说："先生，你是哪里的人？"广太说"顺天府的。"那人又问："贵姓？"广太说："姓张。"三爷遂回问道："尊驾姓侯么？"那人说："姓侯，名福。我与先生荐个事，你可愿意？"三爷说："什么事？"侯福说："我家庄主是本处一个大财主，从前几日就派人在各处找弹唱曲词的先生，我看尊驾拿着弦子，必是会唱的吧？"广太信口答言说："是。"自己心中一想，说："我自离太原府，来在此处，尚无有哪投奔，又不知道路在哪里，何不跟他前去，见机而作。"想罢，遂说："侯大爷，此事甚好。我也是来此处访友不遇，何妨尊驾代我一谋。"

二人用完了茶，出离茶馆，来至正西八里之遥，有一座大庄院，坐北向南的大门，周围群墙，外面有护庄濠沟，里面房屋甚多。大门以外，一带垂杨柳树，映着雪白的群墙。门外上马石两个，大门以内放着板凳两条，里

---

①　岔曲——在单弦开始前演唱的小段曲儿，内容多为抒情、写景。

边坐着十数个人,俱是衣帽齐整,彪形大汉。一见侯福同广太进来,俱皆站起来说:"管家来了?"侯福并不答言,带着广太进了二门。里边是五间大厅,东西各有厢房,院中搭着天棚,摆着鱼缸、山子石及各种奇花,灿烂可观。带着广太至厅落座,见摆着陈设俱全。

　　侯福叫手下人来倒茶,只见来了一个书童,年在十五六岁,身穿毛蓝细布大褂,白袜子,青缎双脸鞋,面如白玉,一个伶牙俐齿的童子,挽着漂白袖口,手拿海棠花的铜茶盘,内放着青花白的细瓷茶碗,与广太倒过一碗茶来。侯福说:"你在此稍坐,我去回禀庄主。"说罢,转身出去。广太喝了两碗茶,问这个书童说:"这庄子叫什么名儿?你家庄主姓什么?"书童说:"我是伺候我们管事的侯二爷的。这庄子名叫太保庄,我家庄主姓侯,名叫起龙。"正说到这里,只听外面有人说:"张先生这里来,里边庄主叫你。"张广太将包袱放在厅房,站起身来到屋门外。这一入后院,要惹出一场是非。不知后事如何,且听下回分解。

第三十七回

画石岭白将军鏖兵　畅春园张广太验记

诗曰：

　　小窗无计避炎气，入手新编广异闻。
　　笑对痴人曾说梦，思携樽酒共论文。
　　挥毫墨洒千峰雨，嘘气空腾五岳云。
　　色即是空空是色，槐南消息与平分。

　　话说三爷广太到了厅外，见东边站着一个人，年约三十多岁，头戴宫纬帽，蓝绸国士衫，青布快靴，腰系凉带，黄白脸膛儿，说："张先生来吧，见了我家庄主，须要小心才是。"三爷在后面跟着侯福，进了东边四扇屏门，有个院子，穿过厅房五间，又走了两三层院子，到了一所宽阔院子，搭着天棚，放遍时样鲜花。院内鱼盆无数，养着极品龙头凤尾金鱼。北边上房台阶下，放着琴桌一张，后面摆着藤椅一把，上面坐着一人，年在四十一二，短发满留，上挽盘蛇纂，别着如意金簪，从耳旁垂下两缕长发，漆黑透亮；身穿暑凉绸罗汉领短汗衫，青洋绉绸中衣，脚着青缎皂靴；项短脖粗，身体胖大，面如羊肝色。后面站着两个小童，年在十五六岁，面红齿白，十分伶俐，给那人打扇。桌上放着官窑盖碗、赤金茶盘，放着碧绿翡翠烟壶，漂白羊脂玉烟碟。旁边有两个水桶，内有南北鲜果。

　　侯福在旁边侍立，一见广太进来，说："这是我家主人，过来行礼。"广太施礼："庄主爷在上，张广太这厢有礼。"那庄主说："你唱个曲儿我听听。"广太说："赏个座位给我。"庄主说："侯福，那边与先生看座。"广太落座。有人将弦子给拿过来，广太定准弦子，唱了个《梦中梦》，又唱了个《于金全德》。唱完了，庄主说："好！福儿把他带下去，每天给他二两银子，叫他住在外边厅房，我哪时高兴，快叫他进来。告诉厨房，给他预备饭。"广太同侯福出去，仍在先前坐着那个屋里住着，每天进去唱曲，账房里就把银子给他送过来，故此三爷也不想走了。

这一天,吃完早饭,里边也没传进去,自己还在外闲走,瞧这一座庄院甚是齐整。听得里边人声响亮,从里面走出五六十个庄丁,手拿枪刀剑戟、斧钺钩叉、鞭铜锤抓。大家说:"将张广太围在当中!"齐声嚷:"拿!别放走了张广太,拿着把他活埋了!"张广太不知何事,问道:"你等不可动手!有话说明白了,再动手不迟。"只见侯福在前说道:"姓张的,你的事犯了!"广太说:"我的什么事犯了?"侯福说:"不必多说,你跟我见庄主去就是。"广太说:"走呵!"众人围绕广太,直奔大厅前来。见侯庄主怒气冲冲,桌上放着他的单刀、包袱等物。原来是前头伺候的小童,偷看他的包袱里面有避血块、单刀,心中一想:"他大概不是好人,我先禀明庄主,也算一件奇功。"说着,将包袱等物送与庄主观看。庄主一见,十分大怒,吩咐众人:"将他拿来见我!"

众人带到张广太来,庄主说:"张广太,你是做什么的?"张广太说:"是弹唱曲词的。"说:"你要这刀与避血块何用?"广太说:"我久在外面,以作防身之用。"庄主说:"你会练不会?莫非你是绿林中的朋友?"广太说:"练却会练,我可不是绿林中的人。我练一练,庄主看看就是。"说罢,练一回短刀。庄主甚喜,说:"罢了,练得真好,你真可算得英雄。你我结为异姓弟兄,不知你意下如何?"张广太说:"甚好,求之不得。"二人遂设香案,侯庄主居长,广太为弟。

磕罢头,吩咐摆酒,对座谈心,说:"贤弟,你猜猜,劣兄我是做什么的?"广太说:"我猜你是个财主。"侯庄主说:"不对,你往犯法的事情猜。"广太说:"兄长,你莫非是绿林中的英雄?"庄主说:"还得比那个厉害点。老弟,我告诉你吧。愚兄的姓,你是知道的了,我名叫起龙,别号人称飞刀太保。劣兄会打十二口镖刀,能七步斩黄龙,八步定乾坤,百战百胜,百不失一。因此,我雄聚一方。要论起大清国,我这个罪名,望老弟你说句外话吧,杀了发魂腔子扛枷大腿充军。"广太笑着说:"兄台太取笑了。"侯起龙说:"贤弟,实告诉你吧,四川峨眉山通天宝灵观有一位八路督会总赛诸葛,姓吴名恩,字代光。此人上晓天文,下知地理,呼风唤雨,拘神遣将,撒豆成兵,前知五百年,后知五百年,乃是一位天地会八卦教教中为首的头目。手下有五王、八侯、十二公、四十八家大会总、四十八家巡风的会总,天下各省州城府县村庄镇店,俱有我们会中人。贤弟,你要做官,入我们这个教中,久以后也可以凌烟阁上标名①。"张广太说:"蒙兄抬爱,弟当奉命。"二人尽欢而散。

广太喝的十分大醉,不省人事。侯起龙早给他打上火锻子顶记,打完用白蜡油一搭,从此头顶上就有钱大的一个疤疬。第二日醒来知道,后悔已晚。自己虽有万分不得意,亦不敢说走,走又走不了。正是:

　　　对人欢喜背人愁,众人欢喜我独愁。

夜晚坐在书房,自己灯下听见四壁虫声,窗棂上透进一钩新月,见景伤情,想起"家中老母年迈花甲,离家七载有余,不知老母身体可曾安康?家中兄嫂可能孝顺?我那长兄乃是忌妒之人,焉能孝顺他老人家?想我在外时常思念,他老人家亦必倚门而望。想我今天困在这太保庄,今生今世料想不能回去相见生母之面。再说我今年已二十二岁,他乡作客,不知四美堂韩红玉如今怎样?"自己思前想后,已至三更,上床安寝,翻来覆去,恨不能一时就亮。正是:

　　　白昼怕黑嫌天短,夜晚盼亮恨偏长。

张三爷想罢,长叹一声,不由自己落下几点英雄泪来。

少时,鸡鸣三唱,天色大亮,红日东升。天又下起雨来,自己前思后想。外面进来侯福,说:"我家庄主有请吃早饭,有大事商议。"广太说:"我去。"走到里面上房屋内,早已摆上酒饭来。侯起龙说:"贤弟,我在此处住不了啦,不久有清兵前来剿灭。此去山西三十五里,有一座画石岭,山里边愚兄有五千精兵,三员大将:有我两个侄儿,一名金枪太保侯尚英,一名金刀太保侯尚杰,一名独角龙马凯。管军教习蒋芳,人称黄面太岁。你我今夜晚换好了衣,你带着合庄之兵,前去逛逛山地,瞧瞧里边的人马,顺便在里面住几天。"二人用完了饭,天晚派人去套车,把合庄人等俱带着,望前行走。

约有四鼓时分,到了画石岭,只听里边炮声阵阵,号灯齐明,杀声一片,摆开了大队,齐声说:"接会总爷。"往两边一闪,面见贼兵过来请安。又说:"请会总爷进山歇马。"侯起龙带广太入东山口,往里走之不远,又

────────────

①　凌烟阁上标名——凌烟阁:封建帝王为表彰功臣所建的高阁。阁中绘制功臣图像。凌烟阁标名始于唐代,太宗曾命画家阎立本绘长孙无忌、杜如晦、魏征、尉迟敬德等二十四名功臣像于凌烟阁上。

往北拐,一座教军场,甚是平阔。北边山上又一座大寨,上插旌旗,枪刀密密,人声呐喊,号灯齐明。只见独角马凯、黄面太岁蒋芳前来接见,又有侯起龙之侄尚英、尚杰前来,大家到了山寨。这一日,有孽龙沟的败兵杜兴、杜茂,带着三四千人马前来,见寨主说:"孽龙沟失守,督会总杜双印阵亡,请寨主会总爷早做准备。"正说之际,又报:"白大将军带人马前来征画石岭。"不知后事如何,且听下回分解。

第三十八回

张广太奉旨归家祭祖　胡忠孝离任送妹联姻

诗曰：

一枕游仙梦渺茫，人生万类寄甜乡。

每嫌白面涂花面，转恨柔肠变铁肠。

丁令归魂终化鹤，方平叱石早成羊。①

凭将冷眼窥人世，天女维摩演道场②。

话说侯起龙在画石岭雄踞一方，听说有清兵剿山，派侯尚英与侯尚杰预备九节毒龙炮三尊，放在东山上面，安放滚木檑石、灰瓶炮子，派二千人轮流看守；又将南山口堵死，东山口用闸板闸住，上有精兵把守。

这一日，将军调队攻山。侯起龙愤怒，调五千飞虎兵，带一众战将，出离东山口，与白大将军对垒。侯起龙连胜清营七阵，马成龙出队被侯起龙一飞刀打在腰中，栽倒在地。侯起龙哈哈大笑，说道："人说你临敌无惧、勇冠三军，原来是这样无能之辈！"他方要过去动手杀马成龙，张广太在后面一瞧，说："兄长不可杀他，小弟来也！"广太要救成龙，先在太保庄就无心归顺侯起龙，今天阵上又见师兄马梦太在清营队内，"何不改邪归正，一则相救成龙，以为进见之礼；二则杀贼立功，报效国家。"想罢，刚要举步望前行走，只见马成龙站起身来，广太就站住不动。见侯起龙一阵发愣，大声嚷道："怪道呵，怪道！某家这飞刀百发百中，今天为何四刀未伤此人？"心中十分不解，不但侯起龙害怕，连贼队众人俱皆着惊。

---

① 丁令……石早成羊句——丁令：即丁令威，汉辽东人，传说学道于灵虚山，千年后成仙化鹤归来。方平叱石成羊见晋葛洪《神仙传·黄初平》："黄初平者，丹溪人也。年十五，家使牧羊。有道士见其良谨，便将至金华山石室中，四十余年，不复念家。其兄初起……随道士去求弟，遂得相见，悲喜语毕，问初平：'羊何在？'曰：'近在山东耳'……于是白石皆变为羊数万头。"

② 道场——和尚或道士所做的法事。

列位，这是如何？山东马既被飞刀打倒在地。为何又会起来？只因他那飞刀砍在老马腰中掖着荸荠扁的烟壶儿上。山东马一害怕，栽倒就地，并未伤着身体。自己翻身起来，站在当场，手拿瓦刀，破口大骂侯起龙。贼人举刀相迎。二人正在战斗之际，老将军调马步军队冲将过去，与贼人战在一处。只杀得天昏地暗，日色无光。怎见得？有赞为证：

> 杀气腾腾万里长，枪刀密密透寒光。雄师手仗泥鳝剑，虎将安横丈八枪。军浩浩，日茫茫，锣鸣鼓响猛如狼。杀大将连人带马，追小卒弃甲丢枪。直杀得滔滔流血沟渠满，层层尸骨积路旁。从古也见英雄斗，不似今朝这一场。

两军混战，是日风雨交加，方才罢兵。将军回归大寨，吩咐军政司：与马成龙记大功一次，并赏全席一桌；随营兵丁俱有赏赐，阵亡诸将俱皆表奏朝廷。国朝的皇恩浩荡，所有阵亡的功臣后辈，俱有世袭。

闲话少叙。成龙回归大帐，自己将衣服脱去，摆上酒席，说："老兄弟，你喝一盅便宜酒吧。"梦太说："大哥，真有你的，兄弟真信服你！你会把这小子给打败了。"说着，笑嘻嘻的坐下喝酒。哥俩说了会子话，越说越高兴，直吃到三更时分。听得外面进来一个人，说："二位老爷去瞧热闹去吧，把守南营门参将博哎敦布拿住一个奸细，解送军务处邓大人那里。那人说：'要去见将军，有紧要机密事禀报。'大概将军此时升了帐了。"

正说之际，听见发擂点炮，二人出离账房，直奔中军大帐而来。只见里面灯笼火把，照耀如同白昼。里边支着两个气死风，将军在当中落座。左边有图海侯爷，右边有提调参赞大臣伊哩布，两旁有中军、旗牌官、武军官、各营统领、刀斧手、亲兵队。也有花翎飘摆，也有岔尾儿摇，真是令下山摇动，升帐鬼神惊。二马在旁边从暗中观看，只见外面带上一人，年约二十多岁，天地会八卦教的打扮，跪在帐，说："民子在教中，人称神机会总张广太，参见老将军。"绳捆二臂，跪在那里说话。

原来是张广太，白昼在两军阵前，瞧见师兄马梦太通名，自己早有心改邪归正，投归大清营。收兵进山之时，只听侯起龙吩咐："山口留人把守。到了山寨之上，用完了晚饭，广太说："大哥，小弟今天观这清营之兵甚勇，小弟去刺杀清营白大帅，不知兄意如何？"侯起龙说："甚好。我在寨中等候你就是了。"说罢，三爷转身到了自己房中，换好了夜行衣，带着师傅给他的那封书信、单刀与避血珠，出离山寨，直扑东山口而来。

方一出山口，只见东北有一片连营，灯光闪闪，又见北边杀声阵阵。三爷自想道："我这一人清营，不知我师兄待我如何？"正想之际，已到清营南门外，只听得人声呐喊说："做什么的？快说！要不然，要放箭啦！"三爷说："烦众位驾，禀看营门的大人，我要见老将军，有机密事回禀。"众官兵出来，把广太捆上，带到营务处邓大人那里。邓大人听他是北方的口音，念是同乡之人，问了他一遍，然后回禀将军。此时有三更时分，将军尚未安眠，只见内差官回禀，自己十分喜悦，心想："必是一个投降之人。"吩咐发擂升帐，众军官伺候了。诸战将、各统领齐都来到。吩咐人把贼人带上来。张三爷一见了大清营的威武，吓的战战兢兢，跪在大帐，说："将军大人在上，民子张广太情愿献画石岭，拿侯起龙，报效国家，将功折罪。"说罢，只是叩头。老将军一听，冲冲大怒，说："画石岭弹丸之地，侯起龙乌合之人！"吩咐把张广太绑上，推出辕门外枭首号令。两旁的刀斧手一声答言，把广太推出大帐。

方才要走，张三爷说："冤枉哪！将军，我有下情告禀。"老将军说："把他带回来，有什么事自管说说，如若有理，我就放你。"三爷一听，说："是投奔我师兄马梦太，有我师傅的书信。将军不信，打开一看。"有邓大人把他的物件呈上，将军过目，里边有单刀一把、避血珠一支，书信一纸，上写说："面呈马梦太拆看。"说："来人，把马梦太传来。"瘦马在旁一听，连忙答言，进大帐参见将军。张广太一瞧，说："师兄，小弟被绑，不能行礼。"马梦太说："你是何人的徒弟？"广太说："我是老师回教正的门徒。"梦太说："在哪里收的你？"三爷说："在天津卫河北大街收的我。有师傅的书信一纸，你看。"马梦太说："是。"接书信在手，打开封皮，里边有两张八行书，纸上的字迹写的分明，上写：

字示梦太知悉：自地坛一别，至天津卫，收汝十二师弟张广太。此人才智过人，棍棒纯熟，定非池中之物，必要显达云程。如见面之日，千万保举，则去人幸甚，为师幸甚。师命勿违！回教正书。

梦太看罢多时，给老将军请安，说："这一封书信，可像是我师傅的笔迹。用兵之际，须要小心贼人之诈。"将军听说，吩咐营外将张广太枭首示众，不必多问了。两旁人把张广太绑上。不知性命如何。且听下回分解。

第三十九回

花烛夜失去黄马褂　庆团圆大上白犬坟

诗曰：

　　石崇①夜梦坠马，醒来告诉乡人。担酒牵羊贺满门，给他压惊解闷。　　范丹时被虎咬，人言自不小心。看来敬富不敬贫，世态炎凉堪可恨。

　　话说老将军要杀张广太，旁边闪出马成龙说："刀下留人！祈禀将军大人，将这个人交与我马成龙，自有道理。他若是真心归顺，将军破画石岭易如反掌。"将军说："将张广太就交给马成龙办理。"将军退帐。

　　成龙带他到了自己账房，叫梦太把他解开，自己把座儿放在一旁，说："老弟，你坐下吧，我有话问你。你是哪里的人？在贼营里有多少年？你今天是做什么来？你说说我听。"张广太说："我是武清县河西务的人，因家中弟兄不和，出离在外。学练拳脚是在天津，我师傅名回教正。我是流落福建，在太保庄遇侯起龙，与我结拜。吃醉酒后，他给我头上打了一个戳子，后来我知道他是八卦教，我也走不了了。后来到了他的山寨，他走了一套白牌的文书，保举我是一个神机会总，我在这画石岭日子不久。白天瞧见清兵大队有我师兄马梦太，我故此夜晚在侯起龙跟前讨令，说来清营探听军情，被众位看营门的看见，我情愿叫他们捆上见将军。方才要杀，多蒙尊驾抬爱相救，这就是我的真情实话。"山东马说："你献画石岭、拿侯起龙，应该如何的办理？你是多时献山擒贼？"张广太说："背主投降，不能预定。倘若定了明天，这边去了接应，我在那边不得出来办事，机关一泄，反为所害，须慢慢的图之。"山东马说："我知道了，你不必说。我叫马成龙。老兄弟你过来，咱们哥俩保他这条性命。"梦太说："甚好，我去营务处立军令状。"马成龙说："好，我也去。"二人带着张广太到了邓忠账房内邓大人那里禀明，立了军令状。邓大人回禀将军不提。二马又带

――――――――――――――――

①　石崇——西晋人，曾为荆州刺史，靠劫掠客商成为当时的巨富。

广太到了自己账房，还有将军赐的酒席，又让广太喝了两杯压惊酒。广太告辞，二人送出了大营而去。

广太在路上想着马成龙的恩重如山，回到了山寨，又见里面众人齐声说："接神机会总。"张三爷说："你等用心把守就是了。"遂进了内寨，侯起龙正派侯尚英、侯尚杰，入四川峨眉山通天宝灵观八路督会总吴恩那里去调兵去。二人改扮走后，与马凯商议这守山打仗之事。又见广太进来，说："贤弟，昨夜到清营可曾把白大将军刺死？"三爷说："不能下手。我看出一条道路，今夜晚你我二人先把大队调齐，然后叫他们扎在山口以外。兄与各带兵刃，先从暗中刺了清营的大帅，然后放起火来，合山的大队以号火为令，见号火齐杀入清营，一扫而平，不费吹灰之力，不知兄长尊意怎样？"侯起龙说："甚好！我同你就是这样办理就是了。"二人白天也未出兵，候至夜晚，吩咐："马凯带合山的大队，在那东山口扎住。我二人去也，见清营号火起为令。"说罢，带着广太出离了大寨。

二人方一出东山口，三爷在后面心中想道："凭我一个人，不能是他的对手，须得暗中伤他才是道理。"想罢，举手中刀照着侯起龙就是一刀，正砍在腿上，贼人"哎哟"一声，栽倒就地。广太过去把他捆上，把刀扔开，然后扛起来，直扑大营而来。到了营门以外，守营门之官将问："是何人？"张广太说："我是神机会总张广太，投降清营，拿获为首贼人侯起龙，前来献功。"众人回禀了将军与马成龙，又知会了营务处邓大人。

将军升帐，吩咐武军官把张广太带来。二马出去，到了南营门外，见广太扛着贼人，自己在那里站着，连忙说："张三兄弟好快！把贼人交给官兵带着，你跟我去见将军去。"三爷说："甚好。"跟着二马到了大帐，给将军磕下头去，说："民子拿获为首的贼人侯起龙前来，请将军大帅审问。"左右官将把侯起龙带上来，跪倒在那里，把他口中堵的那物件拿出来。大帅一瞧，是飞刀会总侯起龙，遂问道："侯起龙，你那威风哪里去了？你那叛逆之心大概也不高兴啦？我今天拿住你，你把天地会八卦教的细情说明，我奏明了圣上，还定要加功封赏于你。"侯起龙苏醒多时，"哎哟"一声，说："气死我也！好一个张广太，忘恩负义，气死我也！我必不能饶你，我死后做厉鬼，必要结果你的性命！"张广太在一旁说："大帅不必问他，急速调大兵前去剿山。此时众贼人齐在东山口外驻队扎定，这边以号火为令。"大帅吩咐："调右营火器精锐兵五千，派金刀将邓忠出去,二马、张广太一同前往。把侯起龙带下去,派人看守。"又派英桂带接应队一万前去接应就是。

梦太、冯带领火器军至大营以外,只见西门外人声鼎沸,举起号火来,只听得人声一片。这边早把炮车、火枪放了一阵连环。少时间,接应队已到,攻打得贼人东倒西歪,大家逃散。天明人报:"红旗兵胜画石岭。得了刀矛器械、旗纛号令、粮草车仗,投降之人三千之众。"大帅发放军情,奏明朝廷。康熙老佛爷旨意下:

> 命张广太来京陛见。马成龙赏赐参将,记名提督。马梦太赏游击,尽先补用。随营兵将校俱有升赏,兵丁赏三个月钱粮。白将军赏赐斐陵阿巴图鲁①,赏戴三眼花翎。伊哩布赏加头品顶戴,带二马查办黄河事务。

合营大家谢恩,并将侯起龙在本地处死示众。伊大人带二马直奔黄河水岸。

老将军带着张广太与那十万官兵,一个个鞭敲金蹬响,齐唱凯歌声。在路非止一日,到了北京,兵部投文,礼部演礼。是日,带领张广太在畅春园引见,是天地会八卦教的衣服。一班的文武官在两旁一站,甚是整齐。圣主问道:"天地会八卦教是何人所兴?"张广太把误入太保庄先前的事细说一遍,又奏明了邪教之事:"里面有一为首之贼,名叫吴恩,他会呼风唤雨,撒豆成兵,妖言惑众,祸乱人心,天下各省俱有他们教中人。"圣主看了他的履历,甚是喜悦,加封三品衔,以副将留用,赏穿黄马褂,赏戴大花翎,钦赐博奇巴图鲁,赏假半年,赏银二千两。指婚胡赛花,是通州守备胡忠孝之妹。因前私访兴顺镖店,圣主所遇,故此指婚。又派张广太到刑部质对。吴联叫张广太将发分开,一看当中有一个顶记。又下旨:

> 顺天府都察院、五城御史、各省督抚,无论官民人等,顶上是有顶记者,俱皆先斩后奏。

又下旨四川总督兵伐峨眉山,拿为首之贼人吴恩。

张三爷谢恩,方到朝房,只见有一个人拿着一个包袱,笑嘻嘻说:"三爷,我奉大人之命,给你送衣服来了。"广太心中甚喜,细瞧,认得是哈府

---

① 巴图鲁——满语勇士的意思。"斐陵阿"和下文的"博奇"是加在勇士前的清字勇号。

管家哈喜。三爷说:"哈兄大人在京中吗?"哈喜说:"大人由按察司新近奉旨调京,赏的是都察院左副都御史。那大爷在刑部奉天司行走主事,住家在东四牌楼南边史家胡同路北。昨日大爷在部中的一个朋友提起三爷你的名头来了,连大人都说:'自太原府一分手,不知他的去向,不知是三爷不是?'今早晨派人到白大将军那边打听打听,方知道三爷你今天在畅春园召见,说是天地会的打扮。大人新告的假,派我请三爷到宅内住去。带着衣服,叫您老人家换好了。"

　　广太拿过衣服换好,到了刑部。问官正在堂上,提出来吴联与顾焕章二人对质,来到大堂。彭大人说:"吴联,你招认就是。"吩咐把张广太带上来。广太说:"众位大人,把他头上的发际分开,要是有顶记,必是天地会。我也知道他是八路督会总的兄弟吴联。"吴联说:"这是顾焕章用钱买的。我的头上有顶记,我认罪;我的头上没有顶记,求众位大人治他诬陷好人,必须治罪!"广太方要说话,众问官说:"把他头发分开!"不知吴联头上果有顶记无有,且听下回分解。

第四十回

小姜玉怒打墨龙　白氏女寻夫遇害

诗曰：

　　古友尊三益，今人重万金。

　　乾坤无管鲍①，何处是知心？

话说众问官吩咐把吴联头发分开，顶心果有一个顶记，吴联也没有话说了，自己闭口无言。

张三爷回了哈大人的住宅，那大爷先到了外书房，见了三爷请安，说："哥哥，小弟自分手之后，时常想念，不知兄长在何处去了。小弟时常派人各处寻找，并不知你在哪里。今日相见，真是三生有幸！"正说之际，姜玉自里边出来，说："三叔，您老人家还好啊？我在这里给您老人家请安啦！大人与太太俱在里边坐着，叫我出来请您老人家。我今天才知道三叔做了官啦。"那大爷说："三哥，咱们走吧。"广太说："姜玉，我今天瞧见你，我甚喜悦。来吧，先到里边去就是了。"说着，到内院，一进上房，大人与太太甚是喜欢。哈公说："广太，你的心胸甚好。"四太太说："广太，你得有今日，我也喜欢。"说着，吩咐来人摆酒。三爷与那丹珠、大人与太太在一个桌上吃酒，说别后之事。三爷又叫姜玉说与报喜之人："来这宅内报喜，不必去到河西务家内去。"大人又问广太说："你在上海跟我三年，你的余资还有多少？"三爷说："多蒙大人各处挂名，所有的进项俱皆未用。"哈公说："我再给你五千银子。"四太太说："我给你一千银子就是。"广太叩谢。直吃到月上花梢，方才停杯罢盏，撤去残桌，大家回归自己屋内安歇。

---

① 管鲍——春秋时管仲和鲍叔牙。《史记·管晏列传》载：管仲、鲍叔牙交情深厚，仲尝言："生我者父母，知我者鲍子也"。

　　次日,大人带广太递请训折子,方才与他写车①雇跟人。天至平夕②,外边门上来报:"倭侯爷来拜张大人。"三爷出去一瞧,是顾焕章,说:"里边坐吧。"只因刑部堂官与派审之人,俱皆奏明了圣上,康熙佛爷降旨:

　　　　把吴联在菜市口凌迟示众。顾焕章与国分忧,钦赐倭克金布靖远侯爵。

倭侯爷谢恩,回到了达摩肃王府,一见王爷请安,提起张广太在刑部之事,"我去拜拜,他是在哪里住?"派下人去打听在哪里住。少时,回来禀报说:"住在史家胡同哈宅。"吩咐外边人把车套上,要去拜张广太。

　　到了哈宅门首,张广太迎接出来,让到里边书房落座。倭侯爷说:"我这一场官司,若非贤弟,含冤泉下矣!今朝我虽蒙圣恩,升为侯爵,也是老弟之功。"张三爷说:"我在外边常听说有一赛报应顾焕章,并不知为人何如;今天得遇兄台,此乃三生有幸!"顾焕章说:"我蒙圣恩赏赐我靖远侯,赐姓倭克金布,我总感念弟台之恩。吾还有两个拜弟,不知你知道不知?一名山东马成龙,一名瘦马马梦太,俱在大将军处随营听差。"三爷说:"这两个我都认得。瘦马是我师兄,山东马是我的恩人,在大营内救过我,是我的口盟拜兄。"倭侯爷说:"论起来,是自己弟兄了。张三兄弟,你不必外道,劣兄知道你是个英雄。你回家办喜事,我还到你家中去哪。"说着,喝了几碗茶,也就告辞。张广太留吃晚饭,请那大爷作陪。三人喝的高兴,焕章倭侯爷与三爷广太二人口盟金兰之好,情投意合,天晚侯爷回王府去了。

　　次日,广太由部内库上领了二千两银子,在都中拜了两天客,起身到通州潞河驿站。有本汛守备胡忠孝早预备好了公馆,留广太住宿,一来是奉旨指婚的娇容新亲,二则胡爷要会会这位三爷。广太留在公馆,连二十多辆车,并带姜玉等下人三十余名,俱在通州住宿。

　　次日天明,胡爷陪着用了早饭,问:"三大人是坐车走?是坐船走?旱路八十里,水路二百路程。"广太说:"我走旱路吧,一则一天就到;二则省得卸车装船,往返奔驰。"遂吩咐外边人预备起程。胡爷送出南门,就不送了。张三爷在路上想起离家当年之事,叫姜玉离河西务五六里打店。

———————

　　①　写车——叫车。
　　②　平夕——日暮。

姜小爷头前先下打店去了，众人随后行走。至日色西斜，离河西务六里之遥，大路上村庄有一个大店，请三大人入店歇息歇息。广太用完了晚饭，吩咐姜玉找一身破衣服，自己明天访兄长张广聚，看他有手足情义无有。一夜无话。

次日，三爷改扮，叫姜玉附耳，如此如此，自己穿一身破烂衣服，带着有二百铜钱，直奔河西务去。方一进西村口，只见村中就不似先前样式了，也有倒塌的房屋，也有新盖起来的。正是：

　　　　去日儿童皆长大，昔年亲友半凋零。

人俱不认识了，真是：

　　狐眠败冢，兔走荒郊，尽是当年歌舞之地；露冷黄花，烟迷碧草，无非旧日征战之场。荣辱何常，强弱安在？令人所思，好不灰心！迷则苦海如乐境，如水凝冰；悟则乐境如苦海，如冰涣水①。世事如潭中之云影，月下之箫声，风中之柳态，草际之烟光，半真半幻。是君子，对青天而惧，闻雷闪而不惊，遇平地而恐，涉风波而不畏。

闲言少叙。张三爷顺着大街往东而走，方到十字街，只见路东有一个茶馆，南边路东大门，北边有天棚。自北边来了一个挑青草之人，广太细瞧，是他二哥张广财。三爷心中一愣，暗想："我自离家八九年的光景，家内也不知是如何的景况。"

书中再言，自广太走后，他母亲也是常问广聚，大恶贼在老太太的跟前说："我托人上北京城去找。"又说："托人去在天津去找。"一天天的支日子，花费了些银钱。逢年过节，老太太时常想念，不过是儿行千里母担忧。后来过了有一年之久，张广聚就起了谋夺家产之心，年节算账以来，他在家中说："赔了无数成本。"又过了一年，他说："老太太，这事真不好办，我给您老人家与二兄弟五百两银子，别跟着我受罪啦，死活我一个人抵账。此时把家产尽绝，也不够人家的。"

老太太与二爷搬家，在村北后买了草房三间，甚是整齐。无奈，二爷带着自己之妻，搬在背后街，度这寒苦光阴。一年之后，所有的家中余资，俱皆用完，一贫如洗。虽有二奶奶娘家，也是平常，父母死去，兄嫂虽说周济，也不济于事。到了腊月天，瑞雪纷纷，天寒地冷，屋内四壁皆空，一无

①　涣水——融化成水。

所有。老太太说："广财，你去到你大哥那里，望他要几十吊钱、几十斤面、几斗米来，就说是老身我说的。"二爷一听，也就出离了门首，直奔广聚粮店。见张广聚在那里坐着，身穿青布皮袄，蓝绸皮马褂，缎棉鞋，口中叼着长杆烟袋，一见广财进来，心中甚是不愿意，说："你做什么来了？"二爷说："我来是奉老太太之命，来叫你送几十两银子、几十斤面、几十斤米。"说着，眼泪汪汪，冷的浑身抖颤。张广聚说："你把老太太的钱都花了，你今天又来找我来了？这买卖是别人家的，我是给人家雇工，我家里还有人口哪！一月间，我能挣多少钱？你还时常找我做什么？今天你来了，我也不能空使你去，我给你二百钱吧，从此不许找我！"说着，叫徒弟拿二百钱，递给广财。广财将钱抛于就地。张广聚说："好，你从此不许上门！自己要秉心胸，立志气，发财致富，就对得起哥哥。"

张广财气冲冲回家，一见老太太放声痛哭，与老太太细说此事，母子二人甚是悲惨。此时老太太已知广太那年八月节由家中走的事，心想："到如今，信息不通，不知生死存亡。"想到广太这里，不由放声痛哭。正悲惨之际，只听院中嚷道说："老太太不要着急，我来也！"不知此人是谁，且听下回分解。

第四十一回

于家围四庄主见色起意　河西务大英雄人都逢凶

诗曰：

　　　春郊一望碧迢迢，几日前头女伴邀。

　　　山似浓妆花欲笑，叫人焉得不魂销。

话说外面说话的是张广太的大拜兄李贵、二拜兄邹忠。哥俩今天在酒馆中吃酒，吃得高兴，外边下起一天大雪，弟兄会完酒账，出离酒馆。但见彤云密布，寒风阵阵，瑞雪霏霏，天地一色。二人走至北后街，见柴扉半掩，鸡犬无声，只听得里面哭声震耳。李贵说："老弟，这是谁家的人？为什么大雪天哭，是何缘故？"邹忠说："兄长，你不知道啊？这是咱们拜弟张广太的二哥搬在这里住。"又把张广聚谋夺家产用意、分出张广财来之事说了一遍，"咱们哥俩进去瞧瞧，就势再问问三弟的事情。"

二人进了上房，给老太太行礼问好，又问了几句张广太走后的事，然后说："二弟，你不会告他去？"广财说："我怕见官。家也分了，买卖是赔了，告他也无用。我打算要做个小买卖，又没有本钱。"李贵、邹忠说："我们哥俩给你本钱三百吊，足够你做小买卖用的了。"说罢，拿出钱票子来，交给广财，二人告辞去了。二爷买了几件棉衣服，再一过年，想做小本经营，自己把钱也用完了。过了新年，李贵、邹忠二人来拜年，还时常周济，送钱、送米、送衣服。

今年时逢秋景，日月实在难过，朋友亲戚虽则周济，自己也不能去找了。今天清晨起来，先去打一挑青草，在街上去卖了钱好用饭，家内老太太与二奶奶还等他哪。天有巳正，方到十字街，正遇广太。此时广太可认识他二哥，他兄长不认得广太，这是为何？广太离家之时，年才十六岁，还是学生哪，身材未长成了，面皮也白；此时年岁也大了，身材也高了，模样也改了，就不似先前的样子了，故此不认识。

广太在那里站着瞧，也不言语。见他二哥挑着一挑青草，在那饭铺门首放下，说："掌柜的，你要青草不要？要青草，我给你们挑进去。"从里边出来了一人，年约二十多岁，身穿一件蓝布半大褂，白袜青布双脸鞋，出来说："张老二，我们昨天买了你一挑草，马吃了拉稀，驴吃了上渴，你快挑了别处去卖吧。"说的好些个不在行的话。自里边出来一人，年约三十有余，身穿青洋绉大衫，青绉绸中衣，薄底青缎快靴，手拿平金一百单八将扇子。三爷一瞧，认是二爷邹忠，站在那里说："二弟，你把那青草搁在那里，咱们哥俩去到里边坐着说话。"二爷把草挑儿放下，跟着进里边去了。三爷也跟着进去了，到里边找了一个座，把一个破草帽儿往旁边一放。又一瞧，大哥李贵在那边与他二人坐在一处，要酒要菜。又要了几样菜，与家中老太太送去。

李大爷又问起广太的下落，广财说："自那年八月十五日晚上走，我也不知道。后来我们家里的说，是她与我大嫂子二人把他放走了，直到如今八年有余，并不知下落。"邹二爷说："你不会告你大哥去吗？何必受这个穷困！衙门内都有我哪，你二哥在县署当差，还给你托不了一个人情？再者说，广太三兄弟也不知是死是活。"

三爷听到这里，慌忙过去说："三位哥哥，小弟张广太有礼！"大爷李贵一瞧，广太身穿白布破汗褂，旧蓝布中衣，破袜子、旧鞋，一脸灰法，穷穷气气的样子。邹二爷说："三弟，你这几年往哪里去了？我与大哥时常想念于你。"三爷说："小弟自由家中走后，到了天津，受了困，拉了几年船纤。今年我由通州前来，想要回家，又没衣服。方才在这里喝茶，听见你们哥儿几个说话，我方过来。一则我问问我母亲生死，二则我打听家中事情如何。"李贵说："贤弟，你早就该回来，我这里斗秤两行的管账之人，俱是外请的，要有贤弟，何必另用别人？"又把张广聚谋夺家产之事细说一遍，然后说："三弟，你喝酒吧，喝完了先去到我家里，叫剃头的剃剃头，洗洗澡，换好了几件新衣服，然后我邀些个人，与你二哥跟着你找他分家去。如要好好的说理便罢，他如要是不说理，咱们就拆他，拆完了咱们就先告他去。到了那时节，我们自有道理。"广太说："二位兄长，小弟也不用换衣裳，也不必剃头，我就是这样去找他去，看他跟我如何。如要是念弟兄的情义，我有主意。"又望他二哥说："哥哥，老太太当时跟着你，在背后街住哪？你先回去禀明老太太，我随后先去找大哥，问问他为什么没有手足弟兄之心，不奉养老太太？然后我再问他祖父的遗业，也得平分，不能你说赔了就完了。我今天与他算算账就是。"说罢，站起身来，往外就走。

李大爷说："我二人去邀人去，广聚粮店再见。"他二哥广财还拦着三爷，不叫他去。

广太出门，直扑粮店而来。方一到粮店门首，里边是六间门面，三爷一上台阶，里边有一个伙计说："我们这里是不给钱，有闸铺的！"广太说："我不是要小钱的，我找你们掌柜的。"说着，往里边走。里边有一个老伙计姓韩的说："三东家来了？里边坐着。众位，这是咱们大东家的亲兄弟张三爷。我方才仔细一瞧，方认出来是你。"即让三爷里边房内落座，徒弟倒过茶来。广太问说："我哥哥哪？"韩掌柜的说："有人请吃饭，少时就来。"

正说之间，张广聚自外面进来。三爷过去行礼，然后在旁边一站。张广聚一瞧，这一惊不小，连声说："打鬼！打鬼！"三爷说："大哥，小弟广太并非是鬼。"张广聚说："众位，你们瞧得见他吗？"大家笑啦，说："大掌柜的喝醉啦，明明白白的一个人，哪里有鬼哪！"三爷又说："当年八月中秋之事，那是咱们家中的白犬。"张广聚愣了半天，方说："三弟，你也不必说啦，自己穿着这样的衣服，还有脸家来哪？河里死不了，那井里跳不下去？你还有脸活着！趁此出去，别招我生气！"三爷一听，心中说："见面并无弟兄情义，也不问我是在外面做何事业。"想着，不由己把脸一沉，说："好哇！祖父的遗业，不能叫你一人做主，这买卖也得分开才成哪！"大恶贼一听，怒气冲冲，说："好你这不要脸的东西，楞敢往我分家来啦！我把你打出去就是了，永不准你进我这粮店门儿！"说着，照着广太脸上就是一掌打去，三爷用手一挡。只听他哥哥说："好你这个不要脸的东西！来人，给我打他，把他捆上，我送他就是！"后边过来好几个徒弟，就要捆三爷广太，被三爷一掌一个，打得纷纷倒退，东倒西歪，把茶壶也摔了，碗也摔啦。张广聚直嚷说："好大胆的奴才！"正嚷之际，外面一阵大乱，来了无数人，闯进粮店。不知是谁，且听下回分解。

第四十二回

张广太奉旨交部问　顾焕章私访于家围

诗曰：

> 蓬岛瀛州漫较量，郭郎鲍老最排场。
>
> 十年说破虚无理，月有清影花有香。

话说张广太正与众人打在一处，外边有李贵、邹忠带着二三十个人，方要帮着动手。张广聚一瞧这事不好，连忙就说："三弟不可这样无礼！哥哥我是管你，叫你好。我说完了你，我吃饭还叫你瞧着不成吗？你自己想不开。别人的话，你不可听。走吧，我的车在外边哪，上车吧，咱们到家里去，有话自管说。"拉着三爷出来上车。外边邹、李二人就不敢去拦他了，派人跟着，后面打听，二人回到局子等信不表。

且说广太跟他大哥到了家，下车进里边，三爷明知故问说："老太太在哪里哪？我给他老人家磕头去。"说着，到了上房。大奶奶一见，先说："三兄弟来了，好哇，你自哪里来呀？"三爷正要问话，只见大奶奶说："屋里来吧。"使唤人大家俱来给三爷行礼、倒茶。广太不见他大哥广聚进来，三爷心中甚是疑惑。

正思量之际，听得外边门上人进来说："三爷，外边有人在门外等着您老人家说话哪。"三爷方才到了外边一瞧，见是四个公差，手拿着铁链，说："你就是张广太？你哥哥把你给告下来啦，我们老爷派我们来传你过堂去。"说着，把锁子一扔，把三爷锁上了，拉着往前就走。到了巡检司，衙门里头早坐了堂了，见他大哥广聚把头自己也拍破了。这位老爷是吏员出身，姓牛，名必，字受川，是爱财如命的极恶的小人，原与广聚有旧交。今天张广聚自己打算要把他兄弟给治死，故此自己先把头拍破了，到巡检司署喊控，老爷派人传到广太。牛必坐在堂上等着，见四个公差前来，带着张三爷到了公堂之上，他坐在那里发威说："你这个无礼的奴才，见了本司，因何不跪？不但你目无长兄，而且你胆敢目无本司，咆哮公堂！"吩咐左右："拉下去，给我重责四十板子再问！"张三爷一听，说："你且慢着！

我身犯何罪？你不可这样无故作威害人！"正问之际，只见门外有李贵、邹忠在那衙门门首大骂说："张广聚，你真是骨肉无情！来吧，咱们爷俩算算账！"巡检司一瞧，吩咐："给我拿人！先给我打这张广太！"

只听得人声一片，自外边进来五骑马，头前有一个人，年约二十以外，身穿一件蓝绸长衫，青缎薄底快靴，手托着个大包袱，上边有帽盒一个，到了广太跟前请安，说："请大人上马。"那边巡检司一愣，说："这是何人？"姜玉说："是奉旨回家张三大人！"唬的巡检司浑身直战，说："我不知道是大人。"连忙跪倒，过来行礼，说："卑职不知是大人。"吩咐左右撤去铁链，殷勤奉劝三爷，少生嗔怪。旁边吓坏了张广聚，捻手捻脚的溜去。衙门巡检吩咐："看净面水来！内书房请大人更换衣襟。"三爷说："我打搅贵司了，休要见怪。你我都是有缘之人。"张三大人换好衣服，净面吃茶，吩咐外面伺候。巡检说了好些个好话。张三爷告辞，出了巡检司衙门，牛大老爷送到外边。

张三大人骑上马，带着四五个跟人，出了衙门，要上背后街给老母请安，然后再找大哥张广聚算账。方才走着，瞧看之人不少。先前在粮店见与他大哥广聚打架，一个个都说："这样不要强的东西，由自幼儿我就瞧他不成器，到如今还是不成器！"这又瞧见三爷戴花翎三品顶戴，身穿官服，四五个跟人，一个个的甚是威风，便又换过嘴来说："我当初瞧着他是一个好人，必要做官，由自幼儿就不俗。如今做了官了，我知道必要成名的！"这就是人嘴两片皮，由着他说，大汉非奸则傻，矮人心内三把刀，怎么说怎么有理。

闲言少叙。广太到了背后街自家门首，下马进里边，见老太太磕头行礼，然后给二嫂子施礼。老太太哭了会子，说了半天别后的事情。外边他大嫂子周氏进来，说："三弟，你过来，今日个当着老太太，你哥哥所做的事，我从中劝他不听。就是老太太这里，我也时常来送些钱来，无奈我能有多少钱呢！你哥哥我就不能说他了，他在外边也不敢进来，叫我来说人情。我料想贤弟不能不赏给我一个脸儿。"说着，给老太太行礼。

老太太张母是一个好人，心地慈善，连忙说："儿媳起来，把广聚叫来，我瞧瞧他。"只听外边大恶贼张广聚说："母亲，孩儿原有心把您老人家早就接回去，不想如今我三弟来得巧，什么话也不必说，总是我的不好。贤弟，大哥错了！"说着行礼，请老太太上车回家去。老太太不去，夫妻跪着求了多时,连广太瞧着大贤人当初救命之恩,早过意不去啦,叫二哥请老太太先到外边上车,叫下人回来搬家。又派姜玉把自己车辆、箱子俱皆搬取到家,然后又忙了一天。

次日拜街坊,是河西务大小人家、买卖铺户全拜。拜到李贵门首,里边这李大爷正同邹爷在书房吃茶,告诉那使唤老妈说:"如有张广太来拜,就说我没在家。"正说哪,外边有叫门之声。老妈忙出去开门,见张三爷衣冠齐整,带着跟班的,三爷说:"我来给我大哥请安来了。你进去就说张广太来拜!"老妈是乡下人,不会说话,也说:"张三大人,我们大爷说啦,'没在家'。"三爷一听,也笑咧。那个老妈自知说错了,也就不言语了。广太一想:"必是那天我没告诉他实话,他恼了吧。我与大哥孩童在一处,知己之交,我硬进去也无妨。"想罢,迈步往里走,带着跟班之人,来到了内宅书房。老妈说:"大爷,张三大人他一定要进来了。"李贵说:"他已然做了官,还认得哥哥作什么呢?"广太过去请了安,说:"大哥别记恨我。"又给二哥邹忠行礼,三人落座,谈别后得功名之事。

广太请二位帮办喜事,回家择日,行茶过礼,搬娶过门。洞房花烛之期,来了那丹珠、倭侯爷、哈四太太、都中众亲友。焉想到美中不足,洞房花烛闹出一场是非来。不知后事如何,且听下回分解。

第四十三回

假道士巧得真消息　真邪教误信假神仙

诗曰：

休将世态苦研求，大界①悲欢静里收。

泪尽谢道心意冷，愁添潘岳梦魂休。

孟尝势败谁鸡狗，庄子才高亦马牛。

追思令危鹤化羽，每逢荒冢陪神游。

话说张广太在家中娶亲过门，拜罢天地入洞房，喝交杯酒，吃子孙饽饽、长寿面。张三爷夜晚与焕章、那大爷、众家亲友，在一处划拳行令，斗宝夺标，直吃到三更时分，方才罢盏。三爷回归洞房，将官帽搁在帽架上，花翎放在翎筒里，黄马褂脱下交给侍奉婆，搭在衣架上。新人在床上坐着，众人出去。三爷坐在椅子上，今天洞房花烛之期，想起当初之事，在天津受困之时，不想有今日；又想一生所遇悲欢离别之事，不由己扶儿而卧，越想越烦，昏沉沉睡去。

不知不觉，天色大亮，外边都起来了。广太忙要穿上官衣服，自己出去酬客，一瞧不见了翎筒与黄马褂儿，开开门，叫人进来找，又叫侍奉婆在各处寻找，并皆不见。只见砚台底下押着一个红单帖，上写有四句话。写的是：

寒风一阵逞英雄，红人是我把刀钉。

玉美无瑕谁能见？盗去马褂大花翎。

看罢，正想之际，猛抬头又见那边门上边门斗上寄柬留刀。三爷过去一瞧，知道是一个飞贼从这里进来的，连那把刀并字柬取下来一瞧。那字柬上写：

韩信英名四野扬，红袍挡雁姓字香。

玉笛吹散三千将，苦死乌江楚霸王。

---

① 大界——大千世界。

张广太不解其中缘故,反复看了半天。

正在心中愁烦之际,外边姜玉进来说:"三叔,我给您老人家道喜!外边那大爷套车要走,那倭侯爷也要走。"广太出去,先把远客送了走,然后与倭侯爷、那大爷说失盗之事。倭侯爷说:"三弟,你的气色很暗,有百天牢狱之灾,须要谨慎。此时印堂露出一道喜煞,必有顺事。你暂时不可着急,我把话说了,你不可不信。"那至近的亲友大家纷纷猜疑,也有猜说是与广太有仇的,也有说与他戏耍的,等等不一。

李贵、邹忠带着姜玉出去寻找,各分东西南北。李贵一直往东,按处访问踪迹,并不知下落。自己又望南走,正遇邹忠,方要问他,邹爷说:"大哥,我没有找着。你可曾找着下落来没有?"李贵说:"没有。"二人望回走到三爷家中,不见姜玉回来,心中甚着急。

天约正午,只听外边姜小爷跳跳蹲蹲进来,说:"三叔不必着急,我方才出去访着下落了。"姜玉自出离了门首,到了十字街,墙上边贴着一个红贴儿,写的是:"村北桃柳林,寄卖黄马褂、大花翎。"顺着道儿,一直的到了村北一里之遥,但则见有十数棵树,栽种几样野花、一棵柳树、一株桃树,名为"桃柳争春"。树林子东边又有一个花墙子门楼,黑油漆门,一带白墙。里边上房五间,东西厢房各三间。门旁边墙上贴着一个帖儿,上写"本宅寄卖黄马褂、大花翎"。姜玉叩门,从里边出来了一个年轻的使女,品貌丑陋。怎见得? 有赞为证:

> 但则见前顶秃把头皮儿露;无宝纂,中间叩;雁尾歪,天然旧。耳挖长,拴石榴;脑袋小,黑又瘦。斗鸡眉,眼瓯抠;塌鼻梁儿,鼻定流。大麻子似缚绉①,多亏他把粉搭的厚。被风儿吹,吹裂了口,水芸梅的脸蛋好不风流。蓝布衫,花挽袖;印花边,黄铜钮。红中衣,裆儿瘦。小金莲,钩九六;里高底,实难受,一步一歪一嘎游②。

姜玉看罢,方要问话,只听那个丑丫头说:"干什么的? 你打门来啦吗?"姜玉说:"你这门首贴着帖,'寄卖黄马褂、大花翎',我来头那个。"丑丫头说:"张三大人那里有人来买,才卖哪。"姜玉说:"我就是张三大人那里的,你进去说与你家主人,我名姜玉,是张三大人的亲信之人。"丑丫头进

---

① 缚绉(zhòu)——绛色的绉纱。

② 嘎游——形容走路姿势难看。

去不多时,笑嘻嘻说:"这有一封书子,你拿去交给张三大人,叫他自己来取。"姜玉接书子在手,也不敢造次,转身回到家中,将前项事说了一遍,又把书子呈上。

张广太接过来一看,上写:"内函祈呈张三大人文启,名内详。"广太拆开一看,里边两张八行书:

身违芝颜,时经八载,遐想起居佳善,为慰为念。忆昔青楼得晤足下,实乃三后深幸!辱承厚爱,结绾同心①,不啻海誓山盟。岂料好事多差,喜反为忧。临歧一别,实深忧想。临风自泣,对月长叹。红颜薄命,妾复何言?近闻荣归府第,妾心不胜雀跃。谁知足下又卜鸾交,新婚燕尔,乐也何如!回忆当年,心盟在迩,能不神伤?一缕柔肠,几乎寸断。今不避耻辱,特将花翎、马褂暂取妾处收存。君其智者,虽不念昔日恩情,亦必看物之重,谅必惠然肯来,则妾与君相逢有日,谈心有时矣。书至于此,泪随笔下。欲言不尽,余望心照。胡笳动处玉关秋,惊醒痴人梦里愁。不敢笑他年少妇,从今我亦悔封侯。

看罢书字,不由落下几点英雄泪来,想起当年之故耳。

原来是韩红玉自与广太二人在烟花院中山盟海誓,张广太走后,鸨儿说:"姑娘,自你到我家之后,吃穿日用不少,我们行院中指着买个人接客吃饭,养活我。你自到我家,我也不敢强叫你接客。你打算着是什么主意哪?"韩红玉说:"大概我家中两个哥哥,不久必来救我,你不可这样,我自有报答你之时。"

这一日,有红胡子马杰由沧州来到烟花院中,用三百银子把红玉赎身出去,要带回沧州家中,给他找一个婆家。红玉哭诉一回,把遇张广太之事说了一番。马杰在河西务村北,给赁了一所房子,雇了两个女下人、一名使唤丫头,留下几百两银子,时常前来送银子,每逢节年必要前来。韩红玉这里暗暗在外边打听广太的下落。今年韩红玉听说传言,张广太奉旨回家祭祖,心中甚喜,自己也不能叫人前去。这日听得说,张广太娶妻是通州守备胡忠孝的妹妹,他是心中真有气啦,夜晚带着钢刀,前去刺杀他二人。天有三更以后,由房上下来,把门斗儿摘下来,到屋内举刀要杀广太,一想:"他也许不知道我在哪里,我何不拿他点东西!"伸手把花翎、

---

① 结绾(wǎn)同心——结交知心朋友。绾:结。

黄马褂两件,包在一处,一旁有文房四宝,题诗两首,寄柬留刀。

　　他回到家中,写了几个字帖儿。派人贴在十字街,自家门首也贴一张。姜玉至此,才给他一封书字。张广太一瞧,把这封书字搁在一旁,又把自己先前的事说了一遍。倭侯爷顾焕章说:"三弟,劣兄跟你前去。"吩咐外边备马,叫姜玉带路。

　　三个人出门上马,至背后街村北韩红玉的门首,下马叫门。自里边出来了一个老英雄,身穿青绉绸大衫,白袜青缎子皂鞋;年约六十有余,赤红脸,红胡子。顾焕章一瞧,认得是拜兄马杰,慌忙行礼,说:"唔呀! 原来是马大哥。小弟顾焕章有礼!"又叫广太说:"三弟,这是马杰马大哥。"三大人过来行礼,说:"久仰大名,今幸得会,也是三生有幸!"马杰说:"山野村夫,多蒙大人抬爱,请里边坐着。"姜小爷拉着马,在门外站着,等候广太进去。到了书房之内,是东厢房三间,里边倒也干净。落了座,马杰说:"顾贤弟,你的事情我也知道。今天这一段事,你我二人为媒就是了。"说着进里边,去把三爷的黄马褂、大花翎拿出来,交与三爷。广太拿回去,定吉日搬娶过门。

　　那日亲友还不少,那大爷也去了,倭侯爷也去了。李贵请人修坟地,与白狗栽松树,立石碣,然后写了两台戏,对台唱戏。请三爷大上白狗坟,在四外村庄亲友前来听戏。是日,众人齐集,戏早开台,焉想到惹出一端是非来。不知后事如何,且听下回分解。

第四十四回

顾焕章假充神仙　神力王调兵剿贼

诗曰：

　　莲花池畔倚回廊，一见莲花一恨郎。

　　郎意拟同荷上露，藕丝不断是奴肠。

话说三爷祭奠白狗，手举香，口中说："白狗，白狗！你先前替我一死，但愿你早早托生人世，与我做为兄弟，常常相守。"行完了礼，然后他母亲过来，拈了箍①香，叩头说："白狗，你当初替我儿一死，救主虽不为奇，替死甚是不易。但愿你早早托生人世。"李贵、邹忠也磕下头去，说："白狗，你要是有灵有应，有仇的报仇，有冤的报冤。"张广聚在一旁站着，甚是不乐，自己过去也烧了香，然后同着众人说："我当初本是管教我兄弟，弄假成真。我要真有害我三弟之心，当时就有个报应！"

话说未了，只见从外边跑进了一个血淋淋的妇人来，把张广聚吓了一个筋斗，不能起去。早有众人把他扶起来，听那妇人说："三大人救命呀！"跪在大人的面前，哭说："众位大人救命！"后边有一彪形大汉，手执木棍说："这妇人，我家庄主花费了好些个银钱买的你。你今逃走，我奉庄主之命来追你，叫我把你打死！"说着，举棍就打。吓得那妇人躲在张广太背后。姜玉过去说："你们是怎么回事？说说我听听再打。"那个妇人泪汪汪的说："众位要问，听我慢慢的说。"

原来这个妇人住在河西务西头，娘家姓白，嫁与刘四为妻，夫妻二人甚是和美，可称天作良缘。刘四他赶车为业，在于家围于珍四庄主那里。刘四时常家来嘱咐他妻，怕的是年轻的小媳妇惹是非。这一日，白氏女子正在门前站，瞧见了一伙子打围的人儿直扑正南。为首骑着一匹花斑豹的马，相貌形容实是威风。到了白氏跟前，把马勒住。那人年约四十来岁，面皮儿微黑，长眉大眼，身穿二蓝洋绉大衫，薄底靴子，带着二十多人，

---

　　① 箍（gū）——量词。

扛着枪,架着鹰,拉着狗,一瞧白氏娘子长得十分美貌。那个为首之人,就是于家围的四庄主于珍。其人最好色,一见美妇人,他就动心,两只眼睛不住的望着白氏身上瞧。本来这白氏女长的面如敷粉,柳眉杏眼,准头端正,樱桃小口;身穿着一件白夏布女汗衫,镶沿着各样缎边,品蓝绸子中衣;足下一对莲钩不盈三寸,穿着南红缎子花鞋,上扎挑梁四季花;手拿一把捶金小扇,杏眼含情,香腮带笑。四庄主一瞧,他心中一动:"这个妇人是谁家的女花容?"旁边家人卢欠堂答了话,说:"庄主爷,你不用说,这是咱们那里的赶车的刘四他媳妇。"于珍一听,不由心中甚喜,连忙下马,说:"你等跟我来!"直奔白氏四姐而来,说:"美人,我是于家围的四庄主于珍。你不必害怕,我有话说。你家当家人在我那里赶车,我到你家中坐坐。"吓的白氏四姐回身进了大门,把门插上,连声嚷叫:"街坊救人! 有人来抢我来了!"登着柴火垛,跳过墙去。众人把门踢开,进屋内寻找,并不见有人,无奈大家回去。众邻里街坊齐来观看,把白氏送回家去。过了三两天,不见自己丈夫回来,心中直跳,坐不安神。

这一天,雇了一头驴骑上,托亲戚看家,自己奔于家围。月色平西,到了于珍住宅门首下驴,坐在石头上。自里边出来一人,白氏说:"劳驾,里边有一个赶车的刘四,把他叫出来,就说家中有人来找他来了。"那个人说:"我进去叫他出来就是。"见那个人进去了多时,不见出来。有两人老妈自里边出来,要买绒线,问白氏是做什么的。白氏说:"我来找我当家人刘四,烦二位姐姐进去带个信儿。"那两个老妈说:"你跟我进去,到里边坐着吧。"白氏一想:"既然我到这里,何不进去到里边坐坐?"站起身来,跟那两个老妈进去。

走了四五层院落,里边正房五间,东西厢房各三间,院中天棚、鱼缸、石榴树,还有那各样花草。北边放着一张桌子,上边放着茶壶、茶碗,后边放着一把椅子,上边坐着一人,正是四庄主于珍。一见白氏,心中甚喜,说:"美人,我自从那一天见了你一面,回家来与你丈夫刘四说,我给他二百两银子,叫他再娶一个,把你送给我,省得跟着他受罪。到了我家,使奴唤婢,成箱子穿衣裳,整匣子戴首饰,好不好? 他不依从我,叫我把他打死了,埋在后院井内。你来甚好。来吧,咱们喝会酒,然后再入洞房。"说着,笑嘻嘻的过来,要拉白氏的手。这妇人乃是一个烈性之人,一听贼人这话,就知自己男人受害;又见他过来要拉自己,直气的蛾眉直竖,杏眼圆睁，照着于珍脸上就是一掌，又抓了他两把。于珍吩咐："来人！给我打！"过来了十数个贼人，把白氏踢倒在地，被于珍踢了两脚。大家一打，直打得白氏登时身死。吩咐左右："拉到了马号里去，黑夜再埋了他吧。"众人拉着死尸，到了外边马号，扔在一旁。

天有二鼓时分，白氏苏醒过来，睁眼一瞧，慌忙站起来，浑身疼痛，自己把门开放出去，想着要先回家，然后再替丈夫报仇，鸣冤告状。恰巧有一个由京都沙锅门来的一匹驴，望下走，白氏雇了它，骑上往下走。天有日初之时，到了河西务家中，给了驴钱，进门放声痛哭。给他看家的亲戚正劝解他，外边有于家围的家人墨龙，奉四庄主于珍之命，先在马号一找死尸，不见下落，号门已开，慌忙禀明了庄主。于珍吩咐大都管墨龙："带二十人追至河西务他家中，把他打死。"众恶奴也各带兵刃，追到了白氏门前叫门。里边白氏一听，吓得跳墙从街坊院中跑出去了。众贼随后追赶，正跑到白狗坟上，见那边唱戏，有张三大人戴着官帽，他过来求三大人救命。管家墨龙举棍要打，只见姜小爷过来，把贼人的棍挡开，上头用手一挡，他底下一腿踢倒在地，又连着几脚，当时身死。唬得众余党一个个望后倒退，不敢上前，俱都跑回于家围，禀四庄主知道。

张三爷一见，愣够多时，叫把戏止住，然后叫地面官人，先去禀知本县知道。姜玉说："三叔，杀人的偿命，欠债的还钱。我去打官司去！"张三大人说："胡说！用不着你，总是我该打官司去。你先把这白氏交给巡检司，送武清县打质对。"李贵说："贤弟，你不必着急，这一场官司，我替你打了就是。不必害怕着急，我也给他抵不了偿，你在外边再托个人情。"广太说："有这个妇人在，这场官司就好打。"派两个人看着他的死尸，众人回家商议。胡忠孝说："我正回通州任上，明天一早，我与妹夫人都去托人情。那四庄主于珍也不是好惹的，就先叫李大爷到案，他那里也相熟。"先叫李贵去武清县打这场官司。次日，二人上马，离了河西务，日色平西，到了齐化门，从桥底下跳上一人，手持钢刀，照着广太就剁，口中说："张广太，往哪里走！"不知此人是谁，且听下回分解。

第四十五回

张副将升任苏州协　顾焕章奉旨查黄河

诗曰：

> 大江东去日西流，百感茫茫不可收。
>
> 万里一身长作客，五年三渡此登楼。
>
> 凌空便去谁如鹤，小立玄飞我似鸥。
>
> 碌碌恐防仙子笑，题诗焉敢姓名留。

话说张广太方要骑马上大桥，只见对面来了一人，把马抓住，说："张广太，你可来了？我今天与你算算账，你好好的把我银子还我，万事皆休！"张广太一瞧，并不认识他是何人，只见那个人年约三十有余，紫面目，身穿紫花布裤褂，紫花布袜子，青布皂鞋；一脸横肉，二目圆睁，举刀就剁。旁边过来一个人，也有二十多岁，穿着一身蓝布裤褂，白袜青鞋，青须脸膛儿，先把那人的膀臂抓住，说："刘六，你别讹人哪，我来与你说理！"夺过那个姓刘的刀来，照着刘六就是一刀，砍倒在地。刘六直嚷说："好哇！张广太，你砍了我啦！"张三大人与胡忠孝齐说道："我们都没有下马，又怎么拿刀砍人？"那个砍人的说："张广太，你就不必走啦，你把人砍了，你还走吗？我姓朱，排行在五，我给你们劝架，你等不知自爱！"说着，把那把刀扔在就地。过来了本地面官人，把四个人围住，说："你们打官司吧！"带着四个人，到了官厅。

胡忠孝常出入齐化门，认得本处该班陈老爷，说："把这两个人交送提督衙门，都有我们呢。奉托兄台偏劳！"陈老爷说："胡老爷，那位是谁？"胡爷说："我的妹夫，兵定画石岭、畅春园引见、副将张三大人。我们一同人都有事，再未想遇见这两个讹诈之人，自行砍伤，拦路行凶。烦兄长把他交提督衙门。我二人先进城，到史家胡同哈宅，明天我们到衙门去就是。"说罢，二人告辞进城了。

到了哈四大人住宅，门上通禀进去。大人命那大爷出来请进去，到了书房广太先道了谢，请了安，又给胡爷引见，然后与大人把家中上白狗坟与方才的齐化门外之事细说一遍。哈大人说:"我给你一封信,派人送去,交九门提督陶明陶大人那里,明天你去投案,到那里自有照应。"先吩咐摆上酒,大家喝了些酒,安歇睡觉。

次日天明,大人上了衙门了,那大爷陪着用完了早饭。广太问那大爷,说:"昨天信给送了去没有?"那大爷说:"送了去啦。"三爷说:"我要去到衙门去。"就是胡忠孝跟着,出门雇了一辆车,到了衙门里边,正遇见昨天河阳汛的差人,说:"二位老爷来了,里边众位老爷正坐堂,请二位到里边去。"张三爷与胡爷齐到了堂上,给问官请了安,往旁边一站。把两个贼人朱五、刘六带上来一问,刘六说:"众位老爷,你们不必细问。我被张广太欠债不归,反行用刀把我剁了。朱五在那边劝架为凭。"又问张广太:"是所因何故?"胡忠孝与张广太二人,又把昨天在齐化门外所遇的实话说了一遍。众位问官把两个贼人拉下去,动刑勘问。叫广太与胡爷二人先回去,问明知道在哈四大人那里住,众问官回明了提督陶大人。陶明接了哈公的书信,又见众问官回禀,两个贼人并无承招讹诈作伤之事。陶大人递了一个折子,奏交刑部,大概是土匪恶棍拦路讹诈,自行作伤。

康熙圣主览奏,龙颜大怒,说:"真有这等样事!"传旨意:

把张广太与胡忠孝交刑部,严刑审问私通天地会之事。

旨意一下,众文武不知所因何故,一个个有与张广太有交情的,俱皆担心害怕,把张、胡二人传交刑部,这是为什么哪?

只因昨夜晚上,圣驾由长寿宫回寝宫,行至半路,辇前一片火光,圣主传旨住辇,一瞧地下落了纸灰,皆成字样。头一句:

大清国王,仁明皇帝,可以为君,不亏群黎

天地大乱,盗贼蜂起,广太归降,诈降之计。

后边有一行小字,上写"张广太昨天入都,聚会贼人,要起叛逆之心"。圣主看罢回宫,用笔记上此事,半信半疑,想:"张广太已回家,大概此事多有奇怪。"圣主次日一见这折子,上有张广太与胡忠孝入都之事,龙心大怒,下旨意,将他二人交刑部审问私通天地会贼之事。

这旨意一下,唬的哈四大人不知所因何故,连忙给河西务广太家中捎去一封信。姜玉上来先给哈大人请安,问了一回张三爷的事。大人不知细情,然后去见倭侯爷,把这一段事细说一番。侯爷说:"姜玉,我给你三叔托了人情,到了刑部,大概不要紧。我要改扮行装,穿道服,带百宝囊。"叫张荣、李昌二人过来,吩咐如此如此。二人点头去了。又叫姜玉在这府中等候,叫人给他预备饭。

次日,倭侯爷改扮出离了侯府,一直奔广渠门外,顺大路到了于家围西村头,路北有一个小店儿,倭侯爷进去,是北房三间,上房里边有一个大土炕,柴锅内煮着小鸡儿,香气喷鼻。有一个老头儿,年约五十多岁,身穿月白布汗褂,蓝布中衣,白布袜子,青鞋;黄淡淡的脸膛儿,黄眉毛,圆眼,微有几根黄胡子,一见侯爷顾焕章进来,说道:"爷,你来了吗?天早哪,住店吗?"侯爷说:"我来歇歇。今天在这村庄内化缘,晚半天住在你这里就是。"说着,坐在炕上,问:"掌柜的贵姓?"那个人说:"我姓刘,行五。你歇歇,不必在村庄化缘,怕没有人施舍。"侯爷说:"那是小事,我歇歇就是。"自己躺在炕上,说:"吾先睡一觉就是了。"

方才要合眼,不多时,只听得外边进来了一个人,说:"刘五哥,鸡肉熟了没有?"小店掌柜的说:"熟了,你来喝酒吧。"那个人说:"我才听见人说,六哥的伤倒好了些,这场官司倒打好了,咱们四庄主大概也有个人情。"刘五说:"你少说话就结啦,何必你多嘴多舌的,多管闲事!"说着,二人喝了几盅酒。倭侯爷起来说:"唔呀!好困哉,好困哉!掌柜的,我要走了,晚上见吧。"刘五说:"道爷走哇?"

倭侯爷出了店门,一直的往东走,到了街当中一瞧,路北里有一个大门,外边左右有两块上马石,里边有两条大板凳,上边坐着六七个彪形大汉,在那里说闲话儿。倭侯爷一听,必是于庄主的住宅,他站在那里,口中说:"吾乃梅花山梅花岭梅花道人,正在洞中打坐,心血来潮,掐指一算,知道有紫微星君真龙天子降世,落在这里。要有真龙天子,我这宝剑不动,自己出匣。"听"哗啷"一响,宝剑出匣有一寸。倭侯爷他又照样说了一遍,然后说:"吾善观气色,能知过去未来之事,能指迷人归正路。来,来,那个过来,我送给你们一相。"

自那边来了一个人,年约二十多岁,像个跟官的样式,说:"求先生给我瞧瞧吧。"倭侯爷一瞧,说:"你脸上气色不好,有人命牵连。你快去奔正东,不到三里之遥,有一座树林,必有机缘相遇。"那个人说:"我有一个朋友,姓李,名昌,我叫他去上通州缎店里给我去取银子去了,五天也不见回来。他家向我要人,说我把他们的人给害了。我到通州一天也没找着,我今日回来,到这里遇见道爷。来吧,求您老人家给我瞧瞧就是。"焕章说:"我告诉你,往东树林内去找去就是,越快越好!"那个人去了多时,门里边的家人一瞧,都过来了,围着瞧热闹了。倭侯爷又给别人送了几句,只见先前那个人同着一个少年人回来了,说道:"你真是神仙!我这个朋友方才上吊来的,他在通州把我的钱输了,也不敢回来见我,他要寻死,多蒙道爷指引。来吧,我送给你几两银。"说罢,拿出五两银子,交给倭侯爷,二人扬长而去。侯爷故意说:"吾不要银子,吾不要银子!"正说之际,只听里边说:"好哇!哪里来的妖人,敢在我这里妖言惑众!"声音洪亮,过来一把手抓住侯爷,拉着就走。不知后事如何,且听下回分解。

第四十六回

钦差愿舍命尽忠　龙王梦指拿六寇

诗曰：

广平赋里说梅花,陶令闲情句最华。

别有风流微韵事,珠仍无玷玉无瑕。

话说倭侯爷正在给众人相面之间,早有门上人进里边禀报四庄主于珍知道。于珍听此话,半信半疑,心中想："必是私访之人前来,替张广太访事。也罢,我出去见机而作就是。"自己离了内边房,到了大门以内,众家人都站起来了,说："庄主出来了。"倭侯爷故意吃惊："唔呀,好哉! 吾正访察着真龙天子,不想今天在此处相遇。"说罢,跪倒磕头行礼,说："吾皇万岁! 万万岁! 吾涉水登山,各处访察,不想今天在此相遇。"

于珍他本是个八卦教主,天地会他有三个哥哥,俱是天地会的会总,他也是个邪教匪贼的小会总儿。这于家围并无一个好人,都是天地会的余党。他本来就是个妄想之人,今天听了倭侯爷言语,半信半疑,拉着倭侯爷,说："你跟我走吧,不可这样信口妖言!"拉着方一进二门,那里拴着一条达子狗,浑身漆黑毛儿,项短脖粗,雄壮可怕,用手把顾焕章望前一推,料想他必叫狗咬着。他这个狗永远不叫生人进门,试试他是个神仙不是? 那个狗一见倭侯爷,心中恼了,"嗯"的一声奔过来。倭侯爷一见,用蝇甩①一指,那个狗"汪"的一声,就望那边跑。于珍一瞧,认着侯爷是真正神仙哪,一个狗被他一指,他就怕了。于珍不知其中详细。原来倭爷那把蝇甩儿,里边有消息袖箭,安着十个梅花针,他一捏簧,"咯嘣"一声,那个梅花针望外一蹿,正在那个黑狗的嘴里,他"汪"的一声,跑去那边卧着,连用爪往外挠,在叫唤。

于珍认着是道人的法术,带他到了外书房,是北上房五间,东西各有厢房。倭侯爷落座,一瞧那于珍,身高九尺,膀阔腰圆,黑紫面目;身穿青

---

① 蝇甩——拂尘。

洋绉夹袄,项短脖粗,脑袋大,雄如瘟神,猛似太岁。于珍说:"道友,你暂且落座。你说哪个是紫微星君降了世?真龙天子又临凡?"倭侯爷说:"你就是紫微降世,必有天分。久以后必要开基创业,得江山社稷。吾前知五百年,后知五百年,善晓过去未来之事。"于珍说:"也罢,我去到里边叫出来,你瞧瞧哪个是我的原配之妻?你要是瞧的出来,我便信服你是真神仙;你要瞧不出来,休想出我这宅院!"说罢,吩咐:"来人!看着他。我进里边去,少时就来。"顾爷心中甚是为难。

少时间,自里边出来了一群妇人,俱是一样的打扮,都在二十多岁。有十数个人,浓妆艳抹,品貌美丽,齐站在南边。于珍说:"神仙,你瞧瞧这十数个,哪一个是我的原配?"顾爷一听,心中一想,说:"这可把我给难住了。"愣够多时,说:"嗯呀!你等来看,那正宫娘娘头上有一道红线!"那些个使妾齐望那四庄主的原配之妻头上看。焕章这是生意话——诈唬;用手望那妇人头上一指,说:"好哇!我一看这就是正宫国母。"连忙行礼。于珍一瞧,心中甚喜,说:"神仙,你真是一个活神仙!我要得了地,必封你为护国仙师!"倭侯爷说:"谢主龙恩!"起来了,于珍先叫那些个妇人进后边去,让焕章说:"仙长爷,书房内有话说。"

二人进了书房落痤,于珍说:"我本是一个八卦教的小会总,就是得了天下,也不应该是我的。"倭侯爷说:"那不能!当初汉高祖乃是一亭长,提三尺剑,斩白蛇起义,久受霸王之困,后来得了汉室江山四百年。主公用心求贤,久以后必成大事。我山人会呼风唤雨,书符念咒,撒豆成兵。"于珍一听,说:"国师,你可用荤用素?"倭侯爷说:"荤素都可。"吩咐:"外边备酒。"稍时,杯盘齐集,菜也丰满,二人开怀畅饮,直吃到天晚。于珍趁着酒兴,说:"仙长爷,你今天在后边花园内高搭法台,你请个神仙来我瞧瞧。还求仙长把我的仇人张广太给我害了,就除了我胸中一块大病了。我此时可把他治了,交了刑部啦,不知后来该当如何问罪。他的朋友甚多,求仙长占算占算,他死的了死不了?"倭侯爷说:"我到花园中请下神仙来,再做道理。"

天有二更时分,花园中法台搭好了,众人齐不信倭侯爷他是神仙,都要瞧瞧是怎么样请。于珍带着四十多个人,暗中吩咐说:"如是分真请下来神仙便罢;如要是造妖言,那时你等各举号火,把那座法台烧了,就势连他烧死。"众人点头会意,同着顾焕章到了后边花园之内。四处也有厅房、暖阁、凉亭、月牙河、小芙蓉架,各样的鲜花。

焕章来到了法台前说:"于庄主,我要上去,你等大家都要跪下磕头。请下神仙来,不必害怕,你等用白面一块,捏成三个小人,上写你仇人的名字。用油锅放在一旁,我念咒,就势搁在油锅一炸,不消三天,他必死。"于珍说:"头一名是张广太,第二名是伊哩布,三名是白将军,俱是我们教中之人的对头冤家。"下边大家预备好了,倭侯爷说:"我先念咒,然后在台上请神仙就是了。"有人把油锅扇着,倭侯爷把面人放在锅内,口中说一句"无量寿佛",扔在锅里一个,又念了一句,扔在锅里一个,一连扔了三个,然后蹿上法台,坐在当中,叫人把那油锅内的物件拿出来。众人用铜笊篱捞出来,剩下两个面人了;大家一愣,齐声说道:"神仙爷,剩下了两个啦!"倭侯爷说:"唔呀,不好! 张广太大概跑了。"吩咐众人:"地下掘坑,就连油一并都灌在地下,就势埋上,不准开坑偷看。过了百日,定有奇验。"

原来倭侯爷他早先预备下一人白蜡做成的人儿。放在锅里,换出那个面人掖在囊中,叫人埋在地下,怕凉了冻上,瞧出来是蜡的。众人埋好了,齐跪下说:"仙长,你请神仙吧。"只见倭侯爷拉出了宝剑,口中说:"我要请二郎杨戬①前来,下降来临。"说着,烧了一道符,口中说:"二郎杨戬不到,等待何时!"并无动作,心中说:"只要刮一阵风,可有一个旋风,我就好造妖言了,说你等都是俗子凡夫肉眼,看不见就成了。"自己想罢,又将二道符一扔,口中咕哝了半天,说:"二郎杨戬不到,等待何时!"并无一点动静。四庄主于珍也不跪着啦,心中说:"好哇! 这老道分明他是来假充神仙,访察事情,大概心是一个私访的。"必内说:"我看他这三道符,如不灵,我派人连台带人一并烧了就是。"

正想之际,只听他台上又画了三道灵符,口内说:"二郎杨戬不到,等待何时!"倭侯爷是真急了,见台下边群贼都起来了,心中就知不好。方把那符扔下去,只听上边半天空中说:"吾神来也!"跳下来一个人,站在台上,身躯矮小,花面红须,唬得倭侯爷战战兢兢,自己无法,说:"来者莫非是二郎杨戬吗?"那个人说:"正是吾神! 不知差我哪边使用?"焕章一听他说话,仔细一瞧,戴着一个假红胡子,心中才明白。不知此人是谁,且听下回分解。

---

① 杨戬(jiǎn)——人名,传说中的二郎神。

第四十七回

马成龙定计拿巡抚　王千层赴宴入牢笼

诗曰：

胡笳动处玉关秋，惊醒痴人梦里愁。

不敢笑他年少妇，如今我亦悔封侯。

话说倭侯爷细瞧他脸上戴着牛皮鬼脸、假红胡子，听他的声音是姜玉，故意地说："原来是二郎杨戬。无事不敢劳动尊神，我这里有书信一纸，烦你转达上帝天王那里，去请得天兵天将，时常保护。"说罢，用笔写了几句。上写：

> 义子倭克金布谨禀父王台前：我私访于家围，有邪教于珍，原系叛逆之贼，访得确实。父王奏请大兵剿灭邪教，一则可以解张广太之危，二则可以与国除害。书不尽言，惟望鉴察。

> 义男倭克金布书

写完，交与姜玉拿去。姜小爷说："尊法旨！"拿了那封书字去了。倭侯爷下了法台，站在花园当中，说："于庄主，你可瞧见了？"吓得众人一阵发愣，然后请倭侯爷到了内书房，预备卧具，请仙长安歇睡觉。倭侯爷也不敢睡着。

次日天明，起来净面吃酒。于珍说："仙师，我这于家围住户，都是我们教中人，在此住居，并无一个外人。明天夜晚，聚会合村之人，请仙师度脱，传授几个徒弟，好不好？"倭侯爷说："很好。"喝完了酒，天有正午，只见外边有人来报，说："神力王带大队将于家围围住，请庄主定夺！"于珍说："仙师，这是为何缘故？算一算！"倭侯爷一听，就知是姜玉把书信送到，王爷奏明了圣上，必是奉旨前来拿贼。倭侯爷想罢，说："唔呀庄主，不好！必是钦天监奏明了皇上，调兵前来剿灭来吧。快把眼闭上，跟我驾云躲避吧。"于珍说："我的家眷应该如何？"倭侯爷说："有我安排就是。你快把眼闭上，先救你逃走！"

只听外边杀声一片，不知有多少官兵前来。于珍把眼闭上，侯爷把他扛起来,到了外边,望地上一摔。早过来几个官兵把他捆上。于珍睁眼一瞧,说:"好一个神仙,原来你是私访的,前来拿我。我也不想有今日,受你这样的巧计。好个小辈妖道,好大胆量,愣敢把我送给官兵!"侯爷说:"吾姓顾,名焕章,圣上恩赐倭克金布,赏赐靖远倭侯。我特意前来拿你!"神力王吩咐:"把贼人拿获!派官兵放火烧这于家围,不准放一人漏网逃走!"一声令下,烈焰腾空。怎见得? 有赞为证:

几点星星之火,勾出离部①无情。随风使浪显威能,烈焰腾空势猛。　　只听呼呼声响,重窗密户烟生,漫天遍地赤通红,画阁雕梁无影。

这一阵大火把于家围人等俱皆烧死,连一个人也没有逃走。后来住居之人,都是新搬了去的。

闲言少叙。王爷带着官兵,押着那个于珍,派人交了刑部,然后递折子奏明了天子。圣主派了刑部正堂田文忠、都察院右副都御史张海澄、大理寺卿刘元太,严刑勘问,审明白了于珍。原因墨龙死后,他买出朱五、刘六二人,在齐化门等候,派人探听,知道广太他那一天入都。他有一个娘舅姓曹,在御前当内监的差事,他会使水火符儿,用盐碱写了字,用錍錍子②拿火烧了,有盐碱拿着他不能散,故做几句话,在圣主的跟前接墙告状。今天在部里都招认了明白,然后奏明圣上,康熙老佛爷传旨意:

把于珍凌迟③处死,曹太监发往黑龙江,胡忠孝入都置办军器,同张广太入都谢亲,无故受人诬害。江苏水师营副将员缺,着张广太去补授;张家湾都司员缺,着胡忠孝去补授;墨龙的尸身,交本地面官掩埋;白氏听其自便。

旨意一下,张广太回家,李贵也从武清县衙门出来了,部文到了,带着家眷两个夫人与二位拜兄邹忠、李贵,上任去了。倭侯爷,圣上赏赐押马大臣、阅兵大臣、前引大臣、专操大臣。

腊尽春归,又到了四月间。又接了伊大人的折子,参淮阳道任永杰、河道总督卢定河,纵使家丁偷工减料等情。圣上旨意:钦派倭克金布查办

---

①　离部——代指火。离:八卦之一,代表火。

②　錍(pán)錍子——缴矢所用的石块。

③　凌迟——酷刑的一种。先分割犯人的肢体,然后割断咽喉。

黄河事务,任永杰革职留任,摘去顶戴;河道总督卢定河降三级留任。倭侯爷仍在王府,带了二十多个人,坐着紫缰大鞍车,请了训起程,在路非止一日。

那一日,离高家堰不远,早有人报与伊大人知道。总办黄河堤工的司员众人,齐接侯爷。伊大人派二马出去迎接倭侯爷。有人传报侯爷住伊大人的公馆。马梦太一想:"我们当初是拜兄弟,不知如今他做了侯爷啦,还认得我们不认得? 也罢,我过去给他请个安,见机而作就是。"只听那边炮响,侯爷带着好些个人,换了骑马啦。梦太过去请了一个安。侯爷下了马,说:"老兄弟,你的差事好哇?"马梦太说:"托哥哥的福!"二人携手正往前走,山东马说:"顾大哥在上,小弟马成龙有礼!"倭侯爷故作听不见,一直往里边去了。山东马一想,说:"没瞧见? 不能没瞧见,为何不与我说话,是怎么回事? 我再进去,偏要见见他,看他还念故人之交不念? 他如要是不念故人之交,那时我永远不与他说话!"说着,到了里边上房。

伊大人正与倭侯爷说话,二人谦恭多时,还是伊大人上座。侯爷总算跟着大人打剪子峪得的功名,就算是大人的门生了。方才说着话,成龙又进来了。侯爷早瞧见他了,知道他的脾气是最爱玩笑,当着好些个下人,他要说出玩笑话来,急不的,恼不的,故此在外边故作没瞧见他。又见他气昂昂的说:"顾大哥,你得了第,就不认得我了?"侯爷一瞧,说:"唔呀! 我的贤弟,我正要问你哪,你好哇? 我真想你,你坐下吧。"成龙说:"我方才听见哥哥你来,心中甚喜。"大家落座吃茶。

侯爷说:"我奉旨前来,是帮着大人办理黄河堤工事务,不知此时工程怎样? 水势如何?"大人说:"耗费帑银①六十万,也没打上黄河的堤工。不知怎样,是派人当时打了七天,无奈打上了开啦。子午相冲,卯酉必破,连办好了的都被水冲了。如今大概这就打上了。"说着话,人报合龙门就在明天,侯爷放赏点名。

大家至次日天明,齐集黄河岸验看。伊大人心中不乐,就要跳下河去,与国家尽忠。自己也是没脸,跪在就地磕了一个头,方要往下跳,早被侯爷一把抓住,说:"大人不可如此! 我自有主意。工程眼前告竣,何不等把龙门合上,然后在土坝之上搭一座席棚,你我二人在那里坐等。要是

---

① 帑(tǎng)银——国库里的银子。

天上垂佑,那时口子不能开了;如要是不垂佑,你我死在此处,也算报答君王俸饷之德。不知大人意下如何?"伊大人点头,回归公馆之内。

天有正午,人报:"龙门合上了! 请大人上香祭奠。"倭侯爷说:"搭两个席棚儿,我与大人俱在那里等候,口子一开,就算完了。"山东马说:"我与马梦太两个人也去。"瘦马马梦太真不愿意,无奈勉强答应。外边众跟人一听说这个信儿,齐放声痛哭,说:"再未想到咱们今天死在此处,实在可惨!"那一个跟倭侯爷的说:"好哇! 我家中父母、兄嫂、妻子,实指望我出来升官发财,再未想到今天跟着侯爷死在此处。"那边有伊大人的跟班的说:"罢了,我是真知道这一开口子,咱们大家俱被水冲去了。可怜孤孤单单,冷冷清清,大庙里不收,小庙里不留,也没有一个伴儿。"那边有一个说:"我有一个主意,管保成功。咱们大家把辫子拴在一处,你想好不好?"那边有给侯爷赶车的说:"结了,我是一个秃子,不能拴在一处。"

正说着,成龙进屋内说:"列位,不必着急,我有主意,把辫子给他系在耳朵上就成啦。"内中有一个家人说:"咱们大家求他个人情吧,他与侯爷是拜兄弟,你等大家还不磕头吗?"众家人齐求成龙说个人情,别带了他们去才好。山东马说:"这可是你们愿意的,大人侯爷要问,你等可就说实是你们自己愿意托的我就是。"说着,成龙入内见大人,说:"侯爷与大人要在口子上守着,等候口子开,都是为国尽忠,不知这些跟人还是带了去,还是不带了去?"大人说:"不能带了去。"成龙说:"那就不是了,他们大家都是愿意与人人同去。大人不信,叫他们进来一问便知。"伊大人与侯爷说:"叫他们进来吧,我问问他们。"只见从外边进来了一伙人,齐站在大人跟前,侯爷问说:"你们是托马成龙来的没有?"大家自打算成龙给说了人情,不带了他们去哪,齐说:"不错! 我们托他来的。"大人说:"你等果然是愿意托他来的?"大家说:"我等是都愿意托他来的。"大人说:"既然如此,我全把你们带了去就是。"大家也不敢言语,自己暗中怨恨成龙不表。

大人带着众人,齐来至新堤岸上席棚内,只听水声响如牛吼。不知众位性命如何,且听下回分解。

第四十八回

三杰暗访百花山　英雄被害隐仙观

歌曰：

独占鳌头，本是男儿得意秋。金印悬如斗，声势非长久。锦绣满胸头，何须夸口。生死临头，半字难相救，因此上盖世文章一笔勾。

话说伊钦差带着跟人在河岸席棚之内，有倭侯爷与那二马，一连三个席棚。大人在头一个，侯爷在第二个席棚，成龙、梦太在三座席棚，众跟人在四座席棚。山东马喝了一个大醉，辫子挽着一个髻儿，喝了个酩酊大醉，手拿瓦刀，来至大人跟前，说："钦差大人，这黄河口子今天不开了。"大人说："你怎么知道？"老马说："我问了王八了。"大人说："胡说！出去！"山东马迷迷糊糊到了外面，来到自己席棚之内，趴在地下，大肚子在湿沙土上一冰，竟自睡着。

大人心中烦闷，也就伏几而卧，曲肱而枕之①，昏昏沉沉，渺渺茫茫。方一合眼，仿佛身在河岸之上，站立一瞧，水都凝冰，心中想道："这水都冻成冰了，难道说还能开口子吗？"正思想之际，只见水声大震，从里边出来十二对灯笼，上写"水府"二字。随后出来金瓜钺斧、朝天镫，全副金执事②。头前有一个文官，头戴展翅乌纱，身穿大红官服，腰系玉带，方底皂靴，手拿牙笏③；白面，五绺长髯。后面有一人。脚蹬分水轮，头戴五龙盘珠冠，龙头朝前，龙尾朝后，上嵌八宝云罗伞盖，花贯鱼肠；身穿杏黄袍，上绣龙翻身、蟒探爪、蹿五云把海水闹、富贵高升一件杏黄袍；足下蹬抹泥姣，时样好，细篆薄底把毡包，寿山永固，一双方头皂。身背后跟着一人，怀抱一杆大旗，卷着并未舒开。头前那个戴乌纱帽的，朝着伊大人说话，

---

① 曲肱（gōng）而枕之——弯着胳膊枕在上面。肱：胳膊上从肩到肘的部分。

② 执事——旧事婚丧喜庆等事所用的牌伞等物。

③ 牙笏（hù）——古代大臣在朝廷上朝见君王时手中所拿的狭长板子，用象牙做成。

说:"星君请了! 我等是奉佛祖的牒文、玉皇圣旨,黎民该遭涂炭之苦,百姓受轮回之灾。星君即速回去,不可逆天而行。"伊大人说:"我也是奉圣上的旨意,难道说这黄河就不能打上了?"那边龙王答说:"星君要打黄河,你望身后那杆旗子上看。"只见那杆旗子"唰啦啦"一展,伊大人仔细一看,上写:

> 人可丁党一横夺,恶兽头上生一角。
>
> 大人回京朝圣主,千层芦叶挡黄河。
>
> 三三寇在乾坤聚,斩首流血龙门合。
>
> 策谟不出细参悟,一骥腾空便明白。

看罢,只听那龙王说:"星君急速回高家堰,再多一个时辰,口子就开了。"说完,水花一开,俱皆不见。大人正迟疑之际,只见从里边出来一个巡江夜叉,手拿九耳八环刀,说:"何人窥探水府?"举刀照着大人就剁,伊大人唬得一身冷汗。

　　睁眼一看,桌上残灯犹明,只听高家堰正交三鼓,连忙叫:"来人!"有众人与倭侯爷、马梦太等齐到。大人说:"我适才偶得一梦,梦见水府龙王指示。"大人细将梦中之事对众人说了一遍,问说:"何人能圆此梦? 我必有重赏。"众人猜了半天,俱不合情理。马梦太心中一动,说:"我何不去叫醒了马成龙,他最精明,善能圆梦。我唤醒了他,就说我做了一个梦,叫他给我圆圆;他如要说对了,我去对大人说,就说是我想起来的,也算是一件奇功。"出离账房,来到自己席棚之内。

　　见马成龙赤着上身,躺在就地,肚腹朝下。马梦太方要叫他,只见山东马一翻身爬起来,口中说:"好家伙,这还了得!"原来是马成龙喝的大醉,正躺在就地湿沙土上,有两个蛰虫钻入他肚脐眼内争窝,把老马给咬醒了。用手把虫儿拈死,说:"好家伙!"梦太说:"大哥,你先叫嚷,我做了一个梦,你给我圆圆。"山东马说:"你做的什么梦? 告诉我,我给你圆圆。"梦太说:"我梦见方才在河沿上站定,有水府龙王现身说话。"他把大人做的那个梦,照样又细说了一遍。山东马一听,只是摇头,说:"你做这个梦,你怎么配呢? 这明明是钦差大人所做之梦,问你来的,你不知道,你故意把我叫醒,说是你做的梦,叫我给你圆梦。如圆对了之时,你在大人台前献功,就不提起我山东马来了。我说的对不对?"问的马梦太闭口无言。山东马又说:"你跟我去见大人去吧,这个梦我能圆。"马梦太说:"你真是精明强干之人，果然是大人做的梦。你跟我去见大人，细圆此梦就是。"

二人到了大人账房之内，马梦太先说："马成龙能圆此梦。"大人说："好，我正与侯爷这里胡猜，析解不开。成龙，你说说我听，如要对时，必要记你奇功一件。"山东马说："法不传六耳。"大人叫从人出去，就剩了倭侯爷、马梦太站在一旁。大人说："你说吧，这也没有别人了。"山东马说："大人，我说'法不传六耳。'四个人，不是八个耳朵么？"侯爷说："你这个人混账！我同马梦太出去，你跟大人说就是了。"二人出去。大人又问说："成龙，你说吧。"山东马说："大人，我说的'法不传六耳'。"大人说："这账房内就是你我，我出去你告诉谁？"山东马说："侯爷大哥、马老兄弟，你们进来，我跟你们闹着玩呢。"侯爷同梦太复返到账房落座。

山东马说："大人把那首诗写出来，我瞧瞧。"大人提笔，将诗底写出来。山东马一瞧，说："头一句，我就知道了。'人可丁党一横夺'，'人可'，是一个'何'字，'丁党一黄夺'，是三个人，是何丁、何挡、何横。'恶兽头上生一角'，大概是独角龙马凯。'大人回京朝圣主'，那是一句吉祥话儿。'千层芦叶挡黄河'，这一句有干系大事。山西巡抚是王千层，河道总督是姓卢，大概他这两个许是天地会八卦教的贼人。'三三寇在乾坤聚'，'乾'者为天，'坤'者为地，'聚'者会也，'三三'是六，说的是这何丁、何挡、何横、马凯、王千层、卢定河，他六个人必是获罪于河神，作恶甚大。到如今龙王指示，这也是一段好事，大人拿住那六个贼人斩了，也就合上龙门啦。你要信我的话，那时间自有应验。此是我的愚见，不知大人、侯爷怎样？"

大人说："那四个贼人我都知道，可以访拿。王千层乃是一个封疆大臣，卢定河是一个总督。漫说这梦中之事不足为凭，连问他也不敢问。就让他真是天地会八卦教，也不成呀。"成龙说："我有一计，明天请卢、王二位大人在公馆之内喝酒，摆上了酒席，我与马梦太那里站着就是了。还有一件事，大人先说话，看他的动作是怎么样；他如要是脸上一带形迹，那时间大人说：'如今天地会八卦教匪徒甚多，天下各处连做官的人都有。'他那时间要不言语，我就说：'大人说这话，我先明明心。'我把帽子一摘，把头发一分，让他等瞧瞧有顶记没有。瞧完了，然后说：'众位大人，我是当小差事的，咱们大家都要瞧瞧。'侯爷与大人头上必然是没有顶记，看他叫瞧不叫瞧？”侯爷说：“他如要是不叫瞧，该当怎样？”山东马说：“我在他身背后一站，说：‘小辈，你这不要脸的东西！’骂完了，一巴掌把他官帽打去，把他脑袋往肋下一夹，瞧瞧他怎么样。他头上如有顶记，当时把他拿住；他如没有顶记……”伊大人说：“你一个小小的武职，殴辱大臣，你担得起吗？”山东马说：“那时间，你就说我疯了。”侯爷说：“你要有这个胆子，我这个侯爵不要了，万不能叫他把你杀了。你听见了没有？”马成龙说：“好！”只听外边水声鼎沸，巨浪直冲，翻花水势高可过岸，激得直响，可不开口子。侯爷说：“大人不可如此，咱们回去吧，那时再做道理。”遂吩咐众人回高家堰公馆之内。大家到公馆，方才落座，只听山崩地裂之声，口子又开了。那些个家人唬的战战兢兢。

次日天明，请卢定河、王千层。去不多时，外边喝道之声，王巡抚进了公馆，大人迎入上房，问：“卢大人为何不来？”王千层说：“二十里铺又有本汛之官来报又开了口子，他去查验去了。”说着话，吃茶摆酒，三人落座。二马在一旁站立，众跟人齐伺候。

三人吃酒，王巡抚问：“大人唤我有何吩咐？”钦差伊大人叹了一口气，说：“这如今天下的事，新出来些攻乎异端、怪力乱神之事，做官之人竟归天地会八卦教，这事真乃怪道！不知他是所因何故？”王巡抚说：“这也是迷人不醒其端。”山东马说：“大人说话也奇了，我这脑袋上可没有顶记，不信你瞧瞧，大家都明明心。”王千层把脸一沉，说：“我与侯爷大人议论军机大事，你一个微末的前程①，何必多讲？还不给我下去！”成龙退在背后，站在他那身后，心中说：“我给他一巴掌，要是有顶记，算是奇功一件；要是没有顶记，我这个乱儿也就惹大了。”又一想：“胆小焉得将军做！我就给他一巴掌，把他脑袋夹在肋下，我倒瞧瞧是有顶记没有？”想罢，把眼一瞪，抢起巴掌，照着王巡抚就是一掌，把他脑袋往肋下一夹，分开他的头发。不知果有顶记没有，且听下回分解。

---

①　前程——这里指职位。

第四十九回

赛纯阳甜言哄英雄　双刀将奋力杀贼人

诗曰：

> 人生名誉最为先，过眼浮云似箭穿。
> 苦叙皆因奇见惹，多艰为望故人还。
> 关心花酒将十载，留意诗书只数年。
> 堪愧芸窗荒怠久，故将佳句写鸾笺。

话说马成龙一瞧王千层的头顶之上，并不见有顶记；仔细分开发髻，见当中有钱大的一个疤，说："来人！把他给我捆上。"众人齐过来捆上了。

伊大人来到里间屋内，说："把他给我带上来！"说："王大人，你乃是封疆大臣，为何归顺天地会八卦教？你要实说就是。"王千层说："伊大人，我到如今也不得不说了，你也不必细问。我当年做知府之时，与卢定河二人是同乡的朋友。他原来由幼小入了天地会八卦教，劝我入教。我问他有什么好处，他说能修炼长生不老，益寿延年，我故此也就与他等入了天地会。到如今我才知道是叛逆，我也无法了。封我二人为镇北侯之爵，如得了大清江山社稷之时，我等都凌烟阁上标名，开疆展土的功臣，裂土分茅①的大将。今天卢定河他知道侯爷又来了，故意假报二十里铺黄河开了口子啦，他带人去扒开，叫大人与侯爷首尾不能相顾，他好下手办理，把所有的帑银给八卦教中送了三十万两。今天他叫我来探听大人这里与侯爷是怎么样情节，这是实话。求大人不必多问，已然我头上有了顶记了。"侯爷说："先把他捆在空房之内，吾出去叫人把他的跟人给送走了。"吩咐李玉："去到外边说与王千层的跟人，就说他们大人与侯爷、伊大人有紧急大事，先叫你们回去了，明天早晨来接大人。"遂把王巡抚捆

---

① 裂土分茅——古代天子分封诸侯，举行一定的仪式，用白茅包些土给他，表示分封土地的意思。

在空房之内。

侯爷说："马老兄弟，你跟我去到二十里铺去拿卢定河去。"马成龙说："我也跟着你去？"侯爷说："咱们是改扮私行，到那里见机而作才是。"众家人伺候三个人换了衣服，然后三位英雄辞别大人，暗带着兵刃，出离公馆。

走了有二里之遥，山东马走的慢，马梦太性急，听见那边倭侯爷说："你们哥两个头前走，我告便。"梦太说："我也告告便，马大哥，你先走吧。"山东马说："我走的慢，要先走了就是。"倭侯爷解完了手，只见梦太在一旁站着，说："侯爷大哥，咱们两个人带着山东马去做什么？要走他多咱才到了呢？我有一个主意：少时咱们追上成龙之时，你问我一天能走多少里路程，我说一天能走一千里路程，你就不信，我偏说能走。咱们两个一赛腿就是了。我一跑，你就追，少时就把他落下了。"倭侯爷也想："要同他走，什么时候才到？"二人正想，到了前边，与成龙说了两句闲话。

侯爷问梦太说："你两头见太阳，能走多远？"马梦太说："能走一千里路程。"侯爷说："我就不信。你走走，看我追的上追不上就是了。"山东马说："马梦太，你就不必与大哥争论，我就不信你走得了一千里路程。"梦太说："你不必管，咱们倒走走看，成不成？"说罢，一伏身望前就跑。倭侯爷随后就追，几步就赶过马梦太。山东马一想，说："是了，这明明是马梦太出的主意，他二人一赛腿就把我落下了，我追不上他们，我会嚷。"想罢，说："列位，头前跑的是倭侯爷顾焕章，后边那个是瘦马马梦太。"这二人一听，也不敢跑了，站在那里等着。只见山东马来到，梦太说："你嚷的是什么？"成龙说："你跑的是什么？"马梦太说："我们不愿与你在一处走。你瞧瞧，你穿着那一件蓝布大褂，高袜子，山东皂鞋，戴着你那个草帽儿，你像干什么的？你瞧瞧，你手里拿着桑皮纸的折扇，谁一瞧，你就像一个老米碓房的掌柜的，怯勾！你要跟我们去，所到之处，你装哑巴别说话，我自然有主意。该吃给你吃，该喝给你喝，该拿贼的时节，你过去动手就是了。"马成龙答应说："就是那么办就结了，你可不需要笑我。"说着，三个人到了二十里铺东村头。

这里是一个乡镇，也没有人在那里讲究开口子的事。三人一问，并无此事，也不知道总督卢大人的下落。见路北有一个大天棚，四外花帐儿，里面有正北房一通连五间，坐北朝南门儿，外边天棚上挂着"雨前、毛尖、雀舌、六安"的幌子。又有"家常便饭、应时小卖"各样的幌子。里面靠西边,有六个八仙桌儿,两边都是板凳。东边照样六张八仙桌,当中三张,四个过卖,倒也清雅。

倭侯爷进去,到里边一看,倒也干净。西边第四张桌儿闲着没人,用手一冲,拍着山东马说:"你在这里坐着。"马成龙点了点头儿。然后又说:"梦太,咱们两个在北边头一个座儿落座。"马梦太说:"给他拿两包茶叶,给我们那位沏上茶,给我们也来两包茶叶。"倒上茶,三人喝了多时。天有巳正,三个人还没有用早饭哪,拿茶一冲就饿了。马梦太故意说:"给我们那一位再续一包茶叶。"跑堂的又给成龙续了一包。梦太暗中说:"给我们两壶酒,要一个拌肚丝、一个卤牲口、一个醋溜鱼片、一个拌鸡丝"说完了,又叫人给马成龙去拿了一包茶叶,放在壶内。他与侯爷在一处,喝一个不亦乐乎。

马成龙先前认着是好呢,后来一瞧梦太与侯爷喝上了,他就急啦,招手儿叫跑堂的,用手指伸了两个,然后往嘴里一比;又用两只手比了一个圈儿,仿佛像碟子似的;又伸了两个指头比比,好像要两个碟子菜样儿似的。跑堂的故作不知道,说:"你还要两包茶叶呀?"旁边有一个老头儿说:"你与他做什么假装不知道!他比着是要酒两壶、菜两个。"跑堂的说:"好哇,您老人家不知道,他不是要菜,明明的是要茶叶。"山东马比画了多时,拿茶也冲的饿了,逗的大家只乐,都说跑堂的不是。

马成龙急啦,说:"我要喝酒!"大家说:"你把哑巴急的说出话来了。"跑堂的也乐了,说:"众位有所不知,他一进来我就知道他不是哑巴。我与他说话,他点头儿,故此我与他戏要。"说着,摆上了酒菜。山东马自斟自饮,喝的甚是高兴,也不去让马梦太与侯爷。他越喝越高兴,又要了几壶酒,直吃得大醉。马梦太知道马成龙出门永远不带钱,故意说:"马大哥,今天这饭钱谁给呀?"山东马说:"我给他钱就是。拿过去,该着多少钱,我给啦。"跑堂的说:"共合钱五吊二百八十文。"山东马说:"我去到柜上叫他给我写笔账。"跑堂的说:"我看大爷也像一个做买卖的,到柜上去就是。"山东马说完,站起身来,到柜上说:"众位掌柜的,给我记一笔账吧。"柜上说:"贵姓啊?"成龙说:"我姓马,在卫辉府城里住,开冷酒铺儿,字号是'福海居造化馆'。"柜上有一个刘掌柜的,是卫辉府的人,问说:"在府衙的哪边?"山东马本是瞎说,他信口说:"在南边"刘掌柜的一想,想不起来,说:"油盐店的哪边?"山东马说:"南边。"刘掌柜的说:"粮店西边?"山东马说:"北边。"刘掌柜的说:"北边是水一片,并无一个人哪。再往北,是一个大坑。"马梦太直乐,说:"众位掌柜的,不必忧心,这乃是小事。我这一个哥哥是半疯儿,我给钱就是了。"拿出来二两银子,说:"剩下给小菜钱就是了。"

三个人坐在一处谈闲话。只听那一边大喊一声,口中说:"山东马,你原来是一个王八,在水内住着。"三个人一听,回头一看,只见那花帐儿以内靠着东边有一人:年纪约在十七八岁,身穿着蓝洋绉短汗衫,雪青官纱中衣,漂白袜子,厚底蓝宁绸镶四框的鞋,桌上搁着一件银灰洋绉的大衫;面如敷粉,五短身材,五官俊秀,品貌不俗,身材凛凛,齿白唇红,笑嘻嘻的在那里说:"山东马,你是一个王八呀?"马成龙一瞧,说:"好!"走到那少年跟前,用手一摸人家的脸儿,说:"小如意儿,你怎么与我玩笑?我瞧你就是一个'龙阳生'!"那个少年男子说:"顺心吗?别玩笑啦,我瞧你也是一个'龙阳生'。"

二人正在玩笑之际,又听得马梦太一瞧,说:"山东马,还认识这些人哪!好,我瞧他像个唱花旦戏的,必是一个私房。我用话一诈他,就知道了。"遂说:"好哇!你真有的,见了老太爷在这里,也不过来请安?大模大样的,连一句话也不说吗?过来陪着我们喝两盅酒吧!"那少年之人说:"你这个马寿儿,好大胆子,口出不逊。来,来,来!咱们去到外边去,分个高低上下、胜败输赢!"说罢,用手一扶桌子,蹿在花帐儿以外。马梦太跟随出去,二人站在那里动手。不知此人是谁,且听下回分解。

第 五 十 回

四杰入山擒邪教　一贼夜刺伊钦差

诗曰：

生平豪气未能伸,运蹇①多逢势利人。

英雄空有凌云志,犹如韩信②未入秦。

话说那个年少男子站在茶馆门外,叫马梦太出去,二人交手打在一处,走了有几个照面,分不出高低上下胜败。马梦太一脚照着那男子踢去,被那个人用手接着,往回一带,梦太几乎躺下。那个人把手一松,鼓掌大笑,说:"好哇,这个不要脸的拳脚!你去吧,换个人来与我动手。"对着山东马说:"什么叫临敌无惧、勇冠三军?你出来,我瞧瞧有多大能耐!"

倭侯爷说:"你这个东西好大胆量!来吧,我与你较量较量!"说罢,蹿出去,站在那个人的面前,说:"你来!咱们两个人分个上下。"挥拳就打。两个人在当场,真是棋逢对手,分不出强弱来。顾焕章心中暗想:"吾自下山以来,所遇的英雄不少,俱是平常之能耐。今天遇这少年人,果然武艺超群,必受过高人的传授,我不可伤他。稍时,我问他是那里人氏,姓什么,叫什么,我可以回禀大人,也算收一个英雄。"想罢,两个人斗有片刻工夫,那少年跳在旁边站定,气不涌出,面不改色,笑嘻嘻的说:"不愧人称赛报应,果然英雄也!"焕章说:"朋友,贵姓?"那人说:"你不必问我,我先与这山东马较量较量。我也知道你是临敌无惧、勇冠三军人物。"

山东马一听此言,心中说道:"这个人拳脚精通,我须得用智取他。"想罢,来至那少年跟前不远,说:"咱们两个人是文战,是武战?是比拳脚,是论能耐?"那少年说:"你说吧,文战怎么样?武战怎么样?"山东马说:"要是文战,我练一趟拳,你给我报个名儿,报的上来算赢,报不上来

---

① 运蹇(jiǎn)——命运多坎坷。

② 韩信——韩信:汉初诸侯王,曾受过胯下之辱,后被刘邦封为大将。

算输,这就是文战。要是武战,我拿刀剁你三刀,不准你还手;你剁我三刀,我也不还手。"那少年说:"你我也无冤无仇,何必用刀? 咱们就是文战。你先练? 我先练?"山东马说:"你先练吧。"

那少年拉开拳脚架子,练将起来。山东马并不认识,回头暗问顾焕章说:"侯爷大哥,那叫什么拳脚名儿?"侯爷说:"燕青拳。"山东马回头说:"你别练了,三尺童子俱都会练。练那个生的,叫人家不认得,那才成哪。"那少年说:"我再练,你先别夸口。"一变拳脚势,又练将起来。山东马又问侯爷说:"顾大哥,这是什么拳脚名儿? 你说说,我听听。"侯爷说:"这叫太祖拳。"山东马回头说:"练的这叫太祖拳。你一练的时候,我就知道,没有那么大工夫望你说。"那少年说:"罢了,你真是英雄! 我再练一趟,你叫上名儿来,我就算输了。"说罢,拳脚势一变,又练起来了。成龙又问侯爷说:"那叫什么拳?"侯爷说:"唔呀! 那个拳厉害的很哪! 我方才与他动手,就知道他是个英雄。今天他一练这拳脚,吾就知道他是那门中的人。那拳叫五祖点穴拳,能隔山打牛,百步打空。"山东马一听此言,回头说:"你别练了,这叫五祖拳,专能点穴。"那少年说:"你全猜着了。你练练,我瞧瞧吧。果然你练的拳,我叫不上名儿来,就算我输了。"

山东马打了一个飞脚,往前走了三步,又打了一个旋风脚;又走了三步,又打了一个飞脚,说:"我练完了,你说我那拳脚什么名儿?"那少年男子说:"我不知道。这是造谣言,没有这样拳脚路子。"山东马说:"你不知道我也练了,怕你学了去。我这拳叫'嘎嘎拳',两头尖,有三十六着,一着分十手,共三百六十六手。这是神传的能耐!"那少年说:"你说那不算,你得赢的了我才行哪,赢不了我不成。"山东马一听,说:"什么? 我赢不了你?"说罢,望前就凑到了那少年跟前,上边说着话,底下就是一脚,把那少年男子踢出两三步远,几乎栽倒。山东马说:"你尝尝这个'嘎嘎拳',厉害不厉害?"那少年男子也笑了。

侯爷过去问道说:"朋友,你是哪里的人? 姓什么? 叫什么?"那少年说:"我姓张,名义,表字二虎,别号人称笑面阎罗。适才我正要到高家堰寻访侯爷,不意在半路之上听见山东马喊嚷,我才知道你们三位的名姓,暗地跟随,来到此处。适才我与马成龙诙谐来,众位多要宽量! 我这里有你师弟一封书信,特意叫我呈呈台前"说罢,从兜囊之内掏出书信,交与侯爷,说:"这是你拜弟专差我奉上。"侯爷接过来一看,"内函专呈恩兄顾大人文启"，书内"福建台湾聚泉出发"。下边是"名内详"。侯爷拆开一看：

> 青阳入律，淑气通春①。恭维恩兄大人台前，福履妖平，曷胜心颂②。昔蒙青盼，铭感五中。金兰之谊，不叙套言。前在黄河湾一别，倏经八载，天南地北，人各一方，弟现得福建台湾聚泉山之主，带管二十四座海岛，手下有雄兵三万，头目二百余名。弟暂借道栖身，以待时来。近弟接一谎言，说兄长高官爵显，不知所因何故？兄如念金兰之好，赐弟一实信可也。今遣人去拜弟张义，近呈台前，如见面之时，赐回音于来人可也，则无可钦，并请金安，惟望鉴查。合府清吉，请安不一。

弟王天宠顿拜

侯爷看罢书信，复反又进茶馆里边落座。侯爷叫人买了一分八行书，借了笔砚，写了一封书信，交与张二虎说："张二兄弟，我的事情你也知道了，信我也写明白了，见了吾拜弟王天宠再细说一番。"说着话，把张义的酒饭钱侯爷给了。张二虎说："你们几位改扮来此，有什么事？"山东马说："没事，没事。"张二虎说："既然如此，我就告辞了。"二虎扬长竟自去了。

三个人方才要走，只见从南边过来一个人：穿着紫花布的汗褂，青洋绉的中衣，青缎薄底窄腰快靴；紫微微的脸膛儿，年约二十有余，喝的醉醺醺的，口中说道："不知我这里立着厂子吗？跑到我门口儿来练拳脚来啦，真是江边卖水！哪个过来与我较量较量？"马梦太正憋着一肚子气没处施展，心里说："我瞧这小子是前来讨打！我何不借他前来寻我，我打他一顿出出气。"一个箭步蹿到外面，说："小子，休得要在太岁头上动土，老虎嘴边拔毛！"上头用手一挡，底下一脚将贼人踢倒在地，挥拳就打。

正打之间，从那边来了一个人，身高七尺有余，身穿蓝绸裤褂，薄底快靴；面似姜黄；细眉大眼；到了马梦太的眼前，躬身施礼，说："这位朋友，不必望他一般见识。这是我兄弟，无所不为，喝醉了他就骂街。人家都看着他是一个老街坊，不好与他作对。今天得罪了尊驾，该打，该打。"马梦

---

① 青阳……通春句——指大好春光。律：四季变化的规律；淑气：美好的气息。

② 福履妖(⼉)平，曷胜心颂——指忠心祝福，万事如意。妖平：平坦，顺利；曷胜：不尽。

太是个外场的朋友,一听这话,自己站起来,笑嘻嘻的说:"我多有莽撞,是因为我们与一个路遇的朋友在这里比武,你兄弟口出不逊。你贵姓?"那人说:"我叫阴栋。不知尊驾贵姓大名?"瘦马说:"我家住北京城安定门里国子监,你听见说过有一个里九外七、皇城四门、营城司坊、南北衙门著名的人物,家号姓马,号称梦太的?那瘦马老太爷就是我。"说到这里,他愣了一愣,觉着说错了,"这是私访啊!"想罢,接着说:"那就是我们的近街坊。我也姓马。那边两个是我的拜兄:一个姓顾,一个姓马。"阴栋说:"三位到南边敝处,我有话说。就是前边那座莲花观。"三个人正访不着卢定河的下落,心中犹疑,"听他所说,大概是好人,何不前去看是如何?"想罢,梦太说:"二位哥哥跟着我,去到那边坐坐。"

三人跟着,一直往前走,约有一里之遥,见是南北的大道。道西边路北有一座庙,坐北向南,正殿五间,东西配房各三间,院当中有小柏树四棵。五个人进了庙,到了西配房里边落座。自屋内出来了一个老道,年约半百以外,九梁道巾,蓝缎道袍,白袜云履;面似淡金,细眉大眼,说:"两个徒弟,这是何人?"阴栋说:"是方才在外边茶园里遇见的。那二位姓马,这位姓顾。"老道吩咐摆酒,少时杯盘堆积,大家喝酒,老道可不喝,就是两个徒弟斟酒。顾爷与二马喝了有两三杯,觉着头眩眼花,翻身栽倒就地。不知三人性命如何,且听下回分解。

第五十一回

伊大人奉旨入都面圣　倭侯爷请假回籍探亲

诗曰：

　　十年赢得锦衣归，风景如昔事半非。

　　唯有多情门外柳，见人犹自舞依依。

话说倭侯爷三个人在莲花观吃酒，被老道灌醉，酒里放着有蒙汗药，把三个人迷倒在地，不醒人事。老道鼓掌大笑，说：“好三个匹夫！”吩咐两个徒弟：“把他们三个人捆上，用解药解过来，我说明白了，然后再杀不迟。”阴栋、阴梁二人把他们三个人用解药解过来，搁在院内。

三位英雄醒过来，破口大骂，说：“你这泼道，真大胆！愣敢把我三人捆上。”倭侯爷说：“吾姓顾，双名焕章，别号人称赛报应。那是吾拜弟，山东马成龙、瘦马梦太。”那老道一听此言，哈哈大笑，说：“我山人①早知道，故遣我徒弟去把你三个人引入莲花观前来，受了我的妙计。我姓吕，名良，别号人称赛纯阳。吾是那天地会八卦教的正会总，奉令在黄河接饷。今天奉镇北侯的令，在此看守。今天拿住你三个人也好。”即叫阴栋、阴梁二人，把他三个人结果性命。

那贼人阴栋手持钢刀一把，照着那山东马前胸，只听“喀嚓”一声，红光崩冒，鲜血直流，阴栋死于非命。马成龙并未伤着，这是为何？只因那贼人方举刀，照着山东马前胸一刺，自东边房上飞下了一镖，正中阴栋的咽嗓咽喉，登时身死。那位英雄跳下来，手抡双刀，照着阴梁脖颈就是一刀，砍倒在地。外面一声喊，把山门踹开，进来了无数的官兵。妖道赛纯阳一见两个徒弟死于非命，心中着急。又见跳下一个人来，身高八尺，面似姜黄，长眉阔目，威风凛凛，手抡双刀，照着自己砍来。又见众官兵进来，齐举兵刃来动手，人多势众，登时把老道杀死于院内，把侯爷与二马解开，说：“三位多多受惊！”侯爷一瞧，认得是王有义，过来给三个人请安。

---

① 山人——道士自称。原指隐士或从事卜卦、算命的人。

原来王有义自救了顾焕章,在神力王府中住着,老王爷保他移省升了水师宫的守备,接篆①不久,常常的自己单身出去私访。今天调本队官兵,是上百花山桃花岭剿贼去,正从此处路过。内有一个官兵说:"老爷,这庙里就是八卦教。那老道劝过我表兄,叫他归降八卦教中,我表兄不愿意,我都知道的。"王守备下马,派官兵围了这个庙,他翻身上房,到了里边救了三个人,杀了妖道。马成龙与马梦太、侯爷,俱皆谢了王有义,问他怎么知道,前来相救?王守备说:"我是调兵去百花山桃花岭,前去剿贼去,从此路过,听见手下兵丁说,这庙里有一个老道是八卦教,我故此把他们调齐,围上了庙,进来了杀死叛贼,救了三位。"此时天有日色将落之时,王有义吩咐手下兵丁:"把三个死尸搭到庙外掩埋。"又派人去叫本地面官人照管此庙。

诸事办理完毕,说:"侯爷与二位大人来此何干?"马梦太就把拿获巡抚王千层,审问出卢定河在此处挖河堤开口子之事,"我三个人到这里来拿河道总督卢定河,没找着他,故遇此事。"王有义说:"这西北离此八里之遥,有一座百花山桃花岭,里面啸聚贼人,我已访明,大概是卢定河的余党。咱们带官兵前去访拿,大概可以成功。"说罢,侯爷等出离了莲花观,带着四百官兵,一直扑奔西北。

黄昏以后,到了山口,众人一瞧,黑洞洞的。在西北上一个山口,两旁都是峻岭高峰,众人不敢进去,怕里边有埋伏。山东马说:"且慢!我有一条计,你们暂且在此扎住,我进去哨探哨探,万一拿住一个贼人,问里边的道路并贼人多少。"马梦太说:"我也跟你去。"说罢,二人进了山口。走了有一里之遥,借着星斗的光辉,只见前面有一树林,穿过树林子有一条小路,直奔西北。二人方至树林跟前,只见从那边蹿出一人,举杠子搂头就打,被马梦太一避血玦打倒在地。

成龙过去用脚蹬住,说:"你这号东西,是干什么的?说明白了,饶恕你!"那人说:"二位英雄饶命!我姓杜,别号人称杜大汉。今天是我们山寨寨主寿诞之日,我偷着下山,打算要打劫客商,得了银钱,是我自己的,不想遇见二位。"梦太说:"你们山寨有几位寨主?"杜大汉说:"有两个会总:一名何挡,一名何横。山寨之上有八百喽兵,俱是天地会八卦教中的

---

① 接篆——指新官到任接印。因印信用篆字。故以"篆"为印的代称。

人。今天一早，又来了一位卢大人，是大清国的河道总督，是我们教中镇北侯爷。规定今夜四更时候，要将此处黄河北岸刨开，拆散倭侯爷与伊大人，叫他二人首尾不能相顾。"马梦太说："这山里边有几条道路通着外边？"杜大汉说："此山别名葫芦峪，就是那一条道出入。东北、正北、正西、正南俱是高山。就是上北边山寨，有一条道路，分为前后山峡。你跟我走。"头前带路上山，后边又有官兵前来哨探，怕是二马被擒。马梦太一见官兵，说："回去！请侯爷与王大老爷带兵剿山。"

兵丁去不多时，侯爷带大队赶到，杜大汉头前带路，来至山下，派二百官兵在此扎住，等拿漏网之贼，遂带这二百人上山。马成龙在前头走，拉着杜大汉，被石头一绊，栽倒就地。后边的官兵人多势众，黑夜的光景也瞧不见。山东马脊背朝上，趴在那里。众人认着是一块石头哪，齐蹬着他脊背，大家过去，杜大汉也跑了，不知去向。山东马起来直嚷："好家伙！这还了得，几乎要了我的命！我也不走啦，坐在这里等贼就是了。"站起来一瞧，东边有一个山窟窿。山东马往里一瞧，不深，心里说："我坐这里等贼。"方才望里边一坐，"嗖"的一声，蹿出一个狐狸来，吓了山东马一跳。自己拿手望里摸了一摸，自己才坐下，仰面观瞧天上的星斗。听得山上杀声一片，是倭侯爷、王有义、马梦太带着官兵，将山寨围上。马梦太跃上墙，侯爷后面跟随，直至大寨南房坡上偷看。

只见里边明灯蜡烛，两旁站立有三百多喽兵。里面正当中有一张八仙桌儿，后面有一把太师椅子，上面坐着是河道总督卢定河；东边有张桌儿，后边坐着一人，身高七尺向外，面似黑炭，眉如八字，眼似銮铃，蒜头鼻子，嘴唇发薄，两耳发削，头小顶短，身穿青洋绉大衫；西边也有一张八仙桌儿，后边坐着一人，年在二十以外，面如白纸，短眉圆眼，耳小唇薄，身穿蓝绉绸大衫。侯爷在房上细瞧，大概两旁边是何横、何挡，遂叫："跟我来，拿这三个混账王八羔子！"拉短把刀，跳下房去，直奔大厅。侯爷说："好一个卢定河！你乃是国家封疆大臣，这样不法，与贼通气，吾先拿你！"蹿进屋中，抢刀照卢定河搂头就剁。两旁贼人用兵刃架住，卢定河拉宝剑，吩咐："拿奸细！"众喽兵大喊一声，就将二人围在当中。何挡、何横摆折铁刀，与二人动手。

只听外面官兵一声呐喊，双刀将王有义带官兵杀进大寨，吓得众喽兵东奔西逃，不知杀来有多少官兵。侯爷一脚将何挡踢倒就地，随过来几个官兵将他捆上。马梦太一避血珠将何横打倒，也被官兵捆上。余贼尽皆逃散。顾焕章说："唯独不见卢定河。王有义，你与梦太带官兵押解贼人，我去寻找卢定河去。"说罢，出离大寨。

且表卢定河见官兵进来，自己抽身出离大寨，往前逃走，自己口中祷告上苍："我卢定河今天若要逃脱此难，焚香答谢天地。"正说之际，走至山东马坐着那个山窟窿跟前。他并不知马成龙在那里坐着，正嘴里絮絮叨叨，被成龙一瓦刀，正打在迎面骨上，定河翻身栽倒就地，被马成龙拿住。侯爷从山上头正往下追赶，只听成龙那里嚷道："拿住了！拿住了！"随后马梦太带官兵亦到，把卢定河交与官兵，大家下山。那里王有义焚烧山寨，随后追到百花山口以外。天色大亮，给侯爷与二马备了三匹马，派十个官兵押解贼人，至高家堰。王有义回守备衙门。

侯爷与马成龙带着三个贼人，到高家堰公馆门首。只见里面管家何喜说："你们三位还回来了？昨夜有三更时候，公馆闹刺客。"侯爷等一听此言一愣。原来昨夜晚大人在灯下看书，有三更时分，旁边有一个书童伺候，从外面进来一个贼人，手举鬼头刀，照定大人就剁。不知大人生死如何，且听下回分解。

第五十二回

圣主封功赐宝刀　二马访友逛苏州

诗曰：
> 独对青天举一觞，醒时歌舞醉时狂。
>
> 黄金不是千年乐，红日难消两鬓霜。
>
> 身后碑铭空自好，眼前傀儡为谁忙。
>
> 得些生计随时过，光景无多易散场。

话说伊钦差正在看书之际，从外面进来一个贼人：身高约有八尺，黑紫面目，环眉大眼，迎面头上有一个大疙瘩，年约二十以外；身穿蓝绸汗褂，青洋绉中衣，青缎薄底快靴，手拿鬼头刀，说："伊哩布，你可认得我？"大人一瞧，是上水工的头儿、单角兽马夺。大人说："你来此何干？"马夺说："赃官，你不认的我，我乃是天地会八卦教的小会总。今天奉镇北侯卢会总之命，特意前来杀你。"说罢，举刀就剁。大人一闭眼，只听"扑咚"一响，贼人栽倒就地。大人一瞧，从桌底下钻出一人，将贼人捆上，说："大人不必害怕。我名张义，乃陕西咸阳人氏。知道二马与倭侯爷上百花山办案，我怕有贼人前来害大人，我暗中保护。吾要去也。"说罢，出离上房，竟自去了。大人说："壮士慢走！"连叫两三声，张二虎并未回来。大人这才叫："来人哪！"东西配房众人起来，看守贼人。

候至天色方亮，倭侯爷等回来，何喜正在门首站着，见三个人回来，将昨夜晚上之事细说一遍。三个人到里边，给大人道受惊，把拿获贼人之事禀明。大人一一讯问口供，果然皆是天地会八卦教，与侯爷共同递折子，奏明圣上。康熙老佛爷钦派吏部尚书田文忠至黄河岸审问卢定河与王千层，果然确实。

这一天，有人禀报："龙门合上！"天在正午，把六个贼人绑到河岸，枭首祭神。众位大人焚香祷告，将贼之首级扔在河内，候了三天，并无动静，口子没也开，从此清平。大人递折子，请匾额一块。康熙老佛爷钦派南书房①书写"神灵感应"四字,发往黄河岸,交伊哩布办理。

众人诸事已毕,回京请安。倭克金布面圣请假回籍,康熙佛爷是有道明君,赏了一年假,赏白银二千两。侯爷谢恩请训,拜别王爷、至近的亲友,回江苏去了。伊哩布升授工部尚书,兼管顺天府事务。马成龙召见,圣主龙心大悦,想起当初兴顺镖店之事,此时马成龙也发了福啦,又穿着官服,圣主一问他这几年所立的劳绩,马成龙福至心灵,一一奏明圣主。天子钦赐博奇巴图鲁,赏穿黄马褂,赏戴花翎,升任京营协镇,衙门在京西海甸,又赏赐大环金丝宝刀。圣主开恩,知道他们在外多年,赏了半年假,赏银二千两。马梦太升任京营南城抽分厂的参将,也赏假半年,赏银一千两。

二人谢恩,回大人住宅,在东交民巷路北。二人住大人外书房。大人把两个人叫进去,问他二人是回家,是在京当差?二人齐说:"圣上赏半年假,我等家中俱皆没人,暂在都住半年就是了。"马梦太说:"我到安定门外头上上坟。我家的房子,是我一个亲戚在那里住居,我也用不着他,我和马大哥在此居住就是了。"大人说:"也很好。你两个人明日递谢恩的折子,由户部银库把银子领来,该当做几件当差使的衣服。"马梦太二人回到书房,过了几天,诸事办理完毕。他把所领的银子买了绸缎,叫裁缝在本宅就做起衣服来了。马成龙拿了四百两银子,给彰仪门里井泉馆孙大哥送了二百两去;又给白德之妻洪氏嫂嫂送去了二百两银子,叫他度日。除此这二处故旧之交,并无别处。马成龙回到宅内,与梦太居住,毫无一事。

这一天,马梦太邀他出前门听戏,马成龙说:"没个听头。假打假闹,假杀假砍,没有看头。"梦太说:"菜市口瞧杀人的,那是真的,若不然,咱们哥俩到京西游游三山五园,西直门外头瞧瞧高亮桥、万寿山,游游昆明湖,游游绣寿桥,到香山游游碧云寺、卧佛寺、天台山、宝珠洲。"马成龙说:"我不去,除却了山水、房屋、树木,并没有别的可瞧的。"马梦太说:"那么你就在家坐着么?"马成龙说:"我有一个地方可去,怕你不去。"梦

---

① 南书房——在北京故宫乾清宫西南,本是康熙帝读书处。康熙十六年始选翰林等官入内当值,称"南书房行走"。除应制撰写文字外,还秉承皇帝意旨,起草诏令,一度成为发布政令的所在。

太说:"是哪里?"成龙说:"苏州。一则到那里开了眼,二则还尽其朋友之情。大哥顾焕章他家本在苏州住,咱们到那里,他必带着咱们游姑苏虎丘山。还有三弟张广义,他现任江苏水师的统领,你我在他衙门里住几天,大概无有不可。"梦太说:"你得做两件衣裳,咱们好去游去。"成龙说:"我交给管家何喜,叫他到绸缎店里给我拣时样的缎匹买来,叫裁缝给我做上几件衣服。"梦太说:"也好,你拿银子来,我给你买去就是了。"成龙遂把银子交给梦太,置办衣服。又叫大人宅内家人前去写车,雇到五家营。

家人去不多时,就带了一个赶车的来,给成龙、梦太请安。成龙说:"你姓什么?"赶车的说:"我姓曹,行六,久走五家营。"成龙说:"送到五家营,要多少钱?"赶车的说:"你是管牲口吃? 是管人吃?"成龙说:"我们全不管。"赶车的说:"你给三十两银子。"山东马说:"就是。我先给你五两银子,本月十五日把车放来,一早起身。"赶车的点头答应,拿了银子竟自去了。

这一日晚半天,同马梦太进去见大人,禀明要游苏州之事。大人说:"你二人道路之上,须要小心。我给你二人二百两银子,作为路费。不知你们多早起身?"梦太与成龙说:"本月十五日。我二人扮作保镖的模样就是了,如要是到了苏州,再露本来的面目。我二人在路上就说是保镖的。"大人说:"很好。你二人要早早的回来。"

两个英雄到了十五日那一天,拜辞了大人。外面来给梦太送行之人不少。也有给山东马来送礼的,是彰仪门里路北井泉馆来的,送来了茶叶、腊大八件饽饽①。又有赶车的到了,也就大家收拾行囊物件,二人告辞。只见里边管家何喜笑嘻嘻的说:"马大人,我来送你几件衣服,你来瞧瞧好不好?"说罢,拉着成龙到他那屋里去,然后拿出来一个包袱说:"大哥,你瞧瞧这几件时样的衣服,都是送给你的。"山东马一瞧,是玫瑰紫摹本缎汗褂,紫摹本缎中衣,玉色绸子袜子,大纸缎子山东皂鞋上绣三蓝套皮球,油绿洋绉大衫,共合这几件衣服。山东马一瞧,说:"好,穿上叫他们去看看。"原来是管家何喜与山东马玩笑,故意的把他戏耍一番。今天马成龙把衣服穿好了,在穿衣镜一照,说:"好家伙,我出去到外边叫他们瞧瞧就是了。"说罢,走到了外边,一看,大家都笑了。马梦太一瞧,

---

① 饽饽——糕点。

说:"好哇,真像一个海里蟆。"山东马说:"你别玩笑啦,我要上车了,一到苏州也叫他们瞧瞧我是个外场的朋友。"跳上车去,瘦马说:"好哇,我亦换好了衣服。"穿上蓝绸裤褂,漂白袜子。蓝宁绸四镶双脸儿鞋,跨着外辕。赶车的一摇鞭,直出前门,顺大路出了南西门。

头一站住在半路招商店,方才下车进上房,店中柜房里说:"伙计,你瞧瞧,许是拐带吧?"跑堂的到了屋内,送过净面水,然后一瞧,原来是个男子,问:"要什么菜?"山东马说:"要四样冷荤、四样热炒、两壶酒。"跑堂的去到外边要着菜,告诉众位掌柜说:"是一个男子,穿着衣服像个女子似的。我先去给他们拿菜去,然后再说话吧。"山东马与梦太二人喝了一个酩酊大醉。次日起身,梦太给了店饭钱。晚半天住店也是如是。一连三天,都是梦太给的钱。到了第四天住店,马成龙说:"今天请客。老弟,你要可吃的菜买。"梦太要了好些个菜,喝了好些个酒。次日天明,山东马也就望裤套的里边一摸,说:"坏了,我忘了带着银子了,兄弟你给他吧。"梦太说:"好,都是小弟我的事,你不必挂念,那算什么。"

二人自此在路上非止一日,到了邢台县北关,天色尚早,赶车的曹六说:"二位,今天咱们住在此处?还是住在下站,多赶三十里路?"马梦太说:"我们又无有要紧的事,何必如此?咱们就住在西关外。"见前边大街路东有一座客店,门首站着一个掌柜的说:"曹六爷来了么?里边来吧!"赶车的一摇鞭子,那骡子刚要入店,马成龙说:"我下车去。"手拿大环金丝宝刀,方一入店,只听的"喀嚓"的宝刀在鞘内一响。焉想到二马今天来到此处,要惹下一场大祸。山东马知道这宝刀有喜报喜,有凶报凶。在鞘内一响,马成龙说:"了不得了!"打了一个寒颤。不知二马到此该当如何,且听下回分解。

第五十三回

虬首龙大闹邢台县　猛英雄宝刀吓群贼

诗曰：

堪叹人为岁月荒，何时得能出尘江①？

从容作事撇烦恼，忍耐长调远怨防。

人因贪财身家丧，鸟为得食命早亡。

诸公携手回手望，缘怨三教礼何常。

话说二马到了邢台县东升店门首，二人下了车，赶车的一摇鞭进店，二马在后面跟随。山东马方一进店，旁边那些个人都瞧山东马的这个穿着打扮：玫瑰紫的汗褂，紫摹本缎的中衣，玉色绸子袜子，大红缎子山东皂鞋，夹着油绿洋绉大褂与大环金丝宝刀，大家看着他好像一个半疯。成龙一入店，那宝刀在鞘内蹿出了有三寸多长，只听"咯啦啦"直响，吓得山东马小辫一发愣，说："好家伙！马兄弟，咱们不住这个店，走吧。"店中伙计过来说："二位客人，既来到此处，都不是外人，愿意住北上房，就住在北上房，东厢房、西厢房，任凭二位随便。"

原来这座店，坐东向西，一进大门望北一拐，北上房五间，东西厢房九、十间。二马在院中站着发愣，听见店中伙计直嚷，梦太说："你把上房给我腾出来吧。"伙计说："上房可不成。当时屋中可没人住，由从头几天来了一个老头儿，带着一个姑娘，他白日就走，晚上必来。临走之时留话，不准租赁别人。二位住东配房吧。"山东马说："不成，我非住上房不可！"伙计说："既然如此，我把上房门给你开开，你们住在那里就是。"伙计开了上房门，二马进去落座，要酒要菜，二马喝酒。

天正黄昏以后，只听外面进来一辆二套车，小伙计在院内说："老爷子，你来了吗？我打算你今天不回来了。只因有一个赶车的曹爷常住我们这个店，由都中拉了两个客人，到了我们这店里，叫他住别的屋他不住，

---

① 尘江——即尘世、人世。

一定要住上房。我言上房有了客人住了，他说：'任凭他是谁，总得让我住上房。'您老人家住东配房吧。"那个老头一闻此言，勃然大怒，说："哪里来的小辈，好大胆量，莫非项长三头，脊生六背！"山东马在上房一听，拉大环金丝宝刀出来，站在台阶之上，说："我就是一个脑袋、两只膊膀，我就要住上房！"

　　只见柜房里出来一个掌柜的，站在院中间，对着那后来的老头儿说话，说："老客人，不可听我们那伙计的话，我们是人缘饭缘尽了，他说这话全不是买卖话。只因为上房住的这二位客人，到了咱们这店，人家问有上房才住哪，没有上房就住别的店去。赶车的与咱们有交情，我知道您老人家常不回来，要知道今天您老人家回来，我等天胆也不敢把上房给人住。"那个老头说："好哇，我要是一个人也不拘，住在哪里都行啦。我带着我的女儿，我不能住一间房。既然如此，把东配房给我腾出来，我们住东配房就是。"山东马在那边上房台阶上站着，一听这话也没有气啦。细瞧那个老头儿：年约六十以外，蓝哇哇的面貌，黄焦焦的透红一部虬髯，身高九尺；穿二蓝洋绉大衫，薄底快靴。自车内又下来一个年轻的女子，约有十八九岁，同着那个老头儿进了东配房中去了。山东马一瞧这个老头儿，口内不觉失声说："龙"。他心中想着像个龙王的样子，故此他才说："龙"。

　　那老头儿到了东配房，说："女儿，把我的刀给我吧，今天遇见怕是对头冤家。伙计，你倒说与那二位客人知，就说是我来拜他。"那个小伙计到了上房，只见二马用完了酒饭，在那里漱口哪。他说："二位老爷，先前在这屋里住的那个老头儿前来拜访二位。"二马说："好，请进来吧。"

　　外边那个老头儿随来到屋内，一瞧二马都是便服的打扮，身材、面貌俱皆端方。二马一见他进来，二马在北边床上坐着，南边有个八仙桌，一边有一个板凳儿。二马说："尊驾请座。"那个老头在西边板凳上坐下，问："二位贵姓？"马成龙本是喝醉了，说："家住山东登州府文登县马家庄，你倒知道有一个临敌无惧、勇冠三军的山东马成龙啊？那就是我。"方才说到"我"字，这里梦太用眼一瞧马成龙，山东马改口说道："那是我们的街坊。"老头儿点头，然后又听梦太说："我家住北京城安定门里国子监，你可知道有一个瘦马马梦太？他也是我们街坊。"那老头儿鼓掌大笑，说："好，好，好！我倒听传言，人说有一个胖马，名叫成龙；有个瘦马，名叫梦太。说他们两个人是拜兄弟，原来他两个人明着是拜兄弟，暗中是夫妻。"马成龙说："他两个人是夫妻？谁是公儿？谁是母儿？"老头说："马梦太是第一的好朋友。"山东马说："胖子呢？"那老头儿说：'是个母。'"山东马把眼一瞪，说："什么？"老头站起来，往外就走。山东马急了，说："你先等一等走！"老头儿出离上房，直奔东配房。山东马追到东配房门儿以外，说："你那个老鸡子进的！竟望我玩笑。"老头说："不可！我屋中可有女客。"

山东马无奈转回上房屋中，坐在那里越怒越气。梦太在旁边直乐，说："这个老头儿是高眼，瞧你就像个母。"山东马说："你别装呆傻啦！"天色已晚，二人安歇睡觉。

次日天明，起来开开门，叫小伙计说："昨天来拜望我那老头儿，他姓什么？"小伙计说："我们不知道。"成龙说："你别让他走，我跟他有话说。"小伙计说："早就走了。我们还未起来的时候，有五更多天，交给我们打更的一个字儿，叫他给我交给你。"成龙说："你拿来我看。"小伙计从怀里掏出一个字儿来，递给成龙。上写：

马成龙、马梦太知悉：昨晚在店中初遇，我不肯与你二人动手，闻你二人英名素著。要若是英雄，我今日正午，在高家洼等候。去者是英雄，不去者是鼠辈也！

山东马说："好一个小辈！我今天要不去找他，把我的马字儿倒过来！"梦太说："大哥，别胡闹啦，何必与他惹这闲气，他也是逗你玩呢。"山东马说："我今天非去不可！"又问小伙计说："高家洼在哪里？"小伙计说："在邢台县西门外头，离城有八里之遥，旷野荒郊，四野无人，唯有一个雹神庙，坐南向北。如今此时可有人啦。每年我们这里六月间有雹神会，唱四天戏。今年四天戏完了。还有祁家庄的一个皇粮庄头，别号人称小淫人祁文龙，他又续了四天戏，今日是第二天。二位要游庙，今天去吧。"山东马与马梦太说："老兄弟，我今天去游庙，你跟着我去。"二人告诉赶车的曹六："今天不走啦，明日早晨起身。"

二马吃完了早饭，出离店，一直的出西门，顺大路望前行走。约有七八里路，只见前面人山人海，正北有一座戏台，尚未开戏。上边有两条对子，是：

天下事无非是戏，世间人何必认真。

南边有无数的席棚子，都是各样的买卖。西南上有一个坐西向东的饭馆,是用席搭的棚子,四外都是花障,里边放着有七八个座儿,都是金漆八仙桌椅、条凳。里头挂着有两大块猪肉,做出来的各样菜,都在案子上搁着。二马瞧了瞧,梦太说:"大哥,回头咱们找不着他之时,咱们在这个小饭铺,喝两盅酒倒不错。"山东马说:"很好。"

二人又往南走,方一进庙门,则见里边烧香之人不少。二人又出了山门,往前走。只见那一边有一个卖艺的,身高九尺,穿着一件旧小夹袄,蓝布中衣,旧抓地虎靴子,手拿着一根房椽子;①面如乌金纸,两道环眉,一双大眼,约有二十多岁,站在那里说:"列位,我可不是卖艺的,我是没有钱啦,练两趟。"说罢,耍了半天房椽子,招了好些个人。

二马回到西南上那个小饭铺喝酒,方一进去,那里边有人,一瞧山东马身穿紫绸子汗褂,玫瑰紫摹本的中衣,夹着绸绿洋绉的大褂,玉色绸子袜子,大红缎子山东皂鞋,上绣三蓝皮球儿;身高八尺,面如紫玉,顶心卧鱼。一瞧马梦太:身穿青洋绉大衫,薄底抓地虎快靴。二人落座,要两壶酒,要一个拌肚丝、一个拌鸡丝、一个炒肉片、一个溜丸子。那跑堂的有二十多岁,脸洗的又白又亮,身穿半截蓝布褂,漂白袜子,青布双脸靴,说:"二位还要什么?"山东马说:"不要什么啦。"少时摆上菜来,拌鸡丝、拌肚丝俱都少,唯有几根肚丝、几根鸡丝,丸子如同核桃大,炒肉片微有几片肉。山东马说:"这菜卖多少钱一个?"跑堂的说:"你们吃吧,别问价钱。昨天有一个人在我们这里吃饭,他一问价钱,把我们掌柜的问烦了,叫人来打了一个腿伤胳膊烂,托出了好些个朋友来了事,给了三百吊钱才算完了,然后又给我们掌柜磕了一个头。"

山东马一听,怒从心上起,气向胆边生,说:"好哇,我非得问个价钱多少才吃哪!"马梦太一听,说:"不必如此。堂倌,你去把那边的那两块肉,你拿了灶上,叫他给我们煮上,把那边的菜都给我们拿来,吃完了我给钱。"少时,把所做出来的菜,又摆了几张桌儿上,说:"你们二位吃完了再说吧。"二马又说:"吃完了算账。"跑堂的又叫小伙计:"去叫打手来,等着吃完了不给钱,好打他们二人。"说着,少时只见外面来了好些个人,都在二十多岁,好武的打扮,抱着一捆把打棍,在里边一站。不知二位英雄应该如何,且听下回分解。

---

①　房椽(chuán)子——放在檩上架着屋面板和瓦的木条。

第五十四回

佟起亮误遇山东马　祁文龙大闹高家洼

诗曰：

才见英雄定家邦，回头半途在郊荒。

任君盖下千间舍，一身难卧两张床。

一世功名千世尊，半生荣贵半生障。

那如早隐高山上，红尘白浪两茫茫。

话说马成龙与梦太在那高家洼赌气吃酒，要了好些个菜，把饭馆里所有的菜都给要完了。跑堂的叫了一群打手，在旁边站着，一个个威风凛凛，相貌堂堂，约有二十几个人。山东马瞧见那边有一盆鲤鱼，约有四五尾，山东马叫他给拿到灶上，做得了拿过来，放在桌上。自己吃了一口，就把那一尾整鱼扔在外头去，又一连照样扔了两尾。

只见外面有一个黑大汉，就是方才卖艺的那个，把那三尾鱼都拣起来。方要拿着走，只听得山东马说："且慢走，我来也！"成龙出去到了外边，截着那大汉说："你姓什么？叫什么？是哪里的人？"那大汉说："尊驾要问，我乃涿州人氏，姓高，名杰，别号人称赛铁盖。我家中父母双亡，自幼儿无人照管，我习学枪棒。我家中有些产业，都被我家中手下人骗去，剩我一人，家中无依靠，流落江湖，卖艺为生。今天是从早晨并未吃饭，我方才练了半天，也没有一个人给钱，我无奈来此处，正遇尊驾在这里吃饭，我拣了几尾鱼，打算着拿到那边去用水洗洗，我好吃，不想被尊驾看见动问。"山东马说："我请你今天吃一顿饭。来，你跟我进里边去。"高杰跟随在后，来到里边一瞧，菜蔬摆满桌上。高杰落座吃酒。

山东马说："你有胆子没有？"高杰说："胆子倒有，干什么吧？"山东马说："你把咱们桌上边家伙，你都打摔了，把他炉灶也给拆了，把他桌子也给他毁了。咱们吃完了饭，点着火，把他的天棚花障都给烧了。办完事，我给钱，没你的事。"高杰多吃了几杯酒，说："不要紧，都交给我了。"先端起酒坛望地下就是一摔，只摔得粉碎；然后拿起房椽子，望桌上一拍，砸碎了好些个盘碗。山东马把大环金丝宝刀望桌上一插,明晃晃的甚是惊人。马梦太脚蹬着板凳,拉出短把刀来,往桌上一拍,说:"马大哥,咱们老弟兄们从北京城来到此处,不能栽跟头。天塌了有地接着哪,脑袋掉下来碗大的疤啦。今天咱们杀一个够本,杀俩赚一个!"跑堂的一听,与众人暗暗的说道:"今天了不得了,快禀报庄主得知。叫我一瞧,咱们这二十多人也不是他们三个的对手。"

原来这座饭馆,是祁家庄的小淫人祁文龙开的。他本来是一个酒色之徒,倚仗着他是一个五府的皇粮庄头,此地无人敢惹。结交官长,走跳衙门,包揽词讼;常抢人家的少妇长女,其性最淫,一夜无妇人陪他睡觉,他如度一年。他家中有逍遥自在床,无论什么样的贞节烈女,要叫他抢了去,他搁在逍遥自在床上,任凭他自己追欢取乐。今年他续这四天戏,这里开了一个饭馆,所为自己作乐。他预备些个打手,所为抢人,都是些个无知匪徒。今天一见马成龙等三人在此吃饭,俱是外乡人,打算要敲山震虎,要把三个人给唬住,借着主人的势力,讹几百银子,大家分肥。今天遇见钉子上了,把几个打手吓的俱都溜之乎也。

三个人吃完了饭,叫跑堂的前来算账,吓的跑堂的战战兢兢,不敢向前。高杰说:"小子过来! 给咱们算算账。"跑堂的战战兢兢来至面前,说:"二位老爷别生气,我慢慢的算就是了。"把家伙拣起来,说:"三百六、二百四、六百、八百……"方说到八百这里,高杰说:"小子,到底是多少钱? 你说明白了。如若不然,把脑袋给你旋下来!"跑堂的说:"共……共……共合二百四十钱。"马梦太说:"给三百钱吧,连小菜俱都在内。"三个人站起身来,说:"开了台了,咱们一同听戏去吧。"梦太、成龙把刀带好,高杰扛着房椽子,出离饭铺。

只见正东有三间看台,上面收拾的干干净净。只见又从西面来了一乘凉轿,是一把太师椅子,穿着两个轿杆,上头过风凉帐。头前有引马,后有跟骡,前呼后拥,约有十数名跟人。椅子上坐着那个人,年在二十以外,面如白纸,细眉圆眼,光着头,戴着黑镜;身穿宵青官纱的大衫,芙蓉纱的中衣,漂白袜子,青缎子镶银灰摹本缎心的双脸鞋,当中是长圆金寿字,二纽上带着十八子的香串;手拿团扇一柄,上画杏林春燕。二马看罢,只听旁边有人说:"祁庄主来了!"只见那一乘凉轿,到了那正东那三间看台的底下,有两个小童搀扶。那祁文龙上看台落座,口中说道:"你们到庙里把祖师爷请出来,就说我到了,请他点戏。"少时,见有两个家人直奔雹神庙去了。

不多一时,只听南边一声"无量寿佛"。成龙回头一看,见那道人好生面善:头戴缎子如意道巾,身穿玉色绸子长袍,青缎子护领,白袜,厚底云履;背后背着一口宝剑,绿鲨鱼皮鞘,黄绒穗头,真金的什链;长眉大眼,半边脸发紫,半边脸发黄。成龙一细瞧,认得是由兴顺镖店漏网的贼人鬼脸太岁佟起亮,心中甚喜,说:"梦太,咱们哥俩运气来了。今天误遇奉旨严拿的要犯佟起亮,咱们哥俩去到那边,把他拿住,交本地面官解进京去,必是一件奇功。"马梦太说:"大哥,你好想不开!咱们俩是奉旨回家去祭祖,来到邢台县,却是为何?一则你我有违旨之罪,二则劳而无功。有两句俗话:'得放手时须放手,得饶人处且饶人。'你我咱们听戏去吧。"拉着成龙、高杰,说:"咱们听戏去就是了。"

三人站在台口,大众听戏的都瞧他们三个人:一个胖的真胖,一个瘦的真瘦,一个黑大个挺高。大家正瞧之际,只听那边有家人喊嚷说:"祖师爷点了戏啦!头一出是《荡花船》,二出是《卖胭脂》。"说罢,只听家伙一响,开场演戏。那花旦方一出来,山东马说:"好家伙!"声音洪亮。从那边来了几个弹压①庙场之人,说:"是哪位叫好?哪位叫好?不知道我们这里的规矩么?把他锁上带了走!"成龙说:"你不必诈,叫好的就是我,你知道不知道?"这几个官人一瞧马成龙那个打扮,说:"把他带着走,见庄主去。"梦太赶紧拦住,说:"且慢!众位老哥们,不必如此。我姓马,在北京顺天府当内大班,我也是出来办案。那是我一个伙计,说话粗鲁,不知这里的规矩。众位看我的面上,遮盖遮盖吧!"那几个官人说:"我们是那庄主叫我们来弹压庙场,有我们老爷交派:如有不法之人在此搅闹,我们必要过来将他拿住。今天你也是咱们六扇门里的人,我们回去,庄主不问便罢,店主如问时,我替你们遮盖遮盖就是了。"

正说之间,只见从那边过来一个家人,说:"众位,是谁叫好?庄主叫你们几位过去哪。"这几个官人来到东边看台之上,佟起亮与祁文龙二人问道:"适才什么人嚷'好家伙'?不知道这几天是我续的戏吗?成心搅我,把他锁来!拿我的片子,把他送县。"官人说:"没人叫好儿,是有一个

---

① 弹(tán)压——用武力压制、压服。

摆酒摊的,他自家中抱着一个酒坛子,正赶《荡花船》上来,他一瞧台上的戏,地下有个砖头把他绊了一个跟头,坛子也砸了,酒也洒了,他心疼他的坛子,他一哭说:'好家伙呀,好家伙!'佟起亮说:"你们下去吧!"

众官人方才下了看台,只听台口那边又有人嚷说:"儿他妈妈,实在好! 实在好家伙啦!"这几位官人说:"又是那个山东儿。"众人到了马成龙面前,说:"又是你嚷'好家伙?'"山东马说:"不错,是我说的。""方才替你说半天话,在庄主的跟前。"山东马说:"我去见他去! 我也不是杀人的凶犯、滚马强盗。你头前带路!"说着话,把高杰叫来,附耳说:"你如此如此。你二人跟我来!"成龙等同官人来到看到台以下,成龙跟他等上去。

此时祁庄主已回家去了,就剩下鬼脸太岁佟起亮,他在那里坐着。官人说:"祖师爷,我把这个叫'好家伙'的带了来啦。"佟起亮说:"把他带上来!"话言未了,只听成龙骂道:"好一个鬼脸太岁佟起亮! 你这号东西,往哪个厂蹦!"佟起亮一听,吓得真魂出外,说:"无量寿佛。"用手一扶桌子,跳下了看台。高杰与马梦太二人过去拦住。原来是他未从来到此外,山东马早已嘱明白,说:"如若看台上下来一个老道,务必把他拿住,不准放他逃走!"高杰举着房椽子,瞪着眼睛,竟等老道。马梦太拉短把刀在旁边站起。佟起亮一蹿,正蹿在高杰的面前。高杰抡起房椽子,照老道头顶之上就是一下。老道望旁边一闪,拉出宝剑,要与高杰动手。马梦太拉短把刀,说:"佟起亮,你是奉旨严拿的要犯,你今天望哪里逃走!"成龙从看台上下来,三个人把他围住。不知后事如何,且听下回分解。

第五十五回
众贼人行凶抢玉姐　二豪杰夜探祁家庄

词曰：

　　舍死当年笑五侯，舍花撮锦逞风流。如今声势归何处？孤冢斜阳漫对愁。觉我辈，且休休，世事如同水上沤。应虚迷歌归原路。打破了机关一笔勾。

　　话说马成龙等三个人把佟起亮围在当中，要拿他，佟起亮跳出圈外一瞧，不是他三个人的对手，奔入人群之中，竟自逃走去了。

　　方才三个人要追，只听西边喊嚷说："救人哪！救人！光天化日，朗朗乾坤，这真没有王法！众位乡亲，你们都不管，就瞧着他把我的女儿抢了走吗？"成龙等三个人赶到那边一看，只见众人当中围着一辆大车，搭着席棚儿，上面坐着一个五十来岁的妇人，拍手打掌的直哭。车下站着有六十来岁一个老头儿，口中说："众位，你们也不管管，就瞧着他把我的女儿抢了走啦？"成龙挤进去问道："老头儿，你姓什么？所因何故这么直嚷？"那个老头儿说："大爷要问，我就在那西边王新庄住。我姓李，名成，在我们村中开了一个小小的豆腐坊。我今年五十八岁，也没有儿子，唯有一个女儿，今年十九岁，小名叫玉姐儿，许配人家，尚未过门。今天我们夫妻带他进庙，买些个零碎东西。方才到此，过来十数个人，愣说我车碰了他啦，两个人过来与我打架，那几个人把我的女儿抢了走啦，往西北边去了。"成龙说："内中这些个人，你认得不认得？"李成说："我不认得，瞧着抢人的里头，有一个像是祁家庄的人。"山东马说："你把这里弹压地面的官人找来，跟着他去到县衙门去禀官，给你找人。我姓马，我去给你找去，三更至五更，我必要给你找一个下落。明天一早，咱们在县衙门那里见。你自管放心吧！"成龙正与李成说话，忽听背后有人一阵冷笑，说："好一个三更至五更，怕不能做脸吧，别说大话！"山东马回头一瞧，人多，瞧不出是谁说话来。自己告诉明白李成，带着梦太往回走。

　　在路上，马成龙说："老兄弟，咱们到了店里，换好了衣服，去奔祁家庄,连拿佟起亮,带找李成的女儿李玉姐。"梦太也是好打路见不平。这二人把高杰搁在店内,为是怕他粗鲁惹事,打算着把这一件事办好了,带着高杰上苏州,给他在张副将营内找一个事。梦太等到了东升店,又要些个酒菜,说:"高杰,你在我们这屋内住着吧,我们哥俩去找一个人去。"高杰说:"带着我去到祁家庄,非得见一个杀一个,见两个杀两个,不必你二人动手。"成龙说:"你先在店内等着,我们访真了,那时再来叫你。"山东马把大衫放在店内。

天有黄昏之时,二马出离了店,问明了祁家庄,离此处还有八里之遥,在西北上。二马望前起,梦太是真快,成龙如何跟的上他。山东马说:"老兄弟别走,等等我吧,我是跟不上你。你两头见太阳,能走七八百里路;我要两头见太阳,还不走七八里路吗?人家飞檐走壁,一蹿就是好几丈高;我要望上一蹿,二尺来高。我是不能跟着你跑,慢慢的走吧。"梦太说:"你又不能走,还要多管闲事。"正说着,眼前到了祁家庄。路北的大庄门,东西一带白墙,墙外有护庄河,宽有一丈,深约八尺,里面水声淙淙。二人到了墙根以下,成龙说:"兄弟你蹲下,我蹬着你肩头上墙,到了那里边,你再接我进去。咱们到院内在各处暗中探访,大概他们是与佟起亮一党,白天在一处听戏么。我今天是一举两得。"

梦太蹲在墙根底下,他蹬着上去。墙约有七八尺高,上得上面去,又自己往下趴,到了就地。只见梦太早就望前走了,成龙自己走进去。二门也没关着,听得里面有人说话,说:"今天祖师爷面带惊慌之色,不知所因何故?"内中又有别人说:"连咱们庄主都不喜欢,今天在上房喝酒哪。抢的那个美人,在东院内折桂轩,派人先劝解她,她如要不应,先把她放在逍遥自在床上"旁边又有一人说:"别多管闲事啦,咱们喝酒,咱们斗牌吧。"大家嘻嘻哈哈的划起拳来了。又有几个人唱小曲儿。

山东马又往后走,只见上房内明灯蜡烛,东边有四扇绿屏门。山东马蹑足潜踪进了东院,只见有北房三间,东里间窗内灯烛辉煌。外间屋内也有灯光,似亮不亮。山东马登台阶一瞧,上面挂着一块匾,借屋内灯光照的瞧见"折桂轩"三字,听见屋中有几个妇人说话。山东马来至东窗棂以外,用舌尖舔破了窗棂纸,睁开一只眼望里细瞧,北边有一张大床,两边挂着幔帐,上面坐着一个十八九岁的妇女,两边有两个老妈儿:一个年约四十多岁,一个年约有三十有余,俱是身穿蓝布衫,青布中衣,面皮俊俏,伶牙俐齿。那三十多岁的老妈儿笑着说:"姑娘,你在王新庄住哇?你家开豆腐坊为生,你家给你找个人家,无非是庄稼人家。你跟着我们庄主,在这里可以成箱子穿衣裳,使奴唤婢,一呼百诺,有何不可?"那女子并不答言,只是啼哭。那四十多岁的王妈说:"张嫂,你不必劝他啦。庄主叫咱们来劝他,是为好。"又说:"即便你不从,那时把你搁在逍遥自在床上,那都是我们瞧的都不爱瞧了。"张妈又说:"王嫂,你真是一张俐嘴。他年岁小不知道,咱们把他劝解过来,他也知咱们的好处。"

山东马听明白了。故学妇人之声说:"张妈、王妈,你两个人这个厂儿来。"里头王妈一听,说:"是。张嫂,这口音是谁呀?"张妈说:"这许是大奶奶那屋里新上工山东老妈。"张妈到了外头,说:"谁呀?"山东马一抢大环金丝宝刀,"喀嚓"一声,将那妇人结果性命。里边王妈:"哟,怎么啦?我瞧瞧去。摔倒了一个筋斗吗?"方出来一瞧,山东马成龙抢刀就是一刀,"喀嚓"一怕,登时身死。

山东马进了外间屋,说:"李玉姐,不必害怕,我是救你来啦。你父亲名叫李成,我来瞧你在这里没在这里。"方要进里去,只听"噗"的一声,把那东房里蜡灯吹灭了,成龙拿着外边一个蜡灯,进了里间屋一瞧,并不见有一个人,心中说:"怪道!哪里去了?真是怪道!"正在各处寻找,并不知下落。只听外边来了一个人,说:"王妈,庄主爷问劝好了说有?如没劝好,把他搁在逍遥自在床上去。庄主爷吃醉酒,少时还要与他追欢取乐。"那山东马出来,抢手中宝刀就剁。那个人回头就跑,直嚷半天说:"有了贼啦!把张妈与王妈都给杀啦,快着鸣锣聚众吧!"

少时,只听的人声呐喊,来了有二百多名打手,一个个手中拿着刀枪剑戟、斧钺钩叉,大家齐嚷,杀声一片,少时把马成龙给围上。山东马一瞧,是真急啦,手抢宝刀,只听一片声喧,碰着就死,挨着就亡,着招一下,筋断骨头碎。直杀的高坡之处人头滚滚,底洼之处血水直流。小淫人祁文龙来到,用手中那把单刀一指,说:"好一个小辈,庄主爷来拿你!"只见那边过来一个佟起亮,说:"山东马,你这个混账东西,认得我鬼脸太岁来也!"说罢抢剑就砍。山东马用宝刀相迎,二人在院中动手。马梦太从房上跳下来,抢手中刀就剁,与群贼杀在一处。佟起亮不知来了多少英雄,自己上房逃走去了。余贼俱皆藏起来。成龙一伸手将那祁文龙抓住,说:"小辈,你带我去瞧瞧那逍遥自在床去!今天也是没人,咱们逍遥逍遥自在自在就是了。我也把你搁在床上,叫你也知道那个滋味。你告诉我,在哪里? 如要不然,我就把你结果性命!"祁文龙说:"在东院中,你走,我带你去吧。"他手下余党也没一个来管他,都跑了。

往东又走了两个小院子,见有北房三间,里边也点着灯光。成龙挟着祁文龙,到了东里间屋内一瞧,靠着北边墙有一张八仙桌儿,上面放着一个蜡灯,桌上摆着酒壶、酒盅、一双筷子、两碟菜,可没有一个人。靠着南窗户那里,有一张大床,东西放着,西边有一个枕头。山东马就把小淫人祁文龙搁在床上面,朝下方一落平,只听"咯嘣"一声,从两边横着搭上三根皮条,早把他绊住,不能动转。东边那床望南北一分,把贼人的腿分为左右;西边把那小淫人祁文龙的两只胳膊,有两个消息①一拿;又自床上出来一个铁蛤蟆,在祁文龙的里连②那里,只望上拱,"咯吱咯吱"的直响。要是妇人,面朝上躺着,自房上垂下来有两个套儿,男子上去不用费力气,就可以行那云雨之事。山东马一瞧,说:"好家伙! 好家伙!"

原来那边桌儿底下藏着一个人,是祁文龙的内兄,也是绿林中的英雄,姓杜,名芳,别号人称"通背金刚",很有些能耐,正在屋中饮酒,听见前面喊声大震,大声呐喊,自己懒得出去。忽听得外边有一个山东人说话,到了屋内,他在那暗中藏躲桌儿底下。只见成龙他把那小淫人祁文龙搁在逍遥自在床之上,杜芳心中不悦,心中说:"马成龙,你要是真正英雄,何必凌辱于他?"越想越气,拉出手中刀来,钻出桌子来。山东马是在南边站着,背向北。杜芳自北边桌底下出来,举手中刀照定马成龙脖颈就剁。只听"咯嚓"一响,红光崩冒,鲜血直流,人头落于就地。不知后来如何,且听下回分解。

---

① 消息——物件上暗藏的简单的机械装置,一触动就能牵动其他部分。

② 里连——也写作"里臁儿",指大腿内侧的肌肉。

第五十六回

邢台县英雄自投首　蕙芳楼侠客戏成龙

歌曰：

　　人生百岁古来少，先出少年后出老。中间光景不多时，又有闲愁与烦恼，月过了中秋月不明，花到了三春花不好，花前月下能几时？不如且把金樽倒。世上财多用不尽，朝内官多作不了。官大财多能几时，惹得自己白头早。荒郊高低多少坟，一年一度埋青草。

　　话说马成龙正在那边站定，瞧着祁文龙，用手中的宝刀方要剁他，只见那边灯光一照，仿佛一个人影儿，自己头一低，一转身就是一宝刀。杜芳的刀方举起来，未防备成龙的宝刀到了自己的脖颈，要躲也来不及了，刀到处人头直滚。一回手又剁了祁文龙几刀，登时把贼人结果性命。

　　只见马梦太进来，说："大哥，你不可在此久停，咱们走吧，杀死有一百多人哪。"山东马说："什么？好哇！走，向哪里走？老兄弟，你走你的吧，不必管我。我自己打官司去就是了。杀人的偿命。欠债的还钱。不必贤弟你跟我去饶上了，我自己到县内去投案就是。"梦太说："你胡闹！咱们两个人一同来的，活着在一处为人，死了在一处做鬼。"

　　正说之际，听得外边人声一片。二马出去一瞧，只见十数个灯笼火把，约有百十多名官兵。当中一骑马，马上有一位大人，戴着纬帽，说："把两个人拿住！"原来是有本宅的家人去到了邢台县武营之内，报说："有大盗夜晚抢夺祁家庄，请众位老爷们去急速拿贼！"王大人调了有二百名官兵，来到了祁家庄外，正遇二马出来，把手中的刀往地下一扔，说："众位不必动手，我跟你们去，到了衙门里再说吧。"众官兵把那两口刀拣起来，到了大人马前禀明。原来这位大人是本城的都司，派了两个千总、两个把总，在那祁家庄带四十官兵察验，然后派人带着二马到邢台县。天已大亮，进城到县衙，都司自己先进里边去了，把二马交给县衙头役。

　　少时，只听的人声一片，老爷升了大堂，把二人带上大堂。众衙役齐声作威说："跪下！跪下！"二马站在那里，也不言语。知县问说："你两个人为何见了本县不跪,所因何故? 你叫什么名字?"山东马说:"我姓马,是山东人,作小本经营。那是我的兄弟马二。杀人都是我一个人,没有他的事。"马梦太说:"在祁家庄杀人是我,并没有他的事。"知县说:"你二人为什么去祁家庄内杀人? 细说明白。"马成龙说:"祁文龙纠聚匪棍,白天抢良家妇女,我等是路见不平。"知县说:"抢的是何人之女? 有何为凭?"成龙说:"是王新庄开豆腐坊的李成的女儿李玉姐。"知县说:"可有这一案,昨天在我这里喊冤,不知李玉姐果是祁文龙抢去吗?"成龙说:"一点不错,吾昨夜晚上亲眼瞧见的,一点不假。"又把昨夜晚上之事说了一遍。知县早派四老爷到祁家庄前去验明,回来暗中禀明了知县。李大老爷说:"马大,我今天派你出去寻找李玉姐,若要找着,带至公堂,那时我就饶你杀人的事情,与你无干。留下马二,做为押账,你自己出去。"山东马说:"我就是找不着李玉姐,我也是回来的。你派人跟我去吧,我倒要明明我的心。"

　　知县派了八个人,都是本衙门中的头役:赵大、王二、张三、李四、孙五、刘六、耿七、马八,跟着成龙出离了邢台县西门,到了店里。赶车的说:"马爷,你昨夜晚上望哪里去了?"成龙说:"我有事。高杰还睡觉哪?"成龙到了屋内,自梦太裤套内取出了五十两银子,带着八个官人,到了西街路北,有一座蕙芳楼,是邢台县第一个酒饭馆。山东马说:"咱们进去,到里边先吃完了饭。然后再去找人吧。"公差说:"很好。"一同进了饭馆,是一个拐棒楼,坐北向南,里边有好些个客座。众人一同落座,问堂倌说:"你们有什么新鲜菜蔬?"跑堂的说:"应时的小卖,南北的碗菜,整桌酒席。"山东马说:"给我们来要应时可吃的菜,先给我们配几样来。"跑堂的擦抹桌案,少时摆上各样的酒菜。

　　大家正在喝酒之际,只听得北边望西一拐那间屋内,有一人在那里"咳"了一声,又长叹了一口气,说:"罢了,今天我是真烦哪! 喝两盅酒吧,一醉解千愁。这找李玉姐的,我也瞧不见一个了;如要遇见,我告诉他,省得着急。"山东马一听,站起来走到后边,望西拐弯有四张八仙桌,上边摆着些菜,并没有一个人。山东马回来说:"好哇,闹鬼呀! 我听见有人说话,我一瞧没有一个人,真乃怪道!"那几个公差说:"我们也是听见了,像有人说话似的。管他呢,咱们喝酒吧。"众人又喝了几杯,又听见那边有人说:"好哇,再未想到今天我算定在此等候找李玉姐的,不想今天在此等候多时,还不见来,真乃是怪道!这李玉姐在我那里,应该怎样哪?"山东马一听,到了里边又一瞧,还是没人,一连三次。

只见自里边出来了一个老头儿,说:"姓马的,你是找李玉姐吗?跟我去,准有下落。"成龙认得是前日晚上在店内见的那个老头儿,不由已着急说:"好一个匹夫!你这不要脸的东西,你在我店内留下字儿,叫我去高家洼等你,那天我在那里因为你多管闲事,我杀了有一百多人。你这个老鸡子进的,望哪里走!"那老头一阵冷笑,说:"你自己惹出来的祸,哪是小可?这李玉姐我是知道的。你先别玩笑,跟我走,先替你把事情办完了,就结啦。"成龙说:"你贵姓啊?"那个人说:"你跟我到了对过店内,我细与你说说吧。"成龙带着公差,会完了饭钱,跟着那个老头儿,一直出离了饭馆。

一瞧对过有一座客店,字号是福升客栈。那位老英雄说:"众位公差兄,在店中柜房内等着我们哥两个就是了。"成龙跟着那位老英雄,一直的到了北上房外间房内落座。山东马又问:"老英雄贵姓?"那位老头儿说:"我原是江宁府人氏,后来在四川三岔山占山落草。我姓杨,名永安,别号人称虬首龙。当年在两淮、两浙水旱两路驰名,后来占三岔山。我膝下无儿,唯有一个女儿,针黹女工①倒平常,唯好习学武艺。我不愿意许配绿林中人,我情愿意给他找一个英雄豪杰,我才把女孩给他。那一天,我住在东升店,我不知二人是何如人也,我故此到上房一问,才知足下是临敌无惧的马成龙。我故望你二人诙谐了两句,我给你留一个字儿,所为叫你知道这邢台县有一个小淫人恶少年祁文龙。我倒听传言,你爱管路见不平之事,我故瞧瞧你有胆子没有。你与梦太进祁家庄之时,劣兄在后边跟随,我还带着你侄女。就即使你瞧见李玉姐,你也救不了他。我带着你侄女,打暗中把他救回来了。我知道你这场官司不要紧,慢说杀一百多人,就杀一千多人,这场官司哥哥替你打啦!"说罢,向屋内叫道:"女儿出来,见见你马大叔。"

只听里面莺声燕语,出来二个多娇,俱在十八九岁,俱都是举止端方,温柔典雅。头前那个女子,头梳盘龙髻,雪青芙蓉纱女褂,上面俱是素镶蓝春绸的中衣,足下窄窄蓝缎子弓鞋;面如梨花,朱唇皓齿,杏脸桃腮。后

---

① 针黹(zhǐ)女工——指针线活儿,如刺绣、缝补等。

面有一女子,五官倒也俊秀,眉如柳叶,眼似秋水,品如金玉,气若芝兰,身穿品月夏布女褂,蓝串绸中衣,足上红缎弓鞋。虬首龙说:"马贤弟,头前那是我的女儿,后边就是玉姐姑娘,也算是我的义女。"说罢,叫两个女儿见过,说:"这是你马大叔。"两个姑娘遂道了个万福,随后转身进东屋中去了。杨永安说:"贤弟,把李玉姐用车送衙门,你这场官司就算完了。"马成龙说:"不能,我杀了一百多人,也得给人家偿命。"虬首龙说:"你不知道,这其中自有缘故,你到了衙门就知道啦。"吩咐外头伙计:"把车给套上,送到县衙门首再回来。"外面将车套好,玉姐上车。成龙辞别杨永安,同八个公差出离福升店,直扑县衙而来。

到了衙门首,只见李老头儿泪汪汪的说:"大爷,为小老儿的事情,连累尊驾,遭此人命官司,小老儿实是不忍。"成龙说:"不要紧,你女儿也没落在贼人之手,被我的朋友救出来了,我今天带他来结案,你跟你女儿在这外边等着过堂。"稍时,李玉姐下车,与他父亲说话。成龙叫车回去,自己带着八名公差,方一进衙门,只见马梦太笑嘻嘻的同着知县与本地面都司说:"马成龙,我们故与你戏耍,你杀人倒杀有了理啦!"那位都司说:"马大人,还认识我不认识?"成龙仔细一瞧,认得是王庆,跟常大人带过威远队,与成龙头次打过剪子峪,是故旧的朋友。知县王文超过来,一见成龙,说道:"马大人,你杀这一百多人,不但无罪,而且还有功。"不知所因何故,且听下回分解。

第五十七回

二英雄江苏访故友　倭侯爷修府会亲朋

诗曰：

戈盾戈矛已有年，闲非闲是苦相缠。

一家饱暖千家怨，半世功名百世牵。

相戟金鱼浑已矣，芒鞋竹杖与悠然。

有人参透修行事，云在青空月在天。

话说成龙一见知县、都司迎接出来，马梦太在后面跟随，四人携手，同进后面书房落座。家人倒茶。山东马问知县说："老兄，我杀这一百多人，你说我无罪，所因何故？"知县王文超说："你杀的祁家庄小淫人恶少年祁文龙，共一百零三口，我已派人验过，头上俱有顶记，都是天地会八卦教中人。康熙老佛爷有旨意：无论军民人等，头上有顶记，杀死无罪。老兄喝酒吧！"吩咐摆酒。少时，杯盘连络，排满桌上，俱皆是时样菜蔬。与王庆说了会子先前之事，又问成龙来此何干。成龙就把从剪子峪分手、画石岭醉破飞刀、黄河岸捉拿六贼、引见升迁得宝刀说了一遍；又提向苏州访友，从此路过，遇见虬首龙杨永安，才勾引起祁家庄之事。"这件功劳，我也不要。求兄台把李玉姐放了，叫他具结完案。"知县点头说："兄台去后，弟必奉命办理。"王庆留二马在邢台县盘桓几日，马梦太说："实不敢从命，我等还有要事。"少时席散，告辞归店。

只见高杰手拿一把铡草刀，磨了一个锃光瓦亮，在院中正耍的高兴，自己说："你们谁要搅我，我先拿你们开刀。"正说着哪，只见二马回来说："高杰，你干什么哪？"高杰说："我正要到邢台县去，把知县杀了。你们二位谁愿意做谁做。"二马也笑了，说："你不要胡说，皇上家的命官，岂肯白叫人杀哪！"说罢，三人进上房落座。问高杰说："没吃饭哪吧？没吃饭，要点饭吃吧。明天你跟我们上苏州去。"高杰说："我不去。"梦太说："望哪里去呢？"高杰说："我先回家去看一看。"梦太拿出五十两银子，说："这是给你做为路费。"三个人喝了半天酒，天色已晚，三人安歇睡觉。次日天明,高杰告辞去了。二马算还店账,坐车出店,竟自奔王家营去了。

那一日,到了王家营住店,叫赶车的曹六雇船。梦太说:"你把车、骡子暂存在店内,跟我们走吧。"曹六说:"也好,我正想要到苏州逛逛虎丘山,开开眼,见见世面。"说罢,到船行里写了一个江南划子船。第二日上船,正遇顺风,荡桨摇橹拽风篷。山东马晕船,不能吃东西,口中吐酸水。后来船上又给他买药调治。

那一日,到了苏州码头,下船给了船价,雇了一辆江南车儿,把所有的行李都放在江南车上。成龙换一件蓝布大褂,高腰袜子,山东皂鞋。梦太穿一件青洋绉大褂,薄底三镶抓地虎的靴子,跟着江南车,带着曹六,奔双旗杆巷丁家堡。走至东门以外,见东西有一条大街,路南有一个饭馆,字号是"对河居"。成龙叫曹六去上饭馆打听打听双旗杆巷丁家堡在哪里。曹六进了饭馆,见有一个跑堂的,说:"借问,双旗杆巷丁家堡在哪里?"跑堂的说:"就是这条街。"曹六出来说:"二位马爷,这就是双旗杆巷。"山东马说:"你再问有一个陕西人,人称赛报应,恩赐倭克金布靖远侯顾焕章在哪里住?"曹六进去照样说了一遍。跑堂的说:"你倒是问谁呀? 是问赛报应啊,是倭克金布啊? 是靖远侯? 是顾焕章啊?"曹六说:"我问就是顾焕章,别的都是他的外号。"那跑堂的说:"就在正东路北,新盖的府就是。"曹六回来说与成龙,一同望正东,走不大甚远,见路北有一座新大门。门前辖管木上马石,里边挂着官衔,是"靖远倭侯"。

原来侯爷自奉旨回家,来到苏州,先给他舅舅、舅母请安,然后翻盖侯府,大会乡里。众人齐给焕章贺喜,酬客谢客,忙乱了好几天,这几日才得清闲。门首的家人二十余名。今天成龙来到此处,见大门以内,东边放着大板凳,西边放着一条大板凳,上面坐着一人,头戴纬帽,身穿蓝夏布的大衫,青布薄底靴子,年有四十来岁。成龙过去说:"借问,有个倭侯爷在这里住吗?"那人站起来说:"你是干什么的?"成龙说:"我来找他要账。我在北京城前门外开冷酒铺,字号是'福海居造化馆'。侯爷送礼,赊了我们些酒钱,我想要与他借几个钱。"那人说:"我家侯爷欠你多少钱哪?"山东马故意诙谐说:"欠我二百四十钱。"那个人复又坐在板凳上,把眼一翻,说:"二百四十钱,也值得自北京城来到苏州,前来讨要?"成龙说:"这是零儿,还有整儿呢,是一千八百八十八吊二百四十文。"那门上的人一伸手说:"拿来。"山东马说:"拿什么?"那人说:"门包十两。我们侯爷如要不还你钱,我给你说一句好话,还你一半。我们侯爷要是还你一半的,我说一句好话,就许都还你。"成龙说:"不劳驾,我自有道理。不用你给我回话,我自己会嚷。"道罢,他自己嚷说:"回事啦!回事啦!"

只听见里边说话:"呀!我听见好像吾马大兄弟声音。"方到大门以内,见是成龙,说:"兄弟,你为何不叫门上人回禀我知道?"二马过来行礼,齐说:"大哥,你好哇?"倭侯爷说:"为何不叫门上人回禀?"山东马说:"大哥你,我们倒见的起,就是你这个门上的好大脾气。我来到这里,我说劳驾,你给回禀一声,就是说马成龙与马梦太给侯爷请安。我还告诉他说,我们是侯爷的拜兄弟。他与我要门包,我说多少门包?他说:"我们这里的规矩你不知道吗?要回事,先十两银子,才给回哪。"我就给了他十两银子。他又说:"两个人须要二十两,才给回哪。"我一赌气就嚷起来啦,大哥出来了。从此以后,大哥多嘱咐他点,别叫他见人就要门包。"

侯爷一听,说:"我把你这该死的奴才,你在我这门房内不知做了多少的弊病,还不把银子给我拿出来吗?"那个门上的人也不敢抗违,说:"奴才实没有要他的银子,求爷格外施恩吧!"焕章大怒,说:"你这奴才,我的拜弟能够讹你不成?你是满嘴里胡说,还不快拿出来吗?如要不然,我要送你的!"唬的那家人无可奈何,进了门房,把那别人寄存的银子,给拿了十两来,自己双手递给成龙。马爷接过来,说:"梦太给你吧。"瘦马马梦太说:"我不要,你自己拿了去吧。我不那么没有道理讹人!"山东马一笑,说:"来吧,给你吧。我与你闹着玩呢,你没有要我的银子。"侯爷说:"成龙,你真是没账!不管是什么人,你就玩笑。"叫家人先把车子上的行李搬下来,让二马先到里边,见了母舅丁佩然,请了安。三人到了外边书房里落座。曹六进来说:"行囊都搬下来了,车钱也给了。"二马说:"你去外边歇着去吧。"稍时,摆上酒,三人入座,谈心畅饮,直吃到月上三竿方才安歇。

次日天明,顾爷的家人早起来给二马取净面水。侯爷也出来了,大家一同落座,然后用茶,又摆上酒来。侯爷喝了几盅,自己一拉梦太,出来说:"老兄弟,你不可今天与成龙出去。我看他印堂之上,发了暗透青,有一道赤线在印堂,把眉毛都穿过了。三天之内,主于杀人,过了才能解,这是一道杀气。你须要解劝解劝他,不准让他出去,在外边惹事。我要到后边去了。"

梦太回到书房之内，见成龙自己抢手中刀，照着那古铜花瓶就是一下，只听"喀嚓"一响，咕噜噜摔在就地。山东马说："好哇，掉下来了，我非把他给接上不成。"梦太说："你别闹了，我是瞧见你是用刀砍下来的，焉能接得上啊？咱们哥俩喝酒吧。"成龙说："不成，我要去逛逛虎丘山，你跟我去吧。"梦太说："不成，我肚腹疼痛，不能行走，我要睡觉啦。"山东马说："你不去，我自己会去，何必费事。"自己又换上那玫瑰紫绸子汗褂，紫摹本缎中衣，玉色绸子袜子，大红缎子山东皂鞋，上绣三蓝套皮球儿，夹着油绿洋绸大褂，裹着大环金丝宝刀，出离了侯府，一直往正西。

方走到对河居门首，自己有心上虎丘山、姑苏台，又不认得，无奈自己进了对河居饭馆。院内有天棚，天棚底下有四张桌儿，俱都是八仙桌。成龙落座，要酒要菜。方要喝酒，只见自外边进来了一个人，年约二十多岁，身高九尺，面如白纸，五长身材，丧门眉，吊客眼，身穿白绵绸短汗衫，青洋绉中衣，披着青洋绉大衫，青缎薄底抓地虎靴子，手中拿着一口金背刀，一个小小的包袱手中拿着进来。睁于那一双吊客眼，是白眼珠多，黑眼珠少，双睛努①于眶外，一瞧山东马，先把那眼睛一瞪，说："跑堂的，你在哪里？给爷爷找一个座儿！"跑堂的说："大爷，这边有一个座儿。"就在成龙的对过。那个人把那个刀望桌上一插，脚蹬着板凳，心里说："仇人见面，分外的眼红。今天非得白刀子进去，红刀子出来，才算完事！万不能与他善罢甘休！"眼睛瞪着山东马，说："你吃吧！临死叫你落个饱死鬼。我今天遇见你，绝不能饶恕你！想逃走，是比登天费事！"

山东马成龙也不认得他，见他嘴里嘟嘟囔囔，不知所因何故。"真乃是一个半疯儿。我也不必管他，我自己要我的菜就是。"先要了一个拌肚丝，那个人也要了一个肚丝儿拌着。山东马说："来一个烩腰片。"那个人也要了一个烩腰片儿。山东马要了一个五柳鱼、四喜丸子、葵花丸子，共合要了十数个菜；他也照样要了十数样菜。成龙不要了，那个人也不要了。山东马也是有气，说："吃饭还跟着人学哪？也不怕人家笑话！"只见那人说："你不用瞧不起我，我稍时就结果了你的性命！"山东马一听，不由气往上冲，要在对河居惹出一场大祸。不知后事如何，且听下回分解。

---

① 努——凸出。

第五十八回

张忠虎丘山战众贼　姜玉福建馆斗群寇

词曰：

> 堪叹人生天地中，使尽了心机为利名。宝贵荣华花间露，好勇争强火化冰。三寸气在千般用，一旦无常万事空。任君使尽了千条计，难免荒郊身被土蒙。

话说马成龙正在对河居吃酒之际，遇见了一个人，把手中刀望桌上一拍，说了好些个恶话，吓的众吃酒之人都不敢言语了。成龙把手中的刀，也照着桌上一插，说："我也不是无名，白欺负我，你先等等！若不服，过来咱们比拼比拼，我可不怕这些个事！"那边那个人一听此言，说："好哇！来，来，来！咱们去到了无人之处再说吧。"手拿金背刀，一直的往门外去了。成龙后面跟随。吓的跑堂的也不敢追，自己在铺内尽害怕。

成龙跟着那个人到了无人之处，成龙说："我瞧你像一个'合字儿'。"那人一听，说："不错，你'好俊招路'啊。我是知道你像个'线上的'。"成龙不懂，本来他头一句，是与马梦太学的，一听人说"好俊招路儿"，他说："你才是'抄路儿'。别玩笑。"那个人也笑了，说："原来你是一个外行，我也不必多问，你姓什么？哪里人氏？"马成龙自通名姓。那人说："原来是马大哥。我久仰大名，轰雷贯耳。小弟是陕西咸阳人，姓张，名忠，字大虎。我别号人称笑面无常。奉我义兄之命，前来这侯府下书。来到对河居，一瞧尊驾这个穿着打扮，我疑你是一个绿林中的英雄。今天一问，才知是一位大人。"成龙说："张大哥不可这样称呼。你我自己兄弟，何必如是。"二人复又回来了，到对河居，二人在一个桌儿上落座，又把那边的菜都给移过来。

二人越说越高兴，成龙说："贤弟，你今天跟我去把这虎丘山逛逛。"张忠说："小弟与兄长可以前去。"又派人雇了两乘爬山虎①。成龙要到柜

---

① 爬山虎——上山的轿子。

上给钱,张大虎说:"大哥,你不必让,我早已给留在柜上两锭纹银。若要不然,你我方才要笑,他为何不与咱们要饭账呢? 我一进来之时,你正低着头儿在那里喝酒,我给他们柜上留下的。咱们逛完了庙,再回此处吃酒算账。"

二人到了外边,方要上爬山虎,成龙一瞧大虎坐的那爬山虎,两个人倒雄壮;唯有这一乘爬山虎儿,是哥儿两个,都是瘦弱的身体,一场寒病方才好。山东马身躯又大,二人不能抬成龙,说:"老爷,我们哥儿俩个是不能抬您老人家,再雇别人的吧!"成龙说:"你二人再找一个人,二人在头里横上一条杠子两个人抬着,一个人在后边抬着,也就成了。"二人点头,照样找了一个人来,抬起两个人,一直的奔虎丘山而来。

走了有五六里之遥,后边过来了两乘轿子,头前一匹引马,后边还有四五个跟人。头前那个引马直嚷说:"闲人退后,轿子来了!"成龙与张忠二人的爬山虎儿望旁边一闪,轿子由东边望西而去。方一过去,只听轿内有人说:"站住!"轿里边是一个妇人说话,说:"马大哥,你多早来的?"山东马成龙说:"你是跟谁说话哪?"轿内那少妇人说:"成龙马大哥,你不认识我吗? 我哥哥是胡忠孝,难道忘了不成?"山东马一听,说:"原来是贤妹。我是昨天晚晌才到,打算要去到副将衙门去瞧瞧张三兄弟,我还没去哪。"原来这两乘轿子,头前是张广太的大夫人胡氏赛花,后国是他二夫人韩氏红玉。二人因广太到任不服水土得病,许下愿上虎丘山烧香,广太好了,不叫他们去。今天是张三大人演操去,二位夫人私自带领几名跟人,去上虎丘山还愿去。方走到此处,遇见了他等两乘爬山虎儿,说了几句话。胡氏夫人说:"回头马大哥上我们衙门里去吧。"吩咐起轿。

张大虎问马成龙说:"马大哥,这是谁的夫人?"成龙说:"这是本处水师营协镇大人张广太的夫人。"张忠一听,说:"真乃怪事! 我也认得一个张广太,在上海道台衙门。那个人可是人跟官的,与你方才说的这个张广太是同名。我认的那个,是武清县河西务的人。"马成龙一听,说:"你认的那一个武清县河西务的张广太,与这一个张广太,他是一个人。"张忠说:"他如何能做官?"成龙就把张三大人先前的那些个事就了一遍,张忠说:"罢了! 人生在世上,真有这样奇遇! 我张忠自幼年在江湖之上闯荡,也没有遇见一点好事。"

二人才要走,只听得那边一片声喧。抬头望正西一看,只见那北边山岔内出来了一伙人,约有三十余名,把两乘轿子围住。又见自那边跑过来了几匹跟马,马上之人直嚷说:"二位快去吧,来了四十多个贼人,把我们轿子给围上了。一个为首的贼人手执大棍,要抢我们夫人。二位快去吧,救人要紧!"张大虎拉金背刀,一直的望那边跑去,口中大骂说:"好小辈!你等不要无礼,我来也!"到了轿子那边,胡氏夫人、韩氏夫人,二位虽然有能耐,无奈有一件事,都穿着一身衣服,又是厚底鞋,所以然不成,不敢下轿子,心中着急,只见那边为首的一人说:"你等好好的回去,把轿子放下!"吓的抬轿的战战兢兢放下轿子就跑,众跟人也跑了。贼党方要抬轿子走,只见张大虎一抢金背刀,大嚷一声,说:"好胆大的贼人!白昼拦路抢人,我来结果你的性命!"抢刀照着贼人就是一刀。

众贼人望两旁一闪,只见过来一个为首之贼人,身高九尺,面如生羊肝,两道剑眉,一双圆眼,身穿青洋绉裤褂,薄底快靴,两只眼睛滴溜溜的乱转,一条青绉绸手绢包着头,手使一条铁棍,迎着张忠而来,口中说:"你是何人?敢这样大胆!你可认得鸳鸯太岁曹太吗?"张忠一闻此言,说:"这小辈,我要说出名姓,把你唬死!来!来!咱们先比拼较量,如你能赢了我,万事皆休;如你赢不了我,休想逃走!"那鸳鸯太岁曹太举棍就打。张忠望旁边一闪,抢刀就剁。二人动手多时。成龙自那边过来,怀中抱着大环金丝宝刀,赶到说:"你们是哪里来的贼人?"那些个贼人说:"我们是此处人,你问做什么?"

原来这些人都是福建会馆的看馆之人,为首的曹太是天地会八卦教的会总,这些个人也是他们教中之人。只因听说张广太的夫人今天去虎丘山降香,曹太要替侯起龙报仇雪恨,带众贼在山中半路等候,方要抢了走,不想成龙与张忠赶到。曹太一瞧马成龙穿的衣服个别另样,又见他那面貌好像有人常说的山东马成龙。此时天地会的贼人,自卢定河、王千层被马成龙拿获,他等闻名丧胆,俱拿成龙起誓。他们的人遇要有事,都这样说:"谁要屈心,叫他遇见了大清国的山东马!"有见过成龙的,有没见过成龙的,大家传说。曹太今天一见山东马这样的打扮,心中就有几分疑惑他是马成龙。

曹太正与张大虎动手这际,山东马赶到说:"张大贤弟,我来也!"自通了名姓,唬的众贼人胆战心惊。曹太举棍就往下打,马成龙用宝刀相迎。只听得"咔嚓"一声,将曹太的铁棍削为两段。把贼唬了一跳,转身就要逃走。山东马一刀，照着他脖颈上，只见红光一片，把贼人头皮削下来一块。曹太一俯身，带群贼竟自逃走去了。众轿夫复又回来，把这两乘轿子又抬回去了。众跟人都跑了。山东马与张大虎二人回来，坐着爬山虎儿歇着。

　　只见张广太带着姜玉，还有四小跟班的而来。原来是三大人办完了公事，自己要上虎丘山，走到半路上遇见自己家人，是跟二位夫人的，被贼追下来，一瞧见大人，回禀明白。张广太着急，带着众人，正遇见马成龙与张大虎，连忙过去说："二位大哥，小弟有礼。多早来的？为什么不到我衙门里去？"张忠说："我今天方才到。也不知贤弟在此居官，我遇见了马大哥，在对河居喝了半天酒，要逛虎丘山，正走在这里，遇见了尊眷的轿子被贼人围住，我与马大哥将贼人杀散，正遇见你到此处来。"成龙说："我是昨天到的，天就晚了。今天早晨起来，同侯爷大哥喝了会子酒，我也醉了，梦太也就睡着了。我自己溜达出来，到对河居遇见张大兄弟，喝了会子酒，我们两个就来到此处，遇见你的家眷叫贼围上了，那一伙贼子俱都叫我们给打跑了，遇见三兄弟。走吧，咱们喝酒去吧。"广太说："上我衙门去。"成龙说："不去。咱们上对河居雅座儿谈会子心，明天我同老兄弟，我二人到你衙门去。"广太说："走。"

　　三个人同姜玉，一直到了对河居雅座落座。跑堂的笑嘻嘻的说："三位老爷来啦！"遂给泡过一壶茶来，端上两碟瓜子，问："三位要什么菜？"广太说："姜玉过来见见你马伯父。"姜玉过来行礼，说："马伯父好啊！"过来又问："张伯父好！"说："适才二位伯父与我三叔说话，我不得亲近。"张忠与马成龙说："你坐下再说话吧。"随便要了几样菜蔬，要了四壶莲花白，又要两壶福贞陈绍酒，大家开怀畅饮。喝至半酣，广太说："马大哥与张大哥，再也想不到今天异地相逢，真乃是人生乐事！无奈有一件，就缺师兄马梦太。"

　　姜玉在一旁拉了成龙出去，到了外边，成龙说："你叫我何事？"姜玉说："今天你得劝解劝解我三叔父，别让我三叔回去与我两个婶母闹。今天我婶母上虎丘山烧香，瞒着我三叔父去的。恰巧在半路之上，又遇见贼人。我三叔回去必不能善罢甘休。您老人家要说个人情，准成！"成龙说："你交给我啦！我必要劝解他。"说罢，二人复反入座，从新吃酒。

　　吃喝完毕，成龙说："三兄弟，今天你回去，见了两个弟妹，应该怎样?"广太说:"我万饶不了那两个贱辈!"成龙说:"三兄弟,不是那么样办法。论理,可是两个夫人的大不是。要真叫贼给抢去,那时你是死是活?这件事若是我,不这么办,须得把他们杀了!"成龙这诙谐的话,广太本就有气,再听他这么一说,不由怒从心上起,站起身来说:"二位兄台,我不让到我衙门里坐着啦,明天再见!"写了饭账①,方才要走,成龙说:"我与你玩笑哪,别认真杀了。"广太也不言语,姜玉说:"好哇!这是你给讲人情呐?"说着话,出离对河居,一直回衙门。

姜玉在头前,直跑到了衙门,先奔后面,说:"二位婶母,了不得了!我三叔因为你们上虎丘山几乎被贼人抢去,我三叔甚是有气,拿刀来杀你们俩人来了!"吓的两位夫人颜色更变,说:"姜玉,你快请你李伯父、邹伯父来劝住你三叔!"姜玉出去,有片刻之工,张广太手持钢刀,闯进上房,要杀两个夫人。不知此事如何,且听下回分解。

---

① 写饭账——相当于"买单",付饭费。

第五十九回

张广太单人斗群贼　顾焕章三杰诛盗寇

诗曰：

> 堪叹人生不悟空，迷花乱酒逞英雄。
>
> 途穷到底还无错，漏尽之时始现功。
>
> 弄巧常如猫捕鼠，光阴恰似箭流弓。
>
> 倘然使得精神尽，愿把尸身葬土中。

话说张广太举刀进得屋来，照定两个夫人就剁。后边李贵、邹忠把他拉住，将刀夺过去，拉广太至书房，说："张三兄弟，不可这样粗鲁！咱们这是外住衙门里，比不得在家，传到上边耳中，就许参①你家教不严。你把跟着去的家人叫过来问一问："白天在虎丘山这一伙贼人，像干什么的？"三爷叫姜玉把内跟班的叫来，说："沈福，方才是你跟了夫人去上虎丘山来？"沈福说："奴才跟去了。"广太说："你在半路之上瞧见截轿子的是什么人？哪里的口音？"沈福说："他自通名曹太，是福建会馆看会馆之人。"三大人说："你下去吧。"自己拿过纸笔，写了一封书子，交给李贵说："大哥，这里有一封字儿，明天越早越好，我要是不回来，你就给倭侯爷送去。如要是侯爷收下此信，你即速回归衙门；等三两天没信，将我家眷保送到河西务去。"李贵说："三弟，你这话从何而起呀？"广太说："你不必多问，拿信外边歇着去吧。"李贵也不好深问，自己回外边厅房安歇去了。

广太收拾利便，带上自己短把刀、避血珙，说："姜玉，你看守衙门，我要去了。"姜玉说："三叔又往哪里去？"广太说："你不必问。"姜玉说："我也跟着你去。"广太说："也好，那么你就跟我走。"姜玉暗带披刀，候至天有初鼓时候，广太两个人出书房，到院内上房，竟自奔福建会馆。从房上走，不从地下走，施展飞檐走壁之能。

这个福建会馆在苏州正南，离副将衙门八里之遥，在寿峰山口里边。

---

① 参——弹劾。指担任监察职务的官员检举官吏的罪状。

那座山是东西大路，是从苏州南关扑奔那里去。一进山口，望西走不多远路，南大门，就是福建会馆。里边有七八百间房，很有势力，都是本省的大商人修盖的。看馆的人，姓曹，名太，别号人称鸳鸯太岁。里面俱是天地会八卦教的会匪。广太同姜玉来至会馆，跃身上房，直望里面蹿纵。来至东厢房后房坡，望下面一瞧，正大厅房七间，东西厢房各五间，院中有天棚，底下灯烛辉煌。北上房台阶以下，有两张八仙桌，东边那张八仙桌后边，有一把太师椅子，上面坐定一人：年约六十以外，头戴三角白绫巾，金抹额，鬓边双插白鹅翎；面如紫蟹，两道扫帚眉，一双大环眼，准头丰满，海下一部黄焦焦的连鬓络腮的胡须；身穿粉绫缎色锦征袍，上绣圆花朵，足下粉底官靴。西边台阶之下那张八仙桌儿后，也坐着一个人：年约五十以外，也是三角白绫巾，双插白鹅翎儿；面如紫玉，环眉大眼，一部花白的胡须。西房台阶下有四张八仙桌儿，后边坐着四个人，面向东坐着：北边第一个，面如黑漆，穿衣服是咱们随身的打扮；第二个，年约二十以外，面如白纸，身穿蓝洋绉大衫，有桌案挡着，看不见底下；第三个座位上那人，面如瓜皮，二十有余的年岁，蛋青串绸长衫；第四个座位上那一人，年有二十来岁，面如茄皮，身穿青洋绉大衫。东边有四个座位，上面亦有四人，瞧不很真。正南坐着是鸳鸯太岁曹太，北边座位上是二龙神马凤山，西边座位上是二会总任山。正西那座位上：头一个是活阎王马刚，第二个白面判官马强，三个座儿上是逍遥会总张宝任，四个座儿上是太平会总任凤蛟。东边那四个人是：侯得山、侯宝山，还有金枪太保侯胜英，金刀太保侯胜杰。共合是九家会总，议论天地会的大事。马凤山说："曹太，你白天就不应该抢张广太的家眷，倘若一走漏风声，岂不坏了你我的大事？"曹太说："我打算把他那两个夫人抢来，咱们大家追欢取乐，再未想到遇见马成龙，将我铁棍削为两段。早晚我非去将他两个夫人抢来不可！"

广太听罢，自然大怒，说："好一个匹夫！待我前去结果他的性命！"翻身跳下房去，大嚷一声说："好一个大胆的匹夫！我张广太来拿你这一干叛国贼！"抢手中刀，直奔老会总任山刺去。众贼人一见，说："不好！快快的鸣锣聚众人！"只听锣声一响，稍时大众贼人齐到内院。众会总举兵刃，大家齐声说："好一个张广太！当初侯会总待你恩重如山，你不该叛天地会归大清管。你今天既然来到此处，想要逃走，是不能！我等早要刺死你，不想你今天自入牢笼！"群贼大众齐来动手，把一个张副将围在当中。

小爷姜玉在房上一阵大怒，说："你这一干叛反国家的贼人，休要逞能，我今天要与你等分个高低！"翻身跳入在院中，手内抢刀就望下剁。活阎王马刚举棍就打，白面判官抢刀也过来与姜玉动手。大家正在动手之际，侯家四杰也赶到，各举兵刃，与曹太把姜玉与广太围在当中。二人遮前顾后，闪转腾挪。外面早把馆门上好，不放人出入。内中贼党一个个摆兵刃，围了好几层，齐声呐喊说："张广太小辈，不可这样无礼！拿呀！拿呀！"张三大人一见人多，心中害怕，料想今晚不能逃生，慌忙叫："姜玉，你快快的走，不可小小的年岁死在贼中！"姜爷一听，说："三叔，你不必多牵挂！我今天万不能舍了三叔，我自己回衙门。人活百岁终须死，何必贪生落骂名！我不过是一条性命，能值多少？跟三叔不能杀贼，齐死在福建会馆之中。"说罢，抢刀就往下剁，与贼人难分高低与输赢。姜小爷累的浑身是汗，张三大人也不成。老龙神喝令："众人齐动手，务要生擒活捉他二人！今天夜晚，在福建会馆杀了张广太，也算替侯会总报仇雪恨，我的气才平和。"群贼答应说："我等尊命！"

活阎王马刚用棍照着张三大人就是一棍，广太望旁边一闪，那边的飞抓赶到，就把张广太给抓住啦，栽倒就地。张三大人说："姜玉，急速回去吧！"姜玉见张三大人被人拿住，他又听说叫他逃走，他想到："三叔你被人家拿住，为何叫我走那？"姜玉年轻，自己想错了。张三大人叫他逃走，是叫他回去调了兵来，给他报仇雪恨。他不肯走，与贼人动手。他如何是众人的对手？工夫一大了，姜玉被人家用飞抓抓住了，也栽倒就地，被贼人捆上。

马凤山说："先把他二人捆在天棚柱上，用凉水淋头，开膛摘心，祭奠飞刀大会总侯起龙就是了。"群贼说："遵令！"把广太二人捆在东边天棚柱子上，面向西，又去了一个人，到后边取出一张图影，上画的是飞刀会总侯起龙的真像。又取出来一个大木盆，里边放着一盆水，过来了一个人：有四十来岁，花毛儿秃子，身穿深蓝布小褂，青洋绉中衣，薄底抓地虎快靴；手持明晃晃的一把牛耳尖刀，来到广太面前，把刀嘴里一横，把张广太的衣服分开。姜玉在那边捆着，直骂说："奴贼呀！你这些个邪教匪贼，先把我开膛，我不瞧着我三叔死，我先在鬼门关上挂号，魂簿账上除名！"又叫三大人说："三叔，我死了不要紧，唯有三叔你死不的，白发的高堂，绿鬓妻子,您老人家一死,真可惨!嘻!我也不说了。"张广太一听此言,不由心中一阵难受,说:"嘻!姜玉,你不必如此说了,死生有命,富贵在天。"自己虽然口中这样说,心内想起生身的老母,说:"您老人家只知孩儿在外边居官,不想今天死在此处。若要母子相逢,等待鼓打三更,在梦寐之间,大概我未必准有这样灵验。"想到此处,不由心内如同刀剜肺腑、剑刺了心肝一样,强忍英雄之泪,自己把眼一闭等死。姜小爷破口大骂。

只见群贼吩咐:"凉水淋头!急速把张广太的人心取出来。祭奠侯会总!"过来了一个,手拿着一桶水,照着广太就是一泼。那个花毛秃子手持着牛耳尖刀,把广太的衣服望左右一分,照定前心,刀尖儿对准了心口,后手一按劲,只听"噗哧"的一声,红光崩冒,鲜血直流。张广太倒没死,杀人的那个花毛秃子死了,把众会总唬了一跳。原来自暗中飞来了一瓦,把花毛秃子王熊给打坏了,正中后脑海,没杀成人,自己死了,把刀也扔了。众贼人望房上一看,并不见有一人,齐说:"怪道啊怪道!是哪里来的?"众人正嚷之际,又过来了一个贼说:"你们不必瞎嚷,待我先把他刺死再说。"说罢,用刀照着广太前胸又是一刀。又从北上房飞下来一瓦,只听北房上一声喊嚷说:"你等这一干贼人休要杀人,吾来也!"西房上也是一声喊骂:"八卦教匪休得无礼,我来结果你等的性命!"东房一声喊骂:"叛贼休要害人!"这三边齐望下跳,先用刀将张三爷绳子剁开,又把姜玉救下来。群贼一个冷不防,齐拿兵刃来把他们三个人围住。不知救张广太的三位英雄是谁,且听下回分解。

第 六 十 回

山东马夜入福建馆　活阎罗巧遇旧冤家

词曰：

吾生有志，喜乐林泉。栽松种竹，随分随缘。一不望声名振地，一不望富贵擎天；一不望一言定国，一不望七步成篇。愿只愿草枯林漫，钓鱼河湾；樽无乏酒，厨不断烟。一生无荣无辱，不敢妄贪。香焚宝鼎，答谢龙天。

话说救了张广太与姜玉那三个人，是倭侯爷、张大虎、马梦太。他们三个人是从何处而来？只因张广太把那封书信交与了李贵，他回到外边厅房之内，倒下了要睡，睡不着，起来喝酒。到了定更以后，想着怕明天起来得晚，"我何不先把这一封信送到倭侯爷那里去？"自己叫外面的备马，自己带着书信，到外边上马，到了倭侯爷那里下马，把书投进去，自己回衙门。

侯爷正与马成龙、张大虎说着闲话。原来是张大虎同马成龙到了侯府，进里边去，到了书房之内，见梦太在那里与侯爷闲话呢。一见成龙进来，侯爷说："我方才进派人找你去，不想你回来了。那是何人？"山东马说："张大贤弟过来，这就是倭侯爷，那是我拜弟马梦太，你们哥儿三个多亲多近。他叫张忠。"倭侯爷等四个人施礼落座，问说："张忠自何处至此？你二人在哪里见的？"张大虎把在对河居之事说了一遍，又从怀内取出了一封信，交与侯爷。侯爷一看，上写："恩兄顾老爷文启。"顾爷方要拆看，门上的又拿了一封信，是协台张三大人的。侯爷方才听张忠所说之事，就要细问；又见来了一封信，就先把先前那封信儿收在书阁内，把这封信拆开一看，上写："倭侯爷台览。"拆开一看，大吃一惊，说："唔呀，不好哉！弗好哉！"念给成龙等听：

焕章仁兄足下①：久未畅叙，实深怅甚。兹启者②，近闻福建会馆

---

① 足下——写信时对对方的尊称。

② 兹启者——这里向你说明的是。

看馆之人乃是邪教匪徒,弟今轻身前往,探访真实确情。弟前去两三日之内不回,必有杀身之惨,望兄台念在金兰至契,前来与弟报仇雪恨,则弟为国捐躯,亦含笑九泉矣！其余家舍间诸事,大丈夫视死如生,勿须琐叙。种种各情,均祈心照为感,此留。即请升安！

如弟①张广太顿首

侯爷看罢,说:"了不得了！张大兄弟与马老兄弟,你二人跟我去到福建会馆走走！"成龙说:"我也去！侯爷说:"你不成,你又不会飞檐走壁,如何能去？吾带着他二人,去去就来。到那里见机而作,瞧事作事。"说罢,收拾齐整,三人出离了上房,跃身蹿上房去,直奔福建会馆而来。

到了会馆房上,只见张广太与姜小爷在那里,叫贼人捆在东边天棚柱子上,方要开膛。西房上是张大虎,拿了一片瓦,正打在那王熊的后脑海,登时身死。只见那边又过来了一个贼,又被北房上的倭侯爷给打坏了。东房上的梦太也跳下来,三人把张三大人与姜玉救下来。张广太二人拣起刀来动手。众贼人一见,说:"众位英雄,大家动手,拿获他们这几个人,不准放他等逃走,务必把他们拿住！"一声喊嚷,齐摆兵刃,与五位英雄动手,直杀的有三更时分。张广太累的人困腿乏,只有招架之功,并无还手之力,又不能走,心中说:"众位朋友为我张广太前来,我焉有逃走之理,我死在这里也不走！"姜玉也是累乏了的人,心内说:"众位在此与贼人拼命,我一个年幼的人,焉能逃走？我死在这里也不能逃走！"侯爷一瞧众人都累乏了,"大概难以取胜,自己又不能先走,怕叫众朋友瞧着不是。再者说,张忠是一个生朋友,他还能与贼人拼命,我万不能走,死在此处也不走！"马梦太也想:"别人为我师弟尚且拼命,与群贼动手,我万也不能走了。"张大虎也想:"我当年与张广太在上海道衙之内结为生死之交,至今我虽死在这里也不能先走！"众位谁也不张罗先走,为想与贼人动手。

那为首的贼人马凤山与任山、张宝任、任凤蛟、活阎罗马刚、白面判官马强、鸳鸯太岁曹太、金枪太保侯胜英、金刀太保侯胜杰、侯得山、侯宝山九位会总,带着一千多天地会八卦教的贼人,围了好几层院子。书中交代,这一座福建会馆,能有这么些个贼吗？他等是此处卧底,定在今年八

---

① 如弟——谦称。

月中秋他们起首造反。有他们的八路督会总派人三路进兵苏州聚齐。今天一动手，故此他们都有胆量，就把五位英雄困在当中，不能动转。各个累的浑身是汗，遍体生津。天有三更三点之时，五位英雄心中说："吾等是不行了，大概今天死在贼人之手。"贼人越杀越勇，灯笼火把，照耀如同白昼。

正在酣斗之际，听得外面声音一片，说："会总爷呀，了不得了！那个山东马来了！快出去人，把他拦住，不准放他进来！"众贼一听，大吃一惊。书中交代，成龙见侯爷三个人上房，口中说："上福建会馆，去救张广太"，他又把那书信瞧了一瞧，自带上大环金丝宝刀，来到外面说，叫门上的给他开门。众人问："大人上哪里去？"成龙说："我上福建会馆，你们跟了我去。"众人说："我们不敢去，您老人家自己去吧。"成龙说："不去就罢，我自己去。"说罢，出离大门，一直往西走，到对河居门首，心中想道："这福建会馆在哪里？我把跑堂的何不叫来问他一问，就知道了。"站在门口叫说话。跑堂的里面正串柜哪，听见有人叫，出来一瞧，是白天同张大人在这里的马爷。跑堂的说："您老人家从哪里来呀？里边坐。"成龙说："我不坐着，我与你打听打听，有个福建会馆在哪里？"跑堂的说："从这里奔南关，出南门，走二之遥，有一座三官庙，前头往西有一条大道，往西去有一个山口，进了山口一直往西，路南有一座福建会馆，上面有匾。我今天铺子有事，要没事，我就带着你前去啦。"成龙说："我自己去吧。"一直扑奔南关，走了有一里之遥，大色皆黑，不辨东西南北。只见从对面来了一头驴，上面骑着一个老头儿，自乡下要账回来，天晚了骑在驴上，唱山西梆子腔。成龙说："借光！上福建会馆往哪里走？"那人说："自这往西，进了山口不远就是。"山东马听罢，一直进了山口，只听前面杀声一片。

走到福建会馆门首，又见馆门已上闩锁，听得里面杀声震耳。自己又进不去，又不会上房，心中甚是着急，顺着福建会馆的墙，绕了一个大弯。天有二更以后，自己实在无法，低头一想，计上心头，说："我自己改变声音叫门。"心中说："我学一个妇人说话，那贼人一贪便宜，他们把门一开，我拿大环金丝宝刀，把贼人杀个干干净净。大概侯爷大哥等都在里面哪。"想罢，来到会馆门首，捏着鼻子学妇人的声音，说："开门来，开门来！"里面看守的贼人一听，说："众位二哥们，你听听，外面是谁叫门？"山东马故作妇人之声说:"是我,今天晚上走迷路径了,鞋弓袜小,我实在是累了,求众位方便方便吧!"里面有一位色大爷说:"你是个妇人哪,多大岁数了?"成龙说:"奴家二十二岁。我们当家的死啦,我去上坟去了,因此迷失路径。求众位开门,我到里面暂住一宿,明日早行。"这几个看门的一听,说:"平常也没这个便宜事。今天里面有大事,又有个小寡妇叫门。咱们给他开开门,叫他进来,到门房里等着,完了事,咱们大家追欢取乐。"说罢,就要开门。

旁边有一个上年的说:"不可这样,我上房去瞧瞧,若果是个小寡妇,你就把他叫进来;若不是,恐怕奸细前来诈门,那时还了得!"说罢,蹬着梯子上房。到了房上望外边下面一看,他认识是山东马成龙,赶紧嚷道:"别开门!别开门!是马成龙在外头!"那众贼人又上了一道门闩,说:"好一个山东马!你装那妇人说话,冤我们来了。你不用打算进来,我也知道你是不会飞檐走壁。"山东马在外边一听,急的乱嚷怪叫,心里说道:"我何不用我这口宝刀,把他这门给开个小门?"说罢,把宝刀往门上一插,只听"咯嘣"一声响,山东马用手一按劲,望下一按,又把宝刀拉出来,一连几刀,开了一个小门,一脚踢开。吓得贼人直嚷说:"了不得了!山东马把门给旋了一人小门!"贼人胆子大的都跑了,胆子小的吓了个骨软筋酥,不能动转。

马成龙进了大门,抢手中宝刀,照定贼人就剁,直杀得死尸东倒西歪。山东马望里面走,方到二门,只见从里面跑出鸳鸯太岁曹太,带着活阎王马刚,白面判官马强,三个人带着一百多名贼人,手拿长枪、大刀、短剑、阔斧,齐在二门以里,分两旁站定。只见鸳鸯太岁曹太说:"马成龙,今天你不是飞蛾扑火,自来送死!顾焕章与张广太等五个人,都叫我们各会总给杀了,正要派人前去拿你,不想你自来送死!"马成龙一听侯爷跟广太死了,就急了,抢手中宝刀,照定曹太就是一刀,说:"好一个曹太!我拿住你,与张广太、顾大哥报仇!"曹太举棍相迎,只听"咯嘣"一响,把曹太这条棍也削为两段,转身要望二门里头跑,山东马至背后一刀,"呵哧"一声,曹太腰断两截,当时身死。

那边怒恼了活阎王,吩咐手下一百多人:"不准出走,俱都在二门里头等候,等我前去拿他!"举手中四棱镔铁冲,蹿到二门以外,说:"马成龙,你还认得我吗？你我当年在宁夏府黄酒糟坊变目①动手,我回马家寨要调齐了人前去拿你,不想被我家会总用白牌将我调到孳龙沟。我今天在此遇见你,咱们两个人真是冤家对头！今天将你拿获,以报当年之仇!"说罢,二人动手,不分高低上下。马强在那边一瞧,怕是哥哥受伤,大嚷一声说:"你等跟我出去,我要将这姓马的生擒活捉。"群贼答言,把马成龙围住。不知后来如何,且听下回分解。

---

①　变目——翻脸。

第六十一回
巡抚怒斩张广太　会匪闻惊反苏州

诗曰：

匣中宝剑休要磨，厨下干柴莫堆多。

僧道尼姑休来往，堂前少叫卖花婆。

炉中有火须添炭。后门谨锁莫通河。

诸公且记六桩事，家门清泰福寿多。

话说群贼把马成龙围住，山东马真急啦，一摆大环金丝宝刀，指东杀西，也有把刀给削折了的，也有把人头砍掉了的。活阎罗马刚一抢镖铁冲，照着成龙打去。成龙刀往外一推，把铁冲削为两段，趁势一刀，将马刚杀死。马强赶过来，要替他哥哥报仇，亦被成龙杀死。群贼大乱。成龙宝刀一摆，碰着就死，挨着就亡，招着一下，筋断骨头伤。直杀得高处人头滚滚，低处血水横流。成龙杀进第二重门，但只见众位朋友都在那里，心中这才放心，才知道曹太所说的是诈语。众会总见成龙一到，甚是勇猛，大家往后倒退，马凤山等六家会总由上房屋中地道逃走去了。余贼被六位英雄杀散，直至天色大亮。

侯爷说："广太，这件事应该如何办理？"张广太说："我去回禀巡抚，奏明圣上，不过是剿灭教匪，还许得点功劳。无奈此事关系重大，非得亲身见巡抚不成。众位走，到衙门去。"侯爷说："我们要回家歇着去了。三弟，你自己办公事吧。"众人离了福建会馆，方到山口，只见李贵，邹忠带五十马队前来，寻找张广太。广太一瞧，说："福建会馆正没有人看守，你二人带官兵前去看守，等地面官验看。"说罢，众人分手。

广太回自己衙门，换好了衣服，吩咐鞴马，带着姜玉直奔巡抚衙门。在道路之上，与姜玉说："昨夜晚之事，好险哪，好险！若非侯爷等赶到，你我此时早为泉下人了。"说着话，来到巡抚衙门号房挂号，投进手本进去。少时，戈什哈传张广太进去。

巡抚大人姓吴，名德，福建人，一榜举人，倒是幼年发科，在广西做幕。

因福建、台湾康熙三十六年有叛逆朱一贵作乱,这是有名的贼人,手下有二三十万贼。两广总督满保带兵征剿,吴德随行营粮台,运筹帷幄,不到二年,保升了川东道,平贼之后,又屡得保举,这几年他升到江苏巡抚任上。到任之后,他少年游学,所到的地方,他那些个旧日的亲朋与同乡就全来了,在他衙门内一住。自此,外面有点什么事,他就知道。今天张广太来到里面,他正坐在大堂呢,与此处陆路镇台胡德胡大人在那里说公事哪。两旁刀斧手、众亲军、护卫差官戈什哈,都在两边站定。

张广太过来行礼,说:"副将张广太请大人安!"巡抚说:"你来此何事?"张三大人说:"卑职昨晚带兵丁,查拿盗贼,至福建会馆,有天地会八卦教的贼人夜聚明散。卑职进去剿拿,贼人敢拒捕,都是天地会八卦教的贼匪,擅敢与卑职动手,杀死贼人有三百余名,特意前来禀报大人知道。"巡抚说:"怎样得知是天地会八卦教贼人?"广太说:"是卑职等与他动手,杀死贼人,才知道他等头上俱有顶记,内中还有穿着邪教匪贼的衣服,戴三角白绫巾的,带白鹅翎的。"巡抚说:"你是一个水师营的武官,为何管我们地面上之事? 我知道你们是素有挟嫌①,因此怀仇,故以官长杀伤人命三百之众。倘若你逼反了本地商贾,那时间谁能担待? 分明你是倚官欺压平民,妄杀无辜。论王法,也该凌迟处死!"吩咐左右武军官:"把张广太的帽子给我摘下来! 给我绑赴杀场,枭首示众! 以压本地商贾之心,那时再作道理。"左右把张三大人绑好。有镇台胡大人给广太求情,巡抚大人甚是嗔怒,定要杀张广太不可。吓得姜玉慌忙往外就走,直奔侯府。来到府门,未叫人通禀,自己往里就走,到了外边厅房。

侯爷与成龙等四人正在净面吃茶,提说昨夜晚在会馆之事,问马成龙如何能自己找到那里。成龙说:"有对河居的跑堂的告诉我找了去的。不知广太今天该当怎样办理呢?"正说之际,只见小姜玉跑进书房来,说:"侯爷,不好了! 江苏巡抚要杀我三叔张广太,您老人家快去给讲个人情吧!"众人一听,说:"因什么杀张广太?"姜玉说:"我不知道,就见我三叔进去,就把我三叔绑出来了。我一瞧就来了。侯爷,您赶快跟我走吧!"侯爷吩咐备马,成龙说:"我同你去,当跟班的去吧,到那里见机而作。"倭侯爷说:"甚好,"外边备好了三骑马,一直飞奔巡抚衙门。

①　挟嫌——怀恨。

到了抚衙，通禀进去，此时，藩、臬两司与江苏兵备道、本处知府，都来给张广太求情。巡抚大人怒气未息，外边侯爷已到，说要求见。吴巡抚退至花厅儿之内，吩咐家人出去："你就说本院衣冠不整，书房恭候。"少时，家人出去，到了外边说："请侯爷进里边书房。"吴巡抚降阶相迎。成龙在后跟着，也是借侯府的跟班的衣服。他身材又高，自己戴着一个纬帽，脑袋大，帽子小，戴着像个耍狗熊的，身穿一件葛巾袍儿，开气直露出肚脐眼儿来，又小又瘦，高腰袜子，山东皂鞋，手内拿着侯爷的烟袋荷包。他是真高，侯爷是真矮。山东马把倭侯爷的那根烟袋杆，他给换了一根秤杆，为是拿着方便。

方一进书房门，巡抚说："侯爷，今天如何这样清闲？里边请坐。"侯爷说："大人公事不忙？我一来拜访，二则要问问大人，是为何要杀张广太？此人乃是圣上钦放来至此处水师营。他又不曾造反，这是为何？"巡抚说："侯爷不必多问。他是倚官欺压平民，妄杀无辜，我才要按王法处治于他。"侯爷说："他虽然是杀了三百多人，都是些天地会，头上俱有顶记可证。也是武官分内之事，理应清净地面才是。再者说，康熙圣主有旨意：无论官民人等，头上有顶记者，就可以杀死不论。此事张副将不但无罪，而且有功。再者说，他也是国家三品大员，也不能说杀就杀。此事也得会议，奏明圣上，再做道理。"说罢，叫人："来！给我装一袋烟。"

成龙在侯爷身背后站着，瞧吴德身高九尺，面如黄姜；头戴纬帽，身穿天青纱袍子，腰系丝带，薄底官靴，全分活计；年约五十以内，黄焦焦的胡子，瞪着眼睛与侯爷分辩。成龙听说侯爷要烟，他把烟倒装好了，无奈他把烟袋杆给换了，递给侯爷，他在一旁站着给点着了。侯爷一抽，抽不着；细一瞧，是一个秤杆，自己也不抽了。成龙还在吴巡抚的身背后，他心中说："这个东西，大概是天地会八卦教的头目。我今天给他一巴掌，叫他知道知道。再把他的脑袋我夹过来，分开头发我一瞧，就知道他有顶记没有。"自己想罢，他从身背后就往前挪，挪到吴德的跟前，他一伸手，说："好一个八卦教匪，你往那里走！我今天非得结果你的性命！无缘无故的你要杀张广太，明明你是贼党！"成龙他方一伸手，吴巡抚的跟人给拦住，说："好一个刺客，你往哪里走！来人，拿贼！"

吴德他本是一个八卦教八路督会总的一家的兄弟，封他为一字并肩王。他未得巡抚之时，他就归了天地会啦。这福建会馆，是他一个人的大头目。定于康熙四十八年八月中秋大家起叛,由四川、湖北、福建三处起兵。不想我朝圣主洪福齐天,今天马成龙一说破了,他是贼人胆虚,早就站起来逃走,出离了上房,直奔东配房。侯爷一瞧,说:"唔呀! 别叫他走! 我把你这一个混账东西拿住,往哪里走! 我必要拿获于你!"随同成龙一直的追到了东房,并不见有一人。

但见当中迎面有一张八仙桌儿,底下直动。二人把桌儿挪开一瞧,原来是一个地道。倭侯爷说:"马大贤弟,你在这儿站定,我下去一看,便知这个东西哪里去了。"说罢,把地板一掀,钻身下去,追了不远,瞧见那边有一件衣服,自己又往北追,越走越黑,直追到望上有一条道,方才把石板一托,上边有人说:"会总爷来了? 甚好!"只见侯爷上来,是一间屋子,里边有四个人在那坐定,被侯爷用点穴法,全把他们拿住。问说:"巡抚吴德望哪里去了? 你等急速快说实话! 如要不然,我定然结果你等性命!"只听的那几个人说:"侯爷饶命! 我等都认得您老人家是倭侯爷。巡抚吴德方才逃走,嘱咐我们不可离了此处。"侯爷说:"他往哪里去了?"那四个人说:"不知他往哪里去了。"侯爷说:"这是哪里?"那个人说:"此处前院是土地庙,离巡抚衙门不过二里之遥。我叫王忠,是巡抚雇的,叫我入天地会八卦教。我说家中有父母在堂,不敢自专。后来他屡次催我,我口中许了他,心中未能愿意。求侯爷饶命。"侯爷说:"我把你们放开,你们跟我走吧,到了巡抚衙门再作道理。"随即用手一推,把四个人推起来,都能行动,带着奔巡抚衙门。那四个人求侯爷饶命,说:"我等跟你去。"侯爷把他们给治过来带着走。

方一到巡抚衙门里面,只见成龙说:"大哥,先把张广太放下来,然后请藩、臬两司众文武官员。"大家齐集大堂。侯爷把追跑了巡抚大人吴德之事说了一遍。大家说:"他必是一个天地会八卦教了。"张广太自己穿好了衣服,说:"此事该当如何办理?"众人默默无言,一个个也没有主意。正在为难之际,只听外边一阵大乱。少时,有人来报说:"了不得! 城内街市之上已乱,都说巡抚反了!"唬得众人一阵发怔。不知后事如何,且听下回分解。

第六十二回

马成龙苏州挂帅　倭侯爷北京请兵

诗曰：

　　心花开处笔花生，落纸须臾幻影成。

　　三尺荒坟听鬼唱，千年华表识狐烹①。

　　蜃楼海市能寻迹，牛鬼蛇神浪托名。

　　姑妄言之姑妄听，信非于理信于情。

　　话说倭侯爷与众大人在那巡抚衙门大堂议论大事，人报："本处市面买卖俱都上门，也有逃走的，都说是巡抚反了。"藩司慧安、臬司骆承文，大家俱没有主意。先派人去到县衙，叫弹压本地面，不准逃走。少时，外边有人禀说："有瘦马马梦太与张大虎来找侯爷。"侯爷说："叫他们进来。"少时，二人来到里边，见了众位大人，又与侯爷说："这一封书字，是我给送来的。"侯爷一瞧，是昨夜晚的未瞧的那封字儿。

　　原来是侯爷同成龙走后，梦太甚不放心，派了一个家人去打听打听。不多一时，家人来报说："巡抚被倭侯爷追跑了，城内街市上大乱，都说反了，不知所因何故。"张大虎说："了不得啦！因昨夜晚上我也没得与侯爷说话，在福建会馆闹了一夜，我送来那一封字儿，侯爷也没瞧。马老哥，你我出来，咱们哥两个给送了去，叫侯爷一瞧，就知道里边有些个关系重大之事。"梦太拿出信来，二人出侯府，一直到巡抚衙门，进里边把那封字递给倭侯爷。拆开一看，上写：

　　久违芝范②，时切驰思③。指山川其何远，天教先颂；愧笔墨之久疏，寸柬少寄。兹际荷香送暑，蝉韵鸣秋，遐想焕章师兄仁大人，升祉集吉，福履绥和，所以为颂。前次接到华函，祷悉种种。弟久处海岛，

---

① 狐烹——比喻事情办成之后，就杀害有功之臣。

② 久违芝范——与君久别。

③ 时切驰思——时常想念的意思。

建树毫无，惟顽躯托庇"平安"两字，差堪慰远耳。敬启者，弟风闻会匪贼党于八月中秋在江苏有起兵之议，既为金兰至交，弟安敢袖手？是以特具寸柬，奉知阁下。或择迁善地，抑或远避他乡，统计钧裁，是所深盼。专此，即请升安！余维鉴照不宣。

　　　　　　　　　　　　　　同门愚弟王勇顿首

　　侯爷看罢，与众位大人们议论："先递折子，奏明了康熙圣主。"又说："今天是七月初旬，离中秋不远，倘若会匪造反，该当如何防守此城？"内中文武地面官默默无言。马成龙在旁边微然含笑，说："你等都是些个无能之辈。这点小事，你等都办不了！"众文武官一听，内中有本江苏陆营协台、白面瘟神神枪王绪祖，此人当年是行伍出身，跟着神力王征过王金川、小金川，征过云南，智勇又全，他带着有五百白马队，是七星旗，贼人闻名丧胆，望影心惊，因此人称神枪无敌。其性如烈火，升任此处协台。先年此处有马贼，他一到打败了有几次，因此人地面相熟，此处百姓都信服他。今天一听马成龙之言，他就有些个不服，把眼睛一瞪，说："你一个跟班的，我们与众位大人在此议论军机大事，你也敢这样无礼！"张广太说："不可，王大人过来，我给你们引见引见，这是在兴顺镖店救驾的临敌无惧、勇冠三军的马成龙，现任京营协镇马大人。"又对成龙说："这是本处协镇、白面瘟神王绪祖王大人。你们二位多亲多近。"王绪祖说："原来是马兄台，小弟不知，多有冒犯！"成龙说："王大人担待①我嘴冷！"二人说些个闲话。

　　众人都说："马大人有什么高明主意，你说说我听。"马成龙说："咱们这里有多少官兵？"藩司说："有六千官军。"成龙说："我有一个主意，此事如奏明圣上，必须耽延日子。倭侯爷大哥，你带着我们的那个赶车的曹六，坐船到了王家营，那里有车，坐着入都见神力王，奏请大兵，急速前来救护。这里派几位守城的，派一个带兵在城外防堵，那里如有贼来，也可支延几日。"

　　大众一听，说："此事非你不可。暂把巡抚的印请出来，作为帅印，就请尊兄暂握帅印，以防会匪。城内有我等众人办筹款，招募勇丁，设计守城。事不宜迟，就请拜印。"大家齐说有理。给成龙换了官服，请出巡抚

————————————
① 担待——原谅。

印来。成龙拜印，在当中落座，说："既蒙众位抬爱，我暂且不能推托，一则为国出力，二则以救此急。我只有一句话说："自今日为始，我在此处防城一百天，无论贼势浩大，一百天之内绝失不了江苏城；一百天之外，我可不能保守。"侯爷说："那是自然。我此一去入都，大概等不了百日，我就请兵来了。众位大人要紧守城。"大家说："不劳侯爷嘱咐，我等俱是职司防守，请马大人分派，该当如何办理，我等大家遵命！"

成龙说："先派人把吴德的余党拿获。"张广太带着手下人，前后一搜，并无一人。他家口俱皆逃走，就把倭侯爷拿获的那四个交县枭首示众。又派本地城守营，按四门设立巡防处，以备捉拿奸细。又把水陆两营的兵，俱皆调齐，务于明日辰刻在巡抚衙门点名，如不到者枭首示众。又派人到福建会馆，将所有贼人等物件俱皆抄来寄库，以备军务之用。将所杀的死尸俱皆掩埋。唤李贵、邹忠，带本队兵归伍。诸事办理完毕，行文调下江总兵吕庆。侯爷一瞧，办的甚好，说："吾今天就要起身，众位大人多多分心，我要去也。"站起身来，回归侯府，带曹六雇船起身。这且不提。

且说马成龙与张大虎、马梦太，就在巡抚衙门中用晚饭安歇。次日天明，司道首府、首县俱皆来到，请成龙升大堂，把武营的花名册交给成龙，众人议论公事。少时，外面大队俱齐：有总兵胡德、副将王绪祖，带着本营游击张郜，参将吕杰，都司张化，守备李成、王善，千总景德胜、戴德彪，把总戚文远、贺景龙；有下江总兵飞天豹吕庆亦到，齐至大堂。马成龙按册点名，拨一千兵交胡总兵，与藩、臬两司守城，四门已闭；自带五千兵，在苏州正南二十里路有一泥金岗，在那里安营。此处三面是水，正南是旱路，直通白龙滩，安下粮台。分三个大寨：左营是王绪祖，带一千马步队，立一个大寨；右营张广太，带一千马步队，立一个大寨；自己中营，带三千人，亦立一个大寨。派吕庆管理粮台事务。马成龙出离大寨，又往各处瞧瞧，回帐把张广太叫过来，附耳如此如此。在中军帐前安了十二个小账房，广太带人看管，不准放一个人进去，如有人偷视，按军法示众。

自己又出了一张告示：

钦加二品衔、斐凌阿巴图鲁京营协镇、办理江苏军务、统领马步队军马，为晓谕事，照得本营官军人等一体知悉。如有：

其一，闻鼓不进，闻金不退，旗举不起，旗按不伏，此之谓悖军①，犯者斩之；

其二，呼名不应，点视不到，违期不至，动乖帅律②，此之谓慢军，犯者斩之；

其三，夜传刁斗③，怠而不报，更筹④违误，号声不鸣，此之谓惰军，犯者斩之；

其四，多出怨言，怒欺主将，不听约束，跋扈⑤难治，此之谓横军，犯者斩之；

其五，扬声号语，蔑视禁约，驰笑军门，此之谓轻军。犯者斩之；

其六，弓弩绝弦，箭无羽镞，剑戟不利，旗帜凋敝，此之谓欺军，犯者斩之；

其七，谣言诡语，造捏鬼神，假托梦寐，大肆邪说，蛊惑军心，此之谓妖军，犯者斩之；

其八，奸舌利口，妄论是非，挑拨军士，令其不和，此之谓谤军，犯者斩之；

其九，所到之地，欺压百姓，逼淫妇女，此之谓奸军，犯者斩之；

其十，窃人财物，以为己利，夺人首级，以为己功，此之谓盗军，犯者斩之；

其十一，军中议事，私自进帐，探听军机，此之谓探军，犯者斩之；

其十二，或问所谋，及闻号令，漏泄于外，使敌知之，此之谓背军，犯者斩之；

其十三，调用之际，结舌不应，低眉俯首，面有难色，此之谓怕军，犯者斩之；

其十四，出起行伍，蹿前越后，言语喧哗，不遵禁训，此之谓乱军，犯者斩之；

---

① 悖军——违反军令。悖：违反。

② 动乖帅律——行为违反领导的规定。乖：违反。

③ 刁斗——古代军中用具，白天用来烧饭，夜晚用来巡更。

④ 更筹——古代夜间计时报更的竹签。

⑤ 跋扈(hù)——专横暴戾，欺上压下。

其十五,托伤诈病,以避征伐,带伤假死,惧而逃避,此之谓诈军,犯者斩之;

其十六,主掌钱粮,给赏之时,阿私①所亲,士卒结怨,此之谓干军,犯者斩之;

其十七,观寇不审,探贼不详,到不言到,多则言少,少则言多,此之谓误军,犯者斩之。

此上禁令,一体遵行毋违,特示。

众文武官军一瞧,心中佩服。马成龙果然智勇兼全,文武精通,都有畏惧之心。先前他等大家都不信服他,都知道他是一个泥瓦匠出身,今天见他条条有法。大家又想:"古来的英雄豪杰出于微末之中,韩信曾受胯下之辱,后来官拜三齐王。"

马成龙又升坐大帐,派守备王善买棺材五百口,不拘大小,三天交齐。又派人各处哨探。王善在苏州城内,在各棺材铺定了棺材,是日齐运至大营之内,见成龙交令。马成龙又派人买漆,都用漆漆好了棺材,头前画了一个红月光儿,摆在大营的前头,一个个都齐摆开。在营内众兵丁说道:"咱们大帅买这五百口棺材,所为做什么用的?"内中有人说:"我知道。这是大帅给咱们一盼望:咱们死了,一个人一口棺材,大家都有一个安身之处。"内中又有一个兵丁说道:"你别胡闹啦!死了还指望棺材里装。咱们在军营里打军需的人,有命的可以高升,无命的死在乱军之中,并无葬身之地。"大家说了会子闲话。

只听中军帐鼓响,大帅升帐,查点军装器械,众人齐聚大帐。成龙方才点名,只见流星探马前来禀报说:"报!由白龙滩下船,有二百多辆小车,俱扮作难民的模样的,有八百多人直奔苏州而来。请大帅定夺!"成龙说:"再探!"又派副将王绪祖:"带五百步队,奔白龙滩大路,把那逃难之人拿来,听候本帅发落!"王绪祖说:"得令!"随带本队兵去了。成龙这里将军装点完。少时,只见探马来报说:"王副将有望江岗与这些逃难之人交兵,那些逃难之人俱是贼人改扮的。"成龙又派吕杰带五百马队,前去接应。直至次日天明,王绪祖、吕杰回营交令,"拿获十七名为首之贼人,听候大帅发落。"成龙吩咐军政司将他二人功劳记上,又叫将贼人带

---

① 阿私——偏袒亲友。

上来。

　　两旁武军官下去,绑上十七名贼人,听口音俱是福建人。成龙问说:"你们都是大清国百姓,自定鼎以来,省刑罚,薄税敛,并无亏负你等之处,你等为何造反? 为首之人叫做何名?"内中有一个人答言说:"我叫郭明,本是江苏人,别号人称霹雳鬼。奉我家会总爷之命,由湖北洞庭湖扮作逃难之人,来到江苏取城。后边大兵随后就到,量你这江苏省城不过弹丸之地,你所统不过是乌合之众,急速把会总爷放开,那时还可以饶你性命,保全你等一干的生灵。如若不然,那时我家太平公安会总兵到,必要替我报仇雪恨。"要是胆小之人听郭明这些话,就给吓傻了。成龙一听,气往上一撞,吩咐左右武军官:"把这几个贼人带至营门,枭首号令!"武军官将十七名贼人绑下去,枭首号令。只见流星探马前来禀报:"有数万贼人从大江中杀奔苏州而来!"不知后事如何,且听下回分解。

第六十三回

安天寿进兵苏州城　马成龙大战泥金岗

诗曰：

> 花影衣香记胜游,章江九月不知秋。
>
> 千行罗绮围银烛,几曲笙歌拥画楼。
>
> 词客醉吟金盏落,佳人笑坠玉搔头。
>
> 今宵得预①豪华饮,散尽尘襟②万斛愁。

话说马成龙正在发放军情之际,探马来报说:"有数万贼人顺大江而来,杀奔截江渡口。"成龙吩咐:"再探!"稍时,又有二次探马来报说:"群贼啸聚在截江渡口,安下粮台,立下行营,水路船只都在长江。"马成龙又吩咐:"再探!"这一次探马下去,稍时,又有三次探马前来禀报说:"为首之贼,姓安,名天寿,带数万贼众,由湖北洞庭湖起首,直奔江苏而来,俱从水路至此。调马步军队前来,离此有三十里之遥。"马成龙吩咐:"左营调五百马队,派王绪祖带领,在左边扎定;右营派张广太带五百马队,左右边扎定;自领中军二千步队,旗幡招展,出离泥金岗,山口以外扎住。

只见正南上杀气腾腾,遮满了半边天。又见那贼人前边的流星探马,也来往这边来探。只见正南上,遍地都是贼人,俱是八卦旗、蜈蚣幡儿,雕幡当中,按乾、坎、艮、震、巽、离、坤、兑的八卦旗,真是无边无岸。成龙一瞧,心中说:"真乃怪道!未见外省的惊报,这些贼人是从何处而起呀?"

书中交代,原来是四川峨眉山通天宝灵观八路督会总、赛诸葛吴代光屡次得报:他们教中人也有被官兵剿灭,也有被杀的。四川总督派四川提督兵伐峨眉山。他一想:一不作,二不休,就传下一道令去,天下各省是他教中人,都调齐,北五省的是:山东、山西、河南、直隶、奉天,都在河南汝宁府会兵;广西、福建、浙江、湖南、湖北,都定在江苏八月中秋会兵,取苏州;

---

① 得预——得意。

② 尘襟——胸中。

他自家杀败了四川提督，知会广东、云南，带兵也往北杀来。

此时取苏州北路大兵，是金眼魔王安天寿，在湖广洞庭湖啸聚，有四五万贼，先进取苏州，第二路，是急先锋萧可龙，由福建南台湾会齐，进取苏州。第三路，是神棍将军李天一，由广西进兵，定于八月中秋，江苏省城会齐。妖道吴恩自带群贼，是从四川峨眉山通天宝灵观起兵，先取湖北、襄阳、汉阳、武陵、黄州、贵阳、长沙、武昌、荆州、江夏，随后接应前三路大兵。北五省另有头目，以待来年才起兵，为是作为接应。

这安天寿是由水路进发，他想别处自有他等攻取，江苏乃名胜之地，山川秀丽，财帛、美女必多于别处，故此他兼路进兵。七月初旬，他就到白龙滩了，安下老营。探马回禀说："江苏咱们本会中人俱皆逃走，大事已泄。一字并肩王吴德逃奔四川去了。"原来江苏巡抚吴德，他与吴恩两个人，认作一家弟兄，在会匪中，是一字并肩王。他定于会匪一到，他就献城。他一逃走，福建会馆之内的人也走了。安天寿就愣了。又探得江苏省四门已闭，马成龙带着人马，扎在泥金岗。安天寿传令："派铁锤将卜龙，带五千飞骑马队，前去取泥金岗，郝大龙、郝大彪、郝大豹、郝大虎四个人，各带三千步队，前去接应。本营留下巡风会总蒋仲元、管粮会总陶进、后军会总谢春、五军都会总鲍天庆四位大帅守营。"他带着华家八彪，自带三万大军，浩荡荡的直杀奔泥金岗而来。

头队邪教贼人，是卜龙马队，离泥金岗不远，见正北有三千人马：左边是五百白旗，马队当中是江苏协镇王绪祖。右边有红旗，马队五百，是水师营的协镇张广太。当中有一匹黑马，马上驮着一人，头戴青泥得胜盔，二品顶戴，大花翎，灰色贵州绸的单箭袖袍，外罩红青跨马服，腰中佩着大环金丝宝刀；面如紫玉，环眉大眼，身后有一杆大旗，当中一个"马"字，上面两旁是"临敌无惧"、"勇冠三军"，那杆旗被风一吹，背后露出一个"帅"字来。身背后两旁，高高矮矮的英雄不少。卜龙一瞧，把队扎住，催马直奔当场，口中说："对面的马成龙出来，会总爷要拿获于你！"清营众英雄一瞧，见这贼人头戴三角白绫巾，金抹额，迎门茨菇叶，鬓边双插白鹅翎儿，身穿蓝绫子箭缎袍儿，腰系英雄带，足蹬薄底快靴，面如瓦兽，就仿佛是砖瓦之色，怀中抱着一对镔铁轧油锤；两道环眉，一双大眼，黑眼珠滴溜溜乱转，白眼珠真白，瞪着双睛，口中大嚷说："马成龙，你过来！我今天必要与你较量三合两趟！"马大人派王绪祖出去捉拿此贼。

　　王副将自己一带马,直奔战场而来。后跟着一杆大旗,是白旗,上绣着黑七星。王绪祖头戴着青泥得胜盔,三品顶戴花翎,蓝箭袖袍,黄马褂,座下骑白马,鞍辔鲜明;面如白纸,细眉阔目,手捻长枪,威风凛凛,相貌堂堂,口中大骂说:"贼人好大胆! 我来也! 拿获你这叛贼!"铁锤将卜龙大怒,说:"你这个匹夫,好大胆! 焉敢破口伤人,我来拿你!"王绪祖拧枪就刺,卜龙用锤相迎。二人在战场之上,杀了一个棋逢对手,不分上下。王绪祖是江苏有名的豪杰,自己一想,说:"我今天要赢不了这个贼人,我万不能善罢甘休!"想罢,用枪照着贼人面门一刺,贼人用锤相迎,王绪祖望后一撤,卜龙的锤就迎空了。王绪祖趁势一枪,正刺在贼人前胸,只听"哎哟"一声,红光崩冒,鲜血直流,顿时贼人死尸栽于马下。

　　贼队中一声喊说:"好一个小辈! 休要伤我家会总,我来也!"两员步将齐声呐喊,直奔王绪祖而来,头前的那个也是三角白绫巾,鬓边双插白鹅翎儿,蓝绸子箭袖袍,大红绸子底衣,薄底快靴,手中举棍,就往下打。后边那个人也是这样的打扮,手中使一口双手岱的大刀,齐声说:"王绪祖休得逞能,何荣来也!"后边那个自通名说:"我乃管队会总何祥是也!"这两个是跟着卜龙带队大头领,今天要给卜龙报仇雪恨。王副将未走三合,一枪一个,俱皆刺死于马下,顿时身死。后队有郝大龙与郝大虎,二人带兵赶到,听说卜龙阵亡身死,二人催马前来,把队伍扎住,自出了本队,说:"那个前来? 敢与会总爷较量!"

　　王绪祖一瞧,见又有六千大队,为首的两个贼头目:头一个坐骑一匹青马,身高八尺,面如晚霞;头戴三角白绫巾,银抹额,迎门茨菇叶,鬓边双插白鹅翎儿,身穿紫缎箭袖袍,品蓝绸子底衣,薄底快靴。第二个坐骑黄骠驹,鞍辔鲜明,也是头戴白绫巾,双插白鹅翎儿,粉红缎箭袖袍,薄底快靴;面如姜黄,长眉大眼,手使三尖两刃刀。头一个手使月牙开山斧。二人催马,扑奔王绪祖而来。王大人杀得性起,挥枪杀奔过去,口中大骂说:"你这一干叛国贼,望哪里走? 我结果你的性命!"座下马横冲竖撞,手中枪上下翻飞。郝大龙难以招架,郝大虎刀法迟慢。两边是战鼓齐鸣,杀声一片。贼的后队安天寿已到此处,带着无数贼将,齐声喊杀,日色无光。王绪祖又战败了两个贼将。成龙吩咐鸣金收军。王大人回归本队说:"大帅,为何鸣金? 我正要拿获贼人。"马成龙说:"这就是大人你的奇功。我叫张广太出去,到那里把贼人拿获就是。你先歇歇就是。"遂派张广太前去,务要把贼人拿住。

张三大人一催马,直奔两军阵,破口大骂:"贼人哪个过来动手?"郝大彪是步将,手持铁棍,一声喊说:"好一个张广太! 你望会总爷,休逞英雄!"抢棍就打,广太用手中枪急架相还,二人在战场之上动手。贼队中一声喊,又出来一个贼将,年约二十多岁,头戴三角白绫巾,鬓边双插白鹅翎儿,身穿青缎蟒箭袖袍,薄底快靴,腰系英雄带;面似茄皮,黄眉圆眼,抢手中大砍刀,照广太砍来。张三大人一见,急用枪架开。三人大战多时,不分胜败。本来张三大人不是马上的战将,焉能敌的了这两员贼将?

自己方要败回去,只见张忠抢手中的金背刀过来,说:"贼将休要以多为胜,我来也!"飞也似直扑使大砍刀的来,叫:"贼将通名!"那个贼人说:"我乃前军统领会总杨文治是也。你是何人?"张忠自通名姓,二人动手。郝大龙在那里与广太动手。贼帅金眼魔王安天寿一催座下的花斑豹,即抢手中五鸣月牙方便铲,至阵前说:"清营你等为首的马成龙,急速前来! 会总爷常常听说你是有名的英雄,今天出来与我较量,便是英雄。"

山东马在马上一瞧,心中想到:"贼人的势大,江苏的兵少,我须得见机而作。我马成龙今天死在这里,我也不能叫贼人藐视我无能。"想罢,自己下马,换好了衣服,摘下帽子,还是身穿山东茧绸裤褂,高腰袜子,山东皂鞋,小辫挽个鬏儿,手持大环金丝宝刀。大众一瞧,像个挑水的山东人,又像个老米碓坊的掌柜的。自己吩咐擂鼓,只听一声喧。山东马今天是想开了,死在阵前,不死阵后。来到安天寿的马前,成龙心中说:"今天数万贼众来抢江苏,我受侯爷重托,必须要与贼人拼命! 我要死去,就全不管了。"又想:"贼人众多,几千官兵如何能敌得住?"他想罢,只见安天寿说:"来者可是马成龙? 会总爷正要拿你!"山东马说:"不错! 你是何人?"安天寿说:"会总爷姓安,名天寿,乃是平北大帅、太平公的便是。看你趁早投降,免得受死,不失封侯之位!"成龙说:"你这个东西,真乃大胆! 待我结果于你!"抢刀就砍。从贼队中杀出无数贼将,口中大喊,齐要拿成龙。不知后事如何,且听下回分解。

第六十四回

安会总兵退白龙滩　张协镇出探清风堡

诗曰：

当花对酒屡横陈，光润平分紫玉瑛①。

方正似郎诚可敬，却嫌端重欠柔情。

话说马成龙正与那安天寿动手，贼队中出来华家八彪：头一名华文锦，别号人称赛灵官金叉大将；二名华文秀，别号人称白面金刚单鞭会总；三名华文章，别号人称黄面太岁双锏将，四名华文英；五名华文瑞；六名华文奉；七名华文珍；八名华文玉。在云南楚雄府住家：人称"八彪"。一见安会总与马成龙动手，这八个人各摆兵刃，前来帮助。方一出队，只见那安天寿的铲早被山东马一刀削为两段，吓得安天寿拨马回归本队，传令："调齐大兵，务要踏平泥金岗！"郝大彪亦被张广太战败，杨文治被张忠杀死，清营大获全胜。

贼人安天寿与郝家五虎、华家八彪说："调齐马步军队，观清营人马不多，何妨冲杀过去，生擒王绪祖，活捉马成龙，走马取苏州就在今日。"说罢，吩咐进兵。此时马成龙等三人回归本队，见贼人大队杀奔泥金岗而来，山东马吩咐望两旁一闪，他在当中一站，等候贼人。安天寿带大队正往前走，猛望对面一看，只见清兵大队分开，泥金岗里面露出几百尊独龙炮来。赶紧传令："撤兵！不可前进！"后队作为前队，前队作为后队，回兵白龙滩。马成龙一见，传令进兵。左右中马步军队齐往前进，追的有三四里路，不敢深追，撤兵回归泥金岗，派探马探贼败至何处。成龙带大军回归大营，犒赏三军。派人守营门、巡墙子、护粮台。自己在中军帐与张大虎、马梦太、张广太吃酒，议论军情，直到二鼓以后。

马成龙拉着梦太出离大帐，说："老兄弟，今天可不是我喝醉了，我观一观星，看看贼势如何。"马梦太一笑，说："大哥，你的底别人不知道，瞒

---

① 瑛(yīng)——玉的光彩。

不了兄弟我,你还懂得星斗？你把五斗、三星、十三元辰、二十八宿、九曜的星宿,你说说,我听听。"山东马说:"我跟你说着玩呢,你跟我去,哨探三军之心。贼势特大,不知三军之心如何？"二人往前走,所过账房,也有睡觉的,也有说话的。内中有人说:"老哥们,我在营里今年整十年,没打过什么仗。今天再未想到有会匪前来,夺抢苏州。你我的父母妻子都在此处居住,倘若城池一破,你我全家尽丧。你我明天再与贼人打仗,安心要舍命杀贼,以图保护守城池。"

　　成龙又往东走,直到左营,只见路东有三间账房,里面露出灯光。成龙来至临近,隔账房门缝望里一瞧,当中有一个马扎,上面坐着一人:年约四十以外,光头未戴帽子,身穿灰布单箭袖袍,腰系凉带,青缎快靴;赤红脸,酒糟鼻子,手内拿着一把酒壶,坐在那里喝酒。旁边地下还坐着有十数个人,都是官兵,在那里与他说话儿,说:"该睡了,天不早啦。"那个人说:"我今天一瞧,就知道咱们马大帅用兵如神,你们大家全会不懂的。我好比做一颗明珠土内埋,不知何时显放开？有朝一日时运至,也登国家九龙台。"那几个兵丁只笑,说:"你别造谣言,听我问你:你说马大人用兵如神,他买这五百口棺材做什么用啊？"那个坐马扎的说:"咱们大帅大有武侯之风,要问买这五百口棺材,这乃是一条绝妙的计策。我知道就是不能说,此乃机密大事,恐泄漏于外,那还了得！"众人说:"你又喝醉了。"马成龙在外面一听,说:"好哇！马老兄弟,你进去问问,他是姓什么？叫什么？当什么差事？我回大帐等你。"马梦太进去,说:"辛苦众位哥们！"那些个兵丁一见梦太进去,全往下拉;那喝酒的坐在那里,佯佯不理。梦太说:"朋友贵姓？"那人说:"我姓卫,名鹿,我是这左营的百总。你在哪营当差？黑夜来此何干？"梦太也没穿着官衣,素常打扮。梦太说:"我在中营当差,我当什长,我来这里找人。听见你喝酒,念念叨叨的,我进来瞧瞧。"说罢,道少陪了,回归中军大帐,将此事说与成龙知道。成龙点头说:"你我咱们四个人,两个人睡,两个人值夜。"说罢,大家安歇。

　　次日天明,升坐大帐,聚齐诸战将,正在议论军机大事。只见流星探马来报:"天寿兵败白龙滩。又有急先锋萧可龙由福建鹿耳门带有数万贼人,顺路杀奔江苏而来。所有州县,势如破竹。西海岸独龙关的总兵为国身死,阵亡文武官四十三员。请主帅定夺。"成龙与众人一听,面面相观,惊慌失色。成龙说:"再探！"

又见守营门的来报说:"外面有两个人,一位姓邹的,一位姓李的,前来找张三大人。"成龙一听,心中早已明白,知道是李贵、邹忠不放心张广太,前来打听打听。知道昨天与贼人开了兵啦,二人奉夫人之命,前来探问张广太的下落。成龙传令,叫张广太带二十马队,前去探贼人虚实。张广太说:"得令!"转身出离大帐。马梦太赶紧跟出去了,见张广太把马队点好,方才要走,梦太过来说:"山东马这是望你我有交情? 是望你我有仇? 派你这一去上白龙滩,一则贼人势大,二来你的兵少,这不是成心害你吗? 依我说,我见见他,把令箭追回去,那时间你也就不必去了。"张广太一笑,说:"好哥哥,你我兄弟身为武职,理应该临难,为国尽忠。大丈夫处事,若遇兵荒马乱之际,将死付于度处,当以马革裹尸!"说罢,转身往外就走。梦太甚是叹息。

马梦太与张广太俱不知马成龙的心事。原来山东马一听外边有人来找张广太,他自己一想,才传这一支令箭。这是"又叫别人瞧着军令无亲,连我的朋友,我还派他去探贼哪! 这样的险差事,不能派人去。"再者说,军营里要是正行营,不准找人,怕有奸细勾串。他给广太这一支令,叫他带着马队去探贼去,他不去也不妨事,外边有八方的流星探马哨探,这是叫张广太回自己帐中安置,尽朋友之情。

张三大人乃是一位烈性的英雄,他总是想这个:"我一个人做国家的三品官,理应如是。"不但他不怨成龙,还感他做事周到,"倘若是派别人去,那时间叫众人瞧着就不好了。"自己到了外边,瞧二位拜兄在那里拉着马站定。广太说:"二位哥哥,不在衙门中照料,来此何干?"李贵、邹忠一齐说道:"我二人在衙门里,听见昨天有天地会贼人与官兵打仗,我等甚不放心。里面两位夫人也说,衙门内有姜玉在,料也无妨,他也成啦,叫我二人前来瞧瞧你们怎么样。你这是有什么差事?"广太说:"前去探贼去。"李贵说:"我二人同你一同去。"随即上马,带着官兵,奔正南大路上去。走了有七八里路,只见云生西北,雷声响亮,少时大雨如注。李贵说:"我先望前边找个避雨的所在吧。"说罢催马,一直催马望正南而去。走了约有数里之遥,只见前面有一座大庄村,烟雨之中细看,是南北的大街,路西有一座大店,店门关着,街上并无一人。

李贵来到门外叫门,里边说:"是谁呀?"李贵说:"开开吧,我们来住店来啦。"里边出来了一个小二,把门开开,年约二十多,身穿月白布裤褂,白袜青布鞋,戴着一个草帽儿,黄脸膛,说:"你是做什么的?"李贵说:"我们住店。"那小二一瞧,见李贵身上的灰布大褂也湿了,拉着一骑花马,说:"我们这里人都逃走了,店内就是我看店,你还不快逃命,我们这正南三十多里就是贼营,你还有心住店!"李贵说:"我们是江苏水师营的,协镇张大人有紧急的差事,你不必叫我们住。我今天要占你一个公馆。"小二笑了,说:"你在协台的衙门当什么差事? 伺候哪位?"二爷李贵说:"你瞧着我像个跟人么? 我实告诉你说吧,连协台大人我说什么,他得听什么,好好的伺候我。"小二说:"你先别吹着玩,跟我进来,西上房内也干净;把马交给我,拴在马棚之内。"

二人进了店,李贵一瞧,西上房五间,前出廊,后出厦,南房六间,东边马棚,北上房五间,东边大门,里头是厨房、柜房。院中甚宽大。小二把马拴在棚内,到了上房说:"你这个好大话! 今天要是水师营协台大人来到,你敢说他的名字,那时间我请你喝酒。"李贵说:"我要是不敢叫他,那时间算我吹着玩;我要是叫他的时节,你请我五斤酒吧。"二人正说着,只听外面雨也住了,乱马奔腾。李贵站在西上房台阶上,瞧着是张广太带众人前来。李贵就嚷叫说:"张广太,我在这里叫你哪! 快快的前来吧。"张三大人说:"我大哥又喝醉了,在那里直嚷我。"带人进去,到店内下马,唬得小二目瞪口呆。大人进了上房,在北里间屋内落座。二十个兵丁在外间屋内,先叫跑堂的给要酒,问有什么菜蔬。小二说:"有鸡。""杀几只,白煮着也好。"小二说:"我们店中没人,叫一个人帮着我就是。"三大人派了两个兵,去到外边帮着小二做菜。

少时,酒菜已熟,立时广太三人在屋内喝酒,二十个兵丁在外面喝。李贵到了外边去出恭去,方一到后边,顺墙根蹲下出恭。雨也不下了,他望天上一看,见墙上扒着一个蓝大脑袋,瞪着两只眼往下瞧。吓了李贵一跳,想要起来,地下一滑,已然拉出半截;他往下一坐,又坐进去了,站起来手提着裤子,往西屋内跑,说:"吓死我也!"广太说:"嚷什么,大哥?"李贵定了神,自己又把中衣擦干净了,到屋内说:"是我自己肝火旺,抬头往上一看,仿佛像有一个人在墙上扒着,吓得我一跳。快要几壶酒喝吧,咱们大家喝完了好走,探贼去。"又叫小二要二十多壶酒,给外边拿出去;屋内三人又喝了几壶酒,头上觉着发晕,一个个翻身栽倒就地。从外边进来了一人,举刀照着张广太就剁。不知张三大人性命如何,且听下回分解。

第六十五回

张广太店中遇仇人　赛展雄山寨救豪杰

诗曰：

> 征衣颠倒乱乌催，铃铎声中短梦回。
>
> 河月白移鸦背晓，岭云青入马头来。
>
> 关心霖雨欣成岁，对面明山熟称才。
>
> 报道及门新绾绶，为听兴颂喜衔杯。

话说张广太在这清风堡内避雨吃酒，正喝了有几壶酒，头晕眼黑，不省人事，栽倒就地，不能动转。外边那二十多个后丁已栽倒在地，不能行动，俱皆受了蒙汗药酒，原来是李贵瞧见有一个蓝大脑袋趴在墙上，就是那个人。他跳下去，从前面叫开了门，进去到了柜房。小二说："二教师爷来啦吗？有什么事？"那个人说："没事。我问你，上房屋内住的是什么人？"小二说："是巡河副将张广太张三大人。"那个人说："好，原来是我的对头冤家。来，你把我这一包药下在酒内，如他要酒之时，把药酒给他拿去，我要报仇雪恨！你把这事给我办好了，我必重赏于你。"小二不敢不遵，把酒内药掺好了，上房之中又要酒，小二把酒拿到上房。那一个人在西上房窗户以外偷听，见张广太三人麻倒，他叫小二把门关好了，不准放一人进来。他拉出金背刀，说："张广太，你也有今日！我非把你碎尸万段，万不能少剁你一刀！"蹿进了里间屋内，过去一瞧，当中穿银灰摹本缎箭袖袍的，是张广太，那两个人不像做官的模样。先把张广太的辫子一提，抢起金背刀，照着张广太脖颈要往下剁，只听店门外边有人打门，说："快开门！宋伙计，快开门吧！大寨主爷来了。"那要杀张广太之人说："别开！我出去瞧瞧再说。"小二不敢开门，只听"喀嚓"一声，早被外边叫门的人推开，进来有四十多个人。

为首那个，是蓝绸子的包头，蓝绸子裤褂，青缎快靴；淡黄脸膛，长眉大眼，手中拿着双刀。那四十多个人都是拿着枪刀，在院中站定，说："原来二弟，你拿刀要杀谁呀？"那个人说："大哥，是你叫门，我要早知道是你叫门,早把那小辈杀啦!"那黄面目的英雄说:"二弟,你要杀谁? 你说我听。"那二寨主说:"大哥,就是与我有仇的那个张广太。我各处找,俱不知下落,不想今天在此处相遇。我料想大哥你回去啦,不想是你来在此处。雨也住了。你等去先把店门关上,再到西上房,去把张广太那些个人都给我把他们捆出来,那时再作道理。"这四十多人进西上房之内,把张三大人三个人与那二十个兵丁,俱搬在外边院中。二寨主说:"大哥,我先把张广太给杀了。"那位淡黄面目的大寨主说:"二弟不可这样胡为。当年杀死咱们大哥那个人,是武清县河西务的张广太,咱们不可杀错了好人。先把他捆上,然后再用解药把他们解过来,问一问他是河西务的张广太不是。世界上同名同姓之人不少,不可粗鲁。"遂吩咐:"来人! 把这些人先捆好,然后用解药给解过来。我问一问,如不是咱们那个对头冤家,咱们好好的把人家放了就是。"二寨主说:"就是那么办啦。"

众人把张三大人等捆好了,用解药给解过来,苏醒多时,睁眼一看,觉得膀臂被人家捆上了。张广太说:"好大胆匹夫! 原来是贼店,还不把我给放开?"李贵、邹忠破口大骂说:"你这些个贼人,今天瞎了眼,擅敢把协镇大人给谋害了!"那二寨主说:"你等且慢,我先问你们是哪里的? 这店里也不是贼店,寨主爷拿你所为报仇雪恨!"那大寨主说:"你们三个听真,与我们有大仇的,是北京武清县的人张广太。我们要把他拿住,碎尸万段! 你们三个要不是,可趁早说明白了。"张三大人一听,心中说:"这些个贼人用这话绕我,叫我临死还得输了嘴。此事我焉能受他人之计?"随即答言说:"你等这些个贼人,既说我与你们有仇,我正是京都顺天府武清县河西务的张广太! 你要杀就杀,何必多问!"那二寨主说:"大哥,你不必多问。我正找不着他,待我先杀了他,替我兄长报仇雪恨!"说罢,抡刀就要往下剁。大寨主说:"二弟且慢,我还有句话说。"又问李贵、邹忠说:"你两个人是他的朋友,他到底是姓什么,叫什么哪?"李贵说:"放你妈的屁! 我三弟早就告诉你,你为何还问我,是怎么回事哪?"二寨主一听,说:"大哥,你不必多问他,我先杀了张广太,然后再说吧。"举起手中的刀,照定三大人的脖颈往下就剁。大寨主一瞧,后面飞身一脚,正中在二寨主的胳膊上,"当啷啷"一声,二寨主那口刀就扔在就地,一转身,说"好哇! 你为何反帮助外人动手? 这是所因何故?"大寨主说:"不是我踢你,在这清风堡店内惹出一场大祸。此地乃江苏地面,杀完了,倘若是走漏了消息，那时岂不连累店家？我在旁边要说你，恐怕晚了，故此我踢你一下。二弟，你不必多心，咱们把他带回山寨，任凭杀剐存留，劣兄绝不管闲事。"二寨主说："我只要给我哥哥报仇雪恨，万不能饶他！"吩咐众喽兵："把他们的马拉出来，将这几个人都捆好了，驮在马上回山。"又从怀中掏出几锭银子，说："小二，这是白银二十余两，给你吧，他们与我有仇，你与我无仇呀，不能白使唤你，你拿着作为零用，我等去也。"

二位寨主带着四十多个喽兵，把那二十三个人驮在马上，他二人骑了两匹马，出离了清风堡，一直往南。张广太不认得这两寨主，也不知在何处与他结下冤仇，又想不起来，心中甚是烦闷。又瞧这两个人的穿着打扮，不像天地会，心中不解其意，口内骂不绝声，又不能问。

瞧着走了有数里之遥，正南有一座山口，进了山口走了不远，又往西走，一片沙场。正北是山，山上有寨，只听外边树林内一片声喧，出来了四五百人，齐说："接二位寨主！"请了一个安，两旁一站。那为首大寨主说："到山上再说。"一同到了山寨，二寨主说："你我在分金厅上落座。"这座大山寨分金厅是明着五间，东西配房各十间，后边俱是军装库、粮草等物，两旁摆着刀枪架子。大厅头前，埋着四根黄松木的柱子，俱有六尺来高，为的是开膛摘心用的。叫喽兵先把张广太三个人捆在东边那柱子，上用凉水浇头，开膛摘心。手下喽兵把三个人捆好，把大木盆放在三个人的跟前；又挑过两桶水来，拿过一把牛耳尖刀，说："请二位寨主，是叫谁杀他？"二寨主说："待我亲自动手！"

方站起身来，要杀张广太，大寨主说："二弟且慢，我有几句话望你说，冤家宜解不宜结，咱们大哥已然被张广太给杀了，事到如今，若依我之见，倒作个整人情，把他们放了。"二寨主一闻此言，气往上一冲，说："你是我师兄，死的是我哥哥，活着时节待你也不错，教你能为武艺。今天我把仇人拿住，你不说替我哥哥报仇，你反说把他放了。今天我非杀他不可！"大寨主说："你和张广太有仇，你和别人也有仇吗？那姓邹的与姓李的，连这二十个兵，你都交给我，我不能放他们，带在后边，由我发落。还有一件事，大哥被害的那一张图样请出来，当中供好了，你祭奠祭奠，磕几个头；然后把这张广太开膛，把他的人心也放在桌儿上。我也不管了，你就这样办理吧！"先叫人把李贵、邹忠松开，拉到后空房之内，把那二十个兵丁就抬到后边去。李贵破口大骂说："小子们，你先把你李大爷给杀了吧!"邹忠也是骂贼。唯有张广太一瞧,把两个拜兄弟搭在后边,自己也不言语,心内说:"大丈夫视死如归,何必多想,无奈我不知道与这个贼人有何仇恨?"那位大寨主过来说:"我也救不了你了,我也不忍心瞧着你死,我到后边去了。"

大寨主走后,过来几个喽兵,在分金厅前头摆了一张八仙桌,从里边出来一个喽兵,手中拿着一卷画儿,在那柱子上钉了一个钉儿,把那轴画儿挂上。张三大人一瞧,心中想到:"我倒是瞧瞧那画上是怎么回事。"只见那个喽兵把画儿挂上,上面画的是一个葡萄架,葡萄架底下搁着一把椅子,上面坐着一个少妇,画的是千娇百媚,万种风流,不亚当年西施女。旁边站着一个少年男子,不是大清国的打扮,穿的是古来的衣襟,头上戴如意巾,双垂灯笼走穗,迎面八宝珠,身穿百花打子袄,白绫袜子,云履鞋,年约二十多岁,把那少妇两条腿用手一拿,要行那云雨之事。张广太一瞧,心中说:"这是《金瓶梅》潘金莲大闹葡萄架。他说我杀了他哥哥,我永远不做那苟且之事,真是怪道!"那二寨主一瞧,说:"你这些个混账!在此把我的一张玩意儿拿出来何干?这是潘金莲大闹葡萄架,还不给我拿开吗!我哥哥的那一轴影像,是在我住的那间屋内箱子里边,一轴旧的。"

那一个喽兵又去到里边屋内,拿了那一轴字画儿来,上面挂好了。张广太一瞧,上面是画了一片水,水上有几只官船,船上有一杆黄旗,上面有字,是"钦命上海道哈"。船头上站着一个人,头戴着青色绸子罩头帽,灰色绸子夹裤夹袄,薄底青缎子快靴,看那面目仿佛像自己的模样。又见那边有一只船,船上有二十多个贼,为首有一个蓝面目的大汉,手中拿一口金背刀,在那里站定,咽喉之上着了一避血块,是被那个少年穿灰色的英雄打的。张三大人一瞧,才知道是当年在沧州杀水寇,跟哈四大人之时结下了冤仇。此时自己才明白,也不言语了也不知那两位寨主姓什么,叫什么,自己唯有闭目等死而已。

又见过来了一个喽兵,年约三十多岁,穿着一身青衣服,手中拿着一口刀,他在那三大人面前站定。只听二寨主说:"杀他!取出他人心,再作道理!"只见那一个喽兵手拿明晃晃的那一把钢刀,他来在张三大人的面前,把那一把牛耳尖刀手中一拿,照着广太的心中,刀尖往着那心嘴上一刺,只听得"噗哧"一声,红光崩冒,鲜血直流。不知广太性命如何,且听下回分解。

第六十六回

韩寨主闻信访胞妹　萧可龙会兵抢苏州

诗曰：

> 东马南狐史具存，要将谰语遣朝昏。①
>
> 雌雄鸡已祠秦时，内外蛇还斗郑门。
>
> 行处蜣螂仍化羽，梦中蝴蝶与招魂。
>
> 空花幻影凭谁解，待向通人细讨论。

话说二寨主叫那个喽兵开张广太的膛，刀尖方要入前胸，后边来了一支袖箭，正中那喽兵的手腕子上，"扑哧"的一声，是那支箭中在手上，鲜血直流，是那喽兵的手流了血了，把那牛耳尖刀也扔了。二寨主回头一看，见是大寨主，不由无名火起，说："大哥，你屡次要救张广太，是所因何故？"

原来这位大寨主姓谢，名禄，别号人称赛展雄，原籍是天津府沧州人氏，乃是大盗韩成公的门徒。自幼父母双亡，从师学艺，练会了拳脚、棍棒。因为韩成公被害之后，他逃走外省，到了此处山口。这山名青龙山丹凤岭，有一个山贼，名叫金四虎，带着有五百多喽兵下山，打劫过往客官，正遇谢禄，二人一交手，金四虎被谢禄一镖打死，过来了好几个喽兵头目，说："寨主已死，这位英雄本领甚好，就请为本山之主！"大家跪倒，请谢禄上山。谢爷也是没有什么准住处，何妨暂在此山住下，耐等时来，再为打算。就上山查点仓库军装、喽兵的花名册。在山寨三天，就传下一支令，说："头一件，不准抢夺妇女；第二件，不准进近山的村庄，欺负人家。"每日传授这些喽兵练刀枪、棍棒，住了三年有余。这一日，他二师弟韩虎找他来啦，接到山寨摆酒，二人提起昔年之事，问韩虎说："你大哥韩龙与师妹韩红玉现在哪里？"韩虎叹了一口气，说："我大哥韩龙是那年在沧州河口，带着些个绿林的英雄，在河口截抢一只官船，那船上有一个人甚是勇

---

① 东马南狐史……朝昏句——指读野史消磨时光。谰语：没有根据的话语。

猛,自通他姓张,行三,把我大哥杀死。我后来一访问,那姓张的是武清县西河务的人,名叫张广太,跟的是上海道台哈红阿。我要替我哥哥报仇雪恨,我找到上海,又听说是他升往外省去了。我访问妹妹红玉,并不知下落。因此我在各处云游,一则寻找小妹的下落;二则找仇人,我要替兄长报仇雪恨。今天得遇兄台,也是三生有幸。"谢禄也把自己别后的事情说了一回,就留他在这青龙山为二寨主。

今天是二人听说是天地会反了,二人下山探听探听贼的粮台在于何处,他二人打算着要抢贼的粮草。二人分两路哨探去了,正遇下雨,二寨主回到清见堡,遇见了张广太,也是冤家对头窄路相逢,他正要杀,谢禄也赶到,拿至山寨。谢禄实心要救张广太,无奈他又不肯得罪师弟,故此躲在后面,听见那李贵、邹忠说:"咱哥儿俩不想今朝死在这里。"李贵说:"二弟,你不必胡思,念你我与三弟今天被山贼所害,咱们这一点灵魂不散,给咱们弟媳托一个梦,他两个人俱是全身的本事。胡氏弟媳,他兄长现任保定府协台胡忠孝;那韩氏弟媳,他娘家是沧州人氏,他父亲韩成公被杀,他还有两个兄长,我常听他对我说,一个叫金睛太岁韩龙,一个叫蓝面天王韩虎。"这赛展雄一听,说:"不好!"进了屋子,说:"你二人方才说的是些个什么? 再照样说一回,我听听。"李贵知道这大寨主是一个好人,又把与邹爷方才说的话说了一回。谢寨主问说:"你等果然知道韩红玉是张广太之妻吗?"那李爷说:"一点不假。"谢禄说:"既然不假,何人为媒? 何人给他们办事?"李贵又把张广太当年之事说了一回。谢禄转身往外就走,方一到前厅,只见那个喽兵在那里用刀要刺张广太的前胸。谢爷是急啦,说话也来不及,乃掏出一支镖,照着那个喽兵就是一袖箭,正中那个喽兵的手上。

二寨主冲冲大怒,说:"好一个谢禄! 屡次拦阻于我,是所因何故?"过来就要与谢爷动手。谢禄说:"你不必着急,我有话与你说。咱们老人家就留下你兄弟二人,还有别人没有?"韩虎说:"还有我那命苦的妹妹韩红玉,不知他现在哪里?"谢禄说:"就是张三大人之妻。"韩虎说:"你怎么骂我呀? 我妹妹焉能给他为妻!"谢禄说:"你不信,你去到江苏水师营的协台衙门就见着了。"韩虎说:"来人! 给我备马,天也黑了,我去那里访问访问再说。可不准把张广太给放了!"那被袖箭打的喽兵也就过来说:"二寨主交给我看他,万也走不了他!"

　　韩虎上马,下山奔副将衙门去。走了有一夜,天色大亮,到了副将衙门以外,见有两个老门军坐在那里说闲话。那个年迈的门军说:"老弟,你不知道,我今年六十二岁,在营内有三十多年,也没有瞧着今年这样乱。"韩虎过去说:"二位,这里是副将衙门,里面有一位夫人韩红玉吗?"那个老门军一瞧他长的五短身材,蓝脸膛;穿着一身青,拉着一匹马,说话很楞。见他一问,这两个人回头一瞧姜玉来了,说:"你问那位吧。"韩虎一瞧姜玉,穿着青洋绉大衫,青缎靴子;淡黄脸膛,蛤蟆嘴,一脸酒糟刺。韩虎一瞧,说:"你知道这是张广太的衙门? 我问你,韩红玉在这里吗?"姜玉一听,气往上冲,过去照着那个韩虎脸上就是一掌。韩虎也没有防备,正打在鼻子上,鲜血流出来了。姜小爷骂道:"不要脸的东西! 这还了得,满嘴胡说的都是什么话!"韩虎过来挥拳就要打,那两个老门军过来说:"朋友,且慢着,你问这话是因何而起? 大清早晨的,你就这样满嘴里胡说,提我们大人与夫人的名姓,你还讲打哪?"韩虎说:"我来找我妹妹韩氏红玉。"姜小爷一听,说:"原来是韩大舅,我不知道,你别怪我。我进里面去禀报一声,叫里边我三婶母也喜欢喜欢。你可别走,我进去回禀去。"

　　姜玉进去,里边韩氏夫人与胡氏夫人方才梳妆完毕,正在那里吃茶。见姜玉笑嘻嘻的说:"二位婶母,我方才到外边遇到亲戚啦! 我韩舅舅来在衙门外,他说话也有点粗鲁,我们两个还闹起来了。后来有人劝开,我一问,方知道是韩舅舅到了。"韩氏又细问了一遍,说:"你快出去,有请! 听你说,许是你二舅来啦。"姜玉出来说:"韩二舅,里边有请!"韩虎跟着姜玉进去,到了里边,是上房五间,东西配房各三间。从上房内,韩氏、胡氏二位夫人出来迎接,还有四五个老妈儿跟随。韩红玉一瞧二哥,自从家中分手,天南地北,音信不通。这韩虎他又是一个粗鲁人,兄妹见面,痛哭一场。让到屋内落座,老妈倒过茶来。

　　韩红玉说了自己分手的那些苦处,又问说:"二哥,你当年在哪里哪? 干什么为生? 我那大哥他在哪里哪?"韩虎"嘻"了一声,说:"我当时你别管我做什么,大哥是被人家给杀了,我也不能报仇。"韩氏夫人一听,不由有气,说:"二哥你还是英雄男子汉,连自己哥哥的仇都不能报了? 你告诉我,我必要替大哥报仇雪恨!"韩虎一摆手,说:"不成! 此时这仇人我倒拿住了,有心要报仇,无奈我一见贤妹你,我就不能给哥哥报仇啦!"韩红玉一听,说:"二哥,你说这话,我真不明白,你到底说是谁呀?"韩虎说:"你问,你也是白问。"韩氏红玉说:"我倒问问是姓什么? 叫什么? 你不成,还有我哪! 拿住那害我哥哥的,非把他碎尸万段,方除我胸中之气!"韩虎说:"你当真要问? 就是巡河副将张广太,把你我哥哥给杀在沧州河口。"韩红玉一听,把脸一红,他心中说:"那可杀不的!"自己愣了半天,说:"自顾咱们说话,我也没给你们引见引见,那是我的胡氏姐姐,这是我二哥。"胡赛花道了一个"万福",韩虎还了一个揖。他自己也不多说话,胡氏夫人问了几句闲话。他站起来要走,韩氏说:"何必忙,吃完了早饭再走吧。"韩虎说:"你不知道,我也不必细说,那张广太还在我山寨内绑着呢。我在清风堡店内拿的他。我要走了。"说完了话,站起身来往外就走,姜小爷说:"跟你去吧!"韩虎也没听见,到了外边,把自己那一匹马拉过来,上马就走。

到了山寨,见里面大家正在那吃酒之际,张广太在上座。他原来是他昨夜晚上走了之时,大寨主把张三大人就放下来,又叫人去把邹、李二人放下来,也把那二十名官兵放下来,大家吃酒。谢禄自通名姓,说:"张三大人,我二弟他是个粗鲁人,不必与他一般见识,凡事都看在我的面上。再说,咱们也是这样亲戚,不知不罪。"广太说:"大哥,我方才多蒙护庇,今已然都知道是亲戚了。这事也不怨韩二寨主。我当初未得时之时,跟哈四大人在沧州,不错,是杀了一伙水寇,我也不知是谁。今日来到此处,我不想遇见此事。"大家喝完了酒,天已有三更时分,大家安歇睡觉。

次日天明起来,广太要走,谢禄说:"大人再少屈片刻。吃完了早饭,再等着我二弟回来,我与他商议商议,带着我们这山寨之众,求大人收用,这就改邪归正。"张广太说:"此事甚好。国家正在用人之际,你二人也得个出身上进之道。我可不是统兵的大帅,我们马成龙大哥管理这马步军队,我是奉命来到此处探贼,只因昨天下起雨来,我在那清风堡店内遇见你们,我还未去探贼。那教匪贼人营扎在何处? 还有多少贼兵?"谢禄说:"大人不必惦念。我派一个头目带本山二十个人,去哨探天地会八卦教的虚实,回来报你我知道就是。"探马走后,他与广太三人,连他四个人喝着酒。

天有日色西斜之时,只见韩虎进来一瞧,谢禄说:"二弟,还不给三大人赔罪吗?"韩虎说:"张大人,咱们都是亲戚,不必念那昨天之事。"谢禄把要归降、带喽兵去打贼的话说了。韩虎很愿意,他又给张广太赔了罪。张三大人说:"二哥,咱们既往不咎,喝酒吧!"正喝着酒,探兵来报说:"安天寿又添了九万兵,又来了一个带兵的头目,叫急先锋萧可龙。"广太说:"咱们走吧,回归大营。"二位寨主放火烧了山寨,带领八百喽兵,跟着张广太一直的奔泥金岗去了。

到了泥金岗,天有四鼓时分,到了就在那正东安营,天色大亮,带着韩虎、谢禄,说:"李贵、邹忠二位哥哥,你们回衙门去吧,我要进营先见大帅。"又叫韩虎、谢禄在营门外站定,自己先进去,正见成龙升帐议论公事。又见流星探马跑上了大帐,说:"报禀大帅,天地会三路走马抢苏州。"不知后事如何,且听下回分解。

第六十七回

众英雄大战萧可龙　王天宠金镖定苏州

诗曰：

秋潮卷堞①画旗开，铁骑银髦上战台。

诸葛有谋偏不用，子山作赋但名哀。

胸中愁愤向谁吐，眼底干城几辈才。

海国苍生焦烂后，隔江犹望谢安来。②

话说成龙正在大帐议论军情，探子来报说："急先锋萧可龙由福建鹿耳门进兵，图抢十海岛，所过州县，势如破竹。近日与安天寿合兵在白龙滩，今天调齐三路马步军队，杀奔泥金岗而来。"成龙吩咐："再探！"探马下去，广太上了大帐，见成龙行礼，说："大帅在上，我前天奉命哨探白龙滩，安天寿与萧可龙合兵一处，贼势浩大，元帅需善防之。还有卑职路过青龙山，有本处的团练乡勇八百名，有两个团头，一名谢禄，一名韩虎，愿举义兵帮助大帅退贼。他二人现在营门外等候大帅军令，八百练勇扎在正东不远。"山东马一瞧张广太回来，心中认着他没探贼去，今天一听回禀，才知道他实在是去了，连忙吩咐军政司："记张广太大功一次。"又传令出，将谢禄、韩虎传进来。手下武军官出营门，一瞧谢禄、韩虎，说："大帅传你二人进去。"

二人随令进营门，一瞧那一种威严，甚是可怕。正当中坐定马成龙，面如紫玉，扫帚眉，大环眼；头戴青泥得胜盔，大花翎，二品顶戴。左边是陆营的总镇王绪祖，右边是权营义长总理营务处下江总镇飞天豹吕庆，两旁站定有参、副、游、都、守、千、把、外委、兵，左右五百亲兵队，俱都是怀中抱着披刀。这一班武官，有花翎的花翎乱摆，无花翎的插尾摇摇，官兵都是号衣战裙。谢禄、韩虎二人虽则占山为寇，总未见过这军的威严。两旁

---

① 堞（dié）——城楼上的矮墙。

② 谢安——东晋政治家，曾破前秦军，威镇江东。

刀斧手、旗牌官，真是令下山摇动，帐上鬼神惊。两个人跪倒在地，谢禄不敢说话。韩虎愣头愣脑似的却敢说话，说："大帅，我叫韩虎，他叫谢禄。我们两个是青龙山的大大王、二大王，带着八百喽兵前来归降。"

马成龙一听，不像官话，见韩虎一脸的野性，"这得先给他一个下马威！"想罢，把虎掌一拍，说："好一个胆大的山寇，分明是与贼同伙前来卧底。左右刀斧手，将这两个山寇给我绑好，推出营门外枭首级，前来见我！"左右一声答应，将二人绑好，推出大帐去了。张广太过来说："刀下留人！"说："大帅不可，这两个人说话有些鲁莽，求大帅念其山野无知之人，不必望他一般见识，看在职员身上。"成龙说："这有令箭一支，把他二人给我带进帐来。"

广太出了帐，到了营门以外，只见韩虎望谢禄二人说话。韩虎说："大丈夫生而何欢，死而何惧。这必是那张广太那小辈出的主意，把咱们两人诓①到这里来，给杀了。好哇，死后也饶不了他，做了鬼把他也捉了去！"正说之间，广太来到二人面前，说："二人不必多疑，我特意前来救你二人。"吩咐把他二人绑给松开。广太说道："方才是你把话说错了。你别说你是青龙山的大王，你就说你在那里住家；手下带的别说的喽兵，你说是团练乡勇。走吧，跟我回去，照着我这样说话。"广太带二人转回大帐。韩虎说："谢过元帅不斩之恩。方才我说错了，别说是青龙山的山大王，就说是在那里住家；我手下带的人，别说是喽兵，就说是团练乡勇。"成龙说："把你二人的队伍调齐，在泥金岗外，不必换旗帜。少时有一场凶杀恶战。"方才吩咐已毕，只见探马又来报道："贼离此有三十里之遥。"成龙调左营张广太带五百马队居左，右营王绪祖带五百马队居右，自统中军二千马队，派飞天豹吕庆护理粮台底营。

成龙带大队出泥金岗南口以外，一瞧谢禄、韩虎那八百飞虎兵，看此精锐，俱在当年。两杆门旗是"青龙山"，谢禄在步下使的是双刀，韩虎使的是金背刀；一个黄脸膛，一个蓝脸膛，成龙甚喜。只见正南尘沙荡扬，土雨翻飞，杀气腾腾，遮住日色的光华。成龙正观看之际，只见从正南如旋风相似，来了五千马队。两杆白门旗，分为左右，当中一杆白八卦旗，大纛以下有一匹青马，马上驮定一人。那为首的贼将跳下马来，瞧他身高约有

---

① 诓（kuāng）——哄骗。

一丈,头戴三角白绫巾,金抹额,鬓边双插白鹅翎,迎门茨菇叶,身穿宝蓝缎子箭袖袍,紫战裙腰系英雄带,足蹬白底快靴;面如晚霞,两道红眉毛,一双大环眼,鼻梁高满,四方口,海下一部黄焦焦的红胡须;腰中佩带绿鲨鱼鞘的太平刀,手中擎着一条浑铁点钢枪,人是英雄,马是豪杰,威风凛凛,相貌堂堂。两旁站着步下四员偏将,全是齐眉棍一条。再望贼的后队一瞧,但见那尘沙荡扬,遍地是贼。八卦旗分乾、坎、艮、震、巽、离、坤、兑,围着带兵的头目,俱在八卦旗下,大约总有二百多个头目,漫山遍野而来。成龙看罢,遂问:“那位大人先将贼人前驱拿住?”旁边有副将王绪祖答应,催马出离本队,直扑贼人先锋队而去。

原来是安天寿兵退白龙滩,正待要想奇计暗取苏州,远探报道:“急先锋萧可龙大队全军至此。”安天寿派谢家五虎前去迎接,还有华家八彪将。急先锋萧可龙迎到子午营,他的大队也扎在此处。两军合为一处,共有十六万贼兵,水路的船又不少。这萧可龙带着二十四员贼将。俱都是能征惯战的英雄。内中有一个军师,姓马,名通,人称莲花道。此人善晓妖术邪法,乃是八路督会总赛诸葛吴代光的徒弟,跟萧可龙为兼军都会总,一同萧可龙来至安天寿的大寨。安天寿说:“萧兵主,你我奉八路督会总的篆牌,定于八月中秋在江苏省城会兵,与李天一大家共取苏州。此处分兵三江两广,地面俱归咱们天地会教中,不想一字并肩王、二督会总吴德机关泄露,自己逃向峨眉山去了。福建会馆有老龙神马凤山师,带老会总任山共有十一家会总,在此处卧底。事到如今,俱皆死去、逃去,不知下落。我带兵到之时,有马成龙在泥金岗扎队,我打了一个败仗,我故兵退此处。事到如今,二弟至此,有什么高明主意?”萧可龙说:“安大哥不必多虑,小弟至此明天进兵,管保走马得苏州,不费吹灰之力。我有一员勇将,也在云南八勇之内,此人姓杨,名芳,人称云南五勇士、铁枪无敌大会总,现在带前营先锋队,逢山开路,遇水成桥。明天我派他带前部马队,我自居中军,安会总你带后队,作为接应。兵分三路,踏平泥金岗,生擒马成龙,活捉顾焕章,务要进取苏州城!”说罢,大家喝酒,直吃到月上三竿,方才安歇睡觉。

次日天明,派杨芳为先锋,进兵泥金岗,率大队贼军进兵前敌,带领的是飞虎队铁枪无敌大会总。一瞧泥金岗扎着一支官兵,左边有五百马队,右边有五百马队,当中倒有二千步队,有一对门旗,上边那一杆是“临敌无惧",下边这一杆是"勇冠三军",当中一杆大作纛,旗下有带兵的大帅。只见右边队内出来了一员武将,身背后有一杆白七星旗,白马上骑着一位英雄,手擎着虎头錾金枪,一声大骂说:"好一班的天地会八卦教的贼人!来,来,来!与我白面瘟神王绪祖较量几合。你快通名姓!你是叫什么名字?你家王大人枪下不死无名之鬼!"这说书的每逢对阵,必要各问名姓,这是为何哪?所为的是得胜前来报功,杀死是有名的贼将。

闲言少叙,书归正传。那贼将闻听,说:"王绪祖,你不必逞英雄!我乃是云南八勇士之内的英雄,我名杨芳,别号人称云南五勇士、铁枪无敌大会总的便是。来!你与我战三百合,才算你是一个英雄哪!"王绪祖说:"好大胆的教匪,焉敢这样无礼!"拧手中枪,照定杨芳就刺。杨芳用手中枪就望上相迎。两个人都是使枪,真称起棋逢对手,将遇良才。二人战够多时,难分高低上下。杀的王绪祖怒起,说:"好一个小辈!"自己把家传的那神枪的门路施展开了,照着杨芳面门一刺,杨芳急用枪相还。王绪祖把手中枪望后一抽,那贼人的枪就迎空了。王绪祖趁势一枪,把杨芳刺于马下。后边有跟王大人的,过去把着级割下。那边又过来了郝大龙,也被王副将结果性命。郝大虎与郝大彪、郝大豹,俱死在王大人的枪下。恼怒了那为首的急先锋,他一摆倭瓜紫金锤,一催座下黑麒麟,大嚷一声说:"王绪祖,休要逞能!来,来,会总爷与你分个上下!"照着王大人催马杀来。

王绪祖抬头一看,但则见那员贼将甚是雄壮:头上戴三岔白绫冠,二龙斗宝,金抹额,鬓插白鹅翎儿,身穿紫缎子箭袖袍,蓝战裙,大红绸子中衣,青缎子快靴;面如青泥,两道重眉,一双大环眼,方面大耳,海下微有胡须,是连鬓络腮,露出两胡子茬儿来。坐骑的那一匹黑麒麟,真是:

走阵急,蹿崖快,蹿山跳涧如平迈;好似铁脚黑麒麟,日行千里的乌蟹寨。

王绪祖看罢,心中说:"细看此人,倒是一团的威风,我与他要是动手,必须小心才是。"看罢,说:"贼人通名!"那边一听,说:"你要问我,我乃是四川峨眉山通天宝灵观八路督会总殿前官拜威勇侯、平北大将军,总领福建、广西马步军队督会总、急先锋萧可龙。你是何人?要知时达务①,理

_____

① 知时达务——识时务。

应知顺天者昌,逆天者亡,早归降我们,免遭涂炭之苦! 天下者非一人之天下,乃人人之天下也;唯有德者居之,无德者失之。你大清自入关以来,不思收揽英雄,权臣用事,常有含冤的英雄受那势利不人之气。我家八路督会总自起义以来,得了天书三卷,所谓应天顺人。我瞧你这江苏地面,官兵不过几千之众,战将也没有什么出类拔萃之人,何不早早的归降,以图上进之道!"

王绪祖一听,说:"你这一个无知的匹夫! 我乃是堂堂正正奇男子,受大清国的皇恩,焉能像你这些个无知的匪贼,不知三纲、四大、五常、天地君亲师①的贼人! 来,待我先杀你这匹夫!"拧枪就刺。只见那萧可龙把手中的锤望上一扬,分左右手分开,见枪奔面门而来,他用那锤望外一推,那王绪祖的枪几乎撒手,马望南一蹿,在贼人的马东边往南走。萧可龙用双锤盖顶一砸,王副将打算要躲也来不及了,脚一甩镫,往马前一跳。急先锋的那两柄锤正从他脊背上擦着砸在那匹坐骑的腰上,把那马砸死,王副将败回本队。成龙又派吕杰出去,也带伤败回来。守备王善出去阵亡。书要简短,一连败清营九阵。

山东马又派马梦太出去。瘦马正与那些个参、游、都、守在那里吹哪,说:"这个贼,我出去就把他结果性命,不用费事。"方说到这里,听成龙那里派他出去,自己拿短把刀到了阵前。那萧可龙杀的性起,下了马,自己摆着锤要战。马梦太还是与人家说了好些个贫话,抡刀就望下剁。急先锋的锤望上一迎,把那梦太的短把刀磕飞。梦太回身要跑,被人家一脚踢在背后,扒在就地。萧可龙过去用脚蹬着,把双锤一举望下就砸。不知梦太性命如何,且听下回分解。

---

① 三纲、四大……君亲师句——泛指封建伦理规范。

第六十八回

张广太酣战急先锋　萧可龙出遇王天宠

诗曰：

零脂剩粉旧池溏，艳雨凄风古战场。

一点红心千载血，几分黄土六朝香。

人归拾翠时将晚，花落留春住不妨。

未免有情情缱绻，鹧鸪啼罢又斜阳。

话说马梦太在两军阵前正被萧可龙一脚踢倒在地，脊背朝上。那萧可龙他用脚蹬着马梦太，说："好一个无名小辈！也来在我跟前送死！"马成龙与众人一瞧，说："不好！马梦太要死在贼人之手。"大家干瞧着，也是救不了他。只见萧可龙摆锤大笑，说："不想你等都是些个无能之辈！"方举锤往下打，只见一阵尘沙，梦太抓刀就望回跑。原来是梦太他被萧可龙踢倒，自料想活不了，用手抓了一把土，望着贼人面门一扬，迷了他的两目，闹了一嘴土，萧可龙脚蹬不稳，望后退了两步，马梦太自己抓刀跑回了本队。萧可龙说："好一个混账东西！你不是朋友！愣把我给闹了一脸土。我再要拿住你，绝不饶你！"

只见张广太催马出离了本队，大喊："贼人真可恼，你望哪里走！我必要生擒你这小辈！"原来是张三大人他在本队之内一瞧，说："这些个贼人来的势大，怕今天泥金岗不好，我受国家皇恩浩荡，我何不去与那个贼人拼命！"催马直到阵前，自己想："能死阵前，不死阵后！"一拧手中的枪，他大骂贼人。那萧可龙一瞧见张广太，又听得那身背后有人说："会总爷，你不可放走来的这人，他就是当初的张广太，也是咱们教中人，反了归降大清。会总爷，您老人家必要把他拿住就是了！"萧可龙一见广太端枪奔自己刺来，他那倭瓜擂鼓金锤往外一磕，张三大人如何敌的住，那支枪早就松手啦，腿往外一磕，卷回马来，一直的往回就跑。

只见那边对面来了一个英雄，大嚷说："张三大人不必着急，我来拿这贼人！"广太一瞧，那个人身高九尺，身穿蓝绸子一件长衫，青缎子抓地虎靴子，手擎雁翎刀；面如白玉，两道绿眉毛，一双大环眼，三山得配，脸上带着一脸的水锈，两只眼睛滴溜溜的乱转。

　　来者这一位英雄，姓王，名勇，字天宠，别号人称小白龙，自前在黄河湾与顾焕章分手。说书的一张嘴，难说两下里话。那王天宠就在三江两广地方游逛各处的名山胜境，到处行侠仗义，除恶安良，永不偷人家。他要没有钱使用，访问那里有贼的窝巢，他去诈贼。如若给他，万事皆休；如不给他，要与他动手，轻者带伤，重者废命。绿林中闻名丧胆。望影心惊。

　　这一日，到了福建地面，手内无有盘费，王天宠一想："也是真没有主意啦，我今天破了戒吧，就在此处打劫过往的行路之人，暂顾燃眉之急。"一瞧前边有座松林，穿林有条大路，小白龙王天宠就在树后一等，等了有两三个时辰，不见有一人过来。正等的着急，只听那边小车儿"吱扭吱扭"响，王义士一听，心中说："买卖来了！"再一细看，凉了半截，原来是一个磨剪子洗镜子的。小车是一个轮子，上面放着一块磨刀石，推着过去了。王勇心内说："我劫他做什么，我再等一个有钱的就是了。"让过磨刀的去，他自己站在松林，又等候多时。

　　只见那边又来了一个少年男子，年约二十多岁，身穿蓝布裤褂，白袜青鞋，身背着一个大包袱。王勇说："你站住！"把手中的木棍一举，那个少年男子把包袱一扔，说："好汉爷饶命！我包袱内是我才从我舅舅家中借了来两三件棉衣服。我家离此不远，我父母俱是伤寒病，还没有出汗。家中当卖已空，无处求借，我才到了我舅舅家中借了这几件衣服。好汉爷要，就拿了去，我一家人该死了。"说罢，放声痛哭。王天宠说："你去吧。可惜我腰中未带银钱，若带银两，我周济你几两，你倒是一个孝子。你在什么庄村住家？晚半天我给你送银子去。"那少年男子说："好汉爷要问，我就在前边太平庄。我姓张，名永，在村西头路北里住：篱笆障，三间草房，院中有一颗枣树。"王勇说："你回去吧，我稍时必有道理。"那少年男子竟自去了。王勇又在这里等候多时。

　　日色将暮，只见从那边来了一个人，年约三十有余，身穿蓝绉绸大衫，白袜云履，低着头望南走。王勇把手中木棍一擎，大喊一声说："快留下买路的金银，放你过去；如若不然，我定要结果你的性命！"那人一闻此言，说："罢了，这一条道上劫路的太多！我方才在这北边有五里多路，被一伙人把我一骑马、五百两银子，还有被套，俱被他人劫去。当时虽则他们未要我的命，我自家也活不成了，唯有一死而已！好汉爷，你要杀便把我杀了，这身衣服都是你的。"王天宠一听，说："好哇，我本就是等了有一天，原来在我上站上有贼。你姓甚名谁？跟我走到那里，务要把你的马匹、银两给你要回来。"这人说："我姓李，名永福，在京都前门外绸缎店做生意。我这是回家，今天遇见好汉爷，若能把我的马匹等件给要回来，我分给你一半。好汉爷，你跟我走。"

二人一直奔了正北，走了有五六里路，说："前面有一个山口，山口以外有一片松树。"只听树林内"呛啷啷"一棒锣声，出来有四十多名贼人，一个个俱是花手巾包头，短衣襟，小打扮，青缎薄底快靴，手举长枪大刀。为首有一个贼人，身高一丈，膀乍腰圆，脑袋小，长的不四称，面似青粉，两道细眉，一双小眼睛；手拿一对古丁八宝镀金锤，锤头如同西瓜大小，锤把仿佛核桃相似，穿着一身青衣服，在那里大喊说："好小辈别走！快留下买路金银，有毛寨主在此！"王天宠一闻此言，说："小辈！你认识爷爷？我告诉你就是了。我姓王，名勇，表字天宠，别号人称小白龙，江湖绿林闻名丧胆，望影心惊。"

这位毛寨主一听，就吓一跳，说："原来是王义士！走吧，您老人家跟我到我那里去住上几日；愿意走有盘费，不愿意走，就在此处为山寨之主。"王天宠说："你叫什么？"那人说："我姓毛，名顺，因我说话乱嚷怪叫，故此人都管我叫'毛嚷嚷'。方才我这里得了一号买卖，我瞧跟着您老人家回来了，我就知这事不妥。"叫伙计们把马拉过来，并褡套、银子一并拿过来。众人把所有东西俱皆拿来，交给李永福，说："你去吧。"王天宠说："李永福，道路之上若有人再劫你，你就说我姓王的打发你去的，大概他等不能劫你。"永福说："多谢王恩公的厚恩，容日再报。"说罢，拉马去了。

毛顺说："王大爷，有一个地方，你敢去吗？"王勇说："哪里去？"毛顺说："就是台湾聚泉山，有一家寨主姓杨，名永太，别号人称叫海底蛟，带管二十四座海岛，手下有六百八十只战船，带管二十四路的总头目，喽兵有两万有余。那位寨主手中使着一对分水双桷①。王大爷要是敢找他去，我那时节才信服你是英雄。"王天宠一听，说："好哇，毛顺，你头前带路，我非去找他不可！"毛顺说："请先到我山神庙内吃几杯酒，明天我领

① 桷（jué）——这里是一种兵器。

你去到聚泉山,见见那本山寨主。我可不是给你们两位拢对头,那聚泉山我受过他之害。来吧,请同我先回山神娘娘庙去。"

王天宠跟着那毛顺往前行走,过了两三个山湾,见正北有座山神娘娘庙:钟楼倒坏,殿宇歪欹,群墙塌倒,里边房屋倒不少,同毛顺带那四十多人到了大殿,里面有几个看守之人,也有厨房,也有配殿,也有桌椅、扳凳,让王天宠落座。上面摆着好些茶碗,有一把茶壶。过来了一个人,先给王义士倒过一碗茶。毛顺吩咐:"来人,备酒,办理菜蔬。"少时,杯盘齐集,摆满了桌子上,亲身给王勇斟上酒,他自己在下边陪着。王天宠喝了几杯酒,吃了些个饭,然后安歇,一夜无话。

次日天明起来,用完了饭,说:"毛顺,你带我走吧,奔福建聚泉山去,找那山寨主海底蛟杨永太去。"又备了两匹马,毛顺带路,骑了一匹马在前边,王天宠骑了一匹马在后头跟随。二人到了渡口一摆渡来,连人带马要去到聚泉山去,"你们来一只小船儿。"那边来了一只船到岸边,毛顺同王天宠拉马上船,扬帆顺风,走了有两三重山岛,见正北有一座山口,那边有二三百只船,船上还有好些水师营的喽兵,有好几千之众。为首的头目说:"你们是作什么的? 快通名姓! 如若不然,我等要放箭啦!"毛顺听罢说:"列位要问,我叫毛顺。那位是小白龙王天宠,来拜你家寨主!"那边人说:"二位稍待,我遣人去禀我家寨主得知。"进了山口,奔大寨报与老寨主知道,说:"有王天宠同毛顺前来拜访。"

杨永太正与那二十四座海岛的寨主议论大事。内中有名叫水豹子何成、闹海龙王何玉,是两个大头领,说:"老寨主,这一个王天宠乃是一位有名的英雄,必须请上山寨。"海底蛟杨永太说:"众位英雄,请鸣锣摆队,迎下山寨。"先派人到了那前山口以外,说:"我家寨主请王义士进山寨。"那船往两旁边一闪,王勇那只小船儿往里边一进山口,往北边一瞧,是一片水,当中有不少的船只。那北边有岸,岸上有一块平川之地,是一块教军场。北边有一座高山,山上有大寨,寨外边有无数的喽兵,俱在两边站定。王天宠到了北岸,船站住下船去。有人带着上山,只见那边有众位寨主迎接。

王天宠带着毛顺进了大寨,见两旁的那些个喽兵,都是花布手巾包头,青绸子裤褂,青缎快靴,怀中抱着有斩马刀,有大枪的,有鬼头刀的。当中那二十四家寨主,也有青脸的,蓝脸的,面如晚霞的,面如紫蟹的,面如青粉,面似乌金纸的,面似赤炭,真是三山五岳的英雄,四野八方的豪杰。当中那海底蛟站在那里,真是九尺身躯,黑面目,双眉带煞,虎目圆睁,一部花白胡子;身穿青绸子一件大衫,足下青缎快靴,一见王勇,说:"王天宠,我久仰大名,如雷贯耳,不想今朝在此处相会,此乃三生有幸!"王天宠心中说:"我是被毛顺约请来替他出气,我今天要与他一论绿林的义气,毛顺必说我是怕他兵多,不敢与人家论武。"想罢,说:"老寨主,我来非为别故,我是先找你借白银五千两,然后你把这山寨让与某家就是。"那边群雄一听,说:"好一个王天宠,你真好大胆!来到这山寨,说这狂言大话!儿等大家拉刀,把他给我乱刀分尸,结果性命!"众人一声喊。不知此事该当如何。且听下回分解。

中国古典文学名著丛书

永庆升平全传

中

[清] 郭广瑞 贪梦道人 著

华夏出版社
HUAXIA PUBLISHING HOUSE

第六十九回

杨永太让位聚泉山　李天保结义王天宠

诗曰：

> 客里流光阅九春，西山鸾鹤自为邻。
>
> 卧同干木非藩魏，笑却新垣欲帝秦。
>
> 内地弄兵皆赤子，隔河专闻半清人。
>
> 龙蛇歌罢愁无赖，谁念飘零折角巾？

话说王勇在聚泉山要与杨永太借白银、要山寨，一旁大头领就要拉刀，齐帮助杨永太来动手。杨永太向自己手下人说："你等不可这样无礼！"又回过头来说："王天宠，你来到我这山寨，你既敢与老夫翻脸，你的胆子必不小。来，你如赢得我这手中的虎头钩，我必要把这山寨让给你；你要输了，你来看我这两旁有多少英雄，你休想出我这一座聚泉山！"说罢，把长衣脱下，自兵器架子上拿过来一对虎头钩，在当中一站，双钩一分，那一团的威风杀气。王勇也把自己的长衣服脱去，拉雁翎刀，二人动手。两旁众人观瞧。杨寨主的钩分为三十六路，王天宠的雁翎刀上下翻飞，杀在一处，不分高低上下。二人战了有一个多时辰，棋逢对手。

杨永太他一瞧王天宠能耐出众，武艺超群，自己往旁边一闪，跳在圈外，说："好！王天宠，老夫年迈了，精气神敌不住你，不必动手，算你赢了，我把这一座山寨让给你吧。"王勇说："不可，我头一件是被人家激了来的；第二件是我也不占山为王，不过是与你比并武艺，也就算完了。我要告辞，青山不改，绿水长流，他年相见，后会有期！"杨永太说："老弟，你不必推辞，来，咱们先喝几杯酒再说吧。"叫边那二十四家寨主，都给王勇引见，各通名姓，摆上了酒饭，大家开怀畅饮。

杨永太说："王老弟，你就不必推辞。大寨现有花名册，粮草足备，你先替我防守山寨，我要先回南省探访吾兄长杨永安，你也没有处去。"王天宠说："我乃是一个无能之辈，既是兄长台爱，我暂在此处看守，等兄台事情办理完毕，千万回来。"又叫毛顺说："你回去把你手下那些个人，俱都叫他们上山来,在此处就是。"毛顺走后,杨永太说:"众位英雄,看着我杨某的面上,共保王义士为山寨之主,我要去也。"带小包裹下山,大家相送,一个个不忍分离,送了有五六里方回来,给王寨主贺喜。

次日,毛顺带着人也来到,他自己说愿在此处习练水中能耐。王天宠自此日点了名,派海岛的头目回归各岛,每逢初一日、十五日,操演士卒,教练水军。过了两天,又来了两个绿林的英雄,是陕西咸阳的人:一个是笑面无常张大虎,一名是白面阎罗张二虎。闻说王天宠占了这一座聚泉山,他兄弟二人来投入山寨之内。王勇一瞧这二人是忠义之人,就收在帐前,作为管队头目。自这两人到山,与王天宠意味相投。

张忠说:"寨主,我想要尽指着劫过往商人,日久恐怕不成。这各海岛的出产,也不够养这些个人的。我领些个银子为商,买绸缎,中外都可以去。咱们这座山立一个镖局子,保东西南北各处的镖。如客人从此路过之时,在咱们这里挂号,保他东走一千,西走一千,如失了之时,咱们管赔。插着咱们聚泉山的旗子,绿林的人万不能抢劫。"王勇一听,说:"甚好,你就照样办理就是。"张忠带了三万银子、七八十个精壮的喽兵,扮做买卖客商的模样,往苏杭地面,往来运买货物。未到一载有余,众商贾都知聚泉山不劫往来的人,都从水路这边走了。过了有二三年,人人都知有一个公道大王王天宠,绿林中的人知道有聚泉山旗子,真如同令箭一样。

一年,听说师兄顾焕章做了官啦,就派张二虎下山,带了一封书字,去访问顾焕章的下落。张二虎是正月起身,到了二月间,这一日,王勇正同张忠吃完了酒,坐在那里说闲话,人报:"有水师提督李天保前来山下,要拜见寨主"。王天宠一听,说:"他带多少官兵前来?"报事人说:"就是他一人,带两名小童、一只小船。"王天宠带张忠出去迎接,大寨以外两旁站着有五百多名喽兵,说:"快去请李大人来。"

只见那边小船上下来了一个人,带着两个小童儿,头前那位提督李天保,身高九尺,面如白玉,眉分八字,眼如銮铃,沿口髭须;头戴青缎子秋帽,迎门嵌颗珠子,身穿灰色洋绸百幅的灰袍,外罩天青宁绸棉马褂,足蹬青缎子篆底官靴。后跟着两个小童,衣帽鲜明。王勇一瞧,心中说:"这人来到此处,看他的形迹,必是前来探我。"想罢,过去说:"小人王天宠,不知大人驾到,未能远迎,请里边坐吧。"李天保说:"久仰大名,特来拜

第六十九回

杨永太让位聚泉山　李天保结义王天宠

诗曰：

客里流光阅九春,西山鸾鹤自为邻。

卧同干木非藩魏,笑却新垣欲帝秦。

内地弄兵皆赤子,隔河专阃半清人。

龙蛇歌罢愁无赖,谁念飘零折角巾?

话说王勇在聚泉山要与杨永太借白银、要山寨,一旁大头领□□刀,齐帮助杨永太来动手。杨永太向自己手下人说:"你等不可□□礼!"又回过头来说:"王天宠,你来到我这山寨,你既敢与老夫翻脸□胆子必不小。来,你如赢得我这手中的虎头钩,我必要把这山寨让□你要输了,你来看我这两旁有多少英雄,你休想出我这一座聚泉山□罢,把长衣脱下,自兵器架子上拿过来一对虎头钩,在当中一站,□分,那一团的威风杀气。王勇也把自己的长衣服脱去,拉雁翎刀,□手。两旁众人观瞧。杨寨主的钩分为三十六路,王天宠的雁翎刀□飞,杀在一处,不分高低上下。二人战了有一个多时辰,棋逢对手。

杨永太他一瞧王天宠能耐出众,武艺超群,自己往旁边一闪,跳□外,说:"好!王天宠,老夫年迈了,精气神敌不住你,不必动手,算□了,我把这一座山寨让给你吧。"王勇说:"不可,我头一件是被人家□来的;第二件是我也不占山为王,不过是与你比并武艺,也就算完了□要告辞,青山不改,绿水长流,他年相见,后会有期!"杨永太说:"老□不必推辞,来,咱们先喝几杯酒再说吧。"叫边那二十四家寨主,都绍□引见,各通名姓,摆上了酒饭,大家开怀畅饮。

杨永太说:"王老弟,你就不必推辞。大寨现有花名册,粮草足□先替我防守山寨,我要先回南省探访吾兄长杨永安,你也没有处去□天宠说:"我乃是一个无能之辈,既是兄长台爱,我暂在此处看守,等□事情办理完毕,千万回来。"又叫毛顺说:"你回去把你手下那些个人□

谒。今蒙相接,此乃三生有幸!"张忠也过来行礼,一同入山寨,到了分金厅落座,喽兵献茶。王勇、张忠二人陪着说话,说:"李大人虎驾光临,至此何干?"李天保说:"久慕大名,特来拜访,并无别事。如不弃嫌,你我结为金兰之好,不知尊意如何?"王天宠说:"我乃一个草民,在此山厂暂借道栖身。大人乃是国家的命官,官居极品,位列三台,小人不敢仰视高攀。"李天保说:"你倒不必推辞。我瞧你比我小两岁,哥哥必要望你结为金兰之好,你也不必推辞。"王天宠一听,知道他所说的是真情实话,吩咐喽兵摆香案。二人焚香行礼,结为昆仲①。李天保居长,王天宠居幼,众喽兵道喜。吩咐摆酒,大家开怀畅饮,喝到尽欢而散。李天保在此住了一日,次日天明,用完了早饭告辞,天宠率大队相送,二人分手。

过了有十数余天,李天保又来到山寨,来找王天宠。二人吃酒之际,谈起闲话,又提当年的喜乐悲欢。李天保问王天宠说:"贤弟,你猜劣兄我是干什么的?"王天宠说:"大哥,你喝醉了。你明明是福建水师提督,小弟并非不知。"李天保说:"不是。你我知己之交,我也不能瞒你。我原籍江苏人氏,行伍出身。我做守备之时,拜了一个师傅,姓袁,名叫智干,此人善晓过去未来之事,能呼风唤雨,撒豆成兵,在我衙门住居一年有余,传给我无数的妙法,我已然归顺天地会八卦教。后来自己官运发显。官升福建水师提督。久知贤弟大名,无奈我不能相亲。今朝你我既结为金兰之好,理应该吐肺腑真情。此时我拜威毅侯平西大将军。贤弟,你若要归降,我等定在今年八月中秋起手②,共举大事,我家八路督会总必封你一字并肩王之爵。"王天宠一听,心里说:"原来他是个天地会八卦教!我自有道理。"说:"大哥,我倒愿意归降,无奈我这山寨甚穷,刀矛器械、旗帜船只不齐,你先给我办点银子,我把军装器械俱皆办理整齐,我就归降天地会了。"李天保说:"用多少银子?"王天宠说:"六十万足够我换换刀矛器械、旗帜船只等物。"李天保说:"十日后我给你办理来,送到此处就是。"二人用完了酒,李天保告辞去。

过了七八天,李天保亲身带着五只艇船,送到了六十万两白银,交给王天宠,说:"你是该当怎样办理,几时归降?"王天宠说:"三月初三日,我

---

①　昆仲——兄弟。
②　起手——开始。

带着全山的花名册,去找兄台去,到那里你带着我去朝见八路督会总去。"李天保甚是喜悦,说:"二弟,八路督会总闻你之名时,常说派人去请你入伙,不想这一件功劳愚兄得了。我要告辞了,必须要言而有信!"

过了十天,李天保不见王天宠归降,找上山来,说:"贤弟,你为何不归降?这是所因何故?"王勇说:"大哥,你不必说了,真是一言难尽。你给我那六十万银子,我放在那后山空房之内,不想夜晚山崩地裂,连银子带房屋俱塌下,沉于海内,还糟蹋了无数别的物件。兄长,你跟我去瞧瞧去。"带着李天保到后边一瞧,果然山崩下一个窟窿,可是旧迹,又见那边塌了无数的房。李天保说:"二弟,你不必为难,我再给你拨三十万两银子来,足以够了。"天宠说:"甚好。"李天保又走了。

过了五六天,又来给送了三十万两银子,交给王天宠,问他几时归降。天宠说:"四月初四日,我准归降。"李天保说:"你老弟有所不知,今年督会总知单篆牌,知令各路,定于七月十五日共起义兵,八月十五在江苏会兵,三路抢苏州,八路督会总派你为接应。"王天宠说:"就是吧。"

李天保等着,过了四月初四,不见王天宠来投降,心中甚是着急,又来找王勇来,一见面说:"贤弟,你真不懂朋友之情,怎么又失信了?"王天宠说:"嘻!大哥,你别说了,该着我为难。我派张大虎去买办绸缎,不想他一去不还,急的我吐了两口血,我也没脸见你。"李天保就愣了半天,说:"贤弟不必着急,我再给你从督会总那里寄十万两银子来吧。总是你目中不识人,用人不当。我三五天就给你送了来。"说罢,告辞去了。过了三五天,果然又给送来了十万两银子。

此时,李天保在沙面也来到,一进山寨,天保说:"贤弟,把银子收下了?"见王天宠在分金厅当中高坐,有张大虎、张二虎亦从黄河回来了,左右两边落座。东边坐着十二家海岛的寨主,首座是闹海龙王何玉;右边坐着十二家海岛的寨主,首座是三花鬼焦成;两旁站着有五百名刀斧手,俱都是号衣战裙,怀抱鬼头刀。见李天保进来,大家齐声呐喊说:"叛贼李天保来了!""拿!"左右一声答应,把李天保就给捆上了,带到分金厅。王天宠大怒,说:"李天保,你乃是国家的命官,一品大员,为何叛反?我虽则占山,是英雄豪杰,得地,不过是暂借道栖身。你这小辈,劝我归降邪教,我焉能与你善罢甘休!"吩咐左右:"把他推出去,给我枭首号令!"刀斧手一声答言,推着方要望外走。李天保一想,说:"哎呀!我花一百万银子,我买了一个立决①!"张大虎在旁边说:"寨主不可杀他,念其当初结义之情,把他释放就是了。如再犯在你我弟兄之手,定不能把他善罢甘休!"王天宠说:"也好,把他给我赶出去!"把事情办完,又想说:"我恩兄拿来的书信,我瞧一瞧。"看完又想:"贼人今年中秋定苏州会兵,怕我恩兄家中受贼人之害,派张大虎送信一封。"

　　张大虎去后,他不放心,派焦成、何玉与张二虎看守山寨,自己改扮来到苏州,料想贼人不能起手,及至到了泥金岗,见正南上有几万贼队,泥金岗有几千官兵。见有一员清朝武将被贼人打败,自己迎上前去,让过张广太的马,王天宠把贼人的去路挡住,手擎雁翎刀,大嚷:"贼将休要逞能,有小白龙王天宠在此!"不知后事如何,且听下回分解。

---

①　立决——"监候"的对称。明清两代对判处死刑不必经秋审、朝审,核定后立即执行的,称为立决。有斩立决和绞立决两种。

第七十回

王义士单人退敌兵　安天寿偷营泥金岗

诗曰：

> 汉家征旆出临洮，莽莽边尘逐梦遥。
>
> 雪拥天山不跨海，风翻戈壁马成潮。
>
> 知无一穴容藏兔，莫倚寒云失射雕。
>
> 多少秦关堆白骨，几人不负霍嫖姚？

话说王天宠挡住贼人去路，张广太回归本队。马成龙在远处瞧见，问："此是何人？"张大虎在一旁说："大帅，此乃是我家寨主王天宠，与倭侯爷送信就是此人。"成龙吩咐："擂鼓助阵！"只见王天宠在那里说："好，贼人通名！"急先锋说："我乃是前军督会总萧可龙是也。你是何人？"王勇说："我姓王，名勇，表字天宠，别号人称小白龙，福建聚泉山公道大寨主的便是，特意来拿你这叛反国家之贼人！"萧可龙说："我与大清国有不共戴天之仇！"

原来这急先锋萧可龙，乃是湖北武昌府江夏县的人，康熙三十年的武会元，出任作云南穿云关的副将，为人其性最烈，带兵甚是恩厚。八卦教素日闻他之名，常常的派人来下书信，请他入伙，俱被萧可龙给骂回去了。也有给割了耳朵的，也有打四十棍的，把那些个会匪俱唬的不敢来了。后来峨眉山八路督会总带领十万大兵，来取穿云关，萧可龙带二千兵出关打仗。吴恩亲身列队，左边有白绫旗，右边也有白绫旗，当中一杆白八卦旗。左右列着有四十八员神将，当中一辆四轮车，吴恩在上面端坐：头戴八宝鱼尾三角白绫冠，金抹额，上嵌八宝，轮罗伞盖，花贯鱼肠，身穿宝蓝缎子道服，外罩鹅黄缎子道氅，足蹬蓝缎云履；背负阴阳八卦旛，肋下佩太阿剑，绿鲨鱼皮鞘，黄绒穗头，黄绒挽手，真金什件。老道面如白玉，眉分八彩，目如朗星，准头丰满，三山得配，五岳停匀，颏下满部银髯，根根见肉，不亚赛银线相似；威风凛凛，相貌堂堂，不亚似太白李金星。身背后带着云南头勇士、黑面小霸王杨胜，人称神枪无敌；背后云南二勇士、小常万杨平，还有云南七勇士、金锐无敌大将军曹天兴，这是云南的八勇。还有几个玄门道教：头一个瘟瘴道人叶守静，虎眉真人叶守清，还有铁掌道人马龄、八臂道人宣天化、九头真人李常龄、七星真人杜玄真、五方太岁李英。旁边一百二十八家少会总，都是三山五岳的英雄，四野八方的豪杰。

萧可龙带清兵二千在正北扎队，一见吴恩这样兵威，自己心中说道："大概这座穿云关保守不住。"自己催马向前，摆手中倭瓜紫金锤，说："好叛逆！哪个前来，与你家协镇大人动手？"吴恩身背后过来小霸王杨胜，催马拧手中浑铁点钢枪，大嚷一声："萧可龙早早归降！小霸王杨胜在此！"二人在战场之上，难分高低上下、胜败输赢，直杀到黄昏日暮，两下各自收兵。次日又战，一连五天。

吴恩甚爱惜萧可龙，一想："二虎相斗，必有一伤，不如想一条妙计，收这一员虎将，得取大清江山社稷，不费吹灰之力。"至第六日，按兵不动，就是一连七天。

这一日，打下战书，请萧可龙决一雌雄。萧协镇带大队出离穿云关，至战场之上，吴恩说："萧可龙，山人我带大兵十万，要得取云南。我兵到处，战无不胜，攻无不取，顺我者生，逆我之死。你若不信，你待来看！"伸手拉出八卦幡。冲着自己本队兵一指，只见一溜青烟，那兵丁登时身死。吴恩说："萧可龙，我这宝幡一动，你早死于非命。我爱惜你，早早归降，免遭杀身之祸。"萧可龙一摆手中锤，说："好妖道，今天我必要结果你的性命，万不能饶你！"吴恩又派二人杨胜、杨平双战萧可龙，"只许生擒活捉，不准伤他性命。"此时，三人在战场之上战了约有顿饭之时，吴恩故意鸣金，将自己的兵收回，说："萧可龙，你目中不识人。你多咱有急难之时，再投奔于我，我必有重用。"萧可龙并不答言，带队来至穿云关外叫城。

只听城上一声炮响，上面有无数的官兵。为首有一人，身高九尺，面如白玉；头戴青泥得胜盔，二品顶戴，大花翎，说："萧可龙，我奉云贵总督之命，知道你叛反大清国，特意前来拿你！"吩咐左右："先将萧可龙的家口拿上城头号令！"少时，就将萧可龙的母亲、妻子绑上来。他母亲在城头上说："儿呀，你为何叛反？连累老身遭这一刀之苦。"见自己结发之妻，还有九岁的儿子在城头之上，一刀一个，俱皆杀死。萧可龙一瞧，"哎哟"一声，栽于马下。众兵丁过来说："兵主醒来！"大家把他扶上马去，萧可龙说:"我忠心赤胆保守穿云关,我全家被害,可惨呐,可惨!列位三军,你等助我一膀之力,我要攻破这一座穿云关,替我老母报仇雪恨!"说罢摆锤。那二千人都说:"愿与兵主同死!"杀奔穿云关攻城。上面灰瓶炮子、滚木檑石,不住往下砸打。直攻得有三更时分,那二千剩了有一千多人,萧可龙吩咐:"撤队!大家望南找一个安身之处。"

正在为难之际,只听得对面有人说:"萧协镇,我等奉我家会总爷之命,前来接你。听人传说:尊驾乃是被上宪所害。我家会总爷特意派我前来接你回营,必要替你报仇雪恨。"说罢,在那边一站。萧可龙说:"既然如此,甚好。尔等随我投降天地会。"众兵丁也是走投无路,无奈归降天地会八卦教。先见了吴恩,吴恩说:"我山人今既然得了一员虎将,明天不用你自己出兵,我亲身前往,必要夺取穿云关。"旁边有一个战将陈武英说:"卑职乞得精兵三千,要走马取穿云关,必要旗开得胜,马到成功。"吴恩令萧可龙安歇睡觉。次日天明起来,人报:"陈武英得了穿云关,请会总爷入关。"吴恩说:"带全军入穿云关,进兵楚雄府。"长驱大进。萧可龙说:"多蒙会总爷待我天高地厚!你如派我,赴汤蹈火,万死不辞!"自此,他归降天地会了。

书中交代,原来这取穿云关,乃是吴恩的一条反奸之计,在与萧可龙打仗之日,派了一个天地会中的小会总,叫他们带三千人,扮作了一个清朝武官的模样,诈进了穿云关,关里也没有多少官兵,就把萧可龙的家眷拿获了。又把关城紧守,多设滚木檑石防守,萧可龙一到,他就知道是计已成功,派人先把萧可龙的家口都结果性命,然后又派人从北关出去,知会了八路督会总吴恩知道。此乃是萧可龙无谋,中了贼人之计叛国。故此王天宠今天骂他,说是"叛反大清国的逆贼"。这一句话,真把那急先锋给骂急了,一摆手中的倭瓜紫金锤,说:"好一个匹夫!敢这样无礼!你既是好人,为何占山为寇?你也不必多说,来,咱们较量三两趟,分个上下与输赢!"王勇把雁翎刀一顺,说:"不必多说,来,你我较量几趟,分个高低上下!"抡雁翎刀往下就剁,萧可龙用锤相迎,二人大战有二十多个回合。王天宠急了,把手中的刀一顺,往旁边一站,伸手掏出一支金镖,说:"你等这些个教匪来,我非与你战三百合不成!"望前一凑,一抡刀又望下剁。萧可龙用锤往上相迎,王勇把刀一撤,一镖正打在急先锋萧可龙的咽喉之上,顿时身死。马成龙一摆"令"字旗,挥兵杀过去。那边安天寿一瞧，吩咐退兵。青龙山丹凤岭的谢禄、韩虎带着有八百名飞虎兵，杀入贼队之内。这马步队官兵也杀入贼队之内。安天寿已然传令退兵，后来见官兵压下来，自己也就止不住队了，败回白龙滩去了。

马成龙收兵回归泥金岗，升大帐，发放军情已毕，请王天宠进帐。张忠出去，少时把王勇带进了大帐。马成龙说："久仰王义士大名。今幸相会，也是三生有幸！"王天宠说："足下奇才，为苏州的保障，为救百姓，真乃国家之福也。"二人落座。成龙说："适才多蒙兄台神武英威，杀死贼将萧可龙，以救此急，真乃是豪杰，我足以感佩！今有兄台在此，可保江苏无事。不知今天是从何处至此？"王天宠说："我是从聚泉山至此，来瞧我顾大哥，带找张贤弟，不想今天得遇大人，也是三生有幸！"说罢，成龙又给他引见马梦太与张广太、王绪祖等一班的英雄。张广太又给王勇道谢。然后大家摆酒，一则是得胜庆贺功劳，赏三军得胜酒。

正吃得半酣之际，只听大旗"咔嚓"一声，折为二段，有人报与成龙。成龙叫张郃、张化，附耳说如此如此。各带一百名兵，依计而行。到了营门外，分东西两边，各居一处，在那里吃酒。一个个口内猜三唤五，划拳行令。正吃得高兴，那边暗中有两个奸细偷瞧，是天地会那里来的。

说书的一张嘴，难说两下里话。安天寿带着众贼败下三十里路，把大队扎住，一查点军装器械，伤了有四千多名贼兵，还折了好些匹马。大家草创营寨，说："兵主，此事该当如何？"安天寿说："你等大家用完了饭听令。"又派人把底营内的老队调来，传令："二更齐队，三更之时带着十万大军，前往泥金岗清营。成功就在今朝！"又派人前去探清营的虚实。内中有一个小蜜蜂陶进，此人乃是夜行术的能耐，日行七百里的路程，奉安天寿之命，前去哨探，带了一个能走步卒，到了泥金岗。一瞧大营以外坐着好些官兵，都在那里说说笑笑，划拳行令的。听见那东面一伙官兵说："今天咱们打了一个胜仗，贼人败下去，也不能回来了。我这一喝酒，就高了兴啦，别提多么爽快啦！喝醉了咱们睡觉吧。"内中也有喝醉了打起架来的，也有乱嚷怪叫真闹的，陶进二人回来回明了安天寿。安天寿大喜，说："甚好，也是会总爷的洪福齐天，今夜一战可定苏州。泥金岗官兵不过几千之众，我何不到那里把他们俱皆杀尽了，然后我再取苏州。"说罢，传令进兵，浩荡荡的杀奔泥金岗而来。不知后事如何，且听下回分解。

第七十一回

马成龙炮打安天寿　张广太水淹火龙街

诗曰：

谁握兵符驻大军,桥山龙去诀浮云

鲁连一笑无秦帝①,燕鼎重归有乐君。

南蔡真人初建极,王门飞将敌空群。

闻鸡试问烹雌妇,十载牛衣望紫氛。

话说安天寿带了十万大兵杀奔泥金岗,早有探马报与成龙知道。此时大帐之内,众人正在饮酒之际,听说此报,大吃一惊,齐说:"此事该当如何? 真不好了!"成龙说:"不要紧,那是小辈,我自有道理。"传密令,派人把大队调齐,不必掌号。他还与大众喝酒,并不害怕,倒喜欢,说:"人生有处,死有地,也不必管他十万贼兵来偷营。我也不是说一句大话,不费吹灰之力,管保把会匪一阵杀退,叫他片甲不归!"张忠心内说:"马成龙有些个鬼化狐,我与我王大哥,我们二人今天许死在这里。贼势浩大,官兵人少,不知该当如何?"那吕庆与一干人俱皆心惊。

正在为难之际,又有人报说:"安天寿带兵离这有五六里之遥。"成龙说:"不必探了,我与众位英雄再喝两碗酒。"大家都喝不下去,王天宠说:"马大人,这里要是没有预备,咱把这队撤回去吧,不知大人尊意如何? 此乃是一条万全之计,一则可以保守苏州;二则可以挡贼,以免生灵涂炭之苦,不知兄台怎样?"马成龙说:"王寨主,你打算我真没有这样的本领,叫你们大家为难? 我不早说,怕的是有奸细,走漏了消息。张广太,你去把那地雷的眼收拾好了。"

原来是未从扎营之时,他就先派人挖地雷,是大帐前头那十二座小账

---

① 鲁连一笑无秦帝——鲁连:鲁仲连。他因游列国到了赵国,正遇秦军围攻赵都邯郸。魏赵两国都想屈服于秦,鲁仲连通过论辩说服,终于使他们未尊秦为帝。

房,不准叫人偷看,怕走漏了消息,坏了事。是张广太经营,里面安放六十四个地雷。今天只见那边贼队全军来到,他吩咐大队望后撤,叫张广太他点放地雷。

只听见前面一声喊:"杀呀!"乱马奔腾,十万大队杀进泥金岗大清营内。张广太一见,就把那地雷点着,只听"咚"的一声响,打的死尸遍地。后队的贼人往回就跑。张广太早就派手下的水师营的守备在夹江河岔子上流把水截住,贼人往回一逃,不敢从旧路回去,怕的是有埋伏,奔夹江小河口,到那找船。一瞧里面水又不深,大众贼人一瞧,怕后边有追兵,就赴水往前逃走。上流里水声一响,只往下冲,下流的会匪贼人俱皆被水淹死,逃走了的也不多。水师营的守备葛云祥,带官兵回来交令。次日,成龙派人把贼人的死尸俱皆埋了,然后就把那贼人撇弃的刀矛器械、旗纛号令、马匹等物,俱皆得了不少。又派远探子去探。人报:"神力王带大兵二十万,离此不远。"

此时,江苏的藩、臬、司、道、守、府,俱去迎接去了。马成龙派吕庆看守大营,自带众武将去迎接王爷大队。只见旗幡招展,号带飘扬,众文武官俱皆禀见。原来是倭侯爷入都见神力王,细说江苏的事情,神力王奏明了圣上。康熙老佛爷早接得浙江、福建的警报,传旨:

派神力王统精兵二十万,振威将军屠海为副帅,倭克金布办理营务处。派伊哩布为提调参赞大臣。

王爷传檄文,知令山东、直隶两省各提镇,带兵在王家营会兵。是日齐集,水路并进。

这一日,到了苏州,有众文武官齐来迎接。王爷问知府吴德:"哪里地面宽阔扎营?"知府回说:"五鬼庄地面宽阔,可以扎营。"神力王传令:"兵往五鬼庄扎营。"全军大队到了苏州城正南,把营寨安好,然后传令:"马成龙进见。"泥金岗一干众战将齐参见王爷,说明了大战安天寿、急先锋萧可龙、地雷打邪教之事,把功劳簿交与王爷。王天宠也见着倭侯爷,二人言新叙旧,说了些别后之事。内中有协镇胡忠孝,守备李庆龙、守备薛应龙、龙恩、王合龙,金刀将邓龙,古北口提督马士元,大家谈了会旧日的闲话。

王爷升帐点名,众人上了大帐。只听得外面一阵乱,有营门官进来禀报说:"有一个少年男子,姓邓,说有紧急大事求见王爷。我等不叫他进来,他一定要进来。我等把他捆上了,他说来救咱们大营合营的性命。我等不敢不回禀王爷得知。"神力王说:"来,把那人带上来,搜搜他的身上。"

众人下去,带上一个少年男子,年约十六七岁,身穿蓝绸子一件大衫,白袜云履,五官俊秀,来到了大帐,给王爷磕了一个头,说:"奴才给王爷磕头,请王爷的虎驾急速挪营,少待片刻,合营休矣!"过来给伊提调磕头,说:"恩官大人,奴才有礼。"伊钦差说:"你是谁?"那人说:"我就是伺候您老人家书童六吉儿。在桃柳营大人出去私访,奴才跟着,到了一个土台儿上面歇凉,正遇黄河水开了口子。有一个逃难之人,大人派奴才下去救那个人,奴才也被水冲了去啦。幸亏我抱住一个木头,顺水飘流,到岸边上,有一个人把我救上岸,带我到了一个店里,问我是干什么。我并不敢告诉他实话,我说我是跟官的,行路被水冲到此处。那人盘诘我半天家中之事,他劝我归天地会八卦教,我假意依从。过了一天,有苏州知府入都引见,店中那个救我之人,名叫张诚志,他荐举我跟那知府,我打算他入都,我跟他到京中,可以顺便归家。不想他自引见,回头来到此处做官,他是造反的八路督会总妖道的一家兄弟吴德。昨有邪教在白龙滩扎营,他候着贼队到时,他好里应外合。这五鬼庄是他早以安放的地雷,地下共二十四个大炮。今天是他派奴才我去龙王庙内点放地雷,奴才想我等都是大清国的人,焉能做这样逆礼之事。我又念恩官大人这一分厚恩,我特意前来送信。王爷大人急速拔营,挪开此处!"王爷一听,连忙传令吩咐:"撤队泥金岗,我兵速退!"又派张广太去带五百马队,同邓喜去把龙王庙内的奸细拿来。

广太去调好了飞虎队,又同邓喜出营,直奔龙王庙而来。方至山门,广太派人先把庙围了,自己拉刀,带邓六吉儿进了山门。里面有五六个人,齐说:"总管来了,我等正着急等着,所以然老不来。咱们是这就点火炮? 是等待晚上再点火炮?"张三大人过来就是一刀,把那人剁死。唬的那五六个人都战战兢兢,齐说:"不好,你我快逃性命吧!"只见那外面的官兵齐说:"拿贼!"进来了二十多个官兵,把那五六个人拿住。邓喜带着张广太到大殿里,先把那供桌挪开,然后把木板用刀起下来;派两名千总秦德胜、吕长顺,带二十多人下地道,先把那地雷的药捻子给用刀剁断,又把那竹竿子火药等物望外挪出来不少。带那五六个人至泥金岗,讯问明白,俱皆是天地会,交营务处枭首号令。派人至五鬼庄,将地雷刨挖出来,又派人调苏州知府吴德。稍时,俱皆回来交令,调吴之人说:"吴德已悬印逃走,不知去向。"刨挖地雷之人已回来交令,王爷均记功劳。又把泥金岗随同马成龙打仗的功劳簿查点清楚,然后派幕友打折子底儿,自己过目,看完誊清,专折本奏明圣上。又把苏州本地的官兵留在苏州,所有的一干武将随营留用。又派流星探马哨探贼人。过了几日,圣上旨下:

马成龙升授军机处记名,简放总兵。马梦太以副将记名,张广太有总兵缺提补。随营的一干战将,俱有加级记录,兵丁赏三个月的钱粮。

大家谢恩。王爷移营白龙滩。有探马报说:"贼在浙江宜兴西海岸扎营,西海岸独龙口总镇东、直隶两省之兵,俱是马步队,又无船只。打算在这里设立船厂,打造战船。"伊大人说:"若一兴工打造战船,快者得三年,慢者得四五年。官兵不到,贼人在浙江、湖南、湖北等处地面搅乱,黎民遭涂炭之苦。"王爷说:"你有什么高明主意哪?"伊大人说:"王爷要问,传一支令箭,派本地面官发官价购买苏、松、常、镇四府的民船,大概有半载的工夫,就足已聚齐。"王爷说:"甚好。"

正为这件事在中军帐议论了半天,只见倭克金布进大帐,给王爷磕头,说:"我有一个朋友,姓王,名叫天宠,前在泥金岗镖打过萧可龙。听说王爷为战船为难,他愿意孝敬王爷五百只虎头舟,一百万银子,他得回家去取,三个月交齐。"王爷说:"甚好,把他给我叫进来。"倭侯爷把王天宠带进来,给王爷磕头。王天宠又照样说了一遍。王爷说"你去吧。"王天宠去后,果然三个月,把船只、银两一概交齐,王爷甚是喜欢,要保留他做官。天宠说"民子福小命薄,不堪得国家皇恩,我实不能居官。王爷如用时,我万死不辞!"王爷说"谁去过海探贼?"一干众将并不答言,王天宠说:"若派一人帮助我,民子愿往。"王爷说:"大帐之内,任你挑选。"王天宠说:"就要马成龙跟我去,顺大江奔西海,哨探贼人虚实。"王爷说:"甚好,就派成龙前往。"

王天宠到了外边,拣了一只快船,请马成龙上船。少时之间,见马成龙在头前走,马梦太在后边送他。王天宠:"你来了甚好。"成龙说:"罢了,你把我害苦了。我是上船就晕,最怕的是水。"王天宠说:"不要紧,都有我哪!"山东马的亲随给拿上了一坛酒、一个小篓儿,王勇问:"是什

么?"马成龙说:"那是我的命根子,你别管,老兄弟,你回去吧,我要是死
了,就见不着了。"梦太说:"我但愿兄长此一去,马到成功。"说罢分手。
成龙望江中一瞧,水花儿直滚,波浪滔天,一眼看不到头,尽是水,甚是害
怕,不由已说:"这还了得! 船一翻就不得了!"众水手说:"你别说这话,
船上忌这一句话。"不知此去二人如何,且听下回分解。

第七十二回
二龙哨探西海岸　王爷兵伐湘江口

诗曰：

> 江南好风景，醉眼认依稀。
>
> 衔尾水凫小，泼鳞霜鳜肥。
>
> 远波停客思，疏影淡征衣。
>
> 回首苕溪梦，何时隐钓矶？

话说马成龙在船上一瞧，一片水花儿滚滚，自己又害怕，见王天宠换好了水衣水靠，头戴分水鱼皮帽，日月莲子箍，油绸子窄袖儿短汗褂，油绸子底衣，水袜子带底儿。只见他把三节钩镰枪搁在旁边，那王天宠叫水手开船，拿出来了一坛酒，与成龙喝着酒，有几碟凉菜。只见那水手撤跳板，荡桨摇橹曳风篷，飘荡荡直奔那大江当中，望西海岸进发。

王勇喝着酒说："马大哥，咱们哥俩个，我今天有一件事，要领教哥哥。在营内当着好些个人，我也不敢说，今天我故意叫你同我探贼，你瞧上不至天，下不至地，出我之口，入你之耳。你也别推辞，千万你要传授传授我。我听我山寨内有一个白面阎罗张大虎，他说过你在黄河岸野茶馆里练过'枣核拳'。他说你这拳脚有三十六路招儿，一招分十手，你练练，我学学，咱们哥俩今天开开心。"山东马一听，说："你这是骂人哪！我哪里会什么'枣核拳'，我是与他闹着玩来的，不知他如何告诉你，我实在不会，你不必如此了。"王天宠说："那可不成，你这个人要不会能耐，如何成得了这样大的名。天地会闻你之名丧胆，望影心惊，你这个人真厉害！你不练不教给我，我就打你，打急了之时，你就动手了。要不然，你也不肯动手，善于教给我。"说罢，挥拳就打，照着成龙脸上就打一掌。成龙说："你别闹了。"王天宠又是一掌，正打在成龙的脊背之上，一连七八掌，把山东马打急了，成龙说："你这混账东西，是欺负我！"一伸手把那大环金丝宝刀拉出来，说："王天宠，你是欺负我，我必不能与你善罢甘休！"说罢，抢刀就剁。王天宠望江内就跳，马成龙说："不好，他要寻死，快救人！"只见王天宠从水内出来说："你别急了,我不跟你闹了。"跳上船来,给成龙赔罪。二人正说话之际,成龙一瞧水面之上直冒水泡儿。成龙说："那是什么缘故?"王天宠说："那是元鱼,我常下去捉拿那个东西。"

正说之际,只见前面水里头水花儿直转。王天宠说："不好,里边有水贼,我下去瞧瞧,他是怎么个缘故。"手提三节钩镰枪,跳入水内一瞧,从正西有一百多名水手,为首有一个水贼率领,怀抱加钢蛾眉刺两把。王天宠在水内能睁睛识物,瞧见那边贼人,他就一拧钩镰枪,照着那为首的贼人分心就刺。那水寇一摆蛾眉刺,望旁边一闪身,把他身背后的一个水卒刺死。那贼人的兵刃也来刺王天宠,二人在水内一往一来,正动手之际,那水寇一钻身,望水上一钻,用蛾眉刺贯顶就刺。

书中交待,在水内动手,会使刀的也是照着人刺去,要想抡刀剁那是不成,水力甚大。

闲言少叙。王天宠与那水寇行上就下,也有露出脑袋的时会,二人在水上动手,也有在水底下的时会。马成龙一瞧,说："好家伙,了不得了!我得帮个忙儿。"自己腰内永远带着一个哑壶儿,他想要拿那哑壶儿,照着水寇的脑袋就打。旁边有水手说："别打,别打!打了贼可以,打了我家主人,那还了得!"山东马说："你别管我!"瞧着贼人就是一哑壶儿。只见那边贼人从水内钻出头来,成龙要打,又下去了,王勇又上来了。成龙等够多时,只见贼人又从水内望上一钻,山东马说："好家伙!"贼人一回头,被成龙一哑壶儿,正打在面门,被王天宠拿住,扔上船来。天宠又下去,照着那些个水卒一枪一个,扎死不少。也有逃走的,也有死于水内的。

王天宠上船,见山东马正审问那个水贼。原来这个贼人就是当年在黄河挂印逃走的水路道台任永杰。山东马认的,他是个八卦教,与被杀的卢定河,他们都是一党。马成龙问他说："任永杰,你带着那些个贼人是从何处至此?说实话!"任永杰说："你不必多问,我是当年不愿意做官,在这海内打鱼为生。方才我正在那水里捉鱼,他过去与我动手,我认他是一个水贼,不知马大人在此。你我原是故人,不可这样,快把我放开。"成龙说："把你放开?你别装着玩了!我早知道你是一个天地会八卦教。你快说,吴恩带多少贼兵,你是带多少人,前来出探?你说实话吧!"任永杰说："我不知道什么叫天地会,我一概不知。"山东马说："来人!你们带着刀,把这个混账东西给我一刀一刀的片他的肉,不准过五钱重;如过五钱重,我必要把你等照样儿用刀片下来。"大家用刀把任永杰给剁死了,山东马也没问出口供,说:"把他的死尸扔在水内,喂王八就是。"王勇说:"不必问,咱们走吧。"吩咐开船。成龙在船上抬头望,前山坡之上起来了一缕青烟,直透九霄。马成龙说:"那边是什么缘故?"王勇说:"那边那座山是有住户人家,必然是有瓷窑烧窑呐。"

这一只小船过了几座山口,头一天连夜往下走,次日天明到了西海岸。只听一声炮响,旗幡招展,号带飘扬。正西上有无数的贼兵,旗按八卦,当中有白八卦旗一杆,左右俱是马队,当中俱是步队。有一乘四轮车,是朱砂油漆的,当中坐着一个老道,头戴八宝鱼尾白绫冠,鬓插白鹅翎儿,身穿淡黄色道袍,白绫袜,青缎厚底云履;背后插阴阳八卦旛,手中擎太阿剑;面如白玉,海下一部银髯。前边有五六个道童,手执金锁提炉,两旁站着有四十八员神将。众会总一个个威风凛凛,相貌堂堂。贼队之内,净大旗真有一百多杆,飘摇摇的乱摆,有五色的大旗。

王天宠看罢,与成龙说道:"咱们哥两个通个名姓。"成龙说:"我先通名。"自己高声说道:"小辈会匪听真,我是山东登州府文登县马家庄的人氏,姓马,双名成龙,人称临敌无惧、勇冠三军的便是。奉王爷之命,特意前来探贼。"王天宠也自通名姓。吴恩一听,说:"我山人在此处,听有败残人回报我知道,说你在泥金岗带兵把守。我瞧你是一个英雄,为何不识时务?早早归降山人,作一个开疆展土的功臣,裂土分茅的大将,免遭杀身之害。王天宠,你诓骗我一百万银子,我不与你一般见识,你今天早归降,免得山人动手。"那边有一个人说:"祖师爷,用阴阳八卦旛,把他们打死就是了。"吴恩一回手,把背插的那一面阴阳八卦旛,用手一晃,一溜青烟直奔王天宠这只船而来。王天宠跳下水内去了。马成龙说:"不好。""哎哟"一声,"噗咚"栽倒了船上。水手把船往回拢,荡桨摇橹曳风篷。王天宠也自水内钻出来了,跳上船来一瞧,马成龙躺在船上直嚷:"好家伙,好家伙,了不得啦,要了我的命啦!"王天宠说:"马大哥,你不必装死了,起来吧。"马成龙起来,自己发怔了多时,与王天宠二人说了些个闲话,吩咐回去吧。原来吴恩那一八卦旛未打着成龙,船一晃荡,成龙吓得栽倒。船望回走,到了白龙滩见王爷,回说明了拿任永杰之故,又把贼人的大队兵威回了一遍。王爷甚佩服王天宠,说:"王义士,本爵如回都之时,必要在天子的驾前保荐义士,你名垂千古。"王天宠说:"王爷,你不必如此。民子并不为名利,请王爷你急速带大兵发西海岸,拿获妖道吴恩。"王爷传令:"明天备办战船,兵发西海岸!"一夜无话。

次日天明,众人乘坐战船,顺大江直奔独龙关进发。山东马与马梦太二人在一只船上,二人喝酒。马成龙一阵两眼发直,伸手把大环金丝宝刀抽出来,照着马梦太就是一刀。梦太连忙躲开,蹿出船舱,说:"你疯了!咱们哥俩是拜兄弟,你为何望我拼命?"见山东马把眼睛一瞪,一阵的冷笑,说:"好个妖道吴恩,我今天把你结果性命!"梦太一瞧,说:"你是真疯了吧?"见马成龙一阵的傻笑,打骂梦太,就说妖道。梦太派人去请倭侯爷去。少时,侯爷来到此处,先把马成龙刀给夺过来,又叫人把他按倒,又给他诊诊脉,说:"老兄弟,他是得的惊吓伤寒,须得吃两服药,发散发散就好了。梦太,你要好好的看着他,我禀王爷得知。"侯爷转身回禀王爷去了。梦太看着成龙。

这一天,到了西海岸,见此处并无一个贼人,就是剩了一座空营。王爷弃舟登岸,派探马探贼,自己怕有地雷,是贼人安营之处,俱皆派人刨挖。进独龙关城,见街上冷冷清清,人烟稀少,就派张广太署理独龙关的总兵,留五百兵在此,叫马成龙就在此处养病。王爷吩咐已毕。只见流星探马前来禀报说:"贼窜湖北湘江口。"王爷吩咐进兵。

王爷去后,张广太在总镇衙门居住,把马成龙就在书房之内养病,一天比一天重。王爷走后,张广太给他请人开个方儿,吃了两三剂药,又派了两个人给他伺候茶水,自己每天下教场演兵。那本营的守备姓兰,名叫秀亭,千总周玉山,把总谢得安,三人俱是行伍出身。那兰秀亭是家传的枪法,本领高强。张广太甚为爱惜他,要与他学练枪法。兰秀亭也愿意教给他,二人常在一处练。

张广太到这里之时,是九月间。过了两个多月,广太见成龙好了,又反复了好几次。到了腊月间,成龙也好了。腊尽春来,时逢春王正月。成龙虽好了,还不敢给他硬头东西吃,每天给他一碗小米熬饭,叫他喝粥,成龙本是贪食,吃了就饿,饿了就吃。他叫伺候他的人给他拿好吃的,伺候他的人奉了张广太之命,不准给他别的吃。那成龙问说:"外边厨房在哪里?你去快给我拿点吃的去。"那伺候的出去就不回来了。成龙等急了,自己扶了一根棍儿,到了外边,他会闻味,找到东院。厨房里头刀勺乱响,原来是广太他今天请兰秀亭吃春饼,预备好些个菜,先做得了好些个薄饼。成龙扶着拐杖，往里边进去，一瞧那边有好些个菜，把饼拿过来，连那边咸肉丝、炒黄芽韭，各样的蔬菜；他把饼一连五张放在桌上，把菜倒上一卷，拿过来两三棵大葱，用手扯碎，也卷在饼内；自己又拿过来一条新连儿绳，把那饼用绳捆上，底下自己拿起就吃。一旁的厨子瞧着，也不敢言语了，跑到花厅上找张三大人。

此时广太尚未回来，今日操兵操完之时，在衙门内点名放银两。厨子正找大人，听得外面有人报："三大人回衙，在二堂点名。"正说之际，见广太进里来换衣服，厨子把那话禀明白了。广太进东院内，见成龙正吃得高兴，过去给手内把那饼夺过来，说："马大哥，不是小弟不给你吃，怕反复了病。你须得慢慢的养着，身体强健之时再吃也不晚。"山东马说："三弟，我是真饿了，才吃二十多菜饼。"广太扶着他到了外边书房之内，他此时又觉得头眩眼晕，浑身发冷，躺在床上，病又反复了，广太甚着急。只见外边差官进来说："回禀大人，探得离独龙口四十里之遥，有五万天地会，杀奔西海岸而来，请大人急速调兵防守。"不知张广太该当如何退敌，且听下回分解。

第七十三回
山东马独龙口养病　赛铁盖藤萝营投军

诗曰：

> 王孙去不返，马足共车轮。
>
> 万里连天色，终年出塞人。
>
> 几经金海雪，不见玉关春。
>
> 曙夜寒塘梦，相思愁白蓣。

话说差官禀报张广太："有天地会带四五万贼，杀奔独龙口而来。"张广太慌忙来至外面掌号，调齐大队，撒下探马前去哨探。探马走后，有姜玉由江苏副将衙门来给广太请安，说："我婶母从衙门内挪出来了，搬在王协镇的前院住，叫我来问把家眷接在这里来，还是在那里住？"广太说："你先别议论那个了。眼下贼匪来抢独龙口，我这里就是五百兵，河里还有王爷的五百只战船，是你张伯父张大虎承管。若要失了独龙口，那时之间王爷的战船被贼人抢去，把这里道路截住了，王爷没归路，那还了得！还有一件：你马伯父在这里伤寒病又反复了，不知何日才能好。倘若关城一失，天地会恨你马伯父入骨，必要把他碎尸万段。我派四个人跟着你，把你马伯父搭在船上，你把他送到江苏避兵，那时间你再打听我这里的吉凶。若要天子的洪福，我将贼人杀退，那时之间也算是一件奇功。倘若不祥，我死在此处，你将我的家眷送归河西务，连你马伯父一并在我家中度日那太平的岁月就是了。此一时，你快去把你马伯父搭到船上，快回江苏去吧！"

姜玉带着四个人到了书房之内，只见成龙在床上躺着昏迷不醒，过去叫人把他扶起来。山东马把眼一睁，说："你是谁？"姜玉说："马伯父，是我。"成龙说："原来是姜玉，你干什么来了？"姜玉说："马伯父，外边有天地会八卦教带着五万人马，来抢独龙口。我请马伯父跟我上船去，先逃奔苏州，然后有什么事再说吧。"成龙说："拿着我的刀。"姜玉一回头，见那四个人俱皆逃走，自己又搀扶不起马成龙来，成龙又走不了。无可奈何，自己拿着成龙的大环金丝宝刀,说:"马伯父,也不必逃走了,来一个我杀一个,来两个我杀两个,咱们爷俩死在一处就是了。"

正说之际,听得独龙口正西一片的声喧,杀声不止。此时,张广太带着兰守备与千总、把总、外委京额等,带领五百官兵,在独龙口正西列队。只见那正西尘头大起,土雨翻飞。少时,有无数的贼军杀奔前来,旌旗无数,遍地俱是贼队,左右是马队,当中是步队。内中有为首的头目,是老会总任山。

书中交代,任山自福建会馆逃走,至四川峨眉山通天宝灵观,奏明了苏州之事。后来吴恩在湖南、湖北、浙江等处,势如破竹,任山他管理粮台事务,前部正印先锋官李长荣。只因王爷在湖北湘江口北岸扎队,贼人在南岸扎营,两下里有两个多月。王爷暗渡了湘江口,一直杀入贼营之内。吴恩退归襄阳城内,大家商议说:"神力王带大兵已然过江,你我该早做准备才是道理。"有粮台会总说:"督会总不必着急,我有一计,管保要取浙江、江苏两省,势如破竹,不费吹灰之力,管保垂手可得。"吴恩问:"有何计?"任山说:"臣请得精兵五万,进征独龙口,拿获张广太,截住清营的粮台,以断他人的归路。兵无粮自乱,那时会总爷可以一阵成功。我绕道进取独龙口。"吴恩说:"甚好。正月初六日,你带五万大兵前去,兵伐独龙口就是。"

过了新年了,那一日,任山统带马步队大兵,绕道杀奔了独龙关。那一日,到了独龙口西村口,只见那张广太带五百官兵前面列着队伍,任山传令扎队。前部先锋官铁锤将赫大雄,坐骑乌锥黑马,手挟浑铁八楞轧油锤,本领高强,艺业出众,乃是当世的英雄,催马来至阵前,大喊:"张广太出来,与我分个高低!"张三大人骑的是一匹花斑豹马,苏州那边的朋友送的,自己拧枪就要出去。旁边守备兰秀亭说:"总镇大人不必着急,待我前去拿他就是。"说罢催马,一直奔两军阵前。

见那赫大雄头戴皂缎色将巾,金抹头,二龙斗宝,鬓插白鹅翎儿,身穿皂缎色蟒箭袖,腰束英雄带,足蹬青缎子快靴,手擎一对镔铁轧油锤;面赛乌金纸,黑中透亮,环眉大眼,怪肉横生。一见兰秀亭,他把那锤一摆,说:"来者可是张广太?"兰守备说:"贼人要问,我乃独龙口本汛的守备,姓兰,名秀亭。小辈通个名姓!"那郝大雄自通了名姓,抡锤就打,兰秀亭用枪分心就刺。二人大战十数个回合,赫大雄一锤把兰大老爷的枪磕飞,又一锤把兰秀亭结果性命,死于马下。这一边有一个千总吴永太也被贼人所杀,把总周德凯出去也被贼人所杀。众官兵人人担惊,个个害怕。

张广太把自己座下的花斑豹一催,一声喊骂说:"妖人休要这样无礼,我必要结果你的性命!"说罢,拧枪就取赫大雄。贼人睁睛一瞧,说:"来者可是张广太?"那边三大人一听,说:"正是你家大人! 你不必多问!"赫大雄瞧着,心中甚是有气,说:"张广太,我正要拿你,与我那会中人报仇雪恨!"广太他本来马上就不成,今天是真急了,料想:"那贼势浩大,这座独龙口不能保守,念圣上皇恩浩荡,这一条命我也不能逃了。"催马出去,到了两军阵前,拧枪照着赫大雄前心就是一枪。赫大雄用锤往外一磕,张广太如何是他的对手?那支枪"嗖"的一声撒手,崩出去有四五丈远。张广太的马就往南一转头,纵辔加鞭,一直望正南跑去。那赫大雄催马往前追赶,说:"张广太,你往哪里走! 我来结果你的性命!"三大人马正往南跑,心中说:"我成龙马大哥不知此时如何办理?"又一回头,瞧见贼人追下来了,自己恨不能肋生双翅,飞上天去。自己正在急难之间,见前边大路拦住,东西有一道沟,沟的南边有一个大松树林儿。那沟有六尺多宽,这马到了那里,不敢往那边跳。后面赫大雄离着四五丈远,摇锤直嚷说:"好一个张广太,今天你往哪里逃走? 我必要捉拿你,去见我家老会总!"张广太真急了,一纵辔,那马往南一蹿,前腿过去,后腿蹬空了,几乎落在沟内,那马上也上不去。贼人一瞧,哈哈的大笑,说:"张广太,你还往哪里逃走!"

三大人正在危急之际,只见那边树林内大吼一声,蹿出一位猛楞英雄①,说:"贼人休要伤我家总镇大人,待我先把你拿住!"说罢,一抖手中那一杆浑铁点钢枪,过来先把张广太那一匹马给拉上沟的南边,他一纵身蹿过了沟北,照着那赫大雄前胸就是一枪。赫大雄用锤招架,二人杀在了一处,一个在马上,一个在步下。张广太在那南边马上,定了定神,心中说:"此人好俊本领! 我也不知他是哪里的人,如何能够救我哪?"

话分两头。救张广太的这个人,是哪里来的? 为什么就知道张三大人往这边败吗? 说书的先就说过,一张嘴难道两下里话。救张广太这个人,就是在邢台县与成龙、梦太在店中分手的那个高杰。自梦太给了他五

---

① 猛楞英雄——指粗犷果敢的英雄。

十两银子,他就想着要回家,自己又想家中无事,他就往这浙江地面来了,银子也花完了。他那一日到了这独龙口,正西有一个藤萝营镇店,他剩了一百多钱,他也饿了,瞧见有一个挂笊篱的小店,坐西朝东的篱笆门,里面正房三间,高杰就进去了。见了里面有一个小店的掌柜的,年约五十多岁,身穿蓝布夹裤夹袄,黄脸膛,有几根胡子,一见高杰进来,说:"来了吗?"高杰说:"来了。你这店中管做饭吗?我这里有钱给你,管我吃饱了就都给你。"说着,扔过去那一百钱。店内的掌柜的一瞧,说:"你吃饼一斤够不够?"高杰说:"饱了就够了。"那开店的没有听明白,也就给和面烙饼。他心中说:"除去店饭钱,我还多剩你好几十钱哪。"正和面,又来了几个做小本经营的,也就大家都要吃饭。那店内就是掌柜的一人,先烙得有三斤饼,是大家伙的。高杰拿过一张就吃,别人也不知道他是烙了多少斤面,店中掌柜的只顾的忙,那里还照应的到。他又烙得了两张,一回头要搁在那边,一瞧短了四张饼,问:"谁拿了去?"大家说:"你瞧不见那个大汉在那里吃吗?"掌柜的说:"就有你一斤,你为何吃二斤呢?别吃了。"高杰说:"还没有饱呢。"大家都说:"你多买面就吃饱了。"众人大家分着吃。有一个人正吃着呢,外面进来一个熟人,连忙过去让人去了。高杰把人家的饼都给吃了。那人一回头,见已然吃完了,说:"你为何吃我的饼?"高杰说:"你不吃放在那里干什么?我吃了与你无关。"店内掌柜的说:"怎么着?吃了人家的饼,还说与人家无干?人家花钱买的!"高杰说:"我既然吃了,你拿刀来把我的肚子划开,掏出来吧。"那个人说:"得了,掌柜的你就不必与他说了,我送给他吃了,我再吃别的。"那高杰躺倒炕上就睡,吃得饱,睡得着。大家都说:"店中的掌柜不该留他住。"开店的也没有话了。一夜无话。

次日天明起来,大家住店之人都走了,高杰醒了说:"店家,你给我预备些个什么吃的我吃?"店中掌柜的说:"你自己到大街练几趟那木棒,就有人给你钱,你再吃饭也不晚。"高杰说:"有理。"自己出店,到了十字街人马多处,他站在当中,把那房椽子一摆,说:"来,来!你们瞧我练一回。"使动如飞,正练得高兴,招了有好些个人。练完了,大家给扔了不少的钱。只见那边过来了一人,一伸手拉住高杰。不知此人是谁。且听下回分解。

第七十四回
猛高杰一枪定西海　许都阄乡勇退贼兵

诗曰：

芳草天涯似故人，一番相见一番亲。

曾经旧浦难为别，又惹新愁到此身。

卿若有情应入梦，我来何处更寻春。

繁华绣出东风影，说与三生未了因。

话说拉住高杰的那个人，年约二十多岁，身穿一件青布夹袄，蓝毡子马褂，白袜厚底云履，说："朋友，我们主人方才从此处路过，他瞧见你练的不错，派我叫你到家中练去。若要是真好，必要多给你银子。"高杰说："我就跟你去。"说罢，把地下的钱拣起来，然后跟着那个人一直的往北，走了不远，往东走一条胡同，路北有一个大门，大门以内，好些个家人站在那里说："你把卖艺的叫了来啦！"那个人说："就是他。你们先回禀一声主人知道，我随后就同他进去。"二人在门房里坐了会，有人自里出来说："主人叫卖艺的进去。"那个人带高杰往里走，迎面有绿屏门四扇，上写"斋庄中正"。进了屏门，正房五间，是前出廊后出厦的大厅房，东西配房各三间，院子宽大。

上房廊子下有一把椅子，上面端坐着一人，年约四十以外，面如白玉，重眉大眼，微有沿口胡须；身穿库灰摹本缎的夹袍，外罩天青缎子马褂，足蹬厚底官靴，说："卖艺的，你是哪里人氏？姓什么？叫什么？"高杰自己把家世说了一遍。那主人问："你都练过什么武艺？"高杰说："练过长枪、大刀、短剑、阔斧。我练一趟。你瞧瞧好不好。"说罢，抡那根方椽子，使动如飞。练完说："你瞧成不成？"那主人甚喜悦，说："高杰，我荐你当一个兵，你愿意不愿意？我姓张，名文全，是此处武营的教习。你倒很直率，我与你结为兄弟，不知你意下如何？"高杰说："我不推辞，你是大哥。"张文全甚喜。二人到了上房，摆上香案，二人磕头完毕，吃酒。高杰福至心灵，说话也比那时节强多了。

次日，带着高杰到了本营的都司许景义许大人的衙门里，替他回明，带他进去，先给大人叩头，然后又练了两趟，自己往旁边一站。都司许大人甚喜，就留他在营内当了一名什长，他管十个人。自此，就在这座镇店名叫藤萝营都司衙门当这一分差事，常常带人去下道察拿盗贼。

这一日，带了十数个官兵，正在树林之内大家歇着，只见那边有好几个逃难之人说："天地会贼人来抢独龙口，与张大人开了兵啦！"正说之间，只见张广太从正北往南败下来了。众兵丁说："了不的啦！张大人败下来了！"高杰说："不要紧，有我呐，待我前去结果他的性命！"说罢，迎上前去，让过张广太的马，蹿过大沟，挡住赫大雄的去路，把手中的浑铁点钢枪一摆，说："高杰在此等候多时，小子通名！"赫大雄自道名姓，见高杰枪来，用手中镔铁轧油锤望外一磕。高杰的枪，他如何磕得动，不亚白蟒钻窝，"噗哧"一声，正在赫大雄的左膀上着劲，红光崩溅，鲜血直流，将贼人挑于马下。高杰过去将马拉住，翻身上马，说："张大人，众伙计们，跟我来，前去奔独龙关。"张广太等在后跟随，见高杰一催座下乌锥黑马，拧手中枪，直奔贼队。

老会总任山正带大队等候赫大雄来时再传令攻打独龙口，正等候多时，只见那匹马回来，人可换了。正在迟疑之际，听得高杰大嚷一声，说："贼人好大胆！高杰来也！"照着任山就是一枪。贼队一乱，众偏副牙将齐来护庇任山，把高杰给围在当中。张广太已回归本队，他的人马还在那里扎定，见高杰闯进贼队之中，张广太连忙传令："我兵前进！"这五百大队杀进贼队。广太一马当先，抢手中短刀，遇贼就砍。无奈贼的势大，官兵人少，工夫一大，个个俱都累怯。

正在无可如何之际，只听正南上一声炮响，两杆大红旗分为左右，正中一位骑马的，带官兵数百以外，黄面黑胡须，青泥得胜盔，四品顶带花翎；后跟约有一千官兵，左右都是团练乡勇，亦约有几千之众。当中带兵官正是藤萝营都司许景义，探得贼人攻取独龙口，撒篆牌约会有二十九个庄村的绅董①，带同团练来救独龙关，至此点炮，杀入贼队。老会总任山见有生力军杀到此处，传令撤队，且战且走。张广太等亦不敢深追，鸣金收兵，与许景义会合在一处。

---

① 绅董——地方上有势力、有名望的人。

广太说:"此事多亏仁兄帮助。若非仁兄这一支兵到,我这独龙口五百官兵,岂能敌得了九万贼!"许景义说:"卑职理应出力报效。"广太说:"这黑大汉是你彪下之人?"许大人说:"此人姓高,名杰,膂力①最大,别号人称赛铁盖。大人要用,留他在此就是了。"广太说:"甚好,仁兄带人急速回去,恐怕有流贼扰乱村镇。"许景义告辞,带团练回归藤萝营去了。

张广太带着高杰,同本队的兵正望回去,只见从独龙口出来的有五千大队。张广太心中一愣,说:"独龙关内并无一军一将,这是哪里来的?"仔细一瞧,为首之人正是笑面无常张大虎。

原来张大虎奉王爷的命,在河内看守五百只虎头战船,每只船上有水手二十名,俱归张大虎一人总管。今天听得天地会抢独龙关,留下一半人看船,带五千人帮助张广太打贼。方才一出独龙口的西城门,见张广太带兵得胜回归,二人见问,细说方才打贼之事。张大虎甚为叹息,先叫本队回归船上,自己同张广太进独龙口总镇的衙署。见姜玉从里边出来,说:"三叔得胜回来了,真乃大清国社稷之福也!我马伯父一急,此时出了一身透汗睡着了。"张广太说:"不必叫他。"来到大堂以前,众人下马,派兵丁各回本队,同高杰、姜玉、张大虎来至客厅。叫人去到适才争战之处,去找兰大老爷的尸身并两个千总的尸身。如要找着,赏银五十两。本处守备无人,就叫高杰署理,行文浙江巡抚知道。又与高杰二人结为生死兄弟,念其救命之恩。广太居长,高杰次之,二人焚香祭神,立了盟单兰谱②。诸事已毕,吩咐摆酒宴,四人开怀畅饮,直吃到日落之时,撤去杯盘。

四个人到马成龙病房之内探病,见马成龙此时方才睡醒,广太过去问道:"大哥,你好了?"成龙说:"好啦。今天一吓,吓了我一身汗,多亏姜玉在此看守。"又问了几句方才打仗的事情。广太说:"哥哥养病吧,不必多问。方才多亏高兄弟把贼人刺死,救了我这条性命。"成龙一瞧,说:"原来是高杰呀!"高杰一细瞧,说:"原来是大恩公!自你我在邢台县一别,不想今天才遇。你得的是何病症?"成龙说:"是伤寒病。"广太说:"你歇着吧,我们也该安歇了。"随又令官兵在城上巡更防守,怕贼人夜晚复来。

① 膂(lǚ)力——体力。
② 盟单兰谱——结拜弟兄时立的字据。

这才与张大虎、高杰等在厅房安歇,派姜玉夜晚巡查,一夜无话。

次日天明,张大虎告辞回船。有人把守备兰大老爷并两个千总尸身俱皆找来,买棺木停灵在城隍庙,给他三个人家中带信,候等人来接灵。又派姜玉把家眷接来。成龙的病症,一天比一天也好啦,仗着棍儿常出去溜达。到了立夏之后,马成龙的身体强健,东西也吃的多了。天天没事,三个人在一处讲论武艺。这一天,天气甚热,马成龙正与广太下棋,外边有人禀报:"有神力王营内的差官老爷要见。"广太问说:"他姓什么?"回事人说:"姓马,名叫梦太。"广太与成龙一听,说:"是他来了,快迎接出去!"三个人到了外面一瞧,马梦太就不似先前的模样了,又黑又瘦,头带青泥得胜盔,双岔尾,灰色布缺襟袍,外罩八图噜坎,腰里掖着小刀子、火镰,薄底的靴子,佩着太平刀,背后斜插式背着一个黄包袱,拉着一匹黄骠马,手提着马鞭子。一见这三个出来,高杰先嚷着说:"小子,你也来了吗?"梦太一瞧,说:"你这匹夫,故人相见,你就说这样粗鲁话!"广太过去给请了个安,梦太亦给成龙请了个安。大家一同来至大堂,过来人把梦太的马给牵过去。

四个人穿大堂过去,至内院客厅落座,从人献茶。广太问说:"老哥,自去年王爷进兵,与贼人打了多少仗?眼下在湖北襄阳军情如何?"梦太"嗐"了一声,说:"一言难尽了!你等要问王爷的军需之事,别忙,我先洗洗脸,快给我预备下酒,我喝着酒,再细细说你等听。"广太吩咐:"先打一点洗面水,告诉厨下备酒。"稍时,梦太把脸洗完,四个人归座,摆上酒菜,梦太喝了几杯酒,说:"大哥、三弟,你们要问王爷去年带兵到湘江之事,这话就长了,我慢慢说与你们听。"

书中交代,一张嘴难说两下里话。王爷那一天调大队杀奔湖北地面,安了大营。贼人把住湘江的南岸,王爷在江北扎营,一连开了几次兵,俱不得利。至春正月初二日,王爷用"暗渡陈仓"之计,偷过湘江,到了南岸,混杀一阵,只杀的尸横遍野,血流成河。吴恩此时在襄阳城的城内过年,这总统马步全军,是他二弟吴德;管理粮台,是他四弟吴庆,俱做过清国官。那随营的大将有前敌先锋姚文华,有在苏州逃回去的华家八彪,俱被王爷杀退,逃回襄阳城内,去见吴恩。王爷离城数里安营,过了两三天,有妖道打下一道战表,定于本月十五日在襄阳东门外会战。

是日,王爷带领三成队至战场之上,列开队伍。见襄阳东门大开,三声炮响,两杆门旗分为左右,有四万贼兵杀出城来。左右是各有五千马队,当中有三万步队,中间一杆白缎子八卦旗,在队里有无数的大旗。当中有四轮车,车上坐定妖道吴恩。四轮车周围,有十六个小童儿,个个头戴孩发帽,蓝绸子宽领阔袖的道袍,上绣五色花,白缎子护领相衬,足下蹬着黄缎子云履,腰系水绿丝绦;手拿金练提炉,香烟缭绕,瑞气千条。妖道身背后站着有无数的贼将。

王爷看罢,问:"何人当先,将妖人给我拿住?"旁边有胡忠孝接王爷的令箭,催马扑奔阵前。后面跟着一杆大红旗,打大旗的那个兵丁,身穿一身青,腰系英雄带,肋佩短刀,随着胡忠孝到了阵前。胡大人把马一勒,横着赤金虎头錾金枪,大骂:"吴恩快些个出来,与我较量三合!"吴恩一瞧,说:"何人去把那个清朝里的武将拿住,替我先挫他人之威?"只听旁边一声答应说:"会总爷,我前去拿他!"吴恩一瞧,是前军会总董明远,催马拧枪,直奔胡忠孝而来,说:"来将通名!"胡忠孝说:"你家大人姓胡,双名忠孝,官拜保定协镇。叛逆通名!"董明远自通名姓,照着忠孝就是一枪,胡忠孝用枪相迎。二人在战场之上战了有三、四个回合,胡忠孝一枪将贼人刺于马下,登时身死。在妖会总本队中,怒恼了前敌姚文华,一声嚷说:"别走!待老夫拿你!"忠孝一瞧,见出来这个贼人,年约六十以外,头戴三角白绫巾,银抹额,二龙斗宝,颤巍巍迎门茨茹叶,鬓插白鹅翎;身穿一件粉缎箭袖,绣三兰牡丹花,腰系英雄带,粉缎战裙,足蹬云根五彩战靴,大红绸子底衣;面似紫霞,长眉阔目,威风凛凛,抢手中金背砍山刀,至胡忠孝面前。不知后事如何,且听下回分解。

第七十五回

神力王襄阳城鏖兵　众英雄八卦旛损命

诗曰：

戍楼残月逐征鞍，听鼓犹疑夜应官。

好友联吟同入梦，清时行路久忘难。

曾歌北塞怜王粲，再出东山愧谢安。

此去不愁腰索尽，迎人黛色秀堪餐。

话说胡忠孝正在两军阵前要与那会匪为首的先锋姚文华动手，姚文华刀一摆，照定那胡爷就是一刀，胡忠孝用枪相迎。二人在战场之上大战多时，不分胜败输赢。王爷队内出去王天宠，一镖把姚文华打死，胡忠孝甚为喜悦，收马回队报功。那妖道一见，说："我山人用法术把他等拿住，不用你们分心。"说罢，跳下四轮车，手执太阿剑，说："尔等擂鼓助阵，待山人杀他个片甲不归！"说罢，直奔两军阵前。王天宠让胡忠孝回归本队，自己提木棍、雁翎刀，大骂妖道。二人在战场之上动手，吴恩恨王天宠入骨，说："小辈，山人定要结果你的性命！"说罢，抢太阿剑就剁，王天宠闪开。二人大战有三十多回合，不分胜败。

吴恩真急了，用阴阳八卦旛一指，一缕青烟，王天宠栽倒在战场之上。王爷大队之内跑过去顾焕章，把他救回本队。有龙恩、王合龙二人出去，也被妖道旛一指，说："好两个匹夫！我必要你的性命，万不能饶恕于你！"用宝旛一指，二人躺在战场之上，被贼人的余党结果性命。一连出去几位，俱皆身亡。顾焕章不岔，出去要拿妖道，被人家一剑把棍棒削为两段，短把刀挥作两截。连败清营四十八阵，杀的神力王兵退湘江岸，想奇计拿贼。他又要调马成龙去，又怕他病体未痊。至三月底，派马梦太至浙江独龙口调成龙。此时，王天宠身中八卦旛之后，觉着浑身无力，多亏倭侯爷的夺命仙丹，吃了几粒，才觉着透好，在营内养病，阵亡了薛应龙、龙恩、王河龙、李杰、京营参将刘保善等二十多名。王爷急的吐血，不知该当如何办理，派梦太去说："如马成龙病好，调他前来；如病未好，调大环金丝宝刀前来。给顾焕章使,好捉拿吴恩。"

梦太到了独龙口,见了众人,就把这些话说了一遍。马成龙说:"甚好。张三贤弟,你先给我摆上个香案。我先给我那宝刀祭奠祭奠,保佑着我这一到襄阳城先拿吴恩,然后再杀退了贼兵,这就算我奇功一件。"外边家人早把香案办好了,成龙穿好了衣服,说:"你们哥儿几个先喝着,我到外边烧上香再喝。"自己站起身,来到香案一旁,先烧香,然后又把那宝刀放在香案之上,跪下磕头,说:"宝刀,你乃是圣上所赐我的。你这一去,要是妖人宝剑的对手,你在鞘内作声,先给我一个显应;你要不是他的对手,你在鞘内连一动也不动。"说罢,磕下四个头去,只听那刀连声响亮。成龙甚喜。把刀带起来,又入席吃酒。高杰说:"我也跟你们二位去,到那襄阳城瞧瞧那吴恩他有多大本领,我与他较量几合。"梦太说:"你先在这里跟张三大人护守独龙口,候王爷的令,前来调你就是,明天我二人用完了早饭起身。"说罢,撤去杯盘,大家安歇。

次日天明,起来用完了早饭,换好衣服,二马告辞,出独龙口。张广太与高杰同送至十里之外分手。广太说:"弟在此处专候捷音!"二马在马上拱手作别。在路上时逢初夏之时,绿树荫浓,清和月半;青山映目,芳草生香。农夫耘田,牧童放牛于山坡,渔翁垂钓于河岸。虽则乱离之后,此处稍平。本处百姓都知天地会兵退湖北省,有神力王的大队在湘江挡住,故此俱不担惊害怕,照常度光阴岁月。二马在马上一路观瞧,并不像乱离之世,仿佛尧天雨露中。

二人在路,晓行夜宿。那一日,到了一座镇店,是南北的大街。梦太说:"咱们今天住在这里吧。此处离大营有四十里之遥,今天咱们要去到营里就黑了,王爷传你进去问会子话,再吃完了饭就晚了。第二日必要开兵,那时你人困马乏,歇不过来。今日住在这里,明天正午就到了大营了,见了王爷,办完了事用饭,也歇的过来。"成龙说:"也好,咱们就住在这里。"一瞧路东有一座店,大门关着,粉墙之上有字,上写:"天和客栈,安寓仕宦行台、往来客商"。马梦太下马叫门,说:"开门,我们住店。"里面有人答话说:"什么人叫门?"梦太说:"我们是打公馆的,快快的开门。"里边出来了一个小二,年约二十多岁,说:"你们是哪里来的?我问你。"梦太说:"我们是从独龙口来,往襄阳军营内去的大清营的差官马大老爷。"小二让二人进店,把马接过去,拴在马棚之内,让马成龙与梦太到了东上房之内，把衣服脱去，要洗脸水，洗完了脸。

山东马成龙自己到了外间屋内一瞧，南边有一个暗间，外边正东墙上有一个牌位，上写"临敌无惧、勇冠三军马成龙之神位"。成龙瞧够多时，说："好家伙！伙计，你这里来，我问问你就是了。这个牌位是什么人供的？"那跑堂的说："是我们店内东家掌柜的供的。我听人说，是有一个人，是山东登州府文登县的人，姓马，双名成龙。此人武艺群超，天地会闻名丧胆，望影心惊。听说神力王派人去调他，我们这里百姓都说：他如来时，必把吴恩打败，故此我们这里都供奉他。他如来之时，果能把贼人杀败，我们这里年年供奉着他；如要打了败仗，把这牌位扔在溺尿窝子之内，大家拿溺浇他。"马成龙一听，说："好家伙！要依我的说，你们也不必供奉他，也不必浇他。"说着话，马梦太在屋里听见直乐，说："大哥，你进来吧，小弟等着你喝酒呐。"成龙进去，与马梦太谈了会子闲话，天色已晚，二人安歇。马梦太永远不脱这衣服睡觉；马成龙他脱去衣服大睡，枕着大环金丝宝刀。二人安歇睡觉，睡至二鼓以后，马梦太说睡语，说："好贼人，我全把你们宰了！"只听外面"吧"的一声响。原来是店中的伙计端着一盆水，正走到窗棂之外，听见马梦太一说睡语，吓的那手腕子一软，把盆扔在就地。此是闲话，不提。

次日天明，成龙二人起来，说："老兄弟，你把我的东西给拿哪里去了？"梦太说："什么东西？"成龙说："就是那大环金丝宝刀。"梦太说："我不知道。"成龙一听，说："了不得啦！必是被贼人偷去。"梦太说："我不信，别的东西不偷，就是偷你那大环金丝宝刀？我瞧瞧贼从哪里进来的？"猛抬头一瞧，见东边窗台上放着一张书柬，伸手拿过来递给成龙。成龙接过来一瞧，是一张红单帖，上面写定"盗刀者，乃四督会总吴庆是也。如要此刀，或王天宠或顾焕章，他二人到襄阳城可换回此刀"。成龙一瞧，"嗐"了一声，说："了不得啦！我这口刀被天地会八卦教盗了去了！老兄弟，你有什么主意？"梦太说："我没主意，咱们两人见了王爷再说吧。"成龙说："不要紧，我到后边瞧瞧，贼是从哪里进来的。"说着话站起，扑奔东后院，瞧了一瞧。

书中交代，原来是江苏知府吴庆，他自那五鬼庄地雷未能成功，自己实在是没脸。这一天，在吴恩的跟前，讨了一支令箭，说："要假扮做清朝的差官，探听清营的虚实。"自己带着四名跟人，这一天来到新平镇，住在天和店南隔壁三元店内。听得店中人传说,天和店住着有清营的两个差官。吴庆闻听,心中说道:"不知清朝两个差官是上哪里去的?"等到夜晚,天有三更时分,换好了夜行衣,出离房屋,越墙而过,至天和店东上房的后窗户,侧耳望窗内一听,听见二马酣睡已熟,回手把窗棂给支起来,进到屋内一瞧,床上躺着两个人。吴庆把成龙枕的那大环金丝宝刀,一伸手拉将起来,见光闪闪,冷森森,甚是惊人。吴庆一瞧,先把那刀用手一抢,方要剁马成龙,只听梦太说:"我全把你们那些个贼人杀了!"是梦中的睡语,吓的贼人自东后窗户钻出去。又听见前边,"吧"的一声响,自己走到了东墙根之下,也不敢动。一瞧这是一口宝刀,"先我听见人传言说,此刀善能斩钉剁铁,杀人不带血,我何不先拿此刀回去。"想罢,上墙要走;又想:"我何不留一个名姓!"随身带着有纸笔,说:"我给他留下一个字儿。"想罢,用笔写了一个字儿,扔在那边院内,自己回店,带跟人叫开店门,回归襄阳去了。

故此成龙一瞧那个字儿,就知道宝刀是被人家盗去了。马梦太默默无言,成龙也发了愣了。梦太说:"今天把刀一丢,王爷必要治罪你我。他还指着这一口刀敌妖人吴恩哪!丢了这口刀,那如何是他的对手?这该当如何办理?"马成龙说:"不要紧,咱们哥儿两个喝酒吧。到了大营之内,你就交令,说把我调了来了,你就回账房去你的。我见了王爷自有话说,不与你相干。"说罢,要酒要菜,马成龙倒很乐。二人吃完了饭,算账还了店饭钱,备好马,二人出店上马,一直的往正南奔湘江,过了大江就是军营。

到了营门以外,二人下马,过来了好些个人,都让马成龙。也有说:"马大人好了,这一来就好了。合营之内,大家盼想。"梦太先到了号房之内,然后又到了中军差官那里,回禀里边。王爷发擂升帐,马梦太到了大帐,给王爷请安,又给屠海侯爷、伊大人请安,说:"参将马梦太奉王爷的令,把马成龙调到来交令。"王爷吩咐:"把马成龙给我叫进来。"梦太自己出大帐去了,有差官传令:"马成龙进帐。"山东马一声答应,随令到了大帐之内,先给王爷叩头,给众位请安。两旁众差官、戈什哈、武军官、旗牌官、亲兵、护卫不少。王爷甚喜,在旁边赏给一个座儿,说:"成龙,你好了,真乃是社稷之福也!你坐下吧,我有话问你。"成龙说:"有王爷在此,我不敢坐。"王爷说:"你坐下无妨,我不怪你罪。"成龙谢了座,然后王爷问他的大环金丝宝刀："你拿来,本帅我瞧瞧,如能敌了吴恩之时,那时间我必要重保举你!"马成龙说:"王爷要问那把刀,乃是当年白大将军拿杜双印之时得的,进献国家,圣上赐给我。我无福,昨天走在半路,他在鞘内做响,化了一条龙飞了。"王爷说:"岂有此理!"成龙的刀鞘子还带着,一撩马褂,说:"你瞧瞧有没有?"王爷一看,怒满胸膛,说:"好一个马成龙,我必要杀你!"先拔令箭一支,插在中军帐,说:"勿论什么人,谁要是给他求情,先斩首号令!"吩咐武军官:"把马成龙给我绑出大帐营门,枭首号令!"两旁一声答应,先把成龙绑好了。王爷又派人去传马梦太进帐,吓得众人战战兢兢。不知成龙的性命如何,且听下回分解。

第七十六回

神力王怒斩山东马　双侠客智进襄阳城

诗曰：

千军直指襄阳城，五色旌旗耀碧空。

计日焉能操胜算，反风天特显奇功。

时探贼巢来豪士，刀归故主护总戎。

会匪如蝇防甚密，敌楼影里万灯红。

话说王爷把马成龙绑出帐外，又传马梦太。此时，马梦太正在后面那里，与倭侯爷、王天宠说起在半路丢刀之事。侯爷一听，说："好，原来如是，王爷必要治罪于成龙。"正说之际，听见王爷的令下，叫马梦太。吓的梦太战战兢兢，连忙至大帐，见王爷怒气冲冲说："马梦太，马成龙的刀是丢在何处？"梦太说："参将实不知道"王爷说："我有一支令箭，去把马成龙的首级抓来，本爵要看！"梦太不敢抗令，接过令来，心中说："王爷是令下山摇动，升帐鬼神惊。我如何能去杀我拜兄！"眉头一皱，计上心来，方一出大帐，他自己一运气，躺在就地不能动转。那些个当差之人回禀王爷说："马梦太躺在就地，口内喷血沫，不省人事。"王爷说："把他搭回账房，派随营的官医给他调治。"

又派一员武军官穆再田去监斩马成龙去。穆再田接了令箭，到了外面，方要出营，见自那边过来了一个人，脸上蒙着一块白纱，一伸手把穆再田手中那一支令箭夺过去就走。穆再田就嚷说："反了！这还了得，竟敢夺我的令箭！"复又进帐，把此事回禀王爷。王爷甚是动怒，说："这个东西好大胆！派人去查，查出来给我斩首号令！"众带兵的统领、总统、提镇协一同下去查问，稍时回来都说没有。只听外边有一个人口中说："冤枉！"王爷一听，吩咐："把外边喊嚷之人带上来！"众差官早就把那人抓住，带上了大帐，跪下给王爷叩头。

王爷一瞧，那个人年约有二十多岁，酒糟鼻子，赤红脸，身穿瓦色布单箭袖袍儿，是一个当兵样子，跪在那里说："王爷，我罪该万死！容我先说完了话,然后再杀我。我是中右营的兵多伦太,因为王爷办事不公,要斩马成龙。马成龙他在兴顺镖店有救驾之功,堵御黄河,防守苏州,累立奇功。今天虽则失去宝刀,也须要念他的前功。”

书中交代,这个多伦太,他一生最好饮酒,喝醉之时,还有好些个脾气,常常倚着酒得罪人。今天他是自己偷着喝醉了,正在那账房与那些个本队之人吹着玩呢。旁边有一个人说:“你不用吹,你去给马成龙马大人讲个人情去吧。你如要敢去,便是英雄!”多伦太趁着酒兴,说:“我要不去,对不起你等!”说罢,一直的扑奔大帐,跪倒在王爷的跟前,说:“奴才是替马成龙求个人情。他虽则失去宝刀,也不可杀他。”王爷一听,说:“这混账东西!我本应斩首号令于你,我念你在营内有功,拉下去,给我重打四十棍,插耳箭游营!”两旁一声答应说“遵令”,拉下来照着那多伦太就是四十鸭嘴棍,带出去游营。

只见从外面进来了一个人,是倭克金布倭侯爷,跪倒在王爷台前,只是磕头,说:“求王爷格外施恩!儿臣有下情告禀。”王爷说:“你有什么事,自管说。”倭侯爷说:“儿臣不敢给马成龙求情,无奈有一件事,马成龙罪本当杀,求王爷开恩,暂饶他三天。儿知那宝刀已被吴庆盗去了,有字为凭。我夜入襄阳城,将那大环金丝宝刀盗回来。如若三天之内,盗不回大环金丝宝刀,那时间王爷再杀马成龙也不迟。”神力王本就爱惜倭侯爷,又念马成龙前次累立奇功,说:“倭克金布,今天我不怪罪于你,自此之后,永不准你再给别人讲人情。我暂把马成龙等押营务处三天,你三天之内如不能盗回宝刀,那时间我定要杀他。下去吧!”又传令把马成龙交营务处看管。

倭侯爷下去,回到自己账房之内,有伺候他的底下人四五名齐说:“接侯爷!”倭侯爷到了大帐,叫人办理菜蔬,自斟自饮,喝了有一斤多酒。见王宠进来说:“恩兄,你为何今天烦闷,是所因何故?你说说我听。”原来方才抢令的,就是王义士。倭侯爷一听,说:“你这个东西,还不给我出去!什么人竟与我论弟兄?我不怪罪于你,你急速快给我出去!若要不然,我定叫人把你捆上送交营务处!你是什么人?敢与我论弟兄?”

王天宠他本是足智多谋,一听这话,心中说:“我与我恩兄知己之交,万也不能这样绝情断义。今天所说这一段事,其中定有情理。我先出去,到了外面再作道理。”想罢,回身到了外面。站立在窗棂外,听见里边倭侯爷的那个跟班的刘福在旁边说:"侯爷,你就不念朋友之情,为何说这样无情的话?"侯爷说:"刘福,你知些什么? 我那拜弟王天宠做事慷慨,倘若知道我今夜入襄阳城去盗那大环金丝宝刀,你想他身中妖人的八卦龘未好,他要去时,焉能行的了? 还有一件,我这一去,你想那襄阳城千军万马,我一人进去,焉能回得来? 我这不过是听天由命,如得不回宝刀,那时我也是先死在那贼人的巢穴之内。我今天与王天宠一翻脸,他一气就走了。我死后之时,他不想给我报仇? 我这是真与他有交情。你明白了?"王天宠在外边一听,转身进了大帐,说:"恩兄,你不必这样说,我都听见了。我今天要去同兄长到襄阳城,前去盗刀。"倭侯爷一瞧,说:"罢了! 既然是贤弟要去,劣兄也不拦你。"说罢,二人收拾齐备。王天宠说:"咱们假扮作天地会八卦教的模样,咱们也反搭二纽扣,腰中白布缠。"二人正在要走,见马成龙与马梦太二人进来。成龙说:"我谢谢侯爷大哥! 但愿兄长此一去神佛保佑,把那宝刀盗回来才好。"又回头叫跟人:"去买几封香来,我要对天祷告过往神灵,暗助二位兄台一膀之力。"倭侯爷说:"贤弟,你不必如此,我二人要去了。"说罢,二人各带了一口单刀,出离了营门以外,一直的奔襄阳城。

离那城根不远,只见城上众贼都是弓上弦,刀出鞘,号灯齐明。都是把住那垛口,望下面瞧,怕有清国的英雄前来哨探。倭侯爷与天宠一瞧,说:"不好! 你我二人今天怕进不去,不知该当如何?"二位英雄正发愁,也是天意,凑巧一阵旋风,刮的甚大。二英雄趁着风力扒上城头。那些会匪被土一迷眼睛,二位英雄早到城头之上,大众贼人也认不出来。这叫做什么的? 正是:

　　　　浑浊不分鲢共鲤,水清才见两般鱼。

二英雄找到马道,顺着马道往下走,一瞧城里头有无数的灯光。二人下了马道,一直的往西走。只见迎头来了十数个灯笼,分为左右。那气死风灯上面有字,写的是"四督会总吴"。前边四十多个护卫,个个都扛着一口斩马刀。后边有一骑马,马上驮着一个,头戴青泥得胜盔,插尾,紫缎子箭袖袍,篆底快靴,外罩蓝公袖夹坎肩;紫脸膛,年约四十多岁。王天宠与倭侯爷一瞧,认得是吴庆。二位英雄到了街南里一个影壁后面,蹲在那里躲着。

原来吴庆他自昨日夜晚在半路店内盗出来那一口宝刀,回来一见吴

恩,妖道甚为喜悦,说:"贤弟,那一口宝刀就赏给你吧!"今天吴庆他自己
正在那襄阳城府衙之内大堂之上摆了好些个菜,他自己在那里吃酒。只
见里边有跟吴恩的差官出来,说:"四督会总,八路督会总有令,派你前去
查城去哪。"吴庆喝醉了,一听此令,吩咐武全:"你快备马!派亲军护卫,
外边伺候。"自己站起来,晃里晃荡的往外走,上马带着那四五十个人,正
往前走,正遇见那倭侯爷与王天宠。二位英雄躲在路南影壁后,听见吴庆
说:"武全,我不去了。我这一着风,酒就上来了,头眩眼晕,不知所因何
故?咱们回去吧。"武全说:"八路督会总派您老人家前去查城,怕有清国
的人暗进襄阳城。您老人家如要是不去,那时间恐怕八路督会总怪罪,那
时还了得!"吴庆说:"我骑不住马啦,我先回去,你们别说我没去就是。"
说罢,一兜马往回就走。

　　那王天宠二人在暗中一瞧,吴庆肋下佩着正是大环金丝宝刀,可又新
添了一个刀鞘儿。王天宠瞧见此刀,心中说:"我何不趁此前去,抢刀杀
死吴庆,得回了大环金丝宝刀,我二人出城。"想罢,站起身来,往前方才
要走,倭侯爷一手把王天宠拉住,说:"贤弟不可前往!你我二人身在龙
潭虎穴,不可前去惹事,必须见机而做才是。"王天宠站住了身,说:"大
哥,咱们往哪里去才好?"倭侯爷说:"你瞧那府衙门首有无数号灯,还有
四座账房。衙门东边有一座箭道,一直往北去的。你我顺着那箭道蹿上
房去,进衙门,暗盗那大环金丝宝刀就是。"二人蹑足潜踪的顺着大街过
去,到了箭道一瞧,里边甚是宽大,路东里有住户人家,路西里没有住户,
是府衙墙,甚高。二人往北走了不远,蹿上墙去。

　　二人蹿房越脊,正在房上往前行走,只见下面大堂灯光闪烁,吴庆坐
在当中,面前摆着一张八仙桌,桌上有无数的菜,两旁有四个人在那里伺
候他。大堂外,东边十二间房,西边有十二间房,里边俱是灯光闪闪,俱有
人住。二人在大堂的西北房上一伏身,则见那后边有无数的群房,里边俱
是灯光闪闪。只听得那吴庆说:"武全、武兴,你二人知道会总爷的这一
口宝刀的厉害不知?"武全说:"实在不知有什么厉害之处。"吴庆把那刀
抽出来说:"你过来瞧瞧。"那武全过来一瞧,吴庆一抢刀,"咔嚓"一声,把
武全人头砍下。那武兴见把他哥哥刺死,他转身就跑,口内直嚷说:"杀
了人啦!督会总在哪里?我去喊冤去!"往后去了。

　　稍时,听见后边一片声喧,吴恩带着有二三十名保驾之人到了大堂,

说："吴庆，为何无故杀人？"吴庆说："他骂我目无主人，我不杀他？哥哥不信，问问他们众人。"那别的使唤人也不敢不替他说话，都说："是武全骂四督会总是真。"吴恩说："四弟，你的气色不好，今天必有杀身之祸。我山人善观气色，前知五百年，后知五百年，善晓过去未来之事。来人！把我的卦盒儿拿过来。"有人搭过一张桌子，把那小金漆盒儿摆在桌上，他用手一摇，说："四弟不好，今有清营的刺客进了襄阳城，一则盗刀，二则行刺。"吩咐手下人："传我的话，给我拿人！"倭侯爷二人一听，在房上吓了一跳。不知后事如何，且听下回分解。

第七十七回

假吴恩哄信王天宠　真宝刀仍归马成龙

诗曰：

> 吹笛上高城，秋高月正明。
> 征夫双泪下，汉塞一龙鸣。
> 沙柳愁中折，梅花梦里惊。
> 徘徊三五弄，肠断忆南征。

话说吴恩正在那里吩咐人去查拿奸细，吴庆说："哥哥先别着急，我有话说。你算算这两个贼人是在哪里？进了城没进城？再说，何必就这样着急哪！"那吴恩又把卦盒儿一摇，往桌上倒，他又用手一摆，听见吴恩说："今天是清营的两个奸细，已然进城，现在衙门之内。"吴庆说："哥哥，再算他两个人落在哪边？姓什么？叫什么？"那妖道又把金钱一翻，说："这两个人就在咱们这衙门之内西北房上头，一个是顾焕章。"倭侯爷听见提他之名，心中一愣，说："了不得啦！"又听见吴恩说："二名是马梦太。"倭侯爷一听，就知是妖道造妖言，惑人之心，也不以为事。又听见吴恩传话说："派外边巡更之人多多小心，你也不必喝酒了，安歇吧。我要到后边去歇着去啦。"那吴恩带着众人回后院去了。王天宠一瞧，心中说："我要杀了吴恩，必盗回宝刀。还好他乃是一个叛逆之首，我何不跟他去，候他睡熟之际，然后再杀他。"遂与倭侯爷说："大哥，你在这里千万别动。候吴庆安歇，好得那宝刀。我先去到后边去，杀了吴恩就出来。"王天宠说罢，自己往后就走，蹿房越脊，直奔后边去。

但则见那西北有一行院落，里边是四合瓦房，四外有无数的账房。上房是五间，里面灯光闪烁，东西厢房之内，也有灯光。王天宠自己跳下房去。站在上房廊子底，偷眼望屋内一瞧，见屋内靠北墙有一条花梨的搁几案，案前有八仙桌儿一张，一边一把太师椅子。桌上放着一个蜡灯，桌前有五六个大包袱。王天宠进了屋门，慢慢的到了东里间屋门外，往里一瞧，屋里灯光不明，床上有人睡觉。靠着窗台八仙桌有两把椅子，上面有两个小童，伏着桌儿睡觉。王天宠又往边西边房门内一瞧，只见里边靠西墙有一个大床，床上有一块黄云段坐褥，上面端坐着一个老道，正是吴恩，背插着阴阳八卦旛，肋佩太阿剑，闭目垂睛。王天宠一看，伸手拉出那一把刀来，慢慢的把那帘子一掀，进了屋内，举手中刀，照着吴恩就是一刀砍去。只听"咔嚓"一声响，那草人应声而倒，吓的王天宠往外就跑。自夹壁墙内出来了真吴恩，大喊一声："拿贼！"

原来那吴恩他自到襄阳之后，他在这夹壁墙内住，派人做了一个"消息"，谁人也不知道。他统带着千军万马，谁知哪个是奸细？故此他早防备，在墙外是安的假草人，如有人行刺，他早就知道了。那草人有走线，他在墙里边一听，就知是刺客前来行刺。那吴恩自屋内追出来，到了院内一瞧，并不见有人。此时，王天宠他早就回归前边去了。只听各处传锣之声。

倭侯爷正在着急之际，听见王天宠说："大哥不必害怕，我来也！"二人在暗中避够多时，只见吴庆站起身来，说："小子们，跟我到后边去安歇！"过来了几个伺候的人，把那吴庆扶着往前走，晃晃悠悠的一直的往前行走。走了不远，在后堂东配房南里间屋内，靠着东墙有一张大床，吴庆躺在床上也不言语，众下人出去了。王天宠自己打帘子，进了东配房南里间屋内一瞧，但则见那吴庆自己在床上睡着，呼声震耳。王天宠他已然到了跟前，伸手拿了那宝刀，趁势举起来，照定那吴庆就是一刀，"咔嚓"一声，人头咕噜噜坠落于他。自己出了东房，与倭侯爷二人由院内上房，到了街心，二人扑奔马道。正往前走，到了城头之上一瞧，见无数的贼兵。二人站在城头说："我二人奉八路督会总之命，哨探清营。"二人跳下城去，贼人并不知是奸细。二位侠客顺大路，一直的到了大清营。

天色已然大亮了，进了大营，到了中营，瞧见成龙在那里磕头烧香，口中不住的说："过往神灵听真，我倭侯爷大哥与王天宠到襄阳城去盗那宝刀，那刀盗来盗不来倒不要紧，千万保佑他们二人怎么去怎么回来，别受了贼人的暗算。"那倭侯爷一听，就知道是成龙不放心，赶紧过来说："贤弟不必磕头，我已然把那宝刀盗回来了，你看！"就把盗刀之事细说一遍。王天宠把那宝刀交给成龙。山东马接刀在手，说："瞧瞧是我的刀不是。要是我的刀，我认的他。"把那宝刀仔细一瞧，说："这是我的刀吗？"又说："这是我的刀吗？"王天宠偷眼一看，说："莫非不是他那宝刀，许我二人盗了假的来了?"倭侯爷说:"到底是你的不是?"马成龙说:"可真是我的刀吗!方才我一瞧,原打算不是哪。"倭侯爷说:"你这个混账东西,真正是好诙谐!跟我去见王爷去吧。"

听见里边中军帐发擂升帐。倭侯爷带同着那二人,一直的到了大帐,跪在王爷面前,两旁的文官武将齐齐的站立在两旁,那倭侯爷说:"王爷在上,倭克金布奉令与王天宠前去襄阳城盗刀,托王爷的洪福,已将此刀盗来交令。"王爷说:"好!算你一件奇功就是。马成龙,我把此刀给你,今天出队如在两军阵前得胜之时,寻时间我必保荐于你;如不得胜之时,那时间我必按军法示众!"吩咐:"今日辰刻①调四成大队,要齐带随征的英雄前去!"倭侯爷三人下来,在自己账房内饮酒。王天宠因夜晚受了累啦,浑身疼痛,先回后边歇着去了。

少时间,王爷大令已下,众武将听见三声炮响,倭侯爷与成龙也就一同出营。到了襄阳东门外,离城四里之遥空宽之所,扎住了大队,王爷自居当中。听得那襄阳城三声大炮,先出来了有一万马队。左边扎住五千,右边扎住五千,是双龙出水势。马队一边一杆门旗,上边有字,上面是"替天行道",下边是"聚众招贤"。当中出来了有三万步队,前边左右是八杆大旗,按"休、生、伤、杜、景、死、惊、开"八个字。中间一杆大坐纛旗,上面个"帅"字。当中是吴恩,两旁有四五百员战将。因昨夜晚上四弟被杀,他今天一怒出兵。

只见从襄阳正南上来了一队马队,旗纛俱不是八卦教的样式。为首带兵之人,坐骑着一个骆驼,那人跳下来,身高有一丈二尺高,头戴青缎子扎巾,金抹额,二龙斗宝,皂缎色蟒箭袖,腰系英雄带,蓝绸子底衣。牛皮战靴,外罩獾皮的马褂,手使着青铜槊。队后站着一个使棍的老英雄,穿青褂,在后边站着有五百多名飞骑马队。王爷看够多时,也不知他是哪里的英雄。

书中交代,原来那个带兵的人,是嘉峪关外金家坨三坞,复姓万马,名巴永太,人称槊劈石裂。那队后那一位老英雄,是姓龙,名飞扬,别号人称棍槊十折。这巴永太因为那万马巴得礼与万马巴得思二人死在牧羊阵之内,这万马巴永太是他的兄弟。因为当初那彭公大人打牧羊阵之时,有一

---

① 辰刻——上午七点到九点的时间。

个镔铁塔常断祖保着大人,打牧羊阵之时,枪挑了万马巴得礼、万马巴得思二人。那万马巴永太他正在年幼,要与兄长报仇雪恨,今天是同他教师龙飞扬带着五百人,暗进潼关,投奔吴恩来,要给他两个哥哥报仇雪恨。故此在襄阳正南安营扎住大队,递了投降的文书,给吴恩说明了要替兄报仇雪恨,愿作为先锋,杀退大清国的人马。今天调大队,他自告奋勇当先要战。

王爷问:"何人前去拿他前来?"旁边有一人带白旗马队的统领,名叫富明阿,接令当先一马直奔战场之上,大骂:"贼将休要逞能,我来与你比拼三合!"抡手中豹尾鞭一摆,扑奔万马巴永太而来。二人在战场之上正在动手之际,被巴永太一槊,把那富明阿结果性命。王爷一瞧,心中着急,又派出一个常春,至两军阵前,大骂:"反贼休要无礼!我来结果你的性命就是!"摆手中金背砍山刀,大骂:"贼人巴永太休得无礼!我必要与你较量三合两趟!"常春亦被贼人结果性命。后来又出来了一个英桂,自告奋勇前去拿贼,至两军阵前亦被贼人所害。

书不必多提,一连败了清营九阵,杀的神力王并无主意,自己无法了。马成龙过去了说:"王爷不必为难,我来结果他的性命!"王爷说:"等吴恩出来,你再去,也好拿那叛逆之贼。"马成龙说:"杀了这个贼人,就可以使吴恩出来了,那时间我再拿他亦不为晚!"那王爷说:"待我亲身前往。"自己出离本队,一见那万马巴永太说:"小辈,你不必着急,我来结果你的性命!"神力王出离了本队,到了两军阵前。巴永太把那槊一摆,说:"来者何人?把名通报上来!"神力王说:"小辈要问,我本帅乃神力王,奉旨特前来拿你!"巴永太把手中槊一摆。不知二人胜败如何,且听下回分解。

第七十八回
巴永太大战神力王　马成龙一刀削三首

诗曰：

金庭飞雪惜残梅，吴越韩山胆忘回。

茂苑寒鸦噪古堞，姑苏游鹿上高台。

神归日母脣涛降，客控龙门禹穴开。

一笑雄图付流水，抱琴东去即蓬莱。

话说神力王正在两军阵前自通名姓，那巴永太他自己一声惊吓，说："你就是神力王吗？"那神力王爷一瞧，说："叛贼休要无礼，孤家定要结果于你！"拧手中枪，照定那巴永太就是一枪，巴永太用槊相迎。二人大战三十余合，不分胜败。两旁助阵鼓齐鸣，只杀的尘沙荡扬，土雨翻飞。马成龙在伊大人身背后，怕王爷有失，过去说："伊老大人，还不鸣金？待我出去替回王爷来就是。"那伊大人说："王爷军令森严，如何使得！我不敢动王爷金鼓之令。"成龙又过去说："屠海侯爷，你还不传令鸣金？"屠侯爷说："我如何敢轻动王爷之令？那万万使不得的！"成龙过来一瞧，掌金令的那个人是一个弯腰儿，年约三十多岁，身穿着号衣，灰布单袍儿，手内拿着那金令。成龙说："你鸣金吧！王爷乃金玉之躯，恐受他人之害。依我之见，鸣金吧！"那掌金令之人一听，说："你说不算，我没有王爷的话，我是不敢鸣金！"成龙也不言语，过来站在那掌金令之人身背后，两只手把他那掌金令的两只手捏住，一使劲，金声响亮一阵。

神力王在战场之上正累的浑身是汗，遍体生津。自己是大帅，又不好败回来，心中正在惊慌之际，听得金声响亮，心中说："这个人大有见识，就知道我不成了，他就鸣金。此人后来必成大器，我回去自有道理。"马一带，说："逆叛好大胆！本帅队中鸣金，我去去就来。"拨马回归本队，问监军统领："什么人动我的金鼓之令？"屠海说："是马成龙，罪当枭首级号令。"王爷听罢，吩咐武军官："来！把马成龙绑上，枭首号令！"两旁答言，就把那山东马梆上。当时王爷心中虽然感佩马成龙，无奈军令大如王法，不能不如是,倒愿意有人给他讲个人情。方要发令,只见伊大人过来说:"求王爷格外施恩,暂饶恕成龙之罪,派他出去与巴永太动手,如得胜之时,将功折罪;如败在两军队前,那时再斩不迟。"王爷听说,传令:"派马成龙去战巴永太,如得胜以赎前罪。"山东马一听,说:"谢过王爷不斩之恩!"自己归队,先把长衣脱去,然后自己把辫子一挽,身穿茧绸裤褂,高腰袜子,山东皂鞋,手拿那大环金丝宝刀,一直的扑奔战场之上。

巴永太一连杀败了清营几员大将,吴恩甚喜,吩咐擂鼓助阵。又见马成龙执大环金丝宝刀出来,吴恩先派人知会那巴永太说:"这清朝的武将甚是厉害,须要小心!"巴永太说:"这就是临敌无惧、勇冠三军的马成龙?不要长他人之威风,灭自己的锐气,我非得结果他的性命才可!"正说着,马成龙赶到面前。巴永太把槊一摆,说:"来者可是马成龙?急速通名,寨主爷好结果你的性命!"山东马说:"你这不要命的东西要问,我家住山东登州府文登县马家庄的人氏,姓马双名成龙。你倒知道有一个临敌无惧、勇冠三军的马大人,就是我。你这号东西,要通名呐!"巴永太又把自己之名说了一遍,说:"方才要拿那黑大汉,替我兄长报仇雪恨,你又前来送死,我先结果你的性命再说。"一摆手中槊,照定马成龙抢圆就打。山东马在步下一瞧,那骆驼脖儿长,用手中刀往骆驼下颏一钩,说:"我先抽一斗子。"上面的槊就到头上不远,成龙刀已然反那骆驼脖儿削落,趁势往上一迎,那槊的脑袋也掉下来。巴永太的骆驼一躺,他往前一栽,也正在大环金丝宝刀之上,这就是一刀削三首。神力王一瞧甚喜,说:"真乃是虎将也,果真名不虚传!"见马成龙自己回来站在那王爷的跟前,说:"马成龙杀死巴永太,在王爷台前报功。"王爷说:"你算一件奇功,以赎前罪,把你的罪过一概不究。等吴恩出来,那时间立功,本爵定然保你高升。"山东马谢过王爷,往旁边一站。

只见那贼队中龙飞扬使手中铁棍,大喊一声,说:"好一个马成龙,我替我寨主报仇雪恨!"在疆场之上站定。成龙方要讨令出去,只见队中有一人说:"王爷,末将前往!"乃右营的都司张俊文讨令,至两军阵前观看。龙飞扬年约六十以外,黑紫脸膛,环眉大眼,一部花白胡子;身穿青缎蟒箭袖,一巴掌宽英雄带,足蹬狭脑窄腰快靴,手中那条棍有茶杯口粗细。张俊文也是久打军需,就知这老儿必不是个好惹的,摆手中竹节钢鞭,说:"来者教匪通名来!"那龙飞扬他一摆棍,自通了名姓,说:"我要拿那马成

龙,你来此何干? 急速回去,换马成龙来送死!"张都司气往上一冲,说:
"小辈,你休要逞强,我来结果你的性命!"抢手中的鞭,照定龙飞扬就打。
龙飞扬把手中棍往上一横,只听"咔嚓"一声响,那张俊文手中的鞭就松
开了。龙飞扬趁势一棍,正中张俊文的头上,登时身死,栽下马来。神力
王一瞧,说:"可惜我这一员大将,竟死于他人之手! 何人去拿那贼人去,
与国家除害?"旁边过来了那中军谟德哩,说:"我出去拿那教匪,替张俊
文报仇雪恨,为国除害!"催座下的马,抢手内大砍刀,至两军阵前,也被
龙飞扬打死。又出去了七八个武将,俱被贼人所害。

　　神力王他在马上急的暴跳如雷,问:"何人前往?"那边过来了一个
人,年在二十以外,头戴青泥得胜盔,双插尾,身穿灰布缺襟袍,下系战裙,
腰束皮带,足蹬青缎子快靴;骨瘦如柴。细眉大眼,黄脸膛,一步三晃,仿
佛是病着刚好的模样,站在王爷的跟前,说话连劲儿都没有,说:"王爷,
游击李庆龙前去拿他。"神力王爷一瞧,说:"本爵手下能征惯战之人尚且
死在他人之手,何况你是一个带病之人,出去也被贼人耻笑清国无人。下
去吧! 本帅我另派别人前往就是。"李庆龙也不敢在王爷跟前强讨令,自
己退在本队中一站。那边马梦太在伊大人跟前说:"大人,那讨令的李庆
龙,是当初在兴顺镖店五龙捧圣之时的英雄。我跟大人被困剪子峪,破山
口亏了那个人的英勇,武艺超群,不说比当初的李存孝,也差不了多少。
大人在王爷台前保荐此人,出去定然成功。"伊大人一催马,到神力王的
面前,说:"王爷为何不派那个李庆龙出去拿贼?"神力王爷说:"他乃带病
之人,如何能派他出去? 我这帐下武勇之人不少。"伊大人说:"王爷不可
以貌取人。他当初兴顺店救过驾,剪子峪剿山,都立了些功劳。王爷派他
出去,如不能取胜,再按军法治罪他,也不亏负他自告奋勇之心。"神力王
说:"我正要派李德英出去。既然你保李庆龙出去,我就派他出去。"随叫
李庆龙说:"你去捉拿那阵上贼人就是!"李游击答应:"得令!"自己拉过
他座下的大肚子蜗蜗虎,翻身上马,出离了本队。

　　对阵上的龙飞扬一瞧,见自清兵队内出来了一人,甚是可笑,面带病
形,座下的那马,耗子皮,大肚子,长脖项,小脑袋,小耳朵,四条短腿,肚子
又大,离地有一尺,走三步,人歇着,马喘气。龙飞扬一瞧李庆龙这样的情
形,不像个英雄的模样,不由的哈哈大笑说:"清营内出来的那个病鬼,你
快快的前来送死呀!"李庆龙到了临近,说:"教匪休要逞强,通名过来!

今有李大人在此。"龙飞扬说:"你这病鬼急速回去,我这棍不死你这带病之人,换那英雄出来与我动手。再不然,叫那马成龙出来与我较量。你回去吧,我不与你一般见识!"

李庆龙一听贼人之话,计上心来,说:"会总爷,你不杀我了? 天地会内也有善人。罢了,我实告诉你会总爷你说吧,我是先前胸胀满,气闷不通,后来转了伤寒病。方才好了,又得了鼠疮脖子、连疮腿,这两天我连饭也吃不下去了。我故此今天讨令,前来死在军前,也算是为国尽忠。"那龙飞扬一听,说:"我并非是天地会八卦教,乃喜峪关外金家三坨寨主的总教习,龙飞扬是也。我原要替我两个主人报仇雪恨,你急速回去吧,换个英雄出来就是,我不与你这带病之人一般见识。"李庆龙说:"寨主,你原来不是天地会八卦教。罢了,你真是一个好人,你虽说叫我回去,我要是真回去,那时间我家王爷必不能饶我,说我卖阵脱逃,必然杀我。与其死在那军令之下,何不叫寨主你把我杀了哪! 寨主你要真有心不杀我,成全我这个人,你我假战三合,如我不成,寨主让我回去,我就死在九泉之下,也感念会总爷的好处。"龙飞扬说:"你撒马过来,我与你较量几合!"那李庆龙一瞧,说:"寨主,我要动手了。"抡起手中的三尖两刃刀,哆哩哆嗦的往下就剁。那龙飞扬把铁棍横着往上双手一迎,那三尖两刃刀正在铁棍之上,趁势把刀往两边一扫,把龙飞扬的两只手的指头都被刀扫去,铁棍也扔了,哇呀哇的直嚷。李庆龙趁势一刀,把那龙飞扬结果了性命。那边吴恩身背后大喊一声,跑过来一个贼将。

此时,李庆龙早下马取下了首级,挂在鞍鞒之上;在马上用腿一磕,那马连蹿带跳的扑奔吴恩大队而来。那边迎头一员贼将拧手中枪,照定那李庆龙就是一枪,说:"金景豹在此,等你多时。小辈别走! 我来结果你的性命就是了。"李庆龙用刀相迎,一瞧那贼人年约二十以外,头戴三角白绫巾,银抹额,二龙斗宝,迎门茨菇叶颤巍巍,鬓边双插白鹅翎儿,身穿粉绫缎子蟒箭袖,蓝绸子底衣,薄底兜跟窄腰快靴,蓝战裙,手执素缨蜡杆一尺多长的枪头儿,明晃晃,照定了那李庆龙就是一枪,说:"好一个李庆龙! 方才你在两军阵前,我就认得是你。你别走我来结果你的性命!"李庆龙一瞧,认得是当年在他家的使唤人金景豹。因为派他带二百银子去上卫辉府买办物件,他一去这几年也未回去,今天见是天地会八卦教的模样,不由一阵大怒,说:"小辈,你不是金景豹么? 为何在此?"那贼人说:

"我当年是奉我家老会总之命,各处访求英雄,劝你归我教中,不想你等心如铁石。我住了二年,多亏你给我那二百银子。你今天依我说早归降,免遭杀身之祸!"李庆龙大骂:"小贼种,我来结果你的性命!"抡刀就剁,金景豹用枪相迎。二人大战有十数个回合,一刀把金景豹剁于马下。那边怒恼了吴恩,拉太阿剑跳下四轮车,说:"李庆龙别走,我来也!"不知李庆龙的性命如何,且听下回分解。

第七十九回

李庆龙智斩龙飞扬　山东马宝刀对宝剑

诗曰：

> 终疑蜚语属传闻，情极翻期事未真。
>
> 或恐戴逵星处士，误呼阳五古贤人。①
>
> 正思黾勉②酬知己，同是艰难奉老亲。
>
> 名业无成哀乐逼，中年何事不伤神。

话说李庆龙刀劈了金景豹，吴恩出来仗着太阿剑，直奔过来，说："小辈别走！我来结果于你！"李庆龙抡手中刀就剁，吴恩用剑往上一削，"喀嚓"一声，三尖两刃刀削作两段。李庆龙把那马双腿一磕，一跳有两丈多远。吴恩方要拉出八卦旛来，见李游击早回归本队，下马至王爷的跟前，说："末将无能，在阵前斩了两个贼人，后来又败在吴恩之手。"神力王说："算你一件奇功，败在吴恩之手，非你一人不是他的对手。"又叫："马梦太，你出去把吴恩给我拿来！"马梦太说："得令！"拉手中短把刀，一翻身施展陆地飞腾法，跑至了两军阵前站定，说："吴恩，你认得我瘦马马梦太吗？"

吴恩也听见人说过马梦太的名头，今天一见，说："马梦太，山人闻你之名久矣！前者我山人连胜清营四十八阵，未见你出来。适才我见马成龙宝刀削了巴永太，我特意前来拿他。你来了甚好，山人我结果你的性命就是了！"说罢，抡剑就剁，马梦太急架相还。二人在战场之上有五六个照面，分不出高低上下。吴恩顺太阿剑，一拉八卦旛，梦太说："小辈，真杀真刺，我却不怕；妖术邪法，我实不成。"抹头往回就跑。吴恩宝旛一

---

① 或恐句——戴逵：晋人，以不迎合权贵、洁身自好闻名。传说太宰武陵玉晞曾使人召戴逵鼓琴，戴宁愿摔破琴也不愿为"玉门伶人"。阳五：阳俊之，北齐人，文章写得很拙劣，却被人误以为是佳作，予以珍视。

② 黾(mǐn)勉——勤勉、努力。

指,一缕青烟直奔马梦太。马梦太就早知有此一举,自己就往地下一滚一翻身,这名叫"就地十八滚"。他吓得浑身立抖,体似筛糠,跑在神力王马前,说:"末将马梦太已然回归,实不是妖道八卦瓤的对手,求爷开恩,另派别人前去拿他。"神力王带气说:"你归队吧!"梦太请了一个安,说:"谢过王爷的恩典。"转身归队。

只见那马成龙过来:"求王爷下令,卑职前去捉拿吴恩,不知王爷派我去不派我去?"神力王说:"我正要派你前去,须要小心了。"马成龙那大环金丝宝刀一擎,出离了本队,扑奔吴恩。

相离了不远,听吴恩在那里问说:"来者可是马成龙吗? 山人等候多时了。你今天前来,我有话与你商议:你在大清国不过是一个武官,前者你失去了宝刀,神力王还要杀你,你要归降我,山人得江山社稷,我与你裂土分茅,封你为一字并肩王之爵位。"马成龙一听此言,说:"妖道吴恩,你既知道我的名字,我也不必细说。我的刀虽被你兄弟盗来,亦被我夜入襄阳城,杀了你四弟吴庆。他在那里喝酒,杀了一个家人。你出来还给他算卦,说有清国的英雄前来行刺,你说是顾焕章与马梦太,我在暗中不住的暗笑。你带着人往后去,我暗跟你去。你住的北上房西里间屋内夹壁墙内,在木庆之上那个人,是你用草扎成了的。我进屋内一刀,正剁在草人之上。你自夹壁墙内出来,我蹲在八仙桌儿底下藏着。你出去了,我才上房到了前边屋内,把你兄弟杀死,得回了宝刀。那时间我要杀你,如反掌看纹。我想男子汉大丈夫处事,讲究名正言顺。今天在两军阵前,你又想劝我归降你,你还说裂土分茅,我分了你的毛,我又不会捞。依我之见,你早早的过来,跑到我面前,我把你捆上,解进京去。天子开恩,把你给剐了就是。"吴恩一听,说:"原来我四弟吴庆是被你刺死的。好哇,我正要替我四弟报仇雪恨!"说罢,抢太阿剑照定马成龙就剁,山东马用宝刀急架相迎。一个是邪教中创业的豪杰,一个是大清国成名的英雄。两边战鼓直催,杀声一片。二人正在动手之际,吴恩这一番很留心,那太阿剑也不敢挡那大环金丝宝刀,怕自己的这口宝剑被人家的宝刀削为两段。马成龙也不敢用宝刀迎那口太阿剑。两个人是"麻秸棍打狼——两头害怕"。吴恩杀的性起,那宝剑正迎在那大环金丝宝刀之上,只听"呛啷啷"一声响,妖道往西一跳,说:"无量寿佛!"一瞧手中的太阿剑并未伤损。马成龙也往旁边一站,说:"好家伙!"一瞧自己的宝刀也未伤损,复又壮起胆子来,说:"吴恩,你我今天非得见个死活,我必不能饶恕于你!"抡刀照定吴恩又动手,妖道用太阿剑相迎。

二人战了有一个多时辰,吴恩心中一想:"我要不结果了马成龙,也镇不住大清营内的文武众人,我用我的阴阳八卦旛把他给打死,以免后患。"想罢,伸手要拉出那面八卦旛来,只听山东马在那里口中嚷道说:"吴恩,你是一个反叛头儿,我受国家深恩,我与你也配的过!"抡刀照着吴恩头顶就是一刀。妖道一闪,抡剑照定成龙看头剁来。成龙也不躲,也不用力搰,一摆宝刀,照定吴恩前心就是一刀。吴恩眼快,抽回剑来,往旁边一闪,说:"马成龙,你为何不用刀搰我的兵刃,是所因何故?"山东马说:"咱们两个人今日是打死仗:你的剑刺到我身上,我也活不成了;我的刀扎在你的胸前,你也死了。你是个反叛头儿,你死了,贼无有头,他们也乱了。我死了,大清国像我这样的人,车载斗量。"说完,抡刀又是一刀。吴恩自己往后倒退,不敢与他拼命。神力王爷一瞧,心中甚佩服马成龙。连倭侯爷瞧着也甚怪异,说:"前者吴恩剑削了我的赶棒短把刀与王天宠的雁翎刀,今天这是为何不是山东马的对手,不知所因何故?"

正说着,只见王天宠自老营内也来瞧,瞧马成龙今天战吴恩,看是胜负如何。他前者中的妖道的八卦旛,是多亏了倭侯爷有夺命仙丹膏药,方保住了性命。昨夜晚入襄阳盗刀去又累着了,方才在底营内歇着又不放心,故此赶到扎队之处,找着倭侯爷。一瞧那战场之上,一片尘沙荡扬,见吴恩直往后退,马成龙直往前追。离着远看不甚真,他与倭侯爷说:"大哥,你瞧瞧马大人的武艺,实在你我之上。前者在两军阵前,咱们哥儿两个俱皆受了他的宝剑、八卦旛之伤。今天一瞧马成龙马大人,果然名不虚传,真正我不如也。过了今天,我求大哥一个人情:我要跟马大人学学他这一路的刀法,不知师兄成不成?"倭侯爷说:"今天晚天我就说与他,叫他教会了你。我那个马大兄弟,他平常我没见他练过什么刀法。"

二人正说着,只见战场之上一缕青烟,那妖道一晃八卦旛,冲定马成龙一指,只听的一声响亮,马成龙栽倒在地。倭侯爷一瞧,说:"可不好了,马大贤弟死在两军阵前了。"王天宠说:"嘻!可惜!可惜!"马梦太直发愣,说:"罢了!我马大哥死在他人之手了。"吴恩在战场之上正怕成龙与他拼命,直往后退,见山东马紧追,他一拉背后阴阳八卦旛,照定成龙一晃,又一指,马成龙栽倒在地,不能动转。吴恩一阵狂笑,说:"好一个匹夫！你今天也死在我这八卦旛之下！"说罢，先将八卦旛还插在背后，又拉出太阿剑直奔马成龙。相离了不远，只见成龙站起身来，大骂："贼人休要无礼！我今天结果你的性命！"吓的八路督会总吴恩不住的心中乱跳，说："怪道啊，怪道啊！马成龙，你怎么会活了？"连对阵上神力王与倭侯爷、王天宠一干众将官兵人等都看着发闷，说："方才我们明明的瞧见他被妖道的八卦旛打倒的地，为何又站起来了？"

书中交代，马成龙是正追赶吴恩，战场之上有一块石头，正绊在马成龙的腿上，栽倒在地。那八卦旛正从成龙的身上过去，吓了成龙一跳，自己愣上半天站起来，正遇吴恩仗剑来要杀马成龙。马成龙站起来，说："妖道，你不必作威，我来结果你的性命！"抡大环金丝宝刀就是一刀，吴恩不知马成龙是会什么术法，吓的转回身就跑。成龙随后就追。神力王一晃令旗，催动了大军冲杀过去，两军混战。真是"马成龙抖起威风来，杀大将连人带马，追得小卒弃旗丢枪；得胜的三军横冲直撞，败阵的贼人战马蹄忙。"只杀得天昏地暗，日色无光。两军混战至黄昏时候，各自收兵回营。

神力王他回归大帐，赏功庆贺，专折本入都，保荐立功的将士，又传下号令："明天在两军阵前，如有人拿获妖人吴恩，本帅表奏圣上，必升侯爵。"又传令："胡忠孝带本队保阳军，今夜守前营门；瑞兴带大名军队，轮流盘查。"传下口号，又派春祥护理粮台，又派龄昌查后营，派王绪祖查前营，刘隆查子午营。神力王分派已毕，这是兵书所载"得胜须防偷营"。又派千里马同差官连夜入都。自己才与伊提调、副帅屠海在大帐摆上了一桌酒席，又赏了马成龙一桌席，一个四喜扳指，小刀子、火镰一份。合营众人俱皆有赏。

诸事已毕，王爷吃着酒，问伊大人与屠海侯爷说："本帅自带兵出都，我料想这些个贼不过是乌合之众。既到了湘江，见贼势已成，我也不敢小视他等。前被妖人八卦旛所败，我甚发愁。今日天助成功，杀败了那妖道。明天还要努力攻城，将贼人拿住，上报国家爵禄之恩，下救生民涂炭之苦，不知二位有何高明之计？"屠创造爷说："依我之见，明日先攻城，看贼人怎么样。派两队接应兵，在后面扎住，贼人要有人出城之时，那两队接应军与他打仗。这攻城之兵还是攻城，以备不虞。"伊大人接口说：贼人诡诈万端，攻城须防暗算。我有一计，使贼人不战自败，要拿吴恩，易如反掌，一网打尽。"神力王大喜，问："有何妙计说来！"伊大人说："王爷先发一角文书，知会湖南巡抚孙宏，派他在本省带兵剿拿，断绝贼人的粮道。此时这邪教之贼，唯四川、云南这两处太多，他的巢穴也在四川。前者四川总督因征教匪革职，后到任的王瑶也死在妖人之手。那广西、浙江、湖南、湖北、江苏、贵州，这几省都有天地会之贼人。再派一支人马，足智多谋之将派他十员，在襄阳正南二十里扎住，日夜防守。一则断妖人之粮，二则以防妖人逃一走，一举两得，不知王爷尊意如何？"神力王说："这一条计甚好。我明天分五万兵，伊大人你带去驻扎汉阳就是。大营内的战将，除去了马成龙，我留在此处，等着战妖人吴恩；那余下的战将，任凭你挑就是。明日，屠海你带三万奋勇队攻城，我带马成龙领二万飞骑马队作为接应。"分派已毕，席散安歇，一夜无话。

次日天明，神力王发擂升坐中军帐，大众文武官刘集大帐伺候。昨夜晚派差的胡忠孝等俱各交令。王爷方要传令，派众人去防贼攻城，只见自外边进来了探子，跪倒在地，说："报与王爷，有一宗怪事甚奇。"那报事人说了一席话，神力王爷呆呆的发愣。不知所因何故，且听下回分解。

第八十回

赛诸葛退兵峨眉山　神力王安营凤翅岭

诗曰：

枉教经济压时英，宣室难回圣主情①。

两汉文章千古重，三闾幽怨一身轻。

从来志大才难用，毕竟年高气易平。

才壮便衰卑湿地，伤必宁独为先生。

话说神力王问探子："所报何事？"那探子说："探得襄阳城四门大开，里面并不见有一个人，不知所因何故？"神力王一听，吩咐："再探！"各处又派马成龙、马梦太、李庆龙三人带五千飞骑马队，哨探襄阳城而去，探明白回报。三人领命，带飞骑马队出离了大营，直奔襄阳城。方一进东门，见街道平坦，并无一人行走。在各处一探，也是无人。取河中水瞧瞧，里面也没下毒药。又往地下挖开，也没有地雷。各处空房搜巡，也没有火药。俱皆找遍，天晚回营。见王爷交令，细禀哨探之事。神力王说："你三个人下去吧，明日听令。"夜晚传令：小心把守营门，怕贼人诡诈。至三更时分，神力王又亲身到各处查访一番。

次日天明，老王爷升帐，两旁文官武将伺候听令。王爷问伊大人说："此事今天该当怎样办理？"伊大人说："据我想，贼人昨天在两军阵前打了败仗，必是粮草接济不上，他又怕孤城受敌。他原打算长驱大进，奔江苏省城，那里钱粮甚广。他又未能到了江苏，在浙江宜兴地面也得银钱不多。今在襄阳城内住居数月有余，粮草亦尽，他还有数万贼兵，他如何不先打算走？依我之见，先派人知会浙江巡抚，叫他委派候补人员在襄阳办理地面之事。派他应付粮草，随后请爷驾带兵，务要把贼人尽皆扑灭才是。"神力王吩咐文案办文书，知会浙江巡抚与湖北巡抚，两处应付粮草。

---

① 宣室句——指汉代贾谊于未央宫前殿宣室对汉文帝故事。汉文帝召贾谊，不问苍生，只问鬼神事，后世因以叹贤才不遇。

歇兵五日。

这一日,有兵部差官到,有圣旨前来,王爷接入大帐,把旨意供奉当中,一干众将望阙①谢恩,钦差官宣读旨意。上写:

奉天承运皇帝诏曰:神力王平贼有功,钦赐免死金牌一面,屠海加封定远公之爵,伊哩布赏给太子太保衔,马成龙赏给头品顶戴,随征将士赏加一级,兵丁赏三个月钱粮。钦此。

神力王带众人谢恩已毕,款待钦差官。次日,钦差入都,就带回谢恩的折子去。

王爷这才得了探马的回信说:"贼人带兵退归四川峨眉山。"神力王说:"兵伐峨眉山!"合营众将得令,拔营起兵,往峨眉山进发。至五月端阳节后三日,到了峨眉山北山口,在凤翅岭扎营。自带亲军护卫,到了峨眉山北山口外一瞧,见那东西两座山峰,峭壁石崖直立冲天。当中有一条路进山,也没有人把守。此山周围连环三百余里,当中最高大的是峨眉山,里面甚是宽大。此山有东山口一条路,可通成都;南山口一条路,可通云南土司;北山口外有一座雄桥镇,离山口十里之遥。

那镇店太平之时,有大清国一文一武,文的是巡检司,武的是把总。因吴恩叛反,此处正是他的大路。那前任的巡检司史振铎早已被贼人杀死。本镇的把总是此处人,猎户出身,姓毛,名瑞,人称铁叉小二郎。他是军功出身,因妖道叛反,请过他做乡道,他不愿归天地会,先行了两角告急的文书。那上司玩忽公事,认作是不要紧的山贼,也没有发兵。毛瑞知道他管带的那一百二十名士兵,如何与贼人打仗?先知会了乡亲,叫众人避难,自己带了那一百二十名步兵,在正东数里之外截雄岭三官庙内暂行扎住。他与那兵丁商议说:"上司不发兵,咱们是人少。国家养兵千日,用兵一时。依我之见,候贼人出山之时,让他前队过去,他既然叛反,他那武勇精锐之兵必然在头里,在后的是粮草军装等物。他到时,你我众人暗中前去抢他些个粮草,杀些个贼人。久后见了上司,也有话说。上报国家爵禄之恩,你我虽死也算是英雄。要是咱们当头截住去路,贼人势大,贼出山,你我人少,那是自找死路。留下我这一条命,久以后万一国家派钦差大帅剿山,别人不知路径,我知道里边的地理,可以带他们进去拿贼。"众

---

① 望阙(què)——望着帝都的方向。阙:泛指帝王的住所。

人齐说:"总爷说的是。"果然到了那日,吴恩带二十万贼出山,过了三天贼兵。那日夜晚,毛瑞带他手下那一百二十名步兵有三更时分到雄桥镇一瞧,遍地都是贼营。他自正东杀进去,从正南杀回来,抢了贼人二百多匹马,驮回好些个军装物件。贼人后军督会总知道此处没有官兵,故此失了一招,急传令调队之时,毛把总早已带着那兵,回截雄岭三官庙去了。

今日,神力王在北山口外凤翅岭扎营,南北八十余里的连营,东西有五六十里。这毛瑞听说,带着他那一百二十名兵齐来至大营,先到前锋营胡大人那里禀见。此时统带前锋营威勇队,是记名总兵胡忠孝;总理前锋营营务处,是李庆龙,正在中宫帐打算派人探山,听见差官回话,说有雄桥镇的把总毛瑞禀见。胡大人正愁没有向导,一闻此言,吩咐叫他进来。不多时,毛瑞入大帐,先请了安。胡大人问:"你就是雄桥镇的把总吗?"毛瑞答应说:"是。"胡爷说:"你来何事哪?"毛瑞把给上宪告急行文、自己兵少、抢贼人的马匹等事俱皆回明了。又问了他一回此处的风俗人情,叫他下去把他带来那一百二十名兵花名册,交文案,归本营前右营,吩咐已毕。

只见自外边有神力王爷的差官,擎着一支令箭,说:"参将李庆龙听令! 王爷派你探峨眉山北山口,急速前往! 有令箭在此。"病二郎接令,挑了五千名马队,自己结束停当,又托付胡大人说:"我要是此一去至正午不回来,大哥派人接应我就是。"说罢,自己带马队出离了大营,至峨眉山东西山口一瞧,就是东西两座山头,并无有一人把守。往南走一条大路,李庆龙先派了几个官兵去探听探听,少时回来禀报说:"里边并不见有一人,也没有贼营。"李庆龙说:"我兵前进!"走了有五六里之遥,见迎面横着有一道山梁,拦住去路。那山岗高有二里之遥,往上去有一条大路,半山腰中有一个石碑,上有朱砂红字,上写"探山之人,至此必死"。山岗之上有十数棵松树,当中有一杆白旗,上写"天地会"三字,并不见有一人在上面把守。李庆龙瞧了多时,怕里边有埋伏,吩咐退兵,回大营见王爷交令,细禀王爷此事。神力王说:"你下去就是。"

过了几天,马成龙讨令探山。神力王甚喜,派他带八百步队,与谢禄、韩虎一同前往。马成龙至天晚,带官兵找向导,一同前去。有人举保铁叉小二郎毛瑞,他乃本地人,常入山打猎,人地相熟。马成龙派人去传毛瑞前来问话。少时,有人把毛瑞传来,给马大人请安,说了一回地理。马成龙说:"甚好,你跟我去探东山口!"说罢,带人马一同奔东山口。

天有三更时分，进了东山口，走了有七八里地，见前边一块平川之地，当中有一根高杆，上挂着一个灯笼，上边有字，上写"探山之人，至此必死"。马成龙带着那些个官兵一直的往前走，方一到那高杆之下，只听"呵吱"一声响，南边一声炮响，北边又一声炮响，从后边有一支人马列队，人人勇跃，个个争先，号炮齐鸣。为首有两个头目，俱是头戴三角白绫巾，二龙斗宝，鬓插白鹅翎儿，蓝绸子箭袖袍，皮连带系腰，紫缎子战裙，青缎子快靴。一个是面如蟹壳，长眉大眼，年约三十以外，手执九耳八环刀，在南边站着。北边站着一个是面如茄皮，短眉毛圆眼睛，五短身材，年在二十以外，手使浑铁轧油锤，双手一摆，说："小辈别走！今有巡风会总乔英在此等候多时了。"那边使刀的说："有当值会总闻太在此！"毛瑞回身摆叉，照定那乔英就是一叉。山东马回身照定闻太，抢手中大环金丝宝刀就剁。闻太用九耳八环刀往上一迎，"咔嚓"一声，那九耳八环刀削为两段。成龙趁势一刀，结果了闻太的性命。那边乔英也是用锤往外一晃，"咔嚓"抢锤就打，二人大战。谢禄、韩虎、马成龙三人一同过来，说："好一个教匪！我等来结果你的性命就是了！"乔英看势不好，派手下四千贼兵一拥齐上。马成龙带领那八百亲兵，与毛瑞、谢禄、韩虎一同杀奔东山口外，回归大营，去见王爷交令，细禀在山口内哨探遇贼人打仗之事，也没有探出明白的去路，不知吴恩有多少人马。神力王说："下去吧！"

自此日，就在这里扎了两个多月的营，也不见有贼人出来打仗。急的那神力王吐血，带病在那中军帐，闷闷不乐。

这一日，到了中秋，合营大小文武官将俱都过节。唯有那王天宠因盗宝刀累的八卦旛伤反复了，不能起床，倭侯爷他倒每日伺候他。这日营内准饮酒，大家开怀畅饮。胡忠孝、李庆龙与马梦太、马成龙等四个人在一处饮酒，吃的酩酊大醉。胡忠孝说："神力王爷今天连过节都不高兴，急的吐血，就没有一个肯去到那峨眉山内，探听明白一条大路的。"那马成龙一闻此言，说："众位不必着急，我明天好歹必要探听明白一条去路，回来好进兵，捉拿那妖人吴恩就是。"马梦太说："你别说醉话来。那一回你带毛瑞探东山口，几乎叫人家把你拿住，到如今没有一个人敢去探山了。你今天喝醉了，又说这醉话来啦。"马成龙把眼一瞪，说："我要不去，我是一个匹夫！大丈夫说话，如白染皂，明天再见！"那胡忠孝怕他二人说糟了，就说："今年好俊月光！去岁间是在湘江口过的八月节，马大哥病着哪，我与马老哥还有薛应龙贤弟，今年添了马大哥，缺少薛贤弟。"李庆龙接过说道："这就应了那七律诗上的话了'同来玩月人何在？风景依稀似去年。'"四个人吃到三更，月在当空，镜光似水，万籁无声。又看了半天月亮，大家安歇。

次日天明，用完了早饭，马成龙亲身至王爷的大帐，给王爷请了安。王爷问："你至此何干？"成龙说："回王爷的话，前者成龙探峨眉山，未能成功。今天求王爷赏一支令箭，我带那囚犯营的人二百名，去探峨眉山北山口。"

书中交代，什么叫做囚犯营哪？神力王所带着的兵，入旗满家的汉人甚多，犯了罪，轻者押交囚犯营看管，候王爷发落。也有该杀的，未问明白；也有犯了军规，未能发落的；也有本营内兵伴打官司的。因老王爷病着，也没有别人审问。马成龙想要叫那些个人戴罪立功的意见，故来讨令。他也是想开了："反正这一去，不探出虚实，万不能回来的。"王爷准了他的令。他得令下来，到了那囚犯营，一见众人说："列位老哥们，我在王爷那里讨下一支令来，前去探峨眉山北山口。此一去，若要能探听明白一条去路，你等不但无罪，还有功劳。比在这里等死好不好？"大家一听，齐说："我等情愿随马大人前往哨探就是！"马成龙说："你们跟我到前边，我有本身领的俸银，每人赏你们二两。你等共有多少人？"大家说："共二百零九名。"成龙将为首的叫过来一瞧，问。"叫什么名字？"那人说："我叫胡进忠。"成龙说："你跟我来，"到了那前边账房之内，拿了五十两银子，派他买一篓酒来，四个人抬着，又赏给众人的银子，告诉他们："今日黄昏时候，前去探山，不可有误。"那神力王见马成龙出去，自己"嘻"了一声，说："我大营之内的武官，都要像马成龙，这一座峨眉山早已攻破。"自己喝了几盅酒，吃了些点心，派李五给义子倭克金布送了一盒子杂样点心去。

李五托着点心盒子，到了倭侯爷那账房之内，倭侯爷自己在上面坐着饮酒，两旁有四个差官，他们都在那站着。李五过去给倭侯爷请了一个安，说："奴才奉爷的命，来给侯爷请安，送来了一盒子点心。"侯爷派人给他五两银子。李五笑嘻嘻的谢了赏，随口说："侯爷，您老人家的拜弟马成龙，他在老王爷大帐亲身讨令，前去探峨眉山北山口。"侯爷一听，说："好！我也前去讨令，难道我还不如他吗？"说着站起身，到了王爷大帐，讨下一支令来,挑了二百兵,也赏了兵丁每人四两银子。告诉伺候他的人:"不准对王天宠说我去探山。"自己带那二百人出营,见马成龙带的都是囚犯营内罪人。倭候爷说:"成龙,你探北山口,我探南山口,不探明白,至死也不回营!"马成龙说:"大哥,为何出此不吉之言?"倭候爷一直扑奔正东,又往南拐,带那二百人探山去了。成龙一瞧,天也不早,带着二百多人一直进了北山口。不知后事如何,且听下回分解。

第八十一回

倭侯爷三探峨眉山　马成龙火烧八卦阵

诗曰：

万里程途十丈尘，英雄回首总伤神。

三千世界原无着，八百单寒大有人。

贳酒①漫为孙楚醉，卖文何益长卿贫。

莺飞草长年年惯，莫向江南更惜春。

话说马成龙见倭侯爷一赌气，带那二百官兵往南山口去了。成龙自带二百多名囚犯兵，进了北山口。带着二十个大灯笼，用油绸子罩上，一直的往正南。走有数里，迎面一道山岭，两旁都是奇峰。马成龙顺着那道山岭，一直的往山坡上走。方一过山坡，只见那边有一块空场之地，仿佛像一座教军场似的。往正南，借着月光一瞧，十里之外有一座山。成龙是福至心灵，心中说："这山里如何有这样的平川之地？其中定有缘故。我何不派人下去探探，再做主意。"想罢，问："你们谁下去，到这山坡平川之地哨探哨探？回来禀我知道。"胡进忠说："我去！"自己跑下了山坡，一直的往正南平川之处。

方一迈步，只听"咯嘣"一响，一股青烟，再瞧胡进忠，踪迹不见。马成龙一阵发愣，说："这是什么东西？大概是妖道设的妖术邪法。地下有地板、滚板、翻板？待我派人拿石头砸一下，试试有什么动作？"又叫人抬了一块石头，照着那平川之地一扔，只见从地下往上蹿上来好些支火箭。成龙慢慢的下了山坡一瞧，就知这是按"生裸治化"②摆成了一座八卦阵。成龙派手下兵丁："找干柴，每人要一捆，扔在那平川之处，点着火，烧他一个不亦乐乎！"众兵丁遵令，去找山里头柴火。少时齐来交令，扔在那平川之处，用火点着，只听"咯吱吱"的声响。怎见

---

① 贳(shì)酒——赊酒。

② 生裸治化——八卦阵中的一个阵法。

得？有赞为证：

　　南方本是离火，今朝降在人间。无情猛烈性炎炎，大厦宫室难占。　　滚滚红光照地，忽忽地动天翻。犹如平地火焰山，立刻人人忙乱。

　　原来那平川之地上面是木板，里头有地道，有贼人看守，名为八卦阵，按"休、生、伤、杜、景、死、惊、开"。此阵正北"壬癸水"，地道里头有毒水喷筒；东方"甲乙木"，地道有诸葛连环弩；正南上"丙丁火"，下面有硫磺蛋；正西上"庚辛金"，有滚刀刀轮；中央"戊己土"，里面有五行黑狼烟，有毒药，人遇此必死。这是妖道早已摆设好了的。此时，他知道清营必有探山之人，是来一个拿一个，来两个拿一双，不能放一个漏网。今天被马成龙用火一烧，把木板也烧着了，消息儿也烧坏了。成龙并不害怕，绕道往正南就走，那兵丁后面跟随。

　　方过了这八卦阵，只见眼前有一个树林，马成龙说："留神！树林中许有贼人。"正吩咐众人，只听对面有一人高声喊吓说："来者何人？快通名来！"马成龙睁睛一瞧，见是一位年迈的英雄。怎见得？有赞为证：

　　见英雄是一老叟，寿至古稀，童颜皓首。虽年迈，精神有，好侠义，无歇休。身归三清好云游，左邪教，有奇谋，官拜忠勇镇北侯。念皇恩，不忘旧，有意灭贼归清把英名留。

　　马成龙细看那个老英雄，身高九尺以外，面如紫玉，环眉大眼；头戴如意道冠，紫缎子道服，白绫袜云履；海下①一部黄焦焦透红的胡子，手中抱一口金背刀，威风凛凛，相貌堂堂。马成龙瞧罢，说："你要问我，家住山东登州府文登县马家庄，姓马，双名成龙，别人都送外号临敌无惧、勇冠三军的便是。你是什么人？快些说来！"那道人一听，说："原来是马大人。今天我巡查北山口，那八卦阵是你烧的吧？你来看。"先把手中那一把刀往地下一插，又拍拍巴掌，说："可别疑心，我并无害你之心。你可别往前进，要再往里走五六里遥，必有性命之忧。我说的可是好话，并非是吓你。我与马大人你打听一个人，你可知道？"成龙说："有名便知，无名不晓。"

————————

　　① 海下——下巴。

那道人说："提起此人，大大的有名：家住苏州双棋杆巷丁家堡的人氏，姓顾，双名焕章，江湖送的外号称为赛报应。后来做官，圣上恩赐倭克金布，官封靖远侯。此人可在营内无有？"马成龙一听，心中说："那些天地会八卦教，俱与我侯爷大哥有仇，我别告诉实话。"想罢，说："倭侯爷告病假回家去了。"那道人听说，"嘻"了一声，说："马大人，你回去吧，千万别再往山里哨探了，恐有性命之忧！我要去也。"把那把刀拿起来，一回身进了树林，竟往南去了。

那马成龙一瞧，说："这号东西不叫我往里去，我非去不成，倒探一个水落石出来！"带那二百兵，又往前走了有三里之遥，见对面站着一个人，说："马大人还未回去哪？"又把那刀往地下一插，拍了拍巴掌，说："马大人，我再望你打听一个人：家住武清县河西务的人氏，姓张，双名广太，升任江苏水师营副将。你可认得他吗？"马成龙一闻此言，说："你问的是张广太，他早就被参回家去了。"那道人说："马大人，你早早回去吧，里面多有埋伏，千万听我的话，不可不信！"一伸手把地下那一把刀拿起来，说："我要去也。"回身一直往南就走。

山东马说："我偏不回去，倒要到里边去瞧瞧去，我是不到黄泉不死心！"又带着众人，一直的往前走了有四五里之遥。前边有人说："马大人，还未回去哪？我怕你不回去，我在这里多站了一会。"又把手中刀往地下一插，往前走了几步。成龙说："又把刀插在地下了，再拍拍手掌过来说：'马大人，我再与你打听一个人，你可知道？'回头再说：'你可千万别往里走，恐有性命之忧。'"成龙先对众兵那里说。见那人果然拍了拍手掌过来，相离不远，说："马大人，我再与你打听两个人，你准知道。这两个人是沧州人氏，一个姓谢，名禄，别号人称'赛展雄'；一个姓韩，名虎，别号人称'蓝面天王'。我听说他两个人自青龙山归降大清，不知他二人现在官居何职"

马成龙一听他所说这几个人，想："我听他都说的清清楚楚，我不知这段事是怎么个缘故。我问问他是谁呀？"想罢，说："朋友贵姓？你是哪里的？"那道人说："我也是沧州人氏，姓马，名杰，当年我有一个朋友韩成公在时，我二人在北五省人称'沧州双侠'。顾焕章是我拜弟，张广太他的夫人是我的侄女，那韩虎、谢禄是我的侄儿。"马成龙一听，说："原来是马杰马大哥，我不知道。你在这峨眉山里做什么事业？我久仰大名，今幸得会,也是三生有幸!张广太此时在独龙口作总兵,谢禄、韩虎现在军营跟我管带奋勇队,倭侯爷顾焕章现如今探南山口。我二人是今夜晚一同前来探山,他探南山口,我探北山口。"马杰一听,说:"不好!南山口的埋伏甚多。马大人,你先回营,我先到南山口救顾焕章去。我此时在这里封为一字并肩忠勇王;先一到这里,封为忠勇侯、粮台督会总之职。我虽身在天地会,心在大清国。我是要替国家除害,早晚倒反峨眉山,拿获吴恩,我也不要功劳。马大人,你先回去,我往南山口救顾焕章去!"说罢,转身往正南去了。

马成龙无奈,自己带那二百多兵丁,一直的回身,出离北山口之时,天已然亮了,到日出之时了。正要回营,只见跟倭侯爷的那些个官兵齐声呐喊说:"马大人,可了不得了!我等实在不知倭侯爷是个气傲的人。他叫我们在南山口外等候,他自己入山,走了不远,正落在滚板之内。我等方才想要过去解救,那边过来了无数的八卦教匪,用铙钩把倭侯爷给搭住,拿往山里边去了。我等人少,也不敢追,实出于无奈,这才回来,求大人给我们讲个人情!"马成龙一听,"哎哟"一声,说:"我的顾大哥呀,再未想到你今天死在这峨眉山里。我回去禀明了王爷,带我那八百奋勇队,前去替我恩兄报仇雪恨就是了。你等跟我进营,见王爷再说。"那些个兵丁,一个个都跟着成龙至大营内中军大帐。

马成龙先自进了大帐。给神力王请了安,说:"回禀王爷,马成龙探得北山口内有妖人摆下的八卦阵一座,内中俱是翻板、滚板、火箭、五毒、喷筒,被我用干柴把他那八卦阵烧坏了。我又往前探路,遇见一个老道,我问他是哪里的人,他说他姓马,名杰,外号人称'红胡子',在天地会八卦教内封为一字并肩王之爵位。他说他人在天地会内,心却在大清国,早晚得便,他定计献峨眉山了。他还说里面埋伏甚多,叫我不必往里边去。我又往里边哨探十数里之遥,望里边果有峻岭高峰,旌旗招展,人声一片。我无奈自己带着那手下人回来。至大营,见有跟倭侯爷的那些个兵齐来报说倭侯爷被擒。我细问他们,都说是倭侯爷带领着人去探南山口,他吩咐众人都站在山外等候,他自己入山被擒。"神力王一听,叫把那二百兵叫进来,又问了一遍,都是异口同声,与马成龙所说的一样。神力王吩咐:"调队进北山口,攻山拿贼!调五成队前往就是。"那手下的三军调齐了,一直的随神力王出大营扑奔北山口。

正往前走,那前队到北山口外,王爷吩咐:"萨林太带步队在这北山口把守,不准私离汛地!"自己催座下马,带马步三军一干将校人等进山。走了有十里之遥,前面有一道山梁,上面一声炮响,人声呐喊,齐说:"好一个神力王,你今休要想逃走!"王爷与众人一瞧,只见那山岭之上遍插旌旗,都是八卦教,站定有两万贼军,东西有十里长,两山头净是伏兵。为首有少会总安静芳、吕天保,瘟瘟道人叶守敬,虎囤真人叶守青,云南五杰:任龙、任虎、任彪、任豹、任凤,齐往下面嚷着说:"神力王,你等要瞧顾焕章?来,来,你等把他抬上来!"只见有人抬上来一个木板,高有一丈,宽有三尺,上面钉着一个人。神力王用千里眼①一细瞧,那衣服、身躯是倭克金布。颈项之上钉着一个钉子,前心钉着一尺多长的一个钉子,下面两腿穿在一处,钉着一个大钉子,鲜血淋漓,甚是惨人。神力王一瞧,回头问胡忠孝、马成龙、马梦太:"你等久在一处,必认得。你等瞧瞧那是顾焕章不是?"那三个人说:"那木板三钉,钉的正是倭侯爷。"神力王一听,"哎哟"一声,在马上哇的吐出来一口鲜血,说:"罢了!可惜吾儿死在他人之手!"吩咐:"攻山!"

大队方才要闯山,只见上面有无数的滚木檑石、灰瓶炮子、火喷筒。伊大人怕有失,吩咐撤队。那些个官兵都往回走,唯有马成龙那三千八百奋勇队,并不鸣金。伊大人过去说:"成龙撤队回营!"马成龙说:"我至死也不回去!非得打破了山,我进去拿了吴恩,才算我对得起我大哥哪!"伊大人说:"你先调队营,我自有妙计破山,不准违我的军令!"马成龙一听,吩咐鸣金。一棒锣声,大队浩荡荡的回归了大营。

到了营内,伊大人传令说:"营门紧闭,不准私自放人出入。有一人出营,须有令箭。"还吩咐人等不准告诉王天宠说倭侯爷被害之事。伊大人这是怕成龙他一时奋勇,惹出祸来,先叫人闭了营门,又不叫告诉王天宠,又怕王天宠带病着急。老王爷回大帐卧床不起,屠海、伊哩布二人办理军情大事。

马成龙与梦太二人在账房内设摆下灵位,供奉恩兄顾焕章之灵位。二马天天焚香上祭,派一个差官在账房门外瞧着:"如王天宠到来,千万不可不回禀我知道。"那差官每天就在账房门外看守。这一日,那差官睡

---

① 千里眼——望远镜。

着了。坐在那里盹睡。二马在账房内放声痛哭,说:"恩兄顾焕章,你今天一死,但愿你早早脱生人世。"正哭着,只见自外面蹿进来一个人,把二马吓了一跳。不知后事如何,且听下回分解。

第八十二回

王天宠误走三岔山　杨永太泄机八卦教

诗曰：

衣上犹存旧驿尘，三年两度此劳辛。

空抛壮岁为游客，重见名山似故人。

道路蛇盘难托足，功名鸡肋亦缠身。

得归便拟图耕稼，却听荒农苦语贫。

话说二马正哭倭侯爷，自外面进来了王天宠，伸手把那灵牌拿起来，说："二位大人，莫非我恩兄有什么变故不成吗？"

书中交代，王天宠因八卦虋伤反复，在后帐养伤，每日倭侯爷总在跟前，自那日晚上，不知侯爷往哪里去了。今天早晨问伺候人说："侯爷哪里去了？"下边人说："奉令出差，上湖广催饷去了。"王天宠一听不信，心里说："我大哥要往哪里去，必要给我一个准信，焉有不给我的准信之理！我今日身上不爽，我到外边访问访问。再者，夜内我梦见我恩兄，浑身鲜血淋淋，说：'我死的好苦也！'我醒来是一凶梦。我何不到那外边问一个实信。"想罢，自己站起来，到了外边，正要到前锋营，只见病二郎李庆龙带着四个差官，拉着马，带着弓箭，一直往前锋营去。

王天宠紧行几步，说："李大人，你可瞧见倭侯爷往哪里去了？"李庆龙说："我听说奉命押折差人都去办事，不知何时回来。"王天宠还是不信。只见那边左营参将邓德彪过来，他又问说："倭侯爷往哪里去了？你可知道？"邓大人一想，心内说："有副帅的令，谁敢告诉他。"想罢，说："侯爷出差，上四川总督那里去了。"王天宠一想，更不对了，三个人说了三样。

他竟奔威远营马成龙这里，那看门的偏巧睡着了，他一进账房，把灵牌儿抓过来，说："二位大人，我侯爷大哥到底往哪里去了？"二马也料着瞒不住了，就把探山遇害之故说了一遍。王天宠放声痛哭，说："我那恩兄啊！二位马大人，为何王爷不调兵，给我兄长报仇雪恨？"二马又把王爷着急吐血、伊大人不准放人出营之故说了一回。

那王天宠自己到了神力王大帐，说："民子王天宠，请王爷的安！"王爷知道他是一个义士，说："王天宠，你来此何干？"王天宠说："王爷不必着急，我是来明去白。我自己入峨眉山，去刺杀吴恩，替我恩兄报仇雪恨！"说罢，站起身往外就走。那神力王说："王天宠不可前往！等你养好了伤，再入山不迟！"那王天宠故作未闻，找了一口雁翎刀，站在营内说："大清营众位大人，我王天宠替我恩兄报仇入山去了。三天之后，你等必知分晓！"说罢，自己扑奔营门。那神力王传令："不准阻挡他的去路。"那守营门之人也真不敢不开营门。

王天宠连急带气出离了大营，到了正午之时，自己心血一迷，不知东南西北；两眼发直，他往正西走了有三十多里路，到了一座山镇。他一瞧路东有座店，这阵心内明白过来了。进了店，小二说："客官住东上房吧？"自己一瞧，说："我给兄长报仇，为什么来到此处？真乃是怪事！"一急，又迷昏过去了。进了上房，他把那灵牌儿掏出来，说："恩兄请坐！"那小二一瞧，吓了一跳，说："哪里有什么人？"泡了一壶茶，拿了一个茶碗。王天宠说："混账东西，真不要脸！我们两个人，为何拿一个茶碗？好哇！你既如此，我要打你这个东西！"小二说："我不知是二位客官。"过去又拿来了一个茶碗。见王天宠斟了两碗茶，先端一碗放在那边，说："恩兄，你吃茶。"小二把舌头一伸，说："一个人叨鬼话！"又要酒菜。小二知道是一个人，拿了一双筷子、一个酒杯。那王天宠说："这个东西真不要脸！我且问你，你瞧不见两个人吗？"小二连忙答言，又取来了一个酒杯、一双筷子，摆上了菜。听见王天宠在那里嚷说："恩兄，吃酒用菜吧！"小二自己到了柜房内与掌柜的说："方才来了一个住店的客人，是一个半疯儿。他在那上房自己直说鬼话，不知是怎么个缘故？"

那店中掌柜的姓马，名德顺，久赶大营做买卖，为人中正和平，因年月荒乱，他自己在这里开了一个旅店，听说此事，他先到了上房窗外，偷着一瞧，认得是公道大王王天宠。他一见就进去了。给王天宠请了一个安，说："王大爷，您老人家莫非是疯了吗？"王天宠定了定心，自己才明白过来，说："你是谁呀？你说说我听。"马德顺说："您老人家不认得我吗？我当初久在外边做买卖，后来我贩卖绸缎，常路过聚泉山，我在那里挂号，遇见过您老人家。后来我赶大营做买卖，在江湖咱们也见过。今天是从哪里来呀？"

王天宠心中说："认得我的多，我问问他这是什么地方，再作道理。"遂问说："店东，这是哪里？离峨眉山北口有多远？你知道不知？"马德顺说："此去东南二十里，就是北山口。进我们这村南那一道小山岭，近得多。王寨主为何如此？请道其详。"王天宠就把那倭侯爷被擒、贼人把侯爷用木板钉在山岭之上说了一遍。马德顺说："寨主要替侯爷报仇雪恨，也不可这样，那还了得吗？疯疯癫癫，你自己要往宽里想才是。"又劝了王天宠半天。那王天宠才心平气和，说："店东，多谢美意。我再问你，要一入山，都是天地会，是还有咱们清国的人？"那店东说："山里都是天地会的贼人。我明天送给寨主你些个入山走长路的干粮就是。"说罢，告辞去了。王天宠自斟自饮，直吃到二更以后。自己叫人撤去残桌，才安歇睡觉，一夜无话。

次日天明起来，掏出一锭银子，算还了饭账。才要起身，马店东出来给王天宠一个白布口袋，里边装着是入山的干粮，奉送。王天宠千恩万谢出店，一直往正南，走了有五六里路。前面是高山峻岭，往上有一条小道。王天宠上山往南一瞧，大峰俯视小峰，前岭高接后岭。唯有两条小路，直通正南，一条路通东南，另一条小径往正东。自己一直往正南行走，走了有二三百里路程，天也晚了，也瞧不见山寨，也未遇见一个人。路静人稀，也不见有一个山庄儿。天已晚了，自己也就分不出东西南北来了，迷迷糊糊走了一夜，也不知走了有多少路径。自己就地等候。

天色大亮，又睡了一觉起来，天已巳正之时。站起身来，一直的往前行走。天气热，怕口袋内的饽饽坏了，前边有一个树林子，一旁有无数的石头，天宠把饽饽从口袋内掏出来，晾在石头上，坐在一旁正歇着呢。只听那边有人叫喊说："呔！哪边来的肥羊孤雁，留下买路金银，放你过去，牙崩半个不字，定然结果你的性命！"王天宠一瞧，见有三十多个喽兵，个个都是花布巾包头撮打工，手像皮咯哒，短衣襟，小打扮。王天宠看罢，说："你这一伙贼徒也不睁眼，我乃福建台湾聚泉山公道大大王小白龙王天宠在此！"那些个喽兵不由一阵狂笑，说："我们告诉你，你别不睁开眼瞧瞧，我们这座山可比不得别处，你先别道字号，你听我们告诉你：家住山岭有数秋，飘蓬湖海浪闲游。寨中喽啰千百队，胜似皇家九龙楼。"王天宠一听，说："你这些个狐群狗党，待我结果你的性命！"一摆手中的刀，扑奔那二三十喽兵，抡刀就剁。那些个喽兵急架相还，如何是王天宠的对手，几个照面，那些个喽兵往正东跑进了山口去。

不多时，只见从正东山口内出来了一个老英雄，身高九尺，面如蓝靛，两道环眉，一双大眼，花白的胡子，身穿蓝绉绸裤褂，薄底快靴，手擎金背刀，说："小辈休要无礼，我来也！"过来与王天宠动手，二人在山场之上一往一来，不分高下。只见从山口内出来了一骑马，马上有一个女子，年在二十以外，五官俊俏，品貌端方；头上有手绢罩头，身穿蓝绸子女汗衫，月白绸子中衣，窄窄弓鞋；蛾眉皓齿，杏眼桃腮，手擎绣绒刀，催马过来，望那老英雄说话，说："爹爹躲开，我来拿他这贼人！"抡刀照定王天宠就是一刀。王天宠闪在一旁，说："你且慢来！我乃男子汉丈夫，岂能与你这三绺梳头、两截穿衣之人作对！"那老英雄说："朋友，你姓什么？叫什么？哪里人氏？"王天宠说："我乃福建台湾聚泉山公道寨主王天宠是也。你是什么人？快说名姓！"那位老英雄说："原来是王天宠王义士！我姓杨，名永安，别号人称'虬首龙'。吾二弟杨永太先占聚泉山，我听说让给尊驾。甚好，今朝相会，也是三生有幸！请至山寨一叙。"那王天宠说："老英雄，我有紧急大事，我要入峨眉山刺杀吴恩，替我顾大哥报仇雪恨！"杨永安说："你既奔峨眉山，走错了路了。你跟我到山寨，我指你一条明白道路，你去就是了。"

王天宠跟杨永安，带着那些个喽兵，往正东进了山口。那女子一催马，早已奔山寨去了。天宠一瞧那正北有一个山寨，在半山之中，寨门高大，一带虎皮石的墙。进了大寨门，两旁都是房屋。正北有一个大厅九间，两旁有两个小角门通后寨，大厅之上摆着刀枪架子。让天宠上面落座，永安叫人来献茶，摆在桌上，二人吃茶。

天宠见这山寨内冷冷清清，也不过有一百名喽兵。正在说谈闲话之际，外边有人来报说：二寨主归山，在大寨门外给老寨主请安，不敢进来。"杨永安听说，自己站起身来，带笑说："王寨主暂且坐着，我到外边去去就来。"自己到了大门，杨永太一瞧，心中说："我自归天地会，我兄长永不与我说话，这是为什么瞧不起我？"只听他兄长永安说："二弟，你过来，劣兄有话与你商议。"附耳过来，如此如此。杨永太点头答应，二人进来。王天宠一瞧是故人，说："老英雄，你还好啊？你自哪里来？"永太说："我与你别后，天地会内有几个朋友邀我入伙。我一想人生在世，一处不到一处迷,是处不到永不知。我就入了天地会,在峨眉山封为管粮会总之职。今天来看吾兄长,正遇王义士,真乃三生有幸!"王天宠说:"老英雄既在峨眉山,我恩兄顾焕章被擒的事,受了三钉之惨,你可知道吗?"那杨永太一闻此言,说了一片言语。王天宠目瞪痴呆,从此生出是非来。不知后事如何,且听下回分解。

第八十三回

马成龙奉调汝宁府　老侠客泄机平安庄

诗曰：

> 一蹶霜蹄骨亦寒，廿年辛苦据征鞍。
>
> 即今日近长安远，从古天高蜀道难。
>
> 金尽可能长作客，钱多容或好升官。
>
> 世人不弃君须弃，破瓶何曾见复完。

话说杨永太一听天宠之言，说："你要问顾焕章那日探峨眉山南山口之事，我知道。你先别忙，咱们喝着酒，我告诉你就是。"吩咐摆酒。下面喽兵答言，不多时把酒摆上，三个人落座吃酒。

杨永太说："王义士，你今年高寿了？"天宠说："三十一岁。"永太说："我听人说，尊驾孤身一人，并无妻室。人生在世上，'不孝有三，无后为大'。你想想，要是照着义士，你如何是个了结？"天宠长叹一声，说："我此时哪里有闲心去办理那些闲事，我先替我恩兄报仇雪恨，然后再说。"永太说："我给王义士你保一门亲事，就是我长兄之女，今年二十四岁。不说是德貌兼全，也算是知三从、晓四德。你我都是绿林中的人，何不作这一门亲戚？我兄长也有依靠了，我兄弟二人并无子嗣，不知义士尊意如何？"那王天宠一听，说："老寨主所说，我本应从命。无奈一件，此时我有大事未曾办完，实不敢应允。"杨永安也不答言。杨永太说："既不应许也可，咱们喝酒吧。"王天宠方才说："尊驾说过，我那恩兄顾焕章受害之事你知道，何不先指示明白我哪？"杨永太说："你要问那件事，我告诉你吧，我知道不能与你说。你是大清国的人，我是天地会的人，'桀犬吠尧，各为其主'，你可知道？你要是应允了我保亲之事，我就把那顾焕章被擒、受三钉惨死之事，是谁拿的他，我再慢慢的与你说，你知道了。"王天宠本来是迷了山，也不知道这座山寨离峨眉山有多远，一听杨永太之言，说："老英雄，我就应允你，我连聘礼都没有。"杨永太大喜，说："不必聘礼。有你一句话就是了。留下你一支镖，就是定礼。"王天宠掏出金镖来，交给了杨永太,站起身来拜见岳父。杨永安甚喜,说:"贤婿,方才我让你上山,我就有心与你说,怕你推辞,多有不便,故此我听说吾二弟一来,吾甚喜悦。我想你二人是故旧之交,我出去暗中告诉他来与你说。我这座山名三岔山,往东走奔湖广地面,往西走是峨眉山,往南奔汉中。前者我带着女儿在天下各处找择了一回婿,也未遇见一个英雄。我原有此心,访一个天下成名的英雄。再未想到今天得了乘龙佳婿。"三人重新吃酒。

王天宠又问说:"顾焕章被擒受害,叔父请道其详。"杨永太说:"我此时在天地会之内,不过是观瞧妖人之变,早晚我就要替国家除害,刺杀了妖人,老未得其便。倭侯爷顾焕章那日是在南山口内锁龙山夹沟口内,落在滚板之内,被巡查南山的金枪会总文绣拿住,送给勇南公爷飞虎宋天雄那里。后来有忠勇一字并肩王马杰把他要了去。我想要去救他,天已然大亮,听说用板钉在北山口内青龙岭上。据我想,那马杰乃是北五省的英雄,行侠作义,他焉能害他? 其中必有缘故。我手下两个人都认得顾焕章的,叫他二人瞧瞧是真是假的。他两个瞧了瞧那被钉之人,浑身是血,五官带着重伤,瞧不明白了。你访能人入山,见马杰去,就知是死是活了。此时山里头更紧着,有七层围子,都有人把守,出入总有腰牌为证,怕有奸细入山。"王天宠说:"我要入山,进得去进不去?"杨永太说:进不去,你又与妖道对过阵,别时会中人也认的你。你访能人入山,探马杰的口气,盗他的八卦幡与太阿剑。把你的金镖给我一支,如有人进山,你也与他一支金镖为凭,我作内应。"王天宠一听,说:"我往哪里去访能人哪?"杨永太说:"浙江宜兴县西海岸独龙口总兵张广太,他在那里广收揽英雄。你歇息几日,再去上独龙口。我这就告辞了。"天宠伸手掏出一支金镖,交给杨永太,送出大厅,二人分手。王天宠住在山寨以内,次日天明,暂且养病,见那些个喽兵都往后山空场耕种稻田。

光阴似箭,日月如梭,又至新春三月。王天宠的心病也好了,想要起身告辞。杨永安备酒送下过去,不知所因何故。杨永安说:"你等下山,追上就说我与王姑老爷请他们上山。"喽兵答言下山就追。

书中交代,马成龙这是往哪里去? 因大营神力王带病,贼人也不出山来,攻了两次山,官兵带伤之人不少。这一日,来了一角文书,是穆将军的文书,来调马成龙、马梦太、李庆龙三个人。是因天地会老会总任山,他前者由独龙口带队,绕路在僻静深山之内,探听吴恩搬回峨眉山去了,他暗暗的派他这手下的余党改扮逃荒之人,奔河南界。那日到了河南地界边聚齐了,派云南二勇士小长万杨平为先锋,大耗神梅峰为接应,合后粮台搬山雕陈忠。外有张宝仁、任凤山,逍遥会总与太平会总,大小只是四十八家会总,大兵十万,进取汝宁府。那一日,取了汝宁,分兵取归德、夏邑、虞城等处。警报早报到河南巡抚庆安保,庆大人调各处提镇协带兵剿灭,一面奏明了朝廷。康熙圣主派建威将军、侍卫处领队大臣穆詹与蔡荣,带十万精兵征剿河南会匪。派兵部侍郎汪平为提调参赞大臣,奉旨挑满汉侍卫八十名,头等侍卫韩托保、韩三保、萨哩善、哈三保等众人。那出都之时,想起本队官兵人等都是八旗满汉之人等,并未打过军需,不知贼人的情形。有人说:"跟神力王大营内的马成龙、马梦太、李庆龙三个人,久战天地会八卦教,何不把他们调来,一同征剿?"老将军去了一角文书,那神力王接着文书,怕路上不甚好走,派梦太、李庆龙二人带五百马队,马成龙为统领,发了路引关文,三人起身。那营内与他三个人相好的朋友,都来给他三个人送行。谢禄、韩虎二人带奋勇队送出营外,加营交令,仍归前锋营胡大人管辖。

马成龙等三个人,那日路过三岔山,马队进山路走的快,喽兵如何能追得上。三个人玩玩笑笑,在路上非一日。那一天,到一座镇店,是南北大街,路西有一座大店,三个人带队进店,安了公馆,下马入西上房。有伺候他们三个人的差官,送进净面水来。梦太把帽子一摘,衣服一脱,把辫子挽上,蹲在那里洗脸。李庆龙也就摘了帽子在那里掸土。唯有山东马坐在那椅子上一声也不言语,面带怒容,不甚乐。马梦太洗完了脸,站起身来,笑嘻嘻的说:"马大哥,你不洗脸哪?"马成龙也不答言。梦太不知道是为什么,心中不解。听见山东马说:"你们这两个人还了得吗,连一点规矩也没有了,那兵丁见了你们应该如何?我是个统领,你两个人是我的属员,进了公馆,我先坐在这里,连帽子戴着还未解,你们两个人一路混排场!"梦太一听,心中说:"好朋友,一朝权在手,便把令来行,不念故旧之交。"连忙穿好了衣服,戴上帽子,说:"大人要早吩咐,我二人连在一处屋里住都不敢。我想咱们是朋友,才无拘束。"李庆龙也把帽子戴上了。二人心中不悦,脸上不敢带出来,勉强带笑,与成龙说话。成龙一笑,说:"你这个东西,每日与我玩笑,今天我要笑耍笑你两个就不成了?我真要往你两个人充大人,我早就充了。也等不到今天!你两个人要酒,咱们喝酒吧。"三个人脱去衣服,入座吃酒。天有初更时分,马梦太一拉李庆龙到外边,说:"他是耍笑咱们,明天到半路之上,他是分文都未带着,他的领项也在咱们手内,咱两个人如此如此,饿他一天,也叫他知道知道。"说罢,二人进了屋,又喝了会子酒,吩咐撤去残桌安歇。

次日天明起来,用完了早饭,算还了饭账,出了店门,往前行走。天有午牌之时,暮春之际,天气甚热。前边有一个树林儿,三人见了树林,说:"站住歇歇。你看前边有两条大路,不知哪是正路?"三个人下马,坐在马扎上。众兵丁也下了马,在林子旁边等过往人,好访问路径。梦太望成龙说:"马大哥,咱们哥儿俩是结拜的兄弟,晚夜晚上你就不对,不应该那样玩笑。照着那样交友,我拿开水浇你。"马成龙一听,说:"已然过去的事,何必如此?"梦太说:"你过去了,我没过去哪。从此我越想越有气!"成龙说:"你有气别与我说话,我不是朋友,你别交我。"梦太说:"很好,跟我的人带马过来!咱们下站见,前站等你们去。"说着上马,从人收拾物件,带二百五十马队,竟自去了。马成龙回头与李庆龙说:"李大人,你瞧他这个人对不对?不应该这样办法。自己哥们,何必要这个样子!"李庆龙说:"不对,是你不对!你们两个人当初与顾焕章在神前一拜之交,自倭侯爷一死,你二人应该亲近才是。为什么玩玩笑笑,是所因何故?你说说。"山东马一听,说:"不愿意交我就散!"李庆龙说:"跟我的人哪,带马过来!"上马说:"我头前走了。"马成龙一瞧两个人带队走了,说:"跟我的人哪?"左右一瞧,并无一个。自己猛然醒悟,说:"好个马梦太!这号东西,他知道我是没有带着银钱,他两个商议好了,故此那么才走去了。我何不上马追他二人?他二人打算饿我一天,我明白了!"自己站起身来,也不要马扎啦,伸手方要拉马,听见东树林外边有人叹息说:"罢了,生有处,死有地,该当我今天死在此处。"

成龙抬头一瞧,见东边有一棵小柳树,树旁站着一个人,年约七十多岁,身高有四尺向外,赤红脸膛,白胡须;身穿蓝布大衫,白袜青鞋,手拿一根新连儿绳,扔在树上拴套儿,要上吊。马成龙过去说:"老头儿,你别想不开,这大年岁还想要寻此短见。你是为什么哪?"那老头"嘻"了一声,说:"我是江苏人氏,姓朱,孤身一人,并无亲故,家私百万,俱被我花费了。今天从早至此,并未吃饭,我想我活这么大岁数,还等着饿死不成吗?"成龙说:"你跟我走吧,我救你就是。我管你一顿饭就是,我还要周济周济你。"那老头儿说:"你真救我,是怎么样救啊？怕你管不起我吃的。"马成龙说:"我要救不了你,我是一个屌进子①!"那老头儿说:"很好。"二人一同到了树旁,把马解下来,成龙上马说:"你就跟我走吧。"那老头儿一瞧,说:"这个人应了誓了,你救不了我。你骑着马,我这大年岁,如何跟的上你那匹马？"马成龙一想,说:"你也上来就是。"那老头儿抓住马成龙的腿,也骑在马上,可在成龙身背后,两只手一搂他的腰。山东马说:"好家伙！你这个人幸亏是一个老头儿,要是年轻的人,我决不能叫你骑在我身背后。"那老儿说:"我抱着你就是。"二人一纵马,往前正走有二十里之遥,前面一座镇店。马成龙来到此处,要惹出一场大祸。不知后事如何,且听下回分解。

---

① 屌进子——用作骂人的语。(屌,diǎo,男子阴茎的俗称)

第八十四回

假改扮访寻鬼脸太岁　　定奇谋捉拿花面魔王

诗曰：

> 送君挥手便长征，身世茫茫百感生。
> 放浪且倾河朔饮，缠绵偏有渭阳情。
> 穷怀寒鹊投林意，饥作哀鸿下泽声。
> 不是临歧儿女态，唐衢幽怨本难平。①

话说马成龙骑马入这座镇店，南北大街，路东有店，字号是"泰来客店"。成龙下马，那老头儿也跳下马来，说："咱们进店吃饭吧！"成龙说："甚好。"拉马进店。小二把马接过去，拴在马棚内，问："客人是住单间？是住南上房？"马成龙说："南房很好，我两个人并无别人随带。"那位老头儿一瞧南上房五间，甚是宽大。东边一排都是单间，西边一排也是单间。马棚北边大门东是厨房，大门西是柜房。

二人进了南上房屋内，迎面当中一张八仙桌儿，一边一张椅子，当中有一轴挑山，上画的是竹林七贤，一边一条对子，上写是：

> 不因果报方行善，岂为功名始读书。

东里间两间明着，西里间也是照样。二人进了西里间，靠北窗户是一张木床，南边有一张八仙桌儿，西边都是茶桌，也有名人字画挂在墙上。床上有一张小六仙桌儿。马成龙在西边落座，老头儿在东边落座。小二献上茶来。马成龙一想："与梦太二人玩笑，我也没带着钱，先要点吃的，叫老头儿吃。"叫小二，问："有馒首②没有？"小二说："有。"成龙要了一盘子馒首，一碗虾米片汤。那老头儿一听，说："我说你救不了我，你还起誓！我要吃这个，你想想我百万家私，如何花得完？你要管得起我吃，我

---

① 不是临歧儿女态，唐衢幽怨本难平句——典出唐人王勃诗："无为在歧路，儿女泪沾襟。"衢：大路。

② 馒首——馒头。

自己要。"成龙说:"你自己要吧。"

老头儿说:"堂倌过来,我问问你,咱们这里都卖什么吃的?"小二说:"应时小卖,包办酒席,干鲜各样,山珍海味,一概俱有。"老头儿说:"你把那上等的摆,海味宴席来一桌,上好的陈绍酒来一坛,给我要五壶瓮头春酒。"小二下去,不多时摆上小菜碟儿,把干鲜果子先摆上了,搬过一坛子陈绍酒来,放在一旁,先拿酒探子探出来一碗,拿过来叫老马与老头儿尝尝。老头儿说:"倒出来上半坛,下半坛有坛泥,我不要了。"小二又把瓮头春送上。少时,冷荤热炒,各样的菜蔬,俱皆摆在桌上。那老头儿自斟自饮,成龙也喝了几杯。瞧那老头儿用筷子拣了这样菜一吃,说:"嘻!没有一点滋味。"又拣了那一碟,也说:"不好吃。"一连吃了几样,都说不好。成龙本就不爱听,内心说:"怨不得他把家财花完要寻死,他还这样挑肥拣瘦的。那摆了一桌菜,没有一样对他的味。"他又叫堂倌,说:"你们这里有活鲤鱼没有?"小二说:"有。"老头儿说:"你给我要个鲤鱼去做,再要一个鲫鱼羹,给我来一尾清蒸鲤鱼。"又要了十数样菜,摆上他不吃,他说什么"做得不好啦,口味淡了"。吃了不多,他就不吃了。

又望成龙说:"你给五十两银子。"成龙说:"你要走,是作什么用? 别忙啊!"那老头儿说:"我不走。我有一个毛病,吃完饭我最好弄'龙阳生'①,每日如是。你给我五十两银子,我去找一个,我乐会子。你知道了?"马成龙说:"你这老头儿是玩笑不是? 我且问你,七十多岁的人,还这样诙谐? 我不给你银子,我乐你好不好?"老头儿说:"甚好。"成龙说:"我这样高的身躯,你那矮身躯,你够得着我吗?"老头儿说:"你站在地下,我站在床上,凑合着点。"山东马说:"你这老鸡子进的,好大胆!"伸手一抓,那老头儿跳下床就跑在院内。山东马说:"跑堂的,你躲开吧,这个老头儿可是好色的老马儿。"

成龙到了院内,并不见那个老头儿往哪里去了。只见店门口站着有七八个彪形大汉,都是头短脖粗,脑袋大,身穿一身青,短打扮,薄底快靴,挑眉立目的与店中小二说话。又见从柜房内出来了一个人,手拿着一封银子,交给那几个大汉,又说了几句。成龙也听不真,点头叫小二过来,问他:"那些个人是做什么的?"小二说:"您老人家要问,提起这事话就长

① 龙阳生——代指男色。

了。我们这座镇店,名叫平安镇,有三万多户人家。我们这镇店正南二里之遥,有一平安小庄,庄中有一位庄主,姓金,名叫四彪,人称'花面魔王',是本处一个人物,结交官长,走跳衙门。他庄中有一个教师爷,姓铁,名叫光明。他那庄中有英雄所、壮士营儿,常在我们这座庄镇之上来讹诈铺户平民人等。那些个余党又来讹我们这座店来了。我们这座店内的东家,姓张,名叫国瑞,是本镇的个会首。这镇店上有二百名团练乡勇,是我们店主人管带。那些个余党来在店里,说我们店东欠他家庄主四百两银子。我家掌柜的恼了,说:'你讹到我这里来了,好哇!'叫人来把他的余党给打了,身带重伤,有人送他回去。出来人给说和,别人瞒着我们掌柜的,替贴了五十两银了,作为养伤,是这么一段事。"

马成龙一听,方要回归南上房,只见店门外马梦太、李庆龙二人散步。马成龙正愁无钱算还饭账,瞧见他二人,不由的说:"二位贤弟,不要玩笑,哥哥在此处等候你二人。"梦太说:"我打算你过去了,你会也住在这里?你吃了饭啦吗?"成龙说:"你两个人商议好了冤我,你打算我不知道?方才你二人走后,我遇见一个老头儿上吊。"成龙又照着方才之事细说了一遍。梦太大笑说:"这件事我知道了,人家瞧你是一个可惜,故意耍笑你。这段事要是遇见我,他也不敢与我诙谐。"

正说着,觉着背后有人摸他肛门一下。梦太三人都是面向北站着,梦太回头一瞧没人,羞的面红过耳。自己毛毛咕咕的,又不好说,又与二人说话。又有人摸了他一下,他急回头一找,南边台阶下有一堆木头堆着。梦太往木头后一找,有一个矮身躯的小老头儿。马成龙也瞧见了,说:"老兄弟留神!这号东西最好玩笑。"梦太说:"你为什么摸我的肛门?"那老头儿说:"马成龙、马梦太、李庆龙,你三人这里来,我有一场大大的富贵,送给你三个人就是。"

那人先进了南上房,三人后面跟随,到屋内落座。那老头儿说:"你三个方才也听见那平安小庄花面魔王金四彪的名头,他有一位教习,姓佟,名起亮,别号人称'鬼脸太岁',改名铁光明,乃是天地会八卦教的会总。他庄中有六七百会匪余党。你三人改扮,去捉拿佟起亮,他乃奉旨严拿的要犯,拿住必是高迁。"成龙说:"我三个人带兵剿拿他就是。"老头儿说:"那可不成。你三个人先去入他庄中,然后在里边访真,外边预备官兵,里应外合,大事可成。要带兵去到那里,人家那庄中有围子,把庄门一关,你们不但进不去,还退不了。人家上面防守甚严,你们无有功课,要退之时,人家在后面出其不意,就许把你们给拿获,那不反倒是害你们! 三个人去到那里边,假扮作走白牌之人,混进那平安小庄。外边请本店中东人张国瑞,带本处乡勇与官兵,在平安小庄以外,你三个人定一个暗号儿,如'进庄之时见了佟起亮',你三个人一使暗令,外边有官兵攻打,里边你三个人就捉贼。"成龙说:"我们扮作哪里的走白牌的?"老英雄说:"你三个人如此,可以成功。"成龙叫小二把店东张国瑞请来。

不大工夫,张国瑞进来,给三人行礼。马成龙三人一瞧那店东,年在三十以外,品貌不俗,白脸膛,长眉大眼;身穿青绸子一件长衫,青缎薄底快靴,笑嘻嘻说:"三位大人要替本处除一大害,我方才听见小伙计对我说了。我调齐我本庄中之人,三位大人的官兵共有多少?"梦太说:"马队五百,官兵俱在东隔壁店内。派人去把差官叫两名,交给张国瑞管带,少时调兵就是。天也日色平西,我三个人这就去了。黄昏时候,你带兵到平安小庄外,不可有误!"那老头儿说:"你三位先别走,我胆量最小,你等要拿住贼人还好;倘若拿不了贼人,人家带人来在这里,那时间我这大的年岁,往哪里去? 你们瞧这东屋内有一个木柜,你们开开,用一个棉被把我包好了,放在柜内,把柜一锁。"四个人一听,说:"你想要闷死,我们不作那损事!"那老头儿说:"与你等无干,我也死不了。你们照我说的办理就是,不怕你们不成,有贼人来他也找不着我。"成龙与梦太都正恨他玩笑,一听此话,正中机关。取了来一条棉被,把他包好了,装在柜内锁好,说:"咱们走吧!"张国瑞说:"三位大人,什么暗令? 请指示明白!"梦太说:"马大哥,你说吧。"成龙说:"你在外边听见我的声音一嚷'屌进子,好家伙!'你就调兵攻打庄子,不可有误!"

三个人出离了店门,有人指示明白,往正南走二里之遥就到了。庆龙说:"我先去吧。"自己也把二纽反扣,先紧走几步,见正南有一座大庄院,周围都是高墙,墙外有沟。南边一个正庄门,东边一个后庄门。李庆龙到了南边,往庄里一瞧,那里边房屋甚多,大门内两旁是门房,门外有四株龙爪槐,甚是繁茂。

李庆龙来到门首,里边有二十多个人,坐在那里板凳上说闲话。一见李庆龙,说:"你是做什么的? 快说!"李庆龙一伸手,伸了三个手指头,这是暗号。天地会讲究说话不离本,伸手先见三,反搭二纽扣,腰中白布缠。

那些个人一见他伸手,都先站起来,"本字从哪里来?"李庆龙说:"从峨眉山来。奉八路督会总之命,前来下白牌来也。"内中有人问:"峨眉山督会总姓什么? 叫什么?"李庆龙说:"姓吴,名恩,别号人称'赛诸葛'。"过来了一个人,说:"来,先跟我在这外边客厅内少坐片时,必要传你!"庆龙跟那人到了东配房落座,有人倒过一碗茶来。那人出去进里院内回禀去了。

门上众人正说闲语,马梦太来到,说:"本字辛苦了。"众人问:"哪里来的?"梦太说:"玄墨山的正印会总卢三声、副印会总云南七勇士金镜无敌大将军曹天兴,遣我前来走白牌。"有人也把他带进了大门东边,与李庆龙一间屋内,二人装不认得。这个人出来,到门上说:"你们进去回禀一声吧。"

正说着,山东马也来了,到了门首说:"本字请了。我是剪子峪的大会总老龙神马凤山与侯德山、侯保山三家会总,派我前来走白牌。"内中有人一瞧马成龙这个模样,虽则未见过面,常听人说他的穿整打扮、五官模样,开口问:"朋友,你贵姓啊?"山东马一闻此言,一瞧里面这势派甚大,心中说:"今天这一段事,要不是他瞧了我半天,他问我,我焉改姓?也罢,我告诉他姓马,名太海就是。"那人说:"是山东人哪?"成龙说:"是登州府文登县人氏。"那个人说:"你跟我来吧。"成龙进去,自己穿着蓝布大褂,高腰袜子,山东皂鞋,暗带着兵刃。听见与他说话的那个人说:"伙计们,把庄门锁好了,巡查留神!"马成龙一听,心中明白,跟那人往里走,焉想到惹出一场大祸。不知后事如何,且听下回分解。

第八十五回

平安庄老豪杰拿贼　半截村小英雄遇侠

诗曰：

旧游回首记依稀，湖上楼台客尽非。

几辈笙歌名士老，一轮风月故人归。

青山失意曾无恙，白水盟心尚不违。

今日飘零谁是伴？独衔杯酒看斜晖。

话说马成龙跟那个人到了那东配房，与梦太二人坐在一处，然后那人出去了。成龙说："二位贤弟，庄门锁了，你看应该如何？"梦太摆手不语。

自外进来了一个人，有二十多岁，五官俊俏，身穿二蓝洋绉大衫，薄底快靴，说："你三个人是走白牌的？拿过来，祖师爷先看传牌，然后传见。"梦太说："内有机密事，面见细禀。"那人说："你三个人小心了！"出了东房，北边是二道重门，西边是花园子，好俊一所宅院！怎见得？有赞为证：

上下俱是绿瓦，周围都砌红墙。

雕梁画栋吐龙光，凤阁斜张蛛网。

珍禽枝头百啭，名花园内群芳。

风流富贵不寻常，亚赛王侯气象。

三人跟那少年进了重门里，东西宽大，俱有厢房二十余间，仿佛朝房的样子。正北有九间大厅，前出廊，带有月台，上面方才点上纱灯十数个，厅前有几个气死风灯笼。月台上坐着两个人。正中一张八仙桌儿，后边有一把椅子，上坐着一个道人，头戴九梁道巾，身穿宝蓝缎子道袍，腰系九股丝绦；肋佩宝剑，左边半面是黑的，右边半面是白的，花白胡子。三人一瞧，认的是佟起亮。东边面向南桌后也坐着一个人，光头未戴帽，项短脖粗，身穿青绉绸长衫一件；面上无数花斑，雄眉圆眼，准头①丰满，五官甚是凶恶。两旁台阶上，有二十名伺候人，都是三角白绫巾，插白翎，身穿箭

---

① 准头——鼻子。

袖袍,肋佩太平刀。月台下两边,站着有二百名庄兵,都是长枪、大刀,威风凛凛,相貌堂堂。

马成龙在前面,鬼脸太岁佟起亮一瞧,说:"那边莫非是马成龙?你这小辈休要逞能,我来也!"抢手中宝剑离座位,照定那马成龙就剁。成龙急架相还,二人在院中当场战了有十数个回合,不分高下。众人也不知是二人所因何故。李庆龙、马梦太二人过去捉拿那花面魔王金四彪,金四彪拉手中枪,与李庆龙、马梦太动手。正在酣战之际,山东马大嚷一声说:"好家伙! 这个屄进子好厉害,你们快来吧!"那院中锣声响亮,人声一片,说:"好两个小辈! 你这些个无用之辈,快把他等拿住,不可放走,坏了我这庄中之事!"那些个贼人齐声呐喊说:"拿呀! 快把这三个余党拿获!"三位英雄摆兵边刃与众人动手。马成龙说:"好家伙呀! 屄进的,你们真个不要脸! 我结果你等!"抢手中大环金丝宝刀,遇着就死,逢着必亡,着招一下,筋断骨头伤。只杀的高坡之处人头滚滚,低洼之处血水成河。外边张国瑞带乡勇官兵人等,杀进了平安小庄。

鬼脸太岁一瞧不好,飞身上房。成龙说:"马老兄弟,你跟着他,不可有误! 把贼交给你了。"梦太拉手中短把刀,说:"你这个小辈,我来结果于你,休要逃走!"佟起亮蹿房越脊,直奔那后面花园之内僻静之处,打算要逃走。焉想梦太在后边紧跟,到了花园之内,说:"马梦太,你不必这样紧紧跟随。我这大的年岁,你今饶我,青山不改,绿水长流,他年相见,后会有期,我必不能忘却了你的好处!"梦太说:"你这混账东西,别不要脸! 吾乃奉旨严拿的贼犯,你今天想要逃走,是比登天费事!"佟起亮说:"你这不要脸的老匹夫,休要无礼! 我来结果你的性命,你不必逃走!"梦太说:"你这里来,你我分个高低上下、胜败输赢!"马梦太抢手中短把刀过去,二人动手。梦太的刀法精通,佟起亮的剑路高强,二人战够两三个时辰,天色已然大亮。佟起亮进了花园内树林,梦太也不敢追进去,只可在这外边等候,说:"佟起亮,除却你别出来,我不与你动手;你要出来,我绝不能放你逃走!"自己蹲在那树林以外等候。

书中且说马成龙与花面魔王金四彪动手,二人难分上下,李庆龙竭力相帮,外边张国瑞赶到,大家齐声喊嚷:"拿贼! 不可放那金四彪逃走!"大家动手,金四彪被三位英雄拿住,余党尽皆逃走。官兵将贼杀了一个土平。天色大亮,不见马梦太在何处,派人各处寻找。马成龙到后边花园之内，只见马梦太蹲在那里，口内说："怪道①，真正是怪道！"成龙说："贤弟，你嚷什么哪？"梦太说："昨夜晚上我追贼来到此处，贼人进了树林之内，我方才要追进去，有人在我后边摸了我一把，我回头一找，并无一人，我想这事真是闹鬼。我又在各处寻找，俱皆不见，我无奈又在这里等贼。天有二更时分，我才进树林把贼人拿住，捆在树上，我又出来了。大哥，跟我进树林把那贼人拿获，解往大都，面圣请功。"成龙也喜悦。二人进了树林一瞧，果然佟起亮在那里捆在树上。二人过去，把佟起亮解下来，拉到前边交给官兵，与金四彪捆在一处，把庄中细软物件分赏三军。大家回归平安镇店内，派官兵看守两个罪犯，又叫张国瑞禀报与地方官知道。

　　到了上房，听见柜内有人说："闷的很！快把我放出去吧！"那成龙赶紧自己开柜，把那个老头儿放出来。那老头儿说："三位大喜！昨夜晚一见面就与贼人打一处，你们三个人胆量不小。我有一件事问瘦马大人：你昨天在贼人花园之内，为什么不把贼人拿住？快些说来！"梦太说："你这老头儿，我如何不把贼拿住？我捆上他的！"那老头儿说："你这个人竟说瞎话！贼人佟起亮被你拿住？口内堵的是什么物件？"马梦太也不语。老头儿说："张国瑞，你去把那老道口内堵的手绢儿取出来，是青洋绉的，上绣五福捧寿的花样，三个角儿。"店东张国瑞把佟起亮口内的手绢取出来，叫李庆龙、马成龙二人瞧。山东马一瞧，说："老兄弟，这个老头儿许帮你拿他来的。要不然，这手绢他如何知道？"瘦马羞得面红不语，自己到东房柜内一瞧，说："马大哥，这真是一位老侠客！大哥问他姓什么，叫什么？昨夜晚上，实在是他把佟起亮拿住的。"马成龙说："老英雄，尊姓大名？"

　　那老头儿说："马大人要问，我姓朱，名天飞，乃江苏人氏，别号人称'钻云神猴'的便是。我昨夜晚暗中协力相帮，拿着佟起亮。"马成龙说："你这一件功劳甚大，你可有儿子没有？跟我见老将军，奏明圣上，必要封官。"朱天飞一听，说："嘻！马大人，我自幼童子功，并未成过家，也无有至亲，也无有骨肉，孤身在外。我就有个亲外甥，家住上海，姓姜，名玉，此时也不知落在哪里。"马成龙说："大家落座，我给你算一卦。"伸手掏出来六文钱，用两手一晃，往桌上一扔，说："朱老兄台，此卦大吉！你外甥

---

　　① 怪道——奇怪。

名叫姜玉,他跟了一个姓张的去了,对不对?"朱天飞说:"我也听人说过,不知后来怎么样?"成龙说:"后来跟着姓张的在外做官,现今在独龙口西海岸总镇大人张广太衙门。此人小身躯,虾蟆嘴,一脸的碎斑。我说的对不对?"朱天飞说:"这是你算出来的?"马成龙说:"不是,是我亲眼看见的。"朱天飞说:"这一件功劳,我送给你们三个人。我要上西海岸独龙口,去访我外甥姜玉去了。"说罢告辞,扬长而去。

　　成龙说:"张店东,你报官,把金四彪那一处住宅交给你办理。我烦你一件事:找两三个木匠,打木笼两个,把佟起亮二人先解往穆将军大营之内,奏明了圣上,早晚你在家中等候,定有皇恩。"张国瑞过来请了一个安,说:"多谢大人,我去找人,吩咐他们连夜办理就是。"成龙等三个人,派人看守那佟起亮两个人。他三个人要酒要菜,正在吃酒之际,天有二更,三人安歇睡觉。次日天明起来,木笼做好了,把两个人捆好,放在木笼之内,算还了饭账,带官兵辞别了张国瑞,押着两个贼人,出离了平安庄。

　　这日正往前走,天有巳正,迎面来了两个人,说:"大队慢走,我二人来也!"马成龙一瞧,头前那少年人,约有二十岁,身高八尺,面如敷粉,环眉阔目,三山得配;身穿蓝春绸长衫,白袜云履,举止端方。后跟一人,也有二十来岁,项短脖粗,面似乌金纸;身穿青绸大衫,薄底快靴,扛着个褡套,说:"马大人慢走!"不知二人是谁,且听下回分解。

第八十六回

猛玉斗多言惹是非　巴德哩闻信访消息

诗曰：

　　哀乐贤愚总一般，搔头拍膝思无端。

　　不知听者缘何故？离别凄凉合更欢。

话说拦住马成龙大队两个少年人，是京都人氏，住家在安定门里，地名铸钟厂居住。有一位凤安凤大人，现在左翼总兵，乃镶黄旗满洲三甲喇人。他东隔壁住着一位俗山俗大人，乃禄米仓监督，有一位少爷，名叫玉斗，才七岁。俗大人是正白旗满洲五甲喇人，与凤大人至好，常在一处谈心。凤大人少爷九岁，名巴德哩，与玉斗同学读书。

这一日晚半夜，凤宅的后花园有一个更夫，姓王，蹲在那里出恭①。从外边墙上进来了一个贼，一见更夫就要逃走。更夫说："你望前院偷去，别在我这花园里偷。"那贼人蹲在上房。更夫出完了恭，进屋内拿了一条木棍，说："好贼，我方才是我出恭，怕你伤我，你这东西往哪里走！"更夫一嚷，人声一片，把贼人围在上房。凤大人还未安歇，在院中派人拿贼，说："你敢偷我，好大胆！"贼人在房上答了话，说："你也是一个人，一个脑袋、两只眼、一条命，偷的是你！"那院中看家护院之人，打更使唤人不少，上房要拿贼。贼人用瓦往下打，无人敢上去。正着急之际，从背后一铁连子，把贼人打下来，落在院中。凤大人问："什么人用暗器拿住的？"无人答言。家人把那铁莲子拣起来，送给大人瞧，问了大半天，并无一人知道。先派人把贼交地面送交北衙门，吩咐众人留神安歇。次日，凤大人又查问了一回，无人答应，也就把这段事接过去了。

那一日，到了四月天气，玉斗、巴德哩两个上后边花园子里，还跟着四个书童，方一进园门，见万花齐放，北边有一个人，手拿铁球在那里练着玩。十数步外，有一个牛皮人儿。巴德哩瞧了半天，说："书童，你认得他

---

① 出恭——入厕，上厕所。

是什么人?"书童说:"这里打更的,姓王。"巴德哩也就带着几个人回来,就将此事说与凤大人知道。凤大人派跟人到花园内,把他叫来书房之内,大人一瞧那更夫,年约三十多岁,赤红脸,重眉大眼,衣服平常。大人问说:"你是看花园的更夫王顺?"更夫答应说:"是。"大人说:"你那夜晚把贼人拿住,问你为什么不敢见我? 是为什么?"王顺说:"我在大人处已然三载有余,没一人知道我会把势,我那日实是我把他拿住的。"大人说:"你是哪里人?"王顺"嘻"了一声,说:"大人要问,我不能不说实话。我乃戴罪之人,在大人处隐姓埋名。我原籍山海关人氏,姓王,名公亮。我父亲因保吴三桂叛反,惹下一场大祸。我父名保,人称'双戟大将'赛典韦。吴王势败,我全家被害,我流落京都隐居,做小本经营为业。后来有人荐我来大人宅内看花园子。"凤大人说:"十八般兵刃,你都拿的起来?"公亮说:"件件皆通。"凤大人说:"你教两个徒弟吧。"吩咐人把玉斗、巴德哩两人叫来。家人去不多时,把二位少爷领来,大人说:"这是你老师,过来行礼。"王公亮说:"我不敢受二位少爷的礼。"大人说:"不可,师生大礼不可废了。就在后花园之内客厅为学房吧。摆酒!"大人与先生饮酒。自今日为始,二位少爷白天念书,晚半天练武。四五年之后,巴德哩到了十五岁,王公亮一病身亡。大人把他埋在安定门外土城,立了一块石碣,上写:"王公亮之墓"。直到如今,古迹犹存。

巴德哩、玉斗二人出学之后,考了两名侍卫,因穆将军出京,挑了他二人。巴德哩今年十九岁,练的飞檐走壁、单刀、铁莲子;玉斗也是一身能耐。二人素有大志,在路上跟穆将军讨了一支令箭,改扮暗访天地会。玉斗扛着被褥套,巴德哩扮作长随的模样,到处寻访。各庵观寺院、大小镇店,每天住起火小店,为的是人多口杂,好访查事。

这一天,玉斗扛着行李,说:"大哥,咱们有马不骑,天也热了,你也不扛行李,净住小店吃那些东西,我都不爱吃。我也该喝点酒,要些个菜吃。"巴德哩一瞧,天有已正,前边黑暗暗,仿佛一座村庄,说:"二弟,你看前边不远,许是镇店,咱们那里找一个饭铺去吃就是。你好傻,咱们哥两个不为私访,还随大营走哪。这是我想要立一件功劳,你我好越级高升,你知道了?"玉斗点点头。

二人说着闲话,已到了那座庄村。南北大街是大路,路东、路西有几家客店,南头路东有一座茶饭馆,坐东向西,搭着大天棚。东房五间,天棚底下有七八个八仙桌儿，有两三个吃饭之人。巴德哩说："咱们哥儿两个在这里坐坐吧。"二人进茶馆，玉斗把裤套放在天棚底下桌子旁边。跑堂的伙计过来说："二位喝茶？吃饭？"玉斗说："先要四壶酒。"巴德哩要了一个炒肉片、炸丸子，玉斗又要了两个菜，跑堂的摆上小菜，把酒菜送过来，二人吃酒。

正吃得高兴，只见从那边进来了一个人，年在二十以外，面皮微黄，细眉阔目；身穿紫花布裤褂，白袜青鞋，穿青布单套裤一双，站在天棚底下，东瞧西望，来在玉斗的面前，抱拳拱手，说："大爷，我也不是常要饭的，我是异乡被困之人，时令症①才好，一文钱无有，求大爷赏一顿饭吃吧！"玉斗一听，说："你要钱我可没有，我给你一块银子吧。"伸手掏出来一块约有三钱多重，说："来吧，给你吧。"那人接过银子，用手托着，"嘻"了一声，说："大爷，你给我这块银，倒叫我为难了：吃一顿饭使不了，买件衣服又不够。"玉斗说："我再给你一块吧。"又掏出来一块，重有五钱，递给那个人说："这个你可够了？"那个人一瞧，说："罢了，大爷，你给我这一块银子，我更为难啦：赎件衣服使不了，回家的盘费又不够。救人救到了，大爷要再赏我一块银子，我一家人团圆，皆感念二位大爷的好处。"玉斗说："我就再给你一块，那算什么？"伸手掏出来有二钱重一块，递给那人。那人一瞧，又"嘻"了一声，说："大爷，你给我这块银子，更叫我为了难了：回家的盘费使不了，我家中有老母给我定下亲事了，我还不能娶。您老人家要再给我一块银子，我想能把我妻娶过来，我一睡觉就想起大爷你来了。"

玉斗也不懂那个人与他玩笑，方要伸手掏银子，巴德哩把酒杯往桌上一摔，说："你这个人真不要脸，敢望吾二弟玩笑！"伸手要抓那个人。只听屋内有人一声喊嚷，说："贼人哪里走！我来拿你！"蹿出一个黑面男子，年在二十以外，豹头环眼，头大颈短；身穿蓝绸短汗衫，青洋绸中衣，青缎快靴；盘着辫子，手擎折铁刀，一声喊嚷，扑奔那穿紫花少年去了。那时要钱之人一见，把银子照那黑面貌之人一扔，自己一撒步，燕子穿云势，蹿上天棚院去了，行似猿猴，恰似狸猫。那黑面男子说："好小辈！我追了你几回，都没有追上，今天便宜你了！"回身向玉斗说："朋友，你要再给他

① 时令症——季节性流行病。

一块银子,我趁势把他拿住。他是我们那县的一个惯贼,我为他受了本官无数的批。"巴德哩、玉斗说:"你要早说,我二人帮助你,就把他拿住了。"跑堂的把那扔在地下的银子给玉斗拣起来,交给玉斗。那黑面男子进东屋内落座。

玉斗、巴德哩二人算还了饭账,玉斗扛起褡套,巴德哩跟随,二人出了饭铺,一直往正南走。天气又热,顺大路走有二十里之遥,大路西边有一座树林,巴德哩到了树林之内,把褡套放下。巴德哩一瞧,这座树林都是杨柳榆槐,绿荫满地。巴德哩觉得身体困倦,说:"贤弟,你围着树林绕三十个弯,你再叫我就是了。"玉斗说:"你睡觉我还绕弯?"巴德哩:"怕你也睡着了,那还了得吗? 你怕把褡套叫人偷了去哪。"玉斗围着树一绕弯,走到巴德哩跟前,说:"大哥,一个弯。"又绕过来,说:"两个弯了。"巴德哩说:"你别嚷啊。"

玉斗正围着树林绕,见那正北大道上有一匹白驴,驴上骑着一个女子,年有二十来岁,身材端庄,青丝发梳盘龙髻;青水脸,眉舒柳叶,唇若樱桃;身穿二蓝绉绸女褂,藕荷宁绸中衣,窄窄弓鞋,是南红缎子,上绣挑梁四季花。驴的软梯儿旁边有一口宝剑,缘鲨鱼皮鞘,剪金什件,蓝绒挽的手蓝绒穗头,那驴跑起来甚快。玉斗一瞧,说:"好哇,真好哇,脚底下好哇,真正是走的好!"那女子一听,蛾眉直立,杏眼圆睁,说:"好一具匪徒!敢叫你姑姑的'好儿',我来结果你的性命!"跳下驴,拉出那宝剑,光明明、冷森森,扑奔玉斗而来,怒气冲冲。玉斗跑到了巴德哩的面前,说:"哥哥快醒醒,姑姑来了,我惹了祸啦!"巴德哩听见,站起身来一瞧,说:"好一个村夫! 嚷什么?"玉斗说:"你瞧瞧姑姑来了。"巴德哩往对面一瞧,对面站定一个女子,甚是貌美,手执宝剑,怒气冲冲。怎见得? 有赞为证,但则见他:

云鬟半偏飞凤翅,耳环双坠宝珠排。

脂粉半施由自美,风流正是少年才。

巴德哩一见,说:"姑娘不必动怒,我这兄弟多有粗鲁,待我问他就是。"那女子一瞧巴德哩,举止端方,又听那巴德哩说:"玉斗,你是为什么惹事? 快些说来。"玉斗说:"我正在围着树林子闲步,见她那一头驴奔这边来,走得真快,我说'好哇,脚底下真好!'姑姑她就恼了,这是实话。"巴德哩一瞧那姑娘,果然是窄窄弓鞋,五官俊俏,心内一想:"玉斗他不能说那无礼的话。"想罢,说:"姑娘所骑之驴,必然是走得快。我这二弟他气性粗鲁,万不敢无礼,姑娘请吧!"那女子见巴德哩说话和平,遂问说:"你贵姓?"巴德哩说:"我姓巴,名德哩,在长随路跟官。"那女子也不多问,转身说:"便宜你这黑炭头了!"上驴往正南去了。巴德哩说:"玉斗,你这个村夫,为什么惹事?"玉斗说:"我方才实是说他那驴腿走的快,姑姑就恼了,我也并没有惹她。"巴爷说:"她是谁的姑姑?你真不要脸!"玉斗说:"她说的,我不知道。"巴爷说:"咱们走吧,何必在此。"玉斗扛起褡套,往前正走,约有二十余里,到了一座村庄。

二人顺大路往南正走,荒村野径,人烟稀少。路东有一个大门,门前有一个小童,十四五岁,拉着方才那姑娘骑的那头驴,在那里蹓驴。南隔壁路东一个小酒铺,巴德哩两人迈步进了酒铺。焉想到又在此处生出一场是非。要知后事如何,且听下回分解。

第八十七回

巴侍卫莲子定亲　小太岁戏言耍笑

诗曰：

明明师灭寇，未灭岂宜休。

天意怜娇子，人情袒故侯。

乱军徒瓦解，圣主自金瓯①。

送客还乡景，翻令涕泪流。

话说巴德哩进了小酒铺，里边是三间房，当中有向西的门儿，门内靠北墙一张八仙桌，两边两条板凳，桌上搁着一碟豆腐干。玉斗两人坐在那里板凳之上，说："掌柜的，给我打半斤酒。"那掌柜的有四十多岁，身穿月白布裤褂，高腰袜子，青布双脸鞋，敦敦厚厚一个人。有一个小伙计，十二三岁，蓝布裤褂，白袜青鞋，梳着两个小辫，红头绳儿，长眉大眼，拿过来一把壶、两个酒杯，放在桌上。

巴德哩是有心事，在此并无心吃酒，不过是借吃酒为名，要探问那骑驴的女子的缘由，喝着酒说："小伙计，这是什么村庄？"小童说："此乃余家庄。"巴德哩又问："这村内有店没有？"掌柜的说："没有店，往下走四十里，才有店哪。天不早了，快日落之时，二位喝完了酒快走吧。我们这地面上甚紧，到处闹天地会八卦教。各村庄每日清查保甲，连亲戚都不敢留住。二位快赶路，道上紧得很！"巴德哩说："此隔壁姓什么？"那掌柜的说："我们这村没有外姓，都姓余，连我也姓余。"巴德哩说："我二人是跟官的，奉老爷之差办事，走的实在累了，今夜晚在贵铺借宿一宵，不知尊意如何？"那掌柜的连连摇头说："那可不成，我方才就说与你二位了。"巴德哩说："余掌柜的，再给我们半斤酒吧，我们喝完了再说。"小伙计又取过半斤酒来。巴德哩慢慢地喝，他也不忙，直吃到日色已暮。巴德哩掏出来一块银子，有四五两重，交给掌柜的，说："余掌柜的，给你酒钱吧，余下给

---

① 金瓯——金属的杯子，比喻完整的疆土。

小伙计吧。"那余掌柜的一瞧,真是"人为财死,鸟为食亡",带笑说:"何必二位花钱。"伸手接过银子来,又带笑说:"二位贵姓?"巴德哩说:"姓巴,那是吾二弟,姓玉,北京人。"余掌柜一听,说:"二位要不愿意走,就在我这里。院北上房两间,屋里边无人住,倒也干净。"巴爷说:"甚好,我二人感恩不小。"

余掌柜带二人出了后门,一个小院,北上房两间明着。玉斗把行李扛进屋内,放在北边炕上。余掌柜的说:"我们这里没有什么好吃的,有白面、虾米,做点儿虾米片汤儿吃。"出去叫小童做饭。少时,点上灯小童把饭送进来。巴德哩说:"你叫什么?"那小童说:"我叫小二哥。"巴爷说:"我问你一件事:你这北边住着余家有一个骑白驴的女子,你可知道么?"小二哥说:"我怎么不知道?那女子是我姑姑,还有我叔叔、婶母。我叔叔名叫余猛,外号人称'病夫神',是我们这里一个英雄,与我那姑姑都是全身的武艺。这两天是心中烦闷,因为我叔叔交了一个朋友,名叫两张皮马保。他乃是金家镇的人,乃是一个天地会八卦教,劝我叔父归天地会,我叔父不愿意。那一日晚上,有三更天,来了有二十多贼兵,把余家庄一围。马保把我叔父叫出去说:'要归降天地会,万事皆休;如若不然,我就把这座余家庄杀尽。'我叔父一害怕就应允了,马保带兵走了。过了四五天又来了,还带了十几个跟他来的会总,一同在我叔父家中,给我姑姑说亲,给他外甥双宝太岁郭亮留下定礼。我叔叔与我姑姑一说,我姑姑很不愿意。我姑姑骑驴把他姥姥请来,说了这两天啦,实在无法了,今天必是我姑姑往她外祖家中去了,遇见你二位。这两天我叔父那院中闹贼,是双宝太岁郭亮前来,被我姑姑打了一暗器,追跑了好几回。我姑姑有一口宝剑,甚是锋利,住的房屋是三角的窗户,上面安着都是锋利的铁条,怕夜晚有人暗中进去。"正说之际,听见掌柜的那里叫:"小二哥,这里来吃饭吧。"小童答言出房去了。巴德哩吃完了,小童撤去杯盘,天晚安歇。

天有二鼓之时,把玉斗叫起来,二人收拾好了,出了上房,把门带上。站在院内一瞧,皓月当空,月朗星稀。二人蹿上房去,跳在街心。巴德哩在头前,玉斗在后面,往北方才走了两步,后边玉斗"哎哟"一声,说:"大哥,你为什么拿铁莲子打我脖颈?"巴德哩回身,把地下那铁莲子起来一瞧,比自己铁莲还大。玉斗说:"我脖子上打了一个疙瘩。"听见背后那边有人笑着说:"大哥,你太厉害了,把人打了一个疙瘩,咱们就管他叫疙瘩。"玉斗、巴德哩说："好大胆！小辈别走！"二人往南追了二里之遥,连人影儿也没有瞧见。

二人回来,到了酒铺北边大门外,飞身上房,玉斗在前,巴德哩在后,正往前走。过两层院落,见北边有上房五间,东边各有配房三间。上房西里间屋内点着灯,是三角窗房。二人走至临近,用舌头把窗纸舐一个小窟窿,往里一看,窗户里头北墙有一张木床,床上一个大芙蓉纱的蚊帐。靠窗户一张八仙桌,桌上有一支蜡灯;西边墙上挂着一个大美人,两旁四扇挑屏,画的是山水人物。靠西墙一张梳头桌,桌上排着镜台、鱼缸、饽饽盒子。床上坐着一个女子,就是白天在路上遇到的那个女子。旁边坐着一个四十多岁的妇人,在那里说话。那妇人说："姑娘,你是白天到亲家太太那里如何说的?"那女子"嗐"了一声,说："我也没有什么说的,走到半路之上,遇见两个人,生了一回气。"就把玉斗叫好之事说了一回。玉斗一听,不由的一笑。里边那女子说："妈妈你看,外边有贼!"伸手拉宝剑蹿出屋中。那半老的妇人是这位姑娘的乳母,也就跟出去了。玉斗早上房逃走。巴德哩一瞧,窗外西边有一口缸,蹲在那缸底一旁躲藏。那女子出来上了房,那乳母望南院找打更之人。巴德哩说："我屋内瞧瞧去。"一翻身进了上房西里间屋内,一瞧那剑鞘子在帐子里挂着,屋内有冰麝、丹桂之香。正看那三角窗棂,听见外边更夫说："我并没有瞧见贼人。"那女子下房说："你们出去吧。"自己说："妈妈,屋里来吧。"巴德哩吓的浑身是汗,无处躲藏,无奈钻在床底下一蹲,也不敢出去。

那女子进屋内,坐在床上说："嗐！都是我哥结交匪人,才有这一段事,不知我终身归属于何处? 我虽是女子,万不能从贼。"那乳娘进来说："姑娘安歇了吧。我把门关好,我在东屋里安歇,你也不必坐着啦。"那女子答言,把屋中的隔扇关好了,自己闷对孤灯,想起自己父母早丧,跟着兄嫂度日,自己终身之事,有话不能说。思前想后,不由一阵伤心,落下几点眼泪来。心中烦闷,在床上和衣而卧,拉过一个闪缎绵被盖上,昏昏沉沉的睡着了。那巴德哩也不敢出来,怕人醒着,心中只跳。自己隔着床底望外一瞧,一阵香烟由窗孔中透进来,直望上升。自己扒在就地,少时听门一响,"咯吱"一声,进来了一个人,身高九尺,面如锅底,粗眉圆眼;穿青褂裤,薄底快靴,年在二十以外,手中擎一口宝刀。巴德哩一瞧,并不认识他是何人。

　　书中交代,这个贼就是双宝太岁郭亮。他是五明山总统天地会的贼人,因为有人说他定下妻室貌美,怕不给他,他私自下山,在这临近店内住着,夜晚前来瞧瞧如何。那一日二更以后,他来到此处,隔着窗户戳了一个小窟窿,见这位姑娘余碧环长得貌赛西施,他想要采花①。他被姑娘听见,打了一暗器。他跑了,还不死心。他有一个铜牛,是自簧里边装好了鸡鸣五鼓返魂香,要用之时,把那牛嘴冲着窗孔一对,一捏簧,把后边牛尾巴底下一个窟窿一吹,屋内睡觉之人,一闻就迷昏过去了。他有一口宝刀,名叫赤虎销金缺尖卧龙刀,削铜剁铁,吹毛利刃,迎风断草,刺木如丝。今天在窗外瞧见姑娘灯下落泪,那一种的俊俏,贼人心中一动:“我何不把她用我的鸡鸣五鼓返魂香薰过去,我好进去追欢取乐。好事办完,我再告诉她,把她用解药解过来。”起罢,他望窗孔中一入手,一捏簧,他一吹,然后这小子把那物件收在锦囊之内,用宝刀削开门,进里间屋内。郭亮一瞧,姑娘斜身躺在床北,脚南,面向西,盖着一个绵被,是红闪缎的,露着窄窄弓鞋,又瘦又小。贼人淫心一动,把那宝刀立在床下,他笑嘻嘻地过去,伸手要捏姑娘的脚。

　　巴德哩一瞧,气往上冲,说:“原来是一个采花的淫贼!我先把他那刀拿过来,剁他一刀。”伸手把那赤虎金刀拿起来了,照定郭亮两腿一剁,只听“哎哟”一声,贼人方要用手拉姑娘盖的绵被,被巴德哩的刀砍在腿上,两只脚也落下来,疼的贼人直嚷,片刻就疼的昏迷过去了。巴德哩钻出来,玉斗自外边进来,说:“屋内有薰香,哥哥在哪里躲着来?”巴德哩说:“我在床底下,隔着布围子,烟往上升,那薰香如何能到床底下哪!你在哪里躲着来的?”玉斗说:“我在前院茅房里蹲了片刻,我来找你,瞧见那贼人正使薰香。我见他进屋内,我知道他是采花作乐,我也不知你在这里。我隔窗户一瞧,你把贼刺倒了,我就进来了。”说着,玉斗从贼人怀内掏出那一只小铜牛,还有两个药瓶儿。一个盛解药,一个是薰香,自己收在囊中,说:“大哥,走哇!”巴德哩愣了半天,说:“兄弟,你把那女子用解药解过来。”玉斗说:“我试试解药灵不灵再说。”掏出瓶儿,把那女子用药解过来。

　　那位姑娘一睁眼,说:“你们是什么人?”巴德哩带笑说:“姑娘要问,

────────────

　　① 采花——调戏妇女。

我二人住在前边小铺之内,夜晚到外边方便,方才遇见这个贼人入这宅中来。我二人自幼练过,跟他至此。他用薰香把姑娘薰过去,我二人气愤不平,进来把贼人砍了两刀,把姑娘救过来。这话是实。"

正说话,那乳娘听见,过来一瞧,好热闹,姑娘房中三个男子。乳母一问姑娘,说:"碧环,这是怎么回事?"巴德哩就把方才说的那话又说了一回。那乳母一瞧地下好些个血,贼昏迷过去了,说:"地下那贼人同马保在这里来过,是郭亮。"姑娘一听,伸手拉出剑来,照定那郭亮脖颈之上,一剑把贼头砍下,自己出来与乳母说了几句。

乳娘到屋内,问明二位名姓,是做何生理? 二人先不肯说,后来玉斗说了实话。乳母说:"巴大爷,我这女儿还能给别人吗? 黑夜屋内进来了三人。你不必推辞,这一门亲事我保啦,你应不应?"巴德哩不应也得应。乳母说半天,巴德哩才应了,留下莲子一个,作为定礼。乳母说:"我家庄主爷与我家姑娘奉天地会之命,看守五明山。那时间二位随穆帅到剿山之时,你二人讨令探山,自有机缘相遇。"正说话之间,窗棂外头一阵狂笑,说:"天地会大事机关,今丧在妇人女子之手!"不知外面说话之人是谁,且听下回分解。

第八十八回

马成龙攻打汝宁府　巴德哩气走大清营

诗曰：

> 乱后无佳象，危中忽壮图。
> 艰难筹国计，侥幸碎兵符。
> 不死疑非福，虽安势亦孤。
> 两年未一捷，此信果真无。

话说巴德哩莲子定了亲，正在屋内说话，听见外边有人答言，二位英雄追出了上房，一直蹿上房去，并不见一人。二人下来说："我两个人走了，住在南隔壁小酒铺之内。"乳母说："二位切记吾言，不可有误。"玉斗两人说："记住了。"出房门，上房蹿至外边，回归酒铺之内。巴德哩心中甚喜悦，说："二弟，你得了一个熏香铜牛，我得了一口宝刀。"

二人方要睡觉，听见外面有人叫问，说："巴德哩，你拿我的莲子定了亲啦？好哇！你那个媳妇可是我娶，你知道了！"巴德哩一听，站起身说："好大胆的匹夫！"跳下炕去，开门一瞧，并没一个人。各处寻找到了，无奈自己又回屋内，说："了不得啦，必是死去的那个郭亮冤魂不散，前来找我要命来了！"正说之间，外边又叫："巴德哩，巴德哩，你拿铁莲子定了亲啦？那个媳妇可是我娶，你知道啦！"巴德哩气往上撞，说："小辈！你是什么人？快通名来！"下炕开门，不见有一个人，心中说："是了，又是闹鬼！我也不管是谁，自己睡觉去。"又回在屋内等候，也不敢睡。正无可如何之间，又听外面叫门，一连又是五次。巴德哩追出去没有人。玉斗说："大哥，你不必着急。我在门缝里等他来时，隔着门缝，我把那小铜牛一吹，可以就把他拿住了。"

二人计议好了，玉斗方才站在那门里等候。外边有人扒在门缝儿望里叫，说："巴德哩，你拿我那莲子你定了亲啦，那可不成，你那媳妇是我娶定了！"玉斗照定外面一吹，只听"哎哟，不好"，"噗通"一声。玉斗出去，见院内有一人躺在就地，过去把他拉进来，到屋内把灯点上一瞧，认得是白天在半截村要小钱的那穿紫花布裤褂的那个人。玉斗把他捆上，用解药解过来。巴德哩一瞧，怒从心上起，说："你这个匹夫，好大胆！为什么与我玩笑？你快说！"那个人说："朋友，你先别捆我，我也算是绿林中朋友。"

正说着，外边又进了一个人，玉斗二人一瞧，认的是白天在饭铺吃饭遇见那个办案之人，笑嘻嘻的说："你这两个人为什么不认交情？"过去伸手把那捆着那个人解开了，然后又与那玉斗、巴德哩二人说："来，我给你二位见一个朋友。"手指着解开的那个人，说："此人姓卢，名杰，别号人称'小太岁'。我姓黑，名英，也有外号，人送'小玄坛'。我两个人是结义的兄弟。在路上因你二位讲话，我才知道你二位的英名，都是自家人。我两个人也是要投军营去的。"

巴德哩、玉斗从新见礼让坐，问卢杰说："你二人投大清营内哪位大人去？"卢杰说："投一位倭侯爷去吧。他说投一位瘦马大人去。我们白天是实在冒犯，得罪二位。"玉斗说："那倒不要紧。我且问你，为什么你拿铁莲子打我，是为什么？"卢杰说："我是与你二人诙谐。你二位也是奔四川峨眉山大营内去吗？"玉斗说："不是，我们是奔那汝宁府，跟穆将军这边去，你二人要奔倭侯爷，趁早别去。神力王递折子报他探贼迷山，不知去向。又有人传言，说他被妖道拿住，把他用三钉钉在那木板之上，已然死了的。"卢杰一听，说："嘻，完了！我那叔父他心性高傲，一旦死在贼人之手。当初他与我父亲结拜之时，在我家中住了几载，后来他自得意之后，给我父亲带到两封平安书信，我故此才想投奔他。走在半路上，遇见我黑大哥，我二人结为兄弟，他是投奔瘦马大人去，那是他师叔。他住家在卫辉府，回回峪的人，是清真教。他家中祖传武艺，他父名是'锦太'两字。我二人告辞了吧。青山不改，绿水长流，他年相见，后会有期！"说罢，二人扬长而去。巴德哩二人安歇。

次日天明起来，小二哥进来说："巴爷、玉爷我叔父那里来请你二位过那边去。"正说着，院内有人说话，说："二位起来了？"从外面进来了一人，身高七尺，身穿青洋绉大衫，白袜青缎双脸鞋；面皮黄瘦，年约四十以外，带笑说："哪位是巴爷？我叫余顺，昨夜蒙二位杀贼，我实不知，请到那院去坐坐。"二人一瞧，不去也不成了，跟病夫神到他那边。余顺又把定亲之事问了问，他是听乳母报与他知道，把郭亮死尸掩埋了，他才请这二位。知道这二位侍卫不能久待,用完早饭,送二人起程,定好了五明山之事。

玉斗二人正往前走,前面马成龙押囚车带马队,正遇上巴德哩。二人过去给马大人请安,说明了来历。马成龙下马,一同跟那梦太、李庆龙过来引见,提起都中之事,说话甚是投心。又找了两骑马,叫他二位骑,一同往前进发。

那一日,到了汝宁府。穆帅的大营,在汝宁府的西北。总理前锋营营务处,是提调大人汪平,与巴德哩哥们是盟兄弟。同着马大人,先到了营务处挂号,投了文书。穆帅传马成龙五个人至中营大帐,要见他等。那些个中军、旗牌、副、参、游、都、守、千、把、外委、兵丁、满汉侍卫两旁站立,都是得胜盔,灰色缺襟袍儿,腰佩太平刀。当中是穆帅,左边是蔡将军,右边是汪平汪大人。穆帅年有六旬,赤红脸,环眉虎目,花白胡须,精神倍加,二目带神,另有一团的神威;头戴纬帽,头品顶戴,双眼花翎,身穿御赐八团龙的黄马褂子,蓝绫绸单袍,粉底官靴。汪平是一个俊品人物,年约三十来岁,白面,墨灰色宫绸的单袍,外罩天青宫绸外褂子。蔡将军五旬以外,紫面目。两旁站定英雄不少。

马成龙过来给那老将军行礼,那四个人也行礼。穆帅一瞧,说:"成龙、梦太、李庆龙、巴德哩、玉斗,你五个人在路遇见的?"众人说:"是。"穆帅说:"我看了文书,又有差官禀我知道。那佟起亮、金四彪,是你等拿住的吗?"成龙说:"是我五个拿的。"将军说:"你们久战天地会,深知贼人之性,我也调你三个人前来。本帅我至此处,与为首的贼名叫任山打了两仗,未分胜负。他死守汝宁府这座城,我攻了几次城池,攻打不开。今天你三个人来此甚好,我有话问你等。你们是久战天地会,贼人的情形你等必然知情,有什么好计可以破这一座汝宁府?你自管说来。"马成龙说:"此城易破。大帅带有炮队,请九节毒龙炮三个,要打汝宁府甚易。"穆帅说:"我这里正缺一个管带炮队之人,连火气营共十营,你本身带来那五百马队,自归你统带。帮带马梦太,管理你那营的营务处。粮台,派李庆龙去。"随赏三个人三桌酒席,又叫军政司给玉斗、巴德哩记大功一次。成龙等下去,早有他属下的管带,那些个营官、哨官、副、参、游、都、守、千、把、外委齐来请安。成龙三个人到了正西,四面是连环八卦的营寨,当中三个营寨,当中是成龙那五百人住,为中军帐,护庇成龙;左边那营归李庆龙,右边那营归马梦太。三个人先到中军帐,挑了差官,安置停当,方落座吃酒。

正吃酒之际,外面人报说:"禀三位大帅,外边有巴老爷、玉老爷来拜。"成龙说:"请进来。"少时,玉斗二人进来,与成龙等落座吃酒。梦太问说:"你二人此时大帅派什么差事呢?"那马德哩说:"在副帅那里管理粮台。那副帅汪大人,与我二人是拜兄弟,他当初当小差事,后来屡次高迁,我们哥俩是真知己之交。不是我小器①他,当初是我们把他提拔起来的。"说着话,喝完了酒,二人告辞去了。

至次日天明起来,拜众位带兵官长,回头用完了早饭之后,点了花名册,操演几天。这一日,请将军的令,带炮队攻城,穆帅又派那汪平为接应。马成龙带大队离汝宁府不远,早修下三个大炮台,把那独龙炮架起来,照定汝府点放。只听的一声响亮,那炮子正打在城墙之上,马成龙在马上用千里眼②一打瞧,那城上旌旗招展,人声一片。那炮子儿打在城墙上,从那炮子进去的那窟窿中,流出好些个黑紫水,仿佛是紫血相似。那成龙又叫点第二个炮。那炮手吹去了蒙头灰,晃火绳照定了火门一点,震天声响,一溜烟又打在那城墙之上。此时,那些个官兵与成龙等众人一瞧,还是与那头一炮一样,打在城墙上,从里边流出好些紫血汤子来。那马大人如是者三炮,俱打不开。无法了只好回来,与汪大人说:"汪大人,你我调队攻城,今天务要攻破汝宁府,才可以算得胜。"汪大人吩咐:"掌号调队攻城!"那奋勇队与飞虎云梯军设立云梯,头前那飞虎军手擎藤牌、短刀,顺云梯往上直扒;后边马成龙与汪平、梦太、李庆龙在马上督队人马,在汝宁正西攻城。那上面守城之人令旗一摆,一声炮响,滚木檑石往下砸打,火枪火箭一起往下砸打。攻了有两个多时辰城,人马官兵伤了无数。汪平见攻不下城,吩咐鸣金撤队,回归大营,禀明了老将军。此时穆帅一听,急的无法可处,在营内思想主意。次日又攻城,官兵受伤甚多。一连半月之久,穆帅急得病了,派汪平、蔡荣二人管理帅印,自己养病。

这一日,马成龙也就在子午营与梦太闷坐,悉这一座城打不开,实在无法了。外边进来了差官,说:"巴老爷来了。"成龙方才说"请",自外边

---

① 小器——小看。

② 千里眼——望远镜旧称。

进来巴德哩,说:"大人,我有个结义的哥哥,此人能耐武艺高强,本领出众,乃正黄旗蒙古人氏,现在当大宫门头等侍卫,在营门外站着,我是同他一处来的。"成龙说:"我同你迎接他进来。"说话往外就走。焉想到成龙这一出去,惹出一场是非来。不知后事如何,且听下回分解。

第八十九回
马成龙见景生巧计　巴德哩误走麻家庄

诗曰：

> 生涯从古类飞蓬，堕地伊谁敢论功。
>
> 别路三千常作客，古人四十已成翁。
>
> 读书虞夏周秦汉，阅世冰霜雨雪风。
>
> 可惜经营无一事，岁华回首太匆匆。

话说马成龙跟巴德哩到了营门外一瞧，外面有三匹马：头前是韦驮保，身高八尺，头戴纬帽，三品顶戴，灰色摹本缎单袍，外罩天青宫绸褂子，篆底官靴，身上带着槟榔荷包眼镜盒子全份活计；淡黄脸膛，雄眉阔目，年在三十以外。巴德哩说："韦大哥，给你二位引见引见。"用手一指，说："这位是马大人，这位是韦大人，你们哥两个多亲多近。"韦驮保过来请了一个安，说："大人好！"那马成龙说："你好！"韦驮保一瞧他没有还安，心中大不愿意，无奈冲着巴德哩过来说："大人，讨您老人家手拉①。"山东马说："不拉手。"韦驮保一瞧，说："巴贤弟，是朋友给我见，不是朋友别给我见！"回头说走，带跟人上马竟自去了。那巴德哩目瞪口呆，马成龙也说："巴大兄弟，是朋友给我见，不是朋友别给我见！"巴德哩说："马大哥，你不可这样粗率，人家给你请安。你不还人家一个安；人家要跟你拉手，你说不拉手儿。你还怨人家吗？漫说是你，就是汪提调，他是一个副帅，见了我们哥们，他还有一个起坐儿哪，何况是马大人你！"马成龙说："你别吹着玩了，我就不信！我去到那汪大人处等你，看你见了副帅该当怎样？"说着话，就往前走，巴德哩后面跟随。

到了前锋营汪大人处，有差官瞧见，先到里边通报汪提调。汪大人迎接出来，一见马成龙，手拉手儿进了大帐，说："马老兄台，我正要请你议论大事，兄台来此甚好。"二人在大帐之内落座。当中桌案，东边椅子上

---

① 讨手拉——握手之意。

坐着是马成龙,西边椅子上坐着是汪平汪大人,两旁边是十二名差官。从人献上茶来,汪大人说:"马大人喝茶吧。我今天正要请你前来,议论破汝宁府之事,不想兄弟来了,甚好。"正说话之间,巴德哩进来,说:"大帅在上,巴德哩请安。"汪大人问:"有什么事?"巴德哩说:"没有事。"汪大人同着人坐着,也没有站起来;一问他什么事,巴爷又说没有事。汪平一想:"我这个兄弟就是跟着我当差,他要跟着别人当差准不成。无缘无故的,我在这里正会着客,他进来做什么?我要说他两句,比别人说他还好。"想罢,说:"没事进帐,必是你要讨差事。回头跟我作引马,前去探贼。"巴德哩本来是与山东马赌气来的,偏巧汪大人也没有站起来,又一说他,又派他跟着探贼,他那气大了,越想越气,说:"得令!"汪大人说:"马大人,你我带马步军,到汝宁府城西那里见机而作,不可有误!"二人上马,挑选马步军队。

马德哩觉着没有作出脸去,自己回到账房,换好了衣服,然后拉着马,鞴的是破鞍鞴①,穿的是旧箭袖袍,一直的望大帐,怒容满面,站在一旁,也不言语。汪大人与马成龙二人上马带队,并马而行。前边是引马与巴德哩,后边带队的是韦驮保、韩三保、萨里善、哈三保,副、参、游、都、守等官不少。巴德哩在马上怒气不息,他指着那马,骂了声:"畜类东西!你也吃了我不少的草料,为什么你肥了,你就闹脾气?我今打你,你不愿意跟我当差。告诉你:我当差也吃饭,不当差也成了。你这个东西,好生大胆!"他拿那鞭子直打那马。汪大人一听,气往上一撞,说:"巴德哩,你这个匹夫东西!在本帅跟前这样大胆,回去我定要办你!"那巴德哩一听,说:"什么?你办我巴太爷?我这差事不当了!"说罢,拨马就走。汪平说:"来人!给我把他拿住,到营内我要办他!"

后边玉斗、韦驮保等五个人一撒马,说:"巴大兄弟,你别走,我有句话说。"离汪大人远了,这些个追巴德哩,玉斗在头里说:"巴大哥,站住吧,我给你写信,你投奔我舅舅那里去吧。我舅舅现在做金陵建康道台,你去了就成。"韦驮保说:"巴贤弟,你别走,我给你写信,你投奔江苏我表兄,现作江苏巡抚。"萨里善说:"巴贤弟,你别走,等等我吧!我告诉你,投奔我叔叔那里去吧。我叔叔现在作两广总督,我哥哥在这河南作布政

---

① 鞍鞴(chàn)——马鞍子和垫在马鞍子下面的东西。

司,你别忙啊!"那巴德哩一声也不言语,催马直望西南去了。众人追了几里,并没有追上,无奈回来到汪大人马前,说:"并未追上,求大人恩施格外吧!"

汪大人一摆手,他在马上一瞧,那汝宁府城上旌旗招展,贼兵无数,防守甚严。无奈不敢攻城,传令往回走。汝宁府西关外道北边一带浅河,内里长起有一片苇草,有五六里长。过去那苇草西北,就是穆帅扎营之处。汪大人同成龙要往回走,非往西绕才过得去,天有正午,马成龙正瞧青茫茫一片苇草,见有一片苇草地,往北一条小路。马成龙一瞧,说:"汪大人,派两个人带五百兵,在此小路口等候。如有从里面出来的人,拿到大营见我,自有道理。"汪大人一回头,叫:"都司刘奎明、参将彭占炳,你二人在此处带五百步兵看守这小路口,有人从里边出来,拿送大营见我。如至日落之后没人出入,你二人回营交令,不可有误!"二只见云生西北,雾长东南,沉雷声响,细雨飘飘。在先雨小还不要紧,后来越下越大。刘奎明说:"彭大人,你看这雨下的大了,想你我为武夫的,在军营内苦征血战,早起迟眠,为的是名垂千古,青史留名。自到汝宁府,攻了八次城,伤了几千人,阵亡了二十多名官长,你我还算时运高照。今天在这雨地内等候,查拿奸细,真应古人的话了:'寒暑披铁甲,南北定烟尘。渴饮刀头血,睡卧马鞍心。'"彭占炳说:"刘大人,你所说的有理。无奈一件,为人子,孝当竭力;为人臣,忠则尽命。大丈夫处事,必要想光前裕后之事。"

正说着,忽听见苇草里边有人走路之声响,出来了两个人。刘奎明说:"拿!"那些个官兵过去把那二人抓住。彭占炳一瞧那两个人:一个身高七尺,身穿月白布裤褂,白布袜子,青布双脸鞋;年约三十以外,面如茄皮,黄眉毛,圆眼睛,脸上黑中透暗。另一个是身高六尺向外,黄面目,吊角眉,大眼睛;身穿蓝布裤褂,白布袜子,青布鞋,肩头上扛着一个空口袋。一见官兵来拿,他两个人跪倒就地,说:"众位会总爷饶命吧!我们是做小本经营的,你不可这样无理。"刘奎明说:"我等是清营的官兵,奉令在此捉拿奸细,捆上带着走!"那两个人说:"我们是本地百姓,做小本经营。"彭大人说:"带你二人至大清营再说。"二人上马,带着官兵,押着两个人,至大清营汪大人那里,回禀汪大人、马大人知道。至大帐说:"卑职等在苇草小路,拿来两个人。他说是本处百姓,做小本经营的,方才搜了搜他二人身上,并无有别的物件。请大人定夺。"

马成龙点上灯升帐,说:"带上来,我问问他是何等之人。"汪大人说:"带上贼来。"下边有人答应,把贼人带进帐来。两边站立亲兵队、差官。两个人跪下说:"大人饶命!我两个是好人,不知为什么把我二人拿来?"马成龙说:"你二人是哪里人氏?姓什么?不必害怕,说明白,我开放你二人就是。"那穿月白裤褂的说:"我姓祁,排行在五。那是表弟段芳。我们在这正北二十里,白沙庄人。因为家中贫寒,做小本经营为业。听说这里大清营扎驻,八卦教在城内也不敢出来,我二人上汝宁府正南有一个平定镇,去取落花生,做个小买卖,亦好度日。此是实话,求大人格外施恩!"马成龙说:"你二人口袋里装的是什么?快些实说!"有差官把那口袋呈上来,说:"里面有两串钱,并无别物。"

马成龙听这二人说的话,看那举止,成龙心内说:"我要问不出这二人的真情实话来,也被汪平笑我无能。"主意已定,又想:"在此行军之际,这两个人要是百姓,也不敢走汝宁府西门。"又望贼人身上细瞧瞧,也没有什么东西,故意的说:"你这两个小辈,好大胆量!我早已看出来了,你二人身上带着的物件,还不快说实话!"那两个一低头,只瞧袖口内。成龙吩咐:"来人!快把他那袖口的手巾拿出来我看。"差官立时把那两个人袖口内带着的手巾拿出来,一瞧上面并没有什么,交给成龙亲看。成龙看了半天,说:"你两个人这手巾上有蓝线一叠,上面凑三个字,是'天地会'。你还不快说实话!"那两个人,祁五就说:"大人不必动怒,既然看出来,我二人实是天地会。今天奉老会总任山之命,暗中哨探大清营。今既被擒,求大人恩典!"汪平接口问道:"你城中还有多少人?"祁五说:"还有七万人马、三年粮草,内有十二员大会总、四十位散支会总。此城不赛如铜墙铁壁?这座城是一座糖城,炮打不怕,非有生死白牌,不能开城。我告诉大人说吧,就让攻打三年,城也攻不开。非见那生死白牌,不能开城。"汪大人与马大人问道:"什么叫生死白牌?你要实说呀!"祁五、段芳二人说:"那生死白牌,乃是当初老会总任山他奉命之时,八路督会总派他取北五省,立了一角文书,一劈两半,八路督会总给任山一半,留一半,说:'你我分去之后,无论你得了多少城池,非见我生死白牌,不可卸兵权,不可开城。'故此这一座城打不开。"汪平听明白了,说:"来人!把这段芳、祁五带下去,斩首级号令!"下面有当差人等齐说:"得令!"又吩咐:"合营大小将官听令:如有人得了这生死白牌,兵升守备,将加三级。"那差官少时献上段芳二贼的头来，马成龙与汪大人吃酒。

天有三鼓时分，成龙方要告辞，外边差官进帐报与汪大人说："巴德哩回营，现在帐外听令。"汪平说："好，命他进来，刀斧手伺候！"只见那巴德哩笑嘻嘻的进了大帐，大众一瞧都愣了。只见他换的新摹本段箭袖袍儿，是库灰的颜色，亲獾皮的巴图鲁坎肩，翡翠的扳指，新漂白袜子，蓝摹本缎镶鞋。汪大人方要传令杀巴德哩，巴德哩说："卑职仰仗大帅的虎威，巧得生死白牌，可取得汝宁府这座城池。"那汪大人与众人一听，心中喜悦。不知巴德哩如何得了生死白牌，且听下回分解。

第 九 十 回

献白牌计取汝宁府　　为贪功途遇镇八方

诗曰：

偏是孤单更损伤，闻君气走倍凄惶。

根原偶托如桑寄，花太堪怜易杏殇。

五夜春雨唐后主，百年书籍蔡中郎①。

伤心说是离乡后，不为闻猿亦断肠。

话说汪平一听巴德哩得了生死白牌，心中甚喜，就把要杀他的心没了，问："你是从何处得来的？"巴德哩说："大人要问，听我细细的说就是了。"

书中交代，一张嘴难说两下里话。这是怎么一段事哪？只因巴德哩一怒，催马望西南下去，众人追他，如何追得上他。他往西南走了七八里路，前边有一座树林，自己下马，心中烦闷，想："我当时一口气要逃走，忘了国家的王法，这是临阵脱逃。我要是被人家把我拿住，那时身受国法，还算是不忠之臣。我要回家去，我父亲必要把我送当官，报临阵脱逃之罪。再者说，我家中就生我一个人，我要一死，我父母年迈，我门中要断嗣绝后。我也没有一个投奔。"正想之际，细雨纷纷，自己上马，冒雨而行，倒慢慢的往前行走。

走了有五六里之遥，雨也住了，拨回马来望北走。面前有一村庄，天已有日落之时。巴德哩进了南庄门，见里面是南北的街，路东路西都是住户人家。雨方住了，巴德哩一瞧，路西里有一个大庄门，门前有五棵柳树，站着有无数的庄客。有一个人倒脏水，溅了巴德哩一身脏水。巴爷一瞧，气往上一撞，跳下马来，说："你们这些个匹夫，好大胆量！"奔过那个人去，说："来！太爷的衣服都脏了，你们好好的给收拾干净了！"那些个庄

---

① 蔡中郎——蔡邕，汉末大学者。董卓的为侍御史，官左中郎将，卓被诛后，邕为王允所杀。

客说:"谁叫你从此处走来的!"巴爷气往上撞,过去方才要打,只见从那里边出来一个人,年约二十多岁,身高七尺,面如白纸,细眉圆眼;身穿淡青川绸大衫,漂白袜子,库灰摹本缎镶鞋;手拿折扇,从里边出来,说:"你们这些糊涂的匹夫,为什么欺负人家外乡人? 不准动手!"那些个庄客齐说:"少庄主爷,我们那个伙计倒脏水来的,溅了他一身,他就口出不逊。我们大家问他,他不说理。瞧他这个样子,不如大家把他拿住,活埋他哪!"那少年怒道:"胡说! 你们去把这位兄弟的马给拉来。"说着,向巴德哩一拱手,说:"大人不见小人过。请到寒舍一叙。"说罢,拉着巴德哩,一同进路西大门。往正西是花园子,里面暖阁凉亭,游斋跨所,楼台花草,甚是幽雅。望北是垂花门。一进重门,门内两个十五六岁的小童,俱穿蓝细布大褂,白袜,青布双脸鞋,五官俊秀,在两边一站。

这院内是北上房五间,大厅东西有配房三间,房屋高大。院内摆着十六对花盆,盆内俱是奇艳花草。当中鱼缸一个,里边有荷花映绿。到了大厅,两个小童儿把帘子一挑,二人进去。巴爷一瞧,当中有木壁挡着,由东西两边都可通后院中去。西边一个暗间,东边一个暗间。当中靠北边木壁,有一张八仙桌儿,桌上排着文房四宝。两旁俱有椅子,房内古玩陈设不少。

二人落座,有人献上茶来。巴德哩说:"庄主贵姓啊?"那少年人说:"我姓麻,名贵。兄台尊姓?"巴德哩一想:"我是临阵脱逃的,他让我进庄来,这等容易,我别说出真名实姓,恐怕我露出本来面日,那时受害。"想罢,忽然间想起:"汝宁府参将刘杰,因失守弃城逃走,我何不假充他之名姓。"想罢,说:"我姓刘,名杰,原任汝宁府参将。"麻贵说:"原来是大人,我实不知道,多有冒犯! 来吧!"先取了几件衣服来交给巴德哩,麻贵说:"大人换衣服吧。"巴德哩说:"麻大爷,我也不推辞了。"自己到东里间屋内换好了衣服出来。麻贵又拿出来各样古玩、扳指、烟壶儿,说:"刘大人,你我二人知己交情,这些个物件你带上几件。"巴德哩带上一个扳指,拿了一个烟壶儿。少时间,下边擦抹桌案,摆上酒席,说:"咱们喝酒吧。"少时,菜蔬齐备,齐摆在桌上。书童儿斟酒让菜,二人谈心叙话。

酒喝到半酣之际,巴德哩说:"麻老兄台,你们这个庄村遭此兵荒马乱之际,为什么不避兵灾哪?"麻贵趁着酒兴说:"我们这麻家庄,官兵不能来此打抢。"巴德哩说:"官兵乃国家派大帅管辖,所为剿拿叛反之贼人,焉有搅乱平民之理! 此话不通,就怕有贼人前来,那时间可不好了。
我瞧临近别的庄村并无人马,为什么你这麻家庄就不怕贼来呢?"麻贵一
听,一笑说:"刘大人,你此时是来私访? 是来闲游?"巴德哩说:"我是临
敌脱逃,失守汛地,有犯国法。此时间,我是有家难奔,有国难投! 我也是
信马由缰,来到此处,得遇吾兄。此乃是我的真情。"那麻贵一听,说:"你
我要结为兄弟,我把实话告诉你说。"巴德哩一听,说:"甚好。你我就磕
头结为生死之交。"二人就对上一拜,各叙年庚,巴德哩居长,麻贵年幼。

二人重新又吃酒。麻贵说:"刘大哥,你我既然是异姓弟兄,你我也
谈谈肺腑之言。我实告诉你说吧,我们这座麻家庄,乃是天地会八卦教。
是我有一个爷爷,他乃是天地会中八路督会总的结义拜弟。当初有我太
爷之时,住在山东登州府文登县,麻家庄的人氏。那吴恩是我太爷的干儿
子,我爷爷由少年间就爱练,练了远拳短打,跟着吴恩,常在一处。后来
我太爷死了,我爷爷就与吴恩练那长生不老之术。吴恩造反扯旗之时,封
我爷爷为一字并肩逍遥自在太平王。因为任山带兵在北五省搅乱,吴恩
把生死白牌给我爷爷,叫他到各处兼管军马,总理征北粮饷军务。我爷爷
名叫麻长荣,派到了此处,见了任山,我爷爷说了找一个僻静所在。任山
他原籍是此庄中人氏,就送我爷爷来到此处居住,后来把家口接到此处住
居。这两天,因为那大清营穆帅前来攻打汝宁府,我爷爷一听,连日唉声
叹气,对我说:'麻贵,你承嗣过来,我也没有什么给你。你把我这一份家
私,挑细软物件带些个,你远走高飞去吧。'我还有一个小叔父,才两岁,
打算今夜晚上他三人上吊身死①。我正心中烦闷,到外边遇见大哥你来
了。我这是真情实话。我们家中有生死白牌一个,那就是令箭一样,如拿
到汝宁府,任山一见,就得开城迎接,如同旨意一个样。"巴德哩一听,心
中说:"我要得了这个生死白牌,那时间我回大清营,也好将功抵罪。"正
想之际,麻贵说:"来人! 再把那纱灯点上,我今天是一醉解千愁,明天再
做主意。"

正喝酒之际,听的外边有人大嚷一声说:"好一个麻贵! 你这不要脸
的匹夫,满嘴里胡说惹事!"帘子一挑,从外面进来了一个人:年约四旬以
外,面如冠玉,重眉大眼,准头丰满,唇若涂脂,平顶,身高八尺,头短脖粗

---

① 身死——自杀。

脑袋大;身穿蓝绸长衫,高腰袜子,山东皂鞋,猛一瞧好像马成龙。麻贵一瞧他爷爷进来,吓的顺着桌腿往下一溜,躺在就地,醉眼蒙眬。有小童把他搀扶在西屋内床上去了。巴德哩一瞧进来这个人,他是一个猛劲儿说:"马大哥,你因何往这边来的?"麻长荣一瞧,并不认识,说:"你是什么人?快说!"巴德哩一细瞧,说:"嘻!我认错了人啦。我姓刘,名杰,是汝宁府内失守城池参将,无处投奔,来到贵庄,被这里少庄主把我让进来吃酒。不知尊驾何人?"那位英雄一听,说:"原来是刘大人!我不知道,多有冒犯!你这也不能回营了?"巴德哩一听这一句话,他心内一动,说:"我实在不能回营,连家也不能回了。我也是走投无路,入地无门。"麻长荣落座,一瞧巴德哩,那果然是真心,并无二意。又谈了半会儿闲话,然后一同吃酒。

酒至半酣,麻长荣说:"刘贤弟,你我结为生死弟兄,不知尊意如何?"巴德哩说:"也好。"二人又冲着上面磕头,麻长荣居长,巴德哩居次,二人入座谈心叙话。麻贵在屋内听见了,说:"好哇!跟我拜了盟兄弟,又跟我爷爷磕头,你好大胆量!我焉能与你善罢甘休!"麻长荣说:"畜生,不可胡说!喝醉了,你就这样无礼吗?"然后又与巴德哩说:"贤弟,劣兄有一句话,你且记在心:无论你多急,千万别归天地会,一入会中,想退不能!你想想吧,你要此时间归大清营,是准把你杀了,白死还落一个不忠之臣。你要归天地会,你想要再逃出来,那万不能够。我本是天地会八卦教中人,麻贵方才所说,并非是假的。我有件心事托付你:你有一个侄儿,方才两岁,你把他带走。我给你收拾细软物件,你带我那孩子逃走远方,找一个地方。久以后那孩子长大,你就叫他姓刘,他就算是你刘门之后了。我去后院中收拾些古玩物件,你就把他带走就是了。"说罢,站起身,自木壁后穿往北院中去了。

巴德哩等够多时,不见他回来,心中甚是着急,自己又狐疑起来,怕的是麻长荣嘴甜心苦①,又生心害他。站起身来到院中一瞧,四顾无人,翻身上房,往后院中一看,见是正房厅内五间,东西配房。巴德哩一瞧,到了前房坡,使了一个珍珠倒卷帘的架势,夜叉探海势,往里一瞧,隔着竹帘,灯光射出来,瞧里面甚真。正北条案是花梨木的,上面好些个玩物,案前

① 心苦——心狠。

八仙桌一张。东边椅子上坐着是一个妇人,年在四十以内,乌云巧挽盘龙髻,上有几支碧玉簪;举止端方,品貌不俗;身穿蓝绸女褂,青绸子裙儿,窄窄弓鞋,怀内抱着个小孩儿,唉声叹气,说:"儿呀,你今天要是与为娘一分手,哪一个是你亲人?久以后长大成人之时,你认那刘家叔父为父,不知生身父母是谁,孤苦伶仃。也是你父亲做事错了,才有这生死别离之事。为娘虽死在九泉,也不甘心瞑目呀。你再吃为娘几口断肠的乳食吧,从此永别了,今生今世要想再见为娘,那是不得能够了!"麻长荣说:"娘子,不必悲泣,收拾物件,打发他起身,你我夫妻一死,也就完了。"说罢,站身进西里间屋内去了。巴德哩正听得入神之际,被后房上有一人举刀就剁。不知巴德哩性命如何,且听下回分解。

第九十一回

病二郎遭擒被获　小陈平夜刺成龙

诗曰：

尘红浪白正茫茫，未必蓬莱即我乡。

说士空争三寸舌，草元徒转九回肠。

梦来谁见身为蝶①？仙去人传石是羊。

识得浮生原暂寄，笑看傀儡各登场。

话说巴德哩正在房上听那麻长荣之妻与那小孩儿说话，他不由一阵心惊，想起自己生身之父母生养我之时，我今不能回家去，我那生身的父母也是这样的想我，不由落下几点英雄泪来。正想之际，从背后仿佛一个人，抡刀就剁。巴德哩往后一闪，落在院内，原来是麻长荣。他在屋内看见那外边房上有一个人影儿，自己到了西里间屋内，推开后窗户，拉了一口鬼头刀蹿上房。到了房上一瞧，他认是任山派人来探听，他抡刀就剁。巴德哩落在院中，拉出刀来。麻长荣跟着下来一瞧，说："刘贤弟，你为何来到此处？"巴德哩说："我未见过我嫂嫂，我来瞧瞧她。"麻长荣说："来吧，你跟我到屋内去，幸亏方才没伤着你。"

说罢，拉巴德哩进屋去，说："这就是你嫂嫂。"巴德哩过去请了一个安。那妇人还礼说："叔叔请坐。"麻长荣说："贤弟，你方才使的那口刀，拿来我看看。"巴德哩心内说："观他这样待我，并非不是好意；我把刀给他，他要与我动手那时间我自有铁莲子护身，也不怕他。"想罢，把刀递给麻长荣，说："大哥，你看我这口刀真锋利。"麻长荣一瞧，见那口刀长有三尺，缺尖，宽有二寸，光闪闪，冷森森。麻长荣一瞧，认识那口刀，说："此刀，贤弟你可知名？"巴德哩说："就叫披刀。"麻长荣说："贤弟，你拿愚兄来了。必是大清营中武将，前来密访。你说实话，此刀你得了日子不久，

---

① 梦来谁见身为蝶——语出《庄子》：庄周一觉醒来，不知自己是在睡梦中变成蝴蝶，还是他本身就是由蝴蝶变的。比喻人生如梦。

要你实说!"巴德哩一想:"大丈夫行不更名,坐不改姓,我何不说出真名实姓来!"想罢,开口说:"大哥要问,我姓巴,名德哩。我乃乾清门头等侍卫,我是随穆将军出兵,来在此处的。因为将帅不和,我才有这一段事。"又把自己与马成龙打赌,奉命探城,与汪大人不和,自己一怒逃走,来至此处。说了一遍。那麻长荣听明白了,说:"贤弟,你要知,我瞧见这口刀,我就知你是清营之人。此刀主人名叫双宝太岁郭亮,此刀名叫赤虎销金缺尖卧龙刀,能削铜铁,剁纯钢,杀人不带血,那郭亮自五运山来,在汝宁府住了几天,那日我瞧见他这口刀,我也是爱练,我与他论了半天刀。今日相见,我才知道你这口刀的来历。你是从哪里来的? 你要说说。"巴德哩把余家庄杀死郭亮之事说了一遍,然后又说:"麻大哥,我听麻贵说,你有生死白牌,你何不拿了去大清营献功投降,取汝宁府去?"麻长荣说:"贤弟,你有所不知,那清营内倒有一个投奔,是我们山东人,与我还同过学,名叫马成龙。我怕到那里求荣反辱,我倒对不起天地会中人了。莫若一死,也算对得起吴恩,也算是我一死全忠!"巴德哩说:"我有一个主意,你把那生死白牌交给我,我此一去必要把这段事办好。如至明天正午不到,那时间我也不管兄台,你愿意逃走,你就逃走;愿意死,我也管不了你。我必前来给你一个准信。"麻长荣说:"贤弟,你不可这样! 倘若你去到了清营,穆帅不准归降,那时你该怎么样哪?"巴德哩说:"如穆帅不准归降,原物交回。如不能交回原物来,那时间我必要给你一个准信前来。营中我的朋友不少,你自管放心就是。"那麻长荣一听,说:"贤弟,我把白牌交给你,这就是取汝宁府的一把钥匙。"

说罢,回身进东里间屋内去了,拿出来一个小木匣儿,长有八寸,宽有三寸,高有四寸,是楠木雕刻的匣儿,双手递给巴德哩,说:"贤弟,你拿了去吧。"巴德哩说:"这里边是甚物件?"麻长荣说:"就是一角文书,上面有关防印十颗,可是半张,那一半,在老会总任山那里收存。你拿去,不必细问。"巴德哩接在手中,说:"我也不必从门内走,由房上蹿过去,我往正北就是了。"

巴德哩到院内上房,蹿在外面,一直的往正北,走有数里之遥,只见那前面就是大清营。到了营门,有守营门之人,号灯齐明,人声一片,正遇白少将军查营。这位少将军,乃白大将军之子,世袭建威将军,圣上赏头等侍卫之职,现在跟穆帅管理粮台,今夜奉令查营。一见营外来了一人,方要问是何人，家人白平说："大人，那边来的是巴大爷，你不认得吗？"那少将军名叫白胜祖，一见巴德哩回来，连忙跳下马来，过来拉着那巴德哩的手，说："巴贤弟，你今回来了？你先跟我去，我带你见见大帅去，给你求个人情吧！"巴德哩给少将军请了一个安，说："不必白大哥分心了。我见了汪大人有机密事禀报，那时间兄长你就知道了。"少将军说："派人去禀报汪大人知道。"又有人带领着巴德哩去见汪大人。

方进大帐，只见两旁站立刀斧手、旗牌官，当中汪大人、马大人二位。巴德哩上帐请了一个安，说："大帅在上，巴德哩爷仰大人的洪福，巧得生死白牌，得取汝宁府。我特意前来献功请罪！"巴德哩说完了，往旁边一站。汪大人说："拿上来，我看哪！"巴德哩把那花梨木匣儿呈上。汪平打开一瞧，里面是一角文书，问："巴德哩，此物件得在何处？"巴德哩就把误走麻家庄之事说了一遍。汪大人一听，说："巴德哩，你论王法，把你该斩首号令；念你有得生死白牌之功，将功抵罪。你就去到麻家庄去，把麻长荣传来，我有话说。"巴德哩说："请大帅的令，是把他叫来杀他？是用他破城？"汪平说："我调他前来所为破城，并无别意。"巴德哩说："谢过大人。我要去也。"拿了一支令箭，扑奔那麻家庄。

到了麻家庄，天色已然大亮，庄门方开，众庄客一瞧，说："大爷，你昨夜晚上不是住在我们这庄里吗？怎么从外边来，这是多咱①走的？"巴德哩说："你等跟我到里边，你就知道了。"说罢，到了里边客厅之上落座。家人把麻长荣请出来，一见巴德哩，说："贤弟，你到大营，大帅必然是派你把我拿住去见他。"巴德哩说："汪大帅说，令兄长去到营内议论破城之计，如功成之日，定然加官晋爵。"麻长荣说："既然如此，我先去见他就是了。"吩咐："来人！鞴马②。"叫麻贵照料门户，与巴德哩到了外边上马，出离了庄门，扑奔大清营而来。

到了清营，有人通报进去，说："巴德哩带麻长荣前来禀见。"汪大人与马成龙二人在穆帅大帐，此时间穆帅也好了，升坐大帐，传令："巴德哩、麻长荣进见。"少时，外边有人答言，巴德哩在前，麻长荣在后。一进大帐，麻长荣一瞧，当中是三个大帅，两旁坐定都是将军、提镇；两旁侍立

①　多咱——什么时候。
②　鞴（bèi）马——备马（鞴，把鞍辔等套在马上）。

的是副、参、游、都、守、千、把、外委等官,站立两旁,威风凛凛,相貌堂堂。巴德哩一瞧麻长荣二目乱转,似有畏惧之心,至大帐跪倒在地,口称:"罪犯麻长荣,求大人恩施格外。我情愿带白牌计取汝宁府,将功抵罪!"穆帅闻听,说:"麻长荣,你既然要取汝宁府,有何妙计? 自管站起身来说。"麻长荣说:"要取这一座汝宁府,须用白布巾五千个,上面绣'天地会'三个字,叠成帽子。今夜晚我还是天地会的打扮,带众将俱要假扮天地会,诈开这座城。那时间老帅派人在四面列队,都要离城三里远。贼人如要是往那边逃走,咱们是往那里追赶。"

穆帅吩咐下面人等照样预备,派麻长荣为总管,兼造布手巾,今夜二更时分都要齐备。下面人答应。又派马成龙、巴德哩、玉斗、马梦太四个人,带五千人跟麻长荣,今夜三更时分取城,外边挑兵伺候。又派蔡将军带刘金明、彭占炳、王玉、王昆等四十余名战将,带一万马步军,在汝宁府东门外扎队;"如贼往东走之时,分兵列队,候贼人过去一半,然后再追赶他,务要把他拿住。"又派韦驮保、韩三保、萨里善、哈三保,同汪副帅在汝宁府正北扎住大队,候贼人杀出来,捉拿任山。"李庆龙、庆春、玉明、常胜,你四个人带一万飞虎队,前去接应麻长荣去。本帅派人看守底营,我带本队兵丁在汝宁府正西列队等贼人。派郑荣为先锋,如破城之后,派麻长荣留五千兵看守城池,尽力往下追赶,务要剪草除根,以免后患。"众人接令下去。

至三更时分,马成龙帮助麻长荣把白布手巾备办好了,挑选了有五千多人,都是精锐之兵,改扮好了。麻长荣带着众人至汝宁府南门外,见城上弓上弦,刀出鞘,号灯齐明,军令森严。麻长荣是头戴三角白棱巾,金抹头,二龙斗宝,粉绫缎色箭袖袍,上绣三蓝牡丹花,足蹬青缎鞋子。三军靠身都穿的清国衣服,短打扮。右有玉斗,左有巴德哩,二人各骑马保护,带着兵刃。马成龙在队内,梦太押着后队,到吊桥上面。守城之人,为首的是黄面金刚李自通,乃是任山的心腹人,一瞧下面来了无数的人马,吩咐人往下问:"是哪里来的? 快些说明,不然往下砸打滚木檑石了!"上面有人说:"城上人等听着,我等乃是逍遥自在太平王麻会总爷来了。"李自通一听,说:"原来是太平王驾到了! 可有令箭执照?"上面有人答应,说:"有热照。"玉斗手托着生死白牌的匣儿,走至城根,上面扔下荆条筐,上拴着绳儿。玉斗把那个匣儿放在筐内,立时拉上去。李自通一瞧,吩咐开城。不知后事如何,且听下回分解。

第九十二回

双雄独霸乐平山　吴恩智收赛存孝

诗曰：

漫论无生与有生，海中楼阁倏时成。

天心难挽前生坠，兔窟全空走狗烹。

未死仍然夸智巧，盖棺谁复计功名。

从来人世皆泡影，千劫①惟余一点情。

话说上面李自通传令开城，旁边有人说："且慢，凡事须要小心。"李会总一瞧，认得是大耗神梅锋说话，遂问道："依你之见，该当如何？"梅锋说："禀明了督会总再说。"李自通说："有理。"遂派了一个伶俐的家人，去禀报老会总知道。少时间，有传令之声，任山闻信前来迎接那太平王爷，到此处传："开城吧！"有人答应，抬闩落锁，门分左右，立时城门开放，排着队出来。任山在前，后跟着云南二勇士小常万杨平，云南三杰贺金龙、驾金彪、贺金豹，一同众人来到了麻长荣马前跪倒，口称："臣等迎接王驾千岁！"巴德哩说："起去②，头前带路！"麻长荣说："任山，我到那城内有机密事与你商议，起去！"任山头前带路，众人后面拥进南门。

巴德哩一扔那铁莲子，正打在那任山的肩头之上。任山就知道了不得啦，在马上说："有奸细！"麻长荣暗有口令，即说："拿贼！"这里马成龙、马梦太传令："点信炮！"炮一响，人声一片，四面八方齐声喊杀，说："拿八卦教贼人！"杨平、贺氏三杰与任山、陈忠、李自通等大众齐声说："不好！中了尔等诈城计。麻长荣反了，这可不好，此事该当如何？"有探马来报说："东方有蔡将军列队，北方有汪平列队，西方不见有人，南门外有李庆龙列队。"任山知事不好，吩咐："我兵退归西门外，往南撤队！"

---

① 劫——佛教中说世界经历若干万年毁灭一次，重新再开始，这样一个周期叫做一"劫"。

② 起去——起来。

众人出了西门，走了不远，只听的迎面一声炮响，无数的清兵漫山遍野而来。当中是穆帅，带领一干文武官将，齐声呐喊。当中留出一条大路，让贼人走。这是为何？不截贼反让贼人逃走，其中有个缘故。要是当中阻住贼人的去路，这些个贼人一瞧他无处逃命，急中奋勇杀过来，杀人者一千，自损者八百。今天故意放贼人逃走，其中有个缘故：贼人皆想逃命，并无战心，这是将军之计。如贼人过来，两旁官兵搜着杀，想逃走是不得能够；纵有逃走的贼，随后带兵一追，一阵可以成功。任山在前，众人保护，杀入清兵队内而来。穆帅令旗一摆，说："杀呀！"人声一片，杀得贼人闻声胆丧，望影而逃。马成龙带同一干官兵人等，会合东南北。南路总帅在城内杀了一个土平，留麻长荣守城，带众人杀出西门，与穆帅合兵在一处，直杀得天地会贼人尸横遍野，血染草红。任山奋力带着败残的人马，望西南大路逃走，急急如丧家之犬，忙忙似漏网之鱼，恨不能肋生双翅，飞上天去。后面穆帅令下："非追上贼不吃饭！"那一片的杀气喊杀之声震动于野。那贼人失于算计，又想并无有接应。任山他尽想得胜，永未想有此一败。

清国的官兵头队是李庆龙，与白少将军会合在一处，一同往下追赶。追有五十里之遥，天有巳初之时，望见那前面往西南大路之上有两座土山，分为左右，当中一条去路。白少将军离那土山不远，听得里面一声炮响，从里杀出一队人马。那为首有一匹马，马上有一位英雄，年约二十外，面如白玉，长眉大眼；身穿蓝绸短汗衫，青洋绸底衣，薄底快靴，手擎赤金虎头錾金枪。那身背后有一杆大旗，是杏黄缎子的，蜈蚣走穗，坠角金铃，被风一摆，哗楞楞山响。上面有字，是"镇八方小陈平侯"字。那一队兵约有五百名，都是头戴黄虎头帽子，蓝箭袖紫战裙，青布抓地虎靴子；手擎四尺多长的斩马刀，宽有三寸，光闪闪、冷森森的。队伍整齐，尽是些少年精壮之兵。后面又有一声炮响，人声鼎沸，从山口里杀出来一支黑虎军来，也有五百之众，都是青绉绸手绢包头，青绸裤褂，青缎快靴，腰系英雄带，肋佩短刀，环抱长枪。当中有一杆皂缎旗，旗上写着是："乐九州赛存孝侯。"旗下有一员武将带队，甚是威风。那人跳下马来，身高七尺，面黄，寿眉金睛；身穿青绉绸裤褂，薄皮底青缎子快靴，手使青铜槊，年有二十岁。

白少将军扎驻队伍，一瞧这些个兵连那两杆大旗，都不像天地会八卦教的样式，仿佛像占山落草的样子。李庆龙催座下大肚子蜗蜗虎的马。扑奔贼队而来，离贼人不远，说："来者是何处人马？快通名来！此乃是清国的天兵追拿天地会。你等不可阻路,快些通名！那黄面目带队之人说:"小辈要问,此时也说不完了,我们也不是天地会,我们是来找马成龙、马梦太、李庆龙三个人,来报仇雪恨！"李庆龙说:"你这个人与他三个人有什么仇恨？"那黄面目的英雄说:"你姓什么？叫什么？"李庆龙说:"我就是李庆龙。你说我与你有什么仇恨？"那位使槊的英雄一听,说:"原来你就是李庆龙,我来结果你的性命！我与你有不共戴天之仇,焉能饶恕于你！"摆槊就打,李庆龙用三尖两刃刀一迎。那人把槊往回一撤,扫着就奔那李庆龙打去。李大人把尖两刃刀一横,"当"的一声,被槊崩开那三尖两刃刀。那人一伸手,把李庆龙拿过马去。过来了好几个贼中人,把李庆龙的马与三尖两尺刀得了,回归本队。白胜祖一瞧,有心过去,后队接应未到,自己正在那犹疑之际,后队彭占炳带飞虎队赶到。一听李庆龙被擒,催马抢刀,在两军阵前大骂:"贼人,休要无礼,我来替李大人报仇雪恨！"那使虎头鏨金枪的白面目英雄,一催座下金睛闪电白龙驹,并不答话,拧枪照定那彭占炳分心就刺。彭占炳用刀相迎,交战未到三合,被那使虎头鏨金枪的刺于马下。后边又过了白少将军的手下战将卞奎元,过去也被那使枪的英雄刺死了。

　　后队穆帅已到,天已日色平西,众人尚未用饭,吩咐安营。后队随后也都到了,大家安营。穆帅知道李庆龙被擒,彭占炳、卞奎元身亡。马梦太与马成龙才知道李庆龙被获,又一细问白少将军,才知道白昼那两个贼人阻路,并不是天地会,是来找他们三个人。马成龙说"马老兄弟,明天你我二人到两军前,问问他两个是为什么来找我三个人。"一夜无话。

　　次日天明起来,用完了早战饭,穆帅、蔡将军派汪大人回汝宁府安抚居民,就派麻长荣护守汝宁府。穆帅带三成队,带一干诸战将,点炮亮队,到了两军阵前。只见那山口内又是一声炮响,那昨天列队的两位少年镇八方、乐九州二人在当场一站。马成龙方要过去,只听身背后有人说:"马大人且慢,待我过去拿那个小辈去就是。"马成龙一瞧,认识是刘奎明,催座下马,抢手中双铜,直奔乐九州赛存孝而来,抢铜就打。乐九州也用槊往上一崩,刘奎明双铜也飞了,一拨马逃回本队。马梦太方才要出去,身后又出去几个,俱败回来了。马成龙气往上一冲,跳下马来,自己收拾好了,手擎大环金丝宝刀,出离了本营,离那乐九州不远,后边有巴德哩、玉斗两人跟随。乐九州一瞧,说:"来者你可是什么人？通名上来！"

马成龙说:"我姓马,名成龙。我瞧你等不像天地会八卦教中人,你二人放了任山与那些个会匪,甘做叛逆之人。你昨天打死两员武将,生擒李庆龙,今天又在两军阵前耀武扬威、抖擞精神。你等既是英雄,来找我三个人,也须说个明白,是为什么?再者说,我也不认识你。"

那两位少年英雄,书中交待,原籍云南楚雄府人氏,乃是川北镇侯永杰之子。那白面目名侯文,别号人称"镇八方小陈平";那使槊的名侯武,别号人称"乐九州赛存孝"。二人枪马纯熟,随四州镇署。因他父亲病故了,他母亲带他二人扶灵回籍。因各处盗贼窃发,天地会变乱,侯文、侯武保着母亲、行囊、车辆,行至峨眉山正南一百二十里地,车辆正行之际,前面正西有一座山口,穿山望西南一条大路。方一到山口,听得里边一声锣响,从山口里边出来有七八十名山贼。为首一人,身高八尺,面如白纸,环眉大眼,鼻直口方;身穿蓝绸裤褂,青缎快靴,手擎一条铁棍,威风凛凛,相貌堂堂,说:"过往儿等,快些留下买路金银!如若不然,我定然结果你等性命!"镇八方催马,说:"来者何人?快通名来!侯大爷在此处等候多时了!"那为首的贼人说:"我乃是此山寨主,铜头吼元兴是也。"说罢,抢棍就打。侯文一抖手,照着那元兴就是一镖,正中贼人的肩头之上。只听"哎哟"一声,说:"可了不得啦,打寨主爷了!"一赌气往西北逃走去了。众贼人说:"好汉爷别走!我家寨主爷逃走,此山无主。依我之见,好汉爷暂在我们这山上住宿几天。那云南各处都被天地会所占,你想此事该当如何?"侯文说:"你这山叫何名?是有多少喽兵?"那众喽兵说:"我等有五百名,山名乐平山,请寨主上山吧!"那侯文与侯武两人也知道云南变乱,何不暂在此山居住几日?想罢,说:"你等头前带路!"众家将保着上了山寨,里面有分金厅,有寨门,还有两三个月粮饷。

那二位英雄在这山上一招聚,不到半载,啸聚了两千众,截了天地会八卦教的四十万军粮。此山正南有十八个庄村,都属本山管。有何家堡何老员外,知道二位少年英雄是在此处避兵,净抢天地会,不截过往人。有两个女儿,给了侯文、侯武为妻。从此过门之后,有这乐平山暂时保护那些个山庄无事。吴恩派人请了二人两回,被这两个人把下书人耳朵给留下了。

过几日,何老员外生日,这里老太太与二位少奶奶都从乐平山往何家庄去,带了几个家将下山去了,侯文、侯武在山上烦闷,只见有人来报,说:"两位大爷,可不好了!天塌大祸!"不知后事如何,且听下回分解。

第九十三回

二英雄受计破清兵　屯土山力擒李参将

诗曰：

　　天街小雨润如酥，草色遥看近却无。

　　最是一年春好处，绝胜烟柳满皇都。

话说众人逃回山来，一见侯文、侯武，哭着说："少大爷，可不好了！我跟着我们太太与二位少奶奶下山，走了有五六里之遥，只见对面来了一队大清国官兵，是马成龙的旗号，后跟着有五十个小队，过来要抢二位少奶奶。他等通名是李庆龙、马梦太、马成龙，前来游山。二位少奶奶怕落贼人之手，在那轿内撞死了。老太太被他等乱刀剁死了。"侯文、侯武二人一听此言，气得三尸神暴跳，五灵气腾空，放声大哭，吩咐："调队！我等要拿获那狠心贼人，替母亲报仇！"下边人答应。

少时间，调了有五百飞虎队，人声一片，杀出乐平山，至双岔路口一瞧，尸横遍地，鲜血淋漓。三四个死尸，细瞧是家人侯忠与老太太、二位少夫人，身带刀伤，头破血出，侯忠身受乱刀分尸。二位英雄问方才跟来到此处遇见贼的家人说："杀死老太太的是什么人？"那家人侯孝说："是清营马成龙、马梦太、李庆龙。三个人带着那五十个小队子。"镇八方小陈平说："我不杀那三个贼，誓不为人！"抚尸痛哭。派人抬回山寨去，用棺木殓好了，与他母亲停灵后山，派人给何老庄主送信去。

正安排之际，有人来报说："现有吴恩带五千人马在山口，请寨主答话。"二人一听，调队杀出山口，一瞧在正东有五千贼队，当中三千步队，左边一千马队，右边一千马队，当中是八路督会总吴恩，带着保驾的赫天真、张明远、张保任、叶守敬、叶守清等众人。一见侯家弟兄出来，妖人吴恩说："二位寨主别来无恙！我山人①至此，并不是打仗，皆因你我连山不远，都算是侠义英雄。我山人当初也是不愿意造反，皆因遇见了些贪官污

---

① 山人——一般指隐士，又指山野之人，谦称。

吏,剥尽地皮,我山人才起的首。至到如今,也是骑虎难下之势。我有心卸了兵权,又恐怕受了他人之害。我今天听得探马报说,有清营差官伤了尊眷,我山人正在巡查南山口,阅边至此处。我劝二位英雄早归山人,共筹妙计,以破清兵。如得了大清国江山社稷,你我裂土分茅。"镇八方小陈平侯文一听,说:"你既然叫我归降也不难,我有一个主意。我头一件,不改天地会的打扮;第二件,我带本队人马捉拿马成龙、马梦太、李庆龙三人。你发付粮草,我报仇之后归降你会中,我的人还是我自己管带,不准你调我这本队之人。"吴恩说:"那也容易。"侯文说:"我先把父母灵棺送在何家庄庙内停灵,我明天必要到南山口禀见。"吴恩说:"甚好,君子一言为定!我山人无不依从,请尊便吧。"

此乃是吴恩一条反间计,安心要把二位英雄收服。因前者失了四十万军粮,他不敢找来,是因神力王在北山口外扎营,他怕首尾受敌,那时还了得。今天是定了一条奇计,先派人假扮清营马成龙、马梦太、李庆龙三人的模样,暗中带着五十名马队,先派人在乐平山内用钱买通了那里喽兵,无论有什么事,先禀报一声。那假扮马成龙的姓李,名天佑,乃福建提督李天保的兄弟,在乐平山正北一座山神庙内居住。这一日,有一个喽兵原是当先寨主元兴的心腹人,想要替元兴报仇,又不得下手。今天探听老太太带二位少夫人上何家庄去,他受了天地会的贿赂,暗出山口。这喽兵姓李,小名叫江儿,原籍深州城人氏,先年在京都崇文门外打磨厂后河沿学作手艺,因他不好,散出在外,流落在前门外无事。那日遇见铜头吼元兴,见他伶俐,把他带在店内,给他剃头洗澡换衣服,夜晚就跟元兴睡了。后来带他到乐平山,给他起了一个大名字,叫李明远,在这山上无人敢惹他,都知道他是寨主的卵①。因元兴逃走,他也不知去向,今天受了天地会的贿赂,他到了山神庙内给李天佑送信,杀死侯太太与二位少妇人与家人侯忠。李天佑应许着保他升个会总,带他往北走了不远,正遇吴恩查山。李天佑过去禀明了,然后吴恩说:"来人!把那个李明远给我乱刀剁死。他吃着乐平山,反向外人。若留他,我怕坏了会中之事。"下面有人答言,把他带过来,一阵乱刀,剁死在山坡。吴恩才带兵至乐平山山口以外,与侯文、侯武二人说明白了,吴恩自己回归了峨眉山。

---

① 卵——心腹之意,这里有贬低对方的意思。

侯家兄弟二人到山寨中,把灵棺抬到了何家庄,交何老员外,在那本村庙内暂时停灵。二位英雄也就带合山之人,扑奔峨嵋而来。方一到峨嵋山南山口以外,只见那边有一支人马拦住去路。为首有一位会总说:"来者可是侯氏弟兄? 快通名来!"侯文说:"我乃侯文是也。你是何人?"那位会总爷说:"我乃管粮会总杨永太是也。奉八路督会总之命,在此处等候,命你二人奔河南汝宁府。这里有三个月粮草,你二人带了去,随后应付粮草。"镇八方小陈平侯爷立刻带了钱粮等物,随同那二千兵,在路之上秋毫无犯,所过的地方也无人敢截。那些个兵丁跟二位英雄到了屯土山,离汝宁府不远。

那日派探马前去哨探,说:"汝宁府正与大清官兵交战。"侯文传令安营。天有巳正,与清国的官兵打了一仗,拿获了李庆龙。回营内,侯文二人升大帐,说:"来人哪! 把那李庆龙带上来!"旁边有人答言,把李庆龙捆上,来至在大帐一站。侯文说:"好贼匹夫! 我与你不共戴天之仇,焉能饶恕于你! 我来结果你的性命! 我全家死在你的手内。"李庆龙一听这话,心中犯想:"我并没有这么一个仇人哪? 我何不过去问问他,是因为什么? 说个明白,我虽死在九泉之下,也心甘瞑目。"想罢,说:"朋友,你姓什么? 你说明白了,你杀我剐我,我死也明白。"旁边过来家人侯孝说:"二位主人,不可杀这个人。那一日报名,为首那三个人,我都认得,并不是此人。您老人家快些个把他押下去,等着拿住那个姓马的,一瞧就明白了。我怕二位主人中了妖人反间之计。"侯文一听,点头会意,说:"我明白了。把他押下去看守,不可有误! 大家夜晚留神小心了。"一夜无话。

次日天明起来,用完了早战饭,调队出去,见大清营队伍整齐,军马精锐,人声一片。头一阵赛存孝侯武得了胜。山东马出来一问,侯武就把他母亲、妻嫂被杀,通名是马成龙。山东马一听说:"这无智无谋的匹夫,中了那妖人反间之计!"侯武抢手中槊就往下打,马成龙把宝刀往上一迎,"喀嚓"一声,把那侯武铜槊削为两段。巴德哩从后边一莲子,把那侯武打下马来。玉斗把他捆上拿获,回归大营之内。侯文一瞧,怒从心上起,气向胆边生,催马拧手中枪,大骂:"贼人休要无礼! 我来结果你的性命,替我二弟报仇!"一催马望前,来到了那马成龙面前。二人在战场之上大战十数个回合,不分胜败。穆帅鸣金。马成龙说:"小辈,你先别不要脸!

我队内鸣金，我去去就来。"转身回归本队，把巴德哩、玉斗叫过来，吩咐如此如此，自己又出来说："侯文，你乃是宦家之子，名门之后，为什么不作忠孝良民，甘作叛逆之人？你自己不明！依我之见，你早早下马请罪，还可以饶恕你的性命。如若不然，你要救你兄弟，也不难，你把李庆龙给放出来，我把你兄弟给放回去。你我二人在阵前走马换将，你看如何？"那侯文说："甚好。来人！把那李庆龙带出营来！"去了两个兵到营内，把李庆龙推至阵前，连他的马与三尖两刃刀。马成龙也说："把被擒的那侯武给推出来！"

少时，也就把侯武推出队前。侯武低头不语，只见那边侯文说："咱们是两下里对放。"吩咐家人把李庆龙放出去。家人一推李庆龙，推到那队前，往本队拉马拿刀，跑归清兵队中。马成龙这边也是吩咐人："来！把他推出去。"不大的工夫，也把那假侯武推出来，往战场之上送了几步。那李庆龙一瞧对阵上不是侯武，是玉斗假扮的，连忙跑回来。那玉斗本来模样就与那侯武一样，今天又穿的是侯武的衣服。及见李庆龙回来，他大嚷一声，说："侯文，你瞧瞧认识老爷不认识？"那镇八方小陈平侯文一瞧，说："不好！马成龙匹夫，原来是你用的反计。我不杀你，誓不为人！"

原来是成龙归队，穆帅要收兵，打算要收服这两员将，留着打吴恩。马成龙定了这条计，告诉了巴德哩，先派人把侯武的衣服给换下来，假扮玉斗，今天把事办好了。侯文急了，催马奔成龙来。山东马回归本队，与穆帅收兵回营，派人看守侯武。马成龙与穆帅议论破贼之计。马成龙说："如此如此，可以成功。"穆帅赏众人酒饭，天晚各归账房。

马成龙这里有差官伺候，正北一座大账房，他派家人都出去了。他把大环金丝宝刀挂在那账房布墙子上。靠正北一张大床，马成龙半倚半靠，正在那里歇着，外面众差官都安歇睡着。成龙正在迷离之际，从外面蹿进来了侯文，手抡单刀过来，一把手把成龙抓住，抡刀就剁。不知成龙性命如何，且听下回分解。

第九十四回

英雄智激马梦太　豪杰巧遇张玉峰

诗曰：

律回①岁晚冰霜少，春到人间草木知。

便觉眼前生意满，东风吹水绿参差。

话说马成龙正似睡不睡之际，从外边进来了侯文，一伸手抓住成龙，眼都红了，抡刀就剁。

书中交待，侯文因何至此处？在两军阵前正在要与那马成龙拼命，马成龙说："且慢动手，我有话说。"侯文说："你有什么话说？"成龙说："我乃大清国的武职大员，岂能做那不仁不义之事。皆因是我那手下之人，他等也不听军令。我原有心在那两军阵前说明了，不想我家大帅鸣金收兵。今夜晚你来了，我有话问你，你当初不辨真假虚实，中了那妖人反间之计，杀死你家眷，还要用你二人来杀清国官兵。你想，我等乃大清国的武职，焉能做那逆理之事？一则你我并无冤仇，我为什么把你等家人杀死？也是你粗心，你细想想便明白了。"侯文说："我母亲、妻子不是你给害的，我兄弟可是你拿的，你想此事该当如何？"马成龙说："容易。我回禀主将，收你二人，拿获贼人，替国家出力。你想，要是我等杀的你的家眷，为什么还通名姓哪？你自己想想吧。我把话说完了，你要杀你就杀吧，我虽死，总算是大清国的忠臣，就怕你临死还落个不义之名哪！"侯文一听说的有理，自己也无可如何啦，说："马大人所说，我亦明白，无奈我不杀你可不成！"成龙把眼一闭，心中说："我也等死就结了。"

书中交代，镇八方小陈平因为什么来到此处？因在两军阵前要拿成龙，替二弟报仇雪恨。见他等收兵回去，自己回营放声大哭，想："我一家人今死在这般苦处，好惨哪，好惨！"自己拔剑要自刎，家人侯孝过来劝住，说："使不得！我有几句话说，您老人家总想要替二爷报仇雪恨才

---

① 律回——季节的更替。

是!"侯文一听,说:"就是那样!你给我备酒吧,我喝两杯酒。常言说'一醉解千愁'就是了。"家人摆上酒菜,自斟自饮。天有一更时分,自己收拾妥当,带刀出离了大营,一直的往北,离大清营不远。里边巡更走哨之声,来回盘查。自己扒进营去,听见那账房之内有人说话。有说要立功打仗的,有说马成龙足智多谋的。侯文一直的到了那正北的那大账房外,见里边灯光闪闪,马成龙在床上躺着。自己翻身进去,一伸手抓住了成龙,抡刀要剁成龙,成龙一席话,说得侯文暗暗无言。

侯文说:"马大人,你方才所说的话,我也都听明白了。你把我兄弟放开,我二人回去访问真实。如访真了,那时我二人自有道理。我弟兄也不敢再与官兵动手了。"成龙说:"来人!"从外边进来了几个差官,一瞧账房内有贼,方才说要拿人。成龙说:"不可!预备下茶水。"差官伺候,二人谈话。天色大亮,成龙禀明了将军,放走了那侯氏弟兄。他们自此一走,直到神力王与穆将军灭天地会、打穿云关,二人才出来。

穆帅歇兵三日,汪大人也来到了。汝宁府派麻长荣护守;派马成龙带白胜祖、李庆龙、马梦太,四个人,带三万大兵,挑二十员大将,兵伐剪子峪;穆将军兵伐玄墨山;这两处都是任山的余党。此是剪子峪,是由福建会馆逃走的老龙神马凤山、侯德山、侯保山三个人啸聚,二次占聚剪子峪,手下还有五六千人。穆帅派马成龙带三万兵,浩浩荡荡杀奔剪子峪。

那日到了剪子峪东山口,扎驻大队,安好了营寨,埋好了牙岔鹿角,①扎好了子午营、将军帐,营门外撒下了铁蒺藜②、绊马索。天色尚早,派中军点后出队,三声炮响,大队人马杀到了山口外,扎住了队。听得那剪子峪山口内一声炮响,出来了一支贼兵,分为左右。当中一杆大旗,上有"帅"字,旗下是老龙神马凤山,左边是侯德山,右边是侯保山。左边有五百马队,右边又有五百马队,当中有二千步队。马成龙在马上传令说:"马梦太听令!你出去得胜,杀不了贼,我必要杀你;你要打了败仗,我也是把你斩首。杀了贼人,算你一件奇功。"马梦太带气答言:"得令!"自己收拾停妥,手擎短把刀,跑出本队,来在马凤山的面前不远,说:"对面原来是马凤山,过来与老太爷动手,分个上下!"

① 牙岔鹿角——都是军营中阻挡敌军进攻的障碍设施。
② 铁蒺藜(jí lí)——阻挡敌军进攻的障碍设施。

那边侯德山一催马,在两军阵前一瞧,那马梦太身高七尺,寿眉金睛,身穿灰色绸子单袍儿,青缎快靴,腰系英雄带,手擎短把刀,前后衣襟掖着。侯德山看罢,大嚷一声说:"来的贼人,快些通名!"马梦太说:"小辈要问,老太爷家住在京城安定门里国子监的人氏,姓马,双名梦太。各处天地会的贼人,无人不知我的名姓。小子,你是何人? 快通名来!"那侯德山也通了名姓,拎手中枪动手,梦太用刀相迎,二人动手。今天瘦马马梦太是真急了,把短把刀一摆,门路分开,一伸手把避血块掏出来,照定那侯德山咽喉就是一下,把贼人侯德山打下马去,抢刀把那贼人之头剁下来,回归本队,到了马成龙的马前说:"卑职请将军的安,杀了贼将侯德山,前来请报功。"马凤山一拔马,败回了山口。贼人把山口堵住了。马成龙不知贼人的虚实,也不敢追他,鸣金收兵。到了大帐,摆酒庆功,不见马梦太。

那马梦太回归了营,一想:"方才马成龙传令的时节,好不通情理!打了败仗治罪,我可以理解;打了胜仗也要治罪,我杀死贼人,算他的功劳。他这明明的是一朝权在手,便把令来行。我过几天告病假,不在这军营受罪了。"正想着哪,白胜祖亲身过来说:"马老大人,为何不去到大帐吃庆功酒? 马大人派我来请你来啦。他自己知道白天在两军阵前说话说错了,那是用话激你,为是叫你生气,好立功劳。走跟我到大帐吃酒去吧!"

梦太也就跟着少将军到了中军大帐,见了成龙,说:"大帅,小弟承情,要不是哥哥,我焉能有这一件功劳!"马成龙说:"贤弟,你既然知道,我也不必说了。人生在世上,大丈夫必要立万世不朽之功,一则名垂千古,二则子贵孙荣。老弟,你又并不是没有能耐的人。像大哥顾焕章因探峨眉山之时,舍命入山被擒,叫贼人给拿住了,用木板三钉钉上,虽说死得苦,久以后国家知道,必有封赏。来吧,落座吃酒吧!"李庆龙等四个人在大帐吃酒。跟马成龙的差官魏禄,在外面放赏军酒。梦太喝至半酣之际,说:"马大哥,当初跟大人在此山被困,我滚山求过救。今夜晚,我自己讨令,探山的去路,以好暗用计破山,不知大哥尊意如何?"那马成龙说:"好老弟,你真要走运气,我敬你几杯酒,你喝完了再说吧。"梦太说:"我不喝了,我要去也!"自己出离大帐,回到自己账房内,换好了衣服,然后出大营,往西北行走。

天有黄昏之后,梦太身穿夜行衣,走了有数十里之遥,见前边有一个山头,扒着上去。有初鼓之时,到了山头之上,只见那皓月生辉。碧天如洗。自己站在山头之上,万虑俱消,往南一瞧,杀气隐隐,往西一瞧,尽是乱山;顺山坡下去一瞧,山径曲幽,树木森森。自己往前走了有二里之遥,这是剪子峪的后山。他看够多时,往南有曲曲弯弯一条小路。梦太东瞧西看往前行走,只见迎面有一座密松林,穿树林往南走,一条小道儿。趁着月色。看的甚是真切。梦太方一进树林儿,有人用绳子一绊,把马梦太绊倒在地,不能起来。过来了三个人,就把他给捆上了。梦太说:"好贼!不想老太爷今天遭了毒手,罢了!"有人把梦太的嘴堵上了,两个人抬起来,往前走了有一里之遥,望东拐,只见路北有一院落,里边有五间大厅,东西配房。房东边有一块平川之地,堆着无数的干草。那三个人把梦太抬进了上房,把口内堵的物件掏出来。

梦太一瞧,正面八仙桌一张,一边一把椅子。东边椅子上坐着一个人,年约三十以外,身高八尺,面如淡金,重眉阔目,三山得配,身穿青绸子长衫,青缎快靴。西边椅子上坐着一个人,年约二十以外,白面,长眉大眼,准头丰满,四方口,唇若涂脂;身穿宝蓝洋绸大衫,白袜,厚底云履;手拿一把全棕百将的扇子,笑嘻嘻的坐在那里,并不做声。在梦太面前站着一人,身高八尺,面如白玉,双眉带秀,二目透神,形如宋玉,貌似潘安;身穿蓝绸裤褂,青缎三镶抓地虎靴子,手内擎着一口单刀。梦太只骂那使刀的。那个说:"你就是马梦太吗?你白天杀死侯会总,我来结果你的性命,替会总爷报仇!"一举手中刀,照定马梦太脖颈就剁。不知性命如何,且听下回分解

第九十五回

玉峰误言惊飞贼　方昆授业喜神童

诗曰：

金殿当头紫关重，仙人掌上玉芙蓉。

太平天子朝元日，五色云车驾六龙。

话说那人用刀方才要杀梦太，在东边椅子上坐定是那位年稍长的说："二弟不可，咱们都是北方之人。马梦太，你叫我们三声会总爷，我就把你放了，你不叫我们，就把你杀了。"马梦太一听大怒，说："小子，好大胆量！我焉能叫你们这不知天地君亲师的匹夫！我乃堂堂正正大清国的职官，焉能降贼！我绝不能与你这乱臣贼子讨饶！"说罢，破口大骂贼人。那三个人不但不怒，反说："朋友，你真有点胆子。三弟，你把那封书信给马大人瞧瞧。"西边椅子上坐着那个人站起来，把梦太的绳扣儿解开了，把他扶起，椅子落座。然后从腰中锦囊掏出来一封书信。信上有字，皮上是"内函敬呈马大人升启，由京都发。"马梦太不知何人来的书信，打开一看，方才明白。

书中交代，这三个人，内中有一段缘故。只因前门外南孝顺胡同住着一个人，姓张，名奎元，家中富丽，在琉璃厂开设四宝斋南纸铺的买卖，夫妇两口人度日，家中使唤人男女十数名。膝下一子，乳名玉官儿，年方四岁，张奎元爱如掌上之珠。那官儿生得秋水为神，白玉作骨①，天姿聪秀，品貌不俗。

这一日，奎元病体沉重，请医调治不效，在床上嘱咐自己妻子，说："倘若我死之后，你带着那官儿要紧守家门，教他读书，以图上进。"说罢，呜呼哀哉身亡。萧氏办理白事②，赖有家人张顺照料，诸事诚实。

---

① 秋水为神，白玉作骨——"秋水"指眼睛，是眼睛有神也。用玉骨来形容人的气质高尚。

② 白事——丧事。

　　葬埋以后,过了三年,官儿到了七岁,请了一个先生,是个饱学秀才,在都乡试的,姓刘,名鼎甲,在张家教官儿一人。起了个学名张玉峰,甚是聪明。自入学之后,头一年《四书》、《诗经》念完,又念些唐诗。过了年,《书》、《易》、《左传》,小题文章,念了纯熟。三年之久,能以作诗、作文章。刘先生是乡试中了举人,归大挑一等知县用,分发在四川。临起身之时,谆谆嘱咐玉峰认真读书。那张玉峰自先生去后,自己也不请先生了,自己用功。

　　这一年,他十三岁。老太太感冒,在东院屋内养病,他自己侍病,在一旁瞧书。天有二鼓之时,听见北隔壁有火枪之声。老太太问:"哪里放枪?"外间屋内是两个大使女给老太太煎药,说:"太太要问,是北街街坊王宅,他们老爷新从山东东昌府来,现时间夜晚每夜有贼来。"老太太也就睡了,那外边两个使女都有十七八岁了,是老太太贴身之人,她两个煎着药,说闲话,两个人又说笑话,张玉峰一瞧,说:"你们这两个人真不知好歹! 太太病着,你两个人还说说笑笑的哪?"那两个使女并不怕他,因玉峰自幼儿是她俩抱大了的。她两个人还是说说笑笑的。张玉峰说:"你们给我出去吧,不必在这里气我。"那两使女说:"出去就出去!"站起来,两个人去了。玉峰自己拿着那书本,在外间屋内地下给老太太煎药,是个小小炭火炉子。玉峰坐在一个小板凳上,面向北边,旁边是放了一个蜡灯,玉峰瞧书。听见院内有脚步之声,玉峰认着是两个使女在北院内闹着玩呢。张玉峰气往上冲,说:"你这两个无知的匹夫,胆子不小,在那院中气我!"

　　原来那北院中并不是两个使女,两个使女往南院中去了。这穿厅里院是上房五间,东厢房三间,西厢房三间,并无人住,前院内是男女下人所居。外边院内由北邻王宅惊过来两个飞贼,是从他任上跟下来的,原打算要盗他的珠宝,不想他家中看家护院之人不少,不能下手,盘费用尽,想要找些个盘费,一瞧那南院,也是有钱之人。方落在院内,望南一瞧,穿厅透出灯光,东里间屋内也点着灯光。两个贼人方要掀帘子,听见屋内有一个少年声音,说:"你这两个无知的匹夫,胆子不小,在那院中气我!"那两个飞贼一听,唬的战战兢兢说:"怪道! 我二人方才房上下来,他怎么会瞧见了? 我二人倒要细瞧瞧他就是。"想罢,来在那帘以外,见灯光射出,里边有一小童,年有十三四岁,在那里看书,旁边火上放着一个药铫子①。两个贼人一瞧,说:"一具小童怕他作什么,你我进去与他要银子。"方要掀帘子,张玉峰认着②是两个使女,故意的闹他,他把书本一扔,说:"左一次、右一次,真不要脸!你两个是前来找死!再不给我躲开,我活活的把你们打死!"那两个贼人一听,连退在院子当中,说:"这北京城天子脚底下大邦之地,藏龙卧虎,什么样的英雄都有。咱们哥两个别栽跟头,你想怎么样?"常言说的不错:贼人胆虚。那两个贼人一商议,说:"咱们两个望他借盘费,看是如何?"

二人想罢,说:"屋内小侠客,我二人是山东人,到此处办事,短少盘费,求小侠客周济我二人些盘费就是了。"屋内张玉峰一听,吓得浑身是汗,自己又想:"我别叫贼人瞧出了我的破绽来。"想罢,说:"你二人在外面等候。"站起身来,到了东里间屋内把箱子打开,取出来壹百两银子,是两封,装在铜茶盘内,隔着帘子往外面一推,放在台阶上。那两个贼人一瞧,说:"人家没有那么大工夫送出来,我二人自取。"伸手拿过那两封银子,说:"小侠客,我二人今天告辞了,过日必要前来相访。"张玉峰说:"我这家中不用你们前来寻访,自管去你的吧。要再犯在我的手内,我定要结果你的性命!"那两个贼人说:"小侠客既有惊人的本领,我二人也不敢领教,实在是真话:多则二年,少则一载,必有人来访尊驾。我二人去也!"说罢,"嗖"的一声,蹿上房去了。

张玉峰叫:"来人哪!"外院中进来了两个仆妇问:"大爷有什么事?"张玉峰说:"你二人点上灯,把里院中照照,有什么物件?"那两个仆妇进后院中,用灯一照,说:"大爷,院内有茶盘儿一个,里头放着一个红单贴,请大爷过目吧。"张玉峰一瞧,那红单贴上画着一个耗子,另画着一条长虫③,也没有字,自己不解其意。此时,药也煎好了,送给老太太吃药。

次日天明,老太太就好了。玉峰一想:"我要是不练武,倘要有人来访,我那时该当如何?"正忧虑之际,只听家人禀报:"舅老爷来了!"从外面进上房,来瞧姐姐来了。玉峰过来给他舅舅行礼,问是从哪里来。他舅

————————

① 药铫(diào)子——煎药用的器具。

② 认着——认为。

③ 长虫——蛇的旧称。

舅家住在顺治门外椿树三条胡同,住在门框胡同,开古玩铺,姓萧,名天瑞,为人老成经事。玉峰问了好,来在老太太屋内落座。他舅舅问了问太太的病,说:"姐姐,你好了吗?"那萧氏孺人①说:"我倒好了,你铺中事情好吗?"天瑞说:"好。"玉峰说:"舅舅,您老人家认识有武艺出众的英雄,给我请一个教习来,我要练武。"萧天瑞一听说:"我认识一个飞天豹武七达子,是一个英雄。我还认识一个铁掌方昆,我还认识有几个镖行的朋友。那铁掌方昆在后门里头大石作住家,常在我们铺坐着,那是一位老英雄。"玉峰听罢,说:"舅舅,何妨把那个英雄给我请来,我跟他练练,不知尊意如何?"萧天瑞说:"我闲着给你请来就是了。"喝了几碗茶,在那用酒用饭,完毕告辞。玉峰送到门外,回归书房,思想昨夜晚之事,也无心念书。

过了两天,也不见他舅舅请人来,访问别人,知道铁掌方昆在大石作住家,"我何不去找此人!"吩咐外面套车,带一个跟人,坐车出离了鲜鱼口。赶车的问:"往哪里去?"玉峰说:"要去到后门里大石作。"进了前门,少时到了大石作。一访问路北有一个小烟铺,一间门面,西隔壁是一个板子门,里边是三合房。知道铁掌方昆在那里住,玉峰自己跳下车去叫门,里边出来了一个使唤的仆妇,说:"找谁呀?"张玉峰说:"找方大爷来了。"那仆妇问:"在哪里住?有什么事?"张玉峰说:"在前门外南孝顺胡同住,姓张,我来找方大爷。"那仆妇说:"没有在家,出城有事去了。"玉峰问:"多咱回来?"那仆妇说:"不定准多早回来,有话留下吧。"玉峰说:"如要回来,烦你通说,明天一早我来找他。"说罢告辞,回归家中去。次日,又来大石作访问,里边仆妇出来说:"尚未回来。"一连十数天。

这一日,玉峰一清早在隔壁小烟铺内坐着,车在门外停着。玉峰向内说:"隔壁方大爷为什么不在家?每天往哪里去?"烟铺内掌柜的说:"那位方大爷一清早出,在前门全天喝茶,回来吃早饭,这是近道。要是绕远弯,出齐化门外到通州喝个早茶,回家吃饭。"张玉峰一听,心中惊疑。那边有个人来说:"这方大爷来了。"是烟铺内的小伙计在外面倒扫地土,瞧见了方昆来了。玉峰睁眼一看,见那边来了一位老人,身高八尺,头上并无戴着帽子,身穿青缎长衫,青绸快靴;黑面目,五官端方,品貌不俗,花白

---

① 孺人——明清七品官的母亲或妻子封为孺人。也通用为妇人的尊称。

胡子。那位英雄一见玉峰在烟铺这里站着,他就来到烟铺内买槟榔。玉峰过去请了一个安,说:"老师好!弟子访拜吾师数次未遇,今幸相逢,此乃三生有幸!"方昆一瞧,说:"在我家中找的就是你呀?"玉峰说:"是我。久仰吾师大名,今幸相会,此乃三生有幸了!"方昆把他让到家中,住的是上房五间,东西厢房各三间,让他西屋内落座。张玉峰把自己来历说明了。方昆说:"你明天到我这里来住,你今天回去吧。"那玉峰给师傅磕了头,拜了师母,然后回家,禀明了母亲,自己带了衣包、吃食、银钱、两个书童,坐车来在方昆家中一住。

　　方昆夫妇昼夜教练张玉峰,三载工夫艺业学成,练好了单刀、各样拳脚工夫,谢了师傅,告辞归家。

　　这一日无事,坐车到琉璃厂四宝斋南纸铺,下了车到里边,与领事的宋文治说话。只见从外边进来了一伙人,都是拧着眉毛,瞪着眼睛,小辫顶,大反骨;都在二十多岁,摇头晃脑,喷痰吐沫,扬眉吐气,走道螃蟹的儿子——横走,恨不能催辆车把自己轧死,又没人给车钱。头前一个人,年在三十以外,项短脖粗脑袋大,身穿蓝绸汗褂,青洋绉中衣,薄底青缎快靴;面似生羊肝,黄眉毛,圆眼睛,五官凶恶,手拿全棕百将满金的折扇说:"宋掌柜的,借给我五百吊钱。"宋文治说:"柜上没有钱,改天再说吧。"那人说:"没有可不成!"

　　张玉峰一听,过来问说:"朋友,贵姓?"那人说:"我姓宋,排行在四,前三门外有一个南霸天,就是我。营城司坊官私两面,没有不认识我的。"旁边有一个人一拉张玉峰,暗说:"此人是本处的匪棍,来讹诈咱们。"张玉峰说:"明天宋四你在永定门外大沙子口儿等我,我给你送五千钱去。"宋四说:"好,明天在那里见吧!"宋四去了。铺中人劝了玉峰半天,张玉峰回家,一夜无话。

　　次日天明,坐车到了大沙子口儿,见前三门外的土棍①都在这里,有四五十人。张玉峰跳下车来,手拿单刀扑奔群贼而来。不知后事如何,且听下回分解。

---

　　①　土棍——小混混,地痞,流氓。

第九十六回

施英勇制伏南霸天　唬贼人巧遇欧阳善

诗曰：

> 云想衣裳花想容，春风拂槛露华浓。
>
> 若非群玉山头见，会向瑶台月下逢。

话说南霸天宋四邀聚余党，都是前三门外著名的土棍，内中都有匪号。头一个，平天蓧李五，蓧到何处吃何处，因此名为"平天蓧"。满天飞张七、闵姜蔡二，他要与人家交朋友，是先甜后苦。大概都是此等人物，不堪尽录。这些人在前三门外，都在大小堂名、男女下处之内找钱。

今天是宋四邀请前来助拳的，瞧见张玉峰前来，是自己坐着车来的，也没有带人前来。宋四说："众位不必过去，今天瞧我一个人的就是了。"跳过来迎着张玉峰，说："你就是四宝斋的东家？是来给我钱来啦，是怎样？快些实说！"张玉峰跳下车来，手擎单刀，说："我哪里有钱给你这匹夫！"抡刀一逛他，宋四方要叫人来打，张玉峰一拐，正点在宋四的肋窝。宋四"哎哟"一声，栽倒在地，不能动转。张玉峰说："哪个过来？"众人一瞧张玉峰会点穴，好汉不吃眼前亏，他等就不敢过来啦，说："不好，宋四叫人家给点了穴啦！"张玉峰说："宋四，从此我这琉璃厂那一条大街，不准你去！我哪时瞧见你，我哪时打坏了你！你答应了，我饶了你；要不答应，我有刀在手，要结果你等性命，易如反掌！"宋四说："你饶了我吧，我算是栽啦！"张玉峰用脚一踢他，宋四翻身起来逃走。一干众贼党土匪一哄而散。张玉峰自己坐车来到家中，吃完了早饭。从此，人人都知道有一个玉面犼①啦，张大爷在前三门外很有些个名头。

这一天，坐车到了厂东门外，见路北有新开张的茶馆，带二荤铺卖家常便饭，字号是"福兴轩"，门首围着好些个人。玉峰车站在那里，跳下车

---

① 犼（hǒu）——兽名。传说中佛的坐骑。《集韵·上厚》："北方兽名，似犬，食人。"

来,分开众人,进里面一瞧,见南霸天宋四脚蹬着板凳,在那里摇头晃脑地说:"你是问了谁啦,楞开了这个买卖?快快的给我拿规矩来!"张玉峰一瞧,进来说:"宋四,你又来这里讹人来啦?"宋四说:"没有,我在这里等个人,我要走呢,你坐会子吧!"站起身往外就走。那瞧热闹之人不住的直笑。

饭馆内满堂的座儿,玉峰方才要走,只见那边过来了两个掌柜的,说:"张玉峰,你别走,跟我二人到里边,有话问你。"玉峰睁睛一瞧,头前那个人年在三十来岁,身穿青洋绸大衫,黄脸膛,五官端方,足蹬白袜云履。后边那个人年有二十以外,面如白玉,唇若涂脂,目似春星,双眉带秀,举止不俗,身高八尺向外;穿一件白夏布淡青五丝罗两截大衫,白袜厚底福字履鞋。过来说:"张玉峰,跟我二人到后边院一叙,有话问你。"玉峰认做好意,来到后院内一瞧,是三黄土打就地脚,一个小院子。那两个人把长大的衣服脱去,说:"张玉峰,我二人用好些个钱把南霸天宋四冤了来,你给我吓走了,我问你有多大本领?来,你先别吹,我二人去把我那两把家伙拿来,你瞧瞧认得不认得?"说着话,到了里边柜房内,取出去一条棍来,乃是纯钢打造的。头长有六尺,在上半截有一个横梁,长有八寸,有核桃粗细。那一样兵刃是一对,车轮大的圈儿,宽有二寸,里外都是有刃,圈套着一个小一号的圈儿,有四个铁条连着,宽有一寸。这柄圈儿外有月牙峨眉枝子,底下有拿手,是一对,一般大。玉峰一瞧,心中犯想,说:"那条棍是丧门棍。那一对,我真不认的。"想罢,说:"那棍名丧门棍,那一对兵器,我不认识他。"那两个人说:"这个名子母鸳鸯铴。咱们比拼拳脚,看是如何。"张玉峰说:"我练练,你二人瞧瞧看是如何。"自己在当场把拳脚架势拉开,练了一趟太祖拳,又打一趟八技掌。练完了,气不涌出,面不改色。正练的高兴之际,那两个人说:"练得好!我二人也练练,你瞧瞧。"两个就练了两趟五祖点穴拳,此拳能隔山打牛,百步打空,乃是道传。练完,向玉峰说:"我二人原打算把那些土豪恶棍制服制服,不料今天遇见兄台光临,如不嫌弃,你我三人结为昆仲①,不知尊意如何?"张玉峰说:"甚好,二位兄台贵姓大名?"那三十来岁的那个人说:"姓欧阳,单名一个善字,别号人称'钢肠烈士'。那是吾义弟铁胆书生诸葛吉。"

---

① 昆仲——兄弟之意。

　　三个人各叙年庚,欧阳善居长,诸葛吉次之,张玉峰居三,回归柜房,设摆香案,三人立了盟单兰谱,叩头祭神。

　　三个人就在柜房内摆上了酒菜,吃酒谈心叙话。玉峰问:"二位兄长,是都中人? 是哪里?"欧阳善说:"我二人乃宣化府人氏,家有薄田百十顷,山场果木园子数十顷。自幼儿好练,有口外的武士英雄,必要到我那庄中住几天。我二人听说京都前三门外,有无数的土豪恶棍,我特意的在此处开设这个买卖,等候贼人。如来之时,我二人必要制服他等一番,此是真情实话。"玉峰说:"二位兄长,明天我来邀,到我家中住去吧。"欧阳善、诸葛吉齐说:"我二人必要去给老太太请安去。"玉峰用完了饭,告辞回归家中,禀明了母亲。

　　次日,诸葛吉二人来见过老太太,然后在前院穿厅落座吃饭,谈了一天心。日落之时,二人告辞回归。玉峰次日又去给二位哥哥道谢,一连几日,这兄弟三个情投意合。

　　这一日,张玉峰正吃完了早饭,在家中坐着,那外边门上人来禀报说:"有两个人是山东口音,在门外等候要见,不知主人见他不见? 我告诉他说,我家主人出门去了,他留下两个红单帖,是他的职名。"说罢,呈与张玉峰。张玉峰一瞧,上写是"谢德山",另一个写的是"谢德海"。张玉峰并不知道这两个人是谁,翻过来一看,画着一条长虫,那个画着一个耗子。自己胸中一动,说:"原来是当年在我家中借盘费的那两个。好哇,我必要见机而作,瞧事做事。"想罢,问家人说:"那两个是在哪里住?"家人说:"他留下话,说在前门外西河沿高升店内住。"玉峰也没有言语,自己安歇睡觉。天色正午之时,自己一烦,躺在床上昏沉沉的睡去,至黄昏之后,方才起来。有门上家人说:"西河沿高升店内谢爷,遣一个人来门房下邀帖,请大爷明日一早在店内用饭。"玉峰说:"知道了。"家人下去,玉峰用完了晚饭安歇。

　　次日起来,叫赶车的套车,自己喝了几碗茶,吃了些点心,然后换好了衣服,到外边去上车。到西河沿高升店内,一见里面掌柜的出来,认得张玉峰,说:"张大爷,今天清闲哪? 里边坐着吧。"那张玉峰说:"烦你到里边通禀一声,就说是有南孝顺胡同张玉峰来拜访。"掌柜的叫小伙计去。不多时,只见从里边出来了两个少年人,俱穿青洋绸大衫,一个年在三十以外,五官俊秀;一个二十有余,面皮微黄,都是青缎薄底抓地虎靴子。那个人说:"我名谢德山,那个是我二弟谢德海。请张大爷里边坐吧。"张玉峰跟着那两个人,一同进了南院,往西一拐,有一个角门进去,只见是上房五间,东厢房三间,西厢房三间,院中干净,倒也宽大的很。谢德山说:"众位英雄,今有张小侠客来也!"只见上房帘子一挑,出来了四十多名,在东西两边一站。

当中有一个人,年约六十以外,头上微有几根头发;身穿二蓝绸的长衫,金银罗的套裤,白袜云履;面似青粉,长眉阔目,说:"原来是张大爷来了。你且到上房,我给你引见几位朋友。"谢德山说:"这是我们山东东昌府二十五里铺侯家寨的人,姓侯,名化和,别号人称'无发侠义'的便是。你们二位见见,这是玉面狐张玉峰,你二位多亲多近。"又一指那两边的英雄,说:"那是铁太岁刘猛、小白龙李杰、金面太岁吕盛、花脸金刚马松、钻天燕子李猛、入地鼠钱成。"张玉峰一瞧,高高矮矮,胖胖瘦瘦,都是三江的英雄,四海的豪杰,雄气赳赳。

张玉峰旁若无人,进了那上房屋内一瞧,北墙上挂着无数的兵器,都是带勾、带刺、带耙的物件。当中一张八仙桌儿,桌上放着一个大酒壶,杯筋俱全。两边是两把椅子,让张玉峰落座。众家英雄在两旁侍立。那无发侠义侯化和说:"张小侠客,我听谢家弟兄他二人传说,北京城有一个张小侠客,住在南孝顺胡同。我自一听此言,邀山东一带的英雄,前来寻访尊驾。"张玉峰说:"我当初不错,有这一段事,内有一段情节,只因为那谢氏弟兄,他二人到我家中去找盘费,我给了他壹百两银子,我说你等要再犯到我手内,我必不饶你二人。那谢德山他说,回去邀聚朋友前来,多则一年,少则半载。我信以为真。今天你等众位前来,意欲何为?"那无发侠义侯化和说:"我听谢氏弟兄他说,你乃当世英雄。明天我等领教领教,在永定门外大沙子口等候你。你今天吃完了早饭,你回去吧,明天在大沙子口,清晨至午,不见不散,死邀会!"说着,摆上了一托盘子煮肉,搬过来一坛子酒,让张玉峰上座,众绿林英雄齐来让酒。张玉峰自己喝了两杯酒,吃了两块肉,站起身告辞,到了外边,众人相送,到了店门外,众人说:"不送了,明天那里见!"玉峰说:"我必要去的。"自己上车回家,到了门首,自己进去,也不敢言语,在书房内闷坐,喝了点酒。自己一想:"明天这伙贼人,在永定门外沙子口儿等我,我也不能邀朋友去。我要是赢的了他们,那时便罢;我要是赢不了他们贼人等,要是输给他们,那时间我从此绝不提会把势①了!"想罢,安歇睡觉。

次日天明,到了外边,叫赶车的套车。上车出鲜鱼口,顺前门大街过天桥,出永定门,到大沙子口儿。只见那边有无数的车辆,那谢德山与谢德海二人在那跟前站定。张玉峰下车,到了那边,谢德山过来说:"我来与小侠客比拼几下。"跳在当中,走了几趟,败回去了。谢德海也败回去了。只见那无发侠义侯化和跳过来,说:"张玉峰,你有多大能耐本领?我瞧瞧,你看是如何?"玉峰二人动手,群贼过来往上一围。不知张玉峰该当如何,且听下回分解。

---

① 把势——武功。

第九十七回

铁胆书生独胜侯化和　追风仙猿戏耍张玉峰

诗曰：

　　　无花无酒过清明，兴味萧然似野僧。

　　　昨日邻家乞新火，晓窗分与读书灯。

话说张玉峰正要与侯化和动手，众人过来要帮助，侯化和说："你等不可以多为胜！"那张玉峰说："你们哪个过来，分个上下？"只见那正北上来了一辆车，上面坐着钢肠烈士欧阳善、铁胆书生诸葛吉。只因为这两个到了南孝顺胡同，一早去找张玉峰听戏，到了门房听家人一说，两个人不放心，坐车出离了永定门，来到了大沙子口，一瞧那些个人把张玉峰围上了。那欧阳善、诸葛吉二人，一个手拿丧门棍，一个手拿子母鸳鸯铤，跳在众人当中，说："你等休要无礼，我二人来也！"铁胆书生诸葛吉手擎子母鸳鸯铤，说："来，来！哪个与我动手来？"无发侠义侯化和一摆腾枪，说："我来也！"二人在当场动手。

那诸葛吉乃当世的英雄，他使的这一对兵器，天下除去他师傅，并无第二人使这一般兵刃。那侯化和如何是他的对手哪，几个照面，被诸葛吉一子母鸳鸯铤，把侯化和脖颈划了一道血口子，鲜血直流，那一群贼一瞧，说："了不得啦！老英雄带伤了，你我不可不管！"那侯化和说："你等不必如此。我都不成，何况是你哪！咱们回去吧。"问张玉峰说："那使子母鸳鸯铤的，他姓什么？叫什么？"张玉峰说："他在琉璃厂东门外饭馆内，姓诸葛名吉，别号人称'铁胆书生'。你问他做什么？"侯化和一听，说："我等要去也。咱们是青山不改，绿水长流，他年相见，后会有期。我必要请能人前来拜访。"说罢，带众人上车回山东去了。那张玉峰三个人也就上车，进永定门，先到饭馆吃完了早饭，然后各自归家。自此日起，他弟兄三个人常在一处玩耍。

这一日，张玉峰办喜事成家，众亲友等齐来给道喜，过三朝谢客已毕，老母萧氏又病故了，办理白事。葬埋之后，这一日无事，去找二位拜兄去了，谈了几句话。欧阳善说："你我今天去逛一趟西顶万善寺，不知三弟尊意如何？"玉峰说："我不去，二位兄长去吧。我到铺中瞧瞧去。"说罢告辞，到外面上车，坐车进琉璃厂，到四宝斋南纸铺门首下车，在栏柜里头落座。宋掌柜的与众伙计齐过来说："东家来了吗？来吧，咱们里边坐着。"张玉峰说："就在这里吧。"

正说话之际，只见那外边进来了一个买主，年约七十以外，身穿一件毛蓝布大褂，白袜子，青布双脸鞋；光着头，并无一根头发，是一个油葫芦秃子；细眉毛，大眼睛，微有几根白胡须，从外面进来，说："掌柜的我买猫诈刺①有没有？"说话尖嗓子，声音高大，说："掌柜的，有猫诈刺没有？"众伙计说："南纸铺下不卖那些个东西。"那秃老头把眼一翻，说："我知道是南纸铺，我买毛尖四大纸，要多少钱一张？"伙计说："毛尖四南纸，一两二钱银子一张。"那秃老头儿说："你给我拿一张，在纸的当中写'毛尖四一张，纹银一两二钱'，字要大，我怕忘了。"伙计说："那如何使得。我们给你单开一个条儿，你想怎么样？"那老头儿说："不用，给我写在纸上吧。你不放心，我给银子。"说着话，伸手掏出银子来，说："给你吧，这是一两三钱银子，剩下找给我钱。"那个伙计伸手把那银子接过去，瞧了瞧，秤好了找给那老头儿钱，说："你拿了去吧。"在那毛尖四纸旁，给他写上"四宝斋，毛尖四一张，纹银一两二钱"。那老头儿接过去，自己到了外边去了，张玉峰也就出去上了车。

见那买南纸的那个人，站在张玉峰那车前骡子的眼头里，赶车的说："老头儿，你躲开，我们的车碰着你。"那秃老头儿一声也不言语。赶车的过去说："老头儿，借光啦！躲开，让我们过去。"那秃老头儿说："你借光，给我出多少钱的利钱？多咱还我？"赶车的说："你不躲开，我们车要碰着你可不管！这么大的年岁，为什么净讨人嫌哪！"张玉峰一瞧，心中有气，说："这个人太不知世务！"跳上车去，说："赶车的，赶着车走吧。"那赶车的一摇鞭子，照着那骡子就是一下。那骡子永远不叫打，一打就跑，四蹄蹬开，那车如飞似的直跑。那老头儿在那骡子脑袋前头，也相离不远，与那骡子的腿是一般的快。张玉峰在车内坐着发愣，说："此人好俊的工夫！"到了煤市桥，往南奔大栅栏，就不见那个老头儿了。

---

①　猫诈刺——药名。

　　玉峰回到家中下车,到书房之内落座,吃完了晚饭,在穿厅屋中靠北边窗户看书。正看得高兴之际,天有二鼓时,张玉峰睡着。有一个人从窗户外头伸进一只手来,把张玉峰辫子给抓住,往外一拉。玉峰说:"什么人? 不好!"睁睛一看,见是白天在四宝斋买南纸毛尖四的那个老头儿,手拿明晃晃的那一把刀,说:"张玉峰,我有心把你杀了,可惜你这年岁!"把刀往背后一插,掏出一包锅烟子,说:"你别叫玉面狐啦,你叫乌云秀士吧!"照着张玉峰脸上一抹,抓辫子的手也松开了。张玉峰把头抽回来,坐在那椅子上,把脸上那锅烟子一擦,伸手拉刀,说:"你这个小辈,好大胆量! 别走,我来拿你!"翻身出离上房,到了院中一瞧,那个老头儿在那里站定,一见张玉峰出来,伸手掏出来一宗物件,说:"小辈看宝贝吧!"白生生一个大纸团,照着面打来。玉峰一伸手,接过来一瞧,是白天卖的那毛尖四纸,团了一个弹儿。玉峰扔在就地,抢手中刀,扑奔那个老头儿就砍。那个老头儿望北房上一蹿,站在那房上说:"小辈,你的胆子不小,敢与老夫动手! 你上来!"张玉峰蹿上房去,那个老头儿跳下来了。玉峰跳下来,那个老头儿又蹿上房。如是者,上来下去好几趟。那个老头儿说:"张玉峰,你不必追了,我要杀你早就杀你了。天有三鼓了,我去也。"张玉峰说:"你先别走! 你姓什么? 留下姓名!"那个老头儿说:"你问我呀,我在广庆茶园,你知道有个铁头孙四,就是我。不服,明天找我去,官私两面由着你挑。要打官司,营城司坊,你倒不必去告;南北衙门、顺天府都察院,你去告去。要打架,明天你邀人去,我在那里等你! 人有个名,树有个影儿,你知道不知?"那老头儿说完了就走了。玉峰也追不上,又一想:"追上也不是他的对手,明天去邀我哥哥欧阳善与诸葛吉,我三个人去找他去。"自己进屋内,叫打更的进来,给取了点洗脸水,自己洗洗脸,往床上一躺,翻来覆去,也就睡着了。天已五鼓醒来,恨不能一时就亮才好。

　　候至天色大亮,东方发晓,自己起来收拾停妥,叫赶车的套车。自己坐车到了厂东门茶馆门首,见围着好些个人,不知里面有什么事。车站住了,自己跳下车来,分开了众人,进了茶馆,见他大哥欧阳善与诸葛吉两个人在那边站着。有一个少年人,年在二十多岁,他坐在桌儿上,一声也不言语。他大哥欧阳善只着急,急得了不的。张玉峰来是邀两个哥哥去助拳去,一见连忙问道:"二位兄长,是怎么回事?"欧阳善说:"三弟,你来吧,我说与你听。提起来真把人把气死!"用手指那少年之人,说:"那位姓李,在这里每天吃饭喝茶,有二十余日。昨日在柜上,我收存下两封银、一封字儿,说今天来取。我昨日就锁在那银柜里了,我们这铺内没有闹过贼。睡至三鼓以后,我在那床上觉着是有人用物件压我,睁睛一看,原来是一个酒坛子放在身上,用绳儿把我腿给捆了。我瞧见有一个秃老头儿开开银柜,把那银子拿了去。我一着急,一晃身子,把酒坛子摔在就地。我从床上一跳,把捆腿的绳儿也崩断了。我找兵器没有找着,听见那楼上你二哥嚷说:'好贼!'我上得楼去一瞧,你二哥气的暴跳如雷,说:'贼人抹了我一身蜡油。'我二人追出去,他通了名姓说:'开广庆茶园的铁头孙四。'我二人早晨起来,想要带兵刃去找他去,这位存银子的来了,与我要。我明知是夜晚被贼人盗去了,我原打算要赔他的银子,他说:'那封信是二十银子的汇票,在那字儿里边哪。'三弟,你想这事腻不腻?我把话说完了,你想你有个什么主意吧?"

张玉峰一瞧那少年人,身穿灰洋绉一件大衫,厚底福字履鞋,是月灰摹本的,二纽上十八子香串,带着翡翠四喜的扳指,坐在那里也不言语。张玉峰过去了,说:"朋友,你不可这样说,物件已然丢了,我且问你,你打算什么主意? 不相好不能在这里存东西,皆因都有交情。今天我赶在这里,你吃万分的委屈,都看在我的分上,叫我两个哥哥赔你那二百两银子。咱们再找找你那一封书信,不知兄台肯赏脸否?"那位少年人说:"那银子有无,此乃小事。一封字儿,求兄台给找找,我听个下落就是了。"说罢,站起来扬长而去。张玉峰说:"别走,我有话说。"那人竟自去了。

欧阳善、诸葛吉说:"贤弟,为何起得这般早?"玉峰说:"提起来气死人也! 昨夜晚上,我家也是闹秃子。"就把昨夜晚闹秃子之事说了一遍,然后又说:"二位哥哥,你二人带兵刃,跟我去到那广庆茶园,去找铁头孙四去。"说罢,站起身来,说:"我先找他去,然后二位兄长随我来呀。"到外面上车。

赶车的一摇鞭子,到了广庆茶园门首,正遇见那耗子皮李五、一块土黄七。张玉峰说:"你两个人别走!"这两个人一瞧,说:"张大爷,我们没有得罪你,你为什么这样?"张玉峰说:"你们倒没有得罪我,我有事用你二人。"那两个小子一听,说:"您老人家用我们干什么? 快说。"玉峰说:

"你两个堵住那广庆茶园门,大骂孙四,有什么乱儿都有我哪。"黄七说:"既是您老人家叫我骂,我们也不敢不骂。可是有人出来之时,您老人家过去就是了。"张玉峰说:"不必多说,你二人骂就是了。"

黄七、李五大骂铁头孙四,堵住门首大骂之际,只见里出来了一伙人,有十数余名。为首有一个人,年有二十多岁,身高七尺,头上并无一根头发,又光又亮,身穿蓝绸汗褂,青洋绉中衣,漂白袜子,青缎实纳帮儿皂鞋;面如满月,细眉圆眼睛,高鼻梁,四方口。出来一瞧是李五、黄七两个匪棍,概不由己,气往上撞,说:"好两个小辈儿,找我来,你等知道孙四爷的厉害!"张玉峰从车上跳下来,过去说:"小子,张大爷我骂你!"吓得那黄七、李五回身就跑。那张玉峰一细瞧那铁头孙四,见他年岁也小,不是昨夜晚在自己家中所遇的人,连忙过去说:"孙四,当着众人可不是我怕你,内中有个缘故。我姓张,名玉峰。昨夜晚上有如此如此之事。"玉峰又细说了一遍。孙四说:"老弟台,你跟我到里边柜房内落座,我有话问你。"张玉峰说:"四哥,你多委屈了!"说着话,到了大门里万子柜里边,二人落座,有人献茶。

孙四方要细问张玉峰,外边钢肠烈士欧阳善、铁胆书生诸葛吉两人赶到。欧阳善一瞧,举棍照定那孙四头上就是一棍。张玉峰瞧见了,说:"别打!"孙四往上一冲气,"叭"的一声,正中在头顶之上。幸亏孙四他有贯顶的功夫,要不然死于非命。孙四站起身来,一回头,欧阳善二人一瞧,说:"不是你!"孙四这个气更大啦。张玉峰赶紧去说:"不可!我给你们哥儿三个见见,不必动手。"诸葛吉、欧阳善过来赔罪,落座。四个人说话,提起昨夜晚之事,"今天四哥你真多委屈了!"铁头孙四说:"你三位我倒不怨,我可恨的是昨夜冒充我的名字,他真是我的五代贤孙!"

方才说完,听见楼上跳下一人,说:"孙四,你是我的六代孙子!不可骂人!"张玉峰等人一瞧,正是昨夜晚在家中戏耍他的那秃老头儿。这四位英雄一瞧,说:"你是什么人?给我们拢对头!"齐拿兵刃过去,要与那位老侠客动手。

不知那位英雄他是何人?要知后事,紧接马梦太误走回回峪,三杰献剪子峪,穆将军兵定玄墨山,捉拿云南七勇士金锐无敌大将军曹天兴,四方镇群雄打擂,西海岸神猴戏仙猿,双侠入峨眉山,盗阴阳八卦旛,神力王、穆将军合兵,马杰倒反峨眉山,灭吴山头擒吴恩,仁和教主下山,五云洞火烧清兵，大战虎耳山，恩收小霸王，单鞭破镗，火烧仙猿，白少将军束手探竹影山，一剑定石平，三打齐河寺，兵困越山泉，误走何家庄，巧遇混水猿，楚雄府会兵，金锁八卦连环计，七探水师营，三擒吴恩，剿灭邪教，尽在下部《永庆升平》接演。

永庆升平后传

第　一　回
广庆园三杰会仙猿　侯化泰再施惊人艺

诗曰：

安分身无辱，知机心自闲。

虽居人世上，犹处天台间。

话说钢肠烈士欧阳善、铁胆书生诸葛吉、玉面哪吒张玉峰三人到了广庆茶园，见了铁头孙兆英之面，细看那孙兆英虽是秃子，与昨晚耍笑他三人的那个秃的模样儿不对，昨夜耍笑他三人的那个秃子六七十岁的年纪，孙兆英年纪才二十七八岁，故此四人见面，一说昨夜晚之事，"有个秃老头儿，有六七十岁，假充四哥你的名姓，他自通名说：'我是广庆茶园铁头孙兆英是也。'故此小弟前来请教，却多有得罪四哥。"铁头孙四说："三位，这件事不怨你们，总是那假充我的字号的那个小子不是东西，他是我孙兆英的重孙子！"这句话尚未说完，只听那正面楼上有人笑言说："呔！孙兆英，你休要骂人，我也是个朋友。"说着，从楼上跳下一人，站在当中。孙四抬头一看，见那人身高五尺，头上油亮，并无一根头发，面如满月，细眉圆眼，眼光足满，皂白分明，神光似电，准头端正，唇若涂脂，一部花白胡须，身穿青绉绸一件长衫，内衬紫花布裤褂，青洋绉单套裤，白布袜，青缎子实纳帮皂鞋；手内擎着全棕竹一百单八将一把折扇；笑嘻嘻的说："孙四，我听说你也是个朋友，你先别骂人哪！"孙兆英一看这人的面目，知道是位侠义英雄，非等闲之人，不敢轻慢，连忙问道说："尊驾贵姓？哪里人氏？来此何干？"那秃老头儿说："我这话也长了，一时间也说不完。我过时拜访，细谈肺腑就是了。我今日要会会这玉面哪吒张玉峰是何如人也。"欧阳善、葛吉、张玉峰三人早已听见了，过去说："秃老头儿，我等与你何冤何仇，你这样耍笑我们！咱们也不必在这里乱人家的买卖，你跟我走，找一个地方，咱们分个高低。"那秃老头儿听他等之言，说："好，你我就此前往永定门外大沙子口儿见吧！"说完，一转身往外去了。钢肠烈士欧阳善、铁胆书生诸葛吉、玉面哪吒张玉峰等三人说："很好，我们一同跟你去！"说话之间，这三人随后也追出去了。铁头孙四要拦阻也来不及了，告诉伙计套车，也要随后追去。

书中且说那个秃老头儿乃是天下扬名的人物，姓侯名化泰，外号追风仙猿。因为他身体灵便，日行一千一百里，夜行一千程途，方得这个绰号。练得一身软硬的功夫，长拳短打，刀枪棍棒，各种的暗器，无不精通。平生专爱结交天下的英雄好汉。家住在山东东昌府离城二十五里的侯家寨。只因他胞弟无发侠义侯化和，前者被铁胆书生诸葛吉赢了，受了子母鸳鸯镋的亏，他回归山东，与他兄长追风仙猿侯化泰一说，在京中如何与诸葛吉等三人比武，自己不能取胜，"求兄长替我报仇，方消此恨！"侯化泰说："既是如此，你在家中等我，我去必要把他三人的首级给你带回山东来。我再邀请两位朋友跟我去，你在家中候音信吧。"过了几日，侯化泰邀他同乡两个知己的朋友：一个叫李汉卿，是一位秀才，以教书为生，与侯化泰是近邻舍，又是知己的朋友；那第二位是周茂源，卖珠宝石的客人，久不作此生理，家财巨万，为人乐善好施，慷慨大义，故与侯化泰说得到一处，是知心之友。这三人商议好了，雇了两辆车，周茂源带了两个家人，名叫周兴、周旺，侯化泰与李先生并未带跟人，择了吉日起身。在路上正值九月初旬，金风飒飒，残芦飘絮，败柳凋零，北雁南飞。在山东道上非止一日，这三人沿途遇景而观。

这日到了直隶交界，住在二十里铺。这夜西北风大作，彤云密布。天有初鼓，三人正自吃酒谈心，忽听那窗外点点滴滴下起雨来，越下越大。李先生说："这场秋雨可要凉了。堪刻立冬，今日九月二十七日，再过几日十月了，你我要在京都过冬。"周茂源说："我邀游九省，唯京都我未能尽情遍到。我这一入都，要把燕都八景、各处古迹、五坛八庙、居楼戏馆、山场庙宇，各处有名胜迹全都逛到，方称心怀。"侯化泰说："我久有此心。天下有名之地，唯京都属第一，我未到过。这一到都中，一则替二弟报仇雪恨；二则要逛逛京内胜景。"三人谈些闲话。外面雨还未息，叫店小二撤去杯盘碗盏，三人安歇。

次日，幸喜雨已住了，浮云已散，碧天如洗，三人坐车上路。晓行夜住,饥餐渴饮,非止一日,到了京都,住在杨梅竹斜街广升店内,找的是三间上房,给了赶车的车价钱、酒钱。店内小伙计送上洗脸水来。李汉卿一看这三间上房,屋内倒干净得好,靠北墙上挂着一张挑山纸画,画的花卉百果水仙。两旁有一副对联,上写是:

无情岁月增中减,有味诗书苦后甜。

下款落的是杨继盛。笔法秀硬,丰彩悦人。靠下面是一张八仙桌子,两边各有太师椅一把。东里间垂着落地幔帐,里边是两张大床,西边靠北墙一张,西北一个茶几,南窗下一张榆木楂漆的八仙桌儿,两边有两张椅子。侯化泰三人洗完了脸,叫店中伙计要酒菜吃酒,直闹至初更时候,方才安歇睡觉。次日,周、李二位逛前门大街去,侯化泰去访访那钢肠烈士欧阳善、铁胆书生诸葛吉这二人是如何的人物。从此步步留心,暗访张玉峰等为人做事如何。

不知不觉残冬已过,又至新春,侯化泰把事也访明白。过了灯节之后,又至二月天气,侯化泰把主意立定。这日,他请李汉卿、周茂源听戏,三人又逛了几天。侯化泰先访张玉峰,在纸铺买纸,后来夜内在他家耍笑他,直闹了半夜;又去找欧阳善、诸葛吉耍笑,临走说:"我是铁头孙四,你二人若不服,明天去找我,咱们那里准见。"侯化泰回到店内,次日早起来,告诉李汉卿说:"你二人在此处等我,我去访一个朋友去。"说着,他就出了店门,走到了肉市广庆茶园内。此时并未上座,他就在楼上占了一张桌儿,自己吃茶,静听下面的消息。不多一时,听见张玉峰问孙四,又听见有人说话声音,是欧阳善、诸葛吉二人,他四人见面,并未翻脸。那孙四一骂,他才跳下楼去,说:"孙四,你先别骂人,我在这等候多时了,我今日要会会你这几个人物。我在永定门外大沙子口儿等你们,那里见吧!敢去者即是英雄,我领教领教你们的武艺,凭你们也敢藐视天下的英雄!我要看看尊驾等!"说罢,他先走了。欧阳善等三个人各带兵刃,言道:"你先别说大话,我三人与你分个上下!"

这三位豪杰立刻出了戏园子大门,坐着张玉峰那辆车,一直的出了永定门,到了大沙子口儿。俗言说:"仇人见面,分外眼红。"诸葛吉说:"秃老头儿,你姓什么,叫什么?我三人也要知道你的名字。"侯化泰说:"我姓侯,名化泰,外号人称追风仙猿便是。你们三人哪一个会使子母鸳鸯铳?我要领教领教。"诸葛吉说:"很好,我就使的是这个兵刃,你我二人比较比较吧!"说着,一摆兵刃,直奔侯化泰咽喉而来。侯化泰不慌不忙的,把随身带的双刃纯钢圈迎面一摆,这二人在当中动起手来。诸葛吉自学会这件兵刃,并未遇过敌手,今日自己知道:"这侯化泰这厮不是等闲之人,我今遇此人,不可轻敌。"兵刃处处留心。那侯化泰见诸葛吉少年英雄,又知道他三人素日所为,不是为非作恶之人,故此有一番不忍杀害他之心。他的纯钢圈门路精通,要赢诸葛吉早就赢了他啦,他为是要看他们有几番的门路,要看个真实。

二人正在酣斗之际,正北有一辆车如飞相似赶到,说:"你二位先别动手,看在我的面上吧!"一行说着,就从车上跳将下来。原来铁头孙四方到这里,看见诸葛吉的子母鸳鸯镋被侯化泰的双刃纯钢圈给套上了,一只圈套在脖子上。侯化泰并不加害于他,一撒手,拍掌大笑,说:"诸葛吉,你休要藐视天下英雄!我此来为你兄弟三人在这大沙子口儿独显己能,把山东路的无发侠义侯化和给战败了,我这来就是要与他出气!"张玉峰二人一见,各摆兵刃,要往上闯。铁头孙四说:"不可,全有我哪!"把两人的兵刃各归本主,说道:"你四位不要这样,天下的把势是一家人,也无多大冤仇。"侯化泰说:"三位好汉,我这人也不会送情,我要害你们的时节,夜内你三人性命休矣,焉能留到此时?我看你们三位也是英雄,常言说得好:'英雄惜英雄,好汉爱好汉。'你三位要不择嫌,你我今日谈谈。"张玉峰见这侯化泰语言潇洒,乃是一位侠义英雄。孙兆英又给四人见礼,说:"我今讨个大脸,在我广庆茶园一叙,我略备一杯水酒,奉请四位畅谈一会,你们意下如何?"侯化泰说:"很好,我也久仰尊驾之威名,故昨朝借尊名相戏,我这里赔罪了。"孙四说:"既往不咎就是了。"

五人分坐两辆车,进了永定门,到了肉市广庆茶园楼上,占了一个官座,叫伙计要一桌酒菜。五人对坐吃酒,谈些今古英雄、侠义豪杰,心投意合,五人遂订金兰之好。侯化泰居长,欧阳善次之,孙四行三,诸葛吉得四,张玉峰行五。孙四说:"我今日与你四位说,我有一个拜兄,姓马名梦太,住家在安定门内国子监,练的一身好功夫,在前门外打过土匪,与神力王比武,兴顺镖店救驾擒贼,真乃当世之英雄!此时跟神力王保升副将,随征四川峨眉山,拿叛逆天地会八卦教赛诸葛吴恩,早晚要一跑红旗,他必要高官得做,骏马任骑。我想大丈夫生在世间,为的光宗耀祖、显姓扬名为是。还有一位姓张，名广太，现任西海岸独龙口的总兵，都是由异路①得的功名。"欧阳善等听孙四之言，说："好，我三人正想要上军营，虽说有武艺在身，无奈我等不得其门而入。求贤弟写信一函，我三人要走一趟。"孙四也是慷慨之人，立刻写了一封字柬，交给他三人。侯化泰说："我也要访访张广太是何如人也。"席散，张玉峰说："我本欲留兄台盘桓②几天，无奈我等也要起身往四川去，兄台也要回府，知己之交不叙套言，你我五人后会有期。"侯化泰说："我此刻回归山东，不久也要到四川走一趟，看机会行事吧。"孙四送走四人。

　　张玉峰回到家中，安置好了，择了吉日，与二位拜兄一同起程，把茶馆派家人照应，他三人坐车两辆，出了彰仪门。时值仲春天气，一路春风送暖，淑气迎人，嫩柳生香，桃花争艳，鸟语花香，到处可观。三人坐车，头一站住良乡县；二站涿州，住在南关和顺张家老店。方一下车，把行囊取下来，又将随带的三般兵刃拿下去。住的是上房。店小二送上洗脸水来，又送上茶来，三人吃茶净面。店小二又送上一桌果席来，是二十四样果碟，十六样冷荤，绍兴酒一坛，说："我家大爷叫送给你们三位爷吃的。"欧阳善说："你家大爷姓什么？在哪屋里居住？"小伙计说："你们三位爷先喝着，我也不敢说姓什么。我去问他，他说叫三位爷千万留下吧，不必说他的名姓。"张玉峰说："你给我请过来，我们见见就知道了，这万不是没名的朋友。"小二答应下去。不多一时，只听小二说："三位爷，我家大爷前来拜访。"他三位往外一看。不知来者他是何人，且看下回分解。

———————

①　异路——不同一般的途径。

②　盘桓——流连不去。

第 二 回

张玉峰旅店结盟　马梦太探山被获

诗曰：

> 骑牛远远过前村，短笛横吹隔垄闻。
>
> 多少长安名利客，机关用尽不如君。

话说钢肠烈士欧阳善兄弟三人，在上房听小二说有人前来拜访，只见帘子一起，从外面进来一人，身高七尺，细长身躯，面如青粉，白中透青，青中透白，两道细眉毛，一双圆眼睛，皂白分明，神光足满，二目放光，准头端正，四方口，海唇下无须，正在中年三十以外年岁；身穿蓝洋绉夹袄，内衬蓝纺绸小夹袄、夹裤，外罩米色宁绸夹马褂裤，灰摹本缎夹套裤，足下白绫袜，厚底四镶云履，手拿折扇，进来笑嘻嘻的说："三位兄台贵驾光临，小弟接待来迟，望求恕罪。"张玉峰三人说："我兄弟三人来至贵处，幸遇尊兄台爱，多蒙青盼，又厚赐酒筵，弟等受之有愧，却之不恭。尚未领教尊兄大名？"那人说："小弟我姓张，名宝任，是本处涿州人，开店生理。今见三位虎驾光临，我实仰慕之至，略备粗酌野菜，所为要与三位谈谈心。未领教三位尊姓大名，意欲何往？所带之兵刃可是自己所用，还是给朋友带的呢？"欧阳善三人各通了名姓，说："那兵刃是我三人所使的，略会一二。我们要往四川军营投奔一个朋友去。"张宝任说："是了。"叫小二摆上菜酒，说："三位可别嫌粗率，你我所为谈心。"

四人分宾主落座，饮酒之间，谈论些闲话，张宝任说："不瞒三位说，我也爱练把式，拳脚棍棒无不习过。今见三位所使之兵刃，都非常见之物，我特意前来领教领教。"钢肠烈士欧阳善说："我等三人都是结义的弟兄，平生最爱练武，在京都做买卖为业。既是兄台爱练武艺，必然是工夫纯熟，世外高人，侠义英雄了！"张宝任说："欧阳兄，你不必过谦，你我一见如故，从此不可客套。我今年二十九岁，不知尊兄年长？"欧阳善说："我比兄长两岁。"张宝任说："如此说来，你是大哥了。你二位也不必隐瞒，就实说吧。"铁胆书生诸葛吉说："我今年二十八岁。"张玉峰说："我今年十九岁了。"张宝任说："我久仰大名。在京都有一位玉面哪吒张玉峰，他在前门外打过南霸天，远近闻名，就是尊驾么？"张玉峰说："岂敢，小弟有何德何能之处？兄长过夸了。"张宝任说："我要与三位叙盟①，不知尊意如何？"欧阳善说："甚好。"四人各叙年庚，换了盟帖，四人情投意合。张宝任说："你我既是一家人，不必客套了。你三人有这样惊天动地之能，为何定要投奔四川峨眉山大营？目下穆将军带精兵二十万在河南地界，我给三位写书信一封，派两个家人护送，兄等到了那里，有一位帅总姓马，与我系至亲。你三位尊意如何？"欧阳善一想，要往四川，道路又远，不如往河南顺便，说："仁兄若肯如此厚待，我三人也免跋涉四川了。"张宝任说："你们三位事不宜迟，我也不敢久留，请三位于明日起身，我再派人护送，顺便与我至亲捎去一封问好的书信。"张玉峰甚是喜悦。四人又闲谈一时，尽欢而散，各自安歇。

　　次日天明起来，张宝任给他们装好了车，叫了两名家丁，鞴马引路，四人分别。张宝任说："张英、张华，你二人好好的在路上侍候三位老爷。"张玉峰等三人说："兄台请回吧，我等要告辞了！"张英、张华二人催马，头前引路。欧阳善、诸葛吉、张玉峰三人，在路上晓行夜住，饥餐渴饮，非止一日，进了河南地界。张英说："三位大爷，咱们今日住桃柳营吧，此去至大营不远。"欧阳善、诸葛吉、张玉峰三人听张英之言，说："也好，我等就住在这里就是，你二人去找店吧。"张英、张华二人说："我二人常走这条道路，都住韩家店，咱们还住那里，就在十字街西路北里。"欧阳善说："很好。"众人进街，见西边路北果有一座大店，字号"永升客栈"。众人进去，到了上房，张英、张华二人伺候酒饭已毕，天晚安歇。

　　次日起来，三人睁眼一看，身坐在一座大寨的分金厅上，又有六七十名天地会兵看守，三人兵刃也被人盗去了，慌忙问道："你们这伙人是做什么的？我们昨晚住在店内，怎么一夜来至此处？"只见张英、张华二人过来说："三位爷可别恼，我有一段情节细禀：这是我主人张宝任的主意，他是天地会八卦教中的逍遥会总，他派我二人送你三位来至这里，昨夜在店中用熏香把你三位爷熏过去，送至这里来。此处是剪子峪，你三位也不能走了。我已然把书信都投进去，等候这里大会总老龙神马凤山的回牌。

―――――――――

　　①　叙盟——结盟立誓。

此处正经管事的是三位,还有侯德山、侯保山。"钢肠烈士欧阳善三人听说无奈,"我三人不想被他人所冤,就是送我们往这里来,也要对我弟兄说个明白。我们既来之则安之。"张玉峰暗中告诉二位拜兄说:"看颜色行事,暂且忍耐。"

这三人正在议论之间,少时送上茶来,三人吃茶。忽见从外面进来一人,说:"三位大爷,我们三位老总升了大厅,有请你三位。"张玉峰说:"很好。"三人跟着传话之人,出了这配房,往东一看,只见正北五间大厅,东西配房各十间,两边摆列刀枪架子。正面三张座位,当中椅子上坐着一人,年过花甲,面如紫酱,雄眉阔目,精神百倍;头戴三角白绫巾,扎着金抹额,二龙斗宝,身披白缎子绣花一领战袍,足蹬官靴;五官凶恶,一部花白胡须飘洒胸前。左边是侯德山,右边是侯保山。两边站班喽兵有一百余名削刀手,都是年轻力壮,二十以外年岁,青绢帕包头,亮青布夹袄,足蹬青布快靴,怀抱二寸多宽、四尺二寸长明晃晃的斩马钢刀。张玉峰看罢,一抱拳说:"会总请了! 欧阳善等有礼。"三人通了名字。马凤山说:"三位贤士,今有张会总的书信,荐你三位帮我看守剪子峪。你弟兄三人如不嫌山寨卑小,我这后山有一座马厂,派你三人去看守吧。"三人说:"遵令。"赏了三人酒筵,派了一百名兵丁,跟这三人前去。每月支领月费银三十两,一年四季有俸。每逢初一、十五大操,这三人也各施所能。马凤山见三人武艺超群,倒另眼看待,无奈不敢叫掌兵权,不知三人是何等心地,恐其有诈。过了半载,迁升了三绝会总之职,总理后山。

这日,忽然马凤山请他三人到大寨。马凤山正在点兵,一见三人来到,心中甚喜,说:"你三人来得甚好。今有大清官兵来至山口要战,请你三人可以给我掠阵。"欧阳善三人答应,心中说:"我三人本是安善良民,守分百姓,无故中了奸计,身归天地会八卦教。今日掠阵,看清营带兵是哪路英雄。"三人在东山坡上看了一阵,却是胖马的大帅,瘦马的先锋。这一阵清营大获全胜,马凤山败回大寨,紧守山口,不敢出阵。阵亡了侯德山。钢肠烈士欧阳善、铁胆书生诸葛吉、玉面哪吒张玉峰三人先至大帐,给马凤山道了受惊。马凤山说:"三绝会总,你等不知,今带兵来的是山东马成龙,外号胖马。此人足智多谋,临敌无惧,勇冠三军。手使大环金丝宝刀,削铜铁,剁纯钢,切玉断金,水斩蛟龙,陆断犀象。前者跟伊大人查办黄河,在这剪子峪打过小耗神余四敬,空手夺镖。前在苏州福建会馆,大战你我会中之人。今日在两军阵前打仗的这位,名叫瘦马马梦太,刀劈了侯德山。从此你等多要小心,派人紧守山口。"三绝会总回归后山。

三人用完了晚饭,张玉峰说:"二位仁兄,你我三人在这会中堪可一载,今有马老爷带官兵打山,你我弟兄不早定出头之计,如山寨一破,玉石俱焚,你我恐被他人所误,那时悔之晚矣!"欧阳善说:"我看今日两军阵前,马梦太名不虚传,真英雄也!你我要弃山寨投奔大清营中,到那里寸功无有,也是无味。依我之见,你我等候与他打仗这时,暗通马梦太一信,咱们三人把马凤山拿住,作为进见之功。此事如何?"诸葛吉说:"很好。你看今晚月色甚明,你我三人到后山步月闲游一番。"张玉峰说:"正欲如此。你我三人是未到中秋先赏月。"欧阳善说:"贤弟,想你我有这样一身好本领,不能扬名显亲、增光耀祖,受制于人之下,好不愧死人也!"张玉峰说:"上古英雄皆有受难被困之时,譬如唐朝薛仁贵、宋时高怀德,久必显扬于世也。"

三人正自谈论之际,忽见正北一条黑影子。三人隐藏在树林之内,用绊腿绳绊倒,拿住一人。借月光仔细一看,原来是马梦太。三人心中暗喜,急忙带在自己住的房中,将马梦太放在地下。欧阳善说:"朋友,你贵姓?你说明白了,我们好去献功。"那马梦太他是从大营讨的令,来探剪子峪的路径,不料被人拿住,自己知道是活不成了,说:"小子们把你老爷拿住,或杀或剐,任你自便!我马梦太乃是天下的英雄,你们要是好朋友,给我一个快当,我死之后,鬼魂也感激你们的好处。你们叫我不死不活的,我死后作鬼也要骂你们个不了。"那欧阳善故意的说:"哟!我听你这人的口音,想是咱们北方人,咱们是个同乡。我要是把你送至老会总那里,你得碎尸万段。我念同乡之情,你叫我三声会总爷,我就将你放了。你想,怎么样?快说!"马梦太说:"呸!老太爷我乃大清国的职官,奉命来探贼人的下落,你等拿住我,杀剐任你所为,我焉能反求叛贼释放之理!量你这小子的剪子峪,弹丸之地,马凤山乌合之众,我天兵压境,此寨不久必破。我活着不能杀贼,死后落个麒麟阁标名,也算为国亡身。小子们,不必多说!"诸葛吉从里面出来,说:"你要与我等说些好话,你这条命就算活了。你说这些恶话,真是'恶语伤人六月寒'我等倒是好心,都有好生之德。你既不怕死,把你送至前山大寨,见我家老会总,准把你剥皮摘心,开膛抽筋,你就知道了。"那马梦太听他等之言,不由哈哈冷笑,说:"大丈夫视死如归。看你这一伙狐群狗党也算不了什么豪杰,老太爷有死而已!"玉面哪吒张玉峰听到这里,说:"二位兄长,不必试探了,也是你我一流人物。"从里间屋内把铁头孙四的书信取出来,说:"老哥,我先赔罪!"将绳扣解开,搀扶起来,说:"马老兄台,你先看这封书信就知道了。"马梦太正骂贼人,忽见由东屋内出来一人,二十来岁,面白英俊,过来把他解开,扶在东边椅子上坐,递过一封书信来,把桌子上的蜡烛剪了烛花儿。马梦太接过来一看,上写"内函由京都前门外广庆茶园发。"打开一看,不知上写的是何言词,且看下回分解。

第 三 回
马梦太夜逢三险　验兵刃绝处逢生

诗曰：

> 人生天地常如客，何独乡关定是家。
> 争似区区随所遇，年年处处看梅花。

话说马梦太接过书信来，看见上面封皮上写的是："书由京都前门外广庆茶园发，名内详。"后面是"康熙　年　月封"。自己拆开一看，见上面写的是：

> 敬请梦太兄台大人福安。弟孙兆英自拜别后，时常想念，知己之交，不叙套言。想吾兄大展鸿才，扫荡邪魔，虽吕望六韬①，不过如是。敬启者，今有叙盟兄欧阳善、拜弟诸葛吉、张玉峰三人，棍棒纯熟，文韬武略，乃当世英杰也，意欲投效军营，如到之日，兄千万照应，则弟幸甚！书不尽言，并请台安。片纸草草，面见再谢。
>
> 康熙　年　月　日。

兰弟孙兆英拜冲

马梦太看罢书信，说："哪位姓欧阳名善哪？"欧阳善说："我叫欧阳善。"诸葛吉笑嘻嘻的说："我叫诸葛吉。"又指那白面模样的说："他叫张玉峰。"马梦太说："你三人不认识我，就应该把我杀了。要不杀害，就该尽朋友之道才是。你三人这一要笑我，连我的朋友你们都瞧不起了！幸亏我马梦太是不怕死之人，倘若怕死，连我那朋友都不好看呐！"欧阳善连连赔罪，说："一时的莽撞，情甘认罪，望乞宽恕。"张玉峰说："老哥，都是小弟错了！此事还得商议一个万全之策才是。"马梦太说："你三人因为什么落在这天地会八卦教中？是所因何故呢？"张玉峰把上项事说了一遍，又说："今日之事，我想定一条苦肉计，将马老哥捆上，送至大寨，到

---

① 吕望六韬——中国古代兵书，传为周代吕望所作。现存六卷，即文韬、武韬、龙韬、虎韬、豹韬、犬韬。

那里就说拿住奸细了。只要见着马凤山的面,把老哥你放开了,你我四人拿他。你想好不好?"马梦太说:"这不是万全之计。这山寨内的喽兵、教匪要一齐动手,你我该当怎样呢?依我之见,我先回大营,见了元帅,定下计策,我再回来。到了这里,等至天晚,再依你们那条计策,把我捆上送至大寨,见了马凤山,你我四人将他拿住,外面有官兵接应,方能一战成功。"张玉峰说:"也好,马老哥,你先走吧,把大营的官兵调来,再作计较就是。"马梦太说:"你三人明夜晚间还在这里等候就是,我要告辞了。"马梦太往外走,张玉峰三人送出来,说:"老哥,我等专候捷音就了。"四人分别。

　　马梦太出了后山往东,自己走着,心中盘算:"这是天助我马梦太该成这件奇功,我也想不到有此奇遇。"正思想之间,抬头一看,见山路崎岖,树木森森,不是一来的道路,自己无奈,在各处一找,并无路径。信步往前,方走了有七八里之遥,腹中透饿,想要吃点饭才好。心中思想,仰面一看,皓月当空,清光似水,月朗星稀。马梦太出了这道山口,见目前有座村庄,自己信步进了庄门,到十字街,看那街道平坦,是东西一条街,南北一条街,也有围子砖墙,四个大门。他走至十字街,往东一拐,闻见一阵羊肉香味。见路北一座大庄门,双门半掩,羊肉的香味从这大门内出来的。马梦太一看门内,是路东一间门房,见里面灯光闪闪。马梦太蹑足潜踪,走至临近,往里一看,屋内南边是床,地下一张八仙桌,桌子上一盏灯,地下一个炭火炉子,上有一个带盖的砂锅,炖着一锅羊肉,八仙桌上有一把大瓷茶壶,两个茶碗,一砂锅白米饭。可巧屋中并无一人。马梦太说:"我也饿了,不免我吃点饭吧。"用手一摸,那茶还热,自己斟一碗,自斟自饮。连喝了几碗,把炖羊肉端下来,放在八仙桌上,打开盖一看,热气腾腾。又把饭也盛来。正在饥饿之际,端起碗来,狼吞虎咽,吃了一个不亦乐乎。正在得意洋洋,心中说:"有福不在忙,这是应该我嘴中之食。"

　　正想之际,忽听那北边有人说话:"二哥,我今日炖了三斤羊肉,煮了一锅饭,请你吃点。你我二人谈谈心。"说着话,门一响,进来了两个人:头前走的是身穿月白布裤褂,足下青布快靴;年有三十以外,黑紫面皮,粗眉大眼,高颧骨,准头端正,连鬓络腮黑胡子样儿。后边那个也是这样的打扮。一见马梦太,就问:"你这人是从哪里来的?快些实说!你俩不实说,我立刻鸣锣,把你拿住!"马梦太饭也吃足了,说:"朋友,你先别着急。

在下姓马,名梦太,是京都人氏。从此过路,我实是饿了,我把你的羊肉全给吃了。"那人一听,气往上撞,说:"好哇! 你还这么大模大样的,见了我连个惧怕都没有。黑夜之间,你无故进我门房,你是因何缘故?"说着话,他伸手一抓马梦太。马梦太一闪身,用手一磕他,他"哎哟"一声,说:"好大胆的贼人,你来与我动手!"马梦太站起来,那两个人一齐扑他来,他全闪开了,三拳两脚,将那二人打倒。他乐嘻嘻的说:"不要脸的匹夫! 老太爷一闹,全把你们这伙人要了命!"说着,往外就走,又气又笑。

走了没有三步,听见那门房一阵铜锣响,震动天地。马梦太说:"不好,我快走吧! 出了这个村庄就好了。"正思想之际,忽听那东南迎面一阵锣响,西、东、北三处皆是如此,锣声齐响。那四面八方灯笼火把,照耀如同白昼,大小巷口儿全都有人把守,刀枪如林,那灯笼上有字,写的是"守望相助"。马梦太情知不好,连忙拉出短把刀、避血块来,站在那当中。只听有人说:"这次别叫他跑了,拿住他,把他活埋了就是! 那两天埋了一个,今日他们又来了。好哇,这次可跑不了啦!"马梦太一摆刀,说:"你这群狗党羊群,老太爷岂把你们放在心上!"只见从正南跳过四人,各执长枪,照定马梦太分心就刺。马梦太用短把刀相迎,四人把他围上。马梦太看前顾后,并无一点惧色,把刀法展开了。那四面八方人也都赶到,灯笼火把,照耀如同白昼一般。马梦太一瞧,约三百多号人,把他围上。此时四面铜锣不止,马梦太想不到有这些人,要走也走不了啦,无奈,与众人动手。这些人都是刀枪剑戟、斧钺钩叉、鞭铜锤抓、镗棍搠棒,各施所能;还有弓箭手、飞抓手,这些人个个奋勇,人人争先。马梦太先前可以招架,到后来刀法迟慢。又听西边一阵锣鸣,挠勾手飞来,这两班人齐到,把马梦太闹得浑身是汗,想走不能,稍一失神,被人家一把抓住,说:"这可走不了他啦! 捆上他!"马梦太情知不好,把刀一扔,躺在就地,一语不发。

那众人过来把他捆好,把身上带的避血块也搜出去。内中有一个庄丁说:"把他送在庄主那里发落吧。"内中有一位年老之人说:"这时庄主也早睡了,不如把他埋了,明日告诉就是了。"众人齐说:"您老人家说的是。"马梦太说:"你们这地方好万恶,拿住活人就敢埋了!"那众庄丁一听,都哈哈大笑,说:"呸! 你别不要脸啦! 我告诉你吧,我们这庄村先前埋了两个啦,连你是三个啦。你们众人别等着,抬起就走吧!"把马梦太抬起来。庄兵说:"把这兵刃送到庄主那里去,是一口刀、一个避血玦。"内中有人拿了去了。众人抬起马梦太,出了西村口,往北走了不远,到了一个深沟,这地方是埋人的所在。马梦太此时心如万箭钻心,刀剜肺腑,一想:"我要是死在贼人之手,还算为国尽忠哪!不想我死这里,合营的朋友不能见面,也不能与张玉峰等共破剪子峪了。"那些人说:"这边有一个坑,把他扔下去吧。"那些庄丁把马梦太提起来要往下扔,只听那村口里边跑出一人,说:"千万可别埋!庄主升了大厅,为这件事甚是着急,说你们办事太粗。快把他抬回去吧,见了庄主,看是如何。"马梦太一听,心中说:"我又要不死了。这个庄主莫非是故友?"一想这里没有朋友,不知是怎样一段缘故。越想越闷。

众庄丁又把他抬回去,到了村中方才他吃饭的那座大门以外,只见大门已开,里面灯笼辉煌,从里面出来两个人,把马梦太腿上绳扣解开了,说:"朋友,你是哪里的人?姓什么,叫什么?你说明了,我好回禀我家庄主。"那马梦太说:"我京都人氏,住家在安定门内国子监,姓马,排行在末,名梦太,外号人称瘦马老太爷。你告诉他吧,我是大清营的副将,奉元帅令来探剪子峪来的。我误走至这里,因为我饿了,偷了你们这里些饭吃,就把我拿住了。你问完了我,我也该问问你们,这庄主姓什么?叫什么?"那人说:"姓黑,你许认的。"说着,走进去了。马梦太一听,心中说:"我不认识这么一位姓黑的朋友,这事不定怎么样。我也都说了,他们这厢离剪子峪临近,可全是天地会八卦教。我此时死生由命,富贵在天了。"正自心中忧疑之际,忽见从里边出来两个家人,说:"马老太爷,我家庄主有请。"马梦太说:"我这里还捆着呢,也不能会朋友。你等既不杀我,来吧,劳你驾,给我解开吧。"那人果然给马梦太解开,说:"你跟我进去吧。"

那人头前引路,马梦太跟着。进了二门,见里面是北大厅,上房五间,东西配房各三间。上房垂着帘子,里面灯烛辉煌。马梦太跟那家人上台阶,家人掀起帘子来。马梦太进去一看,那正面八仙桌儿一张,两边太师椅子,墙上名人字画、挑山对联,桌上有烛灯一盏。在东边椅子上自己落座,说:"你家庄主哪里去了?"家人说:"在后面更衣,少时就出来。"不多时,家人引路,从外面进来一人,身高七尺,膀乍腰圆,面如刃铁,黑中透亮,扫帚眉,大环眼,准头丰隆,四方口,年有三旬以外,精神百倍;身穿宝蓝洋绉大衫,足下白袜云鞋。一见马梦太,连忙作揖说:"师弟,愚兄不知,你是从哪里来?贵姓尊名?哪里人氏?"马梦太听他说话,知是自己同门,随说道:"我姓马,名梦太,家在安定门内国子监便是。你是哪位同师弟兄?如何知道你我是一门之人呢?"那庄主说:"我姓黑,名锦太,是你七师兄。这村庄名叫回回峪,我是此村首户,有什么公事都和我说。我方才正在看书,听见这村庄传锣响,我知道这必是有事。因连年闹邪教,各处有土贼,这回回峪成起团练乡勇,守望相助。这里开创是成头,本村公凑五百人。我今夜正要问是什么事鸣锣,他们说拿住人了。把你的短把刀并避血玦拿出来,交给我看,我才知道是咱们师兄弟,连忙派人去请你前来,多有受惊。你要是早来三天,还可以见着咱们师傅呢。师傅是昨日走的,要去逛四川去了。"马梦太说:"我也好运不善交。我是奉令来探这剪子峪,到了后山,我受了人家的绊腿绳,我知是一死,不想遇见故友。今来至这里,我要不是遇见兄台,我今性命休矣。我饭也吃了,我还不能久待。"黑锦太说:"知道你师弟军令在身,不能久待,我把你侄儿叫进来见见你。前者我遣他拿书信一函去上军营找你去了,不想走至半路,遇见一个朋友,他二人知道你在四川,也不想去。今日你同马成龙来破剪子峪,我想要看你去,托你把你侄儿提拔提拔。"马梦太说:"那有何难?我见见我的侄儿,你把他给我叫来。"黑锦太吩咐家人:"去把少庄主叫来。"

不多时,从外把黑英叫来。一进来说:"师叔,你好哇!"给马梦太行礼。马梦太看黑英年有十七八岁,五官端正,方脸大耳,长眉朗目,鼻直口方;身穿蓝绸子长衫,足下白袜云鞋。马梦太说:"坐下。你今年十几岁了?"黑英说:"我今年十八岁。"马梦太说:"你都会练什么拳脚?使什么兵刃?"黑英说:"我会练短拳,使的是短把刀、避血玦。"马梦太说:"好!你明日跟我到大营内练两趟,没有事我把平生所学教给你练几趟。"黑英答应说:"是。"马梦太复又问道说:"你奉你父命找我去,为什么走到半路你又回来呢?"黑英说:"我走至半路,遇见一个朋友,名叫卢杰,他与我结为昆仲①。在半截村遇见大清营的玉斗、巴德哩,提说是顾焕章探峨眉山被妖道拿住,用三根铁钉钉在木板之上。卢杰是要投奔顾焕章去的,听说这个信,他定要回家。我也不知您老人家在那里是如何,故此我二人回来

---

① 昆仲——兄和弟,比喻亲密友好。

了。"马梦太又说:"总是你二人年轻,就投奔我去,我也可以给你找事。如无事,你二人再跟我练几套拳也好,我指教指教你二人。你去把他给我叫来,我见见他就是。"黑英出去。黑锦太说:"贤弟,你再吃点什么? 歇息歇息,明日回营吧。"马梦太说:"我此时就走。饭也吃了,我还有紧急军情。"正说着,黑英进来说:"师叔,我那个朋友并没在家,他去访友去了。"马梦太说:"你候他回来,跟我至大营,我也正想有几位知己之人才好呢。"黑英答应。马梦太说:"师兄,我要告辞。"黑锦太说:"把你的兵刃带起来。我也不留你,你去吧。明日我叫你侄儿投你营里去。"马梦太答应,出了客厅,黑家父子送至门外。

　　马梦太出了回回峪,自己心中说:"好险哪! 我这次是绝处逢生。"正在思想,走了有一里之遥,只听眼前有人说:"呔! 过往之人,留下买路金银,我饶你不死! 若要不然,我叫你死无葬身之地!"马梦太听罢,说:"是合字吗?"那人说:"你不必说那些江湖话。我告诉你:我不种桑不种麻,全凭利刀作生涯。要献金银来买命,以免英雄刀下杀。"马梦太听了,气往上撞,拉出短把刀来,跳过去要和那人动手。那把刀一摆,上下翻飞,走了几个照面,马梦太被人一脚踢倒,翻身躺于就地。那人摆刀,分心就刺。不知马梦太性命如何,且看下回分解。

第 四 回

设奇谋计破剪子峪　穆总戎攻打五云山

词曰：

　　不忍一时有祸，三思百岁无妨。宽怀自解是良方，忿怒伤心染恙①。　　凡事从容修省②，何须急躁猖狂。有涵有养寿延长，稳纳一生福量。

　　话说瘦马马梦太出了回回峪，走了一里之遥，遇见劫路之人，把他一脚踢倒在地，不能动转。劫路之人过来，照定马梦太打了一刀背，然后捆上，把他扔的刀也给他拣起来。又将马梦太扛起，顺大路往回里走着。他说："今天我正想要喝一碗醒酒的活人心汤，我把你带回去，给你开膛，摘下心来，做一盘菜我吃吧。"马梦太一语不发，被那人扛到一所庄院之内，说："来几个人，把这厮给我摘了心，好下酒。"众家人过来一看，说："不好，这个心摘不得，等我去请少庄主来吧。"那人去不多时，有一人过来细看，忙把马梦太绳扣儿解开，说："师叔，您老人家为什么又回来了？ 这是我的一个朋友，他不知道，多有得罪您老人家了！"马梦太羞得面红耳赤，哑口无言，自己知道是方才在大厅说错话了，惹起这一场风波来。想罢，说："黑英贤侄，那方才拿我的这个人他是谁？"黑英说："是我的拜兄卢杰。"马梦太说："是了，你要不来，我命休矣！ 我也不见你父亲了，我要走啦。"黑英送至门外。马梦太一边走着，一边心中想念，说："这件事我真办错了，从此以后总是谨言慎行为是。我这应了古人的话了：'是非只为多开口，烦恼皆因强出头。'"

　　自思自想，走了有五六里之遥，到了前边是大营的营门。进了营门，到了中军帐，见了元帅。马成龙、白胜祖、李庆龙这三位正在谈论军情之

---

① 恙——病。

② 修省——检查自己的思想行为。

际,忽见马梦太进来,马成龙一见,说:"老兄弟,我今日正想要替你报仇去呢,你回来甚好。"马梦太说:"我命几乎丧在那里,真是一言难尽。"就把昨日之事细说了一番。马成龙说:"很好,老兄弟,你今日吃了晚饭就回去。我这里至初鼓就派三路进兵,取东、西、南三路山口就是了。"马梦太蒙元帅吩咐,甚喜。白胜祖说:"今夜晚我带本部人马五千攻南山口。"马成龙说:"派李庆龙先攻西山口,带兵五千,奋勇督队,我自统中军攻东山口。今夜要一战成功。"马梦太一想:"我与那欧阳善、诸葛吉、张玉峰四人不定是死是活,这事未能定准,上托圣主万岁爷的天武神威,下借我四个人的武技就是了。"四位大人对坐吃了几杯酒,马梦太说:"酒我也不吃了,我这就告别,明日吃得胜酒吧。"马成龙说:"我们不送了。"

马梦太顺路照前日走的原路,找着后山,至黄昏时候,到了后山,顺山梁上去,到了张玉峰三人所住之屋。欧阳善说:"老兄弟来了,你可把事办好了吗?"马梦太说:"事不宜迟,我已然与元帅说好了,今夜初鼓,三路进兵,你我就此行事。"欧阳善说:"你先受点屈吧。"把马梦太捆上了,三人抬起来,顺路往前山,来到大寨,叫人往里回禀进去。

此时老龙神马凤山与侯保山二人正在中军大帐谈论军情。马凤山说:"这座孤山守之不易。"侯保山说:"走也不成,遍地是大清国的疆土,他哪里都有伏兵,要到四川,可就不易。要投悬漠山去,道路遥远;要投五云山,那里云南七勇士金镗无敌大将军曹天兴,他也不准收你我,咱们与他素日不合。为今之计,我二人合山还有八九千人马,可以与马成龙决一死战。明日且不出战,只紧守山口,候他那里有人来讨战,我出去再打一个败仗回来,夜晚他必料你我两次败仗不敢出山,你我再率合山之众,出其不意,攻其无备,一阵可以成功。你意下如何? 如要得胜之时,长驱大进,复夺汝宁府,恢复旧业。"马凤山说:"也好。"二人计议已定。

忽见家人进来说:"回禀会总爷,今有三绝会总拿住探山的奸细,现在帐外候令。"马凤山帐前只有心腹家将四十名,听家人来报,心中甚喜,说:"请他三人进来。"家人出去,不多一时,只见三绝会总抬着一人至中军,先把马梦太放下,又把绳扣儿一抖,说:"马凤山,你今日还往哪里走? 外面三处山口已破,你休想得脱活命!"钢肠烈士欧阳善、铁胆书生诸葛吉二人先摆兵刃,把侯保山先拿住。马凤山拉佩剑,举剑动手,那张玉峰、马梦太二人各施所能,打了几个照面,就把马凤山拿住了。那四十名家将先自逃窜。这里四人把两个贼人捆好,外面三山口官兵已进来。这里四人放了一把号火,那大清元帅马成龙、白胜祖、李庆龙三人,各带本部人马,杀进了剪子峪来。只杀的愁云惨惨,血染山坡。这一阵杀贼五千余人,余众溃散。至天色大亮,马梦太与张玉峰等四人与大队合为一处,浩浩荡荡的回归大寨。这一阵,把剪子峪搜的一个贼也没有了。

马成龙回至中军,与白少将军升了大帐,众将报功。内有马成龙本部亲兵队营官都司赛展雄谢禄,蓝面天王韩虎是守备,还有这本营参、游、守备、千、把等官,各报己功,马成龙在功劳簿上全都记上名字。马梦太带欧阳善、诸葛吉、张玉峰三人来在大帐,参见元帅,把自己在剪子峪杀贼之故细说了一番。马成龙说:"有劳你三位帮助我等破此大敌。"欧阳善说:"我等略效此微劳,皆大人之福。"马成龙又过去给三人与李庆龙引见。马成龙说:"来,快把那被获之贼人马凤山、侯保山带上来。"两旁亲军护卫人等把两个贼人带上中军帐来。那贼人立而不跪。马成龙说:"你两个贼人既被擒,见了本帅为何不跪?"马凤山说:"你是你皇上家的忠臣,我是我会总爷的义士。你要杀要剐,任凭于你。"马成龙说:"你等从何处起首,是从哪里反的,据实说来!"马凤山说:"我们是我家会总爷立的天地会八卦教,我们是替天行道,普救众生,只以剪恶为本。你们只知有君,岂不知天下者非一人之天下也,乃仁人之天下也,为有德者居之,无德者失之。我今既然被擒,只求速死为妙。"马成龙听了,说:"你这些人既说替天行道,我大清国都是圣明皇帝,如尧似舜,惠爱黎民,任用忠臣,礼贤下士。你行道行的是什么道呢? 你说说。"马凤山说:"我也知道康熙佛爷是一位有道明君,无奈天下各处府州县官不能尽是忠臣哪! 我也知道忠臣不少,无奈天下被屈含冤之人真有几千万人,都被贪官污吏他们所害。我等立意要替天行道。到如今,我们会总他先坏了良心要造反,我等也只可随着。我二人既被擒来,只求速赐早死,在九泉之下也感你的好处。"马成龙听到这里,也就不往下问了,即吩咐:"带下去,在营门口外枭首号令!"刀斧手答应,押下去,少时献上首级来。马成龙歇兵三日,带大队浩浩荡荡的,直奔穆帅大营而来。

且说穆帅自到了五云山,歇了几天兵。这日,探马报道:"马总镇带兵平灭了剪子峪,回兵已至芳桃河扎营。"不多时,马成龙带白少将军等进了大营,参谒将军。穆帅说:"马成龙,你这件奇功我也知道。运筹帷幄,决胜千里,智勇足备,我递折子保奏你就是了。"马成龙把功劳簿呈上,将军看完,交奏折师爷贺连捷先生起稿,奏明皇上。过了半月以后,旨意下来:马成龙赏给提督衔,先换头品顶戴,并赏戴双眼花翎;马梦太赏给总兵衔,并赏戴花翎;白胜祖赏给固勇巴图鲁勇号;李庆龙以副将提升,赏戴花翎;欧阳善、诸葛吉、张玉峰等三人,送部引见;穆詹赏镇海将军衔;随营兵丁赏给三个月钱粮。穆将军接旨谢恩。

过了三日,放炮祭旗,浩浩荡荡,行至五云山的北山口外,离山五里之遥,安营下寨。穆将军派把总汲应元去探探那五云山是怎么个样式。汲应元带手下兵丁,各骑快马,来至五云山下。望上一瞧,只见上面雾锁云蒙,旌旗招展,枪刀密布,安滚木檑石,山口有闸板。汲应元探明白了,他这才回营来交令,禀明了元帅知道。穆将军传令晓谕那五营四哨大小将佐等,明日伺候,五鼓升帐点名。天晚这里令下,派古北口提督随营副帅监查前后各营。这位大人名叫邓龙,行伍出身,精明强干,办事勤能,跟着白大将军久打军需。穆帅派好了巡营粮台等官差使,诸事已毕,安歇。

次日起来,穆将军净面更衣,二位副帅蔡将军、汪平,提调参赞大臣,这三位升了帐。一阵鼓响,副、参、游、都、守、千、把、外委、兵、中军官、旗牌官,把一座中军帐站的整齐严肃,各按次序。那随营的大将是马成龙、马梦太、李庆龙、白胜祖。那欧阳善等三人,早已进京引见去了。这里就是韦佗保、韩三保、萨哩善、哈三保、玉斗、巴德哩这一干众将,在两旁站立,真是高高矮矮、胖胖瘦瘦,三山五岳英雄,四野八方豪杰。这些人都是上山打虎将,入海擒龙人。两旁花翎乱摆,盆尾晃摇。穆将军见众人俱已到齐,方要拔令箭叫人,忽然间大嚷一声,口吐鲜血,倒于地上。不知所因何故,且看下回分解。

第　五　回

妖道暗施阴谋计　王宏定计捉妖人

词曰：

恣意发狂有失，存心忍耐无忧。性情凶暴易遭囚，度量容人有后。　粪污能容人物，受辱胯下封侯①。张飞暴躁急咽喉，到底终遭毒手。

话说穆将军方升了中军大帐，正要发放军情之际，忽然间大嚷一声，昏迷不醒。众人急救来之时，昏昏沉沉，倒于寝帐之中。蔡将军看这样式，怕有别的缘故，忙问穆将军的亲随家人说："素日有此病症？"家人均说："并无病症。今日一语不发，好像中了邪的样式。"蔡将军听了，立刻出来，点齐大队人马，去打五云山，留下汪大人守护中军，兼护粮台。浩浩荡荡，人马出了大营。

正要往山口攻山，只听得山里人声一片，三声大炮，震的山摇地动。只见山口闸板一起，从里面先出来是马队，后出来是步队，双龙出水势：左有二千马队，右有二千马队，当中是步队六千人。两杆白缎子绣蓝字蓝花的大门旗，分为左右，上面字是"替天行道"、"聚众招贤"。那些马军都是头戴三角白绫巾，勒着银抹额，二龙斗宝，身穿白缎子箭袖袍，上绣三蓝牡丹花，白缎子战裙，绣蓝二龙戏水，蓝绸子中衣，足下青缎子快靴；人人都怀抱长枪，肋下佩刀，人似活虎，马如欢龙。步队都是白绫子缠头，身穿一身青布裤褂，青布快靴，手中使长枪。削刀手、弓箭手，等等不一。当中有一杆"帅"字旗，上写的是"云南七勇士金锐无敌大将军曹"。大旗之下，左右有二十四名亲军护卫。那为首的人，长的威风凛凛，杀气腾腾，头戴五佛冠，由左右耳后披下两绺发髻来，身穿淡黄色的僧袍，上绣蓝团龙花，足下青缎厚底靴子；面似金纸，细眉毛，二目圆睁，准头高大，四方阔口，海

---

① 受辱胯下封侯——指韩信，年轻时曾受过胯下之辱。

下无须;手使金锏,坐骑一匹浑红马,精神百倍,气宇轩昂。

蔡将军看罢,向两旁随征众将说:"哪位将军夺此头功?"说声未了,从西北一人应声出曰:"我讨元帅令下,前去擒贼!"蔡将军一回头,见不是别人,是随带后营步队队官王庆。蔡将军说:"此去须要小心。"两军各扎住阵角,王庆一催座下黄骠驹,出了本队。那对阵云南七勇士勒马横锏,在阵前站定。王庆由清兵队内出去,如旋风相似,头戴青泥得胜盔,双岔尾,灰色单袍,紫战裙,足下官靴;肋下佩刀,身骑骏马,手使长枪,来至面前,用枪一指,说:"哒!对面逆叛,汝是何名?通报上来!"云南七勇士说:"某乃五云山正印会总,云南七勇士金锏无敌大将军曹天兴是也。你是何人?"王庆说:"我乃大清营穆帅台前后营队官王庆是也。你要知道我的厉害,趁早下马受降。若要不然,马走枪横,我定要结果你的性命!"曹天兴说:"原来你是王庆。"这一声喊嚷,声音洪亮,王庆在马上头昏眼迷。往前一栽,被曹天兴一锏,打的脑浆崩裂。蔡将军在马上看的甚真,不由心中一动。忽见从东边过来一人,说:"将军在上,末将王天彪要去拿获这个贼人。"蔡将军一看,是前营的营官。蔡将军说:"你须要小心些。"王天彪一催座下黑花马,摆手中大刀,摇着刀直奔那云南七勇士而来。到了临近,曹天兴说:"哒!来者你是何人?通名上来!"王天彪说:"我乃前营的营官王天彪是也。你叫何名?"曹天兴听了,说:"原来是王天彪,你来送死!"王天彪一阵昏迷,栽于马下,昏迷不醒,被曹天兴一锏打死阵前。

这边大清营的文武众将个个心惊,人人胆落。蔡将军与前敌大帅邓龙说:"吾自统兵,这数十年来,南征北战,总未遇见这样打仗的人。你有何妙计,可以破贼?"邓龙听罢,心中犹疑,知道这会匪必是妖术邪法。只见旁边有一千总郝进忠说:"二位大帅不必忧虑,末将不才,我去拿获这个妖人。"邓龙、蔡荣二位点头说:"郝将军,你要仔细些才是。"郝进忠答应出去,催座下马,直奔阵前,捻手中长枪,飞也相似,来至曹天兴马前,用枪一指,说:"哒!对面贼人休要逞强,郝大老爷我来拿你!"曹天兴一听,不由一阵冷笑,说:"无名小辈,你可有名么?"郝进忠说:"你千总老爷名郝进忠是也。"那曹天兴一听此言,心中甚喜,说:"郝进忠,你可来了!"这郝进忠头迷眼晕,一阵迷糊,被曹天兴打死在疆场之上。这清兵大队上,怒恼了一位守备胡德胜,他也不候令,直上将军的马前,说:"末将前去拿这贼人!"将军说:"你要留神!"胡德胜答应"得令",他催马拧驼牛枪,一拍马来至战场之上,照定那曹天兴的前胸就是一枪。曹天兴本未提防,他见枪刺来,连忙用锐一拨,那枪正刺左肋之上,不见鲜血,只见枪扎之处,一溜火光,吓了胡德胜一跳。对面阵上众将也有看见的。曹天兴问:"你是何人? 通你名来!"胡德胜一通名,亦被他一锐打死。一连又出去五人,都被曹天兴叫名打死。蔡将军问:"你等众将,哪位能擒贼人,自管讨令来!"那韦佗保、韩三保、萨哩善、哈三保这几个人,看见贼人这样英勇,个个无策,玉斗、巴德哩默默无言,马成龙呆呆发愣。蔡将军又问道:"你等如无人讨令,本帅也不忍叫你等前去送命,你们量力出马!"

话言未了,只见在左边马后过来一匹马,跳下来一人,身高七尺,膀乍腰圆,头戴青泥得胜盔,四品花翎,身穿灰色川绸单袍,腰系凉带,外罩红青宁绸单马褂,蓝中衣,足下青缎快靴,手使单鞭,来至将军马前,说:"将军在上,都司王兰讨令。末将出去舍命擒贼,试试贼人。如要可破,现有我兄弟王宏,他是右营守备,能为①武技高强,他可擒拿此贼。"将军听了,说:"好,这也是你等的奇功一件,你去也要小心些。"王兰答应"得令",转身上马。他心中说:"这个贼人他叫曹天兴,他必是邪术。我看了这半日了,要一通名姓,就死在他手。我今且不通名,看他把我怎样,反正我也是尽忠心,我也不怕什么。"自己想罢,一腔忠心赤胆,来至在云南七勇士的马前,说:"呔! 你这厮好大胆量,真欺我们大清国无人,待我来拿你!"抡鞭就打。曹天兴问:"你是何人?"王兰并不答言,盖顶打下,曹天兴用锐相迎。二人战了有五六个照面,王兰勒马,回至本阵上,说:"王宏,你帮助我杀贼,讨令立功,就在这一战,可以成功破敌。"王宏尊兄长之命,来至将军面前讨令,他有一个马童儿,年有二十多岁,青布包头,青布裤褂,青布快靴,腰系褡包,肋下佩一把带鞘的双锏。那王宏至马前上马,把马一催,直往贼人队中而来。这马童儿手按着马尾巴,紧紧跟随在后,真快,一步儿也落不下。将军看见这个马童儿甚为怪异,回头问马成龙说:"马大人,你也打了这些年的军需了,你也曾遇见过这样稀奇之事么?"马成龙说:"老将军在营多年,南征北战,都没有见过。何况是卑职。我自从征讨邪教以来,由苏州起手,至今也未遇过这样难缠之人。就是在湖北襄

---

① 能为——能力。

阳城外,与天地会八卦教的头目伪王吴恩,他的阴阳八卦旛甚是厉害,我都不怕,据我看,这等邪法妖术之贼人,这件事我实无法可治。"蔡将军说:"看他这一出去,该当如何。"那王宏他是行伍出身,今日见大清营死了这些个战将,他也不知自己出去与贼人对敌胜败如何,摆双铜至云南七勇士的马前,二人交锋。不知后事如何,且看下回分解。

第 六 回

马成龙夜探王宏寨　白胜祖奉令捉妖人

词曰：

　　占尽便宜有报，吃些亏也无妨。庞涓暴虐早身亡，孙子忍之无恙①。

　　话说那守备王宏摆双锏照定那云南七勇士金锐无敌大将军曹天兴就是两锏，曹天兴急用锐相迎。二人在战场之上不分高低胜败输赢，走了有十数个照面，那马童把双锏一摆，照定那曹天兴就是一下，正中左肋之上。曹天兴"哎哟"一声，栽于马下，被王宏跳下马来生擒，捆好横于马上。那马童说："老爷，你看这件事倒是一件奇功，你必要高升！"王宏说："你少说话吧！千万不准再说，恐机关泄露！"那马夫点头答应。

　　王宏生擒妖人，来至蔡将军面前，跳下马来，把妖人交给听差之人。他说："回禀将军，末将我把妖人曹天兴擒来。"蔡将军吩咐："你押回底营。"这里一挥令字旗，马步军队冲杀过去，人人奋勇，个个争先。在五云山口，这一阵只杀的高坡之上人头滚，低洼之处血水流，甚是可惨。直杀至黄昏之后，邪教之兵逃进山口者有二三千人，杀死者四千余人，带伤逃走者不少。蔡将军掌得胜鼓回归大营，大赏三军，分赐得胜饼，发放军情。又下了一支密令：由底营内挑选五千精锐之军，派汪平防堵，怕今夜贼来劫营，故作此准备。天晚大家歇息。

　　次日，早升中军帐，先传王宏进帐。蔡将军甚为喜悦，说："王宏，这件奇功总算你为第一。还有一件，你那马夫他姓什么？叫什么？是哪里人氏？本帅我要提拔提拔他。"王宏说："大人的恩典，我那马夫他不会说话，他是一个哑巴。我是自幼年买的。他今年跟我十五六年了。"蔡将军

---

① 庞涓……无恙句——孙膑、庞涓两人均为战国时人，二人曾在一起学习兵法，后庞涓嫉贤妒能，将孙膑膑骨挖去，孙膑逃至齐国，最终设计使庞涓自刎。

点点头,说:"知道了。"忽见穆将军的家将连升进来,说:"禀老大人知道,我家主人病症甚重,只昏迷不醒。这随营的医家也不少,都不能治。"蔡将军听了,说:"知道。我这边有一位师爷,姓孟,我回头派人送过去给你主人看病就是了。"连升下去。蔡将军与汪副帅二人说:"老将军这病是邪魔所侵,我二人细细审问曹天兴,便知分晓。"吩咐人:"来,押上曹天兴来!"

下面人答应,不多时,把曹天兴带上帐来,跪于帐下。蔡将军说:"来人,把他搀扶起来,下面放个座位。"听差人等答应,在下面立刻放了一个座位,把曹天兴扶着坐在上面。蔡将军问说:"你可叫曹天兴?"曹天兴说:"我叫曹天兴。"汪平问道:"你也非僧非道,必有邪法杀我的战将,你要实说。"曹天兴说:"二位大帅既这样待我,我也不能不实说了。我奉八路都总会之命,帮助卢三生守这五云山。我有一个叔叔,名叫八卦道人曹玄清,受过异人的传授,善会呼风唤雨,撒豆成兵,有奇门遁甲之术。那日他知道大清人马来取五云山,我们正印会总要点兵派将前来决一死战,我叔父他献计说:'且不必着急,有我一人可退的了贼兵。我先画灵符一百张,给天兴缝在衣裳之内,可以善避刀枪。出兵之日,我在城头披发仗剑,你只问了来将何名,他要通了名姓,我把黄旗儿一展,他三魂七魄招出来,立刻死在阵前。'我昨日果然是问了名姓,叫一个死一个。我不想你大清营内有这样一个能人,破了我一百道护身符,又把我拿住了。那个马夫既把我拿住,他的能为比我大,连我叔父都不成。"蔡将军说:"你叔父是用什么法术把我们元帅给治住了?"曹天兴说:"我可不知是什么法术。他可说过要在那五云山的后头小竹影山青莲洞内施展法术,他要治这里统兵元帅。这些事只要拿我的那个人,他可以破的了。"汪平说:"可惜你这样英雄武艺,为什么单保着邪教造反?这是取其何意呢?"曹天兴说:"我也是自己一时无有主意,这也是听天由命,我求速死吧!"

蔡将军派人带下曹天兴去,派人看守。他叫上王宏来说:"王宏,你这马夫是姓什么?叫什么?叫他来见我。无论他有什么罪过。都有我一个人承当,你可不准埋没人家的功劳。你有什么情节,你也实说。"王宏说:"将军不信守备的话,他是个哑巴,可叫我说什么?如要不信,我叫他来,将军请问。"蔡将军说:"你去叫他来,我还要细细地问他呢。"王宏下去,到了自己营内,找着马夫,他见左右无人,他才说:"我也推脱不开,将军定要问你,你可怎么样呢?"那马夫说:"我装哑巴不说话就是。"王宏说:"也好,你就装哑巴。"

二人往大帐来,见了蔡将军,回说:"末将把马夫带到,请将军问他。"蔡将军问道说:"你这马夫不必害怕,我也不怪罪你。你从前有什么罪过,一概不究了,你只管说了实话。你有什么妙法,怎么拿的曹天兴?你实说来。"那马夫听了,他半晌不语,口中只是啊巴啊巴。将军又问说:"你是哑巴呀?"那马夫用手指了指心,又啊巴啊巴的。将军急得也不问了,说:"你下去吧。王宏,你这马夫你带下去吧。"王宏立刻带了马夫下去。

蔡将军散了帐,与家人回至寝帐之中,叫人把孟先生请来。这位先生精通岐黄,是通州人,姓孟名秋平。为人喜奇门,常演天文,内外两科无不精通。他自蔡将军统兵以来,他跟着南征北讨,他暗中划策,胸中颇有奇谋。今日将军请他来后帐,说:"将军呼唤我有什么事故?"将军说:"先生,只因穆帅身得异样之症,无人医治,唯求先生亲走一趟吧。"孟秋平说:"也可,外边叫他们备马。"蔡将军说:"你我先用了饭再走,亦不为晚哪。"吩咐家人传饭进来。

二人吃了饭,这才骑马,带跟人至穆帅的大营之内。早有家人接进去,禀了总管连升。连升迎接进去,到了穆帅的帐前。但则见穆帅昏昏迷迷,仰卧在床之上,盖着红呢夹被。蔡将军看了看,又问了两声,那穆将军并不知晓。孟秋平过来看了看那药方儿,也有按着感冒治的,也有按着痰气治的。连升过来说:"先吃过两粒真高丽清心丸,后又吃过卫生丸,各种妙药吃了不少,只不见效。"孟秋平给诊了脉,说:"老将军此症是不安神,魂魄受些邪侵,须吃安神定魄之药才好呢。要无有安心神之药,恐不能长久安然。"留下一个方儿。

他才同蔡荣二人骑马,来至自己账房之内,把马成龙叫来。蔡将军为人忠厚,把马成龙叫来说:"马大人,你看那王宏的马夫,恐内有隐情。你可知道?"山东马说:"大帅,据我看,那王宏也有隐情。不免我今夜去探访探访他就是了。看是如何。"蔡将军说:"也好,我想要有别的情节,他夜晚准可以露出实迹。我想他也许是个异人,精通道术,不愿意扬名显姓。也许是有弥天之罪,被王宏所吓,不敢露出真名实姓来。你今夜去,我给你令箭一支,你便宜行事。叫李庆龙、马梦太二人跟你前行,不可早了,初鼓以后再去不晚。"

马成龙接了令箭,回至自己营内,他派人把马梦太、李庆龙二人叫来。这二人帮着马成龙统带这六营马步队。马梦太是帮带,李庆龙是翼长,总理营务外。他三人由四门带来这五百人作为马成龙的亲兵,是谢禄、韩虎二人管带。马成龙的中营大帐在当中,这李庆龙住前营,马梦太住左营。今日听马成龙请,这二人连忙骑马来在这里,说:"大哥,请我二人什么事?"马成龙说:"有大帅的令,你二人先请坐,我细细说说。今日副帅叫我至那边去,说穆帅的病症,又说王宏他的那马夫怎么是个哑巴呢,好叫人解不开,派你二人跟我去,今夜去探个真实。给我令箭一支,叫我便宜行事。你二人先不必回去,先来喝一杯酒吧。"吩咐厨下人等摆酒预备。下面人答应,不多时把酒筵摆好,三人对坐吃酒,谈说些闲话。马成龙说:"二位贤弟,想你我知己之人不少,这三二年间,你我知己的朋友死去了不少:薛贤弟他阵亡在襄阳城;顾大哥是我知心之友,不想他那样的能为,会死在妖人之手,想起来人生如梦。今胡忠孝现在四川。你我三人可是知己之交,不知终然落怎么一个结果呢!"马梦太说:"大丈夫处世,听天由命,也就完了。"三人谈了些过去之话。马成龙叹了一口气,说:"嘻!我不堪回首忆当年了。"

天已黄昏,听中军已放了头炮,三人用了饭,各带随身的兵刃。这三个人来至王宏这座营盘之内,看见那看营门之人过来请安,说:"给大人请安!我去回我家老爷知道就是了。"那马成龙一摆手,说:"不用,我三人奉令密查,你等不准走漏了消息。要走漏了消息,你等都按军法示众!"那看门之人答应说:"是,我等遵令,也不敢走漏了消息。"那马成龙三人到了中军大帐之外,听见那里边有人说话,隔着门缝儿往里一看,是那马夫和王宏二人对坐吃酒。那王宏说:"你我这件功劳,险些闹出错儿来。"那马夫说:"我不说话,他没有法治我,千万要留神严密。"马成龙三人听到这里,一推门进去。不知后事如何,且听下回分解。

第 七 回
吐真情共捉妖道　竹影山大战贼兵

诗曰：

何处是仙乡？仙乡不离房。

眼前无冗俗，心下有清凉。

静里乾坤大，闲中日月长。

若能安分守，都胜别思量。

话说马成龙、马梦太、李庆龙三人到了那王宏的营内，听见那帐里王宏正同那马夫二人吃酒谈心说话。那马夫说："二老爷，今日之事，且不可向外说。"王宏说："那是不能的。我就说你不会说话，是哑巴。"马成龙三人听到这里，一步进了账房，说："王宏，你说你的马夫不会说话，为什么你二人在这里说话？我回禀将军细问你就是了。"王宏说："马大人，你听错了。我知道你是奉大帅的令来访我的，就是你去回禀了元帅，听候元帅发落，我也不怨你三位，反正他不会说话。你要叫他说了话，我真信服你三位。"马成龙说："你这马夫是怎么一段情节？你说实话吧！我告诉你，只管放心，他就有别的罪过，我一概全管保你二人无事，你只管说了实话吧！"那马夫一语不发，王宏是不承认。马成龙说："你不承认也好，我按着公事办，我去回禀元帅知道去。"三人转身回至马成龙那座大营之内，他立刻吩咐家人安置，三人安歇。

次日早晨起来之时，那外面天色将亮，马成龙与马梦太、李庆龙三人起来漱口净面，听见中军炮响，聚将鼓咚咚响动如雷。那里一吹号，这里这些众营官、哨官、副、参、游、都、守、千、把、外委、兵丁人等齐集大帐，听候点名。马成龙三人早至大帐，见蔡将军和汪提调二位大帅早升了座位，马成龙上帐给二位大帅行礼，说："卑职奉大帅的令，至王宏的大寨之内探听明白。王宏和那马夫二人饮酒说话谈心，我等进去再问，那马夫也就不言语了，王宏也不承认。"蔡将军、汪大人说："知道了。"吩咐带上曹天兴来。

不多时,把曹天兴带至大帐。汪大人说:"曹天兴,你叔父是用何法术把我们大帅给治病了?"曹天兴说:"我也不知他用什么法术。他在竹影山清莲洞作法,要破他这法术,非拿我的那个人不可。"汪平说:"我奏明皇上收降你,你可愿意?"曹天兴说:"大人不必开恩了,我只求速死,以尽为臣之节。我既保了天地会八卦教,再不能另保别人了,我也不必想再投降了。"汪平说:"来人!把他带下去看守。叫王宏上来。"下面答应。不多时,王宏来至大帐之内,给二位大帅行礼。汪平说:"王宏,我今派你去同马梦太带那马夫和李庆龙跟白少将军,今日去绕道至竹影山清莲洞之内,把曹玄清给拿来,算你等显功一件。"白胜祖答应"得令",说:"你等去收拾,我在那营内等你就是。"

马梦太、李庆龙三人先回去,到了那自己营盘之内,换好了衣服,又带上兵刃。王宏也回到自己营内,和马夫说明了,带短兵刃,二人骑马,来至白少将军营门等候。李庆龙、马梦太二人骑马亦到。白少将军带白平、白安、白吉、白庆四人,各骑快马,给白胜祖背着线枪、宝剑、弹弓、花枪这四般兵刃。白少将军坐骑一匹象牙白马,又名银合兽。这马是由北口外得来的,日行七百里,乃是一匹宝马龙驹。出了大营,和那马梦太、李庆龙、王宏、那马夫,这些人出了大营,顺路往南,直奔五云山的正北偏西的那道青松岭。过了这道岭,望西一看,山路连环,青峰似剑,绿松如云,那山峰大小高低。王宏头前引路,都是些幽径羊肠细路。他几个人各带着干粮水葫芦。天已平西,红日将要西坠,这五人也不知哪里是竹影山,哪里是清莲洞,看不甚真。五人也把马站住了,天已黄昏时候,这几人只听的风送松声,如同龙吟虎啸。王宏这才说:"咱们又没有一个向导,不知哪座山是竹影山,这如何是好?这山内又无住户,也无采樵之人,你等想此事应怎样呢?"马梦太说:"咱们下了马,留一个家人在这里看马,你我步行前去寻找去。"白少将军说:"也好,就是吧。"这几个人都下了马,把兵刃都带在身边,叫白吉、白庆这两个人在这里看马。

那马梦太在前,这几个人都在后跟着,上了山坡。听那山上有人念"无量佛,无量寿佛",念了这么两句。那正北一片竹塘,竹塘之外有大柏树两棵。在树上挂着一个灯笼,有两个小道童在那里看守。这马梦太过去,一刀杀死一个小道童,他又把那个绑上,问:"你叫什么名字?你在这里作什么?"那道童吓得脸都黄了,说:"我叫妙静,是曹真人的徒弟。你为什么把我师兄给杀了?"马梦太说:"你师傅是八卦道人曹玄清? 他在哪里呢?"道童说:"是,就在这北边那座洞内作法呢。"李庆龙一鞭把道童儿给打死了。这几个人往北一看,但见那半山腰有一座洞门。王宏看的真切,来至洞门外,说:"这座门可没有关着,你我去到那里边看个真切,再作道理。"李庆龙说:"你们几位在这里等等,我先至里面看个真切。说罢,转身至里边,只见眼前漆黑,羊肠细路,黑洞洞的。自己摸着走了有半刻之时,忽见眼前有灯火之光,是从正北照出来的。望北一看,但见那北边是一座洞府,如同房屋一般。当中是八仙桌儿一张,正北一把太师椅子,桌上摆着七盏灯儿、一对烛台、一个香炉。在北边站定一个老道,披发仗剑,年约六十以外,面皮紫黑,凶眉带煞,二目放光,海下连鬓络腮的胡须;身披紫缎色八卦仙衣,足下白袜云履。

李庆龙在暗中看的真切,自己又不敢过去,怕是妖道会邪术。自己又想:"不如我回去,与他等商议商议。"方要转身要走,自己又站住了,说"且慢! 俗语说的好:不入虎穴,焉得虎子呢! 不如我进去,看是老道有何能为。我仰仗大清国的洪福,我不该死,我今日就可以把他擒了。胆小焉得将军作!"想到这里,他拉出打将鞭来,一翻身跳将进去,说:"呔! 小辈,你今天大数已到,我特来结果你的性命,你休想逃生!"跳过去,抢鞭就打。那八卦道人曹玄清心中正然暗诵咒语,忽见一个赶至面前,抢鞭就打。老道一闪身躲开,一抢宝剑,说:"敕令!"照定李庆龙一指,病二郎李庆龙头眩眼黑,倒于就地,不省人事。八卦道人说:"无量佛,善哉! 贫道我可要开了杀戒了! 你这厮也是自来送死呢!"过去抢剑方要剁,只见对面说:"呔! 妖人,看我的法宝取你!"曹玄清一抬头,见有一物直扑面门而来,要躲也来不及了,"啪"的一声,正中在面门之上。老道"哎哟"一声,说:"哪里狂徒,用暗器伤我?"

那边白少将军、王宏、马夫、马梦太,这些人齐集在那洞外。因为李庆龙进去不见出来,这几个人不放心,也就各带兵刃,白胜祖一人在先,白平、白安紧紧相随。那白胜祖虽然是年幼,但胆量过人,足智多谋,精通道学,各种道书自己熟读,又练的一身好功夫。今日来至这清莲洞之内,手擎弹弓,到了里边,妖道方才要剁李庆龙,白少将军一弹弓,正打在老道的面门上。那马夫跳过去,摆双锏就刺。曹玄清一念诵咒语,说"敕令!"那马夫并不知道,还和他动手。那八卦道人心中一动,说:"不好,这是怎么一段情由？可真也奇怪啊！"再回头看那七盏灯，昏昏不亮。曹玄清说："不好，有人破我的法术！"李庆龙也抓鞭站起来。马夫过去一锃，把那妖道扎倒，被马梦太捆好，把桌上的一个草人取下来，把七个新针和那道符都取下来，连一个穆将军的牌位也取下来。

众人拉着曹玄清来至山下拴马之处，天有二更以后。白少将军问说："王二老爷，你我这件功劳，都不容易。要说破妖道的法术，还是你那马夫。你今日说了实话，别叫人闷着啦。你说了，这又不是在大营，我保你无事，何必这样呢！"王宏说："你众人都这么问，我也不能不说。要说出来，怕你众位耻笑。"白少将军众人都说："不能，你说吧，我等绝不能笑话你。"那王宏说出这件事来，大家哈哈大笑。不知后事如何，且听下回分解。

第 八 回

穆将军兵发悬漠山　马成龙误中诓军计

诗曰:

虑少梦自少,言稀过亦稀。

帘垂知日永,院静觉风微。

但见花开落,不闻人是非。

何须寻洞府,度世也应迟。

　　话说王宏和众人说:"你等要真问我这马夫,我说了,你等就不信了。他也不会什么法术,她是我的结发之妻。"马梦太说:"原来是嫂夫人,您老人家瞒得住,是有什么妙法破的曹天兴?你说说。"王宏说:"此事到营内不可和外人说。我打军需的武技,全是她教的。他娘家姓窦,他兄长窦应奎,是一个江洋大盗,因事流落外乡。他一个女子,并无父母,有一身本领,以窃取为生。我和他结为夫妇,这几年行坐不离。他的飞檐走壁是快的,故此我带他来,倘有探哪里去,也是我一个帮手。那日曹天兴他在那两军阵前,是我家兄他看出来这是邪术,我这夫人她怀中有喜,是六个月了,我要叫他出去,是四眼人,可以冲他,就是正法也冲的了。我二人讨令,到了两军阵前,并不通名姓,破了他的法术,捉他回营。故此老将军问,我不说。你众位想,我如何说的?这事我不能说。"李庆龙说:"总是大清国的洪福,凡事都遇合。你我上马回去吧。"众人上马,叫白吉、白庆二人抬着老道往东走,众人催马前进。

　　这几位英雄正往前走,忽见南边山坡一声炮响,火把灯笼齐明,照耀如同白昼一般。又一阵战鼓之声,闪出有五百步队。为首一人当中站定,头上戴三角白绫巾,勒着金抹额,二龙斗宝,迎门茨菇叶,身穿白缎绣青百蝠的箭袖,腰系皮挺带,紫战裙,足下青缎快靴,手使四尺多长的双手带的刀;面如瓦兽,青中透灰,短眉毛,三角眼,二目圆翻,精神百倍,挡住众人的去路,说:"咳!小辈等休走,今有正印会总卢三生我在这里等候多时了!"白少将军说:"白平,你把线枪给我。"白平从背后摘下来递过去。马梦太说:"我下马和他比并几合。"白胜祖说:"老哥,你闪开,看我的!"对准了卢三生一缕火,"当"的一声,一溜火光,卢三生躲避不及,竟被火枪打死。白平一阵弹弓,少将军又是几火枪,打的那些邪教五零四落,各自逃生。

　　众人回营交令。穆将军今日早晨好了。蔡将军升帐,记上众人的功劳,细问老道曹玄清。曹玄清一语不发。汪平说:"把他杀了就完了。"连曹天兴二人一并绑赴营门枭首示众。带兵往剿五云山,山内贼皆四散,放火烧了山寨。穆将军这次大捷,首功是王宏,李庆龙等次之;连阵亡之众人一并奏明呈上。康熙爷皇恩浩荡,所有阵亡之人都有赐恤。王宏越级升了参将,众将各有加级记录。旨意着穆詹务要一律肃清。穆帅谢了恩,带大兵浩浩荡荡起身。派前部先锋是金刀将邓龙;派马成龙统带十营奋勇队,合马梦太、李庆龙作为接应;派白胜祖为合后粮台;玉斗、巴德哩为总探,兵发悬漠山。

　　这日,大兵起身。这邓龙带中营马步军队,至悬漠山东山口外安营下寨。这座山是西边是山,北面是大山,无路可通,南面是连山,为东西两座山口,东山靠大路。这大清人马在东山口外扎营,西山口远。邓龙是久打军需之人,安下营寨,先派探子去探。不多时,探子回来禀道说:"报!今有悬漠山这座山口连一个兵也没有,上无有旌旗,唯有用木石堵死了山口。"邓龙听了,自己带轻骑五十名出离了大营,在悬漠山的山口外,看见那山口堵住,里面并无有什么杀气。看了看,那来往倒有飞鸿,知道山里必然无有旌旗;要有旌旗,他必然鸟不敢飞,这是真理。邓龙也不敢轻动,自己回营。至日色将暮之时,马成龙、马梦太、李庆龙三人带兵赶到。邓龙把方才之事和他三人说明,他三人也知道天地会内能人不少,说:"邓大人,此事真假难辨,今夜须要小心,恐其贼人有诈。"邓龙说:"有理。"四人计议好了,夜内暗调人马防守。一夜无话。

　　次日清早起来,马成龙用完了战饭,调了三千兵,带马梦太一人出了大营。见那悬漠山果然是堵住山口,自己有心要拆山道进去,又不知里面是如何的势面。此时穆帅大兵赶到,正在安营之际,只见那悬漠山口里面有三十几个人,拆开从里面出来。一人说:"哪位是带兵的大人?"马成龙看那人身高六尺,细腰窄背,黄白脸膛,细眉毛,大眼睛,是清朝人打扮;身穿蓝绸大衫,足下青缎快靴,冲定马成龙说:"大人救命!我叫马保,是滑县的人氏,只因我当年懵懂,入了邪教天地会之中。我今知非改过,不敢向天兵抗衡。我这山口里有的是粮草,连我所带之兵全都投降,只求大人开恩!"说着,从山口里出来了两个妇人,带着两个小孩。那马保说:"大人你看,那白发苍苍的是我母亲,那是我妻子,要死,我们这亲丁五人都死在一处。"马成龙打了这些年的天地会,也没遇见过有投降之人,他立刻说:"你是本山的会总?"马保说:"是。"马成龙说:"你真心要献山,我保你死不了。你有什么凭据?你山里还有多少兵马?"马保说:"我山里原先有一万兵,只因听说天兵一到,我要投降,那些人不愿意的都被我绑上了,有愿意走的,有几百人愿意降的。您老人家要不信,请尊驾至山口一看"

马成龙胆量过人,一听此言,他带人马至山口。那马保用手一指,见在那山坡之下绑定有三十多人,口中大骂马保。一个人说:"马保,你算不了英雄!你既在天地会升了公爵,你今又投大清营,你是人面兽心!忠臣不侍二主,烈女不嫁二夫。你这不忠不孝!天地会的饭养你这些年,你不思恩报本,你今背主求荣!"骂得马保满面发赤,夺过从人的刀来,过去抡刀,一刀杀一个,把那三十多人都杀了,并没有一个行呼的。马成龙看这样式,知道是真心投降,心中甚喜,想:"我来至此山,兵不血刃,得了此山,里面还有粮草。"马成龙想罢,说:"马保,你的家口进山收拾,你跟我至大营,我保你没事,"马保说:"谢过大人。"

马保跟着马成龙来至前营,先问了问他的籍贯。马保说:"是滑县人,住家金家镇。"马成龙带他至中军大帐,穆将军正然点名,马成龙上来给将军请了安,说:"大帅在上,卑职奉令去剿悬漠山,到了这东山口外,有本山的头目马保带众献山投降。"穆将军说:"来,给我带上来。"下面人答应。不多时,带马保跪在大帐之前,说:"将军在上,罪人马保叩头。"穆帅说:"马保,你等是大清国子民,有何亏负你等,你这样可恨,身归邪教!你等煽惑愚民,我今天兵来剿,你又来投降来了。左右,把他给我绑上,推出去杀!"左右一声答应。真是令下山摇动,升帐鬼神惊。不多时,把那马保绑上,推着要往外走。马成龙过来给将军请安,说:"刀下留人!我马成龙回禀大帅,马保统带贼兵过万,不敢和天兵抗衡,戴罪投降,要杀了他,是闭贤之门也,求将军详情①!"穆帅听马成龙之言,说:"你要保他?"

---

①　详情——了解详细情形。

马成龙说:"总兵保他!"穆帅说:"倘他有谋反之意,我是办你!"马成龙说:"不能有别的情节,倘有谋反之意,我项上人头保他!"穆将军说:"你立军令状来!"马成龙下去,亲笔写了一纸军令状来呈上。写的是:

> 立军令状人马成龙。因出保投降之人马保,并无反悔,背营逃去。如有别情,马成龙情愿立保状,出结为证。如有背反行刺之事,拿马成龙枭首示众!
>
> 大清康熙　年　月　日立。

写完,交军政司押下。穆将军吩咐带上马保,下面把马保释放,来至大帐,给将军叩头,说:"谢过老将军不斩之恩。"穆帅说:"你去把你山中之粮搬运出来,至前营交纳。"马保说:"请老将军你进山搜查去。"

穆将军点了三千精锐之兵,带众将和马成龙等,叫马保引路。这里韦佗保等全都各带兵刃,出了大营。玉斗、巴德哩二人胆量大,讨了一支令箭,前去探路。马保众人来至在山口内,有一片空场之地,北面是山寨,西面、东面都是山。马保上了北山坡,那松树林拴着匹马,他说:"将军,你看北边山上都是粮草,你今天可走不了啦!"他从怀中掏出一个信炮来点着,只听"噗通"一声,马保说:"你等今日可全死在会总爷之手!"四面黑烟一起,喊杀之声震动。穆将军这里有二十四座地雷。这三千精兵和众将连将军知道是中了计啦,穆将军等想要走也不能了。大概这众人不知死活,且听下回分解。

第 九 回

马成龙急难中问卦　金文学七步桥报恩

诗曰：

　　闲居慎勿说无妨，才说无妨便有妨。

　　争先径路机关恶，退后语言滋味长。

　　爽口物多须作疾，快心事过必为殃。

　　与其病后能求药，不若病前能自防。

　　话说那马保用诓军计把穆将军安置住了，他要一网打尽了大清的将帅，才合他的心意，这是他当先定下的计。他探听的两处山都失了，他这山是五位会总，他为首，余元、余亨、余利、余顺是四位副印会总。他先暗中在山下埋伏了二十四座地雷，在西北有一座土地庙，是炮信儿，派余顺看守。那余顺带人看守，候信炮响为号。派余氏三杰去带精锐兵八千，在西面埋伏，大事成时，在正北截杀一阵。剩下这老弱二千几百人，他升帐问说："余会总是走了，这里就是我一人。你们今日有要战的也说，有要降的也说，任你等自便。告诉我，只管实说吧！"那些个人就说："听会总爷的令吧！"内中就有三十多名小头目说："会总爷不可降，我等至死也不能投降。吃天地会这些年，从今不能背主求荣，做为乱臣贼子。"马保说："你们这共是几个不愿降清的？"那为首的小头目说："我等共三十四个人。"马保说："每人我赏你白银一两。"只这三十四人领赏，心满意足。又问说："你等是无更改？"那些人说："至死不改！"马保点头。今日一早知道穆帅大兵已到，又问道说："你三十四人都不降清？"那三十四人说："我等至死不二！"马保说："把他三十四人绑上，抬至东山口。"那手下人过来，把那三十四人全皆绑好，那手下人抬至东山口。马保把车安置好了，把家人马祥叫过来，说："在东山口外舍死尽忠，候我事完，我家口你给送至四川峨眉山，我有书信一封。"那马祥答应。他自己又把余顺叫上来说："贤弟，我用这条是绝户计。你看守地雷药信，听我山坡信炮响，千万点炮。这一阵，我管叫大清将帅死个干净。我要叫大清营把我杀了，我也托二弟你,他那里必有人马来搜山,你一点炮也可打死打伤几千人。"余顺答应去了。马保至东山口外,把马成龙给说信了,杀了那三十四个人,他这才诓穆将军等来至山口内埋地雷之处。他先上山坡去,把小黄旗一摇,信炮一响,"咕咚"的一声响,他眼看那地雷并无动作,只见余顺同那玉斗、巴德哩,还有余碧环姑娘在一处说话。马保看罢,知道这件事已坏了,他"哇"的一口血吐在山坡之上,拉马逃命去了。

那玉斗、巴德哩自从莲子定亲之后,他二人惦记着这段事情,今日探山,是那余家庄的邀会,他二人进不远,早见余家兄妹二人在那里眺望。他二人过去,和余顺行礼。余顺说:"你二人跟我来,至西北土地庙中,你我谈话。"玉斗、巴德哩兄弟二人跟余顺兄妹至土地庙之内。余顺说:"你二人是中计而来。马保呢?"玉斗说:"他和穆将军一同来。"余顺说:"好,这还了得!这是一条绝户计!要不是我兄妹二人在此,这穆将军全军都死在这里,想活不能。"巴德哩说:"这是怎么一段缘故呢?"余顺把安地雷、用诓军计之故说了一番,然后四人把地雷的药线都给折断,又把水灌了两桶。听见山坡上的信炮响,这四人一同来至庙外,至穆将军扎队之所。

穆将军正然扎住大队,听见那山坡之上信炮响,震动天地,情知中计。忽见从那西北玉斗、巴德哩和那一男一女来至马前,说:"请老将军急速撤队,这是马保的诓军计,扎队这里是二十四座地雷埋伏着,人马全在西山口外,马保早已至西山口外听信去了。"穆将军说:"你二人怎么知道这里是地雷呢?"玉斗、巴德哩就把余顺当初泄机之后,怎么告诉今日在这山内里应外合、巴德哩结亲、破地雷灌药线之故细说一番。穆将军又把余顺叫过来,问了一遍,余顺也照样说了几句。穆帅吩咐刨地雷。众三军一齐动手,刨了有五六尺,把地雷刨上来。穆将军顺便搜山,各处并无一人。再找马保,连影儿也没有了。这才回营,派探子去各处哨探。穆将军记玉斗、巴德哩二人大功,保余顺都司用。又发令叫马成龙进帐。

那山东马他自己害怕吃惊,进了大帐,给将军请安。穆将军怒容满面,说:"马成龙,此事若非余顺,我等皆死于马保之手,皆你之过也。来人!把马成龙绑了,枭首示众,以重军令!你可知道军无戏言?"左右答应,把马成龙绑上了。那韦佗保、韩三保、萨哩善、哈三保、玉斗、巴德哩、白胜祖、李庆龙、马梦太、邓龙,这众人齐至大帐,给将军行礼,"求穆帅的

恩典吧!"那穆将军见众将讲情,说:"来,把马成龙给我推回来。"左右人
出去,把马成龙松绑,带上帐来。马成龙谢过将军不斩之恩,说:"我给您
老人家磕头!"穆将军说:"起来!我看众将份上,饶你死罪,活罪可不能
饶你。来人,把马梦太、李庆龙带上帐来!"下面答应:"得令!"二人上帐,
老将军说:"我把马成龙派你二人看管,我给他三天限,要拿住逆贼马保。
如拿不住贼人,可把他带回来,我在这里防堵,等你们三天。"马梦太等答
应。马成龙谢了老将军,这才回至自己账房之内。李庆龙、马梦太二人跟
随。三人改扮换了衣服。

　三人出了大营,并未骑马,也没带跟人。马成龙是烦恼的了,不由的
他想道:"这事不好办,不免我占算占算。"他说:"二位贤弟且住,我算一
卦吧。"他脱下一只鞋来,往空祝念说:"过往神灵、皇天后土,保佑我这一
去拿两张皮马保去,如要拿的着,是往哪面去,求神圣指示。我这只鞋扔
在空中,我这鞋底要朝上,我就拿的着他;我这鞋底要朝下,就拿不着。我
这是朝天问卦。还有一件,我这鞋头儿朝哪面,我往哪面去找。他要朝西
我就往西,他要朝东我就往东去。"说着,他扔起一只鞋来。那山东皂
鞋落在地下,偏巧被一块小石头一靠,他就底朝上,头向南。马成龙说:
"阿弥陀佛!我算是往南去拿你这号东西去的,我是不该被害。二位贤
弟,你二人跟我来,咱们往正南走。"

　三人顺路往南,走了有十七八里路,见前边是雾潮潮的一座大镇店。
三人进了北村口,往南至十字街,见那街中东西一道小河,当中一座石桥,
桥之南北有两条大街。马成龙三人方一上桥,见路西里有一座算卦棚儿,
里面桌儿一张,椅子一把。桌上摆着三文金钱,一个卦筒,是"子、丑、寅、
卯、辰、巳、午、未、申、酉、戌、亥"十二支,还有算卦应用之物,有一小童看
守。那童子有十二三岁,白净面皮;身穿细毛蓝布褂,白袜,青云鞋,漆黑
辫子,坐在一边。那卦棚外有一副对联,写的是:
　　三个金钱卖尽春风偿酒债,
　　一支玉管品题秋月索时租。
马成龙看罢,这才立刻过了桥,同马梦太、李庆龙往西走了不远,路南是一
座大店,字号"荣升店"。三人进去,看是以北为上的上房五间,东西配房
各十数间,南房五间。马成龙说:"我们在上房歇息歇息吧,你想怎么样
呢?"小二说:"也好,你三位请上房屋里坐。"三人进了上房,要净面水,

说:"伙计,这个镇店叫做何名?"小二说:"我们这里叫七步桥。"

马成龙洗完了脸,心中烦恼,在外间屋内看见正面有一个牌位,上写:"临敌无惧、勇冠三军、武雄马成龙之神位"。山东马一看,打了一个冷噤,说:"我说这几天我尽走不好运,我是个什么东西!"马梦太听他说这话,也就出来问说:"大哥,你说什么呢?"马成龙说:"老兄弟,你往上看。"马梦太往上一看,说:"原来是个牌位。大哥,你可不好,想当年隋唐有一位秦叔宝,他在临潼山救驾,唐李渊供设五大将军,折受他在潞州城当锏卖马,你是一个肉体凡夫,叫人家供奉你,这可不好!"马成龙说:"我没往这里来呀,我也不认识这里开店之人,不如我细问这里伙计,便知分晓。"正自心中狐疑,忽见小二送上茶来。马成龙说:"伙计,你们供这牌位是做什么?"小二说:"连我也不知道。听人说,这位姓马的他还在着呢,不知我们老掌柜的他因何供他,他也不说。"马成龙说:"你们掌柜的姓什么,叫什么,是哪里人?"小二说:"我们掌柜的姓何,是本处人,是位文秀才,今年七十二岁,从不出门。"马成龙一想:"我自从出世以来,从没有交过姓何的朋友,我这是实在想不起来。"正要思想之际,忽听外面一片声喧。要拿两张皮马保,尽在下文书中分解。

第　十　回

故人相逢喜谈别后　　仇寇见面幸捉回营

诗曰：

只恐身闲心未闲，心闲何必往云山。

果然得手性情上，更须埋头利害间。

动止未尝防忌讳，语言何复着机关。

不图为乐至于此，天马无踪自往还。

话说马成龙、马梦太、李庆龙三人来至七步桥，住在荣升店内，见那上房之正面是供的"临敌无惧、勇冠三军、武雄马成龙之神位"，问小二，才知道是何先生所供，也不知这何先生是何缘故。正自忧疑之际，忽听外面一片声喧，问小二是作什么的。小二说："是七步桥上算卦的先生真灵，善断人吉凶祸福，料事如神。他今是算完了，每日只算五十卦，多一卦不算，真有灵应！这是算完了，他要回去，这还有没算完的人，大家追来叫他给算，他不给算。"马成龙说："这位先生姓什么，叫什么呢？"小二说："姓郭，名子灵，道号知机子。他算的真好！"马成龙听小二说，他心中甚喜，说："我明日也去算算，看我拿的着这马保拿不着。"天色已晚，三人要酒菜，吃了晚饭，三人安歇睡觉。

次日，吃完了早饭，算还了店账，出了荣升店，到了七步桥。马成龙想要算一卦，见那卦棚儿内有一位先生，年约四十以外，四方脸，淡黄的脸膛儿，浓眉阔目，细条身材，准头端正，四方口；身穿灰色绸子长衫，足下白袜云履，仪表非俗。那占卦之人不少，都在那里候着他发牌子，每日五十卦为度。今天他看那人多，他说："有占卦的来，每人先给卦礼，不论多少，我这里是每个卦礼一百文。"马成龙说："我一个人要算一卦，你等躲开。"分开众人，来至在桌儿以前，伸手抽了一支签。那先生把三文钱连摇了几摇，摆上卦盘。这是六爻卦，按后天之数，八八六十四卦，三百八十四爻，分为单折冲交，连摇了六次，说："这卦名坤，为地，是六冲卦，离而复合。占财兴旺，占行人不远，寻找物件，往正北四十七步，定有音信。"马成龙说："我要找行人也行？"先生说："你往正北四十七步，定有音信。"马成龙说："谢谢先生，我回头给送卦礼来。"先生说："无妨，你去吧。"

马成龙半信半疑的往北走着，说一步、两步、三步，一连至四十三步，只见眼前站定一人，说："来了？"马成龙又走了三步，那人说："来了吧？"山东马一抬头，见有一人，年有四十以外，淡黄脸膛，长眉大眼，鼻直口方，五官端正；身穿半大毛蓝布褂，蓝布中衣，足下白袜云鞋，笑嘻嘻的说："老马，你从哪里来呀？少见哪！"马成龙听见，仔细一看，说："原来是你这号东西！你在这里作什么呢？"那人说："我在这里开店，昨日还念叨你来的哪。"马梦太问说："大哥，这是谁呀？"马成龙说："这是当年在桃柳营，我跟着伊老大人在那里奉命去卫辉府搬兵去，路过金家镇，住在店内，我救的金文学，就是他家掌柜的。他叫韩三，还有一个刘四。"说着，马成龙说："韩三，你往这来做买卖哪？"韩三说："马老爷，你还认识我呢，提起这话就长了。自从您老人家去后，那李虎臣办了就地正法，把家也抄了，内中还拉出几个贼来呢！杜明跑了，谢聪吓死了。我们少掌柜的也不愿意在金家镇住啦，把房卖了，和我与刘四，连他的家眷，全移在这里来啦。这七步桥有我们掌柜的亲戚，他岳父家姓何，是位秀才公，以教书为业，他就是一个女儿，今在这里开了两座店。您老人家如何来到这里？请里边坐吧。"马成龙说："也好，我要瞧瞧你们掌柜的。我是来至此处找人来了。"

马成龙三人进了路东里的店，到了上房之内，屋中收拾干净，字号是北荣升店。刘四过来问好，那韩三送过茶来，说："我们掌柜的少时就回来，你三位老爷是昨日来的吧？"马梦太说："我们住在荣升店上房。"韩三说："我们不知道，要知道早过去啦！那店和这店是一家的买卖。"马成龙说："那店不是姓何吗？"韩三说："是姓何呀，是我们金掌柜的岳父。"马成龙说："那店内给供着我的名字，是谁供的哪？"刘四说："我们这里也有啊，您老人家看看。我们少掌柜的说过，说也不能报答您老人家的恩了，唯愿您老人家高官得做，骏马任骑，逢凶化吉，遇难成祥，放在我们这里供奉一个牌位。"马成龙说："我说我这些天所在不顺，我一个在世活人，要折寿坏了我，快把这牌位给撤了吧，不可再供了。"

正说着话，忽见那金文学从外面进来，说："马恩公，你来了甚好，可想死我也！我只说今生见不着了，不想你今又来至这里，果然是'人生何处不相逢'！"金文学又说："这二位贵姓啊？"那马梦太说："我姓马，名梦太，是北京与我马成龙大哥在一处住。"李庆龙也通了名姓，大家见礼。金文学叫韩三去收拾菜来，"我同三位喝几盅。马大人是慷慨之人，又是我救命的恩公，当初要不是他，我夫妇早为泉下人矣！我想这件事，也是我命不该绝，才有马恩公他来救我。"又把金家镇之事提说一番。马成龙说："金贤弟，你我今日见一面，从此也不能见面了，你我有一面之言。"金文学说："我还有一事未问，你三位这是从哪里来？至此处有什么事呢？"马成龙听他问，叹了一口气，说："金贤弟，你要问，提起这事，真把我气死了！我奉穆将军令箭，来剿悬漠山，为有教匪两张皮马保，他用的诓军计把我冤了，我保他作为真心投降，立了军令状。他诓大帅进了他的山口，他设了二十四座地雷，多亏了他玉斗、巴德哩二人探山，遇见余顺，破了地雷。穆将军要杀我，多蒙合营众将给我求情，我奉令给我三天的限，派他二人跟我，来拿两张皮马保，如拿着是将功折罪。我今来至此处，我和你今天尽一夜之乐，我明日回营，生死不定。可有一件事，你把那牌位千万的撤了，不准供着。你要供着，于你无益，我也无有什么好处。"金文学一听这话，心中甚是可惨①，说："马恩公，你要不拿两张皮马保成不成呢？"马成龙说："我要拿不住两张皮马保，穆将军就把我给杀了，以重军法。"金文学说："要是如此，恩公不必忧愁，我给你去拿他，不费吹灰之力，你看如何？"

正说着，韩三、刘四摆上酒菜。金文学陪着，四人对坐吃酒。马成龙说："金贤弟，你说要拿马保不费吹灰之力，是他在哪里？你说了实话，我去拿他去吧。"金文学说："恩公！"马成龙说："兄弟，你不必这样外道称呼，要脱俗，自家兄弟，何必客套呢？"金文学说："大哥言之有理。你这件事，小弟既然知道了，焉有不替你解难之理？你要问两张皮马保，他原是滑县的人，他在延津县城内充当捕役，后来他归了天地会八卦教中，他无所不为。他是昨天黄昏之时，在这店的门首，我二人遇见了，他原先是金家镇我们近邻的街坊。他见我在这里，他问我在此何干，我把来此开店之故说了一番，他才喜悦，跟我进店来，叫我给他找一间僻静院子。我带他至后院，有两间正房，我叫他住下，问他从哪里来至此处，他说是从悬漠山

———————————
①　可惨——可悲。

来,身上有病。他摘下一只金镯子来,叫我给卖也可,当也可。我给他当了五十两银子,我又把银子给他,他托我请一位医家先生。我派人给他请了先生来,我问他是什么病,他说吐血痨伤。我就叫他在我这里养着。他说要有人找他,就不可提说他来在这里。今日兄长错非遇见我,你再问别人可不行,我是知道他的来历。"马成龙一听,心中甚喜,说:"既然如此,我就此去拿他去。"金文学说:"不可,依我之见,总是三更之后他睡之际,你三位去拿他去。到了那里,我叫他开门,他不疑是拿他。你三位要这就去,怕是一惊他跑了,倒不好了。"马成龙说:"也好。你去后面,倒把他稳住了去。我今日要多喝两杯。"金文学给三人斟上酒,这才站起来往后走,来至在后院,到了马保那屋里,见马保仰卧在床上。

书中交待,马保见地雷未成功,他一急,哇的一口血,骑马逃走。过了两道山,有断涧一道,他把马扔了,自己蹿过去了。他也无心去找余氏三杰,也无面见天地会之人,自己想:"就是用错了一个人,我这条计已然用尽了心机办好,总是天不该我成此大功。"自己越想越烦,不由己真动心,他哇的一口,又吐一口鲜血出来。自己无精神往前走,游游荡荡,来至七步桥,遇见金文学,他住在这里,请了一位先生给他看病。他今日自己想:"要治好了病,这次不往峨眉山去,我去到湖耳山请云南一勇士金枪铁霸王杨胜,他手下有四员大将,一万飞虎奋勇兵。我请他帮我反出云南,直奔湖南、湖北,各处去搅乱一番。我在这里也无人知道,我就养病吧。"正自思想之际,忽见那金文学进来,他翻身起来,说:"金先生,你请坐吧。"金文学说:"你见好不见好呢?"马保说:"倒见好。此时我歇息两天就走。"方才二人正自谈心说话,只听屋门一响,说:"两张皮马保,你这号东西,冤的我好苦!"一拉大环金丝宝刀,堵住房门。不知可能捉拿马保不能,下回分解。

第十一回

拿马保回营赎罪　四方镇聚会群雄

诗曰：

> 物如善得终为美，事到乃图安有公。
> 不作风波于世上，自无冰炭到胸中。
> 灾殃秋叶霜前坠，富贵春花雨后红。
> 造化分明人莫会，荣枯清得几何功。

话说金文学正和那马保二人谈话，马成龙、马梦太、李庆龙这三人各带兵刃，暗跟金文学到了那后跨院。马梦太堵住窗户，李庆龙跟马成龙来至房门首。马成龙说："好你马保，你把我给冤着了！你今日还往哪里走？"一拉大环金丝宝刀，直奔那马保。马保说："马成龙，你把我拿去报功，我别无话说。你来吧，我也无脸再见天地会八卦教中之人了。"马梦太等立刻把马保绑上，他这才被带至前院上房之内。马成龙等四人落座，吃了饭。马成龙说："金贤弟，你给雇一辆车来，我等官身由不得自己，急速回去才好，你我后会有期。"金文学说："理应留大哥在此多住几天，无奈兄长事情紧急，我恭敬不如从命就是了。"马成龙说："好说，我三人告辞了。"韩三叫了一辆车，刘四等叫人先把马保放在车上。马成龙、马梦太二人跨着车沿儿，李庆龙单雇车一辆，金文学送至七步桥村外。马成龙跳下车来，说："金贤弟，你请回去吧，我早晚还要看你。"金文学说："仁兄前程远大，弟唯愿兄长禄位高升就是了！"说罢分手。

马成龙等三人坐车，押着马保来至悬漠山穆将军大营之内，正遇老将军升帐点名，他三人上帐参见将军。马梦太说："末将奉令，同马成龙捉拿教匪马保，现在把贼人拿到，候将军令下。"穆将军说："来，把马保给我带上来！"两边人答应，把两张皮马保带上来，跪在大帐之下。穆帅说："马保，你这厮好大胆量，用诓军计，设立地雷，不想余顺来降我。今天告诉你，大清国自定鼎以来，君明臣忠，上合天心，下遂人愿，风调雨顺。你们这邪教贼人，妖言惑众，无所不为，私立邪教，引诱愚民，今天兵压境，尔尚抗衡。我也不必多问你,我今把你处死就是了。"马保说:"好,我唯求一死而已!"穆帅说:"来人!把他给我带下去,绑至营务处示众!"请了王命旗,这才立刻送至在营门,把马保凌迟示众。这里把马成龙叫上来,说:"你久打军需之人,还受他这样之计,从此小心,暂记你大过一次就是了。我也不撤你,奋勇队仍归你带领。我在这里歇息几天,急速起身了。你下去吧。"

穆将军也就递了一个"河南一律肃清"折子。康熙老佛爷赏了穆将军世袭一等男爵;蔡荣赏世袭二等男爵;汪平赏加太子少保、兵部尚书衔;马成龙交军机处记名,有提督缺出提奏候升;马梦太以总兵用;李庆龙加总兵衔,以副将用;玉斗以参将提升;巴德哩赏给二品衔,以副将用;余顺赏给都司;白胜祖赏给花翎,赏穿黄马褂,加装凌阿巴图鲁勇号;余员韦佗保等合营大小五百余员上将,各有加级记录;随征兵丁赏给三个月钱粮。穆元帅谢了恩,合营众将都谢了恩。

过了几日,旨意着穆詹进兵峨眉山。着他会合神力王,务要把妖人吴恩给拿住,沿路安抚居民。穆将军接了这道旨意,次日升帐,调齐了众将,说:"圣上旨意进兵峨眉山,我定于本月初十日进兵。"白胜祖听见吩咐,他上帐讨令,说:"末将讨令,先行两天,随带家人就是了。"穆将军准行。这帐内随征大将也有单走的,也有随营的,不能一律。

书中且表,白胜祖他是个风流人物,博学多览,知古达今,文武精通,想这一入四川,都说是那四川是名山胜境甚多,他想要在路上逛逛各处景致。这日讨下令来,他派家人白祥押行李车四辆,白顺管粮饷车,自己带二套车三辆、驮轿一乘。他坐骑一匹银河兽的马,鞍鞯鲜明。他带白平、白安、白吉、白庆四个家将,由大营起身。他前呼后拥的车辆马匹三十余人,往四川进发。在路上晓行夜住,饥餐渴饮,遇景而观,逢山必逛。时逢新秋天气,风和气暖,万物结实。一路上山清水秀,地茂林丰,新奇如画的一般。白胜祖在马上任意浏览,自己一想:"怪不得谚云:'一处不到一处迷,是处不到永不知。'我先在家之时,唯知京都乃天下第一可观之处。后来看书,才知道杭州西湖,白乐天修六井,苏东坡修苏堤,有西湖十景、杭州八刹、天下第一江之说,心中仰慕,恨不能身临其境,才可观玩。后来看各处府县志,才知各处名山胜境不少。我前者随父亲出征蓁龙沟,到各处所逛,都是新奇之景,平生目所未睹。今这番入川,我要逛逛峨眉山。

这座山比东岳还大,连环八百里,大小三百七十余山峰。妖人他居此险地,神力王统精兵二十万。合屠侯爷、伊哩布,他三人足智多谋,还不能成功？我这一到四川,先访贤士高人,设法破这贼人的巢穴。俗语说得好:'要作惊天动地事,须得绝古别今人。'"自己想着。

这日他走到一座大集镇,天有巳正之时。进了北村口,但则见两旁铺户整齐,车辆来往不断。走至十字街,白少将军见那十字街西边有一座席搭的台,坐北向南,上面有桌椅条凳,其形与戏台相似,上边摆着枪刀剑戟、斧钺钩镋叉各种兵刃,并无有人。白胜祖看罢说:"白平,你问问这个集镇叫什么名儿,那座台是作什么用的。"白平答应:"是。"去不多时,打听明白,说:"回禀大爷知道,这座镇店叫四方镇,那座台是一座擂台。只因连年荒乱,各处土贼趁势抢夺。这四方镇临近有十八个村庄,成办团防起手。他等为是守望相助,请了两位教习来,怕众人不服,设立一座以武会友的比武台。两个教师,一个名叫通臂猿袁兴,一个名叫铁掌猴袁霸。他二人在此立擂台一百天,如有人赢了他兄弟二人,他二人情愿把这教习之位让给他人。我探听就是这样,请大爷示下。"白胜祖说:"打店住上房。"白平一回头,看见路东里有一座大客店,字号是"春远老店,安寓客商"。白平进去说:"店家,你们上房可干净？"小二说:"几位？"白平说:"上房住一位,下房三十九位,车辆马匹。"小二说:"好,你愿意住这院中,是东上房五间,北上房五间,南房五间,我们这院中依东为上,南面十二间单间,北面十二间单间。后面还有五层院落,南面东街都有门。你们要住,就在这院中东上房。"白平点头说:"也好,就是这样吧。"叫进车辆人等来。白少将军下马至上房,白安伺候净面更衣。送过来一碗茶,白胜祖喝了一口,正想要去看看那立擂之人是怎样的英雄,想"国家正在用人之际,我要收两位,亦可替国家出力报效"。

正在思想之际,忽听那店外有吆喝之声,进店来了三辆二套镖车,保镖的在后,是三位,各骑坐骑,都是神清气爽,虎背熊腰。那头前那位,手拉一匹黑马,身高约有丈许,头大颈短,面皮微黑,粗眉大眼,高准头,四方口,仪表非俗,精神百倍;身穿紫花布小汗褂,青洋绉中衣,腰系青褡包,带着大火镰,足下青布快靴;马鞍鞒边带着那浑铁点钢枪,约有四十余斤沉重,年有三十以外的模样。第二位是白脸膛,细眉朗目,年有二十以外;身穿蓝绸子裤褂,足下青缎子薄底抓地虎靴子。第三位是青绸子裤褂,青布快靴;淡黄脸膛,顶平项圆,双眉带秀,二目有神。那头一位是云南昭通府的镖头,姓杜名文兴,别号人称五谷虎,自幼受过高人传授,长拳短打、十八般兵刃,样样精通,在四川、云南一带走镖为生。那后跟定是他拜弟双锤太保丁茂、金睛豹杜景龙。这三个镖头是往北走,至此处听说有人在此立擂台,要看看是哪一门中之人。来至春远店,小二认识,说:"杜大爷,你老来了,少见哪!住二层院子吧?"杜文兴说:"就是这院里吧,我们连车占两间北房吧。"小二说:"也好。"杜文兴说:"把马叫人遛遛去。"三位达官住了靠东上房的那间北房,车夫另住一间。小二送进洗脸水来,杜文兴洗完了脸,三人吃茶。

忽听院中说:"哒!这是哪位的镖车,什么人保镖?出来见见我!"丁茂正要喝茶,听有人找保镖的,一转身出来说:"哪位呀?"望院中一看,见有一人,年约十八九岁,面皮微白,细眉毛,大眼睛,窄脑门,尖下颏;身穿蓝绸子短裤,青布快靴,一见丁茂问,他就说道:"你是保镖的达官哪?好哇,我正找你,你有什么能为你保镖?今日这镖算我留下啦!"丁茂说:"你有什么能为,敢说此朗言大话?你是要找死,叫达官老爷生气!"这少年人乃是白平,因为白安说玩笑话儿,把他激恼了。白安说:"大哥,你也好练把式、摔快脚,你看保镖的来了,你要敢和他说句大话,我就佩服你!这事自己吹着玩吧,那算什么英雄!"白平说:"我去叫他出来,你看是怎么样?我叫你瞧瞧!"说着跳至院中,叫出丁茂来,说:"朋友,你别保这现眼的镖啦,我看你有什么能为!"丁茂气往上升,跳过来要抓那白平。白平一闪身,一纵步,用手一接他的腕子,往怀里一带,说:"你给我倒下吧!"一个绊子,丁茂倒于就地。上房中五谷虎杜文兴气往上升,说:"哪里的小辈撒野!我来拿你!"白平本是自幼儿跟着少将军练过武,艺高人胆大,哪里服人?见杜文兴来,他过去说:"你休要逞强,我叫你也倒下!"杜文兴不慌不忙的过来,一照面把白平扔于就地,不容起来。他过去抡拳要打,只听东上房有人说:"哒!且慢,我来也!"不知后事如何,且看下回分解。

第 十 二 回

马成龙旅店遇友　陀头僧力大惊人

诗曰：

年老逢春雨乍晴，雨晴况复近清明。

天低宫殿初长日，风暖园林才啭莺。

花似锦时高阁望，草如茵处小车行。

东风儿赐何多也，况复人间久太平。

话说白平被杜文兴按倒要打，东上房白少将军听见，连忙出来说："不可，我来也！"后面四五个家人跟随，来至杜文兴的面前，说："达官不可，这是我一个无知的家人，他冒犯尊驾。"白安怕白平挨打，说："我们少将军在此！"杜文兴说："原来是少将军，这是尊驾你的家人哪？好！"白胜祖说："你休要见怪，他一时无知，我来赔罪！"杜文兴见白少将军和颜悦色，把气都没了，放开白平，说："多有冒犯了。"白少将军说："好。"给杜文兴作揖，带白平回转东上房。

杜文兴方要进北屋去，听见店门外马蹄响，有人说："这里好，还有镖车在这里哪。来人，把镖旗子给他拔下来，我看他怎么样！"杜文兴听见一愣，往外一看，但则见店前有二十多匹马，围绕着三位骑马的，带四辆行李车，前呼后拥进了店，下马进了北上房五间，那三位为首的，正是胖马马成龙、瘦马马梦太、病二郎李庆龙。这些人是讨令单行，带二十名差官人等来至四方镇，三人住了春远店的北上房。方洗完脸，只见白平送进一罐由京中带来的好茶叶，说："请三位大人的安。我们大爷住的是东上房，要在这里看热闹呢！"马成龙说："好，我也是要住这里看热闹。"白平回去，白少将军过来见过马成龙，四人谈了一会。

只听门外嚷："店家，后面有洁净房没有？"进来了一个老道，身高九尺，膀乍①腰圆，背后斜插一口宝剑，手拿蝇甩。小二带他由东上房南边

---

① 膀乍——膀宽。

小门进后院中去了。天有正午之时,忽听"当当"的钟响,从外面进来了一个陀头知尚,身高一丈,膀乍腰圆,一张紫黑脸,粗眉毛,大眼睛,披散着发髻,打一道金箍;身穿一件粗蓝布僧衣,青中衣,赤足;肩头之上扛着一条铁扁担,一头是一块石头坠,一头是一口大钟,重有一百二十斤;手拿木锤,连打了几下钟,他挑着进来,口念"阿弥陀佛",来至院中。马成龙看那和尚甚是雄壮,威风凛凛。看罢那和尚,心中说:"好一个雄壮和尚,真英勇!"见那和尚把钟放下,朝着东上房念了声"阿弥陀佛",磕了三个头,又往北上房磕了三个头。那西面厨房之内小二来至和尚面前,说:"我们这里掌柜的有话,给你预备素斋,你吃去是回头吃?"那和尚说:"我吃了去吧。"在西边小天棚之下有八仙桌一张,和尚坐下,那小二送过芝麻酱、过水面来。和尚吃了几碗,念了一声"阿弥陀佛"。

马成龙把跑堂叫过来说:"这和尚是化什么哪?"小二说:"化什么?化修四方镇北一座小铁善寺。他化这里人捐资重修,化了一年了。那和尚工夫也好。"马成龙说:"是了,你们这店是常舍斋吗?"小二说:"我们掌柜的姓李,名春生,是位学而未成的名士,家大业大,开了这座春远店。那西边北上房后就是他的住宅,修的整齐甚好。他今年五十五岁,跟前没有儿子,就是一位千金女儿,也是读书。我们李掌柜的是个文墨人,还爱交朋友,他也是世路通达之人。"那马成龙一听,心中甚是仰慕,想要见见这个人,又不得其门而入①。小二说完了走了。

只见李春生和那化缘的和尚说话,见小二过来,问:"东上房住的是什么人?北上房是什么人哪?"小二说:"东房住的是大清营的白少将军。北上房我看也是做官的,身穿着是便衣,他带着二十个马兵,是差官模样打扮。"那和尚说:"现时听说穆将军他带人马至四川,帮神力王剿那吴恩,这许是穆将军那里的人。"那李春生说:"伙计,你去问问他那些跟人,他是做什么的。"那和尚站起来,说:"我要告辞了。"李春生说:"不送了。"那和尚担起那钟来,又撞了几下。

他才往外要走,只见从店外进来一个秃老头儿,年约七旬,精神百倍,身高六尺,光着头未戴帽子,连一根头发都没有;身穿青蓝绉夹袄,足下白袜青缎子皂鞋;手中拿一把折扇,在店门内一伸手,把那陀头和尚抓住,

---

① 不得其门而入——没有门路。

说:"老蜜春个万坨岔窑在哪里?"那和尚说:"施主,这话我一概不懂,你说的是什么?"那秃老头儿一听,把眼一瞪,另透出一番杀气来,把那和尚铁钟夺过来,摔在就地,裂为两半。和尚哈哈大笑,说:"这也无妨。我庙中还有一百六十斤的一个钟哪,明日我拿那个化缘也好。"马成龙和白少将军看见秃老头儿打那和尚,心中甚是不平。那和尚说:"合字,念咽刚,陀岔摇歪年上神凑字。"

书中交待,这是江湖黑话。"合字"是他们自己人,"念咽刚"是别说黑话,"陀岔摇歪年上神凑字"是住在西边庙里。那秃老头儿哈哈大笑,说:"我找你,看看你去再谈。钟也摔了,你扛去另铸吧。"那和尚说:"无妨,我去也。"捡起钟来,竟自去了。那秃老头儿站在大门那里,似等人的模样。白少将军说:"这个老头儿七十来岁,这么大力气,非俗等之人。"马成龙一瞧,也说:"这个人是位英雄,可惜不知名姓是谁。"

书中交待,这位秃老头儿就是追风仙猿侯化泰。他自那日在广庆茶园别了孙兆英和钢肠烈士欧阳善、铁胆书生诸葛吉、玉面哪吒张玉峰四人,回到店内,打发周茂源、李汉卿二人回家,带了一封信,叫他兄弟侯化和教训儿子侯天爵、侄儿侯天贵,自己访一个朋友去,不久必回家去。他等二人去后,自己想:"要先访访张广太,然后可以往四川去趟。"主意已定,算完店账,由京中雇了一辆车,上王家营。下车雇船过江。他自己坐着船,那日到了浙江西海岸独龙口。此时独龙口买卖也多了,人烟稠密。张广太连家眷也接了来啦,在这里新练了六营水旱马步队。侯化泰下船先找了一座当铺,把自己所有随身的衣服全都当了,共当银十两,他只剩下旧单裤褂一身,破鞋袜子一份。他穿好了,来至衙门前一看,是总镇帅府,有刁斗、旗杆、新修的辕门,这里面是鼓手楼子,盖的甚好,也新鲜。

那衙门东西路、南北路,全有客店。他在那衙门东路天和店内,进去说:"掌柜的,快给我找一间房,我要住店。"小二一瞧,见他连行李都没有,说:"老头儿,你要住店,去找那鸡毛店去住,铺三个钱的鸡毛,盖四个钱的干草。我们这店是大店,不住闲散人,你快去吧!"侯化泰说:"我在独龙口绕了两个弯,瞧着这里就数你这店小,你为什么不住? 你说吧!"那小二说:"瞧你没行李,不住。"侯化泰说:"我这里有钱,不欠你的,要行李做什么? 你不放心,来,我这里有十两银子,交明你柜上,我吃饭店钱,如不够之时,你只管往我要。"掌柜的听见,连忙出来说:"我们这伙计太势利眼，太不懂事务！"侯化泰说："不要紧，你看我这是市平足银十两，两锭一件，大小共三件，交给你吧。"掌柜的接过去，打开银柜放在银柜里，带侯化泰至北上房之内。小二说："贵姓啊？"侯化泰说："姓侯。你姓什么？"小二说："我姓常，我们掌柜的姓焦。"送过洗脸水来，又问道："要什么吃的？"侯化泰说："我是远方来的，不知这里风俗，你说说都卖什么好吃的吧。"小二说："我们这里煎炒烹炸、烧溜白煮，鸡鸭鱼肉，山珍海味，应时小卖，整桌酒席。"侯化泰说："整桌的都是什么酒席？你说说吧。"那小二说："上等全席，海味燕菜全有；满汉席、鸡鸭席、八人席、行长的席，全有。"那侯化泰说："也好，上等席几两银子？"小二说："六两一桌，连酒带饭。"侯化泰说："也好，照样给我来一桌。"小二答应下去，心中说："这个老头儿，他倒舍得吃，连两顿饭钱都不够。他住了三间上房，是一天一两银子。"到厨房要菜，伺候着他吃完了，然后送上茶去。那侯化泰说："叫你再来，不叫你去吧。"他自己安歇。

　　次日一早，小二送过茶来，心中说："今日他可吃不起了，我看他要什么吃？连件衣服都没有！"只听侯化泰那里说："来，再给我照昨日那样来一桌。"小二听见，站在那里不动，说："老爷，我们这店本钱短，什么东西都是现买，您老人家再要一桌，连房钱十三两银子，还没有我们伙计的零钱。"侯化泰说："我知道。这里还有十两银，给你拿去。"伸手掏出来一包儿，是两锭一件。小二手中拿着，笑嘻嘻的来至柜房，心中说："这人也是，不爱穿，爱讲究吃。也好，又卖他十两整。"来至柜房，说："掌柜的，这里有十两银子，是上房那秃老头儿又存的。"焦掌柜的接过来，把银柜一开，只见那昨日所存之银两踪迹不见，自己心中犹疑，说："怪道！这十两银，我昨日自己放在柜里，我锁的柜，并无生人瞧见，这事可怪！别让那秃老头儿他知道，可不好，恐他讹我。"打开这十两银一看，与昨日那十两件数一个样，连一点都不差。掌柜的心中想："这事可不好，这个人不是好人。我今日把银子留他记号，看他是怎么样。"自己把银子全都写上字包好，仍然收在银柜之内，他也一语不发。今日侯化泰吃了两桌上等席，天晚安歇。次日天明之时，他又打发小伙计去上房与侯化泰取银，侯化泰给了两锭一件，是十两。掌柜的把银柜打开一看，银子是没了。一瞧小二从上房取来这十两，上面有字，是他写的。他一想："这个人不是好人，我去到衙门送信，来拿他吧！"主意一定，手中托着银子，要去调官兵来拿贼。不知后事如何，且听下回分解。

第 十 三 回

独龙口侠义胜高杰　总镇衙神犼戏仙猿

诗曰：

富贵从来未许求，几人骑鹤上扬州?①

与其十事九如梦，不若三杯两盏休。

能自得时还自乐，到无心处便无忧。

至今看破循环理，笑倚栏杆暗点头。

话说店家看银子没有了，要去报官来拿侯化泰，又想："去不得，怕拿不住，反遭其祸。"自己前思后想，也就不敢去啦。手托着银子，来至上房之内，说："我今拿来原银交给本主，你所吃我的饭钱，我如数奉送你吧。"侯化泰说："你为什么送给我？我给了你三十两银子呢。"焦掌柜的说："朋友，你是一个好英雄，我也知道，不必多说了。你的银子你自己拿去吧。"侯化泰微然一笑，说："你不必说了，我知道就是。不过三天，就还银子与你，绝无妨碍。"焦掌柜的答应，回来嘱咐店中的小伙计说："在上房侯爷那屋中多留神，不准得罪他，茶水勤送去。"小二答应："是。"

过了两天，侯化泰把银子都还了店家，又把衣服铺盖都赎来，就在这里住着。那侯化泰无事，去看那张广太操兵演阵。看那高杰、姜玉也是本营的千总、守备，都是武艺精通，设立巡防处，劝办团练，查拿盗贼，留心捕务。水面设立巡防船，治的路不拾遗，夜不闭户，真算治世能臣也。

这日，侯化泰在店里上房听见外面说："焦掌柜的，你可给我们找着厨子没有？"焦掌柜的说："没有，你再另找人去吧。"侯化泰听见，出来一看，是一个当差官的模样，他立刻问道说："你们在哪里呀？"那人说："我们在总镇大人的巡防处姜老爷那里，找一个厨子，你有人给荐一个。"侯

---

① 骑鹤上扬州——比喻不可能实现的妄想。南朝《殷芸小说》："有客相从，各言所志：或愿为扬州刺史，或愿多货财，或愿骑鹤上升。其一人曰：'爵缠十万贯，骑鹤上扬州。'欲兼三者。"

化泰说:"我就是厨子,吃什么菜我都会做。吃面要什么条儿,就是什么条儿。"那差官说:"也好,我们六个人吃饭都是在一处,早晚一桌,姜老爷在衙门里吃。你要去就跟我走吧。"焦掌柜的听见,说:"我们可不当保人。"侯化泰说:"何必要保人呢!"那差官说:"我姓何,人都知道我这人办事实成①,你跟我走吧。"侯化泰说:"我把我的包袱也拿着。我不欠店钱,我走了,掌柜的少赚我一份钱,故此他说不当保人。"何差官说:"不要紧。"二人来至巡防处。这里是两位千总、四位把总,每日有二百名兵该班。在这里总办是姜玉,千总邹忠、李贵,把总是何士规、常奎坦、姚开甲、严应元,都是武艺精通。何士规带侯化泰来见过他六个人,说:"这位是侯师傅,你们几位今日晚饭是吃了,明日吃什么?"常奎坦说:"给你两吊钱买菜,明日早饭吃炸酱面,配六样菜。"侯化泰接了钱,住在厨房之内。

次日早晨起来,他连忙拿菜筐儿去上街买菜,自己生着火,做了两样菜,喝了四两酒,把面也吃了,他自己躺在炕上一睡。那何士规等了又等心中着急,到厨房一看,知道厨子睡觉,一点动静没有。他进来说:"侯师傅,饭好了没有?"侯化泰醒过来说:"早吃了。"何士规说:"怎么早吃了?我并没哪里去,竟等饭呢,你送在哪里去了?"侯化泰说:"并没送,我吃了。"何士规说:"你怎么吃呢?"侯化泰说:"你们几位还没吃饭呢?我打算是给我上工面吃,我不知道。我去叫饭铺来送些现成的吃吧,我要做也赶不上啦。"何士规一听也有理,叫来饭馆中之人,要了些吃食。只因厨子稀少,也就没辞侯化泰,又给他三吊钱,说:"晚饭你要早做,咱们七个人吃饺子,你可早做。"侯化泰答应。晚晌,他买的肉鱼,自己煎炒烹炸,做了四样菜,捏了些饺子。他打的绍兴酒,他自斟自饮,吃个酒足饭饱。那李贵见饭老不得,派一个人来问侯化泰。侯化泰说:"早吃了。要工钱,今日下工。"那人回去一告诉李贵,这六个人全急了,说:"可了不得啦!我要看看这秃老头儿是来耍笑咱们,我是不听!"连嚷带闹,来至在厨房。侯化泰说:"你们六位来吧,给我工钱,我下工,这事太烦,我干不了。"李贵一听,只气的火星乱跳,过来伸手要抓那侯化泰。侯化泰一闪身躲在一旁,说:"不可动手!要打架,你六个人也不行,全都算低。我要赢你,易如反掌看纹!"李贵说:"你别说大话唬我!"过去伸手要抓,被侯

① 实成——今写作实诚,真诚老实。

化泰一伸手拉在就地,说:"你这样的不行!"那邹忠等五人过来,都被他打倒。

正在大家动手之际,忽见姜玉从外面进来,一见侯化泰,勃然大怒,说:"无知匹夫,休要逞强,我来拿你!"跳过来问:"是为什么?"那何士规说:"我去雇他来当厨子,他一口应允,来在这里,他领了钱,做了饭自己吃,你想叫人如何不生气哪!与他说好话,他还讲打。"姜玉说:"你七十来岁的人,不说理,我要打你,你不成。"侯化泰说:"小娃娃,你来!我说句大话,天底下要有人赢了我,他就是我师傅。你来!"姜玉一听,气的火星四跳,过来说:"好个老匹夫,你真不要脸!我来和你比试比试!"跳过来挥拳就打侯化泰,侯化泰急架相迎。两个人拳似流星眼似电,腰似蛇形腿似钻。那姜玉少年血气方刚,勇力过人。侯化泰是速小绵软巧,武艺惊人。那姜玉走了两个照面,被侯化泰一腿踢于就地。姜玉气的面红耳赤,方要去拿刀来斗侯化泰,只见赛铁盖高杰从外面进来,问姜玉是为什么。姜玉说:"这巡防处有六个人驻班,找了这个秃老头儿来做饭。今日早晨上工,给他两吊钱菜钱,要吃面,他做了自己吃啦。今日晚饭给了他三吊钱,他没有做饭,自己又吃啦。这是欺负人!他们过来问他,他还讲打,真是岂有此理!"高杰说:"好一个不要脸的匹夫,我来拿你!"过来竟扑侯化泰而来。侯化泰不慌不忙,和他斗在一外。高杰是力大过人,侯化泰是全凭灵巧,他蹿纵跳跃打。高杰流了一身汗,往南面一追侯化泰,不防他自己身落在浇花井内,有人救上来。

忽听外面有人说:"大人来了!"只见张广太带着几个跟人来至这里,问明了就里,来至在侯化泰面前,说:"老侠义不必生嗔①,何必这样!他等有眼不识侠义,请至敝寓一叙。"侯化泰说:"大人见怪,某山野愚人,略知见识,自己一时粗浅,被大人见笑了。"张广太执手,来至总镇衙书房之内。是三间北上房,东西各有配房。三间上房是靠北,墙上挂着挑山,上画的"挂印封侯",两旁都有对联,写的是:

花木清香庭草翠,琴书雅趣画堂幽。

是名人笔迹。在北墙花梨条案上摆着炉瓶三件、果盘等物。这是两明间在西,一暗间在东,条案西头靠北墙是后窗户,窗户里是茶几、杌凳

———

① 生嗔——生气。

儿。靠西墙是一张大床,床上是两个靠枕,墙上一张横批,写的是"指日高升",两边也有对联,写的是:

> 丹霞照上三台瑞,彩锦裁成五色云。

下款是"中州潜庵汤斌书"。侯化泰落座在正面八仙桌东边,张广太在西边相陪。有两名小童,都是十三四岁俊品人物,身穿蓝细布大褂,内衬白布小汗褂,蓝中衣,白袜云鞋。送过茶来,甚是温雅。这是张广太新收的两个小童,一名渔童,一名樵叟。张广太说:"老侠义是仙乡哪里?贵姓高名?我领教领教。"说话甚是谦恭。那侯化泰见张广太这样恭敬,自己也不隐瞒,说:"张大人既然抬爱,我也不能不实说了。我姓侯,名化泰,乃山东东昌府侯家寨的人。我有一个绰号儿,人称追风仙猿,在江湖之上五六十年,到处杀贪官,斩恶霸,剪恶安良。一生自己无事,净为他人忙。我也是听人说你是侠义为人,我特来相访。"张广太也把自己生平说了几句,叫家人摆上酒来。那桌案摆好,二人对坐,谈心吃酒,两个小童儿伺候他。张广太说:"侯老英雄,天下能人不少,我不能尽知,当年你也是久在外面闯荡,是天下的英雄数着哪个?"侯化泰说:"天下的英雄我也见过无数,是我的对手人甚少。我就知道一个人,并未见过面,大概也死了。除此人之外,天下就是我侯化泰一人了。再有比我脚程①快的,我就改了姓!我两头见日,能行一千一百里。"张广太说:"这脚程,天下是真少!"侯化泰说:"也就是我一人,要再有比我快的,我改了姓!"

正说在这里,忽听那后窗户外有人说:"侯化泰,你先别吹,你这可要改了姓啦!你改姓吧!"侯化泰听见这话,一纵身出去。张广太瞧着真快,果然名不虚传,心中佩服。出离书房,往外一看,但则见各处房上没人。不多时,侯化泰回来说:"张大人,这后院中有什么人住着?"张广太说:"没有。"二人回至书房,方才落座。侯化泰说:"这不是人,要是人,连个影儿全都没看见?"张广太也劝他。只听窗外又有人说:"侯化泰,你先别吹,我明明是人,哪里有鬼?你改姓吧!"侯化泰面红耳赤,蹿至院中上房去找。不知后事如何,且听下回分解。

---

① 脚程——指用脚走路的速度。

第 十 四 回

凭脚程戏耍侯化泰　请侠义双探峨眉山

诗曰：

　　愁境时侵总不愁，何妨物外任遨游。

　　世途成败残枰子，人事高低急水舟。

　　箪食幸无陈蔡厄①，缊袍宁却子方裘。

　　营名营利终何益，赢得斑斑白上头。

　　话说侯化泰又追上房，在各处找不见有一人，自己想："怪道人说'强中更有强中手，能人背后有能人。'我侯化泰阅历四方各处不少英雄，不想今日在独龙口遭这样戏耍，我必要找着他才是。"他在各处寻找，并不见一人。自己无奈，回到书房，又羞又气。自己想："我皆因爱说话，惹出这样是非来。人生丧家亡身，言语占了八分。我要不说，焉有这样呢！"越想越悔。张广太说："老侠义不必忧疑，这是过往游神亦未可定。天色不早了，你喝两碗茶吧。"去叫渔童烹茶，樵叟去请李贵大哥、邹二爷、高杰、姜玉等。

　　大家到书房，全都见过礼。侯化泰见众人恭敬他，又和张广太谈论武艺，说些闲话。那侯化泰说到得意之处，自己想要吹，又怕窗外有人。张广太派人伺候他在书房安歇，众人各自去了。追风仙猿侯化泰乃当时人物，怕睡着了被人要笑，自己思想："张广太他不认识别人，就便是有能人，我追不上的也少，这是我一生爱说之报应。大江大浪我经过无数，来此要现眼！"自己千思万想，一夜无眠。次日起来，无面在这里住，要告辞走。张广太说："不可。我知道老侠义无事，我还要领教领教。今日吃完

---

① 箪食二句——陈蔡厄：指孔子自鲁聘楚，中途困于陈蔡二国之间的事情，当时七天不能做饭吃。汉陆贾《新语·本行》："夫子陈蔡之厄，豆饭菜羹，不足以接馁。"缊（yùn）袍：新旧合混的丝绵絮做成的袍子。却：拒绝。子方裘：指不仁不义得来的好衣服。

了早饭,愿意哪里逛请去逛,我今日有事。老义士要走,是怕昨夜晚窗外说话之人?"侯化泰说:"既蒙见爱,不必'侠义'称呼,我也脱俗。兄弟,你要依我之言,我就多住几日;你要不依我之言,我这就告辞。"张广太说:"很好!兄长言之有理。"派人摆饭,二人同桌共饮,各吐肺腑。

吃完饭,侯化泰要去访访这个窗外之人是谁。自己信步出了衙门,他看见那街市之上人烟甚密,知道这窗外说话之人,他断不能在街市之上闲游,或幽雅之处,或寺院之内,亦未可定。自己信步儿往西,方一出城,在闲乡尽处,只见一个七十多岁的老头儿在那树上拴套儿,那旁边有三个藤圈、一个铜锣。那老头儿身高五尺,五短身材,面皮透白,四方脸,一部银髯;身穿细毛蓝布褂,蓝布中衣,白袜,青云鞋,在那里口中直叫:"苍天哪!苍天!不想我死在这里。我七十六岁的人,死在这独龙口,家中也无人知道,我做了他乡怨鬼,异地孤魂了。哎!猴儿呀,你抛开的我好苦!"侯化泰一听,看见这人甚惨,过去问道:"你为什么哭啊?"那老头儿说:"我是远方人,来在这里,以耍猴儿为业。我自幼儿买了一个猴儿,其性最灵,我教他练各种玩艺,无不精通。又会拳脚,又练十八般兵刃。昨日我来在这大街玩耍,我一时间得了五吊钱。那总镇张大人的跟人看我耍的好,叫我去衙门内去耍。那内宅人也有看见的,都给我那猴儿果子吃。我那猴儿贪图着吃果子,他不肯跟我出来。好容易的我把猴儿带出来,不想他扭断绳儿跑了,我随后追着,到了那总镇衙门首,他跑进去不出来了。我和他们要,那门上人不讲理,竟把我猴儿留下。老汉我这样大年岁,不想我被人欺负。我别无能为,就指着一个猴儿,他若是走了,我就饿死了。我上吊一死!"侯化泰说:"不可,你跟我走吧,咱们到了总镇衙门,我给你把那猴要出来就是。"

那老头儿跟随在后,走了不远,那老头儿把锣与藤圈都拾起来,追上侯化泰,望他脖子上一套,他手打铜锣,说:"瞧耍猴儿的,来看耍猴儿的!"侯化泰气往上升,伸手要抓那个老头儿。那老头儿一闪身躲过去,说:"你要动手,你如何成?"侯化泰见那老头儿把眼一瞪,二目如电,自己心中一动,说:"老英雄,我错了,你莫非是江苏上海县的钻云神犼朱天飞兄长?"那老头儿说:"然也,我正是朱天飞。我要不然,我也不耍笑你。我看你昨日与那姜玉等动手,你也太无容人之量了!你说那些大话算什么?"说的侯化泰一语不发,愣了半响,说:"兄长,我昨日也说过,只有一个人他是我的对手,我耳中早有知道,兄台保云南镖,不能在此。兄长这是从哪里来?"朱天飞见侯化泰这样,自己倒后悔,说:"师弟,你我道艺相交。"把藤圈儿给摘下来,"我收你作个师弟。"侯化泰听见,连忙请安,说:"师兄,你如何来至此处?"朱天飞说:"贤弟要问,这话可就长了。我自幼父母双亡,留了我姐弟二人。我在外保镖,来家之时,我姐丈已经故去了,留下一子名姜玉,我也教他跟我练些拳脚。他在家度日,我时常给捎带银两。只因我在楚雄府卧病一年之久,未能回家,及至病好,又保镖上了昭通府,住了一年,才回江苏上海。我看我姐姐家中无人,一问邻右人等,说我姐姐故去,我外甥跟一个张广太去了,我也不知道张广太哪里去。我由去岁在平安庄拿花面魔王金四虎,路遇马成龙,才知道姜玉在这独龙口。我来此已一载有余。我知道北五省有兄弟你这个人,做了些惊天动地之事。走吧,此处也不是说话之所,你我回衙门。"

正说着,只见正东高杰、姜玉、邹忠、李贵四人来至这里。朱天飞给四人引见侯化泰,大家见礼已毕,一同回归衙门。张广太接见,到书房大家叙礼已毕,摆上酒筵,大家吃酒。自此侯化泰在这里住下,每日谈论些武艺,住了有半个月之久。这日外边有人禀报:"外面来了一个姓王的,名叫天宠,特来拜访。"张广太说:"请。"不多时,从外面进来了王天宠。

书中交待,王天宠是从哪里来呢?只因那王天宠要给恩兄顾焕章报三钉之仇,误走三岔山,遇见虬首龙杨永安。把女儿许配他为妻。有杨永安之弟杨永太,他现在天地会八卦教中为督粮会总,见了王天宠,提说自己在峨眉山卧底之故,"你要杀吴恩,你去可不成。你访能人入峨眉山,我作为内应,探问顾焕章死于何人之手,我帮助他捉拿教匪。就是吴恩不好擒,他精通法术,有一宗法宝,名曰'阴阳八卦旛',百发百中,前在襄阳与神力王打仗之时,连胜清营四十八阵。这宗东西须要留神,要能有人偷得此八卦旛到手,可去妖道一只膀臂。还有一口太阿剑,乃是一口宝剑,能削铜铁、剁纯钢,水断蛟龙,陆断犀象,迎风断草,刻木如丝,杀人不带血。要有能人盗得此物来,可以捉拿吴恩。还有一件,峨眉山内有一个一字并肩忠勇王马杰,此人乃侠义之人,要有人去探问他的口气如何,他必知道顾焕章之生死。据我想,木板三钉之人未必准是顾焕章,这其中定有情节。"王天宠一听,愣了半晌,说:"嘻!此时我顾大哥一死,我又是人家都认识的。要说英雄,我也不知哪里有英雄。我先在江湖十数年间,并未遇见一二知己。我有两个拜弟,是兄弟二人,武艺超群,一个叫笑面无常张大虎,一个叫笑面阎罗张二虎。他兄弟二人武艺虽然好,也不能出乎其类。张大虎他现在独龙口兼管船只,张二虎给我照应聚泉山。我要把他二人找来,在二十四座海岛之内,再请几位豪杰,跟我破这峨眉山也好。"杨永太说:"张家弟兄可以前来,那二十四海岛头领不必前来。你要去找张大虎,顺便到独龙口,这个地方是张广太作总镇,他妻韩氏是沧州双侠韩成公的女儿,马杰是大刀韩成公的拜弟,他们许有来往。张广太也爱交朋友,他许有几位英雄在他手下,你不可不先见张广太。"王天宠说:"也好,我明日起身。我这里有金镖一支,你带去,日后有人拿我这样的镖见了您老人家,千万照应就是了。我别无可嘱。"杨永安治酒款待再三,尽欢而散。

　　王天宠这日起身,一直顺大路奔独龙口。这日到了独龙口总镇衙门,在回事房一说,家人通禀进去。不多时,张广太和姜玉、邹忠、李贵四人迎接出来。张广太身穿官服,笑嘻嘻紧行几步,说:"王义士一向安好!"请了一个安,王天宠还礼。姜玉三人过来,彼此见礼已毕。张广太说:"王兄里面请坐。"让至三堂后西院内,书房是坐北向南的,四扇绿屏门,里面是三间上房,前出廊后出厦。院中虽小,有各种奇花时放。一看北面抱柱上有牌一块,上写"怡性仙馆"四字,两边各有对联,写的是:

　　　　花间酌酒邀明月,石上题诗扫绿苔。

有两个小童引路,让进怡性仙馆。这屋中甚是幽雅,靠北墙八仙桌一张,两旁各有椅子。墙上挂着一轴横披,上画的是"虎溪三笑图",两边配两条对联,写的是:

　　　　美酒吃得微醉后,好花看待半开时。

东西两个暗间,里面安放围屏床帐。让王天宠在东边椅子上落座,张广太西面相陪。姜玉在东间把幔帐卷起来,邹忠、李贵等屋中落座。书童端上茶来。张广太问道:"王兄这是从峨眉山来? 我听说教匪势派甚大,山不易破。马成龙兄与我师兄都被穆将军调去,这大营内上将唯有倭侯爷与王义士了。"王天宠听到这里,说:"嘻! 你还不知吗? 倭侯爷探山被获,我要替兄报仇,恨自己单丝不成线,我来此和贤兄访问,可有认识的英雄侠义无有?"方才说到这里,只见帘子一起,从外面进来两位侠义,共议提拿吴恩。双侠初探峨眉山,且待下回分解。

第 十 五 回

二义士初入峨眉山　兴会庄巧遇瘟瘟道

诗曰：

利欲驱人万火牛，世途扰扰几欢悲。

漫言富贵书生分，谁解青袍①误老儒。

话说王天宠正和总兵张广太二人谈话，忽见帘子一起，从外面进来了两位英雄。王天宠抬头一看，头前那位年约七十以外，五短身材，约有五尺；身穿蓝绸子大褂，足下白袜云鞋，蓝宁绸套裤。再望脸上一瞧，面如古月，目如朗星，双眉似剑，二目神光足满，三山得配，四方口，一部白胡须，好似银线。后面跟着那位是身高六尺以外，头上并无发辫；身穿青洋绉大衫，内衬白绵绸裤褂，西湖色绸子套裤，足下白袜，青云鞋；淡黄的脸膛，细眉毛，大眼睛，皂白分明，二目神光带煞。王天宠看罢，连忙站起身来让座，说："二位请坐。"张广太站起身来说："我给你三位引见引见。"用手指定头前那位老者说："朱大哥，这位是福建台湾聚泉山的公道大王王天宠，自峨眉山神力王爷大营内来看我。我给你二位见见。"那老者说："久仰王义士的大名，今幸相会，此乃三生有幸。"张广太又说："王义士，你不认识这位？此乃是云南的镖头，钻云神猱朱天飞。你二位彼此照应。"王天庞听罢此言，连忙施礼，说："老兄台英名著于四海，今幸在此相逢，真是我王天宠三生之幸也！"张广太又指那位秃老头儿说："此位是威震山东的追风仙猿侯化泰。"王天宠听了，喜之不尽，过去行礼。四人落座。

朱天飞、侯化泰二人问道："王义士这是从哪里来？"王天宠说出自己要替师兄顾焕章报仇雪恨，要访天下的英雄，同人峨眉山刺杀吴恩的话，说了一番。侯化泰听完了，一阵冷笑，说："王义士，你要活吴恩我给你拿个活的来，你要死吴恩我把他人头给你取来。"朱天飞听了这话，一回头说："你这话也太大了。你想想，神力王所带有数万之众，英雄豪杰不少，

---

① 青袍——即"青衿"，旧时学子所穿的高领衣服，这里代指读书人。

都不能取他致胜。你好大的口气,我可不敢应。"这几句话说得侯化泰面红耳赤,一语不发。王天宠听了,连忙说:"二位老英雄不可。我今此来,正为访求能人。你二位要一斗气,我的事就不能办了。"朱天飞说:"不然。我二人久有灭吴恩之心,无奈心有余而力不足。今借着王义士这件事,我二人舍死忘生,进峨眉山前去探听,到那里见机而作也。"王天宠说:"就烦求进山细访那马杰如何,并烦访问我师兄生死下落。"朱、侯二人说:"我们明日起身。"张广太说:"二位兄台要进峨眉山,需从西北幽僻小路进去。我前年跟飞刀会总侯起龙走过这座山,里面有接天岭、青莲岛、兴会庄、引会庄,是瘟瘟道人叶守敬、虎遁真人叶守清这二人管理。那山下是六十四座山庄,分为八八六十四卦之象。我知道各庄都有贼兵,都是一个大头目管着。还有那六十四处,都各有头目。吴恩住通天宝灵观,上有几处是他常住之地:一名会仙台,在观内东边;二曰如意宫,在后山;三曰逍遥阁,在五层殿之西北。山上方圆六十余里,各处都有景致。"

朱天飞听完了,说:"事不宜迟,你我就此动身。"张广太说:"不可。我略备水酒,给你三位送行。"吩咐厨下备酒,家人伺候,让王天宠、朱天飞上坐,侯化泰、张广太相陪。那边是姜玉、高杰、邹忠、李大爷四位一桌,共两桌。

家人摆上菜来,大众开怀畅饮,谈说些古往今来的英雄。又说起这大清国自定鼎以来,真是国泰民安,君王有道,这伙教匪不知天时,逆天做事,焉有不败之理。吴恩他守这座孤庙,也无甚益处。王天宠说:"不然,还有他的老窝巢在云南楚雄府水路。大竹子山有仁和教主白练祖,比吴恩的法术高强。还有劝善会总蔡文增,手下雄兵数万,猛将百员。小竹子山有坐山雕罗文庆和蔡文荣,也有数万雄兵。还有穿云关、石平州、祁河寺、越山泉、湖耳山等处。湖耳山是云南第一勇士小霸王杨胜,手下有四员大将,又有一万敢死军。这几处要平定了,大快人心。"张广太说:"凡事自有定数,天数、人力相并,方可成功,总要诸公努力才好。我今是眼观旌捷旗①,耳听好消息。"朱天飞说:"我等多者百日,必有捷音相报。"席散,众人谈心。天到九点钟才吃完饭,大家安歇。

次日天明,早饭已毕,朱天飞、侯化泰、王天宠三人告辞,张广太送至

---

① 旌捷旗——告捷的旗子。

总镇署外,四人分手。王天宠等三人在路上晓行夜住,饥餐渴饮,一路上无心观望山水景致。这日到了三岔口,喽兵通报进去。虬首龙杨永安亲自迎接出来,一见朱天飞,二人行礼。原来他二人是故旧之交,今日相逢,喜之不尽。杨永安说:"朱兄台已然是归隐之人了,今日出山,大展鸿才,弟实钦仰!"用手一指侯化泰,问:"这位老豪杰是哪路英雄?"朱天飞说:"贤弟,你原来不认识他?我给你引见引见吧。此人就是我三年前和你说的北五省有名的英雄,追风仙猿侯化泰。"杨永安连忙施礼说:"失敬了。"侯化泰连忙还礼,二人分外亲近。四人进了山寨落座,从人献上茶来,四人吃茶。王天宠说:"你二位今日跟我来至此处,要进了峨眉山,吉凶未卜。我这里有金镖一支,你二位带起来。"朱天飞接过来,带在兜囊之中,问:"带此物有何用处?"王天宠说:"这个镖,你二位要进了山,见着管粮会总杨永泰,那是我的叔丈人,你二位把金镖交给他,自有照应。"杨永安叫家人摆酒,四人对坐吃酒,直吃到初鼓之后,方才安歇。一夜晚景无话。

次日天明,早饭已毕,朱天飞、侯化泰二人告别,王天宠送至山下,说:"请二位兄台保重,弟不远送了。"朱天飞说:"贤弟,你等候吧,我二人去也。"那侯化泰说:"都是自己人,不必客套,你我容日再见。"说罢,二人顺大路进了峨眉山。但则见青山如画,翠岭生云,苍松映日,野兽潜踪。真是山路险如羊肠,是一条崎岖之径,猿鹤相亲,松篁交错,另有一派的新奇景况。侯化泰看见这样山景,不由长叹一声说:"哎!大丈夫处世上,浑如作一场春梦。光阴过隙,不觉催人已老,百岁光阴,几何瞬息就到,唯有青山不改。"朱天飞说:"你所说之话,乃是人之常情。我想大丈夫生在世上,必要轰轰烈烈做一场事业,不辜负此生,也不辜负此身,留下一点英名,传为千古佳谈,方是丈夫所为。"

二人正说着话,猛抬头一看,但则见一道山岭在正南阻住了去路。上面旌幡招展,号带飘扬,有五六千八卦教兵在上面把守,威风凛凛,说:"呔!山下鼠辈休要逞能!你等是哪里来的?趁此实说!"朱天飞说:"我二人上山来投降的。"那喽兵哈哈大笑,说:"你这样年纪,我们八路都会总并没有养老院。"朱天飞二人顺道上了山岭,说:"众位且别笑我二人老,昔日太公八十才遇文王,保武王兴周灭纣,八百诸侯会于孟津,一战而成功。后汉黄汉升,八十还能带兵取定军山。我也不是说句大话,提起我的名姓,你家会总爷必请我入山。"那兵丁正在讲话,只见那把守接天岭的正印会总吴铎、吴峰二人,过来问朱天飞:"你二人是从哪里来的?姓什么?叫什么?"朱天飞说:"我叫朱天飞,是上海人氏,绰号人称钻云神狐,久走四川、云南、陕西各路的镖。只因我这个师弟侯化泰,他在山东东昌府杀了赃官知府蔡绍荣,我二人身犯重案,被在官应役之人捉拿,我二人无处躲避。今听说这里八路都会总招贤纳士,我二人特来投降。"吴峰闻听,心中一动,说:"原来是朱天飞,我家会总爷常提说,他今既来投降,不可错过。"说:"朱老英雄,你那师弟他叫什么名字?"朱天飞说:"他叫追风仙猿侯化泰。"吴峰说:"我送你二位到兴会庄,见忠正王都天会总瘟瘟道人叶守敬去。"朱天飞说:"相烦了!"

那吴峰立派了两名兵丁,备良马两匹,"送二位贤士至兴会庄去。"那兵丁拉马过来,朱天飞二人上马,顺这一座接天岭往南。但则见山峰峭壁,道路崎岖,两山坡都是古柏苍松。往南走了有七八里之遥。但则见是一座关城,阻住去路,上插旌旗,有无数的教兵把守。至关城,守门兵丁问:"往哪里去?"那送朱天飞的教兵说:"我奉我们会总之命,送这二位投降的贤士来见都天会总。"那兵丁说:"我去禀报一声,你二人随我来吧。"带他二人进了城,往南走至十字街,往西路北里便是天地会会总的府门。朱天飞二人下马,早有人通禀进去。正遇叶守敬在内书房闲坐,家人说:"回禀爷知道,今有接天岭的吴峰遣家人送来两个投降的人来:一名朱天飞,一名侯化泰,现在府外侯爷的示下。"瘟瘟道人一听这二人来,心中一动,说:"此二人乃当时人物,其肯归天地会八卦教,其中定有缘故。我必须知此如此。"

书中交待,这瘟瘟道人叶守敬,他是河南人,自幼儿喜道书,好奇谈。他拜地理教主袁治千为师,授他一部《仙法会原》。看那书上皆左道之术,他甚为用心习学。他自炼一种药,名瘟瘟香,要点着,其味异香,人若闻见,立刻昏迷,非他的解药不能缓过来。他自造了一杆瘟瘟旌,里面有自来簧,要冲锋打仗,不是人家的对手,他一晃那旗子,人就跌下。会使一口宝剑。今日听说有人来投降,他料想:"这朱天飞,侯化泰二人必是被大清营中人所请,前来诈降,我出去一问,便知是怎么一段缘故。"遂吩咐:"传伺候升帐。"外面答应,先放三声镇山大炮,然后一阵鼓响,那听差的五百名削刀手,四员大将是杜光、贾茂、姜振宗、何永,四人都是勇将。

叶守敬头戴九梁如意道冠,身披紫缎色八卦仙衣,上绣八卦,也是乾三连、坤六断、离中虚、坎中满,中间太极图,腰系水火丝绦,足下白袜云履;肋下佩一口宝剑,绿鲨鱼皮鞘,黄绒穗头儿,黄绒挽手,真金什件;手内拿一把蝇甩。升坐了帅位,叫人把两个投降之人带上来。不多时,朱天飞、侯化泰二人进来,一看这瘟瘟道人叶守敬在当中坐定,两边列削刀手五百名。二人看罢,躬身施礼,说:"都天会总在上,我朱天飞有礼!"侯化泰也行了礼。只见那道人把面目一沉,二目一睁,一阵冷笑,说:"我把你这两个该死的匹夫,你二人是放着天堂有路你不走,地狱无门闯进来。"吩咐手下人等:"把这二人给我绑了,推出去斩!"不知二人性命如何,且看下回分解。

第 十 六 回

红胡子怀私刺双侠　侯化泰露情定巧计

诗曰：

　　胡笳动处玉关秋，惊醒痴人梦里愁。

　　不敢笑他年少妇，而今我已悔封侯。

话说瘟瘴道人叶守敬叫人绑朱天飞、侯化泰推出去斩，朱天飞说："我二人无罪，不知都天会总因何杀我二人？"叶守敬说："你二人是被大清营内之人派你前来诈降，山人早已知晓。"朱天飞说："吾二人因在东昌府犯了弥天大罪，无处躲避，才来投奔峨眉山来。今天未见八路都会总之面。你也不问皂白，误杀好人！"叶守敬闻听朱天飞之言，心中踌躇，料想："这两个人也许是真心投降，待我看他二人的武艺如何。"想罢，遂吩咐手下人给他二人松绑，说："你二人既来投降，必有惊人之艺，当面练过吾看。"朱天飞答应说："吾练一趟给会总看看。"把拳脚架一拉，分开门路，拳似流星眼似电，腰似蛇行腿似钻，速小灵便，打了一路拳，名为罗汉拳，门路精通。怎见得？有赞为证：

　　罗汉拳，站当场，斜身绕步逞刚强。伏虎势，暗里藏。反背锤，把
人伤。鸳鸯脚，最难防。连珠炮，神鬼忙。单凤贯耳，顺手牵羊。
练完了，气不涌出，面不改色。侯化泰也练了一趟拳脚。叶守敬又看二人施展飞檐走壁之能，二位各施所能。练完了，叶守敬说："很好，二位贤士请坐，我方才多有冒犯，望求相容！"朱天飞说："老会总何必太谦，我二人还求提拔呢！"叶守敬说："二位说哪里话来？你我都是要作开疆展土之功臣，裂土分茅的大将，久后图个荫子封妻①，也可扬名千古。"侯化泰说："好，我二人也正要在此借仗八路都会总兵威，我好报仇雪恨。"叶守敬请二人至书房去，派家人摆酒筵款待二位贤士。在酒席宴前三人高谈阔论，正是：

---

① 荫子封妻——妻子得到封号，子孙获得世袭官爵。指建立功业，光耀门庭。

酒逢知己千杯少，三人相叙话偏长。
席散，送二位至外书房安歇。

次日，送二人至五云观去见见一字并肩王马杰马会总。朱天飞二人来在五云观中，在东院客厅传见。朱天飞、侯化泰二人到东院一看，见正北大厅，两旁站立着四十名教兵，正中一张八仙桌儿，后有一把太师椅子，上面端坐着红胡子马杰：头戴道冠，身披蓝绸子道袍，青护领，腰系丝绦，足下白绫高腰袜子，厚底云鞋；面如重枣，红中透紫，紫中透红，两道英雄眉，一双虎目圆睁，海下一部黄焦焦透红胡子。身后站定十二个道童，都是仙风道骨。朱天飞二人过去行礼，说："王爷在上，我二人有礼，给都会总请安！"马杰一看这二人，心中说："可惜天地会之人不行正道，竟有这样英雄归顺。这两个人乃当世人杰也，要叫他二人归了天地会，贼人羽翼成矣！我马杰人在天地会，心在大清国，胸藏忠义，本欲探访天地会之机密，待等候官兵到来，我好里应外合，共破天地会。今这二人来投降，我恐其中有诈。他二人要真心投天地会，是我的两个硬对，我必须要定计处治了这两个人，趁着虎未生牙。"想罢，往下问道："你二人叫什么名字？是哪里人氏？"那朱天飞答道说："我是江苏人，姓朱，名天飞，绰号人称钻云神狐。那是我师弟追风仙猿侯化泰，他是山东人氏。"马杰说："你二人以何为业？"侯化泰说："原先我师兄保镖，我务农为业。因为我们东昌府知府是个赃官，我杀了他，身犯大罪，避难江湖之中。久仰八路都会总仁义待人，我二人特来投降，望求收录。"

马杰一听这片话，他信以为真，暗说："这二位乃是江洋大盗，绿林中赫赫有名，我看他二人武艺如何。"想罢，说："你二人平生所练，是何能为？当面练来。"那朱飞天答应说："我二人练的是飞檐走壁，来者无形，去者无影，窃取灵妙之巧。"马杰说："你先练。"朱天飞先一飞身，蹿上房去，连一点声音皆无。大众正往房上观看，忽然间从西房上一长身，说："我在这里。"众人往西房上一瞧，他忽然间一闪身，踪迹不见。众人正不知从哪里下来，忽从东房上跳下来，说："会总爷，朱天飞在这里呢。"那众人喝彩。只见侯化泰说："我能上那旗杆顶上去给众位看看。"说罢，转身出来，在那旗杆之下飞身上去，盘着旗杆上去如飞。既至上面，站在旗杆顶上说："哒！你众位有能往我这里来的吗？"众八卦教无不喝彩。侯化泰跳下来，至马杰面前一站。马杰说："好，带二人至宝仁殿居住，赏他二人全席一桌。下去吧,听我示下。"

那朱天飞二人有人带至西院,北房五间,东西各有配房三间。二人进上房一看,靠北墙有花梨翘头案一个,案上摆着四盆盆景,东边一个官窑的果盘,当中一个水晶鱼缸。案前一张八仙桌儿,是花梨边框墨玉的心儿,两边各有太师椅子。墙上挂一个挑山,画的是大富贵花,笔力精神甚足。两边挂着有对联,写的是:

好酒吃得微醉后,名花看待半开时。

二人落座,有伺候的人送上茶来,二人吃茶。朱天飞见左右无人,说:"贤弟,我久仰马杰是沧州双侠,他归天地会已然多年,不知是怎么一个心地。今日见你我二人来投,他口中说好,我见他二目乱转,心中定有所思,你我需要留神,不可大意。"侯化泰说:"知道了。"二人正说之间,只见那伺候的人送上酒席来,二人对坐吃酒。晚饭已毕,二人安歇,在东里间屋内睡觉。朱天飞说:"兄弟别睡,把侯头睡丢了可坏啦!"侯化泰说:"我知道,你也小心你那朱头吧。"二人都有几分醉意了,侯化泰总是不敢放心睡。这二人正自忧疑,忽听谯楼已交二鼓,外面巡锣走哨之人,声音一片。

书中且说那红胡子马杰,他退入后帐,把徒弟燕子风飞腿金元志、乐九州神行魏定芳叫至面前,说:"徒弟,我带你二人来投天地会,所为探他机密大事,并非真心实意要归天地会。我今有一件为难的事,你我爷们商议商议。今日来了两个投降的人,要归天地会。此二人的武艺,比你我师徒强胜百倍,要叫这伙人得了势,是咱们的对头。依我之见,我趁今晚无人,把他二人杀死。"金元志说:"我去!"魏定芳说:"且慢。我想钻云神猊朱天飞,他久在绿林,杀贪官,斩恶霸,剪恶安良,救的是孝子贤孙,杀的是贪官恶霸。他二人此来,必是被大清营中人所请,来至峨眉山,前来诈降行刺。"马杰一想:"大清营中无人认识这人,要是你顾大叔在王爷营,我倒猜他二人是来诈降。这如今也许这二人身犯大罪,无处躲避,来至此处避难。我要引他二人一见八路都会总,就坏了事啦。"魏定芳说:"要杀了他二人,咱是该怎样回禀八路都会总呢?"马杰说:"那倒无妨,我有主意回他话。你二人跟我来。"

马杰带了金背刀,两个徒弟也各带兵器,三人出了上房,至院中飞身上房,蹿房越脊,如走平地相仿。到了西跨院宝仁殿,三人听里面二人睡熟,慢慢的用手指沾唾沫,把窗纸洇①破了一个小窟窿。马杰一看,是二人睡着,自拉金背刀来至房门,把门拨开。他方到外间屋内,听见屋里侯化泰说:"好王八蛋! 你胆子不小,你来吧!"吓得马杰蹲在桌儿底下,一语不发。又听得侯化泰说:"这个耗子多大胆子,要上床来!"马杰知道不是说他,自己又定了定性,方才拉刀出来,一掀帘子,方要进东里间屋内去,只听侯化泰又说:"好一个混账王八羔子! 你要害我,我先结果你的性命就是了。"吓的马杰往后一退,暗藏在外间屋中。又听侯化泰那里说:"你这个东西好大个,这是你该死,我打死你吧。"拿着一支镖,照定墙上"叭"的一声。朱天飞问说:"你打什么?"侯化泰说:"蝎子被我打死了。幸亏我醒着,我要睡还被他害了。"二人说着话又睡了。

外面天有三鼓之时,马杰又等了有两刻之久,听见屋内人是睡着了,他这才起来,至帘子这里。方要掀帘子,忽见侯化泰一翻身坐起来,说:"好厉害! 朱大哥,快起来! 我方才作了一个梦,吓得我战战兢兢。我梦见了有一个红胡子老头儿,手拿金背刀要杀我,可吓死我也!"朱天飞说:"你我二人既入山来,就不怕死,咱们是英雄,为朋友而死,死的只要有名,我就佩服。"马杰一听这二人这几句话,他一掀帘子进去,说:"二位老侠义还没睡觉? 我特来谈谈心。"朱天飞、侯化泰二人连忙过去行礼。马杰一伸手拉住,说:"且慢! 我今来是和二位谈肺腑之言。"朱天飞说:"愿闻其详。"马杰说:"二位明公乃当时人物,为什么轻身来投天地会? 岂不被智者所笑呢?"侯化泰说:"老会总乃北五省的豪杰,还来归天地会;我二人也是被事所挠,不能不来。"马杰说:"我送给二位路费,二位请回如何? 这天地会岂是久远之道? 我可是好意,我实言奉告二位,我不是图天地会的功名富贵,为的是在这里卧底。外面还有我两个徒弟。你二人也进来。"魏定芳、金元志二人进来,给朱爷二人见礼。朱天飞说:"你真是英雄,我二人也说实话吧。我二人是被朋友所请,来归天地会,探顾焕章生死下落。今朝你我也不必相瞒。那位请我们的人是王天宠。"方才说到这里,马杰说:"我人在天地会,我心在大清国,我是尽给大清营探机密。"话言未了,外面有人大喝一声,说:"三个奸细哪里走! 八路都会总吴恩在此!"吓的三人面如土色。不知后事如何,且看下回分解。

―――――――――

① 洇——液体落在纸上向四处散开或渗透。

第 十 七 回

会仙台双侠见吴恩　钻云豽施展惊人艺

诗曰：

　　万缘脱去心无事，唯有空来性坦然。

　　几度夜窗虚吐月，日随流水到门前。

　　话说红胡子马杰正与那朱天飞、侯化泰三人谈心，忽听外面一声嚷说："呔！好你三个大胆贼人，吃着天地会，喝着天地会，你等原来私通外国，八路都会总在此！"三位英雄一看，那外边进来一位会总，乃是管粮会总杨永太。这个人乃当世的英雄豪杰，他也是暗探天地会八卦教的机密，也打算要里应外合，共破天地会，捉拿吴恩。今夜是来夜探五云观，要访朱天飞、侯化泰是做什么事情来的。听见三个人在那里谈心，说出本来面目来，他故此吓唬三个人，说："你三个人好大胆量，我在外听了多时了。"马杰要抽刀动手，那杨永太说："我也是咱们一路上的人。我听三位相谈，我故此吓唬你三人一吓。"马杰说："杨永太，你认识这二位吗？"杨永太说："我知道二位大名：一位是朱天飞，一位是侯化泰。"朱爷把王天宠给的金镖摸出来，递给杨永太。杨永太接过来一看，说："这就是王义士的金镖，我知道了。你二位既有马杰会总在那里保护，二位，我先失陪了。有用我之处，我万死不辞！"马杰说："你就去吧，有信我给送去。"海底蛟杨永太告辞去了。

　　朱天飞说："马贤弟，你说的吴恩的事故，我那顾焕章的生死下落如何？"马杰说："二位不知，请听我细说说那顾焕章的下落。只因为那日他探南山口，被二都会总吴德所擒，送至青莲岛，交武勇王都会总叶守清那里办理。我去在青莲岛之中把那顾焕章要出来，带至我这里，我叫他把衣服脱下来，我给他换了衣服，把这犯罪的囚犯害死一个，把顾焕章的衣服给他穿上，把他脸上用刀刺了几刀，我这才派人用木板三钉钉在那接天岭上。我送他由西山幽僻小路出山逃走。我告诉他至大清营送信，我里应外合，好破峨眉山。如何这些时还不回去，其中定有缘故。"朱天飞说：

"也许他看破了红尘,他出家去了,亦未可定。"侯化泰说:"人生世上,要像顾焕章的人也算罢了,官至侯爵,位显名扬。"马杰说:"还怕他是归山了。他那日在我这里,提起他下山之时,他师傅赐给他赶棒、短把刀,他还说他师傅嘱咐他的话:'日后赶棒、短把刀在,你在世上混;如伤了这两宗兵刃,急速归山。如要不然,必遭大祸。'我说:'你别造妖言了,你走吧。'我送他至西山口外,直到如今,我还等他的回信呢。我今见二位,才知道这内中情由。"三人谈了几句。马杰说:"二位安歇吧,我也歇歇。"

次日天明,那侯化泰二人来至客厅,和那马杰见礼。马杰说:"我送你二位上山朝见八路都会总去。"二人答应。用完了早饭后,备了两匹马,叫朱天飞、侯化泰骑着,他自己骑他的玉顶黄骠驹,带亲随人等跟着护送。三匹马出了五云观,顺山路往西走了有五里之遥,但则见一座高山在正北,山下有关城。三人进了城,看是一座大市镇,南北大街,两边都是些开张铺面,来往行路之人都是天地会八卦教中之人。至山根之下,两旁有官房各五十间,内里住有无数教兵,有两位头目管。正会总盖天彪,此人是关西人,两膀有千斤之力,使一条浑铁点钢枪,有万夫不挡之勇,乃是吴恩的心腹之人,派他镇守这山下的关城。见马杰到来,有手下人报他知道。盖天彪带领众人迎接王驾。马杰一摆手,带众人顺山路上山。那山的盘道都平坦,两边修的是护墙,墙外栽种各样树木。三匹马并至山上,抬头一看,但见那山上是东西一道大墙,高三丈,当中有一座城门,上插两杆大旗,是白缎子绣的金龙。城门有一块匾,泥金大字,写的是"天府之国"。里面有五百名护城之兵,在这里看守。马杰带二人进去,到了里面往东,路北有五间回事处的厅房,那正北楼台殿阁,无数的房屋。马杰方下了马,回事处的头目穆化荣接见,马杰说:"你去禀报八路都会总,就说我带两个投降之人朱天飞、侯化泰禀见。"穆化荣进内去,不多时从里面出来,还跟出一个令官,说:"八路都会总有令,传你三人至会仙台见!"

马杰等三人随令官进了正北这座大宫门。正北是一座大殿,两旁是十间朝房,往东是一个屏门。四人进了屏门,令官在前,马杰三人跟随在后。走了不远,往北一拐,只见那北边另显出一片楼台,正面是会仙台,方圆是二里大。那台下是东西两道朝房,东西有两个井亭子。马杰暗中告诉朱天飞二人说:"那西边井亭之下是井,东边是一股地道,可通五云观我住的那间屋子。你二人记住了。"朱天飞、侯化泰二人点头答应。只听上面说:"一字并肩王马杰,带二贤士上台参见!"马杰说:"遵令!"带二人一上这会仙台,见那上面是九间九龙厅,金碧辉煌,周围都是汉白玉的栏杆。九龙厅正面是龙书案,两旁是檀香炉,点着檀香。正中太师椅子上坐定是八路都会总,头戴莲花道冠,身披鹅黄缎子道袍,上镶着八卦,是乾三连、坤六断,中间太极图;背后斜插阴阳八卦旛,肋下佩太阿剑,绿鲨鱼皮鞘,黄绒穗头儿,金吞口,黄绒挽手;面如银盆,四方脸,双眉带煞①,二目放光,一部银髯,根根见肉,亚赛太白金星,犹如大罗的金仙。马杰参拜已毕,吴恩说:"好贤弟,你休要行礼,旁边请坐。"那马杰在东边椅子上坐下,一看二都会总吴德坐在西边,东下首有七星道人吴国瑞、万法真人吴国兴、东平侯广法会总吴国祥、开国公镇南会总吴国芳,西边下首有云南八猛何龙、何凤、何虎、何豹、何彪、何雄、何英、何杰,金氏三杰金四龙、金四虎、金四豹。台之左右有五百名削刀手,威风凛凛。

朱天飞、侯化泰二人上前行礼,说:"八路都会总在上,朱天飞、侯化泰有礼!"吴恩一看,说:"你二人是哪里人氏?来投我是何人所荐?"朱天飞说:"我乃江苏上海县人氏,名朱天飞,绰号钻云神猊,先保镖为业。"侯化泰说:"我是山东东昌府人,名侯化泰,绰号追风仙猿。我在绿林,因为杀了东昌府知府蔡绍荣,避难江湖之中,久仰八路都会总仁义待人,我二人前来相投。"吴恩说:"你二人把平生所学练练我看。"朱天飞打了几路拳。侯化泰也施展飞檐走壁之能,练了一番。吴恩心中甚喜,说:"你二人武艺虽好,是被何人所遣?趁此实说!来至峨眉山卧底,要替顾焕章报仇,对不对?"朱天飞听罢此言,不慌不忙说:"非也。我二人岂敢生此祸心。乃都会总疑心过重,焉能收聚天下的英雄?我二人是无处投奔,如旱地之鱼,往这里投,只想得一勺之水,以救残命,不想反投入罗网之中。都会总要是心疑,就请杀了我二人,并不怨恨八路都会总。我怨恨我二人有眼无珠,我们是一片忠心,事到如今,也化作飞灰了。"吴恩见他二人说了这片话,谅必真心,忙说:"二位老英雄休要如此,我山人用言相戏耳!我封你二人为镇殿会总之职,好好地当差。"朱天飞、侯化泰谢了恩。赏了二人一桌全席。二人立刻谢恩下来,马杰同他二人来至东配房,众听差人说:"这是你二位当差的所在。"那马杰说:"二位在此,我要回去了。"二人

---

① 煞——指杀气。

送马杰回来，即进屋去了。少时之间，进来四个人说："我们是伺候镇殿会总的。"抬进一桌全席来，二人吃酒。夜内留神，每日有他二人一桌席。

这日，八路都会总升会仙台，传请众人。不多时，众王爷连那各位真人都到，朱天飞、侯化泰二人也在其内。听吴恩说："众家会总，我山人待逍遥自在太平王麻成荣恩重如山，我那主意派他带任山、云南二勇士小常万杨平、云南三勇士姚兴、逍遥会总张宝任、太平会总任凤姣、老龙神马凤山等四十员上将扫北，取那河南、山东、山西、直隶、关东，不想麻成荣他叛反，私通大清营，献出去生死白牌，诈开汝宁府。任山带败将残兵，昨日逃回，说穆将军不久大兵必到。我约请众位，大家商议，哪位有高明主意，请讲话。"言未了，瘟瘟道人叶守敬说："八路都会总不必为难，我今带来本队人马，演成一座阵式，需用六个人助我，方可成功。我要七星道人吴国瑞、万法真人吴国兴、东平侯广法会总吴国祥、开国公镇南会总吴国芳、杨平、姚兴。只用三千人。我排好了这座阵式，大清营要来三千，拿他三千，一个也跑不了，务要生擒活捉，杀他一个片甲不归！"吴恩说："贤弟既有这样妙策，要拿他等易如反掌，真乃是一件奇功了！我给你令箭一支，任凭你调遣。"叶守敬接令说："谢过兄长！"大众散去。

次日，吴恩带领众人下山阅兵，至第三日才回来。朱天飞、侯化泰二人，这日在屋中秘密商议说："贤弟，你我二人来到这里有数日光景，什么事也没办。你我为什么来的？依我之见，今夜晚吴恩住会仙台，台下有兵丁巡察，台上无人，你我今夜动手。我想，要刺他是不容易，你我盗他的八卦幡或太阿剑。"侯化泰说："如要盗他的物件，我给兄长巡风，兄长去盗。出来之时，你跳下台去，在那井亭等我，咱们一同逃去，由五云观中走。"朱天飞说："就是。我这是为朋友，生死就在今朝。"侯化泰说："兄长放心，吉人天相。"

二人商议好了，吃了晚饭，收拾好了，朱天飞在前，侯化泰跟随在后，二人蹿上了会仙台，见里面灯烛辉煌。侯化泰蹿上房去，在房檐之下，望里偷看。但见朱天飞一掀帘子进去，到了那外间屋内，慢慢往东里间一看，并无一人。西里间屋内靠北墙是一张大床，床上有黄云缎坐褥，吴恩在上面端坐，背后斜插阴阳八卦幡，肋下佩太阿剑，闭目垂睛。朱天飞慢慢地往前，绕至床后，真是提心吊胆，边一点声音皆无。他身躯又矮，又怕吴恩醒了，知道他那阴阳八卦幡的厉害；又有太阿剑，切玉断金，水断蛟龙,陆断犀象,杀人不带血。朱天飞赶到后面,先伸手用小夹剪把八卦旛上的金铃铛给捏扁了,然后他过去用手一抽,那阴阳八卦旛方抽出来,忽见吴恩醒了,拉出剑来,照定后面就是一剑。只听"嗑嚓"一声响,红光崩溅,鲜血直流。不知后事如何,且听下回分解。

第 十 八 回

二老智出峨眉山　群雄聚会四方镇

诗曰：

　　柴门虽设未尝关，闲看幽禽自往还。

　　白璧易埋千载恨，黄金难买一身闲。

　　云消晓嶂闻寒瀑，日落秋林见远山。

　　古柏烟消清昼永①，是非不到白云间。

　　话说那朱天飞方要抽出籧来，只见吴恩一拉剑，往后一刹，那朱天飞早把八卦籧得到手内，飞身出来。红光崩冒，鲜血直流，是侯化泰被吴恩一拉剑，他吓了一跳，从房上摔下来，把脑袋撞破了，吓了一跳，翻身跳下会仙台，竟自逃走。跳在东边井亭子之内，二人去了。吴恩一宝剑未砍着那人，他跳下云床，回手一摸，不见了阴阳八卦籧，连忙追出去，各处一找，并不见有人，无可奈何说："鸣锣！传我的号令，有奸细盗我的阴阳八卦籧，前来行刺。派人各处搜查！"这令一下，那峨眉山上下乱作一处，各处灯火齐明，照耀如同白昼。

　　朱天飞、侯化泰二人顺地道来至五云观，从夹壁墙内出来。马杰说："二位得了什么？"朱天飞说："是阴阳八卦籧。"马杰说："二位请吧，我也不敢留二位在这里住。"朱天飞说："我告辞了。"二人方要走，听见山上号令锣传下来了，侯化泰二人连忙的逃走。方至兴会庄，见前面一支人马拦住去路，灯笼火把，照耀如同白昼。为首大将小常万杨平说："你两个人往哪里去？"朱天飞、侯化泰说："我二人是奉八路都会总之命，捉拿刺客。不知会总可见着无有？"杨平说："并未见过去。二位回去找吧。"朱天飞说："我等往前去追吧。"杨平说："二位请吧。"侯化泰二人过去兴会庄，见眼前灯笼火把，照耀如同白昼，有三千天地会列队。朱天飞方才到近前一看，原来是海底蛟杨永太，一见二位，说："朱会总哪里去？"朱天飞说："我

---

　　① 清昼永——指永远是清闲的日子。

二人是追盗阴阳八卦罩的贼。"杨永太心中暗喜,情知成功,带兵送二人至接天岭。吴铎、吴峰二人问:"往哪里去?"杨永太说:"追刺客。把人马留在这里,我三人追下山去。"

三人出了接天岭,绕道来至三岔山,见了王天宠,把阴阳八卦罩交给他。王天宠连忙接过来放下,给三人道谢,问顾焕章生死如何,朱天飞把马杰之言又述说了一番,他这才放心。杨永太说:"我送二位出来,也不能回去了。"王天宠说:"您老人家替我照应聚泉山去吧。"杨永太说:"好,我就此告别。你三人至大清营报功吧。"三人送走杨永太,王天宠等回来在大客厅落座,说:"这件功劳,你二位老英雄谁去报功?"那朱天飞一摇头,说:"我是不能做官的。"侯化泰说:"我也是不能做官的。王义士,你去报功吧。"王天宠说:"我要做官,我早就做官了。"杨永安说:"你三位都不愿出仕,把这一件奇功送给张广太倒好。"王天宠说:"就是,我还把你二位送至独龙口去。"朱天飞、侯化泰说:"也好。"三人在这里吃了早饭,一同起身。在路上无话。

这日,到了西海岸独龙口张广太的衙门,三人叫人通禀进去,不多时,张广太、姜玉、神力将高杰三人迎接出来。一见三人,连忙行礼,说:"王义士、二位兄台,今朝一同回来,必有喜信。你三人请里面坐吧。"姜玉给他舅舅行礼,见过侯化泰和王天宠,一同进里面来,到书房落座。朱天飞说:"张大人,我三人送你一件功劳:我等把吴恩的阴阳八卦罩盗来,我三人全不能做官。"张广太说:"是了,我有一个主意,提拔一个人,还须王义士送至大清营去。"朱天飞问:"是何人呢?"张广太说:"就是姜玉。我久有心提拔他,因未得其便,今借仗二位,就把这件功劳送给他吧。"朱天飞说:"也好。姜玉过来,谢谢众位。"那姜玉给众人请安。王天宠说:"不用谢,我把你送至大清营去。"高杰说:"我也跟你们去吧。"张广太说:"你要去也好,明日我给办一自告奋勇的文书,你就跟他四位走吧。"遂吩咐厨下备酒,给王天宠、侯化泰、朱天飞三人接风,给高杰送行。大家开怀畅饮,直吃到月上花梢,方才安歇。

次日天明,张广太给众人送行,又忙了一早晨。朱天飞、侯化泰也要同王天宠去逛一趟。他们五位英雄各骑一匹坐骑,姜玉带随行的衣包、被套,高杰带他的浑铁点钢枪,由西海岸起身。在路上晓行夜住,饥餐渴饮,非止一日。那日到了四方镇,听人说这里有两位教习,是这四方镇左右十八村的团练，一名叫通臂袁兴，一名叫铁掌猴袁霸，有全身的武艺，说打尽天下的英雄，方显他二人的能为。王天宠说："天不早了，咱们就住在这里，明日看热闹。"侯化泰说："我去打店。"抬头一看，路东有座"春远老店，安寓客商，仕宦行台客栈"。走至门前，见里面有一个大陀头和尚，披散发髻，一道金箍拢罩；身穿蓝布僧衣，打着裹腿，赤着足；颈项挂十八颗人骷髅骨的素珠，是用好钢打造的，当中穿一条鹿筋绳；肩挑铁扁担，前挂着一口大钟，后坠着一块大石头；面如紫酱，紫中透亮，两道英雄眉，斜飞入鬓，一双虎目圆睁，压耳两撮黑毫，海下无须，四方口，三山得配，准头丰隆。侯化泰看罢，说："哒！老密春个万坨岔窑在哪里？"伸手把那和尚给抓住了。那个和尚口中说："阿弥陀佛！这位施主说的我不懂。"侯化泰一听，微微一笑，说："你不要装傻，我看你的行迹不能差！"

书中交待，那侯化泰乃久闯江湖之人，他看这个和尚五官相貌，二目神光足满，就知道是个绿林英雄。他这才说"老密春个万坨岔窑在哪里"。这是江湖黑话，是问和尚在哪里住。那和尚故作不知，侯化泰伸手过去把那钟给夺下来，往地下就摔。那和尚哈哈大笑，说："好！你给我摔了这个，我明日再挑一个一百六十斤的来。"侯化泰问："你庙在哪里？"和尚说："就在这四方镇西北小铁善寺。你贵姓？"侯化泰说："我姓侯，名化泰，山东人。"和尚说："好，我明日庙中等候细谈谈。"和尚把地下那口钟拾起来，竟自去了。

侯化泰叫店中的小伙计："给我三间上房。"不多时，王天宠同来一位，身高九尺，面如白纸，丧门眉，吊客眼；穿青褂，皂靴；五长的身材，仪表非俗，和高杰、姜玉、朱天飞他等说笑，来至店门首。王天宠说："侯兄，我给你引见一个朋友。"用手指定那人，说："这是我拜弟张大虎，绰号人称笑面无常。"侯化泰说："久仰！这位兄台是从哪里来呀！"张大虎说："我是从常芝山兵船上来。听说我兄长王天宠，他请能人盗了阴阳八卦旛，我把兵船之事托于张广太照应，我追下来了。方才听说侯兄来打店，你我店中一叙吧。"小二过来，把众人的马接过去，说："老爷们住东北那三间北房，是干净的，我方才收拾好了。"那边把马系上，带朱天飞六人来至东北这三间房中，送过洗脸水来，献上茶来。

只听外面说："王义士，久违！久违！"王天宠一看，喜出望外，正是马成龙和马梦太、李庆龙三位爷在屋中。王天宠连忙行礼,给众人引见。彼此见礼已毕,王天宠问:"马大人,你三位是从哪里来的?"山东马说:"我奉穆将军令调我至河南,取了汝宁府,扫灭了三山。今奉旨穆将军和神力王合兵一处,攻打峨眉山,提拿吴恩,我是讨令单行。王义士,你是从哪里来?"王天宠就把自离大清营一往之事说了一番。要往大清营见老王爷献阴阳八卦籭去之故,又提说朱、侯二位盗幡之故,细说了一遍。马成龙说:"朱兄,你我自平安庄一别,不想在此地相逢,真是应了古人那句话:'人生何地不相逢。'"朱天飞说:"我也未想到在此地相见。"张大虎过来说:"马大人,你老好! 我还时常想念。"姜玉也过来见礼。马成龙均一一见过,说:"你我一同前往至老王爷大营之内。"王天宠说:"甚好,我等明日一同前往。"

大家正谈在得意之处,听得外面一阵大乱。只听外面说话声音洪亮,说:"小子们,进去打店,把房全给收拾干净,把住店之人给我逐出店外!"不住的连声大嚷。从外面进来了两辆二套车,住的是南屋里,进来了四匹马,都是长随打扮。从车上下来一人,身高九尺以外,面如黑灰,四方口,两道重眉,一双阔目,白如粉锭,黑似点漆,光华烁烁,夺人的二目;身穿蓝绉绸一件长衫,内衬蓝绸子中衣,足下青缎子薄底快靴;有二十多岁,生的虎背熊腰。后边有两个家人,扛着一条铁棍,如茶盅口粗细,立在南房门外。马成龙看见这伙人甚是雄壮,威风凛凛,相貌堂堂,不知是从哪里来的这伙人。书中交待,这个人乃是云南楚雄府正北小竹子山的正印会总罗文庆、绰号人称坐山雕的二儿子,名叫罗如虎。此人膂①力过人,性情粗鲁,天生的一身神力,就是太浑。今是从昭通府探亲,回头路过四方镇,听说这里有通臂猿袁兴、铁掌猴袁霸在这里立擂台,他就不走了,叫家人打店,自己要看看热闹,瞧是怎样的英雄。故此今日他便在此处。

马成龙等几位正说闲话,听见这人进来,王天宠说:"这是一位英雄,可惜就是太粗鲁些。"马梦太、马成龙、李庆龙这三人告辞,回至西边上房屋中。方才坐下,只见外面店中小伙计进来说:"马大爷,我们店东人要见。"马成龙说:"你们店东人姓什么? 是哪里的人? 要见我有什么事?"

---

① 膂(ǚ)力——体力。膂,脊骨。

小伙计说:"我并不知道是什么事。我们店东人姓李,名万青,是位秀才公。因自己不愿做官。故此无心读书,他自己开了这一座店。"马成龙说:"请进来。"只见从外面进来那个人,又生出一番是非。且看下回分解。

第 十 九 回

李万青目识豪杰　马成龙旅店结亲

诗曰：

　　谋尽愚夫错作人，莫将假合认成真。

　　不务回光寻本体，痴痴何用苦贪嗔。

　　话说马成龙见从外面进来一人，年过半百，身高七尺，面如古月，四方脸，黑鬒鬒①两道眉毛，一双俊目，皂白分明，土星丰满，四方口，黑鬒鬒的胡须，漆黑透亮；身穿蓝绸子一件衣衫，内衬蓝绸子裤褂，驼色宁绸套裤，足下一双灰氅本缎的镶鞋；五官端方，相貌魁伟；手拿折扇，从外面笑嘻嘻的进来，说："马大人，某久仰大名，今幸相会，真乃是三生有幸！"马成龙等三人全皆站起身来，迎接让座。

　　书中交待，这个人为什么来拜那马成龙呢？他见这三个人进店来，品貌不俗，又细问那跟随人，才知道是身临大敌永无惧色，勇冠三军的马成龙马大人，同着那病二郎李庆龙、瘦马马梦太，这是穆将军的前峰，上峨眉山去。李万青闻听此言，心中说："原来是马大人。我常听人传言说此人在兴顺镖店救过圣驾的，苏州城智退三路大兵，大战襄阳城，独自退贼兵，威名远震。我今要会会此人。"忙叫小二进上房通知一声，说："我们本店东要给众位请安。"那李万青随着来到里面，一见马成龙，连忙施礼，说："久仰大人之名，今幸相会，真乃是三生有幸也！特来请安。"马成龙闻听之下，心中明白："想必是认得我，必有人走漏了消息，知道我本来面目，我也不必隐瞒。"他说："店东人请坐，未领教贵姓尊名。"李万青说："愚下姓李，名万青今知三位大人虎驾光临，有失远迎！"马成龙说："岂敢，岂敢！"李万青问道："马大人原籍是哪里？府上都有什么人？跟前几位世兄？"马成龙说："我是山东登州府文登县的人，家中并无有人，我尚未成亲，哪里有儿子呢？"李万青说："马大人贵

---

①　鬒(zhěn)——头发稠而黑。

庚?"马成龙说:"我今年三十六岁。"正说着,白少将军进来了,说:"马大哥,你三位用什么饭呢?"李万青连忙让座,白少将军说:"这位姓什么?"马成龙笑嘻嘻的说:"白贤弟,你我在一处吃吧。我给你引见一人,这位是此店东主人李先生,这是白少将军,你二位好说话。"李万青说:"大将军贵驾光临,我这里有礼了!"白少将军说:"先生何必太谦,你我一见如故。"五人落座吃茶。

少时,小二进来擦抹桌案,摆上干鲜果品,各样菜蔬。李万青说:"生员聊备粗酌野芩①,求大人赏脸。"马成龙说:"既是阁下费心,我等就吃,不要做假。"那李万青把盏,酒过三巡,他心中想:"这马大人倒很豪爽,不知腹中才学如何,我试试他。"想罢说:"马大人高才,某素知晓。今日相逢,乃是万千之幸。"马成龙说:"我粗知翰墨,在军营之内也用不着。"李万青说:"我们今日吃酒,都是文雅之人。我有一副对联,求众位给成上这下联。上联是:'因荷而得藕'。"马成龙说:"这容易,我给对上'有杏不须梅',行不行?"李万青说:"好一个'有杏不须梅'!我还有一副对联,求大人指示。"说:"二艇并行,橹速不如帆快。"马成龙说:"好,这是双关语。'橹速'作为是《三国志》上的鲁肃;'帆快'是为樊哙,这个人乃是奇才也。我是粗通翰墨之人,我胡说一个,不定对不对。"白胜祖说:"兄长,你说吧,何必太谦。"马成龙说:"我对一个是'八音同唱,笛清胜似箫合'。"李万清说:"好!'笛清'作'狄青'用,'箫合'作'萧合'用。马大人高才,吾真佩服!"马成龙说:"李先生真是过于抬爱,粗野之谈。"李万青说:"还有一个对子,是'小人言谎,行红就绿,换面要充君子'。"马成龙说:"这个容易。我说一个,你别笑话我。"李万青说:"大人请讲。"马成龙说:"丈夫说话,如白染皂,改口不是英雄。"白胜祖、李庆龙、马梦太、李万青四人齐说:"好!"马成龙说:"我有一个粗俗的对联,也求李先生给评一评。"李万青说:"大人请讲。"马成龙说:"笋竹无心,爆竹偏从心上起。"李万青说:"好,清雅的很!我也胡乱接续,是'诸花畏火,灯花却向火中生'。"马成龙说:"好!你我不必说了,大家吃饭吧,也该歇息歇息了。"众人都说:"是"。

吃完晚饭,李万青请马梦太、白胜祖、李庆龙三人,到他柜房去坐,

---

① 芩——黄芩,草药名。

有事相求。这三人也不知是怎么一段情由,随同来在那西配房落座,小二献上茶来。李万青说:"我有一小女,今年二十八岁,尚未许配人家。奉恳三位作媒,我情愿把小女给马大人为妻。不知三位意下如何?"白胜祖说:"这件事我去给你说,行不行在为两可。"李万青说:"也好,就求你三位吧!"白少将军说:"我去说,你三人等候,我就来。"那白胜祖立刻出去,不多时回来说:"李老先生,不成。我马大哥说啦,他说正在从军南征。妖人未灭,士马未息,兵荒马乱之年,身为武夫,一身许国,不敢定亲。"李万青说:"马大人说的可对,无奈人生在世上,不孝有三,无后为大。安家立业,所为的是继世敦伦①。我也不是叫他这就搬娶过门,无非是留下定礼就是了。"白胜祖说:"我去说说,看是如何。"站起身来,到了那屋中,说:"马大哥,你别逞啦,我来劝你,这件事你应允了吧。"马成龙说:"贤弟,你说的也是。我要定下亲事,等到何年月才能搬娶过门呢?"马梦太说:"奏凯回都之时,再办喜事也不晚呐。"马成龙是个爽快人,说:"贤弟,你就定去吧,我听你一句话。"马梦太就写了年庚给他,送在西房中。李万青也就写了年庚对换了。马成龙拜了岳父老泰山,李万青谢了三人。

王天宠这屋中,正同朱天飞、侯化泰、张大虎、高杰、姜玉这六个人在一处吃酒,忽听见外面叩打店门说:"哎!开门来,今日是住店的,全给我赶出去,我一个人包了这座店,不叫别人住!"王天宠听见外面这话,不由一阵冷笑,说:"好鼠辈,焉敢这样无礼!你看这店中住的是什么人?"正在生气之际,只见小二送菜进来,王天宠问道:"外边这个打店之人,是做什么的?"小二说:"您老人家别生气,这个人是我们此处地面千总的兄弟,名叫李奎武,依仗他兄长,他无所不为,在外面招摇撞骗。今日看见我们这座店住的人多,他就前来说打公馆,遇兵差,说穆将军不久必到。我们送他一两二两的,他自己就走了,就不能在此打搅。"

话未说完,不想那南屋中住着一人,那个人名叫罗如虎,恼了说:"好一个不要脸的鼠辈!爷爷我来拿你!"跳至院中。王天宠说:"好俊一条英雄,真乃是奇男子!"这罗如虎他本是粗人,过去要抓李奎武,李奎武身体灵便,往后一闪躲开,他一抬腿照定那罗如虎就是一脚。罗如

---

① 继世敦伦——指传宗接代。

虎往后一仰,他趁势一跟步,只听"噗通"、"哎哟"两声,倒于就地。那李奎武跳过去,挥拳就打。王天宠说:"好一个无知的匹夫,休要欺压人,我来也!"那王天宠本是行侠仗义之人,到处专打路间不平,故此今日蹿至外面,一看那李奎武正挥拳要打罗如虎,被王天宠一脚,踢倒在地,说:"咐!好一个无知的匹夫,你有多大能为,敢来和我这店中人打架?"那李奎武起来,又扑奔王天宠来要打,被王天宠用手一晃,又踢了一个跟头,说:"匹夫,休要逞能!"那李奎武说:"你是什么人?可留下名姓。"王天宠鼓掌大笑,说:"我姓王,名勇,字天宠,绰号人称小白龙。我把瞎眼的奴才,你可知道了?"李奎武一听,吓的亡魂皆销,站起来就跑。

那罗如虎说:"这位王大叔,您老人家是我救命的恩人,我这里有礼了!"那王天宠问了他的名姓,把他带到屋中,给众人见见。大家皆知道他是个粗人,说:"罗如虎,我给你引见几个人。这位姓侯,是你侯大爷。"罗如虎一瞧,侯化泰身躯矮小,又是一秃子,他说:"不行,这个是我孙子。"王天宠说:"胡说!"罗如虎说:"您老人家别生气,我二人比比,谁的身量高谁是大爷。"王天宠说:"不论身量,见见你朱大爷。"那朱天飞说:"我站在桌儿上和他比比,看是我二人谁高?"罗如虎说:"这是朱大爷,不用比了。"连众人都给他引见引见。那罗如虎一言不发,他回自己屋中去了。高杰说:"侯秃子,你这个人是走背运呢,连这个姓罗的来,都是瞧不起你。"侯化泰说:"高大老爷,别耍笑了。你是走鸿运的人,我也知道,这年月不论年岁、武艺,只要大就占便宜。骆驼那个够多大,你看真能驮!"侯化泰这几句话,说的那高杰默默无言,愣了半晌,他:"侯化泰,你也不用说论能为啦、论年岁啦,我看你有多大的能为,敢这样狂言,藐视英雄?来,咱们两个比试比试,你敢来么?"那侯化泰说:"高杰,你别不识时务!别说是你,就是那峨眉山妖道吴恩,不亚如铁壁铜墙、天罗地网,我出入如无人之境,何况是你!"那高杰就要与他比试较量。朱天飞说:"你二人不可!侯贤弟,我看你太无大量之才。他年轻,你又跟张广太有交情,你和他要一变目翻脸,那可就不好了。"王天宠说:"侯大哥,您老人家是作兄长的,总得有容人之量。"

侯化泰被他二人说的闭口无言,一生气站起来,出了上房,叫:"小二,单给我找一间房。"小二领至后院北上房一间,坐下自己想:"我何必与他们这些个人在此生气?"叫:"小二,单给我要酒。"小二点上了灯光,立刻去,不多时,只见那小二手托着一个木头托盘送上来,往桌儿上一放。小二一看,说:"呀!不好了,我这菜全被人偷了去啦!"侯化泰一闻此言,又惊又气。未知后事如何,且看下回分解。

第 二 十 回

侯化泰又逢强中手　顾焕章出世遇宾朋

歌曰：

　　无事莫生愁，访名儒，伴道流，本来面目宜参究。福是人修，闲是人偷。夜游秉烛明如昼，好优游。何荣何辱，呼马任呼牛，一放绿山头。

　　话说那追风仙猿侯化泰一见小伙计送进饭来，往桌上一放，里面空空如也，连酒带菜，全都没有了。小二说："大爷，这件事真怪。我从厨房之内手托着托盘，是两碟菜，一壶酒，一双筷箸，共是这些。走至这屋中一看，就不见了，必是闹鬼。大爷，你别着急，我去到厨房之内快些给您老人家再要一份来。"侯化泰听了，气的颜色更变，说："我不吃了！我找这个偷菜的人去。"站起来，一飞身，蹿至院中，说："好一个饿鬼，我来与你算算账！"他蹿上房去，说："好贼，你偷我的饭吃，你打听打听我是谁！"此时天已二鼓之时了，吓的小二说："大爷，你下来吧，我给你找去就是了。"侯化泰说："你不要管，我非追跑了他不可！"正说着，后边"叭"的一响，一宗物件正打在侯化泰的头上。侯化泰是一个冷不防，他回头一看，就连个人影儿全无。自己心中一动，说："这可不是人，必是闹鬼。要是人，凭我这个能为，万不能我瞧不见他。"想罢，往四下里一望，并不见一个人影。天色黑暗，他说："这可不好，必是有鬼。"后面又"叭"的一下，正打在头顶之上。侯化泰一回头，又并未看见人，说："可不好，这是什么东西，正打在我的头上？我也不知是什么东西。好狗才，这还了得！真不要脸！"他跳在院中，又被打了一下。把侯化泰打得心中着急，口中直骂。

　　闹了有半夜，连这店中打更之人也起来，说："您老人家别闹了，天亮再找吧。"侯化泰不听，又找了半夜，也没有。自己一想："是了，这必是那个陀头和尚，他要报仇。我知道了，我去找他去，他在小铁善寺，我问问打更之人是往哪边走。"问明了，自己飞身出店，顺道路往西，出了村口，往北一拐，走了有半箭之地，看见那正北有一座庙，甚是高大。周围松树，一带红墙,山门高大。侯化泰来至庙前一瞧,那山门上一块匾,上写"铁善寺"。只见角门外有一个人火工道人,正扫街呢。侯化泰过去说:"朋友,这庙中和尚可在庙内?"那火工道人说:"在庙中呢,方才起来。"侯化泰进了角门,见那铁善寺纪忠,正耍那十八颗人骷髅骨的素珠,上串一条鹿筋绳,串在一处,是一条鞭,耍起来风雨不透。那侯化泰连连叫好。和尚一看,是追风仙猿侯化泰来了,连忙收住架势,问:"侯壮士,你来的甚早?"侯化泰说:"和尚,你真不懂交情,昨夜晚你打得我好!"纪忠说:"我并没有往那里去,我回来之时,自己练了两趟,我就睡了。你可别冤人哪!"侯化泰说:"不是你? 我没有仇人,昨夜晚也不知用什么东西打了我几下,我想这事总是你。我也不是说句大话,我是山东东昌府二十里铺侯家寨的人,绰号人称追风仙猿侯化泰。我在北五省很算有名的英雄,除却了我师兄朱天飞,再无二人是我的对手。我昨夜就遇见一个比我能为大的,打了我一个不亦乐乎,我总须要访这个人。"纪忠说:"不可,这个人也不过是和你玩笑,你我谈谈吧。"

二人在一处吃些酒,吩咐人:"来,预备素菜,大家痛饮一番。"火工道人伺候素菜,摆上酒菜,放下杯箸,二人对坐吃酒,谈了些绿林中之人哪个是英雄,哪个是豪杰,哪个成名,哪个归隐。二人心投意合。纪忠说:"老兄台这是往哪里去?"侯化泰把盗了妖人的阴阳八卦幡,上王爷大营前去献幡,要提拔姜玉为官的缘故,说了一回。和尚说:"好,我也是八卦教作反,啸聚云南一带,我的庙在湖耳山后大铁善寺,只因天地会中云南头勇士小霸王杨胜,此人手使一条浑铁点钢枪,重有六十四斤,有万夫不挡之勇。他和我是口盟的拜兄弟,叫我帮他造反,我也不好推辞他,我只可躲在这里募化十方,重修这座庙宇。今在此地遇见你,也是三生有幸,你我有缘。我当年是在绿林之中行侠作义,我想作贼没有庆八十①的,因此洗手。我跳出三教外,不在五行中,一尘不染,万虑皆空,扫地不伤蝼蚁命,爱惜飞蛾纱罩灯。这是我的本意,我焉能跟天地会八卦教在一处叛反国家,做那无父无君之事?"侯化泰说:"好! 我在江湖闯荡数十年之久,所做之事上可对天,都是济世活人之心。我是到处有缘到处乐,随时守分随时安。"纪忠说:"好一个'随时守分随时安'! 我们出家人是万事皆空,只

_____

① 庆八十——北京土语,活到八十岁。

有静观云水,笑傲江湖,袖里乾坤,壶中日月,虽处寂寥之滨,而心中快乐,甘藜藿①之食,物外逍遥,荣辱不惊,无观祸害。这是我平生之志向。"侯化泰说:"你此时倒成了道学先生。我不吃酒,要告辞了。"纪忠说:"你忙的是什么?"侯化泰说:"还有同伴之人,怕他们走了。我回头在这里多住几日,我也想出家,和你在一处修行。"纪忠说:"好,我也不送了。"

侯化泰出了铁善寺,正往前走,只见那边河沿之上,有一个人跳下河去,口中叹了一声,说:"苍天哪苍天!"侯化泰一看那个人,年有二十余岁,身穿蓝布裤褂,淡黄脸膛,粗眉大眼。看罢,过去说:"你先别跳河,为什么,你告诉我知道。"那人听有人问他,回头看,见侯化泰是一个上年岁的秃老头儿,他说:"你要问我,我是这四方镇的人,姓冯,名叫长顺。只因我孤身一人,我是皮匠手艺,我素爱练武。我们这镇店西头有一座五圣祠,那里有几个人在那里练着玩耍,叫蝎子尾杜昌、花尾巴狼范金、狼狈梅成、坐地虎黄孝,这几个人我们常在一处玩耍,踢腿练拳,我总赢不了他们。我自己和他们打赌,我输了多少次了。今日我倒要和他们比武打赌,他四人说:'不赌酒啦,赌钱吧。'我把我的皮匠挑儿当了四吊钱,和他四人赌。我要想个主意,赢他四吊钱,不意倒输了。我问他四个人是怎么练法,是练拳脚,是练棍棒。那几个人说由着我挑,叫我出一个主意。我说:'你们要把我打乐了,我就算输了;你四个人只要打笑了我,我就算输了。'那四人说:'我有主意,你躺下吧,我们要一个时辰打不笑了你,我们输给你四吊钱。'我一想,这一回我是准赢了,我就躺下,叫他们打吧。那四个人更有主意,他四个人买了一把笤帚,把我的袜子给我脱下去,他四人用笤帚划我的脚心,我不由己的一笑,那四个人就把我那四吊钱他们留下了。我回来越想越难受,虽然说是钱少,我也无法再找四吊钱赎我的挑儿,我也无处找钱。实出于无可奈何,才来此处跳河来。"那侯化泰一闻此言,说:"好,我知道了。你带我去,你就说我是你的师傅,我把你那四吊钱给你赢回来。你看可好么?"冯长顺答应,他带路。

二人来到五圣祠。庙台阶上有四个人正喝酒呢,正是杜昌、范金、梅成、黄孝,两边有几个做小买卖的。侯化泰上了庙台阶,说:"四位,你们赢了我徒弟了,我要领教领教你们!"那四人正喝着,抬头一看侯化泰这

---

① 藜藿——豆叶。

个年岁，身躯又不雄壮，也不放在心上。侯化泰说："你四个人要打躺下我，我算输给你们十两银子；要打不躺下我，你们四个人输给我什么？"杜昌说："我这里有十吊钱，你要赢了，我那钱就算是你的。"侯化泰哪里把这四个人放在心上，说："你们全来！"那杜昌说："好！"蹿过去就是一拳。侯化泰一闪身，一脚把这个踢下台阶去了。那梅成过去，被侯化泰往台阶下一扔，摔在那卖老豆腐的砂锅上，只听"哎哟"一声。冯长顺趁势跑上台阶之上，把那十吊钱扛起来，说："师父，我走了！"侯化泰也把十两银子带起来，跳下台阶，回归店内，换了一件衣服，带上马莲破草帽儿，安上一条假辫子，手拿全棕百将折扇儿，来在五圣祠小庙前。见卖豆腐的正和梅成打架，说："你就是赔我的锅吧！我是一个小买卖，一家人全指着我吃饭，我也不知道这天遇见这个冒失鬼！"梅成说："都是那个秃子，不是人生父母养的，是个混账王八羔子！"卖老豆腐的也骂那梅成："你这混账东西，总得赔我！"侯化泰笑嘻嘻的直乐，说："好，你们打吧！"

　　正在这里看热闹，不料后面有人一分他的两只胳臂，就用分筋错骨法给分开了。侯化泰一愣，说："怪哉，什么人？别玩笑！"只见从后面过来一个人，身高八尺，面如刃铁，四方脸，粗眉大眼，虎背熊腰，二目神光烁烁，皂白分明，土星丰满，四方口，是齐胡须，漆黑透亮；身穿青绉绸一件长衫，内衬蓝绸子中衣，足下白袜，青双脸鞋；手中拿着烟荷包、烟袋，站在追风仙猿侯化泰的面前，说："侯化泰，你这厮好大胆量！昨夜晚在店中，就是一个人嚷的欢，你这还了得啦！今日你又跑在这里来招摇，人家一个小买卖人，你把人家的锅给弄坏了。今日你一还口，我就给你一个嘴巴！"侯化泰两只胳臂不能动，他也无可如何了。那人正在这里得意洋洋说着侯化泰，后面又有一人，把他也用分筋错骨法给分开了。真是"强中更有强中手，能人背后出能人"。不知后事如何，且听下回分解。

第二十一回

仙师炼药清虚观　焕章酒肆会群雄

歌曰：

　　无事莫生愁，悔从前，错下钩。仰天大笑今丢手，经文懒搜，仙佛懒求。内省只在心无疚，好优游。心田耕种，岁岁乐丰收。

话说那侯化泰被一人用分筋错骨法给治住了，那人一损侯化泰，说的正在得意之间，不想他后面又来一人，把他也给用分筋错骨法分开了。转过身来说："唔呀，你这个人真是赶尽杀绝！人家不言语也就是了，何必定要显你的能为？这是何苦！"侯化泰回头一看，说话的这个人，身高五尺以外，年约四旬，五短身材，头戴如意道巾，身穿灰色贵州绸道袍，足穿白绫高腰袜子，厚底云鞋；面如姜黄，顶平项圆，双眉斜飞入鬓，二目皂白得分，鼻如玉柱，四方口，牙排碎玉，微长燕尾髭须；身怀一个小小的包裹，是一位玄门道教，仪表非俗。侯化泰一看，心中喜悦，说："仙长爷，你把那人治住，你把我给捏上吧。我这两只胳臂疼痛，不能动转。"那黑汉也说："道爷，你给我捏上吧，我是好人。"那道人转身就走，侯化泰和那条黑汉二人后面苦苦的直追。

出了四方镇西村口，往南就走。约走了有一里之遥，那道人见四野无人，止住脚步，说："你二人是为什么？趁此实说！"那黑汉说："我说完再叫他说。我是四川成都府的人，我姓夏，名德芳。我是府衙门一名班头。只因我们成都府南门外夜晚闹采花淫贼，刀伤二命，我兄长夏德源因捉拿此贼，受了他的飞钵[1]，身带重伤，才知道这个贼人名叫九首真人李长龄，会打世弟扇飞钵。他有一个徒弟，名叫探花郎高荣。他二人在成都府城里城外，三庄五里，留下几案，都是先奸后杀之案。因我也是充头一名快手，奉谕海捕拿贼，来在四方镇找寻踪迹。看见九首真人李长龄住在春远店内，我夜晚想要拿他，被这个侯化泰他在各房上一嚷，把我的差事给吓

---

　　[1]　钵——和尚盛饭用的大碗。

跑了,因此我在暗中打了他几烟荷包。那院中我的道路甚熟,他的道路不熟,故此我隐藏在背后,他没有找着我。我今日在四方镇西头看见他摔梅成,他换了一件衣服,又换了一顶草纶巾,安了一条假辫子,这段事,我是气他昨夜之事,故此我用分筋错骨法把他膀臂分开了。求道爷慈悲,把我给捏上吧!"那道人说:"吾本是不管的。你是怎么段事,也要实说。"那侯化泰把以往之事说了一遍,他说:"道爷,救人吧!"那道人问夏德芳:"你是随何人所学的分筋错骨法?"夏德芳说:"我师父是东海人,名叫铁背金钢飞刀太保镇东方曹景龙"。那道人点了点头:"是了,吾知道了。你过来吧,吾给你捏上。"夏德芳往前一站,叫那道人用手一捏,摇了两摇,说:"你好了。"夏德芳果然是好了。侯化泰说:"也给我捏上吧,我给你老请安了!"那道人也把侯化泰叫过来,说:"我给你捏上,你可不准和他争斗。有什么事,咱们先说明白了。"侯化泰说:"不敢了,我也不能和他争斗。这件事不怨他,怨我自己无主见,才有这段事情。道爷慈悲吧!"那道人过去,把侯化泰给捏上骨缝。夏德芳过来赔罪,说:"侯兄,我一时莽撞,多有冒犯,望求兄长恕罪。"侯化泰说:"你我一见如故,我也不能记恨于你。这位道爷,你老贵姓大名,何处名山,哪座洞府?"那道人微然一笑,说:"二位随我来,到了四方镇,找一个茶园,你我再为细谈。"

书中交待,这个道人是谁?此人就是前部书中探峨眉山的顾焕章。只因那日他被巡山会总叶守清拿住,送了五云观,遇见红胡子马杰,把他救下来,改换了衣服,送至往西走,怕东、南、北三山口有埋伏,多有不便,故此走西山口。马杰说:"无论有什么信,千万给我送一音来!"顾焕章说:"兄长请回吧,我要去也。"自己爬山越岭,往前走了有数十里之遥。只见山峰叠翠,树木森森,崎岖石径,荒草遍满山谷,并无人迹。自己扒着岭,绕山峰走了有几道山坡,只见满天星斗,黑暗暗。依仗着那顾焕章是两只好眼,瞧的甚远,见西北山中隐隐射出灯光,自己信步往前行走,约有五六里之遥,来至庙前。听见里面有击桌做歌,声音洪亮,说:

> 天地无边,古庙清闲。山堂高座,俗士休缠。安贫乐道,志趣消然。盈庭花草,满案经篇。进可随意,退可消遣、可图安。竹篱茅舍,只要心宽。布衣得暖,不破不鲜。日间食玉,饱饭三餐。不求金玉贵,但愿乐清闲。我也不聋,也不哑,也不颠,胸中飘洒有神颜。且喜诗歌,渴时饮,倦时眠。

顾焕章顺声音找去,及至临近,原来是一座古庙,上写的"清泉观"。山门紧闭,连扣了几下山门,不多时,从里面出来了一位玄门道教,手提着一个纱灯笼,把门开放,说:"昏夜之间,何人叩门?"顾焕章抬头一看,但只见出来这个道人,相貌清奇。怎见得? 有赞为证:

> 九梁巾,头上戴,嵌宝珠,光华彩。蓝缎道袍可身裁,水火绦垂穗儿摆。白绫袜,登云鞋。身高七尺,年过半百。四方脸,亮透白。目如亮星,眉分八彩。准头端正,唇红齿白,半部胡须胸前盖。清气飘然非凡品,果然是上界金仙下蓬莱。

顾焕章看罢,连连拱手说:"仙长请了!"那道长一看,"哇呀"了一声,说:"贤弟,你来了? 愚兄久候多时了!"顾焕章说:"兄长,你怎么知道我?"那道人忙说:"师弟,你不要隐瞒我,我是你师兄黄松山。"顾焕章闻听,连连叩头,说:"唔呀! 原来是大师兄,小弟有礼!"跪倒叩头行礼,黄松山用手搀扶起来。

二人进了角门儿,来至鹤轩。有两个童儿献上松萝茶来,问顾焕章是从何处来。顾焕章说:"在神力王爷大营之内,随征四川,王爷到了峨眉山东山口外扎营,无人敢进这座山。我讨令探南山口被捉,遇见我结义的兄长红胡子马杰,我也未打算活,他暗中放我从西山中逃命。我今至此,幸遇兄长。"黄松山说:"师傅早就说过,你的贪心未退,必受贼人之害。当年给你赶棒、短把刀,这护身双宝,有此两件兵刃,你在名利场中争强。如无这两件物件,急速归山,如不归山,恐有性命之忧。我奉师傅之命,在这里修行。我听师傅常说你的年岁相貌,故此我一见你,就知你是顾焕章。你的号叫从善,对不对?"顾焕章说:"是,我知道了。师傅现在哪里?"黄松山说:"现在清虚观,我明日送你去,这里叫童儿看守。"二人吃了几杯酒安歇。

次日,二人绕道出山。走了几日,这日到清虚观。但则见青山如画,峭壁石峰,树木成行,山花映目,青山绿水,半山隐隐露出那座古庙来。殿宇鲜明,山门高大。二人至门首,推门而入。到了大殿东边,有四扇绿屏门,二人进去一看,是北上房三间。二人进去,见老师傅在云床①打坐,二人行礼。欧阳山真人说:"你二人来了吗? 上后山采药去吧。"黄松山说:

---

① 云床——专指道士打坐的床。

"弟子告辞了。"顾焕章无事，采了些山花山草，在庙中交给老真人，配了些丸散膏丹妙药。顾焕章跟师傅习学那治病之法，住了有一年之久。

忽然这日，他师傅给了他一封柬帖，叫他下山，是日拆看；给了他些妙药，叫他沿路之上医治病症。顾焕章点头答应，领命下山。顺路而行，所过山庄镇店，遇见有病之人，按方送药，周济病人。这日，他来至四方镇西村口，正看见那夏德芳把侯化泰的骨缝儿给分开了，他一看，路见不平，也把夏德芳给治住了。他就走，二人追至村外，问明白了，给二人捏上，说："你二人跟我到四方镇茶馆之内，吾告诉你二人话。"侯化泰与夏德芳说："您老人家尊姓仙名？怎么称呼？"顾焕章说："你二人随我来，到了那镇店上，找个所在说话。吾要头前走哉！"三人进了南村口，走至十字街，往西走了不远，那路北里就是擂台。路南有一座大酒饭馆，带卖清茶。顾焕章在头前，方要进这座酒饭馆，忽听那边说："恩兄顾大哥，你可来了，可想死小弟也！"顾焕章一看，正是小白龙王天宠同胖马马成龙、瘦马马梦太一干英雄。正是群雄聚会，且听下回分解。

第二十二回

罗如虎被打受辱　张玉峰立功捉贼

歌曰：

结甚冤仇？忍辱包容自不忧。唾面称仁厚，血气空相斗。休，平地起戈矛，祸还身受。过后思量，懊悔终无救。因此把赌气争能一笔勾。

话说那顾焕章听见有人叫他，抬头一看，正是故友相逢。书中交待，这伙人是从哪里来？只因马成龙次日一早把王天宠等请过来，连白少将军众人全都齐集在一处。马成龙一看没有外人，说："众位，今日你我在此处看一天热闹。那立擂台之人要是真英雄，你我请他上大营，皇上家正有用人之际；要是平常之人，你我也不可坏他的事。君子有成人之美，不成人之恶，小人反是。"高杰说："马大哥，不要紧，小人反是，我打王八日的。"马成龙知道他是个粗人，又浑，说："贤弟，你不可多言。今日赏我一个脸，咱们吃完了饭，去看热闹去，不可散开，都在一处就是。"大众答应："是，今日早早吃饭。"那李万青又请众位快用早饭，酒饭已毕，同李万青、马成龙出了店，来至擂台对过。这里有一座酒饭铺，也是李万青的买卖，大家靠前边坐下吃茶。

那立擂之人，是通臂猿袁兴、铁掌猴袁霸，二人尚未曾来。马成龙正同白少将军和王天宠说闲话儿，忽见赛报应顾焕章同侯化泰，还同一个人来了。王天宠、马成龙二人心中喜悦，说："恩兄，你来了甚好！我这里有礼了！"顾焕章抬头一看，心中说："不好！我师傅柬帖上写的是：'见了我的故友不准说话，要说话定有性命之忧。'我也不敢违师傅之命。"自己又不是铁做心肠，无奈把心一横，说："要与他说话，恐违师命。"自己转身，一语不发，竟自去了。王天宠心中一怔，说："我兄长他这就不认识我等了？"马成龙与马梦太二人说："岂有此理！兄长会不认识我等！"侯化泰不知内中情由，连忙过来说："众位，这个道人他是何人？"王天宠说："这就是倭克金布顾焕章倭侯爷。他因探峨眉山被擒，直到如今未见。今日你们三位哪里遇见的?"侯化泰就把以往之事说了一遍,又给夏德芳引见众位,大家归座吃茶。

　　只见西边来了一伙人,为首有一人,身高五尺,项短颈粗;身穿蓝绉绸一件长衫,内衬蓝绸裤褂,足下青缎子抓地虎靴子;面如紫玉,两道剑眉,一双虎目,三山得配,的的太阳膛着,眼睛努着。后跟那人,三十以外的年岁,穿青褂,皂靴,也是精神百倍,仪表非俗。二人来到台前,飞身蹿上台去。上有弓弩刀镰铳,鞭铜剑锤抓,戟钩和斧钺,排棒共枪叉。那通臂猿袁兴、铁掌猴袁霸二人站在那台上,袁兴说:"列位,我姓袁,这里四方镇请我来充当教习。也无人知道我二人的艺业,我今在此立擂台访友,有人上台打擂,赢得我兄弟二人,情愿意以师傅称之;要是平常之辈,打死可不抵命。要怕死,可别上来。"话言未了,只听那下面有人答言说:"小子,我来也!"爬上一条大汉,正是罗如虎。他见袁兴口出狂言,他顺梯子爬上台去,说:"呔!小辈,你认识爷爷吗?我家住云南小竹子山,姓罗,名如虎,外号人称罗二财主。小子,你来吧,试试我的拳头!"挥拳就打。袁兴往旁边一闪,趁势一腿。罗如虎伸手要抱住那条腿,打算一按劲,就把他摔一个跟头。焉晓得袁兴往回一撤,那罗如虎就抓空了,被袁兴一伸手,把腕子一拉,就把罗如虎拉了一个跟头。罗如虎起来说:"你先等等,咱们二人还得比试比试。"袁兴说:"白比试,我没有工夫,你我赌钱。你拿出一百两银子来,我也拿出一百银子来,放在一处,你赢了我,那二百银归你;我要赢了,那二百银归我。"罗如虎说:"甚好,我去取银子来。"下台去不多时,把那一百银取来,放在桌上,说:"来,小子,咱们分个高低,见个胜败!"通臂猿也叫人取来了一百两银子,放在一处。二人挥拳就打,战了有几个回合,被袁兴一脚,踢倒在地。罗如虎说:"完了,我输了,这可不行了!"跳下台去,竟自回店算账,上马去了。

　　袁兴说:"你等可看见了?我是略施小技,他就甘拜下风。我今说句大话吧,天下英雄不少,要和我能走三合两趟,我真信服他是英雄,恐未必有胆大之人。"这句话尚未说完,忽听有人"呔"了一声,说:"小辈,休要说此浪言大话!我来与你比个高低上下!你眼空四海,目中无人,井底之蛙,能见多大天日?你岂不知人外有人,天外有天?"说着话,一飞身蹿上台去。众人一看上来这人,年有二十来岁,发辫高挽,身穿蓝绸子裤褂,足下青缎快靴;面如白玉,顶平额阔,两道英雄眉带秀,一双俊目,皂白分明,太阳膛着,眼睛努着。马成龙一瞧:"呦,他也来了。"

书中交待,这个人是从何处至此?原来是玉面哪吒张玉峰。他是攻破了剪子峪,马成龙递了一个保荐的折子。旨意下:钢肠烈士欧阳善、铁胆书生诸葛吉、玉面哪吒张玉峰三个人来京引见。这三人由营中领了文凭起身,在路上晓行夜住,并不敢耽误时刻。这日到了京都,三人先投在客店之内。是日兵部投文,礼部演礼,带领三人畅春园引见。康熙老佛爷龙心大悦,一看三人履历,旨意下:欧阳善赏给守备;诸葛吉赏给五品顶戴,以守备用;张玉峰赏给记名守备补用;各赏银二百两,仍回军营,交穆詹差前委用。三人谢了恩。张玉峰等各回家办理几天。

这日,张玉峰坐车进前门,要去到地安门内大石作给师傅铁掌方飞去磕头去。及至到了,下车扣门,里面出来一个使唤之人,认识张玉峰,连忙过来行礼。张玉峰一看是厨子高成,连忙扶起来,说:"高成,我师傅可在家中?"高成说:"您老人家来得不巧,我家主母上平则门探亲去了;主人是逛香山宝珠洞,顺便天台山降香①。"张玉峰说:"是了。我这里有点礼物,你拿进去,礼单留下。"高成接过来一看,上写:彩缎四端,官靴一双,黄金十两,绍酒、火腿等物。高成点明了,一概收下。张玉峰回家,只见那拜兄欧阳善、诸葛吉二人早到,三人见面,重新见礼已毕。张玉峰说:"二位兄台,家中都好?"二人说:"好。贤弟,明日你我三人去逛一遭平则门,再往各处逛逛野景儿。"张玉峰说:"也好。"三人吃了晚饭,在书房之内安歇睡觉。

次日天明起来,喝了早茶,三人坐车,进了顺治门,到了西四牌楼,往西到了帝王庙。三人出了阜城门,在迎门冲茶园,三人下车。进了茶馆之内,要了茶,坐在天棚之下。三人正自吃茶之际,忽见从外面进来了一个僧人,是身穿破衣服,足下两只破僧鞋,一脸油泥,走至欧阳善临近,说:"三位老爷这里吃茶呢,你们赏我几个钱,我吃点什么。求老爷们施恩吧!"张玉峰是个慈善之人,伸手摸出五个钱来,说:"给你。"那个和尚一看,说:"这都是给我的吗?"把钱往地下一扔,说,"岂有此理!"张玉峰气往上撞,过去伸手照那僧人脸上就是一掌,只听"哎哟"

---

① 降香——原意是一种植物,这里指在庙中上香祈福。

了一声，那僧人翻身倒在就地，伸了伸腿，睁了睁眼睛，就合嘴死了。吓的三人一阵发怔，说："这是什么缘故？"欧阳善说："什么缘故？无非是冤家对头。兄弟，你不必着急，这场人命官司，我替你打了就是了。"张玉峰一阵冷笑，说："兄长，小弟我也不是畏刀避剑、怕死贪生之辈，我也不是故意打死他。"

正在议论之际，只见从那边过来了一人，是本铺中的掌柜的，说："三位不要着急，这件事我给你三位说合了吧。你三位拿出几吊钱来，就算完事。"张玉峰摸出四吊钱的帖儿，说："可够了？"掌柜的说："够了。"过去照定那个死僧人就是一腿，说："你别不要脸啦，这都是你办的好事！你在别处我遇见你几次了，你这样不要脸，还不起来么！"那僧人起来，过去说："朋友，你别坏我的事呀！"那掌柜的说："这里有四吊钱给你，永不准你再到我这饭铺来！"僧人接过钱来要走，张玉峰说："且慢走，小辈，你诈在我这里来了！"那僧人微然一笑，说："你三个人乃反复无常的小辈，算什么英雄！早晚叫你知道！"张玉峰一闻此言，说："好，你别走了，我来和你分个高低！你这厮，我想起来了，我常听人说你名千里僧，你是天地会八卦教中之人。"那欧阳善、诸葛吉二人也追下来了。张玉峰一看这和尚走的甚快，他三人全跟不上，步行如飞。张玉峰追出关厢之外，忽见那人一回头，说："呔！小辈，我乃千里僧胡明是也。奉天地会八卦教都会总之命，特意来此探听机密。让你三个人跑在我的跟前，坏了我的事了。"张玉峰三人就赶到了，说："无名鼠辈，休走！"那僧人一回身就跑。这三人甚着急，真追不上，暗地心中说："这个贼人，定是那八卦教中有名的人，拿住他，倒是奇功一件。小辈的脚程还是真快！"那千里僧他本是天生来的两条飞毛腿，日行八百里，奉了八路都会总赛诸葛吴恩之命，在京都之内暗探机密事。他时常至剪子峪去，见过欧阳善等三个人，故此今日在此相遇，他也看着三人眼熟，今见他三人一追他，焉能放在心上？故意的戏耍。

正在游斗之际，忽见从正西来了一位老英雄，说："玉峰，你等不要着急，我来帮助你拿他就是了。"千里僧一看不好，正是铁掌方飞，由西山访友回来，一伸手过去，把那僧人抓住，按倒在地捆上，交了本地面官。张玉峰给师傅磕头，又给那欧阳善、诸葛吉二人引见，行礼已毕，四人往回走，到了迎门冲，叫赶车的把车顺过来。四人到了城里酒饭馆之内，张玉峰请

吃酒。席散,方飞说:"你三人等候旨意,定有好处。"张玉峰把别后之事
细说了一遍,这才分手。过了两日,提督衙门把贼人讯明,奏闻圣上。康
熙爷旨意下:欧阳善、诸葛吉、张玉峰三人,赏加一级。三人起身,在路上
无话。这日到了四方镇,正逢这里群雄打擂,张玉峰蹿上台去。不知后事
如何,且听下回分解。

第二十三回

穆将军兵发峨眉山　金刀将探山遇妖道

歌曰：

　　势力堪羞，看破人情泪欲流。贫者妒人有，美者笑人丑。休，总是一骷髅。牵筋动肘，一旦无常，哪里分先后？因此把嫉妒憎嫌一笔勾。

　　话说那玉面哪吒张玉峰到了四方镇，正见这里打擂台，通臂猴袁兴赢了那罗如虎，口出狂言大话，张玉峰叫家人把车赶进春远店，他飞身蹿上擂台，说："朋友，我来领教领教。"袁兴是艺高人胆大，他说："可以。天下的把势是一家。朋友，你贵姓啊？"张玉峰自通了名姓，说："你叫什么？"袁兴也自己道了名姓。二人挥拳就打，各施所能。正是：

　　跨虎登山不要忙，斜身绕步怎提防。上打葵花势，下踢跑马桩。喜鹊登枝循边走，金鸡独立站中央。霸王举鼎千斤势，童子翻身一炉香。

　　二人各施所能，真是拳似流星眼如电，腰似蛇行腿如钻。全凭手眼身法步，挨帮挤靠。那张玉峰暗中留神，心里说："这个幸亏是遇见我，若平常之辈遇着，岂不甘拜下风？今日我非赢他不可！"自己一变招儿，几个照面，把袁兴一脚踢倒在台上。袁霸一看，伸手拉刀，跳过来照定张玉峰就是一刀。张玉峰往旁边一闪，袁霸赶过去又是一刀。

　　下边马成龙一看，气往上撞，站起来扑奔擂台之上，伸手拉出大环金丝宝刀。这口刀能削铜砍铁，吹毛发可断，能迎风断草，剁木如丝，有三绝四义，有吉报吉，有凶报凶，吉凶并现。他见袁霸抢刀动凶。要砍张玉峰，气甚不平，上了擂台，说："你们这些人不是讲武艺，为什么动起刀来？我与你分个上下！"摆刀就砍袁霸。袁霸急用刀相迎，被马成龙一刀，把袁霸的刀给削飞了，尽剩下刀把儿在手里拿着呢。袁霸、袁兴二人跳下擂台，羞得面红过耳，二人竟自去了。马成龙这才过来问张玉峰因何在此处，张玉峰说："大人好！我这里请安了！您老人家是从哪里来？"马成龙说:"我是跟穆帅扫灭了三山,把河南报了一律肃清,奉旨至四川峨眉山,帮助神力王爷共破峨眉山,捉拿一伙强徒反寇。"张玉峰说:"甚好,我正要报效军营之内。我三人也是奉旨往军营里去,你我就一同前往吧。"

二人下了擂台,马成龙给张玉峰引见众位,一同回店。钢肠烈士欧阳善、铁胆书生诸葛吉、玉面哪吒张玉峰同马成龙、马梦太、李庆龙、过海银龙白胜祖、小白龙王天宠、钻云神狐朱天飞、追风仙猿侯化泰、笑面无常张大虎、神力将赛铁盖高杰、披刀小义士姜玉、夏德芳等众人,占了北上房五间。小二送上茶来。众人说:"天色已晚,大家住在一处,明日起程。"夏德芳说:"众位老爷们,我可不能奉陪,我有公事在身。"侯化泰说:"众位,我这个朋友是成都府办案的班头。他访拿的是九首真人李长龄,你我大家帮他办办才好。"王天宠说:"夏班头,你把贼人访查明白,他住在哪里,你到军营之内给我兄弟送上一信,我等定然协力帮助。"夏德芳说:"我就此告辞了。"侯化泰送至店外,二人分手。侯化泰回至上房,众人用完了晚饭,安歇睡觉。次日告辞,店饭账都是李万青请了。

马成龙率带众人,顺大路竟扑四川峨眉山而来。在路上观山玩水,非止一日,到了神力王大营之外。到了挂号屋之内报名,递手本,差官回进话去。不多时,听见里面发擂升帐,叫马成龙、马梦太、李庆龙三人进见。书中交待,神力王是自从马成龙三人被穆将军调去,顾焕章被捉,王天宠气走,老王爷免战高悬,歇兵两月之久。王爷病体痊愈,要替义子倭克金布报仇雪恨,升坐大帐,聚齐了众将,摆列刀斧手、旗牌官、中军官、副、参、游、都、守、千、把、外委、兵,王爷在当中坐定,左边是屠海侯爷,右边是伊哩布。王爷说:"众位将军,本帅奉旨剿灭教匪,来至峨眉山两年之久,并未将贼人巢穴攻破。我想那妖人倚此山之险要拒守,你等哪位前往,探明白了进兵的道路,孤家好捉拿妖人。"话言未了,只见提督邓龙过来给王爷请安,说:"卑职请令探峨眉山的北山口。"神力王说:"好,就给你令箭一支,带五百名奋勇队,前去探山。"金刀将邓龙说:"得令!"回归自己账房,点齐了大队起身,出离了大清营,直扑北山口而来。

进了山口,但则见山峰峭立,险如羊肠,走有数里之遥,但见眼前一道大岭,是东西横连接山峰,名接天岭。岭上有三千八卦教之兵在那里把守,为首之人吴铎、吴峰,乃是吴恩的两个族侄,原先是江湖绿林之人,后来帮助他叔父造反,今日奉命把守那接天岭。金刀将看了这道岭,高有三

里之遥,东西长有八里之遥,山上就是这一道大岭可通山内去,别无可通
之路。邓大人正看之间,忽听那山坡之上大炮一声,震得山摇地动,从山
上下来了有三千教匪,两杆杏黄色的大旗,上绣着八卦。当中有一匹马,
马上骑定一个道人,看那身躯,高有六尺向外,头上戴紫缎色九梁道巾,身
披紫缎色八卦仙衣,腰系水火丝绦,蓝绸子衬衫,足下白绫高腰袜子,厚底
云鞋;面如紫玉,长眉朗目,四方脸,直鼻阔口,海下一部黑胡须,飘洒胸
前;肋下佩宝剑,绿鲨鱼皮鞘,黄绒挽手,金吞口,背后斜插一杆杏黄旗。
这道人威风凛凛,相貌堂堂。后带着有三千马队,都是头戴三角白绫巾,
勒着金抹额,二龙头宝,迎门一朵茨菇叶;身穿白缎箭袖袍,上绣串枝莲
花,蓝战裙,腰系丝蛮带,肋下佩刀,足下云跟战靴;都是年方精壮之人,手
中拿着一杆杏黄色的旗子,可都是卷着。由山上冲下来这时,是双龙出水
势,往两边一卷,把五百奋勇队裹在当中。只听号声一响,那些教兵各一
摆那黄旗子,邓大人一看,是黄烟四起,迷得天昏地暗。自己觉着一阵迷
乱,昏厥在地。连五百奋勇队,都躺在就地,全军被获。那道人正是瘟瘟
道人叶守敬,自练了三千人马,变化出一个阵式来,堵挡峨眉山北山口这
接天岭之下。

　　且表神力王自派了那邓龙探山去后,这里又派流星探马前去哨探。
天有黄昏之时,流星探马前来禀报说:"邓龙在峨眉山的北山口全军尽没
于那里。"神力王一听,说:"再探!岂有此理!妖道好大胆量,我自和他
决一死战,方出我胸中之气!"次日升帐,又派胡忠孝带三千人马攻打北
山口。胡忠孝得令下去点兵。又派王金龙带五千人马接应胡忠孝。王爷
自统大队人马,方要攻峨眉山,忽然见流星探马前来报道:"胡协镇前军
被获!"王爷叫进兵。不多时,又有王金龙的败兵回头来说:"王大人被
擒,人马杀了五零四落,望王爷早做准备。"

　　话言未了,只见正南上有一股杀气,王爷看罢,吩咐住队,往正南一
看,只见来了有三千贼兵马队,两杆杏黄旗,上绣八卦太极图,把队伍列
开。为首一个道人,年约半百以外,五短身材,头戴紫缎色九梁道巾,身披
紫缎色八卦仙衣,腰系丝绦,足下白袜云鞋;背后斜插一杆杏黄色的旗子。
肋下佩宝剑;面如紫玉,长眉朗目,鼻直口方。老王爷看罢,说:"众位将
军,你等看这个妖人好生厉害,哪位前去拿他,好结果他的性命?"只见外
边闪过一人,说:"末将愿往!"老王爷一看,是江苏镇镖游击张郃。此人

当年跟白大将军打过大金川，打过小金川、智勇双全，由当兵出身，为人精明强干。今日听王爷吩咐，他讨下一支令箭来，说："游击前往拿妖人！"一催坐下马，他至那妖道的面前，说："妖道，你是何人？通上名来！"那道人在马上微微一阵冷笑，说："小辈，你不认识山人？我姓叶，名守敬，绰号人称瘟瘟道人。你是何人？"张郃说："我姓张，名郃，乃中营游击是也。你好不识时务，帮助妖人造反，作那叛逆之贼，上为贼父贼母，下为贼子贼妻，终生为贼，骂名扬于万载，被在官应役之人捉住，平坟三代，祸灭九族。你要是明白之人，趁此下马求饶，解至大营，王爷开恩，饶你不死。若要不然，马走战场之内，叫你死无葬身之地！"叶守敬一听，说："孽障，你真要讨死！"一伸手拉出宝剑来，照定那张郃就是一剑。张大人一摆力，往旁一闪，一带坐骑，抢刀就砍。老道一换手，把宝剑交在左手，他一回手，把那杆杏黄的旗子抽出来，照定张郃一指，只见一股黄烟，直扑面门。张郃的刀方才抢起来，闻见有一阵异香之味，头沉脚轻，翻身栽于马下。妖道跳下马来，一宝剑把张郃杀死，一回头叫："人来！把马拉回去！"他站在当场说："来，来，来！哪个前来与山人分个上下？"

　　都司张化一听，气往上撞，说："好个妖道，敢伤我兄长，我来结果你的性命！"一摆枪，蹿过去分心就刺。瘟瘟道人叶守敬一摆黄旗，冲定那张化一指，张化被黄烟一迷，竟倒于就地，被妖道一剑杀死。王爷一见，吓得面模失色。只听妖道说："神力王，你所带不过乌合之众，今日休想逃走！"他一回头说："尔等进兵！"那三千马队各摆黄旗。不知神力王该当如何，且看下回分解。

第二十四回

北山口英雄被获　青石洞义士逢凶

诗曰：

　　曲木达直终必弯，养狼当犬看家难。

　　墨染鹭鸶黑不久，粉洗乌鸦白不鲜。

　　蜜饯黄连①终须苦，强摘瓜果不能甜。

　　善人不作恶人事，恶人难结善人缘。

　　话说叶守敬一摆旗子，叫那三千马队上来，要捉大清营内一干众将。神力王叫放箭，五千弓箭手把三千马队阻住去路，这里人马撤回大清营。是日风雨大作，两下各自罢兵。神力王这营中大小将校等无不惊异，不敢告奋勇当先。老王爷把免战高悬，急的王爷旧病复发，不能理事。

　　这日，神力王正忧闷之际，思想邓龙、胡忠孝、王金龙三员大将被贼人捉去，不知生死；张邰、张化二人竟皆死在妖人之手，"此事我必要替他五人报仇雪恨！"想罢，方要传令升帐，忽见外面进来了一名差官，跪倒说："回禀王爷，外面有马成龙、马梦太、李庆龙三人候令。"神力王说："好，命他三人进来！"不多时，外面马成龙三人进来，跪倒叩头，说："卑职请王爷的安。"神力王说："马成龙，你从河南回来，在穆帅营中如何？"马成龙把以往之事回禀了一番，又说："外面有王义士王天宠带着姜玉、高杰、张大虎、朱天飞、侯化泰，盗了妖人的阴阳八卦旛，前来奉献。"王爷命他等进来。旗牌官出去，不多时，从外面进来了王天宠六人，各报名，给王爷叩头，说："民子等叩见王爷！"王爷说："义士，你是从哪里回来？请起来讲。"王天宠等谢过王爷，把自己以往之事说了一番。那姜玉献上了妖道的阴阳八卦旛，自己备述前情。老王爷把八卦旛接过来，看了半晌，说："此乃是妖人护身之宝，今盗此物前来，如断贼人左右手一般。姜玉，赏给你五品顶戴，以守备用。高杰留营听差。"吩咐人去搭起账房来。王天

---

① 蜜饯(jiàn)黄连——用浓糖浆浸渍的黄连。

宠、朱天飞、侯化泰留在马成龙营中款待,各赏全席一桌。众人归至账房之内议论军情。一夜晚景无话。

次日,穆将军大队已然赶到,安好了营寨,升帐点名。白少将军带着那欧阳善、诸葛吉、张玉峰,参见老将军,各归本队之中。次日,拜会神力王爷,议论共破峨眉山之计。老王爷把上项之事细说一番。穆将军说:"王爷堵住北山口,把马成龙三人借与末将,我打前敌,要会会妖道吴恩。"神力王爷说:"好,我派他几个人同你去就是了。"那穆帅回归到自己营中,随后马成龙、马梦太、李庆龙三人过来,给将军请安,说:"卑职等前来候令!"穆将军说:"你等下去歇息歇息吧。"三人回归自己营中。一夜无话。

次日天明,听见中军大帐三通鼓响,放了三个惊天大炮。穆帅与汪大人、蔡将军,三位大帅升座。下面副、参、游、都、守、千、把、外委、兵,个个都是得胜盔,双凤尾,箭袖袍,单衬袄,薄底靴子,威风凛凛。有花翎的花翎乱摆,没有花翎的岔尾摇摇。佩刀的、挂剑的,两旁虎视昂昂。穆将军点了名,说:"众位大人,本帅奉旨剿灭邪教,今至峨眉山,我要把贼人一网打尽,奏凯回都,共享太平之乐,上报君王俸饷之恩,下救黎民水火之内,愿诸位各起奋勇之心。今日歇兵一日,明日五鼓造饭,天明齐队。"众将答应"是。"穆帅一摆手,散帐。

次日早晨,调齐了一万马队、两万步队,要攻北山口。大队方要往前走,只听山内一声炮响,从山内出来三千人马,当中正是瘟瘟道人叶守敬。左右两员大将,是吴铎、吴峰,还有十二员健将。穆将军扎驻队伍,吩咐众将:"哪个前往把贼人给我捉住?"马成龙答应一声:"末将愿往!"手擎大环金丝宝刀,出了本队,来至在妖道的面前,说:"你这号东西好大胆量,认识我吧?"叶守敬说:"你叫什么东西?"马成龙说:"你这妖人,连我你都不认识? 我家住山东登州府文登县马家庄人氏,姓马,名成龙。当今皇上钦赐'临敌不惧、勇冠三军'。你要知我厉害,趁此跪倒求饶,免你一死。如若不然,要饶你是比登天还难!"瘟瘟道人叶守敬说:"哪个去拿这匹夫,结果他的性命?"旁边闪过一员健将,名叫柳飞龙,手拿铁棍,飞奔两军阵前,说:"呔! 马成龙,你别走啦! 你我分个上下高低,胜败输赢!"摆铁棍,照定马成龙就是一棍。马成龙用宝刀往上相迎,只听得一声响亮,柳飞龙那条铁棍削为两段,顺手一刀,把贼人杀死。柳飞虎一见兄长死在马成龙之手,他提刀跳过去,说:"呔!无名小辈,你休要逞强,我来也!"
提刀就砍,马成龙往旁边一闪,刀落空了。马成龙用宝刀往上一迎,"咔
嚓"一声,把贼人的刀给削为两段。那柳飞虎一个箭步蹿回本队。大清
营众将无不喝彩,都说:"还是临敌不惧、勇冠三军的马成龙,这个人真是
一员勇将!"

正在喝彩之际,见那边瘟瘴道人叶守敬跳下马来,手执宝剑,说:"马
成龙,你这厮前在襄阳与我家会总爷赛诸葛吴代光大战,我听说你不怕
死。来!我和你比拼三合,看你有什么出奇的能为!"摆剑把门路一分,
宝剑分的是扎挑拍擢①,来回乱绕。马成龙用刀避住面门,眼神长住了,
走了有几个照面。老道见马成龙果然并无破绽,他往旁边一蹿,换手拉出
那杆瘟瘴旗来,一转身,他把自己鼻孔堵上,用旗子一指,一股黄烟又扑面
门而来。马成龙闻见一阵清香,不觉头迷眼昏,倒于就地。叶守敬叫手下
人:"把马成龙给我捆上,带回山内,把他碎尸万段!"马梦太一看,气得面
目失色,说:"鼠辈,你休要逞强,我来结果你的性命!"一个箭步蹿至在老
道的跟前,说:"妖人,你这是什么妖术邪法,我都不怕!你要打听老太爷
我不是好惹的!"叶守敬说:"你叫什么?"马梦太用刀一指,说:"呔!妖
道,你要问我,家住京都安定门内国子监,姓马,排行在末,别名人称瘦马
老太爷便是。你要知我厉害,趁早跪倒求饶,免你一死。如要不然,老太
爷跳过去,叫你当时就死在疆场之上!"叶守敬一听,说:"你就是瘦马?
别走,我也把你拿住,一同押送至通天宝灵观,交给我八路都会总发落。"
用手中黄旗一指,一缕黄烟直扑面门,马梦太翻身倒于就地,被那手下人
等拿去。穆帅一看,吓得惊慌失色,吩咐退兵,带马步全军回归大营。叶
守敬掌得胜鼓,回归峨眉山。

穆帅回至大营,升了中军大帐,聚齐了众将,说:"列位将军,今日两
军阵前,妖人所用的那一杆旗子,你等可知叫何名?"众将齐说不知。穆
将军说:"你等有知晓这妖术的,如要能破此法,我赏白银三千两。愿欲
做官,白丁我保升守备,职官我保你连升三级。"下面众人齐说不能。正
在众人发怔之际,只见从外面进来了差官吴连伸,在将军台前请安,说:
"禀将军得知,今有王天宠求见。"穆将军说:"令他进来。"差官答应,出去

---

① 擢——拔。

不多时，从外面进来了小白龙王天宠，先给老将军请安。穆帅说："王义士请起。"王天宠说："谢过将军。我来回禀大帅得知，那个妖道名叶守敬。他使的是瘟瘴旗，里面有邪药。我今暗入峨眉山，打听马成龙、马梦太二人的下落。"穆帅说："也好。王义士，你必要小心谨慎吧。"王天宠答应。回至账房之内，邀请那朱天飞、侯化泰二人，共议入山救马成龙二人，顺便探听胡忠孝、邓龙、王金龙三人死在何人之手。朱天飞、侯化泰二人答应，起身同王天宠出了大清营。

顺路一直的往前，绕路奔东南，想要入峨眉山。不敢走正山口，爬山越岭，走至日落之时，前面山路崎岖，甚不易走。三人见连山一带草木遍满山谷，并不见有人行迹，都是高峰峻岭，不能越过去。三人又走了有数里之遥，天色已至黄昏之时，并不见有个村庄。三人正在着急之际，忽听有犬吠之声，三人此时也不辨东西南北，止住脚步听了听，又有犬吠之声，这才顺声音找去。不多时，只见那树木森森，在沿山坡之下有数十户人家。三人一进村庄，见那路北里有一个大门，里面有吟咏之声，仿佛读书的样子。王天宠口干舌燥，上前叩门，又把那朱天飞、侯化泰二人叫至面前，说："你我把门叫开，不可泄露了机关，见机而作就是了。"朱天飞、侯化泰说："贤弟，你不要嘱咐，我说不错话。"三人正扣门之时，忽听那里面有人问："外面什么人叫门？"王天宠说："是我。"大门一开，见从里面出来了一人，年约三十以外，细条身材，身穿月白布裤褂，足下白袜青鞋；面皮微黄，细眉阔目，手中拿着一个灯笼，说："三位，你们黑夜光景来此叩门，是何事？"王天宠说："我们是行路之人，误入迷山，望求兄台方便，我们在此借宿一宵，明日早行。"那人说："三位在此少待，我去回禀我主人知道。"转身入内，不多时出来说："我家主人有请。"王天宠三人说："相烦头前带路。"那人手执灯笼，说："跟我来！"

进了大门，来至二道屏门，一瞧里面，是正大厅五间，东西配房各三间。三人来至上房，有人掀起帘拢，进上房。只见迎面站立一人，年约四十以外，容长面貌，双眉带秀，二目神光足满，鼻直口方，海下雁尾髭须；身穿蓝绸长衫，足下白袜云鞋。一见三人，带笑开言："三位贵客来临，荒山野径，有失远迎！"执手让座。王天宠说："我三人远路而来，误入此山，失迷路径。天色已晚，来至宝庄投宿。未领教庄主尊姓大名？"那人说："在下姓金，名青，当年在镖行生理，有一个匪号，人称水豹子金青。三位尊姓大名？从哪里来？"王天宠见此人五官端正，并不隐瞒，把以往之事自己述说一遍。金青说："原来王义士，有失远迎！"四人归座，有从人献过茶来。金青说："那位朱天飞兄台，久在云南保镖，我是闻名久矣！这位侯化泰兄台，做何生理？"侯化泰说："小可无事闲游。"金青吩咐摆酒。不多时，家人摆上酒，四人归座饮酒。金青说："你三位来意，我已知道，必是要上峨眉山去，打听马成龙等生死下落。"王天宠说："不错，我三人正为此事而来，庄主如何知道？"金青说："我有一拜弟，名叫朱瑞，在峨眉山管理粮台事务。今日从我这走，提说瘟瘴道人叶守敬厉害。"朱天飞一闻此言，说："金庄主，你山内有知己之人，必知进山之道路，望求指示明白。"金青说："三位要进此山不难，你我吃完酒，明日我同三位进山。"王天宠点头，四人安歇睡觉。次日天明，四人收拾，一同起身。四人这一入山，不知吉凶如何，且看下回分解。

第二十五回

吴性海设谋定计　叶守清被获遭擒

歌曰:

祸,祸,祸,世事如棋一着错。看得破,忍不过。只说天网甚恢恢,你看到头饶哪个?

话说金青次日早饭后,带领王天宠、朱天飞、侯化泰,收拾好了,各带随身的兵刃,出了金家坨,一直往西。一看两旁俱是高山峻岭,树木丛杂。金青说:"你三个人来到此处,与我也是三生有幸。我拜弟朱瑞奉八路都会总之命,屡次请我入伙,我推之再三。今我同你三位进山,以回拜他为名,再暗探马成龙的下落。"朱天飞说:"此事不妥,我同侯化泰二人前者诈降峨嵋山,盗过妖道的阴阳八卦簇。峨嵋山之贼不认得我弟兄的甚少。"金青说:"要不然你三位在长松岭山神庙内等我。"朱天飞说:"也可。"四人说说讲讲,前面已至长松岭。这四个人由东边顺山坡上去,见路北有座山神庙,就是一间殿,并无群墙。金青说:"你三位就在此庙中等侯,少时听我回音。"金青竟自去了。

王天宠三人来至山神庙内,一见神像威严,三个倒身下拜,说:"山神爷保佑,弟子几人救马成龙、马梦太来至此处,保佑将他二人救回,我等回营面禀将军,奏明当今圣上,重修古庙,塑化金身。"磕罢头站起身来,三人就地而坐,谈论些闲话。天已正午,三人甚是焦躁,不见金青回来。王天宠说:"你我三人莫若①往西相迎。"朱天飞说:"也好。"出了山神庙,往西走过两道山岭,见眼前有一座树林,及至临近,见树林之内有一带红墙,坐北向南,有一座古庙,上面泥金匾,是"莲花观"。山门之东有一角门。王天宠看罢,上前叩门。只听里面一声"无量寿佛",把角门开放,出来一个道童,头挽牛心发簪,横插一支古簪,身穿月布半大的道袍,蓝布中衣,白袜青云鞋;白生生的脸膛,两道重眉,二目有神,准头端正,唇若涂朱,

---

① 莫若——不如。

说："三位从哪里来？叫门有什么事？"王天宠正看，听道童一问，说："小师傅请了！我三人乃是游山玩景之人，来至此处，口干舌燥，欲到贵观中讨杯茶吃，求小师傅方便。"那小道人听了，说："三位请进，此乃小事。十方①门弟子，吃十方人之钱粮，理应与十方人方便才是。"王天宠一听此道人说话也甚和平，随同进了角门，进大殿。西边有屏门四扇，小童儿引路，进了屏门，见迎面堆着假山石，后面栽松种竹，甚是清雅。见正北鹤轩三间，东西各有配房三间。三人进了上房，见正面是硬木八仙桌一张，两边各有太师椅子两把。墙上挂着挑山一轴，画的是"踏雪寻梅"，两边各有对联，写的是：

> 到处有缘到处乐，随时守分随时安。

三人看罢落座。小童儿说："我请我师傅去。"

不多时之间，只听外面一声"无量寿佛"，从外面进来一个年迈的道人，年约七十开外，头戴如意青布道巾，蓝布道袍，青护领相衬，腰系水火丝绦，足下白布高腰袜子，厚底云鞋；面皮苍老，发如三冬雪，须赛九秋霜。进得屋来，合掌当胸，道："贫道稽首②了！三位尊姓大名？仙乡何处？"三人各通了各姓。老道吩咐看茶，说："王义士乃世外高人，我久仰大名，称宏宇宙，贯满乾坤，今幸得会，也是三生有幸！"三天宠说："仙长尊姓大名？如何知道小可之名？"道人说："小道姓吴，草字性海，野号人称飞飞子，又名知机道人。因自幼跳出红尘，在此处参修。"王天宠说："是了，仙师此处离峨眉山甚近，怕有贼人前来扰乱，此处焉能修行？"知机道人说："贫道夜观天象，见将星明亮，太白搅于斗口，此处必有刀兵之灾。小道略晓奇门之术，我在此处，料也无妨。"朱天飞一听道人善晓奇门，心中甚为喜悦，说："奉求仙长占算占算，天下几时可能太平？"知机道人吩咐道："童儿，看香案伺候，把算卦应用的物件取来。"童儿把算卦之物摆在八仙桌上，里面是阴阳八卦、十二星辰、二十八宿棋子。摆上一对蜡台、一个香炉、拿过一股香来。老道进里间屋中洗了手，转身出来，取引火之物把香点着。老道暗暗的祝告，然后来至在桌案以前，口中说道："八卦阴阳变化通，五行神课妙无穷。世人不辨阴阳理，神煞特来定吉凶。信阴阳者，

---

① 十方——佛教指东、西、南、北、东南、西南、东北、西北、上、下。
② 稽首——道士举一手向人行礼。

明登大路；不信阴阳者，黑地推车。"钻云神狐朱天飞一听老道所言，料想必是一位隐士高人。正在思想之际，忽见小白龙王天宠、追风仙猿侯化泰"哎哟"一声，翻身栽倒在地。朱天飞也觉得头眼晕花，翻身栽倒。老道哈哈大笑，说："踏破铁鞋无觅处，得来全不费功夫！"

书中交待，这是怎么一段缘故？老道吴性海，他本是劝善会总蔡文增的徒弟，跟八路都会总吴恩当差。只因神力王兵困了峨眉山，吴恩知道此处有一青石洞出入，是幽僻一条小路，故派吴性海在青石洞外莲花观带四个道童儿、二十名勇丁，在此巡查。吴性海自己会配熏香蒙汗药。今天正与虎遁真人叶守清讲说，见童儿进来禀报说："外面来了三个人，要讨杯茶吃。"叶守清问："这三个人是怎生的打扮？"道童说："一个七十多岁的秃老头儿，一个矮身量的老头，还有一个绿眼珠、三十多岁的男子，各带随身兵刃。"叶守清听童儿之言，说："吴会总，外面来的这三个人非是别人，都是大清营的奸细。那两个老头儿，一个叫朱天飞，一个叫侯化泰，前番入峨眉山诈降，盗走了八路都会总的阴阳八卦旛，未能将他两个人拿住。这两个人是诡计多端，今天前来，必是哨探进山的道路。那个绿眼珠的男子，定是福建台湾聚泉山的小白龙王天宠。此人武艺出众，水旱精通，带管着二十四座海岛，他手下的英雄不少。前者都会总曾派镇西侯李天保邀请此人入伙，那王天宠诓骗了镇西侯李天保一万两银子，不但他不归天地会，反把李天保的耳朵削去一个。前者急先锋萧可龙兵反苏州之时，被王天宠一镖打死。他屡次与天地会作对，八路都会总恨他入骨。今他三个人来到此处，也是天缘凑巧，他飞蛾投火，自来送死。"吴性海听罢，说："贤弟在此少待，我到外面看事做事。这三个人都是足智多谋之人，非等闲之辈，先需把他等稳住，然后慢慢的定计捉拿。"叶守清说："你去吧，事事留心，不可大意。"

吴性海这才来到前面，问了三人的名姓，见三个人二目烁烁放光。老道拿话稳住，然后以算卦为名，叫童儿取过一股香来，那里头就暗藏着一支熏香。他假装进里面屋中洗手，自己暗闻上点解药，出来烧香，把三个人熏将过去。他这才转身，出了上房，一直往东进角门，来至后院，见了虎遁真人叶守清说："会总，今我将朱天飞、侯化泰、王天宠三人拿住，请会总前去发落。"叶守清说："派人将他三人捆上，送至八路都会总前去报功。"吴性海说："且慢。要将三个人捆上送至山内，倘或路上有了差错，该当如何？依我愚见，莫若把他三个人杀死，把人头献与八路都会总，倒是万全之策。"叶守清说："也好，你我带宝剑就此前往。"二人拉剑来至鹤轩，叫童儿把那三个人拉至院内，怕溅在屋中血迹。叶守清走至王天宠近前，抡起宝剑，对准了颈项，只听得一声响亮，红光崩溅，鲜血直流。不知后事如何，且看下回分解。

第二十六回

朱瑞夜探兴会庄　金青计捉瘟瘟道

歌曰：

　　劳，劳，劳，东西南北苦周遭。勿憔悴，且逍遥。一心似水惟平
如，万事如棋不着高。

　　话说那虎遁真人叶守清举起宝剑，照定那王天宠颈项就是一剑。只
听得一声响亮，红光崩溅，鲜血直流，叶守清翻身栽倒就地。不知是从何
处来的暗器，正打在那叶守清鼻梁之上，闭气身倒。少时间苏醒过来，问
吴性海说："这里哪里来的暗器？"知机道人说："我也不知是哪里来的。"
话言未了，只见迎面一宗物件打来，吴性海躲开，望房上便骂说："哪里来
的无名小辈，敢这样无礼！"房上一声喊嚷说："呔，好个妖道，胆敢害人！"
只见从房上蹿下一人，年约二十七八，头上青绢帕缠头，身穿蓝绸裤褂，足
下青缎快靴；背后斜插势系着一个小包裹，手执一口钢刀；面目透黑，粗眉
阔目，四方海口，土星丰满，五官端正，用刀一指吴性海，说："把你这伤天
害理的妖道，胆敢白昼害人！光天化日，朗朗乾坤，我岂肯饶你！"吴性海
一瞧，不是外人，正是百胜将朱瑞。吴性海气往上冲，说："原来是朱瑞。
你也是天地会中之人，今日吃里扒外，反向他人！"朱瑞一阵冷笑，说："吴
性海，天网恢恢，疏而不漏，你今报应临头。我已归降大清，特意前来拿
你！"吴性海摆宝剑劈头就砍，朱瑞用刀相迎，二人杀在一处。走了几个
照面。朱瑞旁边一蹿，说："妖道，我杀你不过，我要去也！"往正南就走。
吴性海随后就追，朱瑞翻身一铁莲子，照定老道打去。老道躲闪不及，正
中前胸，"哎哟"一声，栽倒在地。朱瑞赶过来，按倒就捆，连叶守清一并
捆上。

　　金青也从外面跳进墙来，说："贤弟，你倒是个英雄，你将两个拿住。
来，先把王天宠、朱天飞、侯化泰三位英雄救起来。"二人到屋中找了一碗
凉水，把三个人牙关撬开，把凉水灌下去。三个人少时才醒过来，睁眼一
看，朱瑞、金青二人站在面前。朱天飞等站起身来，说："惭愧！惭愧！我

一世英名,付于流水,不想今天在庙中栽在鼠辈之手!"朱瑞、金青齐说:
"总是三位一时的大意,贼人诡计多端。"说罢,五个人进鹤轩落座。朱
瑞、金青说:"我在各处搜寻,还有余党没有。"言罢,出了鹤轩,一直扑奔
后面。在各处一找,连道童带勇兵,踪迹不见。朱瑞转身回至鹤轩,说:
"有几个鼠辈已然逃走。你我找寻厨房、吃些酒再作道理。"金青说:"我
去。"到厨下找着了些个酒菜,五人摆在鹤轩,吃酒谈心。王天宠问道:
"金庄主到得山内,可曾打听着马成龙、马梦太二人的生死下落?"金青
说:"我自与三位分手,进了青石洞,到了朱贤弟那里,我二人说明,劝他
投降大清营。二人说罢,特意前来寻找你三人,商议大事。"王天宠说:
"先把虎遁真人叶守清、知机道人吴性海二人结果,你我投奔金家坨,到
了金庄主家中,再为商议办理。"金青、朱瑞拉刀,把两个老道结果性命。
五个人起身,来到金青家中,到书房众人落座。从人献过茶来。王天宠问
朱瑞:"如何能出峨眉山,来到此处?"朱瑞说:"我那里并无人管辖,自带
三千人马护守粮台。我今情愿引三位进去,到了我寨中,夜入兴会庄,寻
查瘟瘴道人叶守敬,盗他解药与瘟瘴旗。"王天宠问:"几时起身?"朱瑞
说:"今日黄昏之后,同我表兄一同进青石洞,到我寨中。我先在兴会庄
哨探,你三个人听我信息。"王天宠说:"也好。"四个人谈论到日落之时,
收拾齐备,投奔青石洞。

朱瑞头前带路,进了石洞,到了青松岭他自己寨中,让他表兄陪着王
天宠三人说话。他自己背插单刀,出离本寨,顺着山路,曲曲弯弯,竟扑兴
会庄而来。天有初鼓以后,到了兴会庄东门之外。抬头一看,但见堡子城
上灯光闪烁,刀枪密布,来往巡查之人甚多,庄门紧闭。朱瑞围着砖城绕
了两个弯曲,在西北僻静之处蹿上城上。顺马道跳至下面房上,蹿房跃
脊,扑奔帅府,来至瘟瘴道人叶守敬的住宅。到了前院,站在北房坡上,但
见下面灯光闪烁。由房坡落下来,沾点唾沫,把窗棂纸湿破,往里一瞧,但
只见当中摆着一张八仙桌,后面椅子上坐着正是瘟瘴道人叶守敬。桌上
有一盏蜡灯,上面垂下四个纱灯,两旁站着四个童儿。听老道那里说:
"童儿,看茶!把吴会总请来。"小童转身出去,不多时带进一人,身高七
尺,头戴三角白绫巾,扎着金蛾子,二龙斗宝,掫巍巍一朵茨菇叶,迎门乱
晃,身穿白绫箭袖袍,周身绣三蓝牡丹花,蓝绸罩衬袄,薄底靴子,腰系丝
鸾带,肋下佩宝剑;面色微黄,两道剑眉,一双三角眼,尖鼻子,菱角口,微

有几根黄胡须。朱瑞看罢，认得是二都会总吴德。自己在后面暗暗听他等说些什么。只听里面瘟瘟道人叶守敬说："二都会总，我今操练了一座瘟瘟阵，打算把大清营的众将一网打尽。头一阵，拿了金刀将邓龙，他是大清营的先峰；第二阵，拿了一个带奋勇队的胡忠孝；第三阵，拿住王金龙。昨日在山口杀死张郃、张化，又生擒马成龙与马梦太，俱都押在空房之内。我意欲押到八路都会总那里发落，故请二都会总前来商议。"吴德一听此言，说："师兄既将对头冤家马成龙拿住，何必又在空房看押，恐其日久生变。今天晚间，吩咐调齐人等，将马成龙五个带至大厅，捆在桩柱之上，把他五个人开膛摘心，剥皮抽筋。"瘟瘟道人叶守敬一听此言，吩咐手下预备了。童儿出去，调齐了一百名削刀手，两旁掌齐灯笼火把。瘟瘟道人吩咐："童儿，把马成龙押上来！"

书中交待，邓龙等被擒之后，昏昏沉沉，不省人事，及至被妖人用解药解过来，已牢拴二臂，知道是被获遭擒，心中渺渺茫茫，犹记在山前打仗，被妖人一股黄烟，自己就不知人事了。自己料想："既然被获，断无生理。大丈夫以身许国，死何足惜？可恨死在妖人邪术之手！"正在思想之际，见胡忠孝、王金龙一并皆到，俱都捆在桩柱之上。叶守敬吩咐人等："不许难为他等三人，还要送在八路都会总那里献功。"每日有人与他三个人送茶送饭，这三个人也就只等一死。这一日，又把马成龙、马梦太解到，亦有人用解药将他二人解过来，马成龙与马梦太破口大骂。胡忠孝说："马大哥与马老哥，这倒是有缘。想当初三国中桃园三结义，刘、关、张不愿同年同月同日同时生，但愿同年同月同日同时死。那三个人尚且不能，今朝你我兄弟活着在一处为人，死了在一处做鬼，倒是一场乐事。"马成龙一听此言，哈哈大笑，说："胡大兄弟，你说得有理。你我死生有命，富贵在天。"这一日晚晌，正在忧闷之际，只见看守之人带进十数个兵来，说："你们五位大喜啦！会总爷要送你们回去呐。"马成龙就知道今日晚晌要死了。过来把他等绳扣解开，带至在大厅之前，绑在东边桩柱之上。马成龙等破口大骂。靠正北头一个桩柱之上，绑的是马成龙，往下马梦太、胡忠孝、邓龙、王金龙。叶守敬吩咐："把马成龙给我凉水浇头，开膛摘心！"手下人答应，过来一个人，姓殷，名叫殷七，外号人称殷到底，拿了一把牛耳尖刀，腰系白围裙，来至马成龙近前，吩咐："看水盆伺候！"有人把马成龙两腿拿绳捆住，在后心垫上一种物件。殷到底把马成龙衣服解开，把牛耳尖刀往嘴中一含,吩咐人:"倒水!"殷到底手执钢刀,照定马成龙的前心,只听得一声响亮,红光崩冒,鲜血直流,殷七死尸栽倒在地。

原来是殷七用刀要扎马成龙,从东房上打下一铁莲子来,正中殷七的面门,把贼人打死。众人一阵大乱。瘟瘟道人叶守敬来至外面,说:"好大胆,又有奸细了!你下来,与山人分个高低!"话言未了,房上又一铁莲子,望老道打来。叶守敬往旁边一闪,说:"好鼠辈,胆敢用暗器伤人,你也算不得英雄!"话言未了,只听房上一声喊嚷说:"好妖道,待我来!""嗖"一箭步蹿下房来。叶守敬借灯光一看,见此人头戴罩头帽,身穿瓦灰色夹裤夹袄,足下青布快靴,手执明晃晃一把钢刀。叶守敬看罢,原来是管粮会总百胜将朱瑞,问:"朱会总,来此何干?"朱瑞一阵冷笑,说:"叶守敬,我已然归降大清营,特意前来拿你!"叶守敬说:"好孽障!你这是飞蛾扑火,自来送死!"伸手拉出瘟瘟旗来,照定朱瑞一指,只见一缕黄烟直扑朱瑞的面门。朱瑞想躲也来不及了,觉得头眩眼晕,翻身栽倒就地。叶守敬吩咐:"把他捆上!"手下人答应,把朱瑞捆在桩柱之上。老道叫童儿拿解药来,把他解过来。童儿去了半晌,不见回来。老道心中着急。吩咐人把殷七死尸抬下去,再派家将杜成把马成龙开膛摘心。杜成手执钢刀,来至马成龙近前,方要举刀,从东房上一镖,正打在杜成的面门上。杜成"哼"的一声,扒跌就地,当时身死。从房上跳下一位惊天动地的大英雄,伸手要捉拿瘟瘟道人叶守敬。不知来者是谁,且看下回分解。

第二十七回

马杰叛反峨眉山　英雄受计捉妖道

歌曰：

无事莫生愁，子与孙，枉担忧。前生修积①安排定，使什么机谋，结什么冤仇，前人田土后人授。急回头，饶他一着，胜作马和牛。

话说瘟疫道人叶守敬见杜成被镖打倒，随后跳下一人，正是小白龙王天宠，提刀就砍。叶守敬用宝剑相迎，二人杀在一处。老道把宝剑门路分开，施展八仙剑法。怎见得？有赞为证：

拐李先生剑法高，洞宾架势人难挠。

钟离背剑清风客，果老斩芦削凤毛。

国舅走动神鬼惧，采和四门放光豪。

仙姑摆下八仙阵，湘子追魂命难逃。

王天宠见老道这一片剑光甚是厉害，自己用力护住身体，闪展腾挪。二人战了有两刻之久，叶守敬往旁边一闪，一个箭步蹿至圈外，回手拉出瘟疫旗来，冲定王天宠一指，王天宠翻身栽倒于地。老道举宝剑往下就砍，忽从北房上打下两块瓦来。老道闪开，只觉后面一股凉风，有人一脚把瘟疫道人踢倒，按住就捆。众人一阵大乱。

来者之人，正是追风仙猿侯化泰、钻云神犰朱天飞。他二人见王天宠来到兴会庄，打算要暗中刺杀妖道叶守敬；见朱瑞被他拿住，派道童去上后面取解药去。朱天飞、侯化泰二人在暗中跟随，见小童儿到了后院上房，掀帘栊②进屋中去了。朱天飞听了听屋中没人，暗中跟将进去，见小童儿正开箱子。朱天飞把小童儿捆上，说："你不准嚷，你要嚷，我就结果了你的性命！"问小童儿："解药放在哪里？趁早说了实话，饶你不死。要不说实话，我就把你杀死！"童儿说："好汉爷饶命！那药就在这个箱子

---

①　修积——修行，积累。

②　栊——窗子。

内。"朱天飞把箱打开,取出几瓶药来,给了侯化泰两瓶,余者带在兜囊之中。把小童儿捆上,把口塞上。

这才二人翻身上房,来至前院,正见老道要杀王天宠。二位先打了叶守敬一瓦,然后各人闻上解药,跳下房去,把老道一脚踢倒捆上,过去把王天宠解开。此时,二都会总吴德见事不好,想要逃走,被侯化泰一刀打翻在地,也把他捆上。吓得众余党四散逃走。王天宠、朱天飞先把朱瑞用药解过来,然后把众人的绳扣解开。各处一搜,把众人的兵刃找着,把吴德、叶守敬二人杀死。那马成龙问:"你等是从哪里来?"王天宠把以往之事述说一遍,又给朱瑞引见一番。这才一同起身,直奔青松岭而来。到了朱瑞营中,与金青见了面,众人把贼人的粮草点火烧着,烈焰腾空。马成龙甚为喜悦,说:"此乃天使八卦教匪该灭! 这一烧粮台,这些贼人胆战心惊。俗语说的是'功高莫如救驾,计毒莫若绝粮。'你我弟兄趁此逃走,稍时救兵来也。"众人会合一处,直奔青石洞。

正往前走,只听后面锣声响亮,喊杀连天,灯笼火把,照耀如同白昼。原来是抚山都会总三手将任山,带领云南二勇士小常万杨平、云南三勇士摇山动姚兴、大耗神梅峰、搬山雕陈忠、逍遥会总张宝任、太平会总任凤姣,带来三千八卦教中之兵,巡查各处山口。今见青松岭上火光冲天,人声呐喊。只见前面来了一个八卦教中兵丁,跪倒说:"报! 青松岭火起,粮台已然被火烧毁。"老会总任山一听此言,吓得魂飞魄散,吩咐人:"来!齐队!"带了三千奋勇队,来到青松岭,扑灭余火,再找奸细,踪迹不见。

任山无奈,派杨平巡山,他自己带本队中之人,骑马飞奔峨眉山。到了山上,天已五鼓之时,来到通天宝灵观山门以外下马,有人回禀进去。不多时,里面传出话来:"请!"任山跟那人来至大殿,只见八路都会总升坐在当中太师椅子上,两边站立着八个道童儿,殿帝站立两位护驾真人,是吴法兴、吴法广、吴法通、吴法元。任山看见八路都会总吴恩,头戴黄云缎莲花道冠,杏黄缎子道袍,上镶着金八卦;面如银盆,四方脸面,长眉朗目,鼻直口方,海下一部银髯,飘洒胸前;肋下佩太阿剑,威风凛凛,相貌堂堂。任山跪倒叩头,说:"都会总在上,今有管粮会总百胜将朱瑞叛了峨眉山,烧毁粮草,竟自逃走。"吴恩一听粮草全都烧毁,吓得心惊胆破,说:"好一个匹夫,真是胆大!"正在着急之际,忽见从外面进来了回事之人,报道说:"莲花观中虎遁真人叶守清与知机道人吴性海二人被杀。"吴恩又闻此言,说:"不好了! 必是有大清营的奸细前来,暗进青石洞中。"话言未了,只见小常万杨平同摇山动姚兴进来报道:"兴会庄中瘟瘟道人叶守敬与二都会总吴德,不知被何人杀死,把被擒之人全都救去了。请都会总的示下!"八路都会总吴恩说:"知道了,下去,请一字并肩王马杰前来议事。"

不多时,红胡子马杰来到此处,说:"众位早来了? 我给兄长叩头。"吴恩说:"贤弟,我有一件事与你商议。"叫左右退去。这英贤殿中就是吴法兴兄弟四人、任山、马杰等。吴恩说:"我这峨眉山大事不好。头一个,叶守敬乃是我的心腹人,如今他死在大清营中。我的粮草又被烧毁。我先派杨平、姚兴二人前往云南楚雄府大竹子山去搬请救兵,顺便催粮前来。我又要亲自走一遭,到了云南,约请各路人马,我在这峨眉山要与那神力王、穆詹决一死战,方出我胸中恶气! 我把山寨之上大事全托马贤弟你与任山二人照应,命吴法兴、吴法广、吴法通、吴法元四人协助于你。我定于明日先派杨平、姚兴二人走前站,我要率领众将与大清营见一阵,或输或赢,我再定行期。"马杰说:"事不宜迟,兄长今日就带人马和他开兵,小弟作为前敌先锋就是了。"吴恩说:"取我令箭一支,派杨平、姚兴二人起身往云南前去催粮。"杨平等领令起身去了不提。

且说那吴恩早就调齐了人马,带马杰、梅峰、陈忠,浩浩荡荡,大队人马出了北山口,过了接天岭,到山口以外空宽之所,方才扎住队伍。只听大清营中火炮惊天,震的山摇地动。从那穆将军大营内,出来了马步军队有一万五千之众。穆帅的马后,就是那临敌不惧、勇冠三军的马成龙和胡忠孝、马梦太、李庆龙等人。

且说马成龙自火焚了青松岭,他带领朱瑞、金青、王天宠、侯化泰、朱天飞、邓龙、胡忠孝、王金龙等,回归大营。天色已然大亮,正遇穆帅升帐,他这才叫人回禀进去。不多时,只见旗牌官出来,说:"元帅令下,叫你等进去。"马成龙进去,到了大帐之内,参见了将军,把被擒遇救之事说了一番,又保荐金青、朱瑞二人。穆将军俱赏给六品千总之职。马成龙等各记大功一次,赏给王义士、朱义士、侯义士三人三桌酒席。大家下帐,回到自己账房之内,开怀畅饮,吃至二鼓方散。

次日天明起来,穆将军调齐了队伍点名,忽见流星探马来报说:"山内妖道吴恩调动大兵前来,离北山口不远。特禀将军知道。"穆帅闻听,就点一万五千马步队,带领一干众将人等,浩浩荡荡的来至营外。见妖道早已把队伍摆齐,当中一杆白八卦旗在空中飘摆。那赛诸葛吴代光或吴恩端坐在四轮车上,身背后站立那些上将。穆将军看罢。说:"来,你等哪个前去,把妖人给我拿住?"旁边过来钢肠烈士欧阳善,要前去捉拿吴恩。穆将军吩咐他小心谨慎。欧阳善这才摆棍跳出阵外,点名要吴恩前来送死。旁有大耗神梅峰,一摆木棍,跳出阵前,两个人见面,各通了名姓。欧阳善说:"鼠辈,你算什么东西,与我动手?我要的是妖道吴恩!"梅峰一听此言,说:"欧阳善,你要赢了我手中之棍,我方心服你是英雄,那时八路都会总定然前来和你较量。"欧阳善举棍照定大耗神梅峰就打,梅峰用棍怀中斜抱月的架势往外一磕。欧阳善棍法一变,往梅峰太阳穴上就打。梅峰往下一闪身,躲过棍去。二人上下翻飞,战了有七八个照面,欧阳善猛一棍,把梅峰的棍给磕飞了。梅峰跳出圈外,逃回本阵。

只见吴恩背后蹿出一人,身高七尺,头戴三角白绫巾,围着金抹额,二龙斗宝,迎门一朵茨菇叶,颏颏的乱晃,身穿白缎子箭袖袍,上绣三蓝牡丹花,腰系丝鸾带,单衬袄,薄底靴子;面如羊肝,黑中透暗,两道粗眉,一双大眼,皂白分明,烁烁的放光,狮子鼻,四字方海口,两绺黑耳毫;手中擎一条混铁棍,直扑欧阳善而来,说:"咦!小辈,你认识搬山雕陈忠的厉害么?"抢棍就打。欧阳善一个箭步,用棍相迎。那陈忠使一条铁棍,天生的力大无穷,棍法精通,战了几个照面,把欧阳善杀得浑身是汗,遍体生津,欧阳善败回本队。山东马讨令,当先来到两军阵前,大环金丝宝刀一摆,说:"小辈,你急速回去,叫那吴恩出来受死!"陈忠并不答言,抢棍就打,马成龙用宝刀相迎。两个人走了几个回合,未分上下。陈忠急摆棍,照马成龙头顶打来。马成龙躲闪不及,用宝刀往上相冲。只听得一声响亮,那条铁棍挥为两段,陈忠吓得回头就跑。

八路都会总吴恩气往上撞,说:"众位会总,哪个过去将马成龙拿住,我赏叶子黄金三千两,官封一字并肩王。"话言未了,只听红胡子马杰一声喊嚷说:"会总,待我前去拿他!"拉金背刀跑出阵外,来至马成龙近前,高声喊嚷说:"来,来,来!我与你较量三百合!"马成龙一瞧是马杰,知道他是大清营中之人,在天地会八卦教贼人营中卧底。及至临近,马成龙低声说道:"你来此何干?"马杰说:"我特意前来报机密大事:吴恩他想要上云南调兵,定于明日起身。你回营禀大帅知道,派精明强干之人,在峨眉山正南山口以外等候拿他。此乃万年不遇之机会,千万不可错过!"马成龙点头说:"你我假战三合。"二人说话,那吴恩不能听见,相离队伍甚远。二人各摆兵刃,假战三合,马杰败回本队。八路都会总吴恩在四轮车上一声喊嚷说:"马成龙匹夫,欺我太甚!我来与你决一死战!"不知后事如何,且看下回分解。

第二十八回

北山口马杰泄机　兴隆镇吴恩遇险

歌曰：

　　无事莫生愁，似浮泡，若赘疣①。机关谁肯居人后？能者多求，智者多谋，终朝只见眉儿皱。急回头，光阴有限，莫负好扬州。

话说吴恩摆宝剑要与马成龙动手，只见身后转过镇殿会总吴法兴说："都会总不要着急，你我撤回大队，慢慢商议。"吴恩本不敢与马成龙较量，听吴法兴一劝，他就吩咐撤队。但听一棒锣声，全军大队退进峨嵋山口。

这边穆将军掌得胜鼓回营，记马成龙大功一次。马成龙来至将军面前，求将军屏退左右，有机密事告禀。将军退下左右之人，问马成龙有何话讲。马成龙说适才在两军前，马杰泄机之事，"吴恩要上云南调救兵，将军急速派下人去，在南山口外埋伏，暗地捉拿，此机不可失误，恐其调来人马，截其去路。"将军说："知道了。"请朱天飞、侯化泰、王天宠三人进帐。不多时，三人来至大帐，参见将军。老将军说："三位义士请坐。本帅统带大兵征剿叛逆，今有吴恩聚守峨眉山，要攻破此山，非一朝一夕之工。幸上天垂佑，②马杰泄机，报道吴恩明日亲身上云南调兵，必出峨眉山的南山口。我派马梦太一人前去捉拿于他，恳烦三位义士前去相助，不知尊意如何？"三人齐说："我等愿往！"将军又吩咐传马梦太进帐。不多时，马梦太进了大帐，叩见将军。将军吩咐马梦太："起来，我这里有令箭一支，明日派你至峨眉山南山口外捉拿吴恩，千万不可有误！如将贼人拿住，算你大功，我必保举你越级高升。如要放走贼人，我定要按军法治罪！"马梦太说："求将军多派几人帮助。"穆将军说："就烦这三位义士同你前往。"马梦太说："得令！"下了大帐，与王天宠、朱天飞、侯化泰三人回

---

①　赘疣——比喻多余的，无用的东西。

②　垂佑——保佑。

　　至自己账房,在一处吃酒,商议计策,至天晚安歇。一夜无话。

　　次日早饭后,四人更换便衣:各带随身的兵刃,出了大营,绕道扑奔正南。施展陆地飞腾之术,天有平西之时,来至南山口外,就是前面一座山岭之下,四位英雄站着等候。看看一轮红日将要西沉,不见妖道吴恩到来。四个人正在着急,又等了有一个多时辰,天已至黄昏之后。马梦太说:"三位兄长,据我看妖道不能来了。天到这般时候,你我还不找个住处,等待何时? 连晚饭也未曾用。"王天宠说:"不可。你我要离开此处,倘若妖道前来,你我岂不误事!"正说之际,见西山坡上有一条黑影,四人急追过去,并不见一人。马梦太说:"坏了! 许咱们是来晚啦,妖道吴恩一早出山过去也未可定。你我不必在此等候,走吧!"三个人无奈,跟马梦太往正南。

　　过了山梁,走了有三四里之遥,前面黑暗暗、雾潮潮一座村庄镇店。王天宠问道:"朱大哥,你久在云贵、四川,这前边是什么所在,你可知道?"朱天飞说:"前边是兴隆镇,乃是上云南的大路。"马梦太说:"好了,既有镇店,必有客店,你我前去吃杯酒吧。"四个人谈谈笑笑,已至北村口,见两旁铺户俱皆关门,唯见眼前路东挂着一个灯笼,上面有字,写的是"应时小卖,家常便饭"。挂着酒旗。四个人来至临近,掀起帘栊,进了酒店。一看,但则见南边是柜,北边是灶,往东一条龙儿,两旁都有桌子。靠后堂单打出一间房子来,也有隔扇,挂着帘子,是个雅座。四位英雄问:"伙计,雅座有人没人?"过卖说:"有人。你们四位在外面吧。"四个人落座,说:"伙计,给我们要菜。你们这里都卖什么?"过卖说:"包办酒席,应时小卖。"王天宠说:"煎炒烹炸,给我们配上四个菜来,要四壶酒。"过卖答应下去,不多时,酒菜摆齐,四人对坐吃酒。

　　过卖到了后面雅座门首一掀帘子,说:"道爷,还要菜么?"老道在屋中直是摆手点头,把过卖叫进去。屋中正是八路都会总赛诸葛吴代光。他自昨天退入山内,到了通天宝灵观,下了四轮车,到了逍遥阁,把马杰、任山请来。他二人到逍遥阁参见,吴恩说:"二位贤弟,我山寨大事全托你二人照料。二位贤弟多多的分心,我这一上云南,调动各路的人马,约请仁和教主化地无形白练祖前来协力相助。多者两个月,少者四十天,我必然前来。千万你等护住三山口,不可与大清营交兵!"马杰、任山答应说:"但愿会总早去早来。"天晚各自安歇。次日,吴恩亲身到各处巡查了一遍。晚天暗出了南山口,黄昏之时到了青石岩,见眼前站立四个人,他绕山岭施展陆地飞腾法,到了兴隆镇。自己走的口干舌燥,一瞧路东有一小小的酒馆,到了里面,问过卖:"有雅座无有?"过卖说:"后边屋内。"吴恩进了雅座,一瞧靠墙一张八仙桌,两旁各有太师椅子;往南有角门,垂着帘子。问明小伙计,才知道通内宅。坐下要了几样菜,先叫伙计烹壶茶来。喝了两碗茶,自己吃酒,心中想着:"要吃个酒足饭饱,投奔云南,前去调兵。"正喝在高兴之处,外面进来了四个人说话,忽听见内中有马梦太的声音,吓的吴恩神不附体,亡魂皆冒。过卖又一掀帘子,吓得他身形乱抖。过卖说:"道爷要什么吃的?"老道吴恩点首,把他叫进去说:"过卖,你别嚷,外面进来这四个人是我庙中的施主,他知道我吃素,出家人又不许吃荤,千万你别提我在这屋中。"过卖点头说:"是了。"出了雅座。

马梦太点首,又把过卖叫到跟前,说:"雅座内是什么人在那里吃酒?"过卖一笑,说:"您老人家不必问了,我慢慢的告诉你老。屋中来了一位道爷,说是你们村庄的一个老道,怕你们几位瞧见他吃荤,有些不便。"马梦太一闻此言,心中一动,站起身来扑奔雅座,一掀帘子,瞧见老道吴恩在里面端然正坐。马梦太说:"三位义士哥哥快来,妖道吴恩在此!"王天宠、朱天飞、侯化泰三人各拉兵刃,来至雅座,说:"你这可走不了啦!"就见吴恩身形一转,出了后门,飞身上房。钻云神猊朱天飞随后追将出去,王天宠、侯化泰等相随。吴恩拉出宝剑,手中一擎,说:"朱天飞、侯化泰,我有何亏负你两个鼠辈?盗去我的阴阳八卦旛,我正想把你二人拿住,碎尸万段,方出我胸中之气!你两人过来,祖师爷追去你两个人的性命!"王天宠、马梦太二人赶到跟前,说:"吴恩,你这可休想逃走。我等奉元帅之命,特意前来拿你!天网恢恢,疏而不漏,你今休想活命!"吴恩微微一笑,说:"马梦太,你这小辈也算不了英雄。你等倚多为众,来,来,与我比拼三合两趟!"说话之间,摆宝剑照定马梦太就砍。马梦太往旁边一闪,王天宠抢雁翎刀上前相迎。吴恩真是艺高人胆大,并不把四个人放在心上。走了几个照面,吴恩剑法精通,越战越勇。这四个人知道他的宝剑能削铜砍铁,俱不敢用兵刃相迎,又不敢伤损吴恩的性命,只可闪展腾挪。吴恩见事不好,恐怕再有人来,又怕战的工夫大了,被四人所擒,剑光一摆,蹿出圈外,施展陆地飞腾之法,直扑正南。眼前就是一带松林,吴恩说:"你四个小辈休追,看山人的法宝!"那王天宠等一愣,见一道白光直扑四个人面门而来,吓得四位英雄往旁边一闪,躲开这道白光,再瞧吴恩,踪迹不见。四个人往地下一瞧,原来是白沙子。马梦太说:"妖道无能为也,这必然是急中生巧,你我往下追吧,想他逃走不远。"四个人往南就追。

远远一瞧,前有一道黑影,犹如闪电,恰似流星,跑得甚快。前面一个山口,四处并无去路。四个人追进山口,往南走了不远,见迎面一座山峰,是双岔路口,一条直奔西南,两旁都是高峰峻岭,峭壁石岩,往东南有一条路,亦甚崎岖狭窄。王天宠说:"你我往哪一路上追呢?"朱天飞说:"听天由命,哪条路都可走。"马梦太说:"就往东南追下去亦可。"四个人往东南就追。

书中交待,这座山叫做万松山,这座峪叫做葫芦峪。要从西南这条道进去,绕来绕去,就从东南这条道回来了。要走这两条道路,都相通,别无道路。要从这个山口进去,还需从这个山口出来,故名葫芦峪。

不言四个人往东南追去。单表吴恩他也进的这个山口,走的西南这条道路,心中战战兢兢,又怕被人追上,走的山路崎岖,道路又不明白。走了约有数里之遥,见万山环绕,树木丛杂,他顺路往前紧走。忽听前面有流水之声,及至临近,见东西一道小河,当中有一座小桥。吴恩过了小桥,见满天星斗,叹了口气说:"想我吴恩碌碌①半生,实指望得取大清的江山社稷,享荣华富贵,不想受这样跋涉之苦。到如今我倒是进退两难,有心归隐深山,身藏洞府,又怕被人拿获,倒贻笑于人。我这次调兵回来,定然与神力王、穆将军决一死战。我这先到湖耳山,调来云南一勇士小霸王杨胜;再到长堤岭祁河寺,调来大将镇海龙赤发瘟神韩登禄;我再到石平州,请我拜弟铁掌道人马陵;大竹子山邀请静江太岁张保、化地无形仁江的八杰;再到小竹子山,邀请镇南方蔡文荣、坐山雕罗文庆。我把众位会总邀齐,在峨眉山摆下一座连环阵,与他决一死战。这一阵若要成功,长驱大进,夺取大清的江山社稷。"正然想念之间,忽听前面一棒锣声,松林之中闪出一点火光来。吴恩一入此山,要想逃走,是比登天还难。要知后事如何,且看下回分解。

———————————

①　碌——繁忙。

第二十九回

赛诸葛误走绝恩岭　顾焕章巧得太阿剑

歌曰：

　　无事莫生愁，笑贪人，似饵钩。奔波劳碌无宁候，万里封侯，腰缠未休，名缰①利锁牢拴就。急回头，光阴迅速，不为少年留。

话说吴恩正在思想之际，天色已晚，走的口干舌燥，肚腹饥饿，又苦无村庄镇店。正在着急之际，忽听前面一声响亮，松林之内闪出一盏灯光来。吴恩说："好了，前面定有住户人家，不免我前去讨一杯水吃。"顺声音找去，及至临近，但只见前面山坡以下松林之中有两个小道童儿，旁边放着一捆柴、半口袋米、一个灯笼、一口大锅。小童儿手拿铁锨，正在那里要挖锅腔儿。这两道童儿年在十四五岁，发绾②双髻，身穿雨过天晴半新不旧的细毛蓝布道袍，青缎子护领，足下白袜云鞋。只听那个小童儿说："师弟，你看祖师爷果然是一位道高德重的人，有几十年并未说话，今日忽然说话，派你我兄弟下山，说今天有一位大贵人有难，从此路过，派你我两个人在此熬粥。这一位贵人走的又饥又渴，你我弟兄伺候他吃粥。"正说之际，吴恩走至面前，口中念"无量寿佛"，说："两位小师弟请了。山人来至此处，口干舌燥，求二位小师弟赏杯水吃。"道童抬头一看，见那人身高八尺，头戴莲花道冠，上面嵌定一颗宝珠，身穿蓝缎子道袍，腰系水火杏黄丝绦，足下白绫袜子，直搭护膝，粉底青缎子云鞋；背后斜插一口宝剑，绿鲨鱼皮鞘，黄绒穗，黄绒挽手。一个小童说："师弟你瞧，来了一位老道，与咱们要水喝。你看他这帽子不错。老道，你要喝水，把帽子送给我们两人，我们就给你水喝。"吴恩说："小道童儿，你们是哪庙里的？"童儿说："我们就是这山上的。我们这山中有一座大庙，名叫清妙观。我有一位老祖师爷，神通广大，妙法无边，一百多年没说话了，今日忽然间说话，

---

① 缰——缰绳，牵牲口的绳子。

② 绾（wǎn）——把长条形的东西盘绕起来打成结。

他说有一位大贵人今天有难,从此路过,走的又饥又渴,派我二人在此伺候熬粥。你是哪里来的?"吴恩说:"我是云游道士,从此路过。我叫戴光明。你二人有水给我些喝。"小童说:"我们这里没水,要有水给你点喝也无妨。我们庙里有水,你自去喝吧。我们这庙里是个长处,在先年还舍粥呐。近因闹天地会八卦教变乱之灾,咱们三清教之人全挨饿了。有一个反叛,名叫吴恩,他自立天地会八卦教,叛乱大清国的天下,任意胡为,杀男掳女,扰害良民,闹的我们三清道教化缘全不施舍了,都是这吴恩那小子坏的事。我们这庙中粥也不舍啦,是来的云游道士都骂吴恩。"

老道一闻此言,气往上撞,伸手拉宝剑,要杀道童。忽听树林之中一声"无量寿佛",从山坡上来了一个老道,信口作歌而来。歌曰:

红尘波浪两茫茫,忍辱柔和是妙方。
到处随缘延岁月,终身安分度时光。
休将自己心田昧,莫把他人过失扬。
谨慎应酬无懊悔,耐烦作事好商量。
从来硬弩弦先断,自古钢刀口先伤。
惹冤尽从闲口舌,招愆多为热心肠。
是非不必争你我,彼此何须论短长。
吃些亏处原无害,让几分时也不妨。
春日才逢杨柳绿,秋风又见菊花黄。
荣华总是三更梦,富贵还同九月霜。
人因贪财身家丧,蚕为夺食命早亡。
一服养身平胃散,两煎顺气太和汤。
休斗胜来莫逞强,百年浑似戏文场。
离合悲欢朝朝事,好丑妍媸①日日忙。
行客戏房花鼓懈,不知何处是家乡。

吴恩一听山歌,惊的呆呆的发愣:"此乃高人隐士也!"借星月的光辉,往对面一看,从那边慢腾腾的来了一位羽士黄冠,玄门道教。见此人头上戴青缎子九梁道巾,细毛蓝布道袍,青护领相衬,腰系丝绦,足下白袜云鞋;年有半百以外,面如三秋古月,黄中透亮,两道重眉,一又阔目,神光足满,

① 妍媸(chī)——美丑。妍:美丽;媸:相貌丑陋。

海下雁尾髭须;背后插定一口宝剑,手拿蝇甩,摆摆摇摇,来至吴恩的面前,说:"道友请了! 休要发怒,两个小童儿无知,多有冒犯尊威,望求恕罪。"吴恩见那人举止端方,品貌不俗,知道他是一位正务参修得道之人,连忙赔礼,说:"道友,我乃远方之人,偶尔来至此处,走的又饥又渴,想要望小师兄讨杯茶吃,不想惊动了道友。未领教道友贵姓?"那道人说:"贫道姓黄。未领教道友贵姓,在何处名山,哪座洞府参修?"吴恩不敢露出真名实姓来,说:"贫道姓戴,草字光明,在大峰山元清观庙里居住。黄道友兄,黑夜景况,在此山下何干?"那道人说:"只因这庙中有我一个师傅,有百数多年并不说话,人称云霞道士。今日忽然传出话来,派我与两个童子在山下伺候,说有一位大贵人从此经过,叫我师徒三个人在此熬粥等候。"吴恩一听此言,心中说:"我来到这里遇见神仙了,不免我前去问问休咎①来历。"自己又想:"尘世之上哪有神仙? 莫非是魑魅魍魉。"又抬头一看,但见满天星斗,"想则是一位真人,我跟他到庙中看看去,便知分晓。"说:"黄道友请了! 我同你至庙中,叩见观主。"那道人说:"请!"

这二人迈步往东走了有一望之地,往北拐,步上山坡。二人又走了有五六里之遥,见眼前有一座古庙,群墙壮丽,山门整齐。再往里看,是钟鼓二楼,东西两边各有角门。山门上有一块横匾,上面三个泥金大字,是"清妙观"。山门两旁有一副对联,写的是:

> 暮鼓晨钟,惊醒尘世名利客。
>
> 经声佛号,唤回苦海梦迷人。

二人来至东边角门,扣打山门。只听里面有两个小童说话,说:"师弟快来瞧,大贵人来了! 快来瞧,大贵人来了! 祖师爷说过,今日有大贵人来,你我打开门看看,这大贵人是怎么个样子。"吴恩一听此言,心中说:"想则是有点来历,不然这庙中如何知道我前来?"童儿"哗啷"一声把门开放,两个小童儿注目直视吴恩。二人进了角门,让至西配房屋中落座。吴恩一看这屋中倒也清雅,靠西墙一张八仙桌,上面放着一盏灯,两边各有太师椅子。墙上挂着一轴挑山,上面画着"醉翁亭",上面有名人题的两句诗,上写道:

> 万事不如杯在手,一生都是命安排。

---

① 休咎——吉凶。

两旁挂着有对联,写的是:

　　　洞府无穷岁月,壶中别有乾坤。

吴恩看罢落座,两个童儿献上茶来。吴恩说:"黄道友,烦你去禀祖师爷,我要求见。"这黄老道转身出去。

　　吴恩坐在屋内吃茶,等了有数刻之时,不见黄老道出来,心中甚是急躁。忽见童儿进来说:"道爷,你喝茶吧,你饿不饿? 我去与你要斋去。"那吴恩他本来未吃晚饭,肚腹中正在饥饿,说:"童儿,你给我要点吃的去吧。"童儿说:"给你做几样素菜来,给你炒一碟面筋,留香信,烩口蘑,给你蒸点馒头来,你愿意吃不愿意吃?"吴恩说:"我是无可无不可。"童儿去不多时,又回来说:"道爷,你别吃馒头啦,菜也不齐,给你打一碗素汤,给你煮几碗面来,你看如何?"吴恩说:"甚好。"小童儿出去不多时,又回来了,说:"道爷,你不用吃面了,给你蒸几样素包子吧。"吴恩说:"包子也好。"小童儿出去,老道直候至五鼓,不见有人进来。正在心中着急,忽见黄道人从外面进来,面模一沉,说:"你这人好不识时务! 你原来是妖道吴恩。我方才进来,一回禀我家祖师爷:'戴光明求见尊颜!'我家祖师爷甚是有气,说我带来匪类之人,搅乱他的清静庙宇。说你不姓戴,你是四川峨眉山通天宝灵观八路都会总赛诸葛吴代光。你是一个恶人,造下这弥天大罪,不久必遭天诛。你快出去吧,你一进庙中,把我们地都给污秽了。"吴恩一听此言,吓得又惊又喜。惊的是这庙中之人知道他的来历,喜的是此处得遇神仙,"我常听人传言说,天地人神鬼,为之五仙。步日月而无泯①,入金石而无碍,此乃天仙也。散者成风,聚者成形,此为神仙也。倏②存倏亡,行隐行现,此乃地仙也。或老或少,容颜更爽,此乃人仙也出幽入冥,来无影像,此乃鬼仙也。今天此庙中道人,非鬼仙即人仙也。这个机会不可错过,我必要前去叩见。"想罢,说:"黄道友,奉求你转禀祖师爷,我定要叩见真人,求真人大发慈悲,度脱度脱我。"黄老道说:"我再去一趟,凭你的造化吧。祖师爷见与不见,在于两可。"黄老道转身出去。

　　吴恩等候多时,只听外面钟声鼓响,黄老道说:"祖师爷升殿,带你去

————————

　　① 泯——消灭,消失。

　　② 倏——快速。

叩见。"吴恩出离了西北房,只见大殿之中香烟缭绕。吴恩抬头一看,见供桌之上有一把太师椅子,上面端坐一个道人,头戴青道冠,身穿旧黄布道袍,足下白袜,厚底云鞋,闭目垂睛,须发皆白,一脸的皱纹。吴恩跪倒说:"祖师爷在上,弟子吴恩叩头!"忽见他一正面,脸上皱纹全没了,露出白中透嫩的脸膛来。真是鹤发童颜,二目神光足满。口中说:"无量寿佛!"声音洪亮。焉想到吴恩来至此处,狭路相逢,对头相遇。不知吉凶如何,且看下回分解。

第 三 十 回
吴恩被擒清妙观　马杰计献峨眉山

歌曰：

　　无事莫生愁，湛湛青天在上头，方才动念先知透。机心①且丢，
雄心且收，痴聋暗哑偏丰厚。好优游，守己安分，快活度春秋。

　　话说吴恩跪在大殿之上，见这位老道人一团的正气，必是一位隐士，
连连的叩头，说："弟子有罪，求祖师爷大发慈悲，度脱弟子！"那云霞道人
口中念声"无量寿佛"，说："孽障，你罪孽深重，因你前世原是正务参修之
人，今生应享大福，你要再好好的修济，久后必名登仙界。现今你无故做
孽害人，叛反国家，杀害生灵，荼毒②百姓，抗拒官兵，所作所为，都是伤天
害理之事。不久你大数已到，报应临头，你是获罪于天，无所祷也！竟跪
在山人的面前苦苦的哀告，将你那肺腑之事说说。"吴恩连连叩头，口称：
"祖师老爷，弟子愚昧无知，所作之事，您老人家尽皆知晓。弟子知非改
过，再不敢造孽了。弟子是苦海无边，回头是岸，情愿听祖师教训。"云霞
道人说："孽障，你既知道苦海无边，回头是岸，贫道我以慈悲为门，善念
为本，你身上所带着是什么东西，还不与我摘下去！"吴恩说："是宝剑。"
云霞道人叫："童儿，给他摘下来，扔在山涧之内。"两个小童儿过去，从吴
恩身上摘下来。小童儿说："师弟，他看这宝剑血光熏人，快扔在庙后沟
涧里去吧。"两个小童儿去后，吓得吴恩不敢抬头。云霞道人说："吴恩，
你这一身的恶孽，我山人与你扫除去吧。童儿，把吴恩与我拿黄绒绳捆
上！"吴恩心中说："这位道人想是地仙，我从今以后也不下山了，修一个
长生不老，与天地同寿，这也是我前世的修济，今生的造化。"自己把眼一
闭，竟等候云霞道人打他。

　　等候多时，不见禅杖打下。吴恩睁睛一看，见大殿之上并无一人。心

---

　　①　机心——奸诈之心。
　　②　荼(tú)毒——比喻毒害。

中正在犹疑之际，忽听大殿西边角门之内有人说话，是江苏人的口音，口中念道："

三尺清泉①万卷书，上天生我既如何？

不能定国安天下，愧死男儿大丈夫。

唔呀！混账王八羔子吴恩，你这可往哪里逃走？劫数临头，休想活命！"吴恩回头一看，打西边来了一个道人，身高五尺以外，头戴青缎子九梁道巾，身穿灰色贵州绸子道袍，足下白袜，厚底云履。此人是个日字体，五短身材，面如三秋古月，目似春星，皂白得分，两眉斜飞入鬓，准头丰满，三山得配，四字方海口，海下雁尾胡须，大耳朝怀，相衬之四方脸，一团的正气，精神百倍。吴恩一看，魂飞魄散。来者非是别人，正是山陕成名，人称赛报应顾焕章。

且说顾焕章自从四方镇与侯化泰分手，他背着一个药箱儿，先游三山，后踏五岳，到处济困扶危。这一日，正顺着山路往前行走，忽听前面树林之中一声"无量寿佛"，从树林内出来一位羽士黄冠老道。顾焕章一看，正是他师兄黄松山。顾焕章急忙过去行礼，说："师兄，一向可好！"黄松山说："愚兄在此久候多时了。"顾焕章说："师兄是从何处至此？"黄松山说："我奉师傅之命，叫你投奔灭蜈山绝恩岭。这有师傅锦囊一个，到那里拆开，便知分晓。"顾焕章说："你我往清妙观，到师叔那里去。"黄松山说："正是。"二人言罢起身，晓行夜住，饥餐渴饮，那一日，到了绝恩岭清妙观。二位进庙，到了鹤轩，拜见云霞道人。叩头已毕，站立两旁。云霞道人问："你二人来此何干？"黄松山将他师傅写的字柬呈上。云霞道人打开一看，上面写的是：

即请师弟安好。自分手后，适经数载，两地相隔，天南地北，人各一方，时常想念。师弟坐守深山，清修古观，想功课日新月进。今派黄松山、顾从善至贤弟庙中，于本月十九日子时，有妖人吴恩身临宝观，师弟设法将他拿获，与国除害，扫清妖孽，此乃贤弟之功德无量矣！如将妖人拿住，交顾从善送至大清营可也。

聋哑道人草书顿首

云霞道人看罢，把几个小道童叫至鹤轩，给顾焕章、黄松山引见，教了道童

① 清泉——代指宝剑。

一片话，叫他们是在日山下装扮起来。他知道他师兄铁牌道人阴阳有准。这日黄松山把吴恩引进庙来，这几个童儿所说之话，都是黄松山教的。云霞道人把吴恩捆上，两个小童儿早把太阿剑给顾焕章送去了。

此时天到东方发晓，红日东升，顾焕章由西院出来，说："唔呀，吴恩，你的劫数临头，已然被我拿住了。"吴恩一见顾焕章，知道是上了当啦。吴恩如同惊伤六叶连肝肺，吓坏三毛七孔心，"我与你远日无冤，近日无仇，你何必苦苦与我作对？"顾焕章说："你乃是国家叛逆之徒。俗言说得不错：'乱臣贼子，人人得而诛之。'"正在说话之际，忽听有扣打山门之声，小童儿出去开门，只见从外面进来了四位英雄，头一位是马梦太，同那钻云神狐朱天飞、追风仙猿侯化泰、小白龙王天宠。只因这四位英雄进了山口，由东南那条道绕过来，整整走了一日一夜，走的一个个身倦体乏，四肢无力，来至绝恩岭，见路北有一座大庙，四个人想到里面歇息歇息，找杯水吃。来至庙门首，扣打山门，童儿出去开门，四个人进去到了里面，只见顾焕章手拿太阿剑站立大殿之上，不知所因何故。王天宠等连忙过去行礼，说："恩兄，自你我分手之后，时常想念。前者在四方镇遇见，并未交谈一言，不知兄长是何主见？"马梦太过去说："兄长一向可好？"顾焕章说："二位贤弟，一言难尽了！"自分手之后的事情，对二人述说了一遍。侯化泰一见，也过去说："道爷，侯化泰这里有礼了。"顾焕章连忙还礼。王天宠说："哥哥，这二位老英雄，我与你引见引见。这位是久走云南的镖头朱天飞，这位是东昌府二十五里铺追风仙猿侯化泰。因为兄长探南山口被擒，小弟要给哥哥报仇，邀请二位老侠义诈降峨眉山，打听兄长的下落，才知尊兄被马杰救了。这二位老兄又盗来妖人的阴阳八卦旛。今朝我等跟马梦太大人在峨眉山南山口等候捉拿吴恩，我等追至此处，幸遇兄长已将妖道吴恩拿住。"顾焕章说："来，王贤弟，跟我见见师叔与师兄，全都在这庙中呢。"

马梦太先把吴恩扛到西配房这里看守。王天宠同顾焕章到西跨院，拜见云霞道人与黄松山老道。童儿给他四个人预备素斋。云霞道人说："王天宠、顾焕章，你两个人吃完了斋，急速同差官把吴恩解送大清营去吧。"二人答应，谢过云霞道人，来至前院西鹤轩，与马梦太等相见。童儿摆上素斋，五个人落座吃饭。马梦太心中甚为喜悦："这件功劳，要将吴恩押往大清营去，真乃是万古不朽！"众人吃完了饭，黄松山说："贤弟，你们该起身了,天不早啦!"马梦太说:"我背着吴恩,你们四个人随后保护。"这王天宠等四位英雄说:"就依你的主意吧。"马梦太背起吴恩,说:"妖道,我带你去大清营中逛逛。"

这五个人告辞,出了清妙观,顺山路往北走了数十里之遥,出了山口,天就不早了。日色平西之时,王天宠说:"咱们要赶不到大清营,那便如何是好?天色已晚,峨眉山东山口甚是不好走。依我之见,莫若在兴隆镇打店,住宿一夜,明日起早再往大清营去。"马梦太说:"也好,兄长你就前去打店。"王天宠进了兴隆镇,往北走了有半箭之地,见路东有一座万盛店。王天宠进至里面院中一看,东为上,五间厅房,南边一溜单间,房屋甚是整齐。叫店小二过来问:"上房可有人住么?"店小二说:"上房无人住。你们共是几位?"王天宠说:"把上房打扫干净,我等六个人住在此处。"正说话之间,马梦太等到,一同进东上房,把吴恩放在床上,叫小伙计送过洗脸水来。马梦太问伙计:"你姓什么?"店小二说:"我姓王,排行在三。"马梦太问:"你这店里有多少间房子?今天住了有多少位店客?"小二说:"我们这店房倒不少,四十多间,全闲着的。只因年荒岁乱,到处有兵火之灾,路上没有来往的客商。我们这店内也是没有买卖,就剩我们四五个人在这里看房。"马梦太说:"你把大门关上,不准再住别人了。我们是大清营办案的差官,所办的这人贼人,是八卦教的反叛。你要再住了外人,走漏了消息,坏了我们的大事,你可知道你的罪名?"小二说:"我有什么罪名?"马梦太说:"你要走漏了消息,跑了我们的差使,你是灭门九族之罪。"吓的小王三把舌头一伸,转身出去了。马梦太来到吴恩的面前,说:"你喝一碗茶吧?"吴恩一语不发。马梦太说:"你既做逆囚,不摆晚筵,你喝一碗茶吧。"递将过去,老道一饮而尽。马梦太叫店小二过来,要上等一桌酒席。不多一时,小二把酒席摆上,马梦太又劝吴恩吃了点东西,这五个人落座吃酒。

正在谈说闲话之际,忽听外面有人叩门,见小二出去把店门开开,让进一个老道来。马梦太就告诉众位:"多要留神!你看外面来了一个老道,怕是妖人的余党。"顾焕章说:"老兄弟,你太多心了。这老道之中也有好有歹,不得一概而论之。"马梦太说:"哥哥,你又挑了眼了。我这话不过是这样说,总是大家留神的为是。"只见外面那老道进了北上房。马梦太把小伙计叫过来,说:"我告诉你不准你住外人,你怎么又往里带生人?"小二说:"我带这不是生人,是在我们这店中常住的,是我一个白二太爷,专门内外两科。今日是给人家治病,从山庄回来。"马梦太说:"不是外人就得了。立刻叫伙计把店门闭了吧。再不准放进人来了!"正在这里与店小二说话,忽听北上房屋内老道口中仿佛念咒之声。马梦太说:"不好!你们听听,那屋内老道在那里念咒呢!"顾焕章说:"你们不要着急,待我前去看看便知分晓。"

顾焕章站起身来,出了东上房,叫店中小伙计说:"你到北上房告诉那位道爷,就提我们前来拜访。"小二答应,到了北上房,说:"白二太爷,外面有一位道爷前来拜访。"老道说:"有请。"顾焕章进了北上房,见迎面站定一个道人,仙风道骨,品貌清奇,年有七十以外;头戴青缎子道冠,身穿蓝缎子道袍,青护领相衬,足下白袜、云鞋;四方脸,面如金盆,长眉朗目,四方口,海下一部银髯,飘洒胸前。顾焕章一看,知道是一位道高德重之人,合掌当胸,打了一个稽首,说:"道友请了。尊驾贵姓大名?哪一座名山洞府参修?"那道人说:"在下姓白,草字玄真,就在石平州铁山观那里住庙。只因年荒岁乱,庙中并无进项。我自幼习学看病,内外两科,来至此处,随缘度日。未领教道友贵姓?"顾焕章说:"姓顾名焕章,道号从善。我同大清营差官捉拿逆叛吴恩,今住此店内。"老道点头说:"是了,原来把那逆叛吴恩拿住了。因为他这一造反,把咱们三清教的人害得好苦,到处化缘,人家都不施舍了,均说老道都是妖人。那一天,我听人传言,在小西村活埋了一个化缘的老道,吓得我也不敢往别处去了。我在这店中住了半载有余。此时才听见店中小王三说众位老爷们把妖道吴恩拿住,故此我在屋中祷告上天,但愿早早的把天地会八卦教灭尽,好辨别出来咱们三清教下的好人。这是我一段的热心。"顾焕章说:"是了,道友请放宽心,大概天地会八卦教不久必灭。我也并非是贪图富贵,所为是扫清逆贼,天下万民安然乐业,从此永庆升平矣。只要天下一律肃清,我就归隐深山,待奉我三清教主,修炼一个长生不老,永不染凡尘,则一生足矣。"白玄真一听顾焕章之言,说:"我问道友,听说妖道吴恩此人长的相貌奇异,我并未见过,恳求道友带我往那屋中一看,不知尊意如何?"顾焕章说:"那也无妨,我就同你前去观看观看。"顾焕章一带此人到上房,又惹出一场杀身之祸。要知后事如何,且看下回分解。

第三十一回

白练祖急中生巧计　吴代光绝处又逢生

歌曰：

　　无事莫生愁。住山林，学隐流，松篁掩映窗前后。布胜绫绸，菜胜珍馐，枝头花鸟皆吾友。好优游，酣然一觉，蝴蝶梦庄周。

话说顾焕章带着老道出离北上房，来至东屋里，给王天宠、朱天飞、侯化泰、马梦太四个人引见，把方才北屋所说之话对这四人述说一遍。马梦太与王天宠心中一动，说："我顾大哥太多事，无故把一个老道让到屋中，怕其中有诈。我等看他见了吴恩，该当如何。他二人要是认得，我们也看得出来；他二人要是不认识，我们也看得出来。他二人一见面，若要露出些机关，我举刀先杀吴恩。"主意已定，只见白老道来至吴恩的面前，说："这就是皇上家的逆叛吴恩哪！"吴恩睁眼一看，哼了一声，紧皱眉头，一语不发，白玄真微微一笑，说："你这该死的匹夫，也有今日！你可把三清教之人害苦了！"说罢，转身说："众位，我要失陪了，你们好好把他解送大清营前去报功吧！"顾焕章等送至门首，只见老道回北上房去了。

顾焕章等见白玄真去后，大家并未瞧出破绽来，是好人是坏人，也不把老道放在心上。大家吃完了晚饭，马梦太说："咱们五个人轮班睡觉，留两个人值宿看守妖人吴恩也就够了。"顾焕章说："我与王天宠两个人看守，你们三位养养神，别都熬乏了。"侯化泰、朱天飞说："也好。"三个人到里间屋中和衣而卧。王天宠与店家要了两支蜡来，把吴恩放在当中椅子上，他两个人在两边坐定，谈说些闲话。外面天交二鼓之时，见店中一干众人均皆睡觉。王天宠到外面巡视了一番，并无一点动作。顾焕章说："贤弟不必巡查了，外面并无奸细。"王天宠、顾焕章落座吃茶谈话。二人看守吴恩，忽觉头晕眼迷，仰身斜卧在椅子上，昏昏沉沉，二人竟不省人事了。外面帘栊一起，白老道手擎宝剑，进了屋中。

且说这个老道是谁呢？非是别人，正是云南大竹子山仁和教主化地无形白练祖。只因听见探马报道神力王把峨眉山困住，又听探马报说穆将军大兵不久就到。他怕的是孤山难守,自己点了五千飞虎队,带领众将金头太岁周熊、银面哪吒周铠、花面阎王周通为左右先锋护军。派小常万杨平、摇山动姚兴,叫他二人押运粮草,催趱①水路战船,调齐了随后接应。又派了八路流星探马在各处哨探。这里离兴隆镇十五里路,把大营扎下。有细作来报:"八路都会总吴恩被大清营差官所擒。"白练祖一听此言,暗吃一惊,连说不好,急速收拾停妥,带了应用的物件起身,直奔兴隆镇而来。走了有半里之遥,又有细作来报,说是:"大清营的差官押着吴恩住在万盛店。"白练祖这才扑奔万盛店来。

到了店门首,见大门已闭,他打了几下门,小伙计出来把大门开开,一看是一位上年岁的道人。小二说:"住店可不行,我担不了这个罪名,走漏了消息,是灭门九族之罪!"老道一点首,说:"你这里来,我有话与你商议。"小王三跟白练祖来到无人之处,白练祖说:"伙计,我是一个云游的道士,会看内外两科的病症。我在前面山庄之上包治了一个干血痨,讲的治好谢我白银六十两。我本是云游道士,并无准住处,人家问我在哪里住,我顺口说在兴隆镇万盛店内,明天还有人上这里来找我。求你给我找一间房子,我多谢你二两白银,不知尊意如何?"小王三一听,连连摇头,说:"这一件事,我可不敢应承。大清营众位差官老爷们不叫再租赁外人,我如何敢得罪他们? 不行,不行!"白练祖说:"无妨,我有主意保你无事。你把我带到里面空房之内,他们如果要问你之时,你就说我常在这里住的,我会看病,今天是给人家治病回来。难道说他们叫你把常住店的都撵了? 我这里有白银五两,拿去买双鞋穿去吧。"王三瞧见银子,伸手接将过来。真是"清酒红人面,财帛动人心。"接过银子来,笑嘻嘻的说:"道爷,你这么大年岁了,我实在过意不去,你贵姓哪?"白练祖说:"姓白,草字玄真。"王三说:"是了,他们要问我,我就说你是我白二太爷。"带领老道进了店门,把门关上,领老道到了北上房屋内。白练祖故作念咒之声,把顾焕章引到屋中来,与他谈了些闲话。又去看了看吴恩,身上并未有伤。

他回到自己屋内,把自己所配的鸡鸣五鼓返魂香取出来,自己闻上解药,等到三更二点,隔帘栊见王天宠在外面巡查了一遍,见他进东上房去,

---

① 趱——赶。

白练祖蹑①足潜踪,来至东上房窗棂以外,先把屋中三个睡觉的用熏香熏过去;然后来到帘子以外,趁着顾焕章、王天宠正在昏迷之际,把熏香盒子仙鹤颈往帘子缝里一入,后边一捏自来簧,仙鹤的翅膀儿一呼扇,那股烟慢腾腾的就进了屋内。不多时,王天宠、顾焕章都倒在椅子上了,连八路都会总吴恩都熏过去了。白练祖把熏香盒子带将起来,进了东上房,先把吴恩抱到他的屋内,摸出药瓶来,把吴恩用解药解过来,把他绑绳扣儿解开,说:"都会总不必担惊,我特意前来救你。你在此少待,我先到东上房结果几个小辈的性命。"白练祖手擎宝剑,来至东上房,进得屋中一看,王天宠、朱天飞、侯化泰、顾焕章、马梦太五个人踪迹不见。吓的白练祖只是发愣,暗说:"不好,必有能人把他五个人救去了。我去与都会总商议,再做道理。"转身扑奔北上房。

书中单表顾焕章等五个人哪里去了? 只因白练祖背吴恩出去之时,暗中从房中跳将下来一人,进至东上房,把五个人救出店外。又去找了点凉水来,把五个人牙关撬开,灌下点凉水去,不多一时,苏醒过来。五个人睁眼一看,身躯倒在露天地上。五个人跳起来一嚷说:"怎么到这里了? 不好了,吴恩是跑了! 你我几人为何来到此处?"只见那边不远站着一条黑影,说:"顾焕章贤弟,愚兄在此。"顾焕章过去一看,原来是故友相逢,来者非是别人,正是黄面太岁卢恩龙,连忙跪倒行礼:"拜兄在上,小弟有礼。"卢恩龙连忙还礼。顾焕章给众人引见,问卢恩龙从何处来。卢恩龙说:"从家中来。只因打发你侄儿卢杰上军营找你去后,我又打听,人说贤弟探峨眉山遇害,我甚是不放心,打算前来替你报仇,故上云贵探听贼人的机密大事。我昨夜住在这兴隆镇兴隆店内,我听店家传言说有大清营的差官拿住妖道吴恩,住在这万盛店内。我想这大清营的差官必是知己的几位朋友,故此我夜晚前来偷看,正遇一道人用熏香把你等熏过去,他进屋中去了,我打算要拉刀拿他,又见他背出一个人来,往北屋里去了。我不敢造次,见事情不好,必是行刺之人。我才把你五位救到这里,用凉水把你等解救过来。"众人一听,说:"惭愧! 我等若非遇见兄长相救,俱死在妖人之手。"顾焕章说:"唔呀! 不要走,你我弟兄到店中拿这两个妖人。"

---

① 蹑——用脚尖走。

大家各拿兵刃,直奔万盛店来。蹿上房去,跳在院中一瞧,东上房屋中灯烛辉煌。又听见北房上屋中白练祖与吴恩二人正说别后之事。顾焕章手举宝剑,骂道说:"混账王八羔子,你出来!我在这里与你较量较量!"白练祖在屋中正与吴恩谈论军旅之事,忽听外面有人叫骂,自己忙拉宝剑,带上五云筒,抢到院内,说:"顾焕章,你不知山人的厉害。我实告诉你吧,我是大竹子山仁和教主化地无形白练祖是也。你要识时务,跪在山人面前投降,免你一死;如若不然,想要叫你逃走,势比登天还难!"顾焕章一听此言,气往上撞,抡太阿剑就砍白练祖。王天宠、马梦太等四人各拉兵刃,协力相助。正在众人战杀之际,只见那白练祖把宝剑还入鞘内,往旁边一闪,伸手从背后拉出一种物件来,其形仿佛一个竹筒相似,长有三尺二寸,其粗有茶杯口相似,看头顶之上,蒙着一块红绸子,上有五色线系着。那老道说:"你等太不识时务,山人拿法宝诛却你等的性命!"把那五色绸子用手一撕,照定顾焕章身上一甩。只见一股青烟扑奔顾焕章而来,碰在衣服上就烧着。顾焕章连说"不好",往房上一蹿,又借风势,那衣服更着旺了。说时迟,那时快,王天宠等四个人均被白练祖五云筒烧着了。这四位英雄不敢恋战,蹿上房去,跳在店外,就地下一滚,把火压灭。与顾焕章找在一处,五个人的衣裳都被烧坏了。王天宠说:"好厉害呀,好厉害!我闯荡半生,并未见过这是什么物件。"朱天飞说:"此物我倒知道,名叫五云筒,乃是白练祖所造。这宗东西其厉害无比,里面必有引火之道。前番我有一位朋友,姓李,名杰,外号人称惊世太保,久在云南保镖,在楚雄府失去了镖银四十万两,就遇见这老道白练祖,言说他使的五云筒的厉害。我那朋友一气,从此永不在镖行里了。那五云筒甚是厉害,漫说五个人,就是千军万马,也能烧的了。"

正说之际,忽见从房上跳下一个人来,这五位英雄一瞧,乃是卢恩龙。他说:"你五位多有受惊了!我在房上观看这老道使的这宗物件,甚是厉害,我不敢造次下去动手。天已不早,你五位请回大营,我还要往云南给你们探访机密事情去。"言罢,拱手而别。顾焕章等五个人寻找道路,出了兴隆镇北村口。正要往前行走,忽见前面尘沙荡荡,灰土翻飞。此时天色大亮,又见正北旗幡招展,号带飘扬,压地兵山相似,来了无数的贼兵。这五个人一看,说声"不好",要躲闪也来不及了。

书中交待,这天地会贼兵是从哪里来的?原来是吴恩走后,山寨大事全托马杰、任山二人照料。马杰暗想:"此时要不将北山口献与大清营,嗣后妖道回来,这事就难办了。"想罢,把大徒弟金元志叫过来,说:"你我师徒在此山内这几年的景况,所为探贼的虚实,趁此机会,吴恩未在山内,我给你令箭一支,我这里有书信一封,你到大清营找马成龙,面呈此信,定于明日辰刻时分献接天岭。你接应大清营的官兵进山,我拿令箭把吴铎、吴峰调来,派你弟兄二人镇守接天岭。见了马成龙,细说献山投降之事。"

金元志领命,出了五云观,顺路至北山口,到了接天岭,叫吴铎、吴峰验了令箭,下山至大清营。到了营门,说:"众位老爷们请了!我姓金,给胖马大人前来送信,求众位给我回禀一声吧。"那当差人等说:"你且候着。"进去不多一时,有马成龙的亲随人出来,把金元志带至马成龙这营中。进了大帐,见那马成龙坐在那里吃茶,与胡忠孝、李庆龙三人谈心。见家人带进一人,年约二旬以外,身高六尺,穿一件蓝绸子长衫,足下青缎子薄底快靴;面皮微青,青中透白,两道立眉,一双虎目,直鼻阔口,是容长的脸膛儿。见了马成龙,连忙叩头,口称:"马大人在上,今有书信一纸,请大人抬览。"把书信呈上。马成龙一看,心中甚是喜悦。大家定计,要破峨眉山。不知后事如何,且看下回分解。

第三十二回

穆将军夜袭接天岭　白练祖妖术烧清兵

词曰：

　　夏赏春游，歌舞场中乐事稠。琴瑟娱亲友，烟雨迷花柳。休，眼底逞风流，苦归身后，可惜光阴懡㦬①。空回首，因此把风月襟怀一笔勾。

　　话说马成龙正在大帐之中吃茶，只见金元志进来行礼，呈上一封书信来。那马成龙接过信来一看，但见信封上书写"内信面呈马龙大人印成龙勋启。"马成龙打开一看，上写：

　　叩请马大人台安。前在北山口一别，倏经一载，稔知②大人掌握大权，肃清边衅。今有妖人吴恩，意欲往云南调兵，趁此机会，擒拿此贼。我现派金元志送信，大人急速发兵，我在接天岭派人接应，以红旗子为记。大人成功，就在这数日之间。书不尽言，并请台安。

马成龙看罢，说："你就叫金元志？"金元志答应："是。"马成龙说："你回去吧，我这里自然照书信行事。"金元志出了大清营，竟自去了。

　　马成龙拿着这封字，到了穆将军中军大帐之内，见了大帅，述说方才之事。穆帅说："马成龙，我就派你带领五千飞虎云梯军前去取接天岭，派谢禄、韩虎跟你前往。再派接应你的人马，是胡忠孝、李庆龙。我自统中军大队前往。"又知会神力王爷，带领全军大队进东山口。马成龙答应"是"，出了穆帅大帐。这才升了大帐，点他手下战将，派谢禄统带前军攻打接天岭；又派韩虎作为二队接应，督催飞虎云梯军。马成龙安排已毕，调齐了大队人马，天有五鼓，用完了战饭，一声号令，催督大队人马起程。谢禄带领前军奋勇队二千人马，不多时到了接天岭。只见上面旗幡招展，有一杆红旗子在山头飘摆。他知道是内里有应，将带

---

① 懡(mǒ)㦬(luǒ)——稀疏的样子，这里指时光短暂。

② 稔(rěn)知——熟知。稔：熟悉。

来二千人马，一拥抢上了山坡。那山上的守将吴铎、吴峰早被马杰调去守南山口去了，这里派的是魏定芳，竟等接应大清营中的人马。见谢禄来到，那些八卦教中之兵方才要放滚木檑石，魏定芳说："且慢！不可再放。一字并肩王爷已然是归降了大清，你等愿降者，各把兵刃扔下；不愿降者，任凭你等尊便！"那些八卦教的兵丁一阵大乱，也有愿降的，也有走的，声音一片。谢禄趁乱，进了接天岭。金元志、魏定芳跪下叩头，迎接大将军。后面韩虎也赶到。马成龙带着后队上了接天岭。金元志、魏定芳头前领路。

马成龙的大队方到兴会庄，只听前面山坡以下一声炮响，有一支人马列开旗门，约有五千余贼。为首站定一员贼将，身高八尺，头戴三角白绫巾，勒着金抹额，二龙斗宝，迎面嵌一朵绒球，身穿宝蓝缎子蟒箭袖，周身绣团花，腰系丝鸾带，单衬袄，青缎快靴，手使长把月牙开山斧；脸如黑炭，四方脸膛，两道雄眉，一双阔目，高颧骨，咧腮额，吊角口，在那里一声喊嚷说："哪里来的鼠辈，胆敢里应外合！今有搬山雕陈忠在此！"谢禄抡刀就剁，陈忠用月牙斧相迎。谢禄撤回刀，分心就刺。陈忠海底捞月，往上一崩，把谢禄的刀给磕飞了。谢禄往旁边一蹿，马成龙赶到，摆宝刀与陈忠动手。战了两个照面，陈忠的斧子被马成龙给削飞了。陈忠回头要跑，被马成龙一刀削为两段。大队人马冲过兴会庄，后队接应也到，大家合兵一处，往山内冲杀。

忽听峨眉山上响了三个惊天大炮，约有四五万贼兵冲下山坡而来。只见旗幡招展，并有无数的战将，当中是吴法兴、吴法广、吴法通，三人领众将，听说是北山口被大清营打破，他兄弟三人带领人马前来，要决一死战。正迎着马成龙的马队，两下各扎住队伍。吴法兴手拿宝剑，来在马成龙对面，二人动手，战了几个照面，被马成龙一刀杀死。吴法广、吴法通两个过来，要与兄长报仇，也被马成龙、谢禄、韩虎三人结果了性命。马成龙催着大队，往贼队里一冲，这五千奋勇队都是精壮之兵，撞入贼队，抢刀杀了，碰着就死，挨着就亡，着着一下筋断骨折，只杀得高坡之处人头乱滚，低洼之处血水成河。马杰带领亲随人等，下山迎接穆将军。

此时老会总任山见事不好，带着随征之战将，即顺南山口逃走。聚集败残人马，约有四五万之众，出去峨眉山南山口，自己才知道是马杰献的接天岭。任山在马上叹了一口气，说："八路都会总把大事交给我二人,也是我缺谋短智,一时间失于防范。今将峨眉山失守,我有何脸面往见都会总?"回头再往峨眉山里一看,杀气腾腾,直冲霄叹。自己催动人马,正往前行走,只见前边树林之中,一晃身形,仿佛有几个人的样子。

　　原来是顾焕章、马梦太等五个人,由万盛店内被白练祖五云筒所烧,败将下来。见天地会的败残人马大队下来,五个人躲在树林之内,由树林绕道回归大清营。到了大营之内,听汪大人说得了峨眉山。五个人歇息半晌,同到神力王那边。这顾焕章禀见,神力王听说义子前来,心中甚为喜悦,连忙对差官说:"把他叫进来。"不多时,顾焕章来至王爷大帐,但则见老王爷在帅案旁侧太师椅上而坐,身穿便服。顾焕章跪倒叩头,说:"父亲在上,孩儿顾焕章叩头!"老王爷叫童儿把他搀起来,旁边看个座位。所有的内差官搬了一个椅儿,放在下面。顾焕章谢过了座。老王爷说道:"儿呀,你自从探峨眉山南山口被获遭擒,我自打算你死在贼人之手,不想今天你又回来,你把别后之事细说一遍。"顾焕章遂说道:"孩儿自探峨眉山南山口,中了贼人的消息埋伏,被那二都会总拿进山去,送在一字并肩王马会总那里。那马杰乃是孩儿的故友,当年他在北五省,人称沧州双侠。那个人身在绿林,心存道德,济困扶危,所作所为,都是光明正大之事,与孩儿结为金兰之好。前者卢沟桥破地雷,就是此人泄的机关。现在天地会中封为一字并肩王。他身在天地会卧底,想要替天行道,扫灭乱贼,泄贼人之机密。把孩儿救了,由乱石山逃走。半路之上,遇见我师兄黄松山,把我送到聋哑仙师那里去。在那里采了半年多的药,奉师傅之命,到灭吴山绝恩岭清妙观中,等候捉拿吴恩。有我师叔云霞道人帮助,把妖道已然拿住。儿同那王天宠、马梦太、朱天飞、侯化泰将妖人解到兴隆镇,住在旅店之内,遇见仁和教主化地无形白练祖救去,我等俱被他五云筒所伤。今日方来到大营,叩见父王千岁。"神力王说:"总是贼人不该被获。现今马杰把峨眉山北山口献与大清营,穆将军昨日带兵取的接天岭,我派副将王绪祖带领三万马军步队、二十余名战将,进攻东山口。适才探子报道,峨眉山已破,生擒贼将十七名,杀死贼兵无数。穆将军把通天宝灵观仓廒①府库查清,还抄出几百名妇人女子来,俱都是良家子女,

_____

　　①　廒——藏米谷的仓库。

被妖人抢去,收作妻房侍妾。我传谕下去,派人询问明白,把这些妇女送回原籍。还收了降兵三四万人。"那顾焕章说"是"。老王爷吩咐:"赏他们五个人一桌全席,在后帐吃酒去吧。"

过了两天,穆将军把山寨之事办的一律肃清,把一些贼将俱皆斩首号令,随带本部人马与老王爷合兵一处,所有立功诸将,开写花名,与神力王连衔具折子,保举众将。内中单不见红胡子马杰。老王爷问金元志、魏定芳:"你师傅哪里去了?"二人说:"白将军人马进山之时,我二人同我师傅接见将军之后,就不见我师傅哪里去了。我二人甚是着急,在各处找了半晌,也不知我师傅是死是活。"穆将军点了点头,心中说:"十有八九马杰死在乱军之中。"金元志、魏定芳二人赏了两个守备。老将军又与王爷商议,叫王爷后面总理粮饷,他自统带前军,往云南进兵。老王爷也愿意在此歇兵一月。把峨眉山大事办完,把投降那三万贼兵也都编成营号,派朱瑞、金青二人统带,金元志、魏定芳协同办理。把贼积蓄的银钱,俱皆分赏三军。撒下八路流星探马,在各处哨探贼兵的下落。

这一日,探马来报说:"吴恩率领云南各路的人马,在兴隆镇扎营。"穆将军升坐中军大帐,调齐众将。老将军说:"朱瑞听令:派你带领五千马队,作为向导,诸事都要谨慎,有什么要紧之事,务要禀我知道。"朱瑞得令下去。穆将军把众将一看,想要挑选一个先锋,此乃关乎重大之事,非足智多谋之人,不能当此重任。看了看韦佗保、韩三保、萨里善、哈三保这四个人,都是大员子弟,初到军营,派此差使,多半不成。自己一想:"莫若我问众将,哪一个敢讨此令前行。"老将军往下问道:"你等众人,哪个敢当先锋之任?此任甚不容易。先锋先锋,阵阵先行,逢山开路,遇水搭桥,非智勇双全之人,不能前往。"话言未了,有神力将赛铁盖高杰过来给将军请安,说:"末将不才,愿当此任。如误了军情大事,我情甘军法。"老将军说:"就派你前往,带一万降兵,姜玉、金青、金元志、魏定芳四个人协力相助。明日辰刻,祭了'帅'字旗起兵。本帅自带全军大队接应。"将军散帐,一夜无话。

次日天明,书不可重叙。众人祭了"帅"字旗起兵,百胜将朱瑞带着五千飞虎队,派下几路探马,各处哨探,他统带人马往前行走。这日离兴隆镇不远,探马报道:"前面有贼兵扎营。"朱瑞见天色已晚,吩咐安营。不多时,高杰赶到,一万先锋队在此地安营下寨,埋好了牙叉鹿角,撒下铁蒺藜①、绊马索，安下子午营、中军帐，安下粮台，立下行营。高杰是福至心灵，拔令箭一支，派金元志前查营门，派魏定芳巡墙子、下哈喇、查口号，派姜玉护粮台，派金青总理营务处，自己护守中军。防守甚严，恐其贼人前来劫营。一夜晚景无话。

　　次日天明，用完早战饭，高杰派金元志、魏定芳守营，他自统带五千人马，与百胜将朱瑞合兵一处，来到两军阵前，列开旗门，扎住队伍。正南一看，贼营连扎五座大寨，旗幡招展，号带飘扬。方要派蓝旗讨战，忽听贼营中号炮连天，从当中大寨撞出有一万贼队，为首正是金头活太岁周熊。此人座下骑着一匹红沙马，身高九尺，膀阔三停，头大项短，面如瓦色，灰中透青，两道红眉毛，一双阔目圆翻，狮鼻阔口，海下暴扎钢髯，短茸茸有二寸多长，手使一条浑铁点钢枪，说："呔！大清营的战将，哪个前来送死！"百胜将朱瑞催座下马，摇着竹节鞭，说："周熊，我耳中听说你是条好汉，今天我与你比并三合！"周熊拧枪就刺，朱瑞用竹节鞭往外一磕。周熊把枪撤回去，盖顶就砸；朱瑞用竹节鞭双手托天势，往上相迎。两马一错蹬，朱瑞顺手一鞭，照定金头活太岁周熊后脑海打去，只听"嘎嚓"一声，红光崩溅，鲜血直流，周熊死于马下。只见贼队门旗开处，一声"无量寿佛"，化地无形白练祖抱五云筒赶到。不知后事如何，且看下回分解。

---

　　①　蒺藜——一年生草，果于三角四刺，可作药。

第三十三回

高杰奋勇劫贼寨　成龙献计淹贼军

词曰：

　　学海长流，文章光芒射斗牛①。六艺场②中走，斗酒诗千首。休，锦绣满胸头，何须夸口。生死跟前，半字难相救，因此把盖世文章一笔勾。

　　话说白练祖自万盛店烧了五位英雄之后，此日与吴恩到了他的营中，二人正要商议聚首峨眉山之计，不多一时，任山带败残人马赶到，见了吴恩，诉述前情。吴恩一听峨眉山失守，吓的惊慌失色，说："我的大事要坏！"白练祖哈哈大笑，说："吴贤弟不必惊慌，当初我劝你起义，我看你是开基创业之主；今天失去峨眉山，此乃小事一件。任会总，你保着都会总占着大竹子山，撒下令箭，催动各路人马，听我的信息，前来接就。我这里就留下大耗神梅峰、逍遥会总张宝任、太平会总任凤姣，还有四五万败残人马。"吴恩听罢，说声"甚好"。次日坐轿，由任山保护，竟回云南大竹子山去了。

　　白练祖查点这几万人马，安了几个大寨，派大耗神梅峰在前寨，花面阎王周通在后寨，左寨是张宝任，右寨是任凤姣，银面哪吒周铠护守粮台，他与周熊守中寨。今日在两军阵前亮队，见百胜将朱瑞把周熊打死，自己抱五云筒窜至在队外，直奔那百胜将朱瑞而来，说："朱瑞，你是八卦教中的管粮的都会总，你吃里扒外，太不懂时务了！我来结果你的性命！"朱瑞说："白练祖，你乃是出家之人，理应务本守分，你任意胡为，今日天兵到此，你尚执迷不悟，待我结果你的性命！"摆竹节鞭往下就打。白练祖一阵冷笑，说："孽障，你真不知自爱！"一摆五云筒，照定百胜将朱瑞前胸，"倏"就是一下，只见一股青烟直扑前胸，朱瑞衣服已着，慌忙跳下马

---

① 斗牛——二十八宿中斗宿和牛宿。

② 六艺场——犹学海。六艺，即六经，《诗》、《书》、《礼》、《乐》、《易》、《春秋》。

来，就地一滚，把火压灭。焉想到白练祖又是一五云筒，把朱瑞竟自烧死。金青一见朱瑞死在妖道之手，自己又急又气，说："老道别走！我要替我师弟报仇！"摆披刀直奔白练祖而来，抡刀就剁。白练祖往旁边一闪，照定金青就是一五云筒。白练祖所使五云筒，并非是邪术，乃是硫磺焰硝加毒药所配，内有自来簧，分出五筒，筒中打出烟弹，如核桃大，内分青、黄、赤、白、黑五样颜色，那烟弹碰在衣服上就着，扑散一片火光，今天又把金青的衣服烧着。金青连忙逃走，归回本队。

高杰见事不好，齐队收兵，到了大营之内，金青毒气归心身死。高杰派人治办棺材，把他盛殓①起来，派人送到金家坨去。用完了晚战饭，把金元志、魏定芳二人叫过来，说："二位贤弟，今夜晚助我一臂之力，自己带领全军大队前去偷营劫寨。"金元志说："高将军，诸事都要小心！白练祖用兵诡计多端，恐其有诈。"高杰说："畏首畏尾，焉能成事？你我出了谷口，调齐大队人马，成败就在今宵。"金元志、魏定芳说："也好，小将就随定将军前去！"调齐大队人马，出了大营，扑奔白练祖大寨而来。来至前寨门，高杰一马当先，马步军队跟随在后，见贼营并无一点动作。杀到中军，并不见一人前来迎敌。高杰暗说："不好。"吩咐急速撤队。方要撤队，只听连珠炮响，四面八方，漫山遍野，火光冲天，杀声震地，连四外账房全皆烧着。火光逼近，好生厉害，把这些官兵烧的焦头烂额，东逃西窜。高杰冲烟冒火，催马逃走。金元志、魏定芳两人被烟火所迷，不辨东西南北。只听四面喊嚷，杀声震耳，金蛇乱窜，草木皆兵。正是：

　　凡引星星之火，勾出离部无情。随风逐浪显威能，烈焰腾空势
猛。　　　　只听呼呼声响，冲霄密布烟生。炕天遍地赤通红，寨堡栅栏
无影。

话说高杰在乱军之中带着败残人马，闯进了贼寨，幸遇后队接应兵到，幸亏二队胡忠孝带领马队前来接应。天色大亮，金元志、魏定芳也回到大清营，查点人马，伤损约有一万有余。穆将军的马步军队随后亦到，安营扎寨，升坐中军大帐，把高杰叫进帐来。穆将军说："高杰，你既告奋勇，不知小心，丧师辱国，未经出军，先败我的军威！"吩咐左右把高杰绑

────────────

　①　殓——替死人穿好衣服，而后放入棺材。

出去砍了。两旁差官答应，把高杰绑上，推下大帐。只见旁边马成龙过来说："刀下留人！求老将军开天地之恩，暂饶此人之罪。卑职我有一计，可捉拿妖人白练祖。"那穆将军一闻马成龙之言，吩咐人："来，把高杰给我推回来！"高杰上帐说："谢过将军不斩之恩。"穆将军说："按军法，我应该把你斩首号令，今有马成龙给你求情，本帅暂记你大过一次，要再犯本帅军法，定斩不容！"高杰下帐。穆将军问："马成龙，你有何计破贼人？"马成龙说："回禀元帅，那白练祖所安营之正西有一道河，名为白沙河。将军派五百兵丁，各带土口袋一个，由西南之上把河水挡住，将军将大队撤在正东大峨峰山之上。白练祖这五个大寨正在低洼之处，今夜黄昏之时，将河水挡上，至天明，白练祖的后寨皆被水淹，叫他全军尽灭。"穆将军说："此计甚妙！就是今夜晚挖河，须要小心。"发令箭一支，派病符神余顺："带二千步队，各带沙子口袋两条，扒过正西这一座山梁，直扑奔西南，到秋家渡口，在那里用沙子口袋将水挡住。顺着西南一带涧沟，做出引水之道，由青石崖口把水道领到白练祖的后寨，算你一件奇功。"余顺得令，点齐人马去了。穆老将军吩咐："将人马撤在大峨峰山，扎驻队伍。"

单表余顺带领了二千人马，由西边山坡之后，直奔秋家渡口而来。到了那秋家渡口，先把那队伍调齐，派人各把口袋装满了沙子，往河下一扔，顿时把水堵住。不多时把水就逼起来了，涨起有五尺多深的水来。余顺又把那南边靠东的河岸都扒开了，那水顺着青石崖口，直往东北鱼贯而流。余顺带领人马，暗暗的回到营中交令去了。

那银面哪吒周铠，他这座大寨正当水路。天有三鼓之时，那水就冲进大寨。那些贼兵正在睡梦之间，忽听山崩峡倒，平地水花滚滚，白浪滔天。这些三军皆做水底亡魂，河中冤鬼。白练祖正在中军大帐养神，打算候至子时施展妖术，至大清营前去行刺。不想天交四鼓之时，水已到他的寨内。白练祖连忙拉出宝剑，步罡斗①，掐诀念咒，起在半空中，竟自回大竹子山去了。这里的周铠、周通、梅峰三个人带败残之兵，浮水逃走。次日，穆将军派大将王宏带五百飞虎队到秋家渡口，把口袋搬开，水顺河流将下去。过了三五天，大路之上水已流尽。穆老将军由大峨峰山移营至大路

---

① 罡（gāng）斗——道教用语，即罡星，北斗七星之一。

之上,安好营寨,歇兵三天。

这一日,忽有探子报道:"天使到!"穆将军摆香案迎接。天使宣读圣旨:

奉天承运皇帝诏曰:朕命神力王、穆詹进兵峨眉山、剿灭妖逆。今幸将峨眉山已破,剿灭逆贼,扫清寰宇①。神力王战功卓著,朕赐免死金牌一面,尚方宝剑一口,代命行诛,先斩后奏。穆詹赏赐二等忠勇侯。汪平、伊哩布,俱赏给头品顶戴。义勇侯屠海,钦赐八宝团龙黄马褂一件。建威将军蔡荣,赏给世袭一等男爵。靖远侯倭克金布,准其开复原官,赏给斐灵额巴图鲁。马成龙拟补云南提总,随营帮办军务。邓龙赏给头品顶戴,钦赐博奇巴图鲁勇号。马梦太、胡忠孝、王金龙、王绪祖、李庆龙、韦佗保、韩三保、萨里善、哈三保、玉斗、巴德哩、余顺、欧阳善、诸葛吉、张玉峰、高杰、姜玉、金元志、魏定芳、谢禄、韩虎,俱赏加一级。随营兵丁赏给钱粮三个月。所有阵亡诸将,咨部查明,另赐恤。钦此。

大众叩头谢恩,款待钦差。次日钦差走后,穆将军撒下探马,各处哨探。

这日,正在中军大帐点名,忽见营门官来报:"外面有一人,有紧要机密事,要面见将军。"穆将军传令:"命他进来!"不多时,外面进来羽士黄冠,玄门道教。马成龙一看,认识是红胡子马杰,来到大帐跪倒,给将军叩头。老将军说:"马壮士请起。前者你接应官兵入山,我正要保举你做官,不想破山之后,你往哪里去了?今天来见本帅,有何机密事前来相报?"马杰说:"自从破山之后,我到冷岩山青松观庙中住了几日。后来下山,到各处探听军旅之事。今我来见将军,非为别故,怕是将军进兵,身入险地,被贼人所算。"穆将军说:"马杰,你知道从这一条路到云南,所过都是什么关口山寨?"马杰说:"头一个就是咽喉要路湖耳山。山上有位会总,乃是云南头一条好汉,姓杨,名胜,外号人称小霸王。此人有万夫不挡之勇,手使六十四斤浑铁点钢枪。手下有四员大将:一名赵昆,绰号人称独角虎;二名周成,绰号人称镇江龙;三名金头豹冯开山;四名铁背熊蒋得成。俱都是能征惯战的英雄。手下有一万飞虎兵,都在年力精壮。湖耳山就是一条咽喉要路,非那里不能过去。山寨之上还有一个能人,姓杨,

━━━━━━━━━━

①　寰宇——广大的区域。

名策,外号人称神机军师,先占马鞍岛落草为寇,后来带他儿子杨胜投降了八卦教匪,现在驻扎湖耳山。此人诡计多端,奸诈莫测。将军如遇此人,诸事需要小心。往下就是石平州、楚雄府、穿云关,大小七十余处,也有天地会,也有反天会,闹的各处黎民不安。内中也有妖人,会些个邪术。将军暂此歇兵,我前去哨探哨探。"穆将军说:"我要保你做官,你可愿意在我营中当差?"马杰连连叩头,说:"求将军格处施恩,我已然出家,身已归三清教下,求将军就把通天宝灵观赏给我吧。"穆将军说:"我必要奏明朝廷,将此庙赏给你。"马杰叩头,站起身来,说:"替将军前去哨探军情大事。"马杰方才下去,不多一时,有王天宠、朱天飞、马梦太、侯化泰赶到,听说马杰在此,四个人特意前来看他。听说马杰已走,顾焕章过来讨令,要探湖耳山。不知后事如何,且看下回分解。

中国古典文学名著丛书

永庆升平全传

下

[清] 郭广瑞 贪梦道人 著

华夏出版社
HUAXIA PUBLISHING HOUSE

第三十四回

顾焕章偷探湖耳山　追风猿他乡遇故友

诗曰：

　　终日被人欺，分明我自知。

　　若还忍耐得，终久不便宜。

话说顾焕章来至穆将军大帐讨令，要探湖耳山。穆将军说："你此去需要谨慎小心，不可大意。"顾焕章得令下去。下面马成龙、马梦太、高杰、白胜祖四个人，也要跟随前往。穆将军说："你四个人要去，诸事听倭克金布的话，不可任性胡为。无论探出什么消息，不可冒险前往。"穆将军这一派话，正对着白胜祖说，只因出兵之时，白大将军派儿子在穆元帅这里当差，诸事托穆将军管教，不可任性胡为。皆因穆帅知道白胜祖年轻，怕是贪功冒险，受他人的暗算。这四个人听穆将军吩咐，点头答应，均随顾焕章下了大帐。顾焕章邀请朱天飞、侯化泰、王天宠跟随。大家各跨一匹战马，各带着随身的兵刃，出离了大清营。顾焕章这一讨令，要探湖耳山，他是有心事，想要追上红胡子马杰，二人谈谈心，故此马上加鞭，如飞似箭。大家各催征驹战马，往前趱赶。

时逢艳阳天气，正在三春的景况，真是柳暗花明，青山叠翠，百鸟声喧，真正是好俊的春光！怎见得？有赞为证：

　　春光明媚，呖呖莺声鸣春昼，更有那柳青桃红分外娇。春光儿好，春叶姣，春花似锦，春雨如膏，春风料峭。映着那迟迟春日，春景儿难描。柳浪滔滔，花枝袅袅，穿花虫儿粉蝶俏。花气昭昭，柳影儿摇摇，勾惹的那游春的公子，斜跨着雕鞍，踏过了小桥。游春的客，春兴高，也有老，也有少，也有蠢，也有俏，莫不为春景牢骚。遥指望，杏花村内，酒旗飘飘。

马成龙在马上看此春光的景况甚为高兴，回头与侯爷说："大哥，你看此处山清水秀，又趁此艳阳天气，要是太平世界，你我弟兄在一起游春玩景，吃酒谈心，到处名山胜景，任意游玩，岂不美哉！焉想到遭此变乱之际，天下荒荒,各处盗贼窃发①,南方刀兵四起,不知何年月把贼人扫灭,从此天下太平,万民乐业,方遂吾之心愿。"倭侯爷一听,说:"贤弟,你乃是聪明人。天下大势,合久必分,分久必合。自前明崇祯甲申年,流贼李自成作乱,天下刀兵四起,吴三桂请我国圣人入关以来,赶走李自成,灭了张献忠,天下赖以太平。今又有妖逆作乱,上干大怒,下招人怨,不久必被大兵所灭。我皇上自定鼎以来,省刑罚,薄税敛,恩威并施,赏罚分明,以天下黎民为重。这些不识时务妖逆,任意胡为。"

正值大家谈论,看看红日西沉,高杰在马上说:"我渴了,哪里有水,咱们喝点,也该找个地方歇息歇息了。"王天宠说:"前面已到湖耳山。"高杰抬头一看,但则见东西两旁都是高峰峻岭,正南上有一座大山,两旁直立山峰。在半山坡上,东西有一条大岭,当中一座寨门,周围一带石墙。寨门上插两杆大旗,上面有字,是个"杨"字。山西边一带,都是高山峻岭。山的东边有一股小路,是往云南去的路径。众人催马,由山东边往南,要偷看这座山是从哪里上去。王天宠在马上抬头一看,说:"此地好险呐! 众位要快走,这山上要有贼兵把守,往下砸打滚木石子,你我性命休矣!"马梦太说:"大兵要到此处,非破此山不能过去。"顾焕章说:"唔呀! 咱们快走吧,你看那天阴霾了。"众人齐把坐骑转过这道山坡,但则见往西南是一条大路。天色已晚,高杰说:"咱们该找一个店住下了,天也不早啦,我此时又渴又饿。"马梦太说:"你别忙,此处都是荒山野境,哪里有店? 莫若你我找一个庙宇住下也好。"侯化泰说:"你们顺我手往西北看,那边不是有一片树? 大概必是村庄。你我投奔那里,看是有店无有。"

众人催马往西北走,只见前面树林之中,隐隐有一带红墙,两根旗杆直冲霄汉。众人来至山门以处一瞧,山门之上有一块匾,上写泥金大字,是"古刹铁善寺",来到角门,侯化泰上前叩门。只听见里面有人口中念:"南无阿弥陀佛。"伸手把门开开,原来是一个小和尚,年有十五六岁,淡黄脸面,粗眉大眼,四方脸;身穿蓝布僧衣,足下白袜云鞋,方宫端方,品貌不俗。一见这几个人都是手拿打马鞭子,拉着座下马,高短老少不一。沙

---

① 窃发——暗发。

弥①问道："你们几位打门何事?"侯化泰说："我们远方来的,从此路过,天色已晚,走的口渴,意欲借宝刹歇息一宵,不知小师傅尊意如何?"小和尚说："我是不能做主,回禀我家师傅知道。"侯化泰说："也好,你就去回禀去,我们在这里等候。"小和尚转身入内,不多时出来,只见那小和尚笑嘻嘻的说："你们几位把马拉进来,缚在东院马房之内喂上,跟我到西院中落座。"众人进了铁善寺,往东一看,是一座马棚,里面缚着有两匹花马。小和尚带着那顾焕章、王天宠、朱天飞、侯化泰、胖马马成龙、瘦马马梦太、神力将高杰、过海银龙白胜祖,这八位英雄来至大殿的西边,一看是四扇绿屏门,开着当中两扇,上写的是"佛地生辉"。两旁的对联是:

> 曲径通幽处,禅房花木深。

众人看院内栽松种竹,甚是清雅。迎面堆起一座假山子石来,上面栽种树木,都是小巧之物。绕过山子石,是北上房五间,东西各有配房三间。

小和尚让这八位来到西禅堂之内。众人举目一看,但则见靠西墙是楠木条案,上摆着《妙法莲华经》、《华严经》几卷。案前是八仙桌儿一张,两旁各有太师椅子。南屋放着帘子,看不见屋中。北里间屋内是靠前窗户的炕,里面围屏床帐甚是齐整,但则见地下是八仙桌儿,两边的椅子。外间屋内,两边都是茶几杌凳儿。西墙上挂着一轴挑山,写的字迹鲜明。白少将军最爱的是名人字画,一看那挑山,概不由己,心中连说是好,"这是名人的笔迹。"众人往上一看,只见上面写的是:

> 为爱清幽远世俗,靠山搭下小茅庐。
>
> 半亩方塘一横水,数棵杨柳几行竹。
>
> 春酒熟时留客醉,夜灯红处润耳书。
>
> 利锁名缰全抛去,一片冰心在玉壶。

下面落款,写的东坡笔。两边还各有对联,上面写的是:

> 青山不改千年画,绿水长流万古诗。

下面落款是黄庭坚笔。众人落座,小沙弥献上茶来。马梦太到里间屋内一看,但则见西墙之上挂着一口披刀,靠西北方立着一根铁棍、两口单刀。马梦太一看,心中一动,说："不好! 此庙中不是正经参修之人,许是天地会八卦教他等党羽在此亦未可定,要不然就是绿林中的贼盗。"自己转身

---

① 沙弥——指初出家的年轻和尚。

来到外间屋中,见和尚未在屋内,向大众说道:"咱们众人来到此处,不大稳便。我方才到此里间屋中一看,墙上挂着披刀,恐怕这庙中许是歹人。"王天宠说:"马老哥,你太想不开了。你我弟兄身上又没带着金银财宝,又有全身的艺业,漫说没有贼,即便有贼,又怕他何妨?"马梦太默默无言。

只见小和尚送进茶来,说:"众位施主贵姓?从哪里来?"八位英雄各道了姓名,问小和尚:"此处属哪里管?"小和尚说:"我们这里属镇雄州太和县管,眼下都被天地会所占。"王天宠问道:"你们这里云贵地面,难道说没有大清国官么?"小和尚说:"云南十五府均被天地会所占。云南省城现在失守,昭通府知府现已殉难;昭通府所属的三州县,俱被贼兵聚守。"马梦太问:"这州县都是哪里?"小和尚说:"我们庙前两股道:西南那条道,昭通府恩安县;往南去,是镇南州永善县。不知你们意欲何往?"马梦太说:"我们正想上昭通府。"小和尚说:"你们几位千万别去,眼下昭通府恩安县正北有一座山,叫龙峒山,这座山离县城二十二里地,在金沙江的北岸。此山方圆有四十里。那山上住着一位天地会八卦教会总,在那里聚守。此人姓蔡,名叫文增,人称劝善会总,聚守龙峒山。手下猛将不少,又有金沙江之险。他那里水旱战船俱亦齐备,在那里址起大旗,招军买马,积草囤粮。"马梦太暗暗点点头,说:"天下荒乱,刀兵四起,你们这庙中指着什么吃呐?"小和尚说:"我们这庙里,我师傅有的是金银财宝,存下的粮米足够五六年所用。"

小和尚正说话之际,忽听外面一声佛号"南无阿弥陀佛",声音洪亮。众人往外一瞧,只见来了一个陀头和尚,身高八尺以外,渺到九尺,头大项短,虎背腰圆,披散着发髻,头上打一道金箍,面如锅铁,黑中透亮,两道扫帚眉,一双大环眼,白如粉锭,黑似点漆,滴溜溜,光哗哗,皂白分明,三山得配,四字方海口,大耳有轮;身穿灰色布袍直裰①,足下白腰袜子直搭护膝,足下青布僧鞋;在脖项之上挂着十八颗纯钢打造的人头素珠,掀帘栊进至四禅堂。侯化泰一看此人,好生面善,一时间竟想不起来。不知来者这个僧人他是何人,且看下回分解。

---

① 裰——长袍。

第三十五回

众侠义夜宿铁善寺　白胜祖束手探贼巢

诗曰：

> 身安茅屋稳,性定菜根香。
>
> 识破世间事,淡中滋味长。

话说侯化泰见从外面进来这个僧人好生面熟,仿佛在哪里见过的。只见那和尚合掌当胸,向众人施礼:"小僧不知众位贵人驾到,有失远迎,望乞恕罪!"侯化泰忽然想起来了,说:"和尚,原来你在这里! 真是应了古人的话了:'十年久旱逢甘雨,万里他乡遇故知。'"连忙站起身来,说:"大师傅一向可好?"这个和尚,原来是在四方镇春远店那个化缘的和尚,名叫铁面僧纪忠。只因他在四方镇募化了一载有余,把那座下院小铁善寺修的焕然一新,派徒弟那里看守,他自己回到铁善寺。这寺中有两个徒弟,一个叫普明,一个叫普亮。还有两个香火道人孙寿、葛福。这庙中山后有一座果木园子,内养着些牛羊野兽,山上树木不少。他是上月二十日回来的,到这庙中没事,也就是练练功夫,活动活动腰腿,顺便教两个徒弟练练功夫。今日正在云床打坐,忽见徒弟让进一伙人来,在西禅堂讲话,他这才赶到这里来,要看看这伙人是干什么的。一见侯化泰等在坐,就知道是大清营的一班英雄来到,连忙施礼。

侯化泰说:"和尚,你怎么上这里来啦?"铁面僧纪忠把自己之事细说了一遍。侯化泰又给和尚引见众人,大家彼此见礼,说明了来历。纪忠说:"你等众位好大胆,这一座湖耳山岂是容易过来的? 那小霸王杨胜知道,你等性命休矣! 我这一座铁善寺乃是千八百年香火地,你们几位若住在我这庙内,恐他知道,连我均坏在你等之手。倘若走漏了消息,贼人带兵一围,我等竟死在小霸王刀下。"侯化泰说:"我们明日一早就回大清营,绝不在你这庙中久住。"铁面僧纪忠叫道人备办素斋,孙寿、葛福两个人到西院派厨子收拾菜饭,普明掌上灯火。

不多时,孙寿说菜饭齐备,问庙主哪里吃。纪忠说:"北上房。"灯烛掌上,菜饭摆齐,纪忠请众位到北上房,大家坐在一处吃酒。纪忠说:"这一位倭侯爷不是江苏人么?"顾焕章说:"吾正是江苏人氏,你怎么知道?"纪忠说:"小僧当年未出家之时,我也是江苏人。我有一个表兄叫卢恩龙,常与我提说您老人家。"顾焕章说:"唔呀,原来你是卢大哥的表弟!提起都是自己人了。昨日我还与卢大哥见面,他没往你这里来么?"纪忠说:"并未曾见。"马梦太说:"和尚,我与你打听一件事,你可知道?"和尚说:"不知问的什么事情?"马梦太说:"就是这湖耳山上的贼将小霸王杨胜,他手下有多少兵马? 那人性情如何? 远韬近略如何? 怎样的人品?"纪忠说:"要问别人,我不知道,提这小霸王杨胜,与我结为金兰之好。"马梦太说:"原来你是个奸细!"和尚连忙摇头,说:"不对! 我与他虽是异姓弟兄,并不是换心之交。他爱我的武艺,我爱他的能为。他屡次劝我归天地会八卦教,我执意不从。我说:'你不必劝我,我是出家人,跳出三界外,不在五行中。一尘不染,万虑皆空。扫地不伤蝼蚁命,爱惜飞蛾纱罩灯。以慈悲为门,善念为本。我可实不能归天地会八卦教。'我劝他也再见机而作:'吴恩并非成事之人,你自己早做准备。'他也是精明强干之人,文武全才,用兵如神。论文,他晓黄石公三略文章;讲武,他会吕望六韬的兵法。你等众位如遇此人,千万不可轻敌。手下还有大将,都是能征惯战的英雄。"众人一齐说道:"这湖耳山甚不易破,恐怕受贼人之害。"大家用完酒饭,天已至二鼓之时。孙寿把残席撤去,葛福献上茶来。大家吃了两杯茶,安歇睡觉。

次日天明起来,众人告辞要走,铁面僧纪忠说:"众位用过早饭,再回大营不迟。"众人在一处吃茶,早饭已毕,和尚叫两个香火道士备马。众人方要上马,只听外面叩打山门甚急。和尚说:"你等暂且别走,外面恐怕有湖耳山之人前来,如要遇见,恐其不便。"众人说:"也好。"纪忠派普明出去,看是何人。小和尚到外面一看,原来是湖耳山八个喽兵,抬着两坛绍兴酒、两桌席,说:"少当家的,我们会总爷遣我们八个人与当家的送来两坛绍兴酒、两桌席,还请这庙中之主到我们山寨上吃酒。"说着话,普明往旁边一闪,让这八个喽兵搭进庙来。到了西跨院中,铁面僧纪忠吩咐每人赏他们白银二两。普明把银子拿出来给了喽兵,八个人称谢。纪忠说:"你等几个人在这里吃酒吧,我过日要到山寨,前去与你们寨主拜寿去。"众喽兵辞出。

　　且说纪忠说出过日到那祝寿，马梦太说："既然如此，我们也不走啦。"白少将军说："和尚，你要到山上，我跟你到湖耳山，探探贼人的巢穴如何。"铁面僧纪忠连连边摇头说："少将军千万不可！少将军要到湖耳山，无事还好；倘若有事，这一个干系，我可担不了。"白少将军说："与你无干。我改扮一个和尚，你就说我是你的徒弟。"纪忠说："我要带你到那里去，你要少说话。"那少将军说："亦可。你给我一身和尚衣服，我改扮起来，你们看看。"铁面僧纪忠说："普明，把你的衣服拿出来给少将军穿上，大概合体。"普明取来一个衣包交给少将军，他拿着到里间屋中，把自己衣服脱下来，把辫子拆散，先拿水湿了，把辫花打开，披散着发髻，换上僧袍、僧鞋、僧袜，普明又给他一挂念珠、一个绳甩，装扮出来了，叫众人一看，果然真像一个小陀头和尚。铁面僧也换上衣服，说："你们众位千万可别出庙，如要出去，走漏了消息，你我众人都有些不便。此处遍地是天地会之贼，诸事都要留神。"王天宠说："你不必嘱咐了，我等大家绝不能给你坏了事。"纪忠说："既然如是，我二人就要去了。"白少将军说："且慢，小霸王杨胜到你这庙中来过没有？"纪忠说："时常来往。"白少将军说："你这庙中人他可都认得？"纪忠说："徒弟与香火道人，俱都认得。"白少将军说："那就不行了。我要跟你到湖耳山去，他要不认识我，知道我不是你这庙中之人，他要问你我是何人，你有何言答对？"纪忠说："呼吸之间，坏了大事！这件事大不好办。白少将军，你不要跟我去了。"白少将军说："无妨事，你就说你在四方镇收的我，名叫普化。昨天初到庙内，带我给他叩头，你二人又是拜兄弟，他认着必是一番好意，绝不疑惑，你可说我是哑巴。"铁面僧纪忠说："就是那样办理吧。"

　　二人出离了铁善寺，顺道路往东，由东转过山弯往北，绕到湖耳山前山，顺山道来到栅栏寨门。喽兵早已看见，说："大寨主来了！我们寨主正在里面等候。来吧，一同到里面吃酒。"纪忠说："特意前来给你家寨主拜寿。"手下之人禀进去。不多时，小霸王杨胜亲身出来迎接，说："兄长来了，小弟有失迎接，望求兄弟恕罪。"铁面僧纪忠说："你我知己之交，不叙套言。今日贤弟千秋，愚兄早应该前来祝寿。"白少将军一看，见小霸王杨胜果然是一条英雄，平顶身高九尺，膀阔三停，面似乌金纸，黑中透亮。此人是古式的打扮：头戴皂缎色六瓣壮帽，上安六颗明镜，迎门一朵绒球，身穿皂缎色蟒箭袖，周身绣团龙，腰系丝鸾带，足下青缎快靴。两道浓眉,直插额角入鬓,一双大环眼,皂白分明,三山得配,准头丰满,四字方海口,两耳朝怀,海下无须,正在少年,二目神光烁烁。少将军看罢,把头一低,一语不发。

　　见小霸王杨胜与纪忠携手拦腕进了大寨,他在后面跟随,进了三道寨门,但则见正北五间大厅,东西各有配房五间。院中站定五十名削刀手。见正房廊檐底下明柱之上绑定一人,年过七十以外,须发皆白。纪忠一看,不是外人,正是小霸王的父亲杨策。纪忠暗吃一惊,想:"小霸王杨胜真是浑人,怎么待他父亲这样严恶呀!果然是反叛的行为,太无父无君了!"想罢,问道:"贤弟,为何把老人家捆到那里?"杨胜说:"兄弟不必多问,我想要把那老匹夫万剐凌迟!时才我正要开老匹夫的膛,不想兄长来到。"纪忠问:"贤弟,此事所为何事?贤弟乃明白之人,此乃大逆之事,万不可做。"杨胜说:"你打算他是我的父亲?他乃是我对头冤家!"纪忠说:"贤弟,这话你是听谁说的?"杨胜说:"就是老家人陈福。想当初老儿杨策在马鞍岛落草为寇,劫夺行人。我父亲是卸任的守备,带家眷从那里路过,被他劫杀身死。我母亲被贼人拿住,羞愧自缢身死。我那时才七岁,老儿杨策爱惜我生的魁梧,他收为他的儿子。我长大成人,哪里还记得那些个事?今日是我的生日,我给杨策拜寿叩头,我那老家人前来给我叩头来,我见他眼含痛泪,我怪他的不是,我问他是因为什么哭,那陈福在先还不肯说,及至后来,他才把以往之事述说了一番。我一听此言,五内皆崩。我正想着要结果他的性命,不想兄长前来。我想此乃父母之仇,不共戴天,我断不能饶他!"纪忠说:"贤弟,你只知道和他有仇,我有一件事要告诉你,你也要知道他的养育之恩。我把话说明白了,你自己要做主意。"杨胜说:"好,也罢!儿等,你把他绑绳解开。杨策,我从今日放你,是念你的养育之恩。我从今日之后,咱们再见了面,就是对头冤家了,我可再不能饶你!"左右把杨策放下来,他竟自去了。杨胜心中也甚喜,说:"兄长,你身背后带来是何人?"纪忠说:"那乃是我的徒弟。他是一个哑巴,在四方镇住家,我给他起了一个名儿,叫普化。今日带来,特意拜见贤弟。"杨胜一看白少将军,心中甚是喜悦,说:"这个哑巴徒弟,我倒和他有缘,留在我的山寨住两天就是了。"纪忠吓的目瞪神痴。不知后事如何,且看下回分解。

第三十六回

勇高杰单鞭破飞钵　小霸王大战神力将

诗曰：

　　怀有红颜手有钱，呼卢骑猎①更争先。

　　不知当日勤劳者，憔悴经营几十年。

　　话说那云南一勇士小霸王杨胜看见白少将军生的灵秀，他疑惑是奸细改扮，前来探看湖耳山，先要用话吓他一吓。那白少将军听了也吃一惊，暗说："此事不好。这要是留我在此，他一审问，我不能隐瞒，恐怕要受他人之算。"纪忠向杨胜说道："贤弟不要留他住在这里，倒要招你生气。你看他长的那样伶俐，白昼吃饭不知饥饱，夜晚睡觉不知颠倒。"杨胜说："是了。"吩咐摆酒。不多时，酒席分三桌：杨胜摆了一桌，和尚师徒两个摆一桌，下面四员偏裨②独角虎赵昆、镇江龙周成、金头豹冯开山、铁背熊蒋得成四个人摆了一桌。酒筵齐备，开怀畅饮。

　　那杨胜说道："大哥，我有一件为难之事相求，望兄台千万不可推托！"纪忠闻说："贤弟请讲，劣兄无有不可应允之事。"杨胜说："头几日我接得警报，我家八路都会总失守峨眉山，内有奸细马杰献了接天岭。我家教主白练祖失守兴隆镇，退回云南府，临走之时给了我一角文书，叫我聚守湖耳山，限我半载不准放大清的人马过去。他回云南府昆明县五华山上，要练一宗法宝。他还会先天之术，修炼符咒，持授纸人纸马，需用百日之功，才能将诸般事情办理齐备。那时才能调动云南全省的人马，来至湖耳山，要与大清营决一死战。我一个人单丝不成线，孤树不成林，恐怕难以抵挡众人，奉邀兄长协力相帮，不知意下如何？"那纪忠说道："贤弟，那件事甚是容易。我有几句直言奉上，你我乃是知己弟兄，如同亲手足一样。眼下据我看来，那大清营的兵威甚盛，到处战无不胜，攻无不取，所到

---

① 呼卢骑猎——指赌博。

② 裨——补益。

之处,势如破竹。俗话说的好:'顺天者昌,逆天者亡。'贤弟,诸事都要谨慎小心,方不失事。"小霸王杨胜闻听此言,面生不悦之色,说:"兄长此言差矣!天下者非一人之天下,乃人人之天下也,唯有德者居之,无德者失之。忠臣不事二主,烈女不嫁二夫。大丈夫以身许国,我活着是天地会的人,死了是天地会的鬼。兄长,你看我要与那大清营的人马死战,那些战将也不放在我的心上。"

二人正在谈话之际,忽听的手下人跑上帐来,报道:"出下来了一条黑大汉,名叫什么虎,手使浑铁枪,骑着一匹黑马,他在那山下大骂。"小霸王杨胜吩咐:"尔等齐队!"调齐了三千步队,连铁面僧师徒也跟随在后。杨胜绰①枪上马,外面放了三个惊天大炮,这队人马撞下山坡,列开队伍。杨胜往对面一看,只见那对面有一位马上英雄,头上青绢帕缠头,身穿青小夹袄,青绸子裤,足下青缎快靴;面如黑炭,粗眉大眼,年约四十以外;手使一条浑铁点钢枪,甚是雄勇。铁面僧纪忠一看,并不认识此人是谁。

书中且说,来者此人正是云南的镖头五谷虎杜文兴。只因他拜弟丁茂保着十万两镖银,由四川马湖府来到云南昭通府,行到湖耳山,被独角虎赵昆、镇江龙周成两个人,将此十万两白银劫下。那丁茂被伤身死,手下人逃回去,到了四川成都府,一说失镖之事,五谷虎杜文兴听了,如站万丈高楼失脚,自己又急又气,想:"那无知的匹夫杨胜,我也知道他的名声,不免我去。我到那里和他比并三合,我要赢了他,把我的镖银要回来;我要输给他,我也就死在他之手。"自己概不由己,动了无名之火,说:"匹夫,你胆大包天,我就去和你拼命!"这日,自己收拾停当,起身到了那湖耳山前大骂。

只见杨胜带领人马下了山坡,他一见仇人,说:"杨胜匹夫,你也太眼空自大,狂傲无知,我焉能饶你!"那杨胜一见,并不认识,自己怒从心上起,气向胆边生,说:"无知的狂徒,我与你远日无冤,近日无仇,你这无知的匹夫,为什么在山前大骂?你要通上名来,留你不死!"杜文兴说:"你不认识我呀?我乃是久走云南、四川的镖头五谷虎杜文兴是也。我的拜弟丁茂死在你等之手,我的镖车十辆,内有白银十万两,全都被你等所抢。

① 绰——抓取。

今天我特意前来,以死相拼!"小霸王杨胜一阵冷笑,说:"原来是无名小辈,你有何能,敢与会总爷较量?你看我那大旗之上,书写是何等字迹!"五谷虎杜文兴抬头一看,但则见大旗之上书写着有四句词:

南到苗蛮北至番,劝君莫过湖耳山。

若要不信从此走,一枪一个丧黄泉。

杜文兴说:"尔等徒有虚名,并无真实本领。来,来,来!你我比拼三合。"杜文兴拍马拧枪,照定杨胜分心就刺,小霸王杨胜用手中枪往外相迎。只听"咯嘣"一响,把杜文兴的枪磕开。两马一错镫,杜文兴震得虎口崩裂,圈回马来,自己心中暗暗着急,说:"小霸王杨胜人称云南第一条好汉,果然名不虚传,恐怕我难以取胜于他。"圈回马来,恶狠狠怪蟒攒①窝,分心就刺。小霸王有爱将之癖,见杜文兴虽然不是他的对手,也算是条英雄,不忍伤害他的性命。杨胜故此微然往外一磕,与他游斗三合,心中说:"天下英雄都与我一个样,如何能显得出我来呐?他的能为武技虽不如我,可以当我一员偏裨。"想罢,用枪一指杜文兴,说:"你要下马归降,我必重用!"杜文兴一阵冷笑,说:"杨胜,你太不知自爱了!我乃堂堂正正英雄,烈烈轰轰豪杰,岂肯与你这无父无君之辈为伍!"小霸王杨胜一闻此言,气往上撞,说:"好匹夫!太不知自爱!我一片的好心,你反出此恶言,焉能饶恕于你!"撒马拧枪,分心就刺。战了几个照面,把杜文兴杀的浑身是汗,遍体生津。

正在歇吁带喘,忽听正东一声喊嚷说:"呔!小辈休要逞强,我来也!"杜文兴撒马往东就败。只见对面来了一个秃老头儿,说:"朋友不必害怕,待我来!"把杜文兴的马让过去,拉刀把杨胜去路阻住,说:"呔!小辈别走!大老爷在此等候多时。你就是那个云南一勇士小霸王杨胜吗?你可认得我吗?凭你这样能为武技,与我比较,你可不行!大大一口气把你吹飞了,吐口唾沫把你淹死。你认得我不认得?"小霸王杨胜说:"你是何人?"那人一阵冷笑,说:"连我都不认识,你还算什么英雄?我家住在山东东昌府二十五里铺侯家寨,姓侯,双名化泰,绰号人称追风仙猿。"队后铁面僧纪忠一瞧侯化泰阻住小霸王杨胜的去路,暗吃一惊,说:"此事不好!他等要前来,倘若机关泄露,连我带白少将军二人性命难保。"

---

① 攒——聚集,凑合。

　　书中交待,侯化泰因何来到此处? 只因铁面僧纪忠带着白少将军走后,那七位英雄落座吃酒。两个少当家的孙寿、葛福在西屋内吃酒,侯化泰等在东屋饮酒谈心。侯化泰说道:"这白少将军真乃是一位少年英雄,有其父者必有其子。跟和尚这一入湖耳山,他那胆量智识尤其过人!"用手一指高杰,说:"你就会吃酒犯混,你看白少将军这才是英雄,就怕你没有那胆量!"高杰说:"侯秃子,你别用话损我,我那胆量比你这个人还大!你要不信,跟我到湖耳山前大骂小霸王杨胜,把他骂下山来,与他大战三合。就怕你不敢去!"侯化泰一阵冷笑,说:"漫说是湖耳山,你可知当年峨眉山不亚如铜墙铁壁,我还敢进山盗他的阴阳八卦旛,何况是小小的湖耳山? 你我就此前往。"高杰说:"走就走! 谁要不去,是球囊的!"高杰站起身来,往外就走。王天宠一把未曾拉住,王天宠说:"侯大哥,你这就不对了。那高杰他是个浑人,又比咱们小几岁,你得让着他才是。"马梦太说:"咱们在这庙里,别给庙中招事,快把他追回来吧。"侯化泰说:"你们众位不必着急,我出去一句话,他就不去了。"侯化泰部起身来,追到庙外,高杰拉着马在外直骂:"谁要不去,是王八日的!"侯化泰说:"你回来吧,我与你闹着玩呢!"高杰说:"不回去! 你要不敢跟我去,你是我的孙子!"那侯化泰一听此言,气往上撞,说:"高杰,你太不知自爱,哪个不敢同你前往?"两个人一个在马上,一个在步下,一直扑奔湖耳山而来。

　　方到前山,只见五谷虎杜文兴与杨胜交战。侯化泰说:"你在此稍待,待我前去与杨胜较量三合,我把他拿住。"这才把杜文兴放过去,拉刀拦住小霸王杨胜。杨胜问他是谁,侯化泰道了名姓,抢刀动手。二人杀在一处,走了有十数个照面,侯化泰累的歇吁带喘,见杨胜马快枪急,来回的上下翻飞,走了有十几个照面,那侯化泰只可仗小巧之能。高杰看那侯化泰的兵刃不敢碰人家的兵刃,只可躲闪,只有招架之功,并无还手之力。高杰催马过去,说:"无知的鼠辈,休要逞强,我来也!"侯化泰闪开,高杰拧枪就刺。杨胜用手中枪架住,问:"黑汉,你是何人?"高杰不肯说出自己真名实姓来,说:"我是你活爷爷! 你叫什么东西?"那小霸王杨胜说:"你这厮太不知道理。某家问你都是好话,你竟自不识时务。来! 待我拿住你再问。"说罢,拧枪就刺,高杰用枪相迎。二人棋逢对手,将遇良才,坐下马横冲直撞,手中枪上下翻飞。杨胜一看高杰,心中说:"这个人倒是一位英雄,我平生未见过这样人,这才遇了对手之人,此人真乃英雄也,我不敢轻敌。"高杰一看杨胜的枪法精通,自己也是爱惜。两个越杀越勇。铁面僧纪忠一看,暗说:"不好,二虎相争,必有一伤。这两个人都是擎天白玉柱,架海紫金梁,我要不想个主意,恐他二人不能善罢甘休。"想罢,叫人:"来! 抬过一条铁棍来,待我前往。"

　　不知后事如何,且看下回分解。

第三十七回

李长龄庙中行刺　侯化泰戏耍高杰

词曰：

　　日日深杯酒满，朝朝小圃花开。自歌自舞自开怀，且喜无拘无碍。　　青史几番春梦，红尘多少奇才。不须计较莫安排，领取而今现在。

话说那铁面僧纪忠看见那高杰、杨胜二人动手，怕是二虎相争，定有一伤，纪忠要了一条铁棍，赶奔前去，叫杨胜躲开，说："贤弟闪在一旁，待我结果他性命！"小霸王杨胜也要看看纪忠的武技如何，把马往旁一带，勒马横枪，看他二人动手。铁面僧经忠来到高杰的面前说："鼠辈休要逞强，你我分个高低！"身临且近，慢慢说道："高杰你还不快走！你我假战三合，佯输诈败，你就去吧。"这里二人密言说罢，那高杰果然与纪忠战了有两三个照面，铁面僧纪忠照定高杰头顶，就是一棍。高杰用枪横压过梁，往上一迎，撒马往东就败。小霸王杨胜一瞧，纪忠真乃英雄也，说："这个鼠辈果然猛勇，错非①兄长，别人万不是他的对手呐！你我暂且回山吃酒，不必追赶他了。"带领人马归回湖耳山来。

且说高杰来到东边树林之内，见着侯化泰，他说："侯秃子，你要不是我，你死在小霸王之手。"侯化泰说："咱们回庙吧，我不与你一般见识。"说罢，二人绕山环往南走了约一里之遥。只见对面跑来一人，浑身满脸都是血迹，一见侯化泰，连说："侯大哥救人！后面贼人追将来了。"侯化泰抬头一看，不是别人，正是办案的班头夏德芳，连忙问道："为何你这等模样？"夏德芳说："我自四方镇与众位分手之后，我探访九首真人李长龄的下落。那日我在永善县一见九首真人李长龄，我想要拿他，不料这贼人本领高强，武艺出众，因此我被他用暗器打了一身重伤。时才间他把我追将

────────────

① 错非——若非。

下来,求二位相助!"高杰一闻此言,气冲两肋,说:"好一个鼠辈,胆敢拒捕官人! 你把我带了去,把他拿住。"

正说之间,忽见对面来了一个老道,手执宝剑,说:"夏德芳休走!"高杰跳下马来,摆手中单鞭,扑奔老道而来,说:"老道别走,看鞭!"盖顶就砸。老道往旁边一蹿,摆宝剑分心就刺。走了两个照面,老道掏出一宗暗器,照定高杰面门打来。高杰往旁边一蹿,一瞧,原来是一片飞钵,用单鞭照定老道打去,老道并不放在心上。二人又走了几趟,老道一连打了几片飞钵,高杰用单鞭磕开,气的老道三尸神暴跳,五灵豪气腾空,自己武艺又赢不了高杰,只可把宝剑一摆,跳出了圈外,说:"小辈,祖师爷失陪了!"那高杰并不追赶,把夏德芳中至近前,说:"班头,我看你也是一个英雄,我送你一个地方,投奔我的朋友那里,不知你意下如何? 比你当班头胜强百倍。"夏德芳说:"叫我投奔哪里去?"高杰说:"西海岸独龙关有一位总兵官,名叫张广太,为人甚是精明强干。你投奔他去,倒是进步之所。"夏德芳说:"也好,求老爷给我写一封书信投见去。"高杰说:"你跟我走吧。"

夏德芳跟随二人来到铁善寺。高杰把马拴至东跨院,带领夏德芳来到西院上房,给众人见礼。高杰叫马成龙给夏德芳写了一封书信,打发夏德芳起身去后,那王天宠问道:"你二人这般时候往哪里去了?"侯化泰把上项事情细说一遍。王天宠说:"您老人家从此不可去了,倘若出事来,你我倒不怕,恐连累这一座铁善寺庙内,多有不便。"侯化泰说:"我们再也不敢去了。"

众人正在谈论之际,忽听外面叩打山门。小和尚出去,把山门开放,原来是铁面僧纪忠与白少将军回来了。进得门来,说:"好险呐,好险! 侯老英雄与高将军为何前去骂山?"侯化泰说:"我一时的粗鲁,庙主休要见怪。"把方才之事又重说了一遍。天色已晚,大家归座。白少将军重新把衣服换好,辫子编上,掌上灯光。马成龙问:"白少将军,湖耳山地势如何?"白少将军说:"此湖耳山正西乃是金沙江发源之所。靠正西一带,有石湖,水内出些鱼虾。那山之西北有稻田地五千亩,是湖耳山屯田养兵之所。北面有两个山峰:一个是青石峰,一个是峨头峰。若要进兵,先取了这座山,方能往云南进兵。"众人用完了晚饭,天有初鼓之时。高杰平生有个毛病,吃饱了就困,非睡觉不行,高杰说:"你们众位说话,我要到西屋内睡觉去了。"站将起来,出离北上房,到西厢房北里间屋内顺前檐床上,和衣而卧,躺下就打呼声。高杰睡着了不表。

单说铁面僧与众人正在谈话之际,忽见朱天飞站起身来往外去了,众人也不在意。原来是众人正在谈话之际,檐上趴着一个人,怕是湖耳山的奸细前来窃听官事,那朱天飞出来,往各处一找,并不见有人;自己连前带后各处找过,并不见动静,方才回归上房之内。

书中交待,这条人影儿不是别人,正是那九首真人李长龄。他虽然是落荒逃走,自己怀恨在心,他暗中绕道跟随,到了那高坡之处站立,偷看他三人一同绕山路进了铁善寺去了。李长龄心中说:"今夜晚你们休想活命,我是断不能饶你众人!"自己找了一个地方,买了些酒饭,吃喝已毕,天已黄昏之时,他收拾齐备,这才竟奔铁善寺而来。天有二鼓以后,他飞身到了内院,在各处寻找。见西院北上房灯光闪烁,里面坐定是胖马马成龙、瘦马马梦太众位英雄。老道正观看之际,忽见朱天飞从里面出来,吓的九首真人李长龄蹿至在庙外,在松树之上躲避。片刻之工,复翻身蹿进庙来。看见西厢房中隐隐灯光,他身临且近,在窗棂外用舌尖把窗棂纸湿破,往里面一看,但则见靠着西墙有一张八仙桌,两边各有椅子,桌上放着一个烛灯,点着一盏羊蜡。顺前檐一张大床,床上躺着一条大汉,正是仇人高杰。李长龄回头一看,院内无人,他一想:"先结果这个人,然后等大众睡着觉,再结果他等的性命。"急忙来到西厢房帘栊以外,见屋中蜡花多长,静悄悄,空落落,并无一人。随手掀起帘栊进去,手执宝剑,到北里间屋中。一见高杰正在睡熟之际,真是仇人见面,分外眼红,举宝剑照定高杰脖颈,"噗哧"就是一剑,红光崩冒,鲜血直流,"咕噜噜叭达",人头坠落于地。

书中交待,高杰可没死,死者正是九首真人李长龄,被朱天飞在后面一刀杀死。这朱天飞手提人头来到北上房,对众人说道:"我把刺客杀了。"吓得铁面僧冷冷打一个寒颤,"这必是湖耳山的贼党前来,哨探我庙中消息,怕还有余党逃走,那可就不好了。"朱天飞说:"就是这一个老道,并无第二人。"铁面僧纪忠叫孙寿、葛福把尸首连人头搭出去,扔在涧沟之内,把西屋内血迹收拾干净。此时高杰尚然未醒。侯化泰来到西厢房,用手一拍高杰:"浑小子,醒醒吧!"高杰睁眼一看,说:"侯秃子,你别来搅我,咱们两人可不玩笑。你这么大年岁,还净闹!"侯化泰说:"你别着急,你问问孙寿、葛福,方才你这屋中闹刺客没有?"孙寿、葛福说:"可不是吗!方才来了一个老道,要杀您老人家。"侯化泰说:"是不是?要不是我,你早做无头之鬼了。"高杰说:"老哥哥,你是我救命的恩人!"闻屋中尚有血腥气。侯化泰说:"你跟我到北上房观看观看。"高杰来到北上房,大众齐说:"你睡得好死!"侯化泰说:"还不给我叩个头谢谢我?"高杰是个实心人,听众人一说,他连忙跪倒,冲侯化泰叩头,说:"侯老英雄,你是我救命的恩人,我再不敢瞧不起你了!"侯化泰哈哈大笑,说:"你起来吧!"高杰站起身来,见马梦太微微冷笑,说:"高杰,你今日可上了当了,真救你的那个人哪,在这里。"用手一指朱天飞。高杰说:"原来是朱老英雄救的我,我给您老人家叩头!"朱天飞说:"这是小事,高贤弟请起吧。"高杰叩了一个头,站起身来,用手一指侯化泰,说:"你这匹夫,当着众人要笑我!你就是再给我叩三个头,我才饶了你哪!若要不然,我死把你的脑袋揪下来!"侯化泰说:"你别着急,我也没叫你给我叩头哇!你自己愿意给我叩头。"高杰过去伸手要揪侯化泰,侯化泰往旁边一闪,说:"你别不要脸!难道说侯太老爷还怕你么?"伸手拉刀,就要与高杰动手。众位把他二人劝开。

高杰怒气冲冲,大有不悦之色。侯化泰坐在那里还不依不饶的,只说高杰藐视人。王天宠说:"侯大哥,你这么大年岁的人,何必与他一般见识哪!你应该有个容让。"朱天飞在旁也说:"侯贤弟,你做事就不对。他是一个浑人,你冤他做什么?"马成龙说:"这件事是侯大哥的不是。你们二位谁也不要记恨着了。"白少将军和倭侯爷也是这样的说法。

侯化泰一语不出,站起身来往外就走。众人疑惑侯化泰上外边方便去了。焉知道侯化泰被众人一说,羞气难当,自己出了铁善寺,仰面观瞧,满天星斗,皓月当空,镜光似水,如同白昼一般。侯化泰叹了一口气,说:"我游荡江湖数十年,连一个朋友都没交下。适才乃是一件小事,众人都说我的不好。不免我从这里直奔云南,我也不回来了。要能把八路都会总吴恩捉住,把他首级割下来,至大清营奉献,也叫那一干人看一看我是如何人也!"自己心中盘算,往前行走,不知不觉天到五鼓,见左右无人,大路之上俱都是高山峻岭,树木森森。自己又叹了一声,说:"人生在世,日月如梭,光阴荏苒①,不知不觉,老将至矣!我今年六十九岁的人,明朝二十日就是我的生日。正在桃花盛开,又占了一个正午时,有人给我细看

---

① 荏(rěn)苒(rǎn)——(时间)渐渐过去。

流年八字,说我一生太孤独的很呐!我这一到云南,死生未定。大丈夫生在乱世,焉能偷闲躲懒!我唯有一命答报君王。"

又往前走了有二里之遥,红日东升,天色大亮,见前面黑暗暗,雾潮潮,仿佛像山庄镇店相似。及至身临且近,原来是小小一座镇店,南北的大街,东西的铺户。街上来往之人不少,不像离乱之世。侯化泰想要找一个客店歇息歇息,见路东有一座德兴客店,粉墙之上书写着大字:"德兴客栈,草料俱全,安寓客商,仕宦行台①"。侯化泰进了大门,说:"店家,有闲房给我找一间。"小伙计说:"有东上房三间。"侯化泰说:"你头前带路。"来至东上房,问小伙计说:"茅房在哪里?我要方便方便。"小二用手一指,说:"就在这北边。"侯化泰解完手回到东上房,一看墙上贴着一张画。侯化泰不瞧犹可,一瞧此画,吓的痴呆呆一阵发愣。要知后事如何,且看下回分解。

---

① 行台——台省在外者称行台,魏晋始有之。出征时随行所驻之地设立的代表中央的政务机构。这里代指流动官员。

第三十八回
马杰戏耍侯化泰　英雄偷探龙峒山

诗曰：

　　昨日今朝事不同，光阴过隙若秋风。

　　何须奸谋何须恶，命里无时总是空。

话说追风仙猿侯化泰来到在德兴店内，到了东上房一看，那墙上挂着那一轴画，画的是西海岸独龙关神犰戏仙猿。画的是一个老头儿，手中拿着一个藤圈，旁边站着一个秃老头儿，写着是"朱天飞戏耍侯化泰"。侯化泰看了一愣，问伙计："这张画是谁挂的？"小伙计说："你要提起这一轴画来，是一位神仙挂的。头一个月来了一位道爷，善晓过去未来之事，前知五百年，后知五百年，说他是在空空山清虚洞那里参修，住在我们这店内，把这轴画给我挂在屋中，他说这轴画不准叫我摘下去，画上画的是云南镖头钻云神犰朱天飞在西海岸独龙关戏耍追风仙猿侯化泰。他还说今天我们这店中准有一个人来，住在这屋内，他是山东省东昌府二十五里铺侯家寨的人，此人姓侯，名叫化泰，绰号人称追风仙猿。此人今年六十九岁，三月二十日午时生人，该当今年今月今日今时死在我们这屋内。"

侯化泰一听此言，吓的打了一个冷战，低头一想："莫非我的大数已到，该当死在此处？"又一想："我此时并无灾病，也许是妖人蛊惑人心。"说："小伙计，这个神仙走了没有？你告诉我。"小伙计说："他没走，还在我们这里住着哪。"侯化泰问："在哪屋中住着？我去看看他去。"小二说："就在北上房，你跟我来。"侯化泰跟随在后，到了北上房以外，见小伙计进去说："祖师爷，有人拜望你来了。"只听里面一声"无量寿佛"，说："叫他进来吧！"小二把帘子打起来，侯化泰跟进上房，见正面八仙桌椅子上坐定一个老道，正是红胡子马杰。侯化泰说："你冤苦了我啦！"马杰说："侯老英雄，我是和你诙谐，不要见怪于我。"侯化泰说："你是从哪里来？"那马杰说道："我自从离了大清营就来到此处，住在清化镇德兴店内。昨夜晚晌，我在各处哨探，遇见你在树林之内短叹长吁，自言自语，我方跟下你来了，来到这里，你先进店，我随后进店，那一轴画，是我闲暇之时画的，叫小伙计挂在东上房，故意戏耍于你，那话都是我教给他的。"侯化泰说："是了。你在这里探访贼人的机密，可探什么消息出来了没有？"马杰说："我探出一段事情，甚不易办。此去往正南昭通府大路，有一座龙峒山，山下有一座镇店，名为七宝镇。有一位劝善会总蔡文增，他在那里带领有一万人马，分为二十个营头，又设了十座大营的人马，在金沙江操演水战，安了一座水师连营。这一半人马，在龙峒山操演陆队，每逢初一、十五，在山下七宝镇收养童子兵，他收去童男童女带到山上，好练妖术邪法。此人神通广大，术法无边，会打五云筒。"侯化泰听罢，说："甚好，今天无事，我要哨探哨探再议。"那马杰忙说："不可，你在此等候，我去与你哨探明白，你速回大清营送信。然你为何一人来到此处？他们众人都在哪里？"侯化泰把上项之事又述说一遍。马杰说："你在此等候，我明日准来，我送你回大清营。为此小节，也不可伤了弟兄的和气。"侯化泰说："也是我一时的性情，那也不算什么，你就去吧，我这里等你。"马杰告诉店中小伙计算账，给了店钱，自己出离了德兴客店，往昭通府去了。

侯化泰坐在屋中甚是烦闷，和衣而卧，心神不定，一阵的麻乱，心里说："不好，莫非我有什么大祸临身？"自己翻来覆去，躺在床上竟睡着了。方一合眼，觉着迷迷离离，似乎要睡，类乎醒着，仿佛是到了家中的样式，见了兄弟。侯化泰正在厅房坐定，正然谈心说话，只见儿子与侄儿给他行礼，心中甚为喜悦。忽然间，四外火起，吓的他站起来，慌忙逃走。忽见房上那一板房梁照定他头顶砸将下来，吓的侯化泰"哎哟"一声，呼吸栽倒在地。醒来时，原来是南柯一梦。自己吓的心中怦怦直跳，站起身来到外面一看，一轮红日将要西沉。他一想："总是我睡多了梦长。昨夜晚一夜并未睡觉，莫非我身倦体乏，方得此怪梦？"叫过小伙计来，打过洗脸水来净净面，要了一些酒菜，自己独自饮酒。

正吃得高兴之际，只见从外面进来了一个人，身高九尺向外，身穿青布小夹袄，青布中衣，腰系褡包，手中拿着一个小包袱。此人面如白纸，两道眉毛往下耷拉着，一双阔目圆翻，容长脸，白眼珠往外努着。侯化泰一看，来者非是别人，正是笑面无常张大虎。他是从神力王爷大营中来。只因倭侯爷与马成龙等八个人去探湖耳山，直到这般时候不见回来，老王爷甚不放心，派张大虎前来探他八个人的下落来。张大虎他过了湖耳山，所过的村庄集镇，各店中细访，并不见这八个人的踪影。他来至这座清化镇，一找到德兴店内，问小伙计，你这店内可有八个人住着，也有山东人，也有直隶人，也有江苏人。如何的模样儿。那小伙计说："我们这店中没有住这些人。"侯化泰早已看见，说："张贤弟，你这里来，我有话和你说。"张大虎一看是侯化泰，心中就放心了，说："大哥，你自己一个人在这里做什么？他等众人哪里去了？"侯化泰说："坐下，咱们两人吃酒。你是从哪里来？"张大虎把找大清营八个人未见的话说了一遍，说："我那王大哥他哪里去了？"侯化泰说："是亲三分向。你先不打听别人，先打听你王大哥哪里去了。你却来迟，你见不着他了。他七个人探小竹子山，全皆死在那里了。"张大虎一听，心中一恸，"哎哟"一声，栽倒就地，说："可惜我这几个知己的朋友，都死在妖人之手！"侯化泰"噗哧"一笑，说："你起来，我与你闹着玩哪！"张大虎站起身来，说："侯大哥，我这条命是不要了，我到小竹子山，替我众位朋友报仇！"说罢，转身就走。侯化泰说："你回来！他们大众一个也没死，都在湖耳山铁善寺内。"他这里说着话，张大虎早去远了。侯化泰说："这个人太实心了，我说什么他信什么，不免我追他去吧，倘要落在贼人之手，倒是我的过处。"说罢，站起身来，往外就追，出离了这座清化镇，并不见张大虎往哪边去了。自己无奈，回到店中，越想自己这个事情做得不好，倘若张大虎死在小竹子山，如何对得起土大宠与众位？自己酒饭也不吃了，算还了店饭账，打算明日一早起身，到小竹子山前去探访张大虎的下落。安歇睡觉，一夜晚景无话。

次日清早，出了德兴店，要上小竹子山，自己也不明白道路，料想往正南走没错。走到天有晌午之时，前面有一座大镇店，进了北村口一直往南，走到十字街，见这里人烟稠密，路东有一座酒饭馆，字号是"宴芳楼"。进去一看，上首是柜，下首是灶，一直往后，靠东边往南，上了楼梯，上面一看，是临街六间酒楼，上面都是金漆八仙桌椅、条凳，墙上名人字画、挑山对联，画的都是山水人物，倒也清雅。侯化泰靠西窗户找了一张桌子落座，叫过卖前来，要酒要菜。问过卖："这座镇店叫什么名字？"过卖说："叫七宝镇。"侯化泰闻听，说："是了，此处就叫七宝镇。今天有什么热闹？"小二说："今天我们这里祖师爷收童子兵。"侯化泰问:"是哪位祖师爷? 姓什么?"过卖说:"那位祖师爷姓蔡,名文增,别号人称劝善会总,就在这正西。"侯化泰问:"怎么叫收童子兵呐?"过卖说:"您老人家原来不知道哇? 我叫刘快嘴,我是最爱说话。您老人家这样,许是远方来的。我告诉你吧,我们这里属昭通府管,都是天地会八卦教所辖之地,家家都有户口册子,祖师爷按户要人,共要童男五十名,童女五十名,都要过十岁以外的,加要送去童男一名,给白银五十两,每个童子都是管吃管穿,每月初一、十五日,放工一天。如要家中有小孩子不送来,被祖师爷查出,灭门之祸。今日在这七宝镇的正西,你看那里搭着席棚,四外有兵护守,今日正午点各。那些个小户人家都愿意把儿子送了去,那些大户人家都舍不得骨肉分离。今日也有哭的,也有笑的,您老人家去到那里看热闹去吧。"

侯化泰一闻此言,仅吃了几杯,算还了酒饭账,下了酒楼,一直往西,到了村口以外。只见路北高搭席棚,四外有绳儿拦截,不准闲人进去,两旁瞧热闹的,人山人海。这些个八卦教匪之兵,俱都是白绫子缠头,身穿青号坎,白边白月光,都是军力精壮之人。此时蔡文增尚未来到。正西有一里之遥,正是龙峒山口,南北直立两个大山峰,山坡插满了旌旗,分青、黄、赤、白、黑,枪刀密布,杀气腾腾。往南一看,东西一道大江,水花滚滚,白浪滔天。那金沙江北岸上是水师连营,明分八卦营寨,里面出入有门,进退有法。

侯化泰正在观看,忽见正西山口,号炮惊天,由龙峒山闯出一营马队,约有五百之众,都是头戴三角白绫巾,绣团花分五彩,勒着银抹额,二龙斗宝,迎门一朵茨菇叶;都是粉绫色箭袖袍,上绣一枝梅的花朵,腰系丝鸾带,肋下佩刀,足下薄底快靴,坐骑快马,鞍辔鲜明,怀抱长枪,明晃晃,有一尺多长的枪头儿,通红的枪杆。马队过去后,跟着五百步队,都是粉绫色卒巾,身穿号坎,怀抱四尺多长的斩马刀。步队过去,后面就是十六个道童儿,手打着金锁提炉,后面有一乘八人大轿,敞着轿帘,看的真切。见里面端坐着一个老道,头戴紫缎色九梁道巾,身穿紫缎色一件道氅,上面镶嵌金八卦,分乾三连、坤六断、离中虚、坎中满,中间太极图,足下高腰袜子,厚底云鞋;肋下佩一口宝剑,绿鲨鱼皮鞘,金吞口,金挽手,黄绒穗飘摆;面如紫玉,两道扫帚眉,斜飞入鬓,一双虎目圆翻,二目神光烁烁,皂白分明,高颧骨,三山得配,四方口,海下花白胡须,看年岁,足有花甲以外。

后面跟定四员大将,各跨坐骑。侯化泰一看,正南上骑马的,正是大耗神梅峰、逍遥会总张宝任、太平会总任凤姣。后面还有一个蔡文增的徒弟八河龙王吕道明。侯化泰看够多时,心中一动,想要拉单刀过去刺杀蔡文增。不知吉凶如何,且看下回分解。

第三十九回

追风猿七宝镇遇险　白胜祖扮道人探贼

《十要歌》曰：

人要谦，人要谦，从来自己决生嫌。惹祸必因好事好，扛帮豪横牵衅连。听我歌，莫性偏，见人礼貌笑颜添。奸盗邪淫行不得，若还狂妄定招愆。新朋个个都欢喜，乡党恂恂①一味谦。

话说侯化泰想要拉刀过去行刺，又见贼人人多势众，不敢下手。他钻入看热闹人群之内，只见前面那些个打道的兵丁说："闲人退后，祖师爷来啦！大家齐要跪接祖师爷！"那些瞧看热闹之人俱不敢违背，大家连男带女跪倒一片，唯有侯化泰在当中丁字步一站，并不跪倒。后面有张宝任在马上看得明白，跳下坐骑，把马交给从人，他来至侯化泰面前，用手一指，说："这位朋友贵姓啊？"侯化泰说："你问我呀？大老爷姓侯，双名化泰，绰号人称追风仙猿。鼠辈，你可知道？"张宝任说："好！你就是前者盗八路都会总阴阳八卦幡的那个侯化泰？会总爷早就认识你。你的胆量不小，敢来至七宝镇瞧探军情！待会总爷将你拿住，前去报功！"过去双手抡刀，劈头就剁。吓的瞧热闹之人往两旁一闪，刀落下去，再找侯化泰，踪迹不见。张宝任觉着身后一阵凉风，自己一缩脖颈，慌忙闪开，吓得浑身是汗。这边任凤姣一看，连忙赶奔前往，协力帮助。侯化泰在当中一站，张宝任摆刀分心就扎。侯化泰也不躲闪，见刀临近，侯化泰一转身，贼人这刀就扎空了，往前一探身，侯化泰手起刀落，张宝任死尸栽倒在地。任凤姣抡刀照定侯化泰就剁。侯化泰拿眼盯住了，并不躲闪，见刀相隔且近，侯化泰乃是行侠仗义之人，知道贼人剁这一刀是诓招，你要躲，他就变架势，分心就刺；你要不躲，那刀就实拍拍的剁下来了。侯化泰等刀临且近，自己顺水推舟势，竟将太平会总任凤姣结果了性命。那边贼兵大乱，蔡文增吩咐："齐队拿人，别放走了这个奸细！"只见侯化泰身形一晃，蹬

---

① 恂（xún）恂——诚实恭敬的样子。

着看势闹之人肩头，蹿在南房以上。蔡文增下了轿，再一展眼，就不见了。蔡文增点了点头，说："大清营能人果多，今天连杀了我两员大将，在我眼皮之下，他竟自逃走。"吩咐手下之人："急速将此人拿获，不许漏网！"又派人把任凤姣、张宝任两个人的尸首装殓起来，派人把灵棺送到他二人家去。

蔡文增来在这七宝镇里面，设摆座位。蔡文增落座，吕道明、梅峰及贼兵在两旁站立。先把七宝镇临近十三村的花名册打开一看，按帐点名，收了五十名童男、五十名童女。本家之人各把银子领下去，童男、童女各用小轿搭回龙峒山去。蔡文增今日草草完事，坐亮轿，带着马步军队回山。方走至山口，忽见粮台之上火起，吓的蔡文增亡魂皆销，说："这件事可不好了，必是大清营派人前来断我的粮草，计毒莫过绝粮！"连忙催动人马进山。到了白石梁，忽见山上小头目李海跪倒轿前说："报！山上火起，着了子字太丰仓。现在传锣救火，不知被何人所烧。"蔡文增一摆手，说："知道了。"往西走了不远，到了迎恩关，南北都是山，当中修了一道虎溪桥，高有二丈有余，上安滚木檑石、灰瓶炮子，甚是凶险。当中一座关城，有两杆"帅"字旗，上面有字："改山河扶保真主，转乾坤另整大清"。蔡文增进了关城，往西走了不远，往北一拐，四面是山，当中一片空宽之地，方圆有三十里地，乃是他修下的一片教军场。靠正东山边是十二号仓廒，分"子、丑、寅、卯……"十二字，里面粮米堆积如山。这个太丰仓失火，蔡文增吩咐梅峰带领兵丁救火，他也叫轿子站住，下了亮轿，站在山坡。只见眼前一人，冲定蔡文增一站，说："蔡文增，你认得侯太爷么？"蔡文增睁睛一看，正是追风仙猿侯化泰。蔡文增说："好孽障，胆敢前来烧毁我的仓廒！今天你休走！"拉出宝剑，扑奔侯化泰而来。侯化泰见贼人多势众，不敢和他交手，一直扑奔迎恩关，跳墙出去。蔡文增也跟出去。

原来是侯化泰杀了张宝任、任凤姣之后，知道龙峒山里空虚，自己进了山口，打幽暗之处，爬山越岭，进了这座迎恩关。到了子字太丰仓，见里面粮草充裕，修的仓廒整齐，外面有些更夫、兵丁看守。他跳进仓廒，从百宝囊掏出引火之物，把正北仓房点着。少时间，烈焰腾空，金蛇乱窜，风借火势，火借风威，少时之间，各处皆着。怎见得？有赞为证：

南方本是离火，今朝降在人间。无情猛烈性炎炎，大厦宫室难站。

　　　滚滚红光照地，忽忽地震火翻。犹如平地火焰山，立使人人忙乱。

四面更夫一看仓里火起，慌忙拿出铜锣来，鸣锣聚众。四外教匪的兵丁也都听见，大家各摆兵刃前来救火。侯化泰早跳出仓外，在树林之内躲藏。只听锣声一片。

　　少时，蔡文增已到，带着马步军队前来救火。侯化泰一起："不免前去见见贼人，叫他知道我的厉害。"想罢，跳下树来，站在山坡说："蔡文增，你可认识你侯老爷？"蔡文增摆宝剑过去要与他动手，侯化泰见人多势众，"我把他引至山口以外动手拿他。"自己蹿出迎恩关龙峒山东山口以外。蔡文增随后赶到，说："侯化泰，祖师爷正想拿你，真是踏破铁鞋无觅处，得来全不费工夫。今天我要替八路都会总报仇雪恨！"侯化泰见后面并无别的战将跟随，自己把刀一顺，说："蔡文增，你偌大的年岁，太不知识时达务，做此悖天逆理之事，帮助吴恩造反，杀害生灵，荼毒百姓。今天神力王统带天兵，把峨眉山已破，你等聚首云南，不过乌合之众。你要是献龙峒山投降，免你一死。如果不然，我当时就结果了你的性命！"那蔡文增哈哈大笑，说："侯化泰，你倚仗你身体伶俐，花言巧语，你来，会总爷也不能饶你，我要结果了你的性命，如探囊取物、反掌看纹！"伸手把五云筒摘将下来，把宝剑还入鞘内，照定侯化泰一甩，只见一股青烟扑奔侯化泰前胸，有核桃大一个烟弹碰在身上，散开一片火光。侯化泰说声"不好"，知道这五云筒的厉害，连忙回头就跑，身上衣服已着。他就地一滚，把衣服火压灭，方才站起来。蔡文增使五云筒又照他一甩，侯化泰仍不敢动手，撒腿就跑，口中只嚷："好厉害！吾命休矣！"蔡文增说："你休想逃走，我非烧死你不成，替我那张宝任、任凤姣报仇！"侯化泰见贼人紧紧跟随，料想不能活命，自己单丝不成线，孤树不成林，身入险地，知道不好，自己飞也似往前逃走。

　　一直的往东北走了有一里之遥，见眼前有一道沙岗子，是由西北直向东南，那沙岗子有一丈多高。侯化泰的衣服全都着了，自己身上烧了一身火泡，心内发慌，连说："不好！吾命休矣！"自己把牙一咬，蹿上了沙士岗子之上。心里一慌，往后一仰，翻身倒在沙士岗子之上，往东北一滚，滚下山坡去了，"哎哟"一声，"吾命休矣！"那劝善会总蔡文增一看，把五云筒背好，伸手拉出宝剑来，说："好孽障，你这可走不了啦！"忽听后面人声呐喊,原来是八河龙王吕道明、九江太岁王道兴。这两个人都是蔡文增的徒弟,都是全身的武艺,水性颇通。九江太岁是方才从水师营来,听见龙峒山内起了火,他是前来救火的,见师弟吕道明带着五百名飞虎队,撞出了山口,说:"好大胆的侯化泰,你休想逃走!"王道兴说:"贤弟,你往哪里去?"吕道明说:"师兄快来吧! 你看咱们师傅追下奸细去了,千万别放走了他才好! 那奸细名叫追风仙猿侯化泰。"王道兴说:"既待如是,你我弟兄趁此前往,休要放他逃走!"二人各带着五百名飞虎队,追到这沙岗不远,只见他师傅蔡文增拉出宝剑,口中大骂:"侯化泰休想逃生!"吕道明、王道兴说:"师傅休要忙,我二人来也!"蔡文增说:"你二人来了甚好,侯化泰已滚下沙岗子那边去了。"吕道明说:"既待如是,你我追到那边,结果他的性命!"

话言未了,只听沙岗子东背后一声"无量寿佛",信口作歌。蔡文增止住脚步细听,声音清亮。歌曰:

　　玄中妙,妙中玄,三清教下有真传。也非圣,也非贤,只因洞中若修炼。口服金丹元神献,方显三清有真传。

歌罢,从东背后上来一位黄冠羽士,玄门道教,蔡文增眼睛一看,但则见来者老道身高六尺向外,头戴皂缎色的道巾,身穿宝蓝色的道袍,青护领相衬,腰系杏黄色的丝绦,足下白袜、云鞋。再往脸上一瞧,面如白玉,短项圆头,面朱唇红,眉分八彩,目如明星,神清气爽,仙风道骨,品貌不俗,颇有神仙之气;背后背定一口宝剑,手拿绳甩,看相貌正是少年,用蝇甩一指,说:"蔡文增,你好大胆量! 见了祖师爷,还不下跪! 你往哪里走?"蔡文增说:"你是何人?"就听那道人说出几句话来,吓得蔡文增慌忙跪倒叩头。不知他是何人,且看下回分解。

第 四 十 回

白胜祖假充神仙　小霸王连胜三阵

词曰：

富比王侯，你道欢时我道愁。求者多生受，得者顷复忧。休，淡饭似珍馐，布衲①胜文绣。天地吾庐，大厦何须有，因此把家舍田园一笔勾。

话说蔡文增正追赶侯化泰，忽见对面沙岗之上来了一位老道。书中交待，这个老道不是别人，正是过海银龙白胜祖。他因侯化泰走后，与众位英雄大家着了半天急。白胜祖说："侯老英雄这一走，恐怕他要上云南。"铁面僧说："此人心高性傲，眼空自大，恐怕到云南受他人之算。眼下七宝山兴隆镇收童子兵，怕他往那里去。要往那里去，是九死一生，恐怕难讨公道。既待如是，你我前去找他去。"纪忠又说："去可不易。那蔡文增诡计多端，神通广大。"白少将军说："天地会八卦教是什么年所兴？何人所立？"铁面僧纪忠说："提起这话就长了。我原先也不知道，后来我与小霸王杨胜结为生死弟兄，他都告诉我了。那八卦教始兴于明末崇祯三年，江西吉安府吉水县太极观有一位得道的高人，此人姓毕，法号道成，上知天文，下晓地理，善晓过去未来之事。收了三个徒弟：大徒弟姓袁，叫袁智千；二徒弟叫雷智道；三徒弟叫陈智清。后来这道人超南海，死在半路之上。也有说腾空成仙，也有说隐遁的，其说不一。事到如今，并未见此人下落。"众人听罢。那白少将军这人，他是精明强干，聪明过人，自幼儿博学多览，诸子百家各种书籍全都读过，可谓文武兼全，智勇足备，即问铁面僧纪忠："你可有老道衣服借我一件穿？"纪忠说有，叫徒弟普明到西院中把黄松山存的那包裹拿过来。普明去不多时，把包裹取来，打开一看，是一身老道的服式，连蝇甩带宝剑，一概全有。白少将军穿戴起来，甚是合体，叫纪忠把他辫子拆开，挽了一个牛心发纂，说："纪师傅，明日你

---

①　衲（nà）——补缀。

带我到龙峒山七宝镇那里哨探哨探,你可有这胆量么?"铁面僧纪忠说:
"那我倒行。只要少将军敢去,我情愿当一名向导。"马成龙等说:"少将
军,此时去不得! 妖人诡计多端,神通广大,恐受他人的算计。"白少将军
说:"无妨,我自见机而作。大丈夫生于天地之间,必要做出一件轰轰烈
烈之事,也不辜负此身!"马成龙说:"既是白少将军要去,必是英雄所为,
我等大家送行。"叫小僧人预备酒。少时,普明把酒席预备齐整。大家开
怀畅饮,喝至三更以后,大家安歇睡觉。

　　次日天明,纪忠带白少将军出离了铁善寺,带着小徒弟普明,各带随
身兵刃,头一天住在半路客店。次日早饭以后,带领白少将军扑奔七宝镇
而来。方走到沙岗以后,忽见侯化泰从沙岗之上,"哎哟"了一声,一个跟
头栽将下来。白少将军眼快,说:"了不得啦! 侯老英雄遇害了! 你先派
人把他背入树林之内,你先别管我。"铁面僧纪忠说:"少将军小心了!"白
胜祖一声"无量寿佛",这才信口作歌,越过这道沙岗,口念"无量寿佛",
用蝇甩一指,说:"蔡文增,你等好大胆量! 见了祖师爷,还这等大模大
样!"蔡文增说:"你是何人?"白少将军说:"我乃江西太极观毕道成是也。
前者超南海,未曾回头,我隐于灵芝山藏珍岛藏珍洞内。昨日我在洞中打
坐,心血来潮,掐指一算,知道你等有难,特意前来搭救你等。"蔡文增一
听,吓得呆呆的发愣。他心中半信半疑,也不知是真是假。又一想:"我
把他让到龙峒山,我细细地盘问他,再为斟酌。先倒不必打草惊蛇吓唬
他。"想罢,向前磕头,说:"原来是祖师爷仙驾来临,弟子等有礼!"跪倒磕
头,连王道兴、吕道明俱皆跪倒叩头。蔡文增心中暗喜,说:"此人要真是
我们祖师爷毕道成前来,我们天地会八卦教大事可成。他要是大清营卧
底的奸细,我用话把他盘问短了,将他拿住,审问大清营的虚实,然后把他
解送大竹子山,交与八路都会总吴代光办理。"主意已定,行完礼,站起身
来,说:"祖师爷跟我等进山,再为行礼。"那白少将军正想着探望龙峒山
的来历,说:"来,看轿伺候!"不多时,有人把轿子搭来,白少将军上轿,跟
随蔡文增等竟自上山。

　　铁面僧纪忠在暗处一看,吓得默默无言。又一想:"白少将军此一
去,是凶多吉少。"他无奈何,转身追上徒弟普明,背着侯化泰同归铁善寺
而来。纪忠回头一看。侯化泰浑身衣服俱被烧毁,周身起了一身火泡,微
有呼吸之气。连夜到了铁善寺庙内,顾焕章看见,大众全都一愣,连忙取

出一粒夺命金丹,叫小和尚取一碗开水来,用开水把半丸药化开,与他灌下去。把这一半药研开,上在受伤之处。不多时,侯化泰还醒过来,睁眼看了看众人,又把眼合上。朱天飞"哼"了一声,说:"侯贤弟,你一生性情偏僻,今遭这样大祸!"大众无不叹息。纪忠叫侯化泰在西厢房北里间屋中养病。顾焕章即问纪忠:"那白少将军哪里去了?"纪忠将暗处偷看,见蔡文增跪倒叩头,及白少将军乘大轿与众上山去了之事,细说了一遍。顾焕章说:"白少将军这一入龙峒山,咱们该当如何办法?"马梦太说:"此事甚难。咱们要探龙峒山,那贼人必有防范,又怕坏了白少将军的事。"朱天飞说:"你等众位不必惊慌,此乃小事一段。白少将军乃是足智多谋之人,断不致丧在贼人之手。那人口巧舌能,随机应变,乃当世的人物,众位自管放心,不必担惊害怕。人生在世,死生由命,富贵在天,众位不必多虑。看他一生所做的事,料想无事。"

众人正在谈论之际,忽听湖耳山正北号炮惊天,人声叫喊。原来是穆将军、神力王合兵一处,来打湖耳山。只因派八个人探听湖耳山军情,不见回头,老王爷又派张大虎前去探访八个人的下落,也是一去并无音信。老王爷心中大怒,疑惑众人死在妖道之手,因此与穆将军合兵一处,浩浩荡荡地带领四十万大队人马,杀奔湖耳山而来。穆将军派前敌先锋副将王金龙管带,接应队的是副将白面瘟神神枪王绪祖,那马步全军①的都救应②是金刀将邓龙。穆将军与老王爷自统中军,旌旗招展,杀气腾腾,一路之上,秋毫无犯。王金龙带着五千奋勇队,马上加鞭,逢山开路,遇水搭桥,撒下驳儿马探子,前去哨探。

这日,大军正往前走,忽听探马报道:"前面已到湖耳山。"王金龙吩咐派二千人马安营下寨,挑选三千精壮之兵在山前亮队。王金龙横枪立马讨战。忽听湖耳山号炮惊天,顺着山梁下来一队人马。王金龙一看,与天地会八卦教打扮不同:两杆皂色大旗,分为左右,蜈蚣走穗,火鸦掐边,坠角铜铃被风一摆,"当啷啷"直响。左边有五百飞虎马队,右边有五百马队,当中二千步队,压往坐纛③。但则见门旗开处,当中显露出一员大

---

① 马步全军——官职。

② 都救应——官职。

③ 纛(dào)——军队里的大旗。

将。见此人身高九尺,膀阔三停,头大项短,虎头燕颔,四方脸,面如乌金纸,两道蛾眉,直插入鬓,一双阔目圆翻,四方口,海下①无须,正在幼年;座下骑一匹乌骓斑豹驹,手中擎着一条浑铁点钢枪,肋下配一口宝剑。你道此人是谁?就是小霸王杨胜。两旁左右有四员大将,就是独角虎赵昆,镇江龙周成等四人。

　　王金龙在马上看罢多时,拍马拧枪,大喊一声说:"叛逆之贼,胆敢抗拒天兵!"那小霸王杨胜说:"哪位前去擒此鼠辈?"独角虎赵昆说:"我去也!"拍马抡刀,照定王金龙就剁。王金龙用手中枪往外一磕,赵昆的刀是用青龙山水瞒刀篡,斜肩带背劈头砍下来。王金龙也是行伍出身,少年时打过军需,在云南征过大金川、小金川,智勇双全,今天与赵昆两个人杀在一处,真是棋逢对手,将遇良才。两个人走了十数个照面,赵昆抡刀劈头就剁,王金龙用手中枪往上相迎。赵昆顺水推舟,一变架势,照定王金龙脖项剁去了。王金龙吓得往下一缩脖项,只听"喀嚓"一声,将得胜盔砍下,吓得王金龙拨马败回本队。白面瘟神神枪王绪祖催马拧枪,直奔赵昆。赵昆抡刀就剁,王绪祖见刀临近,用手中枪斜抱月往上相迎。赵昆的刀往回一撤,王绪祖拧枪就扎。战了几个照面,把赵昆杀败。周成出来,亦被王绪祖杀败。小霸王杨胜催马拧枪,出离本队,把手中枪一擎,照定王绪祖分心就刺,王绪祖用枪急架相还。二人杀在一处,各施所能,走了十数个照面,王绪祖累得歇吁带喘,败回本队。金刀将邓龙出战,也败将回来。穆将军吩咐撤队安营,免战牌高悬。知道小霸王杨胜猛勇无敌,看诸将之内并无小霸王杨胜的对手。这座湖耳山甚不易破,不破湖耳山,不能径达云南,则吴恩、白练祖这两个妖道何日就擒,天下何日才能肃清?正在这忧疑之际,忽听外面蓝旗来报:"马成龙等回营。"穆将军一听此言,心中甚喜,吩咐旗牌官:"领他几个人进来。"

　　书中交待,马成龙等是在铁善寺听号炮连天,知道神力王大兵已到,吩咐外面孙寿、葛福鞴马②。马成龙说:"纪忠师兄,这件事非你不可。"铁面僧问:"马大人用我做什么?"马成龙说:"叫你上湖耳山前去卧底。只要劝降了小霸王杨胜,算你一件奇功。你须见机进言,不可造次。他如不

①　海下——下巴。
②　鞴(bèi)马——把鞍辔等套在马上。

降,你也不必回来,你就在他山寨等候。只要我把他拿住,决不伤害他的性命。我也爱惜他是条英雄,必要劝他投降。"纪忠一听此言,说:"马大人真乃宽宏大量之人,我先给您老人家跪倒磕头,叩谢大人的恩德!"马大人用手搀起,说:"你就收拾起身,千万莫误!我们先走。"那孙寿、葛福已然把马鞴好,众家英雄大家起身,直奔大清营而来。到了营门,叫人回禀进去。不多时,旗牌官出来说:"穆帅有令,叫众位进帐,议论军情。"马成龙等随令进了大帐,给穆将军磕头。穆将军说:"众位请起。本帅初到湖耳山,贼将杨胜真是骁勇,我今天连败了三阵,本帅被贼人挫动军威。"旁边有神力将赛铁盖高杰说:"将军不必烦恼,末将明朝前去与贼人决一死战。"穆将军说:"甚好,你等大家后帐歇息歇息。"一夜晚景无话。次日,高杰率领人马,大战湖耳山。不知胜负如何,且看下回分解。

第四十一回

铁面僧横扫天地会　神力将生擒小霸王

词曰：

> 凤侣鸾俦①，恩爱牵缠何日休？活鬼乔②相守，缘尽还分手。休，为你两绸缪③，披枷带杻。觑破冤家，各自寻门走，因此把鱼水夫妻一笔勾。

话说高杰他自己要告奋勇，去战小霸王。有马成龙、马梦太、玉斗、巴德哩四人要去略阵观敌。穆将军令下，就派他等前往。高杰点了五千步队，马成龙等各辔战马，三声大炮，出离了大清营，在湖耳山前列成队伍。只见湖耳山上一片喊声连天，闯天三千黑虎队来。小霸王杨胜勒马拧枪立在门旗之下，左有独角虎赵昆、镇江龙周成，右有金头豹冯开山、铁背熊蒋德成，压住队伍。高杰说："四位大人与我略阵观敌，看我生擒妖逆！"一催座下马，直奔两军阵前。小霸王杨胜一见，心中一动，说："这一条黑汉，那日在山前与我走了有十几个照面，我看他甚是骁勇。今日因何又在大清营中出来？我要把此人收服，倒是我一条膀臂，不免我上前劝解于他。"自己方要催马向前，只见金头豹冯开山说："兵主且慢，量此鼠辈有多大能耐，何必兵主亲自前往？待末将把此人生擒活捉过来，献与兵主台前发落！"杨胜说："也好。冯将军须要小心，不可轻敌，此人甚是猛勇。"冯开山说："知道了。"催马拧画杆方天戟，分心就刺。高杰急架相还。动着手，看这金头豹冯开山长得是仪表非俗，身高约有八尺，细腰窄背；头戴蓝缎白绫巾，头勒金抹额，二龙斗宝，上插两根白鹅翎，身穿宝蓝缎子箭绸袍，周身绣团花，腰系丝绦，外罩天青跨马服，单衬袄，薄底靴子。再望脸上一瞧，面如羊肝，红中透紫，紫中透红，容长脸面，窄脑门，尖下颏，两道

---

① 凤侣鸾俦（chóu）——恩爱夫妻的美称。俦：伴侣。

② 乔——假装、假扮。

③ 绸缪（móu）——缠绵。

英雄眉,黑鬓鬓斜飞入鬓,一双阔目圆翻,皂白分明,高额骨,海下无须,正在少年。坐骑赤兔胭脂虎,乃是一匹宝马良驹。手中赤金画杆方天戟,真是威风凛凛,杀气腾腾。高杰一见,分外爱慕,不忍伤害他的性命。见他拧画杆方天戟分心刺来,用手中浑铁棍往外一崩,冯开山把戟一撤,两个人杀在一处。走了十数个照面,冯开山败回本队。铁背熊蒋德成抢铁棍出来,照定高杰搂头盖顶就打。高杰用手中枪横扎铁过梁,崩开铁棍,分心就刺,蒋德成用棍急架相还。二人战了十数回合,蒋德成战得力尽筋乏,败回本队。

小霸王杨胜一声喊嚷说:"黑汉休要逞能,待我前来拿你!"催马拧枪直扑对面而来。用枪一指,说:"黑汉通名上来!"高杰说:"小辈,你不认得得爷爷? 我姓高,名杰,绰号人称神力将。你这小子就叫小霸王杨胜么?"杨胜说:"我姓杨,名胜,人称云南一勇士的便是。你要知我厉害,趁此下马归降,我在八路都会总跟前保是你开疆展土的功臣。"高杰说:"好你这一干叛逆,不知天时,任意而为,作恶多端,今日天兵压境,你等趁此早早归降。如若不然,马到疆场,管叫你等死无葬身之地!"小霸王一听此言,气往上撞,拧手中枪,分心就刺。高杰用枪往外一磕,杨胜撤回枪来,盖顶就打。高杰用枪怀中斜抱月,往上相迎。杨胜把花枪的门路施展出来。花枪为兵之祖。按兵器谱上说,大刀为百兵之帅;大枪为百兵之祖,兵刃里属它为祖,一寸长,一寸强;虎头钩为百兵之眼,那对兵刃讲的是勾、挂、摘、解;单刀为百兵之胆,讲的是一寸小,一寸巧。小霸王杨胜这条枪,一扎眉攒二点心,三扎盘肘四撩阴,五扎前胸六扎腿,七枪出去无对手,八枪鬼神愁,九枪金鸡乱点头。高杰用这条枪杆,杀得真是棋逢对手,大战四五十个回合,不分高低上下、胜败输赢。天已到红日西沉,两下各自罢兵。

明日早饭后,高杰又点了五千奋勇队,同着马成龙、马梦太、玉斗、巴德哩,还是四个人,排列略阵观敌。巴德哩说:"高将军,今日你再与小霸王杨胜交锋,我暗中助你一臂之力。"高杰说:"你怎么助我一臂之力?"巴德哩说:"我有一宗暗器,名为铁莲子。你要和他交锋之时,我暗中打他一铁莲子,或把他的马给打倒下也好。"高杰说:"你留点神,别打着我。"那巴德哩说:"我知道,不能打了你。"众人在山前列齐了队伍。只听那湖耳山上炮惊天,杀声一片,小霸王杨胜带领人马杀下了湖耳山来,与高杰两个人杀在一处。走了有五六个照面,两下里不分胜败输赢。巴德哩看出破绽,把铁链子掏出来,照定小霸王杨胜的坐马右眼,只听"噗哧"一声,正打在马的右眼之上。杨胜的马本来就生性①,被巴德哩这一铁莲子打在右眼之上,耳朵一摆,后腿一仰,把小霸王扔在战场之上。高杰跳下马,把他绳绑二臂,生擒小霸王,回归大清营,前去报功。这里赵昆、周成、冯开山、蒋德成四个人想去救小霸王杨胜也来不及了,无奈带贼队回归湖耳山。

　　高杰掌得胜鼓回营,来至穆将军大帐,参见将军,说:"末将不才,奉将令前去战小霸王,今将贼人拿获,请将军发落。"穆将军吩咐:"把杨胜带上大帐!"左右一声答应,把杨胜带上帐来,立而不跪。穆将军说:"杨胜,本帅我看你仪表非俗,堂堂男子汉大丈夫,为何甘心为贼? 不知你所因何故?"杨胜低头不语。穆帅又说:"杨胜,你要归降本帅,弃暗投明,我必保举你做官。"杨胜细想做贼无有下场,遂说道:"蒙大帅不斩之恩,我情愿归降。"穆将军吩咐把他绳扣解开。杨胜跪倒将军面前,谢过元帅,说:"我尚有一段隐情,要细禀元帅得知。"元帅问:"你有什么事情,只管讲来。"杨胜说:"小人本姓陈,由幼年间随我父上任,合家全丧在马鞍岛。今降大清营,情愿认祖归宗。"穆将军说:"你就改名陈胜,在我帐前听差,赏给你五品顶戴。"杨胜谢过将军,大家与杨胜道喜。穆将军说:"你就去招安湖耳山的人马归降,算你的大功。"

　　那杨胜接过令箭,出离大清营,回归湖耳山,见了赵昆、周成、冯开山、蒋德成与铁面僧纪忠,众人见面,大家齐道受惊。纪忠说:"你被大清营擒去,因何回来?"杨胜把穆将军劝降之话说了一遍。纪忠说:"甚好,你既归降大清营,乃是一件好事。大丈夫生于天地之间,应该做正大光明之事。你这一归降大清营,高官得做,骏马任骑,光宗耀祖,改换门庭。"杨胜说:"正是。赵昆等四位贤弟,意下如何?"赵昆、周成、冯开山、蒋德成四人一齐答言说:"兄长既归大清营,我等一同前往。"杨胜吩咐把花名册、军装、器械、粮草收拾齐备。铁面僧纪忠告辞回庙。小霸王杨胜带全军大队,投奔大清营而来。到了营门外,把队伍扎住,带众将来到营门。有旗牌官带他众人来至大帐,先给将军叩头。将军吩咐起来,四人各通了

────────

　　①　生性——这里指性情暴躁。

姓名。老将军说:"好好随本帅当差,赏给你四人六品顶戴。这一万人马,仍归小霸王杨胜管带。"

穆将军在此歇兵三天。高杰记大功一次。撒下驳儿马探子,前去探贼下落。穆将军升坐中军大帐,聚齐众将。穆帅问道:"马成龙,你们带白少将军探湖耳山,今日你等全皆回来,他毫无音信,是何缘故?"那马成龙说:"回禀将军,白胜祖任性奋勇,改扮道家,他去探龙峒山贼情,可不知道吉凶如何。卑职在将军台前讨令,前去到龙峒山探听白胜祖的下落。"马梦太与顾焕章、王天宠、朱天飞、高杰,这五个人亦要讨令,同去探龙峒山的下落。穆将军说:"就派你等前往。"

这六位英雄收拾齐备,各跨征驹,出离大清营,绕过山环,到了铁善寺,各下坐骑,叩打山门。里面普明出来,把门开开。六个人进庙,见了铁面僧纪忠,大家彼此问好。纪忠说:"你们几位来此何干?"马成龙说道:"一则是奉令来探龙峒山,二则是来看望侯化泰伤势如何。"纪忠说:"伤势甚重,昼夜疼痛直嚷。适才上了药,方才睡着。"马成龙问:"这里往龙峒山路程,你可知道?"纪忠说:"颇知道。这龙峒山属昭通府管,在金沙江的北岸。山口外有一座镇店,是七宝镇。"把前途的路程告诉明白。六位英雄随即告辞,出了铁善寺,各上坐骑。

正在四月初旬内的天气,绿树阴浓,青苗遍地,风清气朗。六位英雄观一路沿途的景致,猛抬头一看,见对面来了一伙人,约在二十几名。头前有四个人搭着一个大筐箩,后面有一个人骑着一匹黑马,扛着一条铁棍。那人生得虎背熊腰,面如刀铁,黑中透亮,粗眉大眼,长得仪表非俗。一见马成龙等六个人前来,吩咐:"孩子们,把筐箩扔下走吧!"那四个搭筐箩之人,把筐箩放下,跟随那骑马的大汉,拨头竟自走了。马成龙等催马向前,来至在那筐箩临近,六个人下马,见那筐箩上盖着一床红呢棉被。马梦太把棉被一掀,王天宠闪目睁睛一看,不瞧还自犹可,仔细一瞧,"哎哟",翻身栽倒就地,顿时气闭昏厥。把马成龙等五个人吓得痴呆呆发愣。不知后事如何,且看下回分解。

第四十二回

张大虎探山逢凶　罗会总以德报德

词曰：

　　着甚来由，恰与他人作马牛。终日忙忙走，费尽悬河口。休，取怨复招尤①，伤亲怀友。一刻清闲，天福能消受，因此把闲是闲非一笔勾。

　　话说王天宠掀开棉被一瞧，里面躺着一人，浑身鲜血淋淋，尽是刀伤。仔细一瞧，不是外人，原来正是笑面无常张大虎。

　　书中交待，张大虎因何落在这般光景？只因在清化镇店内，追风仙猿侯化泰与他说了一句玩笑话，张大虎认真②是他拜兄王天宠死在妖人之手，他转身就走，出离了清化镇，也不辨东西南北，气得两眼发直，一边走着，一边说："我拜兄王天宠乃是忠诚最道之人，一旦丧在妖人之手，我必要替他报仇雪恨，尽其异姓弟兄情长。"信步往前，日行一千，夜走八百，陆地飞腾之法甚快，太阳平西之时，来到平沙江口。看那边二十多只渔船，张大虎叫过一只船来。船头之上有一渔人，年有三十以外，头戴草纶巾，身穿月白布裤褂，赤着足，面皮微紫，紫中透黑，两道细眉，一双三角眼，站在船头，向张大虎说："你要雇船哪？你是要过江哪？"张大虎说："此处叫什么地名？离天地会窝巢多远？"那渔人说："此地叫平沙江口。这里要上小竹子山，约有四十里地，一直正西偏北。你上那里去找准？"张大虎说："你这船可把我渡到那里，给你白银五两。"掌船的瞧见银子，心中喜悦，把银子接过来，说："大爷贵姓？"张大虎说："我姓张，名大虎，人称笑面无常。我这人坐船性急，可要多添两个水手。"使船的说："你老请放宽心，上船来吧。"张大虎转身上船，说："你叫什么名字？"使船的说："我叫快嘴余六。"那船荡桨摇橹曳风篷，

---

① 招尤——招怨。尤：怨恨。

② 认真——信以为真。

船走如飞。余六说:"你到小竹子山找的是哪位?"张大虎说:"小竹子山为首的会总是哪一位你可知道?"余六说:"我全都知道。"张大虎问:"头一家会总是谁?"余六说:"头一位就是坐山雕罗文庆,第二家会总是白面阎王蔡文荣。还有二位少会总,一个叫罗如龙,一个叫罗如虎。他手下还教着十几个徒弟。"

正说之间,抬头一看,前面已到小竹子山。但则见大江之中有一座高山,南北直立,山峰山头之上旌旗招展,号带飘扬。战船无数。把山口堵住。满山一概尽是竹子,不知里面有多大地面。张大虎换上水湿衣靠①,手中把金背刀一擎,说:"船家,你不必等我了,我去也!"张大虎在山口中一瞧,见一排一排的竹城,有水寨竹门。张大虎打算:"由水中浮去,到小竹子山里头,把他等刀刀斩尽,剑剑杀绝,方能报我兄长之恨!我再拿住他们里面一个人,问一问我兄长死在何人之手。我要把害我哥哥这个人拿住,我把他开膛摘心,祭我哥哥的魂灵。"自己正思想,已到竹城水寨。自己一沉身,钻入水底下。忽见竹城水寨门一开,从里面出来一只小船,四个水手,船上有一人在船头站定。张大虎看罢,由水底下往上一冒,一长身说:"呔!混账妖贼,你往哪里走?待我来结果你的性命!"方要上船,只见船上站定那个人,一伸手拉出刀来,说:"你是哪里来的奸细?你报上名来!"张大虎说:"我姓张,名大虎,绰号人称笑而无常。小子,你是何人?"那人说:"吾乃是这里小竹子山的巡江会总于振海是也,你敢来到太岁头上动土!"只见那于振海跳下水去,一摆加钢峨嵋刺,照定那张大虎分心就刺,张大虎用刀相迎。两个人上下翻飞,搅得水花儿滚滚,波浪滔天。于振海见张大虎甚是猛勇,自己撤身上船,吩咐:"急速跟我进竹城水寨!"来到水寨门,吩咐开城,里面把城门一开,巡江会总那只船就进去了。

张大虎追至临近,水寨竹门已闭,里头安排着拦江网,下面有刀轮,自己着了半天急,不能进去。长身冒上水来一瞧,这座竹城长有五里之遥,自东北至西南,两边俱是高山峻岭,不知小竹子山里面是怎么个样式。急浮水扑奔西南这道山,及至临近一看,两旁是直立山峰,不能上去。浮水往回里走,又来到竹门水寨,沉身钻入水内,睁眼往水内一瞧,

① 水湿衣靠——古人在水中作战的作战服。

见水底下有二尺多宽的道路,也不靠拦江网,也不靠竹子,往里一钻身,想要从这里进去。刚往内一探头,正蹚在刀轮消息①之上。张大虎想要躲避也来不及了,被刀所伤,正砍在肩头之上。张大虎往回一蹚水,觉得浑身疼痛,一阵迷糊,竟背将②过去。早被巡江大会总罗如龙听见,吩咐:"拿奸细!"出去四只巡江小船,由四面下网,把张大虎捞上来,把水控出去,绳捆二臂。张大虎还醒来,睁眼一看,已然被人拿住,自己情知一死,破口大骂。众水手把他解到罗如龙那里。进了竹城水寨,有人把他抬至大战船之上。一瞧罗如龙在那里坐定,站着有二十名兵丁。罗如龙说:"你叫什么名字?胆敢前来窥探竹子城!你必是大清营的奸细。"张大虎说:"我也不必瞒你,我乃是福建台湾聚泉山公道二寨主,我名叫张大虎。今日是替我哥哥报仇雪恨,被你拿获,你家大老爷只求一死,趁此即给我一个快当!"罗如龙说:"来,你等把他送给大寨主,交与老会总发落。"左右一声答应,把张大虎搭起来,跳上小船,直扑奔北山坡。到了山坡之下,小船拢岸,四人把张大虎搭着上山。这四个人说:"咱们见了老会总必定有赏。拿住的这个人,乃是小白龙王天宠的拜弟,到了会总爷那里,必然将他碎尸万段!"

四人搭着正往前走,忽听前面说:"闲人闪开,少会总来也!"四人抬头一看,正是二会总罗如虎。罗如虎乃是坐山雕罗文庆的第二个儿子,为人性情猛烈,心地诚实,正要下山,前去游戏,急见对面四个人搭着一人,由对面而来,过去问道:"小子们,搭的是什么?"四个人赶紧放下说:"会总爷要问,方才在外竹子城拿住一个奸细,名叫张大虎,要解送老寨主那里。"罗如虎说:"我看看。"来至临近,仔细一瞧,说:"哎哟!原来是我一个朋友张大叔。小子们,把绳扣解开!"众人不敢违背他,把张大虎绳扣解开。张大虎睁眼一看,认得他是先在四方镇店中遇见过的。罗如虎自己说:"这个人与我有一面之识,我要救他!"罗如虎生来血心热肠。俗语说得不错:"恩义广施,人生何处不相逢;怨家免结,路逢险处须回避。"那罗如虎吩咐手下人把张大虎搀起来。张大虎伤痕甚重,不能行走。罗如虎派人把张大虎搭到自己屋中去,说:"您老人家从哪里来?"张大虎说:

---

① 刀轮消息——刀轮上的齿。

② 背将——背过气去。

"我是从湖耳山来,要替我大哥王天宠报仇。"罗如虎说:"王大叔并未往这里来,这里也没拿住什么人,你叫别人冤了吧?"那张大虎说:"你既救下我这条性命,你急速把我送走,不可耽延时刻,恐怕睡多了梦长。"罗如虎说:"我明日就送你前往,今天我在这里看着你,没人敢害你。"张大虎说:"也好。"晚半天又给他要点吃的,张大虎也吃不下去。一夜晚景无话。

次日,叫家人打个笸箩,怕张大虎伤痕受了风,给他盖上棉被,带他手下十数个亲随人,派了四个人搭着张大虎,下了山坡,要了一只战船,出离了小竹子山。这船到平沙江的渡口,把船靠岸,众人下船,搭着张大虎,罗如虎骑马,打算把他送到大清营。方走到小庆云山,只见大路之上来了六骑马,正是胖马马成龙、瘦马马梦太、朱天飞、王天宠、顾焕章、高杰,骑马正往前走。罗如虎看见,吩咐手下人:"把张大虎扔下,你我回去吧!"众人这才扔下他走了。王天宠等六个人来至临近,各跳下坐骑,掀起棉被一看,正是笑面无常张大虎。王天宠见他这一身伤痕,心中难受,说:"贤弟,你为何落在这般光景?"张大虎此时被风一吹,伤痕都着了风了,迷迷离离,不省人事。王天宠一着急,就晕过去了,多亏马梦太把他叫醒过来。这王天宠为人最热,他是最疼张大虎这个人。今日见张大虎身受重伤,一语不发,自己心中一恸。这才把笸箩搭起来,六个人同送至铁善寺,与侯化泰一处养病,求纪忠医治。

这六人不敢耽延时刻,急速起身,上龙峒山打听白少将军的下落,顺便要捉拿蔡文增。六个人在道路之上观看,真是山清水秀,地茂林丰,林中野鸟声喧,山上野花媚人,一路观玩不尽的景致。天有平面之时,走得口干舌燥,都是荒山野境,并无有镇店村庄。高杰性情最急,说:"列位,天到这般时候,尚未用饭,人也饿了,马也乏了,找个地方歇息吧!"马成龙说:"你不要忙,咱们问一问哪有镇店往哪里去吧。"正说之际,忽见山上有一个樵夫,信口作歌而来。歌曰:

　　山中青,山中青,万缘不到好修行。眼前浮云掔富贵,沿边流水
　无昆横。是是非非不找我,长长短短没人争。唯有一时动情处,岭头
　一曲古英雄。

众人听罢,一个个心中一愣:此是隐居贤士也。你看这个樵夫虽是粗鲁之人,尚通文墨。马梦太跳下马来,过去说:"借问樵夫兄,这里哪有村庄镇

店?"樵夫用手一指,说:"此处离永善县,顺我手瞧,有三里之遥。转过这一道山去,便是永善县地面了。"六位英雄谢过樵夫,各自上马,去往龙峒山而来。这一去,不知吉凶如何,且看下回分解。

第四十三回

永善县群雄遇险　墨金刚戏耍贼人

词曰：

　　赌，赌，赌，此病人生第一苦。寻贫穷，招欺侮。身家两败骨肉伤，良朋远弃羞为伍。

　　话说胖马马成龙、瘦马马梦太、朱天飞、王天宠、顾焕章、高杰这六个人问明了道路，一齐催马往东南，过了山弯，再抬头往南一看，见一座县城正在眼前。六位到了关厢之内，见家家关门闭户，街市之上人烟稀少，不甚热闹。不是通衢①大路，连一家店口都没有。六个人正往前走，忽见上坡高搭天棚，挂着茶牌子、酒幌，周围都是苇子札成花障儿。天棚南边一溜三张茶桌，北边一溜三张茶桌。靠东房五间，里面南边是灶，北边是柜，明窗亮槅。往后是穿堂门，有后院，为的是往外看得真切。后面有棵垂杨柳，也有桌椅条凳。靠天棚下边有两棵大柳树，上面系着绒绳，为是拴马的所在。这六位英雄齐下坐骑，把马拴好，一同进了这座饭铺，在天棚底下北边桌上落座。只见那边过来一个小跑堂的，年有十七八岁，新剃头，青脑瓜皮，漆黑的发辫，白脸膛，俊杰人物；身穿半新不旧的雨过天晴半大毛蓝布褂，直搭磕膝②，蓝布的中衣，漂白袜子，青布双脸鞋，乐嘻嘻的来到六位跟前，说："你们六位爷才来吗？这天棚底下今日不卖座，有我们这里一位大老爷在这里请客定下的，不叫我们卖座。"高杰一听，气往上撞，说："大老爷定下不叫卖座，你认识我不认识？"小伙计说："我眼拙，不认识尊驾，未领教贵姓？"高杰说："我是祖宗，比大老爷还大哪！"小伙计说："大爷，你别生气，我不敢专主，诸事都有一个先来后到。比如大爷你要定下座，在天棚底下请客，我要给您老人家卖了这个座，你来了答应我么？"马梦太听这小伙计说话情理和顺，接说："小伙计，你别恼，我们这位

————————

①　通衢（qú）——四通八达的道路。
②　磕膝——膝盖。

高爷是粗鲁人，不必计较他。我们是过路之人，吃完了就走。伙计，你贵姓哪？"小伙计说："我姓王，排行在三，皆因我做买卖和气，人皆叫我仁义小王三。你们六位要不嫌次，在后院树底下，又惊快又清静。"马梦太说："也好。找一个人把我们马遛遛喂上，我们吃完了好走。"小伙计答应下去，立刻打发人遛马，然后带六个人到东院。

马梦太等抬头一看，但则见后院南、北、东三面土墙，两棵大垂杨柳，靠北边树底下一张八仙桌，旁边放着四条板凳。六个人落座，仁义小王三过来问："要什么酒？什么菜？"顾焕章与朱天飞问："你们这里都卖的是什么？"小王三说："我们这里因天气暑热，不敢多预备，要到冬天时节，我们这里包办酒席，鸡鸭鱼肉、山珍海味，一概俱全。这天气甚热，就是猪八样儿，带卖点素菜。"朱天飞说："你给我们配上六样菜，只要味道可口的，不怕钱多。烧、黄两样酒给我们拿上几壶来。"小王三答应，把酒菜摆上。

六位英雄在这里吃酒，忽听外面有人说话，声音透哑。这六个人向外看得真切：来的这个人身高六尺以外，面皮微黑，黑中透紫，两道重眉，一双阔目，皂白分明，高颧骨，四字方海口①，大耳有轮，海下无须，正在少年；身穿宝蓝绸子裤褂，足下青缎快靴，手中拿着一个小包裹，进了这座柳泉居酒饭铺，他在天棚底下南边那张桌儿上坐下，说："伙计，你过来，给爷爷倒茶。"仁义小王三一听，就说："玩笑啦！今日我们这里天棚底下不卖座，有人请客，是昨天留下的话，这六张桌儿都包下了。您老人家到屋里吧。"那个哑嗓儿说："伙计，我且问你，是谁请客？你告诉我吧，我可是有人请的。"仁义小王三说："今是我们这里永善县西门内高家坡高大爷在这里请客。"那哑嗓儿说："请我的这位也姓高。你们这里高家坡的叫什么名字？"小王三说："姓高，名冲，绰号人称铁太岁，是我们本处一个财主，原先保镖为业，这如今发了财了，在我这里请客。"哑嗓儿那人说："那不是外人，他是孙子，我们是自己爷们。"仁义小王三说："你也姓高？"那哑嗓说："我不姓高，他是我干孙子。"小王三说："您老人家别玩笑哪！"哑嗓的人说："我不是玩笑，这是实话。他派人请的我，定在你们柳泉居见面。我来得早，还是饿了，有什么酒菜先拿来我吃点。"小王三说："您老人家可别玩笑，要是高大爷请的，你可就吃。倘若不是，你可要找不自

———————————
①　海口——口大而深。

在,那时悔之晚矣!"那哑嗓儿的人说:"你不必害怕,全有我哪。"小王三把酒菜给他摆上。

那哑嗓的人自斟自饮,喝着酒,面向里头看,随口向马梦太等六个人说道:"别瞧你们威名远震,什么叫'临敌无惧、勇冠三军'。你们几个人不敢在这天棚底下吃酒,惧怕人家,算什么英雄? 我可是无名氏,今天我要见见这个贼太岁何如人也!"马梦太听他所说的话,不由气往上撞,说:"马大哥,听见了没有? 他那里损咱们哪!"马成龙说:"老兄弟,不必管他。他也没点出名来说,你我又不认识,又和他无冤无仇,他损咱们做什么? 咱们不必找气生。古人说的不错:'话到舌尖留半句,事到礼上让三分。'"顾焕章在旁边说:"唔呀! 马大兄弟长了才学了,不是当年粗鲁那个样子,真是练达人情皆学问,通明世事即经纶①。"马成龙说:"兄长过于台爱,小弟粗通翰墨,在军营阅历十数年光景,被事所挤,多明白些个事情。这件事要是前十年撞在我的手内,我断不能饶他!"朱天飞说:"事事让一招,不为之过。"

六人正在谈心说话之际,忽听外面有人说:"把菜都预备齐了,我们大爷少时就到。"仁义小王三用手一指那个哑嗓儿的人,说:"管家,你可认得他?"那哑嗓儿抬头一瞧,那管家有二十来岁,淡黄的脸膛,短眉毛,圆眼睛,两腮无肉,嘴唇发薄,两耳发削,说话扬眉吐气;身穿紫花布裤褂,足下青布快靴,来到哑嗓的跟前,说:"朋友,你是哪里来的,我怎么不认得你?"那哑嗓儿人说:"冤家,你不认识我? 我与你主人是知己。你把高冲叫来,一见我便知分晓。你是高冲手下什么人?"那管家说:"我是那里管事的,他是我的主人。我姓姚,名叫荒山。我也没见过你,你是我家太岁爷的什么亲戚?"哑嗓儿说:"你连我都不认识? 高冲是我孙子么!"姚荒山气往上撞,照定哑嗓儿就是一掌。那哑嗓微然一闪,用手一拧他的腕子,把姚荒山拉在就地,说:"你起来,我也不打你,你回去把高冲叫来,爷爷在这等他!"姚荒山站起就跑。仁义小王三说:"朋友,你可别走啦! 你这个祸可惹得不小,太岁爷少时带人来,打你个腿折胳膊烂!"哑嗓儿一阵冷笑,说:"我这竟等他来! 小子,你先别害怕,光棍打光棍,一顿还一顿。我们两人见了面,不定是谁把谁打死哪!"小王三说:"好,别给我们

---

① 经纶——比喻治国的才干。

惹祸就得了。"

正说话,忽听外面说:"太岁爷来了!"小王三往外一看,头前这位身高八尺以外,膀阔三停,头大项短,面如锅底,黑中透暗,两道粗眉,一双阔目,滴溜溜光华夺目,高颧骨,土星丰满,四方口,海下无须,正在少年。后面带着十数个家人,都是一身紫花布衣服,年轻力壮,二十多岁,小辫顶,大反骨,走道遥头晃脑,喷痰吐沫,咬言咂字,七个不服,八个不答应,一百二十个不说理。头前走的正是铁太岁高冲,正在家中坐定,等候朋友前来吃饭,忽听家人报道:"姚荒山被人家打跑回来了!"铁太岁高冲说:"叫他进来!"姚荒山进来说:"大爷,可了不得啦!方才我到柳泉居,见有一个哑嗓儿的人,他说与大爷是亲戚。我也不知他姓什么,我与他说翻了,他打了我一个跟头。他说在那里等你哪!"高冲一闻此言,气往上撞,说:"孩子们,跟我走,到柳泉居看是何人?"

高冲带领众人,来至柳泉居。仁义小王三说:"大爷来了,请至里面坐。"高冲进来一瞧,靠南边桌上一人,那人扶桌还睡着了,桌上摆着几碟酒菜。高冲问道:"小王三,我告诉你天棚底下不叫卖座,你为何又叫别人这里吃酒?"小王三说:"您老人家别怨我,这是你们亲戚。我原先说不卖给他,他说谁在这里请客,我说您老人家。他说你是他孙子,我也不敢得罪他,你去问问他吧!"高冲说:"你把他叫醒来,我问问他是何人。"小王三过去说:"朋友,醒醒!"用手一推,那个人抬头,还没睁开眼哪,向王三说道:"高大爷来了没来?要来了,你告诉我一声。人家定在这天棚底下请客,咱们别搅人家。酒我也不喝了,别耽误你们的买卖。"仁义小王三一听就愣了,说:"朋友,你这可不对!"那人说:"水烟对不的。"小王三说:"高大爷来了!"那人站将起来,向高冲一拱手,说:"高大爷来啦?久仰大名,今幸相会,真乃三生有幸!方才我来,听见高大爷这里请客,我一想尊驾你也是个朋友。堂官过来,今天高大爷吃多少钱,我候了,交朋友没有多礼的。"高冲一看这人说话甚是和气,心想:"必是家下人搬动是非。看此人断不是不说理。"高冲说:"不要让了。"那个人说:"不能,今天总得让我,你赏我个全脸。无论多少钱,都是我给。"高冲说:"不可。要是那样办,连你吃的都是我给吧。"那人说:"我就依从,不用客套。我要失陪了。"站起来往外就走。姚荒山在高冲跟前说:"大爷,你怎么上这个当哪?他是一个崩子手。"高冲说:"小事一段。"正说之间,那人又回来了,说:"救人救至了,送人送至家。你既有这片好心,我不能不扰。我倒是问问多少钱,我也知道个数目,好答你这番的情。"小王三说:"你吃的钱倒不多,三吊二百八。"那人说:"实在不多。你再把馒头给我包上二百,都写高大爷的账吧。"伙计把馒头包上,递给那哑嗓儿。那人转身说:"我失陪了!"到了外边,那人把馒头全给了要饭乞丐了。高冲也不是打算盘之人,原先是江湖绿林道的朋友,挣了一个家业,就今天在这个柳泉居请客,所为是开心取乐,也不把那个人放在心上。旁边小王三说:"还有哪位没到? 菜都预备齐了。"高冲派家人高福:"去把二爷请来!"家人高福去了。

不多时,只听外面"南无阿弥陀佛",从外面进来一个和尚。众人抬头一看,见从外面来了这个僧人,年约二十以外,细条身材,头戴僧帽,身穿白缎僧衣,周身绣蓝牡丹花,足下白袜青僧鞋;面皮微白,两道细眉,一双阔目,准头丰满,唇若涂朱,手中拿一把蝇甩,进了柳泉居。铁太岁高冲说:"贤弟来了,我在这里等候多时了。"那和尚进来,口中念:"南无阿弥陀佛! 小弟一步来迟,兄长多有受等!"高冲说:"贤弟请坐,你我在此吃酒吧。"二人落座,小王三把酒席摆上,二人归座吃酒,两旁有家人伺候。这个僧人是半路出家,他乃是百花僧周铠,也是绿林中的江洋大盗,与高冲两个人是结义弟兄。今朝二人对坐吃酒,铁太岁高冲把方才之事说了一遍。百花僧一阵冷笑,说:"哥哥,你太实心了! 方才要是我在这里,断不能让这鼠辈走! 明明他是戏耍哥哥。"话言未了,只见那个哑嗓儿蹿将出来,说:"小子,大老爷还没走哪! 就凭你这个刀切的二五眼,攒馅包子晚出屉,你还早哪! 你过来,与大老爷较量较量!"铁太岁高冲、百花僧周铠气往上撞,过来甩衣服,要拿这位英雄。不知后事如何,且看下回分解。

第四十四回

高杰怒打铁太岁　英雄奋勇斗贼人

诗曰：

> 大江东去日西流，百感茫茫不可收。
>
> 万里一身常作客，五年三度此登楼。
>
> 凌空便去准如鹤，小立旋飞我亦鸥。
>
> 碌碌恐防仙子笑，题诗焉敢姓名留。

话说铁太岁高冲、百花僧周铠二人正在谈论之际，忽见那个人从外面蹿进来，说："呔！小辈，大老爷我在此久等多时，待我来！"铁太岁一闻此言，正是那哑嗓儿男子，不由气往上撞，说："无知的小辈！"站起身来扑奔那人，挥拳就打，两个人打在一处。后面马梦太等看得真切，见这人与铁太岁打在一处，武艺高强。这六个人出来了，在天棚底下瞧看热闹。见那百花僧周铠把袖一挽，衣服一掖，跳过去帮着动手。高杰在旁边看够多时，见百花僧周铠过去，两个人与那人动手。高杰又带了酒啦，过去要帮着那人与铁太岁动手，一个箭步蹿将过去，照定铁太岁高冲挥拳就打，这高冲急架相还。百花僧周铠就与那人打在一处。铁太岁被高杰一脚踢住柳泉居门外，他那手下家人各拉兵刃要帮着主人动手。那马成龙气往上撞，伸手拉出大环金丝宝刀；朱天飞、顾焕章、马梦太、王天宠四个人各拉兵刃，说："你们这伙人，太是欺生，倚多为众，待我等来结果了你等的性命！"那个哑嗓儿见众人过来要帮着他动手，他飞身蹿上天棚，竟自去了。铁太岁高冲、百花僧周铠一见众人拉出兵刃，不敢与众人动手，带着从人出离柳泉居，慌慌张张的竟自跑了。

跑堂的过来说："你们几位快走吧，这个乱子可惹得不小！他这一走，回去带来许多的打手前来，你们几位性命休矣！"高杰说："我们本待要走，冲着你这句话，我们倒不走啦，我倒看看他带多少人前来找我们打架！"小王三说："你们六位倒不必如此，祸不是你们六位惹的，是那哑嗓儿那个男子，他已然走了，你们几位何必在此生这闲气！"马梦太问："他家住在哪里？他家共有多少打手？"小王三说："他原先在镖行保镖，后来他养着些匪类之人，操练拳脚。我们这永善县被天地会八卦教所占，那位高冲就归随了天地会八卦教了。此刻他手下有二百名打手，还有一个姓郭，叫郭明，绰号人称闹海蛟，他是奉八路都会总派来镇守永善县，招安这一方的百姓。我们这里买卖铺户全都关了，都是他们天地会八卦教闹的。按铺户捐钱助饷，大小买卖，十收八九。竟等官兵前来。你们六位是哪里来的？"马成龙说："我们是从兴隆镇来，要到昭通府七宝镇，前去访朋友去。"

正说之间，只听正南上一片声喧，那铁太岁高冲带领着一百多名打手，扑奔柳原居而来。小王三说："你们几位看看，来啦！"这高杰站在柳泉居的门首，从马上把自己浑铁枪摘下来，见铁太岁高冲拿着一条铁棍，有茶杯口粗细，百花僧周铠拿着明晃晃一把鬼头刀，后面跟着有一百四五十名打手，个个手使长枪、铁棍、木棒、铁尺，来至柳泉居近前，说："你们几个人出来！大约你们几个人也走不了！"那高杰摆浑铁点钢枪，一声喊嚷说："你这伙小子，原来是个反叛！方才我要知道你们，断不让你逃走！"高冲说："鼠辈，你叫什么名字？"高杰通了姓名，拧枪就刺。高冲用铁棍往上一崩，高杰撤回枪来，分心就刺。高冲微往旁边一闪，摆铁棍盖顶就砸。两个人走了七八个照面，杀得难解难分。马梦太敌住百花僧周铠，这一伙打手就把马成龙、顾焕章、王天宠、朱天飞四个人围住。这些打手如何是四位英雄的对手，顾焕章的太阿剑摆动如飞，走开了一片的剑光，这又是一口宝剑，能削铜剁铁，切玉断金，顾焕章是修道之人，不肯伤害生灵，用宝剑净削贼人的兵刃，或者是削一个耳朵，把鼻子削去的。马成龙说："你们这些个不知死活的小辈，我来结果你的性命！你们可认识临敌无惧、勇冠三军马成龙的厉害！"那些打手一听马成龙说出真名实姓来，吓得胆战心惊，说："可了不得啦！马成龙来也！你们大众休要动手，咱们走吧！"那些打手一哄而散，连那百花僧周铠和铁太岁高冲二人也竟自逃命去了。

马成龙等六个人也不追赶，算还了酒饭账，这六个人各自拉马进了永善县的城。见日已西垂，并无有一座客店。无奈，这六个人出了南门，见关厢内甚是荒凉，并无铺户，就是一片土房，还都是些居民住户人家。六位英雄正往前走，忽见正南那里站定一人，目不转睛，只望这边瞧。马成龙等六个人到了临近,说:"借光,我和你打听打听,这里有店没有?"那人说:"我看您老人家甚是眼熟,您老人家姓马吧? 是山东登州府文登县马家庄的人吗?"马成龙一听那人说话,耳音甚熟,仔细一看,见那人年有三旬以外,五官窄小,面皮微黄;身穿浅蓝布的裤褂,足下白袜青鞋。看罢,心中一动,说:"朋友,我看你甚是眼熟,仿佛在哪里见过你似的,我一时竟想不起来。"那人说:"马大人,您老人家是贵人多忘事! 我是直隶保定府的人,您老人家那一年由宁夏府来,住在我们那里的店内。我们掌柜的姓郭,你在我们店内还病了一场。"马成龙一听,想起来了:"自那年在宁夏府大闹苏州街之后,我在保定府店内病了一场。啊,这个人是那店中小伙计。他们店中掌柜的是个好人,还周济我一吊钱盘费,我才能到得京都,见着我恩兄孙其广,我方能有今日。"马成龙想罢,说:"伙计,你怎么来到这里?"小伙计说:"我本姓李,原籍保定府清苑县人,自幼父母双亡,就剩我孤身一人。我们店也关了,掌柜的死啦,我这才来至云南永善县,有我一个亲娘舅在这里跟官,我投奔前来,正赶到,不想此处闹天地会,我舅舅也吓死了。这南边有一座关帝庙,庙中有一位和尚,是个瘫子,与我舅舅有交情,我在他庙中借住。后来他把使唤人散了,就叫我在那庙中帮忙,当一名小伙计,每月给我工钱三吊。先我一去时节,和尚待我甚好,后来日久,人心不长,和尚颇有脾气,烧香、扫院子,庙中一应事情,都是我一个人照管,他还不准招闲杂人在庙中去。"那马成龙闻说:"甚好,伙计,你不必发烦,你把我们带到庙中住宿一夜,明日你跟我到军营当差,我给你打一份差使,你意下如何?"李伙计说:"甚好,你们几位要跟我到庙内,千万千万你们可别嚷! 要叫和尚听见,他犯脾气,恐怕得罪众位,恐有不便。"马成龙说:"你自管放心,我绝不能给你坏了事。"

　　李二带着众人往南,出离关厢。走了有一里之遥,见大道东边路北有一座庙,山门关闭,东边有一个角门。李二来至角门以外,把门推开,叫众人把马拉进去,拴在院中树上。马成龙一瞧,这庙东西各有配房三间。李二把众人让至东厢房屋内坐下。马梦太看这屋中倒也干净,靠东有一张八仙桌,两旁各有椅子。南里间屋帘子挑起来,往里一瞧,是顺前檐的大炕,也有桌椅、条凳。众人在里间屋中落座,李二说:"我先到西屋里把和尚伺候完了,咱们再说话。"李二转身出去,到西里间屋内。众人听见在屋内说话,是个哑嗓的和尚,说:"李二,你才回来?"李二说:"我买了些个零碎东西,故此来得晚点。"那和尚说:"外边院内什么'披咚喋咚嗒'? 天也不早了,该关门睡觉啦!"李二说:"我外面没什么动作,我去烧香去,你先睡吧。"李二转身出来,到厨房烧了一壶茶,给六个人拿了去,来到东厢房,说:"你们几位喝茶吧,我烧完了香,咱们再说话。"李二手中拿着一股香,分开就在这屋里点着了,说:"马大人,你们是从哪里来? 天到这般时候,还要往南走哩?"马成龙说:"我们是从湖耳山来,要探龙峒山去,访问过海银龙白胜祖的下落。走错了道儿啦,我们才来至此处。"马成龙正说到这里,觉着头眩眼迷,不省人事,顿时仰身栽倒就地。朱天飞、王天宠、顾焕章、马梦太、高杰,这五个人也迷糊过去,翻身栽倒就地。李二说:"好! 你们六个人放着天堂有路你不走,地狱无门你闯进来! 庙主,你快来吧,我已然把马成龙这六个人给拿住了!"只听得西里间屋内说:"好!我去结果他的性命,断不能饶他!"百花僧周铠从西屋中把鬼头刀手中一擎,后面跟定正是铁太岁高冲。

这两个人是从柳泉居被马成龙这六个人打得一个落花流水,有一个家人名叫高虎,说:"庄主爷,别动手啦! 你看那几个全是大清营的差官。老爷,咱们走吧!"因此周铠、高冲二人带手下的打手,这才回高冲家中。到了厅房之内,高冲说:"你等有什么主意? 咱们把他这六个人结果了性命,也立一件奇功。"旁边过来一个小伙计,名叫李二,他乃是保定府的人,他在店中当过小二,认识马成龙是大清营的人,他叫高冲、周铠二人跟着,到了关帝庙之内,他定下这条计策,他把这六个人引到庙中,在那高香里暗插上一支熏香,他自己闻上解药,点着香,把六位英雄熏过去。他这里一叫,百花僧周铠、铁太岁高冲二人拉刀过来。不知六位英雄性命如何,且看下回分解。

第四十五回

马成龙绝处逢生　百花僧古庙被获

郭伦重礼真个好,不负圣贤教。消除薄恶情,依顺中和道。方才是男儿,无愧了!

——调寄《清江引》

话说那李二告诉周铠、高冲二人知道,把马成龙等六个人拿住了。这两个贼人怒从心上起,气向胆边生,说:"好!"。冤家见面,分外的红眼,他二人拉刀,方要过来动手杀这六位英雄,只听外面叩打山门,说:"借光来! 和尚快开门吧,这里有贼追下我们来也,救命吧!"百花僧周铠一听,吓了一跳,说:"不好,有生人来也! 先把东厢房门锁上,别放走他等六个人! 李二,你出去看是什么人来叫门。"李二转身到了那山门,把门开放一看。这庙外并无一人,心中一动,暗说:"不好,这里定然是闹鬼吧!"自己连问了两声,并无人答言,自己把门关上。方一转身,听得那外面又有人叩门,声甚急。百花僧周铠站在院中说:"别开门,问问他是做什么的。"外面答话说:"我是你的祖宗来叫门。你等要不开门,祖宗就要打碎门哩!"百花僧周铠说:"哪里来的小辈,敢来搅我,待我结果你的性命!"

话言未了,只听房上瓦檐一响,有一宗物体照定面门打来。周铠往旁一闪,从房上跳下来一人,身高六尺以外,头上青绢帕包头,身上青布小夹袄,青布中衣,足下青布快靴,腰系青布褡包,背后斜插势系着一个包袱;面皮微黄,两道浓眉,一双虎目,三山得配,四字方海口,二目皂白分明,神光足满;手中擎着一口利刃,跳下房来,说:"周铠,你这和尚不守清规,任意胡为,我特来结果你的性命!"周铠说:"你是何人? 通你的名来!"那位少年英雄说:"我姓卢,名杰,绰号人称小太岁。我来拿你,别走,吃我一刀!"抡刀就剁。周铠往旁一闪身,急架相迎。铁太岁高冲一看,气往上撞,说:"小辈休走,我来拿你!"要过来协力相助。只听房上一声喊嚷说:"呔! 高冲休要逞强,我来也!"飞身跳下一位小英雄来,正是黑英。他与小太岁卢杰自河南回回峪来要投大清营,来到了四川,知道峨眉山已破。

两个人想要上云南地面,探访天地会八卦教的机密大事。这日,他在永善县的城隍庙中住下,说是往石平州去找人去。庙内老道也是北方人,姓杜,名文祥,倒也慈善,留他二人住在这里。这日,马成龙等在柳泉居和高冲打架,他二人暗中看得明白。他见这六个人出离了永善县的南门,路遇见李二,引入关帝庙内,他二人暗中跟随。天色已晚,这两个人蹿上房去,在暗中看得明白,知道马成龙等六个人被贼人用熏香熏过去了。黑英就要下去,卢杰看罢说:"你在房上看着,千万别叫他们杀了那六个人。"卢杰跳在山门以外,说:"开门!"叫了半天,他这才跳进来与周铠动手。黑英也跳下来,把铁太岁高冲给裹住了。四个人杀了一个难解难分。周铠走了几个照面,被卢杰一铁莲子,正打在前胸,"哎哟"一声,倒在就地,不能动转,被卢杰过去把他给捆上。高冲一见周铠被擒,他心中一慌,刀法迟慢,黑英一腿把他打倒,按倒在地,绳绑二臂。先把两个贼人捆好,然后到东里间屋内,先找凉水把六个人都解过来啦。

众人睁睛一看,都吓得目定神飞,站起来说:"好贼!你们休要逃走,待我结果你的性命!"卢杰说:"你们几位先别动手,我有话说。你们几位望地下看看。"那马成龙等早看见百花僧周铠与铁太岁高冲二人被获。黑英过去给马梦太行礼,说:"师叔,您老人家还认识我二人吧?"马梦太仔细一瞧,说:"原来是你们两个人。这是往哪里来?"卢杰过去见礼,说明了来历,又给众人引见了。马成龙说:"这两个贼人万不可留!"他一回身进了屋中,再找自己大环金丝宝刀,踪迹不见,连顾焕章的太阿剑也不知是被何人拿去。马成龙甚是着急。马梦太说:"不要紧,丢不了,与周铠、高冲他们两人要。"马梦太手执单刀,说:"你们两个人把我拜兄宝刀、宝剑拿去了?"周铠与高冲说:"我二人并不知道,你不要诬赖好人。"马梦太说:"你这两个小辈,我善问你也不说,你这两个人是天地会八卦教的贼党,老太爷早已知晓,把你们解到军营,也是碎尸万段,你要说了实话,我当时饶你不死!"周铠说:"我们实在是不知道。"马梦太一刀把周铠耳朵割下来,疼得周铠"哎哟哟"直嚷。王天宠说:"马老弟,这里还短一个李二哪!那小子是罪之魁、恶之首,先把他拿住,要没他,你我弟兄来不到此处。"马梦太说:"对!我找他去。"

此时李二一见百花僧周铠被获遭擒,吓得他又不敢跑,不知道庙外头还有人没有人,自己躲到西厢房屋中,把钱柜开开,把里头衣服全拿出来,自己钻入柜内,把柜盖盖上,在里头连大气全不敢出。王天宠、顾焕章、马梦太三个人在屋里头各处俱皆找到,并不见李二的下落。马梦太说:"想这小子跑不了哇!"黑英、卢杰进来说:"方才见有一人,并没见他出去。在这西屋内找吧。"五个人正在寻找之际,一抬头瞧见地下有一个钱柜,柜盖子响动。马梦太说:"这柜内许有人吧?"李二在柜内吓糊涂了,连说:"没人!"马梦太说:"在这里哪,没人你说话?"把柜盖一开,把李二从里面揪出来,拉到院中。马成龙过来说:"李二,你这小子,我待你有什么不到之处?我与你有何冤仇,你起意害我?"李二说:"众位大人饶我这一条命吧!这不是我的主意,这是百花僧周铠与高冲他二人的主意。"马成龙说:"我的宝刀与我哥哥的宝剑藏在哪里?你趁早拿出来,万事皆休。如若不然,我当时就把你碎尸万段!"李二说:"我实在不知道。您老人家饶命吧!"马梦太拿起刀来,把李二左右两耳割削下来。李二说:"众位大人饶命吧!我实不知道!"马成龙说:"老兄弟不必饶他。"王天宠、马梦太等大家手起刀落,把李二杀死。

又来到周铠、高冲跟前,"你两个还不说实话!"高冲说:"马成龙,你家会总爷既被你拿住,杀剐存留任凭于你。你是你大清国的忠臣,我是我会总爷的义士。你要问宝刀、宝剑,我要告诉没见,你也不信。你把会总爷碎尸万段,也是没见!"马成龙性如烈火,一听高冲之言,气往上撞,说:"好胆大的叛贼,这等放肆!"夺过马梦太的刀来,照定高冲抢刀就剁。顾焕章说:"唔呀!不要留这混账王八羔子的性命!"众人乱摆兵刃,把高冲乱刃分尸。过来又问周铠。周铠破口大骂,说:"和尚爷既被你们拿住,也不求活了,只求一死!你们不必多问,宝刀、宝剑我拿了去了,叫人给八路都会总吴恩送了去了!"马成龙信以为真,说:"众位哥们,把这小子杀了,不必留他!咱们再想主意找宝刀、宝剑。"大众一听这话也有理,就把周铠也乱刃分尸。大众把马全都鞴好,说:"咱们走吧!此处久待,恐再有贼人前来,多有不便。"

众人方才要走,只见那边杀声一片,有无数的兵丁人等各执刀枪器械,灯笼火把,照耀如同白昼一般。为首有一人,年约二十有余岁,举止端方,品貌不俗,身穿便服,手执钢刀,说:"哪一位是马大人?愚下姓何,名成,在永善县东门外何家庄住居多年。本庄办理团练,募了五百名乡勇,大家守望相助,查拿盗贼。在永善县近来被这天地会所占,我等意甚不

平,恨不能一时天兵来到,早把天地会一网打尽,黎民免遭涂炭之苦。今
日晚上来了一位哑嗓儿的人,他说他是大清营的差官,知道我们村内俱是
好人,他说现有大清营的差官住在关帝庙有难,叫我们带领庄会前来解
救。故此我等带那位差官一同前来,现今不知那位哑嗓儿的哪里去了。"
说罢,马成龙说:"我们已将贼人杀死。你等跟我去到永善县,会同捉拿
天地会八卦教的匪首郭明。"那团练何成说:"甚好。"派手下人先把三个
死尸埋了。众人辅马,黑英、卢杰二人跟随,带领五百名庄兵,扑奔永善县
而来。

　　众人到了永善县时,早有探子来报:"教匪郭明率众逃走!"这马成龙
吩咐庄兵进城,把永善县衙门打扫干净,派何成、黑英、卢杰三个人镇守永
善县。天到大亮,马成龙又派人给老将军报捷,现在这里有何成庄勇取了
永善县。大众贺喜,就是顾焕章、马成龙二人心中不乐,把随身的宝贝失
去,不知落在哪里去了。正在为难之际,忽听外面有人来禀报:"现今外
面来了一个哑嗓儿的人求见。"马成龙吩咐:"请进来!"不多时,只见外面
进来一人,正是在那柳泉居打架的那个男子,手中拿着一个长包袱。马成
龙过去连忙行礼。那人说:"众位老爷们,多有受惊了!"马成龙说:"尊驾
贵姓大名?"那哑嗓儿人在马成龙跟前大展名姓。不知此人是谁,且看下
回分解。

第四十六回

群雄哨探水师营　豪杰计烧龙峒山

《天福歌》：

　　心，心，心，披毛作佛此中分。庶民去，君子存。只此几微成善恶，远在儿孙近在身。

　　话说那哑嗓儿的人在马成龙面前道出名姓。书中交待，这位英雄，祖贯河南卫辉府人氏，新乡县住家，在城西回回峪居住，姓白，名叫桂太，绰号人称墨金刚，乃是老筛海回教正第六个门徒。此人拳脚精通，会使短把刀一口，又会避血珠。自幼父母双亡，并无兄弟，孤身一人。他可是清真教的回回。自幼游走江湖，闯荡四海，专爱管路见不平之事，天生就的一份侠义肝胆，到处杀赃官，斩恶安良。他因听他师傅说云南各处闹八卦教匪，与天地会勾串在一处作乱，杀害生灵，荼毒百姓，白桂太来到云南，打算与民间除害。这一日在半路之上，正遇见马成龙等六位英雄，听他们在道路之上说说讲讲，他留心一听，才知道是大清营的几位差官，内中有他师弟瘦马马梦太。白桂太听他师傅说过马梦太的长相，故此今天一见就猜知八九，暗中后面跟随。到了永善县的地面，见这六个人进了柳泉居，跟仁义小王三说话，他听得明白，见这六个人后头去，他这才进来，跟仁义小王三耍了半天话。等铁太岁高冲来到，他知道这铁太岁是邪教，故此与他们打起来。见他们人一多，他蹿上天棚走了，在暗中偷看高冲、周铠，打算探明白他二人在哪里住，黑夜带单刀结果他二人的性命。他见高冲、周铠带着李二奔关帝庙去了，他在暗中看得明白。工夫不多，又见李二从庙中出来，站在大道往北观瞧，见马成龙等六个人来到，被李二花言巧语哄进庙去。他见天色已晚，自己转身蹿上庙中西配房，但见李二用熏香把那六个人熏过去，听见李二叫周铠、高冲。他方要下去拉刀跟这两个人动手，好救马成龙等六位英雄，忽听外面有人叩打山门，小太岁卢杰与黑英赶到。白桂太见他二人来，就不下去了。趁着四人动手之际，白桂太蹿至东配房,由后窗户进去,把马成龙、顾焕章二人的宝刀、宝剑拿去。他知道正东有个何家庄,有一家庄主名叫何成,别号称浪里钻,水性颇通,乃是一位侠义英雄,不降天地会,自练了五百名庄兵,自仗着一身能为武技,保护一带临近庄村。白桂太从庙中出到何家庄送信,调来了庄兵,他自己找个僻静之处歇息去了。次日天明,听街市之上纷纷传言,何庄主带领庄兵取了永善县,同着大清营一班差官在永善县大堂上大摆宴筵。墨金刚白桂太扑奔永善县而来,到衙门门首,说"劳众位的驾,与我回禀进去。"

那马成龙闻知,迎接出来,一见白桂太,二人行礼。白桂太道了名姓,马成龙把他让进去,与众位引见。白桂太过去把马梦太拉住说:"贤弟,你认识我吗?"马梦太连忙跪倒,与师兄叩头。白桂太用手相搀说:"贤弟请起。你可曾见过师傅了?"马梦太说:"自我与师傅分手,许久未会。兄长,你可见着师傅?"白桂太说:"由今年正月在卫辉府回回峪与师傅见面,他老人家夜晚观星,说贼星明亮,将星暗昧不明,正南之上一股红杀之气,云南应有刀兵之灾。师傅叫我到云南楚雄府,叫我来到此处各路访妖人的下落。今在永善县与你等六位相见。"大家归座吃酒,就留黑英、卢杰、何成、白桂太四个人镇守永善县。白桂太把宝刀、宝剑还给二人。马成龙吩咐鞴马,六位英雄各带兵刃,出离永善县,直奔龙峒山而来。

在道路之上,正在初夏的景况,天气不冷不热,青山绿水,一路之上甚是可观。这一日,到了七宝镇,打了一座客店,这六位英雄下马进店,在北上房住下。有店小二接过马去,把帘栊打起来,六位英雄进得上房一瞧,屋中倒也干净。靠北墙一张硬木八仙桌,两旁各有椅子,东西屋中都是顺前檐的炕。跑堂的送进茶与洗脸水来,六个人净完了面吃茶。马梦太把小伙计叫过来,说:"你们这离龙峒山有多少路?"小二把六个人上下瞧了几眼,然后说:"你们几位打听龙峒山做什么?"马梦太说:"我们到龙峒山访一位朋友。"小二说:"眼下龙峒山防守着紧的哪!只因前者有大清营一位差官烧了这里仓廒,还杀了二位会总,一个叫张宝任,一个叫任凤姣。眼下会总把山口防守甚严,各铺户都有花名册,上面都有年岁、相貌,若是来了亲戚,都得上巡防处报名。我们店里五天一上花名册,所有来往客商都要问明白了,哪里的人,往哪里去,上花名册,上巡防处报与大耗神梅峰知道。"六位英雄一听小伙计之言,吓得呆呆一阵发愣,一想:"贼人防守这样严密,倘若知道我等六个人前来,恐其众寡不敌,我等身临险地,怕有性命之忧。"

　　小伙计出去,这六个人一商量,朱天飞说:"无妨事,我等既来到此处,万不肯空手回去,一定要到龙峒山,要打听过海银龙白胜祖的下落。"顾焕章一听,说:"老兄休要荒唐,并不是我胆小无能,但不要忘记那劝善会总蔡文增五云筒的厉害。"朱天飞一听此言,哈哈大笑,说:"倭侯爷①,我正为五云筒而来。此一去能盗五云筒,把五云筒盗来;要不能盗五云筒,定将蔡文增首级取来!"顾焕章一听,说:"甚好,须要小心,但愿老兄台此去成功!"王天宠说:"我跟朱大哥去。"正说之际,小伙计进来说:"写花名册啦!你们几位贵姓?"朱天飞说:"我朱大。"顾焕章说:"顾二。"王天宠说:"我叫王三。"马成龙说:"叫马四。"马梦太说:"我叫马五。"高杰说:"我叫高六。"先生写完了,小伙计说:"给那送了去,可不定查不查。"马成龙说:"知道了。"叫小二:"给我们预备几样菜。"要了三斤陈绍酒,六个人在店中吃酒谈心。酒饭已毕,小二撤去了残桌,天已到初更之时,众人安歇睡觉。

　　朱天飞等候店中人全都睡了,他自己收拾好了,王天宠也收拾好,二人慢慢把门开放。二人出去,把门倒带上,拧身上房,跳出店外,顺着大街一直往西,出了村口。听见西南上更鼓齐鸣,朱天飞、王天宠抬头一看,原来是金沙江北岸贼人扎的水师连营。王天宠看罢,说:"朱大哥,老将军兵取石平州,必从此金沙江过,先抢贼人水师营的战船。"朱天飞说:"是,我看也在这里。"二人说着话,往正西走了不远,已到龙峒山口。见当中虎皮石修的一座城墙,中间一座城门,墙上灯笼火把,照耀如同白昼,上面弓上弦,刀出鞘,无数的贼兵。二人一看,不容易进这龙峒山,有心回去,又怕众人耻笑。二人无可奈何,往北走了不远,见墙上贼兵稀少,二人身临墙下,慢慢地爬到上面,见那个喽兵在打盹,被王天宠手起刀落,结果性命。二人跳进这座山城,施展鹿伏鹤行的功夫,走了有三里之遥。往北一拐,但则见是一片空宽之所。正北有五里之遥,有一座龙峒山,山高有七八里路,道路崎岖。二位英雄来在山下,顺山路下去,到了头道寨门上,虽有几个巡查之人,也不甚多。这二位英雄跃身过去,跳在山寨里面,蹿房跃脊,至各处偷听闲语。只见三道寨门里头有一所院子,里面是四合瓦

---

　　①　倭侯爷——顾焕章的别号。

房。二人蹿房上，往北一看，里面是正房五间，两边配房，抄手式的游廊。北上房屋中灯烛辉煌，听里面有人说话："会总爷少喝吧，天也不早啦！"只听里面有人说话，声音洪亮，说："小子，你别管我的闲事，爷爷爱喝！"王天宠、朱天飞二人来至北上房的房上，一个珍珠倒卷帘架势，隔着帘栊往里一看，但则见外间屋中有一张八仙桌在当中摆定，当中有一把太师椅子，上面坐着一人。此人年有四十余岁，头大项短，面如紫酱，两道雄眉，一双阔目，黑眼珠滴溜圆，白眼珠闪闪放光，高颧骨，四方口，海下有一部连鬓络腮胡，黑拥拥有二寸多长；头戴三角白绫巾，勒着金抹额，二龙斗宝，身穿皂缎色蟒箭袖，上绣白牡丹花，腰系丝鸾带，内衬单夹袄，薄底靴子，肋下佩着绿鲨鱼皮鞘太平刀。两旁站着四个家人，都是天地会八卦教的打扮。听见那家人说："会总爷，别喝酒啦！劝善会总临走之时，把大事托靠你老人家。昨日接得警报，湖耳山小霸王杨胜投降了大清营，湖耳山失守，怕有大清的奸细来探龙峒山。今天您老人家喝醉了，有点什么事，那还了得！"喝酒之人正是吕道明，为人最爱喝酒，性情急暴。今日晚上，他是喝醉了，家人吕禄劝他，不让他喝，他正喝在高兴之际。王天宠看得明白。又听家人吕禄说："你该查山去了。"吕道明说："不用查了，并没奸细前来敢探龙峒山！"吕禄也不敢往下多说了。王天宠一拉朱天飞，跳在后院无人之处，说："朱大哥，你我来此甚巧，劝善会总蔡文增没在此处。你我放火，今天将他山寨烧毁，这一座龙峒山就保守不住了。"朱天飞说："甚好，你我弟兄就中取事。"先至聚草厂，取出引火之物，把干草点着。又至永丰仓，把贼仓廒烧着。二人转身方才要走，忽听锣声震耳，杀声一片，来了无数的贼兵，把王天宠、朱天飞堵在山厂之内。不知性命如何且看下回分解。

第四十七回

勇先锋抢船过江　王天宠出探石平

《天福歌》：

　　贵，贵，贵，患所以立不患位。半世官，百世罪。眼前赤子任君行，头上青天真可畏。

　　话说王天宠、朱天飞放了火，方才要走，只听锣声一片，有无数的贼兵前来，把山口堵住。有心动手，又怕寡不敌众，被他人所害。二人在山下西边树林之内，躲开贼兵的去路。见众人过去，两个人出离龙峒山，回归到店内，与马成龙、马梦太、顾焕章、高杰会合到一处，说："你我趁此走吧！把龙峒山已然放火烧了，你我急速回去调兵，抢金沙江的战船。"马成龙等算还店饭账，出离七宝镇，顺大道要回湖耳山。

　　正往前走，只见尘沙荡扬，土雨翻飞，正是穆将军前敌大队来到。带兵官正是玉斗、巴德哩。只因穆将军取了湖耳山，在那里歇兵，马成龙等讨令探龙峒山一去不见回头，穆将军与神力王商议，打算要先取石平州，进攻楚雄府。神力王分兵一半，带了小霸王杨胜，还有水营中的战将。穆将军由金沙江过江，取石平州，派前敌是玉斗、巴德哩，带着五千奋勇队。这日离七宝镇不远，有驳儿马探子来报："离金沙江数里之遥，有贼人聚守龙峒山，请将军定夺。"玉斗、巴德哩吩咐安营。方把营帐扎好，忽有探子来报："前面金沙江水泛滥，战船全被贼人购去。"玉斗、巴德哩吩咐安营下寨，四鼓用饭，五鼓齐队，至金沙江抢贼人的战船。众三军得令下去。一夜晚景无话。

　　次日，调齐大队，竟奔金沙江而来。大军正往前走，正遇马成龙等六个人拦住去路。有人来报："临敌无惧、勇冠三军胖马大人拦住去路。"玉斗、巴德哩催马向前，见马成龙等，滚鞍下马，过去行礼。马成龙说："二位贤弟来此甚好，我等久候多时。"巴德哩说："你我急速前往，至金沙江的北岸，趁贼人不防备，把战船得过来，好请老将军大队过江。"王天宠、朱天飞一听,说:"也好,趁此催趱①大队前往。"众英雄各上征驹,转眼之际,就到金沙江的北岸。

此时九江太岁王道兴被酒色所迷,队伍乱杂。这伙官兵一拥而上,各执刀枪器械,乱砍贼人。顾焕章、王天宠竟奔中军大帐。此时九江太岁王道兴宿酒未醒,正在睡梦之际,王天宠、顾焕章二人赶到,乱砍贼人。九江太岁王道兴听见外边一阵大乱,有人乱嚷说:"大清营的官兵已到!"王道兴不敢恋战,翻身跳下水去,竟自逃命去了。这些官兵乱砍贼人,转眼之间,把这些战船得来,飞速与穆将军打信报红旗,把金沙江的战船得来五百只,在此歇兵一日。穆将军大队赶到龙峒山,群贼俱皆逃走。穆将军在此歇兵三天,出告示安抚居民。次日,穆将军升坐中军大帐,给玉斗、巴德哩记大功一次,分赏三宫,吃得胜饼。

大家歇息了两天。穆将军升帐,命高杰为前部正印先锋,玉斗、巴德哩为合后接应。高杰点齐人马,渡过金沙江。马成龙、马梦太、顾焕章、王天宠、玉斗、巴德哩、朱天飞这七个人也坐着战船,渡过金沙江,与高杰会合在一处。马成龙与高将军往石平州去,道路崎岖,坎坷不平,恐贼人有奸计,在道路之上埋伏。马成龙说:"我几个人先去与你哨探哨探,然后你再进兵。"高杰说:"也好,兄台多要你分心。"马成龙、马梦太、朱天飞、顾焕章、王天宠这五个人在军营用完早饭,各跨战马,出离了军营,要奔石平州,前去哨探军情。

马成龙等正往前走,天有正午之时,只见前面有一座镇店。五个人也想要歇息歇息,把马喂喂再走不迟。那马成龙先就把店看好了,是福兴客店。五个人进去,不多时,小二送上洗脸水来,把马给喂上。马成龙问:"此处叫什么地名?离石平州有几十里路程?"小二说:"我们此处地叫何家洼。南边有一道河,是白水江的小岔儿,要过了河往正南走七十里路,就是石平州。那里都被天地会八卦教所占。我们这个地方都不愿意随天地会八卦教叛反,都想天兵来到,早把贼人剿灭,百姓也好度安闲的日月。"马成龙问:"这里有船没有?"小二说:"船都被贼人发官价买去了,并无船户人等。"马成龙向王天宠说:"咱们二位上那里看看去。"王天宠说:"也好。"叫倭侯爷顾焕章同瘦马马梦太、朱天飞三

---

① 趱(zǎn)——催促。

个人在店中等候。

　　王天宠、马成龙二人顺大街一直往南,出了村口,抬头一看,眼前东西一道大河,靠北岸一带净是垂杨柳树,一直往东有二里之遥。马成龙见河下并无船只,二人顺河北岸往东走了一箭之地,见前面垂杨柳下小板凳上坐定一人,身穿暑凉绸裤褂,足上漂白袜子,青缎双脸鞋;面皮微黄,黄中透白,窄脑门,尖下颏,俊俏人物,目似春景,两道蛾眉斜插入鬓,准头端正,唇若涂脂,年有三十八九,旁边放着一个烟笸箩,手内拿着一根长杆烟袋。马成龙过去说:"借问一声,咱们这里哪里有摆渡?"那人说:"我们这里并没摆渡。东边原先可有一个摆渡来着,是一个老头在那里摆渡。这时节换了两个小孩子,尽淘气,不定在哪里摆。你们二位到东边瞧瞧去吧。"马成龙点头说:"借光!"

　　二人往东走了一望之地,但则见河下有一个小摆渡,上面站定一个小孩,十四五岁,梳着双歪辫,穿着一个兜肚,赤身露体,容长脸面,眉分八彩,目如朗星,鼻如玉柱,髻似涂脂;手中拿着一根撑船的篙,乐嘻嘻往北岸上瞧。船后边也有一个小孩,梳着冲天的一个小辫,圆粉脸,浓眉虎目,仪表非俗;身上也穿着一兜肚,身体肥胖,长得甚有人缘。马成龙与王天宠二人看罢,王天宠过去说:"二位童子,你渡我们二人过去,到何家洼南村口。我们还有几个人,渡过去多给你几个钱就是了。"小孩说:"也好,你们上来吧。"

　　王天宠、马成龙一时的高兴,上了小船。两个小孩用篙一点这船,这只小船飘摇摇到了河当中。梳双歪辫的小孩说:"把钱给我吧。"王天宠伸手摸了一块银子递给小孩,约有二两多重。那小孩说:"这都是给我们的?太少!我们这里有官价,每一个人是纹银十两,你们两个人二十两。"王天宠一听,说:"你们这两个小孩子说话岂有此理!我二人是一时高兴在此消遣,哪有那些银子给你!你这两个小孩叫什么名字?"梳双歪辫说:"我叫大太爷。"那冲天小辫的说:"我叫二太爷。"王天宠一听此言,气往上撞,说:"你们这两个顽童,好大胆量!连我你们都不认识?你们两个要是江湖绿林大盗,也该打听打听我是谁!"那个梳双歪辫的说:"你叫什么名字?"王天宠说:"家住陕西延凉卫,姓王,名勇,表字天宠,绰号人称小白龙,占福建台湾聚泉山,人称公道大寨主,现在我投降大清营,奉旨敕封王义士。奉穆将军将令,出探石平州。今来至此处,遇见你二人,真乃是井底之蛙,连我二人全不认识!我要不看你们是两个小孩子,我手起刀落,结果你们两个的性命。"那两个小孩"噗哧"一笑,说:"你自知道你是英雄,声名未能贯满乾坤!"王天宠说:"你们这两个童子,好大胆量!"过去要把二人踢到河内。那两个小孩一纵身跳下河去,从水底下抓上两把泥来,照定王天宠就要打。王天宠闪开。马成龙说:"你们这小孩子真淘气,我等是不与你一般见识!"那梳冲天小辫的说:"你叫什么名字?"马成龙也通了名姓。小孩说:"原来是你呀!别走,敬你一把泥!"马成龙闪开。王天宠说:"马大人,我下去把这两个小孩子拿住。"马成龙说:"好,拿住问他姓什么。"王天宠又没带着水衣水靠,说:"我就这样下去,这两个童子走不了!"王天宠一沉身,跳入水内一瞧,这两个小孩子水性纯熟,王天宠想要拿他两个,焉得能够。王天宠心中说:"幸亏是遇见我,要遇见别人,必受他两个所害。这两个人必受过高人的传授,水性不在我以下。"王天宠累得浑身是汗,一瞧这两个小孩子好像两条大鱼一般,王天宠竟自不能将二人捉住。王天宠无奈,上得船来,把撑船的篙捡起来,把船点到北岸。二人下船,说:"咱们去找本地面之人,必知他们姓什么,然后再拿他不迟!"

二人顺北岸一直往西,来到那个歇凉的男子面前。王天宠过去问道说:"大哥借光,那边使摆渡的小孩子,你可认识?"那男子说:"这两个孩子不是我们本地的,由头十数天来到此处,净与我们本处小孩子打架,打遍街,骂遍巷,甚是淘气,没人敢惹他们二人。原先是一个老头儿摆摆渡,倒甚和气。这个老头儿也不知道他上哪里去了,就换了这两个小孩子。我们问他在哪里住,他说在树上,赌气我们也不问他了。"王天宠说:"是了,这两个必是天地会八卦教的余党。我去到店中拿来水衣水靠,必要将两个小孩子捉住!"那歇凉的男子说:"你们二位不必生气,大人不见小人之过,宰相肚里有海涵!"

马成龙、王天宠二人怒气不息,回归店内,见了顾焕章,备诉前情。顾焕章说:"二位贤弟不要生气,你二人养气的功夫尚未练到家。我等兄弟们全是英雄,不要带鲁莽气,文人墨客不要带寒酸气,和尚道士不要带香火气,高人隐士不要带山林气,另换出一番面目,才是英雄奇男子大丈夫所为,让人测摸不出。两个孩子哪里知道时务,不必生气,咱们找船过河探石平州去吧!"话言未了,只听后窗户有人说话,说:"王天宠、马成龙、你两个人乃成名的人物,今天受这样欺辱!"王天宠飞身出去,蹿上房去,再往后边一瞧,并不见有人。王天宠回到屋中,说:"这是什么人耍笑我?"正说着,只听后窗户又有人说话。朱天飞等出去,焉想到又出了一位惊天动地之人。不知何人,且看下回分解。

第四十八回

小白龙又逢强中手　大英雄攻打石平州

《天福歌》曰：

闲，闲，闲，柴门虽设昼常关。寻颜乐，惮许烦。① 世事忙来催白发，几人休去伴青山。

话说朱天飞，王天宠又听后窗户有人耍笑，王天宠二位英雄气往上撞，出离了上房，往房上一蹿，再往后看，并不见一人。店中小伙计一看客人全上了房了，他说："好安顿，住店的，你们几位下来吧，有什么话慢慢说，别满房上乱跑！"朱天飞等二人下来，说："你们后头院是什么人住着？告诉我，我好找他去！"小二说："没什么人在后边住着。"朱天飞同王天宠回到上房屋中，把马成龙的眼都气直了，说："这还了得！说话的这个东西，万不是好人！我要见着他，必要把他碎尸万段！"正说着，又听后窗户外说："你别吹，爷爷在这等着你哪！"朱天飞说："你真要是英雄，你请进来。我等与你远日无冤，近日无仇，生而未会，面不相识，何必你要笑我们？"外边那人说："我要进去，你们可别急。"马成龙说："不急，你进来吧！"

只见外面"嗖"的一个箭步蹿下房来，进得上房，马成龙睁眼一看，原来就是柳树底下歇凉的那个男子。王天宠说："朋友，你这可不对！咱们并无冤仇，你怎么耍笑起来了？朋友，你贵姓？"此人"噗哧"一笑，说："是，众位，我多有得罪！在下姓何，名瑞，绰号人称混水猿。我就在此处居住。"王天宠一听，说："是了。前者占马鞍岛，就是尊驾么？"何瑞说：

---

① 寻颜乐，惮许烦——颜：颜回，孔子学生。《论语·雍也》载："子曰：'贤哉！回也。一箪食，一瓢饮，在陋巷，人不堪其忧，回也不改其乐。'"许：许由，上古高士。据晋人《高士传·许由》哉："尧让天下于许由"，许由不受。"尧又召为九州长，由不欲闻之，洗耳于颍水滨。"惮：惧怕。

"不才就是在下。尊驾如何认识？"王天宠说："久仰大名，在这一方水面的英雄，尊驾属为第一。"何瑞说："适才间多有冲犯众位的虎威，望众位担待一二。"王天宠说："方才那两个小孩子，你必认得。"混水猿何瑞说："你们问那两个小孩，不是外人，一个是我的儿子，一个是我的外甥。"话完便叫伙计："去把两个人叫来，给众位引见引见。"王天宠说："何寨主，你乃是当世的英雄，遇此荒乱之年，应该致君泽民①，替国家出力，方是奇男子大丈夫所为。"那何瑞说："我有此心，无奈把机会都错过去了。你们几位大人进兵云南，如有用我之处，千万给我一个信，我父子必到。"王天宠说："你给搭座浮桥，等候穆将军从此经过。"何瑞说："那可现成。明日大队到的时节，我这里有木料，自管请用，我分文不取，毫厘不要。"

正说话之间，伙计把两位小少爷带进来。王天宠一瞧，两个小孩子全把衣服穿上了。头里走的梳双歪辫的，穿一身宝蓝绸子裤褂，足下青缎子三镶抓地虎靴子；白生生的脸膛，五官端正，品貌不俗。后面梳冲天小辫子的，穿一身青洋绉的大褂，内衬蓝绸子裤褂，足下青缎子快靴。两个小孩子进来，向众位行礼，然后一抱拳，向马成龙、王天宠说："适才间我二人无知，多有得罪二位！"王天宠说："你们二人叫什么？"混水猿何瑞用手一指那个梳双歪辫的，说："王义士，这乃是我的儿子何道明，皆因常跟我在外面游走江湖，闯荡四海，人家送他一个绰号，叫夜渡长江何道明。"用手一指后头那个说："姓鲁，叫鲁化，绰号人称面条鱼，由七岁跟着我练能为武技。他父母双亡，就剩他孤身一人。"马成龙甚爱惜这两个小孩子，说："等我到军营，你们两个找我去，我保举你做官，光宗耀祖，显达门庭。"何道明说："求马大人格外施恩，提拔提拔我们二人！"何瑞吩咐："摆酒，给众位老爷们接风掸尘。"手下之人答应。

少时之间，把酒席摆齐，连何瑞父子三人，陪着众位英雄在上房吃酒。马成龙问道："何贤弟，你久居此地，必晓天地会八卦教的虚实。"何瑞说："略知一二。那天地会仰仗着妖术邪法，蛊惑民心。在云南府昆明县有一座五华山，山上有一位化地无形白练祖，在那里炼诸般的法宝，善晓先天之数，这乃是天地会八卦教中第一个妖人。第二个是劝善会总蔡文增。还有一个八路都会总吴代光，此时他逃往大竹子山。他手下有雄兵百万，

---

①　致君泽民——向君主提出治国良策，给老百姓施以恩泽。

猛将千员。前面有一座石平州,是铁掌道人马陵镇守。此人精通邪术,善能呼风唤雨,撒豆成兵,排兵布阵,斗引埋伏,样样精通。此一去,要到石平州,多要小心留神,此人诡诈多端。如要遇见他,千万另加一番小心!"马成龙等点头。酒饭已毕,小二收拾下去,献上茶来。众人吃完茶,天色已晚,就在何瑞店中安歇。一夜晚景无话。

次日天明,高杰、玉斗、巴德哩前敌大队来到,在何家洼安营。马成龙等来到大营,大家见面,提说天地会八卦教的情由。高杰吩咐手下差官带领兵丁前去搭造浮桥。手下差官运用木料,两天工夫把浮桥搭起。高杰等带大队杀奔石平州而来。这一日,到了石平州,择吉地安营下寨。手下兵丁埋好了牙叉、鹿角,撒下铁蒺藜、绊马索,安好了粮台,立下行营。一夜晚景无话。

次日,高杰调齐了大队,率带一干诸战将,出离大营。在马上抬头一看,见石平州上杀气腾腾,城上遍插旌旗,都是弓上弦,刀出鞘。石平州敌楼之上插着一杆白八卦旗,上面绣着"乾三连、坤六断、离中虚、坎中满、兑上缺、巽下断、震仰盂、艮覆碗",当中乃是一个八卦太极图。高杰想要带兵攻城,忽听石平州城内三声惊天大炮响亮,城门大开,从里面出来二千马队,双龙出水势,当中间三千步队,有一杆大纛①旗,是皂缎色,上绣白字,写的是"云南三勇士",当中是一个"姚"字。见门旗开处,这员贼将平顶身高七尺向外,头戴三角白绫巾,勒着金抹额,二龙斗宝,身穿白缎蟒箭袖袍,周身绣黑团花,腰系丝鸾带,套玉环,佩玉珮,足下青缎快靴;头大项短,面如黑炭,两道粗眉,一双阔目,神光足满,高颧骨,海下一部连鬓络腮的胡子;坐骑黑马,手使浑铁点钢枪。高杰一见,知道贼人定是一员勇将,撒马当先来至两军阵前,用手中枪一指,说:"叛逆贼人,前来送死!今有高杰在此!"云南三勇士摇山动姚兴催马拧枪,来至两军阵前。两人各通名姓,摆枪杀在一处。真是棋逢对手,将遇良才。两个人杀了十数个回合,姚兴不是高杰的对手,累得浑身是汗,遍体生津,自己拨马败回本队。只听贼队之中一声"无量佛",出来一位羽士黄冠,玄门道教。高杰等众人一遇此人,都有杀身之祸。不知后事如何,且看下回分解。

---

①　纛(dào)——军队里的大旗。

第四十九回

铁掌道妖术惑人　马成龙阵前被获

《天福歌》曰：

忙，忙，忙，心慌恰似失林獐。都是定，枉仓皇。等到白头将歇足，人间又有染须方。

说话高杰战败了那云南三勇士，只见从贼队之中出来了一个老道，口念一声"无量佛"，向对面说："小辈休要猖狂，今有山人来也！"高杰闪目睁睛一看，但则见这一个老道年有六十以外，头戴九梁道巾，身穿紫段色道袍，腰系丝绦，足下白袜云鞋；背后背着一口宝剑，绿鲨鱼皮鞘，黄绒挽手，真金什件；面如生羊肝，两道八字眉，一双三角眼，三山得配，四字口，海下一部黑胡须，根根见肉；手中抱着一个葫芦，站在两军阵前，用手一指，说："贼将，你叫什么名字？"高杰说："我乃神力将高杰是也！"老道一听，点了点头，一转身，回头走了有五六步远，仰面向天说道："弟子铁掌道马陵，今与大清营交兵，遇见一个神力将高杰，不知他该死不该死，求仙长爷指示明白！"忽然间见老道点了点头，自言自语说："遵法旨！"一转身，来到了两军阵前，用手中蝇甩一指，说："高杰，你的天数已到，还不跟山人前来，等待何时？"高杰见一股白烟扑奔面门而来，头眩眼晕，栽于马下，被天地会八卦教的贼兵挠勾①搭住捆上，解入石平州去了。高杰座下马跑回本队。

马成龙一看，气往上撞，说："列位将军，你们看这老道必是妖术邪法。"那玉斗、巴德哩说："列位别过去，要凭血气之勇，这个老道也不是高将军的对手。分明见老道手中拿一个蝇甩，照高将军一指，一股白烟，高将军就被获遭擒了。马大人虽是胆量过人，猛勇无敌，恐难以取胜这妖人。"马成龙说："无妨事，待我前去替高将军报仇雪恨，手起刀落，把贼人

---

① 挠勾——通"挠钩"，是指顶端是大铁钩的带长柄的工具。

结果了性命。"巴德哩说:"须要小心了,凡事不可鲁莽。"马成龙说:"我知道了。"手擎大环金丝宝刀,来到老道面前,说:"呔! 对面妖道休要逞强!你叫什么名字? 快通报上来!"老道说:"你这匹夫,不认识山人? 我姓马,名陵,绰号人称铁掌道。奉众位督教都会总之命,特意在此等候你大清国的人马前来。你可就是神力王营中的胖马马成龙吗? 我可见过你们的恶人图,我可并不知道你们是这个长相。来! 来! 山人我送你上鬼门关去!"那老道一转身回至自己队中,向着空中问道说:"祖师爷在上,信士弟子马陵,今来至此处,遇见了一个马成龙,不知他该死不该死?"又见老道点了点头,自己说:"遵法旨!"一转身来到马成龙的面前,说:"马成龙,你的阳寿已到,待我结果你的性命!"用手中蝇甩一指,马成龙就头迷眼昏,顿时栽倒就地,连大环宝刀带马成龙,一并拿去。

马梦太一瞧,说:"这可了不得啦! 马大哥叫人拿去了! 我必要替我兄长报仇雪恨!"拉短把刀,来到两军阵前,说:"呔! 好鼠辈,你认得你家老太爷么? 胆敢拿我兄长,待我来结果你的性命!"老道用蝇甩冲定马梦太一指,马梦太觉着头眩眼昏,顿时翻身栽倒阵前。被老道那身背后的兵丁用挠勾搭过去,绳缚二臂,捆进石平州去了。玉斗、巴德哩战战兢兢,都不敢向前。老道在阵前卖弄浪言大话,说:"哪一个还敢过来,与山人比并三合?"顾焕章一瞧这妖人必是邪术,不敢过去与他争锋动手,吩咐:"收兵回营,再想主意出兵,与两个拜弟报仇!"慢慢把队伍撤回本营。

铁掌道马陵见大清国人马撤回,吩咐回营。鞭敲金镫响,齐唱凯歌声,掌得胜鼓撤回石平州去了。来到帅府,老道升坐大厅,单有二百名站堂伺候,手下的大队各归汛地①。两旁的人给老道送过洗脸水来,净完了面,手下童子献上茶来,老道吃茶。姚兴在旁落座,说:"兵主真是神机妙算,竟在两军阵前拿了这三个鼠辈! 会总爷,你要怎样发落?"马陵说:"那高杰乃是大清营一员虎将,我虽未与他交过锋,他的英名我早已知道。前有一位老会总任山取独龙口,他同张广太带领五六千人马,把天地会大队四五万人冲得五零四散,老会总任山大败而回,提起高杰,他都是心惊胆破。今天被我将他拿住,暂时不必杀他,等候拿住了大清营十员上将之数,再给八路都会总送信,请他的示下,是在此地正法,是解往大竹子

---

　　① 汛地——军队的驻防地段。

山,任凭都会总发落。"姚兴说:"高杰倒不要紧,马成龙、马梦太倒是罪之魁,恶之首,从当年在兴顺镖店就有他这两个小辈。今日已然把他拿住,必要把他千刀万剐方好。"铁掌道马陵说:"是。先把这三个押在后院西配房,派家人刘金福带十几个人看守。过一个时辰,他三个人就还醒过来了,茶饭不可缺了他的。"刘金福答应,带领人役把马成龙、高杰、马梦太三个人搭至后院西配房之内,都挽上绒绳捆好。马陵赏给他们一桌酒席,就在西配房屋中开怀畅饮,把三个差使放在北里屋内顺前檐炕上,众人喝酒。

天色一轮红日已然西沉,外面已然用完了晚饭。刘金福说:"今日众位老哥们得捧我一场,晚上千万别睡觉,咱们大众看守着差使。"内有一个伙计说道:"我可不能熬夜。"刘金福说:"那可不行。今日晚上我出个主意,咱们大家掷骰子,每人十吊钱,又当了差,又解了闷。"众人说:"这个主意倒好,咱们大家拿骰子去!"小伙计把骰子与骰盆子取来,大家掷起来了。天色已晚,掌上灯光。马成龙、马梦太、高杰三个人已然还醒过来,睁眼一瞧,已被人绳缚二臂。高杰说:"好球囊的!你把爷爷捆上了,不知道你们是什么妖术邪法?"马成龙说:"高大兄弟不用问了,你我已然被获遭擒,听天由命。"高杰说:"我知道反正是活不了啦,小子们过来,给爷爷点水喝!"刘金福叫:"伙计,把茶给他们两碗。"小伙计把茶壶拿过来,倒了三碗茶,送到三个人嘴边喝了。高杰说:"小子们,爷爷饿了!"刘金福听马陵吩咐,不敢饿着这三个人,叫手下人到厨房给他们三个人要些个吃的,连酒带菜一同端来,一个人喂一个。天有初鼓之时,三个人酒饭已毕,马成龙说:"二位贤弟,你两个人是我的知心的朋友。我与高贤弟当年在邢台县相遇,一见如故。你我弟兄今被贼人所拿,倒是一段喜事。想当年《三国志》上桃园豪杰三结义,刘、关、张三人结拜,不愿同年同月同日同时生,唯愿同年同月同日同时死。他三个人尚且不能,今朝你我弟兄岂不是同年同月同日同时死了?你我弟兄活着在一处为人,死了在一处做鬼,咱们这才是知心朋友。俗话说的不错:'万两黄金容易得,一个知心也难求。'"高杰听马成龙这一片言,说:"大哥,你说得真对,我上无父母牵缠,下无妻子挂碍,孤身一人,死了也不要紧。"刘金福等大众听他三人这一片话,说:"这才是英雄哪,真是奇男子大丈夫,视死如归!"

此时天已到二鼓以后,刘金福同这十几个人也耍热了,忽听外面窗棂条"啦啦"一声,吓得刘金福等一阵发愣,方扭项回头往外一看,只见一股白气扑奔面门打来。众人把灯护住,说声"不好",各拉兵刃,方要到院中看看是怎么一段情由,只见风窗儿一开,堵着门首站立一个吊客神:身高八尺,帽子有二尺多高,青须须煞楂着一张白脸膛,两道眉往下奄拉着,两只吊客眼,色哩嘴唇,身穿一身白孝衣,腰系麻辫,脖颈之上套着一根血麻绳;手拿哭丧棒,冲着大众一指,"唔"的一声,冲着众人一叫唤。刘金福等众人吓得一阵阵发愣。有一个小伙计叫马二混,原先他在大道边上套过白狼,打过闷棍,无所不为,蹲在水坑他就装龙王,抹一脸锅烟子他就装灶王,他仔细一瞧,看出来了,说:"众位别害怕,这是假鬼,快拿出锣来,鸣锣聚众吧!"刘金福乍着胆子说:"众位各摆兵刃,堵住门口,别让他进来,鸣锣聚众吧!"只听那个鬼说:"你们大家不要乱,我是来找我那对头冤家来了!"那鬼拿哭丧棒,照定刘金福就打。刘金福用刀往上一迎,那鬼把哭丧棒抽回去,盖顶就砸。只听"叭哒"一响,把刘金福打得脑浆崩裂,当时身死。众伙计吓得五零四散。

只听院中喊嚷一声:"无量佛!好大胆小辈,今有铁掌道人马陵在此!"原来马陵尚未睡觉,正在前厅饮酒,同姚兴二人甚是喜悦。忽然想起一宗事来,说:"孩子们,我拿住这三个贼将,尚有三人的兵刃,都给我拿来!"手下当差人去把浑铁枪、短把刀、大环金丝宝刀取来。马陵吩咐把浑铁枪、短把刀放在兵器架上,把那口大环刀拿起来,仔细一瞧,见这口刀光闪闪,冷森森,长有三尺二寸,按着大行三的尺寸;一抖腕子,有龙吟虎啸之声。马陵一看,知道是一口宝刀,"当年都会总杜双印以此刀称名,后来被大清营白大将军所拿,落在白大将军之手。马成龙自得这一口刀,在苏州城大显名头。不想这宗宝贝今天落在我的手内,可惜连鞘儿没有了。"手下当差人等说:"那个刀鞘儿,我们从那胖马马成龙身上解下来了。"马陵把鞘儿要过来,把刀插入鞘内,洋洋得意,"今日得了一宗宝贝",同姚兴两个人开怀畅饮。正在吃酒之际,忽听后面锣声响亮,连忙拉宝刀出离大客厅,扑奔后院。只见有一个无常大鬼把刘金福打死,马陵拉宝刀一声喊嚷说:"好妖人,胆敢在山人的帅府搅闹!"那一个无常大鬼把头上帽子一摘,亮手中的兵刃,要与马陵动手。不知如何,且看下回分解。

第 五 十 回

巴德哩中途遇险　穆将军计破妖人

诗曰：

> 十年赢得锦衣归，风景依稀事半非。
>
> 唯有多情门外柳，见人犹自舞依依。

话说马陵拉刀要与这无常大鬼动手。这无常大鬼把帽子一摘，说："呔！好一个胆大马陵，你可认识你家英雄爷爷？"

书中交待，来者不是别人，正是大清营内虎将巴德哩。只因顾焕章撒队回归底营。顾焕章他乃是精明强干之人，知道出去也是白送死。顾焕章本是行侠作义之人，一见他两个拜弟被人拿去，焉有不动心之理？自己要想一个高明主意，给两个兄弟报仇雪恨，破那石平州。连朱天飞、王天宠都是闷闷不乐。巴德哩用完了战饭，忽然间想起来一件事情来，说："今天这个妖道在两军阵前用蝇甩一指，一股白烟，我们大清营的战将就迷糊过去了。"自己心中一动，"这必是熏香迷魂药，万不是邪术。曾记得我与我二弟玉斗在余家庄夜探三角丰翎剑，得了双保太岁郭亮的熏香盒子，还得了两瓶子解药，莫若我拿上一瓶子解药，夜入石平州，前去搭救三位大人。"自己想罢，与玉斗要了一盒子解药，自己带上赤虎嵌金缺尖卧龙刀，出离大清营。不敢一直地扑奔石平州，打算往西，又绕出十里地去，拐弯往南。

走了约有三里之遥，只见前面有一座树林。巴德哩方进了这座树林，脊梁骨一发麻，打了一个冷战，黑暗暗四顾无人。这一大片松树约有三里地长，就是当中一条道。此时天有初鼓之时，巴德哩正往前走，只见道旁有一口白木棺材。巴德哩非从棺材头里走不能过去，方来到棺材近前，只听"嘎哎"一声响，棺材盖就错开了。巴德哩吓得一转身蹿上松树去，战战兢兢，也不敢走啦。只见那棺材盖一起，出来一个无常大鬼，身高八尺，帽子二尺，八字眉，吊客眼，脖子上拴着一条血麻绳，手内拿着一根哭丧棒，"唔哇！唔哇！"冲着树直叫唤。巴德哩一瞧，只见那大鬼两只眼睛烁烁地放光,从两个大眼角直滴答血汤,拿着哭丧棒往树上直指。巴德哩一想:"今天我也走不了,反正我也是死在他的手内,莫若我打他一铁莲子。我这一下把他打跑了,我就活了;我要打不跑他,我就死了。"伸手掏出一个铁莲子,照定面门打去。只听"啪嗒"一响,那鬼"哎哟"一声,翻身栽倒就地。巴德哩知道这其中必有缘故,跳下树来,一拉宝刀,把那大鬼踢了一脚,问他:"你到底是人是鬼?趁此实说!"那个鬼说:"好汉爷饶命!我瞎了眼了,我是个人。"巴德哩一听是人,就放了心了,说:"你是怎么一段缘故呢?跟我说了真情实话,我饶你不死;若要不说,我当时结果你的性命!"那人说:"好汉爷爷要问,小人姓赖,排行在大,人家与我玩笑,都叫我赖大龟。我在天地会八卦教内当一名兵丁,奉都会总马陵之命,在此处巡风。这条道乃是上楚雄府去的要路咽喉,我想出这一个主意来,在这里装鬼,要有大清营的兵将从此路过,是偷探楚雄府奸细,我就装鬼把他吓唬死,拿住解送石平州去请功。"巴德哩说:"你把衣裳给我脱下来!"赖大不敢怠慢,把上下的衣服全给脱下来。巴德哩手起一刀,竟将赖大杀死,把死尸扔在山涧之内,把这身衣服叠好了,夹在肋下,出离树林,绕在石平州的南门。见城墙之上巡查之人不多,自己由西南角下掏出百练套索搭好,翻身上城,跳入城内,蹿房跃脊,犹如平地。来到铁掌道马陵的帅府,在各处寻找,才知道马成龙等三个人在这西院捆着哪。自己到无人之处,把那无常大鬼的衣服穿好,找了一把石灰面子,来到后院西配房的外头,照定窗户上一撒石灰面,把门一开,站在门首,打算把这几个人吓死,好救马成龙。焉想到打死刘金福,铁掌道马陵赶到。

　　巴德哩把帽子摘下来,把那身大鬼的衣服一脱,亮赤虎嵌金缺尖卧龙刀,说:"呔!妖道休要逞强!你可认识你家巴德哩巴大老爷?"先把解药闻上点,然后抢刀扑奔马陵而来。马陵摆大环金丝宝刀,搂头就剁,巴德哩用卧龙刀急架相还。两个人杀在一处,一片刀光闪烁。马陵知道自己这口刀是宝刀,打算要削巴德哩这口刀。两人一对面,马陵的宝刀对准了巴德哩的刀,只听"呛啷"一声响亮,巴德哩往旁边一跳,自己的刀铮铮作响。马陵一瞧大环金丝宝刀也未伤损。马陵与巴德哩又走了十数个照面,不分高低。铁掌道往旁边一蹿,伸手把蝇甩拿出来,说:"巴德哩,山人要拿你易如反掌,不费吹灰之力。我要看看你有多大能为?待我将你拿住,与马成龙等四个人捆在一处,一同解往大竹子山,交给八路都会总发落。"用手内蝇甩照巴德哩一指,只见一股白烟扑奔面门。巴德哩一阵迷糊,翻身栽倒就地。马陵吩咐:"来人,把他捆上!"手下人等把巴德哩捆好。马陵伸手把卧龙刀捡起来,一瞧这一口刀,心中甚为喜悦:"此乃是赤虎嵌金缺尖卧龙刀,当年是双保太岁郭亮所使之刀,不想这一口宝刀今天也落在我的手内。"吩咐将巴德哩捆在西配房,把刘金福死尸抬出去。自己回到前厅,与姚兴说明白方才之事。天色已晚,大家安歇。外面单有偏裨牙将巡查四门。

次日天明,铁掌道马陵升坐大帐,点齐了大队,派姚兴守城。马陵用完战饭,出离北门,越过城河吊桥,在正北把队伍亮开,派手下人在两军阵前讨战。只见大清营免战高悬,紧守营门。此时骂了半日的阵,并不见一卒一人出来交战。马陵无奈,撤队回城,在石平州四门巡查了一趟,他回归帅府,吩咐姚兴急速扑奔大竹子山,前去催粮,不得违误。姚兴带领手下五百名马队,竟奔大竹子山催粮去了。铁掌道马陵昼夜巡查。

这一日,忽听北门外火炮惊天。不多一时,手下小将来报:"现有大清营在石平州北门外扎营,连扎了一百三十里的营。"铁掌道马陵一阵冷笑,说:"就让他大清营有千军万马,自有我马陵一人镇守,管叫杀他片甲不归!你等吩咐摆酒,我这一阵定然取胜,暂且喝几杯助兴之酒。"手下人把酒摆上,马陵自斟自饮,吃了有两刻的工夫。忽听北门外杀声震耳,地动山摇。不多一时,又有手下来报:"今有大清营穆将军前来讨战。"马陵吩咐齐队,出离北门。但则见正北上旌旗招展,号带飘扬,列成队伍。左边是三千马队,右边是三千马队,中间是一万步队,浩浩荡荡,压地兵山相似。当中间一杆"帅"字旗,旗纛之下正是穆将军,左手是副帅汪平,右手是总理营务处前部先锋金刀帅邓龙。两旁边是四十多员战将:韦佗保、韩三保、萨哩善、哈三保、钢肠烈士欧阳善、铁胆书生诸葛吉、玉面哪吒张玉峰、王宏、王瑞、谢禄、韩虎,一干众将,高高矮矮,胖胖瘦瘦,都是三山五岳的英雄,四面八方的豪杰。马陵看罢,想:"穆将军素有威名,屡败天地会,英名远振,今天来到此处,不可轻敌!"马陵把队伍拉开,站在当中。只见穆将军那队中出来一人,正是大将胡忠孝,座下骑定红鬃马,手中擎定虎头錾金枪。后边跟定三千步队,都是手中拿着激筒。马陵一看,心中一动,知道此事不好:"恐其内有高人要破我的法术。"

书中交待,穆将军自打破湖耳山与神力王分兵,老将军率大队竟取楚雄府。穆帅调来随征的英雄战将,取了龙峒山,得过金沙江的北岸,赶去了八河龙王吕道明、九江太岁王道兴。高杰先渡的江,穆将军随后渡的江,把战船泊在南岸,派白面瘟神神枪王绪祖带领三千飞虎队,在南岸看守战船。穆将军浩浩荡荡杀到石平州而来,择吉地安营下寨,安下粮台,立下行营,方才升帐,点完了名。只见王天宠、朱天飞、玉斗、顾焕章四个人禀见将军,说:"将军在上,我等请安。"穆将军吩咐:"你等四个人起来!"昨朝哨马报道:先锋官高杰、马成龙、马梦太石平州败阵,被贼人所擒。"顾焕章就把昨日打仗之事细禀将军一回。老将军一闻此言,是紧皱眉头,说:"这种的贼人,本是邪教,诡计多端,无所不有。"向诸将说道:"你等有何高计,破此石平州,捉拿妖道马陵?"只见旁边病二郎李庆龙上前,与将军请安:"回禀大帅,镇守石平州马陵定然是妖术,将军传令,叫手下人找些个黑狗血,再用些个污秽之物,派五百名兵丁演习激筒。在两军阵前如遇妖道之时,用这污水打他;倘遇别的贼将,再用别的战将前去迎敌。"穆将军急传令依计而行,就派病二郎李庆龙管带。今日出兵,在石平州关外列开大队。

只见铁掌道马陵前来迎敌。老将军问道:"手下战将谁敢前去捉拿妖道?"胡忠孝一声答应,说:"末将愿往。"老将军说:"胡忠孝,你此去须要小心了。"胡忠孝带领三千步队,直临阵前。铁掌道马陵来到阵前,说:"来者何人?"胡忠孝说:"妖道,你要问你家大人,总镇胡忠孝是也!"马陵说:"胡忠孝,你脸上发暗,大数已到,今天遇见山人,休想得脱活命!"胡忠孝用手一指,把背后激筒兵叫上来,吩咐:"给我拿这个妖道!"这些个激筒兵丁大家向前,冲定那铁掌道马陵只打那污水。马陵见事不好,急速把队伍撤下,回归石平州,紧守城门。马陵到了帅府,他眉头一皱,想要结果马成龙四个人的性命。不知后事如何,且看下回分解。

第五十一回

忠臣冒险入贼巢　义士束手探虎穴

诗曰：

> 一日百般事，人生不自由。
> 怕贫休浪荡，爱富莫闲游。
> 好事终成器，勤耕必无忧。
> 要得自富贵，为向苦中求。

说话铁掌道马陵回归帅府，升座大厅，吩咐手下人等："摆酒，把刀斧手都给我调上来！"两旁答应。不多时，把酒菜摆齐。马陵开怀畅饮，吩咐手下人："把马成龙、马梦太、高杰、巴德哩四个人绑上来！"不多一时，把四个人绑上，来在大厅以前。四个人是昂然站定。铁掌道马陵说："马成龙，你乃是堂堂正正的英雄，烈烈轰轰的豪杰。今你已被山人拿住，你要是知时达务，趁早跪在山人面前投降，饶你一死。如若不然，把你碎尸万段！"马成龙哈哈大笑说："马陵，你既把你家大人拿住，该杀该剐，随你施行。我活着是大清国的人，死了是大清国的鬼！"破口大骂妖道。马梦太、巴德哩说："我们既被你拿住，只求一死！"铁掌道马陵吩咐："把四个人绑在明柱之上，开膛摘心！"手下人等立刻把马成龙、高杰绑在明柱，东边一个，西边一个。先把马梦太、巴德哩放在旁边。吩咐手下人："哪个过去动手，赏白银四两。"旁边有一个喽兵，姓魏，名字叫魏顺，此人胆量过人，力大无穷，听马陵一声吩咐，手中拿着一把牛耳尖刀，来到马成龙的近前，吩咐："把他衣裳解开，看凉水伺候！"拿过一个大水盆来，吩咐："先把马成龙给我凉水浇头，开膛摘心。"魏顺手执牛耳尖刀，方要动手，只听外面跑进一人，说："报！现有大竹子山来了一位掌教的教主，带着五百名教兵，二员战将，离石平州数里之遥，请会总爷早作定夺！"铁掌道马陵一闻此言，心中一愣，说："你等暂且不必动手，来者必是天文教主张宏雷，待我亲身迎去，乃是我的老师。你等响炮调队，大开南门。"马陵带着步队往正南迎接。走来有五里之遥，只见正南上有五百名步队，当先有两骑马,马上正是吴铎、吴峰。大队当中有一人乘八人大轿,打着一把黄罗伞。铁掌道马陵来到轿前,下了坐骑,跪倒就地,口称:"弟子马陵迎接祖师爷!"只见轿中一摆手说:"起来吧!"

书中交待,来者这位教主是怎么一段缘故呢? 只因前番过海银龙白少将军在沙土岗救了侯化泰,他冒充毕道成,见了劝善会总蔡文增,用手中蝇甩一指,说:"孽障,好生大胆,见了祖师爷胆敢不跪?"蔡文增说:"你是何人?"白少将军说:"我山人乃是江西太极观毕道成是也。我在东海瀛洲藏珍洞内打坐,一时心血来潮,知道我的弟子有难,故此我即驾祥云来到此处,特意打救你们众人。"蔡文增一听,半信半疑,"此事真假难辨,不免我用轿子把他接到龙峒山,到了山寨之上,我再细细盘问于他。他若是真正是我们教主前来,我叫他帮我们堵挡大清国的人马;要不是我们教主,他来这里混充,我手起刀落,结果了他的性命。"想罢,吩咐:"打轿伺候!"过来给白少将军叩头,说:"祖师爷在上,弟子有礼,请上受我一拜。"白少将军吩咐起来。那蔡文增起来,白少将军上了轿子,众人搭起轿来,进了龙峒山,到了山寨之内落轿。

白胜祖下轿,蔡文增说:"祖师爷,你看那当中供的那轴圣像,他是什么人?"白少将军一听,心中一动,暗想:"我本是前来探访贼人的下落,细看他的窝巢,不要叫他看出我的破绽来。我假扮毕道成,今身临险地,我要是说错了,那可不好。我听铁面僧纪忠他告诉我,说是供的是毕道成。想必是当中供的是毕道成。"想罢哈哈大笑,说:"蔡文增,你这厮考察起我来了? 那是供着的我的本像。"蔡文增说:"那个纸像是个七旬有余年岁的,您老人家莫非改变了相貌?"白胜祖说:"修道之人或老或少,行隐行现,倏在倏往。我山人经过黄九澄清,非凡夫俗子所比。"蔡文增让把当中的椅儿摆正了,白少将军坐下。蔡文增与白少将军二人对坐吃茶,谈论些个八卦教中之事。那白胜祖他本是知古达今,博学多览,对答如流,讲论些修身养性、练长生不老之术。那蔡文增信以为真,问:"祖师今日下山来,用荤用素?"白少将军说:"我久不动烟火食了,我在藏珍洞中所用的都是焦梨、火枣、雪藕、冰桃,喝的都是上天仙酒。今我这一下山,必要开开杀戒,荤素都可,就不准吃牛犬肉,这两种东西有功于世,无害于人。要成大事,先不准掳抢少妇长女,要是做下亏心之事。我山人定用五雷劈他。"蔡文增派人在厨房预备各种的菜蔬。不多时,把酒菜都摆齐备。白少将军先看了看酒菜，自己心中一动，暗想："哎呀，这酒菜里倘若有蒙汗药，那时间可不好了！莫若我先用话把他诈一诈，便见分晓。"想罢，说："蔡文增，我山人是一片至诚之心，为你们的事故而前来，你们拿我山人当做无用之人，这都是什么酒菜？还不与我拿下去！"蔡文增一听，连忙站起身来说："适才请问过祖帅吃荤，故尔照样预备，万不敢草率！"白少将军心中知道菜里并无麻药，这才落座吃酒。蔡文增问一答十，手下人无不信服，都知道江西太极观毕道成祖师爷来到。白少将军用完早饭，蔡文增把他让至东跨院北上房云床打坐。

内中唯有大耗神梅峰心中不服，等到二鼓时分，他背插一口单刀，要扑奔东跨院刺杀这位神仙，心中说："我梅峰自幼闯荡江湖，遨游四海，什么事我都见过，我就没瞧见过街市之上跑神仙的。这个老道明明是诈祖师爷，我们会总太心实，竟信以为真。我也不必去禀会总爷，我就给他一个将诈就诈，我到那屋中将他杀死。明日会总爷要问我之时，我自有话对他说。我问他：他是神仙么，为何被我杀死？不但无罪，还有大大的一件奇功！"想罢，飞身蹿上房去，来至东跨院，见北上房屋中灯光闪烁。他来到帘栊以外，往里一瞧，但则见这位老道靠北墙在云床之上盘膝打坐，闭目垂睛。梅峰把帘子一掀，蹑足潜踪，来到床榻之前，把手中刀一擎，对准白少将军的前胸就要行刺。白少将军此时并未睡着，早看见大耗神梅峰从外边来了，早留上神了，见他方才一拉刀，白少将军说："好大胆的奴才，胆敢前来刺杀山人！"吓得梅峰往后倒退好几步，撒手扔刀，连忙跪倒磕头，说："祖师爷在上，弟子愚昧无知，一时斗胆，冒犯祖师爷虎威！"白少将军一阵大笑，说："孽障，我山人焉能与你一般见识！祖师爷有好生之德，我拿你当做泥鸡瓦犬，趁此去吧！"吓得梅峰战战兢兢，转身退归自己屋中，心中一想："这个道人要真是神仙，活该我们天地会八卦教当兴，大清国该灭。我家八路都会总吴代光退守大竹子山，在那里招军买马，积草囤粮，不久大事要成，我等全是开疆拓土的功臣，我等高官得做，骏马任骑。"梅峰思前想后，竟自睡了。一夜晚景无话。

次日天明，蔡文增把龙峒山的大事全托付八河龙王吕道明照应，他这才传出令去："在河下预备战船。"九江太岁王道兴派两员偏将吴铎、吴峰，又派了二十名水手、一只虎头舟的太平船。吴铎向吴峰说："今天劝善会总蔡文增要同这一位祖师爷毕道成上大竹子山，据我看他是假充神仙，咱们两个人禀明了劝善会总蔡文增，等他上船之时，你我弟兄藏在后舱之内，他上船必然面向南坐着，你我弟兄由后面把刀拉出来，金风未动蝉先觉，暗算无常死不知。他要是神仙，咱们一杀他，他必知道；他要是大清国的奸细假充神仙，手起刀落，咱们哥俩就把他杀了。"吴峰说："此计甚好。"二人先去见劝善会总蔡文增，把方才他二人商量的事情回明白了。蔡文增说："你二人须小心了！"

蔡文增转身到了东跨院，与祖师爷叩头："弟子今日请教主回大竹子山，见了八路都会总，共议进兵之策。"白少将军一闻此言，只可也点了点头："我正想要上大竹子山，见了吴恩，我嘱咐他几句话。"蔡文增把白少将军请到大厅之上，先献上茶来，然后摆酒。白少将军依仗心灵性巧，足智多谋，自己谈吐也好，就把蔡文增给蒙住了。吃完了酒饭，蔡文增吩咐外边之人预备轿子。白少将军心中说："这一要到大竹子山，那八路都会总诡计多端，我这一去是九死一生。我拼命入虎穴，要得能把大竹子山地理探访明白，我要回归大清营，带着穆将军的大队，破了水师连营寨，上报皇上家俸饷之德，下救黎民涂炭之苦。"自己心中正然盘算，外面已然把大轿抬来。蔡文增说："请祖师爷上轿。"白少将军上了大轿，蔡文增也坐着二人小轿，八河龙王吕道明送至山口。方到山口，早有吴铎、吴峰同九江太岁王道兴带着水师营列队迎接祖师爷。来至山口以外，大家跪倒报名："我等前来送祖师爷登程！"白少将军在轿子里头一摆手，说："免！"轿子到了金沙江的北岸，白少将军下轿，见北岸有一只太平船，上面插着白八卦旗，蜈蚣走穗、火鸦捏边，坠角的金铃，被风一摆"当啷啷"直响。上面四个大字："掌教会总。"船上有数个水手。白少将军一见那金沙江，水势荡荡，波浪滔天。这道江由恩安县至镇雄州，直通四川马湖府。水手搭上跳板，白少将军摇摇摆摆上了太平船，蔡文增跟在后面。上了太平船，见当中摆着桌椅条凳，这只船头向西尾向东，白少将军面向西坐定，蔡文增一旁相陪。后面吴铎、吴峰看得明白，吴铎伸手拿刀，慢慢地由后舱扒上去，打算要手起刀落，把白少将军结果性命。要知后事如何，且看下回分解。

第五十二回

白胜祖智哄贼人　吴代光计试神仙

歌曰：

富，富，富，幸入宝，休虚负。开礼门，定义路。积而能散还后来，放利而行徒怨恶。

话说吴铎爬至白少将军身背后，把刀举起来方才要剁，忽听白少将军说一声："呔！好大胆的小辈，胆敢这样无礼！"吓得吴铎把刀一扔，跑至白少将军面前跪倒，口称："祖师爷在上，弟子无知，一时间冒犯虎威，望求开恩！"那白少将军说："你这孽障！祖师爷前知五百年，后知五百年，善晓过去未来之事，仰面识天文，俯察知地理。你这小小诡计，焉能瞒得了我？站起来去吧！"蔡文增在旁边一想："这可真是神仙！他又没回头，怎么知道后头有人杀他？"连忙站起说："吴铎，还不下去！"吴铎吓得跑入后舱去了。蔡文增吩咐开船。水手荡桨摇橹，曳风篷，船得顺风，非止一日，到了大竹子山。

这一座山坐南向北，山口以外扎着水师连营，明分八卦，暗合九宫，旗分五色。这一座水师连营寨，出入有门，进退有法，共六十四座营头，按八八六十四卦之数。蔡文增这只船来到此处，只听一声炮响，水寨门一开，从里面出来一只大战船。船头之上站定一人，正是大竹子山水军招讨元帅张宝，绰号人称静江太岁。此人水旱两路精通，马战、陆战、水战、步战，无所不行，乃是仁和教主化地无形白练祖帐下一员大将。今天有人来报，说蔡文增同毕道成祖师爷仙驾光临，特意率众迎接。在船头之上行礼，迎接祖师爷："水军招讨张宝这里有礼了！"那白少将军在里面一瞧，这张宝身高八尺向外，也是天地会八卦教的打扮，面如美玉，四方脸，眉分八彩，目如朗星，准头端正，四字方口，正在三旬以外的年纪，精神百倍，品貌不俗。白少将军暗暗点头想："八卦教贼人之中也有这样的豪杰！"两旁贼兵水队传着让开道路，这一只船进了竹子山口。一直往南走了有四五里之遥,往西一拐,四面俱是高山峻岭,往西是一片水。这水约有百十里宽,里面有无数的船只,安水师连营的样子。船只往西北走了四五里之遥,靠北岸是一带大山,山坡之上长着一片竹子,当中一条上山的道路。船方靠岸,只见从南来了四乘轿子。白少将军上了大轿,蔡文增、吴铎、吴峰坐着小轿,有手下人等跟随。白少将军坐轿往四下一看,心中说:"这座山势占得地利甚好,在大江之中有这么一座山,连环三百余里,贼人在里面深藏,官兵来到此处,也没深明地理之人,此山甚不容易破。"

白少将军坐着大轿,来至寨门。早有八路都会总赛诸葛吴代光率领一干战将在寨门伺候迎接教主爷,内中有云南二勇士小常万杨平、老会总任山三十多员战将,都要看一看这位教主神仙是怎么个人物。白少将军在轿内,看见这些人都是英雄气色,"可惜身归邪教。这要是弃暗投明,都是国家柱石之臣。"白少将军坐着轿到了帅府大厅,轿子落平,摘杆去了扶手,白少将军下轿。吴恩率众请祖师爷升坐正位,大家参见已毕。白少将军说:"吴恩,我山人下山以来,所为庇护八卦教的门人。吴恩你自出兵以来,不能禁止三军杀害良民,奸淫妇女,故而获罪于天,无所祷也。今我山人下山以来,所为劝你改邪归正。争天下者先要惠济于人,安抚百姓,然后再争夺城池。用兵之道,宽严并用。未从出兵,先要军令严肃,到处不可奸淫邪道,欺淫妇女,方能成得了大事。"吴恩一听,连连叩头说:"祖师爷格外施恩,今既下山,要帮着我们把大清国的人马杀退,还求您老人家传授我些法术。"白少将军说:"要学法术倒甚容易,我山人自幼所练先天之数,有摘星换斗之能,拘神遣鬼之法,排兵布阵,斗引埋伏,搬山挪海,五行的变化,样样精通,你愿意学什么都成。"吴恩说:"祖师爷初到此处,弟子也不敢烦祖师爷的仙驾办我山寨军需之事。弟子有一事相求,请祖师爷大施法力。现这竹子山帅府原有两根旗杆,上面俱都有滑车挂定'帅'字旗,昨天忽然滑车绳儿已断,旗子落于就地。要把绳儿接上,或者把旗子挂上,非搭脚手不成。今求祖师爷大施法力,把旗子挂上。"白胜祖说:"旗子在哪里?待我山人看看。"吴恩同祖师爷到了帅府大门以外,果然有两根旗杆。白少将军转身回归大厅,说:"不要忙,晚半天我定然给你等把旗子挂上。"吩咐摆酒,下面答应。不多一时,白少将军当中一桌,吴恩、蔡文增一桌,下面一干诸将在两旁边列座吃酒,开怀畅饮,直吃到黄昏时候。席散,把白少将军带到东跨院,书斋之内有云床,派四个小童儿伺候。

　　吴恩率大众回到帅府大厅,同诸将俱在两旁坐定。吴恩向蔡文增说:"师兄,你我乃知己之人,不叙套言。咱们这一位毕道成祖师爷,我可没见过,我看他甚是年轻。师兄,你必知晓,咱们这八卦教中有认识他的没有?"蔡文增低头一想,说:"有一个,咱们掌教大哥天文教主张宏雷,他认得毕道成祖师爷。"吴恩说:"是他老人家认识就好办了。现如今掌教的教主在云南府,他老人家神通广大,法术无边,真有呼风唤雨之能。我那首阴阳八卦幡就是他老人家赐给我的。我正想要上云南府,求祖师爷再赏给我一件法宝。"蔡文增说:"那倒容易。我看这位祖师爷,千真万真。"吴恩说:"我想大清国能人过多,怕有奸细前来,哨探咱们天地会八卦教中机密大事。"蔡文增说:"这话也是有理。都会总,你有什么高明主意?你我慢慢商议。"吴恩说:"依我之见,玉面小霸王韩登云先到云南府,把天文教主请来,认一认这一位祖师爷是真是假。"蔡文增说:"既待如是,就派韩登云这就起身,急速前往。"韩登云带领盘费,坐小船急奔云南府,请天文教主张宏雷去了。吴恩说:"我看他今天晚上把这旗子挂上挂不上。如要将旗子挂上,定然有点神通法术;倘若将旗子挂不上,明天将他结果了性命。"蔡文增说:"也好,任凭都会总做主。"吴恩晓谕一干众将。天色已晚,大家各自归屋安歇。单派老会总任山在东书斋巡查,暗中留神,看他夜晚的动作。任山遵命下去。吴恩回归后面寝宫之内,单有两个侍妾伺候他安歇睡觉。

　　单言白少将军在书斋之内闷闷不乐,自己一想:"这个旗子甚不易挂,我又不会妖术邪法。哎呀!此事甚不易办!"正在忧疑,忽听外面一片声喧,大家齐说:"果然是祖师爷神通广大,把旗子给挂上了!"大家均未睡觉,那些兵丁都来给祖师爷磕头。白少将军心中一动,慢慢站将起来,到外面一看,果然那旗子全都挂上了。白少将军说:"你等不要乱嚷,那些须小事,不足为奇。"嘴内可是这样说,心中纳闷,不知这旗子是何人所挂。又一回想:"这必是神佛的保佑,不该我白胜祖死在这里。我这次要把吴恩哄信了,我暗中探出他们这天地会共有多少能人,我回归大清营好做准备。"主意已定,那八路都会总吴恩听见外面喧闹,急忙起来,才知是教主爷毕道成施展术法,把那旗子挂上了。吴恩甚为喜悦。

　　次日天明起来,连蔡文增都信服那白少将军是真正的毕道成祖师爷降来了。内中有一员大将,名叫温正芳,绰号人称镇南方巡江太尉。这人足智多谋,远韬近略,样样精通。今日他私自到了八路都会总吴恩屋中,见了吴恩,行礼已毕,说:"都会总在上,我温正芳受八路都会总厚恩,今不忍坐观成败。今我见这位毕道成祖师爷,内中有诈。"吴恩说:"温会总,你因什么看出破绽来? 我也是半信半疑,真假难辨。"温正芳说:"此事容易。你今日朝见他之时,问问他的师傅是谁,他要说出来是哪一位,您老人家就给他叩头,求他晚晌把老祖师爷请来,大家看看。在这后山搭起一座法台来,高要三丈六,周围不必设梯子,看他如何上去。他要是蹿上了法台,他必是夜行人;他要是抖袍袖驾趁脚风上去,定然是会法术。法台之下暗藏几捆干柴,里面撒些个硫磺、焰硝、铅丹、火药。他要是在法台上把神仙请下来,你我就在地上叩头,大竹子山的大事全都求老人家调度。要是请不下神仙来,就势放火,把他烧死后山之上。"吴恩一听温正芳之言,心中甚喜,说:"我明天依你之言办理,看他如何。"二人商议好了。

　　次日天明,吴恩同蔡文增到东院中参见祖师爷。白少将军在上面端然正坐,受他二人礼毕,吴恩说:"祖师爷在上,弟子有一事相求,望求祖师爷应允!"白少将军问:"又有何事? 你自说来。"吴恩说:"弟子不知您老人家师傅是谁,我要请教请教。"白少将军说:"我的师傅你们如何知道? 提将起来,大大的有名,我师乃南极子老寿星是也。"吴恩连连叩头说:"好! 既待如是,求您老人家把老祖师爷请来,我们大家朝见朝见!"白少将军一闻此言,就知道吴恩要试验他是真神仙是假神仙,"不免我暂时应他,到那时见机而作。"白少将军口中念声"无量寿佛",说:"吴恩,你起来,急速吩咐人在后面高搭法台。"吴恩站起来说:"谢过祖师爷。"转身出去,吩咐温正芳:"带一百人在后面高搭法台三丈六尺。上面预备五色彩绸。摆八仙桌一张,预备五谷粮食、香菜根、无根水、朱砂、白芨、黄毛边纸、新笔;台下预备干柴、硫磺、焰硝。这件事情派你自己专差。他如请不下神仙来,就此点火,把他烧死在坛上。"温正芳说:"遵命!"下去。这里安排已定。一日无话。至晚饭后,大众请法师上坛。不知后事如何,且看下回分解。

第五十三回

白将军难中呈祥　陈君荣仗义救人

歌曰：

　　痴，痴，痴，用尽聪明不见机。空算计，枉奔驰。可怜三万六千日，不放身心静月时。

话说吴恩派温正芳把法台搭好，到黄昏时候，同蔡文增二人请祖师爷上轿。外面诸将并众会总齐到后面，瞧看热闹。白少将军上了轿，众人后面跟随，来到竹子山的后山。到了法台临近下轿，大家齐声说："迎接祖师爷！"白少将军一摆手，说："免！"吴恩说："请祖师爷登台作法。"吴恩暗中留心，看他怎么上法台。白少将军抬头看了一看，见众人都在两旁站立，自己心中说："我要蹿上法台，怕吴恩看出我的破绽来。莫若我拿话将他等眼神岔开。"想罢，说："无量佛！我得围着这法台念三千咒，我才上去。"说罢，手拿蝇甩，围绕这法台，嘴内嘟嘟囔囔的。众人也不知念些个什么咒语，忽闻上面念一声："无量佛！山人上来了！"吴恩与蔡文增并未看出他怎么上去的。白少将军蹿上法台，当中一站，自己心中盘算："我要是冤他等众人也不容易，真拘神仙我又不会，莫若我装样装样，然后造一片谣言，把他等哄信，就说他都是些凡夫俗子，看不见神仙的法像。"

主意已定，自己来到桌案前一瞧，两支烛已点着了，把香打开，点着香，跪倒在地，心中暗暗祝赞说："信士弟子白胜祖，乃正白旗满洲旗人，世袭建威将军，奉旨出征云南，打天地会八卦教匪。今我束手来探大竹子山，假充神仙，冤哄贼人，叩求神佛保佑，令弟子将贼人哄信，得能回大清营，我必答谢！"祷告已毕，站起身来，伸手拉出宝剑来，拿过五谷粮食往宝剑上一撒，拿香菜沾无根水，研浓了朱砂、白芨，把新笔发开，假装着画了三道灵符。其实那纸上写的是"上天保佑，早灭邪教"八个字。用宝剑一指，说："尔等听真：我山人头一道灵符狂风大作，第二道灵符风走尘息，第三道灵符把师傅圣驾请到。你等大家都要意秉心虔，不可在台下乱言！"大众齐说："遵祖师爷的谕！"白少将军把那道符往宝剑尖上一粘，点着了那道符,口中假装念咒的样式,连念了几句咒语,把这道符往外甩。头一道灵符扔出去,大众一瞧,连一点风也没有。众人就有不信的,一个个齐声说道:"此事未必能够将神仙拘下来,一多半他是谣言惑众。"连吴恩、蔡文增都瞪着眼往上瞧看。白少将军把第二道灵符往宝剑尖上一粘,口中说:"吾师南极子老寿星不到,等待何时?"把这道符扔出去,大众一瞧,连个人影儿全无。吴恩一拉蔡文增,说:"蔡会总,我早都安排好了。你带来这个人,分明他是个奸细,仰仗他花言巧语把你哄信,今天就看出他的真假来了。他要是真正神仙,准把南极子请下来;他要是假充,这三道灵符扔出去,请不下南极子来,后面我预备下硫磺、焰硝、铅丹、火药、干柴,他这三道符要请不下神仙来,我立刻叫温正芳点火,把他烧死在台上。"蔡文增说:"也好,贤弟你就办理。"二人正商量,忽见上面把第三道灵符点着,"吾师南极子不到,等待何时?"这三道甩出去,吴恩见无动作,方要吩咐点火烧法台,只听半悬空中说:"吾仙来也!"只见从半悬空中下来一位神仙,连白少将军都吓了一跳。吴恩、蔡文增连一干众将,大众跪倒行礼,说:"这可是老祖师爷来了!"

书中交待,这位并不是南极子老寿星,书中另有一段缘故。此人家住关东盛京小西关外,正蓝旗满洲旗人,姓玉,名昆,在旗下定当马甲。自幼父母双亡,并无兄弟姐妹,又无妻小,只剩他孤身一人。天生膂力①过大,饭量过人,为人忠厚诚实,指着一分钱粮不够所用,他自己打柴为生。一生爱游山玩景,每日打来这柴,挑在市上,都抢着买,他这柴值一吊钱,他要八百。有山西开天和当铺中掌柜的姓陈,名叫陈君荣,爱惜玉昆这个人忠厚老实,告诉玉昆:"你每日打柴来都给我送了去,不必挑在市上去卖,该多少钱我给你多少钱。"玉昆答应,自此之后,每日打了柴给天和当铺送了去,他也不争竞价钱。自今以后,这铺中上下人等都与他和好。

这一天也是活该有事,他给当铺抬石头,他的力大,人家的力小,他嫌人家无用,自己找了一条扁担给人家挑。众人越说他力气大,他越挑得多。挑到第四趟,把扁担压断了,把他膀子扎了,石头也挑不了。陈君荣一瞧,甚是着急,赶紧叫来两个人搭在隔壁店里去,单给他赁了一间房,叫店中小伙计照应他,每日三餐俱都是店中预备。陈君荣先拿了十两纹银

---

① 膂(lǚ)力——体力。

交店中,叫小伙计给他瞧病。小二得了这点纹银,给他请了一个先生,吃了两剂药,上了点药,也不见好,病倒重了,从此积聚成疮。过了有一个多月,陈君荣倒时常到店中来瞧。玉昆思想病体沉重,甚感陈君荣之恩,在床榻之上又想:"我命运太苦,父母早丧,并无亲丁,又无至亲,又无骨肉,只剩下我孤苦伶仃一个人。而现今孽病缠身,要不是陈君荣前来看望,哪是我知疼着热之人?虽有万种的忧愁,只可藏于肺腑。应了古人那句话了:哑子慢嚼黄连味,难将苦口对人言。我这样病大概是九死一生,何必竟累朋友!想我这罪孽,生不如死,莫若我找一个无人之处,早早的死了。"想罢,慢慢溜下床来,扶着一根拐杖,忍着疼痛,也离了店,也并未有人看见。

他走了有三四里之遥,到了山谷之中,见四野无人,在石头上一躺,心里说:"我也不可寻短见,生生饿死就是了。"玉昆在这里闭目等死,一连躺了两天,连病带饿,也就微有呼吸之气了。人若大数未到,五行定然有救。玉昆正在昏昏沉沉之际,忽听山岸之上一声"无量佛",从北面来了一个老道,信口作歌而来。歌曰:

> 堪叹人为岁月荒,何时得能出尘疆?
> 从容做事抛烦恼,忍耐长调远怨方。
> 人因贪财身家丧,鸟为得食命早亡。
> 诸公撒手回头望,冤怨三教理何长。
> 才见英雄国邦定,回头半途在郊荒。
> 任君盖下千间舍,一身难卧两张床。
> 一世功名千世念,半生荣贵半生彰。
> 那如早隐高山上,红尘白浪任他忙。

这个老道唱着山歌,来到玉昆临近,一看这样病人躺在道旁,心中发了一点善念,说:"出家人以慈悲为门,善念为本,焉有见死不救之理!"说:"朋友,你贵姓?"玉昆睁眼一瞧,见是一个老道,头戴如意道巾,身穿蓝布道袍,青护领相衬,腰系水火丝绦,足下白袜云鞋;相貌清奇,年有花甲以外。玉昆看罢,说:"仙长爷,我不行了!"老道伸手掏出一粒药来,放在玉昆口中。玉昆吃了这粒药,立刻觉着神清气爽。老道说:"你在哪里住?我把你带了去,我管保你好。"

正说着,只见陈君荣带两三个人进山来找玉昆,正碰见老道与他说话。陈君荣过来问明白了缘故,叫人把玉昆搭在店内,说:"仙长爷用什么东西? 买药我拿钱。只要把这位朋友治活了,该用多少个都是我花。"老道说:"药我这里倒有,只有一件东西难找。"陈君荣问:"什么东西?"老道说:"必须用一个雕崽子,我保他百日之内痊愈。"陈君荣说:"这位仙长在哪座洞府修炼? 未领教尊姓大名。"老道说:"山人乃云游道士,在四川灭吴山绝恩岭清妙观出家,人称为云霞道人。我闲游三山,闷踏五岳,到处济困扶危。今我瞧见这个人命在旦夕,恻隐之心,人皆有之。"陈君荣说:"总是仙长爷大德。"云霞道人说:"我先在这里等你两天,急速派人找雕崽子去。"陈君荣答应,派人伺候老道,他自己走了。

过了一天,陈君荣花了二十两纹银,买了一个雕崽子来,到了店中交与云霞道人。老道叫玉昆把衣服脱下去,先给了他一粒药吃,然后拨出宝剑来,把那腐肉起下来,用新棉花把脓血沾净,然后把药末拿出来撒上。把这雕崽子开了膛,趁着热血糊在他身上,用带儿一系,又给他一粒药吃。此时老道拿出两粒药来,告诉玉昆说:"我走之后,到一个月你吃一粒,到一百天再吃一粒,可以把周身羽毛全都脱下去了。你可千万记住,不可错过日期!"玉昆点头说:"仙长爷,我这个疮症病体日久,身体已亏,不知还得些什么补药才好?"云霞道人说:"我给你瞧这个病症,不必再吃别的药了。我山人去了。"玉昆说:"只要我病体痊好,我必到四川清妙观拜望您老人家。"老道说:"我要去了,就是那样。你慢慢养着,千万可记着日期吃药。"玉昆答应,老道去了。

自此之后,一日好一日,过了二十余天,自己就能够出去了。他无事之时,在店中本来闷倦,没事到山里头散心,游玩游玩。每日都有陈君荣给他送盘费。这日,玉昆也过了一个多月了,忽然想起老道给他那粒药来了,伸手往兜子之中一摸,不知什么时候丢了,心中一急,说:"把这两粒药一丢,这翅膀粘在我的身上,该当如何?"又过了几天,自己把绳儿解开,在先前还觉着不灵便,后来习以为常,也不理论了。这一天在山中,正在天气炎热之际,把衣服脱去,一瞧这两个膀儿,类如长在身上一般。自己"哎"了一声,说:"我人不像人,鬼不像鬼,算怎么一段事故?"他一抖手,那两个翅膀呼扇起来,离地约有一丈高。自己越害怕越抖两只胳膊,那翅膀越呼扇,越往上飞,吓得玉昆亡魂皆冒,大概性命难保。不知后事如何,且看下回分解。

第五十四回

玉昆假充南极子　忠良一剑定石平

词曰：

　　明，明，明，浸润肤受不能行。如镜照，没点尘。君子一生皆信实，小人满面是虚情。

　　话说玉昆起在半悬空中，那山中鸟兽甚多，各样飞禽一瞧他飞在半悬空中，都甚怪异，都过来要啄他。玉昆一害怕，用两个大翅膀一呼扇，把那鸟儿全都打飞了。玉昆见鸟儿要落下时节，把翅膀一并，往下一落，离地不远，再把翅膀一扎煞，就落在地下，甚是稳便。玉昆也把翅膀儿一并，离地有一丈来远，照着那鸟儿似的再把翅膀一抖，也就落在就地。方才落下，只见那边一个打猎的过来说："朋友，方才有一个妖精飞在半悬空中，你看见了没有？"玉昆说："那不是妖精，适才是我闹着玩来着。朋友，你来看，我这因瞧病，长了两只翅膀。"他把长疮之事、遇见云霞道人之故说了一遍。那猎户说："我知道了。朋友，你叫玉昆？前者有陈君荣找雕崽子，就是我卖给他的。"玉昆说："好，你瞧瞧这雕崽子翅膀，还在我身上长着呢！"这猎户一瞧，"可不是，怎么粘在你身上了？"玉昆"哎"了一声，说："朋友，提讲起来，一言难尽了。那云霞道人倒是好人，给了我两粒药，叫我一月吃一粒，一百天吃一粒，可以把这翅膀脱下去。我把两粒药全都丢了。事到如今，我这两个翅膀也脱不下去了。方才我这里一呼扇翅膀，就飞起去了。"猎户说："好，你回去吧。方才我们这十几个人瞧见你是妖精，全想着要打你哪，你趁此去吧！"

　　玉昆回到店中，把这话与店中小伙计一说，不过几天，把玉昆会飞的缘故就传言出去了，远近皆知。这个信息早传至盛京将军耳中，传牌把玉昆叫到衙门里去。老将军看了看他这个肉翅膀儿，老将军说："我瞧你这个人倒甚诚实。我给你一道文书，把你荐在四川峨眉山神力王大营之内，在那里当一份差使，也可以光宗耀祖，显达门庭。"玉昆说："谢大人的恩典，赏给旗人一套文书。"将军赶紧叫科房办了一套文书，给他二十两纹银盘费。玉昆领了文书，领了赏，带上一口佩刀，辞别了众位朋友，到了天和当铺，见了陈君荣，玉昆跪下叩头，说："我这条性命若非是你，早做了泉下之鬼。今天我奉了将军之谕，要上四川神力王大营。我这一去，倘若要是得了一官半职的回来，也不枉生于人世。"陈君荣又赠了他十两纹银。玉昆由这里起身，白昼之间，在路上走路；夜晚施展自己的功夫，抖起翅膀儿来飞。飞这一夜比走十天还快。后来玉昆白天睡觉，到夜晚走道。

这一日，到了四川峨眉山，知道峨眉山已破，吴恩逃走云南，神力王进兵湖耳山。玉昆追到湖耳山，知道穆将军与神力王分兵，穆将军由金沙江进取石平州。玉昆一想："我已有这番能力，莫若我到云南探听天地会八卦教的下落，但得把吴恩首级得来，或见了神力王，或见穆将军，也算一段进见之礼。"想罢，竟往云南来了。在沿途之上，打听吴恩在大竹子山。这一日，飞身入大竹子山环，按山僻静之所，找了一个住处，夜晚进山寨寻找吴恩的下落。他见白少将军假充神仙，在山寨之内哄人。吴恩叫挂那两面旗子，他们在暗中说话，玉昆全都听见了，暗中把旗子给他挂上，自己找了些个吃的。今夜晚晌，吴恩在那里吩咐温正芳之时，玉昆全都听见。那老道他就知道是大清营的能人，前来哨探天地会的机密大事；他故此在暗中要偷看这道人，他是如何地请神仙。见连焚了三道符，口中嘟嘟嚷嚷，还念咒哪，说："吾师南极子老寿星不到，等待何时？'那玉昆听了此言，见空中并无动作，知道他是假充，他从北边一抖翅膀儿，说：吾神来也，不知徒弟请我何事？"把白少将军吓了一跳，一看这个人生得五官敦厚，有两个翅膀儿。白少将军说道："请仙师下降，所为的是江山大事，求您老人家协力相帮。"玉昆说："徒弟自管放心，自有吾神相助。吾神去也！"那玉昆飞身竟自去了。下面吴恩、蔡文增一干众将，大家跪倒磕头，齐说："真正是老祖师爷神通广大，法术无边。请您老人家下来。"白少将军跳下法台，众人过来相参。抬过大轿，请祖师爷上轿。白少将军坐轿，来到前厅下轿，到了他住的屋中，天已三鼓，自己瞑目打坐养神。大家各归自己屋中。

白少将军心中纳闷，不知昨日晚上在法台上这人是谁。正在犹疑之际，忽见帘栊一响，从外面进来一人，正是在法台上装南极子的玉昆，来到白少将军面前，说："阁下是何人？趁此说实话。"白少将军通了名姓，把自己来历大概说了一遍。白少将军问："你是何人？"玉昆说明自己来历。

白少将军给他写了一封书信,叫他送到大清营。玉昆走后,至次日天明,吴恩、蔡文增过来,把白少将军请至大厅,把诸将花名册献上去。吴恩说:"我这竹子山大事全托靠祖师爷。"白少将军一摆手,说:"此乃些须小事,山人我要急速下山,特意为你江山大事而来。只要大清国的人马杀到此处,山人管叫他片甲不归!"正在说话之际,忽见禀报:"外面有龙峒山败残之将回来禀见。"吴恩吩咐:"命他进来。"不多时,有八河龙王吕道明、九江太岁王道兴进来,说:"火烧了龙峒山,失守了金沙江。"细说了一遍。吴恩吩咐下去。次日,有人来报穆将军进取石平州,神力王兵发云南府。吴恩请过白少将军,大家商议有何高明之策,堵挡大清国的人马。白少将军哈哈大笑,说:"明日我山人下山到石平州,前去与他开兵打仗。"吴恩说:"好,祖师爷带几员战将? 多少人马?"白少将军说:"就带吴铎、吴峰,五百名马队足矣!"吴恩这才到外面把吴铎、吴峰叫过来:"挑选五百名精兵,明日送祖师爷起程。"吴恩、蔡文增今日是大摆筵宴,给祖师爷送行。大家开怀畅饮,直乐了一天,大家安歇睡觉。

次日,白少将军点兵,坐着大船,飘荡荡扑奔石平州去了。这一日,到了丰丘山,船只靠岸,众人下船,先派下人到石平州报与铁掌道马陵知道。马陵赶紧率众迎接。吴铎、吴峰往两旁一闪,马陵跪倒行礼。白少将军在轿内一摆手,说:"免!"马陵头前带路,白少将军坐轿来到石平州南关。三声大炮,城门已开。铁掌道马陵进了石平州,升坐帅府,打扫干净。白少将军大轿已到,方才一下轿,只见马成龙、马梦太、高杰、巴德哩四人被捆在大厅之下。白少将军不敢与他等说话,恐怕露出自己形迹来。到了大厅升座,吴铎、吴峰在两旁伺候。白少将军故意问马陵说:"在下面捆着这四个人,哪里来的?"铁掌道马陵在下面连连行礼,说:"祖师爷要问这四个人,是我在两军阵前捉拿大清国的首将,一个是临敌无惧、勇冠三军的马成龙,与咱们天地会为仇,我今正要将他开膛摘心,不想祖师爷仙驾光临,弟子前去迎接,未能将他等杀死。"白少将军说:"将他等给我押起来,等今天我到了两军阵前,见了大清国的战将,再拿着三个五个,一同解往大竹子山。"马陵答应说:"押下去!"立时手下人答应,把马成龙、马梦太、巴德哩、高杰四人押在空房之内。马陵吩咐:"摆酒,与祖师爷接风。"手下人答应。不多一时,把酒席摆上,诸战将两旁列坐相陪。众人开怀畅饮,直乐了一天。晚半天白少将军查了查城,见这一座石平州城池坚固,战壕险峻,有无数天地会八卦教的贼兵,个个都是手执刀枪器械。见正北大清营杀气腾腾。白少将军看罢,回归帅府,天色已晚,安歇睡觉。一夜晚景无话。

次日,天明起来,用完早战饭,升坐大厅,把一干诸战将调齐。铁掌道马陵把赤虎嵌金缺尖卧龙刀给祖师爷佩带,白少将军接过这口刀来,知道是巴德哩所用之刀,自己佩于肋下。马陵问:"祖师爷,今日在两军阵前用何妙法破敌?"白少将军说:"今日在两军阵前打仗之时,全不可带兵刃。山人施展妙法,管保将大清国的人马俱皆拿住,断不能叫逃走一兵一将!"马陵说:"既是祖师爷这样妙法,就吩咐吴铎、吴峰调齐了三千大队,出石平州的北门,要与他等决一死战。"铁掌道马陵自己佩带着大环金丝宝刀,连云南三勇士姚兴也收拾利落,点了三声大炮,石平州北门大开,贼队越过了城河吊桥,在空宽之所列成队伍。马陵问道:"祖师爷,你掐算掐算,大清营出来几员战将?"白少将军说:"今日我捉大清营战将回石平州,先杀他一个下马威。"马陵说:"甚好!"正在说话之际,听大清营内金鼓齐鸣,三声大炮惊天,由正营门双龙出水势,出来了五千马队,当中一万步队,旗纛刀标,甚是鲜明。当中正是提调官参赞大臣汪平,两旁边三四十号都是大清营五虎上将。

书中交待,穆将军今日为何不亲临大敌?只因那日穆将军正在中军帐议事,外面营门官来报:"有一个是盛京住的旗人玉昆,前来禀见,说有机密事要面见将军。"穆将军吩咐:"传他进来。"不多一时,玉昆来至在中军大帐,给将军叩头。穆将军与两旁诸战将一看,此人身高八尺,年有四旬,面皮微黑,黑中透紫,两道长眉,一双朗目,鼻直口方;头载青泥得胜盔,拉起高提梁通红的缨儿,双岔尾,身穿灰色布单箭袖袍,腰系凉带,足下青缎薄底快靴,外罩犴①皮的巴图鲁坎。跪倒给穆将军叩头,说:"旗人玉昆参见大帅!"将军问:"玉昆,你要见本帅,有什么机密事,说来!"玉昆先把文书履历呈上,然后说:"旗人到大竹子山,遇见大清营的白少将军在那里假装神仙,他给我一封书,叫我至大清营面见将军投递。"穆将军一闻此言,说:"把文书呈上来。"玉昆把书信递给差官,差官递给老将军。老将军打开一看,里面是一张禀帖,上面写的是:

———————————

① 犴(àn)——古代北方的一种野狗,形如狐狸,黑嘴。

世袭建威将军白胜祖叩禀大帅台前金安。前奉命出探湖耳山，知道天地会贼势猖狂，职员改扮道装，哨探贼穴。今在竹子山，仰仗圣主洪福，大帅的虎威，幸尚平安。今有旗人玉昆，乃当世英雄，肋生双翅，在竹子山帮助职员哄信贼人。今遣玉昆至大清营，望将军收录，此人定非池中之物，必要显达云程，乃国家柱石之臣也。书不尽言，并请台安。

将军看罢，知道过海银龙白胜祖并未遇害，给玉昆记大功一次，吩咐在将军帐前听差。

这日，将军听探马来报："铁掌道马陵率带贼兵在北关口亮队。"穆将军请副帅汪平带一干诸战将、马步军队，前去捉拿铁掌道马陵。不知后事如何，且看下回分解。

第五十五回

群雄大战青凤山　　吴恩观山遇猛虎

歌曰：

嫖，嫖，嫖，香腮粉面小蛮腰。卖花剑，献笑刀。燃肌剪发甘情死，哄煞痴郎没下稍。

话说汪平调大队来至大营以外，扎住队伍，但则见正南上那众多的贼队俱都手无寸铁。书中交待，这三千贼队不带寸铁，其中有个缘故。只因过海银龙白少将军告诉马陵说："山人开兵打仗，手下兵丁不准带凶器。就带绳子一根，预备着捆人。"众兵丁人等说："倘若大清营带枪，照我们扎来，该当如何？"白少将军说："山人自有妙法，非等闲可知。如要是大清营的官兵拿枪照你扎来，你等口念'无量佛'，就出来一朵金莲花，竟将你给接住。若是官兵拿刀奔你等砍来，也念一声'无量佛'，由你头顶之上出来一朵金莲花，把刀接住。"众人半信半疑，也有暗带兵刃的，也有不带兵刃的。铁掌道马陵暗带大环金丝宝刀。

这马陵原本是一个江洋大盗，后来归天地会八卦教，拜吴恩为师兄。他并不会什么妖术邪法，后来他给仁和教主白练祖磕头，要习学点法术，仁和教主白练祖才给了他一个方儿，药名就叫迷魂散，内中是十八味草药，有紫河车、婴胎、密朦花。白练祖告诉他做一个蝇甩，里面是空的，有转心簧，把这药面放在蝇甩里头，若要与人动手之时，一捏那个簧，那股白烟就出去了，人闻见当时就迷晕过去了。又告诉他解药的方子。这迷魂散把人迷魂过去，一个时辰就还醒过来。今天他在两军阵前，要看一看这位掌教会总毕道成到底有什么能为法术，"他要真正法术赢人，把大清国的人马杀退，我情愿拜他为师，跟他习学能为武技。只要把法术学会，那时之间，我统带人马，作为前敌先锋。"

马陵正在思想之际，只见白少将军手仗宝剑，在这里指手画脚，口内嘟嘟囔囔，不知念些什么。马陵目定神移，打算要偷学法术。白少将军一摆宝剑，说声"敕令"。拿剑往半悬空中一指，马陵仰面一看，大清营前敌正印先锋玉斗、胡忠孝、李庆龙三员战将,带兵要冲贼人大队。这些官兵各执刀矛器械,见贼人就砍;拿枪照定贼人一扎,贼人赤手空拳,说:"不要紧,有我们教主爷的法术护庇。"这铁枪刚到肚腹,那人口念'无量佛',只听"噗哧",那贼临死还念"无量佛"哪。白少将军趁势一剑,把铁掌道马陵杀死。这一干贼将四散奔逃。白少将军伸手在马陵尸上摘下那口大环金丝宝刀来。这边胡忠孝、玉斗一声令下,官兵大队冲入贼队,两旁金鼓大作,直杀得天昏地暗,日色无光。此时韦佗保、韩三保、萨哩善、哈三保带一干众将,早把石平州城池取来,杀得贼兵四散,望影而逃。只杀得高坡之上人头滚滚,低洼之处血水成河。这一阵伤损贼兵无数。

哈三保早到空房之内,把马成龙、马梦太、高杰、巴德哩四个人救出来,一同出了北门儿,见着过海银龙白胜祖。白少将军说:"四位兄台受惊了!"马成龙说:"这也无妨事,大数到了难消让。白贤弟,你倒是个豪杰,天生成的侠心义胆,束手探看贼巢。今幸得归,是奇功一件。"白胜祖伸手把大环金丝宝刀递给马成龙,说:"尊兄,这是货归本主,略表小弟寸心!"马成龙把自己宝刀接过来,说:"贤弟真是我知心的朋友也!若非是你,我这一口宝刀落在他人之手也。"巴德哩说:"我那口刀也被铁掌道马陵得去,不知落在何人之手。马陵今已死在两军阵前。"白少将军一伸手,在自己身上把赤虎嵌金缺尖卧刀摘下来,递给巴德哩。巴德哩连忙过去请安:"谢过兄长!"白少将军用手相搀,大众行礼已毕。

穆将军督大队进了石平州,出告示安抚居民,升坐帅府,查点仓库。然后一点诸战将,大家全皆在此。少时之间,有钢肠烈士欧阳善、铁胆书生诸葛吉二人拿住一个奸细,禀见将军。老将军吩咐:"把贼人押上来!"众人答应。不多时把贼人吴铎带至公案之前,老将军往下一瞧吴铎这个人,吴铎是破口大骂。老将军吩咐:"把他推出去枭首号令!"就此犒赏三军,在此歇兵三天,给诸战将记上功劳,专折本人都,奏明皇上。这件功劳,白胜祖居为第一。穆将军派属下大将高云龙,前去到四川总督那里催运粮草。大众在石平州这里歇兵十天。

这一日,选择黄道吉日,先在教军场祭了大旗,派高杰为先锋官,进兵楚雄府。派前敌先锋金刀帅邓龙,带领五千奋勇飞虎队,由石平州进兵。浩浩荡荡大队往前走,走了有五六天。这日正往前走,忽听大炮惊天震地,山摇地动,只见从正西山口之内撞出一队人马,约有七八千之众,都是人强马壮。但则见当中有五杆大旗，左右的马队，有战将压住阵脚，当中间步队甚是雄勇。在当中有一杆白八卦旗，大旗下有一匹银河兽的战马，金鞍玉辔，杏黄扯手，马挂双提胸，倒披威武铃。马上那人头戴莲花道巾冠，上嵌八宝，当中镶定一颗夜明珠，身穿杏黄色八卦仙衣，上头镶嵌着金八卦，腰系水火丝绦，足下白袜云鞋，面如银盆，四方脸，眉分八彩，目如朗星；脖颈之上挂着五个小轧轧葫芦，分青、黄、赤、白、黑五色颜色，肋下佩着一口宝剑。他南边有两个人，头一个身躯高大，相貌魁伟，头戴三角白绫巾，勒着金抹额，二龙斗宝，迎门一朵茨菇叶，身穿皂缎色简袖袍，上锈粉菊花，腰系丝绦，单衬袄，薄底靴子，坐骑一匹青马；面如青泥，两道红眉毛，一双大环眼，皂白分明；手中使一条熟铜棍，约有茶杯口粗细。在这个寨主南边有一位黄脸的英雄，年约三十以外，身穿蓝绸子裤褂，足下青布快靴。挨着北边有一位会总，也是三角白绫巾，双插白鹅翎，身穿箭袖袍儿，周身绣团花；年约三十向外，四方脸，面如银盆，两道黄眉毛，一双大环眼，海下一部红胡须；坐骑青马，手使一口春秋刀。北边是一位白脸的总会。

　　书中交待，这一座山名青凤山，祁河寺、越泉山就在这里。本处是赤发瘟神韩登禄在这里把守。此处方圆一百二十里，山之西北是一道大江，往东南直流，穿这座山越过去，这座山内都饮这道河中之水。山口坐西向东，两旁都是直立山峰，当中一座团城子，上面有了敌楼，墙上遍插旌旗，刀枪密布，有无数的贼兵在那墙子上站定。这里是四位会总：大会总赤发瘟神韩登禄和白面太岁任凤山；还有一位刘会总与李会总，是此处带乡团的教师，为人精明，新近入伙。这里山中是一人把守，万夫难过，最险要，故此八路都会总吴恩他派人在这里看守。只因听见石平州失守，那毕道成是假的，杀了铁掌道马陵，吴铎、吴峰全皆死在乱军之中，姚兴逃归大竹子山。吴恩一听这信，吓得惊魂千里，战战兢兢，把山寨大事托付蔡文增掌管，派静江太岁张宝带着四十员战将，守这座大竹子山的水寨竹城。吴恩带了一员心腹战将秦远，此人水旱两路精通，马战、步战、水战、陆战全行，吴恩用为家将。自带了五千人马，来至祁河寺青凤山。这里早有赤发瘟神韩登禄、白面太岁任凤山、刘会总、李会总出山迎接。不多时，只见吴恩的马到。众人过去行礼已毕。吴恩率众进了山，到了那正北一看，是一座大山，有一座庙宇，方圆有数里之遥，前后五层大殿，把神像全皆搬移出去了，把别处的房都改为家人住处，这大殿作为大厅，西院中单有一所院落，是他等卧室。此处就是韩登禄、任凤山，这两个人都有家眷，也是抢来的。今日吴恩到这里，大摆筵宴，给八路都会总接风。

吴恩吃完了酒饭，他骑一匹马，叫韩登禄跟随，到了山前山后、山左山右各处一看。西边一带高峰直立，北面是青凤山，东面有山口。由西北山当中穿过一股清泉之水，直往东流，水势清亮，直从东南半山腰中出去，归白水江。山内也有些奇峰峻岭，山中的树木森森，真是可爱。自己正然观山景儿，忽然间由西北起了一阵怪风，真正是厉害，好生可怕。但则见：

　　扬起狂风，倒树绝林。海浪如山耸，浑波万叠浸。江声昏惨惨，
　　孤树乱岑岑。万窍怒嚎天咽气，走石飞沙乱伤人。

吴恩正要带马回去，忽见山中走出一怪物来，把众人吓得发怔。不知后事如何，且看下回分解。

第五十六回

胡总兵攻山折兵　汪提调设谋困贼

歌曰:

人要严,人要严,有子需知教训先。养子不教父之过,爱他今日误他年。听我歌,早着鞭,莫因小过且姑怜。自小纵容不成器,大来拘束也徒然。士农工商各执业,免的流落在人间。

话说吴恩正在观山之际,只见西北蹿出一只猛虎来。赤发瘟神韩登禄一瞧,甚是怪异,说:"这山中向来并无野兽,待我前去拿他!"跳下坐骑,摆熟铜棍就打。那只猛虎一瞧有人奔他来,把尾巴一甩,浑身毛儿一扎煞①,前爪一按,冲定韩登禄扑来。韩登禄往旁边一闪,摆熟铜棍照定猛兽头上就打。只听"叭嚓"一声,红光崩溅,鲜血直流,那只猛兽顿时身死。吴恩说:"韩贤弟真乃英雄也!"派手下人将那死虎搭回寨,吴恩、韩登禄一同回归祁河寺,到了山门下马。吴恩站在山门往正南一看,山下一片教军场,西边是十二座大营。往东一看,山坡之下也是十二座大营。由西北这一道山水,直流到祁河寺内西界墙,由庙中穿过去,往东顺山的涧沟,由东南出去。这股水就是山中之宝,本山中兵丁所吃用都是这一股水。吴恩看够多时,向韩登禄说:"此山有几座山口?"韩登禄说:"出入就是南边一座山口"。吴恩连说:"不好! 这一座山口要在此死守可好,倘若失机败阵,并无路可退。"韩登禄说,"都会总不必心慌,某自有安置。"二人说罢进了庙,来到大殿落了座,把一本花名册呈上来,吴恩点了名。韩登禄吩咐摆酒,大家在这里开怀畅饮。叫手下人把虎剥了,请诸战将这里吃虎肉。大家乱了半日,忽听有探子来报:"现有穆将军兵发楚雄府,由此经过,大队离此八十里之遥,今日驻扎狼窝山,明日准到。"吴恩一摆手,说:"再去打探!"遂向韩登禄说:"你我调齐大队,在此截杀一阵。"韩登禄说:"甚好。"往下传令,吩咐五鼓即用战饭,天明齐队。吴恩吩咐:

---

① 扎煞(shā)——也作"奓挲",张开、伸开的意思。

"撤去酒席,大家安歇,明日好与大清国开兵。"一夜晚景无话。

次日天明,刚才用完早战饭,驳儿马探子来报,说:"穆将军大队离此有数里之遥。"吴恩急调大队,响了三声大炮,出离山口。只见东北上尘沙飞起,扬土翻飞,杀气腾空。这里吴恩把队伍列开,只见穆将军前部正印先锋奋勇无敌将军邓龙,带着五千飞虎队,一瞧见吴恩亮队,心中甚为喜悦,说:"这一件功劳活该是我的!"催马摆刀来到两军阵前,说:"叛逆,趁早过来送死,今有邓大人在此!"吴恩一回头说:"哪一位会总前去把他拿住?"只见赤发瘟神韩登禄身背后有一员偏将,姓宋,名春,绰号人称飞毛腿,此人日行一千,夜走八百,脚程甚快,手中拿着一口朴刀①,说:"众位主帅,休要心慌,谅此无名小辈有多大能为?待我出去将他拿住,前来奉献!"宋春拉刀冲出本队,来至金刀帅邓龙临近,说:"呔!对面大清营战将,可认识飞毛腿宋春么?"金刀帅邓龙在马上把手中刀一摆,说:"来者无名小辈,也敢在阵前摇唇鼓舌,待我前来拿你!"抡手中刀劈头就剁。宋春往旁边一蹿,摆手中朴刀,分心就刺。邓龙把手中刀怀中斜抱月的架势,往外一迎,宋春把刀撤回来,变了别的招数。两个人杀在一处,战了几个照面,金刀帅把宋春劈于马下。

这边赤发瘟神韩登禄气往上撞,摆手中熟铜棍,出离了本队,来到邓龙面前,说:"鼠辈休要逞强,待韩会总结果你的性命!"摆棍搂头就打。金刀帅邓龙把马往旁边一带,两个人各分门路,杀在一处。正战之间,只见后队穆将军大队赶到,率带阖②营战将,在两边略阵观敌。只见邓龙与韩登禄两个人杀得难解难分。这里临敌无惧、勇冠三军的马成龙一摆手中大环金丝宝刀,吩咐:"鼓吏擂鼓,待我前去捉他。"马将军出离本队,先把邓龙叫回来。马成龙来到临近说:"你这号东西,你好大胆量,待马大将军结果你的性命!"赤发瘟神韩登禄往旁边一闪,马成龙说:"来者鼠辈你是何人?通你的名来!"赤发瘟神韩登禄通了名姓,说:"你叫什么?"马成龙说:"我家住山东登州府文登县马家庄人氏,姓马,双名成龙。康熙佛爷亲书'临敌无惧,勇冠三军'的便是。你若是知时达务,趁早跪在马大将军的跟前讨饶。牙崩半个'不'字,当时叫你死无葬身之地!"韩登禄

---

①　朴(pō)刀——一种旧式兵器,刀身狭长,刀柄略长,双手使用。

②　阖(hé)——全;总共。

气往上撞，摆手中熟铜棍，盖顶就砸。马成龙往旁边一闪，不敢用宝刀相迎。韩登禄的棍并未砸着，撤回棍来，摆棍就打。马成龙躲闪不开，用宝刀往外一迎，只听"喀嚓"一声响亮，把韩登禄的棍磕为两段。韩登禄往圈外一跳，说："哇呀呀！"一声喊嚷："好厉害！"拉着半截棍逃回本队而来。那白面太岁任凤山说："列位会总休要惊慌，待我前去拿他！"顺手拉出鬼头刀，来至两军阵前说："呔！对面的马成龙休要猖狂，待我前来拿你！"马成龙并不答言，摆宝刀就剁，白面太岁任凤山用刀相迎。只听"喀嚓"一声，任凤山的刀也挥为两段，吓得任凤山连忙逃回本队。吴恩见事不好，"当啷啷"一棒锣声，撤回本队。大队人马回归祁河寺。

穆将军传令安营扎寨，众三军安下粮台，立下行营，埋好了牙叉鹿角，撒下了铁蒺藜、绊马索，安好了子午营、将军帐。派手下战将巡墙子，下哈啦。穆将军用完了晚战饭，升坐中军大帐，把一干诸战将调齐。穆将军："列位将军，今朝叛逆吴恩已在此处，你我大家努力，攻破祁河寺，将国家的叛逆拿住，解往京都，你我大家奏凯回京，从此天下万民乐业。"诸战将异口同声说："全仗大帅虎威！"穆将军传令：明日五鼓用战饭，天明齐队。派胡忠孝、李庆龙二人，带一万飞虎云梯队，前去抢青凤山。胡忠孝、李庆龙二人得令下去。将军散帐，诸将各归汛地。一夜无事。

次日天明，胡忠孝、李庆龙挑选了一万奋勇飞虎云梯军，三声大炮，出了大清营，浩浩荡荡，人马来到青凤山。但见鸭蛋城上旌旗招展，号带飘扬，贼人无数。胡忠孝吩咐攻城。这些云梯军来至城门之下，把云梯立好，这些飞虎队左手擎藤牌，右手拿短刀，一个跟着一个，顺着云梯往上爬。上面把守这一座城池的正是白面太岁任凤山，见无数的官兵爬城，他把令字旗一摆，炮手点了一声大炮，这些贼兵搭起了滚木，对准了那云梯军往下就砸；那边贼兵用灰瓶往下就打。这些官兵登云梯上去不高，被这滚木檑石、灰瓶砸下来的死尸不少。后面马队督着往前进兵，直攻了有两个时辰，胡忠孝见伤损了官兵不少，吩咐撤队回营。到了自己营中，查点了伤损的五六百之众，进大帐见将军请罪。穆将军说："胡忠孝，你何罪之有！胜败乃兵家常事。"胡忠孝下去。穆将军把参赞大臣汪平请过来，把适才失机败阵之事对汪大人说了一遍。汪平说："大帅，据我看，这一座祁河寺地势甚险要，贼人聚守此处，以为得计。据我看来，贼人日久必败。这座祁河寺就是这一座山口，贼人并无出路。贼人前进有门，后退无路。今日我在两军阵前,在马上观看,贼人不少。"穆将军说:"隔着一道山梁,你如何看得贼人数目?"汪平说:"我见山里头有一股煞气,直冲霄汉,并无鸟雀飞过。里面若是贼少,瞧里面是清净的;若要是贼兵多,看那半悬空中是浑的。人马踢的土,人口纳出的气,裹在一处,就是煞气。"那穆将军是久打军需之人,听汪平这一番议论,暗暗点头,知汪平是一个高明之人,说:"汪大人,依你之见,此事该当如何办法?"汪平说:"在此死守。贼人兵多粮少,他利在急战。你我在此死守,贼人日久乏粮,必生内乱。那时趁势取之,这山唾手可得。"穆将军说:"就依你这样办法。"一日晚景无话。

又过了几天,这一日,穆将军在大帐之内方才点完了名,只见营门官前来禀报:"外面有侯化泰前来禀见。"穆将军吩咐:"请。"不多一时,追风仙猿侯化泰从外面进来,给将军请安。穆将军说:"侯老英雄,你这伤势可好了么?"侯化泰说:"托将军的福,又有倭侯爷的妙药,才把伤势养好。要报龙岫山之仇。将军大兵来到此处,因何不走?"穆将军把交兵打仗、贼人死守打不进山去之事,说了一遍。侯化泰一阵冷笑,说:"将军休要为难,今夜晚我到祁河寺将吴恩拿来,献于将军台前。"穆将军说:"好,既待如是,赏侯义士一桌全席,派倭侯爷相陪。"下面有王天宠、朱天飞过来看侯化泰,四位英雄一同落座吃酒。四个人直谈了有二鼓之时,派手下人把残席撤去,安歇睡觉。

次日天明,朱天飞同侯化泰出离大清营,到了祁河寺山外,左右前后看了一遍。二人回来,见了顾焕章、王天宠,细谈今夜晚要探祁河寺之故。顾焕章、王天宠说:"二位,我两个人去青凤山的后山,寻找山路上山,你我在山里头聚会。"朱天飞、侯化泰二人点头答应。至晚饭后,二人换好了衣服,出离了大清营,一直扑奔山口而来。离山口不远,靠南边有一带树林,见眼前有一条黑影进了树林之内。朱天飞、侯化泰二人追过去,到了树林内,各处一找,不见有人。二人正在疑思之际,忽听前面有脚步声音,二人追将过去,见那人直奔山口。二人在后面暗暗跟随,见那人到了这一座山城之外,飞身蹿上城去,并无有人拦阻。朱天飞、侯化泰也由这里蹿上去,进到山内一瞧,那人就在眼前不远,脚程甚快。二人跟着他往西走了不远,过了一道小桥,又往北拐,但则见这一片空宽之地,好作一块教场。东边一溜十二座大营,号灯分五色,里面更鼓齐鸣。往正西也是十二座大营。朱天飞、侯化泰看够多时,只见前面那个人还在山坡站立。朱天飞、侯化泰二人也是艺高人胆大,见那人在前面,他二人就追。及到临近,见那人转身又往北走,到了祁河寺山门,见那人进去,二位老英雄随后追赶。方一进山门,只听,"当嘟嘟"一阵锣响,出来了无数的贼兵。不知二位老英雄性命如何,且看下回分解。

第五十七回

义士涉险探贼巢　秦远捉拿侯化泰

歌曰：

人要笑，人要笑，笑笑最能开怀抱。笑笑病病渐消除，笑笑衰老成年少。听我歌，当知窍，极好光阴莫丢掉。堪笑世人死认真，劳苦枉作千年调。从今快活似神仙，哈哈嘻嘻只是笑。

话说朱天飞、侯化泰二人进了庙门，往内一瞧，正北是大殿，东西各有配殿，院子宽大。见那个人穿大殿过后院去了。二人后面跟随，直到后院，又是正北大殿，那大殿之上灯光闪烁。这座大殿明五暗七，两边俱是抄手式的游廊。大殿之上是月台，月台之上摆着五张八仙桌子，东边坐着是赤发瘟神韩登禄、白面太岁任凤山，西边坐着是刘会总、李会总。当中虚摆一张座位，想是给那八路都会总吴恩预备的。这朱天飞、侯化泰二人正看之间，只听"当啷啷"一阵锣鸣，东西配房跑出了无数的贼兵，连南门以外也进来无数的贼兵，把二人给围上了。朱天飞、侯化泰二人就知道被这贼人引入龙潭虎穴来了，方才追的那个人，想是吴恩心腹人。他今天必是出去巡风去了，遇见这朱天飞、侯化泰二人探山，把他们引到里面来，一棒锣声，把众贼调来，将两位英雄围上，各执刀枪器械动手。

这朱天飞、侯化泰乃是侠义英雄，刀法纯熟，门路精通，将这些人战败了，把贼兵杀伤无数。内有秦远见大事不好，赶紧过来，一摆手中刀，竟往朱天飞剁来。朱天飞往旁一闪，撤回刀来，分心就刺，秦远往旁一闪身。两个人走了三四个照面，秦远不是朱天飞的对手，他往旁边一跳，伸手打兜囊之中掏出一宗物件来。朱天飞睁睛一看，是一黄布口袋，长一尺二寸，里面不知装的是什么东西。只见他照定朱天飞身上一甩，只见一股白烟扑奔朱天飞的面门而来。朱天飞闻着一股清香，顿时昏迷，栽倒就地，被八卦教匪的兵丁捆上。侯化泰眼都气直了，一摆手中刀，说："小辈，胆敢拿我的师兄！"这秦远他心中甚喜，说："小辈，你也走不了！"把手中黄布口袋照定侯化泰一甩,侯化泰一个箭步蹿开,觉着有一股清香钻入鼻孔内,这侯化泰头迷眼昏,立脚不稳,翻身栽倒在台阶之上。这些个八卦教匪的兵丁也把他捆上,解到那大殿之前。

赤发瘟神韩登禄吩咐请八路都会总来,手下人答应,到了西院,把八路都会总吴恩请出来,升了公位。韩登禄一干众人说:"回禀会总爷,今夜大清国来了两个奸细,被秦远拿住,请您老人家发落。"吴恩往下面一瞧,说:"原来拿住这两个人正是钻云神狐朱天飞、追风仙猿侯化泰。"仇人见面,分外眼红,说:"朱天飞、侯化泰,山人哪一样亏负你两个人?我的阴阳八卦旛被你两个人盗去,我只想今生今世不能报仇,不想你二人也被我拿住了!来人!用解药把他二人解醒了。"这朱天飞、侯化泰二人睁眼一瞧,两旁站着无数的贼人,吴恩在当中坐定,耀武扬威,用手指定朱天飞、侯化泰:"你二人也有今天!见了山人,应该如何?"朱天飞哈哈大笑,说:"吴恩,你死在眼前,你尚且不知!我今既被你拿住,杀剐存留俱凭于你,我死而无怨,总算为国尽忠!"侯化泰说:"吴恩,你是真不该死!我两个人本是前来杀你,今既被擒,侯大太爷求死而已!"吴恩吩咐:"把这两个人绑在左右!"在这院中正南是越山泉,一道涧沟,当中有一道汉白玉的小桥,靠两边一边各有一根柱子,把朱天飞、侯化泰绑在那两根柱子上。吴恩吩咐:"调一百名弓箭手,把他两个人给我乱箭射死,方出我胸中之气!当初我那阴阳八卦旛,就被你两个无名的小辈盗去。"那朱天飞、侯化泰二人齐声说道:"吴恩,不必往下问了,今天既是被你拿住,我等万不想活着,何必如此!"这吴恩吩咐:"把他两个人给我乱箭射死!"手下人答应,大家一齐全拿起弓箭。方要放箭,忽见桥下水面蹿上一个人来,脸上载着隔面具,手中拿着一口刀,蹿上岸来,直奔吴恩而来。

书中交待,来者这位是谁?只因顾焕章、王天庞二人各带水衣水靠,前去探青凤山。祁河寺的后山,往西北是一片大江,直往东南流,水势荡漾,并无船只。二个人换好了水衣水靠,把白昼穿的衣服用油包袱包好,二人跳下水去,沿着这边山寻找这进山的道路。二人由西北直往东南浮着水,挨着山边往正南而走。走着甚远,连一只渔船皆无,也不见有进山的道路,都是些高峰峻岭。王天庞向顾焕章说道:"大哥,此处有名,叫越山泉,有一股水从山中穿过去。你我顺这股水源,从那里进去。"顾焕章说:"也好,你我往西北寻找这一股水源去,若是找着,就从那里进去。"二人复翻身回来,找到西北,果然见这里有一股进山水道。王天宠甚为喜悦,同着顾焕章一直地随这一股水进去。见两旁是夹壁山沟,二人浮水进山沟内。走了不远,但则见前面一道大山,这股水由这山窟窿里进去。窟窿甚小,人不能进去。王天宠说道:"贼人聚守此处,真是险要,置造得甚好。"王天宠愣了半天,说:"此处不能进去,往东南找他出水之处,也可进去。"又同顾焕章翻身往回浮水,方到东南山水之所,瞧了瞧,这水由半山腰中瀑头流泉。王天宠看罢,他叹了一口气,说:"可惜我这水性有一无二的,想这一股水我不能进去,天下会水的全不能进去了。也不是我这个人自高自傲,要讲练这水面之人,天下就让我王天宠一人。我要是不能浮进去的地方,别人更不能行了。"

　　话言未了,只听东北山坡上有人哈哈大笑,说:"王天宠,你太好高,妄自尊大,眼空四海,目中无人! 你敢藐视天下的英雄? 你从此处浮不进去,你说天下概无人浮进去。你岂不知泰山高矣,泰山之上还有天;沧海深矣,沧海之下还有地。人外有人,天外有天,你的能为武技不能浮此逆水,你经识①不到,学艺不高!"王天宠一闻此言,知道自己失言,被英雄侠义见笑,赶紧过去说:"朋友,适才间我一时的口过,尊驾千万不可见笑!"那人转身直奔王天宠而来。身临且近,王天宠借着星月的光辉一看,此人平顶身高七尺,马蜂腰,窄背,小细条身材;面如白玉,顶平项圆,眉分八彩,目如朗星,准头丰满,唇若涂朱,年有三十以外;身穿蓝绉绸一件长衫,足下青缎快靴,手中提一小小的包裹。王天宠看罢,连忙施礼,说:"尊驾贵姓高名? 哪里人氏?"那人说"王义士,你不认识我,我倒认识尊驾。"王天宠说:"我实是眼拙,尊驾哪里看见过我? 我一时间竟想不起来。"那人说:"在下姓李,名英,乃是陕西延凉卫的人,江湖中人送一个绰号浪里飞行,人称翻江太岁。我是久在云南一带,访查天地会八卦教的机密。今日知道穆将军大队取祁河寺,我特意前来寻找进山的道路,立一件功劳,面见老将军,作为进见之礼。"王天宠说:"李大哥,今天你既前来,能浮逆水,帮着我们助一膀之力。"李英说:"很好,我打这道浮水进去。"王天宠说:"如要进山里面,有我们同营二位,名朱天飞、侯化泰,昨晚由旱路进的山。如要见着,可都是自己人。若见面之时,千万说明白我同兄台见过

---

　　① 经识——见识。

面了,彼此保护,要紧要紧!"李英点头答应说:"我换上水衣水靠,这就进去。"浪里飞行李英收拾好了,把衣服包好,斜扎在腰间,登住山石,到了这股水源之处,水势往东南流得甚猛。他戴上了分水鱼皮帽,钻入涧沟之中。王天宠暗暗点头说:"真乃英雄也!"王天宠同顾焕章说:"大哥,方才这个人水性准比弟强,武技不在你我弟兄之下。"顾焕章说:"十室之邑,必有忠信,何处无贤!"

二人正在说话之际,忽然间见正西江面之上有一叶小舟,船上有一个红灯笼,坐定一人,头上盘着发辫,身上穿着一身水衣水靠。王天宠他是夜眼,看得甚真,见船上摆着两碟鱼虾,一瓶子酒。见那人对月独酌,自言自语地对着那月色说话,说:"今天风清月朗,皓月当空,照耀如同白昼。自己一个人在船上喝这样的闷酒,甚无趣味。思想起来,同来玩月人何在?风景依稀似去年。遭此年荒岁乱之际,兵荒马乱之年,今日晚响在大江之中,我赏月独酌,倒是一件赏心乐事。"王天宠、顾焕章看罢,知道此人不俗。王天宠慢慢地告诉顾焕章说:"您老人家在此等候,我过去把他拿住,问问他这里可有进山的道路。"顾焕章点头答应。王天宠过去,爬上船来,过去就按倒那人。王天宠说:"奸细,你是哪里来的?我问你,这里可有进山的道路无有?"那个人说:"好汉爷爷饶命!我乃是姜家篘①的人。我姓姜,名鸿,就在这正北离此十八里之遥,我们村中并无外姓。先前我们指着这河打渔为生,近来这祁河寺来了一个强盗,名叫赤发瘟神韩登禄,霸住这一道大江,不准生人打渔。今天晚上我是偷着捕鱼,被好汉爷爷看见,您老人家饶我这条性命吧!"王天宠说:"姜鸿,这一座祁河寺除了东山口,还有道路可通?"姜鸿说:"并没有进山的道路。"小白龙王天宠就把他放走了,回到东边山坡上,找着顾焕章说:"大哥,适才我全探听到了,并无路可通祁河寺。"顾焕章说:"唔呀!王大兄弟,你顺我手看。"王天宠扭颈回头,往大江之中一看,但则见方才那只小船往正北去了。王天宠说:"兄长,这是怎么一段缘故呢?"顾焕章说:"你我弟兄随着他,看他往哪里去。"王天宠说:"有理,你我就此跟随。"

往北走约有数里之遥,只见那只小船往东一拐,有一个水岔,两旁有山峰。那只小船一直往东南,进了山内。王天宠、顾焕章紧紧跟随,往东

---

① 篘(chōu)——"笝"的繁体字,意为滤酒的器具。

南走了约在有一望之地,只见那只小船靠在南岸,在南山坡上有一个石洞,里面影影射出灯光。王天宠来到山洞以外,听见里头有人说话,说:"好,我这个泥鳅焉斗得小白龙?幸亏对答得好,若要不然,我项上人头被他人杀去。好险哪,好险!"他正自言自语,忽听那洞门"喀嚓"一响,王天宠从外面蹿将进来,竟把姜鸿吓得一阵发愣。不知后事如何,且看下回分解。

第五十八回

姜鸿泄机祁河寺　王勇愤怒斗贼人

《莫恼歌》：

　　莫要恼，莫要恼，烦恼之人容易老。世间万事怎能全，可叹痴人愁不了。任富与王侯，年年处处埋荒草。放着快活不会享，何苦自己寻烦恼。

　　话说姜鸿正在洞内坐定，见王天宠进来，一伸手把他揪住，说："好一个奸细呀！你是不要脑袋了！今天说了实话，饶你不死；如若不然，当时我把你碎尸万段！"那人吓得战战兢兢，说："尊驾你是福建台湾聚泉山公道大寨主小白龙王天宠王义士么？"王天宠说："然也，正是某家。你叫什么名字？"姜鸿说："我有一个绰号，人称混海泥鳅。我在这里看着这一股山道。我与赤发瘟神韩登禄是口盟的拜兄弟，每年给我四百两白银，叫我看守这一座山洞。由这一座山洞里面可通祁河寺，里面可无消息埋伏。我这是一派真情实话，并无半字虚言，求好汉爷爷饶我这一条性命吧！"王天宠说："我先把你捆上，你先受点委屈。我打这里进去，里面没有消息埋伏，回头我绝不杀你。"姜鸿说："您老人家自顾前往，我不是虚言。"王天宠出去把顾焕章叫进来，说："大哥，你在这里看守着他，千万别动。"王天宠拿着雁翎刀，一直顺山洞往里面走，约走三四里之遥，听见里面杀声一片，自己登着台阶上去，一看原来是五间大殿，槅扇①关着，里面灯光烁烁，外面是八路都会总吴恩、赤发瘟神韩登禄、白面太岁任凤山，还有刘寨主、李寨主，俱已在座。朱天飞、侯化泰在石桥梁两旁捆着。那一位浪里飞行翻江太岁李英，也被他等拿住了。王天宠吓得心中一愣，说："这李英乃当世的英雄，怎么也被他等拿住？"

　　书中交待，浪里飞行李英浮着逆水进了这一座青凤山，来到祁河寺的庙内，见朱天飞、侯化泰二人被擒，听见那里吩咐，要把他二人乱箭射死。

---

　　①　槅（gé）扇——房屋的隔板。

李英蹿上岸来，说："好一干贼匪，今有浪里飞行翻江太岁李大爷在此！"吴恩吩咐人："给我拿他！"秦远拉刀蹿过去，摆刀就剁。李英往旁边一闪，用刀相迎。二人走了七八个照面，李英刀法精通，秦远往旁边一跳，伸手掏出迷魂袋，照定李英面门一甩，说："鼠辈躺下吧！"李英闻着一股清香，直入鼻孔，觉着头迷眼昏，翻身栽倒就地。当时竟被贼人拿住，把他绳缚二臂，捆在桩柱之上，拿解药把他解过来，说："请祖师爷发落。"吴恩用手一指下面李英，说："你是哪里来的？山人与你并无冤仇，今天要归降我山人，饶你一死！"李英哈哈大笑，说："吴恩，你乃是国家的叛逆，眼下天兵压境，不久你就被获遭擒。你要知时达务，率众至老将军帐前请罪，尚还可以饶你不死。如若不然，你死无葬身之地，那时悔之晚矣！"吴恩说："鼠辈，你今被获遭擒，你在山人跟前还敢摇唇鼓舌！"吩咐："来人！先把这厮给我开膛摘心！"手下人答应。秦远他要动手，来至桩柱临近，吩咐手下人："拿过水盆来！"自己拿着一把牛耳尖刀，把李英衣服解开，拿凉水往头顶之上一浇。秦远方才把刀要扎，后面王天宠把槅扇一开，左手擎刀，右手托镖，照定秦远就是一镖。秦远躲闪不及，这一镖正中琵琶骨上，秦远"哎哟"一声，翻身栽倒在地。王天宠蹿过去，手起刀落，竟将秦远结果了性命。

吴恩一见王天宠来到这里，又急又气，用手一指，说："王天宠，该死的小辈！"王天宠说："今天就是你尽命之日！"吴恩吩咐："众位会总，给我把他拿住！"赤发瘟神韩登禄拉了一条铁棍，跳至当中，照王天宠劈头就打。王天宠不敢用刀相迎："兵书有云：'逢强者智取，遇弱者活擒。'我得变别招数赢他。"两个人杀在一处。王天宠蹿奔跳跃，闪展腾挪，速小绵软巧。韩登禄的棍分泼卦扒打，分三十六手左门棍、四十八手右门棍、庄稼陆棍。王天宠按门路躲闪，两个人杀得难解难分。王天宠往圈外一跳，把手中镖照定韩登禄哽嗓咽喉就是一下，韩登禄急忙一闪，这一镖正中左肩头之上。韩登禄嚷："好厉害！"白面太岁任凤山一摆手中朴刀，"待我来拿他！"一摆手中刀，照着王天宠就剁，王天宠用雁翎刀相迎。白面太岁任凤山也是久经大敌的英雄，知道王天宠会打暗器，两个人动手，任凤山暗暗地留神。八路都会总吴代光一瞧，就是王天宠在此动手，并无别人帮助，吩咐鸣锣齐队。手下人锣声一响，把队伍调来。贼人各执号灯器械，都预备齐了，把这一座祁河寺围得水泄不通。吴恩吩咐："先调弓箭手,把这两个人先给我射死!"

手下人正要动手,只听东山口号炮惊天。原来是穆将军自朱天飞、顾焕章、王天宠、侯化泰走后,老将军一想:"贼人白昼防守甚严,夜晚必然懈怠,你我调齐大军前去,一鼓而进。"拔令箭,派胡忠孝、李庆龙带五千飞虎云梯攻打东山口;二队发令箭,调韦佗保、韩三保、萨哩善、哈三保四个人,带五千接应队接应胡忠孝、李庆龙。发令箭,派参赞大臣汪平守粮台,副帅蔡将军护老营;派钢肠烈士欧阳善、铁胆书生诸葛吉、玉面哪吒张玉峰,带一万奋勇队,在青凤山祁河寺巡防堵寨。穆将军带领王绪祖、王金龙、邓龙、马成龙、马梦太、白少将军、玉昆、神力将高杰,大小二百余员战将,三万马步军,浩浩荡荡,杀奔祁河寺而来。前队胡忠孝、李庆龙到了祁河寺的东山口,前敌飞虎云梯军立好了云梯,一棒锣声,大众爬上城墙。此时贼兵已然懈怠,并无大将管理,只有两个小头目,一名卢子厚,一名曹子高,此二人是酒色之徒,不理正事,兵无纪律,队伍交杂。这胡忠孝、李庆龙二人带大兵已到,竟把东山口的关口夺过来。后面接应队是韦佗保、韩三保等四员大将,带接应队进了山口。金鼓齐鸣,杀声一片。里面贼营中一干诸战将正在睡梦之中,忽听喊声大震,大家惊醒起来,知道东山口已被大清营所破,大众弃甲抛枪,四散奔逃。穆将军大队随后也赶到,直杀得高坡之上人头乱滚,低洼之处血水成河。

吴恩在祁河寺正与王天宠动手,听见外面山口已失,吓得他颜色更变,连说:"不好",一拉韩登禄,说:"你我趁此走吧!"韩登禄跟进大殿,从这股山路逃走。二人正要逃走,只见刘会总、李会总一拉兵刃,说:"吴恩别走!我二人奉元帅之命,在此正要拿你!"

书中交待,这二位会总,一位姓刘,叫刘洪太;一位姓李,叫李德太,乃是老筛海回教正的两个徒弟。刘洪太住家在天津,李德太住家在沧州。二人奉师傅之命,在云南府相会。这二人来到祁河寺正北秋家庄,投奔的是刘洪太的表弟,名叫秋胜祖,此人以保镖为业,也是一个清真回回。他在镖行里数年,因天下年荒岁乱,刀兵四起,归隐在秋家庄,江湖绿林中人送外号,称为粉麒麟银枪将秋胜祖。那刘洪太、李德太来到秋胜祖的家中,正赶着秋胜祖这里办团练,二人在这里充当教习。

过了有两个多月,这日正操演队伍,忽见赤发瘟神韩登禄带着手下人等前来拜望秋胜祖,邀请他入伙。秋胜祖把韩登禄让到家去,由刘洪太、李德太相陪,到厅房落座,手下人献上茶来。粉麒麟秋胜祖问道:"韩大哥今天是从哪里来?"韩登禄说:"你我知己之交,我也不能隐瞒你。我是奉八路都会总赛诸葛吴代光之命,镇守祁河寺。听说贤弟武艺精通,我特意前来请你入伙,帮助天地会杀退大清国的人马。如要得了江山社稷,你我都是开国的元勋,定鼎的大将。"秋胜祖说:"小弟有老母在堂,不能奉命,兄长再另请别人。"刘洪太、李德太在旁边一听韩登禄之言,心中一动,说:"我二人来到此处,原打算立一件奇功,不想有此好机会。我二人先到祁河寺卧底,等候大清的官兵到来,我两个人里应外合,那时将贼人拿住,呈进大清营,作为进见之礼。"刘洪太想罢,开言说:"韩会总,我弟兄两个人要效犬马之劳,不知尊意如何?"韩登禄说:"甚好。我今至此,未领教二位教师爷尊姓大名?"刘洪太、李德太各通了名姓。韩登禄说:"既是你二位愿意前往,吩咐外面备马,你我就此起身。"刘洪太、李德太二人说:"且慢,我两个吃素,到山寨多有不便。"秋胜祖说:"不要紧,我这里派二十个厨子伺候你们就是了。"韩登禄说:"甚好。"就叫秋胜祖派了二十个人,一齐备马,回归祁河寺。到了庙内,就升刘洪太、李德太二人为操军会总。这两个人就在这山寨,与韩登禄、任凤山甚是合好,焉想到他两个人包藏祸心,暗探天地会的机密。

　　后来吴恩带兵来到,两个人打算行刺,见秦远行坐不离吴恩,处处留心,未敢轻易下手。这两个人竟盼官兵前来,好做内应。今日见吴恩大势已去,韩登禄乃无谋的匹夫,仟凤山尚与王天宠动手,手下人报上来,穆将军率带诸战将,将祁河寺围住。那韩登禄与吴恩要进大殿,从这座山洞逃走。韩登禄乃是山中贼寇,在这里坐地分赃,他花的银钱修的这股地道,怕是日后犯事有人拿他,好从这里逃走。派他拜弟姜鸿在山后预备一只小船。这条道除去他与任凤山知道,别人全不知晓。刘洪太、李德太二人在山里这些日子,全不知道有这股地道通至大江。今日韩登禄同吴恩要从这里走,又见方才王天宠是从这里出来的,刘洪太、李德太知道是一股地道,两个人拉刀,说:"韩登禄、吴恩,你两个人休想逃走!我二人奉师命,特意在此等候拿你!"吴恩、韩登禄两个人并不答言,转身往地道就走。刘洪太、李德太二人后面紧紧地跟随。

　　方到了山洞的洞口,顾焕章正然在这里着急,见王天宠从这里进去不见回来,他这里看着这个姜鸿,又离不开身。忽听这洞里有脚步之声,疑惑是王天宠出来,顾焕章说:"贤弟,来了么?"那吴恩往外一蹿,顾焕章一瞧是吴恩,摆宝剑就剁。吴恩飞身蹿出山洞,顾焕章方才要追,韩登禄抢棍就打。顾焕章往旁边一蹿,摆宝剑搂头就剁。韩登禄用手中棍往外一崩,只听"呛啷"一声响亮,韩登禄手中棍挥为两段。韩登禄方要逃走,后面刘洪太、李德太二人赶到,说:"别放走了吴恩、韩登禄,我二人来也!"韩登禄一回头,拿着半截棍,照定刘洪太头顶打来。刘洪太一闪身,一避血玦将韩登禄打倒。顾焕章问:"你二人是谁?"刘洪太、李德太二人通了名姓:"我乃是天津卫人氏。今奉我师傅老筛海回教正之命,在云南府聚会,定下金锁连环八卦计,捉拿吴恩。我二人在这里有一个表弟,叫秋胜祖,在这里办乡团,与赤发瘟神韩登禄有一面之交,韩登禄把我二人请至山上入伙。"正说之际,忽见山洞脚步响亮,马成龙等一干英雄赶到,大家分水旱两路追赶吴恩。不知后事如何,且看下回分解。

第五十九回

吴恩渡江逢知己　群雄无意遇贼人

《颐性歌》：

　　莫要愁，莫要愁，前生定数岂能由。贫穷枉抱贫穷恨，富贵空劳富贵忧。无定鸟，不系舟，识破任优游①。

　　话说顾焕章、刘洪太、李德太拿住了韩登禄，忽见从山洞出来一队人马，是马大人即马成龙等出来。顾焕章他一看，知道东山口已破，赶紧说："贤弟，你我大家追赶吴恩去。"

　　书中交待，马成龙等是从哪里来？只因穆将军带大队进了山口，与那些贼兵打仗交手，杀得贼人五零四落。马成龙、马梦太、高杰、白胜祖四个人杀进了祁河寺，但则见朱天飞、侯化泰二人被绑在桩柱之上，过去用刀剁开绳扣。瞧那边还绑着一个，并不认识，五官相貌不俗，大概是一位侠义英雄，过去也把绳扣与他剁开，问明白了他的名姓。两边贼人喊杀连天。见王天宠独战任凤山，马成龙蹿过去说："王贤弟闪开，待我来拿他！"任凤山见众会总俱都逃走，就剩他一人，孤掌难鸣，又见马成龙过来要与他动手。任凤山本领艺业高强，眼空四海，目中无人。他有一个兄弟，名叫任凤姣，死在大清国的将官侯化泰之手，他立意要给他兄弟报仇。今天遇见马成龙，抢刀照定马成龙就剁。马成龙用宝刀往上相迎，只听"喀嚓"一声响亮，竟把任凤山的刀挥为两段。任凤山转身要走，被马成龙一刀杀死。马成龙问："吴恩往哪里去了？"大众说："进大殿从地道逃走了。"马成龙、马梦太、高杰、白胜祖四个人一并追将下来，方一出洞口，只见顾焕章正拿住韩登禄，与刘洪太、李德太正在那里讲话。他四个人赶到，说明来历。马梦太过去连忙叩头，说："原来是二位师兄。"刘洪太、李德太说："贤弟请起，你我暂且不要叙礼，追赶吴恩要紧。"王天宠也随后

---

　　① 优游——生活闲适。

赶到。

众人把姜鸿放起来，说："你要归降大清营，我们大家作为引线之人，你意下如何？"姜鸿说："求大家开恩，饶我这条性命吧，我情愿效犬马之劳！"王天宠说："你来撑这只小船，追赶吴恩。"这几个人来至山坡以下，见这只小船仍然在那里未动，姜鸿大吃一惊，说："吴恩并不会水，他从哪里逃走了？"王天宠说："我已把韩登禄杀死，你在此必知道他往哪里去了，必有可通之路。"姜鸿说："从这里往东走，不到一里之遥，有一道山涧，有五六尺宽，那里可以蹿得过去。过那道山涧有一道大岭，名为金沙岭。下了金沙岭，再走四十里地的山道，一出山口就到范村，那里是一座大镇店。由西村口过江一直地往西南，就是大竹子山的去路。"王天宠听罢，说："既是你这条道路甚熟，你就头前带路。"姜鸿说："诸位俱跟我来。"王天宠、顾焕章等六个人跟着他一直往东走了不远，都是沿山的崎岖道路。到了那道窄山涧之所，姜鸿他先蹿过涧去，王天宠诸人跟着蹿过去。到了金沙岭，顺着那曲曲之径，往北走了有四十里之遥。

此时东方发晓，天色已然大亮，见前面有一片村庄，及至临近再看，原来是一座大镇店。姜鸿说："你们众位老爷们跟我先到江口，看是如何。"众人来到江口，见先有一只小舟，已过江去甚远。王天宠到了这临近的铺户中一访问，说："方才有一个老道，你等可看见从此过去了吗？"那铺中人说："不错，方才有一位道爷从此过江，他并不搭伴，要单雇一只船。我们这里有一个人久在这江口使船的，名叫海顺，他方才把他渡过江去了。你们几位早来几步也就赶上了。你们几位是和那道爷在一处的吗？"王天宠说："我们不是一处的。我们是大清营的差官，来到这里追拿贼的，他是叛逆吴恩。你们这里可有船吗？"

正说着，只见那边过来了一只小舟，靠在江岸。王天宠早已看见，转身过去说："朋友，你渡我们几个人过江。"那使船之人拿眼一瞧王天宠这七个人，说："你们几位要过江？请上来吧。"王天宠等上了小船，那使船之人把跳板一撤，船家用腕子一点，这只船飘荡荡往前行走。王天宠见这使船之人，暗吃一惊。此人年过三旬，细腰虎背，面如紫玉，两道英雄眉，一双虎目，鼻直口阔，海下无须，正在少年；见他两只眼睛烁烁地放光，由大眼角有一道红线，大行家一瞧，是一道水湿纹，这人水性颇通。王天宠点了点头，问："这个朋友贵姓？"使船的那人说："在下姓李，名杰，乃陕西延凉卫的人。因找我兄长，流落在此处，买了一只小船，就在这江口使船为生。"王天宠说："你兄长叫什么名字？"李杰说："我哥哥叫李英。"王天宠说："莫非就是浪里飞行翻江太岁李英？他是你哥哥么？"李杰说："不错，正是。"王天宠说："可巧遇见我，就算找着了。你哥哥在祁河寺帮助我等打贼。你是多咱①来到此处的？"李杰说："由去岁春天就在这江口。"王天宠说："你有外号没有？"李杰说："我有一个小小的外号，人称水底金鳌。皆因我在水中能住三天五天的功夫。"王天宠说："你帮着我们把吴恩拿住，回归大清营，与你哥哥见面，也可以保举你弟兄做官。"李杰说："好。尊驾，你是何人？"王天宠通了名姓，又给大众引见。大家言投语合，坐着这只小舟，飘荡荡顺着大江到了西岸。叫李杰这里等候，七位英雄下了船，这里一访问，有位老道方才过去，尚走不远，还在这里吃饭来着。

　　这几个人看天色不早了，有心在这里吃饭，又怕跑了；有心要往下追赶，肚中又是饥饿。总皆因是顾焕章、马成龙等贪功，众人一想："这是万年不遇的机会，不可错过。为大将者不能讲究寒暑，身报铁甲定烟尘，渴饮刀头血，睡卧马鞍心。今日之事，你我努力往下追赶，务要将妖人拿住，立这一件奇功！"众人顺着道路往下追赶。天正在四月的光景，甚是炎热。众人约走了有二里之遥，天色到晚饭时候。高杰说："可了不得啦！又渴又饿，又困又乏，咱们找个地方歇息歇息吧。"白胜祖用手一指，说："你来看，眼前那一带绿树荫浓之处，大概是一座山庄，你我到那里歇息吧。"高杰说："甚好。"大家说说讲讲，就来在那座庄口。众人是由西北往东南走，正走在这座村庄的东头，往西一看，是一趟大街，南北的住户。只见村头路南有一座便饭铺，坐北向南的五间房，外面搭着天棚，周围有苇子花障，靠着门首东西两边，有四株杨柳树。

　　这七位英雄，赤日炎炎似火烧，众人也都乏懈了，想着在这里歇息歇息，吃杯茶水。众人进去，到了天棚的东边坐下。只见打屋中出来一个跑堂的，年有十八九岁，身穿半新细毛蓝布半大褂，蓝布中衣，白袜青鞋，系着一条围裙，上边连个泥点也没有，洗得干干净净；白生生的脸膛儿，黑鬒鬒两道眉毛，皂白分明，长得干干净净，很透着机灵。马成龙看罢，一摆手

————————

① 多咱——什么时候。

把小伙计叫过来,说:"你给我们拿一包茶叶,烹壶茶来。"小伙计答应,过去给送壶茶来。马成龙给众位倒上。顾焕章说:"马大兄弟,你我闯荡江湖,游历各省,不想今天来至此处。这里地土风情又别换一番的境界,真是一处不到一处迷,是处不到永不知。"大家齐说:"这话有理!"马成龙把小伙计叫过来,问:"你们这庄村叫何名?"小二说:"我们这叫邓家庄。"马成龙说:"你们这里卖什么吃的? 我们大家在这喝点茶,吃个便饭。"小二说:"我们这净卖家常便饭,不预备应时小卖。天时炎热,荒庄野境。"马成龙说:"给我们五斛女贞陈绍,再叫他给咱们煎炒烹炸,配八样菜来就是了。"顾焕章说:"很好。"小伙计擦抹桌案,把酒菜摆上。七位英雄落座吃酒。马梦太说:"咱们这里吃完了酒,也该回去吧。老道吴恩可追不上了。"

正说话之际,只见从西边来了两个人,年有二十以外,紫花布裤褂,青布快靴,面皮微黄,一脸的怪肉横生。这两个人进了这座饭铺,说:"掌柜的,我们庄主爷今天来了朋友啦。今天厨房菜不齐,我们厨子老实刘派我到你们这要点东西。"里面掌柜的问:"要什么?"那两个人说:"与你们要一只鸡、三只鸭子,要点藕,两尾鱼。"掌柜的说:"做什么? 今天你们庄主这么阔呀!"那人说:"今天我们庄主来了贵人啦,乃是八路都会总赛诸葛吴代光,由祁河寺败阵回来,说后面还有好些个大清营的战将追过江来。依着那吴恩他一定要走,我们庄主苦苦地相留,说:'不要紧,有大清营的战将追过来,全有我哪。'我们庄主爷的外甥秦远也死在祁河寺内,我们庄主一定要与他外甥报仇。今天吩咐厨房预备果酒来吃,偏巧我们厨房菜不齐,我们厨房派我来到你们这借菜。"掌柜的把他所要的东西都给他拿出来,两个人拿着东西去了。

众英雄把小伙计叫过来,说:"方才这两个人是哪里来的?"小伙计说:"这是我们这邓家庄邓庄主的两个家人。"马成龙:"你们这邓庄主叫什么名字?"小二说:"叫追魂太岁邓天魁,也是一位天地会八卦教的会总,使一口龙泉宝剑,善能削铜剁铁,切玉断金,水断蛟龙,陆断犀象,杀人不见血,还会打各种的暗器,年有三十余岁。你们几位是哪里来的?"马成龙说:"我们从石平州来,要往楚雄府去找朋友去,从此路过,在此吃一顿便饭。"小二转身要下去,马成龙、马楚太又问:"邓庄主在这村庄哪边居住?"小二站住,用手往西一指,说:"就在这西边路北这一所瓦房,门口有两棵龙爪槐,就是他家。"马梦太听明白了,吃完了,算还了饭账,众人忙出离了饭馆,一直往西来。到在邓天魁的门首,几个人探了探道,来到村背后。见北边树下有一座山神庙,几个人在山神庙内坐定,候到天黑,众人各个收拾利落,背插单刀,出了山神庙,留马成龙在这里等候。众人一瞧天色甚黑,伸手不见掌,对面不见人。天有初鼓之时,众人带刀,要扑奔邓家庄。不知后事如何,且看下回分解。

第 六 十 回

众豪杰夜探邓家庄　六英雄遇险身被获

《快活歌》：

　　莫要恼，莫要恼，明日阴晴实难保。双亲膝下俱承欢，一家大小要合好。粗布衣，菜饭饱，这个快活哪里讨？荣华富贵眼前花，何苦自己讨烦恼。

　　话说六位英雄到了邓天魁的房后，各施飞檐走壁之能，蹿上墙去。伸手掏出问路石子，往地下一扔，听了听是实地，六个人跳下去，往各处一瞧，这后院是一所花园子，里面栽种有十几棵大树，有各样花草，北边有三间楼，西边有花亭，花亭东边有一株玫瑰树。那边有一所院子，正是丹桂轩。几个人正看之际，只见打正南角门进来一个人，手中拿着一个灯笼，这只手拿着一个捧盒，走着道，自言自语地说话。他说："有几个钱，真拿排场哪！这离厨房够多远，一趟一趟的，还得这么送！"说着话，提着灯笼，就奔那一所院子去了。马梦太等他回来，过去一脚，把他踢个跟头。那人直嚷："爷爷饶命！"马梦太说："你别嚷，你嚷我把你脑袋割下来！"那人说："我不嚷。"马梦太说："邓天魁与吴恩在哪里？你说了实话，饶你不死。若要不然，当时把你杀死！"那人说："大太爷饶命！我们大爷与吴恩就在前厅，方才摆上晚饭。"马梦太说："我把你捆上，将你嘴给你堵上，暂寄存在这棵树上，等我办完了案，回头再放你。"

　　马梦太把他捆好，众人上房，蹿房越脊，来到前厅。但见大厅里面灯烛辉煌，猜拳行令。众人打上面珍珠倒卷帘、夜叉探海架势，借灯光往里一瞧，但则见正当中坐的是八路都会总吴恩，西边主座相陪是邓天魁。那人身体高大，膀阔三停，面如姜黄，两道粗眉，一双大眼，准头丰满，海下无须，正在少年之时，陪着吴恩吃酒，一团的傲英风。高杰是个浑人，想到独建奇功，伸手拉单鞭，跳在院中，说："吴恩，你还不出来！外面大兵已到，我等特来拿你！"八路都会总吴恩　听外面有人叫他，方才站起来要出去,只见邓天魁站起来,说:"都会总休要着急,待我前去拿他!"拉龙泉剑蹿到院内,说:"鼠辈,通你的名来!"高杰一语不发,摆鞭往下就打。邓天魁往旁边一闪,把宝剑门路分开。

邓天魁这个人精明强干,心狠意毒,自幼儿在江湖绿林道内,所作所为,都是些伤天害理之事,隐善扬恶,口是心非。后来归顺天地会八卦教,他仍是恶习不改。先前有个朋友劝过他:"别学刻薄,别学短见,远在儿孙,近在眼前。"邓天魁一闻此言,倒一阵地冷笑,说:"没看过《三国志》?那曹丞相有两句话:'能叫我负天下人,不叫天下人负我。'"他与那朋友从此绝交。这邓天魁在八卦教中封为勇烈侯,久有心要带兵出征,无奈家中有几个宠爱的侍妾,分离不开,他乃是酒色之徒,贪妻恋子。吴恩前者请过他,他有心替大竹子山带兵前去与大清国交兵打仗,他家中有侍妾八人,内中也有歌妓出身的,也有游妓出身的,俱不放他走。吴恩连催了三次,不见他到大竹子山。有他一个表弟任士荣,在吴恩跟前把邓天魁的行止大概说了一遍。旁有静江太岁张宝一听此言,哈哈大笑,说:"祖师爷,不必请邓天魁啦。据我看来,连他家中几个侍妾都调度不开,还能给祖师爷办理天下大事哪?不能治家,焉能治国?不能治国,焉能平天下?此乃是有名无实的小辈,不足论也!"吴恩今日兵败势孤之际,路过邓家庄,正在慌不择路,邓天魁把他让到家中,以君臣之礼相待。依着吴恩,想要回大竹子山去,知道他这人不行。那邓天魁说:"祖师爷别走,这里离小竹子山甚近,派一个人前去,把坐山雕罗文庆调来,他有两个儿子,长子罗如龙,次子罗如虎,有副印会总蔡文荣,带着小竹子山全营大队人马,在这邓家庄安营下寨,等候大清国的人马来,与他决一死战。"吴恩说:"也好,你就急速传我的令,把他调来。"邓天魁传下令去。故尔今晚上方才摆上晚饭,正与吴恩谈心,对坐吃酒。

忽听外头有人叫,他伸手拉龙泉剑蹿到外面,听见高杰那里破口大骂,他说:"吴恩、邓天魁,你们两个小子出来,爷爷高杰在此等候多时!"邓天魁刚到院内,高杰摆鞭就砸。邓天魁往旁边一闪,摆宝剑用白蛇吐信的架势,分心就扎。高杰用豹尾鞭往上一崩,只听"当啷啷"一声响亮,真有龙吟虎啸之声。两个人走了三个照面,邓天魁伸手打兜囊之内掏出迷魂袋来,照定高杰一甩。高杰闻着一阵清香,觉着头迷眼昏,顿时翻身栽倒就地。马梦太一见,气往上撞,摆短把刀跳到院中,说:"邓天魁休要逞强,认识你老太爷吗?"邓天魁说:"鼠辈,你就是那个瘦马马梦太?"那马梦太说:"然也,正是你家老太爷,不必多说!"此时邓天魁早把迷魂袋捡起来了,摆宝剑照定马梦太就剁。马梦太知道是一口宝剑,不敢用短把刀往上相迎,往旁边一闪,摆刀分心就扎。走了约有三四个照面,邓天魁又把迷魂袋扔出去,马梦太也被获遭擒。白少将军一瞧:"这厮胆大包身,使的必然是邪术,邪不能擒正,待我下去拿他!"拉手中单刀,跳在院中,一语不发,竟奔邓天魁,抢刀就剁。邓天魁摆宝剑往上相迎,白少将军把刀往回一撤。两个人也走了七八个照面,被邓天魁一迷魂袋打倒。姜鸿在房上一看白少将军被擒,甚是着急,一想:"我也得下去!"拉出刀来跳下去,也被贼人拿住。

顾焕章、王天宠在房上,此时倒是进退两难:有心下去,知道贼人这迷魂袋甚不容易破;有心不下去,马梦太等已然被贼人拿住。王天宠是侠心义胆的英雄,万不能自己逃命,亮出雁翎刀,跳在院中,伸手掏出一只镖来,照定邓天魁就是一镖。邓天魁一闪身,就是一迷魂袋,王天宠也被贼人拿住。顾焕章见师弟被人拿住,他心中甚为着急,摆太阿剑,说:"邓天魁,你这混账东西休要逞强,待我来拿你!"摆剑往下就砍,邓天魁用龙泉宝剑相迎。走了几个照面,邓天魁一迷魂袋,把顾焕章也拿住了。邓天魁伸手把宝剑连鞘全解下来,双手捧定,献与吴恩。吴恩一瞧太阿剑物归本主,自己哈哈大笑,说:"我吴恩还有点造化,不想这一口宝剑还落在我的手内。"吴恩又说:"把他们六个人全都乱刃分尸,才出我胸中之气!"邓天魁说:"祖师爷暂且不必忙,已然遣人到小竹子山前去调兵,大概是明后天大兵必到。祖师爷把他们六个人拿出来祭旗,也叫罗文庆、蔡文荣二人看看我的能为!"吴恩说:"也好,既待如是,把他六个人绑在后面,派邓忠带领四个更夫看守。"手下之人把这六个人的兵刃攒凑放在后院空屋之内,然后把这六个人搭到西跨院北上房,邓忠与四个伙伴在廊檐底下看守,到厨房内要了点酒菜,五个人在这里吃酒。邓忠向这四个伙计说:"咱们庄主爷真有能为,会把大清国这几个战将全都拿住了。明日小竹子山大兵一到,咱们庄主就是带兵的元帅了。你我大家就盼着八路都会总得了江山社稷,咱们庄主是一字并肩王,你我也都得点功名哪!"

四人在此讲话,忽见从东角门过来两个丫环,手提着灯笼。后面跟着一个女子,约有十八九岁,生得花容月貌,绝色无双,来到北上房台阶以下,问:"谁在这里看哪?"邓忠说:"是我。"连忙站起来,说:"姑娘出来了?"书中交待,这位是邓天魁的妹妹,叫邓芸娘。自幼跟他母亲练了一身的功夫,长拳短打,刀枪棍棒,样样精通。使一口单刀,会打袖箭,会打紧背低头追风匣装弩,双手能打镖,双手能接镖,也会打迷魂袋。想当年他父亲名叫邓宽,绰号人称飞天夺鹤,会配熏香、蒙汗药、麻药,在邓家庄坐地分赃。生平就是一儿一女,为人机巧伶俐,把平生所学的能为武技全传与他女儿。邓芸娘自打他父母死后,今年方一十九岁,尚未有婚配,自己颇有一段心事,不能对他哥哥言明,打算选一个郎才女貌之婿,要把终身大事托靠于他,这是她肺腑之事。今日听见丫环说,拿住了大清营几个大将,自己要到前边瞧瞧所擒是何等人物,带着两个丫环来到前院,叫邓忠把门开开。两个丫环用灯笼一照,对芸娘举目一看,但则见被捆的这六个人,俱都昏昏沉沉,不省人事。邓芸娘仔细用灯光一照,一眼看见白少将军。看那白少将军虽然是绳缚二臂,躺在就地,那一团英雄壮气,尚且不减;看年岁也不过在十八九岁,头上一块蓝绉绸手绢罩着头,身穿蓝绉绸裤褂,足下一双青缎子三镶抓地虎的靴子,站起来身体合中,细腰窄背,面如白玉,白中透润,润中透白,由打白润之中又透出一点粉红色的颜色来,顶平项圆,二目紧闭,眉似漆刷,鼻梁高耸,唇若丹霞,真是形如宋玉,貌似潘安①,一脸的书生气。邓芸娘看罢,吩咐两个丫环:"把他搭到我那屋里去。"又说:"邓忠,不准告诉庄主知道,明日我有赏。"邓忠等五个人知道她的厉害,俱不敢得罪她。

　　姑娘把白少将军搭在她花园子,往东另有一所院子,这院子是北房五间,东西配房各三间。来到北上房东里间屋中,顺前檐的炕,炕上支着蚊帐,当中有一张小炕桌,桌上放着一个蜡灯。地下靠北墙是花梨的一张条案,上面摆着四盆盆景。靠东边是一个多宝格,里面摆定都是珍珠古玩。条案头里是榆木搽漆的八仙桌,两边各有椅儿。两个丫环把白少将军放在椅子上,姑娘吩咐:"拿解药来伺候!"丫环拿过解药来,递给姑娘。邓芸娘来至白少将军的跟前,说:"丫环,你们先出去,叫你们再来。"两个丫环都会意,转身到西屋中去了。邓芸娘要用解药把白少将军解救过来,当面求亲。不知后事如何,且看下回分解。

---

① 宋玉、潘安——二人均为古代美男子。宋玉:战国时楚国人,文学家,著有《风赋》《登征子好色赋》。潘安:潘安仁,晋人,据《语林》载:"潘安仁至美,每行,老妪以果掷之,满车。"

第六十一回

邓芸娘释放英雄　白胜祖智捉贼人

诗曰:

远上寒山石径斜,宫前杨柳寺前花。

红颜未老恩先绝,莫怨东风空自嗟。

话说邓芸娘用解药把那白少将军解过来,白少将军打了两个喷嚏,一睁眼细看,眼前站定一个绝色无双的女子,生得果然千娇百媚,万种风流。怎见的? 有赞为证:

见佳人,天然秀,不比寻常妇女流。乌云巧挽堆鸦髻,黑帚帚长就了未搽油。眉儿弯,春山秀,杏子眼,把情儿露。鼻梁端正樱桃口,耳坠金环挂玉勾。穿一件藕色氅,翠挽袖,内衬罗衫楼外楼。百褶宫裙把金莲露,端又正,尖又瘦,瞧着倒像不会走,行动犹如凤点头。心儿灵,性儿秀,美天仙,比他丑,嫦娥见,也害羞。真正是貌美丰姿,体态温柔。

白胜祖看罢,心中一动,不知这个女子她是何人,连忙问道说:"这位姑娘,你是何人? 因为什么与我来到此处?"那姑娘妖滴滴声音言说道:"公子,我乃是邓天魁的妹妹。按理说,奴家可不应该告诉,无奈你不是外人。奴家小字儿叫芸娘,今年一十九岁,二月二十六日子时生人。奴家父母早丧,跟着我兄嫂度日。我哥哥不办正事,尚还未给奴家许配人家。今天我听见说大清营的差官被我哥哥拿住,奴家带着丫环到前边一看,奴家瞧你在那里捆着,可惜可怜,派丫环把你搭到我这屋内来,用解药把你解过来,与你商量一件事,你可愿意?"白胜祖一听这女子之言,又见她眉目传情,秋波斜视,白少将军说:"姑娘,我名叫白胜祖,乃是大清营的战将。只因穆将军攻破了祁河寺,我等追下吴恩,来到此处,被邓天魁所拿。要凭一刀一枪,他也未必将我拿住,依仗着他有一个迷魂袋。今天你把我带到这屋中,有什么商议请讲。"邓芸娘说:"我意欲把尊驾放出回营去,奴家这话可说不出口来,这屋中又没人替我说。我意欲把终身大事托靠与你,不知你意下如何?"白少将军一听此言,心中一想,暗道:"这事不好。我是世袭的建威将军,又是旗人,她是一个反叛的妹妹,与我甚不配合。再者说,还有一节,我是在军营里打军需的,临阵收妻就有掉头之罪。然这丫头脸也太大,又无父母之命、媒妁之言,与我当面对讲,万不是贞节烈女。"自己心中想够多时,又听邓芸娘问道:"你倒是愿意不愿意? 你说呀!"白胜祖脸一发红了,说:"不行,你还把我送到那屋子去吧。活着与我那几个朋友在一处为人,死了与我那几个朋友在一处做鬼。倘等众人一死,我焉能再投生!"邓芸娘一想,说:"冤家,你好想不开! 奴家与你成了亲,我还有不把他们几个人放了么?"白少将军一听邓芸娘这句话,眼珠一转,计上心来:"我要不从她,她手起刀落,准把我杀了,我们几个人全都得死在这里。莫若我将计就计,口中应允了她,我心中自有主见。只要她把我放了,我得便把她杀了,救我那几个朋友好走。"想罢,说:"姑娘,你既有这番美意,我求之不得,我实在地愿意。"邓芸娘一听他答应这件事,心中甚为喜悦,方要过去亲解其绑,自己心中又一想,暗道:"不好! 我见他答应我这件事情,眼珠乱转,怕其中有诈。"止住脚步,说:"你要是答应我这件事,你对天盟个誓来。我要放开你,你要走了哪?"白胜祖说:"你放开我吧,我要走了,叫天打雷劈了我!"邓芸娘走去把绳扣解开。白少将军活动活动臂膊,心想"我把她稳住了,把我这几个朋友放开,我们一同好走。"自己正在思想之际,只见邓芸娘在帐子里头把衣裳更换了,叫两个丫环:"春兰、春梅,到厨房要一桌酒席来,我与白大爷这里吃酒。"

　　两个丫环去不多时,回来把床桌擦抹干净,擦好杯盏匙筋,先开了四样果子。邓芸娘问白胜祖:"你喝什么酒? 要喝烧酒,要到外边去拿;要喝女贞陈绍,这屋内就有。"白少将军本是大员子弟,开过眼、见过世面的人,见邓芸娘摆上这几样果子,自己要叫不出酒的名儿来,怕邓芸娘耻笑,他说:"烧、黄二酒我一概不用,我最喜欢吃的是药酒。"邓芸娘说:"你说吧,你愿意吃什么药酒,这里虽则不全,也有个几十样。"白胜祖说:"茵陈、瓮头春、五加皮是过了景啦。此时虽是立夏之时,喝莲花白酒、黄莲叶酒,又不对时令,太早啦。有一宗药酒,叫荷叶青,叫他们给我拿两瓶来吧。"邓芸娘叫丫环去要两瓶荷叶青来。丫环去不多时,把酒拿来,春梅又摆上几碟冷荤。白少将军在东边坐着,邓芸娘在西边坐着,顺前檐的炕桌上摆了一个蜡灯,两个瓷碟,两个酒盅,两双筷子。邓芸娘伸手拿起酒壶来,给白少将军斟上一杯酒,杏眼含情,香腮带笑,说:"冤家,咱们两人喝一回成双杯吧!"白少将军肚中也饿了,瞧这几样果子也好,自己一想:"有什么事再说"。邓芸娘在灯下仔细一看,白少将军喝下两杯酒去,更透着好看,真是黑鬒鬒眉毛,白生生的脸膛,目似春星,鼻如玉梁,牙排碎玉,唇若涂朱,正在少年。本是白脸膛,又搭着喝下两杯酒去,脸皮一发红,亚赛三月桃花初放,真是白中透润,润中透白,又打白润之中透出一点红来。邓芸娘一看白胜祖这份相貌,概不由己,春心一动,自己心中想着:"我找着这个主儿,我就把终身大事托靠此人,实在称心合意!真是郎才女貌,天作之合。"自己是轻摇玉体,慢闪秋波,说:"冤家,今天你我多喝几杯酒吧,然后共入罗帷。"白少将军说:"姑娘,你先把我们几个朋友放出来。"邓芸娘说:"不忙,咱们两人先成其这件好事,然后再把他们放出来,再叫你们一同走。"

白少将军一听此言,心中一动,心中说:"我借着这个机会将这丫头解药、迷魂袋套绕过来,今夜晚上捉拿邓天魁、吴恩,立这一件奇功,就在今日。"想罢,说:"姑娘,方才我们那几个朋友被你哥哥使什么东西拿住的?"邓芸娘说:"冤家,你不知道哇?我哥哥使的那是迷魂袋,原是我们家传的药材配的。要是与人家动手,不是人家的对手,站在上风拿出来迎风一晃,无论是什么样的英雄,都得躺下。我们这解药就是独门,闻上这解药能够明目清心。我们这教中都闻这个药,作为玩物,我哥哥也不轻易送人。咱们两人这样的好法,回头我给你一瓶。"白胜祖说:"你拿一瓶来,我闻闻是什么滋味。"邓芸娘说:"别忙,咱们两个人先喝酒。"白胜祖一想:"我先拿酒把她灌醉了,然后暗中取事。"想罢,说:"姑娘,我这闷酒喝不下去,咱们两人划拳吧!"邓芸娘说:"也好。"两个人就"五哇六哇",划起来了。两个丫环在旁边伺候。

二人正划得高兴,忽听见前边"当啷啷"锣声响亮,只听那边说:"杀!拿!"夜静空谷传声,听着又远。邓芸娘连忙打发丫环春梅出去,问问什么事。丫环春梅到了前边一看,但则见这些庄兵各个手执灯笼火把,拿着刀矛器械,围着一位英雄在那里动手。

书中交待,来者这位英雄不是别人,正是临敌无惧、勇冠三军的马成龙。他在山神庙内等候六位英雄捉拿吴恩,见众人走后,他自己一想:"人家六个人都是英雄,我马成龙也是豪杰。人家都会陆地飞腾法,两头见太阳都走一千里地；他妈妈我马成龙两头见太阳，走个百十里地。人家飞檐走壁，一蹦就两丈多高；我马成龙飞檐走壁，一蹦就二尺多高，闹一个腔沟占地。今天我马成龙不能在此袖手旁观！"想罢，自己手拿大环金丝宝刀，出离山神庙，一直往南。走了不远，到了邓天魁的院墙的背后。马成龙顺着西边胡同往南，绕在前面，到了邓天魁的大门以外，见大门关闭，静悄悄，空落落，并无一人。马成龙到了大门以外，这用手一拍大门，里面有四个看门的庄兵，一个姓车名淡，一个姓管名世宽，一个姓尤名守，一个姓郝名贤。这四个人正在门房吃酒，忽听外面打门，管世宽说："我出去瞧瞧，看是何人打门。"来到大门口里问："外面是谁？"马成龙说："他妈妈是我！"管世宽说："你是谁？我怎么听不出口音来？"马成龙说："是我！是我！"管世宽也有点醉了，说："你是打更的老张么？"马成龙在外面顺口答应："可不是我！"管世宽把门开开，马成龙一摆手中大环金丝宝刀，照定管世宽脖颈一抹。管世宽往后一仰，说："呀！"这句话并未说完，人头坠落于地。门房车淡一听，说："老二留点神哪，摔躺下了？准是醉啦！叫你少喝少喝，你不听我的话。来，我搀起你来吧！"从屋中一溜歪斜地出来，说话舌头都短了，往地下一摸，胶粘糊腥，往鼻中一闻是血气，仔细一瞧，管世宽的脑袋与腔子分了家了！车淡方才要嚷，觉着身后一股冷风，"噗哧"一刀，身首异处。这小子死得才委屈哪，临死连句话都没说。马成龙进门房一瞧，那两个人还喝哪。尤守、郝贤二人只当是他伙计进来哪，说："来吧！咱们还得喝会子，一醉解千愁。"马成龙说："好，我正想要喝酒啦！"这二人一听声音不对，仔细一瞧，把两个人吓得亡魂皆冒。马成龙说："你这两个小子不要害怕，趁早说了实话，我饶你不死。吴恩与邓天魁在哪屋里住？"郝贤说："进了这道大门，大厅上喝酒哪！尚未睡觉。"马成龙听明白了，手起刀落，把他们两个人也结果了性命。马成龙拿大环宝刀进了大门，只见正北大厅之上灯烛辉煌，吴恩与邓天魁二人正在上房喝酒。马成龙摆大环宝刀，要捉拿吴恩。不知后事如何，且看下回分解。

第六十二回

镇八方夜探邓家庄　赛诸葛狭路刺群雄

诗曰：

> 细推今古事堪愁，贵贱同归土一丘。
>
> 汉武玉堂人岂在，石家金穴水空流。
>
> 光阴自初还将末，草木从春又至秋。
>
> 闲时忙时俱不了，且将身作醉乡游。

话说马成龙往上房一瞧，但则见吴恩与邓天魁二人对坐吃酒，两旁站着十数个家人。马成龙一语不发，上台阶来至门首，那家人抬头一看，说："你是谁？别混往屋里跑！"吴恩的眼快，仔细一瞧，认得是马成龙，连忙站起来说："不好！邓天魁，我的对头来了！"邓天魁站起身来，伸手拉龙泉剑，照定马成龙劈头就剁。马成龙用大环宝刀往上相迎。两个人来在院中动手。马成龙知道贼人使的是一口宝剑，怕把自己宝刀伤了。那邓天魁也知道马成龙使的是一口宝刀，也怕把自己宝剑削折了。二人动手，彼此害怕。邓天魁吩咐手下人等："鸣锣聚众，把庄兵调齐！"手下人锣声一响，喊杀连天，四面八方竟把马成龙围住。马成龙摆大环宝刀与邓天魁动手。

头里这么一乱，丫环来打听明白，转身回去回话。来至后院，见了邓芸娘，说："前面有一个山东人与庄主爷动手，甚是骁勇。"白胜祖在旁边一听，就知道是马成龙来到，自己心中甚不放心，想要到前边去，此时又未得着解药，这里吃着酒，心神不定。邓芸娘说："不用管他们前边事情，来者之人不久必被庄主所擒。"白胜祖说："不好，来的乃是我一个知己的朋友，他要死在这里，我万不能独生！"邓芸娘说："不要紧，打发丫环到前边说，'拿住这个人，带到后面来我瞧瞧'。"白胜祖说："这就打发丫环去。"邓芸娘说："春兰、春梅，你两个人前边瞧瞧去。"那两个丫环到前边一看，不瞧还可，仔细一瞧，把这两个人吓得呆呆的一阵发愣。

原来是邓天魁与马成龙两个人动手，马成龙骁勇无敌，邓天魁伸手掏出迷魂袋来,照定马成龙就是一甩。马成龙闻着这一股异香气味,顿时栽倒就地,昏迷不醒。邓天魁一阵冷笑,说:"马成龙,不想你也有今日！这是我们祖师爷的洪福!"摆龙泉剑照定马成龙脖颈就剁。只听"噗哧"一声响,红光直溅,鲜血直流,邓天魁的死尸栽倒就地。

　　书中交待,邓天魁杀马成龙怎么自己倒死了呢? 其中有一段缘故。只因为后面邓忠带着四个伙计看守顾焕章等,见姑娘邓芸娘把白胜祖带走之后,邓忠与几个伙计在一处吃酒闲谈,说:"咱们姑娘把姓白的带到她那院内去了,看这人的造化大小,他要依允这件事,他两个人倒是郎才女貌。姑娘又有一身的本领,咱们五个人明天必得五十两银子赏。"有一个伙计名叫刘成,说:"邓头,你我都是苦命人哪! 想那方才姓白的已然是被获遭擒之人,会遇见这样好机会。他要是跟咱们姑娘成其金玉良缘,真乃是绝处逢生,遭难呈祥。"五个人正在说话,忽见从房上"嗖嗖"跳下两个人来,吓得邓忠五个人一愣。方要问谁,只见头前一位抢刀先把邓忠杀死。吓得四个伙计想要逃走,一个个都骨软筋酥,这二位英雄手起刀落,把这四个人全皆杀死。到了里间屋中,先找凉水,把顾焕章、王天宠、马梦太、高杰、姜鸿五个人用凉水灌醒了。

　　这几个人睁眼一看,但则见眼前站立两位英雄:靠南边站着这位身高七尺向外,细腰窄背,头戴蓝罩头帽,身穿蓝绸裤褂,薄底靴子;面皮微白,长眉朗目,鼻直口方,仪表非俗,精神百倍。这边一位,黑脸膛,大脑袋,穿青褂皂靴,举止不俗。马梦太一看,见这两个人甚是眼熟,仿佛在哪里见过,一时间竟想不起来。马梦太过去连忙施礼,说:"多蒙二位兄台前来解救,未领教尊姓大名?"那一位白脸膛的壮士说:"马老大人真是贵人多忘事,你我在河南汝宁府屯土坡有一面之识,难道说马老大人忘记了么?"马梦太低头一想,心中这才明白,说:"尊兄莫非姓侯么? 有一位镇八方小陈平侯文,就是尊驾?"那位壮士说:"然也,正是在下。"马梦太用手一指黑脸的,说:"这就是乐九州赛存孝侯武?"这二人说:"不错,正是我弟兄二人。"马梦太说:"你兄弟两位从哪里来?"侯文、侯武说:"我弟兄两个人自从打汝宁府后,蒙马成龙大人恩,放我兄弟二人扶我父母的灵柩回归穿云关,到了家中,安葬已毕,听说各处刀兵四起,云南地面十有八九竟被天地会所占。我两个人在云南府正东七十五里侯家庄,那里有我一个族兄,名叫侯荣,在家中办理团练,护守庄村。我弟兄两个人就在那里寄居,帮着我兄长操练乡勇。我兄长立意不能降贼,我弟兄听见说穆将军带兵攻取云南,我二人打算上大营前去报信。昨日在邓家庄遇见你等几位来到,我二人并未露面,故此今夜晚前来救你几位。"

马梦太等听见前面锣声响亮,同着镇八方小陈平侯文、乐九州赛存孝侯武,大家来到前院,一看邓天魁正与马成龙动手。见邓天魁一甩迷魂袋,把马成龙打倒,镇八方小陈平侯文伸手掏出一支镖来,照定邓天魁后脑海就是一下。只听"噗哧"一响,花红脑髓崩流,邓天魁的死尸栽倒就地。众家英雄一齐往下跳,早有人用凉水把马成龙救活。马成龙从地下把宝刀捡起来,又把邓天魁的龙泉剑拿起来,递给顾焕章。他一看这口龙泉剑,光闪闪,冷森森,色横秋水,光坠硝霜,顾焕章心中甚为喜悦,说:"唔呀!马大兄弟,这一口宝剑比我那口太阿剑还好。尺寸是甚大,也能切玉断金,削铜剁铁。今我得此宝剑,乃是我生平之大幸也!"镇八方小陈平侯文说:"侯爷与马大人先不必看宝剑,咱们拿吴恩要紧!"顾焕章抬头往上房屋中一看,见后窗户一晃,知道是吴恩从后面逃走,到屋中各处一找,并无一人。侯文说:"不能全逃走哇,仔细找找,必有贼党在屋内。"各处一找,侯文说:"把箱子柜全打开瞧瞧,怕里头藏着人。"听见箱子内说:"这里没人。"侯文说:"没人你说话!"伸手把他揪出来,问:"吴恩哪里去了?"那人说:"好汉爷爷饶命!八路都会总吴恩出后窗户跳墙跑了。"镇八方小陈平说:"咱们快追吧!"众人各个蹿出上房,跃墙而过,顺大路往下追赶吴恩。

书中交待,吴恩见邓天魁被人打死,知大事不好,从后窗跳墙,顺道路往大竹子山逃走。心急似箭,步履如飞,犹如游鱼脱网,恰似困鸟出笼。心中说:"好险!大清营的能人过多,我此去到大竹子山,先发文书到云南府昆明县五华山,把掌教的教主白练祖请来。他善会呼风唤雨,撒豆成兵,搬山挪海,五行的变化。只要有他,我的大事可成。"心中想着往前走,自己提心吊胆,怕的是后面有人追他。正走之际,见眼前有一带树林。吴恩方走到树林当中,从东边树后转过一人,摆木棍照定吴恩就打。不知来者是谁,且看下回分解。

第六十三回

回教正二擒吴恩　隐善村群雄借宿

词曰：

　　终日忧愁何益，不消短叹长吁。箪食瓢饮乐三余，定是寒儒雅趣。　　虽求名登雁塔，惟愿沽酒题诗。高歌对月诵新诗，即展胸中志气。

　　话说吴恩正在往前走，从后来了一人，摆木棍就打。吴恩的眼快，往下一矮身，那棍就打空了。吴恩一个翻身垛子，竟把那人踹倒。吴恩过去解开他腰中系的带子，把他捆上。吴恩说："好孽障！你是谁？"这人说："道爷，你饶命吧！我瞎了眼啦。我姓李，名祥，就在前边青石坡住。自幼我父亲去世，就是寡母，留下一份家资，全让我花了。身无一业，肩不能挑担，手不能提篮，作大买卖没学过，做小买卖又不会吆喝。我有钱的时候，朋友全围随着我，及至我没钱，找他们去，全都不见。就应了俗语了：'酒肉弟兄千个有，急难之时一个无。'今日早晨，我告诉我母亲找朋友去借钱，连碰着三个主，全不借给我。无奈来至此处，要想劫过路之人，遇见道爷把我拿住了。求您老人家格外施恩，饶了我吧！"吴恩拿太阿剑把绳扣给他挑解，说："论理应该杀你，饶你这条性命，去吧！"

　　吴恩怕后面有人追上，他自己不敢久停，转身出了树林，往西南就走。有二里之遥，见前面有小小村庄。大道的东边有一所院子，极其宽阔。里头是正房三间，东房两间厢房，见正房屋中隐隐射出灯光。吴恩心中说："今天本是多贪了两杯酒，见道路崎岖，甚不易行。"他来到道旁门首，想要在这里借宿一宵，一则怕人追上他，二则在这里歇歇好走。上前一扣门，只听里面答话："哎呀，我的儿，你回来了？"出来把篱笆门一开，门首站定一个老道。里面说："这位道爷，黑更半夜叫门做什么？"吴恩说："太太行好事，我是行路劳乏，要在太太这里借宿一宵，明日早行。"这太太说，"我就有一个儿子，也没在家。老道，你这么大年岁，进来吧！"把老道让至东厢房,给他一盏油灯。吴恩一瞧这位老太太,有七十来往的年岁,五官慈善,说:"老太太,有水赏给我一点喝,此时我实在是渴。"老太太说:"我在那锅内煮了一锅稀饭,给你盛碗米汤喝吧。"吴恩说:"无量佛!善哉!善哉!"老太太出去,不多时把米汤给他送来。老太太转身出去,吴恩端起米汤方才要喝,听见外面说:"到了,到了!"有人叫门说:"开门来!"只见老太太出去开门,一瞧见他儿子李祥叫人家捆着,后面有几个人跟着。吴恩在屋内听着,是那个打杠子的李祥。再一听说话声音,是胖马马成龙、瘦马马梦太等。

这几个人是从哪里来哪?皆因是追赶吴恩,走到树林之内,镇八方小陈平侯文眼快,见那边树后蹲着一人,手中拿着一条杠子。侯文说:"那边有贼!"大众过去,一脚把李祥踢了一个跟头,按在那里就捆上了。李祥说:"众位好汉别捆我,我是好人!"众人一问他,他照着方才告诉吴恩的那套话说了一遍。众人走得也有些口干舌燥,想着找个地方歇息歇息去,马梦太说:"你站起来,跟我走!你要真在青石坡住,果有个母亲,我还要周济周济你。"

众人带着李祥一直往南走,约有二里之遥,来至在李祥的门首。李祥叫门,他母亲打上房出来,把篱笆门一开,瞧见他儿子李祥叫人家捆着,问:"众位爷们,因什么把他捆上?"马梦太说:"你儿子在树林内打杠子,叫我们拿住了。"李祥的母亲一听,说:"众位老爷们,看我老身之面饶了他吧!"马梦太等把李祥解开。李祥说:"众位老爷们来到小人的家下,里面坐坐!"镇八方小陈平侯文说:"咱们哥几个就在这里歇歇吧!"大众一同进了北上房东里间屋中,一瞧顺前檐的炕,地下一张八仙桌,桌上放着一盏油灯,一边一个破杌凳儿,都拿绳儿捆着,往上一坐人,"咯吱咯吱"直响。炕上一领破芦席。众人进了屋中落座,说:"李祥,你给我们找点水喝。"李祥到了外面,把锅中烧的稀饭给大众端了来啦。大众饥者易为食,也搭着渴了,大家喝了些个稀饭。众人见天也不早了,说:"李祥,你过来!"侯文伸手掏出二十两纹银来,说:"李祥,这里有纹银二十两,拿了去明天做个小买卖,千万要务本分,养活你母亲。"侯武也掏出二十两纹银来,说:"我再给你添上二十两,从今以后,再不许你做非礼越分之事!天也不早了,我们大众在你这里借宿一宵,明日回归大清营。"李祥说:"我们这里也没铺盖,你们几位老爷们受屈吧!"这八个人只可和衣而卧。

　　李祥出来把门关上,回到自己屋中,一瞧那四十两纹银,心中就打算主意:"明日我做个小买卖,后天再找个媒人给我说个媳妇,我这个小日子就过起来了。"自言自语地把纹银放在被窝后头,方才合眼睡着,从睡梦之中嚷醒,说"哎呀! 我的纹银哪?"伸手一摸,还在那里放着哪。李祥惊悸不安,自己昏昏沉沉的,方才要睡,听见外面门响,李祥起来隔着窗户往外一看,但则见有一个老道蹑足潜踪,正要拨门。吓得李祥张口结舌,战战兢兢,心中忐忑不安。

　　原来吴恩在东厢房屋中听见他们来了,吓得惊慌失色,暗说:"不好! 大概今天我身逢绝地,恐要遭其毒手。现有太阿剑在手,即便他等前来,我也要杀他一两个。那时间我能走则走,不能走我横剑自刎。"自己主意已定,就在东房里忍着。见众人在里面吃饭喝茶,工夫不大,听见众人都睡了,自己拉太阿剑慢慢出离东厢房,来到北上房东间窗棂以外,听了听那八个人都睡着了。来到房门以外,把门撬开,慢慢进了外间屋中。把帘子一掀,方要迈步进屋中刺杀这八位英雄,忽然间从外面打进一宗暗器,正中在吴恩肩头之上,原来是一块如意石子。吴恩吓得往院中一蹿,看见院中站定一位英雄,拿着一把明晃晃的钢刀,说:"吴恩,你这里来! 大太爷这里正要拿你!"吴恩摆太阿剑搂头就剁。那位英雄"嗖"一个箭步蹿开,在院中直嚷说:"你们几位别睡了! 有了刺客了!"

　　书中交待,来者这位正是墨金刚白桂太。只因在永善县同定黑英、卢杰、何成在那里防堵,白桂太闻知穆将军已渡金少江,平定了石平州,带兵南下。墨金刚白桂太把永善县大事全托靠他三人料理,自己要投奔大营,到云南府立功去。这一日,他在道上走着,天色已晚,只见眼前有几个人,正是马成龙、马梦太等一干众将。他在暗中后面跟随,见他们到李祥家中去了。那白桂太打算晚上戏要他们大众一回。天有二鼓以后,白桂太蹿上房去,但则见打东厢房屋中出来一个老道,仔细一瞧,认得是吴恩。见他把上房门撬开,手拿宝剑进了屋中,意欲行刺。白桂太掏出如意石子,照定吴恩打去,"吧"的一声,正打在老道脊背之上。吴恩转身出来,摆宝剑照定白桂太就砍。白桂太不敢用刀相迎,在院中直嚷说:"你们几个人快起来吧! 现有刺客啦!"

　　马成龙、马梦太、王天宠、高杰、姜鸿、顾焕章、侯文、侯武八个人在睡梦之际,听见外边有人喊嚷,众人起来,各拉兵刃蹿到院中,见白桂太正与吴恩动手,杀了一个难解难分。众人拉兵刃过去,说:"吴恩,今天你可跑不了啦!"吴恩一瞧众人起来,各拿宝刀、宝剑扑奔他来。吴恩不敢恋战,把太阿剑一摆,蹿上院墙。王天宠趁势一镖,老道一闪身躲开。老道蹿至墙外,拨头往西南就跑。青石坡这一带,一概都是道路崎岖,树木森森,不是一条路可通竹子山。吴恩在前跑着,各处一找,就看见往西偏南一股道路,吴恩顺道路往下逃走,心中甚是着急,恐怕后面众人追上。走了有五六里之遥,吴恩是连急带怕,又搭着山路崎岖弯弯,吴恩此时竟不辨东西南北。自己慌不择路,就往前逃走。走着,天色大亮,见眼前就出了山口。方出山口一瞧,南北的一道河,东西的有一道小桥。老道是由东往西走,自己来至小桥一看,只可容一个人过去,长有三丈有余,使木板所搭。

　　吴恩方上小桥,由东往西走,只见对面来了一个人,年有七十以外,须发皆白,身穿蓝绸子裤褂,足下白袜云鞋,手中拿着有核桃粗的一根竹竿,长有五尺,比钓鱼的杆儿又短点,由西往东走,与吴恩正撞了一个满怀。吴恩说:"老丈,你暂回去,让我过去吧。"老头说:"道爷,你回去,让我过去吧。我长了点年岁,步履艰难。"老道说:"你不知道我的事,后面有人追我,若要不然,我要拿宝剑剁你啦!"那老丈抬头瞧了瞧吴恩,说:"道爷乃是出家人,理应修真养性,何必动这样大气?"吴恩说:"我没有工夫与你说话,躲开! 若再不躲开,我拿宝剑就剁你啦!"那老丈哈哈一阵大笑,说:"老道,你讲究行凶作恶,老丈也不是让人的人。来,来,来! 你只管拿宝剑剁来,老汉与你比试比试!"吴恩摆太阿剑照定那老者就剁,老丈一转身,回到小桥之西。吴恩随于背后,说:"老匹夫休要逞强,我要大开杀戒,结果你的性命!"吴恩看那老丈一则是年迈之人,手中又无寸铁,打算过去手起剑落,把他结果了性命。方往前一进身,老丈拿那根竹竿照定吴恩气眼上一点,吴恩宝剑扔于就地,翻身栽倒。那老丈所用的功夫是点穴法,把吴恩的气血给闭住了,要等工夫大了,人必作病。那老丈不是别人,正是那老筛海回教正。那老丈过去,把吴恩解过来,解他腰中的丝绦,把吴恩捆上,说:"吴恩,你休要恨怨山人,我乃回教正是也。皆为你作恶多端,杀害黎民,荼毒百姓,我山人今将你拿住,至大清营前去报功。"说罢,把吴恩绑好,放在小桥之西,说:"吴恩,这一口宝剑也放在这里,任凭你的造化吧! 我要去也!"吴恩心如刀绞,自己料想:"性命休矣!"

　　吴恩正在思想之际,只见正东来了马成龙、马梦太等一干众将,赶到一瞧,吴恩在那里捆着。众人过去先把宝剑捡起来,马梦太把吴恩背起来,说:"活该,咱们大家回营巴!"吴恩情知此一番必死在他们之手,自己一语不发。马成龙、马梦太、侯文、侯武大家甚为喜悦,说:"吴恩,谁把你拿住的?"吴恩说:"回教正"。马梦太一听,说:"原来是我师傅把你拿住的,活该!""既是那位老义士把他拿住的,定然是他大数已到。"众人说说讲讲,正往前走,天已到正午之时,众人尚未用早饭,大众贪功,往回紧走。一轮红日将要西沉,见眼前有一座村庄,众人打算要在这里借宿一宵,明日早行,焉想到又生岔事一宗。不知后事如何,且看下回分解。

第六十四回

于占鳌宴会群雄　白胜祖遇难呈祥

《由天歌》:

　　寿夭富贵与贫穷,全不由人由天公。

　　前世积修今世受,莫说时乖命运通。

　　眼前受用都是福,何须怨恨怒冲冲。

　　昨日花开满树红,今朝花落一场空。

　　花落鸟啼春事尽,方知向在艳阳中。

　　话说马成龙同着墨金刚白桂太等来到一个山庄,想要找一个地方歇息歇息,又没有酒饭吃,无奈往前打听。见那边站着一个人,侯文过去问道:"这座庄村叫做何名? 可有店么?"那人说:"我们这叫隐善村,并没有店。"侯文说:"这里可有大户人家无有?"那人说:"我们这村庄有一家财主,姓于,名叫占鳌,为人乐善好施,原先在河南做过一任参将,只因膝下无儿,退归林下。又当年荒岁乱,各处刀兵四起,云南地面邪教反的还是太厉害。唯有我们这隐善村,有庄主办的团练乡勇,护守庄村,捉拿盗贼,守望相助。你们几位是哪里来的?"侯文说:"我们是大清营的差官,劳你大驾,带我们到那于庄主那里拜望拜望。"那人说:"你们几位跟我来!"

　　众人跟着来到村庄以内,见路北的大房,坐北向南,门口有五棵柳树。那人用手一指,说:"你们几位叫门,我去了。"马梦太到了门首,说:"辛苦,哪位在门房里?"里面出来一人,有五十来往年岁,身穿一身月白裤褂,白袜云鞋,说:"你们几位有什么事? 来找谁呀?"那马梦太说:"我们本是大清营的差官,久仰庄主大名,特意前来拜会。"那人说:"你们几位在此少待,我到里面回禀一声。"家人去不多时,说:"庄主爷迎接出来了!"众人抬头一看,见出来这位老丈,年有花甲以外,身穿蓝绸子的长衫,足下白袜云鞋;身高七尺,面如三秋古月,长眉朗目,鼻直口方,海下黑胡须根根见肉,精神百倍,仪表非俗。马梦太等过去连忙行礼,说:"老丈在上,我等大清营差官,有公事从此路过,求老丈格外施恩,我等在此借宿一宵,明日早行。"

　　老丈一看这九位英雄还抬着一个老道,老者用手一指,众人进了二门,往正面一瞧,是明三暗五的大客厅,两边抄手式游廊,东西各有配房三间。有两个小童子都在十四五岁,把上房帘栊打开,众人进了上房。睁睛一瞧,靠北墙硬木条案,东边摆着一个官窑的果盘,里面放着些佛手、木瓜、西边有一对饽饽盒子,当中摆着水晶鱼缸,里面养着龙睛凤尾淡黄鱼。条案前放着一张花梨八仙桌,两边各有太师椅子,桌上摆着文房四宝。靠东边幔帐高挑,里间屋中是顺前檐的炕,里面围屏床帐,一概俱全。于占鳌把众人让到里间屋中,俱都问了名姓,吩咐童儿看茶。小童儿俱都献上茶来。马梦太一看,这家中甚是讲究,献上茶儿,俱是狼宣窑的瓷器。于占鳌问:"众位从哪里来?"那马梦太向前说道:"是打祁河寺,误走邓家庄、青石坡。"把在李祥家捉拿吴恩之故细说了一遍。于占鳌吩咐摆酒。于占鳌说:"众位哥们,我给荐一个人。童儿,到内书房把大爷请来!"小童儿去不多时,只见帘栊一起,进来一人。众人不瞧犹可,仔细一看,原来正是过海银龙白胜祖。

　　书中交待,白胜祖因何来到此处? 只因在邓家庄后院与邓芸娘在屋中吃酒,只听锣声响亮,打发丫环春梅往前院瞧瞧。丫环回来禀报说:"前院有无数的人动手,有一个山东人,名叫马成龙。"正说着,外面慌慌张张进来一个婆子说:"姑娘,可不好了! 庄主爷被人用暗器打死了! 八路都会总吴恩跃墙逃走,前面众家丁被杀"。邓芸娘一闻此言,气得蛾眉直立,杏眼圆睁,说:"好一干贼匪大胆! 我前去替我哥哥报仇!"伸手摘下一口刀来,带好了迷魂袋,方要往前走,一回头瞧见白少将军在那里坐着,心中不放心,说:"冤家,你在这里等候我,我到前面瞧瞧就回来。"白少将军说:"美人,你到前头瞧瞧,我决不能走,我在这里等你"。邓芸娘手拿单刀,来到前院一看,连一个人都没有了。自己无奈回到后面,听见丫环春梅在那里嚷说:"可了不得啦,那位白将军跑了!"邓芸娘问:"从哪里跑的?"春梅用手一指,说:"姑娘你瞧,那后窗户还支着呢。"邓芸娘一看,说:"好一个无情无义的冤家,我看你哪里跑?"一推后窗户也追去了。

　　白少将军本无心要邓芸娘,打算把她稳住了,好救那几个朋友。听见使唤老妈来报,朋友被人家救走啦,见邓芸娘出去,自己一想:"我还不走,等待何时?"踹后窗户跳到后院,蹿出墙外,自己慌不择路,也不辨东西南北,想要往前逃走,追赶众位英雄。正然往前走着,听见后面有人叫他说:"白胜祖,你往哪里走?"白少将军听见是邓芸娘的声音,吓得撒腿就跑,邓芸娘随后就追。白胜祖跑了七八里地,见眼前是一座园子,白胜祖急了,绕过去从东边跳进花园子。抬头往北一瞧,有三间楼,上面有灯光闪烁。白胜祖一拧身蹿上楼去,打算在这里躲避躲避。到了楼窗外,见里面点着灯光,湿破窗棂纸一看,屋中并无一人。转身进了屋中,到东里间一看,顺前檐一张湘妃竹的床,上面支着蚊帐,靠着地下一张八仙桌,两边各有太师椅子。墙上挂着八条无双谱,一边有一副对联,上面写的是:

夜饮客吞杯底月,春游人醉水中天。

八仙桌上摆着一部《列女传》。

白胜祖正看着,忽听楼下有妇人女子说话的声音,说:"呀,秋桔、秋红,你们两个人搀着我点么,咱们娘们该到楼上睡觉了,天不早啦!"两个丫环搀着一个女子,上得楼来。白少将军正堵在屋中,白少将军把床围一撩,自己伏身钻入床下,想要躲避躲避。方才爬入床底下,只见从外面进来一位姑娘、两个丫环。姑娘坐在椅子上,说:"秋桔、秋红,这几天我也没瞧见你们两个人练得拳脚,都忘了吧?"秋桔说:"方才我还练来着。我打一趟秘宗拳给姑娘瞧瞧。"姑娘说:"这楼也窄,你打拳做什么。我把簪子摘下来,把手绢罩上头,咱们娘们下楼练去吧。"正说着,听见楼梯响,就说:"秋红,你到外头瞧瞧,谁来啦?丫环从里间屋内出来一看,帘拢一起,打外面进来正是邓芸娘。秋桔、秋红连忙出来,说:"哟,邓大姑娘,从哪里来?"邓芸娘说:"我是打家中来。方才我追出一个男子,他到你们楼上来了,你们给藏起来了,趁早告诉你们姑娘,把我情人献出来,咱们万事皆休。若要不然,你家姑娘一恼,别说我不念姐妹之情!"里面那位姑娘听见外面一说,连忙出来说:"哟,邓家姐姐来了!黑夜的光景,为什么这么大气呀?什么人不见了?"邓芸娘说:"妹妹,你别装傻,找你姐夫来了!"这位姑娘一听,羞得脸一发红,说:"姐姐,你这说是哪里话来?我这楼上可没生人来。我家中爹爹甚严,三尺童子非呼唤不能上我这楼上来。"邓云娘说:"没有?可不成!我瞧着跑你楼上来了么!"

正说着,忽听楼下一声咳嗽,原来是老员外于占鳌,要到女儿这花园子瞧瞧睡了没睡,怕兵荒马乱之际、窃贼盗发之时,恐其后面闹贼。自己临睡觉的时节，要到后头绕个弯儿。来到楼下，听见楼上有生人说话，老庄主登楼梯上得楼来一瞧，是邓家庄邓天魁的妹妹邓芸娘在这里，手拿一口单刀，气昂昂地与他女儿于锦娘口角相争。只因于占鳌离邓家庄七八里地，与邓天魁都是世交，皆因邓天魁归了天地会八卦教，老英雄于占鳌甚是有气，从此与他绝交。今日见邓芸娘在这楼上，不知道她是从哪里进来。老英雄赶紧问道："芸娘，从哪里来？为什么生这么大气？"邓芸娘说："叔父要问，我上这里来找你侄女的女婿来了。"老英雄于占鳌一听此言，心中一愣，抬头一瞧邓芸娘，并未开脸哪，说："邓芸娘，你找的是谁？我没听明白。"旁边丫环秋红答了话啦，说："庄主爷，他说有个男子跑到我们姑娘楼上来了。我同着我们姑娘并没往哪里去，哪有来的男子哪？"邓芸娘一阵冷笑，说："你们打算不认账可不行！你们说没男子，我要找找。"于锦娘说："你找出来怎么样？找不出来怎么样？"这两句话把邓芸娘问得闭口无言。

白少将军在床底下吓得心神不定，自己后悔说："我要知道是姑娘的楼，我万不能藏在这里。倘若是邓芸娘把我找出来，这位姑娘准活不了！人家乃是好人，我无故地这不是把人家害了么？"自己心中祷告："千万别进来翻！"他正在思想之际，听外头邓芸娘被于锦娘一问她，邓芸娘站在楼上默默无言，有心要进去翻，又怕翻不着；有心不进去翻，又舍不了这个情人，自己犹疑未定。只听于占鳌在旁边说："邓芸娘，你进我女儿屋中翻去，倘若翻出来，我把我这女儿碎尸万段！"邓芸娘　打帘子，进到东里间屋中，往各处一找，连个人影也没有。把幔帐掀开一瞧，里头也是没人。于锦娘气得颜色都变了。邓芸娘找了半天没有，自己满脸赔笑，说："妹妹，我今天多喝了两杯酒，说话莽撞，你担待我点吧！明天我再来给你赔不是，我要走啦。"于占鳌说："正理这是哪里的事哪？真要在我女儿楼上翻出一个男子来，当时我把女儿劈了！"邓芸娘说："叔父不必生气了，侄女要走了。"

转身方要下楼，猛然醒悟，说："不好！这个白胜祖在他楼上哪！"一转身又上来了。于占鳌说："你怎么又回来了？"邓芸娘说："这个人在这楼上哪！"于锦娘说："你说在这楼上，你去找！"于占鳌气得须眉皆张，说："你找！"邓芸娘说："不用找，在床底下藏着哪！"白少将军一听，吓得浑身发抖，说："我死了倒不要紧，别把人家这位好姑娘给连累在里头！"自己吓得也无处躲藏。于占鳌说:"好!"伸手从外面拿了一条花枪,"邓芸娘,你说我女儿床底下有野男子,我叫你瞧瞧!"于占鳌知道女儿是三从四德,受过教训,素常之际温柔典雅,举止端方,断不是那等下贱之辈,自己拿了一条花枪,"这床底下要有人,我这一枪也把他扎死!"照定床底下就是一枪。不知白少将军性命如何,且看下回分解。

第六十五回

众英雄同宿隐善庄　下江口豪杰中奸计

《凭天歌》：

　　凭天吧，凭天吧，放开肚量要宽大。世人英雄不可当，我只退让学谦下。学谦下，装聋哑，任他欺负任他骂。虽然我是没用人，安稳自在无牵挂。

　　话说于占鳌手拿花枪照定床底下连扎了三四下，并未扎着。于占鳌说："这床底下哪有人？要是有人，我连扎了三四枪并未扎着他？"

　　书中交等，白少将军在床底下怎么没扎着？这里有段缘故。白少将军听见他们说用枪扎，这床本是一个藤床，白少将军身体又灵便。绷到那床上，外面用枪一扎，他往上一靠身，藤床上盖是软的。有蚊帐罩着，他们也瞧不见。见扎了几枪，见他们不扎，心也不跳了。邓芸娘见实在的没有，她转身要走。于锦娘一伸手拉刀，说："丫头，你休要逃走！你拿血口喷人，你打算我像你哪？不要脸！今天我与你以死相拼！"于占鳌说："女儿，不要与她一般见识，让她去吧。他乃是无廉耻之人！"于锦娘止住脚步，并不追赶，邓芸娘竟自去了。于占鳌说："女儿，天也不早了，歇着吧！"

　　邓芸娘出了隐善庄，往前正走，忽见对面来了一人，借着星月的光辉，仔细一瞧，好生面善。见那人年有二十以外，身高七尺向开，身穿蓝绸子一件长衫，内衬蓝绸子裤褂，足下青缎子快靴；面如白玉，黑鬒鬒两道英雄眉，斜飞入鬓，一双俊目，皂白分明，鼻如玉柱，唇似涂朱，手中拿着一个包裹，正与邓芸娘走了一个对面。一见邓芸娘，连忙过来行礼，说："贤妹，黑夜光景哪去？"邓芸娘仔细一瞧，忽然间想起来了，说："原来是谭二哥。"

　　书中交待，这个人乃是云南府昆明县谭家庄的人，姓谭，双名逢春，乃是江湖绿林中的人。皆因他身体灵便，武技高强，又长得仪表非俗的相貌,人送他绰号,叫玉面郎君神偷谭逢春。他与邓天魁知己之交,前者他在邓家庄住了半载有余,与邓芸娘见过数次,他与邓芸娘两个人彼此都有羡慕之心,无奈惧怕邓天魁,谭逢春不敢说一句错话。今日是从昆明县来,要到邓家庄看看邓天魁,他倒有心,颇惦记邓芸娘。今日正往前走,忽见眼前有一个女子,手中拿着一口刀,仿佛像邓芸娘。借着星月光辉仔细一看,正是邓芸娘,连忙过去行礼,说:"贤妹,天到这般时候,往哪里去?"邓芸娘见原来是意中人,向谭逢春说:"谭二哥哥,你从哪来?"谭逢春说:"我特意到邓家庄瞧看大哥与贤妹。"邓芸娘把自己家中之事重新说了一遍。她可不肯说追白胜祖来到隐善庄,说:"我哥哥被大清营差官所害,我是替我哥哥报仇,追下仇人,来到此处。适才在隐善庄与于占鳌生了半天气,他把仇人给藏起来。"谭逢春说:"咱们两个人找他去,替大哥报仇!"邓芸娘说:"好!"两个人转身复回隐善庄。

此时天已三鼓,众人都已安歇睡觉,唯有老庄主于占鳌尚未安眠。虽然见邓芸娘走后,怕是有贼隐藏他这院中,自己拿着刀要到后边瞧瞧去。方走着他女儿这院中,瞧见楼上有两个黑影。于占鳌蹿上楼去,各处一找,见跟前正是邓芸娘与谭逢春。于占鳌说:"好贼!胆敢在我这里扰闹!"于锦娘尚未安眠睡觉,听见她父亲在下面嚷,自己拉刀从楼上出来,说:"爹爹慢与动手,待女儿前去拿他!"老庄主吩咐:"鸣锣!调我的庄兵!"邓芸娘见事不好,与谭逢春跳墙逃走了。

这里老庄主方要回归前面,忽见从女儿楼上跳下一个男子来。于占鳌拿着一把钢刀,说:"好贼人,别走!"照定白少将军就是一刀。白少将军手无寸铁,他本是在床底下等人家睡着了觉,他好逃走,见这位姑娘老不睡觉,心中甚是着急。他见院中一乱,姑娘出去了,他这才由床底下爬出来,打算趁乱逃走。方一下楼,叫于占鳌拦住了,说:"好贼!哪里走?"摆刀就剁。白少将军往旁边一蹿,说:"老庄主休要动手,我有几句话,与你说明白了。"于占鳌说:"你有什么话只管说!"白少将军说:"在下姓白,名叫胜祖。我乃是大清营的差官,奉命捉拿吴恩,在邓家庄被邓天魁迷魂袋所擒。他有一个妹妹名叫邓芸娘,将我带至她屋中放开,想要与我成其百年之好。我嫌她是八卦教匪女儿,再者我是大清营的差官,不应该临阵收妻。我逃至这座花园子之内,见楼上无人,我躲避屋中,不想是姑娘的绣房,因此我在床底下躲避片刻。我并无异心,望庄主请要三思。"于占鳌一听白少将军之言，自己心中一动，深知女儿是个烈性的人，心想："这位白少将军在我女儿楼上躲藏有两个多时辰，这件事要传扬出去，岂不叫老夫遗臭万年！"那一边于锦娘气得颜色更变，说："好一个野男子，敢在我屋内混串！"过来抢刀就剁，白少将军一闪身躲开。于庄主过来说："女儿不要动手，我见此人乃是一位正人君子。"过去把白少将军一拉，说："壮士，跟我到前厅一叙。"拉着白胜祖到前面书房，一问白胜祖的家世来历，白胜祖并不隐瞒，就把自己本来的面目重新细说了一遍。于占鳌说："原来是贵人来临，蓬荜生辉。无奈我小女尚未许配人家，将军在那屋中虽说是避难，倘若传扬出去，这个名气就不大好听，将军请要三思。"白少将军是个聪明人，一听老庄主之言，心中就猜测八九，说："老庄主有何示下，我竟奉命。"于占鳌说："我意欲将小女许配尊驾，还望将军屈高就下，愿慨然应允！"白胜祖见这位老庄主话语和顺，未免站起来，说："既然老庄主这等见爱，我有一段下情要禀明。我本是正白旗满洲旗人，世袭的建威将军，家中父母已然定下亲事，怕的是耽误了姑娘的青春。我这是直言无隐，这件事望老庄主自己主裁。"于占鳌一听白少将军之言，说："将军如不嫌寒微，我情愿将小女儿作为侧室夫人。"白少将军说："既待如是，岳父请上，受我一拜。"于占鳌用手相搀，见了翁婿之礼，重新叫家人预备酒席，翁婿对坐，书房吃酒。天色已晚，大家安歇。

次日天明，依着白少将军要回归大营，老庄主苦苦地相留，说："今天暂在我这里歇息，明日再去不晚。"白少将军就在这里用完早饭，同于占鳌在书房里谈些个军旅之事。于占鳌原先在外面做过武职官，排兵布阵，军营的规矩，样样精通。白少将军对答如流。说首，太阳平西之时，忽听外面家人来报："外面来了八九个人，提说是大清的差官，要在这里借宿一宵。"白少将军说："您老人家迎接出去，我暂在后面听听，也许是大清的差官，也许贼人假扮。您老人家把他让进来，慢慢盘查，看其动作。倘若是八卦教的奸细，您老人家帮助我立这一件功劳，把他等拿住，解送大清营，前去报功。"

于占鳌点头，从里面迎接出来，把马成龙、马梦太等让至在客厅，与众人一谈话，才知道都是大清营的差官。这才派家人献茶。仔细一瞧王天宠，说："这位壮士，我看着眼熟，尊驾莫非是陕西延凉卫的人么？"王天宠说："不错，在下正是。老壮士何以知道？"于占鳌说："尊驾是贵人多忘事。我有一个家兄做延凉卫的守备,我到他的任所,令尊大人王光第做延凉卫的千总,那时尊驾才十数岁,水性颇通。自从那年在延凉卫有一面之识,倏经二十余载。老汉听人传言,自令尊去世之后,尊驾遨游四海,在福建台湾聚泉山创立山寨,制造战船,收揽英雄,虎踞一方,在苏州城独建奇功,金镖一下,退贼兵数万之众,当今康熙圣主老佛爷亲封为义士。今朝不想在此相会,真是'人生何时不相逢'!"王天宠说:"原来是老前辈,小可有眼如盲,今天来到贵府,未曾登门递帖前来拜见,惶恐之甚!"于占鳌说:"王义士说哪里话来!我今天给你几位见个朋友。童儿,去到后面把大爷请来"。

小童儿去不多时,把过海银龙白胜祖请到后客厅,与众人见礼。马成龙一看,说:"贤弟,我只打算你在邓家庄被邓天魁所害,不想贤弟你还在这里。你从何处至此?"白胜祖把邓芸娘之故,从头至尾又细说了一遍。大家一听,这才明白,一同落座。老英雄吩咐摆酒。白少将军来到吴恩面前,说:"八路都会总,你还认识山人么?"吴恩睁睛一看,就是在大竹子山假充毕道成那位神仙,自己叹了一口气,说:"我山人既被你等愚弄,今朝被获遭擒,我只求一死罢了,你等不必多问!"白少将军说:"我今请你喝酒,你喝不喝?"吴恩说:"喝。"白少将军给他几杯酒喝,叫家人喂了他两碗饭。顾焕章说:"唔呀!白贤弟,我有一宗东西送给你,你准愿意。"白少将军连忙说:"侯爷大哥,你老兄台要送给小弟的东西准错不了,不知是什么山海奇珍?"顾焕章说:"虽然不是山海奇珍,也是你我兄弟常用之物。俗语说的不错:'宝剑赠与烈士,红粉赐与佳人。'我这里有一口龙泉剑,善能削铜剁铁,有三绝四艺之名,我将这口宝剑送给兄弟你吧!"白少将军双手接过来,说:"谢谢兄长!兄长将此宝剑送给小弟,兄长所用何物?"顾焕章说:"吾这里现有一口太阿剑,乃是吴恩所用之物,今落在吾的手内。"正谈论之际,家人调开桌案,把酒菜摆齐。众人正在吃酒,忽听号炮惊天,杀声震地,乃是小竹子山坐山雕罗文庆,带领合山人马搭救吴恩而来,不知后事如何,且看下回分解。

第六十六回

空空观群雄逢隐士　双宝镇豪杰探贼人

诗曰：

> 古友尊三益，今人重万金。
> 乾坤无管鲍，何处是知心？

话说白少将军等在隐善庄于占鳌家中吃酒，忽听号炮惊天，有家人来报："庄北有一支人马，打着小竹子山的旗号，扑奔正东而来，乃是坐山雕罗文庆。"于占鳌一摆手，吩咐："把庄兵调齐，如贼兵到来，禀我知道。"手下家人下去。大家在这里开怀畅饮，直吃到月上花梢，方才停杯罢盏。家人撤去杯盘，留两个人看守吴恩，余下俱都安歇睡觉。一夜晚景无话。

次日天明，老庄主于占鳌派家人到庄东各路探听有贼兵没有，家人下去。于占鳌来至客厅，见众位差官老爷们也都起来了。顾焕章、马成龙等就要告辞，于占鳌说："侯爷与马大人暂且不要忙，我方才派家人到江口各处打听，怕是坐山雕罗文庆沿途之上埋伏下人马。"倭侯爷一听此言，心中甚喜，知道于占鳌是一位久经大敌的英雄，大家在这里等候听信。早饭已毕，只见家人于荣、于华两个人进来禀报说："奴才奉庄主爷之命，到前途探听贼兵的消息。坐山雕罗文庆在小路之上埋伏下人马、干柴、硫磺、焰硝，等你大家走到那里，放火把你等烧死。大路之上有他的大队，你等绕路奔下江口过江，多走四五十里地过江。"马成龙等说："好，我们还不能久待，我们这就起身。"于占鳌说："我们给你预备一辆车。"马成龙说："不用，叫我们这位高大兄弟背着他吧。"

十位英雄各带兵刃，由隐善庄起身，一直往东南，爬山越岭，走了约在数里之遥，见前面有一带高山。众人顺着这道大山上了山坡，过了这一道大山，才是下江口哪。众人步山坡，踏山岭，往上行走。但则见这一座高山甚是险峻。怎见得？有赞为证：

> 冲天占地，转日生云。冲天处，尖峰直直；占地处，远脉迢迢。转

日的乃岭头松郁郁，生云的乃崖下石嶙嶙。松郁郁四时八节常青，石
嶙嶙万年千载不改。林内每听夜猿啼，岸下常见妖蟒过。山禽声咽
咽，走兽吼呼呼。山獐山鹿成群作对松松走，山鸭山鹤大阵攒群密密
飞。山桃山果观不尽，山花山草应时新。虽然危险不能行，却是游人
来往处。

众人走至山顶之上，见正北有一座庙，一层殿，东西各有配房。山门关闭，
上有一块匾，三个大字是"空空观"。众人走得口干舌燥，想要找杯水吃。
顾焕章说："你们在这里少待，待吾前去叩门。"顾焕章叩了两下门，听里
面一声"无量佛"，说："善哉！善哉！"有人作歌。顾焕章用耳一细听，里
面歌曰：

> 玉殿琼楼，金锁银钩，总不如山谷清幽。蒲团纸帐，瓦钵瓷瓯，西
> 山作伴，云月为俦。高官骏马，永无追求。我也不知春，不知夏，不知
> 秋。万事俱休，名利都勾。乐清闲，乐自在，乐悠悠。

歌罢，出来一人把山门一开。顾焕章一瞧，出来一个老道。见老道年到
古稀，头戴如意道巾，身穿一件旧道袍，足下白袜青鞋，腰系水火丝绦；
面皮微黄，黄中透亮，眉分八彩，目如朗星，准头丰满，四方口，花白胡须
根根见肉。顾焕章看罢，连忙行礼，说："唔呀！道兄请了。吾们乃是山
下隐善庄来的，走得口干舌燥，望求道爷方便方便，赐给我们点水喝。"
老道上下瞧了顾焕章两眼，说："你们几位请到庙内鹤轩吃茶。"顾焕章
叫众人进了庙内，在西边鹤轩落座，把吴恩放在旁边。老道吩咐小童儿
看茶。小童儿有十四五岁，长得机巧伶俐，烹过一壶茶来，给大众斟上。
顾焕章问："仙长尊姓大名？在此贵观仙山，你参修了有多少年？"老道
说："山人乃无名氏，自号贪梦道人。自古道：'跳出三教外，不在五行
中。'一尘不染，万虑皆空。终日在庙中参修，也不知度过多少春秋了。
尊驾是何人？"顾焕章说："吾名顾从善，乃聋哑仙师的门人。"那老道人
一听，点点头说："你们众人全是前程万里之人，当下气色不甚通便，须
要小心谨慎。"顾焕章知道这老道乃清修之人，问："仙长爷，看我等众
人后来休咎如何？"贪梦道人哈哈大笑，说："荒山野叟，焉敢妄谈是非！
众位吃完茶请吧！"顾焕章等大家告辞，出离了空空观，顺山坡下了这座
大山，来至下江口。

天色已晚，一轮红日已将西沉。下江口这里有个镇店，东西的大街，

路北里有几座客店。马梦太到江口看了一看,今日不能过江,非明日一早不可,只可在街上打了一个客店。路北是三义老店,众人进店,占了北上房五间。小伙计送上洗脸水来。众人问小伙计:"这里过江到祁河寺有多远?"小二说:"离此七十五里之遥。"马梦太要了酒饭,正在摆酒,忽听外面有人打门。小二出来,见有一位拉马的,头戴青泥得胜盔,身穿箭袖袍,对衬巴图鲁坎,薄底靴子,肋下佩一口绿鲨鱼皮鞘太平刀;年有三十以外,淡黄脸面,两道重眉,一双大眼,鼻直口方,说:"小二,你把上房给我们打扫干净了。大清营瘦马老大人奉令探贼,打你们这座店里的公馆。"小二说:"我们这住着好几位大清营的差官老爷。"那拉马的说:"既然如是,我们打东边的那座店吧。"马梦太听见外面说话,心中说:"哟,又来了一个瘦马大人。"方要赶出去瞧瞧,那拉马的已在东隔壁打了店了。马梦太心中说:"等到夜内我瞧瞧去,到底是何人冒充我的名姓?"想罢,回到上房,对众人说方才之事。顾焕章说:"老兄弟,不要管他闲事,明日雇船解吴恩到大清营要紧。"马梦太点头答应,说:"今日咱们分前后夜值宿。"王天宠、顾焕章说:"我们两人值前夜。"镇八方小陈平侯文、乐九州赛存孝侯武说:"我二人帮着你们二人守前夜。"高杰、白胜祖说:"我们两个人的后夜。"墨金刚白桂太、混海泥鳅姜鸿说:"我们两个人帮着你们守后夜。"马成龙一听,心中喜悦:"我与马老兄弟,我们二人替你们睡觉。"众人说:"也好,你们二人歇着去吧!"

马成龙、马梦太到东里间屋中,两个人斜身躺在床上。马梦太总是睡不着,心中想着到东边店内瞧一瞧,那假马梦太倒是何人。想罢,慢慢起来,带上短把刀、避血玦,出离北上房,蹿上房去。到东边店内一瞧,这店中是北房五间,东西各有配房。见北上房灯光闪烁,悬灯结彩,出入俱都是差官戈什①的样式。马梦太到了后窗户,用舌尖舔破纸窗,往里面一瞧,但则见窗户里头靠北墙一张八仙桌,东边椅儿上坐定一人,身高八尺向外,头上戴青泥得胜盔,四品顶戴花翎,身穿蓝宁绸绣团龙箭袖袍,腰系凉丝带,着全分的活计。看他相貌,面皮微黄,黄中透白,两道重眉,一双阔目,看年岁有三十以外。这人很透精神。马梦太心中一动,看此人举止不俗,两旁站着有四个戈什哈,大都是年力精壮

① 戈什——即戈什哈,为满语音译,意为护卫侍从。

之人。听见屋里他那里说话："方才你们那里打店,他说那里住着差官,你们没问他姓什么?"那个人说:"我们并未问他等姓什么。"正在说话之际,忽见打外面进来一个手下人:"回禀大人得知,外面有你两个师兄:一位姓洪,一位姓马,乃是河南卫辉府回回峪的人,要上大营前去拜望您老人家,路遇特来拜访。"只听那假马梦太说:"去把吴寿、宋生两人叫来。"这人转身下去。

不多时,叫上两个人来,年有二十多岁,是家人打扮,长得倒很伶俐。一个白脸膛,一个黄脸膛。白脸膛的叫吴寿,黄脸膛的叫宋生。来至这里,给假马梦太行礼,说:"主人呼唤,有什么事情?"那人说:"你们两个人到外面看看,来这两个人,姓洪的、姓马的,说与我师兄弟,盘问盘问他是打哪里来的? 倘若是蒙事,当时把他们拿住。"吴寿、宋生答应出来,到了店外说:"哪位找我们大人?"只见打那边过来两个人,说:"我。"吴寿睁睛一看,这位答话的年有四十以外,身穿青洋绉一件大衫,足下青缎子三镶抓地虎靴子,手内拿着一个小包裹;面如重枣,两道粗眉,一双大眼,准头丰隆,四方口,沿口的黑胡须。下边站着那位是紫脸膛,环眉大眼;身穿蓝绉绸一件大衫,足下青缎快靴,年有三十五六的年岁,过来说:"你们两个人是瘦马大人的家人哪?"吴寿、宋生说:"是,不错。你们二人是我们大人的师兄弟,可见过我们大人的面没有?"那面如重枣人说:"没见过。我姓洪,叫洪永太。"用手一指,说:"那白净面皮的,那是师弟,叫马清太。你回禀你家大人去,我们二人奉师命,特意前来瞧他来了。"吴寿、宋生说:"你二人在此少待,我就去回禀我们家主人。"

吴寿、宋生回进里面,把此事回禀了。假马梦太他一听此言,心中一动,心中说:"我本是假充瘦马马梦太,要探大清营的消息。他二人今天前来,要与我一盘问,岂不把我的机关泄露? 不免我把这两个人诓进来,把他们两个人拿住,解送到大竹子山前去报功。"主意已定,告诉吴寿、宋生说:"请!"不多时,把洪永太、马清太请至上房。一见马梦太,这二人心中一愣。洪永太听见他师傅老筛海回教正说过马梦太他这个人的长相,为人极其瘦弱,今见此人五官相貌,与他师父说的大差,天地相隔。洪永太:"马老大人在上,洪永太有礼。"假马梦太连忙站起来,说:"师兄驾到,小弟未曾远迎,甚是不恭,望求兄长恕罪!"洪永太说:"哪里话来。"假马梦太与二人见过了礼,吩咐:"吴寿、宋生,传外面摆酒。"洪永太说:"贤弟且慢。这店中的东西，我们两人也吃不的，我们两个人已然吃过晚饭了。"假马梦太正在说话之际，忽听院内一声喊嚷说："好贼人！胆敢冒充马老太爷的名姓！"把屋中假马梦太吓得呆呆的一阵发愣。不知后事如何，且看下回分解。

第六十七回

双宝镇巧遇奸细　下江口又逢巨寇

词曰：

终日忧愁，费尽心机不肯休。贫贱天生就，富贵天缘凑。算计五更头，明着依旧。略放宽心怀，乐得安闲受，因此把妄想贪心一笔勾。

话说马梦太跳在院中，说："二位师兄，休要信他之言，现有马梦太在此！好奸细，你往哪里走？待我来结果你的性命！"洪永太、马清太跳到院中一瞧，见院中站定这人才是真马梦太哪。

洪永太说："我也难辨你二人真假，你二人可带着兵刃？拿出来我看。"马梦太说："现有短把刀、避血砄在此，师兄请看！"洪永太说："既待如是，贤弟跟我来，拿这个奸细。"三个人进到屋中一瞧，那假马梦太踪迹不见，就是后窗户支开，连他家人一并逃走。马梦太等也不追赶，这才问："二位师兄，是从哪里来？"洪永太、马清太说："我们两人人来到此处，夜晚打店，听见说有瘦马马梦太大人的公馆，想要拜会拜会，你我师兄弟谈谈心。不想遇见这个奸细混充，可惜未把他拿住，让他逃走了。"马梦太说："二位师兄跟我到西边店内，我们大家已把吴恩拿住。二位兄长跟随我们，解往大营，一同前去报功。"洪永太、马清太二人说："也好。"

此时店中伙计们也都起来了，知道大清营的差官在这里拿贼，大家过来伺候。马梦太说："天地会贼匪今已逃走，所有马匹器械也够你们饭账了，我们要走啦！"小伙计说："我给老爷们点灯笼吧！"马梦太说："不用，我们跃墙而过。"三个人跳到西边店内去，进了北上房，见了顾焕章、王天宠、侯文、侯武，马梦太给洪永太二人引见，提说方才在那边店内捉拿奸细之故。王天宠说："便宜他，让他去吧。你们几位到屋中歇息歇息，明日好走路。"马梦太说："天也快到三更，该我们换班了。"王天宠、顾焕章说："既待如是，咱们就在一处闲谈。"高杰、白胜祖、姜鸿、白桂太也都起来了。大家候至天色大亮，一齐起身，解至双宝镇的东头下江口的码头上。

只见靠着江岸有无数的船只,马梦太过去说:"有买卖船渡我们过江?"那些使船之人问:"你们上哪去?"马梦太说:"我们要过江,上祁河寺。"使船的说:"你们几位是差官老爷们吧?"马梦太说:"不错,正是。"使船的人说:"我们不敢渡你们几位过江。今天早晨有小竹子山坐山雕罗文庆发下一支令箭,叫我们沿江渡口所有的船俱都不准渡大清营的差官过江。如要违背将令,剿家灭门九族。我们都指着大江为生,就在这临近住家,哪一个也不敢得罪天地会八卦教的会总爷,你们上别处雇船去吧,我们这渡口不能渡你们几位过江。"马梦太说:"你们这里全怕天地会八卦教,难道不怕大清国的王法吗?"只见那边太平船上也下来一人,说:"你们老爷们要过江,我有一只船,就是那边那只太平船。"马梦太说:"你们船上几个伙计? 姓什么? 叫什么?"使船的说:"我姓姜,叫姜青,久在这一道白水江中使船。"马梦太说:"我到你船上瞧瞧。"那姜青带着瘦马马梦太来至那只太平船上,见这只船上甚是宽大,船上有三四个伙计。马梦太看罢,转身上岸,来至马成龙等近前,说:"这只船倒也不错,来,咱们上船吧。"高杰背起吴恩来,上了这太平船,十二位英雄,前后左右围绕着吴恩,吩咐姜青开船。姜青叫:"伙计提锚,撤跳板,荡桨摇橹曳风篷!"这只船飘荡荡顺着大江一直往东。正往前走,只见姜青说:"咱们这只船要直走,怕有小竹子山贼人阻路。咱往南多绕四十里路,道路又好走,又没有贼兵。"马成龙说:"我们这里江路不熟,由你走吧。"姜青拨转船头,曲曲弯弯,一直往南。

走了约在有四、五十里之遥,方拐过这个山湾,只听对面火炮惊天,江声大震,战船儿一字排开。吓得马成龙等心惊胆裂,出船舱往对面一看,但则见正东有二十只战船,一字排开,上面有一杆宝蓝色缎子大旗,在空中飘摆,蜈蚣走穗,火雁掐边,上坠金铃,被风一摆,"当啷"直响,上有斗大一个"帅"字。手下兵丁都在二十以外、三十以内年岁,头上白绫子缠头,上插白鹅翎儿,身穿白号坎,沿青边,当中间白月光,写着一个"勇"字。每人怀中抱着四尺多长一口斩马刀。这队兵约有一千之众,为首带兵乃是小竹子山大将八河龙王吕道明。只听正南上又是三声炮响,震得山摇地动,有二十只飞虎舟的战船,一字摆开,当中两杆大旗,分为左右,"帅"字旗上写着斗大一个"王"字。带有一千水鬼兵,都是头上戴着鱼皮分水帽,日月连子箍,身上油绸子水衣水靠;怀中抱着三截钩镰枪,这为首的正是九江太岁王道兴。只听正东上又是三声炮响，一杆大红八卦旗，空中飘摆，又有二十只虎头舟的大战船，上面带定竹子山的练勇，有三千之众。为首的有两员大将：水里滚周平，浪里钻吴滚。后面当中大战船上，正是静江太岁张宝。马成龙等大家一愣，忽听身后江声大震，战鼓齐鸣，有劝善会总蔡文增带着十二员偏裨牙将、五千天地会八卦教的贼兵、一百只飞虎舟的大战船。

这十二位英雄只顾在船头上瞧贼兵亮队，后面管船的姜青暗把吴恩背在小划子船上，把练绳割断，把吴恩绳扣解开，这只小船飘荡荡直奔正东。马成龙、马梦太在船上一见，气往上撞，说："姜青，你好大胆量，胆敢把皇上家叛逆贼人放走！"姜青一阵冷笑，说："马成龙，你休在睡梦里！我等在双宝镇奉劝善会总蔡文增之命，特意在那里安排巧计，等你等众人，引至到大江之中，祖师爷在这里调动人马，要捉拿你等。"吴恩说："天堂有路你不走，地狱无门你自投！祖师爷把你等拿住，碎尸万段！"马成龙等大骂吴恩。

只见蔡文增转到前面，在船头之上一声："无量佛！大清营一干鼠辈，好大胆量！待山人把你们俱皆拿住！"抱着五云筒，在船头之上耀武扬威站定。姜鸿说："众位老爷们休要着急，小可在大清营寸功未立，今天我前去把妖人拿住，略表寸功。"马成龙说："你既要前往，须要小心。"姜鸿往蔡文增船上一蹿，蔡文增往旁边一闪，让姜鸿落在船头之上。蔡文增说："你是何人？胆敢在山人跟前讨死！"姜鸿说："蔡文增，你不认识我呀？你家大太爷姓姜，名鸿，有一个绰号人称混海泥鳅。我在大清营寸功未立，今日要拿你作为进见之礼！"蔡文增哈哈大笑，说："无名小辈，也敢这样猖狂！"摆宝剑照定姜鸿就是一剑。姜鸿往旁边一闪，用刀相迎。两个人走了五六个照面，蔡文增伸手拉出五云筒来，冲定姜鸿一甩，一股青烟直扑奔姜鸿前胸。姜鸿躲闪不及，身上衣服全皆烧着。姜鸿"哎哟"一声，说"不好"，连忙跳在大江之中。蔡文增说："好小辈！便宜你，让你丧在鱼虾之腹！"

这一边小白龙王天宠见姜鸿落在大江之中，气往上撞，伸手摆雁翎刀，蹿至那边老道的船上，摆手中刀照蔡文增搂头就剁，老道往旁边一闪。两个人在船头上，金鼓大作，战了三五个照面，蔡文增摆五云筒照定王天宠一甩，一股青烟直扑王天宠前胸。王天宠也一翻身落在水内。早有水

里滚周平、浪里钻吴滚两个人跳下水去,直扑奔王天宠。在水里头一个使
三节钩镰枪,一个使钩镰枪。两个人在水内一瞧,王天宠正在那里作水。
这两个人摆兵刃过去,在水内不能说话。王天宠摆雁翎刀,忍着疼痛,与
两个人动手。这时,姜鸿早被九江太岁王道兴拿去。

　　这里静江太岁张宝派一百水鬼,拿锤子、钻子,扑奔马成龙这只船来。
来至船下,大家拿钻子照船底冲了三四下,只听"突突突"一响,那水进入
船中去了。众英雄正在船上着急,还是白少将军看见,说:"了不得啦!
有了漏子啦!这便该当如何是好?"正说着,船后边"突突突"一响,马梦
太说:"了不得啦,船下有人!"顾焕章说:"唔呀!你们大家在船上别害
怕,待我下去拿贼!"顾焕章跳下水去,见有无数的水鬼,手拿锤钻在那里
钻船底哪。顾焕章拿着宝剑在水内扎死了几个水鬼兵。那边早有八河龙
王吕道明摆青铜峨嵋刺,跳下水去,直扑奔顾焕章,前来动手。马成龙等
这只船,在大江之中滴溜溜乱转,看着要沉。那边静江太岁张宝派手下一
百亲兵队,带着捞网子,扑奔马成龙这只船来。见马成龙这只船展眼之间
沉入水底。马成龙等情知大事不好,一个个由船上跳入江中,竟被那些水
手人等拿去,一并解送蔡文增船上。吴恩一看,共拿着他们十个人,内中
有白胜祖、马成龙,这二人都是天地会八卦教深恨之人。吴恩吩咐:"把
他们几个人放在船廒之中,派周平、吴滚带四十名兵丁看守。"又吩咐:
"水内两个会水的,急行拿获他等,不准漏网一人!"下面八河龙王吕道
明、九江太岁王道兴带着五百水鬼,把顾焕章、王天宠围在当中。倚仗这
二位英雄水性颇通,艺业惊人,杀伤了无数的水鬼贼兵。二人见贼势浩
大,不敢恋战,由贼队之中杀出重围,两个人顺大江逃走。静江太岁张宝
一棒锣声,令下:"大队人马回归竹子山!"

　　书中交待,这伙人他怎么知道差官解吴恩从这里走哪?皆因是祁河
寺失守,八卦教的贼兵四散奔逃,有逃到大竹子山的,有逃到小竹子山的,
沿途之上听说八路都会总吴恩被获遭擒。蔡文增这里派下战将,沿江渡
口安下人。白少将军他们要从北边过江,北边有小竹子山坐山雕罗文庆
率带合山的人马,在北边埋伏,截住穆将军大队人马,不叫穆将军过江。
张宝派周平假扮马梦太,在沿江渡口、大小店口各处盘查,打听大清营的
差官,解着吴恩从哪里过江。昨夜晚上,在双宝镇店中探明白了,马成龙
等在三义店等候明日过江,他暗中逃走,报与蔡文增知道。蔡文增在这里

安置好了埋伏,今日已然把马成龙、马梦太、高杰、白胜祖、姜鸿、白桂太、洪永太、马清太、侯文、侯武十个人拿住。水内逃走了王天宠、顾焕章。

　　静江太岁张宝率带人马,回归大竹子山。这座山在大江之中,方圆四百里,山名灵石矶。由东山口上岸奔楚雄府,往南过江奔穿云关。这座山的北山口外,安着八卦水师营,是静江太岁张宝管带。过了水师营,就是山口,两旁山峰,当中一条水路,上面俱都是浮桥、战船,下面安着拦江网、刀轮。在山口两旁,有十二座账房,里面有值宿的兵丁一百二十名,为首的一个小头目,名叫武通。来到这里把浮桥一撤,众多的兵船进了大竹子山的山口,一直往西,走到翠云峰以下,战船往西绕过这一道山岭水师营,到了大竹子山根以下靠岸。早有山上大小的头目预备轿马,请八路都会总吴恩与蔡文增上轿。大众来至山上,升坐大厅,要杀马成龙等一干众将。不知如何。且看下回分解。

第六十八回

白胜祖大义骂贼　曹文远忠言劝友

诗曰：

> 哀乐贤愚总一般，搔头拍膝思无端。
>
> 不知听者因何故，离便凄凉合便欢。

话说吴恩坐着大轿，来到大竹子山的帅府公厅下大轿。蔡文增、吴恩、张宝升了大帐，两旁一干诸战将排班站立。吴恩吩咐："先把白胜祖带上来！"两旁一声答应，到了外面空房之内，见了马成龙等十个人，早有众人在这里看守。十位英雄还醒过来，马成龙说："来，咱们几个人也就今天死在这里。"侯文、侯武一个个心中着急，一想："进大清营寸功未立，今就被获遭擒，身无寸职，今死在贼人之手，岂不辜负此生？岂不辜负此身？"此时这十位英雄之内，就是马成龙视死如归，谈笑自如，这九个人俱都是低头不语。事情最难之事，莫过这几样：

> 寡妇携儿泣，将军被敌擒，失宠宫女面，不第举子心。

众人正在心中不安之际，忽见打外面进来几个喽兵，说："你们哪位姓白呀？祖师爷令下，带你上去哪！"白少将军说："众位恩兄师弟，我要失陪了！"几位喽兵推推拥拥，来至帅府的公厅。见吴恩在堂中坐定，已然换上了衣服。上首坐着劝善会总蔡文增，下面坐着静江太岁张宝，旁边站立战将。吴恩在上面把虎案一拍，说："白胜祖，你好大胆量！前者你冒充我们祖师爷，来到竹子山卧底，将我坚铁筒相像石平州，竟失在你这匹夫之手！今既被我山人将你拿住，你还有何话说？"白少将军听吴恩之言，一阵冷笑，说："吴恩，你这叛国贼人，好不知天时！我白胜祖前番舍死来至大竹子山，想要探明白了这座山的地理，我好同穆将军带人马前来破你这座竹子山，捉拿你这无谋的匹夫，不想今日被你所擒。妖道，你把我杀了，我落个为国尽忠，战死沙场，千古流芳之名。你这不知天时的贼人，不久天兵一到，玉石俱焚！谅你这个竹子山弹丸之地，你所带都是些乌合之众，你岂不知顺天者昌，逆天者亡？你既把我拿上山来,杀剐存留,任凭于你,不必多说!"那吴恩一听此言,说:"来人!先把这厮给我乱刀分尸,结果他的性命就是!"两旁人一同答应,各把手中的刀拉出来。方要动手,只见静江太岁张宝过来说:"八路都会总休要忙,杀了他也灭不了大清国的威风,不杀他也坏不了天地会的事情。暂把他等几个人看押在这竹子山,这叫做香饵钓金鳌之计。如要是大清国的战将前来探山,来一个拿一个。"吴恩一听,说:"也倒有理。把他们十个人押在西跨院君子轩,派周平、吴滚二人去看守着,带四十名兵丁,不准缺了他等的茶水。"

下面有八河龙王吕道明跪倒磕头说:"我得了两件至宝,献与都会总。现有一口大环金丝宝刀,一口龙泉剑。"吴恩拿过来,心中甚喜,自佩一口龙泉剑,大环金丝宝刀赏与张宝佩带。吕道明下去,把那些兵刃俱都放在外面兵器库内。吴恩吩咐:"摆宴,庆贺功臣!"两旁边手下人答应。不多时,酒筵齐备。属下诸战将俱各有赏,各个开怀畅饮,直吃到日色平西。吴恩说:"蔡会总,你我知己之交,你得助我一臂之力。现今穆将军兵屯祁河寺,手下雄兵数万,猛将千员。我意欲遣人到云南府玉华山,把仁和教主白练祖请来,大概他的法宝也练齐。不知你等意下如何?"蔡文增说:"都会总的高见虽好,怕是仁和教主白练祖不能下山,他的法术尚未练好。依我之见,官兵利在战,咱们这里利在守。官兵远来,道路不熟,运粮道路不通。只要有小竹子山这支人马守住了上江口,先用缓兵之计,祖师爷撒下传牌:穿云关、楚雄府、云南府、大竹子山、小竹子山,各处人马调齐,会合在上江口。大清国的人马疲困之时,那时间一战成功,可能把大清国人马杀败。祖师爷请要三思。"吴恩说:"也好。既待如是,发我的传牌,传与各处。"下面叫静江太岁张宝紧守山口,吴恩在各处巡查一遍。张宝回归水师营,有他手下战将接他来至水师营虎头舟大战船上,有手下家人伺候。张宝落座,吩咐:"请军师爷!"不多时,从外面进来一位文雅先生,年有三十以外,身高七尺,可是大清国的打扮,头戴一顶纬帽,身穿蓝绸子国士衫,腰系凉带,足下青缎子毡底官靴,外罩红青绸八团龙的跨马服;面如白玉,顶平项圆,黑鬓鬒两道眉毛,一双阔目,皂白得分,鼻如玉柱,口如四字,齿白唇红,大耳朝怀。此人姓曹名文远,乃四川成都府人。自幼在家奋志读书,为人聪明伶俐,怀揣锦绣,腹隐珠玑,仰面知天文,俯察知地理,颇晓奇门遁甲之术，与张宝两人是知己之交。只因前者张宝归降大竹子山之时，接了八路都会总聘礼，那时曹文远正在张宝家中闲住。张宝过来请教，说："贤弟，眼下八路都会总拿聘礼请我入大竹子山，我是去好，不去好？我知道贤弟有经天纬地之奇才，我特意前来请教。"曹文远听张宝之言，说："兄长，此时去得，到天地会八卦教中见机而作。大丈夫立志于四方，诸所事听天由命。兄长此一去，小弟还要跟随前往。"二人见了吴恩，八路都会总见张宝乃盖世英雄，水旱两路精通，叫他独创一营，在大竹子山口以外大江之中，在那操演水师人马。就派曹文远为主簿①先生。张宝诸所事情，必要请教曹文远。八路都会总后来驻扎峨眉山去，这里张宝操演一万水军。有仁和教主白练祖，原先常往大竹子山来，荐升张宝为水军都会总。把守大竹子山山口的，是巡山太保高胜。

今日张宝从大竹子山里面出来，自己带了两壶酒，叫手下人把曹文远请来。二人落座，说："贤弟，愚兄请你至此，非为别故，今日八路都会总与劝善会总拿住大清营几个差官，我看被擒这几个人五官相貌不俗，断不是下流之辈。我请贤弟，有一件肺腑心事，我要领教领教。贤弟既知道天文，你看大清营与八卦教谁强谁弱？"曹文远说："兄长乃是高明之士，这区区小事何必请教小弟！"张宝说："贤弟差矣！愚兄与你乃是知己之交，皆因一时懵懂，当局者迷，贤弟乃旁观之人，定知心肺。愚兄所做所为之事，毕听贤弟之言。"曹文远说："兄长要问，小弟也不敢隐瞒。昨日晚上，小弟仰观天象，见将星暗昧不明，太白星扰于斗口；楚雄府有一股红煞之气冲天，此处将有刀兵之灾。天地会八卦教不久必灭，大清国紫气东来，国运正旺，不久必要大获全胜。"张宝说："既知不久必灭，何必劝愚兄归降天地会？"曹文远说："我正为此事才劝你归降天地会八卦教。兄长有盖世奇才，要在大清营中，显不出兄长能为武技来。要在天地会八卦教中，兄长就是一个大头目。趁此机会，找一条道路，归降大清营，必然是高官得做，骏马任骑，光宗耀祖，显达门庭。"张宝说："贤弟此言虽是，我倒做了进退两难之人。我既受天地会俸饷之德，在王门下愿王兴，我食天地会八卦教的俸饷，就应该给天地会八卦教办事。为人子孝当竭力，为人臣忠则尽命。我生是天地会之人，死则天地会之鬼。贤弟此言差矣！"曹文

---

①　主簿——官职。

远一听,微然一笑,说:"兄长说的是,小弟拙言。"张宝说:"天色已不早,贤弟歇息去吧。"正是:

　　　　酒逢知己千杯少,话不投机半句多。

张宝自己闷闷不乐,屏退左右,自己在灯下看书。天有二鼓之时,忽见软帘一起,从外面进来一人,手拿明晃晃一口宝剑,要与张宝拼命。不知来者是谁,且看下回分解。

第六十九回

顾焕章误入于家务　谭逢春巧得美多姣

《游世歌》:

这身心,要安泰,无忧无虑无挂碍。粗衣淡饭不妄求,竹篱茅舍权遮盖。闲时诵读书,适意湖山景一派。不攀援,不借债,不去追随有何害?亲朋疏失为家微,礼数不周因懒怠。交结往来平等友,彼此清凉彼此快。安分守己乐逍遥,自在自在真自在。

话说张宝正在船舱之内看书,见从外面进来一人,手举宝剑,照他就剁。静江太岁张宝急抬头,瞧见此人,认得他是顾焕章。这且不言。

书中交待,那顾焕章自从在大江之中与群贼交手,见贼兵众多,寡不敌众,摆太阿剑杀死无数的贼兵。顾焕章见贼稍散,急翻身冒出水来,睁眼一瞧,不见那只兵船,见贼人大队人马顺大江一直往正南去了。顾焕章料想这些朋友定是被贼人捉去,有心要追赶去,又怕贼人势大,自己一人无精打采地往下浮着水,走了有七八里路,进了路东的一座山口。走了不远,靠南边山坡之下有一只小舟。顾焕章想要到小船上歇息歇息,来至临近,一扶船头蹿上船去。见船上有两个伙计,说:"朋友,你上我们船做什么?"顾焕章说:"吾浮水浮得力尽筋乏,借此舟暂时歇息歇息。"那个伙计说:"你姓什么?你从哪里来?"顾焕章说:"我乃无名氏,从双宝镇来。"只见从舱内出来一人,年有三旬以外,身穿月白布裤褂,一双草鞋;容长脸面,两道箭眉,一双圆眼,尖鼻子,菱角口,两耳扇风;上船来拿眼上下瞧了瞧顾焕章几眼,说:"这位朋友从哪里来呀?在大江之中,会这么大水性!到我们小山庄歇息歇息去吧,此处怕有风暴。"顾焕章听这个人说话很和气,说:"管船的,你把我带到你们山庄去,不知离此有多远路?"那人用手一指,说:"你跟我下船,顺山坡往南不远,就是我们的山庄。"

顾焕章想要到山庄去歇息歇息,缓过这口气来,再上大竹子山,找贼人替朋友报仇,那个人带顾焕章走了两个山弯,见眼前树木森森,有一所墙院。及至临近一看,是坐北向南的大门,里面画阁雕梁,斜棱转角。这人到了大门首,说:"你在此少待,我去回禀我家主人去。"顾焕章在门口站不多时,只见使船的那个小伙计出来,说:"你跟我进来吧。"顾焕章同他进了大门,往北走了不远,一直往西,由西边往北一拐,进了二道重门。但则见里面上房五间,东西配房各三间。顾焕章心中说:"大江山岛之中也有这样的人家。"里面房屋甚是宽大。小童儿手打帘栊,顾焕章进到上房屋中一看,靠北墙是条案,条案前是一张八仙桌子,两旁各有椅子。顾焕章在东边椅儿上落座。小童儿献上茶来。顾焕章喝了两杯茶,问:"你家主人姓什么?叫什么?怎么还不出来?"小童儿说:"我家主人上了点年岁,耳又聋,眼又花,不能办事。客人在此少待,我家主人这就出来。"不多时,给顾焕章摆上酒席,说:"你自己吃吧,我家主人午眠未醒,不能奉陪。"顾焕章喝了几杯酒,一瞧菜蔬,都是大江中鲜鱼,倒是全都可吃。顾焕章自斟自饮,喝了有十几杯酒,觉得头昏眼晕,迷迷离离,心中明白,想是中了人家蒙汗药酒啦,如醉似痴,身不由自主。

忽见帘拢一起,进来一人,笑嘻嘻地用手一指,说:"顾焕章,你也有今日!"顾焕章仔细一瞧,此人原来是先前做过淮阳道的任永春,他是对头仇人。二人一见面,顾焕章想要站起身来与他动手,奈四肢无力,不能动转。见任永春在他眼前用手点指,说:"顾焕章,我把你解到大竹子山那里庆功。来人哪!把他给我捆上!"进来了七八个人,把顾焕章牢拴二臂。任永春吩咐:"把残席撤去!"又把家人德福叫上来说:"这件功劳是你立的。你把顾焕章带进来的,赏你五十两纹银。"德福说:"我在船上瞧他就像顾焕章。想当初我跟着会总爷打黄河之时,我就见过他。今日把他拿住,送到大竹子山,也算是一件大功。"任永春说:"我有两个侄子,全丧在大清营敌人之手,一个是白面太岁任凤春,一个是太平会总任凤姣。我这两个侄儿都是颇惯敌战的英雄,我这两个侄儿死得甚是可惜!今日我拿住顾焕章,替我两个侄儿报仇雪恨!"德福说:"会总爷别在这里杀他,还是送在大竹子山杀他为是。"任永春正在犹疑不定之际,忽见从外面进来一人,说:"任伯父一向可好!小侄谭逢春来也。"任永春一瞧,原来是玉面郎君神偷谭逢春,说:"你打哪里来?"谭逢春说:"我与您老人家借几间房子住。我带了一个人来,是我未过门之妻邓芸娘,他全家被害,无处投奔,特意跟我前来暂住几日,再为打算。"

书中交等,谭逢春在隐善庄同邓芸娘打算要刺杀于占鳌,未得下手,同邓芸娘到了邓家庄,把他哥哥死尸成殓起来,同邓芸娘来至后院,有春兰、春梅两个丫头伺候,说:"哟! 姑娘你回来了? 我们两个人甚不放心!"邓芸娘一点手,把谭逢春拉到屋里去,二人落座。谭逢春一瞧桌上两个菜碟、两个酒盅、两双筷子,桌上有干鲜果品,冷荤热炒等残菜。谭逢春说:"妹妹,你与谁喝酒来着?"邓芸娘说:"我自己在这喝酒来着,有个丫头陪着我。"谭逢春他本来心中就思念邓芸娘哪,今见邓芸娘让他喝酒,他是心满意足,在灯光之下偷瞧邓芸娘,真是千姣百媚,果然万种风流,黑鬓鬓的头发,白生生的脸膛,发亮如镜,貌可充饥。这一部《永庆升平》妇人女子之中,就让邓芸娘属为第一,说她貌可充饥,言其她长得相貌真好,人要见了他一面,连饭都忘了吃哪。今日谭逢春在灯下两眼发直,目不转睛看那邓芸娘。这邓芸娘又慢闪秋波,呆斜杏眼,故意地卖弄张狂,引动于他。见谭逢春正是风流少年,人品俊秀,说:"谭二哥,你今年轻春几何? 家中嫂嫂长得可好? 是比二哥年岁大? 是比二哥小?"谭逢春说:"妹妹,我还没有成家呢。正想要说一个年岁相当的,老未得遇其佳人。"邓芸娘说:"二哥,你要什么样人才? 待我去给你说去。"谭逢春微然一笑,说:"就像妹妹你这个样的。"邓芸娘一听此言,不禁一笑,脸微一发红,斜瞧了谭逢春一眼,说:"你要不嫌弃我容颜甚丑,咱们两个人作为天长地久的夫妻。按理可没这说的。"谭逢春说:"妹妹,甚好。自从那一年我见你一面,我时时刻刻记念在心。今天蒙贤妹的美意,趁此今夜良宵,佳期美景,你我共入罗帏,成其那件好事。"邓芸娘吩咐丫头把残席撤去,收拾好了卧居。正是:

　　携手揽腕入罗帏,含羞带笑把灯吹。

　　金针刺破桃花蕊,不敢高声暗皱眉。

二人鸾颠凤倒。一夜无话。

　　次日天明,听见小竹子山号炮惊天,杀声震地。谭逢春说:"此处正冲行兵的大路,在此不能久呆,你我快些走吧。"邓芸娘把家财散给众下人,同谭逢春起身,打算要投奔安南庄镇海蛟龙安天福,是谭逢春的师傅。安天福乃是天地会八卦教的头目。走在半路之上,谭逢春一想:"要往那里去,怕有不便。莫若我投奔青莲岛我任伯父那里去。"想罢,与邓芸娘商议说:"贤妹,你同我到青莲岛,你意下如何?"邓芸娘说:"你上哪里去,我跟你上哪里去。"谭逢春主意已定,到了大江渡口,二人雇了一只船,顺大江,这一日到了青莲岛。船只靠岸,邓芸娘同谭逢春二人下了船,来至任永春门首。家人回禀进去,谭逢春到里面,一见任会总正要把顾焕章结果性命。谭逢春说:"老伯父一向可好? 小侄男特意前来拜访。"任永春说:"先把顾焕章搭在空房之内,派家人看守。"说:"谭贤侄,你从哪里来?"谭逢春说:"小侄男从邓家庄来,前来拜望伯父,还求你借我几间房子,我要在这里寄居。"任永春说:"我这西院有的是闲房,你自己去看。"谭逢春出去把邓芸娘带进来,拜见任永春。这任永春一见邓芸娘长得是千娇百媚,万种风流,叫家人把西院收拾干净,叫谭逢春在那里居住。谭逢春出来道过谢。任永春吩咐摆酒与谭逢春接风掸尘。家人摆上酒菜,二人落座吃酒。

谭逢春问道:"伯父,方才拿住这个人是谁?"任永春说:"贤侄,你不知道,那就是大清营的顾焕章。此人武技高强,本领出众。适才我用麻药将他麻过去,方要结果他的性命,贤侄你来了,暂时饶他不死。"谭逢春说:"老伯父,你真是神机妙算,将他拿住。这顾焕章身上带着一口太阿剑,伯父将他摘下来,伯父佩带,也是一件防身之宝。"任永春说:"也好,我正缺一口宝剑,现时他在后面空房之内,有人看守。"二人喝到天有二鼓以后之时,撤去残桌。谭逢春回到西院安歇。任永春叫家人掌上灯笼,到了后院,要取那一口太阿剑。方走到后院西配房,见里面灯光已灭,用灯笼一照,但则见看守的家人死尸倒于地上,顾焕章踪迹不见。不知是何人救去,且看下回分解。

第七十回

倭侯爷夜探贼巢　玉昆奉令救群雄

词曰：

　　石崇夜梦坠马，醒来说与乡人。担酒牵羊贺满门，俱给他压惊解闷。　　范丹时被虎咬，人言他自不小心。看来人是敬富不敬贫，世态炎凉可恨。

　　话说任永春来至后院一瞧，顾焕章没了，这几个家人被杀，自己大吃一惊，吩咐手下家丁鸣锣聚众，各处搜查。

　　书中交待，顾焕章是被何人救去？只因他被人拿获，牢拴二臂，过了有一个时辰，就还醒过来了。睁眼一看，两旁有人看守，自己绑在桩柱之上，不能动转，情知中计，无法可施。正在着急之际，忽见那四个看守的庄兵在那里喝酒，点着一支蜡灯，从外面打进一宗物件来，"吧嗒"一声，正打在蜡灯之上，把灯打灭。从外面飞身进来一人，手起刀落，把四个家人杀死。把顾焕章绳扣解开，说："侯爷，跟我走吧。"顾焕章说："你是谁？"那人微然一笑，说："你连我都忘了？真是贵人多忘事！我姓何，名瑞，人称混水猿，在石平州正北何家洼住。我是从家中坐着一只小船要去探竹子山，方才在江口瞧见一个采花的淫贼玉面郎君神偷谭逢春，坐着一只小船同着一个女子进了青莲岛，我跟随在后，见他与任永春谈话，我才知道你在此受困。侯爷，跟我快上船去吧。此处并非讲话之所，你跟我快走吧！"

　　两个人飞身上房，蹿出院墙，下了山坡，来至江岸，用手一指，说："侯爷，上这只船！"顾焕章跳上船来，何瑞也上了小船，说："倭侯爷，为何独自一人来到此处？"顾焕章说："并不是我一人来到此处，其中有个缘故。只因我等众人随穆将军攻破了祁河寺，追下八路都会总赛诸葛吴代光，在青石坡将他拿住，实指望解往大清营，前去报功，不想在双宝镇下江口误中贼人奸计。将马成龙、马梦太、高杰、姜鸿、白胜祖、白桂太、侯文、侯武、洪永太、马清太十个人,均皆被擒,我那师弟小白龙王天宠大概死在乱军之中。我是身倦体乏,误走在这里,想要在这里歇息歇息,好去替我那几位朋友前去报仇,不想遇在此处,又被他人用迷魂药迷住。若非你来搭救,我就死在此处了。你是从哪里来?"何瑞讲明自己的来历,说:"侯爷,在我这船上先歇息歇息吧。"二人到了小船上,喝了两碗茶。顾焕章说:"这正南上就是竹子山的水师连营,我前去替我朋友们报仇!"

何瑞拦至再三,顾焕章执意不听,自己带上宝剑,跳下水去,浮水来到水师营,慢慢由水底下进了营门,找着中军大战船。见上面灯光闪烁,用耳音听了一听,里面静悄悄,空落落。一纵身躯上了大战船,见船舱之内灯烛辉煌。自己推门进去,见是静江太岁张宝在灯下看书。顾焕章举宝剑照定张宝就剁,张宝急闪身形,伸手拿出大环金丝宝刀急架相迎。两个人先在船上动手,后来两个人跳下水去。此时张宝手下当差之人早已知道,一棒锣声响亮,有无数的水鬼兵手执灯笼,照得满江通红,水鬼跳下水去,各执三节钩镰枪,帮着张宝,要捉拿顾焕章。这顾焕章颇通水性,剑法灵便,扎死无数的贼兵。见贼势众大,不敢久战,杀出一条血路,浮水直奔正南。张宝也并不追赶,带领手下兵丁上船。

顾焕章往南浮水有二里之遥,长身钻上水来一瞧,南面是山,北面是水师连营。顾焕章一想:"要回去还得与张宝大杀一阵,莫若闯到大竹子山,前去解救众家英雄。"又望正南一看,见山口俱有战船排定,其形好似浮桥,船上点着气死风的灯笼,上有巡山太保高胜的账房,带领一干水队,把守山口。晚半天有二百值宿的兵丁,在此盘查,出入人等俱有腰牌。顾焕章一沉身下水,睁眼往对面一瞧,船底下安着拦江绝户网,船头上都有鲜鱼头刀轮。要碰在刀轮上,人是准死无疑;若要撞到网上,铃铛一响,上面一拉网绳,就把人拿住。顾焕章看罢,心中说:"我这口宝剑能削铜剁铁,要破他的拦江网易如反掌。"慢慢地拿宝剑把网绳割断,由船底钻进竹子山的山口,浮水往正南走。约有七八里之遥,往西一拐,走了不远又往北拐,一瞧东、西、南三面是山,当中有一片水,方圆有一百余里地。靠北一带俱是大战船,有飞虎舟,有太平船,有满江飞,有浪里钻,各样船只不少。上面分五色的号灯,南方丙丁火,是红灯笼;接东方甲乙木,是青灯笼;西方庚辛金,是白号灯;唯有北方壬癸水,可不能使黑灯笼,使白灯笼糊一道黑纸腰节；当中间中央戊己土，是黄号灯；按金、木、水、火、土五行的格局，分青、黄、赤、白、黑五色的号灯。

顾焕章看罢，绕过水师营扑奔山坡。到了山破，上得山去，找了一个僻静所在，把身上衣服拧干。仰仗这个时光不冷，正在夏天景况，顾焕章收拾好，上了这座大竹子山。到了头道寨堡栅栏门，见寨门紧闭，墙子上也有几盏号灯。顾焕章由清静地方上得墙去，翻身跳入大寨，但则见正北是帅府大厅，东西两面各有配房二十余间，里面并无灯光。顾焕章蹿过这所大厅，站在房上一望，见东边是一所房，有百十余间，都是楼台殿阁。正北有一所院子，也都是楼台殿阁，大概是吴恩、蔡文增所居之处。正西一片是大军的草料场。顾焕章跳入正北这所房子，在各处偷听。到了北院中一瞧，这院是以北为上，三合房，见北上东里间屋中灯光闪烁，听有人说话。

顾焕章来至窗棂以外，慢慢的把窗棂纸湿透，往屋内一瞧，靠北墙一张八仙桌，桌上一盏蜡灯。东边椅子坐着一人，站起来身高八尺，膀乍腰圆，面如姜黄，两道重眉，一双大眼，皂白分明，准头丰满，四方口；头带三角白绫巾，勒着金抹额，二龙斗宝，迎门一朵茨菇叶，身穿一件白缎箭袖袍，周身绣串枝莲花，瓜瓞①绵绵，腰扎丝鸾带，套玉环，佩玉珮，足下青缎子薄底快靴，肋下佩一口绿鲨鱼皮鞘太平刀。靠西边椅子上坐定一人，是白脸膛，也是天地会八卦教的打扮，年岁二旬有余，精神百倍。这两个人乃是亲手足，黄脸的叫黄面阎罗张天福，白脸的叫白面阎罗张天禄。这两个人乃是蔡文增的两个拜弟，俱有万将难敌之勇，水旱两路精通。顾焕章听他两个人谈心。张天福说："贤弟，今日蔡大哥与八路都会总商议这个主意甚好。先派人去上云南府昆明县五华山，把仁和教主请来，叫白练祖带上各种的法宝，在上江口帮着坐山雕罗文庆阻住穆将军那支人马，不到百日之工，管保把大清营的人马拿净。咱们蔡大哥带着咱二人扑奔福建鹿耳门，前去找水军都会总李天保、神棍将李天一，那里有咱们会中三万大军，顺水路取独龙关，捉拿张广太，抢神力王五百只大战船，断大清营的粮道。咱们与蔡大哥率带着人马，截住穆将军、神力王的归路，让他腹背受敌。这一阵，可以成功。把方才拿住这十个人，等仁和教主一到，把他

———————————

①　瓜瓞（dié）——小瓜。

推出去开刀祭旗。"

　　顾焕章听到这里，大吃一惊，心中说："真要这么办理，穆将军、神力王大事不好。"顾焕章一想："既来此山上，岂肯空回？莫若我把吴恩与蔡文增两个人的首级带回去。"想罢，自己一长身，蹿上房去，在各处一找。但则见西北有一所院落，顾焕章至这边院子来，见北上房屋门关闭，听西厢房屋中有人说话。来至临近，附耳一听，有两个小童儿说："祖师爷睡啦，咱们也该歇息歇息了。"顾焕章一听，"大概不是吴恩，定是蔡文增在这北屋里睡觉。不免我去结果他的性命，将人头带走。"主意已定，来至北上房，慢慢地把门拨开进去。到了屋中一瞧，靠北墙一张八仙桌，桌上一盏蜡灯，蜡花多长。桌案上堆叠着好些个文书，大概是办公事的所在。把西里间屋中幔帐一掀，但则见顺前檐一张大床，落着蚊帐，里面有人，呼声震耳。顾焕章把蚊帐挑起来一瞧，有一人头向西、脚向东、面向南，盖着大红呢棉被，蒙头盖脸，棉被上面盖着一件八卦仙衣。顾焕章来至临近，把太阿剑举起来，先把蜡灯吹灭，怕是外面有人瞧见灯照的影儿，把大红呢的棉被往下一拉，把宝剑举起来，照定项颈之上就剁。只听"噗哧"一声响亮，红光崩溅，鲜血直流。不知吴恩的性命如何，且看下回分解。

第七十一回

顾焕章巧计救宾朋　浪里钻聚兵战江口

诗曰：

云驱风急马蹄忙，吐气扬眉志激昂。

不怕青云高万丈，只要黄卷两三行。

棘闱门户无关锁，茅屋人家有栋梁。

明日广寒宫里去，桂花折得几枝香。

话说顾焕章来至床前临近，手起一剑把那睡觉的老道杀死，把宝剑一撤。忽听东西配房锣声一响，齐声喊嚷："拿奸细！"顾焕章连忙转身出来，方到院中，只听四面八方全嚷："拿奸细呀！拿奸细呀！"吴恩手执宝剑从北房跳下来，摆龙泉剑照定顾焕章就剁。原来吴恩等怕有奸细前来行刺，各屋中真真假假都有埋伏。今日北上房床上睡觉这个不是人，将榻上收拾干干净净，用一只大个山羊，把四条腿捆上，把嘴用绳儿给他系上，用一份上好的棉褥子，把羊放在褥子上，用大红呢的棉被一蒙，再把老道衣服压在被窝上头，那只羊一喘气，好像人打呼噜似的。今被顾焕章杀死，那床上有走线，只要有人一动此床，那走线铃铛就通到那西屋中。今日顾焕章杀死了这只羊，那走线铃铛一响，惊动了防守之人，大家鸣锣聚众。吴恩在后面早已听见，拔龙泉剑奔到前院，说："好大胆的奸细，胆敢前来行刺！"举龙泉剑照定顾焕章头顶就砍。顾焕章用太阿剑急架相迎，说："唔呀！混账王八羔子，今天吾是与你干上了！"摆宝剑与吴恩杀在一处。此时后边劝善会总蔡文增也知道信了，连忙拿五云筒扑奔前面而来，帮助吴恩捉拿奸细。顾焕章见贼人势大，怕受他人之算，自己受伤，把太阿剑一摆，杀开一条血路，飞身上房，想要逃走。蔡文增照定他后胸就是一五云筒，一股青烟把顾焕章后身的衣服烧着。顾焕章翻身跳在房上，正在荒疏，并未曾留神，往下一跳，正跳在翻板之上，"噗哧"一声，堕入地板之下大坑内。早被贼人看见，用挠钩套锁搭住。蔡文增、吴恩二人过来，派手下人把他搭上坑来，牢拴二臂，吩咐人将他搭到西院空房内，派兵丁小头目胡得宜看守。胡得宜带领四个手下人，把他押到西跨院北上房，把顾焕章捆在椅子上。胡得宜带着四个小伙计在廊檐底下喝酒。

天已到三鼓以后，顾焕章闭目等死，宝剑也叫蔡文增得去。自己心中着急之际，忽听廊檐下"哎呀，噗咚"，"咕噜噜，吧嗒"。"哎呀"是胡得宜一嚷，"噗咚"是他栽倒了，"咕噜噜"是他一滚，"吧嗒"是他酒瓶子砸了。胡得宜与四个伙计俱皆丧命。从外面进来一人，说："侯爷多有受惊，我特意前来救你。"走过去把绳扣解开。顾焕章一瞧，不是别人，正是飞天大圣玉昆。顾焕章说："你从哪里来？"玉昆说："只因那一日穆将军派一干英雄取了祁河寺，赤发瘟神韩登禄死在乱军之中。穆将军查点人马，就缺倭侯爷、王义士、高杰、白少将军等。在各处寻找，并不见你们几个人的下落。穆将军这才派朱天飞、侯化泰这二位老英雄寻找你等去，找了一天也不见回来，穆将军甚为着急，这才派我前来。前者我上大竹子山来过，这山里头地理甚熟。今日我来到此处，正访问之间，听见说你被贼人拿住，方才我把胡得宜等几个人杀死。侯爷跟我走吧，还得快走，倘若被贼人知道，要走是比登天还难！"顾焕章说："别忙，你怎么进来的？"玉昆说："施展我平生的功夫，飞进大竹子山，探听你等众位的消息。"顾焕章说："这里还有几个朋友，总是连他们一同救出去为是。"玉昆问："马大人同白少将军他们几个人现在哪里？"顾焕章说："他们共十个人，俱都在江口被贼人拿住，是混海泥鳅姜鸿、墨金刚白桂友、洪永太、马清太、镇八方小陈平侯文、乐九州赛存孝侯武、高杰、瘦马同胖马，与白少将军共十个人。我跟你找他们去吧。"玉昆说："也好。"

二人飞身上房，在各处寻找，并不见十个人的下落。正在着急之间，忽见正西有两名更夫，一个更夫拿着锣，一个更夫手拿着梆子，顺着夹道由西往东走。正交三更三点，顾焕章飞过去一脚，把前面那个更夫踢倒按住，解开他腰中带子，把他捆上。后面那个更夫刚要跑，顾焕章说："混账王八羔子！你要跑，吾把你脑袋揪下来！"一腿把这个更夫踢倒了。顾焕章说："你叫什么名字？"更夫说："我叫吴二，在这里充当更夫。好汉爷饶我这条性命！你是从哪里来？"顾焕章说："我乃是大清营的大将。我且问你，你们祖师爷拿住了我们那十员战将收在哪里？"吴二说："就在这西边灵石岩下，另有一所院子，坐北向南，里面是北房三间，东西配房各三间,靠门外面有几株桂树,上面有一块匾,是'香浮院'。大清营的差官老爷都在那里。有两位头目,名叫水里滚周平、浪里钻吴滚,带有二十名兵丁,在那里看守。"顾焕章听更夫吴二之言,记在心中,把更夫吴二捆上,把口给他塞住,说:"我也不杀你,我把你放在房上,等我办完了事再放开你"。连那个更夫一并把口塞好了,把二人放在房上前坡。他同玉昆两个人扑奔灵石岩。

来至香浮院之外,顾焕章一瞧,这地理占得甚好:西边是五丈多高的石台,方圆有二十余丈,上面这所院子是香浮院。二人登着石台上去,见正北两旁支着气死风灯,有十几个八卦教的兵丁在那里值宿,各拿着兵刃。这二人就是玉昆手中有刀,顾焕章手无寸铁,想要与这些人动手,那十数个兵丁也不是他的对手,怕的是打草惊蛇。二人循着这石岩往北,到了无人之处,是香浮院的东北。顾焕章说:"玉昆,此事不可大意! 你我在龙潭虎穴之中,倘若叫贼人知晓,想要逃走是比登天还难。你有翅膀儿可以逃走,我等又无翅膀儿;再者说,还有不会水的。"玉昆点头说:"有理。"二人飞身跳过墙去,在房上后坡一听,屋中马成龙正与众人说话,听不真切。二人溜下房来,在窗棂以外一细听,那马成龙叫:"白大兄弟,你我弟兄被贼人所获,在这里杀又不杀,放又不放,实实在在把我憋闷死了!"白少将军说:"马大哥,死生由命,富贵在天。你我为国尽忠,与民除害,今遭不测,遇此大险,你我大丈夫视死如归,生而何欢,死而何惧!"这顾焕章慢慢把后窗户摘下来,飞身蹿进屋中,见了大众,说明来由,并将众人绳扣解开。见廊檐底下灯光闪闪,周平、吴滚正在那里喝酒。顾焕章同众人一语不发,把众人悄悄的领出后窗户来。众人定了定神,看见满天星斗。玉昆头前带路,由东北角跳上灵石岩。这几个人飞身上房,同定玉昆蹿房跃脊,如走平地相似。出了竹子山大寨门,顺山坡下了竹子山。顾焕章说:"我去找一只船去,你们在这里等候我。"白少将军说:"我们跟你一同前往。"

众人一直往西走了不远,但则见星斗之下黑夜之间,靠岸边有一只小船,上面有个灯笼,有两个水手。顾焕章跳上船去,说:"你们两个人不准嚷,送我们大家出山,必有重赏。"吓得两个人战战兢兢,说:"好汉爷,饶我们二人的性命! 我们是哥儿两个,我叫全福,我兄弟叫全禄,原是石平州的人,以打渔为生。只因竹子山的人造反,这里应名是招募水手,我们哥儿两个来在这里船上，专管来往走差使的差官。好汉爷，您老人家是谁？"顾焕章说："我姓顾，双名焕章，山陕有名，人称'赛报应'，恩赐倭克金布，赏给靖远侯。我今天特意来探竹子山，救我的盟兄拜弟。你们两个人送我们出大竹子山，我把你们带到大清营，交与老将军，必赏你们一份钱粮。"全福、全禄说："甚好，全仗侯爷提拔，请侯爷诸位上船吧。"顾焕章，玉昆同众位英雄上船，大家这才定神。方要开船，侯文说："且慢，咱们大家的兵刃俱在竹子山，还得求倭侯爷再辛苦一趟，把大家的兵刃再盗回来，咱们再走。"顾焕章说："也好。"自己带了一口刀，又进了竹子山，走了不见甚远，见上面一片灯火之光。飞身上房，到了里面，找着兵器库，把众人的兵刃盗回来。到了船上一瞧，就缺白少将军的龙泉剑、马成龙的大环金丝宝刀、自己的太阿剑。说："咱们走吧，这三般兵刃不容易盗，大家回营之时再作道理。"全福、全禄这才开船，一直扑奔大竹子山的山口，船只到了山口，此时高胜已然睡熟，众兵丁俱都不认真盘查。众人解开拦索，放下浮桥，众人闯出了山口，绕过静江太岁张宝的水师连营寨，这只小船顺大江一直往北。方走出有数里之遥，只听后面锣声响亮。此时天色东方发晓。后面水里滚周平、浪里钻吴滚，带着五百名飞虎水队，撞出山口。静江太岁张宝也知道信息，点齐了水鬼喽兵，杀出水师连营寨。江声大震，喊杀连天。顾焕章一干英雄，不知性命如何，且看下回分解。

第七十二回

豪杰回营定巧计　义士奋勇盗宝刀

词曰：

终日忧愁何益，不消短叹长吁。箪食瓢饮乐三余，定是寒儒雅趣。　谁求名登雁塔？惟愿沽酒题诗。高歌对月诵新诗，方展胸中志气。

话说顾焕章带定十数位英雄，正想逃走，听见后面喊杀连天，追兵甚近。原来是周平、吴滚正在灵石岩上吃酒，见屋中并无动作，进屋中一瞧，后窗户支开，两个人连说"不好"，点齐了五百飞虎水队，下了大竹子山的山寨，要了二十只飞虎舟的战船，出了大竹子山的山口。先派人给静江太岁张宝打信，他带着这一队战船先追下去。张宝这里也点齐了大队，沿江追下去。顾焕章回头一瞧，说："不好啦！贼兵追赶下来，眼看就到了，这便该当如何是好？"马成龙说："别的全不怕，就怕他们钻船底，那时可就不好了！"姜鸿说："我跳下水去，护着咱们的船底。"顾焕章说："你在船的上面阻住了贼人，叫水手自管急行，不许停住，且战且走。"高杰等全都手执着兵刃，站在船上。那边水里滚周平、浪里钻吴滚，各执三节钩镰枪，说："被擒的鼠辈，我等一时间失神，你等竟逃至此处。要知时务，别叫会总爷我们动手！你几个人要想逃走，那焉得能够？"手下五百名水队战船分双龙出水势的样子，从两旁一裹，就把马成龙等这一只船给围上了。周平叫水鬼兵跳下水去，用锤钻要钻马成龙这只船底。这十数个八卦教贼兵方才跳下水去，见前面有一人，手拿钢刀照定那些水鬼兵就扎。那八卦教的水兵如何是姜鸿的对手，将打了几个照面，被姜鸿连扎伤了七八个人，那余者都嚷："厉害！"逃回他们的兵船，各自上去。周平摆钩镰枪要往马成龙那船上跳，被瘦马马梦太一避血玦，正打在周平的左肩头之上，周平逃回船去，见那倭侯爷等那只船飘荡荡一直往正北去了。

静江太岁张宝带领一千名飞虎水卒，及至赶到江口，见顾焕章等那只小船走了甚远,大概还瞧得见,往北一直逃去。张宝吩咐手下人等急追。这一千五百名兵丁会合在一处,就把那倭侯爷这只船赶下去了。不到一里之遥,就把这一只小船给围上了。姜鸿明白大江之中须先护着船底,立刻就跳下水去。顾焕章等各抱着兵刃在船上站立。张宝派吴滚带领水鬼兵丁跳下水去,先要坏了他们那船只,再要拿他们就易如反掌看纹,不费吹灰之力。吴滚带了五十名水鬼兵,吩咐说:"我要下去和他们动手之时,你们大家要齐心努力,把他的船底给钻坏了,算你们五十个人一件奇功!"那水兵人等齐声答应,一齐跳下水去。吴滚指挥着这些人,竟扑奔那只船而来。姜鸿瞧见,把刀一顺,照定吴滚前胸就扎。吴滚一闪身躲开,摆钩镰枪照定姜鸿就刺。在大江之中,他二人各施所能。五十名水兵先拿着锤子、钻子,照定马成龙那只船上用力一钻,只听"咚咚"的两三下,那只小船儿早就漏了。高杰在上面正与张宝动手,一见那脚下的船进了水啦,大家齐吃一惊,说:"哇呀!可不好了,这只船可漏了!"顾焕章见这只小船既然是漏了,看着就要沉入水中。那静江太岁张宝早回自己的船上去了。赛报应顾焕章一看不好,说:"众位,要不好,这只船要沉了!"

马成龙正在着急之际,忽见正西来了两只大船,上面插着两杆大旗,是杏黄的颜色,蜈蚣走穗,火雁掐边,坠角铜铃被风一摆,"当啷啷"的直响,上写斗大的一个"杨"字。见船上有一百多名水兵,都戴着分水鱼皮帽,日月莲子箍,蓝油绸子的水衣水靠,怀中全抱着钩镰枪,身穿红号坎,上有白月光儿,写的"三岔山练勇"。船头上站定一位老英雄,身高八尺以外,头戴分水鱼皮帽,身穿蓝油绸子裤褂;面如瓦兽,粗眉大眼,鼻直口方,海下一部虬髯;年在六十上下,怀中抱着一口金背刀。来者正是虬首龙杨永安,后面跟定那只船上,正是海底蛟杨永太。把贼船冲开,说:"大清营的差官老爷不必心慌,我二人来也!"顾焕章等大家一看,来了三岔山的兵船,大家心中甚喜,一齐蹿上那只船上。一回头,见这只小船已然沉入水内。后边船厥之中蹿上一人,正是小白龙王天宠,说:"众位不要着急,待我捉这一伙无名的小辈"。

书中交待,王天宠他昨日在水里与大竹子山的水寇动手,他见贼人败走,自己出水一看,连自己的那只小船也没了,连马成龙等也都不见了,知道这些个人是被人拿去了,连急带气,说:"我王天宠乃是堂堂正正奇男子,烈烈轰轰大丈夫,一日之间,我的朋友被他人拿去,我要是不替他们报仇,我是一个畏刀避剑、怕死贪生,我算是什么英雄!"越想越气,自己拉出雁翎刀来,想要追贼至大竹子山,前去骂山,骂出贼人来,与他以死相拼。主意已定,一直地往正南走了不远,只见从正东来了一只船,上有六个水手,船头之上有两个号灯,当中有一把太师椅子,上面端坐一人,正是海底蛟杨永太,说:"水内有人"。王天宠说:"是我。"飞身上船,在上面与杨永太见礼,说:"叔父大人在上,小侄婿王天宠有礼。"杨永太说:"原来是王义士!贤侄婿,你是从哪里来?"王天宠就把奉令探祁河寺、拿吴恩之故细说了一遍。又说:"有我十一个朋友,都被他等拿去,我要去替我的朋友报仇雪恨"。杨永太说:"原来如是。你只管跟我来,我是同你岳父带领二百名精壮水兵,在灵岩岛山里隐藏,每日派人去哨探那大竹子山的信息。今日我兄长听手下人来报,那大清营的差官老爷在江口被劝善会总蔡文增拿去,我二人商议,来至此处,哨探机密之事。我兄长还在灵岩岛等候,你跟我到那里商议,再想主意破他这座大竹子山,救你那些朋友。"王天宠一想,也倒有理,就叫开船。不多一时,来至灵岩岛的山谷之中。见那边还有一只战船,正是虬首龙杨永安的战船。王天宠同杨永太二人来至大战船之上,见了虬首龙杨永安。王天宠行了翁婿之礼。杨永安问明了王天宠的来历,杨永安说:"你不要忙,我知道这座大竹子山甚不易破,我自有主意。你那几位朋友大约也都死不了,也不必着急,你先喝酒吧"。叫手下人摆酒,三个人在船舱之中吃酒谈心。天已三鼓之时,三人安歇睡觉。

　　次日天明起来,早饭后,只听大竹子山口外金鼓大作。杨永安立刻带手下人等,吩咐开船。带领水兵来至在江口,正遇见马成龙、马梦太、高杰、白胜祖、侯文、侯武、洪永太、马清太、墨金刚白桂太、顾焕章那十个人都在一只小船上,眼看着那船正要沉入水中。杨永安说:"你们快往这只船上来吧!"十位英雄方才跳上那只船去,静江太岁张宝早已看见,知道是三岔山的虬首龙杨永安。这兄弟二人都是有能为的,武技高强,本领出众,乃当世的英雄。此时海底蛟杨永太早就跳下水去,一瞧浪里钻吴滚手中刀上下翻飞,混海泥鳅姜鸿正与吴滚杀了一个难解难分之际。杨永太一看,摆手中刀过去照定吴滚分心就扎。吴滚用刀往外一拨,打了几个照面,吴滚被姜鸿、杨永太二人杀死。水里滚周平见吴滚身死在大江之中,他气往上撞,说:"好一个无知匹夫,我来拿你!"摆刀跳下水去。此时那八卦教中五十名水兵早被姜鸿、杨永太二人杀了二十余名,余者逃回船上去了。静江太岁张宝一见,吩咐自己的水鬼兵丁:"你们大家务要努力,把那些大清营的余党拿住,必加倍重赏!"那一千五百名水兵一齐喊嚷,全都往上围裹,各拿弓箭,分四面八方,把三岔山的两只战船全都给困在当中。不知众人性命如何,且看下回分解。

第七十三回

飞天大圣复探山　劝善会总施毒计

诗曰：

  一年又过一年春，百岁曾无百岁人。

  能向花中几回醉，十千沽酒莫辞贫。

  话说海底蛟杨永太与姜鸿二人在水中正杀水鬼教兵，水里滚周平赶到，二人动手，杀了几个照面，杨永太一刀把那周平杀死。姜鸿二人上了战船。再看那张宝调动他手下一千五百名水鬼兵，各执强弓硬弩，把虬首龙杨永安那两只战船都给围上。梆子一响，万弩齐发。那杨永安手下二百名兵丁各执藤牌，遮挡弩箭，且战且走，闯出重围，直奔正北。张宝见那杨家兄弟二人精通水性，手下又有那些水兵，都是英勇无敌的英雄，张宝见不能取胜，吩咐收兵，回归水师营。

  杨永安带领众家英雄，坐着船，顺大江直奔祁河寺上江口。这日正往前走，忽见上江口西岸上，有无数的旗幡招展，全是天地会八卦教的大旗，乃是小竹子山坐山雕罗文庆与蔡文荣，带领罗如龙、罗如虎，还有两万水旱大队、四十余员上将。江内有一百多只战船，都插着八卦教的旗子。东江岸上是穆将军大营，也是旌旗招展，号带飘扬。原来是穆将军自那日率领全军大队人马攻破祁河寺，杀了无数的贼兵，进了祁河寺，救了朱天飞、侯化泰，见刘洪太、李德太率众投降，连浪里飞行翻江太岁李英一同参见将军。穆元帅派汪平盘查仓库并军装器械已毕，带领大队人马就在祁河寺正北安下行营，升坐中军大帐，传齐了众将，按花名册点名。诸战将论功升赏。穆将军按花名册查点，内中就短马成龙、马梦太、倭侯爷、王天宠、白少将军，开言问道："这几个人往哪里去了？"诸将中有朱天飞回禀说道："他们这些人从地道之中追下吴恩去了。"穆将军早料到那马成龙是一员福将，又有王天宠、顾焕章跟随，他两个人又是精明强干，颇有韬略，万不能受贼人的算计。穆将军把李英、刘洪太、李德太叫上来，问明了三个人的来历，俱赏给六品顶戴，就在帐前听差。这三个人谢过老将军。

此时汪平查点军装器械,回营交令。穆将军吩咐摆宴庆功,众三军俱吃得胜饼。穆将军又派人把赤发瘟神韩登禄、白面太岁任凤春两个人的死尸找出来,枭首级号令。一夜晚景无话。

次日,仍未见马成龙等六个人回来,穆将军亲身骑马到江岸上,一看水势甚狂,急发令箭,派邓龙带领五百步队,速到金沙江,把那一百只船调齐,不得有误。那邓龙接了令箭,带领五百步队竟奔金沙江龙峒山去了。过了一天,又不见马成龙等回来。只见远探子来报:"现在西江岸有小竹子山坐山雕罗文庆,带领水路全军大队人马,在上江口扎营。"穆将军一摆手,吩咐再探。探马下去。穆将军升坐大帐,把阖营诸将俱已调齐。穆将军说:"现在马成龙、倭侯爷、白少将军等自破了祁河寺,追下吴恩,至今未见回营,不知吉凶祸福。我意欲派人过江前去哨探,怎奈未得相宜之人。你等诸战将之中,有何高见?"汪平汪大人进前,欠身说道:"元帅不必为难。我看那马成龙等六个人,远韬近略,勇冠三军,乃是足智多谋之人,此一去,大概并没什么凶险,不久必有回音。"穆将军说:"虽然如是,他等俱是大清营的五虎上将,倘有疏失,皇上怪罪。"只见旁边过来一人,说:"将军休要为难,末将前去大竹子山,哨探他六个人下落。"穆将军用目一看,正是飞天大圣玉昆。穆将军心中甚喜,说:"玉昆,你要前去,我甚放心。诸事须要小心谨慎,不得违误!"玉昆领令,下了大帐而去。自玉昆走后,也不回来,心中甚是着急。

这一日,带领人马在江岸往正西一看,但则见正西上江口船只不少,旗幡招展,杀气腾腾,有无数的贼兵结下连营大寨。穆将军又不见邓龙调船回来,回归大营之内,见众三军俱都带有病形,回至大帐把各营各队的将官调齐,说:"你等属下兵丁俱都带有病形,所因何故?"这些营官、哨官一齐跪倒,说:"回禀将军,自从得渡金沙江之后,三军多不服水土,连日天气炎热,众人都带病形。"穆将军一闻此言,心中甚是忧闷,自己一想:"这件事情不好,倘若贼兵渡江,众三军带病,焉能打仗?"吩咐随营医家,赶紧调理医治。正在分派之际,外面有人来报:"有神力王大营差官禀见。"穆将军吩咐:"命他进来。"不多时,从外面进来一人,是守备官张胜,先给将军请了安,然后把告急的文书呈上。将军问:"张胜,老王爷自到楚雄府,军需如何?"张胜说:"回禀将军,老王爷自从湖耳山与将军分兵之后,取了镇雄州,兵到楚雄府,遇见地理教主袁治千。他有一种法宝,名叫黑煞招魂幡,败了神力王一十九阵。两军阵前交兵打仗,只要遇见他把招魂幡一摇,人的三魂七魄出窍,竟被他拘去。老王爷退守蛰龙峪,有金家五虎带着手下之人把蛰龙峪堵住。那金家五虎都精通妖术邪法,神力王大队不能出山,派了差官一名是张德,去到湖耳山副帅伊哩布那里求救;又派末将我来此处,面见将军,总然是早发救兵,先去解神力王爷之危。"穆将军说:"张胜,我派蔡将军带领一万人马跟你前往,在蛰龙峪山口之外安营,不准与敌人交锋,我候玉昆探听马成龙、顾焕章等下落,回头我亲自率兵前往。"蔡荣蔡将军分了一万人马,跟张胜竟自去了。

穆将军方要散帐,只见营门官来报:"马成龙、顾焕章、高杰、白少将军、王天宠、马梦太回营交令。"将军吩咐:"命他等进来!"不多时,这六个人来至中军大帐,面见老将军行礼,把过江捉拿吴恩一往之事,细说了一遍。穆将军说:"记你等六个人一件功劳。"玉昆上来给将军请安,把到大竹子山解救众位英雄之故,细回了一遍。穆将军吩咐:"把洪永太、马清太、侯文、侯武、姜鸿、白桂太、杨永安、杨永太带上来。"八位英雄参见将军。穆将军一看,侯文、侯武两个倒是英雄气色,赏给二人六品顶戴,在帐前充当差官。白桂太、姜鸿二人,俱给把总之职,也在帐前当差。洪永太、马清太俱赏给六品顶戴。杨永安、李永太不愿意做官,穆将军赏给全席两桌,派朱天飞、马成龙、侯化泰、王天宠四个人,陪着二位英雄饮酒。马成龙过来说:"卑职马成龙在将军台前请罪,我的大环金丝宝刀失落在大竹子山。"穆将军说:"此事本帅专折奏明圣上之时,必要替你说明。"旁边有玉昆过来给将军叩头,说:"末将不才,愿入竹子山,把马成龙大环金丝宝刀盗回来。"穆将军说:"玉昆,那大竹子山在大江之中,妖道能人甚多,你此去须要小心,不可大意。"玉昆答应:"得令!"穆将军散了大帐。

玉昆回到自己账房,收拾停妥,带了一口朴刀,用完了晚战饭,天已至黄昏时候。玉昆出离了大清营,来到无人之处,抖翅膀飞在半悬空中,一直扑奔大竹子山。飞进山口,到了无人之处,落在山坡之上,慢慢在各处偷听。只见前面一片灯火之光,这一所院子房屋不少,只见正北上房五间,东西各有配房三间。北上房屋中灯火闪烁,听见屋中有人说话。正是劝善会总蔡文增、黄面阎罗张天福、白面阎罗张天禄。蔡文增说:"二位贤弟,据我看这天地会八卦教不久大事可成。天文教主张宏雷早晚必到,那位教主爷善晓先天之数,能呼风唤雨,撒豆成兵。不久来到此处,帮助八路都会总操练出一支人马来,摆成一座阵式,管保把神力王与穆将军杀他个片甲不归。我眼下得了这一口太阿剑,乃是我护身之宝,后天乃是黄道吉日,我同二位贤弟挑一万飞虎水队,二百只大战船,扑奔上江渡口,截住穆将军道路,管保要拿大清国的战将,易如反掌。"黄面阎罗张天福说:"师兄要去,现在有一个人,何不把他请来,一同前往?"蔡文增说:"贤弟,你说的是哪一位?"张天福说:"就是镇守穿云关圣手真人马通。要把他请来,同兄至上江口,要捉拿大清营的战将,更不费吹灰之力了。他的能为武技颇好,又精通法术。"蔡文增一听,说:"我还真把此人忘记了。既待如是,明天我派人去到穿云关把他调来。"

　　玉昆听了多时,知道蔡文增这里议论军国大事,自己方要转身后边去,只听屋中有人说:"不好!外面房披上有人!"蔡文增等蹿出来,在院中一看,见房上果有一人,伸手拉五云筒,说:"哪里来的奸细?通名!"飞天大圣玉昆倚着艺高胆大,说:"蔡文增,要问你老爷,姓玉,名昆,有一个小小绰号,人称'飞天大圣'。前者在竹子山灵石崖救大清营众差官,就是你家老爷是也。"蔡文增一闻此言,气往上撞,说:"原来昨日在竹子山救人,就是你这鼠辈!别走,看山人的法宝取你!"拿五云筒照定玉昆一甩。玉昆见一股烟扑奔前胸,说声"不好",衣服早已烧着。不知玉昆性命如何,且看下回分解。

第七十四回
伊哩布回兵独龙口　巴德哩避雨夏家庄

词曰：

> 财乃世禄牛马，愚人何必弄愚。东绷西骗过眼前，那管十方血汗。　口责焉能空享，前债终久要还。无功受禄寝不安，何如安分自便。

话说劝善会总蔡文增照定玉昆前胸一甩五云筒，玉昆抖起翅膀，想要逃走，焉想到那五云筒一股青烟把翅膀烧着。老道一连又甩了两三下，玉昆身上衣服全都烧着了，心中暗说"不好"，抖起翅膀往外就飞。那翅膀越呼扇，这火着的越旺，火借风吹，风借火势，玉昆的衣服与翎毛全皆烧毁。往北飞过两座山峰，心内觉着一发慌，身子往下一沉，投入大江之中，火可灭了，自己又不会水，随着波浪往南顺水流去。蔡文增派人各处搜查，怕还有奸细藏在内里。乱了一夜，天色大亮，八路都会总吴恩升坐帅府大厅，蔡文增把昨夜晚上之事，细说了一遍。八路都会总一阵冷笑，说："竟有这等胆大鼠辈，胆敢前来讨死！师兄，从今以后，每夜多派人巡查。"

正说话之际，忽然见下面跪倒一人，说："教主爷，今有天文教主张宏雷坐大战船由云南府而来，离此有数里之遥，请都会总急速摆队迎接。"吴恩吩咐手下人等，整齐队伍。吴恩、蔡文增同张天福、张天禄、云南二勇士小常万杨平、老会总任山，一同各换了衣服，下了竹子山山寨，坐着战船出了山口。早有静江太岁张宝在此伺候，一同吴恩列开队伍，往正东观看。只见正东来了一只大战船，上插一杆白八卦旗，上面有二十四个水手，有一百名兵丁，来到竹子山口。吴恩跪倒行礼，口称："弟子吴恩，迎接祖师爷！"蔡文增等俱各报名。那只大船进了竹子山山口，一直来至山根以下。早有属下人等预备大轿，天文教主张宏雷从大战船上下来。众人睁睛一看,见这位教主爷头上戴一顶杏黄缎子莲花道巾冠,身穿鹅黄缎子八卦仙衣,足下水袜云鞋;面皮微红,红中透紫,两道长眉,一双朗目,鼻直口方,颔下一部银髯根根见肉,真是仙风道骨,仪表非俗。坐大轿上了竹子山,但则见两旁兵丁排队伺候。张宏雷到了帅府大厅下轿,立刻在正当中升了公位。吴恩、蔡文增二人给师伯叩头。张宏雷吩咐起来,问吴恩:"近来军需如何?"吴恩把失守峨眉山,被擒绝恩岭,"多亏仁和教主化地无形白练祖把我救回竹子山。现在仁和教主在云南府昆明县五华山上操演纸人纸马,借天地之正气,练一宗法宝,好破大清国的人马。今天师伯前来,可有何高明主意?"张宏雷说:"后面给我一所洁净的房屋,预备一百名童男、一百名童女,我山人练一宗法术,临时自有妙用。"吴恩、蔡文增二人听罢,说:"遵命预备。"张宏雷吩咐蔡文增急速派人至穿云关,把圣手真人马通调来,一同蔡文增挑选一万人马,带着黄面阎罗张天福、白面阎罗张天禄,同圣手真人马通,带手下兵丁,坐战船至上江口;把山中大事全托与静江太岁张宝管理,查拿奸细,防守山寨。

蔡文增带着战船到了上江口,与坐山雕罗文庆会合到一处。罗文庆说:"二位祖师爷来此甚好,穆将军的战船已在东江岸停扎,祖师爷须要小心。"蔡文增说:"我山人前来,正要捉拿大清营几员战将,方出我胸中之气。"圣手真人马通说:"师兄,我看这上江口北有一座小孤山,倒是扎营之所,防守这一座山口,断不能让他全军大队人马过江。"蔡文增领人马移在小孤山扎营,罗文庆把守这座江口。这一日打下战表,要与穆将军在大江之中开兵。

且说穆将军自派玉昆探大竹子山盗宝刀,未见回营,连日闷闷不乐。这一日,金刀帅邓龙调来八十只大战船回营交令,穆将军心中甚为喜悦,派王天宠、顾焕章统领五千人马操演水队;虬首龙杨永安、海底蛟杨永太二人协同办理。四个人领下令去。穆将军又派浪里飞行翻江太岁李英、混海泥鳅姜鸿二人为水军前敌,就在江岸操演人马。这一日,有伊哩布营中的差官前来禀见。穆将军把他叫上来一瞧,是守备邓喜。穆将军问:"你来此何干?"双喜给将军请过安,说:"卑职奉我家大人之命,现在独龙口张广太乞救。只因天地会八卦教水军都会总李天保、金棍将李天一,带有数万人马,将独龙口困的滴水不通。藤罗营都司徐景义阵亡,在独龙口有十三庄连庄会团练乡勇,俱被贼人杀败。乞将军早发救兵,解此危难,急请将军早做准备。"穆将军吩咐赏给邓喜一桌酒席,在下面吃完了饭回来听令。穆将军发令箭,把麻长荣调来,替伊哩布守粮台,派铁胆书生诸葛吉、钢肠烈士欧阳善、玉面哪吒张玉峰、玉斗、巴德哩、病二郎李庆龙六员大将,带一万官兵,同邓喜至湖耳山提调参赞大臣伊哩布营中,差遣委用。邓喜用完了饭,上来给将军请安,谢过赏,同钢肠烈士欧阳善等点齐了人马,直奔湖耳山来。

这一日,到了湖耳山伊钦差营中,把大队扎好。六员将官同邓喜进了大帐,参见伊大人。邓喜把将军的令箭呈上,回明了将军之令。伊大人心中甚喜。过了几日,麻长荣已到,伊钦差把一应公事交待清楚,带着自己的亲随并六员战将、一万官兵,浩浩荡荡直奔独龙口而来。一路之上撒下驳儿马探子,前去哨探。

这一日,正往前走,山口崎岖,只听迎面一声炮响,旗幡招展,号带飘扬,排开一队人马,俱都是头戴三角白绫巾,双插白鹅翎儿,身穿白号坎,怀中抱着一口斩马刀。当中有一人,手使一条虎尾三节棍,见此人身高八尺以外,膀阔三停,细腰窄背;头戴三角白绫巾,勒着金抹额,二龙斗宝,身穿白绫箭袖袍,上绣三蓝牡丹花,腰系丝鸾带,足下青缎薄底快靴;面如黑炭,两道粗眉,一双阔目,准头丰满,三山得配,海下无须,正在英雄少年,说:"伊哩布大队少往前走,今有会总爷在此久候多时!"伊大人的大队人马正往前走,忽见前面贼人亮队,吩咐:"列开旗门,三军扎住队伍。"伊大人派病二郎李庆龙出马,把贼人拿住,问他哪里来的贼兵。病二郎李庆龙答应,一催坐骑,来至两军阵前,说:"对面鼠辈通上名来!你是哪里来的贼兵,胆敢抗衡天兵的去路?"对面那条黑汉说:"鼠辈问太爷,姓金,名叫四龙,绰号人称'黑面魔王'。我兄弟花面魔王金四标,死在大清营战将之手,我特来带一队人马,替我兄弟报仇。我奉水军都会总李天保之命,带领三千大兵,特意在此埋伏,竟等候你等这支人马。"病二郎李庆龙一听此言,说:"原来你是叛逆金四龙,待我结果你的性命!"摆三尖两刃刀,劈头就剁。金四龙用手中虎尾三节棍往上相迎。两个人战了十数个回合,黑面魔王金四龙越杀越勇,精神百倍。巴德哩在队内略阵观敌,见金四龙甚是骁勇,伸手掏出一个铁莲子来,照定金四龙打去。这金四龙正与李庆龙动手,未能留神防备,这一铁莲子正打在前胸华盖穴上,金四龙"哎呀"一声,吸呼栽倒,被人救将起来,退回本队。伊大人鞭梢一指,大队冲将过去,两军混战,直杀得贼人尸横遍野,血染草红,金四龙带败残人马往正东偏北败下去。伊大人催大队往下追赶,眼瞧贼人转过山湾,踪迹不见。

伊大人择吉地安营,立下子午营、将军帐,用完了晚战饭。伊大人派巴德哩查前营门,玉斗守粮台,病二郎李庆龙巡墙子,查前后营。伊哩布自居中军大帐。天有初鼓之时,伊大人正在灯下看书,就有两名亲随人在旁伺候。忽见账房门一开,从外面进来一人,手执明晃晃一把钢刀,照定伊大人,分心就刺。只听"噗哧"一声,红光崩冒,鲜血直流,贼人的死尸栽倒就地。伊大人见刺客拿刀扎来,自己打算不能逃生,忽见贼人"哎哟"一声,躺于地上,后脑海中了一支袖箭,当时身死。伊大人问:"什么人拿的贼?"外面并无人答应。大人叫:"来人!"早有巡查账房玉面哪吒张玉峰听见大人呼唤,连忙带手下二十名兵丁至中军大帐参见大人,见地下躺着一人,连忙过去给大人请安,道受惊,问:"刺客是被何人拿住的?"伊大人说:"本部院正在灯下看书,忽见进来一人,乃是刺客,手执钢刀,正要刺杀本院,玉峰亲身到外面各处巡查,并不见有动静。回至大帐见了大人,说:"可惜刺客已死,不知他是被何人所差。"伊大人吩咐:"交营务处,把他枭首级号令。派人各处哨探哪里有贼。"天色大亮,见两个驴儿马探子报道:"前面尽是庄村,并无贼人扎营之所。"伊大人升坐中军大帐,传齐了一干诸战将,把昨晚上捉刺客之事向诸将说了一遍。诸将一齐请罪,说:"皆是末将失于防范,大帅遭险。"伊大人说:"并不是你等失于防范,天地会八卦教贼人诡计多端。我想此处临近村庄,必有贼党。今日本部院不走,马德哩、玉斗你二人在临近的村庄访查,回来禀我知道。"二人答应"得令",转身下了大帐,来到自己的账房之内,换了一身便衣。弟兄二人出离了大清营,一直扑奔正北。

走了大约有数里之遥,见前面有一村庄。二人进了这座山庄,一看街道整齐,树木森森,里面是南北的大街,东西的房子。见路东有一座小酒铺,在高坡上,上边有两株垂杨柳,杨柳树底下放着两张桌子,上面东厢房三间,坐东向西的门,乃是土墙,抹白灰,上面写着黑字,字号是"醉仙居"。巴德哩同玉斗上了东坡,坐在树底下板凳上,叫酒家给拿过两壶酒来。酒保过来,手内托着两盘酒菜,提着两壶酒,过来说:"二位爷才来?要几壶酒?"巴德哩睁眼一看,此人年有三旬以外,身穿月白布裤褂,足下白袜青鞋,面皮微黄,重眉毛,大眼睛,鼻直口方。巴德哩看罢,说:"放下这两壶酒,我们哥俩喝着。"问:"伙计,你贵姓?"酒保说:"我姓田,排行在六,人都叫我'笑话田六',皆因为我爱说爱笑的。二位大爷贵姓?"巴德哩说:"我这位兄弟姓玉,名叫玉斗。我名叫巴德哩。你们这村庄叫什么地名儿?"田六说:"我们这村庄叫夏家庄。这里有五六百户人家,都是姓夏。你们二位做什么生理①发财?"巴德哩说:"我们在四川成都府做买卖。想要回家,皆因年荒岁乱,各处刀兵四起,竟闹天地会八卦教,实在是厉害,我们在道路之上听见说独龙口又反了。"田六一听此言,连忙摆手,说:"二位爷少说吧。你们二位幸亏来到我这酒铺,要到别处去,必有性命之忧。"巴德哩问:"是怎么一段情节?"笑话田六连连摇头,说:"二位爷喝完了酒,赶紧赶路,总是少说话为是,不必往下多问。"巴德哩想:"他这话里有因由。"说:"田掌柜的,有句俗话说:'说话不明,如同钝剑杀人。'到底是怎么一段情由,你是细细的说明。"田六不慌不忙说出几句话来,吓得二位英雄呆呆一阵发愣。不知后事如何,且看下回分解。

---

①　生理——生意。

第七十五回

夏海龙识破机关　巴德哩二人遇害

诗曰：

暮云收尽溢清寒，银汉无声转玉盘。

此生此夜不常好，明月明年何处看？

话说玉斗同巴德哩来在夏家庄酒铺之中吃酒，因说闲话，提起天地会八卦教变乱之故，田六说："你们吃酒吧，少说闲话，要叫别人听见，你二人有性命之忧"。巴德哩问："是怎么一段事情？你说明白我听。"田六往左右一瞧，四顾无人，说："我见你们二位爷乃是精明强干之人。我们这临近四十多个庄村，都是变民①，每庄村都有天地会小头目一名。各村庄张贴告示：如要归天地会免死；如若不然，天地会八卦教一到，必要把全家杀死。要是官兵来到此处，都是安善良民，守分百姓，官兵过去，他们仍是反叛。要是大清营的差官老爷走单了，准九死一生，想要逃走，好比登天还难。要遇良善之人还可以逃命。我们这庄村当初都是好人，那一日天地会来了一张告示，劝我们这里归天地会，还要户口册子呢。如要不归降天地会，大家都有性命之忧。如要是归降天地会，都赐免死牌一个。我们这里人心不一。"巴德哩问说："天地会他们的大头目现在哪里？"田六说："在福建，水军都会总李天保是也。"

这玉斗、巴德哩二人听田六之言，一语不发，喝完了酒，会了酒钱，出酒馆顺大街一直往北，出了北村口，天也无非到巳正之时。正走之际，忽见天上云往西北，雾长东南。巴德哩二人紧往前走，忽听阵雷震耳，大雨连绵。两个人冒雨往前行走。此时正在仲夏之月，天气炎热之时，雨水不见甚凉。两个人走了有一里之遥，身上衣服皆湿。巴德哩心中甚是着急，说："贤弟，你看这正西偏北有一所庄村，你我弟兄往那里避雨去吧！"玉

---

① 变民——叛变的民众。

斗说："甚好。"二人一直扑奔西北而来，及至临近一瞧，是一片树木森森，正北有一所大庄院，坐北向南的大门，墙外有护庄的濠沟。巴德哩来至门洞，坐在板凳之上，见雨越下越大。

两个人正在心中着急之际，忽见门房出来一个人，把他二位上下瞧了几眼。巴德哩扭头一瞧，门房出来这人身穿宝蓝绸子裤，漂白布袜子，厚底镶鞋，手中托着白银水烟袋；有二十多岁，白生生的脸膛，俊品人物，站在大门洞说："你们二位从哪来的？怎么把衣服都淋湿了？"巴德哩连忙站起赔笑，说道："我弟兄两个人原是北京城人氏，往四川成都府前去探亲，回头从此路过，正逢天降大雨，来在宝庄贵府门洞，暂在此处避一避雨。"那人说："这有何妨。你们二位尊姓大名？"巴德哩不敢露出真名实姓，用手一指，说："我这个兄弟名叫王点，我叫李德，我排行在八。"那人说："你们二位不必在此避雨，我回禀我家庄主知道，你们二位到里边歇息去吧。走遍天下路，交遍天下友，四海之内皆兄弟也。我们这里庄主最爱交朋友。"巴德哩说："甚好。未领教尊驾贵姓？"那人说："我姓阎，叫阎明。我们庄主姓夏，叫夏海龙。"巴德哩说："也好，烦劳尊驾，回禀一声。"

阎明往里边去，不多时转身回来，说："我们庄主有请。"巴德哩、玉斗二人冒着雨，进了二道垂花门，见正北是五间上房，前出廊，后出厦，两边抄手势的游廊，东西各有配房三间，院子倒甚宽大。阎明带二人进了上房，一瞧，靠北墙是一条花梨翘头案，上面摆着四盆盆景；那边摆着君狼窑瓷器四样，中间摆着龙泉窑果盘，里面摆着时样果子。墙上挂着一轴挑山，画的是杏林春燕，两边各有对联，写的是：

性刚强皆因经练少，言和顺且受琢磨多。

落的是名人款式。东边挂着落地幔帐。巴德哩在正中落座，阎明说："我家主人这就出来相陪。"阎明转身出去。不多时，有小童儿献上茶来。巴德哩、玉斗二人正在吃茶，只见阎明从外面进来说："我家主人来了。"巴德哩闪目睁睛往外一看，但则见从外面进来这人，身高八尺，头大项短，面如黑炭，粗眉大眼；身穿青绉绸大褂，足下青缎薄底快靴，年有三旬以外，精神百倍。巴德哩、玉斗一看，连忙站起，说："庄主爷请坐！"那人说："二位壮士远路而来，不必谦让，请坐吧！"叫家人献茶，说："二位壮士从哪里来？"巴德哩说："我们从四川成都府来。我名叫李德，我兄弟名叫王点。我未领教庄主尊姓大名？"庄主说："在下姓夏，名叫海龙，当年在镖行生理。只因年荒岁乱,各处盗贼窃发,我已然不在镖行多年,今在家中度安闲日月。我们这临近村庄甚是乱的厉害,竟有好人都归顺天地会八卦教之中。现在独龙口有李天保在那里闹得闾阎①不安。二位壮士幸亏来到我这庄上,要到别的庄村,恐其遇害,这也是千里有缘来相会。"吩咐:"厨下备酒,我与二位在此谈谈心吧。"巴德哩说:"多有叨扰!"

　　庄主手下家人把桌案搭开,摆上菜蔬,让巴德哩、玉斗在上座,夏海龙下面相陪,三个人对坐谈心吃酒。正是:

　　　　　酒逢知己千杯少,三人相叙话偏长。

夏海龙说:"李大兄长,你在京中作何生理?"巴德哩眼珠一转,心中说:"我要告诉他真情实话,恐怕他不是好人。俗语说的不错:'逢人且说三分话,未可十分竟吐真。不怕虎生三个口,最怕人怀两样心。'"巴德哩说:"夏庄主要问,我弟兄两个人在京都先做小本经营,皆因时运不通,赔折了本钱。我二人到四川成都府找一个朋友,皆因峨眉山刀兵四起,我那一位朋友也不知道去向了。我二人手乏囊空,吸呼困在那里,幸亏遇见几个同乡之人,周济我的盘费,我二人想要回家。今天来到此处,得遇庄主,也是三生有幸! 庄主爷倒是一个厚道人。"夏海龙说:"尊驾过于抬爱。"说着话,一回头说:"来,再拿一壶热酒来。"手下家人答应,去不多时,又换了一壶酒来。夏海龙亲自与玉斗、巴德哩斟上,二人喝了三四杯酒,觉着心里发闹,头眩眼晕,顿时栽倒就地。夏海龙哈哈大笑,说:"两个娃娃,有多大能为,胆敢在会总爷前卖弄精神!"说:"来人! 把这两个小辈与我捆上!"

　　这夏海龙乃是一个天地会八卦教大会总,为人精明强干,足智多谋,奉水军都会总李天保之命,在此独霸一方。他接了李天保一支令箭,听说穆将军派伊哩布分兵救那独龙口去。这夏海龙说道:"调齐了各处的大将,等那伊哩布大兵不久就到,我意欲先截杀一阵,将伊哩布碎尸万段。"两旁战将说:"会总爷不要着急,末将马真夜晚之时,我去探听伊哩布在哪里扎营,前去刺杀于他。"夏海龙说:"马贤弟且慢。我发一支令箭到金家沟双虎庄,叫金四龙带领三千人马截杀一阵,看是胜败如何。如要得胜,那时我发传牌调齐了各路的庄兵,就把伊哩布大兵一网打尽。"马真

———————————

　　① 闾阎——古代平民居住的地区,也指平民。

一听此言,说:"甚好。"当时发下令箭。这一日,有探子来报说:"金四龙大败而回,人马隐藏在双虎庄。"夏海龙听罢,派马真至大清营前去行刺,一夜并未见回来,正在心中烦闷,忽然天变,下起雨来了。不多时,家人阎明进来回话,说:"现今门外来了两个避雨之人,乃是北京城的口音,一个黑脸膛的,一个白脸膛的,恐其是大清营的奸细,前来探听军务。"夏海龙说:"你把他让至厅房,待我用话慢慢地盘问他二人。"阎明去把巴德哩、玉斗让至客厅,夏海龙出来与他二人一谈话,就知道他两个是大清营的差官。先用好酒与他等喝,把两个人稳住了;后来叫家人换一壶酒的时节,那是暗令子,酒里都有蒙汗药。巴德哩、玉斗二人喝下几杯酒去,头眩眼晕,顿时倒于地上。夏海龙吩咐:"把这两个人先捆上,放在后面空房之内,派十几名庄兵看守。"夏海龙说:"伊哩布的大队在我这正南安营下寨,我兄弟马真前去行刺未见回头,又不知有何缘故。"

　　夏海龙正在犹疑之间,忽见雨也住了,天也晴了,浮云已散,露出一轮红日。夏海龙把阎明、杜胜叫过来,说:"贤弟,你二人是我知己的朋友,我拿住大清营这两个小将,应该如何发落?"杜胜说:"暂且把这两个人押在空房内,候我打听我马大哥的下落,未知生死存亡,然后再发落他二人,尚且不迟。"夏海龙说道:"有理。"派四个人把玉斗、巴德哩搭到后院空房内看守。阎明过来说:"这两个人乃是穆将军手下两员大将,当初我在楚雄府会见过他二人。今天活该被庄主爷拿住。"不多时,忽见有细作来报说:"马真首级号令在营门以外。"夏海龙一闻此言,吓得半晌不语,说:"马贤弟死了,令人好惨! 现拿大清营两员小将杀了,替我马贤弟报仇雪恨!"杜胜说:"且慢,依我之见,庄主爷先发下传牌,把四十二庄的庄兵调齐,与伊哩布决一死战。"夏海龙一听此言,说:"贤弟,此计亦妙,赶紧写传牌,知会各处。"手下家人去后,吩咐把这桌残席撤去,重新另整杯盘,与杜胜二人对坐吃酒谈话。天有平西之时,忽有外面家人来报说:"外面来了一男一女,口称是庄主爷的朋友,前来求见。"不知来者是谁,且看下回分解。

第七十六回

梅素英诱奸英雄　巴德哩巧遇侠义

词曰：

　　欲避饥寒二字，当思勤俭为先。勤能创业俭能传，勤俭传家久远。勤乃修身之本，俭乃致富之源。克勤克俭有余钱，免被他人轻贱。

话说夏海龙正与杜胜二人在厅房讲话，家人来报，说他拜弟还带着一个女子前来拜访。夏海龙说："你等报事不明，没问他从哪里来，姓什么。"家人说："姓谭，名叫逢春，就是那年在咱们这里住的那位玉面郎君神偷谭逢春。"夏海龙一听，说："原来是我谭贤弟来了，我心中正想念他。"连忙站起身来，同定杜胜往外迎接。来至庄门，见谭逢春同定一个年轻的女子拉着两匹马，各带随身的兵刃。夏海龙一瞧谭逢春，果然是仪表非俗，不愧人称玉面郎君。身高七尺以外，马蜂腰，窄背膀；戴马连坡的草帽，玉色绸子里，身穿宝蓝绉绸大褂，内衬蓝绸子裤褂，足下青缎薄底抓地虎靴子；顶平项长，白生生的脸腔，黑鬓鬓的双眉带秀，一双虎目，神光足满，皂白分明，鼻如玉柱，齿白唇红，正在二十有余的年岁，真是英雄美少年。旁边站着一个女子，年有十八九岁，黑鬓鬓的头发，白生生的脸腔，蛾眉皓齿，杏眼桃腮；身穿银红色的一件女衫，银红色中衣，足下尖生生一双金莲，又瘦又小。

夏海龙看罢，吩咐手下人把马接过去，同谭逢春和那女子一同进了大门，到了上房，说："谭贤弟，你从哪里来？"谭逢春说："兄长要问，提讲起来一言难尽。我自从与兄长分手之后，在各处闲游。这是结发之妻邓氏芸娘，乃是迷魂太岁邓天魁的妹妹。"邓芸娘见过了夏海龙与杜胜，彼此行礼。谭逢春说："小弟特意前来投奔兄长。我是打竹子山于家务来，现在任永春带手下家丁人等投奔李天保那里去了，我夫妇二人特意前来投大哥这里。我在路途之上听人传言，说伊哩布带领一万人马杀奔独龙口而来。"夏海龙说:"我已然发出令箭,派双虎庄的金四龙截杀一阵,他大败而回。我撒下令牌,调齐四十二庄人马,要与伊哩布决一死战,还求贤弟协力相助。"谭逢春说:"兄长既待如是,小弟情愿作为前敌正印先锋。"夏海龙说:"甚好。我这东跨院有一所闲房,你们夫妇就在那东跨院居住,拨过去两个婆子、两个丫环,伺候你们夫妇就是了。"谭逢春说:"谢过兄长。"夏海龙吩咐摆酒,说:"咱们弟兄在这里吃酒。"

　　婆子、丫环引邓芸娘同到东跨院。见是正房三间,东西配房各三间,院子极其宽大,屋宇倒也干净,桌椅、条凳、帏屏、床帐,一概俱全。邓芸娘在里间屋中落座,婆子、丫环掌上灯光,献上茶来。邓芸娘说:"你家主母我理应该前去拜会,今日天色已晚,明日再去拜望吧。"使唤老妈一个姓田,一个姓刘。田妈说:"我到后院替你提一声,到明日再去吧。"邓芸娘说:"也好。"田妈转身出离东跨院,顺夹道扑奔后院而来。方走到内宅后院台阶之上,听屋中有男女欢笑之声。田妈止住脚步,心中说:"庄主爷在前厅会客,大奶奶这屋里怎么有男子在这里吃酒哪?"

　　书中交待,这个女子是夏海龙结发之妻。他娘家姓梅,名叫素英。他哥哥名叫大耗神梅峰,乃是大地会八卦教中人,也是一路会总。这梅素英在家中就练了一身好功夫,长拳短打,刀枪棍棒,十八般兵刃都拿得起来。会打袖箭,也会打镖。皆因在家中爱穿华美衣裳,爱戴各样的花朵,人送她的外号,均称百花娘子。今年二十三岁,自过门之后,与夏海龙夫妇甚是不和美。只因夏海龙是个武夫,长得容颜又丑陋,甚不称梅素英的心意。这一日,听见说外面拿住两个大清营的差官,她自己要到前边瞧一瞧,叫使唤婆妇掌着灯笼,来至西跨院。老妈头前引路,四个庄兵看见,连忙过来行礼,口中报名:"牛大、马二、朱三、杨四参见主母!"梅素英说:"你们四个人看守大清营的差官在哪里? 带我去瞧瞧。"牛大把门一开,说:"庄主奶奶,你请进去看吧。"梅素英到了外间屋中用灯笼一照,见两个人捆在椅子上,一瞧南边椅子上这个人有二十上下的年岁,其人黑脸膛,穿一身便服。靠北边椅子上这人,他一瞧见巴德哩有二旬以外的年岁,身穿蓝绸子一件大衫,内衬蓝绸子裤褂,宝蓝绉绸套裤,足下漂白袜子,镶缎的云鞋;顶平项长,玉面朱唇,面如白桃花,白中透润,仪表非俗,类如处女。梅素英一瞧巴德哩人品俏丽,甚是俊美,不由地心中一动,说:"朱三,大清营这个差官姓什么?"朱三说:"我听杜胜杜爷说过,这个名叫巴德哩,那个名叫玉斗。"梅素英说:"你们把这姓巴的搭到我那屋里去,庄主爷要问,你们不准告诉,我明日赏你们每人纹银十两。"牛大、马二等说:"谢过庄主奶奶。"即刻把巴德哩搭到后院大奶奶屋中,梅素英赏他四个每人十两纹银,四名庄兵磕头谢赏,欢天喜地往西院中去了。

　　这梅素英把巴德哩用解药解救过来,巴德哩打了两个嚏喷,睁眼一看,这屋中顺前檐一张四仙桌,两边椅子四只,桌上中供佛手一盆;旁边一张湘妃竹的大床,上面支着蚊帐,地下靠北窗户一张八仙桌子,两边各有太师椅子。巴德哩可是在东边椅子上坐着。靠东墙是一张梳头桌,两边各有机凳儿。巴德哩见床上摆着炕桌,上面放着一盏灯,点的是白蜡,炕桌上西首坐着一位年轻的妇人,年有二十有余的年岁,长得花容月貌。怎见得? 有赞为证:

　　　　一阵阵香风扑面,一声声燕语莺啼。娇滴滴柳眉杏眼,嫩生生粉
　　面桃腮。樱桃口内把玉排,粉面香腮可爱。身穿蓝衫可体,金莲香裙
　　遮盖。恰似嫦娥下瑶台,好似神仙下界。

巴德哩看罢,心中一动,说:"你是何人? 把我叫在这屋中,所因何故?"梅素英一闻此言,"噗哧"一笑,说:"我名叫梅素英,是这庄主之妻。适才我听见丫环、婆子说,拿住大清营的两名差官老爷,是奴家把你请到我这屋里来,有大事商议。"说着话,梅素英又瞧了巴德哩一眼。巴德哩知道此事不好,说道:"娘子有何话请讲。"梅素英轻启朱唇,呆斜杏眼,故意地卖弄情狂,说:"哟! 这一位差官老爷,多大年纪? 贵姓大名?"巴德哩说:"我已然被你们拿住,也不必隐姓埋名。我姓巴,名叫德哩,乃是大清营的差官,同我义弟玉斗奉令各处访贼,不想来至你们这里,受了蒙汗药,被你等拿住。我不知道你们这庄主是怎么一段缘故,你对我说一说,我就是死活,也可以心中明白,不枉我在这里来走一趟。"梅素英说:"我们这里地名叫夏家庄。我们庄主人名叫夏海龙,乃是天地会八卦教的头目威勇侯,管着四十二座村,手下雄兵猛将不少。你们二人来到此处,被他用蒙汗药酒把你二人拿住。我可是一番好意,救你出虎穴龙潭,只要你答应我这一件事,我就把你放了。"巴德哩问:"什么事情?"梅素英脸一发红,说:"我看你年岁相当,倒是一对金玉良缘。夏海龙他长得那番嘴脸,我实不爱他。再者说,他已然年到四十岁,与我老夫少妻,甚不相合。我看将军这番相貌,以后必高官得做。"巴德哩说:"我要应你也容易,我那个朋友

是杀了是放了？是在那捆着哪？"梅素英说："没死。你要应了我这件事，连你带他全放了。"

巴德哩听这妇人之言，心中一想："我要不依着她，我们哥两个全死在这里了。不免我口中应允他，只要她把我放开，我把她稳住了，得便将她杀死，我弟兄好逃走，到大营调齐大队官兵，捉拿夏海龙。"想罢，说："把我放开，我依着你哪！"梅素英说："我放开你，你可别跑哇，你起个誓。"巴德哩说："你放开我，我要走了，终究必不得善终！"梅素英说："冤家，别起誓了。"过去把绳扣与他解开，叫老妈去到厨房要几样菜来，问巴德哩："吃烧酒？喝黄酒？"巴德哩说："无论什么酒都可，就是不喝蒙汗药酒。"梅素英说："我们这里都是好酒，你要吃什么菜？"巴德哩一想，说："天气炎热，厨房内要方便，开几样果子来，我喜爱吃的是高丽苹果，苜蓿藕苏梨；我还最爱河鲜，随便叫他配两样冷荤来。"老妈去不多时，端来数十样菜，摆在四仙桌上，放下杯筷。巴德哩在东边坐着，梅素英在西边相陪，拿起酒壶给巴德哩斟了一盅酒，自己斟上一杯。巴德哩喝下两盅酒去，随便吃了点菜，自己一想："我拿酒把他灌醉了，我问明白了我拜兄放在哪里，我手起刀落，把这妇人杀了，好救我拜弟，逃回大清营。"主意已定，巴德哩方喝了两盅酒，梅素英偷眼一瞧，巴德哩本是白脸膛，又喝下两杯酒去，衬染出红白的颜色来，更透着俊俏了。巴德哩喝下两盅酒，一瞧梅素英，黑鬓鬓的头发，白生生的脸膛，又衬着一身宝蓝绸子衣服，真是眉舒柳叶，唇缩樱桃，杏眼含春，杳腮带笑。

二人正在吃酒之际，天有初鼓之时，外面有人说话，说："庄主爷慢走！"原来是夏海龙同谭逢春、杜胜在前厅吃酒，忽见田妈进来，夏海龙说："你来此何干？"田妈说："请庄主爷到外面说话。"夏海龙站起身走到了外面，问田妈："什么事情？"田妈说："我方才到后院，见主母屋中有一个男子吃酒。请庄主爷到后边观看，奴才不敢隐瞒。"夏海龙一闻此言，气往上撞，往后院就走。方来到后院，有两个小童儿拿着灯笼，说："庄主爷慢走！"这夏海龙听上房屋中有男女欢笑之声，气往上撞，拉宝剑蹿入屋中，不知巴德哩性命如何，且看下回分解。

第七十七回

玉面郎又逢美多姣　百花娘巧语哄夫主

诗曰：

繁华消长似浮云，不朽还须建大勋。

壮略欲扶天日坠，雄心岂入鸳狐群？

时危俊杰姑埋迹，运起英雄早致君。

另有史书提不尽，故将彩笔补奇文。

话说巴德哩正在屋中吃酒，忽听夏海龙前来，吓得呆呆发愣，连忙说："这可怎么好？"梅素英说："不要紧。"把帐子一撩，叫巴德哩藏在帐子后头。夏海龙进到屋中，面目一沉，说："你办得好事！"梅素英说："你又喝醉了？我怎么啦！"夏海龙说："你与什么人在这吃酒来着？"梅素英顺口答道："我自己要了点酒菜，在这里喝酒。"夏海龙说："不能，你自己喝酒，为何两个菜碟、两双杯筷？"梅素英说："我给你预备的。"夏海龙说："我方才听见屋中有人说话。"梅素英说："我方才与老妈说话来着。"夏海龙本来就爱惜梅素英，被他花言巧语，说得一肚子气全都没了，说："美人，你在这里等候，我前厅有两个朋友，少时我就来。"夏海龙出离上房，往前厅去了。

巴德哩从帐子后出来，吓得颜色都变了。梅素英说："你等着，我收拾收拾，咱们好走。"巴德哩说："先等等，我那兄弟玉斗在哪里哪？"梅素英说："等我收拾完了，同我到西院中西屋里用凉水把他灌过来，咱们一同好走，回归大清营。"巴德哩说："你收拾吧。"趁着梅素英开箱子收拾细软的东西这个工夫，巴德哩蹿出上房，找着西跨院一瞧，四个人正在那屋门外喝酒。巴德哩顺手拉出赤虎嵌金缺尖卧龙刀，把四个庄兵杀死，往屋中一看，并不见玉斗的下落，心中甚是着急。上得房去，又寻找了一遍，玉斗说："大哥，我在这哪。"巴德哩过去一问说："兄弟，你怎么在这里？谁把你救出来的？"玉斗说："我在西屋内迷迷糊糊，有人给我一口凉水喝下去,我才明白过来。绳捆二臂,正在着急,莫不是哥哥你把绳扣解开,把我救出来的么?"巴德哩说:"不是我救你,那人往哪里去了?"玉斗说:"我就见他出去,我不知道他往哪边去了。"巴德哩说:"你我趁此快走,回到大清营,调官兵前来捉拿夏海龙。"兄弟二人出离了夏家庄,一直扑奔大清营。

方到营门,天色已然大亮,营门官回禀进去。不多时,大人传他二人进见。玉斗、巴德哩进了大帐,参见伊大人。大人说:"昨日你二人出去访查金四龙的下落,可有什么消息没有?"玉斗、巴德哩把昨日之事细说了一遍。伊大人听他二人之言,聚齐了众将,打算调齐人马,攻打夏家庄,捉拿夏海龙,"要不将此路贼人早灭,终究必为心腹之患!"旁有钢肠烈士欧阳善、铁胆书生诸葛吉、玉面哪吒张玉峰三个人说:"大人休要动怒,量此夏海龙乃是无名小辈,何必劳动大兵? 我三人今夜晚前去,要活的,将他活捉;要死的,将他首级献于麾下。他兵无头自乱,那时大人张贴告示,晓谕四十二庄之民,劝他等知非改过,可以不战成功。一则少伤害生灵,荼毒百姓。"伊大人一闻此言,说:"此计甚善。你三个人今晚就此前往。"

欧阳善、诸葛吉等用完了晚饭,天亦不早,三人各带随身的兵刃,收拾停妥,问明了道路,出离大清营,扑奔夏家庄。天有初鼓之时,来到夏家庄村口以外,见这所庄院甚大。张玉峰说:"你我兄弟分三面进去,大哥从正南进去,二哥从东面进去,小弟从西面进去,在他中厅聚齐。"欧阳善说:"也好。你我三人留一个暗令子,以拍巴掌为号。我拍一下,你二哥拍两下,你拍三下,好认识是自己人。恐其黑夜动手,刀枪无眼,自己人受伤,多有不便。"张玉峰点头答应,一直往西,飞身上房。此时正是四月中旬的天气,风清月朗,满天星斗,照耀如同白昼。张玉峰站在庄墙一瞧,里面这片房子总有三百余间。张玉峰一直往东,走了大约有四五层院子,见正北是一所花厅,里面是大厅五间,东西配房各三间。北上房屋中灯烛辉煌。张玉峰由北房使一个珍珠倒卷帘、夜叉探海势,从房上跳下来,用舌尖舔破窗棂纸,往屋中一看,靠窗户顺前檐的炕,炕上有一张小床桌,点着一盏蜡灯。桌上放着两碗茶,靠西边坐着是一个年轻的少妇,东首坐着是一个少年的男子。

这少妇正是夏海龙结发之妻梅素英,只因昨夜晚上巴德哩逃走,自己追出院子,并未追上,在各处一寻找,不知往哪里去了。无奈回归屋中,心内甚是不乐。正在烦闷不际,听见前院一阵大乱,原来是打更的更夫到西院中,知道牛大、马二、朱三、杨四四个人被杀,连忙禀与庄主。夏海龙此时他一听此言,知道大事不好,同谭逢春、杜胜各带一口单刀,来至西院中,各处寻找了一遍,并不见有人,无奈回归到前厅,吩咐家人把四个人的死尸搭出去掩埋。知道巴德哩、玉斗被人救去,夏海龙说:"二位贤弟,现今这两个人逃回大清营,必要调齐大兵,攻我夏家庄,这便如何是好?"杜胜说:"庄主休要为难,我有一个主意:庄主爷扑奔双虎庄金家沟,金四龙、金四虎他那里有五千人马,又有庄墙,又有围子,庄主爷上那里聚兵。这庄上现有五百庄兵,我二人在此聚守。若伊哩布带人马前来之时,我二人在此死守。"夏海龙说:"甚好。夏家庄千万别被他人夺去,也不可大意"杜胜说:"这夏家庄绝不能叫他人夺去了,庄主爷只管放心。"夏海龙说:"既待如是,我这起身,带二十名庄兵,鞴匹快马。"派家人胡德宜拿他令箭各处催动人马,至双虎庄会齐。夏海龙办完了事件,带领亲随人等竟自起身去了。

且说杜胜点齐了人马,自己巡查各处,谭逢春回至东跨院安歇睡觉。一夜晚景无话。次日天明,派人往大清营前去哨探,不见大清营的人马前来。谭逢春自己放心了,在屋中落座吃酒。忽见后面来了一个丫环,进至屋内,说:"谭大爷,我们大奶奶有请!"谭逢春与夏海龙本是知己之交,听见后面梅氏夫人有请,谭逢春站起身来,跟着丫环进了后院,来至北上房。丫环打起帘栊,谭逢春进去。只见梅氏夫人在眼前站立,光梳油头,淡抹脂粉,青施眉,身穿华美的衣服,足下一双窄小的金莲,有二寸有余,又瘦又小,南红缎子弓鞋,托着满帮子花朵。真是梨花面,杏蕊腮,瑶池仙子、月殿嫦娥不如也。玉面郎君神偷谭逢春原先见过这位梅氏,生得容颜姿美,绝类无双,彼此都有爱慕之心。先前谭逢春在这里住着之时,常常与梅素英眉目传情,口内不言,心内都有爱慕之意。今日谭逢春一见梅素英,他忙躬身施礼,说:"嫂嫂在上,小弟有礼!"梅素英微微一笑,说:"哟!兄弟你还认得我呀?"谭逢春说:"小弟如何不认得嫂嫂!"梅素英说:"你跟我到屋中来,我有话与你说。"谭逢春与梅素英来至东里间屋内,在床上落座。梅氏给他斟上碗茶,说:"兄弟,我今请你来,不为别故,只因夏海龙他往金家沟走后,我想夏海龙容颜长得那番嘴脸,甚是可恶,当初我与贤弟彼此都有心意,今日趁他不在家,我把你叫到屋中来,你有什么主意没有?"谭逢春说:"嫂嫂一片好心,我甚是领情,无奈眼下我实不敢从命。眼看大清国的雄兵压境,我把大事办完了,然后再作道理。"梅素英一听此言,用手一指,说:"谭逢春冤家,我把你小没良心的,把我全忘了!我可待你不错!自从那一年你我见面之后,我茶思饭想,无刻忘怀。我因为你在神前许愿,庙中求神,但愿与你早早地做一个长久的夫妻。"谭逢春一听此言,又见梅素英这一番相貌长得实然是好,眉来眼去,娇滴滴的声音,透出那万种的风流,引诱那玉面郎君神偷谭逢春心神飘荡,欲火焚身。这谭逢春他本是采花的淫贼,他见梅素英与他所说的这一片话,心不由自主。本是俗语说的不错:"酒不醉人人自醉,色不迷人人自迷。"自己把那邓芸娘的那一番意思全忘了,说:"美人,今夜晚上我前来,你我慢慢的商议。"梅素英一听此言,用眼一瞧使唤婆子、丫环,说:"你们先出来,叫你们再来,不叫你们不准进来。"十指纤纤,伸玉腕用手拉谭逢春,二人共入罗帷。正是:

　　鸾凤相交颠倒颠,武陵春色会神仙。

　　经回杏眼金钗坠,浅蹙蛾眉云鬓偏。

二人成就了那一桩好事。谭逢春说:"我先到外边去,晚上再来喝酒吧。"转身出去。

　　到了外面,正遇杜胜查点庄兵,回头见谭逢春从里院出来,说:"谭贤弟,大哥没在家,你往后院做什么去了?"谭逢春脸一红,说:"我到后边见见嫂嫂。昨天我的慌疏,也没到后院去,今日见了嫂嫂,说明我的来历,并无别事。"说着话,家人献上酒来。二人吃酒谈心,讲论些个闲话,直吃到一轮红日西沉。杜胜说:"我到外面查点查点庄兵,吩咐他们多要小心留神,兄弟,你在后面歇息去吧。"杜胜站起身来,往外去了。谭逢春用言语哄过杜胜去后,他到了东跨院,见了邓芸娘,说:"今天我可不能上这里来睡觉了。奉我庄主哥哥之命,到外边查点人马,你自己早早歇息吧。"邓芸娘信以为真,说:"你去吧,不必多管我了。"谭逢春出了屋宇,并不上别处去,竟扑奔后院,来找百花娘子梅素英。方一进上房,到了屋中,见百花娘子方才梳完了头,又换了一身鲜明的衣服,新开剪的裙衫、衬袄,都是西湖色的颜色,浓妆艳抹。梅素英一见谭逢春进来,笑嘻嘻说:"你来啦!我早叫家人告诉厨房预备酒菜,你我好喝酒谈心。"叫老妈把菜摆上。谭逢春落座,二人喝着酒。梅素英说:"你那个邓芸娘得比我长得怎么样好呢?"谭逢春说:"你二人都好。"梅素英说:"这么着你要谁呀?"谭逢春说:"我全要,那一个我也舍不得,你二人我全都爱惜。"百花娘子正与谭逢春饮酒谈心说话,焉想到外面来了一位惊天动地的大英雄,要捉拿奸夫淫妇。不知后事如何,且看下回分解。

第七十八回

张玉峰夜探夏家庄　　邓芸娘捉拿英雄汉

诗曰：

虢国夫人承主恩，平明骑马入宫门。

却嫌脂粉污颜色，淡扫蛾眉朝至尊。

话说玉面郎君神偷谭逢春与百花娘子梅素英正在屋中吃酒，外面房上来了一位英雄玉面哪吒张玉峰，在那里偷听他二人所说之话，就知道屋中并不是夏海龙，想："此等之辈，必是奸夫淫妇，他二人所说的话，实在不堪闻听。"这张玉峰乃是堂堂正正的英雄，如何能看他二人这番的光景？他蹿房跃脊，在各院寻找夏海龙的住处。来至东跨院，见院中站定一个年轻的女子，有二十来岁，正在院中玩月。张玉峰正要走，那女抬头一看，见房上站立一人。

书中交待，这女子正是邓芸娘。她见房上有人，知道必是大清营的奸细，前来偷探夏家庄详细。这邓芸娘也飞身追上西房，掏出解药闻到自己鼻孔之内，伸手将迷魂袋照定张玉峰迎面打去。张玉峰觉着一阵迷糊，往下一滚身，邓芸娘早就跳在下面，用手接住，并未摔着他。把迷魂袋捡起来，把张玉峰抱在北上房东里间屋内，放在床上，用灯光一照，此人比那谭逢春长得更好。自己一想："我今天正在闷闷不乐，不想拿着这个俊俏的美男子，倒是与我解闷之人。"先用绳把他捆上，然后拿出解药来，抹在张玉峰他的鼻孔之中。张玉峰打了两个嚏喷，醒过来睁眼一看，面前站着一个如花似玉的女子，自己被人捆上，屋中并无别人。张玉峰看罢，连忙问道："丫头，你把老爷拿住，你是何人的女子？你把我放在这里做什么？"邓芸娘说："你叫什么名字？告诉我，我饶你不死。"张玉峰并不隐瞒，自道了名姓。邓芸娘笑嘻嘻地说道："我与你商量一事，你愿意不愿意？"张玉峰问道："有什么事情，你只管说来。"邓芸娘说道："我这屋里并无外人，咱们二人成为夫妇，你的意下如何？"张玉峰说道："你放开我，我就愿意。"邓芸娘说道："你这个人说话不实,你得发个大誓,我方信你哪!"张玉峰说道："你要不放心我,你就把我杀了,我不会起誓!"邓芸娘说道："想你这人真奸哟!哪有不会起誓的哪?不拘你说一句什么,我就把你放开。"张玉峰说道："你放开我,我要跑了,我算忘恩负义之人!"邓芸娘把绳扣与他解开。

张玉峰坐起身来,心中一想："这女子我也不知道他是夏海龙的什么人,我慢慢把她稳住了,探探夏海龙的机密,好破这一座夏家庄。"主意已定,说道："姑娘,我张玉峰倒是一片真心。你是夏海龙的什么人?"邓芸娘说道："我不是夏海龙的什么人,我也是在这里浮住着。我是邓家庄的人,我哥哥叫邓天魁,他死在大清营大将之手,剩下我孤身一人,我跟着一个姓谭的来到此处。"张玉峰说："方才你用什么东西把我拿住的?"邓芸娘说："用迷魂袋,方才我用解药把你解救过来。你要喝茶吃酒,一概现成。"张玉峰说道："酒我倒不喝,你把茶拿一碗来我喝。"邓芸娘给张玉峰斟了一碗茶来。张玉峰喝下去,说道："我问你一句话,你肯说否?"邓芸娘说道："只要我知道,我就告诉你。人人都可瞒,就是不瞒你。"张玉峰说道："这庄中有一个人,名叫夏海龙,他手下共有多少庄兵,几员猛将?"邓芸娘说道："我们来在这里才有五六天的光景,他有多少庄兵,我焉能晓得?我真不知道。我就知道他这里有两员大将,一个名叫阎明,一个名叫杜胜。这夏海龙自从收了我们之后,他说有一位伊大人带兵剿灭各路庄村。夏海龙着忙,于昨夜三更时分起身,到那金家沟双虎庄去了。他说是在那里调齐了人马,与大清营决一死战。我从的那个谭逢春,他也去往各处查点庄兵去了。我一想他原来也是有名的大盗,天地会八卦教内的贼人,待我跟前很透冷淡,我也不愿意跟他了。你把我带了走吧!"那张玉峰一听此言,知道这个女子不是良善之家好人,心中明白,口内不说,想要把邓芸娘稳住了,得便好逃走。只见邓芸娘一答一合地与他说话,他得空往外一蹿,飞身将要上房,不料被邓芸娘一迷魂袋冲他脑后甩去,张玉峰闻着一股异香之气,翻身栽倒就地,昏迷不醒。邓芸娘说道："你这厮不是好人,我好心好意将你放开,你想要逃走,焉得能够?"

邓芸娘正说着,忽见房上跳下一人,伸手拉刀照邓芸娘就剁。邓芸娘一个箭步蹿开,她细一看,原来是一个少年男子,生得白面朱唇,正在二十有余的年岁;身穿蓝绸子裤褂,头上青手绢罩着头,足下青缎薄底快靴,手中拿着一把钢刀。来者正是铁胆书生诸葛吉,见邓芸娘拿住张玉峰,气往上撞,跳下房来要杀邓芸娘。这邓芸娘蹲在一旁,问:"来者何人?"诸葛吉一语不发,抢刀就剁。二人杀在一处,走了有七八个照面,邓芸娘掏出迷魂袋来,照定诸葛吉一甩,诸葛吉闻见一股异香,就觉着头眩眼晕,栽倒就地。邓芸娘说道:"想这是大清营来的奸细。"伸手把诸葛吉捆上,带到北上房。把张玉峰重新抱到屋内,放在床上,仍然把他捆好,用药把他解醒过来。张玉峰睁眼一瞧,仍然被她拿住,破口大骂:"好贱婢!你把我拿住,为何不杀?"邓芸娘说道:"你这个人真是忘恩负义,方才我与你说些个良言,你不但不听,还想要逃走。我看你不愿意活着了!"那张玉峰说道:"贱婢!你老爷堂堂正正的君子,岂肯与你这无廉耻人为婚!"那邓芸娘一听,气往上撞,伸手拉出一把钢刀,说道:"张玉峰!你敢说不从,我当时叫你死无葬身之地!"张玉峰一阵冷笑,说:"胆大的贱婢!你打听你张大老爷岂是畏刀避箭、怕死贪生之人?你要杀请杀,我岂肯惧你!"邓芸娘听到这里,举起钢刀往下就剁。张玉峰把眼一闭,竟等一死。只听"吧"的一声,那刀偏着拍在脖颈之上。张玉峰睁眼一看,邓芸娘"噗哧"一笑。

忽听窗外有人答言,说道:"好一个不要脸的贱婢,干得好事!"邓芸娘转身拉刀出去,自打算谭逢春在回来,到院中一看,见面前站定一人。来者正是钢肠烈士欧阳善,他从正南进去,各处一找,并不见二弟与三弟,心中正自着急,找到东跨院,见一年轻的女子,把三弟捆在屋中,正在那里诙谐。欧阳善说道:"好一个不要脸的贱婢,你等做的好事!"邓芸娘出去,抢刀就剁,欧阳善摆刀相迎。两个人正在动手,又听房上有人说话:"呔!欧阳善急速快走,你两个拜弟被我救至在庄门以外,久战必受他人的暗器!"欧阳善听说话之人耳音甚熟,不知是谁,一个箭步蹿上房去。邓芸娘并不追赶,回至上房屋中一看,果然被她拿住的两人踪迹不见。急出去又追欧阳善,又不知往哪边去了。自己无奈何,回转屋内,心中甚是烦闷。

欧阳善从这院中蹿出去,方到了南庄门外,见两个拜弟在那里站立,说:"你们二人怎么来到此处?"诸葛吉与张玉峰齐说道:"我二人在屋中捆着,进来一人,把小弟绳扣解开,叫我用凉水把我二哥解过来,把后窗户拿下来,我三人出去,就不知那人哪里去了。"欧阳善说道:"方才我与那女子动手之时,听见房上有人说话,他说道把你二人救出庄外。"张玉峰说："夏海龙并未在庄中,我已探访明白,他往金家沟双虎庄那里调齐了四十二庄的人马,要与大清营决一死战。你我等急速回去,禀明大人,早做准备方好。"欧阳善说道："也好。"他三人方要走,听庄中一阵大乱,锣声惊天震地,齐声喊嚷："捉拿奸细呀! 可了不得啦,把庄主奶奶给杀了! 那谭大爷亦被杀死! 这奸细大略走不甚远!"那杜胜点齐了庄兵,在各处一搜,并不见杀人的凶犯。众人追出庄外,踪迹不见。

且说那欧阳善、诸葛吉等见事不好,三人连忙进了树林躲避,顺大路回归大清营。天色已然大亮,方才到了营门,只见眼前站立一人,手中提着两颗人头,说道："三位英雄慢走,某家在此等候多时了!"这欧阳善等三人抬头一看,认得是红胡子马杰,说："你从哪里来?"

书中交待,这马杰一向冷落未提,只因他听说张大虎在小竹子山身被重伤,在湖耳山铁善寺庙内养伤,急忙来到湖耳山铁善寺内,想要请名医与他调治。焉想到张大虎的伤痕甚重,实在不能调理,后来张大虎故去,马杰放声恸哭,告诉铁面僧纪忠买了一口棺材来,把大虎盛殓起来,派人报与钦差伊大人。后来听说伊大人奉令回独龙口,马杰要在暗中跟随保护伊大人。走至半路之上,遇见金四龙列成队伍,与大清营打了一仗,马杰在暗中观看。黑夜之时,来至伊大人营中,亦在暗处巡风保护伊大人。忽见马真前来行刺,要杀伊大人,被马杰一袖箭将他打死之后,马杰转身回归山神庙内。这里庙中道人名叫周玄清,伺候茶饭。那马杰与老道乃是知己之交。

且说这周玄清原来是镖行的达官,为人极其忠诚厚道,眼下在此出家。也是天缘凑巧,今天马杰住在这里,两个人倒是道义相投的朋友。这一日晚上,他前去哨探夏家庄,前番救了玉斗、巴德哩二人之命;今日复探夏家庄,又遇见诸葛吉等他三人在此被困,今日又杀了谭逢春、百花娘子梅素英,又救了铁胆书生诸葛吉、玉面哪吒张玉峰等。他来至大清营,到营门以外,只见欧阳善等三人回来,将两个人的首级献上,说："三位兄长受惊了!"这四个人来到一处,各叙别后之话,又谈了些闲言,一同参见伊大人,述说一遍。伊大人调动人马,要捉拿夏海龙。不知后事如何,且看下回分解。

第七十九回
伊钦差派兵剿邪教　夏海龙举戟战官兵

词曰：

　　学海长流，文章光芒射斗牛。六艺场中走，斗酒诗千首。休，锦绣满胸头，何须夸口。生死跟前，半字难相救，因此把盖世文章一笔勾。

话说张玉峰等见了红胡子马杰手中提着两个人的首级，连忙过来行礼，说道："谢兄长救命之恩！"马杰说道："我同你三个人见见大人。"那张玉峰头前带路，来到回事处，有差官回禀进去。伊大人升帐，吩咐："伺侯了！"两旁手下差官击鼓，传张玉峰等来见。不多时，欧阳善等三个人来至大帐，参见大人已毕，回明昨夜晚在夏家庄之事；又禀明大人："马杰求见。"大人吩咐："请！"

不多时，马杰从外面进来，上前叩头。伊大人连忙站起来，说道："马义士，前者你献峨眉山，乃是一件奇功。今朝你从哪里来？"马杰把以往之事细回了一遍。大人说道："原来那一天打死刺客是你呀？我这里谢谢你。"马杰说："我今日前来，非为别故，特意面见大人，为夏海龙之故耳！不知大人如何办理？"伊大人说道："我打算先拿住夏海龙，然后再招募这四十二座村庄。"马杰说道："甚好。大人急速点将派兵，事不宜迟，迟则有变。"伊大人说："既待如是，李庆龙听令：你带三千人马，挑选年力精壮马步军队，前去攻打金家沟。"李庆龙答应"得令"下去，请马杰作为向导，协力相助。伊大人又派玉斗、巴德哩各带一千人马，随后作为接应。

分派已毕，这李庆龙同马杰领大队人马，杀奔夏家庄而来。旗幡招展，号带飘扬，兵到夏家庄，见庄门大开，官兵进去各处搜查，里面并不见有人。心中甚是着急，料想贼人已然逃走，无奈同马杰带定人马，扑奔金家沟而来。正往前走，忽听对面号炮连天，杀声震耳，尘沙荡扬，土灰翻飞,前面有数千贼兵亮开队伍。李庆龙吩咐:"列开旗门。"众三军亦亮开队伍。往对面一看,当中一杆白八卦太极图的大旗,旗下有一匹黑马,鞍鞯①鲜明。马上驮定一人,正是夏海龙,头戴三角白绫巾,勒着金抹额,二龙斗宝,迎门嵌一朵茨菇叶,身穿白绫子绣团花的一件箭袖袍,腰系丝鸾带,足下薄底快靴;手中擎拿着一条亮银画杆方天戟,威风凛凛,相貌堂堂,粗眉大眼,人品古怪。左手是黑面魔王金四龙,下面是黄面魔王金四虎,右边压队的是大将杜胜,右手是小会总阎明,五千大队甚是整齐。病二郎李庆龙催开坐下的征驹,上前一摆三尖两刃刀,跑至阵前,抖丹一声喊嚷,说:"好大胆一干叛逆!今有你家李大人在此等候多时!"夏海龙问:"那一位会总前去把他拿住?"阎明说:"都会总,我前去拿他。"夏海龙说:"小心!"阎明催开坐下马,晃手中春秋大砍刀,来至两军阵前,照定病二郎李庆龙劈头就剁。李庆龙用三尖两刃刀横扎铁过梁,挡开大砍刀,摆手中刀,劈头就剁。走了有五六个照面,被病二郎李庆龙将阎明一刀劈于马下。

那边夏海龙一见,说:"好一个胆大的李庆龙,胆敢伤我属下大将,待我前来拿你!"杜胜说:"会总爷休要生气,量此无名小辈,待我前去拿他!"一摆手中铁棍,出离本队,说:"好一个无名小辈,你有什么能为,胆敢伤我拜弟阎明?"摆棍照定病二郎李庆龙劈头就打。那李庆龙把马往外一带,躲开铁棍,摆三尖两刃刀,照定贼人哽嗓②扎去。杜胜躲闪不及,"哎哟"一声,栽倒在两军阵前,被病二郎李庆龙一刀杀死。黑面魔王金四龙见了,气往上撞,说:"好孽障,胆敢伤我的大将,待我来结果你的性命!"催马至两军阵前,说道:"病二郎李庆龙,你好大胆,可认识我黑面魔王金四龙的厉害?我来也!"拧手中虎头錾金枪,照定那病二郎李庆龙的面门刺来。李庆龙急用三尖两刃刀往外相迎。走了几个回合,李庆龙的刀往下一剁,金四龙的枪往上一迎,李庆龙的刀一变架势,横着托定,照那金四龙脖颈砍去,贼人往下一伏身,"噗哧"的一声,已然把三角白绫巾削去,金四龙败回本队。李庆龙挥动三军冲杀过去。这一阵,两军混战,后队玉斗、巴德哩带领二千人马早已赶到,亦冲杀入贼队之中。两军混战,

---

① 鞍鞯(chàn)——马鞍子和垫在马鞍子下面的东西。
② 哽嗓——喉咙。

各有所伤。天色已晚，夏海龙败回本队，带领败残人马，往西偏北来到金家沟，进了双虎庄去了。李庆龙就在庄外安营下寨。

次日天明，病二郎李庆龙独自一人骑了一匹快马，到了双虎庄庄门以外，往里外四面一看，但见正北是一带大山，东西也都是山，抱月势。这座庄村有团城子①，方圆有八十里之遥。庄前有一道小河，是由西边山里头发出来的水源，一直往东流。两岸都是些杨柳树，当中有一道小桥。见那庄内杀气腾腾，树木甚多。庄墙之上遍插旌旗，都是天地会八卦教的旗号，上面有无数的贼兵把守，来往巡查。那李庆龙看罢，回归营中，与巴德哩、玉斗、马杰三人商议今日调动人马，攻打双虎庄之事。马杰说："我给你们护守底营，你三位前往攻打双虎庄。"李庆龙这才吩咐调动三千人马，巴德哩、玉斗二人跟随。

三声号炮，人马到了庄门以外。正要过去攻打这一座围子。忽听庄内三个惊天大炮，庄门大开，从里面出来了一队人马，两杆白绫子旗，分为左右，兵分双龙出水势，列开队伍。只见当中有一杆"帅"字大旗，下面正是夏海龙，左右是金四龙、金四虎。又见夏海龙一旁有一匹黑马，马上有一个道人，看他相貌，身高七尺，头戴如意紫缎子道巾，身披紫缎色道氅，足下水袜云鞋。腰系水火丝绦；肋下佩一口宝剑，绿鲨鱼皮鞘，金什件，赤金吞口；面如紫玉，四方口，双眉带煞，二目神光足满，海下一部黑胡须，根根见肉。只见那老道一催坐下马，来至在两军阵前，伸手拉出宝剑来，说："来者大清营的战将，哪个前来送死？"李庆龙说："二位贤弟，你们给我观阵，我去捉拿贼人。"一催坐下大肚子蜗蜗虎的马，摆三尖两刃刀，到了两军阵前，一声喊嚷说："妖道，你往哪里走？待我来捉你！"那道人并不着急，在马上一阵冷笑，说："你叫什么名字？通禀上来！"李庆龙说："我乃是钦差伊大人前部正印先锋官，姓李，双名庆龙，绰号人称病二郎是也！叛逆妖道，你叫什么名字？通报上来！"那道人说："我乃广法道人韩智远是也。我今特来帮助我的义弟夏海龙前来拿你这些鼠辈！"

书中交待，这个韩智远乃是云南府人氏，自幼儿出家，拜地理教主袁治千为师，学的是呼风唤雨，撒豆成兵，妖术邪法厉害无比。今日奉张宏雷之命，前来帮助夏海龙，作为行军总管之职。今日听李庆龙一说大话，

---

①　团城子——圆形城垣。

他自通了名姓，说："好一个无知的匹夫，原来你是李庆龙。"用手中蝇甩一指，说："孽障！还不下马受死，等待何时？"这李庆龙立刻觉着头眩眼晕，翻身栽倒马下，被那边教兵过来，连人带马一同捉去。且说巴德哩知道这事不好，眼看着李庆龙被人拿了去，正待要过去替他报仇。忽见那道人伸手拉出宝剑来，口中念念有词，说声："敕令！"照定大清营中官兵队内一指，一阵狂风大作，飞沙走石，直冲入官兵队内而来。玉斗、巴德哩连忙退兵。夏海龙借着风势，挥动人马冲杀过去，直杀得那些官兵尸横遍野，血流成河。

巴德哩、玉斗二人回归大清营内，查点人马，伤了有三百余人。与马杰分派人马，紧守营门，升坐中军大帐。巴德哩和玉斗二人商议，想要去探双虎庄，打听那李庆龙如何下落。正在说话之间，忽见远探子来报说："有伊大人大队人马赶到，离此有一里之遥。"巴德哩一摆手，说："知道了。"探子下去。不多时，伊大人到了，响炮安营。玉斗、巴德哩、马杰三人来至伊大人大营之内，参见已毕，把白日开兵之故细说了一遍。伊大人听说李庆龙被擒，他心中甚是不安："那李庆龙乃是大清营中一员大将，为人精明强干，料想被贼捉去，断不能活啦。这天地会的贼人与大清营的人是仇家对头，这也是他命该如此。这个妖人他会妖术邪法，甚不易破，这便如何是好？"张玉峰上前禀道："他虽会邪术，卑职在大人台前讨令，我今日夜晚去到双虎庄，把那贼人韩智远擒来，台前奉献。"伊大人一听张玉峰之言，说道："你去须要小心慎重！"

张玉峰答应"得令"下去，回到自己的账房之内，收拾好了，这才出了营门，一直往北，到了金家沟双虎庄的庄外。只见庄墙之上号灯齐明，人马稠密。张玉峰找了一个清静地方，在东北上蹿进墙去，在各处寻找。只见前面有一所庄院，里面灯光闪烁。到了东院细看，见是北上房五间，东西配房各三间。北上房屋中灯光隐隐，听见里面说话。有一人说道："祖师爷，你用的是什么法术，会把那大清营的战将拿住？您老人家真叫大清营那些战将闻名丧胆，望影心惊！"又一人说道："好一个望影心惊，这却算不了什么。我明日在两军阵前，要把伊哩布的人马杀退，方称我的心怀。"这张玉峰听得明白，必是夏海龙和那广法真人韩智远二人吃酒谈心，并不知李庆龙生死存亡。自己往各处一找，只见眼前有一所院落，也是三合的瓦房①,北上房屋中灯光闪烁,照耀如同白昼,廊檐底下有七八个庄兵在那里看守。听见屋内有一人说道:"伙计们,你等今夜晚上要多留神。现如今大清营的伊钦差来了,听说他们的人足智多谋,怕是有人来探咱这一座双虎庄。咱们在这里看守这个差使,他是被获的有名的大将,名叫李庆龙,已然缓过来了,捆在椅子上,明日才杀他呢。"这张玉峰听得明白,跳下房来,手起刀落,把那几个贼人杀死,进到屋中,想要救李庆龙出来。只见那椅子上绳扣已断。不知李庆龙被何人救去,且看下回分解。

---

① 三合的瓦房——三合房,一种旧式房子,三面是屋子,前面是墙,中间是院子。也叫三合院儿。

第 八 十 回

张玉峰奋勇斗贼　韩智远妖术得胜

词曰：

　　游手好闲有损，专心务本无亏。赌博场内抖雄威，金宝银钱俱费。　　多少英雄落魄，也叫你富贵成灰。劝君及早把头回，免受饥寒之累。

　　话说那玉面哪吒张玉峰进了北上房，在各处一找，那李庆龙并无下落，见旁边有断了的绳子，后窗户已然开放，大约必是被人救去了。自己又一思想："我既来到此，岂肯空回？不免我把那妖道刺杀，把他的首级带回大营，这也算我的一件功劳。"主意已定，蹿上房去，在各处一看，只见眼前有一所院落，正北是上房五间，东西各有配房。忽听北上房外间屋内有人说："来人！你们把床帐收拾好了，山人我要歇息了。"有家人答应说道："祖师爷，这里也都收拾好了，您老人家请安歇吧，西里间已然都预备好了。"那广法道人韩智远进了西里屋安歇去了。张玉峰听得明白，心中甚是喜悦，隐在廊檐之下，等候多时。听见屋中并无动作，他这才慢慢地来至在风门①之外，用舌尖舔破窗棂纸一看，屋中正北是八仙桌儿一张，东西各有太师椅子，两边椅子上坐定两个人，都有二十以外的年岁，头戴三角白绫巾，勒着金抹额，二龙斗宝，正中安定一朵茨菇叶，身穿宝蓝缎子箭袖袍，上绣着白牡丹花，腰系丝鸾带，肋下佩一口太平刀，足下薄底快靴。两个人都已然睡着。

　　张玉峰把门拨开，慢慢地进去，到了西里间屋内，用手中的刀把帐子挑开，方要抢刀往下就砍，觉着床下有人伸手，把他的腿腕子给拿住，往怀中一带，那张玉峰立脚不稳，翻身栽倒在地。说："哟！可了不得啦！有了刺客啦！"外间屋中那两个人早已醒了，赶到屋中把张玉峰绑好。广法

---

① 风门——冬天在房门外面加设的挡风的门。

道人韩智远他这屋中早有防备,外间屋那两人是故作睡着的。那床底下这人名叫金寿,乃是黑面魔王金四龙的家人,练了一身的好功夫。他每日跟随广法道人韩智远听差,在这床底下今日拿住了玉面哪吒张玉峰。这韩智远立刻坐起,说道:"这还了得,胆敢前来刺杀山人! 你叫什么名字? 共来了几个人? 在山人的跟前你要说实话,饶你不死!"这张玉峰一阵冷笑,说:"妖道,你要问,我名叫张玉峰,乃是大清营都司之职。今奉伊大人之命,特来这里行刺于你。不想今日被你拿住了,杀剐存留,任凭于你! 我乃是大清营堂堂的英雄,你们这一伙叛逆之贼,不久必被官兵拿获,把你等碎尸万段,方出我胸中之气!"妖道一闻此言,说道:"好一个胆大的小辈,待我结果你的性命!"伸手拉出宝剑来,照定张玉峰方才要剐,只见那金寿说道:"祖师爷暂息雷霆之怒,今日将他带到外面去杀,怕把这屋子脏了,有一股血腥气味,不便。"韩智远一听此言,甚是有理,说:"你三个人去把他杀死。"

这三个人把张玉峰搭到院中,金寿立刻拉出一口佩刀来,在张玉峰面前说:"姓张的,你今日死在我们这里,还不快说些好话,哀求我们祖师爷吧!"张玉峰一听,说道:"我把你这无知的匹夫,我今既被你拿住,有死而矣,何必多说!"金寿举刀照定张玉峰方要剐,忽然他背后来了一宗暗器,正打在金寿的后脑海,当时身死,吓得那个家人撒腿就跑。又从房上跳下一人来,过去方要解开张玉峰,只见屋中老道出来,说道:"好一个孽障,休要逞强,我来拿你!"一伸手拉出来一杆皂色的七星旗,照定那人一指,那人翻身栽倒在地。

书中交待,来者是卫辉府回回峪的黑锦太。他自从二打剪子峪之后,派他儿子去到大清营,至今并无音信。他也是行侠作义之人,自带随身的短把刀、避血块,由家中起身。走在半路之上,正遇见伊大人回兵独龙口,攻打金家沟双虎庄。他暗中换了一身夜行衣服,在各处一探,方才救了病二郎李庆龙。二人在房上见张玉峰蹿至这院中,到了北上房,似乎前去要行刺。二人暗中观看多时,见他被妖道拿住了,心中说:"不好!"听那金寿说抬到院中去杀,黑锦太用避血块把那金寿打死。方要救张玉峰,只见老道韩智远出来说道:"好孽障,你休要逃走,我来拿你!"伸手拉出一杆七星迷魂旗来,说道:"无知的匹夫,待我来结果于你!"把七星旗子一指,那黑锦太翻身倒于就地。李庆龙在房上一看,心中说:"呀,不好! 这还了得！我的救命恩人也被他拿住，我要走了，岂不叫天下英雄耻笑，说我是畏刀避箭、怕死贪生之人。不免我下去，把这贼人要一脚踢倒更好；倘若不能将他踢倒，我死在这里，和我那救命恩人一同做刀头之鬼。"主意已定，先从房上揭起一块瓦来，照定韩智远面门打去。韩智远一闪身，躲过这块瓦，回头一看，见李庆龙从房上跳下来，说："呔！你这妖道，休要逞强！我来拿你这无名的小辈！"韩智远说道："你这不知死活的囚徒，胆敢这等无礼！"用手中七星迷魂旗冲定那病二郎李庆龙一指，一股黑烟，顿时李庆龙觉着头迷眼昏，翻身栽倒就地。

那广法道人气往上撞，说："你这三个奸细，敢来至我山人这里讨死，待我结果你的性命！"抡宝剑照定那黑锦太就要剁。只听房上有人说："呔！好一个妖道，你真胆大包身！我来也！"从房上跳下，站立平地。老道借着星月光辉往对面一看，见来者那人是便服打扮，手中擎着一对子母鸳鸯锍，年有二十以外，风流人物，俊俏不俗，摆兵刃照定那妖道韩智远迎面刺来。韩智远一个箭步蹿开，说："你叫什么？通上名来！"那人说："我乃铁胆书生诸葛吉是也。只因我三弟张玉峰他奉令来探你这一座双虎庄，我和大哥商议，一同前来接应。"韩智远一听，说："原来你等也是大清营的差官，我正想要把你等一网打尽！你别走，看山人的法宝捉你。"用手中七星迷魂旗一指，一股黑气，诸葛吉顿时一阵昏迷，栽倒在地。韩智远说道："来人！把这四个人都给我捆上，然后发落！"话音未了，只见又从房上跳下一人，来者正是钢肠烈士欧阳善，抽出刀来照定妖道头顶就剁。那妖道一闪身躲过钢刀，急用手中七星迷魂旗照定欧阳善一指，他也立刻昏迷不醒，倒于地上。韩智远看见，急忙过去举刀要剁，忽然身背后来了一个家人，说："祖师爷息怒！后边夫人有请！"韩智远一愣，不知所请是何事情，故此将手中刀停住，未能下落杀他，说道："暂且把他捆在这里，等我见了夫人，回来再杀他们吧。"

且表这韩智远他自从来到此处，见了夏海龙，就在这里操演人马，帮办军旅之事。后来只因夏家庄杀了梅素英，这邓芸娘见事不详，同着夏家庄的庄兵逃难，来至金家沟双虎庄，见了夏海龙诉说前情。夏海龙一闻此言，方知道那结发之妻梅素英被杀，死在大清营的差官之手，心中甚是痛恨。他把各路的庄兵调齐，在双虎庄会集在一处，要与大清营决一死战。这一日，韩智远见了邓芸娘生得这样花容月貌，绝类无双，心中甚是喜悦，说道："美人，你跟我成为夫妇，不知你尊意如何？"邓芸娘一听韩智远之言，仔细一看，见他面如紫玉，古怪的相貌，心中甚是惊异，说："仙师乃修道之人，小妇人此时是花谢柳枯、莺衰雁老、珠黄玉碎之人，只要不嫌我，情愿终身相侍。"老道听罢此言，心中甚为喜悦，二人携手揽腕，到了西跨院北上房，共入罗帐，鸾颠凤倒，覆云翻雨。邓芸娘百般的献媚，娇声艳语，这老道采战得法，二人情投意合。自此两个人每夜在一处作乐。

再说邓芸娘并不爱妖道韩智远，她因谭逢春是为百花娘子梅素英身死，也不把她放心内，甚是想念那玉面哪吒张玉峰。今日邓芸娘正在西院中对着一盏孤灯，思想起自己从前之事，好不伤心："父母双亡，就剩下兄妹二人。我哥哥是死在那大清营战将之手，就剩下我孤身一人。直到如今，落得孤孤单单、冷冷清清，并无一个知心之人。我看这老道也不是成事之人，思想起来，终究哪是我的知疼着热之人？"想在这里，不由地落下几点泪来。正是那：

　　　　残灯思旧事，断雁续新愁。

正在心中烦闷，听见外面一阵大乱，派使唤婆子出去一看，回来报道："广法道人韩智远拿住了大清营的四五个差官。"邓芸娘闻听老妈之言，心中一动，怕有那日逃走的张玉峰，心内十分记念，连忙派人出去告诉那韩智远，说道："夫人有请！"

广法道人到了西跨院，见了邓芸娘，说道："美人，你叫我何干？"邓芸娘说道："我听见说你拿住了大清营的几个差官，不知是真是假？"韩智远说道："我拿住了五个差官：一个是病二郎李庆龙，和黑锦太、欧阳善、诸葛吉、张玉峰等五个人。"邓芸娘一听，心中甚是喜悦，说道："求祖师爷把这五个人交给奴家，我要报我兄长之仇。"广法道人说："美人，你自己拿宝剑前去杀他们吧。"邓芸娘说："祖师爷，你吩咐家人去把五个人暂押至这西院空房之内，我明日再发落他们。"韩智远叫家人把他等五个人锁押在空房之内，家人答应下去。邓芸娘说道："来人！摆酒！"家人擦抹桌案，整理杯盘，二人对坐吃酒。韩智远在灯下看那邓芸娘，果然是黑鬒鬒①的头发，白生生的脸腔，细弯弯的两道蛾眉，水灵灵的一双杏眼，这老道越瞧越爱。此一番的情形是被这邓芸娘美色所迷，又搭着喝了两盅酒，

───────────

① 鬒鬒(zhěn)——头发稠而黑。

酒乃是色的媒人,能添壮士英雄胆,善助文人锦绣肠。邓芸娘说道:"祖师爷,你练的是什么功夫? 怎么会把这五个人拿住的呢? 你说说。"韩智远答道:"我跟我师傅练的一种能耐,我会呼风唤雨,撒豆成兵。我有一件法宝,名曰七星迷魂旗,里面有药,我用手一指,这旗子把上有螺丝一拧,那一股黑烟出来,人要闻见,必然昏迷过去。里面是我师傅按先天之数配好的妙药,非我这解药不能还醒过来,要过六个时辰,方能明白。"说着话,从囊中掏出来两个药瓶儿来,一瓶白的,一瓶黑的。白药面倒在桌儿上是清香味,那黑药面是往那旗子里装的。邓芸娘看了看,二人吃了几杯酒,撤去残桌。天交三鼓之时,二人安歇睡觉。两个人云雨一回,广法道人韩智远已然睡着。邓芸娘伸手把两瓶药先拿在手内,又把老道的那杆七星迷魂旗也拿起来,伸手抡刀要杀老道。不知如何,且看下回分解。

第八十一回

张玉峰逢凶化吉　邓芸娘遇难呈祥

诗曰：

> 放下琵琶便举筋，晓风残月九秋霜。
>
> 歌声好似并州剪，要断人间未断肠。

话说邓芸娘想要刺杀妖道韩智远，好救那张玉峰，"我二人倒是一段的金玉良缘。"想罢，抡刀照定那妖道韩智远就是一刀。只听"喀嚓"一声响亮，红光崩冒，鲜血直流，广法道人当时身死，也是他命该如此，没做好事的报应，今日死在邓芸娘之手。她将韩智远的死尸掩埋了，血迹收拾干净，然后到西厢房内，把张玉峰抱至北上房，取出解药来，给张玉峰闻在鼻孔之内，不多时打了两个嚏喷，就明白过来。睁眼一看，见面前站立一个美貌的女子，正是那邓芸娘。

这张玉峰虽然被他人拿获，绳绑着二臂，心内可明白，说道："你是何人？把我带到此处，请道其详。"邓芸娘说道："冤家，你那夜从夏家庄逃走，你是被人救去，我甚是想念于你。今日听见你被擒，我特意前来救你。我现时并无投奔的去处，你给我安置一个地方，你我二人作为长久的夫妻。我为你已经把广法道人韩智远杀死，你想如何是好？愿你自思自想，早拿主意，请说详细。"张玉峰听罢此言，心中自己思忖一时，连忙答道："娘子，你把我放了。我感你救命之恩，绝无二心相负于你！"邓芸娘说道："我把你解开，你要逃走，我也不追你，只要你自己心中想一想我这一片好心待你，看你是朋友不是朋友，由你吧！"说话中间，把张玉峰的绳扣解开了。张玉峰说道："你怎么亦来到此处？"这邓芸娘把已往之事述说了一遍，又把那白瓷药瓶儿拿出来，倒了点白药面交给了张玉峰，叫他去把那四个人解救过来。张玉峰说道："我感念你救我之恩。我想带你回营，又怕犯了军规。国有王法，律有明条。我想背你而走，又对不起你这一片好心。"邓芸娘说道："你既有心要收我，你的家住哪里？我情愿等你。现时我先投奔你家去，不知你意下如何？"张玉峰说道："我也是这样想。你把文房四宝取来，我给你写一封书信，你带着去到京都前门外南孝顺胡同张宅投递。家中就是有我母亲。你想可以安身否？"邓芸娘说道："甚好，你就写信吧。"张玉峰立刻修了一封书交给邓芸娘，他收拾好了，改扮了男子的装束，鞴了一骑快马，起身往京都去了不提。

且说张玉峰打发邓芸娘去后，独自来至西厢房，先用解药把黑锦太、李庆龙、欧阳善、诸葛吉等解救过来；找着他五个人的兵刃。黑锦太说道："既入虎穴，焉能素手空回？咱们寻找夏海龙等，务要把他拿住，方肯回营，面见大人，前去报功。"众人听说甚是有理，大家一齐上墙，蹿房跃脊，往各处寻找夏海龙，并不见他的下落，心中甚是着急。正在各处观看，只见那北边有一所院落，是北上房五间，东西各有配房。北上房东里间屋内灯光辉煌，听见屋中有妇人女子说话。五位英雄来至窗外，用舌尖舔破窗棂纸，往里一看，见那屋中是顺前檐的炕，上面有一张小桌，东边坐着是金四龙，威风凛凛。西首是一个年少的妇人，有二十来岁，生得好似月里嫦娥，美貌无双，千娇百媚，万种风流，光梳油头，淡搽脂粉，轻施蛾眉，朱唇皓齿，杏脸桃腮，说话声音高亮，娇滴滴的，另有一番气色，与金四龙二人在一处吃酒。那妇人说："金庄主，伊哩布进兵，恐其攻破此庄，你早作准备才是哪！"金四龙说道："我已然派二弟金四虎，叫他去往各处村庄去催趱人马，不久必到。"

正在讲话之间，忽见进来一人，乃是黑锦太，飞身蹿至屋中，照定金四龙就是一避血块。金四龙未及提防，正打在咽喉之上，翻身栽倒，死于非命。那妇人一见，吓的颜色更变。黑锦太说道："你这女子不必害怕，我且问你，那夏海龙在于何处？你说了真情实话，万事皆休。如若不然，立刻叫你死无葬身之地！"那个妇人乃是金四龙之妻马氏，说道："夏海龙他在东跨院北房内，那里有八个童女伺候他。"黑锦太一听，说道："你乃一女流之辈，饶你不死。我要去也！"转身出去，见了四位英雄说明此事，一齐蹿上墙去，找至东跨院。

只听北上房中琵琶丝弦声音嘹亮，正唱那时调岔曲，都是娇滴滴的声音。五位英雄看罢多时，那夏海龙在当中坐定，下边有七八个女子，都是浓妆艳抹，打扮得华美，怀抱琵琶丝弦，唱的小曲甚好。这些女子都是夏海龙抢来的良民女子，另有教习教给她们几个人弹唱。今日正在得意之间，忽听门儿一响，进来五位英雄，各执利刃，说道："夏海龙，今日是你劫数已到,恶贯满盈,我等特来拿你!"张玉峰抢刀就剁。夏海龙早已躲开,伸手拿起一把椅子来,照定张玉峰打去。这张玉峰往旁边一闪,躲过那把椅子,摆单刀跳过去,说:"呔!你等这些反叛,休想逃走,我来结果你的性命!"说罢,战了几个照面,竟把夏海龙一脚踢倒在地。众人过来把他捆上。这些女子吓的痴呆憨傻,立站不住,又无处藏躲,一语不发,周身乱抖。这五位英雄将夏海龙拿住,说道:"你们这些女子,家住哪里?"把夏海龙的家财分散众女子与家丁人等,嘱咐他们各自归家,安分逃命去吧。众英雄一同起身,将夏海龙扛起来,出了双虎庄,直奔大清营而来。

天色微亮,到了辕门,略等片刻,听见里面击鼓升帐。五位英雄进了营门,把夏海龙交给听差之人看守,到了大帐,参见大人。李庆龙就把被擒遇救,张玉峰、黑锦太等前后来到,帮助拿夏海龙,杀死广法道人韩智远之故,从头至尾细说了一遍。伊大人说道:"先把贼人带上帐来!"不多时,把夏海龙带至帐下。这夏海龙立而不跪,破口大骂。伊大人见贼人这样无礼,并不着急,慢慢说道:"夏海龙,本帅看你也是一条英雄,为何帮助他人造反?所因何故?你要从实说来,本院还要放你哪!"夏海龙听罢,一阵冷笑,说道:"你这无知的匹夫!你会总爷我乃是天地会八卦教中之人,岂肯归降你等!你是你大清国的忠臣,我是我们八卦教中的义士,杀剐存留,任凭于你,我也没什么话可说的。"伊大人闻听此言,气往上撞,亦不再往下问他了,即吩咐:"来人!把他推出去给我枭首示众,号令营门!"派巴德哩、李庆龙二人带领五千人马,去到金家沟双虎庄,务要攻破,把那些贼人一网打尽。又派人去往各村庄张贴告示,晓谕众百姓人等并文武各绅士,来营具结①,如各处村庄再有邪教匪人隐匿不报者,拿本村绅士官员按律治罪;或有被贼人威逼身入天地会八卦教者,限三日之内,准其自行来营检举,一概免究。这张告示一出,不过数日,把四十二座庄村化为仁义之乡,并无一个匪人。巴德哩、李庆龙二人带领官兵,先把金家沟攻破,后安抚各处村庄的百姓。过了数日,全都办理好了。

伊大人带领人马,浩浩荡荡杀奔独龙口去了。一路之上,秋毫无犯。这日正往前走,忽见远探子来报道:"现有独龙口败兵求见。城池已然失守,总镇大人失陷军中,不知生死。"伊大人听报,心中甚是不安,连说"不

---

① 具结——旧时对官署提出表示负责的文件。

好"，自己连忙催督大队进兵，要替总兵张广太复夺独龙口。这大兵正往前走，离独龙口不远，吩咐安营下寨。众三军埋好了牙叉、鹿角，撒下铁蒺藜、绊马索，安下粮台，立好了营盘。伊大人升帐，聚齐了众将，说道："列位将军，今独龙口已失，恐其贼人得了战船，要是杀奔江苏省城，多有不便，怕他搅乱地面，黎民受涂炭之苦，百姓有刀兵之灾。你等众位将军有何高见？"李庆龙禀道："大人先派探马前去哨探明白，回来再作计较。"伊大人闻听，说道："甚好。"派了八路探马前去哨探，又派人去探张广太的下落。

书中交待，这张广太自得了独龙口的总镇之后，把韩氏夫人、胡氏夫人都接到衙中。外面有邹忠、李贵二人帮着他办事，把本标下的兵丁招募足额，共是六个营盘，三千人马。本标参将胡元第、游击霍振邦、都司刘明、左营守备刘堃、右营守备李华、中营守备李德元，还有千、把、外委等官，共有几十员。张广太每逢三、六、九日，操演人马；初一、十五，合操一次。无事挖河、修城，治得独龙口路不拾遗，夜不闭户，街市之上甚是丰盛。无事就同着李贵、邹忠二人在书房内吃酒谈心。自己想要把娘亲接来，一同在衙署享几天福，先差专人到武清县河西务给兄长送信。这张广才打来了回信，说："老娘亲年纪高迈，道路遥远，不能前来。"张广太说："为人子，尽忠不能尽孝，这也无可如何。"

这一日，在后院和韩、胡二位夫人，夫妇三人吃酒谈心。胡赛花说道："大人，妾身我身怀六甲①，不久必要分娩。"张广太说道："夫人保重就是了。想你我夫妻生此荒乱之年，此时在任上享些安闲之福，也是人生乐事。想我师兄马梦太，他在军营之内南征北战，早起迟眠，哪得半刻的闲暇。"韩氏夫人说道："我兄长在军营内并无音信，不知此时如何。"张广太说道："我已然接着穆将军的文书，现今攻破了峨眉山，在云南收服了小霸王杨胜，定了石平州，拿住铁掌道人马陵。大约兄长定然建立奇功，不久必有佳音。"正在说话之际，忽见从外面进来仆妇，前来回事说道："大人，外面有参将大人胡元第，有紧急公事求见。"

张广太连忙换了官服，来至客厅，见了参将胡元第，二人行礼，归了座位。胡元第说道："大人，大事不好了！今日有细作来报道，福建鹿耳门

---

① 身怀六甲——怀孕。

有水师营提督李天保叛反了国家，带了有五万水兵，兵发独龙口，大人早作准备。"张广太一听此言，立刻升了帅府厅，聚齐众将，说道："众位将军，今有福建水师提督李天保叛反了国家，带领人马前来抢我这座独龙口。我先派胡寅兄带领本部人马查城；霍振邦带领二千人马作为前敌，在城外五里坡埋伏；叫家将李贵、邹忠二人前后照应。"自己统率一千五百名马步军队，四员大将，派的是刘明、刘堃、李德元、李华，出了独龙口的城，在正西咽喉要路安营下寨。这日，探马来报道："天地会八卦教的人马离此十数里之遥。"张广太一听此言，吓得惊魂千里，连忙点兵，前去迎敌。不知胜负如何，且看下回分解。

第八十二回
李天保进兵独龙口　张广太退守藤萝营

词曰：

富贵五更春梦，功名一片浮云。至亲骨肉亦非真，恩爱反成仇恨。　　莫讲金枷套颈，休言玉锁缠身。清心寡欲在凡尘，快乐风光本分。

话说总兵大人张广太听探马来报道："李天保带领人马来夺独龙口！"他急带了先锋官霍振邦，点了一千五百人马，杀出了独龙口。到了五里坡正西，列开队伍。见正西之上，尘沙荡扬，土雨翻飞，有三千飞骑马队，两杆白缎子大旗，上绣着白八卦，旗下有一员大将，威风凛凛，把队伍列开。只见那员贼将头戴三角白绫巾，勒着金抹额，二龙斗宝，身穿白缎色箭袖袍，外罩红青宁绸二则龙的跨马服，足下青缎子快靴；面皮微白，白中透青，两道剑眉，一双圆眼，直鼻阔口，海下无须，年有三旬以外，一团的英风；手中使着一杆虎头錾金枪。乃是水师提督李天保麾下一员大将，名叫贾魁元，武艺超群，奉李天保之命，作为前部先锋，逢山开路，遇水搭桥，来至五里坡。见张广太列成队伍，立马横枪，两旁四员大将，全是头戴青呢得胜盔，灰色缺襟袍，外罩红青跨马服，薄底靴子。

贾魁元看罢，用手中枪一指，说道："张广太，你今日还想活命么？会总爷特来取你这座独龙口。你要知时务，趁早献关，饶你不死！"张广太闻听，说道："呔！好一干叛国逆贼，胆敢前来送死！哪位将军去把他拿来？"霍振邦一听总镇之言，说道："大人休要着急，待我拿这小辈！"一催坐下马，到了阵前，说道："叛逆之贼别走！"摆手中刀，照定贾魁元劈头就剁，贾魁元急架相迎。二人大战七八个回合，那贾魁元伸手掏出一支镖来，照定霍振邦面门[1]打去。只听"噗哧"一声，霍振邦并未提防，正中面

---

[1]　面门——脸。

门,翻身坠于马下,当时身死。这位也算是为国尽忠了。刘明看见,气往上撞,说道:"好一匹夫,胆敢伤我的好友,待我结果你的性命!"拎手中枪照定那贾魁元分心刺来。贾魁元用手中枪,怀中横抱月往外相迎。二人战了有十余个回合,贾魁元一镖,把刘明打于马下,败回本阵。李华出去,也打了败仗。书不重叙,一连打败了数员大将。

张广太看罢,不由心中无名火起,说道:"好,你等这群叛逆之贼人!休要逞强,我来结果你的性命!"催坐下马到了两军阵前,抖手中枪照定贾魁元分心就刺。贾魁元用枪急架相迎。两个人战了有二十余回合,不分胜败。张广太一想:"先下手为强,我不免先用避血诀把他打死,亦叫贼人知道我的厉害!"想罢,一伸手掏出避血诀,照定贼人打去。贾魁元未能躲开,早中了咽喉之上,"哎呀"一声,翻身倒于地上,当时身死。张广太用枪尖一指,大队人马冲杀过去。那些贼人见主帅被杀身死,俗语说得不错:"兵无头目,不战自乱。"两军混战,直杀得天昏地暗,尸横遍野,血流成河。贼兵败下三里之遥,又遇见神棍将李天一这一队人马赶到,截杀一阵。天色已晚,张广太合兵一处,退回五里坡,安营下寨。张广太到了大帐之内,赏了三军,派李华守前营,刘明守后营,李德元巡查全营各处。

此时天有三鼓之后,张广太正要安歇,忽听那外面一阵大乱。张大人连忙站立在中军大帐,吩咐:"不可自乱,击鼓调队!"只见灯光一片,来了有五六千贼兵,杀进大帐。原来是神棍将李天一,他自安营之后,那李天保的人马也赶到此处,一同安好了营寨。李天保他手下收了两员大将,一名叫谢天庆,一名叫杜锦彪。那谢天庆为人精明强干,足智多谋,原是绿林出身,降了李天保,作为帐前护卫之职。那杜锦彪是镖行出身,投效军营,在福建水师营作了把总之职,李天保爱惜他的武艺超群,升他为中军巡捕官。今日亲提五万人马来抢独龙口,取了这座独龙口,打算进兵江苏。又听说神力王兵在楚雄府,穆将军扎营白水江,两处之兵全不能前来接应。料想这张广太乃是无能之辈,今日来到这里,调齐了本部人马,与李天一两个人商议,共破这座独龙口。天有三鼓以后,派李天一和谢天庆带领五千人马前去劫营。这些人马方到了张广太的大营,一声喊嚷说:"杀!"张广太正在军帐内,听见一阵大乱,连忙叫家人鞴马,自己绰了一条枪。这些战将刘明、李华、李德元三人,各拿兵刃。众三军正在睡梦之间,听见一阵喊嚷,大家起来,一阵乱杀。张广太这里正在忙乱之际,队伍不齐,马不鞴鞍,不知来了多少贼兵,率领败残人马,退进关去,在城上多设滚木檑石、灰瓶炮子。一边在城上巡查,一面遣差官去到神力王、穆将军两处告急。自己在这里昼夜不眠。

过了两三天,这日李天一带领飞虎云梯军二千、马队三千人,来至城下。属下云梯军扛着梯子、木板、绳索等,立好了云梯,众三军拿着短刀、藤牌,顺着云梯要上城。只见城上张广太与众将在各处正然巡查,但则见那贼兵攻城甚急,连忙吩咐放下滚木檑石。众三军各遵号令,一声炮响,那些兵卒用灰瓶、炮子一齐往下就打。那李天一督①着队伍,往城上攻打。如若是飞虎云梯军往回一撤,后边马队进前,斩马刀一起,当时结果了性命,就此正法,那些贼兵并不敢退,只可往前进,死者无数。城上张广太派众将俱各督催往下砸打滚木。

一连守了数日,不见救兵到来。张广太实是支架不住了,又伤了无数的兵丁,再者城内粮草也接济不上,心中甚是忧闷,不知应该如何办理方好。旁有守备刘堃说道:“大人请放宽心。这些贼人利在急战,大人昼夜防守此城,等候救兵来,到那时与贼人交兵,可以一战成功。”张广太闻听此言,心中一动,说道:“此事不好,要等候省城救兵来到,那如何等得了?你不想咱们军中粮草可度用多少之日?兵缺粮草,焉能上阵?恐有饥饿之患。我想务要与贼人决一死战,那时再定主意。”刘堃说道:“不可!你想那贼兵有五六万之众,如何杀得退他?”张广太默默无言,思想了一时,说道:“你且退去,明日再议。”刘堃回到账房之内,立刻齐集了众手下的将官,说道:“列位将军,我看大人之意要舍身为国,想我大家理应尽忠,无奈此事是全小节,恐其与大事不便。你等大家千万小心,倘有意外之变,你等俱要谨慎小心,留神防范!”众将官与兵丁大家齐声答应下去。

且说张广太这日回到私衙,进了内宅,与二位夫人说了些个闲话。韩红玉、胡赛花二位夫人,见大人张广太眉头不展,闷闷不乐,韩氏夫人说道:“大人,现今李天保贼兵如何?”张广太说:“贼势浩大,我正为此事忧心。我想要把你姐妹二人送回故乡,不知你等意见如何?”韩红玉说道:“大人要把我二人送回家去侍奉婆母也好,无奈大人这里胜负未定,我二

---

① 督——率。

人实不能放心。"张广太说道："吾意已家①,明日送你姐妹二人起身。我
要到城上巡查,等候救兵到来。"张广太出了衙门,来至城上,只见贼营军
威甚盛,号灯齐明。自己和那刘堃、刘明、李华、李德元等坐在马闸上。张
广太说道："列位将军,你我食君之禄,当以死报之。今日强敌临境,国家
养兵千日,用军一时,你我尽心保守城池,待等救兵前来,好破此贼。"刘
堃答应："是。"

　　至次日早晨,只见那贼营中杀声震地,金鼓喧天,又添了无数的人马,
各立飞虎云梯,攻打这座独龙口的城池。张广太防守甚严,在城上指挥着
标下兵丁,往下砸打滚木檑石、灰瓶炮子。直攻了一天,到黄昏之时,见贼
人撤回队去。那张广太下城回至衙门,方到内宅,有仆妇过来叩喜,说:
"夫人产生了公子!"那张广太闻听,"哎"了一声,说道："此子生在乱世之
时,大不幸也!"自己正在思想之际,有家人进来说："酒饭已齐,在哪里用
饭?"张广太说："在书房。请李大爷、邹二爷。"家人说："二位大爷在那里
等着呢。"张广太到了书房内,与李大爷、邹二爷三人归座吃酒,谈论军务
之事。李贵说："张大人,你要早作准备方妥。现今贼势浩大,此时大人
先把家眷安置好了才是。"张广太说道："二位兄长,小弟我总是要死守这
座城池,尽忠不能尽孝,何况是别事!我想要奉托二位兄长,先把我的家
眷送至藤萝营那里,在徐景义衙中暂避此难。我要是保得住,我就死守此
地。倘有不测,我唯有一死而已。二位兄长千万要把我的家眷送回河西
务,照看你的侄儿,我就是死在九泉之下,也感你二位的大恩。大丈夫生
在世上,生而何欢,死而何惧之有?"那李贵说："兄弟,你写信吧,我这就
起身。"张广太派人预备驼轿。家人去不多时,把轿预备好了,请二位夫
人上了驼轿,派亲随、家丁人等护送起身。

　　张广太派二位兄长送家口去后,正要上城前去防守,忽见家人来报
道："大人,大事不好了!独龙口西门失守,李华阵亡,请大人示下!"张广
太一闻此言,吓得魂飞千里,自己绰枪上马,要和贼人决一死战。不知后
事如何,且看下回分解。

---

　　①　家——决。

第八十三回

伊钦差复夺独龙口　张广太奉旨发军台

诗曰：

花前洒泪临寒食,醉里回头问夕阳。

不管相思人老尽,朝朝容易下西墙。

话说张广太听见家人来报说:"独龙口西关失守,李华阵亡。"自己带了人马出了衙门,遇见刘垫、刘明、李德元带领着败残人马,慌慌张张说:"大人,快速快走,贼兵已到!"张广太见事已至此,这也无可奈何了,随同众将带领败残人马出了东门。后面贼兵追出关外,并不追赶,得了这座城池,把城上的旗子全换了天地会八卦教的旗子。这李天保、李天一、谢天庆、杜锦彪复又率带人马杀出关外,把那些官兵杀得五零四散。张广太带领众将到了藤萝营,早有游击徐景义带领本部人马,来至张广太马前请安。张广太进了衙门,在书房之内落座,说道:"徐寅兄,此事不好,独龙口已失,这便该当如何是好?"徐景义说道:"大人暂且息怒,待我招募各处庄村的团练,会同各处乡绅会首,率同庄兵夺回独龙口,再作道理!"张广太点头,说道:"也好。"从此日起,张大人就在这里训练人马。

这日,忽报伊大人带领着大队人马,已到独龙口正南安营下寨,张广太同着手下一干众将,来至营门候令请罪。只见营门官出来,张广太上前回明了话,营门官进去回禀伊大人知晓,伊大人立刻传张广太进帐。不多时,张大人进帐,见了伊大人,行礼毕,述说前情。"败阵失关,在大人台前请罪!"伊大人说道:"你带兵多年,何不小心防守?将城池失守,此事关系重大,罪有应得,奏明圣上,候旨定罪。"张广太下去。伊大人先咨文知会浙江巡抚防堵。传令聚齐众将,议论攻取独龙口之计。有病二郎李庆龙上帐说道:"大人,此时贼势浩大,正在志气骄盛之时,万不可以力破之。大人赏我三千人马,今夜晚我去烧贼人的粮草。计毒莫过绝粮!"伊大人说道:"我就赏你一支令箭,命你带领本部人马前往,须要小心。"

这李庆龙得令下去,点了三千人马,出了大清营,到了独龙口之正北贼人屯粮之所。天有二鼓之时，李庆龙先放了一把火，将他屯粮的营寨全都烧着。贼人正在睡梦之间，忽见火起。此处护粮台的贼人是谢天庆，听见手下之人来报道："屯粮之所火起。"谢天庆带领贼兵，连忙去扑灭了火光，一面追杀大清营的官兵。救火的这个工夫，放火之人早已去远。

且说李庆龙带兵回营交令，伊大人给他记大功一次。天色方亮，伊大人升帐，派玉斗、巴德哩二人带领三千人马，前去攻城；又派欧阳善、诸葛吉带领三千人马，作为接应，这日攻了有四个时辰，城内李天保防守甚严，不容易攻破。伊大人次日亲提人马，督兵攻城。只见正北旌旗招展，有一队人马约有五千之众，是藤萝营的游击徐景义，率领十三庄的团练兵丁，前来助阵。

且说李天保正在敌楼之上护守城池，看见大清营的官兵前来攻城，他方要传令放下滚木檑石，这杜锦彪早有投明弃暗归顺大清营投降之心，在他身后手起刀落，把李天保杀死，说道："呔！下面尔等听着：今我已投降了大清营，如不愿者，趁此逃命！"自己下城，把城门开了，接应大清营的人马进城。李天一知道兄长被人刺死，杜锦彪献关投降，那谢天庆死在乱军之中，李天一率众逃走。伊大人进了独龙口，查点仓廒府库①、军装器械，派李庆龙追杀败兵。

此时浙江巡抚早把贼兵临敌之事奏明圣上，康熙老佛爷乃是有道明君，旨意下来，派吏部右侍郎哈红阿查明回奏。哈四大人到了浙江，正逢上任巡抚告病，奏请开缺②。旨意下，着哈红阿补授浙江巡抚。哈四大人写谢恩的折子，又替张广太奏明："贼势浩大，张广太独力难挡，并非惧贼丧师辱国，坐观成败之臣也。"专差折官入都奏陈圣上。康熙老佛爷降下旨意：张广太着发往军台，命在穆将军大营效力当差。那张大人接了这道旨意，派李贵、邹忠把家眷送回家去。

伊大人在这独龙口歇兵数日，这日登城一望，见满城凄凉，方遭兵火之灾后那等不堪言的冷清。有诗为证：

戍楼吹角起征鸿，猎猎寒旌皆晚风。
千里暮烟愁不尽，一川秋草恨无穷。

---

① 仓廒府库——储藏粮食、军械、文书、财物的库房。

② 开缺——旧时官员因故去职或者死亡，职位一时空缺，准备另外选人充任。

　　山河惨淡关城闲，人物萧条市井空。

　　只此旅魂招未得，更堪回首夕阳中。

伊大人看此光景，心中好惨，在这里安抚了百姓数日，派人到各处访查贼情，并无天地会的贼人。修本奏明圣上，报浙江全省一律肃清。旨意下：记大功一次，着伊哩布兵发云南，与穆将军合兵一处，务要把贼人教匪一并拿获，不准一名漏网。伊哩布带领李庆龙等众将，由此处起身，大队全军人马浩浩荡荡，往云南进兵。

　　非止一日，到了祁河寺白水江大营之内，先禀见穆将军。这穆帅吩咐伺候升坐大帐，传齐了众将。伊大人来至大帐之内，穆将军连忙站起身来，说道："伊大人久违了！近日大展奇才，克复了独龙口，实令人敬服矣！"伊大人说道："仰仗大将军虎威，卑职有何能为？"穆将军说道："看座①！"伊大人在旁边落座。同来一干众将官过来参见大帅。老将军说道："我在这里与贼人并未交锋。我想要耐等几时，贼人粮草一尽，他必退兵。那时趁势追杀，可以一鼓而下，不费吹灰之力。伊大人，你来此甚好，就请阁下带领本部人马，同张广太、刘明、李德元、刘堃等，前去到楚雄府蛰龙峪，帮助神力王剿服贼匪。"伊大人说道："遵命！"说罢下去，回至大帐，与那些亲随人等说道："老将军命我去到神力王那里接应，你们去把那马义士请来。"

　　家人下去，不多时把红胡子马杰请来。伊大人站起身来相迎。那马杰抱拳拱手，说道："大人呼唤我，有何差遣？"伊大人说道："马义士请坐。只因老将军派我带领本部人马到楚雄府，前去救应神力王。我不知神力王的大营那里道路如何，特请马义士作为向导，未知意下如何？"马杰说道："往那里去的路径，我略知一二，大人请放宽心。"说罢，各自回归到自己账房之内。这张广太请马杰与黑锦太等在一处饮酒谈心，说得情投意合，夜静更深之时方散。一夜晚景无话。至次日天明，伊大人点齐了本部兵丁，杀奔楚雄府去了。

　　且说李庆龙、玉斗、巴德哩等六员大将，仍归穆将军差遣委用。这一日，穆将军令下，吩咐水军统领进军。此时管带水军的正是小白龙王天宠和那浪里飞行翻江太岁李英，还有虬首龙杨永安、海底蛟杨永太协同相

---

　　① 看座——赐座，是对来访客人的尊敬与礼让。

助。混海泥鳅姜鸿派为先锋，带领五千人马。这日正是端阳节的时候，天有初鼓之时，前敌人马顺大江杀至西岸，出其不意，攻其无备，这一阵，只杀得尸横江岸，血染草红。小白龙王天宠后队已到，穆将军与倭侯爷带领一万生力军①也杀到此处。此时西江岸头一座大营，是蔡文荣的，早把大寨失守。罗文庆等立脚不稳，带着本队败兵，退守宝珠山，与劝善会总蔡文增、圣手真人马通会合在一处。天色已亮，见那边还是杀声一片。蔡文增升了大帐，聚齐了那手下的诸贼将，说道："今已把那江岸失守，皆汝等不小心之过。我今要与大清营决一死战，绝不能善罢甘休！你等各要努力向前。"旁有大将黄面阎罗张天福说道："会总爷请放宽心，我今日必要把大清营的人马杀退。"这些众将异口同音，只说："请大帅令下！"蔡文增点了六千马队、四千步队，放了三声大炮，由宝珠山大营内杀出来。

此时穆将军方渡过江来，立好了营寨，听见探马来报说："贼人领大队前来讨战。"穆将军升坐大帐，立刻派姜鸿、王天宠二人："带领三千人马，前去迎敌，本帅随后率领大队前去接应。"姜鸿、王天宠二人到了外面，点齐了三千人马，出离了大营。只见那前面旌旗蔽日，贼队已到，两边列着马队，当中是步队，两杆白八卦旗，中间是蔡文增，座下一匹黄膘马，两旁有四十余员战将。蔡文增是一位玄门道教，头戴皂缎色九梁道巾，宝蓝缎色八卦仙衣，腰系杏黄色水火丝绦，足下白绫高腰袜子，厚底云鞋；肋下佩一口宝剑，怀抱五云筒，说道："呔！对面大清营的战将，哪个前来和祖师爷分个上下？"话言未了，只见混海泥鳅姜鸿一催座下马，摆手中刀，说道："呔！来者贼人妖道休要逞强，待我来拿你！"抡刀就剁。劝善会总蔡文增一听此言，勃然大怒，说："呔！小辈，你休要狂言大话，何不通上名来受死！"这姜鸿通了名姓，说："妖道看刀！"蔡文增一回手，把五云筒一甩，这姜鸿未能躲开，身上的衣服被那一股青烟烧着，衣服尽都是火。姜鸿就地一滚，蔡文增复又一五云筒，姜鸿当时被烧身死。小白龙王天宠一见姜鸿被蔡文增用五云筒烧死，自己把手中刀一摆，说："呔！好一个无知的匹夫，我来拿你！"只见贼队之中一声喊嚷说："道兄休要生气，我去拿他！"又来了那圣手真人马通，要捉拿王天宠。不知后事如何，且看下回分解。

---

① 生力军——新加入作战具有强大作战能力的军队。

第八十四回

穆将军大战宝珠山　马成龙舍命捉妖道

诗曰：

> 林下居常睡起迟，那堪车马近来稀。
> 春深昼永帘垂地，庭院无风花自飞。

话说小白龙王天宠方至两军阵前，只见那贼队之中跑出来一个老道，身高七尺，细腰窄背，头上戴紫缎色九梁道巾，身披着五色八卦仙衣，腰系水火丝绦，足下白袜云履；背后斜插宝剑，怀中抱定一个赤红的葫芦；面如紫酱，紫中又透出黑来，双道粗眉，一双阔目，黑眼珠滴溜滚圆，烁烁的放光，满脸黑胡须，威风凛凛，相貌堂堂，立在两军阵前，伸手拉出一口宝剑来，指定那王天宠说道："来者小辈，你是何人？"王天宠说："妖道你要问，我姓王名勇，表字天宠，绰号人称'小白龙'。你要知道我的厉害，趁此跪倒投降，免你一死！如要不然，想要饶你，比登天还难！"圣手真人马通说道："原来你就是王天宠，休要走，我来拿你！"抢剑就剁，王天宠用刀相迎。两个人战了有七八个照面，这马通一个箭步蹿在一旁，把宝剑还入鞘内，把葫芦在手中一托，照定王天宠说道："你也不知我山人是何如人也！我能知前五百年，后五百年，善会呼风唤雨，撒豆成兵，搬山挪海，五行变化。你也是有名的英雄，今日我来结果你的性命！"冲定那王天宠一甩，只见一股青烟直扑王天宠面门而来。王天宠一阵昏迷，翻身倒在就地。马通吩咐："来人！"过来十数个兵丁把王天宠绳绑二臂，解回本营去了。

又见正东来了穆将军的大队人马，早就列开队伍，当中一杆"帅"字旗空中飘扬，两杆杏黄色的门旗。左边金刀帅邓龙带领五千步队，右边是副将王金龙带领五千马队，当中是穆将军统带两万人马，跟着那些五虎上将，全都威风凛凛，相貌堂堂。穆将军看见王天宠被擒，在马上说："众位将军，你等哪个过去把妖道给我拿来？"话言未了，只听背后一声答应，说道："大帅在上，末将愿往！"穆将军一看，原来是病二郎李庆龙，一催座下大肚子蜗蜗虎，摆手中三尖两刃刀，出了本队，说："呔！妖道，你是何人？

通上名来!"圣手真人马通自道了名姓,一甩这奥妙的葫芦,出来一股青烟直奔李庆龙。李庆龙觉着一阵昏迷,翻身倒在就地,也被八卦教中之兵拿去。

穆将军一见,气往上冲,说:"妖道好大胆量,敢杀我两员大将,我定要结果你的性命!"只见旁边有一人答应说道:"我来也!"穆将军抬头一看,正是瘦马马梦太,说道:"你去须要小心,务要将他拿住。"马梦太答应"得令",一摆手中单刀,到了那妖道马通的面前,说:"妖道,你这厮胆大包身,我乃是大清营副将马梦太是也。你这些匪人都不知自爱,上负国恩,下受民怨,甘心作反!今日天兵压境,你还敢敌抗!要知时达务,趁此跪倒求饶,免你一死。如要不然,马老大人叫你死无葬身之地!"圣手真人一听马梦太之言,说:"小辈,你知道些什么?天下者非一人之天下也,乃仁人之天下也,唯有德者居之,无德者失之。我家八路都会总上应天时,要重整乾坤,救民于水火之中。你这厮好大胆量,在祖师爷跟前讨死!"一甩黑煞奥妙迷魂葫芦,照定马梦太面门扑来。马梦太"哎呀"一声,翻身栽倒就地。马通说道:"来人!把他给我捆上!"穆将军一看这三个大将均已被擒,知道妖人的厉害,吩咐:"急速撤队,免战高悬。"

穆将军回至大帐,传伺候升帐,聚齐了众将,都在两旁伺候。穆将军与汪平说道:"大人,你看今日出兵之事该当如何?"汪平说道:"大帅,我自统兵以来,到了云南,并未遇见过此等妖人。今日伤损了三员大将,不知主帅有何高明意见,破此妖人?"穆将军听汪大人之言,遂问说:"众位,你们哪一个今夜晚去探宝珠山的贼寨,并探听王天宠、李庆龙、瘦马马梦太三个人的性命如何。"话言未了,只见旁边过来了赛报应顾焕章,说道:"大帅在上,我今前去探访宝珠山的贼寨,并探听三个人的下落如何。"穆将军心中甚为喜悦,说:"倭侯爷既要前往,诸事须要小心,不可莽撞。"

倭侯爷点头答应,下去收拾好了,用完了晚饭后,带了一口单刀,出了大清营,施展陆地飞腾法①,少时间来至在宝珠山的贼寨营门以外。只见灯火齐明,照耀如同白昼。顾焕章绕路来至正南,见这南边倒也清静。自己蹑足潜踪,进了贼营的界墙,往里细看,见静悄悄的,空落落的,并不见有巡查之人。往各处偷看多时,只见正北有一座大账房,里面灯光闪烁。

---

①　陆地飞腾法——类似于轻功的武功。

顾焕章在账房以外偷听多时,并不见动作,只得转身要走。方一回身,听见里面有人说话,声音洪亮,说道:"童儿,看茶来!"小童答应,不多时,从里面出来一个小童儿。顾焕章往旁边一闪,躲在无人之处,见小童到了西边账房内,取了一壶暖茶,进了北边账房去了。顾焕章隔窗户一看,只见灯光之下,帅案以后坐定是劝善会总蔡文增,一人在灯下看书,旁下佩着那一口太阿剑。顾焕章一看,就知道是自己的那一口宝剑,心中甚为喜悦,说:"好,我等他睡着之时,我进去手起刀落,结果他的性命,不费吹灰之力,得回我那一口太阿剑来。"心中十分高兴。只听蔡文增说:"童儿,你把床帐收拾好了,我要安歇啦。"童儿答应下去,到西里间屋中把床帐安置好了,蔡文增安歇去了,两个童子在东里间屋内安歇。

顾焕章等候多时,这才把账房门开开,慢慢的进去。方要到西里间账房去杀蔡文增,未曾下手,只听外面一片声喧说:"不好了,这是什么人进去? 祖师爷你看,蔡会总的门开开,大事不好!"忽听一声"无量佛",说:"好大胆的刺客,胆敢前来送死,待我来结果你的性命!"吓得顾焕章一回头,见来者非是别人,正是圣手真人马通。不由的怒从心上起,一个箭步蹿至在账房以外,说:"呔! 吾把你这混账王八羔子,待我来结果你的性命!"一个箭步飞身跳至马通的面前,说:"你这厮别走,吃我一刀!"那马通往后一闪身,把那奥妙迷魂葫芦拿出来,照定那顾焕章一甩。顾焕章往后一退,昏迷栽倒在地,被那八卦教中之兵把倭侯爷捆上。里面蔡文增已醒,传伺候升帐。聚将鼓一响,两边众将一声喊嚷说:"带上刺客来!"两旁一齐答应。只见圣手真人马通要过一碗水来,从怀中掏出一个窄窄葫芦来,约有三寸大小,倒出来一点药面放在水中,吹了一口"仙气",口中念念有词,又在水上画了一道符,说:"来人,去把那人灌过来!"手下人去把顾焕章灌过来。不多时,带至大帐,见了蔡文增坐在上面,东首是圣手真人马通,西边坐着是黄面阎罗张天福与白面阎罗张天禄。余下就是那大小的会总,都站立两旁。顾焕章看罢,说:"妖道,你们这伙贼人既把侯爷拿住,为何不杀?"蔡文增说:"顾焕章,你真不知死活,敢来探我的营寨! 我今既把你拿住,解送大竹子山,交给八路都会总赛诸葛吴恩那里发落,杀剐由他自便。来人,去把那三个人带过来!"下面答应,不多时,从西院中推上小白龙王天宠、病二郎李庆龙、瘦马马梦太。

这三个人自白天被擒,马通把他三个人解劝,要这三人归降。马通说道:"你们三位别不知自爱,当时国家未定,八路都会总福量过人,又有众教主保护,都善能呼风唤雨,撒豆成兵,搬山挪海,五行变化。像大清营的这些战将,若是天文教主张宏雷要下山来,杀你等片甲不归! 你三个人要知时达务,趁早归降,免遭涂炭之苦,也不失封侯封王之位,作一个开疆拓土之功臣,裂土分茅的大将!"马梦太一听此言,说:"你姓什么? 叫什么?"马通自通了名姓。马梦太一阵狂笑,说:"妖道,我把你这些无知的匹夫,你把我三个人当作何如人也? 我三个人活着是大清国的人,死了是大清国的鬼。忠臣不事二主,烈女不嫁二夫。要杀要剐,任凭于你!"蔡文增方要杀,只听马通说:"来人,把他三人带下去,交坐山雕罗文庆看守。"手下人把三个人带下去,到了西营,另派妥当人看守。到晚半天,也给三个人些吃的。

天有四鼓之时,忽听蔡文增击鼓升帐,传下令来:"带三个人上帐!"王天宠、李庆龙、马梦太三个人来至大帐,一见倭侯爷站在一旁,绳捆二臂,知道也是被妖道拿住的。马梦太说:"大哥,你也来了? 活该你我弟兄活着在一处为人,死了在一处做鬼,一同在枉死城前去挂号,遨游地府阴曹,也是一场乐事!"蔡文增一拍公案,说道:"你们这四个小辈,被会总爷将你等拿住,你等要归降天地会,还可饶尔不死。如要不然,解送大竹子山,交给八路都会总发落,那时想要活着,是比登天还难!"王天宠哈哈大笑,说道:"蔡文增,我把你这叛逆之贼,你把你家好汉爷拿住,何必费这些唇舌,就该给你家大太爷一个快活!"蔡文增说道:"来,请罗会总!"不多时,坐山雕罗文庆来到大帐,说:"参见会总,不知叫我有何使用?"蔡文增说:"我给你五百飞虎队,解送大清营这四个人往大竹子山,交给八路都会总发落。"罗文庆答应:"得令!"下帐点兵,起解四位英雄登程。不知后事如何,且看下回分解。

第八十五回

穆帅督兵战妖道　虎将舍死斗贼人

诗曰：

　　东湖西畔柳丝长，满院花飞乱夕阳。

　　何处社除儿女散，过来流水郁金香。

话说坐山雕罗文庆把四个战将带下大帐，领了五百飞虎兵，预备囚车四辆，把四个人装在木笼之内。天色已然大亮，他这才用完了酒饭，带着人马押解囚车起身。蔡文增与马通这两个人点了五千马队、五千步队，带一干诸将，放了三声大炮，出了大营，列开队伍。只听大清营中三声炮响，先出来是六千马队，是双龙出水势，当中四千步队。穆将军带领着那些手下的儿郎、合营的战将，一个个威风凛凛，列开旗门。穆将军只因倭侯爷去后总不见回来，不知吉凶，今日听见贼人列队，连忙带人马出来。只见那圣手真人马通怀中抱着那个葫芦，站在阵前说："对面大清营的战将，哪个前来送死？我山人已把你大清营被擒的那四员小战将，全皆结果了性命。你等有不怕死的过来，与我比并三合！"话言未了，只见大清营队中跳出来一位老英雄来，身材凛凛，相貌堂堂，年过六十以外，精神百倍。来者非是别人，正是虬首龙杨永安，要替他亲戚小白龙王天宠报仇，一摆金背鬼头刀，来至老道的面前，抢刀就剁。圣手真人马通往旁边一闪，说："老儿，你叫何名？通报上来！"虬首龙杨永安并不答话，抢刀还是剁。几个照面，马通急甩那个黑煞迷魂奥妙葫芦，一股青烟直透入鼻孔之中，"哎呀"一声，翻身栽倒就地，被八卦教中的贼人捉住，解回本队。海底蛟杨永太见兄长被捉，急忙飞身赶出去，说："哒！对面妖道，休要伤吾兄长，我来也！"一摆单刀，来至在那马通的面前，说："好一个匹夫，我来结果你的性命！"摆刀分心就扎马通。马通往旁一闪，把奥妙葫芦一甩，海底蛟杨永太昏迷过去，均被他们八卦教中之兵捉回本队。穆将军一看，知道是妖术迷人。那山东马成龙一看，说："哒！你这无知的妖道，我来拿你！"方要出队，只听穆将军说道："马成龙且慢过去，本帅我自有拿他之法。鸣金撤队!"众将无不惊异。

穆将军到了子午营将军帐,升坐了中军大帐,聚齐了众将,说:"本帅今日看这妖道马通,他必是妖术邪法。我有一个主意:你们找些个猪狗之血做成激筒,如遇妖人交锋之时,你等各把激筒过去,照定妖道就打。"话言未了,只听钻云神犰朱天飞、追风仙猿侯化泰二人过去,见老将军请安,说:"大帅休要着急,我二人今夜晚去探宝珠山,刺死妖道,盗他的奥妙黑煞迷魂葫芦,顺便再探听李庆龙、马梦太、王天宠、顾焕章、杨永安、杨永太这六个人的生死下落。"穆将军说:"也好。你二位老义士诸事须要小心,不可大意。"朱天飞、侯化泰二人答应,回至自己房中,换好了衣服,各带单刀,出离了大清营。

天有初鼓之时,二人施展陆地飞腾之法,到了宝珠山的贼营以外,找僻静之处,飞身进了贼营,各处窃听。进了山口,到了那一座灵岩寺,原是一座大庙,蔡文增和马通住庙,作为他的行营公馆。外面有那亲兵飞虎队在前后巡查。朱天飞用飞檐走壁之能,果然灵便,蹿房越脊,进了这一座灵岩寺。在各处一找,只见正东有一所院落,里面灯烛辉煌。二位老英雄来至在那院的房上,见是北上房五间,东西配房。北上房屋中有人吃酒谈心,正是蔡文增、马通。这二人只因连日得胜,心满意足,二人在这里正自吃酒,谈说些军旅之事。马通说:"蔡会总,你我今日据守这座宝珠山,都说这穆将军他不好惹,手下兵强将勇。今日据我看来,他乃是无名小辈,手下人也无有什么英雄豪杰。我只要有数日之工,管保生擒活捉这些人,再把穆将军杀的一个片甲不归。"蔡文增说道:"贤弟,你乃当世的英雄,我真佩服!"马通说道:"长兄不要过奖,怕今夜还有刺客前来。"蔡文增说道:"贤弟,你如何知道呢?"马通说道:"我听说大清营的英雄过多,必有能人前来打听顾焕章、王天宠的下落。"外面朱天飞、侯化泰二人听得明白。听了听,天有二鼓以后之时,只听那蔡文增说道:"来人!搭过轿来,我要回卧室安歇,你等预备了。"下面人等答应,搭过一把太师椅子来,上穿着两根轿杆,抬过来放在厅房以外。四个小童儿引路,各执着一个纱灯。蔡文增坐上那太平轿,抬起来由东边月亮门进去,往北一拐。

朱天飞早看的明白,说:"侯贤弟,你在这里看守着妖道马通,好盗他的奥妙迷魂葫芦。我跟随那蔡文增,要盗那口太阿剑,顺便结果他的性命。"说罢,站在房上暗中跟随。见蔡文增往北走了不远,又往西一拐,另有一所跨院，把轿子落平，蔡文增下了轿，进了北上房。四个小童儿不多时出来说："祖师爷已然安歇，你们外面伺候吧。"那轿夫人等立刻出去，四个小童儿到配房中安歇去了。朱天飞在房上各处偷听，候了半晌，这才飞身跳下房来，慢慢的进了北上房，隔着帘栊一看，不见有动作，并无一人。这屋乃是东里间，转过身来，又往西里间一看，只见屋中灯光闪烁，靠北墙是一张大床，上面铺着黄云缎坐褥，蔡文增在上面端然正坐，闭目垂睛，一语不发；肋下佩着一口宝剑，正是那太阿剑。朱天飞心中一动："何不进去盗他那口宝剑？"又一想："总得先把他杀了，回到前院再刺杀圣手真人马通，一并剪草除根。"主意已定，慢慢的把帘栊一掀，进得屋中。一伸手先把自己所佩之刀拉出来，照定妖人前心一扎。只听"噗哧"一声，朱天飞一看，说："不好，吾中他人之计了！"方要转身逃走，忽听夹壁墙内"咯吱"一声，说："好奸细，休要逃走，我来结果你的性命！"手捧五云筒，照定钻云神猊朱天飞一甩。这朱天飞后心衣服全皆烧着，心中一发慌，"哎呀"一声，翻身栽倒。外面有值宿人等听见，连忙起来，过去用绳把朱天飞捆上。蔡文增吩咐各处搜查，又派亲随战将在各房上寻找，恐怕还有奸细刺客。

且说追风仙猿侯化泰先在前院房上看守圣手真人马通，忽听后面一片声喧，齐声喊嚷捉拿。侯化泰一听，连说："不好，这还了得！"连忙扑奔后面一看，师兄朱天飞被他人拿住。自己跳下房来，在蔡文增背后抢刀就剁。蔡文增往旁一闪身，说："来者你是何人？通报上名来！"侯化泰一阵冷笑，说道："蔡文增，你是我的对头之人。想你当初在龙峒山，我烧了你的仓廒，我就是那追风仙猿侯化泰。今日我特来找你拼命，你别走！"摆刀就剁。蔡文增说："原来你是败将侯化泰。别走，我来结果你的性命！"把五云筒一甩，照定侯化泰甩去，一股青烟直扑侯化泰前胸烧来。侯化泰"哎呀"一声，翻身栽倒，被手下人捆上，早把那侯化泰、朱天飞二人安置在一处。蔡文增："来人，去把杨永安、杨永太二人一同装在木笼囚车之内，连朱天飞、侯化泰一同交蔡文荣解送云南府大竹子山，交给八路都会总吴恩办理。"下面答应"得令"，不多时，只见蔡文荣点了二百名亲随兵丁，押解着四个人起身。蔡文增说："你们大家今夜晚诸事多要留神，多加小心，天明听点。"众将答应下去。蔡文增回归北上房西里间屋内安歇。

少时天色大亮，东方发晓。蔡文增传："伺候击鼓升帐，请马会总前来议事。"不多时，马通到了大帐，又把众将聚齐。蔡文增把昨夜晚之事对众人述说了一遍。马通说："你我今日到两军阵前，与大清营大战一场，看有多少能人？我是要把他等一网打尽，永享太平。"蔡文增吩咐调队，带领三千人马出了大营，直至战场讨战。只听大清营大炮惊天，出来了数千马队、三千步队，乃是马成龙自统大队。左有谢禄，右有韩虎，押队官是魏禄。这马成龙一团的威风煞气，今日是马成龙他先在穆将军跟前告的奋勇，要与贼人对敌。他知道朱天飞、侯化泰二位老英雄并未回来，"大概必是被贼人所擒，我去把妖人拿住，替众位英雄报仇雪恨！"穆将军说道："马成龙，你既要去，诸事须要小心谨慎。那妖道圣手真人马通邪术多端，他那奥妙迷魂葫芦甚是厉害，你不可莽撞，务要留神。"马成龙答应说道："老将军请放宽心，为人生在世上，生死由命，富贵在天。食君之禄，理应秉定忠心，舍死为国才是。我马成龙前者在襄阳大战吴恩，他的阴阳八卦蟠甚是厉害，连败了大清营几员战将，我托万岁爷的洪福，还能把妖人战败。今日出兵仰仗着万岁爷的洪福护庇，大帅的虎威，今日在两军阵前，也定把妖人结果了性命！"穆将军说："好！马成龙，你自带本部人马，再拨给你三千马步军队、三员大将，去到阵前把妖人捉来，算你的奇功！"马成龙说声"得令"，回到自己营中，点齐了人马，带领谢禄、韩虎、魏禄三员大将，放了三声大炮，浩浩荡荡杀出大清营，直至两军阵前。只见妖道圣手真人马通与劝善会总蔡文增，带着四十余员大将，列成队伍候战。

马成龙看罢，方要下马，只见中军官谢禄说："大人，这件功劳让给末将，我去捉拿妖道。"马成龙说："你前去须要小心。"谢禄答应，伸手拉朴刀出离了本队，来至两军阵前，说："呔！妖道马通，还不早早前来送死，等待何时！"这马通怀中抱定那奥妙迷魂葫芦，摇摇摆摆，直奔两军阵前，说声："无量寿佛！孽障，你休要逞强，通上你的名来！"谢禄一看妖道这个样子，早就知道他的葫芦厉害，心内说："这个妖人若来时，莫若我先下毒手为强，给他一个迅雷不及掩耳，先下手给他一暗器！"主意已定，伸手把袖箭一按，照定圣手真人马通咽喉之上就是一箭。马通略一闪身，正打在左肩头之上，那马通"哎哟"一声，急忙回至本队，觉着左膀臂发麻，心中知道不好。原来这谢禄使的袖箭是毒药喂成的，人要着上一支，三天三夜是准死无活,最厉害无比。

且说马通败回本队,蔡文增见老道马通身受袖箭之伤,吩咐急速撤队回营,传官医给马通看箭疮之伤。医生说:"马道爷这个伤痕,是受了药毒。我先把箭给他起下来,上些拔毒散。"开了一个方儿,先吃一付汤药。抬至后帐,派几个妥当之人伺候他。蔡文增把免战高悬,竟候马通病体痊愈,再与大清营决一死战。吩咐手下诸将各处留神谨慎,自己坐在上房之内灯下看书。忽见从外面蹿进一人,手执明晃晃的一把钢刀,要刺杀蔡文增。不知来者是谁,且看下回分解。

第八十六回

谢禄奋勇刺妖道　韩虎涉险盗葫芦

诗曰：

半掩朱门白日长，晚风轻堕落梅妆。

不知芳草情何限，只怪游人思易伤。

才见早春莺出谷，已惊新夏燕巢梁。

相逢只赖如渑酒①，一曲狂歌入醉乡。

话说劝善会总蔡文增正坐在上房屋中椅子上，思想马通受了毒药袖箭，怕是大清营有能人前来讨战，正要派人防备，忽见从外面进来一人，手执一把钢刀，照定蔡文增分心就刺。蔡文增往旁边一闪身，拉出太阿剑，说："好孽障，你往哪里走？我来结果你的性命！"抢剑就剁。那人往旁一闪身，说："妖道，你休要逞强，我和你分个高下！"

书中交待，来者非是别人，正是马成龙的手下部将谢禄。只因马成龙掌得胜鼓回归大清营交令，见了老将军，说明方才在两军阵前得胜之故。穆将军吩咐："给谢禄记大功一次，给马成龙记功劳一次。赏你等酒席一桌，下面歇息去吧。"马成龙等谢过老将军赏赐，下了大帐，说："谢禄、韩虎、魏禄，你三个人一同在一桌吃吧。"不多时，酒筵摆齐，四位英雄落座吃酒谈心。马成龙说："三位贤弟，你等有何高明妙策，把宝珠山这伙贼兵杀退，捉住妖人马通与蔡文增二人，从这里进攻云南府，水路取大竹子山，一鼓而下。"赛展雄谢禄、蓝面天王韩虎站起身来，说道："大人在上，我二人不才，今夜晚我二人去探宝珠山，盗他的奥妙黑煞迷魂葫芦，刺杀蔡文增，回营交令。"马成龙说道："二位贤弟，既是你二人要前去，多要留神，但愿你二人此去马到成功。"谢禄、韩虎二人答应说道："兄长请放宽心，我二人今夜去，定要将蔡文增的首级割来。"马成龙给他二人满斟上

---

① 渑（shéng）酒——渑：渑水，古水名。《左传·昭公十三年》："有酒如渑，有肉如陵。"

三杯酒,说道:"二位贤弟满饮此酒,我是眼观旌捷旗,耳听好消息。"谢禄、韩虎两个人各喝了三杯酒,立刻站起身来,说:"大人等候,我二人去也!"

两个人收拾好了,各带单刀一把,出离了大清营,扑奔宝珠山贼寨。找了一个僻静之所,候至更深,进了营寨。谢禄在前,韩虎在后,两个人鹿伏鹤行,到了灵岩寺的墙外。二人飞身蹿进去,到了北上房,说道:"韩贤弟,你去把那妖道给刺了,或是盗他的奥妙迷魂葫芦。"韩虎说道:"全交给我了。"谢禄到了上房以外,往里一看,见蔡文增正在那里坐定。谢禄拉刀进了北上房,抢刀就剁。蔡文增往旁一闪,拉出太阿剑来,急架相迎。两个人杀在一处,真是棋逢对手,将遇良才。蔡文增一变招数,那剑光一闪,谢禄的刀被宝剑削为两段。吓的谢禄魂不附体,急忙往后一撤身,仔细一看,那口太阿剑果然是厉害,想要逃走,万不能行。见蔡文增抡剑剁来,这谢禄也就是闪展腾挪,遮阻架拦,那半截刀焉能敌得了那口宝剑,自己往圈外一蹿。蔡文增一缓手,拿出五云筒来,照定谢禄甩去。只见一股青烟直扑谢禄,碰在身上,衣服全皆烧着。谢禄一阵昏迷,登时翻身栽倒。早被蔡文增把他捆上,说:"来人!把他搭到屋中,我已然捉住有仇的人了,我要问问他!"手下众家人答应,把谢禄绳捆二臂,搭到屋中放下。蔡文增说道:"好奸细呀!你乃无名小辈,也敢前来送死!你叫甚名字?"谢禄一阵冷笑,说:"妖道,你乃是叛逆之贼,好大胆!既把你老爷拿住了,该杀该剐,罪可当刑,快给你老爷一个快当!我姓谢,名禄,我乃是大清营一员大将。"蔡文增说道:"来人!去把他送至西院空屋内。"

却说韩虎找那圣手真人马通所住的屋子,只见那窗户纸隐隐射出灯光,是三间上房。跳下房去,把窗棂纸用舌尖湿破,往里一看,只见靠北墙有一张大床,上面有围屏幔帐。靠南窗户有八仙桌儿,两旁各有太师椅子,桌上放着一盏蜡灯。帐帘挂着,靠东首躺着一个人,正是妖道圣手真人马通,手内拿着一本书,乜斜两只眼睛。这韩虎看罢,来至屋门以外,伸手推喇叭簧,拉出腰中那把折铁钢刀,慢慢的把门拨开,推门而入,来至东里间屋外,隔着帘栊①往里一瞧,见老道斜身在床上,半倚半靠,似睡不睡之际。韩虎看罢,说:"好,该当我成功!待我进去先杀这妖道,好替众朋

———————

① 帘栊(lóng)——带帘子的窗户。栊,窗户。

友们报仇!"方一迈步,觉着脚下一沉,两条腿概不由己,坠入地牢之内,把手中的单刀也扔了,说:"好妖道,爷爷中了你的奸计了!"妖道马通说:"不好,有了奸细了!"外面有值宿之人进来,把韩虎拿住。马通吩咐:"把他送至在西院空屋内,将他捆好,等明日再发落他吧。"手下人答应,带韩虎下去,送到西院。

次日天明起来,圣手真人马通与蔡文增二人升坐大帐,聚齐手下诸将,吩咐:"把谢禄、韩虎二人绑上来!"两旁一声答应,不多时把被擒的那二人带至大帐。谢禄、韩虎立而不跪,破口大骂说:"妖人,你既把我二人拿住,杀剐存留,给我二人一个快当!"蔡文增说道:"你二人胆大包身,既被祖师爷捉住,还敢放肆!你要趁此投降,免你二人一刀之苦!祖师爷奉天承运,不久要成大事,上应天时,下合人意。你两个人要归降我,免你一死!"谢禄一阵冷笑,说道:"蔡文增、马通,你这两个无知的匹夫!我二人既食君禄,当以死报之。忠臣不事二主,既被你等所擒,有死而已!"蔡文增说:"好,你二人既不归降,我山人就要结果你二人的性命!"吩咐手下人:"把他二人给我开膛摘心!"手下人答应,把谢禄、韩虎二人绑在桩柱之上,方要开刀,忽有蓝旗来报道:"今有大清营的王天宠、顾焕章、李庆龙、马梦太四个人前来讨战!"蔡文增、马通二人一闻此言,心中一动,说:"不好!莫非罗文庆途中有变不成?这其中定有缘故。来人!先把他二人带下去,调齐了人马,待我二人前去,看他来了多少人马。"手下人答应,把谢禄、韩虎二人带下去看押起来。

马通等点齐了五千飞虎队,放了三声大炮,带领一干诸将直奔战场,列开队伍。只见那大清营中约有五六千人马,一杆"帅"字旗在空中飘摆。那旗下是病二郎李庆龙、瘦马马梦太、顾焕章、王天宠,还有一位临大敌面无惧色、勇冠三军的马成龙。这马通看罢,心中一动,说:"不好!对面正是被擒的那几个鼠辈,待我出去问他等是从哪里来?"马通跳下马来,站在疆场之上,说:"呔!对面那几个被擒的小辈,哪个出来与我答话?"顾焕章说:"唔呀!混账王八羔子!你休要逞强,吾来和你决一死战!"拉单刀出离了本队,来至两军阵前。马通说道:"顾焕章,你乃是我手下的败将,已然被擒,不知你等为何来至此处?请道其详!"

书中交待,顾焕章、王天宠、李庆龙、马梦太这四个人,自从被坐山雕罗文庆带领五百飞虎队,由宝珠山灵岩寺起身,晓行夜住,饥餐渴饮,非止一日,到了一座山,名曰冷泉山。罗文庆带队正往前走,只听对面一棒锣鸣,出来了五六百庄兵,都是蓝布手巾包头,身穿青布裤褂,腰系青抄包,足下青布快靴,手中抱着一口四尺多长的斩马刀。为首有一员大将,身高八尺,头上青布缠头,身穿上下全是青的,手中擎着一条浑铁棍;面如锅底,黑中透亮,两道粗眉,一双阔目圆睁,皂白得分,年有二旬以外,说:"咄!对面妖人休走!我等在此等候多时,趁早过来送死!"罗文庆一听此言,吩咐列开队伍,把手中刀一摆,说:"咄!来者你是何人?胆敢前来截住会总爷的去路!趁此通上你的名来,会总爷刀下不杀无名之鬼。"那黑面的英雄一听此言,说:"妖人,你要问我,姓贺,名飞雄,占此冷泉山。我聚这里的庄兵,要与民间除害,捉拿你们这伙妖人!你这小子叫什么名字?禀报上来!"罗文庆说:"你要问会总爷,我乃小竹子山的寨主,名叫坐山雕罗文庆是也。奉了劝善会总蔡文增之命,前来解送大清营被擒的四员战将。你要知时达务,趁早闪开,让你会总爷过去。如若不然,我叫你死无葬身之地!"贺飞雄并不答言,一个箭步蹿至在罗文庆的面前,抢棍盖顶就砸。罗文庆用折铁钢刀往上相迎。贺飞雄把棍的门路一变招数,复又照顶打去。这罗文庆急往旁一闪,摆手中刀,分心就扎。贺飞雄用棍往外一磕他那把刀,"当啷啷"一声响亮,把罗文庆的刀给磕飞了,趁势一棍,正打在罗文庆的头顶之上,红光崩溅,鲜血直流。贺飞雄一挥这手下的庄兵,冲杀过来。那五百飞虎队见这伙野人甚是英勇,不敢久战,大众急速往回就跑。那些个庄兵各执兵刃乱杀一阵,只杀得尸横遍野,血流成河。

贺飞雄把囚车打开,救出那顾焕章、王天宠、马梦太、李庆龙等四个人来,说:"四位英雄多有受惊了!跟我来吧。"王天宠等四个人齐声问道说:"这位壮士尊姓大名?你是哪里人氏?"贺飞雄说:"小弟姓贺,名叫飞雄,乃云南府的人氏。自幼父母双亡,打猎为生。自占这座冷泉山,招集些个亡命之徒,想要平灭天地会八卦教,为国家除此大害。每日在山中操练人马,今日有探子来报,说有天地会之贼人罗文庆带领五百名贼兵,从此山前经过。我才带着那些庄兵,把贼人杀散,将你四位救出木笼。来,跟我到冷泉山中寨内一叙。"王天宠、顾焕章、马梦太、李庆龙四人一听,躬身施礼,说道:"这位贺兄倒是一个慷慨之人,你我跟他入山吧。"

贺飞雄同这四位英雄说说笑笑,带着五六百名庄兵,进了西南这座山口,往西一拐,过了一道山梁,再往北一看,只见有一座大山,这东西都是高山峻岭。山下有一片教军场,甚是宽大。贺飞雄前头引路,到了北边山弯之下,有一座团城,坐北向南的庄门,上插一杆红旗,上写"除莠安良,平灭邪教"八个字。四位英雄跟在后面,进了这所庄门。只见东西两边全是白墙,东首一个角门,是垂花门;西边也有一个门,正北有一座二道重门。进去一看,那正北是大客厅五间,东西配房一面十间。贺飞雄让四位英雄进了大客厅,五人落座,吩咐手下之人献上茶来。不多时,手下家人献上茶来。贺飞雄问道:"四位尊兄,是因何故被妖人所擒?"王天宠说:"只因我在两军阵前交锋,遇见妖道马通,他有一个神煞迷魂奥妙葫芦,要一打开,出来一股黑气扑人,当时闭气身死,不省人事。我四人皆是被他那邪术所擒。"贺飞雄说:"原来是他呀! 此乃是小事一段。现今有一人,要破妖人的邪术,易如反掌,不费吹灰之力。"王天宠说道:"哪里有这样英雄? 请道其详。"贺飞雄不慌不忙,说出一位英雄来。不知是谁,且看下回分解。

第八十七回

英雄冒险访隐士　玉昆半路抢囚车

诗曰：

> 池塘四五尺深水，篱落两三般样花。
>
> 过客不须频问姓，读书声里是吾家。

话说贺飞雄在大厅之上与小白龙王天宠、顾焕章、马梦太、李庆龙等四个人说道："四位大人，要提起那圣手真人马通，他乃是一个无名之辈，就会使黑煞奥妙迷魂葫芦。他的兄长叫铁掌道马陵，死在石平州。他乃是化地无形仁和教主白练祖的门人。要破他这个法术，现在这里有一个人，乃世外之隐士，就在我这正西野芜山灵峭峰冷岩观出家，身归三清教下。此人姓赵，名玄真，别号人称'清虚居士'。上晓天文，下知地理，兵书战策，远韬近略，无一不知，无一不晓。我无事常往他庙中闲谈，我以师傅之礼待之，真有惊世之奇才。那日仰观天象，他说：'云南楚雄府有一道红煞之气，此处将有大劫。'我在这冷泉山招军买马，聚草屯粮。我那师傅赵玄真那日来到冷泉山，说：'这里正南是一道银矿。'指明了地势，叫我这些庄兵众人开垦，得了些金银铅锡等物。因此我这山中兵精粮足，全仗我师傅之力。要灭那圣手真人马通，除非去请此人前来，方可成功。"王天宠、顾焕章等四个人齐说道："贺兄长，你我就此前往去请来。"贺飞雄说道："你我先吃几杯酒，然后再去不迟。"吩咐手下人摆酒。下面人答应，不多时把酒摆齐。五位英雄落座吃酒，开怀畅饮。左一杯，右一盏，直吃到红日西沉。

酒饭已毕，贺飞雄吩咐鞴马，手下人把马鞴好了，五位英雄跨上雕鞍，带着手下的从人，出了冷泉山。一直的往西走了有数里之遥，只见西北有一座野芜山，在灵峭峰有一个冷岩观。这座山上真是剑峰叠翠，树木森森。这座庙在山洼之下，正北的大殿五间，东西各有配房三间，周围群墙、山门甚是齐整。外面古柏苍松，全皆茂盛。来至门首，贺飞雄跳下马来，叫从人前去叫门。手下人等上前叩打山门，不多时，只见道童儿出来，开了山门一看，说："原来是庄主。你是从哪里来？请里边坐。"贺飞雄说："四位英雄随我来。"进了山门，由大殿西边一拐，有一所院落。迎面屏门四扇，门内是绿竹青松。进院一看，是北房五间。进了北上房。只见正面八仙桌儿，东边坐定一人，年过花甲以外，站起来身高八尺，头戴青缎子九梁道巾，身穿淡黄缎子道袍，青护领相衬，腰系杏黄色的丝绦，足下白袜云鞋；面如古月，慈眉善目，四方脸面，海下一部黑胡须飘洒在胸前，根根见肉，仪表非俗。贺飞雄看罢，说："老师大人在上，弟子叩头！"那位真人一听有人说话，睁眼仔细一看，说："徒弟，你这时从哪里来？"贺飞雄说："弟子在冷泉山探听的八卦教匪罗文庆押解着大清营四员战将在此山前经过，弟子把罗文庆打死，救了他四个人，名叫王天宠、顾焕章、马梦太、李庆龙，带至吾师傅这里，前来叩见，还乞吾师下山，平灭妖逆，剿除乱贼，捉拿圣手真人马通。"赵玄真说："你把那四个人叫进来我看看。"贺飞雄说："顾大哥，你们请过来，见见吾师傅！"那四位英雄连忙进至屋中，躬身施礼，说："真人在上，王天宠、顾焕章、李庆龙、马梦太有礼！"各人报自己的名字，"我等久仰大名，如雷贯耳，今幸相会，此乃是三生有幸！"赵玄真抬头一看，这四位英雄都是五官端正，相貌魁伟，连忙站起身来，说："四位贵人请起来。你等从哪里来？"叫："童儿看茶！众位请坐。"五人落座，谢过真人。顾焕章说："我等是被获之人，多蒙贺兄长出山相救，杀了罗文庆，我四个人得脱活命。今蒙贺兄带我等前来，拜访真人，还奉求真人出山相助，剿灭妖人。"赵玄真说道："贫道乃山野愚人，焉晓军旅之事？既然见爱，我山人同你等下山前往。"

正说之际，忽听外面有人叫门。童儿出去开门，问："是什么人？"只见眼前站立一条大汉，身高九尺，膀阔三停，面如紫玉，粗眉大眼，五官端方，手执铁棍。后面跟定四人，正是钻云神狐朱天飞、追风仙猿侯化泰、虬首龙杨永安、海底蛟杨永太。只因他四人被蔡文荣带领二百名教匪兵丁押解着，正要奔大竹子山。走在定源河口，前面站定有四五十个人，各执刀枪棍棒。为首一人，正是飞天大圣玉昆。只因前日探竹子山，想要盗大环金丝宝刀并那口太阿剑，不想被蔡文增五云筒一甩，烧得两个肉翅膀儿全都着了。他后来坠入水中，幸遇见两个渔人吴文秀、吴文锦，把他救出水来，带在吴家寨，给他上了点药，养了五六天，这才好了。吴文锦问明白了玉昆的来历，说："玉大哥，你暂且不必回营，在我二人这里保养几日，我兄弟二人皆受过名人的传授,也爱习学枪棒,专爱结交天下的英雄。今日与兄长相会,也是三生有幸!我这吴家寨有守望乡勇五十名,所为护守庄村,候兄长你要是养好伤痕之时,你我带着这些团练乡勇,归降大清营,我二人也作个进见之礼。"玉昆说:"也好。"三人言投语合,设摆香案,结为金兰之好。玉昆年长,吴文锦次之,吴文秀又次之,叙了盟单兰谱。从此玉昆在他家中闲住,自己精神也养足了。

这日,有人来报说:"大路之上有一股邪教兵丁,约有二百多名,押着四个差官,都是大清营被获之人。"玉昆说道:"二位兄弟,你把这里庄兵调齐,跟我前去救人。"吴文锦说道:"甚好。"吩咐手下人鸣锣聚众,调来了四五十名连庄会,都是守望相助。众人各执刀矛器械,跟随玉昆,在大路之上,众人耀武扬威,擦拳摩掌,等候贼人。玉昆说:"众位乡亲,今日要和那八卦教匪一场大战,大家努力向前。"众人齐声答应。正在说话之间,忽见那对面尘沙荡扬,土雨翻飞,来者正是蔡文荣,带领二百名贼兵,押解着大清营的被擒四员战将,正往前走。玉昆阻住去路,说:"哎!对面的教匪少往前进,通上你的名来!你家太爷棍下不死无名之鬼!"这蔡文荣一拉肋下佩刀,说道:"你这小子,拦住老爷的去路!我乃是小竹子山的寨主,名蔡文荣是也!奉劝善会总蔡文增之命,押解着被擒之人往大竹子山,交给八路都会总吴恩治罪。你是什么人,胆敢截住我的去路?快通上你的名来,好在你会总爷刀下受死!"玉昆说:"我乃是大清营守备玉昆是也。你趁此把囚车给我留下,饶尔不死!如若不然,我叫你死无葬身之地!"蔡文荣一听,气往上撞,摆刀就剁,玉昆用棍相迎。二人战了五六个回合,吴文锦就打出支袖箭,蔡文荣未及防备,正打在哽嗓咽喉之上,翻身栽倒就地,被吴文锦一阵乱刀剁死。这四五十名兵丁一声呐喊,冲杀过去。那吴氏弟兄二人也各执兵刃,前去乱砍贼兵。那八卦教匪兵丁见蔡文荣被杀身死,无了头目之人,也就自乱,扔下囚车,竟自逃命去了。玉昆把囚车砸开,救出来杨永定、杨永太、朱天飞、侯化泰等四个人,出来彼此大家见礼。朱天飞说:"玉老爷,你是从哪里来?久违了!"玉昆把以往之事述说了一遍。玉昆问:"四位老英雄,为何落在贼人之手?"朱天飞把妖道马通之故也细说了一遍,又给吴文锦、吴文秀都引见了,一同至吴家寨,叫家人备酒上来。这六人开怀畅饮。正是:

　　　　酒逢知己千杯少,话不投机半句多。

天色已晚,直吃到月上花梢,方撤去残桌,六人安歇不提。

　　次日天明起来,同至书房内吃茶。玉昆说:"这吴恩尚未拿住,又出来这么一个圣手真人马通,精通妖术,不知应该如何才能拿住他呢?"吴文秀说:"玉兄,此事甚易。我们这里有一座野芜山灵峭峰冷岩观,有一位真人,法名赵玄真,别号人称'清虚居士'。上知天文,下知地理,善晓阴阳之数,能算人生死之准。你我何妨去到那里拜访拜访。"玉昆说道:"也好,你我兄弟就此前往。"吴文锦说:"吃过早饭,你我一同前往。"六位英雄用完了早饭,大家出了吴家寨,来至野芜山庙前。玉昆上前叩门,正遇那王天宠等四位英雄在此。不知后事如何,且看下回分解。

第八十八回

冷岩观隐士论天时　宝珠山真人捉妖道

诗曰：

逃暑迎春复送秋，无非绿蚁①满杯浮。

百年莫惜千回醉，一盏能消万古愁。

几回芳菲眠细草，曾因雨雪上高楼。

平生名利关身者，不识狂歌到白头。

话说吴文锦兄弟二人带着朱天飞、侯化泰、杨永安、杨永太、玉昆，到了冷岩观的门外，上前叩打山门。只见从里面出来一个小童儿，说："哪位叫门？"吴文锦说道："烦劳通禀真人，我等特来拜访。"童儿认识是吴文锦、吴文秀，说道："二位在此少待，我去回禀我家祖师去。"转身入内，见了清虚居士，说："祖师爷在上，外面有吴家寨的吴文锦兄弟二人求见，有紧要的大事。"赵玄真说道："请进来。"童儿出去把那吴文锦带到鹤轩屋中，玉昆等见了老道，行礼已毕。朱天飞、侯化泰、杨永安、杨永太四人见了王天宠等四位英雄也在这里，彼此见礼，各述说以往之事。又连那贺飞雄、吴文锦、吴文秀，彼此各通名姓，说明了来历。大家齐声说道："真人，请您老人家到大清营捉拿妖道，上替国家除害，下救百姓涂炭之苦，乞老法师大发慈悲。"赵玄真说："众位请听我一言。山人乃是山野愚人，疏懒成性，既蒙众位抬爱，我此去把马通拿住，我即回山。众位到那时之际，不可强留。"顾焕章说道："只要求把那天地会八卦教灭了，我从此就归隐深山，也不想功名与富贵了。"吴文锦、吴文秀说道："我二人家有老母，不能同你众位前去，待等平定之后，我兄弟二人必要到大清营前去拜访你等众位，一同叙谈叙谈。我家中有马，给你等几位辔上几匹，送你们上大清营。"朱天飞说："就烦你二位兄长，明日遣家人送几匹马来方好。"赵玄真遂吩咐备酒，那小童儿下去，不多时酒菜俱已摆齐。众人落座吃酒，开怀

---

① 绿蚁——指酒面上浮起的绿色泡沫，泛泛而动，形如绿色蚂蚁，故称。

畅饮,吃至夜静更深方散,大家安歇。

次日天明起来,吴氏弟兄回家把马匹鞴好,派家人送来。众人收拾齐备,先叫贺飞雄回山调齐了队伍,这里赵玄真收拾好了应用的物件,骑马带领从人与大清营九位英雄到了前边。只见那山前贺飞雄早就带领着人马,在那冷泉山口以外站定,说道:“众位英雄来了甚好,你我大众从定源河口过江,到了江东岸上,一直的扑奔大清营甚近。”众英雄随同大队过了江。这日来至江口,顺大路一直向前,走了有七八十里之遥,方到大清营。众人下了坐骑,顾焕章说道:“你们众位先在此等候,我去到里面见过老将军,再来请诸位同见。”遂向营门官说道:“我有紧要机密大事面禀老将军。”营门官回话进去,穆将军听说顾焕章回营,连忙传伺候,升坐大帐,说道:“来人,去把顾焕章传进帐来。”听差人等立刻传出话来说:“老将军传顾焕章进帐。”这顾焕章见了老将军,说:“将军在上,倭克金布有礼。”趴伏在地叩头。老将军说道:“倭侯爷请起。你这是从哪里来?”顾焕章说道:“我等自奉令去拿妖道,不幸被妖人拿住,连王天宠、马梦太、李庆龙等,被坐山雕罗文庆解送云南大竹子山。走至半路,冷泉山有义民贺飞雄带领民团截杀妖人,打死了罗文庆,把我等救出了囚车,带至山寨,款待我等。他说有一位世外的隐士,名称赵玄真,别号人称‘清虚居士’,善知天文地理,那兵书战策无一不知,无一不晓。论文,能知黄石公三略的文章①;讲武,能通六韬兵法。我等到野芜山灵峭峰冷岩观请此人前来,在营门候令。此人并不为功名富贵而来,乞将军要行宾客之礼相待。现在外面还有杨永安、杨永太等,全都在营外,也是在半路之上遇救。”穆将军说:“先请朱天飞、王天宠、侯化泰、杨永安、杨永太、玉昆、马梦太、李庆龙一并进来。”下面之人答应,不多时把众人叫进来,齐至大帐,施礼已毕。那穆将军问了几句话,众人各述以往之事,俱都叙说了一遍。

穆将军吩咐:“请贺飞雄与赵玄真。”下面听差人等立刻出去,到了外面说:“我家大帅有请真人与贺义士。”那贺飞雄答应,立刻同赵玄真二人到了营门,跟传话之人进了大清营,来至中军大帐。只见穆将军他在那正中坐定,头上戴青呢得胜盔,花翎头品顶戴;面如紫玉,四方脸,粗眉大眼,

---

①　黄石公三略的文章——黄石公:秦朝隐士,又称圯上老人,著兵书《黄石公三略》三卷,相传他曾授张良《太公兵法》。

三山得配,满部花白胡须。左边是蔡荣副帅,右首是提调参赞大臣汪平。又两旁站定副、参、游、都、守、千、把、外委、兵,都是佩刀挂剑,威风凛凛。穆将军站起身来,说道:"仙师鹤驾光临,有失远迎!"赵玄真说道:"久仰大名,今幸相会!"穆将军吩咐:"请坐!"贺飞雄过去给老将军行礼,说:"将军在上,草民贺飞雄有礼。"穆将军叫人:"看座!"连赵玄真一并落座,众位义士全都坐下。穆将军说道:"久闻真人的大名,今幸相会,也是三生之幸也!今先生下山除灭妖人,上报国家,下安黎民。"赵玄真说道:"我乃山野之人,略知小术,蒙众位雅爱,荐我前来,恐无济于事,不能作脸①,那时倒误大帅的军威。"穆将军说道:"真人乃世外之高人,今下山来克伏妖人,此去定然成功。应天顺人,定然得胜。来人,吩咐在下面摆宴,给众位接风。"派马成龙等陪在下面吃酒。

天色尚早,马成龙说:"我手下两员部将,名叫赛展雄谢碌、蓝面天王韩虎,他二人被敌人所捉,我想要报仇雪恨。今幸众位前来,望求众位替我部将报仇。"赵玄真说道:"大人前去讨令,我等情愿协力相助。"马成龙一听,站起身来,到穆将军的寝帐之内讨了一支令箭。来至外面,点了五千人马,同着顾焕章、李庆龙、马梦太、王天宠等众英雄,请清虚居士赵玄真上马,放了三声大炮,浩浩荡荡杀出了大清营,在空宽之地列成队伍。方要叫蓝旗去至贼营中讨战,只听宝珠山贼营一阵呐喊声,不一刻出来数千人马,头前两杆白八卦旗子。那些教匪兵丁都是白绫子缠头,上插白鹅翎,每人全手执四尺多长的斩马刀,威风凛凛。当中"帅"字大旗,旗下乃是劝善会总蔡文增,同着圣手真人马通,二人并马而立。

众人看罢,说道:"真人,那边就是两个妖人。"清虚居士赵玄真下了坐骑,他摇摇摆摆的往前扑奔,到了两军阵前,说:"呔!马通,你出来!我和你比并三合,你我分个上下!"圣手真人拉宝剑、抱着那迷魂奥妙葫芦,到了赵玄真的近前,说道:"对面道友请了!你既然出家,身归三清教下,理应奉经念佛,侍奉佛祖,何必来至两军阵前自逞己能,这是所因何故?"赵玄真说道:"我自出家之后,立意替天行道,扫灭妖人。你既说我不该如此,你也想想,你是在此为何?请道其详!"圣乎真人马通说:"道友,我是奉我们教主之命下山来,另改山河,扶保真主,应天顺人,以安天

---

① 作脸——挣面子。

下。你要知时达务,趁早投降我山人,我保你作开疆拓土的元勋,裂土分茅的大将功臣,不失那封侯之位。"赵玄真闻听,一阵冷笑,说道:"对面的马通,你也不知我赵玄真的厉害! 你在山人的面前敢言应天顺人? 我家大清国皇恩浩荡,自定鼎以来,海晏河清,五谷丰登,万民乐业,乃是那有道的明君。真是君王有道家家乐,天地无私处处同。你等身归三清教下,略知小术,不思务本,修身养性,乃私立邪教,引诱良民,立天地会,要作乱臣贼子。你等须知改过从善,趁早归隐深山,我山人有好生之德,不忍杀害生灵。你要执迷不悟,那时我山人必要显显手段,叫你知道我的厉害!"圣手真人一听此言,气往上冲,抢宝剑上前就剁赵玄真。那赵玄真也举宝剑相迎。两个人一往一来,走了有七八个照面,圣手真人马通一伸手,把那迷魂奥妙葫芦托在掌中,说道:"赵玄真,你休要逃走,看我的法宝取你!"那赵玄真一看,只见那迷魂奥妙葫芦口儿一开,马通念念有词,只见从里面出来两股黑白阴阳之气,直扑那赵玄真而来。赵玄真忙伸手掏出一面杏黄色的黑七星旗,照定那马通一指,阴阳两气避回,由七星旗出来一道霞光,直扑圣手真人马通。他往旁边一闪,觉着头迷眼黑,翻身栽倒在地。立刻赵玄真蹿将过去,一剑挥为两段。

这劝善会总蔡文增一见马通死在两军阵前,自己甚为惊异。无奈飞身来至清虚居士赵玄真的面前,说:"道友,你是何人? 通上你的名来!"赵玄真通了名姓,说:"你就是蔡文增么?"那蔡文增说:"然也,我正是劝善会总。你要知我的厉害,趁早逃走;如要不然,我叫你死无葬身之地!"赵玄真说:"山人为你等而来,今日我收服了你,我就归山。"蔡文增一摆五云筒,照定赵玄真甩去。不知后事如何,且看下回分解。

第八十九回

赵玄真连胜贼将　马成龙奋勇劫营

诗曰：

> 青山漠漠水迢迢，客路都随岁月消。
> 唯有别时心不舍，水边杨柳已拦桥。

话说赵玄真见了蔡文增用五云筒甩来，他用七星旗一指，说："哎！对面蔡文增休要逞强，我来拿你！"那七星旗出来一道白气，把那五云筒的红光闭住。清虚居士赵玄真手中捏诀，口内念咒，说声："敕令急快！"蔡文增说声"不好"，撒腿就跑，驾起乘脚风，逃回本队。马成龙挥动人马，一直的冲杀过去。直杀得天昏地暗，日色无光，高坡之处人头乱滚，低洼之处血水成河，那天地会八卦教之兵尸横遍野。这一阵直杀到宝珠山，夺了贼人的营寨，得了些粮草、车仗、马匹、账房、器械等项。蔡文增兵败回大竹子山。马成龙接应穆将军，定了宝珠山。穆将军升帐，查点军装器械，发放军情已毕，请清虚居士赵玄真，义士贺飞雄、王天宠、杨永安、杨永太、朱天飞、侯化泰等至大帐，各赐了座位。穆将军说道："真人大施法力，拿获妖人，真乃三生有幸也！替国家捉贼，与民除害，我定要表奏皇上，敕封仙师。"赵玄真说道："多承美意，实乃山野愚人，不敢邀请封号。我山中还有两个小童儿照应庙中之事，我也不能久在此处，我明日就告辞了。"穆将军说道："众位义士，我给你众家庆功。"吩咐摆酒。手下人答应，立刻列设桌椅条凳，把酒菜摆上。穆将军亲身把盏，众人开怀畅饮。下面诸将俱都有赏。众人谈些古往今来之事，直吃到红日西沉方散，撤去残桌。穆将军派马成龙巡查前营，马梦太巡查后营，邓龙护理粮台，李庆龙查中军帐。分派已毕，大家安歇。一夜晚景无话。

次日天明起来，穆将军升坐大帐，手下的诸将齐至，侍立在两旁。有人来报："清虚居士赵玄真不辞而别。"穆将军一闻此言，急速派人去追，那手下人如何追得上，只可回来禀报。穆帅正要点名，只见下面跪倒一名差官说："卑职请大帅的安。我乃是神力王大营千总王雄。只因王爷近退蛰龙峪,被地理教主袁治千施展妖术邪法给困住了。伊大人未能解救,还打了两个败仗。求大帅急速遣兵,前去救护老王爷。"穆将军说:"你等下去,我自有道理。"吩咐听差之人,调齐了大队兵马,择日起身,直杀奔大竹子山而来。

非止一日,这一天正往前走,忽见前面人声呐喊,土雨翻飞,有人来报道:"正南有天文教主张宏雷率带着有五万人马,在这南边夹江口定源山扎下营寨,我兵不能前进。"穆将军吩咐安营。众三军择吉地,埋好了牙叉、鹿角,撒下了铁蒺藜、绊马索,安下粮台,立下行营。穆帅升帐,立刻点名,调齐了诸将,说道:"列位将军,我看你等都是尽心为国、与民除害之人。今逢此大敌,你我必要各施所能方好。"众将异口同音,齐声说道:"愿听大帅的军令!"正说着,蓝旗来报说:"对面的贼人讨战!"穆将军问:"何人前去迎敌?"有玉斗、巴德哩,同着钢肠烈士欧阳善、铁胆书生诸葛吉,和玉面狐张玉峰五人,异口同音齐说道:"讨大帅的令,我等愿往!"穆将军说:"好!你等带领五千人马前去迎敌,须要小心!"那玉斗、巴德哩等齐声说:"得令!"立刻下了大帐,来至在奋勇营,挑选了五千人马,杀出了大清营。往对面一看,尘沙荡扬,土雨翻飞,安了一座大营,后面大队陆续也都安营扎寨。

书中交待,蔡文增自带败残人马往下逃走,方到了定源山,只见对面有五六万之众,都是天地会的贼兵,打着天文教主张宏雷的旗号,浩浩荡荡迎面而来。蔡文增过去禀见。天义教主扎住队伍,把蔡文增叫过去,说道:"劝善会总为何来至此处?"蔡文增施礼已毕,回禀失守宝珠山、圣手真人马通阵亡,"马成龙挥动三军夺了我的营寨。我领着本队的人马想要到那大竹子山,不想在此处遇见教主爷。"张宏雷闻听,说:"也好。我在大竹子山听见那探马来报,说穆将军大队人马军威甚盛,我才把山寨的大事全都交给八路都会总吴恩在那里照应山寨,我自统带着五万人马、四十员上将,要与穆将军决一死战,方出我胸中的恶气。"蔡文增说:"主帅,你在这暂且安营,明日进兵,我还有机密事回禀。"那天文教主张宏雷说:"就是。"遂传令安营。众三军埋好了牙叉、鹿角,撒下铁蒺藜、绊马索,立好了子午寨、将军帐。天文教主张宏雷升坐大帐,先请蔡文增进帐。这蔡文增同定罗如龙、罗如虎参见天文教主张宏雷,行礼已毕,张宏雷说:"二位壮士乃是两员上将,也在我帐下充当护卫吧。只要你二人好好当差,我还要教给你二人练法术呢。"蔡文增落座说:"教主爷在上,我等已然捉住大清营几员大将,解送至大竹子山。不想在半路之上遇见一个老道,名叫赵玄真,将囚车截住,救去了大清营之人,真乃可恨!教主爷前来,总是先把那赵玄真捉住,然后再拿穆将军,可一鼓而定矣!"张宏雷点头。

下面有副帅李法通,他乃是圣手真人马通的拜兄,此人精通旁门左道之术,今日是奉令前来,打算要施展平生所学之艺,要替马通报仇。听说大清营来了一个赵玄真,神通广大,术法无边,李法通气往上撞,过来说道:"教主休长他人之锐气,灭自己的威风!我听蔡教主之言,我实不能忍耐,我去找那老道赵玄真,看他是何等人也,好给我拜弟马通报仇雪恨!明日我带四员战将、一万人马,去打前敌,告奋勇。"天文教主张宏雷说:"好。既然如是,明日李真人你挑选几员战将,就此前往。我在这定源山扎营等候,你千万要小心。"李法通说:"我明日一准前往。我就带江忠、黄孝、韩必显、杜天达这四员战将足矣,挑选精锐之兵一万人马。教主在此等候佳音。我明日五鼓齐队,天明带领人马与穆将军决一死战。"张宏雷叫人摆酒,立刻把酒筵摆齐,大家落座,开怀畅饮,直吃到初鼓,方才安歇。

次日天已微亮起来,李法通发令箭,调齐了一万奋勇队,浩浩荡荡,杀奔宝珠山而来。兵马方到半路,听见探马来报道:"穆将军统带大队人马离此有三十里之遥。"李法通说:"择吉地安营。"众三军安下营寨。李法通点了三千人马,带着那江忠、黄孝、韩必显、杜天达四员战将,放了三声大炮,杀出了大寨。只见正北穆帅的前敌先锋队正是玉斗、巴德哩、欧阳善、诸葛吉、张玉峰等五员大将,队伍整齐,兵精将勇,雄赳赳气昂昂。李法通看罢,说:"众位将军,哪一个前去把那大清营的战将捉来,算你等一件大功。"话言未了,只见江忠过来说:"祖师爷在上,我江忠讨令箭去立功。"李法通说:"将军须要小心,不可大意,大清营中诸将诡计多端。"江忠说:"末将遵令!"一转身,把座下马扣好了肚带,提刀上马,冲出了本队,立马横刀,说:"呔!大清营的小辈,哪个敢前来送死?"玉斗闻听,说:"好一个无知的邪教!我来捉你!"一纵身冲出了本队,摆折铁钢刀,说:"对面小子,你叫什么名字?通禀上来!"江忠说:"你要问你家会总爷,我乃妙道真人李法通手下的大将江忠是也。你这无知的狂徒,可有名姓么?"玉斗哈哈大笑,说:"小子,你连我都不认识了?我乃是穆将军帐前先锋正印玉斗是也。知我的厉害，趁此跪倒叩头求降，我还可饶你不死。若要不然，立时叫你死在阵前！"江忠并不答言，抢刀就剁。玉斗一闪身，急用刀相迎。这二人一个在马上，一个在步下，杀了一个难解难分。玉斗只累的浑身是汗，遍体生津，说道："好小子，我不是你的对手，我可真急了！"江忠把刀花儿一摆，上下翻飞，来回的乱绕，直杀得尘沙荡扬，土雨翻飞。

　　巴德哩见事不好，怕玉斗有失，连忙拉出赤虎嵌金缺尖卧龙宝刀，到了阵前，说："玉贤弟，你闪开，我来结果他的性命！"玉斗正觉着身倦体乏，直累得歇息带喘，见巴德哩来至阵前，说道："大哥，你上前替我捉住这个叛逆，我先歇息歇息。"急忙撤身回归本队之中。巴德哩并不答言，摆刀照定江忠头顶就剁。江忠用金背刀相迎，只听"喀嚓"一声响亮，那赤虎嵌金缺尖卧龙刀早把那金背刀削为两段。江忠回马要走，巴德哩伸手掏出来一个铁莲子，照定江忠后心打去，"哎哟"一声，翻身栽于马下，巴德哩赶过去，抢刀就剁，把江忠一刀砍为两段。黄孝看见，气往上撞，拧手中枪，出离本队，来至巴德哩面前，并不通说名姓，拿枪就扎。巴德哩摆手中宝刀往上相迎。二人战了有十数个回合，把黄孝的枪挥为两段，趁势一铁莲子打去，正中黄孝的后脑海，只打的花红脑髓直流，死尸坠于马下。妙道真人李法通一见，气冲霄汉，说："无知匹夫，胆敢伤我两员大将，待我来捉你！"身带法宝，手执宝剑，撞出本队，要拿巴德哩。不知后事如何，且看下回分解。

第九十回

李法通妖术惊人　巴德哩失机被获

诗曰：

> 退食归来思有余，玉堂清照复何为。
>
> 遣怀漫效商山隐，还自敲残半局棋。

话说妙道真人李法通，一见黄孝阵亡，气往上撞，拿剑就要出离本队。旁边有韩必显过来说："主帅休要动气，待我前去拿他！"李法通说："你去须要小心！"韩必显摆单鞭蹿出本队，说："呔！对面巴德哩休要走，我来拿你！"摆单鞭盖顶就砸，巴德哩用刀往上相迎。韩必显把鞭撤回来，一变招数，二人杀了一个棋逢对手，并不分上下高低。巴德哩掏出一个铁莲子来，照定韩必显面门打去。只听"噗哧"一声，韩必显的左眼被伤，逃回本队。杜天达大吼一声说："呔！好个无知的匹夫，待我前来拿你！"把双铜一晃，说："呔！巴德哩，你休要逞能！"急摆双铜盖顶就打，巴德哩用宝刀往上相迎。杜天达撤回铜来，一改招数，巧纫双针的架势，照定巴德哩两额打来。巴德哩急忙往后一撤身，说："妖道休要逞强，我来结果你的性命！"把宝刀门路分开，上下翻飞，来回乱绕，把那杜天达的铜闭住，他这刀的门路施展开了，走了十数个照面，把那杜天达的双铜削为两段，趁势一铁莲子，正打在杜天达的左额之上，"哎呀"一声，倒在战场之上，立时身死。

妙道真人李法通见那四员大将被害者三员，就是韩必显带伤逃回本队，自己气往上撞，拿宝剑到了阵前，说："呔！巴德哩休要逞强，我来拿你！你要跪倒求饶，还可免你一死；若要不然，我叫你死无葬身之地！"巴德哩微微一笑，说："妖道，你这厮休要口出浪言大话！我也知道你们这伙妖人依仗妖术邪法，在外面招摇撞骗，蛊惑民心，妖言惑众。现今天兵压境，你等尚不知自爱，趁早投降，以免本身之祸。要是大兵攻破了云南，你等玉石俱碎，那时悔之晚矣！你想那马通何等的厉害，尚且死在两军阵前，似你这无名之辈，也要前来送死！"李法通说："无知的小子，你真不知我是何如人也！我要拿你易如反掌看纹，不费吹灰之力。我的良言你竟不听，还要口出不逊之言，待我拿你！"把宝剑一摆，二人杀在一处，各施所能。李法通使了一趟八仙剑法。怎见得？有赞为证：

拐李先生剑法高，洞宾架势人难挠。

钟离背剑清风客，果老斩芦削凤毛。

国舅走动神鬼惧，采和四门放光毫。

仙姑摆下八仙阵，湘子追魂命难逃。

且说巴德哩这一口缺尖卧龙刀上下翻飞，遮隔架拦；工夫一大，立刻妙道真人往旁一闪，伸手掏出一根黄绒绳来，说："咹！巴德哩，你休要逞强，叫你知道我山人的厉害！"口中念念有词，说声："急敕令！"那根绒绳起在半悬空中，直奔巴德哩而来。巴德哩他眼光一乱，被那根绒绳捆住。早有他的手下教匪伺候，过去把他扛至本队，说："祖师爷，把他放在哪里？"妙道真人说："把他送在我的账房之内，多加兵丁看守，不可大意，听候发落。"手下人把巴德哩绳捆二臂，将黄绒丝绦解下来，交给李法通收了，众教匪把巴德哩解往大营之内。

这妙道真人又重新叫阵，说："哪一个还敢前来送死？"话言未了，钢肠烈士欧阳善一晃丧门棍，说："咹！来者妖道你休要逞强，我来也！你可认识我欧阳善的厉害？"抢棍就打。李法通往旁一闪，又祭起一根黄绒绳来，现出一道白光，夺人的二目，立刻就把那欧阳善给套上了。早有手下人把他送至后营之内。且说铁胆书生诸葛吉见妖人将欧阳善擒去，不由的心中怒气发于肺腑，一声喊嚷说："咹！好个胆大的妖人，竟敢伤我兄长，我来拿你这猖狂小辈！"摆手中兵刃，直奔妖道李法通刺来。李法通往旁一躲，说："无知小子，休要逞强，你也是前来送死！"又祭起那根黄绒绳来，也把诸葛吉拿住了。书中不可重叙。这张玉峰出去，也被妖人拿住。玉斗不敢恋战，恐怕有失，自己撤队回归大清营。

这李法通吩咐："掌得胜鼓回兵！"到了大营，立刻升坐大帐。两旁一声吩咐，一齐都到了大帐，排班站立。妙道真人李法通在当中坐定，说道："来人！把那巴德哩等四人带上来！"站班人等答应，立刻把那四位英雄带至大帐。两旁之人一声堂威，说："跪下！"巴德哩一阵狂笑，说："你这伙妖道，施展妖术邪法，把你家太爷拿住。我乃堂堂的大丈夫，又是我大清国的战将，岂肯跪你这区区的小辈！我等是忠臣不事二主，有死而已！

你快把我四人杀死，就是死在地府阴曹，不能怨你等之过。你如凌辱我，我可要骂你啦！"李法通也并不再问，对韩必显说道："此事应该如何发落？"韩必显说："主帅高才，末将不敢出主意，恐怕冲犯主帅之威。"李法通说："无妨，有话请讲，我并不见怪于你。"韩必显说："既是主帅吩咐，我可要说了。您老人家乃是讨令前来，作为前部先锋，头一阵先伤了三员大将，要是把这四个被擒之人杀在这里，天文教主准说是主帅无能，伤了三员大将，未能拿住大清营一个人，无非是拿住大清营几个小卒杀在这里，说是主帅遮羞。依我的愚见，莫若把这四个人解送至定源山口天文教主张宏雷的大营之内，交给他审明发落就是了。"李法通一听此言，说："韩会总，你言之有理。我就派你把他四个人送至定源山口天文教主的大帅营中，交明急速回来。不知你可愿意去否？"韩必显说："主帅分派，焉敢违误？"下帐点了五十名精锐之兵，把巴德哩等四个人都装在囚车上，带领手下兵丁，沿路护送。这一日，到了定源山口大营之内，交给天文教主张宏雷发落。韩必显仍然回至李法通营中。当日无话。

次日天明起来，升坐大帐，调齐了众将，发动人马杀出了大营，直至穆将军营前讨战，只见穆帅营门前免战高悬。李法通一见，哈哈大笑，说："穆将军他到处旗开得胜，马到成功，今日为何免战高悬？也罢，我暂且回营，再容他一天，看他是怎么一段缘故。"吩咐撤队，回归营中，大摆筵宴，开怀畅饮，直吃到月上花梢，李法通喝得酩酊大醉，天有二鼓之时，吩咐手下人："搀我到里间屋内安歇。韩贤弟，你也该歇息去了。"韩必显回到自己账房之中，和衣而卧。妙道真人李法通正要安歇，忽见账房外进来一人，手执明晃晃一把钢刀，直奔李法通近前，照定头项举刀就剁。李法通一看，见是玉斗前来行刺。

书中交待，这玉斗因何至此行刺？他是从两军阵前领那败残人马回到大清营，面见穆将军交令，诉说前情。提说在两军阵前那妖道妙道真人李法通的厉害，不知他们四个人被妖人捉去生死下落、吉凶如何。穆将军吩咐："今夜晚多加小心，严加防备。"叫玉斗："后面歇息去吧。"那玉斗回归自己账房之内，心中闷闷不乐，又喝了几杯闷酒，越思想越烦，自己安歇睡了。翻来覆去，一夜并未睡着，心中有事难合眼。直至次日天明起来，听见外面金鼓大作，妙道真人李法通前来讨战。穆帅紧闭营门，在大帐调齐了众将，共议破妖人之策。那众将其说不一，也有说要劫营的，也有说要讨战的。穆帅听了,俱不发令,大家散帐。玉斗回归自己寝帐之内,心中说:"我和我巴德哩大哥,孩童厮守,知己之交,情同骨肉。他今日既被敌人所擒,我也不愿意独生于世。莫若我至大帅营中去讨一支令箭,今夜晚前去刺杀那妖道李法通,替我兄长报仇雪恨。"主意已定,到了穆帅的寝帐禀见。穆将军吩咐:"命他进来。"玉斗给将军请了安,说:"末将求大帅赏一支令箭,我要前去刺杀妖人,不知大帅尊意如何?"穆将军一听,心中甚喜,说:"好。你诸事须要小心留神,去吧!"玉斗接令,回至自己账房,收拾停妥,出了大清营,来至妙道真人的营寨,施展飞檐走壁之能,进了大营,在各处偷听。来至李法通的寝帐之内,听里面有人睡熟之声,自己拉刀进了大帐之内,抢刀要杀李法通。不知生死如何,且看下回分解。

第九十一回

穆将军定计破敌　李法通失机败阵

词曰：

　　铁锁重门，财宝终须散。玉液金丹，迟速难违限。但放心宽，万事总由天断。不坐蒲团，西方掉臂还。不戴儒冠，南华合眼看。人间苦海黑漫漫，送尽聪明汉。饥来粥与饘①，睡要床和毡，此外不需多缠绻。

　　话说玉斗到了天地会八卦教的营中，各处一找李法通的账房，蹑足潜踪，进了账房。只见那坐北向南的大帐，西里间靠北边有一张大床，床上坐定正是妙道真人李法通，在那里半倚半靠。玉斗一见，心中气往上撞，抡刀照定李法通头顶剁去。且说李法通早已看见，用手一指，玉斗如木雕泥塑的一般，想要动转不能。李法通一阵冷笑，说道："我把你这无知的匹夫，你想要刺杀山人，焉得能够？我必要结果你的性命！"吩咐："来人！先把刺客给我绑上！"外面早有听差人等过来，把那玉斗绳捆二臂，推到外面账房之内。李法通恐其还有奸细，自己亲身到了外面巡查了一回，仍然回至营中，到了账房之内安歇。

　　次日天明，早饭后传伺候升坐大帐，两旁那些亲兵、护卫人等伺候，韩必显上帐，参见已毕。李法通说道："韩将军，昨夜竟有大清营中奸细前来行刺，已被我把他捉住了。"韩必显说："大帅受惊！何不把他带上来，问问他是大清营的何等之人？叫什么名字？"妙道真人李法通说："来人！把刺客带上来！"下面人答应，不多时竟把玉斗带至中军大帐，立而不跪。李法通说："你叫什么名字？你是大清营什么官职？"玉斗说："妖道，你要问我，你老爷名叫玉斗，在大清营充当御前侍卫之职。今既被你擒住，杀剐听凭于你自便！爷爷我乃是天下有名之英雄，岂惧于死乎？你给我一个快当，我死之后并不骂你；你要执意要笑于我，你这叛逆的贼种，我可要

---

① 饘（zhān）——稠粥。

骂你了!"韩必显闻听,说:"被获之人还敢这样无礼,太不知自爱了!主帅莫若也把他送至天文教主的营中,交给教主爷发落,不知主帅尊意如何?"李法通说:"也好,就派你把他押解后营之中。"韩必显带了手下五百飞虎步兵,把玉斗解送到天文教主的营中,面见张宏雷,细说与大清营交锋打仗之事:"捉住刺客玉斗,解送至教主爷台前发落。"张宏雷说:"把他送到后营,交蔡文增发落去吧。"手下人答应,把玉斗押至后营。张宏雷赏了韩必显五十只牛羊、二十四坛酒,分赏三军。韩必显领了赏,回到前营,见了妙道真人李法通,把牛羊分赏了三军。

这日,又调齐了大队人马,誓要踏平了大清营,活擒穆将军,生擒马成龙。"方消我等之恨!"点齐了五千兵马,直奔穆帅营前讨战。只听大清营放了三个惊天大炮,穆将军亲身统领三军大队人马并诸战将,出离了大清营,摆成队伍,列开旗门。见李法通耀武扬威,怀中抱着宝剑,囊内装定法宝,在贼队当中讨战,穆将军一回头说:"哪位将军前去把妖道给我捉来?"旁边转过大将余顺说:"末将愿往!"一拉朴刀,直扑贼队而来,说:"呔!胆大的妖人休要逞能,你可知道我病符神余顺的厉害么?"拉刀就剁。李法通用剑一架,跳下马来,说:"孽障,你忒不知自爱!我山人要结果你性命,不费吹灰之力。"把剑的门路分开,上下翻飞,来回乱绕,行前就后,一片的剑光。余顺施展平生的武艺,只是一来一往,上下飞腾。两个人真是棋逢对手,将遇良才,杀了一个难解难分。妖道往旁边一闪身,口中念念有词,说道:"敕令,急快!"这宝剑现出一片的剑光,将余顺迷住,翻身栽倒在地,不省人事。李法通急忙过去,一宝剑把余顺砍为两段。

穆将军看见妖人将余顺杀死,好生厉害,急吩咐:"鸣金撤队!"到了营中升坐大帐,聚齐了众将,说道:"列位将军,现今妖人这等的厉害,情实可恼!头一阵伤了我四员大将。玉斗前去刺杀妖人,又未见回头。今日在两军阵前又阵亡了大将余顺。我想这妖人精通邪术,你等须找两只黑犬来,再添上些污秽之物,用黑犬之血,能破妖人的邪术,可以把妖道拿住。"众将齐说:"大帅的高见不错,是这样办法。"穆帅一看那旁站定新授的都司白桂太,发令箭一支,就派白桂太带领五百人马,操演激筒兵,以防妖人,限五日要齐备听用。又把免战牌挂出去。白桂太领令下去,到了自己本营的那武字营中,点齐了五百步队,派那随营的工匠人等制造激筒。

安排停妥,演①了三天,这日请示老将军看操如何。穆帅同汪平汪大人带领韦佗保、韩三保、萨哩善、哈三保等众人,调齐了全军大队,看演激筒兵,甚是整齐。这数日,那贼人屡次来至营门讨战,见挂着免战牌,并不出阵交兵。今日穆将军见激筒演好,又把全军大队各哨的兵丁各演了一遍,这才摘去免战牌,吩咐:"明日五鼓齐队,务要整齐!"众将说:"遵令!"那手下人等下去,回至自己账房之内,各自安歇。一夜晚景不提。

至次日四鼓,各用了战饭,换好了号衣,五鼓把队伍调齐,伺候穆将军点名。那众将听见中营内放了一个大炮,穆帅统领亲军、护卫来至营门,众将接见。穆帅一摆手,吩咐进兵。人马到了战场,立刻扎住队伍,派手下的蓝旗前去讨战。那妙道真人自斩了余顺,军威甚盛。这日正与韩必显在中军帐内吃酒谈心。李法通说:"韩会总,你看那穆将军空有虚名而无实学,我定要杀他等一个片甲不归,方出我胸中的恶气!"韩必显说:"主帅果是奇才,真盖世的英雄也!"李法通正在意满心足、得意洋洋之际,忽见外面营门值日的小校来报说:"穆将军统领人马前来讨战,请示会总爷令下。"妙道真人一听此言,只气的三尸神暴跳,五灵豪气飞空,说道:"好一个不知死活的贼徒,胆敢前来送死!我去把他捉住,以泄欺吾之恨!韩将军,拿我令箭去把队伍调齐,然后再来禀我知道。"韩必显到了外面,把人马调齐,列成队伍,马步军甚是威武。李法通不多时自统中军,到了外面。众将参见已毕,放了三声大炮,浩浩荡荡的人马出离了贼营,真是人赛活虎,马似欢龙。李法通坐骑逍遥马,带着那些老少的英雄,来至两军阵前,扎住队伍。只见穆老将军坐骑浑红马,鞍鞯②鲜明。左首是满汉八十员侍卫大将军,右边是随营的一干诸将,都是威风凛凛,杀气腾腾。

妙道真人李法通跳下坐骑,立刻手执宝剑到了阵前,说:"哪一个前来送死?我山人在此久候多时了!"穆将军一声令下:"调白桂太的激筒兵前来,捉拿妖道!"墨金刚白桂太一摆单刀,带领那五百名激筒兵,浩浩荡荡杀至妖道的面前。李法通一看,不由的一阵冷笑,说:"来的这些不知死活之鬼,我山人所到之处,战无不胜,攻无不取。似你这大清营中无

---

① 演——练。

② 鞍鞯(chàn)——马鞍子和垫在马鞍子下面的东西。

能之辈,早晚俱都被吾所擒。你叫什么名字? 通报上来,好做刀头之鬼!"白桂太闻听,说:"呔! 胆大妖人,你休要胡言! 我乃是大清营穆将军帐前六品护卫官白桂太是也。你这妖道今日恶贯满盈,我特来收服于你!"妙道真人说:"来,我先捉你这厮!"口中念念有词,说声:"敕令!"白桂太一转身,把"令"字旗一晃,说:"上!"那五百名激筒兵也就一顺排成一字,这些激筒照定妖道面门打去。李法通做梦也未想到有此一招,受了一面门的犬血和污臭之水,他的咒语也不灵了。那五百人之中有拿挠钩的,有拿绳子的,大众一拥而上,捉拿李法通。这妙道真人被敌,见事不好,立脚不住,转身逃回本队。穆将军见把他邪术一破,带领三军大队冲杀过去,直杀得贼人尸山血海,趁势把贼人的营寨抢过来。韩必显被乱军所杀,那李法通逃回定源山,被天文教主张宏雷带生力军救回营中。

且说穆将军此一阵大获全胜,就在此处择吉地扎下营寨,分赏三军,记白桂太大功一次。穆将军派李庆龙查前营,马梦太查后营,马成龙查中营。赏三军各吃得胜饼。穆帅带亲随人等就在这中军帐灯下看书。天有二更之时,忽然间打了一个冷噤,觉着头迷眼昏。又见一阵冷风,从外面进来了一个老道,手执明晃晃的一口宝剑,来至大帐,说:"呔! 穆将军,你休要逞强,我山人前来结果你的性命!"穆将军一看,正是妙道真人李法通。

书中交待,李法通自前天打了一个败仗,退归在天文教主张宏雷的营中。张宏雷升坐大帐,两旁一干诸贼将伺候。李法通说:"主帅在上,末将一时间失于算计,甘拜下风,乞求教主爷大发慈悲!"天文教主张宏雷说道:"李法通,胜败乃兵家之常事,如何能怪于你? 下面沐浴去吧,回来再议军机大事。"李法通下帐去,沐浴已毕,又上了中军大帐,与蔡文增等坐定,共议破敌之策。李法通说道:"穆将军诡计多端,我是绝不能与他善罢甘休! 今夜晚我去到他营中行刺,定要把穆将军的首级割来,奉献教主爷台前。"张宏雷说:"我所练的镇魂钟,你今夜晚要是能杀了穆将军,万事皆休;你去要是刺杀不了他,那时间我山人也要开了杀戒,与他决一死战!"李法通说:"教主爷,我前日拿获大清营那五员大将,可曾全杀了否?"张宏雷说:"已然全都结果了他等,派的是合后会总贾锦彪他的监斩,首级俱都号令营门。"李法通说:"好! 方称我心怀,也出我心头之恨! 今夜晚我定要前去,到他营中结果了穆将军性命,万不能饶恕于他!"蔡文增说道:"李真人,你此去须要留神他那里埋伏,千万不可大意,恐有不测,那时晚矣!"李法通点头答应。各散了大帐,用完了晚饭,天已不早。李法通到了自己账房之内,换了一身夜行衣服,应用之物收拾停妥,候至黄昏之时,这才带上宝剑起身,施展法术,到了大清营,找着穆将军的中军大帐,手执宝剑,闯进帐内,大喊一声,抢剑就剁。不知穆将军性命如何,且看下回分解。

第九十二回

赵玄真二次出山　李法通失机被获

诗曰:

为人且莫逞英雄,凡事无过一理通。

虎豹常愁逢獬豸①,蛟龙又怕遇蜈蚣。

小人行险终须险,君子固穷未必穷。

万斛楼船沉海底,只因使尽一帆风。

话说那妙道真人李法通来至大清营内,找着穆将军的中军大帐,见穆将军正在灯下看书。仇人见面,分外的眼红,他立刻抡宝剑要剁穆将军。忽然身背后飞来一块石子,正打在李法通肩头之上。李法通气往上撞,说:"呔! 好一个无名的小辈,你竟敢这样无礼,待山人先结果了你的性命!"一转身蹿至帐外,各处一看,并无人的形影,全无动作。自己心中疑惑之间,忽听前面锣声震耳,喊杀连天,一片灯光火把,照耀如同白昼一般,齐声喊嚷:"拿呀! 拿贼呀!"妙道真人李法通吓得战战兢兢,浑身立抖,一转身想要逃走,口中念念有词,咒语未曾念完,只见眼前一条黑影,飞也相似来了一人,站立他面前,横刀拦住去路,说道:"妖人,你休要逃走,我来拿你这无名的小辈!"妙道真人李法通睁睛一看,见来者此人身高八尺,虎背熊腰,身材魁梧,相貌惊人,来的正是护守中军的大将贺飞雄。方才打了妖道一石子,就是此人。他到前面吩咐:"鸣锣聚众!"前面一片声喧。护守前营的正是胡忠孝,立刻传下号令,点了一千名兵丁,连白桂太带着激筒兵也赶到。这贺飞雄立时晃动单刀,跳过去说:"呔! 对面无知的妖道,休要走,我贺飞雄前来提你!"摆单刀照定妖道搂头就剁。李法通此时咒语尚未念完,只见墨金刚白桂太带领激筒兵赶到。李法通不敢战的工夫太大,飞身逃走,跑回本营。这大清营中直闹了一夜。

---

① 獬(xiè)豸(zhì)——古代传说中的异兽,能辨曲直,见人争斗就用角去顶坏人。

次日天明，穆将军点齐了六成队伍，率带合营的大小将官，派下几员足智多谋的大将，护守营盘，留下四成大队马步兵丁，放了三声大炮，出了营门，来至战场扎住队伍，派蓝旗前去讨战。

且说李法通自夜内逃回本寨，次日早晨面见天文教主张宏雷，提说昨夜晚之事："大清营果然是厉害！我几乎被他人所擒，幸亏我的腿快，逃出虎穴龙潭。"天文教主张宏雷一听，气上加气，无名火起，说："明日在两军阵前，定要把大清营之人杀他一个片甲不归！"正说话之间，忽见守营门之人前来禀报说："穆将军带领人马前来讨战。"天文教主张宏雷说道："我正要与他交战。"吩咐手下人："掌号调队！"下面人等掌起号来，立刻之间调了一万马步军队，吩咐手下心腹家将梅如林带领一百名亲兵，在队后埋伏，见机而作；他与蔡文增、李法通三人带领一万大小马步军队、合营的战将，出了大寨，到了两军阵前，列成了队伍。旗门分开，只见穆将军威风凛凛，杀气腾腾。

张宏雷问："哪位会总前往？"只见旁边有带马队都会总刘安、副都会总李平二人上来说："教主爷请放宽心，我二人不才，要到阵前与他见个高低上下，生擒马成龙，献于教主爷台下。"张宏雷说道："既你二人要前去对敌，千万须要小心，不可大意！"刘安答应："得令！"拉鬼头刀，李平左手使拐，右手使刀，来至两军阵前，说："大清营你等一干众将，哪个前来和我比试三合两趟？"穆帅背后过来一员大将，正是贺飞雄，一摆铁棍，说："主帅在上，末将愿往，前去结果他的性命！"穆将军说："妖道诡计多端，你去也须多加小心。"贺飞雄答应一声："得令！"蹿出了本队，说："呔！对面无知的教匪，你叫什么名字？通报上来！"那刘安说："我乃是马军都会总刘安是也。"李平说："我乃是马军副会总李平是也。我二人奉教主爷之命，特来捉拿你等这些无知的贼人！"刘安气往上撞，说："呔！小辈别走，看刀！"贺飞雄用刀相迎，两下里杀在一处。真是棋逢对手，将遇良才。贺飞雄把三十六招左门棍、四十八招右门棍，各样招数施展开了，刘安如何能行？二人战了三十余回合，刘安死于非命。那李平抢刀跳过去，说："呔！好个胆大的贺飞雄，你休要逞能，我来拿你！"把单刀的门路施展开了，上下翻飞，来回的乱绕。十数个照面，李平被贺飞雄一棍打死。

劝善会总蔡文增一见，气往上撞，说："呔！好大胆！你这些无知的匹夫，我来也！"手执太阿剑，到了两军阵前，照定贺飞雄劈头就剁。贺飞雄用棍相迎。两个人在战场之上各施所能。蔡文增的剑法纯熟,门路精通;这贺飞雄棍法高强,精神百倍。战了有二十余回合,贺飞雄力尽筋乏,见蔡文增十分的猛勇,杀他不过,自己败回本队去了。穆将军部下的大将吴殿甲出去,被蔡文增所杀。这时怒恼了小白龙王天宠,跳至阵前,说:"妖道,你快把那太阿宝剑送还我师兄顾焕章,万事皆休;如要不然,我叫你死无葬身之地!"蔡文增气往上撞,说:"王天宠,你好不知自爱,胆敢前来送死!别走!"抢剑就剁,王天宠用雁翎刀急架相迎。两个人杀在一处,走了有七八个照面,王天宠一伸手掏出一支金镖,照定那蔡文增打去。蔡文增往旁一闪,躲过这支镖。王天宠复又一镖,正打中了蔡文增的华盖穴,"哎哟"一声,翻身栽倒在地。王天宠赶奔过去,一雁翎刀,正剁在蔡文增的肩头之上。蔡文增不能动转,红光崩溅,鲜血直流。这王天宠急忙过去捡起宝剑来,叫兵丁把蔡文增捆好,送回大清营。

　　且说天文教主张宏雷一见劝善会总被敌人擒了,不由无名火起,气向胆边生,要亲临大敌。旁边有妙道真人李法通给他擂鼓助阵。张宏雷到了两军阵前,口中念念有词,说声:"急快敕令!"从兜囊之中掏出来纸人纸马,一撒手祭起在半悬空中,回手又撒了一把豆儿。只见狂风大作,飞沙走石,来了有无数的纸人纸马,从空中而下。这边的官兵受伤者无数,大败而回。穆将军见事不好,鸣金收兵。

　　回至中军大帐,升了公位,聚齐了众将,说道:"张宏雷这人诡计多端,妖术邪法果然厉害!我想此等邪教,由汉室就有赤眉、铜马之流,汉末则有黄巾之辈,以至大明又有红巾教匪,至我国大清就是这八卦教匪。今日之事,我意欲再派贺飞雄至野芜山,去请清虚居士,不知你等意下如何?"顾焕章说:"甚好。"穆将军方要传令,只见王天宠进来说道:"主帅不必着急,我倒有一个主意:莫若先把蔡文增带上帐来审问明白了,问他这叫什么法术,然后再请能人亦不为晚。"穆将军说:"也好。"吩咐手下家将:"把蔡文增带上帐来?"听差人等答应下去。王天宠过去给倭侯爷行礼,说:"恩兄在上,我现今把妖人所使的这口太阿剑得来,给你拿了去吧。"顾焕章接过来,说:"多承贤弟美意。"又一细看,果然是自己的那口太阿剑,心中甚是喜悦。

　　只见下面当差人等把那劝善会总蔡文增带上帐来,他立而不跪,大声说道:"我已然被你等拿住,或杀或剐,全凭于你!我蔡文增乃是英雄豪杰,忠臣不事二主,烈女不嫁二夫。你是你皇上家的忠臣,我也是我会总爷的义士。我既被你所擒,不必多问!"穆将军一听此言,说道:"蔡文增,我实爱惜你是一条英雄。你今说了实话,我必要格外施恩于你。我且问你,这天地会八卦教此时还有多少头目之人?天文教主张宏雷他使的是什么邪术?你要都说明白了,饶你不死。若要不然,我先把你千刀万剐,方出我胸中的恶气!"蔡文增哈哈大笑,说:"我既被你等拿住,只有一死而已!我别无话可说。你趁此先给我一个快当!"说罢,破口大骂。穆将军派千总乐成带一百名兵丁把蔡文增看押在后营,待拿住李法通与张宏雷,一并解进京师,乞康熙老佛爷旨意发落。众人无不欢悦。忽有营门官前来禀报说:"回禀大将军得知,今有一位玄门道教在营门求见,不知大帅怎样吩咐,我不敢不报。"穆将军吩咐:"请!"门军出去不多时,只见从外面进来一人。不知来者是谁,且看下回分解。

第九十三回

破邪术惊走张宏雷　穆将军兵抢定源山

诗曰：

> 贪利营谋满世间，不如破衲道人闲。
>
> 笼鸡有食汤锅近，野鹤无粮天地宽。
>
> 富贵百年难保守，轮回六道易循环。
>
> 劝君早觅修行路，一失人身万劫难。

话说穆帅派人去请那道人，不多时从外面进来说："大帅在上，赵玄真参见。"穆将军一看，正是前日在阵前捉拿妖道马通的那位赵真人，连忙站起身来，说道："真人久违！你这一回可好？我正要派人去请你，不想今朝相会。真人鹤驾光临，我多有失迎之罪！"赵玄真说道："小可我乃是山野草木之人，未能深通军旅之事，焉晓得兴邦定国之谋。一时间侥幸捉住马通，也是他自作之孽，大数临头，不可活也。今有天文教主张宏雷这样的猖狂，胆敢抗逆天命，不知时务，我必要把他生擒，奉献麾下。"穆将军吩咐："来人！摆筵，给赵真人接风！"派杨永安、杨永太、王天宠、顾焕章、朱天飞、侯化泰六个人相陪。这日无话。

次日早饭后，忽有探子来报说："八卦教张宏雷带领人马前来讨战！"穆将军吩咐调队，顷刻之间，大队人马全都调齐，带领合营大小诸将，放了三声大炮，出了大清营。穆将军和赵玄真二人并马而行，来至那两军阵前。只见贼队之中杀气腾腾，金鼓大作，大声喊嚷，马乱喧鸣。中间立着一杆白八卦"帅"字旗，真是旗幡招展，号带飘扬；约有数万之众，都是年轻力壮、血气方刚，头戴三角白绫巾，勒着金抹额。忽见旗门一开，从里面出来一匹黄骠驹，鞍辔鲜明，上面端坐一个老道，年有八旬，头戴九梁道冠，身穿黄云缎的道氅，上嵌金八卦，足下白袜云鞋；面皮微紫，紫中透红，二目神光足满，仪表非俗；怀中抱定一口宝剑，满部银髯。后面跟定李法通、贾锦彪、石世荣三员大将。两旁站立大小诸战将，总有八十余员。

这张宏雷自昨日打了胜仗，回至营中，分赏了三军，人人勇跃，个个争先。张宏雷说:"我要把大清营的人马杀他一个片甲不归,方出我胸中这一口恶气。我想穆将军欺我太甚,把我心腹之人蔡文增他竟敢捉去了。李法通,你明日点齐了合营大小诸将,与他决一死战,我看他把我怎样?我略施小术,就把那穆将军捉住了,不费吹灰之力。非是我自夸其能。"李法通说道:"祖师爷所论者甚善,我明日就去,您老人家观敌略阵。"张宏雷吩咐:"摆酒! 我与你畅饮一番。"不多时,酒菜摆齐,二人入座吃酒,开怀畅饮,不必细表①。直吃到初鼓之时,方要歇息,张宏雷亲自到外面巡查了一遍,仍然回来安歇。一夜晚景无话。

次日天明,张宏雷叫三军用了早战饭,点齐了大队人马,放了三声大炮,浩浩荡荡,杀出了大寨,直够奔沙场而来。到了一块宽阔之所,列成队伍。只见穆将军带领合营的一干诸战将,早把队伍扎住。穆将军立在门旗之下。张宏雷跳下坐骑,来至在战场之上,说:"呔! 对面无知小辈,哪个敢出来与我比拼三合两趟?"这张宏雷手中执着宝剑,正在那里夸口,卖弄精神。且说赵玄真不慌不忙,来至在对面,说:"张道友请了! 我看尊驾品貌不俗,非是那等下流之辈,未可与这些匪人为伍。你要自己再思再想,你我乃出家之人,理当讲究修真养性,练气参禅,修一个长生不老,名利俱不能贪,总算世外之人,何必在这名利场中抢阳斗胜,争强是非?依我劝你早隐深山,藏修洞府,何必管那兴与败,也不管那是和非。你的意下如何?"张宏雷听完这一片言语,顺口答道说:"道友,你也是出家之辈,你乃是何人?"赵玄真说:"我乃野芜山冷岩观清虚居士赵玄真是也。你是何人? 通报上来。"张宏雷也通了名姓,说:"赵道友,你既然如此这样说来,你因何也在这是非场中争名夺利? 我且问你是何缘故? 依我劝你,世事如棋局,不着者便是高手,你也早该归隐深山才是呢?"赵玄真说:"张道友,你既知世事如棋局,不着者便是高手。你可知道一身似瓦瓮,打破了才见真空? 张道友,你好有一比,比作一支竹杖担风月,担起也要歇肩;两手空拳握古今,握住也须放下。你何必这样痴迷不醒?"张宏雷听赵玄真之言,说:"你我也不必斗话,我此来要看看你有多大的能为武技。你要是赢的了我,我便服你。你要是赢不了我,你想要逃走,那时晚矣!"这张宏雷仗自己的平生武艺,又搭着那些邪术,故此赶奔近前,抢

---

① 细表——细说。

剑就剁。赵玄真用宝剑相迎。二人真是棋逢对手,越杀越勇,战了有半刻工夫。张宏雷见赵玄真剑法高强,恐怕受他人之害,又未见高低上下,口中念念有词,说声"敕令",照定赵玄真一甩。赵真人往旁一闪,只见一条红蟒有两丈多长,甚是凶恶,扑奔前来。那赵玄真暗中掐诀,密密念咒,用手一指,那条红蟒一阵清风化了一根草绳。张宏雷见法宝被他人所破,又念咒语把那边的大石头祭起来,照定赵玄真头顶盖下来。这赵玄真不慌不忙,用剑一指,立刻化为乌有,石头踪迹不见。赵玄真连破了他两样法术,说:"张宏雷,你还有多少法术,只管施来!"张宏雷往回一撤身,口中念念有词,只见一阵怪风,天昏地暗,日色无光,从天上降下来无数的人马,杀奔大清队伍而来。赵玄真鼓掌大笑,说:"好孽障,休要逞强!我来拿你!"口中说声"敕令",冲定西北一指,不多时云升西北,雾长东南,一阵的云漠的声音,"咕噜噜"一声沉雷响亮,狂风大作,飞沙走石不止,暴雨从天而降,那些纸人纸马全坠在水泥之中。吓得张宏雷魂胆皆破,双足一跺,一晃身形,竟自不见。那张宏雷乃是八卦教的教主,神通广大,法术无边,今日他见清虚居士赵玄真道法高强,破了他的法术,纸人纸马并未成功,知道事情不好,自己驾起风来,竟自逃命去了。

且说赵玄真乃修道之人,并不赶尽杀绝。人逢绝处不再苦追,只要他从此知非改过,赵玄真绝不能再拿他了。却说穆将军挥动三军,冲杀过去,只杀的尸横遍野,血流成河。那妙道真人李法通执掌不住,不战自乱,只可落荒而走,单人独马往前奔。这些八卦教的众兵丁队伍也就乱了,东奔西逃,各自全都要想逃奔活命。李法通他一个人信马由缰,慌不择路,误走入山谷之内。正往前走,见前面山路崎岖,不辨东西南北,自己心中甚是着急,说:"此去也不知山叫何名,我该当如何是好呢?"正在思想之际,忽听见有钟磬之声,顺声音找去,原来是一座松荫观。这座庙甚是幽雅,坐北向南,前后三层大殿,周围的群墙俱都整齐。庙外有一片松树,高高低低,有三百余棵。李法通一看,心中一动,说:"这座庙我看着甚是眼熟。莫若我下马前去访问路途,再作道理。"他跳下马来往前紧走,到了临近,上前叩打山门,说道:"借光,你们这庙中有人么?"只听里面有人答应说:"哪一位呀?"出来一个小道童儿,把门儿开了,说:"哪位前来找我?"李法通说:"我乃是行路之人,从此路过,望求仙童方便方便。"小童儿说:"原来是一位法师,请进来吧。"

　　李法通把马拉过来,进了山门,来至大殿以前,有三间西鹤轩,把马拴在树上,跟道童进了鹤轩。只见迎面摆着一张八仙桌儿,两旁各有太师椅子,墙上挂着是三寿图,画的是老人、瘦马、干柳树。两边各有对联,上面写的是:

　　　　事能知足心常乐,人到无求品自高。

北里间屋中挂着一个落地幔帐。李法通看罢落座,小童儿问:"仙长尊姓大名? 在何处名山,哪座洞府参修?"李法通说:"我姓李,名叫法通,在云南府出家。我问仙童,这座贵观是哪位仙长在此处参修?"道童儿方才要说,只见帘子一起,从外面进来一个老道,年过花甲以外,头戴如意道巾,身披淡黄色道氅,足下白袜青云鞋;四方脸面,五官端正,两道重眉,一双阔目,海下一部黑胡须,根根见肉;手拿蝇甩,一见李法通,合掌当胸,口中念"无量佛",说:"道友请了!"李法通连忙站起身来让座,说:"道兄就是这贵观之主么?"那人说:"在下我就是此庙中住持道人,名叫黄松山。道友,你是何人?"这李法通也通了名姓。童儿献上茶来,二人谈了些闲话。黄松山吩咐摆酒,小童儿摆上酒菜,二人开怀畅饮。李法通吃得酩酊大醉,伏在桌子上不能动转。只见从外面进来几位英雄,伸手要捉拿妖道。不知后事如何,且看下回分解。

第九十四回

李法通误入松荫观　张玉峰巧拿恶妖人

诗曰：

乾坤笑傲一痴人，错认梅花是后身。

草莽微臣耽读史，桃源仙侣漫居尘。

溪声遥带吴宫咽，山色空凝越国宾。

不管古今兴废事，闭门常拥瓮头春①。

话说李法通沉醉如泥，伏在桌儿上不省人事，从外面进来了玉面狐张玉峰，同定钢肠烈士欧阳善、铁胆书生诸葛吉、巴德哩、玉斗五位英雄。

书中交待，这五位英雄从何处来的？只因前者他五个人在两军阵前被妖人李法通所擒，派韩必显解往定源山口，交张宏雷发落。张宏雷又交给蔡文增治罪。那蔡文增他有一个心腹之人，名叫贾锦彪，看管这被擒的五个人。那贾锦彪乃是京都人氏，今年三十四岁，为人忠直。他住家在北京城后门内，堂号是安乐堂。自幼爱练长拳短打，刀枪棍棒无不精通。只因为在前门外闲游，路见不平，有恶霸欺人，他一怒殴伤人命，躲逃在外，竟自逃至云南，投入八卦教中。他总想要回归故土，无奈永未得其便。那日蔡文增派他去看守张玉峰等五人，他一听这五个人的口音，都是北京城的人，他动了故土之念，一想："要救这五位英雄，可是我出头之日。不免我就把这五个人救下，交这五个朋友。"主意已定。蔡文增传下话来，派贾锦彪监斩张玉峰等五人。贾锦彪听了，吓得亡魂皆冒，暗说"不好"，心内千思万想，才想出这么一个主意来：把囚犯营的人他杀了五个，把张玉峰等五人换出来，请至自己账房内，说道："五位兄台，我今日把你们五位救出来，我要你们商议：此处并非久住之所，恐其走漏风声，泄出机关，你我大家多有不便。我先派人把你们五位送至松荫观去。那里有一位庙主，名叫黄松山，与我是知己之交，为人忠厚。你们五位在那里等我，千万

---

① 瓮头——初熟的酒。

可别走。我把我自己之事办完,那时我必往那庙中,前去寻找你们几位,一同至大清营,面见穆将军,只求大帅给我一套免死的公文,现时的功劳不要,折去前日之罪,我得能回家,面见故土。我的父母虽然说早已故去,我也应该到坟上前去焚香上祭,烧点纸儿,亦尽为人子之道。"张玉峰说:"贾大哥,我五个人就在那庙中等你,一月为期,千万给我一个真实之信就得了。"贾锦彪立刻派亲随妥靠之人,是他的徒弟名叫李珍,暗把这五个人送至在青云山宝石峰松荫观。面见老道黄松山,提说他师傅派他送这几位朋友在这庙中暂住几日。黄松山说道:"既是你师傅打发他们五位到这庙中,让至鹤轩。"大家叙礼落座,各人全问明了名姓。小童儿献上茶来。黄松山说:"李珍,你先回去吧。"李珍告辞去了,不提。

黄松山说道:"我看你们五位俱是英雄之辈,武艺不在贼人之下,为何被贼人拿住呢?我请问其详。"张玉峰说:"仙长,我提起这话就长了。要论平生的武艺,我弟兄五人皆受过高人传授,名人指教,也立下多少功劳。无奈那妖道他所使的都是邪术,也不讲究刀枪,一对面动手,不知他口内念些什么言词,说些什么话语,立刻我等身不由主,就被他拿住了。您老人家想想,就是有能耐,也不中用了。"黄松山说:"贫道我有两个师弟,他们在大清营中,一个叫王天宠,一名叫顾焕章,此时不知他二人在营中如何?"张玉峰等一听,说:"仙长,原来您老人家是顾焕章、王天宠的师兄弟?这二位在大清营中真是头等的英雄。那位王义士,还有几位亲戚,都不愿意做官,好俊的武艺,姓杨,叫虬首龙杨永安,还有一位叫海底蛟杨永太。他有两位朋友,是钻云神狐朱天飞、追风仙猿侯化泰,都有神出鬼入之能,行侠作义之豪杰,原来是您老人家的师弟,我等实在是眼拙了!"黄松山叫童儿摆酒。不多时,酒菜摆齐,众位英雄入座吃酒,开怀畅饮,杯杯尽,盏盏干。谈论些兵书战策,诸般的兵刃;又谈了些闲话,甚是意味相投。从此,这五人就在这松荫观静等候贾锦彪前来。

过了数日,他们五人正在心中烦躁,忽听外面有人打门。张玉峰躲在暗中偷看,只见那叫门之人,正是那对头妖人李法通。他连忙回至内院,叫小童儿去开门,把妖道让进来。他这才告诉了黄松山:"来的这个人是妖道李法通。"黄松山说:"无妨之事,都有我呢!你们众位在此少待,我去看看就来。"那黄松山站起身来,到了外面见了李法通,叙礼已毕,入座吃茶,二人说话,言语相投,叫小童儿摆酒。两个人在鹤轩外喝酒,花言巧语,把李法通用酒灌醉。李法通伏在桌儿上睡着。张玉峰、玉斗、巴德哩三人在前,那欧阳善、诸葛吉二人在后,五位英雄连忙蹿到屋中,一齐动手,把妖道李法通捆起来。恐怕他念咒语、使邪术,又将他口给塞住。这才说:"妖道,你这可不能念咒了! 你也有今日么?"李法通早已醒过酒来,圆睁二目,心中好些不服气。这张玉峰等心中甚为喜悦。

忽听外面叩门甚急,童儿出去,从外面带进两个人来,正是贾锦彪、李珍师徒。二人进来,与众位英雄见礼已毕。贾锦彪说:"众位老爷大喜! 现今定源山已然失守,天文教主张宏雷逃走,不知去向。合营的大小诸战将,死在沙场之上的人可不少。穆将军兵发大竹子山,旱路由江岸进兵,水路是由白水江进兵,攻取竹子山。我特意前来邀请你们几位兄长,一同往大清营前去立功。"欧阳善等齐说:"好,就是这样。咱们大家立刻就此起身。"贾锦彪谢过黄松山,又说:"我此去,过三年之后,你我再会吧。"黄松山说:"贾贤弟,你我知己之交,我看你前程万里,久后必显达身荣,此去你就该走正运了!"贾锦彪说:"道兄所论,正合我意。弟也久有此想,但看机会如何吧! 我等也就要告辞了。"张玉峰说:"我等也要与道爷分手了。天南地北,人各一方,不知何年何月,再同仙长在一处共谈畅饮?"黄松山说:"大人,你的五官端正,从此你到营中旗开得胜,必然禄位高升,显达门庭。"叫:"童儿,预备酒筵,我给你们几位送行!"不多时,下面人等把酒菜俱都摆齐。大家让座,分次序入席吃酒,开怀畅饮,不亦乐乎。

酒饭已毕,七位英雄告辞。妖道李法通,玉斗将他背起在身上,出了这座松荫观。走了不远,只见东山口外火炮连天,杀声震耳。七位英雄走至临近,原来是穆将军在此安营扎寨。张玉峰到了营门,说:"烦驾通禀老将军。"把话回明了营门官,他到里边禀明了大帅,说:"还擒住妖道李法通,在营外候令。"穆将军吩咐:"传他进见。"营门官退下,到了外面,见了张玉峰,说:"老将军令下,传你等进帐。"张玉峰等五人把妖人交给营门官看守,叫贾锦彪、李珍师徒二人在营门外等候听传。这五人进了营门,上了中军帐。只见穆将军在那里端然正坐,两旁诸将,文东武西,排班站立,甚是威勇。五人见了老将军,各施礼已毕,侍立两旁,把被擒遇救、幸亏贾锦彪师徒杀囚犯五人、解救此难,从头至尾细说了一遍。又保荐贾锦彪、李珍二人,求赏官职。穆将军吩咐:"把他二人带上帐来。"下面人答应出去。

　　不多时,把贾锦彪、李珍二人带进大帐,给老将军叩头,报了名姓,把他自己的来历回禀了一番。穆将军说:"念你救我帐下五员大将有功,赏你二人把总之职,在我的亲兵营中效力当差,俟后立功之日,再行升赏。"贾锦彪、李珍二人答应:"谢过老将军。"下去,转身又参见了两旁众文武战将,全都引见了。穆将军又吩咐:"把妖人李法通押到后营,派四十名兵丁、两员将官看守,务须谨慎,不比寻常之贼犯。待等把吴恩拿住,一并解进京城。"大众俱各下帐。歇兵三日。次日天亮,大家欢饮。到了第三日,穆将军调齐大队人马,由西江岸下水登舟,进兵攻打大竹子山。不知后事如何,且看下回分解。

第九十五回

穆将军进兵竹子山　白练祖截江战官兵

诗曰：

> 岂独吴王事可怜，人生回首总凄然。
>
> 空嗟落日犹如梦，不记东风几多年。
>
> 宝马迹消前古地，菱歌唱断晚来船。
>
> 如今城郭多迁变，茅屋荒冢草积烟。

话说穆将军催动三军人等到了西江岸，弃岸登舟，浩浩荡荡，真是耀武扬威，直奔大竹子山口。到了静江太岁张宝的八卦连环水寨的对面，把船只排好，立妥了水师连营寨。天色已晚，穆将军派马成龙、顾焕章、王天宠三人，带领二十员上将，守护前营，作为前敌先锋；穆帅自居中军；派蔡将军守护粮台，汪平办营务处，分派已定。一夜晚景无话。

次日天明起来，升坐中军大帐，点名王天宠进兵。前锋营中小白龙王天宠调来水师营五千水队，左边是顾焕章带领十员大将，右边是杨永太也带领十员大将，马成龙、杨永安在王天宠的左右，浩浩荡荡的人马，杀出了大清营。只见对面贼人张宝营中杀声一片，炮响三声，出正营门水寨冲出来二十只飞虎舟的大战船。静江太岁张宝在当中坐定，后面站立二十名亲随人等，左有十二员战将，右边排列着十二员战将，后面跟定五千飞虎水卒，都是分水鱼皮帽，日月莲子箍，水衣水靠，怀中抱定钩镰枪。王天宠一对面，见张宝品貌端方，神清气爽，仪表非俗，年有三旬以外；头戴分水鱼皮帽，日月莲子箍，身上衣服与水卒一样的打扮。王天宠看罢，用雁翎刀一指，说："呔，来者张宝，我看你乃是一位英雄之辈，你要知时务，趁早归降，免遭不测之祸！你想你们这天地会八卦教中这些个狐群狗党，任意横行，自取灭亡之道！"张宝一听，说："王天宠，你好不知自爱！你本是福建台湾聚泉山的公道寨主，雄聚二十四座海岛，你自己闯荡一生，英名四海，为何又归降大清？你又不做官，又不为贼，你终究算是如何呢？请道其详。依我相劝，早早退去，免遭当时之劫数！你想穆将军身入险地，来到此处,必要全军尽没于此地。你倘不知自保,那时悔之晚矣!"王天宠说:"你先不必胡言!你有多大能为武艺,出此狂言大话,任意猖狂!我要与你较量较量,比拼雌雄,大战三合!"张宝伸手拿过三节钩镰枪来,说:"王天宠休要逞能,我要与你比拼几合!"

话言未了,只见身后转过一人,说:"待我去拿他!"此人名叫田凯,外号人称"水豹子"。田凯一纵身躯,摆单刀跳过王天宠这只船上,抡刀照定他就剁。王天宠一闪身,躲开了这一刀,急用雁翎刀分心就扎,田凯一躲。两个人杀在一处,真是棋逢对手,杀得难解难分。王天宠见田凯也是一条好汉,心中甚是爱慕,有不忍伤他之心,急用雁翎刀架住他那口刀,说道:"朋友,我看你是一条英雄,为何不弃暗投明,归降大清营?平贼之后,落一个封妻荫子,高官得做,骏马任骑,光前裕后,岂不美哉!你甘心为贼,抗拒官兵,你为八卦教中之叛逆,倘若被获,死于国法,凯不可惜一世之英名,付于流水乎?"田凯听王天宠这一片之言,说:"朋友,你说的也是。我且问你,男子汉大丈夫立志于四方,岂肯久居人下矣?况前者你为聚泉山寨主,今降大清,做人下之人,你还来劝我,岂有此理,你太不知自爱了!"王天宠一听此言,气往上撞,说道:"好一个无知匹夫!我用言相劝,你竟自不悟,待我结果你的狗命!"把雁翎刀的门路分开,上下飞腾,左旋右转,来回的乱绕,真是欢龙活虎一般。田凯敌挡不住,只有招架之功,并无还手之力。杀了二十余个照面,被王天宠一镖打去,正中前胸,贼人"哎呀"一声,翻身栽倒在船上。王天宠赶上前去,一刀杀死。

这张宝看见,气往上撞,说:"好一个孽障!你竟敢伤我一员大将!"方要跳过船去与王天宠较量,只听背后有人一声呐喊说:"张会总休要动怒,割鸡焉用牛刀,我去拿他!"跳过船去,说道:"有我水太岁高强在此,结果你们这些无知的性命!"摆动双铜,照定王天宠搂头就剁。王天宠往旁一闪,摆雁翎刀照定贼人扎去。高强卖弄精神,把平身所学的本领尽皆施展出来,打算要胜王天宠。焉知这王英雄也是本领熟习,武艺精通,杀了四五十个回合,暗中一伸手,掏出一支镖来,照定高强前胸打去。高强并未留神,一镖打倒,被王天宠过去一刀,命丧无常,一命归西去了。

静江太岁张宝眼看着高强被敌人杀死,焉有无气之理,说:"好一个胆大王天宠!真气死我也!"伸手拉大环刀跳过船去,抡刀就剁。王天宠一闪身躯,用刀相迎,施展平生之力,两个人先在船上杀了一个难解难分,不分胜败；然后二人跳下水去厮杀，或水上或水下，两个人越杀越勇。众人观瞧，无不齐声喝彩，说："好一对英雄！难分胜败、上下、高低，全是勇冠三军之辈！"这张宝也知道王天宠是福建台湾聚泉山威镇一方有名的寨主，他的水性甚好。今日二人相争，他见王天宠的水性果然高强，自己心中暗为佩服："不愧人称小白龙！"且说王天宠一面动手，自己心中也是甚为喜爱："张宝果然称得起是一条好汉，也不枉称为静江太岁！要不是我小白龙，若遇旁人，岂能是他的对手哪？想要破这一座竹子山，须先拿住此人，或是收降此人，方为万全之策。"王天宠动了一番爱将之心，二人大战七八十个回合，不分胜败。王天宠将身往上一纵，冒出水来，换了一口气，说："张宝，你要是英雄，你我二人大战三百回合，不准叫人帮助，咱二人若是叫人帮助，便非英雄也！还不准使暗器伤人。"张宝说："好！你既如此说来，谁人也不准叫人帮助。"说罢，二人摆刀大战。书不重叙，二人在水内又战了一百数十余回合，不分胜败。无奈天色已晚，两下各自罢兵，回归自己的营寨。

　　且说王天宠等大家用完了晚饭，顾焕章说："王贤弟，你乃足智多谋之人，为何这样粗率？今夜更许，多派兵将在营前防守，人不卸甲，马不摘鞍。虽说得了一胜仗，须防贼人前来偷营劫寨，千万要小心谨慎，乃是用兵之道。"王天宠说："兄长言之有理。"遂吩咐手下人等，调齐了水师营众将，派杨永太巡查前营，派虬首龙杨永安护守粮台，王天宠、顾焕章二人自守中军。知道马成龙他不会水，叫他安歇睡觉。天至初鼓，大家分前后夜安歇。一夜无话。

　　次日天明起来，用了早战饭，立刻调齐了水旱大队一万，合营的副、参、游、都、守、千、把、外委、兵丁人等，放了三声大炮，出了水师营。只见张宝那八卦连环堡的寨内，也放了三声大炮，由中营门冲出来二十只飞虎舟的大战船，如双龙出水势，往两旁一分；当中一杆白八卦旗，上面画着太极图，分为乾三连、坤六断的样式。张宝带领巡山太保高胜，他二人分为左右，当中坐着一个老道，平顶身高七尺，五官端方；头戴如意道巾，身披八卦道氅，腰系水火丝绦，足下白袜云鞋；面皮微白，白中透润，眉分八彩，二目神光足满，鼻如玉柱，海下一部银髯，飘洒胸前有一尺余长，犹如银线一般；背后背着五云筒，肋下佩着宝剑。王天宠看罢，认识这个老道名叫化地无形仁和教主白练祖。他从败兵之后，逃到昆明县五华山，在那里参星拜斗。他自练了几样法宝,他想报前次之仇,与大清营势不两立。他那日坐船到大竹子山,面见八路都会总吴恩,述说自己别后之事。吴恩与老会总任山、云南二勇士小常万杨平、三勇士姚兴等,大家摆酒宴,给仁和教主接风。众会总开怀畅饮,不亦乐乎。正在吃酒高兴之际,有探子来报说:"现时定源山失守,被穆将军打破,张教主不知去向,李法通被擒,不知死活,全军尽没。"吴恩闻听此报,气的三尸神暴跳,五灵豪气飞空,说:"气死我也! 胆大穆将军,竟敢前来抢我营寨,夺我疆土,杀我大将! 我定与穆将军见个雌雄!"立刻派人发令箭,调齐了五营四哨水旱两路大小三军,合营众将,水路各样大小飞虎战船,立时全要齐备。对众位会总说:"你等俱要助我一膀之力,我要生擒大清营几员战将。你等看我立此功劳,成其大事!"旁边闪过一人,说:"八路都会总不必着急,我这外面有八卦连环水师营,可以抵挡官兵。"吴恩一看是水军都会总张宝,心中稍为喜悦,说道:"张会总乃是我心腹之人,你先与他见个胜败。此去须要小心!"张宝奉令,带手下的诸将,在竹子山口外与王天宠打了一仗,不分胜败。他这才请来仁和教主化地无形白练祖前来,今日出兵,要捉拿王天宠。不知后事如何,且看下回分解。

第九十六回

迷魂旗妖术胜众　忠勇将失机被擒

诗曰：

> 柳风飘荡怕轻寒，花事萧条人懒残。
>
> 历尽冰霜因骨傲，漫尝世味觉心酸。
>
> 烟波自古多蓑笠①，沧海如今遍钓竿。
>
> 独倚蓬栖闲眺望，湖山宜作画图看。

话说这日水军会总张宝，他请来仁和教主白练祖，要与王天宠决一胜负。两边各列成队伍，将战船摆开。王天宠站在船头之上，用刀一指，说："白练祖，你好不知自爱！今日我王寨主要和你决一死战！"白练祖一阵冷笑，说道："你们这些烧不死的小辈，还敢前来送死！祖师爷有好生之德，不然在兴隆镇之时，再给你一五云筒，也就把你这小辈烧死了，还有今日么？你真是不知死活，还敢在祖师爷跟前逞强斗胜，自夸已能！我是先把你捉住，然后再拿穆将军！"且说王天宠他知道妖道的五云筒甚是厉害，他心中一想："莫若先下手为强！"伸手掏出一支镖来，照定白练祖打去。白练祖见那支镖直扑面门而来，口中念念有词，用手一指，那支镖竟自坠落在地；伸手拉出一杆小黄旗儿来，冲着王天宠一指，说："倒下！"王天宠"哎哟"一声，"噗咚"栽倒在船板之上。这里众人想要救他，只见白练祖把那支小黄旗儿一晃，少时天昏地暗，日色无光，不知贼人有多少人马，杀声一片。官兵的战船大败，被贼人杀伤无数，王天宠也被贼人抢去了。天色已晚，各自收兵，回归本营。

马成龙、顾焕章二人查点官兵之数，内中伤损三百余人，带伤者不计其数。马成龙说："倭侯爷，你看今日王义士被贼人妖术所擒，这件事须要回禀老将军知道才是呢。"顾焕章说："那事总得通禀。"立刻派手下人到穆将军营中送信。这里顾焕章自己收拾停妥，带上太阿剑，想要扑奔贼

---

① 蓑（suō）笠——蓑衣、斗笠。泛指隐士。

人的水师营中刺杀妖道白练祖,"方出我胸中之恶气,好替我王贤弟报仇雪恨!就此探听我那师弟他是死是活的下落,我好想方法救出他来。"想罢,主意已定,自己转身出去,到了船头之上,见大江之中水花儿滚滚,波浪滔天,翻身跳下水去,浮着水一直往南,走了有三里之遥,纵身躯冒出水来。见张宝那座水师营八卦连环寨甚是齐整,出入有门,进退有法,号灯分为八卦,按那"乾、坎、艮、震、巽、离、坤、兑"方位字样款式,排的可观。那倭侯爷看罢,自己飞身钻入水师营之内,在各处寻找,并不见贼人的大战船。

正在着急之际,忽听那边船上有人说话。过去一听,里面有人说道:"可惜成了名的英雄,现在会死了,真乃可惜!"又有一人说道:"还不定是死是活呢!我听见说并不在这水师营中杀他,把他送至在总管粮台巡江太岁大会总那里,把他剥皮开膛摘心,大概须明日才能动刑呢!我说的这话,你想对不对?"顾焕章听到这里,暗吃一惊非小,"此必是小白龙王天宠,断不是别人!"无奈又不知这粮台这会总在于何处,心中甚是不安。有心要进去,又怕贼人势众,不是他的对手。自己思前想后,并无一点准主意,甚是为难。"吾莫若进去,到船上看是怎样动作。"自己纵身上船,在暗中改换了嗓音,说:"二哥呀,你出来,我告诉你一句话。"这船舱里面两个人说话,正说的高兴之处,忽听外面有人叫二哥。看船的刘五说:"王二,你去看看是谁?"王二转身出离了船舱,说:"哪位叫我?快说来!"顾焕章一闪身,慢慢的过来,把王二夹在胁下,把他嘴用手一捂,翻身跳入水中。找了一个僻静之处,把王二的口放开。顾焕章说:"我且问你,你叫什么名字?你快通报上来,不准说谎!"那王二说:"大老爷饶命!我叫王二。您老人家要问什么事,我知道的必说。"顾焕章说:"我问你,那管粮都会总巡江太岁他在哪里住?你告诉我说,我饶你不死。"王二说:"大老爷要问那管粮的会总巡江太岁,他在大竹子山口外靠东边那座山下,有一座水师营,就在那里,上面点的是红纸糊的灯笼,船只整齐。这水师营粮饷都归那里所管。那位巡江太岁实在厉害!"倭侯爷问够多时,手起刀剑落,把王二结果了性命。自己浮着水,到了大竹子山的山口以外。

但见靠东边是水师营,上挂着红号灯。顾焕章见下面水内下着拦江网,营门上有值宿该班之兵丁,都是弓上弦,刀出鞘,巡查的甚是严密。自己一沉,钻入水中,用太阿剑削断拦江网,伏身进了粮台的水师营寨,在各处寻找了一遍,直找到中军那只大战船上。见里面灯光隐隐,听见有人说:"高成,你可把王天宠剥了皮啦?"内中有人说:"剥了皮啦!把死尸扔在深山之内,大概今夜必叫狼虎吃了。"顾焕章一听此言,魂飞失色,五内皆崩,心中说:"哎呀!这件事情可要了吾的命啦!吾那王贤弟,乃是我一个知己朋友,他要死在这里,吾焉能独生?吾定要与贼人见个高低。如要是刺杀了这个巡江太岁,好替我知己的朋友报仇雪恨!"想罢,飞身上船,伸手把船板门儿推开,进到舱内。见两个人对坐吃酒,一个三十之内的年岁,一个二旬有余的年岁,都是头戴分水鲨鱼皮帽,日月莲子箍,水衣水靠,一名叫高成,一名叫李杰。顾焕章摆太阿剑,照定高成就是一剑。高成一闪身躲开,忙拉佩刀相迎。那个贼人李杰连忙跑出外边去鸣锣聚众。这锣声一响,那水师营的兵丁,与那八卦连环堡战船上各处鸣锣,金鼓大作。倭侯爷知道身入险地,"这件事不好,怕是贼人众多,一人难敌四手!"自己剑花一变,先把高成挥为两段,钻出船舱,跳入水内。此时各处传锣,都响成一处。可着大竹子山各处连营,全都知道了,点起灯球火把,照耀如同白昼一般。大小的战将,喊成一片,齐声嚷拿,连水鬼贼兵全都跳入水中,在各处巡查,并不见有奸细刺客。此时顾焕章早已逃回本营。天有三鼓之时,到了自己账房之内。有亲随人等伺候,献上茶说:"侯爷回来了?可曾访问着王义士的信息了么?"顾焕章长叹一声,说:"哎!吾那义弟大概是死了。我平生一世,就是这个知己的朋友,要死在贼人之手,吾必要替我师弟报仇雪恨,绝不能叫吾师弟白死在贼人之手!"这一夜无话。次日天明,人报:"王天宠的首级悬挂水师营高杆之上。"

且说穆将军升坐大帐,聚齐了众将,共议退贼之策。穆帅说:"众位将军,本帅自奉旨以来,南征北战,所到之处,上赖皇上的洪福,下有众将的威勇,战无不胜,攻无不取。今至云南,在此处我兵不习水战;他那里又有妖人白练祖,果然厉害,屡次失机败阵。不知你等众位将军有何高见,自管献策上来。只要立功平贼,本帅定有保举!"那下面众将全束手无策,尽皆不语。只见守备贺飞雄上来说道:"大帅休要忧虑!此事须请一个人来,方为万全之策。"穆将军问:"哪一个人呢?"贺飞雄说:"就是那清虚居士赵玄真。那日取了定源山,也未得面禀将军,他与末将说,他去朝南海普陀山,如回来之日必到大营,面见老将军。末将直拦他也拦他不住。因此今日要禀明大帅,要拿这个妖人,必须等候此人,才可以成功。"穆将军说:"要等他回来,那可就必须多耽时日。我想这妖人也不过用些微末的邪术,今日你等把前日所演的那激筒兵调齐了,派虬首龙杨永安与海底蛟杨永太二人管带。如再与他交兵之时,那妖道白练祖要出来,你等调动激筒兵,可千万要用黑狗血打他。如要把妖道拿住,算你等头功。杨老义士精通水性,可以管带那些激筒兵。派翻江太岁李英为前部先锋,统带着精通水性之兵五千。派胡忠孝为前敌接应,派过海银龙白胜祖为都救应。"穆将军同顾焕章、马梦太、马成龙等众将,浩浩荡荡的大队人马,金鼓大作,杀出了大清营,要与贼人决一死战。不知胜败如何,且看下回分解。

第九十七回

虬首龙舍命斗贼　白胜祖智胜贼人

诗曰：

　　过去事情不再详，未来不必预思量。

　　如今只说如今话，一枕黄粱午梦长。

　　话说穆将军统带着人马，由小灵河口调齐了战船，杀出了大营，直到大江之中，列成队伍。只听贼营之中喊杀连天，大炮惊人，由中营杀出来一哨战船，如双龙出水势，直奔近前，上插白八卦的旗子，约有三五万之众。人马分为左右，当中是九龙舟的大战船，上面坐定仁和教主化地无形白练祖，后面站定静江太岁张宝、巡山太保高胜、老会总任山，同定二十四员偏裨牙将①，都是威风凛凛，相貌堂堂。这边先锋是翻江太岁李英，手执三节钩镰枪，身穿水衣水靠，站在船头之上，用枪尖一指，说道："对面无知的妖道，哪一个过来送死？"白练祖说："哪一位会总前去，把那鼠辈给我拿来？方出我胸中之气！"他阵内有一人说："呔！来者你是何人？通上名来！"翻江太岁李英说："我乃是大清营的守备、前敌正印先锋、翻江太岁李英是也。你是何人？快通上名来！"那贼将一看李英真是一条好汉，相貌不俗，说道："你也不认识你家会总爷！我姓焦，名成。你那翻江太岁不如我这混海虬龙。"说罢，抢刀就剁。这李英急架相迎。二人战了七八个照面，这焦成越杀越勇，直杀得难解难分。后来二人跳入大江之中，在水内两个人又战了二十余回合，真是棋逢对手，将遇良才。这李英一边杀着，一边心中思想这件事："我李英蒙大帅台爱，放我为水军先锋之任。我初次出兵，要不能取胜，岂不辜负老将军一片至诚之心？"想罢，把三节钩镰枪招数更变，在水内抖擞精神，竟把混海虬龙焦成一枪刺死在大江之中。

　　那焦成他有一个族弟，名叫焦兴，见他兄长被李英扎死，大吼一声，蹿

---

① 偏裨牙将——泛指副将。

过船头，手使一对青铜蛾嵋刺，说："好一个无知鼠辈，胆敢伤我同宗手足！你休要逃走，我来替我兄长报仇！"举起青铜峨嵋刺，照定李英盖顶就砸。李英用钩镰枪相迎。两个人各施所能，闪展腾挪，蹿跃纵跳，战了有二十余回合。李英心中一想："我要赢不了他，岂不叫大清营一干众英雄耻笑于我，莫若我先下毒手为强。"自己把五虎断魂枪门路施展开了，那焦兴招架不住，被李英结果了性命。那贼队之中怒恼了仁和教主化地无形白练祖，一摆宝剑，大吼一声，说："气死我也！好一个无知匹夫！来，来，来！我与你比并三合两趟，分个高低上下。"这李英一看，知道白练祖的厉害，自己又想："要立这一件奇功，真要是拿住他，那大竹子山要破，不费吹灰之力。"想罢，用枪一指，说："妖道，你好不知自爱！我先结果你的性命！"拧枪就扎。白练祖一甩五云筒，照定那李英面门扑来一股青烟，李英一闪身，未能躲开，身上衣服尽皆烧着了，翻身跳入水中，逃命去了。

那虬首龙杨永安一晃金背朴刀，说："好一个妖道，别走，我来拿你！"一个箭步蹿将过去，抡刀就剁。白练祖哈哈大笑，说："孽障，你休要猖狂，待祖师爷捉你！"伸手拉出那杆迷魂旗子一晃，立刻天昏地暗，把人的三魂七魄拘出本壳①。他有一个装魂袋，此乃是左道旁门之邪术。他所练的这宗法宝，要报前番在兴隆镇之仇，要与大清营决一死战。今日与虬首龙杨永安前来动手，自己动了一点恶念，把迷魂旗一指，杨永安觉着头迷眼黑，心神不定，立刻倒在船板之上，幸亏大清营中有接应之兵，把虬首龙杨永安抢回大清营。只因他被邪术迷住心壳，尚且未死。那仁和教主白练祖正在耀武扬威，一团的高兴，又连赢了穆将军四员上将，站在船头之上，越发猖狂。

且说穆将军背后怒恼了过海银龙白胜祖，把那弹弓暗暗扣好，对准了那白练祖的面门打去。只听"吧"的一声，正中印堂之上。白练祖"哎呀"一声，翻身栽倒，被手下众将救回本寨。张宝也不敢久战，鸣金收队。穆将军也就收回人马，进了营门，升坐大帐，派随营的医家给虬首龙杨永安调治病症。那杨永安昏迷不醒，不知人事，连灌了两副汤药也未见成效，吓的众人无不心惊胆破。杨永太知道兄长性命不保，他也无可如何。大

---

① 本壳——指躯体。

家忙乱了一夜。

次日天明，穆将军升坐大帐，聚集众将，大家会合在一处，共议军情、破敌之策。忽听大炮惊天，不多时探马来报道："白练祖统带无数的人马前来讨战，特禀将军，早作准备。"穆帅听他之言，立刻传令，调齐了众将，并大小各战船，放了三声大炮，出了营门，列成阵势。只见那贼人的船只整齐，队伍严肃。那白练祖咬牙愤恨，口中大骂用暗器伤他之人。穆将军这边队中怒恼了过海银龙白胜祖，大骂："妖人休要倚势逞强，我来结果你的性命！"伸手拉刀跳至船头之上，说："妖道，你不必逞能！可认识我么？"那些水师营的贼兵全认识白少将军，前者冒充毕道成，空手探过竹影山。此人文武全才，诡计多端，甚是厉害，叫祖师爷千万要小心谨慎。大众在后面一声喊嚷说："教主爷可要留神！这个小辈，他叫白胜祖，他真厉害！"白练祖一听此言，气往上撞，用手一指，说："对面无知的小辈，你就是白胜祖哇？你要早知时务，趁此归降，免的身受杀戮之苦！我山人上奉玉帝敕旨，应天顺人，救民于水火之中。你要逆天而行，我山人叫你当时立见报应！"白胜祖一听此言，怒气冲天，直急得三尸神暴跳，说："对面妖人，你休要满口胡言乱道，任性枉为！我岂不知你们这伙妖人的来历！你等私称天地会八卦教，自立名目，乃是白莲教匪之流，妖言惑众，蛊惑民心，上干天怒，下招人怨。今日天兵压境，谅你这座竹子山能有多大地势，尚敢抗拒天兵？还不自己悔悟，知非改过。你等真是自作孽，不可活！"说罢，抡刀直奔白练祖砍来。这白练祖急架相迎，两个人动着手。

白少将军知道妖人的邪术厉害，怕受他人之害，自己先奉告白练祖："你也不知道我有多大的能为，要是施展开了我的法术，你也不是我的对手。莫若咱们两个人兵对兵，不斗法术。你那法术你也不必施展，咱们两个人全凭武艺见个高低上下！"仁和教主白练祖听白少将军之言，答道："很好，你我二人全仗着平生武艺，分个胜败！"说罢，抡剑就剁。两个人杀在一处，真是棋逢对手。战了有十几个照面，化地无形白练祖心中一动，说："若要使平生血气之勇，也赢不了他。我闻其名，此人诡计多端，不免我先施展开了法术，看他如何。"想罢，主意已定，一伸手把那支迷魂旗取出来，口中念念有词，说声"敕令"，冲定白少将军一指，说声："倒下！"白胜祖觉着头迷眼黑，天旋地转，自己站立不稳，翻身倒于船板之上。早被那边天地会八卦教中的贼人捉去了。穆将军看见白胜祖被他擒去,又知道妖人的厉害,吩咐:"激筒兵打那妖道!"众人听见令下,一齐答应,用激筒打去。那妖道白练祖退入后阵,仗剑念咒,少时天昏地暗,有无数的人马从天而降,从地而生,飞沙走石。穆将军见事不好,急速收兵,人马受伤者大半。

白练祖掌得胜鼓回归自己营中。张宝治酒庆贺,派人去把白胜祖交营务处兼粮台巡江太岁看押。白练祖说道:"张会总,你乃精明之人,据我看来,那穆将军身入险地,不得地利,官兵都是北五省之人,素不习水战。我山人立功灭贼,就在今朝。"张宝说:"教主爷所见者甚善。"白练祖把酒食分赏给诸将,大家开怀畅饮。正吃得高兴,忽见火炮惊天,人声呐喊。不多时,小校来报说:"禀教主爷知道,今有正西上流来了有二百只大战船,上面旗号是'福建台湾聚泉山公道大王',在这正西安营下寨。"张宝说:"再探明白,禀我知道!"探子下去。白练祖说:"张会总,你看此时天色尚早,不免我山人同你看来,看是何人? 王天宠已死在我山人之手,这又是何人呢?"张宝说:"齐队。"带领五千飞虎兵,合营的战将,出了水师营,要与那来者之兵见一胜负。不知后事如何,且看下回分解。

第九十八回

张二虎进兵竹子山　　混水猿劝说张会总

诗曰：

> 尘世纷纷一笔勾，林泉深处任遨游。
>
> 盖间茅屋牵萝①补，开个柴门对水流。
>
> 得隙闲眠真可乐，吃些淡饭自忘忧。
>
> 眼前多少英雄辈，为何来由不回头？

且说化地无形仁和教主白练祖率领众将，五千大队人马直杀奔正西。走出四里地之遥，望正北一看，只见一片水师连营，旌旗遮日，杀气冲天。忽然间火炮惊天，喊声大作。这白练祖的战船不敢往前进，就在此水面宽阔之处排开战船，列成阵势，等候厮杀。只见来的这些船只并不是穆帅的旗号，当中一杆"帅"字旗，上面写定四个字，是"替天行道"，背面一个斗大"帅"字。两杆门旗分为左右，上面有青字，写的是："侠义镇山岗名扬海外，威名著四海除霸安良"。大旗以下是一只龙头舟的大战船，船头之上放着一张椅子，上面端坐一人，头戴分水鱼皮帽，日月莲子箍，身穿香色鱼皮的水衣水靠；怀抱镔铁狼牙钻，肋下佩刀；面如白玉，唇似涂脂，年有二十余岁，五官端正，品貌不俗。后面跟定二十四员五虎上将。

此人是谁呢？书中交待，来的这支人马，乃是福建聚泉山的笑面阎罗张二虎。只因张大虎死在铁善寺，他得着这个信息，先派人把兄长的灵柩请回原籍。他又派人探神力王与穆将军的军需如何，忽一日，探马来报说："神力王被困蛰龙峪，穆将军麋兵定源山。"这张义为人精明，熟读兵书，文武全才，远韬近略，样样精通。他一想："这聚泉山当时兵精粮足，大清自定鼎以来，君正臣忠，五谷丰登，万民乐业。如今妖人煽惑愚民，私立邪教，刀兵不息。我恩兄王天宠久历军营，被尔等拿去，现今不知死活。我兄长也死在他人之手。我起合山之兵，灭邪教，报君王水土之恩；捉吴

---

① 牵萝——牵牛、藤萝。泛指爬蔓植物。

恩,替我兄长报仇雪恨,此乃万全之策。"想罢,主意已定,把二十四座海岛的众头目全都请来,大家共议进兵大竹子山。那些大小头目无不从命。张义择了吉日,点动三万水军兵丁,六十号大战船,是日齐备。调齐了众将,聚集二十四座海岛大小的头目,即日上船起兵,放了三个大炮,浩浩荡荡,旌旗蔽日,直杀奔云南府而来。

非止一日,这些战船到了大竹子山山口以外,派人去探贼人的信息。这一日,探马来报,说:"贼势浩大,邪术甚是厉害,穆将军连败了数阵。"张二虎闻听此报,派人择了这座白鹤山,把船只俱都停住,安下营寨,排好了船只,分为前、后、左、右、中五营四哨,出入有门,进退有法,诸事已毕。这日才用完了战饭,忽有探马来报说:"贼人离此不远,请主帅定夺!"张义吩咐:"再探!"不多时,又有小校来报说:"八卦教贼人前来讨战。"张义一听,气往上撞,派青眼龙王童成、银面哪吒童英为左右翼,派于庆为先锋,张义自居中军,点了五成队伍,杀出营门。只见正东旗幡招展,号带飘扬,有二十余只大战船。当中有一只虎头舟,上面坐定一个老道,发须皆白,头戴九梁道巾,身穿杏黄缎子道袍,腰系水火丝绦,足下白袜云履;身后背着五云筒,怀中抱定一杆杏黄旗子;面如银盆,海下一部银髯飘洒胸前。左右两边站有七八员贼将,下面兵丁各按队伍排定。来者正是白练祖。站在船头之上,用手一指,说道:"来者尔是福建聚泉山的寨主,你等是来投降?是来助阵?"张义说道:"你是何人?"这白练祖自通了名姓。那张义说道:"原来你就是那八卦教中之仁和教主化地无形白练祖么?我等此来,也不是投降,也不是来助你等打仗,我等是替天行道,剿灭乱贼。只因我兄长被尔等所害,我特意前来替我兄长张大虎报仇!你等要知道我的厉害,趁早投降,免遭杀戮之苦。如若不然,定叫尔死无葬身之地!我是福建台湾聚泉山公道三寨主笑面阎罗张义,又名张二虎是也。速速倒戈求降,饶尔不死!"白练祖一听此言,说:"好孽障,你真不知自爱!我山人岂容你这无名小辈猖狂!"口中念念有词,说声"敕令",照定张二虎队中一指,少时天昏地暗,狂风大作,飞沙走石,直扑聚泉山的兵丁面门打来。白练祖催动三军大队,冲杀进去。张二虎见事不祥,传令:"急速撤队!"伤损了二百多名兵丁,带伤者不计其数。

回归本营,张二虎闷闷不乐,气愤不平,心中一想,说:"好哇,我初次来至此处,就被这妖人打了一个败仗,我心中甚是不平,不免我今夜晚前去哨探贼人的下落。"想罢,吩咐手下人摆酒,自己在中军帐内,把于庆叫过来,说:"于贤弟,我今夜晚要前去刺杀妖人。如要成功,我至五鼓定然回来,我要至五鼓不回来,那时这营中的大事全归于贤弟你执掌。"于庆说:"兄长请放宽心,你要能把妖人结了性命,此乃是英雄之志,除却了一大害,免动刀兵之灾。倘若不能刺杀妖人,明日我起合山之兵,与兄长前去报仇!"二人谈话,天已不早。张义吃了几杯酒,用完了晚战饭,收拾停妥,带上随身的兵刃,换好了水衣水靠,暗带夜行衣包,听了听外面天交二鼓,辞别了于庆,出离船舱,翻身跳入水中。

　　一直往东走了五六里地之遥,见贼人营寨连络不断,周围都有战船。自己又往南浮水,到了这座水师营门首,沉身入水,把那拦江索给摘下来,纵身进去。到了里面,忽听锣声一片,自己躲藏在暗中一看,原来是巡查水师营之人。连忙躲开,到了无人之处,仔细观看,但则见一只九龙大船,船头上有两个大灯笼,上面有红字,是"巡江总察"四字。下边放着一张椅儿,上面端坐一人,乃是一位半老的英雄,年有半百开外;头戴三角白绫巾,双插白鹅翎儿,身披白缎子箭袖袍,外罩白缎子,上绣三蓝花的跨马服。笑面阎罗张二虎看罢,心中一动,说道:"这厮莫非就是静江太岁张宝么?看此人的长相不甚出奇,乃是无名之辈。我张义要杀,总是杀那有名上将,何必杀这犬牛无能之人,算不了什么英雄!"自己想罢,一直往南又浮半里地之遥,只见眼前有一排战船,上面灯烛辉煌,各船上照得明亮。

　　张二虎方才往南走了不远,只见那边船上跳下一人,手使两把纯钢峨嵋刺,威风凛凛,相貌堂堂,看年岁约有十四五的光景;穿着一身水衣水靠,冲定张义就是一钢刺。张义往旁一闪,拉出刀来急架相迎。二人在水中大战七八个照面。忽听上面传锣一响,人声一片,遮天盖日来了无数的贼兵,大家齐声喊嚷:"拿呀!杀呀!"四面八方的水鬼兵往上一围。张义知道事情不好,急忙往南一闯。只听"哗啷"一声响亮,张义要躲也来不及了,身子撞入钢网之内,被那些贼兵捆上了,用杠子搭着,一直的送在九龙舟大战船上。只听中军帐内一声吩咐:"问问来者被擒的奸细,他叫什么名字?"那手下人等答应出去,见张义说:"呔!被擒之人,你可有名姓么?"那张义抬头一看,乃是一个年幼的顽童,"竟敢前来耍笑于我!"气往上撞,说道:"你老子为何无名姓?小儿,你且听真!我乃是福建聚泉山的公道三寨主笑面阎罗张义是也。你等大家俱报上名来,我是被何人所擒？也叫我死个明白。要不说明，你也是无名少姓之人也！"

张义正然气愤不平，只见从旁边过来一人，说："朋友，你别生气啦！我给你把绳儿解开，你可别走，有一个人要见见你。"张义说："你既把我放开，我要走便不是英雄了！谁要见我？你带我去。"那人把张义放起来，带着他一直的进了西边一个大战船，到了舱内一看，里面围屏床帐一概俱全。当中一张八仙桌儿，两旁各有太师椅子。张义落座。那人给他送过一杯茶来，说："张二爷，你先喝这杯，我家主人这就过来。"张义点头答应，喝了这碗茶。等了有半刻之时，不见有人前来，心中纳闷："是何缘故呢？"又见从外面进来两个童子，送来了八样菜、一壶酒，放在桌儿上，说："张二爷，你先喝一盅酒，我家主人这就过来相陪。"张二虎看这样款待，心中一动，说："我并没有这么一个朋友。我张义今既被擒，我实指望一死，不想我今有这一段奇遇，真乃是人生之幸也！"忽听外边童子说："我家主人来也。"不知来者是谁，且看下回分解。

第九十九回

水师营群雄定计　绝恩洞捉拿吴恩

词曰：

　　试问水归何处，无言彻夜东流。滔滔不管古今愁。浪花如喷雪，新月似银钩。　　暗想当年富贵，挂锦帆直至扬州。风流人去几千秋。两行金线柳，依旧锁江头。

　　话说那笑面阎罗张二虎，他独自一人在船舱内吃酒，忽见从外面进来了一个小童儿，说："我家主人来了。"张义连忙站起身来，抬头一看来者之人，并不认识这位朋友。自己心中猜疑，说："怪哉！"此人年有四十以外，身高七尺，面如古月，目似春星，两道眉斜飞入鬓，准头端正，满口黑胡须；身穿蓝绸子大衫，腰系凉带，足下转底官靴，手内拿着一柄折扇。一见张二虎，笑嘻嘻的说道："张二贤弟，我久仰大名，今幸相会，此乃三生有幸！"张二虎说："小弟乃是被获之人，多蒙兄抬见爱，不知兄长尊姓大名？请道其详。"那人说："在下我姓何，名瑞，外号人称'混水猿'。我乃是石平州正北何家洼人氏。前番同着我一个外甥，名叫鲁化；我有一个儿子，名叫何道明。我早有此心，欲要投奔大清营，去找王天宠、马成龙等众人。不料我们到此处，正遇他等众位竟被妖人所擒，我是进退两难。我有一个师弟，名叫张宝，他现在那吴恩手下充当水军都会总。我投奔他去，想要设法救那大清营的几位朋友，不想被那飞天大圣玉昆救去了。我在那张宝营中，他待我很念故旧之交，保举我为粮台都会总。我虽是人在天地会之内，我的心实想投奔大清营。那王天宠被妖人拿住送在我这里，是我把他救下了。我从囚犯营中将他替换出来，杀了一人，假充他之名。这现今还有一位白少将军，我想要救他，尚未得其便。今既是你来，你我得便把妖道白练祖拿住，我再去劝说张宝，叫他归降大清营。咱们二人先去盗他的那个迷魂旗来，再捉拿仁和教主。不然，那杆小黄旗子实然是厉害无比。"这张义一听此言，连忙向前施礼，说："原来是何大哥，小弟失敬了！既然兄长有这一份好心，你就把王大哥与白少将军请来，你我四人共议此事,不知兄台意下如何?"这何瑞说道:"我已派人去请他二人,少刻就来。"

正在谈话之际,只见小白龙王天宠同定那过海银龙白少将军两个人进来,张义连忙施礼,说:"王大哥,我久违二位兄长!自你别去后,并无回音,我时刻想念兄长。今在此处相逢,又是奇遇,真是小弟万千之幸也!我今统带合山之众,并二十四岛的水旱两路人马,前来助兄长一膀之力。"王天宠说:"好,有劳贤弟挂心!我给你引见引见,这位是白少将军。"张义连忙施礼,说:"原来是白少将军。我张义久仰威名,今得相会,实为三生之幸!"白胜祖见张义人品出众,相貌不俗,心中甚是喜悦。二人情投意合。四位英雄正然叙礼,从外面进来二人:夜渡长江何道明、面条鱼鲁化。两位小英雄进来见了王天宠、白少将军,连忙施礼,说:"二位叔父一向可好!"王天宠用手一指,说:"那是你张二叔,你们过去行礼。"这何道明与鲁化二人过去行礼,说:"原来是张二叔,我二人有礼!"那张义连忙站起身来,说:"二位贤侄,休要行礼。"何瑞在旁边说:"二弟不要拦着,你我乃知己之交,不必客套。他二人也给你磕着头,你若拦他们,倒是作虚了。"那何瑞是个精明强干之人,这张义也和他说的到一处。王天宠说:"何大哥,你明日先去到张宝营中哨探机密,到那里见机行事,可说则说,不可说则不必说。听他的口中言词,再作道理。张二弟,你先回营去,不可妄动。三日之内,必有人来给你送信。"张二虎说:"也好。既然如是,我可要先回我的水师营中。你等大家千万办事要小心谨慎,不可泄露机关。"何瑞说:"贤弟,你不必嘱咐,请放宽心。"张义立刻告辞,回归自己营中去了。那何瑞等三人在船中安歇。

次日天明起来,早饭后,那何瑞坐上一只船,来至张宝的船上,立刻有人通报进去。那张宝把何瑞接上船来,手下从人献上茶来。何瑞说:"贤弟,你此时尚未到教主那里请示军需如何?"张宝说道:"教主爷今日一早上云南府去催粮去了。此时这里粮饷接济不上,等几日才能回来呢。那前营是高胜看守,后营是任山看守,派我护理中军。"何瑞说:"我那营中还可以支三个月的粮,亦恐其后力不加。昨日三鼓之时,接了一个惊信,说楚雄府那里地理教主袁治千因粮草接济不上,全军散了大半。神力王和伊哩布二人两处的人马合兵在一处,攻破了楚雄府。我心中甚是忧虑,你想此时应该如何办理?此乃不祥之兆。据我看来,这天地会八卦教大事不久必败,师弟你可早做准备才是!"张宝说:"师兄不必挂心,小弟我早已知晓,那吴恩定非成事之人。我想要保他,如得了大权之时,那时我把他推倒江心,大事岂不尽归于小弟?师兄,你想这事体,到如今叫我也无可如何了。"那何瑞闻听张宝之言,心中一想:"他乃诚实之人,说话并无谎言虚假之意。"他这才心神放下,说:"贤弟,你退去左右。"张宝说:"师兄,这左右都是我心腹之人,但说无妨。"何瑞说:"你何不弃暗投明,保那真主?不枉英名四海,威震乾坤;也不失封侯之位,显达门庭。"张宝说:"师兄,你说此话,无奈并没有引见之人,你叫我如何能弃暗投明呢?"何瑞说道:"事不宜迟,你要依我的主意,今夜晚就行事,先杀了任山与高胜,破了竹子山的北山口,引穆将军大军进竹子山,捉住吴恩,这不是一件大功劳么?"张宝说:"兄长,你说此话当真么?"何瑞说:"贤弟,我焉能与你说谎言?此事千真万真!"就把那王天宠和白少将军定计之话述说了一遍。张宝说道:"好哇!你就是这样做事?我还在梦中呢!既然如此,你先派他二人急速至大清营内送信,定于今夜晚三更时分,我与兄长在这里等候他们接应。我统带这一万水师营兵丁,都是我的心腹之人,我说降,他等就降;我说反,他等就反,由我自便。"何瑞说:"师弟,你说的甚好。既是这样,我可以放心,你我少时再谈。"

何瑞站起身来,回到自己营中,请白少将军、王天宠二人,述说方才之事,两个人甚是喜悦。何瑞立刻派鲁化与何道明二人撑两只小船儿,送白少将军、王天宠二人回归大清营中去了,定于今夜内三更时分前来接应。那何瑞自己在船舱内闷坐,用了晚战饭。少时,何道明、鲁化二人回来,进了船营。何瑞说:"何道明、鲁化,你二人各穿水衣水靠,各带随身的兵刃,跟我到那中军大营,护庇你师叔张宝。定于今夜三更以后,官兵杀到,那时献这竹子山的北山口。你我父子三人要立功作为出头之日就在今朝。"鲁化说道:"舅舅请放宽心。我二人仗着跟您老人家所练的水性,样样精通,不能落在贼人之下!"何瑞说:"很好。"立刻收拾停妥,三人扑奔张宝那里去了。

不多时,已至营门以外。早有回事之人通禀进去。那张宝亲身迎接出来,到了账房屋中,四人落座吃茶。又讲论些今夜之事。天已不早,少时摆上酒饭,四人用过了晚饭。鲁化说:"我先去结果了任山,你们在此等候。"这鲁化去不多时,把任山的首级提来,扔在船头之上。听了听外面天交二鼓二点,那何瑞、张宝先把亲随诸将调齐,都下了一支密令:"如要是官兵到来,立起投降的号灯来!"正说着,忽听信炮惊天,杀声一片,正是穆将军领全营大小三军,大队兵马杀奔前来。不知后事如何,且看下回分解。

第 一 百 回

捉妖人忠臣奏凯　　灭邪教永庆升平

诗曰：

> 著书非是为穷愁，豪旷应偕造物①游。
> 落笔漫惊风助阵，抛竿一任月盈舟。
> 午餐动并朝餐膳，夏日常备冬日裘。
> 何幸清贫无俗事，饱观经史乐斋头。

话说张宝等四人静候官兵到来。天方到三鼓，穆将军大队已到。且说穆将军自从王天宠、白少将军把献竹子山之故都禀明了，穆将军统领全军大队人马，派马成龙、李庆龙、马梦太为前站先锋，点齐了五千飞虎兵，派玉斗、巴德哩为接应军，派韦佗保、韩三保、萨哩善、哈三保、白胜祖五人为左右翼，"如得了竹子山的北山口，进兵抢山，捉拿吴恩，算你等头功！"白胜祖又告诉："王天宠、张义二人起他那聚泉山的人马到来，会合在一处，前去接应。"穆将军亦甚喜悦，又派顾焕章知会张义、王天宠二人，就在那里进兵。到二鼓以后，在竹子山聚齐，两军会合在一处，冲杀过去，那里有何瑞等迎接，张宝把大环金丝宝刀奉还了马成龙。贼人正在睡梦中，俱被官兵所杀。巡山太保高胜也死在乱军之中。

天有五鼓之时，穆将军得了竹子山的北山口，吩咐进兵，大队人马趁势取了竹城，杀伤了无数的贼将。大战了有半日工夫，有聚泉山的小白龙王天宠、笑面阎罗张二虎、顾焕章三人先抢了竹子山。这官兵四面围住，生擒贼将十三员。各处搜查，就是不见八路都会总吴恩。

书中交待，这八路都会总吴恩，他听见说那北山口失守，反了静江太岁张宝，勾串大清营的诸将，约会他那里大队人马，杀进竹子山来。自己望左右一看，并无一个保护之人。只听外边喊声大震，杀声连天。所派出去的战将，全都被那大清营中之人捉去了，暗自心中说道："我自统兵叛

---

① 造物——古人认为有一个创造万物的神力，叫做造物。

反大清国约数十年以来，不想我今朝落在这一个地步。我倘要被他等捉去，岂不被人耻笑于我？也不免有杀身之祸。莫若我趁此逃走，找一个僻静之处，躲藏一时，候官兵去后，我再找一个清静山谷，从此闭门思过，以了我平生之愿也。"想罢，自己抽身出了逍遥阁，飞身上房。抬头望前山一看，只见那些人马如兵山一般相似，人头滚滚，血流成河，杀声不断，金鼓大作。此时天已东方发亮，见大清营的人马还是乱杀乱砍，山谷之中旌旗遍野。吴恩蹿至后山，心内甚是惊慌，自己战战兢兢往前行走。慌不择路，过了一道山洞，只见眼前一座山神庙。吴恩进了庙内，向上叩头，祝念着说："山神爷在上，保佑我今日逃脱此难，改日我给您老人家重修庙宇，烧香上供，从此我再也不敢作非礼之事了！"磕完了头，平身站起来，自己心中一动，说："不好！我得走，这里不是我隐身之所，我走吧！"出了庙门，走了不远，往西一看，见那边有一座石洞，石碣之上有三个大字，是"绝恩洞"。心中甚是欢喜，伏身进了这座山洞。到了里面一看，极其狭窄。"倘若官兵到此，把我堵在这里，反为不美①。"自己又一想："这座山洞是绝恩洞，我名叫吴恩，与这'恩'字有犯，吾命该休矣！这里不好，我还是走吧。"立刻往外就走。只见洞门以外有马成龙、笑面阎罗张二虎、小白龙王天宠、赛报应顾焕章这四位英雄带领五百亲随兵丁，说："吴恩，你往哪里逃走？还不过来受绑！"这吴恩吓的魂不附体，竟被拿获。

　　书中交待，只因这四位英雄到了竹子山内，各处搜查，并不见吴恩的下落。事出于无奈，将他手下小道童儿拿住一名。王天宠问这小道童儿："吴恩他往哪里去了？你说了实话，饶你去；你要不说实话，我就把你杀了！"年轻的小孩童，拿刀一吓唬他，焉有不怕死之理乎？说了实话："他往后山去了。你们众位老爷赶紧去追拿，大概他走出也不能甚远。"王天宠等一听此言，将小童儿放了。马成龙带着五百名亲随人等，大家扑奔后山，追下去了。四位英雄过了后山，分为二路，派人往各处搜查。王天宠带着谢禄、韩虎二人，分兵一半；张二虎、顾焕章也各分兵一半，在满山遍野各处搜拿。直找到后山一道大岭下边，有一道断涧，靠着断涧那边有一个石洞，洞门紧闭。马成龙来至临近，见石碣之上有三个大字，是"绝恩洞"，心中一想："这绝恩洞正应此兆，必是叛逆吴恩在内，此乃是上天助

---

①　不美——不好。

我等成此功也,除却恶患。"用大旗一招,把张二虎、顾焕章那路的兵丁招来,合作一处,把绝恩洞围的风雨不透。方要推洞门,只见吴恩从里面出来,被马成龙截住去路。事有凑巧,此时白少将军等众将,连朱天飞、侯化泰、张玉峰、玉斗、巴德哩等也赶到,把吴恩围上。吴恩知道事体不祥,想要逃走也来不及了。顾焕章施展点穴之法,把他治住了。大家上前把吴恩绑上,一同大众回到竹子山。

穆将军查剿山寨已毕,大家把吴恩解至大帅营内。穆将军吩咐:"把吴恩押上帐来!"两旁人等一声答应,把吴恩带至大帐,他立而不跪。穆将军审问了一番,他俱皆承认,供状上画了押,也并不往下多问,派人把他看守起来。复又抄录贼人十本总账,上面都是起事造反的头目人等,按着此帐,指名捉拿。不到半月工夫,把云南治得一律肃清。神力王派人镇守楚雄府,与穆将军合折奏明当今万岁,捷报云南省一律肃清,保奏各位英雄与众位诸战将的功劳,并屡次的劳绩。当今康熙圣主老佛爷览奏,龙心大悦,降下一道旨意:

> 这逆首吴恩不必解进京内,就在云南就地正法,凌迟处死,首级悬杆示众,以尽国法。蔡文增、李法通尽处死本地,也不必解进京来。余党勿分首从,全行①就地正法。

圣旨调神力王、穆将军来京陛见。这圣旨一到,神力王设摆香案,望阙叩谢龙恩。读旨已毕,穆将军、神力王调来邓龙,领一万马步官军镇守云南地面,防护法场。神力王把一干人犯出斩已毕,与穆将军二位大帅带着水路战船。一同合营众将起程,浩浩荡荡,鞭敲金镫响,齐唱凯歌声。

在沿路之上秋毫无犯,由云南起身,非止一日,这天到了京都彰仪门外,把营寨安好,派人到兵部投文。是日,神力王、穆将军、伊哩布、屠海、蔡荣、汪平六位大帅,一同面圣,奏明在云南所立功绩诸将细册,呈递康熙老佛爷龙目观看,心中大悦,赐筵三天,赏神力王免死金牌一面,赏了些绸缎尺头②等物;又赏了穆将军世袭一等忠勇侯爵;汪平、伊哩布,均赏加三级;蔡荣、屠海,各封显爵。过了两天,召见马成龙、白胜祖、顾焕章、马梦太、李庆龙、朱天飞、侯化泰、王天宠、张广太、欧阳善、诸葛吉、张玉峰、侯

---

① 全行——全部。

② 尺头——零碎的料子。

文、侯武等众人，皇上召见这些人，全是能征惯战之大将，龙心甚是喜悦。赏马成龙奋勇巴图噜名号，头品花翎顶戴，补授云南提督。白胜祖战功卓著，智勇双全，赏给世袭一等建威将军。张广太平贼有功，钦赐二品顶戴，补授四川提督。倭克金布着记大功一次。马梦太、李庆龙，钦加二品花翎顶戴，以总兵补用，遇缺提奏。朱天飞、侯化泰、王天宠，义勇可嘉，敕封义士名号，钦赐白银一万两。张义所辖之兵，留云南镇守，按月由藩司支给钱粮；张义着赏给参将衔，以游击补用。张玉峰、欧阳善、诸葛吉等，钦赐参将，遇缺提奏。所有随营的战将，各有升赏。兵丁赏食双月钱粮。大家朝上谢恩。

　　且说马成龙住在天灵寺，次日拜望井泉馆掌柜的孙起广，又派人顺便把舅舅的灵柩由宁夏起①回来，送往山东。马成龙家中祭祀了祖茔，又到了四方镇娶完了亲事，带着家眷往云南接任去了。那马成龙为人忠正，办事勤能，把云南治得路不拾遗，夜不闭户，寿至八十二岁而终，子孙绵长，历世书香。倭克金布辞官不做，归隐深山。朱天飞、侯化泰、王天宠三人，义气相投，都归三岔山，修真养性。那杨永安已死，杨永太也不愿意做官，把兄长的灵柩安葬已毕，与红胡子马杰，二人出家去了。王天宠结亲之后，在三岔山务农为业。那张广太接了家眷，就在四川上任。马梦太补了京营副将。李庆龙、胡忠孝二人不愿做官，告假归家，教子养亲。巴德哩已娶了余碧环为妻。那张玉峰也回家养亲，不愿做官，娶妻杜氏。那芸娘也早就出了家，为尼僧去了，她悔过前非，因此修身养性，修行事后不提。那神力王自从平贼人以后，回家在府中静养清福。这才是：

　　　　皇王有道家家乐，天地无私处处同。

　　从此天下太平，五谷丰登，万民乐业，永庆升平矣！

---

　　① 起——这里有运的意思。